# ମହାଗାଥା କର୍ମସୂତ୍ରର

## (ଦେବଦତ୍ତ ଓ ବିଧାନ ଉପାଖ୍ୟାନ)

# ମହାଗାଥା କର୍ମସୂତ୍ରର

(ଦେବଦତ୍ତ ଓ ବିଧାନ ଉପାଖ୍ୟାନ)

## ସ୍ନେହସୁଧା ମିଶ୍ର

ବ୍ଲାକ୍ ଇଗଲ୍ ବୁକ୍ସ

ଭୁବନେଶ୍ୱର, ଓଡ଼ିଶା

**BLACK EAGLE BOOKS**

Dublin, USA

BLACK EAGLE BOOKS

USA address:
7464 Wisdom Lane
Dublin, OH 43016

India address:
E/312, Trident Galaxy, Kalinga Nagar,
Bhubaneswar-751003, Odisha, India

E-mail: info@blackeaglebooks.org
Website: www.blackeaglebooks.org

First Edition in April 2021
First International Edition Published by
BLACK EAGLE BOOKS, 2022

**MAHAGATHA KARMASUTRA RA**
(Debadutta O Bidhan Upakhyan)
by **SNEHSUDHA MISRA**
AnandRutu, M.I.G-2, Laxmi Sagar,
Bhubaneswar-751006, Mob: 9438976796

Cover concept : **Snehsudha Misra**
Interior Design: Ezy's Publication

ISBN- 978-1-64560-282-8 (Paperback)

Printed in the United States of America

## ଉତ୍ସର୍ଗ

ଲୀଚୁ,

ମୁଁ ଉପନ୍ୟାସଟିଏ ଲେଖେ, ଏ ସ୍ୱପ୍ନ - ତୋର

ତାକୁ ଉଜ୍ଜୀବିତ, ପଲ୍ଲବିତ କରିବା ପାଇଁ

ପ୍ରେରଣାର ଅନବରତ ବାରିପାତ ବି - ତୋର

ମୋ ପାଇଁ ସବୁ ଆଶ୍ୱାସନାର ମେଘମଲ୍ଲାର ତ - ତୋର

ତୋର ଏ ସମସ୍ତ ପ୍ରୋତ୍ସାହନର ଏ ସାକାର ରୂପକୁ

ଆଜି ତୋରି ହାତରେ ଯେ ଦେଇପାରିଛି

ଏତକ ଆନନ୍ଦ - ମୋର।

**ମମୀ**

# କୃତଜ୍ଞତା

ଏହି ବହିଟିକୁ ଶୂନ୍ୟରୁ ସାକାର କରିଥିବା ପରମ କାରୁଣିକ ଶ୍ରୀଶ୍ରୀ ଜଗନ୍ନାଥଙ୍କୁ ମୋର ଭୂମିଷ୍ଠ ପ୍ରଣାମ ଓ ସଜଳ କୃତଜ୍ଞତା।

ମୋର ସମସ୍ତ ସାହିତ୍ୟିକ ସଫଳତା ପଛରେ ମୋର ନନା ସ୍ୱର୍ଗତ ତୁମ୍ବନାଥ ମିଶ୍ର ଓ ବୋଉ ସ୍ୱର୍ଗତ ଶାନ୍ତଶୀଳା ମିଶ୍ରଙ୍କ ପ୍ରତ୍ୟକ୍ଷ ଅବଦାନ ପାଇଁ ସେମାନଙ୍କୁ ମୋର ସଦାକାଳୀନ ଭୂମିଷ୍ଠ ପ୍ରଣାମ ଏବଂ ଗଭୀର କୃତଜ୍ଞତା।

ବିଚିତ୍ର ଭାବରେ ଏହି ଉପନ୍ୟାସଟିର ଲେଖାର ଆରମ୍ଭ, ବିକାଶ, ବିନ୍ୟାସ ଓ ଶେଷ, ଚାରୋଟି ରାଜଧାନୀରେ ହୋଇଛି। ଏଥିପାଇଁ ଯଥାକ୍ରମେ ଭୁଟାନ୍ ରାଜଧାନୀ ଥିମ୍ପୁ ସମେତ ଗୌହାଟୀ, ଭୁବନେଶ୍ୱର ଓ ଜୟପୁର (ରାଜସ୍ଥାନ)ର ପାଣି, ପବନ ଓ ସୃଜନଶୀଳ ପରିବେଶକୁ ମୋର ଗଭୀର କୃତଜ୍ଞତା।

କରୋନା (କୋଭିଡ୍-୧୯) ଏକ କଠୋର ଶିକ୍ଷାଦାତା ପରି ବିଶୃଙ୍ଖଳିତ ମନୁଷ୍ୟ ସମାଜକୁ ବହୁତ କିଛି ଶିକ୍ଷା ଦେଇଛି। କରୋନାର କଠୋର ଅନୁଶାସନର ତାଡ଼ନା ଓ ଆନୁସଙ୍ଗିକ କଟକଣା ନଥିଲେ ମୁଁ ଏ ଉପନ୍ୟାସଟିକୁ ଶେଷ କରିବାରେ ଧ୍ୟାନ ନ ଦେଇ ସମଗ୍ର ରାଜସ୍ଥାନକୁ ତନ୍ନତନ୍ନ କରି ବୁଲି ଦେଖିବାର ସୁଯୋଗର ସମ୍ପୂର୍ଣ୍ଣ ସଦ୍‌ବ୍ୟବହାର କରିଥାଆନ୍ତି। ବହିଟି ପଡ଼ି ରହିଥାଆନ୍ତା।

ଜୁହାର କରୋନା !

ଏହି ଉପନ୍ୟାସର ସମସ୍ତ ଚରିତ୍ର ଓ ସମସ୍ତ ଘଟଣା କାଳ୍ପନିକ ନୁହନ୍ତି।

ଏହି ଉପନ୍ୟାସର ପ୍ରଚ୍ଛନ୍ନ ନାୟକ ପାରଳାଖେମୁଣ୍ଡି ମହାରାଜା ଜଗନ୍ନାଥ ଗଜପତି ନାରାୟଣଦେବ (ଦ୍ୱିତୀୟ) ବାସ୍ତବିକ ଓଡ଼ିଆ ଇତିହାସର ଏକ ମହାନାୟକ ଓ ଓଡ଼ିଶାର ସ୍ୱାଭାବିକ ଦୁର୍ଗୁଣ- ଅନୈକ୍ୟ, ଅବହେଳା, ସ୍ୱାର୍ଥ ଓ ହୀନମନ୍ୟତାର ଏକ ଦୁର୍ଭାଗ୍ୟଜନକ ଶିକାର। ତାଙ୍କ ବିଷୟରେ ଏହି

ଉପନ୍ୟାସରେ ବର୍ଣ୍ଣିତ ହଜାରେ ମୋହର ପୁରସ୍କାର ସମ୍ପର୍କିତ ଘଟଣାକୁ ବାଦ୍ ଦେଲେ ବାକି ସମସ୍ତ ଚରିତ୍ର ଓ ଘଟଣା ସତ୍ୟ।

କିନ୍ତୁ ଏଥିରେ ବର୍ଣ୍ଣିତ ମଞ୍ଜୁଷା ରାଜପରିବାରର ସମସ୍ତ ଚରିତ୍ର ଓ ଘଟଣା ସବୁକିଛି ସତ୍ୟ ଉପରେ ଆଧାରିତ। ଏଥିରେ ଆବିର୍ଭୂତ ସମସ୍ତ ରାଜପୁରୁଷମାନଙ୍କ ନାମ ମଧ୍ୟ ଇତିହାସରେ ସ୍ୱର୍ଣ୍ଣ ଅକ୍ଷରରେ ଲିଖିତ। ଶ୍ରୀବାସୁଦେବ ମନ୍ଦିର ଏବେବି ମଞ୍ଜୁଷାରେ ସଗର୍ବେ ବିଦ୍ୟମାନ। ଏହି ଘଟଣା ବିଷୟରେ ପୂର୍ଣ୍ଣ ବିବରଣୀ ଆଗ୍ରହ ସହକାରେ ଯୋଗାଇ ଦେଇଥିବାରୁ ମଞ୍ଜୁଷାର ବର୍ତ୍ତମାନର ରାଜା କର୍ଣ୍ଣେଲ (ଅବସରପ୍ରାପ୍ତ) ଛତ୍ରପତି ସିଂହଦେଓ ଓ ରାଣୀ ରାଜଲକ୍ଷ୍ମୀ ସିଂହଦେଓଙ୍କୁ ମୋର ଅନେକ ଅନେକ ଧନ୍ୟବାଦ ଓ କୃତଜ୍ଞତା।

ଏଥିରେ ବର୍ଣ୍ଣିତ ପିତାପୁତ୍ର ମକଦ୍ଦମ ଦାଶରଥୀ ମିଶ୍ର ଓ ମକଦ୍ଦମ ଦାମୋଦର ମିଶ୍ର ମଧ୍ୟ ଅତୀତର ଏକ ଏକ ବାସ୍ତବ ବ୍ୟକ୍ତିବିଶେଷ। ମୋର ଶଶୁର ସ୍ୱର୍ଗତ ଖଲି ମିଶ୍ର, ଏହି ଦୁଇ ପିତାପୁତ୍ରଙ୍କର ଯଥାକ୍ରମେ ପଣନାତି ଓ ଅଣନାତି। ମୋର ଶଶୁର ଓ ଶାଶୂ ସ୍ୱର୍ଗତ ଶକୁନ୍ତଳା ମିଶ୍ରଙ୍କ ଠାରୁ ଏ ପିତାପୁତ୍ରଙ୍କର ମକଦ୍ଦମୀୟ କାର୍ଯ୍ୟକଳାପ, ଶାରୀରିକ ବର୍ଣ୍ଣନା ଓ ସାମାଜିକ ଲୋକପ୍ରିୟତା ବାରମ୍ବାର ଶୁଣିଥିବା ହେତୁ ମୋର ଅବଚେତନ ମନରୁ କାହାଣୀରେ ଏ ଦୁହିଁଙ୍କ ଅବତରଣ ଆକସ୍ମିକ ନୁହେଁ। ଏ ସମସ୍ତ ଦିବଂଗତ ନମସ୍ୟ ପୂର୍ବପୁରୁଷଙ୍କୁ ସେମାନଙ୍କର କ୍ଷେତ୍ରୀୟ ଅବଦାନ ପାଇଁ ମୋର ଭୂମିଷ୍ଠ ପ୍ରଣାମ ସହ ଅନେକ ଅନେକ କୃତଜ୍ଞତା।

ଗୌହାଟୀରେ ମୋର ଦୀର୍ଘ ଦୁଇମାସର ରହଣୀ ବେଳେ ମୋର ସାନଭାଇ ପଞ୍ଜାବ ନ୍ୟାସନାଲ ବ୍ୟାଙ୍କର ଗୌହାଟୀ ଶାଖା ସହାୟକ ମହାପ୍ରବନ୍ଧକ ଆୟୁଷ୍ମାନ ଦୁର୍ଗାମାଧବ ମିଶ୍ର (ମୁନ୍ନା) ଓ ଭାଉଜ ଆୟୁଷ୍ମତୀ ବାଗ୍ମୀ ମିଶ୍ର (ଆନୀ)ଙ୍କୁ ସେମାନଙ୍କର ସେବା, ସୌହାର୍ଦ୍ଦ୍ୟ ଓ ସର୍ବୋପରି ଏକ ସୁଖଦ ଲେଖକୀୟ ନିର୍ଜନବାସର ସମସ୍ତ ସହାୟତା ପାଇଁ ଅନେକ ଅନେକ ସସ୍ନେହ ଆଶୀର୍ବାଦ ଓ ଧନ୍ୟବାଦ।

ଏବଂ... ମୋର ଜେଜେମା'ର ଦାୟିତ୍ୱରୁ ମୋର ଦୀର୍ଘକାଳୀନ ସର୍ତ୍ତମୂଳକ ଛୁଟିକୁ ମଞ୍ଜୁର କରି ମୋତେ ସମୟ ଦାନ ଦେଇଥିବାରୁ ମୋର ନାତୁଣୀ ତୋରା (ଶୌର୍ଯ୍ୟସ୍ନାତା), ନାତି ଜୀଉ (ପ୍ରାରବ୍ଧରାଜ୍ଞ) ଏବଂ ସମାନ ଉଦ୍ଦେଶ୍ୟରେ ମୋତେ ସମସ୍ତ ଗୃହ ଜଞ୍ଜାଳରୁ ନିଃସର୍ତ୍ତ ବାଧ୍ୟତାମୂଳକ ଅବସର ପ୍ରଦାନ କରିଥିବାରୁ ମୋର ଦୁଇ ପୁତ୍ରବଧୂ ରୁବି (ଶମୀନା) ଓ ଲୀସା (ସ୍ନିଗ୍ଧପ୍ରଭା)ଙ୍କୁ ମୋର ଅନେକ ଅନେକ ସସ୍ନେହ ଆଶୀର୍ବାଦ ଓ ଧନ୍ୟବାଦ।

ଏହି ଉପନ୍ୟାସର ଉଦ୍ଭବରୁ ଉନ୍ମେଷ ହେବା ପର୍ଯ୍ୟନ୍ତ ଅନବରତ ସାହିତ୍ୟିକ

ପ୍ରେରଣା ଓ ପ୍ରୋତ୍ସାହନ ଦେଇଥିବାରୁ ମୋର ଜ୍ୟେଷ୍ଠ ପୁତ୍ର ଲୀଟୁ (ପ୍ରାଜ୍ଞଆନନ୍ଦ)କୁ ଅନେକ ଅନେକ ସସ୍ନେହ ଆଶୀର୍ବାଦ ଓ ଧନ୍ୟବାଦ।

ଏହାର ପାଣ୍ଡୁଲିପି ଠାରୁ ବହି ହେବା ପର୍ଯ୍ୟନ୍ତ ସମସ୍ତ ଦୌଡ଼ାଦୌଡ଼ି ପାଇଁ ଅକାତରରେ ଶ୍ରଦ୍ଧାର ସହ ସମୟ ଓ ଶ୍ରମ ଦାନ କରିଥିବାରୁ ମୋର କନିଷ୍ଠ ପୁତ୍ର ରତୁ (ଯାଜ୍ଞବଲକ୍ୟ)କୁ ଅନେକ ଅନେକ ସସ୍ନେହ ଆଶୀର୍ବାଦ ଓ ଧନ୍ୟବାଦ।

ଏହାର ପ୍ରକାଶନର ସର୍ବବିଧ ଦାୟିତ୍ୱକୁ ସ୍ୱୀକାର କରିଥିବାରୁ ମୋର ସ୍ୱାମୀ ଡକ୍ଟର ପ୍ରଫୁଲ୍ଲ ଚନ୍ଦ୍ର ମିଶ୍ରଙ୍କୁ ଅନେକ ଅନେକ ସପ୍ରୀତି ଧନ୍ୟବାଦ ଓ କୃତଜ୍ଞତା।

ପରିଶେଷରେ ଏହି ବହିଟିର ବିଶୁଦ୍ଧ ବନାନ ସହ ପରିଷ୍କାର ଅକ୍ଷର ସଜ୍ଜା ଓ ସମ୍ପୂର୍ଣ୍ଣ ମୁଦ୍ରଣର ଦାୟିତ୍ୱ ନେଇଥିବାରୁ ଶ୍ରଦ୍ଧେୟ ପୀତାମ୍ବର ପରିଡ଼ାଙ୍କୁ ମୋର ଅନେକ ଅନେକ ଆଶୀର୍ବାଦ ଓ ଧନ୍ୟବାଦ।

# ଭୂମିକା

ଲେଖକୀୟ ନିର୍ଯ୍ୟାତନା-ଏହି ଉପନ୍ୟାସର ନିର୍ଯ୍ୟାସ।

ମନର ସୂକ୍ଷ୍ମ ସ୍ତରରେ ଭାବନାଟିଏ ସୃଷ୍ଟି ହୋଇ, ସେଠାରୁ କାବ୍ୟିକ ରୂପ ନେଇ କାଗଜରେ ଓହ୍ଲାଇବା ଠାରୁ ପ୍ରକାଶିତ ହୋଇ ପୁସ୍ତକର ରୂପ ନେବା ପର୍ଯ୍ୟନ୍ତ, ଯେଉଁ ଯେଉଁ ବାହ୍ୟ ଓ ଅନ୍ତଃ ସଂଘର୍ଷର ଯାତ୍ରାପଥ ଦେଇ ସାହିତ୍ୟ ସାଧନାରେ ବ୍ରତୀ ବ୍ୟକ୍ତିଟିଏ ଗତି କରେ, ଏହି ଉପନ୍ୟାସଟି ତାହାର ଏକ କାହାଣୀ ରୂପାନ୍ତର। ସେଥିପାଇଁ ଦେବଦତ୍ତ, ବିଧାନ ଓ ଧନୁଷ ଏକ ଏକ କାଳ୍ପନିକ ଚରିତ୍ର ହେଲେ ମଧ୍ୟ ବାସ୍ତବିକ ସେମାନେ ନିଜ ଲେଖାକୁ ସାକାର କରିବାର ପ୍ରଚେଷ୍ଟାରେ ଲାଗିଥିବା ଅଗଣିତ ବ୍ୟକ୍ତିମାନଙ୍କର ଏକ ଏକ ପ୍ରତିନିଧି ମାତ୍ର।

ଅଲୌକିକତା (ମ୍ୟାଜିକାଲ୍ ରିଆଲିଜମ୍) ଏହି ଉପନ୍ୟାସର ସୂକ୍ଷ୍ମ ଶରୀର। ଓଡ଼ିଆ ସାହିତ୍ୟରେ ଅଲୌକିକତା ଏକ ନୂଆ କଥା ନୁହେଁ। ପ୍ରାକ୍ ସାରଳା ଓଡ଼ିଆ ସାହିତ୍ୟ ଠାରୁ ଆରମ୍ଭ କରି ବର୍ତ୍ତମାନର ଚଳନ୍ତି ଯୁଗ ପର୍ଯ୍ୟନ୍ତ ଏହାର ଉପସ୍ଥିତି ଓଡ଼ିଆ ସାହିତ୍ୟରେ ସଦାସର୍ବଦା ସଗର୍ବେ ବିଦ୍ୟମାନ।

ଯଦିଓ, ଐତିହାସିକ ଉପନ୍ୟାସର ବିଶେଷଜ୍ଞମାନେ ମତ ଦିଅନ୍ତି ଯେ, ଯଦି କୌଣସି ଉପନ୍ୟାସରେ ତାରିଖକୁ କଥାବସ୍ତୁ ସହିତ ତାଳ ଦେଇ କ୍ରମାନ୍ୱୟରେ ବ୍ୟବହାର କରାଯାଇଥାଏ, ତେବେ ତାହାର ବିଷୟବସ୍ତୁ ସତ୍ୟ ହେଉ କି କାଳ୍ପନିକ, ତାହା ଏକ ଐତିହାସିକ ଉପନ୍ୟାସ। ମୋର ଏହି ଉପନ୍ୟାସରେ ତାରିଖ ସର୍ବତ୍ର ବିଦ୍ୟମାନ। ଏଇ କାହାଣୀଟି ସମୟର ସିଡ଼ିରେ ଚଢ଼ିବା ବେଳେ କୌଣସି ଅବୋଧ ପରିସ୍ଥିତି ସୃଷ୍ଟି ନକରୁ, ଏହି ଉଦ୍ଦେଶ୍ୟରେ ହିଁ ତାରିଖକୁ ଏଠାରେ ଅନ୍ୟତମ ସାହିତ୍ୟିକ ଆବଶ୍ୟକତା ରୂପରେ ବ୍ୟବହାର କରାଯାଇଛି। ତଥାପି ମୁଁ ଏହାର ଐତିହାସିକ ଉପନ୍ୟାସର ମାନ୍ୟତା ଦାବି କରୁନାହିଁ। ନିର୍ଦ୍ଦିଷ୍ଟ ସମୟରେ, ନିର୍ଦ୍ଦିଷ୍ଟ ଜାଗାରେ ପହଞ୍ଚିବା ପାଇଁ, ଆମେ ଯେପରି

ମୁଖ୍ୟ ସହରର ମୁଖ୍ୟ ରାସ୍ତାମାନଙ୍କୁ ଏଡ଼ାଇ ଉପମାର୍ଗ (ବାଏପାସ୍)ର ବ୍ୟବହାର କରୁ, ମୋର ଏହି ଚରିତ୍ରସର୍ବସ୍ୱ ଓ କାହାଣୀସର୍ବସ୍ୱ ଉପନ୍ୟାସଟି ସେହିପରି ଓଡ଼ିଶାର ତତ୍କାଳୀନ ଅନେକ ଗୁରୁତ୍ୱପୂର୍ଣ୍ଣ ଘଟଣାମାନଙ୍କୁ ଏଡ଼ାଇ ଆଗକୁ ଗତିକରିଛି।

ଏଥିରେ ବିଭିନ୍ନ ପ୍ରକାରେ କର୍ମ (ଭାଗ୍ୟ)ର ଅବତାରଣା ହୋଇଥିଲେ ମଧ୍ୟ ଏହା ଏକ ଭାଗ୍ୟସର୍ବସ୍ୱ କାହାଣୀ ନୁହେଁ। **ଅଧିକରୁ ଅଧିକ ଲେଖକୀୟ ମନୋବୃତ୍ତିକୁ ପ୍ରୋତ୍ସାହନ କରିବା ପାଇଁ ଶକ୍ତିଶାଳୀ ମାନବୀୟ ଇଚ୍ଛାବଳର ଅତୁଳନୀୟ ସାମର୍ଥ୍ୟର ଉପସ୍ଥାପନା ହିଁ ଏହି ଉପନ୍ୟାସର ମୁଖ୍ୟ ଲକ୍ଷ୍ୟ।** ବାଧାବିଘ୍ନର ସମ୍ମୁଖୀନ ହୋଇ ଯେଉଁମାନେ ଅଭିମାନରେ ସାହିତ୍ୟଠାରୁ  ଦୂରେଇ ଯାଇ ନିଜର ସମ୍ଭାବ୍ୟ ବହିଟିଏକୁ - ଏ ବହିରେ ବର୍ଣ୍ଣିତ ଅନ୍ୟ ଏକ ଚରିତ୍ର ସ୍ୱପ୍ନା ପରି ବହିଟିଏ ପଢ଼ିବାକୁ ଆତୁର, ବ୍ୟାକୁଳ, ତୃଷିତ ପାଠକ ପାଖରେ ପହଞ୍ଚାଇ ପାରନ୍ତି ନାହିଁ, ସେମାନେ ହିଁ ଏଇ ଉପନ୍ୟାସର ମୁଖ୍ୟ ଚରିତ୍ର ଓ ସେମାନଙ୍କର ସଂଘର୍ଷ ହିଁ ଏହି ଉପନ୍ୟାସର ମୁଖ୍ୟ ଉପାଦାନ।

ଏହି କାହାଣୀର ସ୍ଥାନ, କାଳ, ପାତ୍ର ଓ ଘଟଣା ଆବଶ୍ୟକସ୍ଥଳେ କିଛି ଆଧୁନିକ ଯୁଗ ବିରୋଧୀ ମାନସିକତାକୁ ସଂଗ୍ରହାଳୟର ବସ୍ତୁମାନଙ୍କ ପରି ପ୍ରଦର୍ଶନ କରିଛନ୍ତି। ଯାହା କେବଳ ଅତୀତର ସ୍ମାରକୀ ରୂପେ ମୂଲ୍ୟବନ୍ତ। କିନ୍ତୁ ବର୍ତ୍ତମାନ ବ୍ୟବହାର ପାଇଁ ମୂଲ୍ୟହୀନ।

**ସ୍ନେହସୁଧା ମିଶ୍ର**
**୨୮ ମାର୍ଚ୍ଚ ୨୦୨୧**

# ପ୍ରାକ୍ କଥନ

୨୫ ଡିସେମ୍ବର, ୨୦୧୫
ନିଉକାଶଲ୍-ଅପନ୍-ଟାଏନ୍
ଇଂଲଣ୍ଡ

ଝଣଂଣଂଣଂଣଂ !!!

କିଛି ଗୋଟାଏ ଭାଙ୍ଗିବାର ଅଚାନକ ଶବ୍ଦରେ ସାରା ଘର ଥରି ଉଠିଲା।

ଘର ଭିତରେ ଯିଏ ଯେଉଁଠି ଥିଲେ ଚମକି ପଡ଼ିଲେ। ଶବ୍ଦଟା କେଉଁଠୁ ଆସିଲା ଜାଣିବାକୁ ନିଜ ନିଜ କାମ ଛାଡ଼ି ସେମାନେ ନିଜ ମନ ଭିତରେ ବୁଡି ଯାଉଥିବା ଶବ୍ଦଟିର ସଦ୍ୟ ସ୍ମୃତିଟିକୁ ଚଟ୍‌କରି ଟାଣି ଆଣି ମୁଠେଇ ଧରି ତାକୁ ଏପଟସେପଟ କରି ସେ ଆସିଥିବା ଜାଗାର ଠିକଣାଟା ଖୋଜିଲେ।

ହୁଁ... ଠିକଣାଟା ମିଳିଗଲା।

ଶବ୍ଦଟା ରୋଷେଇ ଘରୁ ଆସିଛି।

କୁକିଂରେଞ୍ଜ୍ ପାଖରେ ଠିଆହୋଇ ପରିବା କାଟୁଥିବା ସାଧ୍ୱୀଙ୍କର ସମଗ୍ର ଚେତନାକୁ କାନ ପାଖର ଏ ଶବ୍ଦ ଛିନ୍‌ଛତ୍ର କରିଦେଲା। ତାଙ୍କ ହାତ ଛୁରୀ ଉପରେ ସ୍ଥିର ହୋଇଗଲା। ମୁହଁ ବୁଲାଇ ଶବ୍ଦ ଆସିଥିବା ଦିଗକୁ ଚାହିଁ ତାଙ୍କ ଆଖି ବିସ୍ଫାରିତ ହୋଇଗଲା, ଦେହ କମ୍ପିବାରେ ଲାଗିଲା।

ଧଳା ସରସର ଲମ୍ବା ସାପଟିଏ ତାଙ୍କଠାରୁ ଅଳ୍ପ ଦୂରରେ ଥିବା ଅଣ୍ଟାଏ ଉଚ୍ଚ ପ୍ରଶସ୍ତ କାଚ ଝରକା ଉପରୁ ତଳକୁ ଓହ୍ଲାଉଛି। ତା'ରି ଧକ୍କାରେ ଝରକା ବାଡ଼ ଉପରେ ଥିବା କାଚର ବିଶାଳ ଫୁଲଦାନୀଟି ତଳେ ପଡ଼ି ଚୁର୍‌ମାର୍ ହୋଇଯାଇଛି।

ସାଧ୍ୱୀଙ୍କୁ ଲାଗିଲା, ତାଙ୍କର ନିଃଶ୍ୱାସ ଏହି ମୁହୂର୍ତ୍ତରେ ବନ୍ଦ ହୋଇଯିବ।

'କ'ଣ ହେଲା?' ଆର କୋଠରୀରୁ ସମ୍ଭ୍ରାନ୍ତଙ୍କର ଏ ପ୍ରଶ୍ନ ତାଙ୍କୁ ପୁଣି ଥରେ ଚମକାଇଦେଲା ସତ, କିନ୍ତୁ ତାଙ୍କ ଚେତନାକୁ ଫେରାଇ ଆଣିଲା ମଧ୍ୟ। ଯାହାହେଉ, ସେ କେଉଁ ଜଙ୍ଗଲରେ ବା ଅପନ୍ତରା ଜାଗାରେ ଏକାକୀ ଠିଆହୋଇ ନାହାନ୍ତି। ନିଜ ଘରେ, ନିରାପଦରେ, ନିଜ ପରିବାର ସହିତ ଅଛନ୍ତି!

ଏତେବେଳଯାଏ ଛାତିରେ ଚାପି ହୋଇ ରହିଥିବା ପବନକୁ ବାହାରକୁ ଯିବାକୁ ଦେଇ ସେ ଦୀର୍ଘ ନିଃଶ୍ୱାସଟାଏ ନେଲେ।

ଏ ସାପ?!

ସାପଟି ତ ବଡ଼ ସନ୍ତର୍ପଣରେ, ବଡ଼ ଦକ୍ଷତାର ସହ ଭଙ୍ଗା କାଚମାନଙ୍କୁ ଆଡ଼େଇ ଆଡ଼େଇ କିଛି ନ ଜାଣିବା ପରି ଏବେ ଫ୍ରିଜ୍ ଉପରକୁ ଉଠିବାରେ ଲାଗିଛି!

ସାଧ୍ୱୀ ଧାଇଁ ଯାଇ ଫ୍ରିଜ୍ ଉପରେ ରଖାହୋଇଥିବା ବିଖ୍ୟାତ ବାକାରାଟ୍ କମ୍ପାନୀର କୁଟିକମକରା ଫଳଭର୍ତ୍ତି ସ୍ଫଟିକ ଫଳଦାନୀଟିକୁ ଚଟ୍‌କରି ଉଠେଇ ଆଣି ପାଖ କୋଠରୀରେ ଥିବା ଖାଇବା ଟେବୁଲ୍ ଉପରେ ରଖିଦେଲେ। ତାଙ୍କର ଏ ବ୍ୟସ୍ତତାରେ ଫଳଦାନୀରୁ କିଛି ଶାରନ୍ ଫଳ ଖସି ଚଟାଣରେ ଏଣେତେଣେ ବିଛେଇ ହୋଇ ପଡ଼ିଲା।

'ସାଧ୍ୱୀ! କ'ଣ ହେଲା ପଚାରୁଛି ପରା?' ପୁଣି ସମ୍ଭ୍ରାନ୍ତଙ୍କର ସ୍ୱର ଶୁଣାଗଲା।

'ନାଇଁ, ନାଇଁ, କିଛି ନାହିଁ!' ଫଳଗୁଡ଼ିକୁ ତଳୁ ଗୋଟାଉ ଗୋଟାଉ ସାଧ୍ୱୀ ଉତ୍ତର ଦେଲେ। 'ଏଇ ଫୁଲଦାନୀଟା...' ତାଙ୍କ ଅସ୍ପଷ୍ଟ ସ୍ୱର ଆଉ ବାକ୍ୟଟିକୁ ପୂରା କରିପାରିଲା ନାହିଁ। ତାଙ୍କ ଚେତନା ତାଙ୍କୁ ଜଣାଉଥିଲା- ଏ 'ଫୁଲଦାନୀ' ଶବ୍ଦଟା ସମ୍ଭ୍ରାନ୍ତଙ୍କ ହାତରୁ ତୁଳୀକୁ ଖସାଇ ତାଙ୍କୁ ହିଁ ଗୋଟାପଣେ ଉଠେଇଆଣି ଏ ରୋଷେଇ ଘରେ ଠିଆ କରେଇଦେବ।

ମାତ୍ର ତିନିସପ୍ତାହ ତଳେ ଇଟ୍‌ଲିର ମୁରାଣୋ ଦ୍ୱୀପକୁ ସେମାନେ ଛୁଟି କଟାଇବାକୁ ଯାଇଥିଲେ। ବୁଲିଯିବା ପାଇଁ ଜାଗାଟିଏ ବାଛିବା ବେଳେ ସମ୍ଭ୍ରାନ୍ତଙ୍କ ଦୃଷ୍ଟି ସେଠାକାର ପ୍ରାକୃତିକ ଶୋଭା ବା ମନୁଷ୍ୟକୃତ କାରିଗରୀର ବିଚକ୍ଷଣତାକୁ ଖୋଜୁଥାଏ। ସେଠାକାର ଏ ସମସ୍ତ ଦୃଶ୍ୟକୁ ସେ କିଛି ନିଜ ପେଣ୍ଟିଂରେ ଓ କିଛି ସ୍ମୃତିରେ ରଖି ଫେରନ୍ତି, ପରବର୍ତ୍ତୀ ଚିତ୍ରର ଖୋରାକ୍ ରୂପେ।

ଆଉ ସାଧ୍ୱୀଙ୍କ ଦୃଷ୍ଟି ଖୋଜେ ସେଠାକାର ପ୍ରସିଦ୍ଧ ହସ୍ତଶିଳ୍ପର ବଜାର!

ମୁରାଣୋ ଦ୍ୱୀପକୁ ସାଧ୍ୱୀ ହିଁ ଯିବାକୁ ପ୍ରସ୍ତାବ ଦେଇଥିଲେ। ଉଦ୍ଦେଶ୍ୟ ଥିଲା- ସେଠାକାର ବିଶ୍ୱପ୍ରସିଦ୍ଧ କାଚ କାମରୁ କିଛି ସଂଗ୍ରହ କରି ଘର ସଜେଇବା। କିନ୍ତୁ ସେଠାକାର ବଜାରରେ ଏକକୁ ବଳି ଆରେକ କାଚର କୁଟିକମକରା ଅପୂର୍ବ କାମର

ପସରା ମାନ ତାଙ୍କୁ ସିଡ଼ି ଚଢ଼ିବା ପରି ଧୀରେଧୀରେ ସାମାନ୍ୟରୁ ଦୁର୍ମୂଲ୍ୟ ବସ୍ତୁମାନଙ୍କ ଆଡ଼କୁ ଟାଣିନେଇ ଶେଷରେ ଏହି ବହୁମୂଲ୍ୟ ଫୁଲଦାନୀଟି ପାଖରେ ଠିଆ କରିଦେଇଥିଲା। ଏତେଗୁଡ଼ିଏ ପାଉଣ୍ଡ ଖର୍ଚ୍ଚ କରି କାଚ ପରି ଏକ ଭଙ୍ଗପ୍ରବଣ ବସ୍ତୁଟିଏ କିଣିବା ବେଳେ ସମ୍ଭ୍ରାନ୍ତ ଘୋର ପ୍ରତିବାଦ କରିଥିଲେ।

କିନ୍ତୁ ସାଧ୍ୱୀଙ୍କର ଅଳି ଯେତେବେଳେ ଜିଦ୍‌ରେ ପରିଣତ ହେଲା, ସମ୍ଭ୍ରାନ୍ତ ପ୍ରବଳ ବିରକ୍ତିରେ ସେଠାରୁ ଅନ୍ୟଆଡ଼େ ଚାଲିଯାଇଥିଲେ। ତାଙ୍କର ଏ ପ୍ରସ୍ଥାନକୁ ସମର୍ଥନ କରି ସାଧ୍ୱୀଙ୍କ ବ୍ୟାଙ୍କ ବାଲାନ୍ସର ଏକ ମୋଟା ଅଙ୍କ ମଧ୍ୟ ସାଧ୍ୱୀଙ୍କ ପାଖରୁ ତତ୍‌କ୍ଷଣାତ୍ ପ୍ରସ୍ଥାନ କରିଥିଲା।

ଆଉ ଏଇ ଫୁଲଦାନୀଟି ମୁରୁକି ହସି ସଦର୍ପରେ ଘରେ ପ୍ରବେଶ କରିଥିଲା।

ତା'ର ଏଇ ମୁରୁକି ହସରେ ମଣିଷ ହାତର ଅତୁଳନୀୟ କଳା କୌଶଳକୁ ରାନ୍ଧିବାବେଳେ ମଝିରେ ମଝିରେ ମୁଗ୍ଧ ଆଖିରେ ଥରେ ଚାହିଁଦେଲେ, ସାଧ୍ୱୀଙ୍କ ପାଖରୁ ପ୍ରସ୍ଥାନ କରିଥିବା ମୋଟା ଅଙ୍କର ସୁଧ ଆନନ୍ଦ ଆକାରରେ ତାଙ୍କୁ ମିଳିଯାଉଥିଲା। ସତେ ଯେପରି, ରାନ୍ଧିବାକୁ ନୁହଁ, ଏଇ ଫୁଲଦାନୀଟିର ସୌନ୍ଦର୍ଯ୍ୟକୁ ଆଖିର ପିଆଲାରେ ମନଭରି ପିଇବା ପାଇଁ ହିଁ ସେ ବାରମ୍ବାର ଏ ରୋଷେଇ ଘର ଭିତରେ ପଶୁଥିଲେ।

ଏବେ... ତାଙ୍କ ଆଖି ଆଗରେ... ଆପଣାର ଏଇ ପ୍ରିୟ ବସ୍ତୁଟି ଏପରି ଖଣ୍ଡ ଖଣ୍ଡ ହୋଇ ପଡ଼ିଥିବାବେଳେ... ନିଜ ମନ କଷ୍ଟ କଥା ପରେ ଦେଖାଯିବ, ବର୍ତ୍ତମାନ କି କୈଫିୟତ ସେ ସମ୍ଭ୍ରାନ୍ତଙ୍କୁ ଦେବେ ?

ସେ ସାପଟିକୁ ଦେଖିବାକୁ ମୁହଁ ଫେରାଇଲେ। କିନ୍ତୁ ତାଙ୍କ ଦୃଷ୍ଟି ମୁହଁକୁ କୁଞ୍ଚିତ କରି ଠିଆ ହୋଇଥିବା ସମ୍ଭ୍ରାନ୍ତଙ୍କ ଉପରେ ପଡ଼ିଲା ! ତାଙ୍କ ହାତର ତୂଳୀରୁ ଟୋପା ଟୋପା କରି ରଙ୍ଗ ତଳେ ପଡୁଥିଲା।

'ଏ ସବୁ କ'ଣ ହେଉଛି ସାଧ୍ୱୀ ? ଏଥର ମନ ଶାନ୍ତି ହୋଇଗଲା ତ ?' ତାଙ୍କ ସ୍ୱର ବାହାରର ତୁଷାରପାତକୁ ଭ୍ରୂକ୍ଷେପ ନ କରି ଧୀରେ ଧୀରେ ଉଷ୍ମ ହେବାରେ ଲାଗିଲା। 'ଦାମିକା ଜିନିଷ ସବୁ ଜିଦ୍‌କରି କିଣୁଛ କାହିଁକି ? ଯଦି କିଣିଲ, ତାକୁ ଏମିତି ହତାଦର କରି ନଷ୍ଟ କରୁଛ କାହିଁକି ?'

'ମା' କେମିତି ତାକୁ ନଷ୍ଟ କଲେ ବାପା ?'

ତେର ବର୍ଷ ବୟସ୍କ ସେମାନଙ୍କର ଏକମାତ୍ର ସନ୍ତାନ ଧନ୍ୟାର ସ୍ୱର ଶୁଣି ଦୁହେଁ ସେଆଡ଼କୁ ଚାହିଁଲେ। ଛାତିରେ ହାତକୁ ଛନ୍ଦି, କାନ୍ଥକୁ ଆଉଜି ବଡ଼ ଝିଅଟିଏ ପରି ସେ ସମ୍ଭ୍ରାନ୍ତଙ୍କୁ ଚାହିଁ ନିଜ ପ୍ରଶ୍ନର ଉତ୍ତର ମାଗୁଛି। କାଚ ଭାଙ୍ଗିବାର ଏ ପ୍ରଚଣ୍ଡ କଟୁ ଶବ୍ଦ ତାକୁ ଉପର ମହଲାର ତା'ର ପଢ଼ାଘରୁ ଏ ରୋଷେଇ ଘରକୁ ଟାଣି ଆଣିଛି।

'ହଉ, ତୁ ଯା'। ତୋର ପଢ଼ା ସାର। ମୋ ପାଇଁ ଓକିଲାତି କରିବା ଦରକାର ନାହିଁ,' କହି କହି ସାଧ୍ୱୀ ପୁଣି ପରିବା କାଟିବା ଆରମ୍ଭ କରିବା ପୂର୍ବରୁ ଥରେ ସାପଟିକୁ ଚାହିଁଲେ।

ଫ୍ରିଜ୍ ଉପରେ ମଳା ବାନ୍ଧି ବସି ସାପଟି ବଡ଼ ଗର୍ବରେ ଭଙ୍ଗା କାଚଖଣ୍ଡମାନଙ୍କୁ ଦେଖୁଥିଲା। ଧନ୍ୟାର ସ୍ୱର ଶୁଣି ଫଣା ବୁଲାଇ ସେ ଧନ୍ୟା ଆଡ଼କୁ ଚାହିଁଲା। ସମ୍ଭ୍ରାନ୍ତଙ୍କ ମୁଣ୍ଡ ପାଖରୁ ମାତ୍ର ଦୁଇଫୁଟ ଦୂରରେ ତା'ର ଫଣାଟି ଟେକି ହୋଇ ରହିଛି! ଯଦି ତାକୁ ସାମାନ୍ୟ ବୁଲାଇ ସେ ଚୋଟଟିଏ ମାରେ, ସମ୍ଭ୍ରାନ୍ତଙ୍କ ଠିକ୍ ଦୁଇ ଭୃଲତା ମଝି କପାଳ ଉପରେ ହିଁ ଚୋଟଟା ବସିବ!

*ହେ ପ୍ରଭୁ!*

ଆତଙ୍କରେ ସାଧ୍ୱୀଙ୍କ ଆଖି ବୁଜି ହୋଇଗଲା।

ଯାହାହେଉ, ସମ୍ଭ୍ରାନ୍ତ ପଛକୁ ଫେରିଲେ। ଦ୍ୱାର ବନ୍ଧକୁ ଆଉଜି ଠିଆ ହୋଇଥିବା ଧନ୍ୟା ପାଖକୁ ଯାଇ ଉତ୍ତର ଦେଲେ- 'ମା' କେମିତି ତାକୁ ନଷ୍ଟ କଲା? ଆରେ, ହାତେ ଉଚ୍ଚର ଫୁଲଦାନୀଟିରେ ଚାରିହାତ ଉଚ୍ଚର ଗ୍ଲାଡିଓଲି ଫୁଲଭର୍ତ୍ତି ଡାଙ୍ଗଗୁଡ଼ିକୁ ଖୁନ୍ଦି କରି ଭର୍ତ୍ତି କଲେ କ'ଣ ହେବ? ତାକୁ ପୁଣି ରଖିବ ଝରକା ବାଡ଼ରେ? ସାହାରା ନ ପାଇ ଫୁଲଗୋଛାଟା ଆଗକୁ ଢଳିବ ନା ନାହିଁ? କେତେ ଥର... କେତେ ଥର... ତୋ ମା'କୁ କହିଛି- ଝରକା ବନ୍ଧରେ କାଚ ଜିନିଷ ରଖନା। ମୋ କଥା ସେ ଶୁଣିଛି?'

ନିଜର ଗୋଟିଏ ପ୍ରଶ୍ନର ଉତ୍ତର ରୂପେ ଏତେଗୁଡ଼ିଏ ପ୍ରଶ୍ନ ତା' ଉପରେ ଅଜାଡ଼ି ହୋଇ ପଡ଼ିଲେ ମଧ୍ୟ ଧନ୍ୟା ପ୍ରତ୍ୟେକ ପ୍ରଶ୍ନରେ ଥିବା ଅଭିଯୋଗ ଗୁଡ଼ିକୁ ଜଣେ ଦକ୍ଷ ବିଚାରକ ପରି ମନେଦେଇ ଶୁଣିଲା। ସେ ଓଠକୁ କୁଞ୍ଚିତ କରି ମୁଣ୍ଡକୁ ହଲାଇଲା।

*ହୁଁ... ମା'ଙ୍କର ଭୁଲ୍ ତ ହୋଇଛି...*

ବାପ ଝିଅ ଦୁହିଁଙ୍କୁ ଅତୀତ ପାଲଟି ସାରିଥିବା ମହାର୍ଘ୍ୟ ଫୁଲଦାନୀଟିର ଟୁକୁରା ବର୍ତ୍ତମାନ ଆଡ଼କୁ ଆଗେଇ ଯାଉଥିବା ଦେଖି ସାଧ୍ୱୀ ତ୍ରସ୍ତ ହୋଇ ପାଟିକରି ଉଠିଲେ- 'ଆରେ, ଆରେ, ତୁମେ ଦୁହେଁ ଏ ଭଙ୍ଗାକାଚ ଗୁଡ଼ା ଆଡ଼କୁ କାହିଁକି ମାଡ଼ିଆସୁଛ?'

'ମୁଁ ସେତକ ଗୋଟାଇ ଦିଏ।' କହି ସମ୍ଭ୍ରାନ୍ତ ହାତରେ ଧରିଥିବା ରଙ୍ଗଲଗା ତୂଳୀଟିକୁ ରଖିବାକୁ ଫ୍ରିଜ୍ ଉପରକୁ ହାତ ବଢ଼ାଇଲେ।

'ଆରେ, ନା ନା ନା ନା! ନାଇଁ... ନାଇଁ...!!' ଦୁଇ ହାତ ପାପୁଲିକୁ ହଲାଇ ହଲାଇ ସାଧ୍ୱୀ ଚିତ୍କାର କରି ଉଠିଲେ।

'କ'ଣ ହେଲା?' ସମ୍ଭ୍ରାନ୍ତଙ୍କ ହାତ ପଛକୁ ଫେରିଗଲା। ବାପ ଝିଅ ଦୁହିଁଙ୍କ ପାଦ ଅଟକିଗଲା। ଦୁହିଁଙ୍କ ମୁହଁରେ ପ୍ରଶ୍ନବାଚୀ।

ହେ ଭଗବାନ!

ସାଧ୍ୱୀ ଛେପ ଢୋକିଲେ। ସାପଟା ତ ଏବେ ସମ୍ଭ୍ରାନ୍ତଙ୍କ ହାତରେ ଚୋଟଟାଏ ବସାଇଥାଆନ୍ତା!

'କ'ଣ ହେଲା ମା'?' ଧନ୍ୟା ମଧ୍ୟ ସମାନ ଆଶ୍ଚର୍ଯ୍ୟ ହୋଇ ଥରେ ମା'ଙ୍କ ମୁହଁକୁ ଥରେ ଫ୍ରିଜ୍ ଉପରକୁ ଚାହିଁଲା। 'କ'ଣ ହେଲା ଯେ, ତୁମେ ଏମିତି ଚିତ୍କାର କରୁଛ?'

'ନାଇଁ... ନାଇଁ... ସେ ଫ୍ରିଜ୍ ଉପରେ କିଛି ରଖନା।' ସାଧ୍ୱୀ ଶାନ୍ତ ସ୍ୱରରେ କହିବାକୁ ଚେଷ୍ଟା କଲେ।

'କାହିଁକି? କ'ଣ ହେଲାକି? ଏମିତି ଚିତ୍କାରଟାଏ କଲ, ସତେ ଯେପରି ତା' ଉପରେ ଭୂତ ପ୍ରେତ କି ସାପ କଙ୍କଡ଼ାବିଛା ରହିଛି। ଅଦ୍ଭୁତ ମଣିଷ!' ବିରକ୍ତ ହୋଇ ସମ୍ଭ୍ରାନ୍ତ କହିଲେ।

'ତୁମେମାନେ ଗଲ ଏଠୁ!' ସାଧ୍ୱୀ ସ୍ୱାଭାବିକ ହେବାକୁ ଚେଷ୍ଟା କରି ନିଜ କଥା ଉପରେ ଜୋର୍ ଦେଲେ। 'ସେ କାଚଖଣ୍ଡ ସବୁ ସେମିତି ପଡ଼ିଥାଉ। ମୋର ରୋଷେଇ ସରିଲାଣି, ମୁଁ ଯାଉଛି, ତାକୁ ସଫା କରିବି। ତୁମର ଏକକ ଚିତ୍ର ପ୍ରଦର୍ଶନୀଟା ଆରମ୍ଭ ହେବାକୁ ହାତରେ ଆଉ କେତେଦିନ ରହିଲା- ସେକଥା ତୁମର ମନେ ଅଛି ତ?'

'ଆସ ସମ୍ଭ୍ରାନ୍ତ! ଏ ଆଡ଼େ ଚାଲିଆସ। ଏସବୁ ଥାଉ, ତୁମେ ତୁମ କାମ ଆଗେ ସାର।' ନିଷ୍ପାପଙ୍କ ସ୍ୱର ଶୁଣି ସମସ୍ତେ ପଛକୁ ଚାହିଁଲେ।

'ଅଜା, ତୁମ ଝିଅଙ୍କୁ ଦେଖ!' ଧନ୍ୟା ନିଷ୍ପାପଙ୍କୁ ଚାହିଁ ଅଭିଯୋଗ କଲା। 'ଏଡ଼େ ପାଟିକରି ଆମକୁ ଡରାଉଛନ୍ତି। ଫ୍ରିଜ୍ ପାଖକୁ ଯିବାକୁ ଦେଉନାହାନ୍ତି।'

'ଫ୍ରିଜ୍ ପାଖକୁ?' ନିଷ୍ପାପଙ୍କ ଭ୍ରୂ କୁଞ୍ଚିତ ହେଲା। ସେ ଫ୍ରିଜ୍ ଆଡ଼େ ଚାହିଁଲେ। ତା' ଉପରେ ମଳା ବାନ୍ଧି ବସି ଫଣା ଏପଟ ସେପଟ କରୁଥିବା ସାପଟିକୁ ଦେଖି ସେ ସ୍ତବ୍ଧ ହୋଇଗଲେ। ସେଠାରୁ ଆଖି ଫେରାଇ ସେ ସାଧ୍ୱୀଙ୍କ ମୁହଁକୁ ଚାହିଁଲେ। ସେଠାରେ ଭୟ, ଉଦ୍‌ବେଗ ଓ ଆଶଙ୍କାର ଘନଘୋର କଳାମେଘଟିଏ ଦେଖି ନିଷ୍ପାପଙ୍କ ମୁହଁ ଝାଉଁଳି ପଡ଼ିଲା।

ସେ ଗମ୍ଭୀର ହୋଇ ପୁଣି ଫ୍ରିଜ୍‌କୁ ଅନାଇ ନିଜ ମୁହଁର ଛୋଟ ଛୋଟ ଧଳା ଦାଢ଼ୀମାନଙ୍କୁ ଆଉଁସିବାରେ ଲାଗିଲେ।

ସମ୍ଭ୍ରାନ୍ତ କିମ୍ୱା ଧନ୍ୟା ତାଙ୍କର ଏ ଭାବାନ୍ତର ଦେଖିପାରିଲେ ନାହିଁ। କିନ୍ତୁ ସେ ପୁରା ଚୁପ୍ ହୋଇଯାଇ ଫ୍ରିଜ୍‌କୁ ଅନାଇ ରହିବା ଦେଖି ଧନ୍ୟା ସମ୍ଭ୍ରାନ୍ତଙ୍କୁ ଚାହିଁ କହିଲା-

'ବାପା, ମୁଁ ଭାବୁଛି ଅଜା ଓ ମା' ମିଶି କାଲି ରାତିରେ ବୋଧହୁଏ ଭୂତ ଫିଲ୍ମଟାଏ ଦେଖିଛନ୍ତି। ଆଉ ସେ ଫିଲ୍ମରେ ବୋଧହୁଏ ଭୂତଟା ଫ୍ରିଜ୍ ଭିତରୁ ବାହାରୁଥିଲା!'

ଏହା କହି ହସିହସି ସେ ନିଜର ପାପୁଲିକୁ ଉପରକୁ ଉଠାଇଲା। ସମ୍ଭ୍ରାନ୍ତ ମଧ୍ୟ ତା'ର ଏ ମନ୍ତବ୍ୟରେ ମୁରୁକି ହସି ତା' ପାପୁଲିରେ ନିଜ ପାପୁଲିକୁ ମିଶାଇ ଠୋ' କରି ତାଳିଟାଏ ମାରି ଥରେ ନିଷ୍ପାପଙ୍କୁ ଓ ଥରେ ସାଧ୍ୱୀଙ୍କୁ ଅନାଇଲେ। ନିଷ୍ପାପ ମଧ୍ୟ ଅଳ୍ପ ହସି କହିଲେ- 'ଆରେ, ନା। ସେ କଥା ନୁହଁ। କିନ୍ତୁ... ଏ ଯେଉଁ ଶବ୍ଦ ହେଲା... କ'ଣ ଭାଙ୍ଗିଗଲା କି?'

'ଶବ୍ଦ?... କ'ଣ ଭାଙ୍ଗିଲା?... ଦେଖୁନାହାନ୍ତି... କ'ଣ ହୋଇଛି ଏଠି?' ସମ୍ଭ୍ରାନ୍ତ ପାଦଟିଏ ଆଗକୁ ଯାଇ ଝରକା ଆଡ଼କୁ ଅଙ୍ଗୁଳି ବଢ଼ାଇଲେ।

ନିଷ୍ପାପ ମଧ୍ୟ ଦୁଇପାଦ ଆଗକୁ ଯାଇ ସମ୍ଭ୍ରାନ୍ତଙ୍କ ଅଙ୍ଗୁଳି ନିର୍ଦ୍ଦେଶ କରୁଥିବା ଜାଗାଟାକୁ ଅନାଇ ବ୍ୟସ୍ତ ହୋଇ କହିଲେ- 'ଆରେ, ଏତ ସେଇ ମୁରାଣୋରୁ ଆସିଥିବା...

'ହଁ ହଁ, ମୁରାଣୋର ସେଇ ମୂଲ୍ୟବାନ ମଣିଟିର ଏମିତି ମୂଲ୍ୟବାନ ମରଣ! ମୁଁ ମନା କରୁଛି, ତୁମେ ତ ଯତ୍ନ ନେଇପାରିବ ନାହିଁ, ଏତେ ଦାମିକା ଜିନିଷ କିଣନା, ନା! ଜିନିଷ କିଣାହେବ, ଏମିତି ତାକୁ ଫିଙ୍ଗା ବି ହେବ!' ବିରକ୍ତିରେ ସମ୍ଭ୍ରାନ୍ତଙ୍କ ମୁହଁ ବିକୃତ ହେଲା।

ନିଷ୍ପାପ ଚଟାଣରୁ ଦୃଷ୍ଟି ଫେରାଇ ସାଧ୍ୱୀଙ୍କୁ ଚାହିଁଲେ। ସାଧ୍ୱୀ ଫ୍ରିଜ୍ ଆଡ଼କୁ ଆଖିରେ ଇସାରା କରି ବାପାଙ୍କୁ ନୀରବରେ ବୁଝାଇ ଦେଲେ ଯେ, ଯେ ଏଇ ଧଳା ସାପଟିର ଉଦ୍ଦଣ୍ଡ କାଣ୍ଡ। ଯାହା ପାଇଁ ସେ ନିର୍ଦ୍ଦୋଷ ହୋଇ ମଧ୍ୟ ଏବେ ଗାଳି ଖାଉଛନ୍ତି!

ନିଷ୍ପାପ ସମ୍ଭ୍ରାନ୍ତଙ୍କ ଆଡ଼କୁ ମୁହଁ ଫେରାଇଲେ। ତାଙ୍କ ହାତରେ ଶୁଖି ଆସୁଥିବା ତୂଳୀକୁ ଦେଖି କହିଲେ, 'ଓଃ! ବୁଝିଲି, ସାଧ୍ୱୀ ତୁମମାନଙ୍କୁ ସେଆଡ଼େ କାହିଁକି ଯିବାକୁ ଦେଉନାହିଁ। ଆରେ, ତୁମର ତ ପ୍ରଦର୍ଶନୀ ଆରମ୍ଭ ହେବା ପାଇଁ ଦିନ ପାଖେଇ ଆସିଲାଣି। ତୁମେ ଏ କାଚ ଟୁକୁରା ଉଠାଇ ସମୟ ନଷ୍ଟ କଲେ ଚଳିବ? ଧନ୍ୟା, ତୁ ବି ଯା'। ତୋ ପଢ଼ାରେ ଲାଗ।'

ସମ୍ଭ୍ରାନ୍ତ ସେଠାରୁ ଚୁପ୍‌ଚାପ୍ ଚାଲିଗଲେ।

ଧନ୍ୟା କିନ୍ତୁ ଫ୍ରିଜ୍ ଆଡ଼କୁ ଆଗେଇ ଗଲା। ତାକୁ ପାଖକୁ ଆସିବା ଦେଖି ଫଣାକୁ ଢଳାଇ ମଳା ଉପରେ ମୁଣ୍ଡ ଥାପି ଏଣେତେଣେ ଅନାଉଥିବା ସାପଟି ପୁଣି ଫୁତ୍‌କାର କଲା। ଧନ୍ୟା ଯଦି ଆଉ ପାଦଟିଏ ଆଗେଇଯାଏ, ସତେ ଅବା ସିଏ ନଇଁପଡ଼ି ଧନ୍ୟା ମୁଣ୍ଡରେ ଶକ୍ତ ଚୋଟଟିଏ ପକାଇବାକୁ ତିଆରି ହୋଇ ରହିଛି।

'ଧନ୍ୟା !' ସାଧ୍ୱୀ ପୁଣି ଥରେ ଚିତ୍କାର କରି ଉଠିଲେ।

'ତୁ ଡରନା ମା'...' ସାଧ୍ୱୀଙ୍କୁ ଚାହିଁ ନିଷ୍ପାପ କହିଲେ- 'ତାକୁ ଡରିବାର କିଛି କାରଣ ନାହିଁ। ସେ କିଛି କରିବ ନାହିଁ।'

'ସେ ? 'ସେ' କିଏ ଅଜା ?' ଧନ୍ୟା ଆଶ୍ଚର୍ଯ୍ୟ ହୋଇ ବୁଲିପଡ଼ିଲା। ନିଷ୍ପାପଙ୍କୁ ଚାହିଁ ପଚାରିଲା- 'କାହାକୁ... କାହାକୁ ଡରିବାର କିଛି କାରଣ ନାହିଁ। ଏ 'ସିଏ'ଟା କିଏ ? ଯିଏ କିଛି କରିବ ନାହିଁ ?'

ସାଧ୍ୱୀ ଚଟ୍‌କରି ଉତ୍ତର ଦେଲେ- 'ତୁ ! ଆଉ କିଏ ? ଅଜା କହୁଛନ୍ତି, ତୁ ଏତେ ଭଲ ଝିଅଟିଏ ଯେ, ଫ୍ରିଜ୍‌ରୁ ଖୋଜି ଥଣ୍ଡା ପିଇବୁ ନାହିଁ କି ସେମିତି କିଛି ହରକତ କରିବୁ ନାହିଁ। ହେଲେ ମୁଁ ପଚାରୁଛି, ତୁ ଥରକୁ ଥର ସେ ଫ୍ରିଜ୍ ଖୋଲିବାକୁ ଯାଉଛୁ କାହିଁକି ? ତୋତେ ତ ଏମିତିରେ ଟିକକରେ ଥଣ୍ଡା ଧରୁଛି।'

'ଥଣ୍ଡା ? ମା' ତୁମେ ଜାଣ ? ଆମ ସ୍କୁଲରେ ସମସ୍ତେ କ'ଣ କହନ୍ତି ? କହନ୍ତି... ନିଉକାଶଲ୍‌ର ଝିଅମାନେ... ଉମ୍...ଉମ୍...ରହ କହୁଛି... ବ୍ରେଭ୍‌କୁ ଓଡ଼ିଆରେ କ'ଣ କହନ୍ତି ତ ଅଜା ?'

'ସାହସୀ'...

'ହଁ, ନିଉକାଶଲ୍‌ର ଝିଅମାନେ ଖୁବ୍ ସାହସୀ... ସେମାନେ ଏ ଥଣ୍ଡାଫଣ୍ଡାକୁ ଡରନ୍ତି ନାହିଁ କି ସେମାନଙ୍କୁ ଏ ଥଣ୍ଡା ସର୍ଦ୍ଦି ମଧ୍ୟ କେବେ ହୁଏ ନାହିଁ। ସେମାନେ କେବେ ଏ ସ୍ନୋ ଫଲ୍...' ସେ ପୁଣି ଅଜାଙ୍କୁ ଚାହିଁଲା।

'ତୁଷାରପାତ'...

'ହଁ, ତୁଷାରପାତ... ସାରା ଇଂଲଣ୍ଡରେ କେବଳ ଏଇ ନିଉକାଶଲ୍‌ରେ ହିଁ ଏମିତି ଚମତ୍କାର ସବୁଠୁ ଅଧିକ ସୁନ୍ଦର ତୁଷାରପାତ ହୁଏ। ତଥାପି ମୋ ସାଙ୍ଗମାନଙ୍କୁ ତୁମେ କେବେ ଭାରୀ ଭାରୀ ଗରମ ପୋଷାକରେ ଦେଖିଛ ?'

ଅଜା ହସିଲେ। ଧନ୍ୟାକୁ କୋଳେଇ ନେଇ ସେ କହିଲେ- 'ତୋ ସାଙ୍ଗମାନଙ୍କୁ ତ କେବେ ଭାରୀ ଭାରୀ ଗରମ ପୋଷାକରେ ମୁଁ ଦେଖିନି କିନ୍ତୁ ତୋତେ ଏମିତି ଶୁଦ୍ଧ ଓଡ଼ିଆ ଉଚ୍ଚାରଣ ସହ କଥା କହିବା ଦେଖିଲେ ମୋ ଛାତି କୁଣ୍ଢେ ମୋଟ ହୋଇଯାଉଛି।'

ସାଧ୍ୱୀଙ୍କ ମୁହଁରୁ ଚିନ୍ତାର କଳା ବାଦଲ ନିଷ୍ପାପଙ୍କ ଏ କଥାରେ ଧୀରେ ଧୀରେ ଅପସରି ଗଲା। ସେଇଠି ପ୍ରସନ୍ନତାର ଆଲୋକ ଦେଖି ନିଷ୍ପାପ ପୁଣି କହିଲେ- 'ସାଧ୍ୱୀ ! ତୋ ଝିଅ ତ, ଓଡ଼ିଶାରେ ରହୁଥିବା ଖାଣ୍ଟି ଓଡ଼ିଆ ପିଲାଙ୍କ ଠାରୁ ଭଲ ଓଡ଼ିଆ କହୁଛି। ଓଡ଼ିଶାରେ ତ ଏବେ କିଏ କେତେ ବିକୃତ ଓଡ଼ିଆ କହିପାରିବ, ତା'ର ଏକ ପ୍ରତିଯୋଗିତା ଚାଲିଛି। ସବୁଠାରୁ ଆଶ୍ଚର୍ଯ୍ୟ କଥା ହେଉଛି, ମଲ୍‌ମାନଙ୍କରେ କି ପାର୍କରେ ବୁଲିବାବେଳେ

ମୁଁ ଲକ୍ଷ୍ୟ କରୁଛି, ଗୋଟିଏ ପରିବାରର ବାପ ପୁଅ ଓଡ଼ିଆରେ କଥା ହେଲାବେଳେ ମା'ଝିଅ ହିନ୍ଦୀରେ କଥା ହେଉଛନ୍ତି। ଅର୍ଦ୍ଧଶିକ୍ଷିତ ମା'ମାନେ ବିକୃତ ଉଚ୍ଚାରଣ କରି ଭୂଲ୍‌ଭାଲ୍ ହିନ୍ଦୀ ଇଂରାଜୀ ପଛେ କହିବେ, ଓଡ଼ିଆ କହିଲେ ସେମାନଙ୍କ ମାନ ହାନି ହେବ ବୋଲି ସେମାନେ ଭାବୁଛନ୍ତି!'

ସାଧ୍ୱୀ ହସିଲେ। ତାଙ୍କର ତରକାରୀ ବସାଇବା କାମ ସରିଥିଲା। ସେଥିରେ ଢାଙ୍କୁଣି ଲଗାଇ ଜାଳକୁ ସମ୍ପୂର୍ଣ୍ଣ ଧୀମା କରି ସେ ନିଷ୍ପାପ ଓ ଧନ୍ୟା ଆଡ଼କୁ ବୁଲିପଡ଼ି ଛାତିରେ ହାତଛନ୍ଦି କହିଲେ- 'ପୁରୁଷମାନଙ୍କ ଅପେକ୍ଷା ନାରୀମାନଙ୍କ ଜାତୀୟତାବୋଧ, ନିଜ ଭାଷା ପ୍ରତି ମମତା ଅଧିକ ଥାଏ ବୋଲି ତ ନିଜ ଭାଷାକୁ ମାତୃଭାଷା ବୋଲି କୁହାଯାଏ। ଆଉ ମା' ଯଦି ମାତୃଭାଷାର ବଇରୀ ହେବ, ମାତୃଭାଷାକୁ ଆଉ କିଏ ରକ୍ଷା କରିବ?'

ଧନ୍ୟା ଆଡ଼କୁ ଥରେ ଅନାଇ ସେ ପୁଣି ନିଷ୍ପାପଙ୍କୁ ଚାହିଁ କହିଲେ- 'ଆମ ଘରେ କିନ୍ତୁ ମୋ ଅପେକ୍ଷା ସମ୍ଭ୍ରାନ୍ତ ଏଥିପାଇଁ ବେଶି ସଜାଗ। ତାଙ୍କର ତ କଡ଼ା ଆଦେଶ- ଆମେ କେହି ଯେପରି ଗୋଟିଏ ବି ଅନାବଶ୍ୟକ ଶବ୍ଦ ଇଂରାଜୀରେ ନ କହୁ। ତାଙ୍କର କହିବା କଥା- ଏଇଠି ବାହାରକୁ ଗୋଡ଼ କାଢ଼ିବା ମାତ୍ରେ ତ ବର୍ଷାଦିନର ବର୍ଷାତି ପରି ଇଂରାଜୀ ବ୍ୟବହାର ନ କଲେ ନ ଚଳେ, ପୁଣି ଘରେ ମଧ୍ୟ ଯଦି ଆମେ ଓଡ଼ିଆ ନ କହୁ, ଆଉ ଓଡ଼ିଆ କହିବ କିଏ?'

ସାଧ୍ୱୀଙ୍କୁ ସହଜ ଭାବରେ କଥା କହିବା ଦେଖି ନିଷ୍ପାପ ଆଶ୍ୱସ୍ତ ହେଲେ। କିନ୍ତୁ ମୁହଁ ଖୋଲି କହିଲେ- 'ଓହୋ! ଧନ୍ୟାର ଏହି ଶୁଦ୍ଧ ଓଡ଼ିଆରେ କଥା ହେବା ତେବେ ସମ୍ଭ୍ରାନ୍ତଙ୍କର ଉପହାର? ଭଲ, ଖୁବ୍ ଭଲ। ବାପର ଶାସନ ନଥିଲେ ପିଲାମାନେ କେବେ ମଣିଷ ହୁଅନ୍ତି?'

'ତୁମେ ମା'ଙ୍କୁ ଏମିତି ଶାସନ କରୁଥିଲ? ମା' ମାନୁଥିଲେ?'

'ହଁ, ନିଶ୍ଚୟ ମାନୁଥିଲା। ତୁ ଏବେ ସମ୍ଭ୍ରାନ୍ତଙ୍କ ଆଦେଶ ନ ମାନି ଯଦି ଘରେ ମଧ୍ୟ ଇଂରାଜୀରେ ହିଁ କଥା ହେବୁ, କାରଣ ତାହା କରିବା ସହଜ କାମ, ସମ୍ଭ୍ରାନ୍ତ କେତେଦିନ ଆଉ ତୋତେ ବାଧ କରିବେ? ତୋ ମା' ମୋ ଶାସନ ଖୁବ୍ ମାନୁଥିଲା ବୋଲି ତ ଆଜି ନର୍ଥଅମ୍ବ୍ରିଆ ପରି ଏକ ପ୍ରସିଦ୍ଧ ବିଶ୍ୱବିଦ୍ୟାଳୟରେ ଅଧ୍ୟାପନା କରୁଛି। ସେ ମଧ୍ୟ ଆନ୍‌ଥ୍ରୋ... ଉମ୍‌ମ୍... ଉମ୍‌ମ୍... ହଁ, ନୃତତ୍ତ୍ୱ ବିଜ୍ଞାନରେ। ଏଣୁ ମା'ବାପାଙ୍କ କଥା ମାନିଲେ ପିଲାମାନେ ତ ନିଜ ଜୀବନକୁ ହିଁ ଠିକ୍ ମାର୍ଗରେ ନେଇପାରନ୍ତି ନା।'

ସାଧ୍ୱୀ ଓ ଧନ୍ୟା ପରସ୍ପରକୁ ଚାହିଁ ମୁଣ୍ଡ ଟୁଙ୍ଗାରିଲେ। ଧନ୍ୟା ଆସି ମା'ଙ୍କୁ ଦୁଇହାତରେ ଜାବୁଡ଼ି ଧରି ଆଖିରେ ପ୍ରଶଂସା ନେଇ ଚାହିଁଲା।

ନିଷ୍ପାପଙ୍କ ଦୃଷ୍ଟି ସନ୍ତର୍ପଣରେ ଫ୍ରିଜ୍ ଉପରକୁ ଯାଇ ଫେରିଆସିଲା।

*ଏ ସାପ ?... ଏ ତ ଏଇଠି ପହଞ୍ଚି ସାରିଲାଣି !*

'ଅଜା, ଜାଣିଛ ?' ଧନ୍ୟାର ଉଚ୍ଛକିତ ସ୍ୱରରେ ନିଷ୍ପାପ ଧନ୍ୟା ମୁହଁକୁ ଚାହିଁଲେ। 'କାଲି ମୋର ଏକ ଆଶୁକବିତା ପ୍ରତିଯୋଗିତା ଅଛି।' ଧନ୍ୟା କହିଲା।

ନିଷ୍ପାପଙ୍କ ଆଖି ସ୍ଥିର ହୋଇଗଲା। ସେ ସାଧ୍ୱୀ ଆଡ଼କୁ ଚାହିଁଲେ। ସାଧ୍ୱୀ କିଛି ନ କହି ଆଖି ତଳକୁ କରି ଟୁକୁରା କାଚଖଣ୍ଡମାନଙ୍କୁ ଗୋଟାଇ ନେବା ପାଇଁ ଡ୍ରରୁ ଗ୍ଲୋଭସ୍ କାଢ଼ି ପିନ୍ଧିବାରେ ଲାଗିଲେ।

ନିଜକୁ ସମ୍ଭାଳି ନିଷ୍ପାପ କହିଲେ- 'ଆରେ ବାଃ ! କ'ଣ କହିଲୁ ? କବିତା ପ୍ରତିଯୋଗିତା ? ତୁ କବିତା ଲେଖିଲୁଣି !'

'ହଁ, ଏମିତି କେତେ ପ୍ରତିଯୋଗିତାରେ ଭାଗ ବି ନେଇସାରିଲିଣି।' ଧନ୍ୟା ଉତ୍ତର ଦେଲା- 'ଅଧିକାଂଶରେ ପ୍ରଥମ ଚାରି ଜଣଙ୍କ ଭିତରେ ବି ରହିପାରିଛି। ଆଉ କାଲିର ପ୍ରତିଯୋଗିତାର ପ୍ରଥମ ଦୁଇଟି ଚରଣ ମୁଁ ପାର ହୋଇ ଶେଷ ଭାଗର ଦଶଜଣଙ୍କ ଭିତରେ ଅଛି। ମୋର ବିଶ୍ୱାସ, ମୁଁ ଏଥିରେ ନିଶ୍ଚୟ ପ୍ରଥମ ତିନିଜଣଙ୍କ ଭିତରେ ରହିବି।'

ନିଷ୍ପାପଙ୍କ ଆଖି ଛଳଛଳ ହୋଇଗଲା। *'ନା'ରେ ମା ! ତୁ ସେଇ ଚତୁର୍ଥ ସ୍ଥାନରେ ହିଁ, ଏବେ ନୁହଁ ଯେ- ଆଜୀବନ ରହିବୁ ! ଏହା ହିଁ ଆମର କର୍ମ, ଆମର ପ୍ରାରବ୍ଧ।'*

ତାଙ୍କ ଆଖି ପୁଣି ସାଧ୍ୱୀଙ୍କୁ ଖୋଜିଲା। ସାଧ୍ୱୀ କିନ୍ତୁ ତାଙ୍କୁ ନ ଚାହିଁ ଗମ୍ଭୀର ମୁହଁରେ ଛୋଟ ବଡ଼ କାଚଖଣ୍ଡମାନଙ୍କୁ ଅଳିଆ ଥଳିରେ ପୂରାଇବାରେ ଲାଗିଲେ।

ସେମିତି ଉଚ୍ଛୁଳି ଉଠି ଧନ୍ୟା କହିଲା- 'ଆଚ୍ଛା ଅଜା, କହିଲ ମୋ ଜୀବନର ଲକ୍ଷ୍ୟ କ'ଣ ?'

'ଆରେ ବାଃ !' ଉଚ୍ଛକିତ ହେବାର ଅଭିନୟ କରି ନିଷ୍ପାପ ଉତ୍ତର ଦେଲେ। କିଛି କାମର ବାହାନା କରି ସାଧ୍ୱୀ ସେଠାରୁ ଚାଲିଗଲେ।

'ଏତେ ଛୋଟ ବୟସରୁ ତୁ କ'ଣ ହେବୁ ସେକଥା ସ୍ଥିର କରିନେବା କ'ଣ କମ୍ କଥା ?' ନିଷ୍ପାପ ଭ୍ରୂକୁଞ୍ଚିତ କରି ନିଜ ମୁଣ୍ଡକୁ ମୁଣ୍ଡାଉ କୁଣ୍ଡାଉ ଚିନ୍ତା କରିବାର ଛଳନା କଲେ।

'ହୁଁ... ତୋର ଲକ୍ଷ୍ୟ... ? ଆଉ କ'ଣ ହୋଇଥିବ ? ବୋଧହୁଏ ମା' ପରି ଜଣେ ଶିକ୍ଷାବିତ୍ କିମ୍ବା ବାପାଙ୍କ ପରି ଜଣେ ଚିତ୍ରକର ?'

'ଭୂଲ, ଭୂଲ, ପୂରା ଭୂଲ।' ଧନ୍ୟା ତାଳିମାରି ଡେଇଁବାରେ ଲାଗିଲା।

ନିଷ୍ପାପଙ୍କୁ ଲାଗିଲା ଲମ୍ବା, ପତଳା, ଶ୍ୟାମଳ ରଙ୍ଗର ଫୁଲଭର୍ତ୍ତି ରାଧାତମାଳ ଲତାଟିଏ ସକାଳର ଉଜ୍ଜ୍ୱଳ ସୂର୍ଯ୍ୟକିରଣରେ ଦୋହଲି ଦୋହଲି ବାଡ଼ ଡେଇଁ ବାହାରକୁ ଆସିବାକୁ ଚେଷ୍ଟା କରୁଛି।

ଆହା ! ସୁକୁମାର ଲତାଟି କାହୁଁ ଜାଣିବ ବାଡ଼ ସେପାଖ ବିପଦର ମହାସମ୍ଭାରକୁ !

ଧନ୍ୟା କହିବାରେ ଲାଗିଥିଲା- 'ଅବଶ୍ୟ ପୂରା ଭୂଲ୍ କହିନାହଁ ଯେ। ହଁ, ବାପାଙ୍କ ପରି ଚିତ୍ରକର ନହେଲେ ବି ମୁଁ ଜଣେ ଲେଖକ ହେବି। ଆମ ଶ୍ରେଣୀର ଶିକ୍ଷକ କହୁଥିଲେ- ଜଣେ ଲେଖକଙ୍କର କେବେ ମଧ୍ୟ ମୃତ୍ୟୁ ହୁଏନା। ଶହ ଶହ ବର୍ଷ ପରେ ମଧ୍ୟ ଲୋକେ ତାଙ୍କୁ ମନେ ରଖିଥାଆନ୍ତି। ମୁଁ ବି ସେମିତି ଲେଖିକରି ନାଁ କମାଇବାକୁ ଚାହେଁ।'

ନିଷ୍ପାପଙ୍କ ଛାତି ଚିରି ଦୀର୍ଘ ନିଃଶ୍ୱାସଟିଏ ବାହାରି ଆସିଲା।

*ଭାଗ୍ୟର ବିଚିତ୍ର ଖେଳ !*

ଭାରତରେ ଥିଲେ ଲେଖାଲେଖିକୁ ଜୀବିକା କରିବା କଥା ଧନ୍ୟା ହୁଏତ ଭାବି ନଥାନ୍ତା। ଭାରତରେ ପ୍ରଥମେ ଅନ୍ୟ କୌଣସି ଜୀବିକା ଅର୍ଜନ କରାଯାଏ। ନିଜକୁ, ନିଜ ପରିବାରକୁ ପୋଷିବାର କ୍ଷମତା ହାସଲ କରିବା ପରେ ହିଁ ଜଣେ ଲେଖକ ହେବା କଥା ଚିନ୍ତା କରେ।

କିନ୍ତୁ ଇଂଲଣ୍ଡରେ ତ ଲେଖାଲେଖି ମଧ୍ୟ ଏକ ଜୀବିକା। ଏକ ସମ୍ମାନସ୍ପଦ ଜୀବିକା। ଏହି ଜୀବିକା ପାଇଁ ବୟସ ସୀମା ନାହିଁ। ତଥାପି ଅନ୍ୟାନ୍ୟ ଜୀବିକା ପରି ଏଇ ଜୀବିକାକୁ ମଧ୍ୟ ଆପଣେଇବାକୁ ତରୁଣ ବୟସରୁ ଲୋକେ ଲାଗିପଡ଼ନ୍ତି। ଜଣେ ସଫଳ ଲେଖକ ହେବାକୁ ଜୀବନର ଲକ୍ଷ୍ୟକରି ଧୀରେ ଧୀରେ ସେଆଡ଼କୁ ଆଗେଇ ଯାଆନ୍ତି। ଅନ୍ୟ ଜୀବିକା ପରି ଏ ଜୀବିକାରେ ଥିବା ଲମ୍ବା ସିଡ଼ିରେ ପାଦରଖି କ୍ରମଶଃ ଉପରକୁ ଉଠନ୍ତି। ଅନ୍ୟାନ୍ୟ ସମ୍ମାନଜନକ ଜୀବିକା ପରି ଏ ଜୀବିକାରୁ ମଧ୍ୟ ଭଲ ଆୟ ହୁଏ। କ୍ରମୋନ୍ନତି ଥାଏ।

ଆଉ ଯିଏ ପ୍ରତିଭା ସହ ପରିଶ୍ରମକୁ ଏକାଠି କରିଦିଏ, ତାକୁ ଏହି ଜୀବିକାରେ ଯଶ ଓ ଖ୍ୟାତି ଅନ୍ୟ ଜୀବିକାଠାରୁ ଅଧିକ ପରିମାଣରେ ଓ ଅଧିକ ବ୍ୟାପ୍ତ ହୋଇ ମିଳିଯାଏ।

ଏଣୁ ଧନ୍ୟା ଯେ ଇଂଲଣ୍ଡରେ ରହି ଲେଖକ ହେବାର ସ୍ୱପ୍ନ ଦେଖୁଛି ଓ ଏହାକୁ ନିଜ ଜୀବନର ଲକ୍ଷ୍ୟ କରିସାରିଛି, ଏହା କିଛି ବିଚିତ୍ର କି ଉଦ୍ଭଟ ଚିନ୍ତାଧାରା ନୁହେଁ। ଧନ୍ୟାକୁ ନିଜ ଲକ୍ଷ୍ୟସ୍ଥଳରେ ପହଞ୍ଚିବା ପାଇଁ ଏକ ଭାରତୀୟ ଲେଖକ ପରି ଜଙ୍ଗଲ କାଟି, ପାହାଡ଼ ଫଟାଇ ରାସ୍ତା ତିଆରି କରିବାର ଆବଶ୍ୟକତା ଆଦୌ ନାହିଁ। କିମ୍ବା

ଅନ୍ୟ କିଛି ଜୀବିକାର ପଥିକ ପାଲଟି ତାହାର ଆୟକୁ ଏହି ରାସ୍ତାର ପୃଷ୍ଠପୋଷକ କରି ଲକ୍ଷ୍ୟସ୍ଥଳରେ ପହଞ୍ଚିବାର ବାଧ୍ୟବାଧକତା ମଧ୍ୟ ନାହିଁ । ଲେଖକ ହେବାର ନିର୍ଦ୍ଦିଷ୍ଟ, ସୁନ୍ଦର, ସମତଳ ଲମ୍ବା ରାସ୍ତାରେ ଆଗେଇ ଗଲେ, ନିଜ ଗତିକୁ ସକ୍ରିୟ କରି ରଖିଥିଲେ ଦିନେ ଏଇ ରାସ୍ତାରେ ହିଁ ଲକ୍ଷ୍ୟସ୍ଥଳରେ ନିଶ୍ଚୟ ତ ପହଞ୍ଚିପାରିବ ।

କିନ୍ତୁ...

କିନ୍ତୁ ଇଂଲଣ୍ଡରେ ଥାଇ ମଧ୍ୟ ଏ ରାସ୍ତା କେବଳ ଧନ୍ୟା ପାଇଁ ସମ୍ପୂର୍ଣ୍ଣ ବନ୍ଦ !

ଏ କଥା କିଏ କହିବ ଧନ୍ୟାକୁ ?

ଆର କୋଠରୀରୁ ସମ୍ଭ୍ରାନ୍ତଙ୍କ ସ୍ୱର ଶୁଣାଗଲା- 'ଧନ୍ୟା, ଉପର ମହଲାର ବାରଣ୍ଡାରେ ଥିବା ସେ ଥାକ ଉପରୁ ନାଲିରଙ୍ଗ ଡବାଟା ଟିକେ ଆଣିଲୁ ।'

'ହଁ ବାପା, ଆଣୁଛି ।' କହି ଧନ୍ୟା ନିଷ୍ପାପଙ୍କୁ ଚାହିଁଲା- 'ହଉ ଅଜା, ମୁଁ ଯାଏ । ମୋର ବଳକା ପଢ଼ାପଢ଼ି ସାରିଦିଏ । ଖାଇବା ବେଳେ ପୁଣି ଦେଖାହେବ ।' ଗୁଣୁଗୁଣୁ ଗୀତ ଗାଇ, ନାଚିକୁଦି ଧନ୍ୟା ସେଠାରୁ ଚାଲିଗଲା ।

ଧନ୍ୟାକୁ ସେଠାରୁ ଯିବାର ଦେଖି ସାଧ୍ୱୀ ସେଇଠି ଆସି ପହଞ୍ଚିଗଲେ । ନିଷ୍ପାପ ଓ ସାଧ୍ୱୀଙ୍କ ମିଳିତ ଦୃଷ୍ଟି ଫ୍ରିଜ୍ ଉପରେ ପଡ଼ିଲା ।

ସାପଟି ସେଇଠି ନ ଥିଲା ।

ଦୁହିଁଙ୍କ ଦୃଷ୍ଟି ସେଇଠୁ ଫେରି ପରସ୍ପର ଉପରେ ପଡ଼ିଲା । ଦୁହିଁଙ୍କ ଛାତି ବିଦାରି ଗୋଟିଏ ଲେଖା ଦୀର୍ଘ ନିଃଶ୍ୱାସ ବାହାରି ଆସିଲା ।

ସମଗ୍ର ଇଂଲଣ୍ଡରେ କାହିଁକି... ସମଗ୍ର ବ୍ରିଟେନ୍‌ରେ... ସମଗ୍ର ପୃଥିବୀରେ ମଧ୍ୟ ଧନ୍ୟା ଏକମାତ୍ର ବ୍ୟକ୍ତି, ଯାହାକୁ ଲେଖକ ହେବାର ସ୍ୱପ୍ନ ଦେଖିବା ସମ୍ପୂର୍ଣ୍ଣ ମନା !!

ଧନ୍ୟା କେବେବି ଲେଖକ ହୋଇପାରିବ ନାହିଁ । ସବୁଠାରୁ ଦୁଃଖର କଥା- ଏ ଲକ୍ଷ୍ମଣରେଖା କଥା ଧନ୍ୟା ଜାଣେନା ।

ଯେତେବେଳେ ଜାଣିବ ସେ ହୁଏତ ବହୁତ ବିଳମ୍ବ ହୋଇସାରିଥିବ ।

'ବାପା, ଖାଇବା ବେଳ ତ ବେଶ୍ ଡେରି ଅଛି, କଫି ପିଇବ ?'

'ହଉ କର, ମିଶିକରି ପିଇବା ।' ବନ୍ଦ କାଚ ଝରକାର ଆରପଟର ଅନବରତ ତୁଷାରପାତର ବୈଭବକୁ ଦେଖୁଦେଖୁ ନିଷ୍ପାପ ଉତ୍ତର ଦେଲେ ।

ସମ୍ଭ୍ରାନ୍ତଙ୍କ କୋଠରୀ ପାଖକୁ ଯାଇ ଦ୍ୱାରମୁହଁରୁ ହିଁ ସାଧ୍ୱୀ ପଚାରିଲେ- 'ତୁମେ କଫି ପିଇବ ?'

'ହଉ ଆଣ ।' ପେଣ୍ଟିଂରେ ରଙ୍ଗ ଚଢ଼ଉ ଚଢ଼ଉ ସମ୍ଭ୍ରାନ୍ତ ସାଧ୍ୱୀଙ୍କୁ ନ ଚାହିଁ ଉତ୍ତର ଦେଲେ ।

ଅଳ୍ପ ସମୟ ପରେ ସମ୍ଭ୍ରାନ୍ତଙ୍କ ପାଖରେ କଫି ମଗ୍‌ଟିଏ ରଖି ସାଧ୍ୱୀ ଆଉ ଦୁଇ ମଗ୍ କଫି ଟ୍ରେ'ରେ ଧରି ରୋଷେଇ ଘର ନିକଟରେ ଥିବା ଖାଇବା ଘରର ଡାଇନିଂ ଟେବୁଲ୍ ଉପରେ ଟ୍ରେ'ଟିକୁ ରଖିଲେ। ସେଇଠି ଆସି ବସି ସାରିଥିବା ନିଷ୍ପାପଙ୍କ ହାତରେ କଫି ମଗ୍‌ଟିଏ ଧରାଇ ନିଜେ ଗୋଟିଏ ଚେୟାର ଟାଣି ତାଙ୍କ ଆଗରେ ବସିଲେ।

କଫି ମଗ୍‌ରୁ ଫେଣତକ ଶୋଷି ନେଇ ସାଧ୍ୱୀ କହିଲେ- 'ବାପା, ମୋତେ ତ ଏ ସାପକୁ ନେଇ ଚିନ୍ତା ଲାଗିଲାଣି-'

'ତୋତେ ମୁଁ କେତେ ମନା କଲି ତୁ ସେ ପୋଥିଗୁଡ଼ାକ ବ୍ରହ୍ମପୁର ଘରୁ ହଟାନା, ଏଠାକୁ ଆଣନା। ମୋ କଥା ଶୁଣିଲୁ ନାହିଁ। ଦେଖିଲୁ ତ କ'ଣ ହେଲା!' ନିଷ୍ପାପ କଫି ମଗ୍‌ଟିକୁ ଉଠାଇ ମୁହଁ ପାଖକୁ ନେଲେ।

'ମୁଁ ଭାବୁଛି... ପୋଥିଗୁଡ଼ା ଆଣି ଠିକ୍ କରିଛି। ମୋତେ ସାନ୍ତ୍ୱନା ଦେବାକୁ ଯାଇ ତୁମେ ଯେତେବେଳେ ତୁମ ବଂଶର ଇତିହାସ ଦେବଦତ୍ତ ଓ ବିଧାନ ଜେଜେଙ୍କ କଥା କହିଲ, ମୋତେ ତ ପ୍ରଥମେ ଲାଗିଲା ମୋତେ କେବଳ ଭୁଲାଇବା ପାଇଁ ତୁମେ ଏ ମନଗଢ଼ା କାହାଣୀ କହୁଛ। କିନ୍ତୁ ଏବେ ସେଗୁଡ଼ା ପଢ଼ିସାରିବା ପରେ ମୁଁ ଜାଣିପାରୁଛି-'

'ତୁ ସେ ପୋଥି ସବୁ ପଢ଼ିସାରିଲୁଣି?' ତା' କଥାକୁ କାଟି ନିଷ୍ପାପ ପଚାରିଲେ।

'ହଁ ପରା, ଏଇ ତ ତୁମେ ଆସିବା ଆଗ ଦିନ ହିଁ ସେ 'ଦେବଦତ୍ତ ଉପାଖ୍ୟାନ' ପୋଥିଟା ସରିଲା। ବାକିତକ ଆଉ ପୋଥି କ'ଣ? ସେ ସବୁ ତ ଅଧାଲେଖା ପାଣ୍ଡୁଲିପି କେବଳ।'

'ନା, ନା, ଦେବଦତ୍ତଙ୍କ 'କର୍ମସୂତ୍ର' ତ ପୋଥିଟିଏ।'

'ଓଃ! ହଁ, ହଁ, ସେଇଟା ହିଁ ତ ଆଗେ ପଢ଼ିଲି। ଏକ ଚମତ୍କାର ଲେଖା! ତାକୁ ପଢ଼ି ସାରିବା ପରେ 'ଦେବଦତ୍ତ ଉପାଖ୍ୟାନ'ରୁ ଜାଣିଲି, ସତରେ, ତାଙ୍କ ପ୍ରତି ତ ଘୋର-'

'ଓଃ! ତୁ ତା'ହେଲେ ଏଇ ଚାରିଦିନ ହେଲା, ଏଇ ସାପଟିକୁ ଦେଖୁଛୁ?'

'ହଁ, ଏଇ ଚାରିଦିନ ହେଲା ସାପକୁ ଦେଖୁଛି ଓ ସେଇ କଥା ହିଁ ଭାବୁଛି। ଧନ୍ୟାକୁ ଦେଖାଦେବାକୁ ଏ ସାପଟାକୁ ତ ବେଶି ସମୟ ଲାଗିବ ନାହିଁ! ଏ ଅଧ୍ୟାୟକୁ-'

'ଅଧ୍ୟାୟ? ସାତ ପୁରୁଷ ଧରି ଚାଲିଥିବା ଏକ ଦୁର୍ଭାଗ୍ୟର ପ୍ରଖର ସ୍ରୋତ ଆଉ କ'ଣ ଅଧ୍ୟାୟ ହୋଇ ରହିଛି? ସେ ତ ଏକ ମହାଗାଥା-

'କିନ୍ତୁ, ମୁଁ ଏ ପ୍ରଖର ସ୍ରୋତରେ ଧନ୍ୟାକୁ ବୁଡ଼ିଯିବାକୁ ଆଦୌ ଦେବି ନାହିଁ।'

'ଦେବୁ ନାହିଁ? ମୁଁ କ'ଣ ଚାହିଁଥିଲି, ତୋତେ ସେଥିରେ ବୁଡ଼ାଇ ଦେବା ପାଇଁ? ମୋ ବାପା କ'ଣ ଚାହିଁଥିଲେ, ମୁଁ ସେଥିରେ ବୁଡ଼ି ଯାଏ? ଏ କ'ଣ ଆମ ହାତର କଥା?'

ଦୁହିଁଙ୍କର ମଗ୍‌ରୁ କଫି ଶେଷ ହୋଇଯାଇଥିଲା। ବାହାରେ ଅବିଶ୍ରାନ୍ତ ତୁଷାରପାତ ମଧ୍ୟ କେତେବେଳୁ ବନ୍ଦ ହୋଇ ସାରିଥିଲା। ଘର ଚାରିପଟେ ହାତେ ଉଚ୍ଚର କୋମଳ, ସୁକୁମାର, ସଫେଦ ତୁଷାରର ବହଳ ଆସ୍ତରଣକୁ ଦୁହେଁ ଚାହିଁ ରହିଥିଲେ।

ନୀରବତା ଭଙ୍ଗ କରି ସାଧ୍ୱୀ କହିଲେ- 'ବାପା, ଚାଲ ବୋମକେଇ ଯିବା।'

'ବୋମକେଇ?'

'ହଁ, ତୁମେ କେବେ ଯାଇଛ?'

'ନା, ଏ କଥା ତ ମୋ ମୁଣ୍ଡକୁ କେବେ ଜୁଟିନି ମଧ୍ୟ। କିନ୍ତୁ ସେଠିକି ଯାଇ କରିବା କ'ଣ?'

'ଆମର ଜଣେ ପ୍ରଫେସର କହୁଥିଲେ- ଇତିହାସର ଅସମାଧିତ ପ୍ରଶ୍ନ ସବୁ ନୃତତ୍ତ୍ୱ ବିଜ୍ଞାନରେ ଖୋଜିଲେ ମିଳେ। ବିଧାନ ଜେଜେଙ୍କ 'ଦେବଦତ୍ତ ଉପାଖ୍ୟାନ' ପଢ଼ିବା ପରେ ଓ ପ୍ରମାଣସ୍ୱରୂପ ମୋତେ ଓ ତୁମକୁ ମିଶାଇ ଆମ ସାତପୁରୁଷର ସ୍ୱପ୍ନଭଙ୍ଗର ଇତିହାସ ଜାଣିବା ପରେ... ମୁଁ ଏଇ କଥା ହିଁ ବାରମ୍ବାର ଭାବୁଛି ଓ ସମୁଦ୍ରର ଲହରି ପରି ସେଇ ଗୋଟିଏ ଉତ୍ତର ହିଁ ମୋ ମନକୁ ବାରମ୍ବାର ଫେରି ଆସୁଛି- ବୋମକେଇ!'

ନିଷ୍ପାପ କିଛି ନ କହି ସାଧ୍ୱୀ ମୁହଁକୁ ଚାହିଁଲେ।

'ବାପା, ପ୍ଲିଜ୍! ତୁମେ ଏବେ ଓଡ଼ିଶା ଫେରିବା ବେଳେ ମୁଁ ତୁମ ସହିତ ଯିବି। ଧନ୍ୟା ପାଇଁ ଆମକୁ ବୋମକେଇ ଯିବାକୁ ହିଁ ପଡ଼ିବ।'

ଖାଲି ମଗ୍‌ଟିକୁ ହାତରେ ଧରି ଖେଳାଉ ଖେଳାଉ ନିଷ୍ପାପ ସେଥିରେ ଅଙ୍କା ହୋଇଥିବା ଅବୋଧ ଛବିମାନଙ୍କୁ ଚାହିଁ ରହିଲେ।

*ବୋମକେଇ!*

■

## ॥ ୧ ॥

୧୭ ଜୁନ୍ ୧୭୪୯, ମଙ୍ଗଳବାର

ରଥଯାତ୍ରା

ପୁରୀ

ବଡ଼ଦାଣ୍ଡରେ ଠିଆହୋଇ ପ୍ରଚଣ୍ଡ ରଥଯାତ୍ରାର ବିଶାଳ ଜନସମାଗମକୁ ଅନାଇ ରହିଥିଲା।

ରଥଯାତ୍ରାର ଏ ଭବ୍ୟ ପରିବେଶ ପ୍ରଚଣ୍ଡ ପାଇଁ କିଛି ନୂଆ କଥା ନୁହେଁ।

ବହୁବର୍ଷ ତଳେ, କେବେ ଥରେ ଗାଁ ମକଦ୍ଦମ ପଣ୍ଡିତ ମିଶ୍ର ଆପଣେ ଭାଗବତ ଚର୍ଚ୍ଚା କରୁକରୁ କହିଥିଲେ, ରଥରେ ସୁନାବେଶ ଦେଖିଲେ ସବୁ ପାପ କ୍ଷୟ ହୁଏ। ଏଣୁ ଏହି ଦିନ, ଏହି ବେଶ ଦେଖିବାକୁ ପ୍ରଚଣ୍ଡ ବର୍ଷକୁ ଥରେ ପୁରୀ ଯାଏ। ନିଷ୍ଠୁର ଭାବରେ ଲୋକଙ୍କୁ ପୀଡ଼ାଦେଇ ସୁଧ ଆଦାୟକରି ସେ ବର୍ଷକ ଭିତରେ ଯେତିକି ପାପ ଆଦାୟ କରିଥାଏ, ସେତକରେ ମୁଠାଏ ତୁଳସୀ ଓ ଏକ ପଣ କଉଡ଼ି ଗୋଳେଇ ସେ ଜଗନ୍ନାଥଙ୍କୁ ଅର୍ପଣ କରି ଉଶ୍ୱାସ ହୋଇ ଘରକୁ ଫେରେ।

ଘରେ ସ୍ତ୍ରୀ କେତେଥର ପ୍ରଚଣ୍ଡକୁ କହିଲାଣି, ଅନ୍ତତଃ ଥରେ ହେଲେ ତାକୁ ପୁରୀ ନେବାକୁ କିନ୍ତୁ ସେ କେବେ ସେଥିରେ କାନ ଦେଇନାହିଁ। ପ୍ରଥମ କଥା ହେଲା, ସ୍ତ୍ରୀକୁ ସାଙ୍ଗରେ ନେବାକୁ ମିଶ୍ରେ ଆପଣେ କହିନାହାନ୍ତି। ଏକେତ ଚାଲିଚାଲି ସେତକ ବାଟ ଯିବ, ରାସ୍ତାରେ ବିପଦ ଆପଦର କଥା ରହିଛି, ପୁଣି ତା'ଉପରେ କାନ୍ଧରେ ଚୁଡ଼ା ଚାଉଳର ବୋଝ ସାଙ୍ଗକୁ ଅଣ୍ଟାରେ କାହାଣେ (ବାର ଶହ ଅଶୀଟି) କଉଡ଼ିର ସୁରକ୍ଷା ବୋଝ। ଏତିକି ଅଣ୍ଟିଲା ନାହିଁ ଯେ ପୁଣି ତା'ଉପରେ ମାଇପି ଲୋକର ବୋଝ ? ଲୋଡ଼ାବେଳେ ସେ ନା ଦଉଡ଼ି ପାରିବ ନା ବୋଝଟିଏ ଉଠାଇ ପାରିବ ? ଥାଉ, ଥାଉ।

ମିଶ୍ର ଆପଣେ ଜଣେ ଦକ୍ଷ କବିରାଜ। ଆଖପାଖ ପଚାଶଖଣ୍ଡ ଗାଁରୁ ଲୋକ ଚାଲିଚାଲି ତାଙ୍କ ପାଖକୁ ଆସିଥାନ୍ତି। ଏମିତି ପ୍ରତିବର୍ଷ ରଥଯାତ୍ରାକୁ ପ୍ରଚଣ୍ଡକୁ ପୁରୀ ବାହାରିବା ଦେଖି ସେ ଥରେ ତାକୁ କହିଥିଲେ, "ଆରେ ପ୍ରଚଣ୍ଡ! ପୁରୀ ଗଲାବେଳେ ଚୁଡ଼ା ଚାଉଳ ପଛକେ ସାଙ୍ଗରେ ନ'ନେ, ବାରିରୁ ଅମରପୋଇ ପତ୍ର ଗଣ୍ଡାଏ, ହାଣ୍ଡିଶାଳରୁ ଗୋଲମରିଚରୁ ମୁଠାଏ ନେବାକୁ କିନ୍ତୁ ଭୁଲିବୁ ନାହିଁ। ଅଣ୍ଟାରେ ଯଦି କଉଡ଼ିର କୋଥଳୀଟା ସୁରକ୍ଷିତ ରହିଛି, ଚୁଡ଼ାଚାଉଳ ମହଙ୍ଗା ହେଲେ ମଧ୍ୟ ପୁରୀରେ ଖାଇବାକୁ ମିଳିଯିବ। କିନ୍ତୁ ଯଦି ଥରେ ହଇଜା ଧରିଲା, ଏ ଡାଲି ଚାଉଳ ସେମିତି କାନ୍ଧରେ ପଡ଼ିଥିବ, ଅଣ୍ଟାରେ କଉଡ଼ି ଖୋଷା ହୋଇଥିବ, ପ୍ରାଣଟା ତୋତେ ଛାଡ଼ିଦେଇ ଡିଆଁ ମାରି କୁଆଡ଼େ ପଳେଇଯିବ, ତୁ ବେଳ ପାଇବୁ ନାହିଁ ତାକୁ ଧରିବାକୁ। କିନ୍ତୁ ଏଇ ଅମରପୋଇ ପତ୍ର ଯଦି ପୁଳେ ମୁଣାରେ ପଡ଼ିଛି, ସେଥିରୁ ଦୁଇଟା ସାଙ୍ଗେ ସାଙ୍ଗେ କାଢ଼ି ପୁଞ୍ଜାଏ ଗୋଲମରିଚ ସଙ୍ଗରେ ଯଦି ଚୋବାଇ ଚୋବାଇ ଗିଳିଦେବୁ, ହଇଜାର ବାପ ମଧ୍ୟ ତୋତେ ଛାଡ଼ି ପଳେଇବ, ଆଉ ତୋର ପ୍ରାଣ ବାପୁଡ଼ା କାନମୁଣ୍ଡ ଆଉଁସି ତୋର ଦାସ ହୋଇ ତୋ ପାଖରେ ହିଁ ରହିବ।"

ସେଥିପାଇଁ ପ୍ରଚଣ୍ଡ ଓଦାକନା ଗୁଡ଼ିଆ ହୋଇଥିବା ଅମରପୋଇ ପତ୍ର ଓ ପାନପତ୍ର, ଚୁଡ଼ା ଚାଉଳକୁ କାନ୍ଧରେ ପକାଇ, ଲୁଗା ବୁଜୁଲିକୁ ଆର କାନ୍ଧରେ ଥୋଇ, କଉଡ଼ି କୋଥଳୀକୁ ଅଣ୍ଟାରେ ବାନ୍ଧି ଗୋଲମରିଚର ଡବା, ଏସବୁ ଏକାଠି ଧରି ଜଗନ୍ନାଥ ଦର୍ଶନକୁ ପ୍ରତିବର୍ଷ ରଥଯାତ୍ରାକୁ ବାହାରି ପଡ଼େ।

*ଆଉ ଏ ସବୁ ଜଂଜାଳ ଭିତରେ ଆଉରି ମାଇପକୁ ନେବି, ବୃଦ୍ଧି ସରୁ ନାହିଁ। ହୁଁ...*

ଏଇ ସନ, ରଥଯାତ୍ରା ବେଳେ ପୁରୀରେ ଗୁଳିଗୁଳିଆ ପାଗ ଲୋକଙ୍କୁ କଲବଲ କରି ପ୍ରାଣ ସଂକଟାପନ୍ନ କରିଦେଲା। ଚାରିଦିନ ପରେ ଏମିତି ଛେଚିକରି ବର୍ଷିଲା ଯେ ଝଡ଼ି ଧରିଲା, ଚାହୁଁ ଚାହୁଁ ହଇଜା ଖେଳିଗଲା। ପ୍ରଚଣ୍ଡ ନିଜ ଥଳୀରୁ କାଢ଼ି ଅମରପୋଇ ପତ୍ର ଓ ଗୋଲମରିଚକୁ ଅନୁପାନ ଅନୁସାରେ ଖାଇ ଧର୍ମଶାଳାରେ କବାଟ କିଲି ସୁନାବେଶକୁ ଅପେକ୍ଷା କରି ରହିଲା।

ସୁନାବେଶ ଦିନେ ଅଛି, ଦଶମୀଦିନ ସକାଳୁ ନିଜ ଧର୍ମଶାଳା ପାଖର ପୋଖରୀରେ ସେ ଗାଧୋଉଛି, ପୋଖରୀ ବନ୍ଧର ଉପରମୁଣ୍ଡର କଦମ୍ବଗଛ ମୂଳରେ ଜଣେ ସ୍ତ୍ରୀଲୋକର ଆର୍ତ୍ତନାଦ ଶୁଣାଗଲା। ପଶ୍ଚିମା ଯାତ୍ରୀ ବୋଧହୁଏ, ଚିତ୍କାର କରି କହୁଥିଲା, 'ରକ୍ଷାକର, ସାହାଯ୍ୟ କର।'

ମୋଗଲ ଓ ମରାଠା ରାଜୁତିରେ ଆଉ କିଛି ମଙ୍ଗଳ ହେଉ କି ନ ହେଉ,

ପଶ୍ଚିମା ଭାଷା ବୁଝିପାରିବାର କ୍ଷମତା ଓଡ଼ିଆ ଲୋକଙ୍କ ହୋଇଯାଇଥିଲା। ସେଥିପାଇଁ ପ୍ରଚଣ୍ଡ ସେ ସ୍ତ୍ରୀ ଲୋକଟିର ଭାଷା ବୁଝିପାରି, ଓଦା ଲୁଗାଟିକୁ ଦୁଇଜଂଘ ପାଖରୁ ଦୁଇହାତରେ ଚିପୁଡ଼ି ଧରି ପାହାଚ ଉପରକୁ ଉଠି ଆସିଲା। କୌଣସି ଅଚିହ୍ନା ବିଦେଶୀକୁ କୌଣସି ପ୍ରକାର ସାହାଯ୍ୟ କରିବାର ସହଜାତ ପ୍ରବୃତ୍ତି ତା'ର ନଥିଲା। କେବଳ କୌତୁହଳବଶତଃ ସେ ଧାଇଁ ଯାଇଥିଲା, କାରଣ ଭାବିଥିଲା ଲୋକଗହଳି ଭିତରେ ଉଣ୍ଡି କିଛି ଅସ୍ୱାଭାବିକ ଦୃଶ୍ୟଟାଏ ଉପଭୋଗ କରିବାର ସୁଯୋଗଟିଏ ମିଳିଯିବ।

କିନ୍ତୁ ପରିବେଶ ସଂପୂର୍ଣ୍ଣ ଅଲଗା ଥିଲା।

ଜଣେ ବୃଦ୍ଧା ଜଣେ ଅସୁସ୍ଥ ବୃଦ୍ଧଲୋକର ମୁଣ୍ଡକୁ କୋଳରେ ରଖି ସାହାଯ୍ୟ ପାଇଁ ଚିତ୍କାର କରୁଥିଲେ। ଖୁବ୍ ସକାଳ ହୋଇଥିବାରୁ ହେଉ, କିମ୍ବା ଜନବସତି ଠାରୁ ଦୂରରେ ଥିବା ଯୋଗୁ ହେଉ, ଆଖପାଖର ରାସ୍ତା ଜନଶୂନ୍ୟ ଥିଲା।

ପ୍ରଚଣ୍ଡ ଦେଖିଲା, ଯଦି ତାକୁ ବୃଦ୍ଧାଜଣକ ଦେଖି ନିଅନ୍ତି, ମହାଅସୁବିଧା, ତାଙ୍କୁ ସାହାଯ୍ୟ କରିବାକୁ ସେ ଡାକ ପକାଇବେ, ଏଇ ଭୟରେ, ସେ ଚୁପ୍‌ଚାପ ନିଜକୁ ଲୁଚାଇ ସେଇଠାରୁ ଯିବାକୁ ବସିଛି, ବୃଦ୍ଧା ଜଣକ ତାକୁ ଦେଖିଦେଇ ନିଜ କୋଡ଼ରୁ ବୃଦ୍ଧଙ୍କ ମୁଣ୍ଡକୁ ତଳେ ଶୁଆଇ ଦୌଡ଼ି ଆସିଲେ ଓ ପ୍ରଚଣ୍ଡର ଗୋଡ଼ ଦୁଇଟି ଧରି ସାହାଯ୍ୟ ଭିକ୍ଷାକଲେ। ଭାଉ ଭାଉ ହୋଇ କାନ୍ଦୁକାନ୍ଦୁ ସେ କ'ଣ କହୁଛନ୍ତି ବୁଝିବା ପୂର୍ବରୁ ପ୍ରଚଣ୍ଡ ଦେଖିଲା, ବୃଦ୍ଧାଜଣକ ନିଜ ହାତ ପାପୁଲିକୁ ମେଲାଇ ତାକୁ କ'ଣ ଦେଖାଉଛନ୍ତି।

ଚକିତ ହୋଇ ସେ ଦେଖିଲା ସେଇଠି ସୁନା ମୋହରଟିଏ ଚକ୍‌ଚକ୍ କରୁଛି।

ଏଁ, ସୁନା ମୋହର !

*ଯାଙ୍କ ହାତରୁ ଏଇଟିକୁ ଝାମ୍ପିନେଇ ଏଠାରୁ ମୁଁ ଯଦି ଦୌଡ଼ିପଳାଏ, ଏ ବୁଢ଼ୀ କ'ଣ ମୋତେ ଗୋଡ଼େଇ ପାରିବେ ?*

ପ୍ରଚଣ୍ଡ ଏମିତି ଅବସ୍ଥାରେ କେବେ ପଡ଼ିନଥିଲା। ସେ କେରାଣ୍ଡି ଦେଖାଇ ଶେଉଳ ଧରିବା ଲୋକ, ଡକାୟତି କେବେ କରିନାହିଁ। ସେଥିପାଇଁ ଏ ଅଭ୍ୟାସ ନଥିବା ଗୋଡ଼ ଦୁଇଟି ତା'ର ମନକଥା ବୁଝିନପାରି ସେଇଠି ସେମିତି ସ୍ଥିର ହୋଇ ରହିଲେ।

କିନ୍ତୁ ସୁନାମୋହର ଉପରୁ ଆଖି ତ ହଟୁନାହିଁ। ଏତିକିବେଳେ ଅସ୍ତବ୍ୟସ୍ତ ବୃଦ୍ଧାଙ୍କର ପୃଥୁଳ ଅଣ୍ଟା ଉପରେ ପ୍ରଚଣ୍ଡର ଦୃଷ୍ଟିପଡ଼ିଗଲା। ସେଠାରେ ଗୋଟିଏ ଛୋଟ କୋଥଳୀ ଝୁଲୁଛି। କିଏ ଜାଣେ, ସେଇଠି ଆଉ ଗଣ୍ଡେ ସୁନା ମୋହର ନିଶ୍ଚିନ୍ତ ନିଦରେ ଶୋଇନଥିବେ !

*ତାହେଲେ ଏ ଗୋଟିକ କାହିଁକି, ପୁରା କୋଥଲୀଟାକୁ ଝାମ୍ପି ଧରି ଧାଇଁଲେ ତ ହୁଅନ୍ତା!*

ଦୂରରୁ ଘୋଡ଼ା ଟାପୁର ଶବ୍ଦ ସାଙ୍ଗକୁ ଘୋଡ଼ାଙ୍କର ହ୍ରେଷା ଶବ୍ଦ ଶୁଣାଗଲା। ପ୍ରଚଣ୍ଡକୁ ଲାଗିଲା, କୋଥଲୀ ତେଣିକି ଥାଉ, ବର୍ତ୍ତମାନ ଏ ହାତ ପାପୁଲିର ସୁନା ମୋହରଟି ମଧ୍ୟ ମିଳିବା କଠିନ।

ବୃଦ୍ଧା ମଧ୍ୟ କ'ଣ ବୁଝିଲେ କେଜାଣି ମୁଠା ବନ୍ଦ କରି ତାକୁ କିଛି କହିବାରେ ଲାଗିଲେ। ପ୍ରଚଣ୍ଡ ଯାହା ବୁଝିଲା ସେ ହେଲା- ତାଙ୍କ ସ୍ୱାମୀ ହଠାତ୍ ହଇଜାରେ ଆକ୍ରାନ୍ତ ହୋଇ ଛଟପଟ ହେଉଛନ୍ତି। ଯେହେତୁ ସେମାନେ ବିଦେଶୀ, ଏଣୁ ପୁରୀର କୌଣସି ବୈଦ୍ୟଙ୍କ ଘର ଦେଖିନାହାନ୍ତି। ତାଙ୍କୁ ତୁରନ୍ତ କେଉଁ ଭଲ କବିରାଜଙ୍କ ପାଖକୁ ନେଇଯିବା ଦରକାର।

ପ୍ରଚଣ୍ଡର ମନେପଡ଼ିଗଲା, ଆରେ! ମିଶ୍ରେ ଆପଣେ ବତାଇଥିବା ହଇଜାର ମହୌଷଧି ତ ଏଇଠି ତା'ରି ପାଖରେ ରହିଛି। ସେ ସୁନା ମୋହର କଥା ଭୁଲି ସେମିତି ଓଦା ସରସର ହୋଇ ପାହାଚ ମୂଳେ ରଖାହୋଇଥିବା ନିଜର ମୁଣା ଭିତରୁ ଅମରପୋଇ ପତ୍ର ବିଡ଼ାଏ ଓ ଗୋଲମରିଚ ଡବାଟିକୁ ବାହାର କଲା। ସେଇ ମୁଣାରୁ ଗିନାଟିଏ ବାହାର କରି ପୋଖରୀର ପାଣି ଆଣି ପାଖରେ ପଡ଼ିଥିବା ପଥରଟିକୁ ପରିଷ୍କାର କରି ଧୋଇଲା। ପୁଣି ଗିନାଏ ପାଣିରେ ପୋଖରୀର ଏକ ସଫା ପାହାଚକୁ ଧୋଇଧାଇ ସେଇ ପତ୍ରରୁ କିଛି ଓ ଗୋଲମରିଚ ମିଶାଇ ଚିକ୍କଣ କରି ବାଟି ସେଇ ଗିନାରେ ପୂରାଇ ପୋଖରୀ ବନ୍ଧରେ ଥିବା ବୃଦ୍ଧାଙ୍କ ପାଖକୁ ଦଉଡ଼ି ଗଲା।

ସେଠାରେ ଦୁଇଜଣ ଅଶ୍ୱାରୋହୀଙ୍କୁ ବୃଦ୍ଧଙ୍କ ପାଖରେ ଦେଖି ସେ ସାମାନ୍ୟ ହଡ଼ବଡ଼େଇ ଗଲେ ମଧ୍ୟ ଦମ୍ଭର ସହ ସେଇ ବଟା ହୋଇଥିବା ରସରୁ କିଛିକିଛି ଗୋଟିଏ କଦମ୍ବ ପତ୍ରକୁ ଦୁଧପିଆ ଶାମୁକା ପରି ସରୁ ମୁହଁ କରି ସେଥିରେ ସେଇ ରସ ନେଇ ଅଳ୍ପଅଳ୍ପ କରି ବୃଦ୍ଧଙ୍କୁ ପିଆଇବାରେ ଲାଗିଲା।

ପ୍ରଥମ ପାନରେ ହିଁ ବୃଦ୍ଧଙ୍କ ମୁହଁରେ ପରିବର୍ତ୍ତନ ଦେଖାଗଲା। ତାଙ୍କ କୁଞ୍ଚିତ ମୁହଁ ସ୍ୱାଭାବିକ ହେଲା। ଅଳ୍ପ ସମୟ ପରେ ଦ୍ୱିତୀୟ ପାନ ଖାଇବା ପରେ ସେ ଆଖି ଖୋଲିଲେ। ତୃତୀୟ ପାନ ଦେବା ପରେ ସେ ହାତ ଉଠାଇ ପିଇବାକୁ ପାଣି ମାଗିଲେ।

ସେ ପାଣି ପିଇବା ପରେ ସେ ଅଶ୍ୱାରୋହୀ ଦୁଇଜଣ ତାଙ୍କୁ ଧରାଧରି କରି ନିକଟସ୍ଥ ସେ ରହୁଥିବା ଧର୍ମଶାଳାକୁ ତାଙ୍କୁ ନେବାକୁ ବସିଲେ। ବୃଦ୍ଧା କିନ୍ତୁ ପ୍ରଚଣ୍ଡକୁ ଛାଡ଼ିବାକୁ ନାରାଜ। ସେ କହିଲେ, 'ବାପ! ତୁମେ ତ ବୁଢ଼ାଙ୍କ ଜୀବନ ବଞ୍ଚାଇଲ। ଦୁଇଦିନ ପାଖରେ ରହ, ପୁଣି ଯଦି କିଛି ଘଟେ... ତୁମେ ହିଁ ଆମର ଭରସା।'

ପ୍ରଚଣ୍ଡ ନିଜ ଚାରିପଟକୁ ଚାହିଁଲା । ସତେ ଯେପରି ତା' ଗାଁ ଲୋକେ ଏଇ ପାଖରେ ରହି, ଏ ଦୃଶ୍ୟଦେଖି ବୃଦ୍ଧାଙ୍କ କଥା ଶୁଣି ନାକରେ ଲୁଗାଦେଇ ଫେଁ ଫେଁ ହସୁଛନ୍ତି । ପ୍ରଚଣ୍ଡ.... ? ସେ ପୁଣି କାହାର ଭରସା ? ହୋ...ହୋ...ହୋ... । ଆରେ ! ଯିଏ ନିଜ ପିଲାମାଇପଙ୍କ ଭରସା ହୋଇପାରିନି, ସେ ପୁଣି ଅଚିହ୍ନା ଲୋକର ଭରସା ହେବ ?

କିନ୍ତୁ ପ୍ରଚଣ୍ଡ ଜାଣିଥିଲା, ଏମାନଙ୍କଠାରୁ କିଛି ନହେଲେ ଗୋଟାଏ ସୁନା ମୋହର ତ ନିଶ୍ଚୟ ତାକୁ ମିଳିବ ।

ସେଥିପାଇଁ ସେ ନିଜ ଓଦାଲୁଗା ବଦଳାଇ ନିଜର କୋଥଳୀ, ମୁଣା ଧରି ତାଙ୍କ ସହିତ ତାଙ୍କ ଧର୍ମଶାଳାକୁ ଗଲା । ସେଠାରେ ସେମାନଙ୍କ କୋଠରୀର ଆସବାବପତ୍ର ଓ ସାଜସଜ୍ଜାରୁ ସେମାନେ ବେଶ୍ ଧନୀକ ଶ୍ରେଣୀର ବୋଲି ସେ ବୁଝିପାରିଲା । ସେଠାରେ ଦିନସାରା ରହି, ଢେର୍ ରାତିରେ ବସାକୁ ଫେରି ପୁଣି ତା' ପରଦିନ ଭୋର୍ ବେଳାରୁ ସେମାନଙ୍କ ଧର୍ମଶାଳାକୁ ଗଲା । ବୃଦ୍ଧଙ୍କୁ ଦିନସାରା ଜଗିବସି, ଥରକୁ ଥର ପାନକୁ ପାନ ଔଷଧ ଦେଇ ବୁଢ଼ା ଟିକିଏ ସାଷ୍ଟାମ ହେବା ପରେ ସେ ତାଙ୍କ ଧର୍ମଶାଳା ଘରୁ ବାହାରକୁ ଆସିଲା ବେଳକୁ ବାହାରେ ରାତ୍ରି ଅନେକ ହେଲାଣି ।

ଯେଉଁ ସୁନାବେଶକୁ ଅପେକ୍ଷା କରି ବିଗତ କିଛିଦିନ ହେଲା ସେ ପୁରୀରେ ରହି ଆସିଥିଲା, ଆଜି ସେ ସୁନାବେଶର ପ୍ରଭାତ ଓ ଦିନ କେତେବେଳେ ପାର ହୋଇଗଲା, ମୁମୂର୍ଷୁ ବୃଦ୍ଧ ବ୍ୟକ୍ତିଙ୍କ ସେବାରେ ସେ ତାହା ଜାଣିପାରିଲା ନାହିଁ ।

ବର୍ତ୍ତମାନ ଧର୍ମଶାଳାରୁ ବାହାରି ଆସି ବଡ଼ଦାଣ୍ଡରେ ଠିଆହୋଇ ଦୂରରୁ ରଥରେ ଶ୍ରୀଜଗନ୍ନାଥ, ଶ୍ରୀବଳଭଦ୍ର ଓ ଶ୍ରୀସୁଭଦ୍ରାଙ୍କ ସୁନାବେଶ ଦେଖି ପ୍ରଣାମ କଲା । ଶହ ଶହ ଦିହୁଡ଼ି ଜଳି ବଡ଼ଦାଣ୍ଡଟା ଦିନ ପରି ଆଲୁଅ ହୋଇଯାଇଥାଏ । ତା'ରି ଭିତରେ ପୂର୍ଣ୍ଣିମାର ଚନ୍ଦ୍ର ପରି ତିନି ଜୀଉ ରଥରେ ବସି ଝଟକୁ ଥା'ନ୍ତି ।

ବିଭିନ୍ନ ଧାର୍ମିକ ସଂସ୍ଥାର, ଗଜପତିଙ୍କର ଓ ମରହଟ୍ଟା ସରକାରଙ୍କ ଚେଷ୍ଟାରେ ବଡ଼ଦାଣ୍ଡରେ ହଇଜା ରୋଗୀଙ୍କ କୌଣସି ଚିହ୍ନବର୍ଣ୍ଣ ନଥିଲା । ବର୍ଷାରେ ଧୋଇ ହୋଇ ଯାଇଥିବା ବଡ଼ଦାଣ୍ଡକୁ ଚାରିକୋଶ ପର୍ଯ୍ୟନ୍ତ ମରହଟ୍ଟା ସରକାର ଅସ୍ଥାୟୀ ଟେରାବାଡ଼ ପକାଇ ଗାଈ, ବଳଦ, ଘୋଡ଼ା ଓ ବୁଲା କୁକୁରଙ୍କୁ ସେ ଭିତରକୁ ପଶିବା ସଂପୂର୍ଣ୍ଣ ବନ୍ଦ କରିଦେଇଥିଲେ । ଏଣୁ ବର୍ଷାହେଲେ ବି ଗୋବର ପଚପଚ ହେବାର ଆଶଙ୍କା ନଥିଲା । ଏହି ବାଡ଼ର ପ୍ରତ୍ୟେକ ଦଶ ହାତ ଦୂରରେ ଅସ୍ତ୍ରଶସ୍ତ୍ର ଧରି ମରହଟ୍ଟା ଅଧୀନରେ କାମ କରୁଥିବା ଓଡ଼ିଆ ସିପାହୀମାନେ ଠିଆହୋଇ ଯିବାଆସିବା ଲୋକଙ୍କ ଉପରେ ଆଖି

ରଖିଥାନ୍ତି। କୋଟି କୋଟି ଟଙ୍କାର ସୁନାଗହଣା ପିନ୍ଧି ଯେ ମହାପ୍ରଭୁମାନେ ଦାଣ୍ଡରେ ବିଜେ ହୋଇଛନ୍ତି। କମ୍ କଥା !

ପ୍ରଚଣ୍ଡକୁ ଆଗରୁ, ଅନ୍ୟବର୍ଷମାନଙ୍କର ରଥଯାତ୍ରାରେ ଏସବୁ କିଛି ଦିଶୁନଥିଲା। ପ୍ରତିବର୍ଷ ତାକୁ ଖାଲି ଏ ଲୋକଗହଳି ଦିଶୁଥିଲା। ଏ ମହଣ ମହଣ ସୁନାମଣ୍ଡିତ ଜଗନ୍ନାଥଙ୍କୁ ଅନାଇଲେ ତାଙ୍କ ବିଦ୍ରୁପର ହସ ହିଁ ତାକୁ ଦିଶୁଥିଲା। କାହିଁକି ନା, ତାଙ୍କରି ଆଗରେ ଠିଆହୋଇ ସେ ଭାବୁଥିଲା, ଏ ଯେତକ ଲୋକ ଏଇଠି ଏବେ ଜମା ହୋଇଛନ୍ତି, ସେ ସମସ୍ତେ ଯଦି ତା'ର ଖାତକ ହୋଇଥାନ୍ତେ, ସେ ମଧ୍ୟ ଜଗନ୍ନାଥଙ୍କ ପରି ଗଣ୍ଡେ ସୁନା ଦେହରେ ମଣ୍ଡିହୋଇ ପାରିଥାନ୍ତା !

ଆଜି କିନ୍ତୁ ଏ ଲୋକଗହଳିର ସବୁଲୋକ ତାକୁ ସେଇ ପଶ୍ଚିମା ବୁଢ଼ାବୁଢ଼ୀଙ୍କ ପରି ଅସହାୟ, ନିରୂପାୟ, ତା'ରି ଉପରେ ନିର୍ଭର କରୁଥିବା ଶିଶୁଙ୍କ ପରି ନିଷ୍ପାପ ଦିଶୁଥିଲେ। ସେମାନଙ୍କୁ ଡରେଇ, ଧମକେଇ, କଡ଼ା ସୁଧ ଆଦାୟ କରିବା କଥା ସେ ଭାବିପାରୁନଥିଲା। ସେତିକି ଦୂରରୁ ଜଗନ୍ନାଥଙ୍କ ଚକା ଆଖି ତାକୁ ଜଳଜଳ ହୋଇ ଦିଶିଲା। ସତେ ଯେପରି ସୁନାର ଦୁଇ ହାତରେ ସୁନା ଶଙ୍ଖ, ସୁନା ଚକ୍ରଧରି ସେ ପ୍ରଚଣ୍ଡକୁ କୋଳେଇ ନେବାକୁ ପାଖକୁ ଡାକୁଛନ୍ତି। ମୁହଁରେ ସେ ବିଦ୍ରୂପର ହସ ଆଉ ନାହିଁ, ବରଂ ବନ୍ଧୁତ୍ୱର ମଧୁର ହସ ସେଇଠୁ ଝରିପଡୁଛି। ତାଙ୍କ ଦୁଇହାତ ରଥରୁ ତା' ଆଡ଼କୁ ଧୀରେ ଧୀରେ ମାଡ଼ିଆସୁଛି। ଏଇ ତ ତା' ମୁଣ୍ଡ ପାଖକୁ ସେ ହାତ ଆସିଗଲାଣି।

ପ୍ରଚଣ୍ଡର ମୁଣ୍ଡ ଝାଇଁଝାଇଁ ହୋଇଗଲା। ତଳେ ପଡୁପଡୁ କେହି ଜଣେ ତାକୁ ଧରି ପକାଇଲା।

'ଭାଇ, ପାଣି ପିଇବକି ?' ସେ ଲୋକ ପ୍ରଚଣ୍ଡକୁ ପଚାରିଲା।

'ନାଇଁ ଭାଇ, ମୁଁ ଠିକ୍ ଅଛି। ଜଗନ୍ନାଥ ତୁମର ମଙ୍ଗଳ କରନ୍ତୁ।' ଏହା କହି ସେ ନିଜର ଧର୍ମଶାଳା ଆଡ଼କୁ ପାଦେ ପାଦେ କରି ଆଗେଇ ଗଲା।

-୦-

ସୁରତରୁ ଆସିଥିବା ସାହୁକାର ସରାଫ୍, ଧର୍ମଶାଳାର ଖଟରେ ତକିଆକୁ ଆଉଜି ବସିଥିଲେ। ତାଙ୍କର ଗୋରା ତକତକ ହୃଷ୍ଟପୁଷ୍ଟ ଦେହ ଏମିତି ଚକ୍‌ଚକ୍ ଦିଶୁଥିଲା, ତାକୁ ଦେଖି କେହି ଭାବିପାରିବ ନାହିଁ ଯେ, ଚାରିଦିନ ତଳେ ସେ ଅସାଡ଼ ହୋଇ ଦାଣ୍ଡରେ ପଡ଼ିଥିଲେ। ପାଖରେ ବସିଥିବା ଅନୁରୂପ ସ୍ୱାସ୍ଥ୍ୟର ତାଙ୍କ ସ୍ତ୍ରୀଙ୍କ ଗୋରା ମୁହଁରେ ଏଡ଼େବଡ଼ ସିନ୍ଦୂର ଟୋପା ବେଶ୍ ମାନୁଥିଲା।

ପ୍ରଚଣ୍ଡ ସେମାନଙ୍କ ଆଗରେ ଥିବା ଏକ କାଠ ଚୌକିରେ ବସି କାନ୍ଥରେ

ଟଙ୍ଗା ହୋଇଥିବା ଜଗନ୍ନାଥଙ୍କ ଫଟୋକୁ ଚାହିଁ ରହିଥିଲା। ଆଜି ଏମାନଙ୍କ ପାଖରୁ ସେ ବିଦାୟ ନେବ, ସେମାନେ ମଧ୍ୟ ଆଜି ପୁରୀ ଛାଡ଼ି ନିଜ ଦଳବଳ ସହିତ ସୁରତ ଯାତ୍ରା କରିବେ।

*କାହିଁ ସେ ସୁନା ମୋହରଟା ତ ଏପର୍ଯ୍ୟନ୍ତ ତା' ହାତରେ ପଡ଼ିଲା ନାହିଁ?*

ସରାଫ୍‌ଙ୍କ ସ୍ତ୍ରୀ ଖଟରୁ ଉଠି ଘରକାନ୍ଥରେ ଟଙ୍ଗା ହୋଇଥିବା ମୁଣାରୁ ଲଡ୍ଡୁ କାଢ଼ି ଦୁଇଟି ଛୋଟଥାଳିରେ ରଖି ଦୁହିଁଙ୍କୁ ଧରାଇ ପୁଣି ଖଟ ଉପରେ ବସିପଡ଼ିଲେ। ସରାଫ୍ ତାଙ୍କୁ ଅନୁଚ୍ଚ ସ୍ୱରରେ କିଛି କହିଲେ। ବୃଦ୍ଧାଜଣକ ଉଠିଯାଇ ପାଖରେ ଥିବା ଗମ୍ଭୀରୀ କବାଟ ଖୋଲି ତା' ଭିତରେ ପଶିଲେ।

ପ୍ରଚଣ୍ଡ ଜାଣିଲା, ଏବେ ସୁନା ମୋହରଟିଏ ତା' ପାଖକୁ ଆସିବ। ସେ ଖୁସିରେ ଲଡୁକୁ ମୁହଁରେ ପୂରାଇଲା। ସେଥିରୁ ନାନା ସୁଗନ୍ଧ ସହ ମେଥିର ଏକ ଉତ୍କଟ ଗନ୍ଧ ବାହାରି ତାକୁ ଅସ୍ତବ୍ୟସ୍ତ କରିଦେଲା। କିନ୍ତୁ ତାକୁ ତ ଖାଇବାକୁ ପଡ଼ିବ...

ସେ ଚୁପ୍‌ଚାପ୍ ପେଟରୁ ବାହାରି ଆସୁଥିବା ବାନ୍ତିର ଅନୁଭବକୁ ଚାପିଧରି ଟିକିଏ ଟିକିଏ କରି ଲଡ୍ଡୁ ଖାଇବା ଆରମ୍ଭ କଲା।

'ବୁଝିଲ ବାପ!' ସରାଫ୍ ଲଡ୍ଡୁରୁ ଖଣ୍ଡେ ହାତରେ ନେଇ ପାଟିରେ ପକାଇଲେ। କ'ଣ କହିବାକୁ ଯାଇ ସେ ଯେମିତି ହଠାତ୍ ଅଟକିଗଲେ। ପଚାରିଲେ- 'ଆଚ୍ଛା! ତୁମ ବୟସ କେତେ? ପଞ୍ଚଚାଳିଶ ବୋଧହୁଏ?'

'ଅଠଚାଳିଶ' ପ୍ରଚଣ୍ଡ ଉତ୍ତର ଦେଲା।'

'ପିଲାପିଲି?'

'ଗୋଟିଏ ପୁଅ, ୨୩ ବର୍ଷର।'

'ଖୁବ୍ ଭଲ, ଖୁବ୍ ଭଲ। ମୋତେ ଏବେ ଚଉସ୍ତୋରୀ ବର୍ଷ ବୟସ। ମୋ ବାପା, ଜେଜେବାପା, ଚଉଦ ପୁରୁଷ ମହାଜନୀ କାରବାର କରୁଥିଲେ।' ବୃଦ୍ଧ କହିଲେ।

ପ୍ରଚଣ୍ଡ ଖୁସୀ ହେଲା, ବୟସ ଓ ରୋଜଗାରରେ ପାର୍ଥକ୍ୟ ଥିଲେ କ'ଣ ହେଲା, ଦୁହେଁ ତ ସମାନ ଜୀବିକାଧାରୀ!

'ମୋ ଜେଜେବାପା ଧନଚାନ୍ଦ ସ୍ରଫ,' ବୃଦ୍ଧ ପୁଣି କହିଲେ- 'ପ୍ରାୟ ନବେବର୍ଷ ବୟସ ପର୍ଯ୍ୟନ୍ତ ବ୍ୟବସାୟରେ ଲାଗି ରହିଥିଲେ। ମୋ ଜେଜେବାପାଙ୍କୁ ଯେତେବେଳେ ସତଷଠୀ ବର୍ଷ ବୟସ - 'ଆଚ୍ଛା, ତୁମେ ଫିରିଙ୍ଗିମାନଙ୍କ ବର୍ଷଗଣନା ଜାଣିଛ?'

ବର୍ଷଗଣନା?

ପ୍ରଚଣ୍ଡ କିଛି ସମୟ ଚିନ୍ତାକଲା। ଫିରିଙ୍ଗିମାନଙ୍କୁ ଖଜଣା ଗାଁ ମକଦ୍ଦମ ମିଶ୍ର ଆପଣେ ଦିଅନ୍ତି। ଗାଁର ସମସ୍ତେ ଆପଣା ଆପଣା ଖଜଣା ତାଙ୍କ ହାତରେ ଦେଲେ ସେ

ଗୁଜା ଖଣ୍ଡେ ତାଳପତ୍ରରେ ଲେଖି ଦିଅନ୍ତି। ଏଇ ଅଳ୍ପଦିନ ତଳେ ସେ କହୁଥିଲେ - 'ଆମ ଓଡ଼ିଆ ପାଞ୍ଜିର ବର୍ଷ ଗଣନା, ମୋଗଲମାନଙ୍କ ବର୍ଷ ଗଣନା, ମରାଠା ବର୍ଷ ଗଣନା ଓ ଫିରିଙ୍ଗି ବର୍ଷ ଗଣନା ସବୁ ଅଲଗା ଅଲଗା। ଖଜଣା ଦେବାନେବା ବେଳେ ଦିନ, ମାସ, ବର୍ଷ ଲେଖିବାକୁ ହୁଏ। ମୋଗଲମାନେ ଏହାକୁ ତାରିଖ କହୁଥିଲେ। ମରାଠାମାନେ ତାରିଖ କହିଲେ ବୁଝୁଥିଲେ। କିନ୍ତୁ ଏ ଫିରିଙ୍ଗିମାନେ ତାକୁ ଆଉ କିଛି କହୁଛନ୍ତି। ଏ ମଣିଷ ଏ ସବୁ କେତେ ମନେ ରଖିବ ? ମୋଗଲମାନଙ୍କ ବର୍ଷ ଗଣନା ମରାଠାମାନେ ମାନିଲେ ନାହିଁ। କହିଲେ ଆମ ପ୍ରକାରେ ଲେଖ, ହେଉ ବୋଲି ତାଙ୍କର ବର୍ଷଗଣନାକୁ ମନେରଖି ଅଭ୍ୟାସ କଲାପରେ ଏ ଫିରିଙ୍ଗି ଆସି ପହଞ୍ଚି ଗଲେ। ସେମାନେ କୁଆଡ଼େ ମୋଗଲ କି ମରାଠା ବର୍ଷଗଣନା ବୁଝି ପାରୁନାହାନ୍ତି।'

'ସତରେ ବୁଝି ପାରନ୍ତିନି ?' କିଏ ଜଣେ ପଚାରିଲା।

'ବୁଝନ୍ତି ମ, ସବୁ ପାରନ୍ତେ। ତାଙ୍କର ଅହଂ, ସବୁକଥା ତାଙ୍କ କହିବା ଅନୁସାରେ ହେବ। ହେଲେ, ତମେମାନେ ମୋ ଦହଗଞ୍ଜ ବୁଝିପାରୁଛ ? ଏମିତି ସରକାର ବଦଳୁଥିବ, ରୀତିନୀତି ବଦଳୁ ଥିବ, ଆଉ ଆମେ ଏ ହାଣ୍ଡିରୁ ମୁହଁ କାଢ଼ି ସେ ହାଣ୍ଡିରେ, ସେ ହାଣ୍ଡିରୁ ମୁହଁ କାଢ଼ି ଆଉ କୋଉଠି, ଗୋରୁ ମେଣ୍ଢା ପରି ହେଉଥିବୁ।' ମିଶ୍ର ଆଙ୍କା କହିଲେ।

'ହେଲେ, ୟାଙ୍କର ବର୍ଷ ଗଣନାରେ ଏବେ କୋଉ ରାଜାଙ୍କ କେତେ ଅଙ୍କ ଚାଲିଛି ?' ତନ୍ତୀ ସାହିର ପ୍ରବଳ ପଚାରିଲା।

'ଏମାନେ ପରା ବଡ଼ ଚତୁର। ଦେଖିଲେ ଗୋଟିଏ ରାଜା ବଦଳିରେ ଅଙ୍କ ମଧ୍ୟ ନୂଆ ରାଜାଙ୍କ ଅନୁସାରେ ପୁଣି 'ମୂଳରୁ ଗାଆ' ହେଇଯାଉଛି। ଏହାକୁ ସ୍ଥିର ରଖିବାକୁ ସେମାନେ ରାଜାଙ୍କୁ ଛାଡ଼ି ତାଙ୍କ ଧର୍ମ ସୃଷ୍ଟି କରିଥିବା ମହାତ୍ମା ଯୀଶୁଖ୍ରୀଷ୍ଟଙ୍କ ଜନ୍ମ ସମୟ ଠାରୁ ହିସାବ କରି ବର୍ଷ ଗଣୁଚନ୍ତି। ମହାତ୍ମାଙ୍କୁ ମସିହା କହନ୍ତି। ଏଣୁ ଆମେ ଯେଉଁଟା ଅଙ୍କ କହୁଛୁ ଫିରିଙ୍ଗୀମାନେ ତାକୁ ମସିହା କହିବା ଆମକୁ ଶିଖାଉଛନ୍ତି।' ମିଶ୍ର ଆପଣେ ଗାମୁଛାରେ ମୁହଁ ପୋଛିଲେ।

ଶ୍ରୋତାମାନେ ପରସ୍ପର ମୁହଁକୁ ଚାହିଁଲେ। ସତରେ, ଗୋଟିଏ ଅଭ୍ୟାସକୁ ଛାଡ଼ି ପୁଣି କିଛି ନୂଆକୁ ଆରେଇବା କଷ୍ଟକାମ। ସେ ପୁଣି ବାରମ୍ବାର ଘଟିଲେ କଷ୍ଟଟା ତ ବଢ଼ିବ। ମିଶ୍ର ଆପଣେ ଗାଁ ମୁଖିଆ, ଗାଁର ମକଦ୍ଦମ ମଧ୍ୟ। ପୁଣି ଦକ୍ଷ କବିରାଜ। ପ୍ରସିଦ୍ଧ ଜ୍ୟୋତିଷ। ପଣ୍ଡିତ ଲୋକ। ଏଣୁ ସେ ପାରୁଛନ୍ତି। କିନ୍ତୁ ସତରେ ବଡ଼ ଦହଗଞ୍ଜ।

'ହେଲେ, ଏଇଟା ଏବେ କୋଉ ମସିହା ହେଲା ?' ପ୍ରଚଣ୍ଡ ତାଙ୍କୁ ପଚାରିଥିଲା।

'୧୭୪୯'

ବର୍ତ୍ତମାନ ସରାଫଙ୍କର ପ୍ରଶ୍ନ ଶୁଣି ପ୍ରଚଣ୍ଡ ମୁଣ୍ଡଟୁଙ୍ଗାରି 'ହଁ' କଲା। କହିଲା 'ଜାଣିଛି। ଏଇଟା ୧୭୪୯ ମସିହା ଚାଲିଛି।'

'ଠିକ୍'। ସରାଫ ମୁଣ୍ଡ ହଲାଇଲେ। 'ହଁ କ'ଣ କହୁଥିଲି?' ସେ ମନେ ପକାଇବାକୁ ଚେଷ୍ଟାକରି ମୁଣ୍ଡ କୁଣ୍ଡାଇଲେ।

'ଆପଣଙ୍କ ଜେଜେବାପାଙ୍କୁ ଯେତେବେଳେ ସତଷଠୀ ବର୍ଷ ବୟସ...'

'ହଁ, ହଁ, ମୋ ଜେଜେଙ୍କୁ ସତଷଠୀ ବର୍ଷ ବୟସ ବେଳେ ଦିଲ୍ଲୀର ସମ୍ରାଟ ଔରଙ୍ଗଜେବଙ୍କ ଶାସନ। ୧୬୯୨ ମସିହାର କଥା କହୁଛି। ଔରଙ୍ଗଜେବଙ୍କ ସମୟରେ ଓ ତାଙ୍କର ବହୁ ଆଗରୁ ଭାରତରେ ମୁଦ୍ରା ଭାବରେ ସୁନା ମୋହର, ରୂପା ଟଙ୍କା ଓ ତମ୍ବା ପଇସା ଏ ତିନୋଟିର ପ୍ରଚଳନ ଖୁବ୍ ଚାଲିଥିଲା।'

'ଏବେ ତ ସୁନାମୋହର ଟିଏ ଦେଖିବାକୁ ସପନ', ପ୍ରଚଣ୍ଡ କହିଲା।

ବୃଦ୍ଧ ସରାଫ ମୁଣ୍ଡ କୁଣ୍ଡାଇ କୁଣ୍ଡାଇ ଗମ୍ଭିରୀଘରୁ ବାହାରି ସେଇଠି ଥିବା ସ୍ତ୍ରୀଙ୍କ ମୁହଁକୁ ଚାହିଁଲେ। ବୃଦ୍ଧା ମଧ ଲୁଗା ଚଉତା ବନ୍ଦ କରି ବୃଦ୍ଧଙ୍କ ଆଡ଼େ ଚାହିଁଲେ।

'ଠିକ୍ ସପନ ନୁହଁ।' ସରାଫ ପୁଣି ତକିଆକୁ ଆଉଜି କହିଲେ- 'ସେ ଏବେ ବି ଚାଲିଛି। ଖୁବ୍ ଉପର ମହଲରେ ବଡ଼ବଡ଼ ବେପାରର ଦିଆନିଆରେ ଏବେ ବି ସୁନାମୋହର ବ୍ୟବହାର ହେଉଛି। ଆମେ ସାଧାରଣ ଲୋକ ରୂପା ଟଙ୍କା, ତମ୍ବା ପଇସା, ଦାମୁଡ଼ିରେ କାରବାର କରୁଛୁ।'

'ଆମେ ଏଠି ତ କଉଡ଼ିରେ କାରବାର କରୁ,' ପ୍ରଚଣ୍ଡ କହିଲା।

'ହଁ, ହଁ ମୁଁ ସେକଥା ଜାଣେ। ଖାଲି ଏଇଠି କାହିଁକି, ଉତ୍ତର ଭାରତର ଅନେକ ଜାଗାରେ କଉଡ଼ି ବେଶ୍ ଚାଲେ। ଆମେ ଯେ ଏଠିକୁ ଏବେ ଆସିଛୁ ...ଏଇଠି ପୁରୀରେ ଆମର ଚିହ୍ନା ଜଣେ ମହାଜନ ଅଛି। ତାକୁ ରୂପା ଟଙ୍କାଟିଏ ଦେଇ ଆମେ କଉଡ଼ି ଭଙ୍ଗାଇ ନେଉଛୁ... ଏଇଠି ଚଳିବା ପାଇଁ...। ତୁମେ ଶୁଣିଲେ ଆଶ୍ଚର୍ଯ୍ୟ ହେବ, ଆମ ଗୁଜରାଟ ଓ କିଛି ସିନ୍ଧ ପ୍ରଦେଶରେ ତୁମର ଏଇଠି ଯେମିତି କଉଡ଼ି ଚାଲେ, ସେଇଠି ସେମିତି ଏକ ପ୍ରକାର ବାଦାମରେ କାରବାର ଦେଣନେଣ ହୁଏ।'

'ଏଁ ସେ ବାଦାମ ତ ଗଛରେ ଫଳୁଥିବ? ଯୋଉ କହନ୍ତି 'ଗଛରେ ଟଙ୍କା ଫଳିବା,' କଥାଟା କ'ଣ ସତ ତାହାହେଲେ?'

ସରାଫ୍ ହସିଲେ।

'ହଁ ଢଗମାନଙ୍କର ମୂଳ କୋଉଠି ନା କୋଉଠି ତ ସତରୁ ହିଁ ବାହାରିଥିବ'- ବୃଦ୍ଧା କହିଲେ।

'ଆଚ୍ଛା, ଏ ବାଦାମକୁ ତ ଖାଇଦେଲେ କଥା ସରିଗଲା,' ପ୍ରଚଣ୍ଡ କହିଲା।

'ଆରେ, ନା, ନା, ନା।' ବୃଦ୍ଧ କହିଲେ। 'ସେ ଭୟଙ୍କର ପିତା, କେହି ତାକୁ ପାଟିରେ ଦେଇ ପାରିବେ ନାହିଁ।'

'ଆଜ୍ଞା, ଏଇଠି ପୁରୀରେ, ଆପଣ ଗୋଟିଏ ରୂପାଟଙ୍କାରେ କେତେ କଉଡ଼ି ପାଇଲେ ?' ପ୍ରଚଣ୍ଡ ପଚାରିଲା।

'୬୪ ପଣ, ତୁମର ତ ଷୋହଳ ପଣରେ ଏକ କାହାଣ ହୁଏ। ନୁହଁ କି ?'

ପ୍ରଚଣ୍ଡ ମୁଣ୍ଡ ହଲାଇ ହଁ କଲା।

'ଏଣୁ ଏକ ରୂପା ଟଙ୍କାକୁ ଚାରି କାହାଣ କଉଡ଼ି ତ ପ୍ରାୟ ସବୁ ଆଡ଼େ ମାନେ ତୁମ ଓଡ଼ିଶା ସହ ବଙ୍ଗ, ଆସାମ, ବିହାର, ମଧ୍ୟପ୍ରଦେଶ, ଉତ୍ତର ପ୍ରଦେଶ, ପଞ୍ଜାବ ଇତ୍ୟାଦି ପ୍ରାୟ ସବୁ ଜାଗାରେ ସେଇ ଏକା ଦର।'

ପ୍ରଚଣ୍ଡ ନୀରବ ରହି ମୁଣ୍ଡ ହଲାଇ ତାଙ୍କ କଥାକୁ ସମର୍ଥନ କଲା। କିନ୍ତୁ ସେ ଜାଣେ ଏଇଠି ବୃଦ୍ଧ ଠିକ କଥା କହୁନାହାନ୍ତି। ଯଦିଓ ଚଉଷଠୀ ପଣରେ ଏକ ରୂପା ଟଙ୍କା - ଏହା ହିଁ ସାଧାରଣ ବଜାର ଦର କିନ୍ତୁ ସବୁ ବେପାରୀ ରୂପା ଟଙ୍କାଟିକୁ ରଖି ଚଉଷଠୀ ପଣ କଉଡ଼ି ଦେଉ ନାହାନ୍ତି। ମହାଜନମାନେ ତ ଆଦୌ ନୁହଁ, କୋଉଠି କୋଉଠି ବଡ଼ ବ୍ୟବସାୟୀମାନେ ଗ୍ରାହକଙ୍କୁ ଖୁସୀ କରିବାକୁ କିମ୍ବା ରୂପାଟଙ୍କାଟିକୁ ହାତେଇବାକୁ ସତୁରୀ ପଣ କଉଡ଼ି ମଧ୍ୟ ଦେଇ ଦିଅନ୍ତି।

କିନ୍ତୁ ସେ ନିଜେ ଗୋଟିଏ ରୂପା ଟଙ୍କାକୁ ଛୟାଳିଶ ପଣ କଉଡ଼ି ହିଁ ଦେଇଥାଏ। ତା'ର ମଳି ମୁଣ୍ଡିଆ ଦେଣାଦାର, ଖାତକ ଏତେ କଥା ବୁଝନ୍ତି ନାହିଁ। ନେଇ ଯାଆନ୍ତି। ବୁଝିବା ଲୋକଙ୍କୁ ସେ ପଚାଶ ପଣରୁ ଆରମ୍ଭ କରି ଖୁବ୍ ବେଶୀରେ ତେଷଠୀ ପଣ ଯାଏ ହିଁ ଦେଇଥାଏ। ଲୋକ ଦେଖି ତା' କାରବାର। କିନ୍ତୁ ସେ ନିଜେ କିଣିବା ପାଇଁ ଗଞ୍ଜାମ ବନ୍ଦରକୁ ଯାଇ ସେଠାରୁ ଲାକ୍ଷାଦ୍ୱୀପରୁ ଆସିଥିବା ଜାହାଜ ମାନଙ୍କରୁ ଗୋଟିଏ ରୂପାଟଙ୍କାକୁ ଅଶିଏ ପଣ କଉଡ଼ି କିଣି ଆଣିଥାଏ।

'କ'ଣ ଭାବୁଛ ?' ସରାଫ ପଚାରିଲେ।

'ନାଇଁ, ନାଇଁ, ଆପଣ କହୁଥିଲେ ତ ଆପଣଙ୍କ ଜେଜେବାପା ଆଉ ଔରଙ୍ଗଜେବଙ୍କ କଥା।' ପ୍ରଚଣ୍ଡ କଥାକୁ ବୁଲାଇ ଦେଲା।

---

ଚାରିଟା କଉଡ଼ି = ୧ ପୁଞ୍ଜା = ଏକ ଗଣ୍ଡା

୨୦ଗଣ୍ଡା = ଏକ ପଣ = ୮୦ଟି କଉଡ଼ି

୧୬ ପଣ - ଏକ କାହାଣ - ୧୨୮୦ କଉଡ଼ି

୬୪ ପଣ ବା ୪ କାହାଣ- ଏକ ରୂପା ଟଙ୍କା = ୫୧୨୦ କଉଡ଼ି

'ହଁ, ଔରଙ୍ଗଜେବଙ୍କ ସମୟରେ ଗୋଟିଏ ସୁନା ମୋହର ଶହେ ଅଣସ୍ତୋରୀ କାଇଁଚର ଓଜନ ଥିଲା। ଏହା ଖାଣ୍ଟି ସୁନାରେ ତିଆରି ହେଉଥିଲା। ସେହିପରି ରୂପା ମୋହରଟିଏ ମଧ୍ୟ ଶହେ ଅଠୋସ୍ତରୀ କାଇଞ୍ଚର ଖାଣ୍ଟି ରୂପାରେ ତିଆରି ହେଉଥିଲା। ପରେ ଏହା ଶହେ ଅଶିଏ କାଇଞ୍ଚର ହେଲା। ଗୋଟିଏ ତମ୍ବା ମୁଦ୍ରା ତିନିଶହ ତେଇଶ କାଇଁଚରେ ତିଆରି ହେଉଥିଲା। ପରେ ଏହାର ଆକାରକୁ ଛୋଟ କରି ଏହାକୁ ଦୁଇ ଶହ ପନ୍ଦର କାଇଞ୍ଚ କରିଦିଆଗଲା।

ପ୍ରଚଣ୍ଡ ମୁଣ୍ଡ ହଲାଉ ଥିଲେ ମଧ୍ୟ ଏ ସବୁ ଶୁଣିପାରୁ ନଥାଏ। ସେଦିନ ତ ଏ ବୁଢ଼ୀ ଜଣକ ସୁନାମୋହରଟିଏ ଦେଖାଇ ଥିଲେ। ସେତିକି ବେଳେ ସେ ଗୋଟିକ ନେଇ ଯାଇଥିଲେ ହେଇଥାନ୍ତା। ଏବେ ଯେ ରୂପାଟଙ୍କା ବିଷୟରେ ଏତେ ବଖାଣୁଛନ୍ତି କାହିଁକି ? ଯାହା ଦିଶୁଛି, ଶେଷରେ ସୁନା ମୋହର ଦେଖାଇ ରୂପାଟଙ୍କା ଓ ତମ୍ବା ମୁଦ୍ରା କେତେଟା ଦେଇ ବିଦା କରିଦେବେ। ଯାହାହେଲେ ବି ଯେ ମଧ୍ୟ ସାହୁକାର, ସେହି ମହାଜନ ତ ! କାମରେ ତା' ନିଜର ଜାତିଭାଇ ! ଏଣୁ ଗୁଣରେ ମଧ୍ୟ ସମାନ, ଯାହା ଦିଶିଲାଣି !

'ଏ ସବୁ ତ ତୁମେ ଜାଣିଥିବ, ଶୁଣିଥିବ।' ସରାଫ ପଚାରୁଥିଲେ।

ଆନମନା ହୋଇ ପ୍ରଚଣ୍ଡ କହିଲା - 'ନା, ମୁଁ କେବଳ ଶୁଣିଥିଲି, ସେତେବେଳେ କେବଳ ସରକାରୀ ମୁଦ୍ରାଳୟ ମାନଙ୍କରେ ଏ ସବୁ ମୁଦ୍ରା ତିଆରି କରାଯାଉଥିଲା। ଆଜିକାଲିତ -'

'ସେତେବେଳେ କାହିଁକି ?' ତା' କଥାକୁ କାଟି ସରାଫ କହିଲେ - 'ଏଇ ପରା ଗତବର୍ଷ ପର୍ଯ୍ୟନ୍ତ ସବୁ ମୁଦ୍ରା କେବଳ ସରକାରୀ ମୁଦ୍ରା କାରଖାନାରେ ହିଁ ତିଆରି ହେଉଥିଲା। ଗତବର୍ଷ ଏବର ମୋଗଲ ସମ୍ରାଟଙ୍କ ଓ୍ୱଜୀର ସମ୍ରାଟଙ୍କୁ ବୁଦ୍ଧି ବତାଇଲେ ଯେ ମୁଦ୍ରା ତିଆରି କାରଖାନା ମାନଙ୍କୁ ଆମେ ଏଥର ଖୋଲା ବଜାରରେ ଛାଡ଼ିଦେବା। ଫଳରେ ଆମକୁ ସୁରକ୍ଷା, କର୍ମଚାରୀ ବେତନ, ସୁନା କିଣା ଓ ଅନ୍ୟାନ୍ୟ ଅନେକ ଖର୍ଚ୍ଚ ଓ ତଦ୍‌ଜନିତ ଜଂଜାଳରୁ ମୁକ୍ତି ମିଳିବ। ଆମେ ଗୋଟିଏ ଗୋଟିଏ କାରଖାନାର ଉତ୍ପାଦନ ଶକ୍ତି ଅନୁସାରେ ଏହାକୁ ପଞ୍ଚବାର୍ଷିକ ସୂତ୍ରରେ ଭଡା ଦେଇଦେଲେ କିଛି ଖର୍ଚ୍ଚ ନକରି, କୌଣସି ଜଂଜାଳରେ ନପଡ଼ି ମାସିକ ଲାଭଟା ସିଧା ସଳଖ ମିଳିଯିବ।'

---

୧୬୯ କାଇଁଚ = ୧୦.୯୫ ଗ୍ରା
୧୭୮ କାଇଁଚ = ୧୧.୫୩ ଗ୍ରା
୧୮୦ କାଇଁଚ = ୧୧.୬୬ ଗ୍ରା
୩୨୩ କାଇଁଚ = ୨୦.୯୩ ଗ୍ରା
୨୧୫ କାଇଁଚ = ୧୩.୯୫ ଗ୍ରା

'ସମ୍ରାଟ ରାଜି ହୋଇଗଲେ ?'

'ହଁ, ରାଜିହେଲେ । ମୁଦ୍ରାଖାନାମାନଙ୍କୁ ଖୋଲାବଜାରରେ ଛାଡ଼ି ଦିଆଗଲା । ଯିଏ ସର୍ବାଧିକ ଅଧିକ ମୂଲ୍ୟ ଦେଲା ସେ ତାକୁ ଭଡ଼ାରେ ନେଲା । ଜଣକ ଅଧିକାରରୁ ଏବେ ଏକାଧିକ କାରଖାନାର ଏକାଧିକ ଅଧିକାରୀ ହୋଇଗଲେ । ଫଳରେ ଏମାନେ ଉତ୍ପାଦନ କରୁଥିବା ମୋହର ଗୁଡ଼ିକର ଓଜନ ଓ ମୂଲ୍ୟ ଏପଟ ସେପଟ ହୋଇଗ-ଲା ।' ଏହା କହି ନିଜ କଥାର ଜୋରରେ ସରାଫ ତାଳିଟାଏ ମାରିଲେ ।

ହେଲାଯେ, ମୋତେ ଏକଥାରୁ ମିଳିବ କ'ଣ ? ପ୍ରଚଣ୍ଡ ମନକୁ ମନ କହିଲା ।

ସରାଫଙ୍କ ସ୍ତ୍ରୀ କେତେବେଳୁ ଆସି ଖଟ ଉପରେ ବସି ସରାଫଙ୍କ ଏ କଥା ଶୁଣୁଥିଲେ । ଏ କଥା ସେ ଶହେଥର ଶୁଣିଥିବେ ବୋଧହୁଏ । ସରାଫଙ୍କ କଥା ବନ୍ଦ ହେବା ଦେଖି ସେ କହିଲେ, 'ତୁମେ ଖାଇବ ଚାଲ ତ । ଖାଇ ସାରିଲେ ଆମେ ବାହାରିବା ପରା ? ଡେରି ହେଉଛି ।'

'ହଁ, ହଁ, ଯାଉଛି ।' କହି ସରାଫ ପ୍ରଚଣ୍ଡ ଆଡ଼କୁ ବୁଲି ପଡ଼ି ପୁଣି କହିଲେ, 'ହେଲେ ବାପ, ମୋର ଅସଲ କଥାଟା ତୁମକୁ ଏ ପର୍ଯ୍ୟନ୍ତ କହିନି ।'

ପ୍ରଚଣ୍ଡର ଛାତି ଧଡ଼ ଧଡ଼ ହେଲା । ଅସଲ କଥା ? କ'ଣ ସେ ଅସଲ କଥା ? ଅସରପି କଥା ଏବେ ପଡ଼ିବ ନା ଆଉ କିଛି କହି ଖାଲି କଥାବାର୍ତ୍ତା, ପିଠି ଥାପୁଡ଼ାରେ ସବୁ ସରି ଯିବ ?

ସେ କାକୁସ୍ଥ ହୋଇ ସରାଫଙ୍କ ମୁହଁକୁ ଚାହିଁଲା, ତା'ର ଏ ଚାହାଁଣୀକୁ କଥା ଶୁଣିବାର ଶୋଷ ଭାବି ସରାଫ ବଡ଼ ଖୁସୀରେ କହି ଉଠିଲେ, 'ହଁ, ମୁଁ କହୁଥିଲି ୧୬୯୨ ମସିହାର କଥା । ଏହି ବମ୍ବେ ସେତେବେଳେ ଇଂରେଜ ମାନଙ୍କର ଅଧୀନରେ ଥିଲା । ସେଠାରୁ ସେମାନେ ତାଙ୍କ ବେପାର ସାରା ଭାରତରେ ଚଳାଇଥିଲେ । ସେ ତ ବୁଦ୍ଧିଆ ଜାତି । ସେମାନେ ଦେଖିଲେ, ଔରଙ୍ଗଜେବଙ୍କ ସୁନା ରୂପା ମୋହର ଗୁଡ଼ିକ ନିଦା ସୁନା ରୂପାରେ ତିଆରି । ସେମାନେ କ'ଣ କଲେ ନା, ତାଙ୍କ କାରବାର ବେଳେ ଏ ସୁନାରୂପା ଅସରପି ସବୁ ମୂଲ୍ୟ ରୂପେ ପାଇ ତାକୁ ତାଙ୍କ ଦେଶକୁ ନେଇଗଲେ । ଭାରତରେ ମୁଦ୍ରା ମାନଙ୍କରେ ଶାସକଙ୍କର ଚିତ୍ର ନରହି ଶାସକଙ୍କ ସାଙ୍କେତିକ ଚିହ୍ନ ରହିବାର ବିଧିଥିଲା । ଇଂରେଜମାନେ ଭାରତୀୟ ସୁନାରୂପାକୁ ନିଜ ଦେଶରେ ତରଳାଇ ତା'ର ଓଜନ କମାଇ ତା'ର ଗୋଟିଏ ପଟରେ ସେମାନଙ୍କ ତତ୍କାଳୀନ ରାଜା ତୃତୀୟ ଉଇଲିୟମଙ୍କ ଚିତ୍ର ଓ ଅନ୍ୟପଟେ ମହାରାଣୀ ମେରୀଙ୍କର ଚିତ୍ର ରଖି ଭାରତୀୟ ବଜାରରେ ତାକୁ ଛାଡ଼ିଲେ । ସେମାନେ ଯେଉଁଠି ଅସରପି ଦେବାକଥା ସେଇଠି ଏ ମୁଦ୍ରାକୁ ଦେଲେ ଓ ନେଲାବେଳକୁ ଅଧିକ ଓଜନର ଭାରତୀୟ ଅସରପି ନେଲେ ।

ଫଳରେ ପ୍ରତି ଅସରପି ପିଛା ସେମାନେ ଅଳ୍ପ ସୁନା ଅଧିକା ପାଇଗଲେ । ବେପାରକୁ ବେପାର, ଏଣେ ଉପୁରି ଲାଭ । କଥାଟା ବୁଝିପାରୁଛତ ?'

'ବଡ଼ ସାହସ ତ ତାଙ୍କର ?' ପ୍ରଚଣ୍ଡ ଉତ୍ତର ଦେଲା । ସେ ବୁଝି ପାରିଛି ଜାଣି ସରାଫ ହଠାତ୍ ଚୁପ୍ ହୋଇଗଲେ । ତାଙ୍କ ମୁହଁ ଗମ୍ଭୀର ହୋଇଗଲା । ତା' ପରେ ତାଙ୍କ ମୁହଁରୁ ଶବ୍ଦ ସବୁ ଏମିତି ବାହାରିଲା- ସତେ ଯେପରି ସେ ନିଜେ ହିଁ ଔରଙ୍ଗଜେବ । ହାତରେ ତାଙ୍କର ଏକ ସୁନାମୋହର, ଯେଉଁଥିରେ ତାଙ୍କ ନିଜର ରାଜଚିହ୍ନ ନାହିଁ । ତାଙ୍କ ନାମର ଚିହ୍ନବର୍ଣ୍ଣ ନାହିଁ । ଆଉ କେଉଁଠାର ରଜାର ଚିତ୍ର, ଆଉ କାହାର ଗାରିମାର ପ୍ରଚାର ତାଙ୍କ ନିଜ ମାଟିରେ ଏହି ମୁଦ୍ରାଟି ସଦର୍ପେ ଗାଇ ଚାଲିଛି ।

ଖ୍ରୀ. ୧୬୯୨
ଦିଲ୍ଲୀ ଦରବାର

ଔରଙ୍ଗଜେବ ଓଲଟପାଲଟ କରି ମୁଦ୍ରାଟିକୁ ଦେଖୁଥିଲେ । ତାଙ୍କ ମୁହଁ କ୍ରୋଧରେ ନାଲି ପଡ଼ିଗଲା । ଅଣ୍ଟାର ଖଣ୍ଡା ଉପରେ ହାତ ଧପ୍ କରି ପଡ଼ିଲା । ସେ ଗର୍ଜନ କରି ପଚାରିଲେ- 'କୋଉ ଦେଶଦ୍ରୋହୀର ଏ କାଣ୍ଡ ?'

'ହଜୁର ଜାହାଁପନା, ଫିରିଙ୍ଗୀ... ଫିରିଙ୍ଗୀମାନେ ତାଙ୍କର ବିଲାତି ମୁଦ୍ରା କାରଖାନାରେ ଯାକୁ କରିଛନ୍ତି ଓ ବଜାରକୁ ଛାଡ଼ିଛନ୍ତି ମଧ୍ୟ ।'

'ଏଡ଼େ ସାହସ ! ସେମାନଙ୍କର ସବୁ କାରବାର ଏଇ ମୁହୂର୍ତ୍ତରେ ବନ୍ଦ କରିଦିଅ । ତାଙ୍କର ସବୁ ଅଧିକାରୀଙ୍କୁ ଧରିଆଣି ବନ୍ଦୀ କର । ମୁଁ ସେମାନଙ୍କ କଟାମୁଣ୍ଡ ଦେଖିବାକୁ ଚାହେଁ ।' ଔରଙ୍ଗଜେବଙ୍କ ପରିଚିତ ଗର୍ଜନରେ ଉପସ୍ଥିତ ସମସ୍ତେ ତ୍ରସ୍ତ ହୋଇ ପଡ଼ିଲେ ।

ଓ୍ୱଜୀର ଦେଖିଲେ କଥାଟା ଭୂଲ ରାସ୍ତାରେ ଯାଉଛି । ସେ ସାହସ କରି କହିଲେ, 'ଜାହାଁପନା ! ଆଗେ ଦେଖାଯାଉ କଥାଟା ସତ ନା ମିଛ । ଏ ମୋହରଟା ହୁଏତ କେମିତି ଭୂଲ୍‌ରେ କାହା ହାତକୁ ଆସିଥିବ । ବଜାରରେ ସେମାନେ ଯାକୁ ସତରେ ଚଳାଇଛନ୍ତି କି ନାହିଁ ଦେଖିବାକୁ ହେବ । ସେମାନେ ବି ତ ଆମକୁ ଲକ୍ଷ ଲକ୍ଷ ଟଙ୍କା କର ଆକାରରେ ସେମାନଙ୍କର ଏହି ବେପାର ବାଣିଜ୍ୟ ପାଇଁ ଦେଉଛନ୍ତି । ଏଣୁ ତାଙ୍କର ଏ ସବୁ ବନ୍ଦ କରିବାର ଆଦେଶ ଦେବା ଆଗରୁ... ତଦନ୍ତ.. କରିବା... ଉଚିତ... ହେବ... ।' ଓ୍ୱଜୀରଙ୍କ ସ୍ୱର ଶେଷ ବେଳକୁ ଧୀରେ ଧୀରେ ପତଳା ହୋଇ ଆସିଲା । ଏ ତ ଆଉ ସମ୍ରାଟ ଶାହାଜାହାନ ନୁହଁନ୍ତି ଯେ, କାହାର ପ୍ରତିବାଦକୁ ସହିଷ୍ଣୁ ଭାବରେ ଶୁଣି ବିଚାରକୁ ନେବେ ।

କିନ୍ତୁ ଔରଙ୍ଗଜେବ ଶୁଣିଲେ। ଗୋଟିଏ ମୁହୂର୍ତ୍ତ ପରେ ସେଇମିତି ଗର୍ଜନ କରି ଡାକିଲେ- 'ଖାଫି ଖାଁ'!

ଖାଫି ଖାଁ ଅସ୍ତବ୍ୟସ୍ତ ହୋଇ ଔରଙ୍ଗଜେବଙ୍କ ଆଗରେ ଠିଆହୋଇ ମୁଣ୍ଡ ନୁଆଁଇ କୁର୍ଣ୍ଣିସ କଲେ।

'ଖାଫି ଖାଁ... ଏବେ ଏଇ ମୁହୂର୍ତ୍ତରେ ତୁମେ ବମ୍ବେ ଯାଅ। ଦେଖ, ଏ କଥାର ଚେର କୁଆଡ଼େ ଯାଇଛି। ଯଦି ସତ ହୋଇଥାଏ, ମୋତେ ସଙ୍ଗେ ସଙ୍ଗେ ଖବର କର। ମୁଁ ଗୁଜରାତରେ ବର୍ତ୍ତମାନ ଲଢ଼େଇରେ ଲାଗି ରହିଥିବା ସେନାବାହିନୀକୁ ସେଠାରୁ ହଟାଇ ଆଣି ଏ ଇଷ୍ଟ୍ ଇଣ୍ଡିଆ କମ୍ପାନୀର ମୂଳୋତ୍ପାଟନ କରିଦେବି।'

ଖାଫି ଖାଁ ସମ୍ରାଟଙ୍କୁ ପୁଣି ଥରେ ଅଭିବାଦନ ଜଣାଇ ତତ୍‌କ୍ଷଣାତ୍ ସେ କକ୍ଷ ଛାଡ଼ି ଚାଲିଗଲେ।

ଅଣତିରିଶ ବର୍ଷ ବୟସ୍କ ମହମ୍ମଦ ହାସିମ୍ ଖାଫି ଖାଁ ଥିଲେ ଜଣେ ଭଲ ଗଦ୍ୟ ଲେଖକ। ଔରଙ୍ଗଜେବଙ୍କ ମନ୍ତ୍ରୀ ହିସାବରେ ଯେଉଁ କାର୍ଯ୍ୟ ତାଙ୍କୁ ସମ୍ପା ଯାଉଥିଲା, ତାକୁ ତ ସେ ନିପୁଣତାର ସହ କରୁଥିଲେ। ସେହି କାର୍ଯ୍ୟଟିକୁ ସଫଳ କଲାବେଳେ ଯାହା ଯାହା ଘଟଣା ଘଟିଲା, ତା'ର ଏକ ସୁନ୍ଦର ଓ ଅବିକଳ ବିବରଣୀ ସେ ଲିଖିତ ଆକାରରେ ଔରଙ୍ଗଜେବଙ୍କୁ ଦେଉଥିଲେ ମଧ୍ୟ। ଏଣୁ ଔରଙ୍ଗଜେବଙ୍କୁ ସେହି କାମର ଏକ ପ୍ରତ୍ୟକ୍ଷ ଅନୁଭବ ହେଉଥିଲା। ଏମିତି ଆଉ କୌଣସି ମନ୍ତ୍ରୀ କରୁନଥିଲେ। ସେଥିପାଇଁ ଅଧିକାଂଶ ସମୟରେ ସେ ଖାଫି ଖାଁଙ୍କୁ ହିଁ ବିଭିନ୍ନ କାର୍ଯ୍ୟରେ ଦୂତ ରୂପେ ଦୂରକୁ ପଠାଉଥିଲେ।

କିନ୍ତୁ ସେ ଜାଣିନଥିଲେ ଯେ ଏହି ଖାଫି ଖାଁଙ୍କୁ ଆଗାମୀ ଶତାବ୍ଦୀର ପଣ୍ଡିତମାନେ ଶ୍ରେଷ୍ଠ ଐତିହାସିକର ସମ୍ମାନ ଦେବେ।

ଆଉ ଏତେ ଚତୁର ହୋଇ ଔରଙ୍ଗଜେବ ଏହା ମଧ୍ୟ ଜାଣିପାରିନଥିଲେ ଯେ, ଖାଫି ଖାଁ ତାଙ୍କୁ ଯେଉଁ ବିବରଣୀ ଲିଖିତ ଭାବରେ ଦେଉଛନ୍ତି, ତା'ର ଆଉ ଏକ ମୂଳ ପ୍ରତିଲିପି ନିଜ ପାଖରେ ମଧ୍ୟ ରଖୁଛନ୍ତି। ଯେଉଁଥିରେ ସେ କରିଥିବା କାର୍ଯ୍ୟର ବିବରଣୀ ତ ରହିଛି, ତତ୍‌ସହିତ ଆଉ ଗୋଟିଏ ପୃଷ୍ଠା ବି ଗୋପନରେ ଯୋଡ଼ାହୋଇ ରହିଛି, ଯେଉଁଥିରେ ଏହି କାର୍ଯ୍ୟ ସମ୍ପନ୍ନ ବେଳେ ଔରଙ୍ଗଜେବଙ୍କର କ୍ରୁରତା ଇତ୍ୟାଦି ସହିତ ଦୂରଦୃଷ୍ଟିହୀନତା ଓ ଅନ୍ୟାନ୍ୟ ସମସ୍ତ ଭଲମନ୍ଦ ଗୁଣର ଏକ ଟିକିନିଖି ବିବରଣୀ ମଧ୍ୟ ସମାନ ତାଳରେ ଲେଖାହେଉଛି।

ଖାଫି ଖାଁ କକ୍ଷରୁ ବାହାରିଯିବା ପରେ ଓ୍ୱଜୀର ମଧ୍ୟ ଔରଙ୍ଗଜେବଙ୍କୁ ଅନ୍ୟ ମନ୍ତ୍ରୀଙ୍କ ସହିତ ଆଲୋଚନାରେ ଲଗାଇଦେଇ ସେଠାରୁ ଚୁପ୍‌ଚାପ୍ ବାହାରିଗଲେ।

ସିଧାଯାଇ ଖାଫି ଖାଁଙ୍କୁ ତାଙ୍କ ଘରେ ବମ୍ବେ ଯାତ୍ରା ପାଇଁ ପ୍ରସ୍ତୁତିରେ ଲାଗିଥିବା ଦେଖି କହିଲେ- 'ଖାଫି, ତୁମେ ଗୋଟିଏ କାମ କର। ବମ୍ବେତ ଯିବ, ସେଠାରେ ଯାଇ ଯଦି ଦେଖିବ, କଥାଟା ସତ, ଫିରିଙ୍ଗୀମାନେ ଆପଣା ମନ ଇଚ୍ଛା ମୁଦ୍ରା ତିଆରି କରି ବଜାରରେ ଛାଡ଼ିଛନ୍ତି, ଆଉ ଖବର କ'ଣ ଦେବ? ଜାହାଁପନା ଚାହାଁନ୍ତି ତୁମେ ସେମାନଙ୍କୁ ଜଣାଇବ- ଜାହାଁପନାଙ୍କ ଆଦେଶ, ଯଦି ନିଜ ମୁଦ୍ରା ଚଳାଇବ, ଏ କାରବାର ଏଇଠି ବନ୍ଦ କରି ନିଜ ଦେଶକୁ ଯାଅ। ଯଦି ଭାରତରେ କାରବାର କରିବାର ଇଚ୍ଛା, ଭାରତୀୟ ମୁଦ୍ରା ଚଳାଅ। ଏକଥା ତାଙ୍କୁ କହିବ, ବୁଝିଲ?'

ବେଖାତିର ଭାବେ ଖାଫି ଖାଁ ଚଟାଣକୁ ଚାହିଁ କହିଲେ, 'ଆଜ୍ଞା'।

ତାକୁ ଲକ୍ଷ୍ୟ କରି ୱଜୀର ଆସନ ଛାଡ଼ି ଉଠୁଉଠୁ କହିଲେ- 'ମନେରଖ, ଏକଥା ମୁଁ କହୁନାହିଁ। ଜାହାଁପନାଙ୍କର ଏଇ ଆଦେଶକୁ ତୁମ ପାଖରେ ପହଞ୍ଚାଇବା ପାଇଁ ମୋତେ ଜାହାଁପନା ଏଇଠିକୁ ଏବେ ପଠେଇଛନ୍ତି।'

ଖାଫି ଖାଁଙ୍କର ଛିଡ଼ା ହୋଇଥିବା ଆନମନା ଦେହ ସଙ୍ଗେ ସଙ୍ଗେ ସିଧା ହୋଇଗଲା।

ଖାଫି ଖାଁ ବମ୍ବେ ଯାଇ ଦେଖିଲେ, କଥାଟା ସଂପୂର୍ଣ୍ଣ ସତ୍ୟ। ଫିରିଙ୍ଗୀମାନେ ବଡ଼ ଦମ୍ଭରେ କୌଣସି କଥାକୁ ଖାତିର ନକରି ନିଜ ମୁଦ୍ରାକୁ ବଜାରକୁ ଛାଡ଼ିଛନ୍ତି। ସେ ଯାଇ ଇଷ୍ଟ୍ ଇଣ୍ଡିଆ କମ୍ପାନୀର ବମ୍ବେ ଶାଖା ମୁଖ୍ୟ ବାର୍ଥଲୋମିଉ୍ ହ୍ୟାରିସ୍‌ଙ୍କୁ ଦେଖାକଲେ। ତାଙ୍କୁ କହିଲେ- 'ଏ କ'ଣ? ଆମ ଦେଶରେ ତୁମ ଦେଶର ଅସରପି କେମିତି ଚଳାଇଛ?'

ଜେନେରାଲ ହ୍ୟାରିସ୍ ହସିଲେ। କହିଲେ 'ଅସରପି ତ ଅସରପି। ଆମ ଦେଶ ତୁମ ଦେଶ କ'ଣ?'

ଖାଫି ଖାଁ ସେମାନଙ୍କ ମଝିରେ ଥିବା ଚୌପଦୀ ଉପରେ ଭାରତୀୟ ସୁନା ମୋହରଟିଏ କାଢ଼ି ରଖିଲେ। ତା'ପାଖରେ ଔରଙ୍ଗଜେବଙ୍କଠାରୁ ଆଣିଥିବା ଇଂରେଜ ସୁନା ମୋହରଟି ରଖି କହିଲେ- 'ଏ ଦୁଇଟା ଅସରପି ସମାନ?'

ଜେନେରାଲ ହ୍ୟାରିସ୍ କିଛି କହିବା ପୂର୍ବରୁ ଖାଫି ଖାଁ ପୁଣି କହିଲେ- 'ଏ ବିଶାଳ ମୋଗଲ ସାମ୍ରାଜ୍ୟରେ ଯେଉଁ ଅଗଣିତ ମୁଦ୍ରାକଳ ସବୁ ଜାହାଁପନାଙ୍କ ଅଧୀନରେ ଚାଲିଛି, ସେଇଠି ମୋଟାଅଙ୍କର ବେତନ ପାଇ ବିଶେଷଜ୍ଞମାନେ ଖାଲିଟାରେ ବସି ନାହାନ୍ତି। କାବୁଲ୍, କାଶ୍ମୀର, ବିଜିପୁର, ବୁନ୍ଦେଲଖଣ୍ଡ ଅଲଗା ଅଲଗା ଦୂରତ୍ୱରେ ଥିଲେ ମଧ୍ୟ ଏସବୁ କାରଖାନାରୁ ବାହାରୁଥିବା ଅସରପିମାନଙ୍କ ଓଜନରେ ଧୂଳି ପ୍ରମାଣରେ

ଫରକ ନାହିଁ। ଆଉ ତୁମର ଏ ମୋହର କେତେ ଓଜନର, କେତେ ସୁନାରେ ତିଆରି ତୁମେ ଭାବୁଛ ଜାହାଁପନା ସେତକ ଜାଣିପାରିବେ ନାହିଁ ?'

ଜେନେରାଲ ହ୍ୟାରିସ୍‌ଙ୍କ ମୁହଁ ମଳିନ ଦେଖାଗଲା।

ଖାଫି ଖାଁ ପୁଣି କହିଲେ- 'ସେ ତ ଗୋଟିଏ କଥା। ସବୁଠାରୁ ଗୁରୁତର କଥା ହେଉଛି ତୁମ ରାଜାରାଣୀଙ୍କ ଆଧିପତ୍ୟ ଏଇଠି କେମିତି ?'

ଅତି କୁଶଳତାର ସହ ଜେନେରାଲ ହ୍ୟାରିସ କହିଲେ- 'ଆମ ଦେଶର ବେପାରୀମାନେ ଭାରତୀୟ ସୁନା ମୋହରକୁ ଚିହ୍ନି ନାହାନ୍ତି ତ ନେଉନାହାନ୍ତି। ସେଠାରେ ଏଗୁଡ଼ିକ ଚଳୁନାହିଁ। ଏଣୁ ଆମେ ବାଧ୍ୟ ହୋଇ ଆମ ମୁଦ୍ରାଖାନାରେ ଆମ ଦେଶର ମୁଦ୍ରା ତିଆରି କରୁଛୁ। କିନ୍ତୁ ଦେଖନ୍ତୁ, ଇଂରାଜୀରେ ବି ଲେଖାହୋଇଛି ପାର୍ଶୀରେ ମଧ୍ୟ ଲେଖା ହୋଇଛି।'

ଯୁବକ ଖାଫି ଖାଁ ବିରକ୍ତ ହୋଇ କହିଲେ- 'ତୁମର ଏତେ ଛୋଟ ଦେଶରେ ଯଦି-

ଜେନେରାଲ ହ୍ୟାରିସ୍ ହସିହସି କହିଲେ- 'ଆଜ୍ଞା ! ଆମ ଦେଶ ସିନା ଛୋଟ, ଆମ ସାମ୍ରାଜ୍ୟରେ ପରା ସୂର୍ଯ୍ୟ ଅସ୍ତ ହୁଅନ୍ତି ନାହିଁ, ଆଉ ଛୋଟ କ'ଣ ?'

ଖାଫି ଖାଁ କହିଲେ, 'ଆଚ୍ଛା ! ଆମର ଏ ଦେଶରେ ସୂର୍ଯ୍ୟ ଅସ୍ତ ହୁଅନ୍ତି ବୋଲି ତ ତୁମେମାନେ ଏଇଠି ଆସି ରହିଛ। ତାହାହେଲେ ରାତ୍ରିର ବିଶ୍ରାମ ପାଇବ। ସକାଳୁ ତାଜା ହୋଇ ଉଠି କାମରେ ଲାଗିବ। ହଉ, ଏବେ ଜାହାଁପନାଙ୍କ ଆଦେଶ ଶୁଣ। ଯଦି ଭାରତୀୟ ବଜାରରୁ ତୁମର ସମସ୍ତ ମୁଦ୍ରା ତୁରନ୍ତ ଅପସାରିତ ନହୋଇଛି, ଭାରତୀୟ ବଜାରର ସବୁ ଦ୍ୱାର ତୁମ ପାଇଁ ସବୁଦିନ ପାଇଁ ବନ୍ଦ ହୋଇଯିବ। ଏହା ମୋ ମୁହଁରୁ ବାହାରୁଥିବା ଜାହାଁପନାଙ୍କ ଆଦେଶ।'

- ଆପଣ ବୁଝିପାରୁନାହାନ୍ତି।'

'ଠିକ୍ ଅଛି।' ଖାଫି ଖାଁ ଉଠି ଠିଆହେଲେ। ଚଉପଦୀରୁ ଅସରପି ଦୁଇଟା ଗୋଟାଇ ନେଉ ନେଉ କହିଲେ, 'ଜେନେରାଲ ହ୍ୟାରିସ୍, ମୁଁ ଶୁଣୁଥିଲି ଆପଣ ଏଇ ବର୍ଷେ ହେଲା ଏଇଠି ଦାୟିତ୍ୱ ନେଇଛନ୍ତି। ସେଥିପାଇଁ ବୋଧହୁଏ ଭାରତୀୟ କଥିତ ଭାଷା ଭଲଭାବରେ ଶିଖିନାହାନ୍ତି। ଏଣୁ କହିଲେ ମୁଁ ବୁଝିପାରୁନାହିଁ। ହେଉ, ମୁଁ ତେବେ ମୋ ପାଖରେ ଥିବା ଜାହାଁପନାଙ୍କ ଲିଖିତ ଆଦେଶଟି କାଲି ସକାଳୁ ଧରି ଆସିବି। ଆପଣଙ୍କ କର୍ମଚାରୀମାନେ ତାକୁ ପଢ଼ି ଆପଣଙ୍କୁ ସବୁ କଥା ବୁଝାଇଦେବେ। ସେତେବେଳେ *ଆପଣ* ସବୁ ବୁଝିଯିବେ।'

ସେଦିନ ସନ୍ଧ୍ୟା ପୂର୍ବରୁ ଜେନେରାଲ ହ୍ୟାରିସ୍ ହାଫି ଖାଁଙ୍କୁ ଖବର ପଠାଇଲେ

ସେମାନେ ଇଂରେଜ ମୁଦ୍ରା ବନ୍ଦ କରିବାର ନିଷ୍ପତ୍ତି ନେଇ ସାରିଛନ୍ତି। କିନ୍ତୁ ସମଗ୍ର ବଜାରରୁ ସବୁତକ ମୁଦ୍ରା ହଟାଇ ଆଣିବା ପାଇଁ କିଛି ସମୟ ଦରକାର।

ଖାଫି ଖାଁ ସ୍ୱସ୍ତିର ନିଃଶ୍ୱାସ ମାରିଲେ କାରଣ ତାଙ୍କ ପାଖରେ ତ ଔରଙ୍ଗଜେବଙ୍କ ଲିଖିତ ଆଦେଶ ହିଁ ନଥିଲା !

ଏହାର ଦୁଇ ସପ୍ତାହ ପରେ ଭାରତୀୟ ବଜାରରୁ ଅବଶେଷ କେତୋଟି ଇଂରେଜ ମୁଦ୍ରା ପୁଣି ବ୍ରିଟିଶ କାରଖାନାକୁ ଫେରିଆସିଲା। ଯେଉଁ ମୁଦ୍ରା ସବୁ ବ୍ୟବସାୟରେ ଫସି ଦୂରକୁ ଚାଲିଯାଇଥିଲା, ସେ ବି ବର୍ଷ କେଇଟାରେ ଇତିହାସ ହୋଇଗଲା, ଅଚଳ ହେବାରୁ ସେଗୁଡ଼ିକର ଠିକଣା ମଧ୍ୟ ହଜିଗଲା।

-o-

ପ୍ରଚଣ୍ଡ ଆଖି ଆଗରେ ନାଟକ ଦେଖିବା ପରି ସ୍ୱପ୍ନାବିଷ୍ଟ ହୋଇ ଶୁଣୁଥିଲା, ସରାଫ୍‌ଙ୍କର କହିବା ଶୈଳୀରେ ଏତେ ମାଦକତା ଓ ନାଟକୀୟତା ପୂରି ହୋଇ ରହିଥିଲା ଯେ, ସେ ଯେ କଥା ଶୁଣୁଛି, ନାଟକ ଦେଖୁନି, ଏ କଥା ଭୁଲିଯାଇଥିଲା।

'ତୁମର ଏ କାହାଣୀ ମୁଁ ଶହେ ଥର ଶୁଣିଥିବି।' ସରାଫ୍‌ଙ୍କର ସ୍ତ୍ରୀ ତାଙ୍କୁ ହସିହସି କହିଲେ, 'କିନ୍ତୁ ବିଶ୍ୱାସ କର, ତୁମେ ଏତେ ସୁନ୍ଦର କହିଜାଣ ଯେ, ମୋତେ ଲାଗିଲା ଯେମିତିକି ମୁଁ ଏ କଥା ଆଜି ପ୍ରଥମ ଥର ଶୁଣୁଛି।'

ସରାଫ୍ ହସିହସି ମୁଣ୍ଡ ଟୁଙ୍ଗାରି ନିଜ ଡାହାଣ ହାତକୁ କପାଳରେ ଦୁଇତିନିଥର ଛୁଆଁଇ ସ୍ତ୍ରୀଙ୍କ ପ୍ରଶଂସାକୁ ସ୍ୱୀକାର କଲେ। ପ୍ରଚଣ୍ଡ ଆଡ଼କୁ ଅନାଇ କହିଲେ, 'ବାପ ! ଦୁନିଆଁର ସମସ୍ତଙ୍କଠାରୁ ପ୍ରଶଂସା ମିଳିଯିବ। କିନ୍ତୁ ନିଜ ସ୍ତ୍ରୀଠାରୁ ସେତକ ମିଳିବା ବଡ଼ କଷ୍ଟକର ବ୍ୟାପାର। ଯାହାହେଉ, ଜଗନ୍ନାଥଙ୍କ କୃପାରୁ ଆଜି ସେତକ ମଧ୍ୟ ମିଳିଗଲା।'

ସ୍ତ୍ରୀଙ୍କୁ ଅନାଇ ସେ କହିଲେ, 'ହଉ, ଦିଅ। ତାଙ୍କୁ କ'ଣ ଦେବ ପରା, ଦିଅ।'

ତାଙ୍କ ସ୍ତ୍ରୀ ଅଣ୍ଟାରୁ ଗୋଟିଏ ଛୋଟ ନାଲି ମଖମଲର ଥଳୀ ବାହାର କଲେ।

ପ୍ରଚଣ୍ଡର ସ୍ୱପ୍ନାବିଷ୍ଟ ଅବସ୍ଥା ଝଣ୍‌ଝଣ୍ ହୋଇ ଭାଙ୍ଗିଗଲା।

ଆଖି ତରାଟି ସେ ଦେଖିଲା ପ୍ରଚଣ୍ଡର ହାତରେ ସେଇ ଥଳୀରୁ ସେ ଠନ୍‌ଠନ୍ କରି ପାଞ୍ଚୋଟି ସୁନା ମୋହର କାଢ଼ି ଧରାଇଦେଲେ। ଖାଲି ଥଳୀଟି ମଧ୍ୟ ଦେଇଦେଲେ।

ସରାଫ୍ କହିଲେ, 'ଯେ ସେଇ ବ୍ରିଟିଶ୍ ସୁନା ମୋହର, ଯାହାକୁ ମୋ ଜେଜେବାପା ସାଇତି ରଖି ତାଙ୍କ ଶେଷ ସମୟରେ ମୋତେ ଦେଇଥିଲେ। ମୁଁ ଏହାକୁ ମୋ ପୁଅଙ୍କୁ ବି ଦେଇନଥିଲି। ଏହି ସୁନା ମୋହରତକ ମୋର ଜେଜେବାପାଙ୍କ ସ୍ମୃତି ରୂପେ ମୋ ପାଇଁ ମୋ ଜୀବନର ସବୁଠାରୁ ଶ୍ରେଷ୍ଠ ସମ୍ପତ୍ତି, ପ୍ରିୟ ଧନ।'

ପ୍ରଚଣ୍ଡର କାନମୁଣ୍ଡ ଭାଁ ଭାଁ ହୋଇଗଲା ।

ସରାଫ କହିଲେ- 'ତୁମେ ମୋର ପ୍ରାଣ ବଞ୍ଚାଇଛ । ମୋ ଜେଜେବାପା ଆଜି ବଞ୍ଚିଥିଲେ ଯାହା କରିଥାନ୍ତେ, ତାଙ୍କ ସ୍ମୃତିକୁ ହୃଦୟରେ ଧରି ମୁଁ ଆଜି ସେଇୟା କରୁଛି । ମୋର ଏହି ପ୍ରିୟ ଦୁର୍ମୂଲ୍ୟ ସମ୍ପତ୍ତିକୁ ଆଜି ମୁଁ ତୁମକୁ ସମ୍ପି ଦେଉଛି ।'

ପ୍ରଚଣ୍ଡ ଓଲଟପାଲଟ କରି ସୁନା ମୋହର ସବୁ ଦେଖିବାରେ ଲାଗିଲା ।

ସୁନା ମୋହର !

ତାହାର ଗୋଟିଏ ପଟେ କେଉଁ ଏକ ରଜାର ଚିତ୍ର, ଅନ୍ୟପଟେ ରାଣୀଙ୍କ ଚିତ୍ର । ସିଏ କାହାର ଚିତ୍ର ହୋଇଥାଉ, ସୁନା ମୋହର ତ ସୁନା ମୋହର । ରସଗୋଲାକୁ ସୁନାଥାଳୀରେ ଖାଅ କି ଖଲିପତ୍ରରେ ଖାଅ, ସ୍ୱାଦ କ'ଣ ଅଲଗା ?

ସେ ସରାଫଙ୍କ ମୁହଁକୁ ଚାହିଁଲା । ସରାଫ୍ ଖଟରୁ ଉଠି ତାକୁ ଦୁଇହାତରେ ଭିଡ଼ି କୁଣ୍ଢାଇ ପକାଇଲେ ମୁହୂର୍ତ୍ତକ ପାଇଁ । ସେଇ ଗୋଟିଏ ମୁହୂର୍ତ୍ତ ପାଇଁ ପ୍ରଚଣ୍ଡକୁ ଲାଗିଲା ଏହି ବୃଦ୍ଧଙ୍କର ଏହି କୃତଜ୍ଞତା ପାଖରେ ଏ ଅସରପିଗୁଡ଼ିକର ତେଜ ତ ମଉଳି ପଡୁଛି, ମୂଲ୍ୟହୀନ ଲାଗୁଛି ।

ଏ ଭାବନା କାଳେ ତାକୁ ଗ୍ରାସି ପକାଇବ ସେ ଭୟରେ ସେ ଦୁହିଁଙ୍କୁ ଭୂମିଷ୍ଠ ପ୍ରଣାମ କରି ସେ ଏକମୁହାଁ ନିଜ ଧର୍ମଶାଳାକୁ ଫେରିଆସିଲା ।

-O-

୧୭୫୦ ମାର୍ଚ୍ଚ

ବୋମକେଇ

ପ୍ରଚଣ୍ଡ ଦାଣ୍ଡକବାଟରେ ଭଲକରି କୋଳପ ମାରି ନିଜର ଛୋଟିଆ ଶୋଇବା ଘରେ ପଶି କବାଟ ବନ୍ଦ କଲା । ସ୍ତ୍ରୀ, ପୁଅ ଯେଝା କୋଠରୀରେ ଯିଏ ଶୋଇଲେଣି । ତା'ର ଅଣ୍ଟାରେ ଝୁଲୁଥିବା କୁଞ୍ଚିମାଳ କାଢ଼ି ସାତ କୋଳପ ଭିତରେ ଥିବା ଲୁହା ପେଡ଼ିଟିକୁ ଖୋଲି ସେ ସୁନା ମୋହର ଥିବା ଥଳୀଟି କାଢ଼ିଲା ।

ଛଅଟା ସୁନା ମୋହର !!

ଗୋଟାକୁ ସେ ବହୁଦିନ ତଳେ ସ୍ତ୍ରୀ ପ୍ରଭାଙ୍କ ଠାରୁ ଝାମ୍ପି ଆଣିଥିଲା ।

ବାକି ପାଞ୍ଚଟାକୁ ସେ ଗୁଜରାତର ମହାଜନଙ୍କଠାରୁ ଅର୍ଜି ଆଣିଛି !

ସବୁ ଅସରପିଗୁଡ଼ିକୁ ଖଟ ଉପରକୁ ନେଇ ସେଇଠି ବସି ସେ ଶହେ ଥର ଗଣିଲା । ଯଦି ରାତିସାରା ଗଣିଲେ, ଛଅଟା ସୁନାମୋହର ସାତଟା ହୋଇଯାଆନ୍ତା,

ତେବେ ସେ ରାତିରାତି ଅନିଦ୍ରା ରହି ଏହାକୁ ଗଣିଗଣି ଚାଲନ୍ତା ।

ରଥଯାତ୍ରାରୁ ଫେରିବା ପରଠାରୁ ଏହା ତା'ର ପ୍ରତିରାତିର ଗୁରୁତ୍ୱପୂର୍ଣ୍ଣ କାମ ହୋଇଯାଇଛି । ସୁନାମୋହର ନଗଣି ଶୋଇଲେ ତାକୁ ନିଦ ହୁଏନାହିଁ, ଗଣି ଶୋଇଲେ ମଧ୍ୟ ନିଦ ହୁଏନାହିଁ । କାରଣ ବିଗତ ପ୍ରାୟ ଆଠମାସ ହେଲା ସେ ଏଇ ଛଅଟି ଅସରପି ହିଁ ଗଣିଚାଲିଛି । କେତେ ଚେଷ୍ଟା କଲେ, ସୁଧକୁ କେତେ ବଢ଼ାଇଲେ ମଧ୍ୟ ଆଉ ଗୋଟିଏ ଅସରପି ସେଥିରେ ମିଶାଇବା ପରି କ୍ଷମତା ତା'ର ହୋଇନାହିଁ ।

ଏମିତିରେ କୋଉ ମଣିଷକୁ ନିଦ ହେବ ?

ଅସରପିମାନଙ୍କୁ ଯଥାସ୍ଥାନରେ ରଖିଦେଇ ଚାବିପକାଇ ପ୍ରଚଣ୍ଡ ଶେଯ ଉପରକୁ ଫେରିଆସିଲା । ଚିତ୍ ହୋଇ ଶୋଇ, ନିଜ ମୁଣ୍ଡତଳେ ଦୁଇହାତକୁ ଛନ୍ଦି ସେ ବହୁତ ସମୟ ଯାଏ ଛାତକୁ ଚାହିଁ ରହିଲା । ସବୁଦିନ ପରି ସେଦିନ ମଧ୍ୟ ଏମିତି ଚାହିଁଚାହିଁ ସକାଳ ହୋଇଯାଇଥାନ୍ତା । କିନ୍ତୁ ହଠାତ୍ ତାକୁ ଲାଗିଲା- ଆରେ! ସେ ଏତେ ଚିନ୍ତା କାହିଁକି କରୁଛି ? ଗୁଜରାତରେ ଗଛରେ ଟଙ୍କା ଫଳିବା ପରି ତା'ପାଖରେ ବି ତ ସୁନାମୋହର ଫଳିବା ପାଇଁ ଗଛଟାଏ ଅଛି ! !

ସଙ୍ଗେ ସଙ୍ଗେ ମାଠିଆରୁ ପାଣି ଅଜାଡ଼ି ହେଲା ପରି କୁଆଡୁ ଗୋଟିଏ ବଢ଼ିଆ ନିଦ ତା' ଆଖିରେ ଝରଝର ହୋଇ ଝରି ତା' ଆଖିକୁ ବୁଜିଧରିଲା ।

ସକାଳୁ ଉଠି ପ୍ରଚଣ୍ଡ ସ୍ତ୍ରୀ ପ୍ରଭାକୁ କହିଲା- 'ହେଇ ଶୁଣୁ! ଯଦି କିଏ ତୋତେ ସୁଶୀଳର ବିଭା ପ୍ରସ୍ତାବ ଦେବ, କହିବୁ ଯିଏ ପାଞ୍ଚଶ ସୁନା ମୋହର ଦେବ, ତା' ଝିଅକୁ ହିଁ ସୁଶୀଳ ବିଭା ହେବ । ବୁଝିଲୁ ?'

ଏହା କହିଦେଇ ସେ ଦାଣ୍ଡକୁ ବାହାରିଗଲା ।

ମଜା ହୋଇଥିବା ପିତଳ ସରଞ୍ଜାମ ସବୁ ଥାଳୀରେ ଧରି ପୂଜାଘରକୁ ଯିବାବେଳେ ପ୍ରଭା ଏତକ ଶୁଣିଲେ । ତାଙ୍କ ହାତରୁ ପିତଳ ଥାଳୀଟି ଖସିପଡ଼ି ଝଣ୍‌ଝଣ୍ ଶବ୍ଦକରି ଛିନ୍‌ଛତ୍ର ହୋଇ ଚାରିଆଡ଼େ ପଡ଼ିଗଲା । ସେ କଟୁ ଶବ୍ଦରେ ଆର ଘରୁ ସୁଶୀଳ ଧାଇଁ ଆସି ମା'କୁ ଖମ୍ବ ପରି ଠିଆ ହୋଇଥିବା ଦେଖି ପଚାରିଲା- 'କ'ଣ ହେଲା ମା ?'

ଦୁଇହାତରେ ପୁଅକୁ କୁଣ୍ଢାଇ ଧରି ପ୍ରଭା ଭୋ ଭୋ କରି କାନ୍ଦି ଉଠିଲେ ।

■

## ॥ ୨ ॥

ଅପ୍ରେଲ୍ ୬, ୧୭୫୦
ବୋମକେଇ

'ଦେବୁ ଭାଇ ହୋ ଦେବୁ ଭାଇ, ଘରେ ଅଛ ?'

ଶେଷ ଚୈତ୍ରର ଦ୍ୱିପହର। ସୂର୍ଯ୍ୟ ଆସି ଠିକ୍ ମୁଣ୍ଡ ଉପରେ। ଦେବଦତ୍ତ ପଖାଳ କଂସାକୁ ଉଠାଇ ତୋରାଣୀ ପିଉପିଉ ଦାଣ୍ଡରେ କାହାର ଡାକ ଶୁଣି ମୁଣ୍ଡ ଉଠାଇ ସ୍ତ୍ରୀ ଆଡ଼କୁ ଅନାଇଲେ। ସ୍ତ୍ରୀ କନକ ହାତ ଦେଖାଇ କହିଲେ- 'ତୁମେ ଖାଅ, ମୁଁ ଦେଖୁଛି।' ମୁଣ୍ଡରେ ଅଛ ଓଢ଼ଣା ଟାଣି ସେ ବାହାରକୁ ଆସିଲେ।

ବାହାରେ ଆମ୍ବଗଛ ଛାଇରେ ଜଣେ କମ୍ ବୟସର ଲୋକ ଠିଆହୋଇ ଘରଆଡ଼କୁ ଅନାଇଥିଲେ। କନକଙ୍କୁ ଦେଖି ସେ ପିଣ୍ଡା ପାଖକୁ ଆସି କହିଲେ- 'ମା', ଏଇଟା ତନ୍ତୀ ଦେବଦତ୍ତଙ୍କ ଘର ତ ? ସେ ଘରେ ଅଛନ୍ତି ?'

ଅଚିହ୍ନା ବ୍ୟକ୍ତିଙ୍କୁ ଦେଖି କନକ ପଚାରିଲେ, 'ହଁ, ଅଛନ୍ତି, କିନ୍ତୁ ଖାଇ ବସିଛନ୍ତି। କ'ଣ କାମ ଥିଲା କି ?' କହୁ କହୁ କନକ ମୁହଁରେ ଚିନ୍ତାର କେତୋଟି ରେଖା ଫୁଟି ଉଠିଲା। ଘରେ ଅଭିଆଡ଼ୀ ଝିଅ ଅଛି, କେଉଁ ଆଡୁ ବିବାହ ପ୍ରସ୍ତାବଟେ ଆସିଲାକି ଆଉ ?

ସେ ଜାଣନ୍ତି, ଘରେ ଝିଅ ଥିଲେ ପ୍ରସ୍ତାବ ଆସେ। ମା' ବାପା ଅଜଣା ଆନନ୍ଦରେ ଆଶା କରି ବସନ୍ତି, ଏଇଠି ପ୍ରସ୍ତାବଟି ହୋଇଯିବ ପରା। ଆଦରରେ ପ୍ରସ୍ତାବ ଆଣିଥିବା ଲୋକଟିକୁ ଘର ଭିତରକୁ ପାଛୋଟି ନିଆଯାଏ। ଅତିଥି ସତ୍କାର କରାଯାଏ।

କିନ୍ତୁ କନକ ଜାଣନ୍ତି, ତାଙ୍କ ଭାଗ୍ୟରେ ଏହା ନାହିଁ। ଝିଅ ନିଜ ପସନ୍ଦର ପୁଅ ବାଛି ସାରିଛି। ଏକଥା ସାଇପଡ଼ିଶା ବନ୍ଧୁବାନ୍ଧବ କେହି ଜାଣନ୍ତି ନାହିଁ। ଏଣୁ ପ୍ରସ୍ତାବ

ଆସିଲେ କ'ଣ କହି ସେ ନାହିଁ କରିବେ, ଏଇ ଚିନ୍ତା ସ୍ୱାମୀ, ସ୍ତ୍ରୀ ଉଭୟଙ୍କୁ ଆଚ୍ଛନ୍ନ କରି ରଖିଛି।

ସେ ଶୁଣିଲେ, ଆଗନ୍ତୁକ ଉତ୍ତର ଦେଉଛନ୍ତି - 'ମୁଁ ଚିକିଟି ଗଡ଼ରୁ ଆସିଛି। ଲୁଗା ବରାଦ ଦେବାର ଥିଲା।'

କନକଙ୍କ ମୁହଁ ଉଜ୍ଜ୍ୱଳ ହୋଇ ଉଠିଲା। ସେ କହିଲେ, 'ହଉ, ଭିତରକୁ ଆସନ୍ତୁ।'

ଆଗନ୍ତୁକ କନକଙ୍କ ପଛେ ପଛେ ମାଟି ବାରଣ୍ଡା ଉପରକୁ ଉଠିଗଲେ। ସେଠାରେ ଏକ ବଡ଼ ତନ୍ତ ଆଗରେ ପଟା ଖଟଟିଏ ପଡ଼ି, ତା ଉପରେ ନାଲି ଗାଲିଚାଟିଏ ବିଛା ହୋଇଥିଲା। ସେଇଟା ଯେ ଗ୍ରାହକମାନଙ୍କ ପାଇଁ ବସିବାର ଜାଗା, ଆଗନ୍ତୁକ ଏହା ବୁଝିପାରି ସେଇଠି ବସିପଡ଼ିଲେ।

କାନ୍ଥରେ ନାଲି ରେଶମ କନାର ଘୋଡ଼ଣୀ ଉପରେ ସାଗୁଆ ରଙ୍ଗର ଓଲଟ ଶୁଆର ହାତକାମ କରା ତାଳପତ୍ରର ବିଞ୍ଚଣା କେତେଟା କଣ୍ଟା ମରା ହୋଇ ଖୁଞ୍ଚା ହୋଇଥିଲା। କନକ ସେଥିରୁ ଗୋଟାଏ କାଢ଼ି ଆଗନ୍ତୁକ ଆଡ଼କୁ ବଢ଼ାଇ ଦେଇ ସେଠାରୁ ଘର ଭିତରକୁ ଚାଲିଗଲେ।

କନକ ଘର ଭିତରକୁ ଫେରିବା ଦେଖି ଖାଇବା କଂସାରୁ ମୁହଁ ଉଠାଇ ଦେବଦତ୍ତ ଓ ସେମାନଙ୍କ ଏକମାତ୍ର ଷୋଳବର୍ଷର ଝିଅ ସୁଦତ୍ତା ତାଙ୍କୁ ପ୍ରଶ୍ନିଳ ଆଖିରେ ଚାହିଁଲେ। ସେମାନଙ୍କ ମୁହଁରେ ମଧ୍ୟ ପ୍ରସ୍ତାବ ଆସିଥିବା ଆଶଙ୍କା ଫୁଟି ଉଠିଥିଲା।

କନକ ହସ ହସ ହୋଇ କହିଲେ, 'କିଏ ଜଣେ ନୂଆ ଲୋକ, ମୁଁ ଚିହ୍ନିନାହିଁ। ଚିକିଟିଗଡ଼ରୁ ଲୁଗା ବରାଦ ଦେବାପାଇଁ ଆସିଛନ୍ତି। ତୁମେ ସୁସ୍ଥିରେ ଖାଅ, ଏମିତି ମୁଣ୍ଡଫଟା ଖରାରେ ଆସିଛନ୍ତି, ସେ ଟିକିଏ ଛାଇରେ ନିଶ୍ୱାସ ମାରନ୍ତୁ ଆଗ। ମୁଁ ଯାଏ ତାଙ୍କୁ ଗୁଡ଼ପଣା ମୁନ୍ଦେ ଦିଏ।'

ସୁଦତ୍ତା କହିଲା, 'ମା', ଏ ଖରାବେଳେ ଗୁଡ଼ପଣା କ'ଣ ଭଲ ଲାଗିବ ନା ଦେହକୁ ହିତ ହେବ? ତାଙ୍କୁ ଠେକିଏ ଚହ୍ଲାରେ ଛେନା, ନବାତ, କଦଳୀ ଚକଟି କରି ଦିଅ। ପାଟିକୁ ତ ସୁଆଦ, ଦିହକୁ ବି ହିତ ହେବ ନା।'

କନକ ଓ ଦେବଦତ୍ତ ପରସ୍ପରକୁ ଚାହିଁଲେ। ଜଣେ ଅଚିହ୍ନା, ଅଦେଖା ବ୍ୟକ୍ତି ପାଇଁ ସୁଦତ୍ତାର ଏ କରୁଣା, ତାଙ୍କ ପାଇଁ କିଛି ନୂଆ ନଥିଲା। ରାସ୍ତାରୁ କାଙ୍ଗାଳ ପିଲାଙ୍କୁ ଘରକୁ ଡ଼ାକି ଆଣି ପିଲାଦିନେ ସେ ମା' ବାପାଙ୍କୁ ଆଶ୍ଚର୍ଯ୍ୟ କରିଦେଉଥିଲା। ତା'ର ସେତେବେଳେ ଧାରଣା ଥିଲା - ମା' ତା'ର ଖାଦ୍ୟର ଭଣ୍ଡାର ଆଉ ବାପା ଲୁଗାର ଭଣ୍ଡାର। ସେଥିପାଇଁ ସେହି କାଙ୍ଗାଳ ପିଲାଙ୍କୁ ଯେତେବେଳ ଯାଏ ମା'ପେଟ ଭରି

ଖୁଆଇ, ଦୁଇ ହାତରେ ଦୁଇଟି ଲେଖାଏଁ ପିଠା ଧରାଇ ଓ ବାପା ସେମାନଙ୍କ ଅଣ୍ଟାରେ କାଛିଆ ଖଣ୍ଡେ ଖଣ୍ଡେ ଗୁଡ଼ାଇ ନାହାନ୍ତି, ସେ ପର୍ଯ୍ୟନ୍ତ ସେ ପିଲାଙ୍କୁ ବାରଣ୍ଡାରୁ ଯିବାକୁ ଦଉନଥିଲା ।

ଆଉ ମୋଗଲ ମରହଟ୍ଟା ପୀଡ଼ିତ ଏଇ ଓଡ଼ିଆ ମୁଲକରେ ବା କାଙ୍ଗାଳର କେଉଁ ଅଭାବ ?

ସେଥିପାଇଁ, ଶିଶୁ ସୁଦତ୍ତା ଯେତେବେଳେ ପ୍ରତିଦିନ ଦାଣ୍ଡରୁ କାହାକୁ ନା କାହାକୁ ଡ଼ାକିଆଣି ତା' ପାଇଁ ଗଣ୍ଡାଏ ପଖାଳ, ଖଣ୍ଡିଏ ଲୁଗା ପାଇଁ ଜିଦ୍‌କରି କାନ୍ଦିଲା, ବହୁବର୍ଷ ପରେ ଅପର୍ତ୍ତ୍ୟାଣୀ ହୋଇ ଜନ୍ମ ହୋଇଥିବା ଏଇ ଏକମାତ୍ର ହୃଦୟ ସଂଖାଳିକୁ ସମ୍ଭାଳିବା ପାଇଁ କନକ ପଇସା ସଞ୍ଚି ଆଉ ଗୋଟିଏ ଗାଈ କିଣିଲେ । ଦେବଦତ୍ତ କପା କିଣିବା ବେଳେ ଆଉ ବସ୍ତାଏ କପା ଅଧିକ କିଣିଲେ । କନକ ହାଣ୍ଡିରେ ଚାଉଳ ପକାଇବା ବେଳେ ମୁଠାଏ ଚାଉଳ ଅଧିକା ପକାଇଥାନ୍ତି, ଶିଶୁ ସୁଦତ୍ତାର ଭାବୀ ନିମନ୍ତ୍ରିତ ଅଦେଖା ଅତିଥି ପାଇଁ, ଆଉ ଦେବଦତ୍ତ ଛୋଟ ଛୋଟ କାଛିଆ ବୁଣି ରଖିଥାନ୍ତି ଆକସ୍ମିକତାରୁ ପ୍ରାୟ ନିତ୍ୟ ପାଲଟି ସାରିଥିବା ଏଇ ବାଳ ଅତିଥିମାନଙ୍କ ପାଇଁ । କ୍ରମଶଃ ଏଇ ପରିବାରରେ ଏହା ପ୍ରାୟ ଏକ ନିତିଦିନର ଘଟଣା ହୋଇଯାଇଥିଲା ।

ସୁଦତ୍ତା ବଡ଼ ହେଲା ବେଳକୁ ଗାଆଁରେ ସମସ୍ତେ ଜାଣି ସାରିଥିଲେ, ଆଉ କେଉଁଠୁ ହେଉ ନ ହେଉ, ଦେବଦତ୍ତ ଘରୁ କେହି କାଙ୍ଗାଳ ତୋରାଣୀ ଭାତ ନଖାଇ କାଛା ଖଣ୍ଡିଏ ନଗୁଡ଼ାଇ କେବେ ହେଲେ ଫେରିବ ନାହିଁ । ତାକୁ ଦେଖାଦେଖି ତନ୍ତୀ କ'ଣ, କ୍ଷତ୍ରିୟେ କ'ଣ, ବ୍ରାହ୍ମଣ କ'ଣ ସମସ୍ତେ ପ୍ରତିଦିନ ନହେଲେ ବି ଯେବେ ସୁବିଧା ହେଲା, ଦାଣ୍ଡର କାଙ୍ଗାଳକୁ ପିଣ୍ଡାରେ ବସାଇ ଖାଦ୍ୟ ବସ୍ତ୍ର ଦାନ କଲେ ।

ଆଉ ଯେଉଁଦିନ ଗାଁ ମକଦ୍ଦମ ପଣ୍ଡିତ ଦାଶରଥି ମିଶ୍ର ଗାଁ ସଭାରେ ଦେବଦତ୍ତଙ୍କୁ ଏଥିପାଇଁ ପାଖକୁ ଡାକି ସମ୍ମାନିତ କଲେ ଭାବବିହ୍ୱଳ ଦେବଦତ୍ତ ଜାଣିଲେ - ତାଙ୍କ ଘରେ ସୁଦତ୍ତା ରୂପରେ ସାକ୍ଷାତ ମହାଲକ୍ଷ୍ମୀ ବିରାଜମାନ ହୋଇଛନ୍ତି ।

ଆଜି ସୁଦତ୍ତା ମୁହଁରୁ ଅଦେଖା ଅତିଥିଟି ପାଇଁ ଏ କରୁଣା ଦେଖି ଦେବଦତ୍ତ ଓ କନକ ପରସ୍ପର ମୁହଁକୁ ଚାହିଁଲେ । ଦୁହିଁଙ୍କ ମୁହଁରେ ଛୋଟିଆ ହସ ଉକୁଟି ଉଠିଲା । ସୁଦତ୍ତା ପରି ସୁନ୍ଦରୀ ଗୁଣବତୀ ଝିଅଟିଏ ଏ ଗାଁ ଗୋଟାକରେ କିଏ ନାହିଁ । ଛୋଟ ଦିନରୁ ଆଜିଯାଏ ଏଇ ଝିଅଟି ସେମାନଙ୍କୁ ପ୍ରଶଂସା ଓ ଆନନ୍ଦ ହିଁ ଆନନ୍ଦ ଆଣି ଦେଇଛି ।

ତେବେ ସେମାନଙ୍କର ଏ ଆନନ୍ଦ ଆକାଶରେ ଏବେ କିଛି ଦିନ ହେଲା କାଳବୈଶାଖୀର କଳାବାଦଲଟିଏ ଘୋଟି ଆସିଛି । ସୁଦତ୍ତାଠାରୁ ଅଳ୍ପଦିନ ତଳେ

ସେମାନେ ଜାଣିପାରିଛନ୍ତି ଯେ, ସୁଦତ୍ତା ସେଇ ଗାଆଁର ଧନୀ ମହାଜନ ପ୍ରଚଣ୍ଡର ପୁଅ ସୁଶୀଳକୁ ଭଲ ପାଇ ବସିଛି।

ପ୍ରଚଣ୍ଡ ନାମରେ ଯେପରି, ଗୁଣରେ ମଧ୍ୟ ତାହାଠାରୁ ଅନେକ ଅଧିକ। ତା' ପରି ନୀଚମନା, ଲୋଭୀ ବ୍ୟକ୍ତି ସାରା ବୋମକେଇ ଗାଆଁରେ କେହି ନାହାନ୍ତି। ଧନ ହିଁ ତା' ଜୀବନର ସର୍ବସ୍ୱ। ଲୋକଙ୍କୁ ଧାରଦେଇ, ଉଚ୍ଚ ହାର ସୁଧରେ ସର୍ବସ୍ୱ ଲୁଟି ନେବା ତା' ପାଇଁ କିଛି ନୂଆ କଥା ନୁହଁ। ଏମିତି କରୁକରୁ କେତେବେଳେ ଯେ ସେ ଧନୀ ପାଲଟି ଗଲା ଜଣା ପଡ଼ିଲା ନାହିଁ, କିନ୍ତୁ ଏକଥା ସମସ୍ତେ ଜାଣି ସାରିଲେଣି ଯେ ଧନ ଆଗରେ ପ୍ରଚଣ୍ଡ ପାଇଁ ମା', ବାପ, ପିଲା, ମାଇପ ସବୁ ତୁଚ୍ଛ।

କିନ୍ତୁ ଖତଗଦାରେ ପଦ୍ମଫୁଲ ପରି ସୁଶୀଳ ବାପଠାରୁ ସଂପୂର୍ଣ୍ଣ ଭିନ୍ନ। ସୁନ୍ଦର ରୂପ ସାଙ୍ଗକୁ ଭଦ୍ର ବ୍ୟବହାରରେ ସେ ସମସ୍ତଙ୍କୁ ମୁଗ୍ଧ କରି ରଖିଛି। ବାପର ମହାଜନ କାରବାରକୁ ସେ ବାଧ୍ୟ ହୋଇ ଆପଣେଇ ନେଇଛି ସିନା, ତାଠାରୁ ଧାର ନେଉଥିବା ଲୋକ କିପରି ସେ ଧନର ସତ୍ ଉପଯୋଗ କରି ଅଳ୍ପ ସୁଧରେ ଋଣ ସୁଝାଇ ପାରିବ, ସେ ଦିଗରେ ମଧ୍ୟ ସେ ଧ୍ୟାନ ଦେବାରେ ସିଦ୍ଧହସ୍ତ। ଏଣୁ ବାପଠାରୁ ତା'ର ରୋଜଗାର ଓ ସୁନାମ ଅଧିକ ଥିଲେ ମଧ୍ୟ ବାପ ପରି ସେ ମଧ୍ୟ ନିଜ ନାମକୁ ସାର୍ଥକ କରି ବାପର କଥାକୁ ଅନ୍ୟଥା କରିବାକୁ ଉଚିତ ମନେ କରୁନଥିଲା।

ଏଣୁ ସୁଦତ୍ତା ସହ ସୁଶୀଳର ବିବାହ ଏକ ଅସମ୍ଭବ ବ୍ୟାପାର ହୋଇ ଠିଆ ହୋଇଛି। ଏକଥା ସୁଦତ୍ତା, ଦେବଦତ୍ତ, କନକ ଓ ନିଜେ ସୁଶୀଳ ମଧ୍ୟ ବୁଝି ପାରୁଥିଲେ। ଚାରିଜଣ ଯାକ ଭଲ ଭାବରେ ଜାଣିଥିଲେ ଯେ, କନ୍ୟାର ରୂପଗୁଣ ପାଇଁ ପ୍ରଚଣ୍ଡର କୌଣସି ମମତା ନାହିଁ। କନ୍ୟାପିତାର ଯୌତୁକ ଦେବାର କ୍ଷମତା ହିଁ କନ୍ୟା ନିର୍ବାଚନର ଏକମାତ୍ର ମାପକାଠି। ଗୁପ୍ତ ଭାବରେ ଅର୍ଥ ସାହାଯ୍ୟ କରି ହୁଏତ ସୁଶୀଳ ସୁଦତ୍ତାକୁ ବିବାହ କରି ପାରିଥାନ୍ତା, ଯଦିଓ ସେ ଜାଣିଥିଲା ଦେବଦତ୍ତ ନିଜର ପ୍ରାଣ ସଙ୍ଖାଳି ପାଇଁ ସୁଶୀଳ ଠାରୁ ଏ ସାହାଯ୍ୟ ନେବା କଷ୍ଟକର।

ତଥାପି ସେ କଥା ଉଠିବା ଆଗରୁ ସେମାନଙ୍କ ଜୀବନ ସାଗରରେ ପ୍ରଚଣ୍ଡ ଏପରି ଏକ ଝଡ଼କୁ ଟାଣି ଆଣିଲା ଯେଉଁଥିରେ ସେମାନଙ୍କର ପ୍ରେମ ଜାହାଜଟି ଟଳମଳ ହୋଇ ବୁଡ଼ିବାକୁ ବସିଲାଣି।

ସେଥିପାଇଁ ଦେବଦତ୍ତ ଯେତେବେଳେ ସୁଦତ୍ତାକୁ ଦେଖୁଥିଲେ, ଏକ ଅସମର୍ଥ ବାପର ଅସହାୟ ଚେହେରା ହିଁ ତାଙ୍କୁ ସେଠାରେ ଖତେଇ ହେଉଥିଲା।

ଦୀର୍ଘ ନିଃଶ୍ୱାସଟାଏ ପକାଇ ଦେବଦତ୍ତ ଖାଇବା ଶେଷ କରି ହାତ ଧୋଇବାକୁ ବାରିରେ ଥିବା କୂଅ ପାଖକୁ ଗଲେ। ସେ ଦୀର୍ଘ ନିଃଶ୍ୱାସର ଗରମ ପବନ ବାହାରର

ଝାଂଜି ପବନଠାରୁ ଅଧିକ ଉତ୍ତପ୍ତ ହୋଇ ସୁଦତ୍ତା ଓ କନକଙ୍କୁ ଭିତରେ ଭିତରେ, ପରସ୍ପରର ଅଗୋଚରରେ ଦହିଦେଲା। କେହି କିଛି କହିଲେ ନାହିଁ ସତ, କିନ୍ତୁ କେହି କାହାକୁ ଅନେଇଲେ ନାହିଁ ମଧ୍ୟ। କନକ ଛୋଟ କଲସୀଟିଏରେ ଚଲ୍‌ହାରେ ସୁଦତ୍ତାର ବରାଦ ଅନୁସାରେ ସବୁ କିଛି ପକେଇ ଦାଣ୍ଡଘର ଆଡ଼କୁ ମୁହାଁଇଲେ। ସୁଦତ୍ତା ମୁହଁପୋଡି ଅଇଁଠା ବାସନ ଗୋଟାଇ ନେଇ ଜାଗାଟିକୁ ସଫା କରି ମା' ପାଇଁ ଭାତ ବାଢ଼ିବାରେ ଲାଗିଲା।

ସମସ୍ତଙ୍କ ଅଲକ୍ଷ୍ୟରେ ଦୀର୍ଘଶ୍ୱାସଟି କିନ୍ତୁ ସେଇଠି ଠିଆ ହୋଇ ରହିଲା, ଅନାଗତ ଭବିଷ୍ୟତକୁ ଅପେକ୍ଷା କରି।

-୦-

ଦେବଦତ୍ତ ଆଗରୁ କେବେ ଏ ଗ୍ରାହକଙ୍କୁ ଦେଖିନଥିଲେ। ତାଙ୍କୁ ବାହାରକୁ ଆସିବା ଦେଖି ଗ୍ରାହକ ଜଣକ ବିଞ୍ଚଣାଟିକୁ ଖଟ ଉପରେ ରଖି ଠିଆହେଲେ। କହିଲେ- 'ମୁଁ ଚିକିଟି ରାଜାଙ୍କ ଘରୁ ଆସିଛି। ଆମ ରାଜାଙ୍କ ଝିଅ ବାହାଘର। ରାଣୀ ସାହେବାଙ୍କ ମନ ଯେ, ଝିଅ ବାହାଘରର ସବୁ ଶାଢ଼ୀ ଆପଣ ହିଁ ବୁଣିବେ। ଆମ ରାଣୀଙ୍କ ସାହେବାଙ୍କର ଜଣେ ସାଙ୍ଗ ଏଇ ବୋମକେଇ ଗ୍ରାମରେ ବିଭା ହୋଇଛନ୍ତି। ସେ କେବେ ଚିକିଟିଗଡ଼ ଯାଇଥିଲେ ଯେ, ଆପଣଙ୍କ ହାତବୁଣା ଗୋଟିଏ ଶାଢ଼ୀ ନେଇ ଆମ ରାଣୀ ସାହେବାଙ୍କୁ ଉପହାର ଦେଇଥିଲେ। ଆମ ରାଣୀ ସାହେବା ଓ ରାଜକୁମାରୀ ଦୁହିଁଙ୍କୁ ସେ ପାଟଶାଢ଼ୀ ଏତେ ଭଲ ଲାଗିଥିଲା ଯେ ଏବେ ବିଭାଘର ପାଇଁ ସେମିତି ଶାଢ଼ୀ ହିଁ ବରାଦ ଦେଇଛନ୍ତି। ଏଇ ନିଅନ୍ତୁ, ବଇଣା ବି ଦେଇଛନ୍ତି।' ଏହା କହି ଲୋକଟି ଦେବଦତ୍ତଙ୍କ ହାତରେ ଗୋଟିଏ ଥଳୀ ଧରାଇଦେଲା। 'ଏଥିରେ ଦୁଇଶହଟି ରୁପା ଟଙ୍କା ଅଛି। ଶାଢ଼ୀ ନେଲାବେଳେ ପୂରା ଟଙ୍କା ମିଳିଯିବ। ଆଉ ଏ ହେଲା ସେଇ ପାଟଶାଢ଼ୀର ନମୁନା।' କହି ପୁରୁଣା ପାଟ ଶାଢ଼ୀଟିଏ ସେ ଦେବଦତ୍ତ ହାତକୁ ବଢ଼ାଇଦେଲା।

'ତୁମେ କହିଲ ନାହିଁ ତ ପାଟ ସବୁ କେବେ ଲୋଡ଼ା ?'

'ରାଜକୁମାରୀଙ୍କ ବିବାହ ଆଜିଠୁ ଠିକ୍ ଦୁଇବର୍ଷ ଦୁଇମାସ ରହିଲା। ପାଟ ବୁଣିବାକୁ ସମୟ ଲାଗେ ବୋଲି ସମସ୍ତେ ଜାଣିଛନ୍ତି।'

'ସେଥିପାଇଁ କେତେ ଖଣ୍ଡ ପାଟ ଦରକାର ?'

'ଯେତେ ଦେଇପାରିବ ସେତେ ଭଲ। କଥା ରହିଲା ସମୟ ପାଖରେ। ପଚାଶ ଖଣ୍ଡ ପାଟ ଏତିକି ସମୟରେ ହୋଇପାରିବ ?'

'ସେଇ କଥା ତ କହୁଛି। ଏ ପ୍ରକାର ଗୋଟିଏ ଗୋଟିଏ ପାଟ ବୁଣିବାକୁ

ରାତିଦିନ ପରିଶ୍ରମ କଲେ, ପାଖାପାଖି ଦେଢ଼ମାସ ସମୟ ଦରକାର। ମୁଁ ରାତିରେ ବୁଣେ ନାହିଁ। ଏଣୁ ବାହାଘର ଦିନ ସକାଳେ ମୁଁ ଯଦି ଷୋହଳ ଖଣ୍ଡ ମଧ୍ୟ ଦେଇପାରିବି ସେ ତ ବହୁତ ବଡ଼କଥା ମୋ ପାଇଁ ହେବ। ଏଣୁ ରାଣୀ ସାହେବା ମୋ ଶାଢ଼ୀ ଯଦି ପସନ୍ଦ କରିଛନ୍ତି ଓ ଏବେ ଯଦି ସମୟ ଦିଅନ୍ତି, ମୁଁ କେବଳ ପନ୍ଦର କି ଷୋହଳ ଖଣ୍ଡ ଶାଢ଼ୀ ଯୋଗାଇ ଦେଇପାରିବି। ତା'ଠାରୁ ବେଶି ଲୋଭ କଲେ ପାଟଗୁଡ଼ିକର ସୌନ୍ଦର୍ଯ୍ୟ ଓ ଗୁଣ ଉଭୟ ଖରାପ ହେବ।'

'ଆଚ୍ଛା! ପନ୍ଦର ଖଣ୍ଡ ନା ଷୋହଳ ଖଣ୍ଡ ?'

ଦେବଦତ୍ତ ହସିଲେ। କହିଲେ- 'ପନ୍ଦର ଖଣ୍ଡ ହିଁ ଧରିଥାଅ। ପଇସା ପାଇଁ ତ ବୁଣୁଛି। କିନ୍ତୁ ରାଣୀ ସାହେବା ଲୋକ ପଠେଇ ମୋତେ ଖୋଜିଖୋଜି ମୋ ପାଖରେ ଆଣି ବରାଦ ଦେଉଛନ୍ତି। ତା'ର ମୂଲ୍ୟ କ'ଣ କମ୍ ? ଏଣୁ ମୁଁ ପନ୍ଦର ଖଣ୍ଡ ହିଁ ଦେବି। ଯାହାକୁ ବୁଣି ମୋ ମନ ଖୁସି ହେବ ଓ ଯାହାକୁ ପାଇ ରାଜକୁମାରୀ ବି ଖୁସି ହେବେ, ପାଟ ସେମିତି ହେବା ଲୋଡ଼ା।'

ଲୋକଟି ଦେବଦତ୍ତ ମୁହଁକୁ ଚାହିଁରହିଲା। କିଛି ସମୟ ପରେ କହିଲା, 'ଆମ ରାଣୀ ସାହେବା ଶାଢ଼ୀ ଖଣ୍ଡିଏ ଦେଖି ସେଥିରୁ ବୁଣାକାରର ଗୁଣ କେମିତି ଜାଣିପାରିଲେ, ସେୟା ଦେଖି ମୁଁ ତାଟକା ହେଉଛି।'

'କ'ଣ କହିଲେ ? ମୁଁ ବୁଝିପାରିଲି ନାହିଁ।'

'ଛାଡ଼ ସେ କଥା। ହଉ, ଏଇଠି ନମୁନା ରହିଲା, ଦୁଇଶହ ରୂପାଟଙ୍କା ବୟଣା ତ ଦେଲି। ଗଣିଦେଲେ ନାହିଁ ?' ଲୋକଟି ଉତ୍ତରଦେଲା।

'ହେଲା, ରାଣୀ ସାହେବାଙ୍କ ପାଖରୁ ଆସିଛି, ନିଶ୍ଚୟ ସେତିକି ହିଁ ଥିବ।'

'ମୁଁ ତାହାହେଲେ ଆସୁଛି।'

ଦେବଦତ୍ତ ମୁଣ୍ଡ ଟୁଙ୍ଗାରି ସମ୍ମତି ଦେଲେ।

ଲୋକଟି ପିଣ୍ଡାତଳକୁ ଓହ୍ଲାଇ ଗଲା। ପଛକୁ ଫେରି ଦେବଦତ୍ତଙ୍କୁ କହିଲା- 'ଆଚ୍ଛା ଭାଇ! ଆପଣଙ୍କ ପଡ଼ିଶାରେ କିଏ ରହନ୍ତି ?'

'କୋଉ ପଡ଼ିଶା ? ଏ ପଟର ନା ସେ ପଟର ?'

ଲୋକଟି ନିଜର ଡାହାଣ ହାତ ଉଠାଇ ସେ ଆଡ଼କୁ ଦେଖାଇ କହିଲା- 'ଏ ପଟର'।

'ଓଃ! ସେ ମୋର ବନ୍ଧୁ ପ୍ରବଳର ଘର।'

'ବନ୍ଧୁ! କି ପ୍ରକାର ବନ୍ଧୁହେ ? ମୁଁ ଭୁଲ୍‌ରେ ଆଗେ ତାଙ୍କ ଘରକୁ ଗଲି। 'ଏଇଟା ଦେବଦତ୍ତ ତନ୍ତୀଙ୍କ ଘର କି ?' ବୋଲି ପଚାରିଲି। ଟିକିଟି ରଜାଙ୍କ ଘରୁ ପଚାଶ ଖଣ୍ଡ

ପାଟର ବରାଦ ନେଇ ଦେବଦତ୍ତ ତନ୍ତୀଙ୍କ ପାଖକୁ ଆସିଛି ଶୁଣି ସେ କହିଲେ- 'ଆସିଛ ତ ମୋତେ ବରାଦ ଦେଉନ? ସେ ଦେବଦତ୍ତ କ'ଣ ମୋ'ଠୁ ଅଧିକ?'

ମୁଁ କହିଲି- 'ସେ କଥା ନୁହଁ, ମୁଁ ତ ଚିକିଟି ରଜା ନୁହଁ ନା, ତାଙ୍କ ନୌକର ମାତ୍ର। ସିଏ ଯେଉଁଠି କହିବେ, ସେଇଠିକି ଯିବା ତ ମୋ କାମ। ଏଣୁ ଦେବଦତ୍ତଙ୍କୁ ହିଁ ବରାଦ ଦେବି।'

'ଆରେ, ତୁମ ରଜା କ'ଣ ତୁମ ପଛେ ପଛେ ଆସି ଦେଖୁଛନ୍ତି ତୁମେ କୋଉଠି ବରାଦ ଦେଲ? ମୋତେ ବରାଦ ଦିଅ, ମୁଁ ଯେତେବେଳେ ଟଙ୍କା ପାଇବାର ଟିପ୍‌ପଣୀ ଦେବି, ସେଥିରେ ଦାମ ଅଧିକା ଲେଖିଦେବି ଯେ ତୁମେ ସେ ଅଧିକା ଟଙ୍କାଟା ତୁମ ଅଣ୍ଟାରେ ଖୋସିବ। ଆଉ ତୁମେ ଯୋଉ ଦେବଦତ୍ତଙ୍କୁ ଖୋଜୁଛ, ସେ ମୂର୍ଖ ଏତକ କରିବ ନାହିଁ। ତୁମକୁ କିଛି ଉପୁରି ଲାଭ ମିଳିବ ନାହିଁ।'- ଲୋକଟି କହିଲା।

ଦେବଦତ୍ତ କିଛି କହିଲେ ନାହିଁ। ଅଳପ ହସିଲେ।

ତାଙ୍କଠୁ କୌଣସି ଉତ୍ତର ନପାଇ ଲୋକଟି ପୁଣି କହିଲା- 'ଆପଣଙ୍କ ସେ 'ବନ୍ଧୁ' ତନ୍ତୀ ଆହୁରି କହିଲା- ମୋତେ ନଦେଲେ ତୁମେ ପଛକୁ ପସ୍ତେଇବ। କାହିଁକି କହିଲ? ସେ ଦେବଦତ୍ତ ଅପୁତ୍ରିକ। ମୋ ପାଖରେ ଭେଣ୍ଡା ପୁଅ ଅଛି। ଆମେ ବାପପୁଅ ଦିନରାତି ଲାଗି...ଆଚ୍ଛା ବିଭାଘରଟା କେବେ?'

'ଏସନ ଛାଡ଼ି ଆସନ୍ତା ସନ ଜ୍ୟେଷ୍ଠ ମାସରେ।' ମୁଁ କହିଲି।

'ଓଃ, ଆଉରି ଛବିଶ ମାସ ସମୟ ଅଛି। ମୁଁ ଲେଖିକରି ଦେଉଛି, ତୁମେ ଚାରି ବର୍ଷ ସମୟ ଦେଲେ ମଧ୍ୟ ସେ ଦେବଦତ୍ତ ଛବିଶଖଣ୍ଡ ପାଟ ମଧ୍ୟ ବୁଣିପାରିବ ନାହିଁ। ନିପଟ ନିକମା, ନିଖଟ୍ଟୁ, ଅଳସୁଆଟା। ରାତିରେ ବୁଣେ ନାହିଁ। ଏକଲା ଲୋକ। ମୋତେ ଯଦି ଦେବ ଏ ଛବିଶ ମାସରେ ଆମେ ବାପପୁଅ ମିଶି ତୁମକୁ ଛବିଶ ଖଣ୍ଡ ପାଟ ନିଧଡ଼କ ଦେଇପାରିବୁ।'

'ଆଜ୍ଞା! ମୁଁ କେମିତି ସେଇଠୁ ଯିବି ଭାବୁଛି। ଏତିକି ବେଳକୁ ତା'ର ପୁଅ ହେବ ବୋଧହୁଏ ଘର ଭିତରୁ ବାହାରି ଆସି କହିଲା, 'କ'ଣ ହେଲା?' ମୁଁ କହିଲି- 'ଦେବଦତ୍ତ ତନ୍ତୀଙ୍କ ଘର ଖୋଜୁଛି।' ସେ ସଙ୍ଗେ ସଙ୍ଗେ କହିଲା- 'ଚାଲ ଦେଖାଇ ଦେଉଛି' କହି ତାଙ୍କ ପିଣ୍ଡାରୁ ଓହ୍ଲାଇ ଆପଣଙ୍କ ଘରକୁ ଆଙ୍ଗୁଠି ଦେଖାଇ କହିଲା- 'ସେଇଟା ତାଙ୍କ ଘର। ତୁମେ ଭୁଲ୍‌ରେ ଆମ ଘରକୁ ଚାଲିଆସିଛ।' ସେ ସେତକ କହିନଥିଲେ ମୁଁ ଆଜ୍ଞା ଏତେବେଳକୁ ବାରପିଣ୍ଡା ହେଇଥାଆନ୍ତି!'

ତା'ର କହିବା ଢଙ୍ଗରେ ଦେବଦତ୍ତ ହସିଉଠିଲେ। 'ଭଲ କଥା କହିପାରୁଛ।'- ସେ କହିଲେ।

'ହେଲାଯେ, ଏ କ'ଣ ଭଲ ଲୋକର କାମ ? ଆପଣ କହିଲେ ତ 'ବନ୍ଧୁ' ବୋଲି, ସେଥିପାଇଁ ମୁଁ କହିଦେଲି। ହଉ, ମୁଁ ଆସୁଛି।' ଲୋକଟି ଚାଲିଗଲା।

ଦେବଦତ୍ତଙ୍କ ମୁହଁରେ ଲାଖି ରହିଥିବା ହସଟି ଧୀରେ ଧୀରେ ମଉଳି ଆସିଲା। ଟଙ୍କା ଥଳୀଟିକୁ ଅନାଇ ସେ ଭାବୁଥିଲେ, ଏତକ ଯଦି ସୁନାମୋହର ହୋଇଥାନ୍ତା, ସୁଶୀଳକୁ ଜୋଇଁ କରି ପାଇବାର ଲିଭିଲିଭି ଆସୁଥିବା ଆଶାଟା ଏବେ ଦପ୍‌ଦପ୍ ଜଳିଉଠନ୍ତା।

ଦୀର୍ଘ ନିଃଶ୍ୱାସଟିଏ ମାରି ସେ ନମୁନା ଶାଢ଼ୀଟିକୁ ଅନାଇଲେ। ପାଞ୍ଚବର୍ଷ ତଳେ ଏଥିରୁ ଯୋଡ଼ାଏ ସେ ନିଜେ ମନଖୁସିରେ ବୁଣିଥିଲେ। ସଙ୍ଗେ ସଙ୍ଗେ ସେ ଦୁଇଟି ବିକ୍ରି ହୋଇଯାଇଥିଲା। ସେଥିରୁ ଗୋଟାଏ ଯୋଗ୍ୟ ସନ୍ତାନ ପରି ଆଉ ପନ୍ଦର ଖଣ୍ଡ ଶାଢ଼ୀର ବରାଦ ଧରି ଆଜି ଫେରିଛି। ସମୟ କମ୍, କାମ ବହୁତ। ଏଣେ ତନ୍ତରେ କାଲି ହିଁ କମ୍ ମୂଲ୍ୟର ଶାଢ଼ୀଟିଏ ପଡ଼ିସାରିଲାଣି। ତାକୁ ସାରିଲେ ଯାଇ ଏ ପାଟ ଶାଢ଼ୀ ବୁଣା ଆରମ୍ଭ ହେବ।

ସେ ତରତର ହୋଇ ତନ୍ତ ପାଖକୁ ଯାଇ ଅଧାବୁଣା ଶାଢ଼ୀଟିକୁ ବୁଣିବାରେ ଲାଗିପଡ଼ିଲେ।

-୦-

ଫଗୁ ଭର୍ତ୍ତି ଥାଳୀଟିକୁ ଧରି ସୂର୍ଯ୍ୟ ଧୀରେ ଧୀରେ ବୁଡ଼ିଗଲେ। କେଉଁ ଅଦୃଶ୍ୟ ପାହାଡ଼ରେ ଧକ୍କା ଖାଇ ସେ ଫଗୁଗୁଡ଼ିକ ସାରା ଆକାଶରେ ବିଞ୍ଚି ହୋଇଗଲା।

ସେ ଆଡ଼କୁ ଥରଟିଏ ଅନାଇ ଦେବଦତ୍ତଙ୍କ ହାତ ପାଦ ତନ୍ତ ଉପରେ ଦୁଇଗୁଣ ଜୋରରେ ଚାଲିଲା।

ସୁଦତ୍ତାକୁ ଦୀପ ଧରି ଆସିବା ଦେଖି ତନ୍ତ ଉପରୁ ମୁହଁ ଉଠାଇ ଦେବଦତ୍ତ ବାହାରକୁ ଚାହିଁଲେ। ସନ୍ଧ୍ୟା କେତେବେଳୁ ହୋଇଗଲାଣି। ସୁଦତ୍ତା ଗୋଟିଏ ହାତରେ ଗାଲିଚାଟିକୁ ଗୁଡ଼ାଇଦେଇ ଖାଲି ପଟା ଖଟଟା ଉପରେ ଲମ୍ବା ଦୀପଦାନୀକୁ ଆସ୍ତେ କରି ରଖିଲା। ଛୋଟ ଚୌପଦୀ ଉପରେ ବିଡ଼ାଏ ସଜଡ଼ା ଅଲେଖା ତାଳପତ୍ର, ଲୁହା ଲେଖନୀ ଓ ବିଡ଼ାଏ ଅଧାଲେଖା ଦରବନ୍ଧା ପୋଥିଟିଏ ଆଣି ସଜାଇ ରଖିଲା। ଦେବଦତ୍ତଙ୍କୁ ଅନାଇ କହିଲା- 'ବାପୁ, ଆଜି ଏତେବେଳ ଯାଏ ତ ଲୁଗା ବୁଣୁଛ। ଏଥର ବନ୍ଦ କର। ଆଉ ଆଜି ପାଇଁ ଏ କାବ୍ୟଲେଖା ମଧ୍ୟ ବନ୍ଦ ଥାଉ। ଦିନଟା ସାରା ଲୁଗା ବୁଣିବୁଣି ଥକିଯିବଣି।'

ତନ୍ତକୁ ବନ୍ଦକରି ଉଠୁଉଠୁ ଦେବଦତ୍ତ ସୁଦତ୍ତାକୁ ଚାହିଁ କହିଲେ- 'ନାହିଁରେ

ମା, ତନ୍ତୀ କୁଳରେ ତ ଜନ୍ମନେଇଛି। ଏଣୁ ଲୁଗାବୁଣିବା ମୋର ଜୀବିକା। କିନ୍ତୁ କାବ୍ୟଲେଖା ତ ମୋର ଜୀବନ। ଜୀବିକା ଏବେ ବନ୍ଦ ହେଲେ ଚଳିଯିବ। କାବ୍ୟଲେଖା ବନ୍ଦ ହେଲେ ତ ମୋର ନିଃଶ୍ୱାସ ମଧ୍ୟ ବନ୍ଦ ହୋଇଯିବ। କାବ୍ୟ ଲେଖି ମୁଁ କ'ଣ ଥକ୍‌କା ହୁଏ? ବରଂ ଦିନଟାଯାକର ନାନା କାମର ଯେଉଁ କ୍ଲାନ୍ତି, କାବ୍ୟ ଲେଖାରେ ତ ସେ ଦୂର ହୋଇଯାଏ।'

'ହେଲା ଯେ, ଏ କାବ୍ୟ ଲେଖାରୁ ମିଳିବ କ'ଣ?' ଡଙ୍କିଏ ଘିଅ ପକାଇ ମୁଢ଼ି ନଡ଼ିଆରୁ ପାଛିଆଏ ଧରି କନକ ପଶି ଆସୁ ଆସୁ ମନ୍ତବ୍ୟ ଦେଲେ।

ତିନିଜଣ ଯାକ ଖଟ ଉପରେ ବସି ପାଛିଆରୁ ମୁଠାଏ ଲେଖା ମୁଢ଼ି ନଡ଼ିଆ ନେଇ ଖାଇବାରେ ଲାଗିଲେ। ସୁଦତ୍ତା କହିଲା, 'ମା', ତୁମେ କେବେ ବାପୁଙ୍କର କାବ୍ୟ ପଢ଼ିଛ?'

କନକ ହସିଲେ, କହିଲେ- 'ତୁ ତ ଜାଣିଛୁ, ପୁଷ୍ଟାଟେ ଲକ୍ଷ୍ମୀପୁରାଣ ପଢ଼ିବାକୁ ମୋତେ ତର ନାହିଁ ଯେ ଦିନକୁ ଧାଡ଼ିଏ ପଢ଼ି ତାଳିଟାଏ ମାରି ପୂଜା ସାରିଦେଉଛି। ଆଉ ତୋ ବାପୁଙ୍କର କାବ୍ୟ କେତେବେଳେ ପଢ଼ିବି? ତୁ ତ ପଢ଼ିଛୁ, ମୋତେ କାହାଣୀଟା କହିଦେ।'

ସୁଦତ୍ତା କହିଲା- 'ଖାଲି ଗପଟା କହିଦେଲେ କ'ଣ ବର୍ଣ୍ଣନାର ମାଦକତା, ଭାବର ଚାତୁରୀ ବୁଝିହୁଏ? ଚାଉଳ ଚୁନା, ଗୁଡ଼, ତେଲ ମିଶାଇ ଚୋବାଇଲେ କ'ଣ ଆରିଷା ପିଠାର ସୁଆଦ ମିଳିବ?'

ଦେବଦତ୍ତ ଓ କନକ ଠୋ ଠୋ ହସିଉଠିଲେ।

ସୁଦତ୍ତା ପୁଣି କହିଲା- 'ମା, ବାପୁଙ୍କର ଲେଖା ବହୁତ ଭଲ। ଭାଷା ଖୁବ୍ ଉଚ୍ଚକୋଟୀର। ବିଧାନ ଭାଇ କହୁଥିଲେ ବାପୁ ଯଦି ବୋମକେଇରେ ନଥାଇ କୋଉ ରାଜ୍ୟର ରାଜଧାନୀରେ ଥାଆନ୍ତେ, ଏତେବେଳକୁ ରାଜକବିର ଆସନ ପାଇସାରନ୍ତେଣି। ସେଥିପାଇଁ ତ ସେ ସବୁରାତିରେ ଆସି ବାପୁଙ୍କ ପାଖରେ ବସି ଲେଖୁଛନ୍ତି। ବାପୁଙ୍କ ପାଖରୁ ଶିଖୁଛନ୍ତି ମଧ୍ୟ।'

'ହଁ, ବିଧାନଟା ମଧ୍ୟ ଖୁବ୍ ଭଲ ଲେଖୁଛି।' କାନ୍ଧର ଗାମୁଛାରେ ଘିଅ ହାତ ପୋଛୁପୋଛୁ ଦେବଦତ୍ତ କହିଲେ- 'ଦେଖିବ, ତା'ର ଏ କାବ୍ୟଟା ପୁରା ହେବାବେଳକୁ ସେ କାବ୍ୟ ରଚନାରେ ଦକ୍ଷ ହୋଇଯାଇଥିବ। ମୁଁ ତ ଭାବୁଛି, ତା'ର କାବ୍ୟଟା ସରୁ, ମୁଁ ତାକୁ ଧରି ତା'ର ଓ ମୋର ଦୁଇଟି ଯାକ କାବ୍ୟ ନେଇ କୌଣସି ରାଜାଙ୍କୁ ଦେଖାକରି ଏଦୁଇଟି କାବ୍ୟ ଭେଟିଦେବି। ନହେଲେ ଏ କାବ୍ୟ ସବୁ ଘରେ ପଡ଼ିପଡ଼ି ଖତ ହେବ। କୌଣସି ରାଜା ଚାହିଁଲେ ଏ ଦୁଇଟି କାବ୍ୟର ଦଶ ପନ୍ଦରଟା ପ୍ରତିଲିପି ବାହାର କରିପାରିବେ। ଲୋକେ ପଢ଼ିବେ।'

'ଏଇତ ବିଧାନ ଭାଇ ଆସିଗଲେ । ଭାଇ ତୁମର ତ ବହୁତ ଆୟୁଷ ।' ସୁଦତ୍ତା କୁରୁଳି ଉଠି କହି କହି ଖଟ ଉପରୁ ଖାଲି ହୋଇଥିବା ପାଛିଆଟା ଧରି ଉଠି ଠିଆହେଲା । କନକ ମଧ୍ୟ ଖଟ ଉପରୁ ଉଠୁଉଠୁ ବିଧାନକୁ କହିଲେ- 'ଆ ବାପ, ତୋରି କଥା ମଉସା କହୁଥିଲେ । ଆ, ବସ୍ ।' ଏହା କହି ସେ ସେଠାରୁ ଘର ଭିତରକୁ ଯାଇ ଥାଳିଆଟିଏରେ ଆରିଷା ଓ କାକରାରୁ ଗୋଟିଏ ଲେଖା ଆଣି ବିଧାନକୁ ଧରାଇଦେଲେ । କହିଲେ, 'କାଲି ଗୁରୁବାର ଥିଲା, ପିଠା କରିଥିଲି । ତୁ ତ ଆସିନଥିଲୁ, ଏଇଟା ତୋର ଭାଗ ।'

ବିଧାନ ହସିହସି କହିଲା, 'ମାଉସୀ ! ମୋର ଡର ଥିଲା କାଳେ ନାକ କାନ୍ଦୁରୀ ଦତ୍ତା ମୋର ଭାଗଟା ଖାଇ ଦେଇଥିବ', କହି ସେ ପିଠାକୁ ଖାଇବାରେ ଲାଗିଲା ।

ସୁଦତ୍ତା ଆଖି ତରାଟି କହିଲା- 'ତୁମ ଭାଗଟା ମୁଁ ଖାଇଦେବି, ମୋ ମୁଣ୍ଡଟାକୁ ମା' ଖାଇଦେବନି ?'

ଦେବଦତ୍ତଙ୍କୁ ଥରେ ଚାହିଁ ଦେଇ ବିଧାନକୁ ଅନାଇ କନକ କହିଲେ, 'ନେଉଳ ଗାତ ଖୋଳିବା ପରି ମୁଣ୍ଡ ପୋତିପୋତି ତୁମେ ଦୁହେଁ ଅଧରାତି ଯାଏ ଏ ଯେଉଁ ଲେଖାଲେଖିରେ ଲାଗିଛ, ତାକୁ ଦେଖିଲେ ମୋତେ ମଧ୍ୟ ଇଚ୍ଛା ହେଉଛି ମୁଁ ବି ଗୋଟିଏ କାବ୍ୟ ଲେଖି ପକାଏ ।'

ଦେବଦତ୍ତ କିଛି ଉତ୍ତର ଦେଲେନାହିଁ ।

ବିଧାନ ତା'ର ସ୍ୱାଭାବିକ ମଧୁର ଭଙ୍ଗୀରେ କହିଲା, 'ଲେଖିବା କଥା ତ ମାଉସୀ, ମୁଁ ତ ଚାହେଁ ସମସ୍ତେ ଲେଖନ୍ତୁ । ନହେଲେ ତ ତୁମମାନଙ୍କର ଲେଖାପଢ଼ାର ଜ୍ଞାନ ଖାଲି ପୁରାଣ ପଢ଼ାର ସୀମା ଭିତରେ ଅଟକି ଯାଉଛି ।'

ବିଧାନ ହାତରୁ ଖାଲି ଥାଳିଆଟିକୁ ନେଉ ନେଉ ସୁଦତ୍ତା କିନ୍ତୁ ହସି ଉଠିଲା । କହିଲା, 'ମା, ତୁମେ ଏ କାବ୍ୟ ଲେଖାକୁ କ'ଣ ବୋଲି ଭାବୁଛ ? ହଉ, ମୋତେ... ଏଇ ଧର, କୌଣସି ରାଜକୁମାରୀଙ୍କ ବିଷୟରେ ଗୋଟିଏ ବାକ୍ୟ ଆଗେ କହତ ?'

ଦେବଦତ୍ତ ଓ ବିଧାନ ସଙ୍ଗେ ସଙ୍ଗେ ମୁଣ୍ଡପୋତି ପୋଥିବିଡ଼ା ଖୋଲିବାରେ ଲାଗିଲେ ।

ଉଛୁଳି ଉଠି କନକ କହିଲେ, 'ଏଇ କଥା ? ଶୁଣ ତାହେଲେ ।' ଗଳାକୁ ଖଙ୍କାରି ପୁରାଣ ପଢ଼ିବା ପରି ଟିକିଏ ଉଚ୍ଚସ୍ୱରରେ ସେ କହିଲେ- 'ରାଜକୁମାରୀ ଖଟ ଉପରେ ବସି-

'ଖଟ ଉପରେ ନା ପଲଙ୍କ ଉପରେ ?' ସୁଦତ୍ତା କଥା କାଟି ପଚାରିଲା ।

'ହଉ ହେଲା, ରାଜକୁମାରୀ ପଲଙ୍କ ପାଖରେ ଠିଆ ହୋଇ ବିପଞ୍ଚୀ ନେଇ

ନିଜକୁ ବିଞ୍ଚିବାରେ ଲାଗିଲେ। ହେଲା ?' ଅଣ୍ଟାରେ ଦୁଇହାତ ରଖି ନିଜ ସାହିତ୍ୟ ଜ୍ଞାନର ମହିମାରେ ଉଲ୍ଲସିତ ହୋଇ ସେ ଝିଅକୁ ଚାହିଁଲେ।

ଦେବଦତ୍ତ ଓ ବିଧାନ ଏଥର ଲେଖିବାରେ ଖୁବ୍ ବ୍ୟସ୍ତଥିବା ଦେଖାଗଲା। ସେମାନଙ୍କ ମୁହଁର ଛୋଟ ହସ କିନ୍ତୁ କନକ ଦେଖିପାରିଲେ। ତାହା ପ୍ରଶଂସାର ହସ ନଥିଲା।

ସୁଦତ୍ତା ତାଳିଟାଏ ମାରି ଠୋଠୋ ହସିବାରେ ଲାଗିଲା। ବନ୍ୟାରେ ଭାସି ଯାଉଥିବା ବାଉଁଶ ଟୋକେଇ ଯେମିତି କେତେବେଳେ ବୁଡ଼ି କେତେବେଳେ ମୁଣ୍ଡ ଟେକୁଥାଏ, ସେମିତି ତା'ର ହସର ବନ୍ୟାରେ ଲୋଚାକୋଚା ମୁହଁରୁ ରହି ରହି ବାହାରିଲା, 'ମା, ତୁମର ରାଜକୁମାରୀ କ'ଣ ହିଡ଼ିମ୍ବା ନା ସୁପର୍ଣ୍ଣଖା ? କାରଣ ଏମାନେ ହିଁ ବିପଞ୍ଚୀ ଧରି ବିଞ୍ଚି ହୋଇପାରିବେ,' କହି ହସି ହସି ସେ ତଳେ ଲୋଟିପଡ଼ିଲା।

ସୁଦତ୍ତାର କଥା ଶୁଣି ଦେବଦତ୍ତ ମୁହଁ ଉଠାଇ ସୁଦତ୍ତାକୁ ଅନାଇ ହସିଦେଲେ। କିନ୍ତୁ ବିଧାନର ମୁଣ୍ଡ ଉପରକୁ ଉଠିଲା ନାହିଁ ସତ, କିନ୍ତୁ କନକ ଦେଖିଲେ ତା'ର ସାରା ଦେହ ଡଙ୍ଗାରେ ଗଲାପରି ଦୋହଲିବାରେ ଲାଗିଛି।

କନକ ସୁଦତ୍ତାକୁ ଅନାଇ ପୁଣି ପଚାରିଲେ- 'କାହିଁକି, କ'ଣ ହେଲା କି ?'

ଦେବଦତ୍ତ ଧୀର ସ୍ୱରରେ କହିଲେ, 'କନକ ! ବିପଞ୍ଚୀର ଅର୍ଥ ହେଲା ବୀଣା। ବିଞ୍ଚଣା ନୁହଁ।'

କନକ ଜିଭ କାମୁଡ଼ି ପକାଇଲେ। ତାଙ୍କ ଆଖି ଆଗରେ ନାଚିଗଲା ଭୀମକାୟା, ମୁକୁଟପିନ୍ଧା ଅଳଙ୍କାର ଆବୃତ୍ତା ରାଜକୁମାରୀ ଜଣେ ଗୋଡ଼ ଫଡ଼ାକରି ଠିଆହୋଇ ବୀଣାଟିଏ ଧରି ନିଜକୁ ବିଞ୍ଚିବାରେ ଲାଗିଛନ୍ତି !! ପାଖରେ ଥିବା ପଲଙ୍କଟା ପିଢ଼ା ପରି ଦିଶୁଛି !

ପରମୁହୂର୍ତ୍ତରେ କନକ ମଧ୍ୟ ନିଜର ଉଚ୍ଛୁଳା ହସକୁ ଲୁଗାକାନିରେ ଚାପିଧରି ସେଠାରୁ ଦୌଡ଼ି ପଳାଇଗଲେ।

ଦେବଦତ୍ତ ଓ ବିଧାନର କାବ୍ୟଲେଖା ସ୍ୱାଭାବିକ ଗତିରେ ଢେର ରାତିଯାଏ ଚାଲିଲା।

-0-

ଜୁନ୍ ୧୯୫୧

ବିଧାନ ପଡ଼ୋଶୀ ପ୍ରବଳର ପୁଅ, ଯେତିକି ଆଦର ତାକୁ ନିଜ ଘରୁ ମିଳେ, ତା'ଠାରୁ

ଦଶଗୁଣ ଅଧିକ ସ୍ନେହ, ମମତା ତାକୁ କନକ ଓ ଦେବଦତ୍ତ ଘରୁ ମିଳିଥାଏ। କନକ ପ୍ରତିଦିନ ଯାହା ରାନ୍ଧିଥାନ୍ତି, ସେଥିରୁ ଟିକିଏ ପଣତ କାନିରେ ଘୋଡ଼ାଇ ବିଧାନ ଖାଇବା ବେଳକୁ ତାଙ୍କ ଘରେ ତା' ଖାଇବା ପାଖରେ ନେଇ ଥୋଇ ଦେଇଆସନ୍ତି। ପ୍ରବଳର ସ୍ତ୍ରୀ ବାସନ୍ତୀ ମଧ୍ୟ କନକକୁ ନିଜ ସାନଭଉଣୀ ଠାରୁ ଅଧିକ ସ୍ନେହ ଆଦର କରନ୍ତି।

ଏକା ପ୍ରବଳକୁ କନକର ଏ ଆଚାର ବ୍ୟବହାରରେ ଘୋର ସନ୍ଦେହ ହେଉଥିଲା। ସୁଯୋଗ ପାଇଲା ମାତ୍ରେ ଏ କଥାକୁ ନେଇ ସ୍ୱାମୀ ସ୍ତ୍ରୀଙ୍କ ମଧ୍ୟରେ ଝଗଡ଼ା ଲାଗି ରହୁଥିଲା।

ସେଦିନ ସେମିତି କନକ ଯିବା ପରେ ପରେ ପ୍ରବଳ ଖତେଇ ହୋଇ ଦେହ ମୁଣ୍ଡ ହାତ ସବୁ ହଲାଇ ସ୍ତ୍ରୀକୁ ଧମକାଇଲା।

'ଆଲୋ ହେଇ, ତୋର ଏ କନକ ସବୁବେଳେ କାହିଁକି ବିଧାନର ଖାଇବା ପିଇବାରେ ଏତେ ଧ୍ୟାନ, ଏତେ ଆଖି ରଖିଛି ?' ସେ ବାସନ୍ତୀକୁ କହିଲା, 'ଆଜି ଘିଅ ଠେକିଏ, କାଲି ଛେନା କଂସାଏ ଧରି କାହିଁକି ସେ ଯେତେବେଳେ, ସେତେବେଳେ ଘରେ ଧସେଇ ପଶୁଛି ? କ'ଣ ଉଦ୍ଦେଶ୍ୟ ତା'ର ?'

'କ'ଣ ହେଲା ?' ବାସନ୍ତୀ ଅଣ୍ଟାରେ ହାତଦେଇ ସମାନ ସ୍ୱରରେ ପାଲଟ ଧମକ ଦେଲେ। 'ସେ ଦେଉଛି ତ ତୁମ ଆଖିରେ କାହିଁକି ନିଆଁଖୁଣ୍ଟା ପଶିଯାଉଛି ? ସେଥିରୁ ଅଧାରୁ ଅଧିକ ତ ତୁମ ନିଉଛଣା ପେଟକୁ ଯାଉଛି। ତାଙ୍କର ଗାଈ ଅଛି ବୋଲି ଏ ସବୁ ଆଣିଦେଉଛି। ହେଲେ ଆମକୁ ଏ ସବୁ ଦେବା ପାଇଁ ତାକୁ ଯେଉଁ ଅଧିକା ପରିଶ୍ରମ କରିବାକୁ ପଡୁଛି, ସେ ସବୁ ତୁମର ଏ ଢେଲା ଆଖିକୁ ଦିଶୁନି ?'

'ଆଲୋ ହୁଣ୍ଡି, ଖାଲିଟାରେ କିଏ କାହାକୁ କ'ଣ କିଛି ଦିଏ ?'

'ନାଇଁ ତ, ସମସ୍ତେ ତୁମ ପରି ଡକାୟତ ହେଇଛନ୍ତି, ଖାଲି କେମିତି ପର ସମ୍ପତ୍ତି ଲୁଟିବ, ରାତିଦିନ ଖାଲି ଏୟା ଚିନ୍ତା। ଆରେ, ଆମେ ଦୁହେଁ ଏକା ଗାଁର ଝିଅ। ସେଥିରେ ପୁଣି ଅଡ଼ିଶା ପଡ଼ିଶା। ଝିଅ ଦିନେ ଏମିତି ସାଙ୍ଗ ହେଇଥିଲୁ ଯେ ଗୋଟେ କଂସାରେ ଖାଉଥିଲୁ ଗୋଟେ ଶେଯରେ ଶୋଉଥିଲୁ। ସାଇପଡ଼ିଶା ଆମକୁ ଚିଡ଼ଉଥିଲେ- 'ଗୋଟିଏ ବରକୁ ଦୁଇଜଣ ଯାକ ବିଭା ହୋଇପଡ଼ ଯେ ଏମିତି ଗୋଟେ ଶେଯରେ ସବୁଦିନ ଶୋଇବ।' ତାଙ୍କ କଥା ଶୁଣିଶୁଣି ଆମ ମା'ବାପା ବି କଥା ହେଉଥିଲେ- ସତ ତ ! ଗୋଟିଏ ଘରର ଦୁଇଭାଇଙ୍କୁ ବିଭା ଦେଇ ଦେବା ଯେ ଦୁଇଯାଆ ହୋଇ ଶାନ୍ତିରେ ରହିବେ।'

ସେଇଠି ବସି ସିଲେଇ କରୁ କରୁ ସେମାନଙ୍କ କଳି ଶୁଣୁଥିବା ଝିଅ ସବିତା କହିଉଠିଲା, 'ବଢ଼ିଆ ହୋଇଥାଆନ୍ତା, ସେମିତି କଲନି ?'

'ହେଲାନି, କାହିଁକି ନା ମୋ କପାଳଟା ଫଟା। ଯାଙ୍କ ପରି ଅସୁରକୁ ବିଭା ହେବାକୁ ଯୋଗଅଛି। ନା ଭାଇଟେ ଅଛି, ନା ଭଉଣୀ ଗୋଟିକୁ ଛାଡ଼ିଦେଲେ ଆଉ କୋଉ କୁଟୁମ୍ବ ଅଛି ? ଛେଉଣ୍ଡ ପିଲା, କିନ୍ତୁ ଯୋଗ ଦେଖ, ପଡ଼ିଶାଘରର ଦେବଦତ୍ତଙ୍କୁ ଦେଖି ମୋତେ ଶ୍ରଦ୍ଧା ଲାଗିଲା, ଯାଙ୍କର ବିପରୀତ ଲୋକ ସେ। ସେଥିପାଇଁ ମୁଁ କନକର ମା' ବାପାଙ୍କୁ କହି ପଠାଇବାରୁ ସେମାନେ ସାଙ୍ଗେ ସାଙ୍ଗେ ଆସି ଦେବଦତ୍ତ ସାଙ୍ଗରେ କନକକୁ ବିଭା କରିଦେଲେ।'

ସବିତା କହିଲା- 'ଓହୋ! ତାହେଲେ ତୁମେ ଏ ଦୁହିଁଙ୍କ ବିଭାଘର ଜୁଟେଇଛ ?'

ବାସନ୍ତୀ କହିଲେ, 'ଆଉ କ'ଣ ?'

ସବିତା ବୁଲିପଡ଼ି ବାପାକୁ ହସିହସି କହିଲା, 'ବାପା, ତୁମେ ତାହାହେଲେ ବୁଝିଯିବା କଥା କନକ ମାଉସୀ ସେଥିପାଇଁ ତାଙ୍କ କୃତଜ୍ଞତା ସବୁଦିନ ବୋଉକୁ ଚୁପଚାପ୍ ଜଣାଉଛନ୍ତି। ଆଚ୍ଛା, ମା'! ତାଙ୍କ ମା'ବାପା ତ ଏତେ ବଢ଼ିଆ ଜୋଇଁ ପାଇ ଖୁସି ହୋଇଥିବେ ?'

'ହଁ, କାହିଁକି ଖୁସି ହେବେନି ? ଆଜିଯାଏ ସେ ଘରେ ସ୍ୱାମୀ-ସ୍ତ୍ରୀ କଳି କରିବା କିଏ ଦେଖିଛି ? କନକର ମା' ବାପା ଯେବେ ଝିଅକୁ ଦେଖିବାକୁ ଆସନ୍ତି, ତା' ପାଇଁ ଗୋଟେ ଭାର ସାଥୀରେ ମୋ ପାଇଁ ବି ଭାରଟିଏ ନେଇ ଆସିଥାନ୍ତି। ମୋର ହାତ ଓଠ ଧରି କହନ୍ତି, 'କନକ ତୋତେ ଲାଗିଲାରେ ମା'।' କନକ ମୋର ସାଙ୍ଗ ନୁହଁ ଯେ ଭଉଣୀ। ଭଉଣୀରୁ ଅଧିକ। ଯା', ଯାଇ ଏତିକି ତୋ ନିର୍ବୁଦ୍ଧିଆ ବାପକୁ ବୁଝା।'

ଏତକ ଶୁଣି ପ୍ରବଳ ମା' କାଳୀଙ୍କ ପରି ଏଡ଼େ ଜିଭଟିଏ କାଢ଼ି, ଦେହକୁ ବଙ୍କାଇ ଡାହାଣ ହାତର ପୁରା ପାପୁଲିଟାକୁ ଚାଟିବାର ଅଭିନୟ କରି ସ୍ତ୍ରୀ ଆଡ଼କୁ ଝପଟି ଆସି କହିଲା, 'ହଁ, ଭଉଣୀକୁ ଧରି ତୁ ଚାଟୁଥା। ସେ ଏଣେ ବିଧାନକୁ ପାଲରେ ପକାଇ ତା' ବେକରେ ତା' ଝିଅକୁ ବାନ୍ଧିଦେଇ ହେଣ୍ଡି ମାରୁ। ତୁ ମୂର୍ଖ କ'ଣ ସେ କଥା ବୁଝିପାରୁଛୁ ? ମୋତେ କହୁଛି ନିର୍ବୁଦ୍ଧିଆ। ନିଜେ କାଉ। ଅତି ସିଆଣିଆ ହୋଇ ସିଂଘାଣି ଖାଉଛି।'

ଛୁଞ୍ଚିକାମରୁ ମୁଣ୍ଡ ଉଠାଇ ସବିତା ହାତ ହଲେଇ କହିଲା, 'ବାପା, କନକ ମାଉସୀ ଯଦି ବିଧାନ ଭାଇକୁ ଜୋଇଁ କରନ୍ତି ତୁମେ ତ ଖୁସି ହେବା କଥା। ତାଙ୍କର ଆମଠାରୁ ବଡ଼ ଘର, ଆମଠୁ ଅଧିକ ଜମି, ସବୁ ତୁମର ହିଁ ହେବ ନା ? ତୁମେ କ'ଣ ଭାଇକୁ ଦତ୍ତାଠାରୁ ଅଧିକ ରୂପଗୁଣର ଝିଅଟେ କେବେ ହେଲେ ଆଣି ଦେଇପାରିବ ? ତା' ଭଳିଆ ଝିଅଟିଏ ଏ ଗାଁ ଗୋଟାକରେ କିଏ ଅଛି ? ଦତ୍ତା ମୋର ଭାଉଜ ହେଲେ ତ ଏ ଘରେ ମହାଲକ୍ଷ୍ମୀ ପଶିବେ।'

ପ୍ରବଳର ମୁଣ୍ଡକୁ ରକ୍ତ ଉଠିଗଲା। ରାଗରେ ଦାନ୍ତ କଡ଼ମଡ଼ କରି ଚାରିଆଡ଼କୁ ଚାହିଁଲା। ଝିଅକୁ କିଛି କରିପାରିବ ନାହିଁ, ସ୍ତ୍ରୀକୁ ଚାପୁଡ଼ାଏ ପକାଇଲେ, ସେ କାଠଫାଳିଆ ଧରି ପାହାରେ ଥୋଇବ। ଚୁଲିରେ ବସିଥିବା ଭାତହାଣ୍ଡିଟାକୁ ଆଣି ଏ ଘର ମଝିରେ ଛେଚିଦେଲେ ହୁଅନ୍ତା ଯେ, ତତଲା ପେଜରେ ଗୋଡ଼ ପୋଡ଼ିବାର ସମ୍ଭାବନା ରହିଛି। ପୁଣି ସେ ବାହାନାରେ ବାସନ୍ତୀ 'ଚାଉଳ ସରିଗଲା ହାଣ୍ଡି ଭାଙ୍ଗିଗଲା'ର ହିସାବ କରି ଦିନେ ନା ଦିନେ ଚାରିଗୁଣ କଉଡ଼ି ତା'ଠାରୁ ଆଦାୟ କରିଦେବ।

ଶିକାରେ ଝୁଲୁଥିବା ବୋଇତାଳୁଟା ତାକୁ ଠିକ୍‌ଠାକ୍ ଦିଶିଲା। ତାକୁ ଶିକା ସହ ଛିଡ଼ାଇ ଟାଣି ଆଣି ଘର ମଝିରେ ସେ ଦୁମ୍ କରି କଚାଡ଼ି ଦେଲା। ଛେଚିଲା ବେଳେ ଝିଅର ସିଲେଇ ଯେମିତି ନଷ୍ଟ ନହୁଏ, ତାକୁ ଆଖି ରଖି ଟିକିଏ ଦୂରକୁ ଛେଚି ପାଦ କଚାଡ଼ି ଗର୍ଜନ କଲା- 'ସେ ଦରିଦ୍ରର ବଳ କାଇଁ ମୋତେ ସମୁଦି କରିବାକୁ ? ହେଇଟି, କହିଦେଉଛି- ସେ ଅଲକ୍ଷଣାର ଝିଅ ଯଦି ମୋ ଘରେ ପଶିବ, ମୁଁ ଏ ଘରେ ନିଆଁ ଲଗାଇଦେବି।'

ଠିକ୍ ସେତିକିବେଳେ ବିଧାନ ସେ କୋଠରୀ ଭିତରକୁ ପଶି ଆସିଲା। ବାପର ଏ ଉଗ୍ରରୂପ କିଛି ନୂଆ କଥା ନୁହେଁ। ତଥାପି କାରଣ ଜାଣିବାକୁ ଚାହିଁବାରୁ ବାସନ୍ତୀ ତମତମ ହୋଇ ବାରିର କୂଅମୂଳକୁ ଚାଲିଗଲେ।

ନିଜର ସିଲେଇ ଜିନିଷକୁ ସୁରକ୍ଷିତ ଜାଗାରେ ରଖୁରଖୁ ସବିତା ଉତ୍ତର ଦେଲା- 'କନକ ମାଉସୀ ତୁମକୁ ଏତେ ଆଦର ଯତ୍ନ କରୁଛନ୍ତି। ତୁମେ ବି ତାଙ୍କ ଘରକୁ ପ୍ରାୟ ସବୁଦିନ ଯାଉଛ। ସେଥିପାଇଁ ବାପା ଭାବୁଛନ୍ତି ଯେ ସେମାନେ ତୁମକୁ ପାଲରେ ପକାଇ ଦତ୍ତାକୁ ତୁମ ବେକରେ ବାନ୍ଧିଦେବେ। ବାପାଙ୍କୁ ଯୌତୁକ ମିଳିବ ନାହିଁ ବୋଲି ସେ ଯେଉଁ ଛେଚିପିଟି ହେଉଛନ୍ତି, ଏ ବିଚାରା ବୋଇତାଳୁଟା ତା'ର ଏକ ସୁନ୍ଦର ନମୁନା।'

ବିଧାନ ବାପ ଆଡ଼କୁ ବୁଲିପଡ଼ି କହିଲା- 'ଛି, ଛି, ଛି। ଏମିତି ନୀଚ ଚିନ୍ତାଟାଏ ତୁମ ମୁଣ୍ଡରେ ପଶିଲା କେମିତି ? ସୁଦତ୍ତା ଆଉ ସବିତା ଭିତରେ ମୁଁ କେବେ ଫରକ ଦେଖିଛି ? ତୁମେ ନିଶ୍ଚିନ୍ତ ରୁହ। ମୁଁ କେବେ ବି ଦତ୍ତାକୁ ବିଭା ହେବି ନାହିଁ। ତା'ଛଡ଼ା ମନେରଖ, ଦତ୍ତା ତୁମଠାରୁ ଢେର୍ ଅଧିକ ପଇସାବାଲାର ପୁଅକୁ ଭଲ ପାଉଛି। ସେ ପୁଅ ମଧ୍ୟ ଯାକୁ ପ୍ରାଣ କରିଛି। ଆଜି ନହେଲେ କାଲି ସେ ତାକୁ ବିଭା ହେବ। ତୁମେ ଶାନ୍ତିରେ ରହ।'

ମନ୍ଦଲୋକ କେଡ଼େ ବଳବାନ୍ ହେଉ, ଭଲ ଲୋକ କେତେ ଦୁର୍ବଳ ହେଉ, ମନ୍ଦର ଭଲ ପ୍ରତି ଏକ ଅଦୃଶ୍ୟ ସମ୍ମାନ ଥାଏ, ଅଦୃଶ୍ୟ ଭୟ ମଧ୍ୟ ଥାଏ। ପୁଅକୁ

କେତେ ତାଚ୍ଛଲ୍ୟ, କେତେ ଶାସନ କଲେ ମଧ୍ୟ ପ୍ରବଳକୁ ବିଧାନର ଭଲପଣିଆର ଦୃଢ଼ତା ବିଷୟରେ ଭଲ ଭାବରେ ଜଣାଥିଲା । ଆଉ କିଏ କହିଥିଲେ ସେ ବିଶ୍ୱାସ କରିନଥାନ୍ତା, କିନ୍ତୁ ନିଜେ ବିଧାନର ଦତ୍ତା ପ୍ରତି ତା'ର କୌଣସି ଦୁର୍ବଳତା ନାହିଁ କି କନକ ମନରେ ସେପରି କିଛି ଦୁରଭିସନ୍ଧି ନାହିଁ- ଖାଲି ଏତକ ବିଧାନ ମୁହଁରୁ ଶୁଣି ଦେଇଥିଲେ ସେ ବିଶ୍ୱାସ କରିଥାନ୍ତା । ନିଶ୍ଚିନ୍ତରେ ରହି ପାରିଥାନ୍ତା ।

ମାତ୍ର ଏତକ ବୁଝାଇବାକୁ ଯାଇ ବିଧାନ ଯେଉଁ ପ୍ରମାଣଟି ତା' ଆଗରେ ଥୋଇଲା, ତାହା ଶୁଣିବା କ୍ଷଣି ବର୍ଷା ଟୋପା ସବୁ ପୋଖରୀ ପାଣିରେ ସାଙ୍ଗେ ସାଙ୍ଗେ ମିଳେଇଗଲା ପରି ପ୍ରବଳର ସବୁ କ୍ରୋଧ ସଙ୍ଗେ ସଙ୍ଗେ ମିଳାଇଗଲା ।

କିନ୍ତୁ ବର୍ଷାଦିନେ ପୋଖରୀ ମଝିରେ ଥିବା ଚାପ ମନ୍ଦିରର ଚୂଡ଼ା ଯେପରି ଦୂରକୁ ହାତର ଆଙ୍ଗୁଠିଟି ପରି ଦେଖାଯାଏ, ଅଥଚ ଖରାଦିନେ ପାଣି ଶୁଖିଗଲେ ସେଇ ଛୋଟ ବିନ୍ଦୁଟା ଏକ ବଡ଼ ମନ୍ଦିର ହୋଇ ଉଭା ହୋଇଯାଏ; ସେମିତି ଦେବଦତ୍ତ ପ୍ରତି ତା'ର ଛୋଟ ଈର୍ଷାଟା ହଠାତ୍ ଗୋଟିଏ ବଡ଼ ଈର୍ଷାର ଆକାର ନେଲା ।

ସେ ସେଠାରୁ ଝଡ଼ବେଗରେ ବାହାରି ଘର ଛାଡ଼ି ବାହାରକୁ ଚାଲିଗଲା । ଚାଲିଚାଲି ଗାଁ ମୁଣ୍ଡରେ ମନ୍ଦିର ପାଖରେ ଥିବା ପୋଖରୀ ପାଖ ବରଗଛର ଚାନ୍ଦିନୀରେ ବସିଲା । ବରଗଛର ପାଚିଲା ଫଳ ସବୁ ପାଣିରେ ଟପ୍‌ଟାପ୍ କରି ପଡ଼ି ବଡ଼ ବଡ଼ ବୃତ୍ତ ସବୁ ତିଆରି କରୁଥାନ୍ତି । ପର ମୁହୂର୍ତ୍ତରେ ମାଛମାନେ ସେ ବୃତ୍ତ ଭିତରୁ ମୁଣ୍ଡକାଢ଼ି ସେଇ ବରଫଳଟିକୁ ବେଢ଼ି ତାକୁ ପରସ୍ପରର ମୁହଁରୁ ଛଡ଼ାଛଡ଼ି କରି ଖାଇ ପୁଣି ଗଭୀର ପାଣିରେ ବୁଡ଼ି ଯାଉଥାନ୍ତି ।

ଧୀର ଶୀତଳ ପବନ- ପ୍ରବଳ ଜଣେ ଭଲ ଲୋକ କି ମନ୍ଦ ଲୋକ, ପିଲା କି ବୁଢ଼ା ଏସବୁ କିଛି ବିଚାର ନକରି ଦୁଷ୍ଟ ପିଲାଟିଏ ପରି ପ୍ରବଳର ଦେହ, ମୁହଁକୁ କୁତୁକୁତୁ କରିବାରେ ଲାଗି ପଡ଼ିଥାଏ ।

ପ୍ରବଳକୁ ଏସବୁ କିଛି ଦିଶୁନଥାଏ କି କିଛି ଅନୁଭବ ହେଉନଥାଏ । ତା' ଆଖି ଆଗରେ ଦେବଦତ୍ତର ଝିଅ କୋଉ ଏକ ଧନୀ ଲୋକର ପୁଅକୁ ବିଭା ହୋଇଯିବ ? କିଏ ସେ ଧନୀ ଜଣକ ? ସୁଦତ୍ତାର ଅଜାଘର ଗାଆଁର ନା ଏଇ ବୋମକେଇ ଗାଆଁର ?

କାହିଁକି କେଜାଣି ପ୍ରଚଣ୍ଡର ପୁଅ ସୁଶୀଳର ସୌମ୍ୟକାନ୍ତ ମୁହଁଟି ପ୍ରବଳର ଆଖି ଆଗରେ ଭାସି ଉଠିଲା ।

ପ୍ରବଳର ଛାତିରୁ ଅତଡ଼ାଟିଏ ଖସିଗଲା । କାହିଁ କେବେଠାରୁ ସୁଶୀଳକୁ ଜୋଇଁ କରିବାର ସ୍ୱପ୍ନ ପ୍ରବଳ ଦେଖି ଆସୁଛି । ସେ ସୁଶୀଳ- ସୁଶୀଳ ହେଉ କି ଗୁଣ୍ଡା, ହୁଣ୍ଡା,

ମଦୁଆ, ଦୁଃଶୀଳଟାଏ ହୋଇଥାଉ, ପ୍ରଚଣ୍ଡର ବିଶାଳ ସମ୍ପତ୍ତିର ଏକମାତ୍ର ଉତ୍ତରାଧିକାରୀ, ତାକୁ ଜୋଇଁ କରି ଆଣିଲେ ସବିତା ଦିନ କେଇଟାରେ ସେ ସବୁ ସମ୍ପତ୍ତିର ସାଆନ୍ତାଣୀ ହୋଇଯିବ। ସେତେବେଳେ ସେଥିରୁ ପୁଳାଏ ମାଡ଼ିବସିବାକୁ ପ୍ରବଳକୁ କେତେ ବା ସମୟ ଲାଗିବ? ଏଇ ଆଶାରେ ସେ ସୁଯୋଗକୁ ଅପେକ୍ଷା କରି ବସିଥିବାବେଳେ ଏ ଦରିଦ୍ର ଦେବଦତ୍ତର ଚତୁରୀଝିଅ ସୁଶୀଳକୁ ନିଜ ରୂପର ଜାଲରେ ପକାଇ ସୁଯୋଗଟିକୁ ଝାମ୍ପି ନେଇଯାଇନି ତ ଆଉ?

ଏଁ!!

-O-

ପରଦିନ ସକାଳୁ ବାପପୁଅ ଯେଝା ତନ୍ତରେ ବସି ଯେଝା କାମରେ ବ୍ୟସ୍ତଥିବା ସମୟରେ ପ୍ରବଳ ବିଧାନକୁ କଅଁଳ ସ୍ୱରରେ ପଚାରିଲା- 'ବିଧୁରେ! ତୋର ବୁଣା ସରିବାକୁ ଆଉ କେତେ ବାକି ରହିଲା?'

ବାପାଙ୍କର ବିଧୁ ଡାକ ଶୁଣି ବିଧାନ ମନେ ମନେ ହସିଲା। ଯେବେ କିଛି ଅସଙ୍ଗତ, ଅଡୁଆ କାମ ବିଧାନ ହାତରେ କରାଇବାର ଥାଏ, ସେତେବେଳେ ବାପାଙ୍କ ମୁହଁରୁ ବିଧୁ ଡାକ ସହ କଅଁଳ ସ୍ୱର ମଧ୍ୟ ବାହାରେ। *ମୁଁ ତୁମ ଅଠାକାଠିରେ ପଡ଼ିବାର ପକ୍ଷୀ ନୁହଁ ବାପା! ତୁମର ଏ କଅଁଳ ବିଧୁ ଡାକ ମୋର କୋଉ କାମକୁ ନୁହଁ।*

ଏକଥା ମନେ ମନେ କହି ବିଧାନ ବାପ ଆଡ଼କୁ ନ ଚାହିଁ, ତନ୍ତରେ ବୁଣା ହେଉଥିବା ଶାଢ଼ୀରେ ଏକ ବୁଟି କାମକୁ ଫୁଟାଇବାରେ ଲାଗିପଡ଼ିଲା। ଦେବଦତ୍ତ କାଲି ତାକୁ ଏକ ନୂଆ ଶୈଳୀର ଫୁଲ ବୁଣିବା ଶିଖାଇ ଦେଇଛନ୍ତି, ଯାହାକି ଏବର ଝିଅବୋହୂଙ୍କର ବଡ଼ ଆଦରଣୀୟ ହୋଇଛି। ତାକୁ ସେ ଦେବଦତ୍ତଙ୍କ ବିନା ସହାୟତାରେ ପ୍ରଥମ କରି ନିଜେ ନିଜେ କରିବାର ଚେଷ୍ଟାରେ ଲାଗି ପଡ଼ିଥିଲା। ଏହାକୁ ଠିକ୍‌ଠାକ୍ ସୁଚାରୁ ରୂପେ କରି ସେ ଦେବଦତ୍ତଙ୍କୁ ଦେଖାଇବ। ସେତେବେଳେ ଦେବଦତ୍ତଙ୍କ ଆଖିରେ ବିଧାନ ପାଇଁ ଯେଉଁ ପ୍ରଶଂସା ଚକ୍‌ଚକ୍ କରି ଉଠିବ, ତାକୁ ପାଇବାର ଲୋଭକୁ ଏଡ଼ାଇ ଦେବା ବିଧାନ ପାଇଁ କଷ୍ଟକର। ଏଣୁ ବାପର ବିଧୁ ଡାକ ଅପେକ୍ଷା ଦେବଦତ୍ତଙ୍କ 'ବାଃ' ଶବ୍ଦଟି ତା' ପାଖରେ ଅଧିକ ଆକର୍ଷଣୀୟ ଥିଲା।

'ବିଧୁ! ତୋର ଆଜିର ବୁଣା ସରିବାକୁ ଆଉ କେତେ ବାକି ରହିଲା?' ପ୍ରବଳ ନିଜ ପ୍ରଶ୍ନକୁ ଦୋହରାଇଲା।

'କ'ଣ ହେଲାକି ବାପା?' ସେମିତି ତନ୍ତରୁ ମୁଣ୍ଡ ନ ଉଠାଇ ବିଧାନ ଉତ୍ତର ଦେଲା।

'ଭେଣ୍ଡା ପିଲାଟା। ସବୁବେଳେ କ'ଣ ତନ୍ତରେ ମୁହଁମାରି ବସିଛୁ? ଯାଉନୁ, ସାଙ୍ଗସାଥୀ ମେଳରେ ଟିକିଏ ବୁଲି ଆସିବୁ?'

ବିଧାନକୁ ସତେ ଯେପରି କିଏ କୁତୁକୁତୁ କରିଦେଲା।

ଦଶବର୍ଷ ବୟସରେ ନିଜ ସାଙ୍ଗସାଥୀ ମେଳରେ ସେ ଯେତେବେଳେ ଖେଳୁଥିଲା, ଏଇ ବାପା ଦିନେ ତାକୁ ପିଟିପିଟି ଆଣି ତନ୍ତ ପାଖରେ ବସାଇଥିଲେ। ବଡ଼ ହେଲାପରେ ବିଧାନ ନିଜକୁ ବୁଝାଇଥିଲା। ବାପା ସେଦିନ ସେମିତି କରିଥିଲେ ବୋଲି ତ ଆଜି ତା' ହାତ ବୁଣା ଏଡ଼େ ସରସ, ନିଖୁଣ ଓ ଲୋକପ୍ରିୟ ହୋଇପାରିଛି। ଏବେ କୋଡ଼ିଏ ବର୍ଷ ବୟସ ହେବାବେଳକୁ ସେ ତାଙ୍କ ସାହିର ସବୁ ପୋଖତ ବୁଣାଳୀଙ୍କର ସମକକ୍ଷ ହୋଇ ବାପକୁ କୋଉଦିନରୁ ପଛରେ ପକାଇ ପାରିଛି।

ଆଉ ଆଜି ବାପାଙ୍କୁ ହଠାତ୍ ବିଧାନର ସାଙ୍ଗସାଥୀ ମନେ ପଡ଼ିଗଲେ କେମିତି? ଆଉ ବାପା ବି ବିଧାନକୁ ଏଡ଼େ ବୋକା ବୋଲି ଭାବିଲେ କେମିତି?

ବାପାଙ୍କର ଏଇ ନିର୍ବୋଧତାକୁ ବୁଝିପାରି ତାକୁ ହସ ମାଡ଼ିଲା।

ତଥାପି ହସକୁ ଲୁଚାଇ ସେ ଗମ୍ଭୀର ହୋଇ କହିଲା- 'ସାଙ୍ଗସାଥୀ! ତୁମେ କୋଉ ସାଙ୍ଗସାଥୀମାନଙ୍କ କଥା କହୁଛ?'

'ଏଇ ତୋର ସେଇ ଯେଉଁ ସାଙ୍ଗ ସୁଶୀଳ, ସେ ତ କାହିଁ ଆଉ ଆମ ଘରକୁ ଆସୁନି? ସେ ନ ଆସିଲେ ନାଇଁ, ତୁ ଯା' ତାକୁ ଘରକୁ ଡାକିଆଣ। ତା' ସହିତ କଥାବାର୍ତ୍ତା କର।'

ସୁଶୀଳର ନାଁ ଶୁଣି ବିଧାନର ହାତ ଅଟକିଗଲା। ମୁହଁ ଉଠାଇ ସେ ବାପାଙ୍କୁ ଚାହିଁଲା, କହିଲା- 'କଥାବାର୍ତ୍ତା? କୋଉ କଥା?'

'ଯେଉଁ କଥା ତୋ ବୟସର ପିଲାମାନେ ନିଜ ନିଜ ଭିତରେ ହୁଅନ୍ତି', ପ୍ରବଳ ତନ୍ତ ବୁଣୁବୁଣୁ ଉତ୍ତର ଦେଲା। 'ସୁଶୀଳ ତ ଗୋଟିଏ ଖୁବ୍ ଭଲ ପିଲା, ଏତେ କମ୍ ବୟସରୁ ଧନ, ମାନ ସବୁ କମେଇ ସାରିଲାଣି। ତା' ସହିତ ସାଙ୍ଗହେବା, ଘନିଷ୍ଠ ହେବା ଭଲ କଥା, ନୁହଁ?'

ଏହା କହି ସେ ପୁଅ ମୁହଁକୁ ଚାହିଁଲା। ବାପପୁଅଙ୍କ ଆଖିରେ ଆଖି ମିଶି ଦୁହେଁ ଦୁହିଁଙ୍କ ମୁଣ୍ଡର ଗଭୀରତାକୁ ମାପିନେଲେ।

ବିଧାନର ଚାପିହୋଇ ରହିଥିବା ହସ ବିସ୍ମୟରେ ବଦଳିଗଲା। ଏଇ ବାପାଙ୍କୁ ଅଳ୍ପ ସମୟ ତଳେ ସେ ନିର୍ବୋଧଟିଏ ବୋଲି ଭାବୁଥିଲା କେମିତି? କାଲି ଖରାବେଳେ ସେ ବାପାଙ୍କୁ ସୁଦତ୍ତା କେଉଁ ଏକ ଧନୀର ପୁଅକୁ ଭଲ ପାଉଛି ବୋଲି ଜଣାଇଥିଲା।

ରାତିଟା ଭିତରେ ଘରୁ ଗୋଡ଼ ନ କାଢ଼ି, ସେଇ ପ୍ରେମିକଟି ଯେ ସୁଶୀଳ ଏକଥା ବାପା କେତେ ସହଜରେ ଜାଣିପାରିଲେ !

ନିଜ ମନ କଥା ଧରା ପଡ଼ିଯିବା ଭୟରେ ସେ ପୁଣି ଫୁଟାଇ ଥିବା ଅଧୁରା ଫୁଲ ଆଡ଼କୁ ଆଖି ଫେରାଇଲା ।

ପ୍ରବଳ ଏଥର ରୁକ୍ଷସ୍ୱରରେ କହିଲା- 'କ'ଣ ମୋ କଥା ତୋତେ ଶୁଣାଯାଉନାହିଁ ? ମୁଁ କହିଚାଲିଛି, ଆଉ ତୁ ତୋ କାମରେ ଲାଗି ପଡ଼ିଛୁ ?'

'ବାପା ତୁମେ ତ ଶିଖାଇଛ, ଅଦରକାରୀ କଥାରେ ସମୟ ନଷ୍ଟ ନକରିବା ପାଇଁ । ଆଜି ପୁଣି ତୁମେ ହିଁ ବ୍ୟର୍ଥକାମ କରିବାକୁ ମୋତେ ଠେଲୁଛ ?'

'ତୁ କ'ଣ କହିବାକୁ ଚାହୁଁଛୁ ?'

'ସେୟା, ଯାହା ତୁମେ ମୋ ହାତରେ କରେଇବାକୁ ଚାହୁଁଛ ? ତୁମେ ବହୁତ ଡେରି କରିଦେଲ ବାପା । ମୁଁ ଶୁଣିବାକୁ ପାଉଛି, ସୁଶୀଳ ନିଜେ ନିଜେ କୋଉଠି ଝିଅ ଦେଖିସାରିଛି । ଖାଲି ତା' ବାପକୁ ମନାଇବା କାମ ବାକିରହିଛି । ମୁଁ ଶୁଣୁଛି, ସେ କାମ ମଧ୍ୟ ସେ ଖୁବ୍ ଶୀଘ୍ର ସାରିଦେବ ।'

ପ୍ରବଳ ଆଁ କରି ପୁଅ ମୁହଁକୁ ଚାହିଁଲା । ପୁଅ ତା'ର ମନକଥା ବୁଝିପାରିଲା ଜାଣି ତାକୁ କାଣିଚାଏ ଲଜ୍ଜା ଲାଗିଲା ନାହିଁ । ବରଂ ସୁଶୀଳ କୋଉଠି ଝିଅ ଠିକ୍‌କରି ସାରିଛି ଜାଣି ତାକୁ ଆଶ୍ଚର୍ଯ୍ୟ ଲାଗିଲା ।

'ସେ ଝିଅ କ'ଣ ସୁଦତ୍ତା ?'

'ସେ କଥା ତ ମୁଁ କହିପାରିବି ନାହିଁ ବାପା, ମୋତେ ଏ ବିଷୟରେ ଦେବଦତ୍ତ ମଉସା କି ସୁଦତ୍ତା ତ କେହି କିଛି କହିନାହାନ୍ତି । ଏମିତି କିଛି ହେଇଥିଲେ, ସେମାନେ ତ ନିଶ୍ଚୟ ମୋତେ କହିଥାନ୍ତେ ।'

'ହେଲେ ସେ ପିଲାଟି କିଏ ? ଯାହାକୁ ସୁଦତ୍ତା ଭଲ ପାଏ ବୋଲି ତୁ କହୁଥିଲୁ ?'

'ସିଏ ତାଙ୍କ ଅଜାଙ୍କର ଗାଁର କିଏ ହୋଇଥିବ । ମୁଁ ଏତେ ତା' ଭିତରେ ପଶିବାକୁ ଚାହିଁନି ।'

'ଠିକ୍ କଥା,' କହି ପ୍ରବଳ ନିଜ କାମରେ ମନଦେଲା । ପୁଅର ଏ ନିରୀହ ଉତ୍ତର ତା' ମନରେ ଆଶାର ଏକ କ୍ଷୀଣ ଦୀପକୁ ଦପ୍‌ଦପ୍ କରି ଜଳାଇଦେଲା । ପ୍ରଚଣ୍ଡ ପରି ଲୋଭୀ, କୃପଣ, ଦୁର୍ଦ୍ଦାନ୍ତ ଲୋକଟିଏ ଚୁପ୍‌ଚାପ୍ ପୁଅର କଥା ମାନିନେବ, ଏକଥା କାହିଁକି ତାକୁ ବିଶ୍ୱାସ ହେଲା ନାହିଁ ।

ସେ ସାମାନ୍ୟ ନିଶ୍ଚିନ୍ତ ହୋଇ ବୁଣା ସାରିବାରେ ଲାଗିପଡ଼ିଲା । ବିଧାନ ମୁହଁରେ

ହସର ଏକ କ୍ଷୀଣ ଆଭା ଉକୁଟି ଉଠିଲା। ବାପା ଡାଳରେ ଡାଳରେ ଗଲେ ସେ ସଫଳତାର ସହିତ ପତ୍ରରେ ପତ୍ରରେ ଯାଇପାରିଛି ସତ, କିନ୍ତୁ ବାପା ଏବେ ଏ ଯେଉଁ ତଳକୁ ମୁହଁପୋତି ଲୁଗାବୁଣାରେ ଲାଗିଛନ୍ତି, ସେ ବାସ୍ତବରେ ତାଙ୍କ ମୁଣ୍ଡରେ ଚାଲିଥିବା ଆଉ କେଉଁ ଦୁଷ୍ଟ ଯୋଜନାର ବୁଣାବୁଣି, ଏକଥା ବୁଝିବାକୁ ତାକୁ ଡେରି ହେଲାନାହିଁ ମଧ୍ୟ।

-୦-

ଅନେକ ସମ୍ଭାବନା ମାନଙ୍କୁ ସଙ୍ଗରେ ଧରି ସୁନ୍ଦର ସକାଳଟିଏ ପୃଥିବୀରେ ବିଛେଇ ହୋଇଗଲା।

ମା' ମଙ୍ଗଳାଙ୍କୁ ବୋଦାଟିଏ ଯାଚିଯାଚି ହାତରେ ବଡ଼ ଶେଉଳ ମାଛଟିଏ ଧରି ପ୍ରବଳ ପ୍ରଚଣ୍ଡର ବାରଣ୍ଡାରେ ପହଞ୍ଚି ଶିକୁଳି ଝଣ୍‌ଝଣ୍ କଲା। ନିଜେ ପ୍ରଚଣ୍ଡ ଆସି କବାଟ ଖୋଲିବାର ଦେଖି ସାଙ୍ଗରେ ଆଣିଥିବା ମାଛଟିକୁ ତା' ହାତକୁ ବଢ଼ାଇ ପ୍ରବଳ ହସିହସି କହିଲା- 'ଭାଇ! ବହୁତ ଦିନ ହେଲା ତୁମ ସହିତ ଦେଖା ସାକ୍ଷାତ ହୋଇନାହିଁତ, ସେଥିପାଇଁ ଆସିଛି।'

ପ୍ରଚଣ୍ଡ ମଧ୍ୟ ହସିଲା। ନିଜ ପଛପଟେ କବାଟକୁ ଆଉଜେଇ ବାହାରକୁ ଆସିଲା। କହିଲା- 'ଦିନେ ନାଇଁ, କାଲେ ନାଇଁ, ଗହ୍ଣା ପୂନେଇଁରେ ମାଇଁ ମାଇଁ?' ହଉ ଆସ। ଏ ପିଣ୍ଡି ଉପରେ ବସ। କ'ଣ ପାଇଁ ଆସିଛ ସତ କଥାଟା ମନଖୋଲି କହ।' ଏହା କହି ସେ ଘରର ଆଉଜା କବାଟକୁ ଅଧାଖୋଲି ପାଟିକରି କହିଲା, 'ହେଇଟି ଶୁଣୁଛ! ମୋର ସାଙ୍ଗ ପ୍ରବଳ ମାଛ ଧରି ଆସିଛି। ମାଛଟା ନିଅ।'

କେହି ଜଣେ ଆସି ପ୍ରଚଣ୍ଡ ହାତରୁ ମାଛଟି ନେଲା। ଚୁଡ଼ିର ରୁଣୁଝୁଣୁ ଶବ୍ଦରେ ପ୍ରବଳ ଜାଣିଲା, ପ୍ରଚଣ୍ଡର ସ୍ତ୍ରୀ।

ତାକୁ ପ୍ରଚଣ୍ଡ କହିଲା- 'ପଣାପାଣି କ'ଣ ପଠାଅ। ମୋର ସାଙ୍ଗ ପ୍ରବଳ ଆସିଛି।'

ସେ ଆସି ପିଣ୍ଡିରେ ପ୍ରବଳ ପାଖରେ ବସିଲା। କହିଲା- 'ହୁଁ, କ'ଣ କହୁଥିଲ ତ? କୋଉଥି ପାଇଁ ଆସିଛ?'

ବିନା ସଂକୋଚରେ ପ୍ରବଳ କହିଲା- 'ପୁଅଝିଅ ବଡ଼ ହେଲେ ମା'ବାପା ଯେଉଁ ଯୋଗାଡ଼ରେ ଥାଆନ୍ତି, ସେଇ ଉଦ୍ଦେଶ୍ୟ ନେଇ ଆସିଛି।'

ଭ୍ରୂକୁଞ୍ଚନ କରି ପ୍ରଚଣ୍ଡ ପଚାରିଲା- 'ସୁଶୀଳ ପାଇଁ ପ୍ରସ୍ତାବ ନେଇ ଆସିଛ ନା କ'ଣ?'

ପ୍ରବଳ ହସିହସି ନୀରବରେ ମୁଣ୍ଡ ଟୁଙ୍ଗାରି ହଁ କଲା।

'ତୁମ ଝିଅ ପାଇଁ ନା ଆଉ କାହା ଝିଅ?' ପ୍ରଶ୍ନଟି ପଚାରି ଉତ୍ତର ପାଇଁ ଅପେକ୍ଷା ନକରି ପ୍ରଚଣ୍ଡ ପୁଣି କହିଲା 'ଶୁଣ ପ୍ରବଳ! ଝିଅ ଯାହାର ହେଇଥାଉ, କଳା ଗୋରା, ଡେଙ୍ଗା ବାଙ୍ଗରା, ସୁନ୍ଦର ଅସୁନ୍ଦର, ଯାହା ହୋଇଥାଉ ମୁଁ ସତ୍ୟ କରିଛି, ଯିଏ ମୋତେ ପାଞ୍ଚଶହ ସୁନା ମୋହର ଦେବ, ଆଖିବୁଜି ମୁଁ ସେଇଠୁ ଝିଅ ଆଣି ପୁଅକୁ ବିଭାଦେବି। ଏଣୁ-'

ପ୍ରବଳ ଭାବିଲା କ'ଣ ଭୁଲ୍‌ଭାଲ୍ ଶୁଣିଲା ବୋଧହୁଏ। ସେ ବାଧା ଦେଇ କହିଲା- 'କ'ଣ, କ'ଣ, କ'ଣ?'

ପ୍ରଚଣ୍ଡ ପ୍ରବଳକୁ ସ୍ଥିର ଦୃଷ୍ଟିରେ ଚାହିଁ ଶାନ୍ତ ସ୍ୱରରେ କହିଲା- 'ପାଞ୍ଚ ଶହ ସୁନାମୋହର!'

'ପା... ପା.. ପାଞ୍ଚଶହ ସୁନା ମୋହର!'

'ହଁ, ପାଞ୍ଚଶହ ସୁନାମୋହର। ଏଣୁ ଝିଅ ତୁମର ହେଉ କି ଆଉ କାହାର ହୋଇଥାଉ। ପ୍ରସ୍ତାବ ଯୋଉଠୁ ଆସିଥାଉ, ପାଞ୍ଚଶହ ସୁନା ମୋହର ଯଦି ତା' ପାଖରୁ ମୋ ପାଖକୁ ଆସିଲା, ତାହାହେଲେ ଏ ପ୍ରସ୍ତାବ ପକ୍କା ବୋଲି ଜାଣ। ତେଣିକି ଦିଆନିଆ କଥା ଅଲଗା ଅଛି। କଥା ହେବା। ଯଦି ପାଞ୍ଚଶହ ସୁନାମୋହର ନାହିଁ, ତାହେଲେ ଏ ବିଷୟରେ କଥାବାର୍ତ୍ତା ଏତିକି। ଆଉ କ'ଣ କଥା ହେବା।'

*ପାଞ୍ଚଶହ ସୁନା ମୋହର! ଏ ପ୍ରଚଣ୍ଡ କ'ଣ ପାଗଳ ହୋଇଗଲା?*

'କିନ୍ତୁ ପ୍ରଚଣ୍ଡ, ତୁମେ କ'ଣ ଭାବୁଛ ଏ ଗାଆଁ ଗୋଟାକରେ କାହା ପାଖରେ ପାଞ୍ଚ ଶ' ସୁନା ମୋହର ଅଛି, ଯେ ଝିଅ ଦେବ?'

ପ୍ରଚଣ୍ଡ ହସିଲା। କହିଲା- 'ଗାଁ କନିଆଁ ସିଂଘାଣି ନାକୀ। ତୁମେ, ମୁଁ, କିଏ ଏ ଗାଁରେ ବିଭା ହୋଇଛି?'

'ମୋର କହିବା କଥା, ଏ ଆଖପାଖ ପଚାଶ ଖଣ୍ଡ ଗାଆଁରେ କାହାରି ପାଖରେ ଏ ମୋଗଲ, ମରାଠା, ଫିରିଙ୍ଗୀ ଆଖିରୁ ବାଦ୍‌ପଡ଼ି ସୁନା ମୋହର ସେ ପୁଣି ଗୋଟେ ନୁହଁ, ଯୋଡ଼ିଏ ନୁହଁ, ପୁରା ପାଞ୍ଚ ଶ' ଥିବ ଯେ ସେ ତମକୁ ଦେବ?'

ପ୍ରବଳ କହିଲା- 'ଭାଇ! ମୋ ପୁଅ କୋଉ ଗାଆଁରେ ବିଭାହେବ ସେଇକଥା କ'ଣ ପଡ଼ିଛି? ପାଞ୍ଚଶ' ସୁନା ମୋହର କଥା ପଡ଼ିଛି। ସେତକ ଯୋଉ ଗାଆଁରେ ଥିବ ସେଇଠୁ ପ୍ରସ୍ତାବ ଆସିବ। ପୁଅ ସେଇଠି ବିଭା ହେବ। ତୁମେ କ'ଣ ଶୁଣିନ- ଏମନ ଭାବୁଥାଇ ଯାହା, କାଳେ ପ୍ରାପତ ହୁଏ ତାହା।'

'ହେଲା ଯେ, ସେ 'କାଳେ'ଟା ଘଟିବା ବେଳକୁ ତୁମ ପୁଅ ବୁଢ଼ା ହୋଇଯାଇଥିବ।'

'ହଉ ଏବେ। ପୁରୁଷ ପିଲା ଯେବେ ବିଭାହେଲେ ମଧ୍ୟ କ'ଣ କନିଆ ଅଭାବ ହେବ ?'

'ପାଞ୍ଚଶ' ସୁନାମୋହର ଦେବ, ପୁଣି ବୁଢ଼ାବର ବିଭାହେବ ?'

'ହେବ। ତୁମେ ତ ବଞ୍ଚିଥିବ ଦେଖିବ।'

ପ୍ରବଳ ଆଉ କିଛି କହିଲା ନାହିଁ। ନିର୍ବିକାର ହୋଇ ବସିରହିଲା। ସତେ ଯେପରି ସେ ପ୍ରତିଦିନ ଶହ ଶହ ସୁନାମୋହର ଆତଯାତ କରୁଛି। ଖାଲି ପ୍ରଚଣ୍ଡକୁ ସେଥିରୁ ପାଞ୍ଚଶ' ଦେବକି ନାହିଁ ଭାବୁଛି ଯାହା। ସତ କହିବାକୁ ଗଲେ, ସୁନା ମୋହରଟିଏ ଦେଖିବାକୁ କିପରି ସେ ନିଜେ କାହିଁକି ଏ ଗାଆଁଟା ସାରା କିଏ ଜାଣିଥିବେ କି ନାହିଁ ସନ୍ଦେହ।

ଆଉ ପାଞ୍ଚଶ' ସୁନାମୋହର। ଫୁଃ!!

ସତରେ ଆଖପାଖ ପଚାଶ ଗାଆଁରେ ମଧ୍ୟ ଏତକ କାହା ପାଖରେ ଥିବ ଯେ ଏ ପ୍ରଚଣ୍ଡକୁ ଦେବ।

ଶେଷରେ ସେ ପଚାରିଲା- 'ଏ ତାହାହେଲେ ତୁମର ସତ୍ୟ ? ଯଦି କିଏ ବି ପାଞ୍ଚଶ' ସୁନାମୋହର ଦେଇନପାରେ ?'

'ପୁଅ ଅଭିଆଡ଼ା ରହିବ।' ଗୋଡ଼ ହଲେଇ ହଲେଇ ପ୍ରଚଣ୍ଡ ଜବାବ ଦେଲା।

ପ୍ରବଳ ବସିବା ଜାଗାରୁ ଉଠି ଠିଆହେଲା। 'ହଉ, ମୁଁ ତେବେ ଆସୁଛି।'

'ବସ, କ'ଣ ପଣାପାଣି ଭିତରୁ ଆସୁଥିବ'-ପ୍ରଚଣ୍ଡ କହିଲା।

ପ୍ରବଳ ଜାଣେ ଏବେ କିଛି ଆସିବ ନାହିଁ। କାରଣ ଯିଏ ତାକୁ ଆଣିବା କଥା, ତା'ର ସୁଁ ସୁଁ କାନ୍ଦିବା ଚାପା ଶବ୍ଦ, ଚୁଡ଼ିର ରୁଣୁଝୁଣୁ ଶବ୍ଦରେ ମିଶି ଆଉଜା କବାଟ ଆରପଟୁ କ୍ଷୀଣ ଭାବରେ ଶୁଭୁଛି। ଏ ମଥାନ ଉପରେ ବସି ବୋବାଉ ଥିବା କୁଆର କା' କା' ଶବ୍ଦ, ସଡ଼କରେ ଗଡ଼ିଯାଉଥିବା ଶଗଡ଼ର କେଁ କଟର ଧ୍ୱନି ଓ ଚଳପ୍ରଚଳ ହେଉଥିବା ଲୋକମାନଙ୍କର ଗହଳଚହଳ ଭିତରେ ମଧ୍ୟ ସେ ଚାପା ଶବ୍ଦ ବଣରୁ ଭାସିଆସୁଥିବା କପୋତର କରୁଣ ବାହୁନା ପରି ରହି ରହି ଶୁଭୁଛି।

ସେ ଆଡ଼କୁ ଅନାଇ ସେ ଟିକିଏ ପାଟିକରି କହିଲା- 'ପ୍ରଚଣ୍ଡ! ଭଗବାନଙ୍କୁ ପ୍ରାର୍ଥନା କର, ପ୍ରାର୍ଥନାର ଶକ୍ତି ବହୁତ। ସେ ହିଁ ତୁମର ଇଚ୍ଛା ପୂରଣ କରିବେ।'

ପ୍ରଚଣ୍ଡ କହିଲା- 'ତୁମେ କ'ଣ ପଣ୍ଡିତେ ଆପଣଙ୍କ ପରି କଥା କହିଲଣି।'

ପ୍ରବଳ ହସିହସି କହିଲା- 'ସେ ଯେତେବେଳେ ଗାଆଁର ମକଦ୍ଦମ, ସେଥିରେ ପୁଣି ଗାଆଁ କବିରାଜ, ତାଙ୍କ ସହିତ ତ ସବୁବେଳେ ଭେଟ ହେଉଛି ନା। ଏଣୁ ମୁଁ କାହିଁକି, ତାଙ୍କୁ ଭେଟୁଥିବା ଏ ଗାଆଁର ସବୁଲୋକ ତାଙ୍କର ହିଁ ବୋଲି ବୋଲନ୍ତି।

ତୁମେ ବି କହୁଥିବ। ହଉ, ଛାଡ଼। ଆଜି ମୁଁ ଯାଏ। ଏ ପାଞ୍ଚ ଶ' ସୁନାମୋହର କୁଆଡୁ ଆସିବ ସେ ଯୋଗାଡ଼ କରେ। ସେତକ ଯେଉଁଦିନ ଧରିଆସିବି, ଏ ପଣାପାଣି କାହିଁକି, ତୁମ ଘରୁ ଗ୍ରାସେ ଦିବ୍ୟଭୋଜନ ପକେଇଯିବି।'

ଏ ଆଶ୍ୱାସନା ସେ ନିଜେ କହିଲା ନା ଆଉ କିଏ ତା' ପାଟିରେ ପଶି କବାଟ ଆରପଟେ ଥିବା ଅଦୃଶ୍ୟ ମା'ଟିକୁ ସାନ୍ତ୍ୱନା ଦେଇ ଆଶାର କଢ଼ିଟାଏ ତା' ମନରେ ଫୁଟାଇଲା, ସେ କଥା ସେ ନିଜେ ଜାଣିପାରୁନଥିଲା।

ତା' କଥା ଶୁଣି ପ୍ରଚଣ୍ଡ ହୋ ହୋ ହୋଇ ହସି ପିଣ୍ଡି ଛାଡ଼ି ଠିଆହେଲା। ପ୍ରବଳ କାନ୍ଧରେ ଜୋରରେ ଥାପୁଡ଼ାଟାଏ ଥୋଇ କହିଲା- 'ଓହୋ, ବୁଝିଲି। ପ୍ରସ୍ତାବଟା ତାହାହେଲେ ତମ ଝିଅ ପାଇଁ? ହଉ, ସେ ଦିନକୁ ଦୁହେଁ ପ୍ରତୀକ୍ଷା କରିବା।'

ଦୁଇ ଦୁଷ୍ଟବୁଦ୍ଧି ପରସ୍ପରର ଆଖିକୁ ମୁହୂର୍ତ୍ତକ ପାଇଁ ଚାହିଁଲେ। ସେଇଠି ସେମାନଙ୍କ ସ୍ୱାଭାବିକ କପଟତା ନଥିଲା ବରଂ ଶାଶ୍ୱତ ସତ ର ଶକ୍ତିଶାଳୀ ଝଲକଟାଏ ସେଇଠି ଝଟକୁଥିଲା। ତାକୁ ହୃଦୟରେ ରଖି ଦୁହେଁ ଦୁହିଁଙ୍କୁ ବିଦାୟ ଦେଲେ।

ପ୍ରବଳ ଦାଣ୍ଡଆଡ଼କୁ ଓ ପ୍ରଚଣ୍ଡ ଘର ଭିତରକୁ ଦୁହେଁ ଦୁଇ ବିପରୀତ ଦିଗକୁ ମୁହାଁଇଲେ।

-O-

ମୁଣ୍ଡଫଟା ଖରାଦିନର ଅଦିନିଆ ମେଘରୁ ଖଣ୍ଡେ ଆକାଶରେ ଭାସି ଯାଉଯାଉ ସ୍ଥିର ହୋଇ ଠିଆହୋଇ ତଳେ ବୋମକେଇ ପାଖରେ ବହିଯାଉଥିବା ନଦୀରେ ନିଜ ମୁହଁ ଦେଖୁଥିଲା। ସେ ଜାଣିନଥିଲା ତା'ର ଏହି ସ୍ୱରୂପ ଦେଖିବାର ଇଚ୍ଛା ବୋମକେଇ ସମେତ ଆଖପାଖ କେତୋଟି ଗାଆଁର ଖରାରେ ଛଟପଟ ହେଉଥିବା ଅନେକ ପ୍ରାଣୀ ଓ ଗଛପତ୍ରଙ୍କୁ କେତେ ଆଶ୍ୱସ୍ତ କରିଛି।

କନକ ଚାରୋଟି ମାଟି ଠେକି ଧରି ଗୋଟିକ ପରେ ଗୋଟିଏ କରି ଚାରୋଟି ଯାକ ଗାଈମାନଙ୍କୁ ଦୁହିଁ ସାରିଥିଲେ। ସେମାନଙ୍କୁ ନଡ଼ାକୁଟା ଦେଇ ସେମାନଙ୍କ କୁଣ୍ଡରେ ପାଣି ଭର୍ତ୍ତି କରିବାରେ ଲାଗିଥିଲେ। ଆଜି ଗାଈମାନଙ୍କୁ ଚରାଇବାକୁ ନେବାକୁ ଗଉଡ଼ ଆସିନାହିଁ। ନ ଆସୁ। ଏ ଖରାରେ ଏଣେତେଣେ ବୁଲିବା ଅପେକ୍ଷା ଗାଈମାନେ ନିଜ ଗୁହାଳରେ ଛାଇତଳେ ବିଶ୍ରାମ କରନ୍ତୁ।

ସେ କ୍ଷୀର ଠେକିମାନଙ୍କ ପାଖକୁ ଫେରିଆସି ଦୁଇହାତରେ ଦୁଇଟି ଠେକିଧରି ହାଣ୍ଡିଶାଳକୁ ଗଲେ। ଫେରିଆସି ପୁଣି ଆଉ ଦୁଇଟି ଠେକି ନେଇ ପୁଣି ସେଇଠି ରଖିଲେ। ସେ ଚାହିଁଥିଲେ ଆଉ ଚାରୋଟି ଠେକି କ୍ଷୀର ଦୁହିଁ ପାରିଥାନ୍ତେ। କିନ୍ତୁ

କଅଁଳା ବାଛୁରୀମାନଙ୍କ ପେଟରୁ ଆଧାର କାଢ଼ିନେବା ମହାପାପ। ଏଣୁ ସେମାନଙ୍କ ପାଇଁ ପେଟଭର୍ତ୍ତି କ୍ଷୀର ଛାଡ଼ି ମଧ୍ୟ ଏ ଯେଉଁ ଚାରିଠେକି କ୍ଷୀର, ସେ କ'ଣ କମ୍ ହୋଇଛି ? ଏଥିରୁ ଠେକିଏ କ୍ଷୀର ସେମାନଙ୍କ ଚୁଡ଼ାମୁଢ଼ିରେ ସରିବ, ଠେକିଏରେ ଦହି ବସିବ। ଏ ଖରାଦିନେ ଘରକୁ ଅତିଥି ଅଭ୍ୟାଗତ ଆସିଲେ ଚହ୍ଲା ମୁନ୍ଦେ ତ ଦେଇହେବ। ପୁଣି ବିନା ଦହିରେ ଏ ଖରାଦିନେ ଏ ବାପଝିଅ ଦୁହିଁଙ୍କୁ ଖାଲି ତୋରାଣୀର ପଖାଳ ରୁଚି ଲାଗେ ନାହିଁ। ତେବେ ସେମାନେ ଖାଇବା ଆଗରୁ, ଗୋଟିଏ ବଡ଼ ଗିନାରେ ଗିନାଏ ଦହି ସେ ବିଧାନଟା ଖାଇ ବସିବାବେଳେ ତା' ଥାଳିପାଖରେ ରଖି ଆସିନଥିଲେ ଦେବଦତ୍ତ ଖାଇ ବସିବା ମାତ୍ରେ ପଚାରିବେ, 'ବିଧାନକୁ ଦହି ଦେଇଛ ନା ନାହିଁ, ତରକାରୀ ଟିକିଏ ପଠାଇଲ ନା ନାହିଁ ?'

ଏଣୁ କନକ ଥରକୁ ଥର ବାରିପଟେ ଯାଇ ବିଧାନ ଘର ଆଡ଼େ ଉଣ୍ଡୁଥାନ୍ତି। ସେ ଖାଇ ବସିବା ମାତ୍ରେ, ଦହି, ତରକାରୀ ନେଇ ନିଜେ ଅଧା ତା' ଥାଳିରେ ଦେଇ ବାକି ଅଧାକୁ ବାସନ୍ତୀ, ସବିତା ଓ ପ୍ରବଳ ପାଇଁ ରଖିଦେବାକୁ କହନ୍ତି। କାରଣ ସେ ଜାଣନ୍ତି ଯଦି ସେ ଅସୁର ପ୍ରବଳ ଆଗେ ଖାଇବସିବ, ଏଥିରୁ ଟୋପାଏ ବି କାହା ପତ୍ରରେ ପଡ଼ିବ ନାହିଁ। ସ୍ୱାର୍ଥ ପାଖରେ ତାକୁ ସ୍ତ୍ରୀପିଲା କେହି ଦିଶନ୍ତି ନାହିଁ।

ଆଉ ଏ ଦୁଇ ଠେକିରେ ସେ ଛେନା କରିବେ। ତାଙ୍କୁ ଲାଗେ ବିଧାନ ପ୍ରତିରାତିରେ ଦେବଦତ୍ତ ପାଖକୁ କାବ୍ୟ ଲେଖିବାକୁ ଆସୁନି ଯେ, କନକ ହାତର ଏଇ ରସାବଳୀ ଟିକିଏ ଖାଇବାକୁ ଆସୁଛି। କନକଙ୍କର ସୁଦତ୍ତା ଆଗରୁ ଯୋଡ଼ିଏ ଗର୍ଭନଷ୍ଟ ହୋଇଯାଇଥିଲା। ତାଙ୍କୁ ଲାଗେ କଂସ ମାରିଦେବା ଭୟରେ ବଳରାମ ଯେପରି ଦେବକୀଙ୍କ ଗର୍ଭରୁ ରୋହିଣୀଙ୍କ ଗର୍ଭକୁ ଚାଲିଯାଇଥିଲେ, ଏ ବିଧାନ ସେମିତି କନକଙ୍କ ଗର୍ଭରୁ ବୋଧହୁଏ ପଡ଼ୋଶୀ ବାସନ୍ତୀ ଗର୍ଭକୁ ଚାଲିଯାଇଛି। ସେଥିପାଇଁ ବିଧାନକୁ ନଦେଲାଯାଏ ତାଙ୍କୁ ରସାବଳୀ ଅସୁଆଦ ଲାଗେ। ଖାଉଣିଆ ପିଲାଟା, ତାକୁ ଖୁଆଇଲେ କନକଙ୍କୁ ଅଧିକ ଆନନ୍ଦ ମିଳେ।

କ୍ଷୀର ଠେକିମାନଙ୍କୁ ହାଣ୍ଡିଶାଳରେ ରଖି କନକ ଅନ୍ୟ କାମରେ ଲାଗିପଡ଼ିଲେ। ଦତ୍ତା ସକାଳୁ ଉଠି ଗାଧୋଇ ପାଧୋଇ ରନ୍ଧା ଆରମ୍ଭ କରିଦେଲାଣି। ଦୁଇବର୍ଷ ତଳେ ଟିକିଟି ରାଜପରିବାରରୁ କିଛି ପାଟର ବରାଦ ଦେବଦତ୍ତ ଧରିଥିଲେ। ସେଥିପାଇଁ ଅନ୍ଧାରୁ ଉଠି ନିତ୍ୟକର୍ମ ସାରି ସିନ୍ଦୂରା ଫାଟିବା ବେଳକୁ ତନ୍ତ ପାଖରେ ବସିଯିବା ତାଙ୍କର ନିତିଦିନର କାମ ହୋଇଛି।

'ବାପାଙ୍କୁ ଚୁଡ଼ା ଚକଟା ଦେଇସାରିଲୁଣି ଦତ୍ତା ?' କନକ ପଚାରିଲେ। ସୁଦତ୍ତା ମୁଣ୍ଡ ଟୁଙ୍ଗାରିଲା।

'ତୁ ଖାଇଲୁଣି ?'

'ହଁ, ଆଉ ତୁମ ପାଇଁ ଏଇଠି ରଖିଛି'- କହି ମୁହଁରେ ଜାଗାଟାକୁ ଠାରି ଦେଖାଇ ସେ ପୁଣି ନିଜ କାମରେ ଲାଗିଗଲା।

କନକ ଖାଇସାରି କପା ଭିଣିବାକୁ ବସିପଡ଼ିଲେ। ଦେବଦତ୍ତ ଲୁଗା ବୁଣିବା ବେଳକୁ ତୁଳାକୁ ଭିଣି ସରୁ ସୂତାକାଟିବା ଓ ସୂତାକୁ ରଙ୍ଗେଇବା ଏ ଦୁଇଟି କାମ କନକ ଓ ଦତ୍ତା ମିଶି କରନ୍ତି। ତନ୍ତୀ ସାଇଟାଯାକ ଘରେ ଘରେ ଏଇ କାମ ସ୍ତ୍ରୀଲୋକମାନେ ହିଁ କରନ୍ତି। ଏହାଛଡ଼ା ସେମାନେ ସମସ୍ତେ ଘରେ ଘରେ ତୁତ ଗଛ ମଧ୍ୟ ରଖିଛନ୍ତି।

ବୋମକେଇର ପ୍ରତ୍ୟେକ ତନ୍ତୀ ଘରେ ଘରେ ରେଶମ ସୂତା ତିଆରି କରନ୍ତି। ରେଶମୀ ସୂତାରୁ ରେଶମୀ ଶାଢ଼ୀ, ପାଟ ଓ ପୁରୁଷପିନ୍ଧା ଯୋଡ଼ ବୁଣାଯାଏ। ରେଶମୀ ଶାଢ଼ୀ ଓ ପାଟକୁ ରାଜା ମହାରାଜା ଓ ଧନୀବର୍ଗର ଲୋକମାନେ ପିନ୍ଧିବାବେଳେ କପାସୂତାରୁ ବୁଣାହେଉଥିବା ଶାଢ଼ୀ, ଧୋତି, ଗାମୁଛା, ପିଲାଙ୍କ କାଛା ଇତ୍ୟାଦି ମଧ୍ୟମ ଓ ତଳବର୍ଗର ଲୋକଙ୍କ ପ୍ରତିଦିନର ପିନ୍ଧାଲୁଗା। ଏଣୁ ଏସବୁ ବୁଣିବା ପାଇଁ ବହୁଳ ଭାବରେ କପା ଦରକାର ହେବାବେଳେ ରେଶମ ବସ୍ତ୍ର କମ୍ ବିକ୍ରି ହେତୁ କମ୍ ରେଶମୀ ଲୁଗା ବୁଣାହୁଏ। ଅଥଚ ମଜାର କଥା ଯେ, ଖାଲି ବୋମକେଇ କାହିଁକି ଆଖପାଖ ସବୁ ଗାଆଁର ସବୁ ତନ୍ତୀ କମ୍ ଲୋଡ଼ା ହେଉଥିବା ଏହି ରେଶମୀ ସୂତା ହିଁ ଘରେ ଘରେ ତିଆର କରନ୍ତି ଓ ବେଶି ବୁଣାହେଉଥିବା ସୂତା ଲୁଗା ପାଇଁ କପାକୁ ବଜାରରୁ ହିଁ କିଣି ଆଣନ୍ତି।

କାରଣ, ପ୍ରଥମତଃ କପା ଚାଷ କରିବାକୁ ହେଲେ ତନ୍ତୀକୁ ବୁଣା କାମ ସହ ଚାଷକାମର ବୋଝ ମଧ୍ୟ ପଡ଼ିଥାଏ। ଏ ଉଭୟ କାମ ନିଜେ ଏକ ଏକ ଗୁରୁଦାୟିତ୍ୱ। ତନ୍ତୀ ପାଖରେ ବର୍ଷକ ବାରମାସ ଗାଁ ଲୋକଙ୍କର ସଦା ଆବଶ୍ୟକ ଲୁଗାର ଚାହିଦା ଥାଏ। ଏଣୁ ଏହି ତନ୍ତବୁଣା ବନ୍ଦ କରିବାର ଯୁ' ନଥାଏ। ଏଣେ ଚାଷୀ ପାଖରେ ମଧ୍ୟ ବର୍ଷକ ବାରମାସ ଜମି ଓ ଫସଲକୁ ନେଇ କାମ ରହିଥାଏ। କେବଳ ସେତିକି ନୁହଁ, ବର୍ଷା ଚାରିମାସ, ଉଦୁଉଦିଆ ଖରାବେଳ, ଶୀତର ପ୍ରବଳ ଜାଡ଼ରେ ମଧ୍ୟ ତନ୍ତୀର କୌଣସି ଚିନ୍ତା ନଥାଏ। ଘରର ଆରାମଦାୟକ ପରିବେଶକୁ ଛାଡ଼ିବାର ବାଧ୍ୟବାଧକତା ନଥାଏ। ଏଣୁ ତନ୍ତୀକୁ ଚାଷକାମ ଅଡୁଆ ହୋଇଯାଏ।

ଅଥଚ ତୁତଗଛକୁ ବାରିରେ ଚାଷ କରାଯାଏ। ଥରେ ଗଛ ପୋତିଦେଲେ ଚାରିପାଞ୍ଚ ବର୍ଷଯାଏ କୌଣସି ଯତ୍ନ ଦରକାର ହୁଏନାହିଁ। ଆପେ ଆପେ ଏଣ୍ଡି ପ୍ରଜାପତି ଖୋଜିଖୋଜି ଏଇ ଗଛ ପାଖକୁ ଆସନ୍ତି। ତୁତ ପତ୍ରରେ ଅଣ୍ଡା ଦିଅନ୍ତି। ଅଣ୍ଡାରୁ ସଁବାଳୁଆ

ଓ ସଁବାଳୁଆରୁ ଖୋଷା ପ୍ରକୃତି କରେ। ଖୋଷା ହୋଇସାରିବା ପରେ ତାକୁ ତୋଳିଆଣି ଗରମ ସିଝୁଥିବା ପାଣିହାଣ୍ଡିରେ ପକାଇବା ତନ୍ତୀଆଣୀମାନଙ୍କ କାମ। ସିଝା ପାଣି ଥଣ୍ଡା ହେଲେ ସେଥିରୁ ସେମାନେ ସୂତାକୁ ଚକ୍ରୀ ଲଗାଇ ଗୁଡ଼ାଇ ଦିଅନ୍ତି। ଗୋଟିଏ ଖୋଷାରୁ ଦେଢ଼ ହଜାର ହାତରୁ ଅଧିକ ରେଶମ ସୂତା ବାହାରେ।

ନା ଭିଣିବାର ଝିନ୍‌ଝଟ୍ ନା ସୂତା କାଟିବାର କଷ୍ଟ।

କେବଳ ସେତିକି ନୁହେଁ, ଚାଷୀ ଯେପରି ନିଜ ପାଇଁ ବର୍ଷକର ଧାନ, ମୁଗ ଆଦି ରଖି ବଳକା ଶସ୍ୟ ବିକ୍ରି କରିଦିଏ, ତୁତଗଛ ରଖିଥିବା ତନ୍ତୀ ସେହିପରି ନିଜ ପାଇଁ ରେଶମୀ ସୂତା ଯଥେଷ୍ଟ ରଖି ଏହି ରେଶମୀ ସୂତାର ବଡ଼ ବଡ଼ ମୋଟମାନଙ୍କୁ ବଜାରକୁ ଛାଡ଼ିଦିଏ। ବେପାରୀମାନେ ଦୁଆର ମୁହଁକୁ ଆସି ଏହି ମୋଟସବୁକୁ ରୁପାଟଙ୍କା ଦେଇ କିଣିନିଅନ୍ତି। ବେଳେବେଳେ କୌଣସି ଆକସ୍ମିକ ଆନନ୍ଦ ଉତ୍ସବ ବା ବିପଦଆପଦରେ ନିଜେ ତନ୍ତୀ ଏହି ମୋଟଗୁଡ଼ିକୁ ଶଗଡ଼ କରି ପାଲୁର ବନ୍ଦର କି ଗଞ୍ଜା ବନ୍ଦରକୁ ନେଇଗଲେ ଦୁଇଗୁଣ ମୂଲ୍ୟ ଜାହାଜିଆ (ଜାହାଜର ଅଧିକାରୀ)ମାନଙ୍କଠାରୁ ପାଇଯାଇଥାଏ। ଜଣେ ଜଣେ ଜାହାଜିଆ ତ ସେମାନଙ୍କ ବୋଇତରେ ଆଉ କିଛି ପଦାର୍ଥ ରଖନ୍ତି ନାହିଁ। ଯେପର୍ଯ୍ୟନ୍ତ ତନ୍ତୀ ଓ ବେପାରୀମାନେ ଜାହାଜ ଭର୍ତ୍ତି ରେଶମୀ ସୂତାର ମୋଟରେ ଜାହାଜ ଭର୍ତ୍ତି ନକରିଛନ୍ତି, ଜାହାଜ ବନ୍ଦର ଛାଡ଼େନାହିଁ।

ଜାହାଜିଆମାନେ ସାଧାରଣତଃ ଗପୁଡ଼ିଆ। ପୃଥିବୀ ବୁଲୁବୁଲୁ ସବୁ ଜାଗାର ଇତିହାସ ଭୂଗୋଳ ସେମାନଙ୍କୁ ଆକର୍ଷିତ କରିଥାଏ। ନିଜ କଥାରେ ଶ୍ରୋତାକୁ ସେମାନେ ପୃଥିବୀର ସବୁ ପ୍ରାନ୍ତକୁ ନେଇଯାଆନ୍ତି। ଏମିତି ଗପୁ ଗପୁ କହିବାର କୌଶଳ ମଧ୍ୟ ସେମାନେ ଜାଣିଥାନ୍ତି। ସେଥିପାଇଁ ଶ୍ରୋତାର ଅଭାବ ମଧ୍ୟ ହୁଏନାହିଁ। ଆଉ ପ୍ରାୟ ସେମାନଙ୍କ ହାତରେ ସମୟ ମଧ୍ୟ ଥାଏ। ଶଗଡ଼ରେ କେତେ ଜିନିଷ ଲଦା ହୋଇଆସିଛି ଓ ତା'ର ମୂଲ୍ୟ କେତେ- ଏ ଗଣତି ଛିଡ଼ିବାକୁ ବେଶି ସମୟ ଲାଗେନାହିଁ। କିନ୍ତୁ ସମୟ ଲାଗେ, ଶଗଡ଼ରୁ ଜିନିଷ ବୁହାହୋଇ ଜାହାଜର ସମୁଦ୍ରକୂଳ ଭଣ୍ଡାର ଘରେ ହେଉ କି ସମୁଦ୍ରର ଅନତି ଦୂରରେ ଲଙ୍ଗର ଭିଡ଼ିଥିବା ଜାହାଜ ଭିତରକୁ ଛୋଟ ଡଙ୍ଗାରେ ଲଦି ନେଇ ରଖିବାରେ ହେଉ। ଏଣୁ ଲୋକମାନେ ଏ କାମ କଲାବେଳେ ଯଦି କୌଣସି ନାବିକ ସଙ୍ଗେ ଶଗଡ଼ ମାଲିକର ଆଗରୁ ଚିହ୍ନା ଅଛି, ସେମାନେ ବସି ଗପସପ କରନ୍ତି।

ସେ ଗପରେ ଦୁନିଆର ଇତିହାସ, ଭୂଗୋଳ ସଜୀବ ହୋଇ ଆଗରେ ଉଭା ହୁଏ।

-O-

ମାର୍ଚ୍ଚ ୧୭୩୦
ପାଲୁର ବନ୍ଦର

'ବୁଝିଲ ଦେବଦତ୍ତ!'

କମ୍ବୋଦରୁ ଆସିଥିବା କରତନ କ୍ଲ ଅନେକ ଦିନ ତଳେ କହିଥିଲା, 'ଏବେ ଏବେ ଗୋଟିଏ ଗୁଜବ ଚାରିଆଡ଼େ ଚାଲିଛି ଯେ ସିଲ୍କ ବସ୍ତ୍ର, ମାନେ ତମର ଏ ରେଶମ ବସ୍ତ୍ର ଚୀନାରେ ଆବିଷ୍କାର ହୋଇଥିଲା ଓ ତାଙ୍କ ପାଖରୁ ସମଗ୍ର ବିଶ୍ୱରେ ବ୍ୟାପିଛି।'

'କିନ୍ତୁ- ସେ କେମିତି ହେବ?' ଦେବଦତ୍ତ ପ୍ରତିବାଦ କଲେ। 'ଆରେ! ମହାଭାରତ, ରାମାୟଣ କେବେ ଲେଖାଥିଲା ଆମେ ତ ଜାଣିନୁ। ଆଗେ ରାମାୟଣ ନା ଆଗେ ବେଦ ତା'ବି ଜାଣିନୁ। କିନ୍ତୁ ଏତିକି ଜାଣିଛୁ ଯେ, ବେଦରେ ମଧ୍ୟ ରେଶମ ବସ୍ତ୍ରର ନାମୋଲ୍ଲେଖ ରହିଛି। ରେଶମ ବସ୍ତ୍ର ଚୀନ୍‌ରୁ ନୁହଁ ଭାରତରୁ ହିଁ ଆରମ୍ଭ ହୋଇଛି।'

'ଆରେ! ଆମେ କ'ଣ ସେ କଥା ଜାଣିନୁ? ତୁମ ଭାରତର ଖ୍ୟାତି ଆଜିର ନୁହଁ କି କାଲିର ନୁହଁ। କଥା ହେଉଛି ନିଜ ଖ୍ୟାତିର ପ୍ରଚାର କରିବା ଭାରତୀୟମାନେ ବହୁତ ଡେରିରେ ଶିଖିଲେ। ତୁମ ଓଡ଼ିଶାର ଲୋକ ତ ଏପର୍ଯ୍ୟନ୍ତ ସେକଥା ଶିଖିନ।'

ଦେବଦତ୍ତ ମୁଣ୍ଡ କୁଣ୍ଡାଇଲେ।

'ମୋତେ ଖରାପ ଭାବନାହିଁ ଭାଇ! ତୁମକୁ ଅପମାନିତ କରିବା ମୋର ଉଦ୍ଦେଶ୍ୟ ନୁହଁ। ଏଇ ଯେଉଁ ଅଶୋକଙ୍କ ଶିଳାଲିପି- କେବେ ଶୁଣିଛ ସେ କଥା?'

'ହଁ, ଜାଣିଛି। ପଥରରେ ଖୋଳା ହୋଇ ଲେଖାଥିବା କଥା - ଆମର ଏଇ ଗଂଜାମରେ ଜଉଗଡ଼ରେ ଅଛି ବୋଲି ଶୁଣିଛି'- ଦେବଦତ୍ତ କହିଲେ।

'ଆଜ୍ଞା! ଏଇ ଶଗଡ଼ଟାର ଲେଖାପଢ଼ା ସରିଛି ତ?' ଆଉ ଜଣେ କର୍ମଚାରୀ ସେଇଠି ପହଞ୍ଚି କରତନକୁ ଖଣ୍ଡେ ତାଳପତ୍ର ଲେଖା ଦେଖାଇ ଦୂରରେ ଠିଆ ହୋଇଥିବା ଏକ ଶଗଡ଼କୁ ହାତ ଦେଖାଇଲା।

କରତନ ସେ ତାଳପତ୍ରକୁ ହାତରେ ଧରି ଦେଖିନେଇ ଅଳ୍ପଦୂରରେ ଥିବା ଶଗଡ଼କୁ ଚାହିଁଲା। କହିଲା- 'ସେ ଶଗଡ଼ରେ ଥିବା ପିତଳ ମୁଦଟା ଦେଖିଲ ତ?'

'ହଁ, ୨୫୯୨ ଲେଖାଅଛି।'

'ତାହାହେଲେ ଠିକ୍‌ଅଛି। ହଁ, ହଁ, ଏହାର ଗଣତି ମଧ୍ୟ ସରିଛି, ପଇସା ବି ଦିଆସରିଛି। କେବଳ ଗଣିଗଣି ଜାହାଜରେ ଲଦାହେବା କଥା। ତୁମେ ଶଗଡ଼ ଖାଲି କଲେ ଯାଇ ମାଲିକ ଏଠୁ ଯାଇପାରିବ। ତୁମେ ସେ କାମ ଦେଖ, ସେ ଶଗଡ଼ର ମାଲିକ ଏଇପରା ମୋ ଆଗରେ।' ସମସ୍ତେ ହସିଉଠିଲେ। ଲୋକଟି ଚାଲିଗଲା।

କରତନ ପୁଣି କଥା ଆରମ୍ଭ କଲା- 'ତମର କଳିଙ୍ଗଯୁଦ୍ଧ କଥା ଏବେ ସମସ୍ତେ ଜାଣନ୍ତି। ଅଶୋକ ଯେଉଁଠି ଶିଳାଲେଖ ରଖିଲେ ସେଇ କଥା ଲେଖିଲେ। ହେଲା ଯେ, କଳିଙ୍ଗରେ ସେତେବେଳେ ତ କିଏ ଜଣେ ରଜା ଥିଲେ? ସେ ତ ପୁଣି ଯୁଦ୍ଧ କରିଥିଲେ, ନା ନାହିଁ? ନହେଲେ ଅଶୋକ ଜିତିଲେ କେମିତି? ଅଶୋକ ଏତେ କଥା ଲେଖିଲେ, ହେଲେ କୋଉ ଗୋଟିଏ ଶିଳାଲେଖରେ ଓଡ଼ିଶାର ରଜାଙ୍କ ନାଁ କି ଓଡ଼ିଆ ଲୋକଙ୍କ ବୀରତ୍ୱ କଥା ତ କାହିଁ ଲେଖିଲେ ନାହିଁ? ସେ କେବଳ ନିଜର ପ୍ରଶଂସା ଲେଖିଚାଲିଲେ।'

'ଆଚ୍ଛା ହେଉ, ସେ ସିନା ଲେଖିଲେ ନାହିଁ, ତୁମର ପଣ୍ଡିତମାନେ ହେଲେ ସେ ବିଷୟରେ ଲେଖିବା କଥା। ନା ନାହିଁ?'- କରତନ ପ୍ରଶ୍ନ କଲା।

ଦେବଦତ୍ତ ମୁଣ୍ଡପୋତି ବସିଲେ। ଏକଥା ତ ସେ ଜାଣନ୍ତି ନାହିଁ। ମକଦ୍ଦମ ଆଜ୍ଞାଙ୍କୁ ପଚାରିଲେ ହେବ, ଓଡ଼ିଆ ପଣ୍ଡିତମାନେ ଏ ବିଷୟରେ କିଛି ଲେଖିଛନ୍ତି କି?

'ସେମିତି ଆଉ ଏକ କଥା ମଧ୍ୟ କୋଉଠି ଲେଖାହୋଇନି। ଏହି କଳିଙ୍ଗରେ ନୌବାଣିଜ୍ୟ ର ଖୁବ୍ ବିସ୍ତାର ଘଟିଥିଲା। ସାଧବମାନେ ଲକ୍ଷ୍ମୀବନ୍ତ ଥିଲେ। ନିଜେ ନିଜେ ଏକ ଏକ ଛୋଟ ସ୍ୱୟଂଚାଳିତ ରାଜା ଥିଲେ ଜାଣ। ଜଣେ ଜଣେ ସାଧବଙ୍କର ଚାରିରୁ କୋଡ଼ିଏ ପର୍ଯ୍ୟନ୍ତ ଛୋଟ ବଡ଼ ଜାହାଜ ଥିଲା। ସେମାନେ ଦୂରଦୂରାନ୍ତର ପର୍ଯ୍ୟନ୍ତ ଜଳପଥରେ ଓ ସ୍ଥଳପଥରେ ଯାଇ ସମଗ୍ର ପୃଥିବୀରେ ବସତି ସ୍ଥାପନ କରିଥିଲେ। ସେଥିପାଇଁ କଳିଙ୍ଗମାନଙ୍କର ବଂଶଧର ଏହି କଳିଙ୍ଗ ବା କ୍ଲିଂ ନାମରେ ହିଁ ଏବେ ଓଡ଼ିଶାରୁ ଆରମ୍ଭ କରି ଜାଭା, ବାଲି, ଫିଲିପାଇନ୍ସ ଓ ଆଫ୍ରିକାରେ ମଧ୍ୟ ଅଛନ୍ତି।'

'ହେଲେ ଆପଣ କହୁଥିଲେ ରେଶମ ସୂତାର ଗୁଜବ...'

'ହଁ, କହୁଛି। ଏବେ ଚାରିଆଡ଼େ ଗୋଟିଏ ଗୁଜବ ବ୍ୟାପିଛି ଯେ ଚୀନ୍ ରେଶମ ଶିଳ୍ପର ଆବିଷ୍କର୍ତ୍ତା ଭାବରେ ନିଜକୁ ପରିଚିତ କରାଇବାକୁ ପ୍ରାଣପଣେ ଚେଷ୍ଟା ଚଳାଇଛି। କିନ୍ତୁ କହିଲି ତ, କଳିଙ୍ଗର ବଂଶଧରମାନେ ଓ ଏପରିକି ଆମ ପରି ପୃଥିବୀର ଅନ୍ୟ ବ୍ୟବସାୟୀମାନେ ଏହାକୁ ସ୍ୱୀକାର କରିବାକୁ ନାରାଜ। କାରଣ ସମସ୍ତେ ଜାଣନ୍ତି, ରେଶମ ଶିଳ୍ପ ଭାରତରେ ହିଁ ଆବିଷ୍କୃତ ଓ କଳିଙ୍ଗ ସମେତ ଗୁଜରାତ, ବମ୍ବେ, କର୍ଣ୍ଣାଟକ, ଆନ୍ଧ୍ରପ୍ରଦେଶ, କାମରୂପ ଏହାର ଏକ ଏକ ପ୍ରଧାନ ପୀଠ। କିନ୍ତୁ ଦେଖିବ, ଆଉ ଶହେ ବର୍ଷ ପରେ ସମସ୍ତେ କହିବେ ଚୀନ୍ ହିଁ ରେଶମ ବସ୍ତ୍ର ଆବିଷ୍କାର କରିଛି। କାହିଁକି କହିଲ?'

'କାହିଁକି?'

'କାହିଁକି ନା ତୁମର ପ୍ରଚାର ନାହିଁକି ନିଜ ମର୍ଯ୍ୟାଦା ପାଇଁ ଚେଷ୍ଟା ହିଁ ନାହିଁ। ମୂଷା ପରି ମୁହଁ ପୋତି ବର୍ତ୍ତମାନକୁ ହିଁ ତୁମେ ସବୁ ଖୋଳିଚାଲିଛ। ଆଗକୁ ପଛକୁ ଦୃଷ୍ଟି

ନାହିଁ। ତୁମେମାନେ କ'ଣ ଏ ଗୁଜବର ପ୍ରତିରୋଧ ପାଇଁ ଲେଖି, ବର୍ତ୍ତମାନ ଓ ଭବିଷ୍ୟତ ପାଇଁ ପ୍ରକୃତ ସତ୍ୟକଥା ରଖି ପାରନ୍ତ ନାହିଁ?'

'ହେଲେ ଏ ଗୁଜବ ପଛର ପ୍ରକୃତ କଥାଟା କ'ଣ?'

'ସତ କଥାଟା ତ ଅଳ୍ପକରେ କହିଲେ ବି ହେବ। କିନ୍ତୁ ମୁଁ ଲମ୍ବେଇ କରି କହିବି। କାରଣ ଲମ୍ବେଇ କରି କହିବା ମୋତେ ଭଲ ଲାଗେ। ଶୁଣିବ?'

'ହଁ, ଶୁଣିବୁ। ବଚନେ କି ଦରିଦ୍ରତା?'- ଶ୍ରୋତାଙ୍କ ଭିତରୁ ଜଣେ କହିଲା।

'ତେବେ ଶୁଣ-

ଚୀନ୍ ଦେଶରେ ଜଣେ ରାଜାଙ୍କର ଅନେକ ରାଣୀ ଥିଲେ ମଧ୍ୟ କାହାରି ସନ୍ତାନ ନଥିଲା। ଏଣୁ ରାଜା ମନ ଦୁଃଖରେ ଥିଲେ। ଥରେ ଘୋର ଜଙ୍ଗଲରେ ଶିକାର କରିବାକୁ ଯାଇ ସେ ନିଜ ଦଳଠାରୁ ଅଲଗା ହୋଇଗଲେ। ରାଜା ଆଗପଛ ହୋଇ ଦୁଇଟି ଗଛ ମଝିରେ ଥିବା ରାସ୍ତା ଉପରେ ଘୋଡ଼ା ଉପରେ ବସି ଚାରିଆଡ଼େ ଆଖି ବୁଲାଇ ନିଜ ସୈନ୍ୟମାନଙ୍କୁ ଖୋଜୁଥିବାବେଳେ ହଠାତ୍ ସାଏଁକରି ତୀରଟିଏ ଆସି ଘୋଡ଼ାର ଠିଆହୋଇଥିବା କାନରେ ପଶି ଆରପଟର ଗଛରେ ଯାଇ ଲାଗିଲା। ଘୋଡ଼ାଟି ସେଇଠି ପଡ଼ି ଯନ୍ତ୍ରଣାରେ ଛଟପଟ ହେଲା। ରାଜା ନିଜକୁ ସମ୍ଭାଳି, ତଳୁ ଉଠି କାହାର ଏ ଦୁଃସାହସ ଭାବି ନିଜ ଧନୁରେ ତୀର ଖଞ୍ଜି ଯେଉଁ ଆଡୁ ଶରଟି ଆସିଥିଲା, ସେ ଆଡ଼କୁ ଶର ଛାଡ଼ିବାକୁ ବସିଛନ୍ତି, ଦେଖିଲେ ଗଛବୁଦା ଆଡ଼େଇ ତରୁଣୀ ଜଣେ ତାଙ୍କରି ଆଡ଼କୁ ଧାଇଁଆସୁଛି। ତା'ରି ହାତରେ ଧନୁଶର ରହିଛି।

ରାଜାଙ୍କୁ ଦେଖି ତରୁଣୀଟି ହତଭମ୍ବ ହୋଇପଡ଼ିଲା। ରାଜା ମଧ୍ୟ ମୂର୍ତ୍ତିଟିଏ ପରି ତାକୁ ଚାହିଁ ରହିଲେ। ତରୁଣୀଟିର ଦୃଷ୍ଟି ଆହତ ଘୋଡ଼ା ଉପରେ ପଡ଼ିଲା। ସେ ତ ଦୂରରୁ ଘୋଡ଼ାକାନକୁ ହରିଣ କାନ ବୋଲି ଭାବିଥିଲା। ଗଛପଛରେ ଥିବାରୁ ରାଜା ମଧ୍ୟ କୋଉଠି ଦେଖାଯାଉନଥିଲେ। ସେ ତଳେ ଧନୁ ରଖିଦେଇ ନିକଟସ୍ଥ ବୁଦାରୁ କିଛି ପତ୍ରତୋଳି ହାତରେ ମକ୍ଟି ରସ କାଢ଼ି ଘୋଡ଼ାର ନାକ ଭିତରେ ଢାଳିଲା ଓ କ୍ଷତରେ ବୋଳିଲା।

'ତା'ପର କଥା ସଂକ୍ଷିପ୍ତ।' କରତନ କ୍ଲିଂ କହିଲା- 'ରାଜା ତରୁଣୀର ଶୌର୍ଯ୍ୟ, ସୌନ୍ଦର୍ଯ୍ୟ, ଉପସ୍ଥିତ ବୁଦ୍ଧି, ତତ୍ପରତାରେ ମୁଗ୍ଧ ହୋଇ କିଛିଦିନର ବନ୍ଧୁତ୍ୱ ପରେ ତାକୁ ବିବାହ କରି ରାଜଉଆସକୁ ନେଇଆସିଲେ। କଥା କିନ୍ତୁ ଏଇଠି ସରିଲା ନାହିଁ।'

ଦେବଦତ୍ତଙ୍କ ଶଗଡ଼ କେତେବେଳୁ ଖାଲି ହୋଇ ସାରିଥିଲା। ସନ୍ଧ୍ୟା ବି ହୋଇ ସାରିଥିଲା। ଆଉ ଏତେବେଳେ ଏକୁଟିଆ ଗାଁକୁ ଫେରିବା ନିରାପଦ ନୁହଁ। ନିରାପଦ ଥିଲେ ବି ବୋଧେ ସେ ଫେରିନଥାନ୍ତେ। ସେ କରତନକୁ କହିଲେ- 'ଭାଇ! ମୁଁ

ଆଜି ରାତିରେ ତୁମ ପାଖରେ ଏଇ ଜାହାଜରେ ଶୋଇପଡ଼ିଲେ ଚଳିବ ? କିଛି ଭଡ଼ା ଦେବାକୁ ମୁଁ ରାଜିଅଛି ।'

'କାହିଁକି ? କ'ଣ ଗପଟା ପୁରା ଶୁଣିବାକୁ ଚାହୁଁଛ ?' କରତନ ହସିହସି ପଚାରିଲା ।

'ହଁ...ମୁଣ୍ଡ କୁଣ୍ଡେଇ କୁଣ୍ଡେଇ ତରୁଣ ଦେବଦତ୍ତ ହସିହସି ଉତ୍ତର ଦେଲେ- 'ଏ ଯାହା କହିଲ, ସେ କ'ଣ ଗପ ନା ସତ ?'

'ତୁମେ ମୁଁ ଏକଥା କହିଲେ ଗପ । ଇତିହାସ ଲେଖିବା ଲୋକ ଏହା କହିଲେ ସତ । ସେଥିପାଇଁ କହୁଛି । ଲେଖ... ଲେଖିକରି ସବୁ କଥା ଦୁନିଆକୁ ଜଣାଅ । ସତକୁ ସମସ୍ତଙ୍କୁ ଦେଖାଅ ।'

'ଠିକ୍ ଅଛି । ମୁଁ ଏହାକୁ ଲେଖିବି । ଏଣୁ ପୁରା ଗପଟା ଶୁଣିସାରେ ।'

'ତୁମେ ଲେଖାଲେଖି କର ?'

'ହଁ, ଛୋଟଛୋଟ କବିତା ଲେଖିଛି । ବଡ଼ କାବ୍ୟଟିଏ ଲେଖିବାକୁ ଇଚ୍ଛା । କିନ୍ତୁ ମୁଁ ଜାଣେ, ଭଲ ଲେଖିବାକୁ ହେଲେ ଖୁବ୍ ପଢ଼ିବା ଦରକାର । ସେଥିପାଇଁ ଏବେ ପୁରାପୁରି ପୋଥିପଢ଼ାରେ ଲାଗିଛି ।'

'ବିବାହ କଲଣି ?'

'ନା, ଆଗାମୀ ତିଥିରେ ହେବ । ଠିକ୍ ହୋଇସାରିଛି । '

'କେତେବେଳେ ପଢ଼ ?'

'ରାତିରେ । ଦିନରେ ତ ଏଇ ବୁଣାବୁଣି କାମ ।'

ରାତିରେ ମଧ୍ୟ ମଶାଲ ଜାଳି ବହୁ ସମୟଯାଏ ଜାହାଜରେ ଜିନିଷ ଲଦା ଚାଲିଲା । ସାରା ଓଡ଼ିଶାରୁ ଲୁଗା ବେପାରୀମାନେ ଜାଣନ୍ତି, କରତନର ଜାହାଜ କେବେ ଆସିବ ଓ କେବେ ବନ୍ଦର ଛାଡ଼ିବ । ସେ ଭଲ ଦାମ ଦିଏ ବୋଲି ପର୍ତ୍ତୁଗୀଜ ଓ ଇଂରେଜ ଜାହାଜଙ୍କୁ ଏଡ଼ାଇ ବେପାରୀମାନେ ଏଇଠି ଏଇ ପାଲୁର୍ ବନ୍ଦରରେ କରତନକୁ ଜଗିଥାନ୍ତି । ସେ କେବେ ଆସିବେ ଜାଣିଥାନ୍ତି ।

ଖିଆପିଆ ସରିଲାବେଳକୁ ଗପ ମଧ୍ୟ ବେଶ୍ ଆଗେଇ ଯାଇଥିଲା ।

ନିକଟରେ ସମୁଦ୍ର ବାଲିରେ ଠାଏଠାଏ ଅନ୍ୟାନ୍ୟ ଜାହାଜର ବଣିକମାନେ ନିଆଁ ଜାଳି ତା' ଚାରିପଟେ ବସି ମଧୁର ସ୍ୱରରେ ଗାଉଣା ବାଜଣା କରୁଥିଲେ । ସେମାନଙ୍କ ଆଡ଼କୁ ଚାହିଁ ଦେବଦତ୍ତ ଭାବିଲେ ଏ ପୃଥିବୀ କେତେ ବିରାଟ ସତେ, ଆଉ ତା'ଠାରୁ ବିଶାଳ ଏ ପୃଥିବୀର ଇତିହାସ, ସଂସ୍କୃତି ଓ ସଭ୍ୟତା । ଧନ୍ୟ ଏ ମଣିଷ ।

କରତନ କ୍ଲଂର କାହାଣୀ ଆଗେଇ ଚାଲିଲା-

■

## ॥ ୩ ॥

**ଖ୍ରୀଷ୍ଟପୂର୍ବ ୧୮୫୮**
**କଳିଙ୍ଗ ସାଗର**

ଜାହାଜ ଶ୍ୱେତପଦ୍ମା ଦୋହଲି ଦୋହଲି ନୀଳ ସମୁଦ୍ରରେ ନିଜ ମୁହଁ ଦେଖୁଥିଲା। ଦକ୍ଷିଣ ଚୀନ୍ ସାଗର କାହିଁ କେତେ ପଛରେ ରହି ସାରିଲାଣି। ଅନେକ ଦିନ ବାହାରେ ବୁଲିଥିବା କ୍ଳାନ୍ତ ଶ୍ରାନ୍ତ ପଥିକ ନିଜ ଘରମୁହାଁ ପରିଚିତ ରାସ୍ତାରେ ପାଦରଖି ଯେଉଁ ଆନନ୍ଦ ଓ ଶାନ୍ତି ପାଇଥାଏ, ଜାହାଜ ଶ୍ୱେତପଦ୍ମା, କଳିଙ୍ଗ ସାଗରରେ ପ୍ରବେଶ କରି ସେଇ ଉଲ୍ଲାସରେ ଉଚ୍ଛୁଳି ଉଠୁଥିଲା।

ପଥ କିନ୍ତୁ ତଥାପି ବାକି ଅଛି।

ଚୀନ୍‌ର ଦୁଇ ବାଳକ ରାଜପୁତ୍ର ଶାଲୀନ୍ ଓ ଶୀଙ୍ଗ୍ ଜାହାଜ ଉପରୁ ସମୁଦ୍ରର ଏଇ ଉଚ୍ଛଳ ଜଳକୁ ଚାହିଁରହି ନିଜ ନିଜ ଭବିଷ୍ୟତ କଥା ଭାବୁଥିଲେ। ସୌଭାଗ୍ୟ ଅନ୍ୱେଷଣରେ ମା'ଙ୍କ ଆଦେଶ ପାଳନ କରି ସେମାନେ ଭାରତର କଳିଙ୍ଗ ଦେଶକୁ ଆସିଛନ୍ତି ସତ, କିନ୍ତୁ ପରିଣାମ କ'ଣ ହେବ ସେ ବିଷୟରେ ସେମାନେ ଚିନ୍ତିତ ଥିଲେ। ଓଡ଼ିଆ ବୌଦ୍ଧଭିକ୍ଷୁ ସିଦ୍ଧହସ୍ତଙ୍କ ଏକ ହାତଲେଖା ଚିଠି ହିଁ ସେମାନଙ୍କର ଏକମାତ୍ର ଆଶ୍ୱାସନାର ବିଷୟ ଥିଲା। ନଚେତ୍ ନୂଆଦେଶ, ନୂଆ ଭାଷା, ସଂପୂର୍ଣ୍ଣ ନୂଆ ପରିବେଶ ପନ୍ଦର ବର୍ଷ ବୟସ୍କ ଏଇ ଦୁଇ ଯାଆଁଳା ଭାଇଙ୍କୁ ରୂପକଥାର ରାକ୍ଷସ ପରି ବିକଟ ଆଁ କରି ଆଗରେ ଠିଆହୋଇ ଡରାଉଥିଲା।

ସମୁଦ୍ରର ଅଥଳ ଜଳରୁ ଆଖି ଫେରାଇ କିଛି ମୁହୂର୍ତ୍ତ ପଛରେ ଜନ୍ମିଥିବା ଶୀଙ୍ଗ୍ ପଚାରିଲେ, 'ଭାଇ! ଏଇ ଭାଗ୍ୟ କ'ଣ? ଅଭିଶାପ କାହାକୁ କହନ୍ତି? ଆମେ ଭାଗ୍ୟକୁ

ସୌଭାଗ୍ୟ ଭାବି ସଂପୂର୍ଣ୍ଣ ଅସହାୟ ଭାବରେ ଏଇ ଯାତ୍ରା କରୁଛେ। ଏହା ଆମର ସତରେ ସୌଭାଗ୍ୟ କି ?'

ଠିକ୍ ଏଇ ପ୍ରଶ୍ନମାନଙ୍କର ଉତ୍ତର ଖୋଜୁଥିବା ଶାଲୀନ୍ ସାନ ଭାଇ ମୁହଁକୁ ଚାହିଁଲେ। ସାମାନ୍ୟ ସମୟର ବ୍ୟବଧାନ ସେମାନଙ୍କୁ ସାନବଡ଼ କରିନାହିଁ, କିନ୍ତୁ ଲୋକଙ୍କ ପରିଚୟ ହିଁ ସେମାନଙ୍କୁ ଆଙ୍ଗୁଠି ଦେଖାଇ କହିଦେଇଛି ଯେ, ତୁମେ ବଡ଼। ଏଣୁ ବଡ଼ ପରି ଆଚରଣ କର। ତୁମେ ଛୋଟ। ଏଣୁ ତୁମେ ଛୋଟ ପରି ଆଚରଣ କର। ଏଣୁ ଶାଲୀନ୍ ଜାଣନ୍ତି, ସାନଭାଇର ସବୁ ପ୍ରଶ୍ନର ଉତ୍ତର ତାଙ୍କୁ ଦେବାକୁ ହିଁ ହେବ। ତେଣୁ ସେ ସବୁବେଳେ ପ୍ରସ୍ତୁତ ଥାନ୍ତି। ଜ୍ଞାନ ବଢ଼ାଇବାର ଚେଷ୍ଟା କରନ୍ତି। ଆଉ ଶୀଙ୍ଗ୍ ଜାଣନ୍ତି ସଂସାରରେ ଶାଲୀନ୍ ନାମର ଅର୍ଥ ହେଲା ପ୍ରାଜ୍ଞ, ଉପର ସ୍ତରର ବୁଦ୍ଧିମତ୍ତା ଯାହାର ଅଛି। ଏଣୁ ସେ ମଧ୍ୟ ପ୍ରଶ୍ନଟିଏ ମୁଣ୍ଡରେ ଉଠିଲେ ବଡ଼ଭାଇର ମୁହଁକୁ ଚାହାଁନ୍ତି, ଉତ୍ତର ସେଇଠୁ ଆସିବ ଏଇ ଅତୁଟ ବିଶ୍ୱାସକୁ ଆଖିରେ ନେଇ।

ଆଉ ଏଇ ବଦ୍ଧମୂଳ ନିଜସ୍ୱ ଧାରଣା ଯୋଗୁଁ ପନ୍ଦର ବର୍ଷ ବୟସରେ ବି ଶାଲୀନ୍ ଜଣେ ବିଜ୍ଞ ପରି ଦେଖାଯାନ୍ତି। ଆଉ ଶୀଙ୍ଗ୍ ଛଳଛଳ କଳକଳ ନିରୀହ ଦେଖାଯାନ୍ତି। ବୟସ ଅପେକ୍ଷା ବିଶ୍ୱାସ ଓ ଆଚରଣ ସେମାନଙ୍କ ମୁହଁରେ ଭିନ୍ନ ଭିନ୍ନ ଭାବ ଫୁଟାଇଥାଏ।

ଶୀଙ୍ଗ୍ ମୁହଁରୁ ଆଖିଫେରାଇ ଶାଲୀନ୍ ସମୁଦ୍ର ଆଡ଼କୁ ପୁଣିଥରେ ମୁହଁ ଫେରାଇଲେ। ଯଦିଓ ଏ ସମାନ ଆଶଙ୍କା ତାଙ୍କୁ ମଧ୍ୟ ଡରାଉଛି ତଥାପି ସେ ଯଦି ନିରାଶ କଥା କହିବେ, ଭାଇର ମନ ନିରାଶରେ ଭରିଯିବ। ଆଉ ନିରାଶ ହୃଦୟ କଦାପି ବିଜେତା ହୋଇପାରେନା।

ଏଣୁ ସେ ଶୀଙ୍ଗ୍‌କୁ ଅନାଇ କହିଲେ- 'ମୋତେ ତ ଲାଗୁଛି ଏ ଏକ ସୌଭାଗ୍ୟ। ଆମର ପରିଚିତ ପରିବେଶରେ ଆମେ ଚାହୁଁଥିବା ସମ୍ବଳର ଅଭାବ ହେଲା। ତାକୁ କିପରି ପୂରଣ କରିବା ଭାବିବା ବେଳେ ଆମକୁ ଏ ରାସ୍ତା ଦେଖାଗଲା। ଏ କ'ଣ କମ୍ ସୌଭାଗ୍ୟ ? ପୃଥିବୀରେ ଆମ ପରି ଅନେକଙ୍କ ପାଖରେ ଏବେ ଏଇ ମୁହୂର୍ତ୍ତରେ ଏମିତି ସମ୍ବଳ ପାଇଁ ଚିନ୍ତା ନିଶ୍ଚୟ ଥିବ କିନ୍ତୁ ସେମାନଙ୍କୁ ଯଥାସମ୍ଭବ ମାର୍ଗ ମିଳୁଛିକି ? ଏଣୁ ଏଇଟା ନିଶ୍ଚିତ ଏକ ସୌଭାଗ୍ୟ।'

ଶୀଙ୍ଗ୍ ହସିଲେ- 'ଏଇ କଥା ତ ମା' କହୁଥିଲେ।'

ଶାଲୀନ୍ ବି ହସିଲେ। 'ହଁ, ମା' କହିବା ବେଳେ ତୁ ମନ ଦେଇ ଶୁଣୁନା। ସେ କଥା ସେଥିପାଇଁ ତୋର ମନେରହେ ନା। ଆଉ ସେଇ କଥା ପ୍ରଶ୍ନ ହୋଇ ତୋ ମୁଣ୍ଡରେ ଉଠିଲେ ମୁଁ ମା'ଙ୍କର କଥା ହିଁ ତୋତେ ପୁଣିଥରେ କହିଲେ ତୋତେ ତୋ ପ୍ରଶ୍ନର ଉତ୍ତର ମିଳିଯାଏ।'

ଦୁଇ ଭାଇ ହସି ଉଠିଲେ।

'ନାଇଁ ମୁଁ ଭାବୁଥିଲି ଅଭିଶାପ କାହାକୁ କୁହାଯାଏ ?' ଶୀଂ ପୁଣି ପଚାରିଦେଇ ନୀରବ ହୋଇଗଲେ। ଦୁଇ ଭାଇ ଭଲ ଭାବରେ ଜାଣନ୍ତି ଅଭିଶାପ କାହାକୁ କହନ୍ତି। ପନ୍ଦର ବର୍ଷ ବୟସ ହେଲାଣି ଅଥଚ ବାପାଙ୍କ ମୁହଁ ଦେଖିନାହାନ୍ତି। ବାପା ରାଜସିଂହାସନରେ ବସିଛନ୍ତି, ଅଥଚ ସେମାନେ ଜଙ୍ଗଲରେ ବଢ଼ିଛନ୍ତି। ଅଭିଶାପ ଆଉ କାହାକୁ କୁହାଯାଏ ?

ସଙ୍ଗେ ସଙ୍ଗେ ଶାଲୀନ୍ ଉତ୍ତର ଦେଲେ- 'ଅଭିଶାପ ଏକ ଢାମଣା ସାପ। କର୍ମ ଦୋଷରେ ସେ ଆସି ଆଗରେ ଠିଆହୁଏ। ତା'ର କାମ ହେଲା ମନୁଷ୍ୟକୁ ବିଚଳିତ କରିବା, ନିଜ ବନ୍ଧନରେ ଏମିତି ବାନ୍ଧିଦେବ ଯେ ମନୁଷ୍ୟ ଅକର୍ମା ହୋଇଯିବ। ହଲଚଲ ବି ହୋଇ ପାରିବ ନାହିଁ। ହାତ ଗୋଡ଼ ବାନ୍ଧି ଖମ୍ବରେ ବାନ୍ଧିଦେଲେ ଯେପରି ଜଣେ ଲୋକ ସବୁ ଦେଖୁଥିଲେ ବି କିଛି କରିପାରିବ ନାହିଁ, ଅଭିଶପ୍ତ ବ୍ୟକ୍ତିକୁ ହୁଏତ ମୁକ୍ତିର ମାର୍ଗ ଦିଶେନାହିଁ, କିମ୍ବା ଦିଶିଲେ ମଧ୍ୟ କିଛି କରିପାରେ ନାହିଁ।'

ଶୀଂ ହସିହସି କହିଲେ- 'ଏ ତ ଭିକ୍ଷୁ ସିଦ୍ଧହସ୍ତଙ୍କ ପ୍ରବଚନ। କିନ୍ତୁ ସତ କହୁଛି, ସେ କହିବା ବେଳେ ମୋତେ କିଛି ବୁଝାପଡ଼େ ନାହିଁ। ଓଲଟି ସେ ଜନସମାବେଶରେ କେତୋଟି ଝିଅ ଅଛନ୍ତି, କ'ଣ ପିନ୍ଧିଛନ୍ତି, କେମିତି ଦିଶୁଛନ୍ତି ସେ ସବୁ ଦିଶେ, କିନ୍ତୁ ତୁମେ କହିଲେ ସବୁ କଥା ପରିଷ୍କାର ବୁଝି ହୋଇଯାଏ।'

ଦୁଇ ଭାଇ ପୁଣି ହସି ଉଠିଲେ।

ଶାଲୀନ୍ କହିଲେ- 'ହଉ ଏଥର ଶୁଣ ମୋର ନିଜର ମନ୍ତବ୍ୟ। ଏହା ନା ମା'ଙ୍କ କଥା ନା ମାମୁଁଙ୍କ କଥା, ନା ଭିକ୍ଷୁ ସିଦ୍ଧହସ୍ତଙ୍କ ପ୍ରବଚନ। ଏ ମୋର ନିଜର ଅନୁଧ୍ୟାନ। ମୁଁ ଏବେ ତୋତେ କହିବି ଏକ ଅଭିଶାପରୁ କେମିତି ମୁକ୍ତି ମିଳିପାରେ। ଧର -'

ତାଙ୍କ କଥାରେ ବାଧାଦେଇ ଶୀଂ କହିଲେ, 'ଆଗେ କହ ଅଭିଶାପରୁ କେବେ ମୁକ୍ତି ମିଳିପାରେ କି ? ମୋ ମତରେ ସବୁ ଅଭିଶାପ ନିଜେ ତ ଏକ ଅଭିଶାପ। ଏଥିରୁ ମୁକ୍ତି ମିଳିବା ସମ୍ଭବ ନୁହେଁ।'

'ହେଃ, ଏମିତି କେମିତି କହୁଛୁ ? ତୋ ନାଁ କ'ଣ ?'

'ଶୀଂ'

'ଶୀଂର ଅର୍ଥ କ'ଣ ?'

'ଆମ ଚୀନ୍ ଭାଷାରେ ଏହାର ଅର୍ଥ 'ବିଜୟ'

'ଆଉ ଶୀଂ ଯଦି ଏମିତି ପରାଜୟର ଶିକୁଳୀ ବେକରେ ବାନ୍ଧି ବୁଲିବ, ବିଜୟର ମାଳା ତାକୁ ମିଳିବ କେମିତି ?'

ଶୀଂ କିଛି ନକହି ଶାଲୀନ୍ ମୁହଁକୁ ଚାହିଁଲେ।

ଶାଲୀନ୍ କହିଲେ - 'ଦେଖ ଆମେ ହେଲେ ଯୋଦ୍ଧା। ଲୋକେ ଭାବନ୍ତି, ଯୁଦ୍ଧ ବେଳେ କଳ୍ପନା କିଛି କାମରେ ଲାଗେ ନାହିଁ। କାରଣ ସବୁ ଯୁଦ୍ଧ ଏକ ଏକ ଯୋଜନାକୁ ଅନୁସରଣ କରେ। କିନ୍ତୁ ଭାବି ଦେଖତ ସବୁ ଯୋଜନା ତ କିଛି ନା କିଛି କଳ୍ପନା ଉପରେ ହିଁ ଠିଆ ହୋଇଥାନ୍ତି ନା? ଏଣୁ ଏଇ କଳ୍ପନାକୁ ଆଶ୍ରା କରି ଆମେ ଏବେ ଦେଖିବା କେମିତି ଅଭିଶାପରୁ ବି ମୁକ୍ତି ମିଳେ। ଏବେ ତୁ କଳ୍ପନା କର, ଗୋଟିଏ ଡାମଣା ସାପ ତୋତେ କଷିକରି ଗୁଡ଼ାଇ ଧରିଛି। ସେଇଠୁ କେମିତି ମୁକ୍ତି ପାଇବୁ ସେ ଚେଷ୍ଟା କରିବୁ ନା ଡାମଣାକୁ ଶାନ୍ତିରେ ତୋତେ ଖାଇବା ପାଇଁ ଛାଡ଼ିଦେବୁ?'

ସାଏଁ କରି ଶୀଂଙ୍କ ହାତ କମରରେ ଖୋଷା ହୋଇଥିବା କଟାରୀ ଉପରକୁ ଚାଲିଗଲା। ତାଙ୍କୁ ନିଜ ଜାଗାରୁ ଉଠିପଡ଼ିବା ଦେଖି ଶାଲୀନ୍ କହିଲେ - 'ଶାନ୍ତି, ଶାନ୍ତି', ଭାଇର ଦୁଇ କାନ୍ଧରେ ଦୁଇ ହାତରଖି ତାକୁ ବସାଇ ଦେଇ ସେ କହିଲେ- 'ବସ। ଏଇଠିତ ଡାମଣା ନାହିଁ, ମୋତେ ମାରିବୁ ନା କ'ଣ? ଏ ହେଲା କଳ୍ପନାର ଶକ୍ତି। ହଉ ଏବେ କହ, ତୋତେ ଗୁଡ଼ାଇ ଧରିବାର ସୁଯୋଗ ଯଦି ଡାମଣାକୁ ମିଳିଛି, ସେ କ'ଣ ତୋ ହାତକୁ ଛାଡ଼ିଦେଇ ଥିବ, ଅଣ୍ଟାରୁ ଛୁରୀ କାଢ଼ି ତାକୁ ଭୂଷିବା ପାଇଁ? ଆଖି ପିଛୁଳାକେ ସେ ତୋ ଦେହରେ କଷିକରି ଗୁଡ଼ାଇ ହୋଇଯିବ। ସେତେବେଳେ କ'ଣ କରିବୁ କହ।'

ଶୀଂ ସ୍ଥିର ମନରେ ଆଖିବନ୍ଦ କରି ମୁହୂର୍ତ୍ତଟାଏ ଭାବିଲେ। ତା'ପରେ କହିଲେ- 'ଯଦି ମୁହଁରେ କିଛି ବି ଶକ୍ତି ଥିବ, ଚିତ୍କାର କରି ସାହାଯ୍ୟ ମାଗିବି କିମ୍ବା କାଠିକୁଟା କିଛି ମୁହଁରେ ଧରି ଡାମଣା ଆଖି ଫୁଟାଇ ଦେବାକୁ ଚେଷ୍ଟା କରିବି। ଏସବୁ କିଛି ନହେଲେ, ହୁଏତ ଚେଷ୍ଟା କରିବି - ସାପକୁ ଧରି ତଳେ ଗଡ଼ି ଗଡ଼ି ଯିବା ପାଇଁ, ହୁଏତ ଗଡ଼ି ଯାଉ ଯାଉ ତା'ର ବନ୍ଧନ ହୁଗୁଳା ହୋଇଗଲେ ହୁଏତ ମୁକ୍ତି ପାଇଁ ବାଟ ଦିଶିଯିବ।'

'ସାବାସ୍,' ଶାଲୀନ୍ ଭାଇର କାନ୍ଧକୁ ଥାପୁଡ଼ାଇ ଦେଲେ। 'ଏ ହେଲା ଚେଷ୍ଟା ବଳ। ଠିକ୍ ଏମିତି ଅଭିଶାପରୁ ମୁକ୍ତି ପାଇବାକୁ ମଣିଷ ଚେଷ୍ଟା କରିବ। ଦୁର୍ଘଟଣାରେ ଯାହାର ଗୋଡ଼ କଟିଗଲା, ସେ କ'ଣ ଆତ୍ମହତ୍ୟା କରି ଦେବ ନା ବଞ୍ଚିବାର ଅନ୍ୟାନ୍ୟ ଚେଷ୍ଟା କରିବ? ସେ ଅବସ୍ଥାରେ ବି ତ ଲୋକ କେତେ କ'ଣ କରି ଦେଖାଉଛନ୍ତି। ପ୍ରିୟଜନଙ୍କ ମୃତ୍ୟୁ, ନିଜର ସ୍ୱାସ୍ଥ୍ୟ, ସଂପତ୍ତି ହାନୀ, ସବୁ ଏକ ଏକ ଚେତାବନୀ, ଅଭିଶାପ ରୂପରେ ଆସେ, ଚେଷ୍ଟାବଳ ହିଁ ତା' ପରବର୍ତ୍ତୀ ଅବସ୍ଥା ତିଆରି କରିଥାଏ, ସେଥିପାଇଁ ତ -

ସେମାନଙ୍କ କୋଠରୀର କବାଟ ଠକ୍‌ଠକ୍ ହେବା ଶବ୍ଦରେ ଶାଲୀନ୍‌ଙ୍କ କଥା ବନ୍ଦ ହୋଇଗଲା। ଦୁହିଁଙ୍କର ହାତ ଅଣ୍ଟାର ଛୁରୀ ଉପରକୁ ଚାଲିଗଲା।

'କିଏ ?' ଶୀଂ ପଚାରିଲେ।

'ଆଜ୍ଞା, ଖାଇବା ଘରକୁ ଆସନ୍ତୁ। ବଢ଼ାବଢ଼ି ଆରମ୍ଭ ହେଲାଣି।' କବାଟ ଆରପଟୁ କାହାର ସ୍ୱର ଶୁଣାଗଲା।

ପରିଚିତ ସ୍ୱର ବାରି ସେମିତି ଛୁରୀ ଉପରେ ହାତରଖି ଶୀଂ କବାଟ ଖୋଲିଦେଲେ। ବାହାରେ ଜାହାଜର ପରିଚାରକ ଠିଆ ହୋଇଥିଲେ। 'ହଁ, ଆମେ ଆସୁଛୁ, ତୁମେ ଯାଅ'- କହି ଶୀଂ ପୁଣି ନିଜ ସ୍ଥାନକୁ ଫେରିଆସିଲେ।

ସେମାନଙ୍କୁ ତାଙ୍କ ମାମୁଁଙ୍କର କଡ଼ା ଆଦେଶ ଥିଲା, ଜାହାଜରେ ଯେତେଦିନ ରହିବ, ନିଜ କୋଠରୀରେ କଦାପି ଖାଇବ ନାହିଁ। ଖାଇବା ଘରକୁ ଆସି ସମସ୍ତଙ୍କ ସଙ୍ଗରେ ଖାଇବ।

ଦୁହେଁ ଖାଇବା ପାଇଁ ବାହାରିଲେ। ଦୁହେଁ ଅନୁଭବ କରୁଥିଲେ ସେମାନଙ୍କର ଏହି କଥାବାର୍ତ୍ତାର ମୂଲ୍ୟ ଯାହା ହୋଇଥାଉନା କାହିଁକି ତାହା ସେମାନଙ୍କ ମନରେ ନୂଆ ଶକ୍ତି ଆଣିଦେଇଛି। ମନକୁ ହାଲୁକା କରିଦେଉଛି। ଚୁପ୍‌ଚାପ୍ ବହି ପଢ଼ିପଢ଼ି ଏ ଲମ୍ବା ଜଳଯାତ୍ରା ଆଉରି କଠିନ ହୋଇଥାନ୍ତା। ଆଗରେ ଥିବା ଅନିଶ୍ଚିତ ଭବିଷ୍ୟତ ଆହୁରି ଭୟାନକ ଲାଗିଥାନ୍ତା।

ସେଥିପାଇଁ ଭାରତରେ କୁଆଡ଼େ ମନୁଷ୍ୟର ବାକ୍‌ଶକ୍ତିକୁ ଦେବୀ ବୋଲି ଆରାଧନା କରାଯାଉଛି।

ଶାଲୀନ୍ ଓ ଶୀଂ ଖାଉ ଖାଉ ଲୋକମାନଙ୍କୁ ନିରୀକ୍ଷଣ କରୁଥିଲେ। ଭାରତୀୟ ଖାଦ୍ୟ ଏତେବେଳକୁ ଦୁଇଭାଇଙ୍କ ଅଭ୍ୟସ୍ତ ହୋଇସାରିଲାଣି। ହାତରେ ଖାଇବା ମଧ୍ୟ ସେମାନେ ଶିଖି ସାରିଲେଣି। କିଛି ପରିଚିତ ଲୋକଙ୍କୁ ସେମାନେ ଅଭିବାଦନ କଲେ। କିଛି ସମୟ ଆଗରୁ ଛାଡ଼ିଥିବା ନୂଆ ବନ୍ଦରରୁ ନୂଆ ଯାତ୍ରୀଙ୍କୁ ମଧ୍ୟ ଦେଖି ସେମାନେ ଜାଣିପାରିଲେ ଏମାନେ ନୂଆ ଲୋକ। ଏସବୁ ସତ୍ତ୍ୱେ ସେମାନଙ୍କ ମନରେ ମା' ଓ ମାମୁଁଙ୍କ ସ୍ମୃତି ଆସି ଠିଆ ହୋଇଥିଲା। ମା' କେତେ କଷ୍ଟକରି ତାଙ୍କୁ ବଡ଼ କରୁଛନ୍ତି ସେ କଥା ମନେ ପଡୁଥିଲା।

ମା'ଙ୍କ ମୁହଁରୁ ସେମାନେ ଶୁଣିଥିଲେ- ତାଙ୍କ ବାପା ଏକ ଛୋଟ ରାଜ୍ୟର ରାଜା ଅଛନ୍ତି। ଜଙ୍ଗଲରେ ଦୁଇ ଶିକାରୀ ରୂପରେ ସେମାନଙ୍କ ମା' ଅକ୍ସୀ ଓ ବାପାଙ୍କର ପ୍ରଥମ ଭେଟ ହୋଇଥିଲା। କିଛିଦିନର ଦେଖା ସାକ୍ଷାତ ପରେ ସେମାନଙ୍କର ବିବାହ ହୋଇଥିଲା। ବାପାଙ୍କର ଆଗରୁ ଅନେକ ରାଣୀ ଥିଲେ। କିନ୍ତୁ କାହାର ହେଲେ ସନ୍ତାନ

ସନ୍ତତି ନଥିଲେ। ଏଣୁ ପରସ୍ପର ମଧ୍ୟରେ ଗଣ୍ଡଗୋଳ, ଷଡ଼ଯନ୍ତ୍ର, ଅପବାଦ, ଗୁଜବ ରାଣୀମାନଙ୍କୁ ବ୍ୟସ୍ତ କରି ରଖିଥିଲା। ଏସବୁ ଭୟଙ୍କର ରୂପ ଧାରଣ କରି ରାଜାଙ୍କୁ ତିଳତିଳ କରି କଷ୍ଟଦେବାରେ ଲାଗିଥିଲା। ଏ କଷ୍ଟରୁ ରକ୍ଷା ପାଇବା ପାଇଁ ରାଜା ନିଜକୁ ରାଜ୍ୟ ଶାସନ ଓ ଶୀକାର ଏ ଦୁଇ କାମରେ ବୁଡ଼ାଇ ରଖିଥିଲେ। କୌଣସି ରାଣୀଙ୍କ ମହଲକୁ ଆଉ ଯାଉନଥିଲେ।

କିନ୍ତୁ ଯେଉଁଦିନ ରାଜା ଅକ୍ଷୀଙ୍କୁ ପତ୍ନୀ କରି ଉଆସକୁ ଆଣିଲେ, ଭସାମେଘ ପରି ପରସ୍ପରଠାରୁ ଦୂରେଇ ଥିବା ରାଣୀମାନେ ହଠାତ୍ ସଜଳ ମେଘ ପରି ଏକାଠି ହୋଇଗଲେ। ଏହି ରାଣୀମାନଙ୍କୁ ମାନସିକ ଦଣ୍ଡ ଦେବା ପାଇଁ ରାଜା ଜଣେ ବଣୁଆ ଝିଅକୁ ବିବାହ କଲେ ନା ଅକ୍ଷୀଙ୍କର ଶୌର୍ଯ୍ୟ, ସୌନ୍ଦର୍ଯ୍ୟ ଓ ବିଚକ୍ଷଣତାରେ ମୁଗ୍ଧ ହୋଇ ତାଙ୍କୁ ବିବାହ କଲେ ସେ କଥା ବାପାଙ୍କୁ ଦେଖି ନଥିବା ଦୁଇ ରାଜକୁମାର ଜାଣିନଥିଲେ।

-୦-

ବିବାହର ବର୍ଷକ ପରେ ଅକ୍ଷୀ ମା' ହେବାକୁ ବସିଲେ। ଏ ବିଷୟରେ ସେ ନିଜେ ନିଶ୍ଚିତ ହେବା ପୂର୍ବରୁ ଦାସୀ-ଗୁପ୍ତଚରମାନଙ୍କ ମାଧ୍ୟମରେ ଏ ଖବର ରାଣୀମାନଙ୍କ ପାଖକୁ ଚାଲିଗଲା।

ଅକ୍ଷୀଙ୍କଠାରୁ ସେ ମା' ହେବାକୁ ଯାଉଛନ୍ତି ଶୁଣି ରାଜା ମହାନନ୍ଦରେ ରାଜ୍ୟରେ ଉତ୍ସବ ପାଳିଲେ। ଦଶମାସରେ କୋଡ଼ିଏଟି ଉତ୍ସବ ହେବାର ଘୋଷଣା କରାଗଲା।

ଅକ୍ଷୀଙ୍କ ଆସିବା ପୂର୍ବରୁ ପ୍ରତ୍ୟେକ ରାଣୀ ନିଜ ନିଜ ମହଲରେ ନିଜ ଦାସଦାସୀଙ୍କ ସହ ଏକାକୀ ଜୀବନ ସବୁ କଟାଉଥିଲେ। କେହି କାହାର ମୁହଁ ଦେଖୁନଥିଲେ। ଯେଉଁଦିନ ରାଜା ଯେଉଁ ରାଣୀଙ୍କ ମହଲକୁ ଯାଆନ୍ତି, ସେଦିନ ସେଠାରେ ଭୋଜି ହେଉଥିଲା। ଆଉ ରାଜା ରାଣୀଙ୍କ ଏହି ଉତ୍ସବ କେତେ ଆକର୍ଷଣୀୟ ହୋଇଥିଲା, ରାଜା ସେଇ ରାଣୀଙ୍କ ପ୍ରେମରେ କେତେ ମତ୍ତ ଥିଲେ, ସେ ରାଣୀ କେତେ ସୁନ୍ଦର ଦିଶୁଥିଲେ, ତାହାର ସାମାନ୍ୟ ସତ ଓ ବହୁତ ମିଛର ବର୍ଣ୍ଣନା ଅନ୍ୟ ରାଣୀମାନଙ୍କୁ କହିବା ପାଇଁ ପ୍ରତ୍ୟେକ ରାଣୀଙ୍କ ପାଖରେ ଦଳେ ଶିକ୍ଷିତ ଦାସଦାସୀ ନିଯୁକ୍ତି ପାଇଥିଲେ। ଯଦିଓ ରାଜା ସମାନ ଭାବରେ ସବୁ ରାଣୀଙ୍କୁ ସାକ୍ଷାତ କରୁଥିଲେ, ସମାନ ବ୍ୟବହାର କରୁଥିଲେ, ତଥାପି ଏହି ଶିକ୍ଷିତ ପ୍ରଚାରକ ଦାସଦାସୀଙ୍କ ମାହାତ୍ମ୍ୟରୁ ରାଣୀମାନଙ୍କ କନ୍ଦଳ ଏମିତି ଗୁରୁତର ରୂପ ଧାରଣ କଲା ଯେ, ରାଜା କାମ ବାହାନାରେ ସବୁ ରାଣୀଙ୍କ ଠାରୁ ନିଜକୁ ଦୂରେଇ ରଖିଲେ। ଦେଖୁ ଦେଖୁ ସବୁ ରାଣୀମାନଙ୍କ ପାଖରେ

ନିଯୁକ୍ତି ପାଇଥିବା ଶିକ୍ଷିତ ପ୍ରଚାରକ ଦାସଦାସୀଙ୍କର କାମ ଧୀରେ ଧୀରେ ବନ୍ଦ ହୋଇ ଶେଷରେ ଚାକିରୀ ମଧ୍ୟ ଚାଲିଗଲା।

ସତେ ଅବା ସବୁ ରାଣୀ ମହଲ ଏକ ଏକ ନିର୍ବାସିତ ଦ୍ୱୀପ ପାଲଟିଗଲେ।

କିନ୍ତୁ ଅକ୍ସୀଙ୍କ ଆବିର୍ଭାବ ପରେ ଏହି ଦ୍ୱୀପମାନଙ୍କରେ ସାରା ପୃଥିବୀରୁ ଜାହାଜ ଆସି ଲାଗିଗଲା ଯେପରି। କାରଣ ସବୁ ରାଣୀ ଦିନେ ବଡ଼ରାଣୀଙ୍କ ନିମନ୍ତ୍ରଣରେ ବଡ଼ରାଣୀ ମହଲରେ ଏକାଠି ହେବା ପରେ ପ୍ରଥମ କରି ପରସ୍ପରକୁ ଭେଟିଲେ। ଏହା ପରେ ପାଳିକରି ପ୍ରତି ରାତିରେ ବିଭିନ୍ନ ରାଣୀମହଲରେ ଭୋଜିର ଆୟୋଜନ ହେଲା। ଏହି ମିଳିତ ଭୋଜନର ମୁଖ୍ୟ ଉଦ୍ଦେଶ୍ୟ ଥିଲା ପରସ୍ପରକୁ ନିଜର ଏତେ ଦିନର ଲୁଚି ରହିଥିବା ରୂପ,ଲାବଣ୍ୟ, ଅଳଙ୍କାର ଓ ମହାର୍ଘ୍ୟ ବସନର ଏକ ଦୀର୍ଘ ବିଜ୍ଞାପନ ଦେବା- ଯଦିଓ ଏହା ସେମାନଙ୍କ ଦେଖାସାକ୍ଷାତର କାର୍ଯ୍ୟସୂଚୀରେ ଲେଖାଯାଇନଥିଲା। ତଥାପି ପରସ୍ପରର ଏ ଅଳଙ୍କାର, ବସ୍ତ୍ର ବିଷୟରେ କଥାବାର୍ତ୍ତାରେ ରାତି ଅଧ ହୋଇ ଯାଉଥିଲା। ମଦ ଓ ନିଦ ଯେତେବେଳେ ସେମାନଙ୍କୁ ଘାରୁଥିଲା, ସେତେବେଳେ କେହି ଜଣେ କହୁଥିଲା- 'ଆରେ, ଆମର କାର୍ଯ୍ୟସୂଚୀର (ଅକ୍ସୀ ଅଲକ୍ଷଣୀ ବିରୁଦ୍ଧରେ) କିଛି କାମ ହେଲା ନାହିଁ ତ?'

'ଠିକ୍ ଅଛି, କାଲି ତେବେ ଏହା କାର୍ଯ୍ୟକାରୀ ହେବ।'- ବଡ଼ରାଣୀ ସ୍ୱଷ୍ଟକରେ ଘୋଷଣା କରୁଥିଲେ। ବଡ଼ ଶୃଙ୍ଖଳିତ ଭାବରେ ପରବର୍ତ୍ତୀ ପାହ୍ୟାର ରାଣୀଙ୍କ ମହଲରେ ଏ କାର୍ଯ୍ୟସୂଚୀ ପାଳିତ ହେବ ବୋଲି ସମସ୍ତେ ଜାଣିଯାଇଥିଲେ।

ଯଦିଓ ଅକ୍ସୀଙ୍କ ସହ ରାଜାଙ୍କ ମିଳନର ବିଭିନ୍ନ କାଳ୍ପନିକ ଦୃଶ୍ୟ ସବୁ ସେମାନଙ୍କ ଦେହରେ ରାତିଦିନ ଘିଅ ଆଉ ନିଆଁର ମିଳିତ ସଂଯୋଗ କରାଇ ଦେଉଥିଲା, ତଥାପି ସବୁ ରାଣୀ ହଠାତ୍ ଯୁବା ଦିଶିଲେ, ହଠାତ୍ ସୁନ୍ଦର ଦେଖାଗଲେ। ସେମାନଙ୍କର ଅଦରକାରୀ ଗହଣାଗୁଡ଼ିକ ହଠାତ୍ ଚକ୍‌ମକ୍ ହୋଇ ଝଲସିଲେ। ଦାସୀ ପରିବାରୀ କମ୍ ଗାଳିଖାଇଲେ, ଅତର, ଫୁଲ କିଣାହେଲା। ଏପରିକି ସବୁ ରାଣୀମହଲ ଗୁଡ଼ିକ ମଧ୍ୟ ନିଜ ନିଜ ଦେହରୁ ଶିଉଳୀ, ଧୂଳି ଝାଡ଼ିଝୁଡ଼ି ଦେଇ ଏକ ଏକ ଡେଣାକଟା ସ୍ୱର୍ଗର ବିମାନ ପରି ସୁନ୍ଦର ହୋଇ ଝଲସି ଉଠିଲେ।

ବହୁଦିନ ପରେ ଅକସ୍ମାତ ଦିନେ ଅକ୍ସୀଙ୍କ ମହଲରୁ ରାଜା ଏ ନୂଆକରି ଧଉଳା ହୋଇଥିବା ମହଲମାନଙ୍କୁ ଦେଖିଲେ। ତାଙ୍କର ପୂର୍ବ ରାଣୀମାନଙ୍କ କଥା ମନେପଡ଼ିଲା। ଅକ୍ସୀଙ୍କ ସ୍ନିଗ୍ଧ ମଧୁର ପ୍ରେମ ତାଙ୍କ ମନରୁ ପୂର୍ବ ରାଣୀମାନଙ୍କ ପାଇଁ ଥିବା ସବୁ ବିଦ୍ୱେଷକୁ ଶାନ୍ତ କରିଦେଇଥିଲା। ସେ ସେଦିନ ପ୍ରତ୍ୟେକ ରାଣୀଙ୍କ ପାଖକୁ ଏକ ଏକ ମୂଲ୍ୟବାନ ଉପହାର ପଠାଇ ସେମାନଙ୍କୁ ଆସନ୍ତାକାଲିର ରାତିରେ ମୁଖ୍ୟ ରାଜଉଦ୍ୟାନରେ ଏକାଠି ହେବାକୁ ନିମନ୍ତ୍ରଣ କଲେ।

ବଡ଼ରାଣୀ ଏହାର ଉତ୍ତରରେ ରାଜାଙ୍କୁ ଖବର ପଠାଇଲେ ଯେ, ରାଜା ଯଦି ଅକ୍କୀଙ୍କ ସହ ତାଙ୍କ ମହଲକୁ ଆସନ୍ତେ ଖୁବ୍ ଭଲ ହୁଅନ୍ତା । ରାଜା ସାଙ୍ଗେ ସାଙ୍ଗେ ତାଙ୍କର ଏ ପ୍ରସ୍ତାବ ଅଗ୍ରାହ୍ୟ କରିଦେଲେ କାରଣ ସେ ଜାଣିପାରୁଥିଲେ ଯେ, ଯଦି ସେ ଆଜି ତାଙ୍କ ପାଖକୁ ଯିବେ କାଲି ଆଉ କେଉଁ ରାଣୀଙ୍କ ପାଖକୁ ଯିବାକୁ ହେବ । ତା'ଛଡ଼ା କିଏ ଜାଣେ ସେଇଠି ବଡ଼ ରାଣୀ ଯଦି ଅକ୍କୀଙ୍କ ଖାଦ୍ୟରେ ବିଷ ମିଶାଇ ନ ଦେବେ ?

ରାଜା ଚାହିଁଥିଲେ, ଅକ୍କୀଙ୍କ ଭବନରେ ମଧ୍ୟ ଏ ରାଣୀ ମିଳନ କରାଇ ପାରିଥାନ୍ତେ, କିନ୍ତୁ ଏହା ଅନ୍ୟ ରାଣୀମାନଙ୍କୁ ଅପମାନିତ କରିପାରେ- ଏହା ଭାବି ସେ ରାଜଉଦ୍ୟାନରେ ଏ ନୈଶ୍ୟ ଭୋଜିର ଆୟୋଜନ କରିଥିଲେ । ରାଜାଙ୍କ ଉଦ୍ଦେଶ୍ୟ ଥିଲା ପୂର୍ବର ସମସ୍ତ ରାଣୀ ଅକ୍କୀଙ୍କୁ ଦେଖନ୍ତୁ ଓ ତାଙ୍କଠାରୁ ନାନା ସଦ୍‌ଗୁଣ ଶିଖନ୍ତୁ ।

କିନ୍ତୁ ଅନ୍ୟର ସଦ୍‌ଗୁଣକୁ ଦେଖି, ସେଥିରେ ମୁଗ୍ଧ ହୋଇ ସେଇ ସଦ୍‌ଗୁଣମାନଙ୍କୁ ନିଜର କରିବାର କ୍ଷମତା କେତେଜଣଙ୍କର ଥାଏ ? ଅନ୍ୟର ସଦ୍‌ଗୁଣ ଦେଖିଲେ ତ ନୀଚ ବ୍ୟକ୍ତିର ଈର୍ଷା କାହିଁ କେତେ ଗୁଣରେ ବଢ଼ିଯାଏ ।

ସେଇଆ ହିଁ ହେଲା !

ଯେତେବେଳେ ସବୁ ରାଣୀ ଜଣ ଜଣ କରି ଆସିଲେ ସେତେବେଳେ ଅକ୍କୀ ସେମାନଙ୍କ ରୂପ, ଆଭିଜାତ୍ୟ ଦେଖି ମୁଗ୍ଧ ହୋଇଗଲେ । ସେମାନଙ୍କ ଆଗରେ ରାଜାଙ୍କୁ କହିଲେ- 'ଏତେ ସୁନ୍ଦର ସୁନ୍ଦର ପତ୍ନୀ ଥାଉ ଥାଉ ଆପଣ ମୋତେ କେମିତି ବାହାହେଲେ ?'

ସବୁ ରାଣୀମାନେ ହସିବାକୁ ଚେଷ୍ଟାକଲେ । ସେମାନଙ୍କର ଚେଷ୍ଟା ବ୍ୟର୍ଥ ହୋଇନଥିଲା । ସମସ୍ତେ ଜଣେ ଜଣେ ପରୀ ପରି ଆହୁରି ସୁନ୍ଦର ଦିଶିଲେ ।

ସେଦିନ ରାତିରେ ଅକ୍କୀ ରାଜାଙ୍କୁ କହିଲେ- 'ମୋତେ ଆପଣଙ୍କ ପୂର୍ବତନ ରାଣୀମାନଙ୍କ କଥା ଭାବିଲେ ଦୁଃଖ ଲାଗୁଛି । ଆପଣ ମଝିରେ ମଝିରେ ସମୟ ବାହାର କରି ସେମାନଙ୍କ ପାଖକୁ ଯାଆନ୍ତୁ । ମୋତେ ଆଦୌ ଦୁଃଖ ହେବନି, ବରଂ ମୁଁ ଖୁସି ହେବି । ଆପଣ ମୋତେ ମଧ୍ୟ ଅନୁମତି ଦିଅନ୍ତୁ, ମୁଁ ଅବସର ସମୟରେ ସେମାନଙ୍କ ମହଲକୁ ଯାଇ ସେମାନଙ୍କଠାରୁ ନାନା ଭଲ କଥା ଶିଖିବି ।'

ରାଜାଙ୍କୁ ନିଦ ଘାରି ସାରିଥିଲା । ସେ ଅକ୍କୀଙ୍କୁ ପାଖକୁ ଟାଣିଆଣି କହିଲେ, 'ଗୋଟିଏ କଥା ମନେରଖ ଅକ୍କୀ ! ଏମାନଙ୍କଠାରୁ ଦୂରରେ ରହିଛ, ରହ ମଧ୍ୟ । ମୁଁ ସେମାନଙ୍କ ଦଶା କ'ଣ ଜାଣିବା ପାଇଁ କେବଳ ଏ ଭୋଜିର ଆୟୋଜନ କରିଥିଲି । ମୁଁ ସେମାନଙ୍କ ପାଖକୁ ନଯାଇ ମଧ୍ୟ ସମସ୍ତେ ଆଗଠାରୁ ଭଲରେ ଅଛନ୍ତି । ଏଣୁ ତାଙ୍କ

କଥା ଛାଡ଼। ମୁଁ ଚାହେଁ, ସେମାନଙ୍କ ଅପଛାୟା ଯେପରି ଆମ ସନ୍ତାନ ଉପରେ କାଣିଚାଏ ସୁଦ୍ଧା ନପଡ଼େ।'

ତା'ପରଦିନ ପ୍ରଧାନମନ୍ତ୍ରୀ ରାଜାଙ୍କୁ ଜଣାଇଲେ ସୀମା ବିବାଦ ବିଷୟରେ ଶାନ୍ତିପୂର୍ଣ୍ଣ କଥାବାର୍ତ୍ତା ପାଇଁ ରାଜା ପଡ଼ୋଶୀ ରାଜ୍ୟକୁ ଯେଉଁ ପ୍ରସ୍ତାବ ଦେଇଥିଲେ, ପଡ଼ୋଶୀ ରାଜା ତାହା ସ୍ୱୀକାର କରିଛନ୍ତି।

'ତାହାହେଲେ ସେ ଏଠାକୁ ଆସିବେ ?'

'ନାହିଁ ମଣିମା। ମୋ ମତରେ ସେ ଏଠାକୁ ଆସିବା ଉଚିତ ନୁହେଁ। ଆପଣ ତାଙ୍କ ରାଜ୍ୟକୁ ଯିବା ମଧ୍ୟ ଉଚିତ ନୁହଁ। ଏଣୁ ମୋତେ ଦୁଇଦିନ ସମୟ ଦିଅନ୍ତୁ, ମୁଁ ଦୁଇରାଜ୍ୟ ମଝିରେ ସ୍ଥାନ ଠିକ୍ କରି ଜଣାଉଛି।'

'ଦେଖନ୍ତୁ, ମହାରାଣୀ ମା' ହେବାକୁ ଆଉ ବେଶିଦିନ ନାହିଁ। ଏଣୁ ମୁଁ ବାହାରେ ରାତିଟିଏ ମଧ୍ୟ ରହିବାକୁ ଚାହୁଁନି।'- ରାଜା କହିଲେ।

'ମଣିମା ! ଜାଣେ। ମୁଁ ସେଥିପାଇଁ ତ କହୁଛି ଆପଣ ତାଙ୍କ ରାଜ୍ୟକୁ ଯିବା ଉଚିତ ନୁହଁ। ଆପଣ ଯାଇ ଦିନେ ମଧ୍ୟ ନରହିଲେ ତାଙ୍କ ଆକ୍ରୋଶ ବଢ଼ିପାରେ। ଏଣୁ...'

'ଠିକ୍ ଅଛି। ଆଜି ସୋମବାର ହେଲା। ତୁମେ ବୁଧବାର ଦିନ ସକାଳୁ ଏ ଦେଖାସାକ୍ଷାତ କୋଉଠି ହେବ ସ୍ଥିର କରି ସବୁ ଆୟୋଜନ କର ଓ ତାଙ୍କ ରାଜାଙ୍କୁ ଏ ଖବର ମଧ୍ୟ ଦିଅ।'

ରାଜା ଓ ପ୍ରଧାନମନ୍ତ୍ରୀଙ୍କ ଗୋପନ ମନ୍ତ୍ରଣା ଅଳ୍ପ କିଛି ବିଶ୍ୱସ୍ତ ରାଜକର୍ମଚାରୀ ଓ ଦାସଦାସୀଙ୍କ ଉପସ୍ଥିତିରେ ହେଲା। କିନ୍ତୁ ମଧ୍ୟାହ୍ନ ଭୋଜନ ସୁଦ୍ଧା ସବୁ ରାଣୀ ଖବର ପାଇଗଲେ- ରାଜା ବୁଧବାର ଦିନ ରାଜ୍ୟ ସୀମାକୁ ଯାଉଛନ୍ତି।

ରାଜା ଚିନ୍ତିତ ହୋଇ ଅକ୍ଵୀଙ୍କୁ କହିଲେ- 'ମୋତେ ବୁଧବାର ଦିନ ରାଜ୍ୟ ସୀମାକୁ ଯିବାକୁ ପଡ଼ିପାରେ। କେତେ ସକାଳୁ ଗଲେ ମଧ୍ୟ ଫେରୁ ଫେରୁ ଅନେକ ରାତି ହୋଇଯିବ। ଏଇଠି ତୁମର ସୁରକ୍ଷା ପାଇଁ ମୁଁ ଘୋର ଚିନ୍ତିତ।'

'ଆପଣ ନିଶ୍ଚିନ୍ତ ରୁହନ୍ତୁ'- ଅକ୍ଵୀ ଉତ୍ତର ଦେଲେ। 'ମୋ ବଡ଼ଭାଇ କାଲି ମୋତେ ଦେଖିବା ପାଇଁ ଆସୁଛନ୍ତି। ଆମର ଜଙ୍ଗଲ ପରମ୍ପରା ଅନୁସାରେ ତାଙ୍କ ସହିତ ଆମ କୁଟୁମ୍ବର ଆଉ କିଛି ଯୁବକ ମଧ୍ୟ ଆସୁଛନ୍ତି। ଏତେ ଲୋକଙ୍କ ଉପସ୍ଥିତିରେ ଆପଣଙ୍କର ଦିନକର ଅନୁପସ୍ଥିତି କିଛି ଅସୁବିଧା ହେବ ନାହିଁ।'

ମଙ୍ଗଳବାର ଦିନ ସକାଳୁ ଅକ୍ଵୀଙ୍କ ଭାଇ ଗୁଆଙ୍ଗ୍ ଭଉଣୀ ପାଇଁ ଅନେକ ଫଳମୂଳ ଓ ନାନା ଔଷଧୀୟ ଚେରମୂଳ ସହ ପହଞ୍ଚିଗଲେ। ରାଜା ସେମାନଙ୍କୁ ଦେଖି

ତାଙ୍କ ଜିମାରେ ଅକ୍ବୀଙ୍କୁ ରଖି ନିଶ୍ଚିନ୍ତ ମନରେ ବୁଧବାର ଦିନ ସକାଳୁ ରାଜ୍ୟ ସୀମାକୁ ଚାଲିଗଲେ।

ରାଜା ଯିବାର ପ୍ରାୟ ଦୁଇଘଣ୍ଟା ପରେ ଅକ୍ବୀଙ୍କ ଜଣେ ବିଶ୍ୱସ୍ତ ଦାସ ଆଇଗୋ ଅକ୍ବୀଙ୍କ କୋଠରୀରେ ପହଞ୍ଚିଲା। ତାକୁ ଅକ୍ବୀ ରାଜଉଦ୍ୟାନକୁ ପୂଜା ପାଇଁ ଫୁଲ ତୋଳି ଆଣିବା ପାଇଁ ପଠାଇଥିଲେ। ସେ ଆସି ଅକ୍ବୀଙ୍କୁ ଜଣାଇଲା ଯେ, ରାଜା ଆଜି ରାତିରେ ଫେରିପାରିବେ ନାହିଁ। ସେ ବନ୍ଦୋବସ୍ତ ରାଣୀମାନଙ୍କ ମିଳିତ ଚକ୍ରାନ୍ତରେ ହୋଇଛି। କେବଳ ସେତିକି ନୁହଁ ଆଜି ରାତିରେ ଅକ୍ବୀଙ୍କ ସଂପୂର୍ଣ୍ଣ ମହଲକୁ ଭସ୍ମୀଭୂତ କରି ଦିଆଯିବ। ରାଜା ଫେରିଆସି ଅକ୍ବୀଙ୍କ ପାଉଁଶ ମୁଠାଏ କେବଳ ପାଇବେ।

ଗୁଆଙ୍ଗ୍ ଏ ଖବର ପାଇ ବିଚଳିତ ହେଲେ ନାହିଁ। ସେ ଅକ୍ବୀଙ୍କୁ କହିଲେ- 'ଏମିତି ଏକ ସ୍ୱପ୍ନ ମା' ଦୁଇଦିନ ତଳେ ଦେଖିଲେ ବୋଲି ମୋତେ ବାଧ୍ୟକରି ଆଜି ତୋ ପାଖକୁ ପଠାଇଛନ୍ତି। ନହେଲେ ତ ମୁଁ ମାସେ ପରେ ଆସିଥାନ୍ତି। ହେଉ, ମୁଁ ମଧ୍ୟ ପ୍ରସ୍ତୁତ ହୋଇଆସିଛି। ଚିନ୍ତା କରନା।'

ଏହାପରେ ଭାଇ ଭଉଣୀଙ୍କର ଯୋଜନା କିଛି ସମୟ ଚାଲିଲା। ମଧ୍ୟାହ୍ନଭୋଜନ ପୂର୍ବରୁ ଗୁଆଙ୍ଗ୍ ଅନ୍ୟ ସବୁ ରାଣୀଙ୍କୁ ସୌଜନ୍ୟମୂଳକ ଦେଖାକରି ନାନା ଚେରମୂଳ ଉପହାର ଦେଲେ।

ସେମାନେ ମଧ୍ୟ ପ୍ରତ୍ୟେକେ ତାଙ୍କୁ ମଧ୍ୟାହ୍ନଭୋଜନ ପାଇଁ ନିମନ୍ତ୍ରଣ କଲେ। କିନ୍ତୁ ଗୁଆଙ୍ଗ୍ ଜଣାଇଦେଲେ ଯେ, ସେ ଯେହେତୁ ଆଜି ମଧ୍ୟାହ୍ନ ଭୋଜନ ପରେ ନିଜ ଘରକୁ ଫେରିଯାଉଛନ୍ତି, ଏଣୁ ଆଉ ଦିନେ ଆସି ଏ ନିମନ୍ତ୍ରଣ ସ୍ୱୀକାର କରିବେ।

ଏ ସମ୍ବାଦ ମଧ୍ୟ ରାଣୀମାନଙ୍କ ମଧ୍ୟରେ ଆତଯାତ ହୋଇଗଲା ଯେ ଅକ୍ବୀ ରାତିରେ ମହଲରେ ସଂପୂର୍ଣ୍ଣ ଏକୁଟିଆ ନିଜର ସାମାନ୍ୟ କେତେଜଣ ବିଶ୍ୱସ୍ତ ଦାସଦାସୀଙ୍କ ସହ ରହିବେ। ଯେଉଁ ଦାସଦାସୀମାନେ ଅନ୍ୟ ରାଣୀମାନଙ୍କ ଚକ୍ରାନ୍ତରେ ଅକ୍ବୀଙ୍କ ପାଖରେ ରହି ତାଙ୍କ ସେବାରେ ଥିବା ଛଳନା କରି ରାଣୀମାନଙ୍କର ହିଁ ଗୁପ୍ତଚର କାମ କରୁଥିଲେ ସେମାନେ ତ ଏଇ ଦୁଇଦିନ ଭିତରେ ନାନା ବାହାନା କରି ଛୁଟିନେଇ ମହଲରୁ ବାହାରି ଗଲେଣି। ତଥାପି ଗୁଆଙ୍ଗଙ୍କୁ ସନ୍ଦେହ ହେଲା, ବାକି ଦାସଦାସୀଙ୍କ ଭିତରେ ବି କାଳେ କିଏ ଗୁପ୍ତଚର ଥାଇପାରନ୍ତି।

ଏଣୁ ସେ ଘୋଷଣା କଲେ- ଅକ୍ବୀ ନିଜର ସମସ୍ତ ଦାସଦାସୀଙ୍କ ସହ ମନ୍ଦିର ଯାଆନ୍ତୁ କାରଣ ଗୁଆଙ୍ଗ୍ ଏ ଘରୁ ଭୂତ ପ୍ରେତ ତଡ଼ି ଆଗାମୀ ସନ୍ତାନର ସୁରକ୍ଷା ପାଇଁ ଏକ ତାନ୍ତ୍ରିକ ଅନୁଷ୍ଠାନ କରିବେ। ଏଣୁ ଭୂତପ୍ରେତଙ୍କ ପାଇଁ ଖାଦ୍ୟପେୟ, ଘିଅ, ତେଲ ରଖି ଅକ୍ବୀ ମନ୍ଦିର ଯାଇ ସେଠାରେ ସନ୍ଧ୍ୟା ପର୍ଯ୍ୟନ୍ତ ରହି ଖିଆପିଆ ପୂଜା ପାଠ କରନ୍ତୁ।

ସେୟା ହେଲା, ଗୁଆଙ୍ଗ୍ ଓ ତାଙ୍କ ସାଥୀମାନେ ମହଲର ମୁଖ୍ୟଦ୍ୱାର ବନ୍ଦ କରିଦେଲେ। ସେମାନେ ଅକ୍ସୀଙ୍କ ଶୋଇବା ଘରୁ ଜଙ୍ଗଲ ପର୍ଯ୍ୟନ୍ତ ଏକ ଗୁପ୍ତ ସୁଡ଼ଙ୍ଗ ଖୋଳିବାରେ ଲାଗିପଡ଼ିଲେ। ସଂଧ୍ୟାର ବହୁ ପୂର୍ବରୁ ଏହି ସୁଡ଼ଙ୍ଗ କାମ ସୁରୁଖୁରୁରେ ଶେଷ ହୋଇଗଲା।

ସଂଧ୍ୟାବେଳେ ସୂର୍ଯ୍ୟାସ୍ତ ପୂର୍ବରୁ ସମସ୍ତେ ଦେଖିଲେ, ଗୁଆଙ୍ଗ୍ ନିଜର ଦଳବଳ ସହ ଫେରିଗଲେ। କିପରି ତାନ୍ତ୍ରିକ କାମ ହୋଇଥିଲା, ମହଲ କେମିତି ଧୂପଦୀପର ଗନ୍ଧ ଓ ଧୂଆଁରେ ଭର୍ତ୍ତି ହୋଇଥିଲା, ଭୂତପ୍ରେତମାନେ କେମିତି ଛିନ୍ନଛତ୍ର କରି ସବୁ ଖାଦ୍ୟ ଖାଇଦେଇ ସବୁ ଜିନିଷକୁ ଗୋଇଠା ମାରି ନଷ୍ଟଭ୍ରଷ୍ଟ କରି ପକାଇଦେଇଥିଲେ, ଅକ୍ସୀ କେମିତି ତାକୁ ଦେଖି ବ୍ୟସ୍ତ ହୋଇଗଲେ ଯେ ରାଜା ଫେରିଲେ ଏ ସବୁ ଦେଖି କେତେ ବିରକ୍ତ ହେବେ - ଏ ସବୁ ଖବର ବିଜୁଳି ବେଗରେ ସବୁରାଣୀଙ୍କ ପାଖକୁ ଚାଲିଗଲା।

ରାଣୀମାନେ ହସି ହସି ଗଡ଼ିଗଲେ। ହେଉ, ଦେଖାଯାଉ, ଏ ଜଙ୍ଗଲୀ ମନ୍ତ୍ରରେ ନିମନ୍ତ୍ରିତ ହୋଇଥିବା ଭୂତମାନେ ଆକ୍ସୀଙ୍କୁ କେତେ ସୁରକ୍ଷା ଦେଉଛନ୍ତି।

ସେମାନଙ୍କର ଖାଲି ଗୋଟିଏ ଦୁଃଖ ଥିଲା ଅକ୍ସୀ ସହିତ ଯେଉଁ ଅଳଙ୍କାର ପତ୍ର ଜଳି ଯିବ ତା'ର ସୁରକ୍ଷା ସେମାନେ ଧରା ପଡ଼ିବା ଭୟରେ କରି ପାରିଲେ ନାହିଁ। କିନ୍ତୁ ସେମାନଙ୍କ ମଧ୍ୟରେ ପୁଣି ଏକ ଗୁପ୍ତ ପ୍ରତିଯୋଗିତା ଆରମ୍ଭ ହୋଇଗଲା ଯେ, ରାଜା ଫେରିଲେ ଯେମିତି ତାଙ୍କ ମହଲରେ ହିଁ ରହନ୍ତି।

ସେ ଦିନ ରାତ୍ର ହେଉ ହେଉ ଅକ୍ସୀ ଘୋଷଣା କଲେ ତାଙ୍କ ଦେହ ଭଲ ଲାଗୁନି। ସେ ରାତ୍ର ଭୋଜନ ଶୀଘ୍ର ଖାଇବେ, ମହଲର ଭିତରପଟୁ ଶୀଘ୍ର ତାଲା ପଡ଼ିବ ଓ ସମସ୍ତ ଦାସଦାସୀ ତାଙ୍କରି ଶୟନ କକ୍ଷ ଆଗରେ ରାତି ସାରା ତାଙ୍କୁ ଜଗି ରହିବେ। ରାଜା ଫେରି ଆସିଲା ପରେ ମଧ୍ୟ ଅକ୍ସୀଙ୍କୁ ଯେପରି କେହି ନ ଉଠାନ୍ତି, ଏ ଖବର ରାଜାଙ୍କୁ ଦେବେ।

ମହଲରେ ଏବେ ଭିତର ପଟୁ ତାଲା ପଡ଼ିବ ଏକଥା ଶୁଣିବା ମାତ୍ରେ ତିନିଜଣ ଦାସୀ ଓ ଜଣେ ଦାସର ଘରେ ଅକସ୍ମାତ ବିପଦ ପଡ଼ିଲା ବୋଲି ସେମାନେ ତତ୍‌କ୍ଷଣାତ୍ ମହଲ ଛାଡ଼ି ଚାଲିଗଲେ।

ଅକ୍ସୀ ହସିଲେ। ଏମାନେ ତେବେ ସେଇ ଘର ଢିଙ୍କି କୁମ୍ଭୀର ସବୁ।

ଅଧରାତିରେ ହଠାତ୍ ମହଲରେ ନିଆଁ ଲାଗିଗଲା। ବାହାରେ ପହରା ଦେଉଥିବା ପ୍ରହରୀମାନେ ବହୁ ଚେଷ୍ଟା କଲେ କବାଟ ଭାଙ୍ଗି ଭିତରେ ପଶିବା ପାଇଁ। ଅନ୍ୟ ରାଣୀମାନଙ୍କ ପ୍ରହରୀମାନେ ମଧ୍ୟ ଆସି ଯୋଗଦେଲେ।

ଲୋକେ କହିଲେ- ଅଧରାତି ଯାଏ ସେ ଘରୁ ବହୁଲୋକଙ୍କ କରୁଣ ଚିତ୍କାର ଶୁଣାଯାଉଥିଲା। ତାଙ୍କୁ ଶୁଣି, ନିଆଁ ଦେଖି ଯିଏ ଯାହା ପାରିଲା ଧରି ନିଆଁ ଲିଭାଇବାରେ ଲାଗିପଡ଼ିଲେ। କିନ୍ତୁ ନିଆଁ ଲିଭିବା ବଦଳରେ ଆହୁରି ଜୋରରେ ହୁତ୍‌ହୁତ୍ ହୋଇ ଜଳିଉଠିଲା।

ରାଣୀମାନେ ପ୍ରଚାର କଲେ ଗୁଆଙ୍ଗ୍ ଯେଉଁ ଭୂତପ୍ରେତଙ୍କୁ ନିମନ୍ତ୍ରଣ କଲେ ସେମାନଙ୍କ ଚର୍ଚ୍ଚାରେ ସମ୍ଭବତଃ କିଛି ତ୍ରୁଟି ରହିଗଲା, ଏଣୁ ଏ ଦୁର୍ଯୋଗ ଘଟିଲା।

ଯେଉଁ ଦାସଦାସୀମାନେ ମହଲ ପୋଡ଼ିବା ଜାଣି ସଂଧ୍ୟା ପରେ ଚାଲିଯାଇଥିଲେ, ସେମାନେ କହିଲେ- 'ଭୂତମାନଙ୍କ ସନ୍ତୋଷ ପାଇଁ ଯେଉଁ ଘିଅ, ତେଲ ସେଇଠି ଠୁଳ କରାଯାଇଥିଲା, ତା'ରି ଫଳରେ ପାଣି ପଡ଼ିଲେ ନିଆଁ ଆହୁରି ଜୋର୍‌ରେ ଜଳିଲା ସିନା ଲିଭିଲା ନାହିଁ।'

ସେ ଯାହା ହେଉ, ପରଦିନ ସକାଳ ପର୍ଯ୍ୟନ୍ତ ମହଲ ଏକ ବିଶାଳ ପାଉଁଶ ଗଦା ହୋଇ ନିଆଁ ଧୂଆଁରେ କୁହୁଳୁଥିବା ବେଳେ, ଗୁଆଙ୍ଗ୍ ବନ୍ଧୁମାନଙ୍କ ସହ ଅକ୍ୱୀଙ୍କୁ ଓ ତାଙ୍କର ଆଠଜଣ ଦାସଦାସୀଙ୍କୁ ନେଇ ସୁରୁଖୁରୁରେ ଜଙ୍ଗଲ ପାର ହୋଇ ନିଜ ପରିଚିତ ଅଗ୍ନା ଅଗ୍ନି ବନସ୍ତ ଭିତରେ ପଶି ସାରିଥିଲେ। ଯିବା ପୂର୍ବରୁ ସୁଡ଼ଙ୍ଗକୁ ଭାଙ୍ଗିରୁଜି ବନ୍ଦ କରିଦେବାରେ ସେମାନେ ହେଳା କରି ନଥିଲେ।

-O-

ଗୁଆଙ୍ଗ ନିଜ ଭଉଣୀକୁ ନିଜ ଘରେ ରଖିବାର ସାହସ ବା ବୋକାମୀ କରି ନଥିଲେ କାରଣ ସେ ଭଲକରି ଜାଣିଥିଲେ ରାଣୀମାନଙ୍କ ଗୁପ୍ତଚରମାନେ ବଳିଆ କୁକୁର ପରି ଶୁଙ୍ଘି ଶୁଙ୍ଘି ସେଇଠି ପହଞ୍ଚିଯିବେ। ଏମାନେ ଜଙ୍ଗଲୀ ଲୋକ। ଏଣୁ ଯେଉଁଠାକୁ କେବେ କେଉଁ ବାହାର ଲୋକ ଯାଇନାହାନ୍ତି, ସେମିତି ଏକ ନିରାପଦ ଗୁମ୍ଫାକୁ ଗୁଆଙ୍ଗ ନିଜ ଭଉଣୀର ଘର କରି, ସେଇଠି ଅକ୍ୱୀଙ୍କୁ ରଖିଲେ। ଗୁମ୍ଫାଟିର ଅଧିକାଂଶ ଅଂଶ ମାଟିତଳେ ଥିଲା। ଯିବା ଆସିବା ଗୁପ୍ତଦ୍ୱାରଟି କେବଳ ଗୁଆଙ୍ଗ୍‌ଙ୍କୁ ଜଣାଥିଲା। ସେଠାରେ ଅକ୍ୱୀ ନିଜର ଦାସଦାସୀଙ୍କ ସହ ରହିଲେ।

ଯଥା ସମୟରେ ଶାଲୀନ୍ ଓ ଶୀଂ ଦୁଇ ଯମଜ ଶିଶୁଙ୍କ ଜନ୍ମହେଲା।

ପିଲାମାନଙ୍କୁ ଯେତେବେଳେ ଚାରିବର୍ଷ ବୟସ ହେଲା ଗୁଆଙ୍ଗ୍ ଅକ୍ୱୀଙ୍କୁ କହିଲେ, 'ଅକ୍ୱୀ, ମୁଁ ଭାବୁଛି ଏଥର ପିଲାମାନଙ୍କୁ ନେଇ ତୁ ରାଜାଙ୍କୁ ଦେଖାକର। ମୁଁ ଶୁଣିଛି, ରାଜା ଫେରିବା ପରେ ବର୍ଷେ ପର୍ଯ୍ୟନ୍ତ ଶୋକ ପାଳିଲେ। ସେ କୌଣସି ରାଣୀଙ୍କ ମହଲରେ ନରହି ମନ୍ଦିରରେ ରହିଲେ। ପରେ ଯେଉଁଠି ତୋର ମହଲ ଥିଲା

ସେଇଠି ମହଲ ତିଆର କରି ଏବେ ସେଇଠି ଏକୁଟିଆ ରହୁଛନ୍ତି। ସେ ମହଲ ଭିତରକୁ ରାଣୀମାନେ ତ ଦୂରର କଥା, ଦାସୀ ମାନଙ୍କର ବି ପ୍ରବେଶ ନିଷେଧ। ସେ ରାଜା ହୋଇ ମଧ୍ୟ ଏକ ସନ୍ନ୍ୟାସୀ ପରି ଚଳୁଛନ୍ତି। ତୁ' ତାଙ୍କୁ ଯାଇ ଏବେ ଦେଖା କରିବା ଉଚିତ।'

'ନା, ଭାଇ ମୋତେ ସେ କଥା କହନା', କହୁ କହୁ ଅକ୍କାଙ୍କ ଆଖିରୁ ଝର ଝର ଲୁହ ଝରିଲା । 'ମୁଁ ରାଜକନ୍ୟା ନଥିଲି ତ ସେଥିପାଇଁ ରାଜପରିବାରର ବିଷାକ୍ତ ବାତାବରଣ ଜାଣିନଥିଲି। ଆମ ପରି ପରିବାର ସେମାନଙ୍କର ନାହିଁ। ସେଇଠି ସମସ୍ତେ ଜଣେ ଜଣେ ଏକ ଏକ ରାଜା। ଏଣୁ ଜଣେ ରାଜା କେମିତି ଆଉ ଜଣକୁ ମାରି କ୍ଷମତା ହାସଲ କରିବ ସେ ଚିନ୍ତା ହିଁ ସେମାନଙ୍କୁ ଦିନରାତି ଘାରିଥାଏ। ସିଂହାସନରେ ବସିଥିବା ବ୍ୟକ୍ତିଟି ବାହାରର ରାଜ୍ୟ ସହିତ ଯୁଦ୍ଧ କଲାବେଳେ, କି ରାଜ୍ୟ ଶାସନ କରିବାବେଳେ ଜାଣି ନଥାଏ ଯେ ସେମାନଙ୍କ ଠାରୁ ଭୟଙ୍କର ଶତ୍ରୁମାନଙ୍କୁ ସେ ପରିବାର କହି ପାଳୁଛି।'

'ଆରେ, ଜାଣି ନାହାନ୍ତି କେମିତି। ରାଜା ସେତିକି ଜାଣିଛନ୍ତି ବୋଲି ତ କେଉଁ ରାଣୀଙ୍କ ମହଲରେ ନରହି -

'ନା ଭାଇ, ମୁଁ ପିଲାଙ୍କୁ ନେଇ ସେଠାକୁ ଏବେ ଯିବି ନାହିଁ। ମୋର ବି-'

'ଯିଏ ନିର୍ଦ୍ଦୋଷ ତୁ ତାଙ୍କୁ ଦଣ୍ଡ ଦେଉଛୁ। ତୋତେ ହରାଇ ସେ ସନ୍ନ୍ୟାସୀ ହୋଇ ଗଲେଣି।'

'ଭାଇ, ମୁଁ ଜାଣେ, କିନ୍ତୁ କ'ଣ କରିବା ? ଯେ ଆମର ପ୍ରାରବ୍ଧ, ଭାଗ୍ୟ। ତାଙ୍କୁ ଆଉ କିଛି ଦିନ ଏ ଦୁଃଖ ସହିବାକୁ ପଡ଼ିବ।'

'ତାହେଲେ ଗୋଟିଏ କାମ କରିବା, ମୁଁ କେବଳ ରାଜାଙ୍କୁ ଜଣାଇ ଦିଏ ଯେ ତୁ ଏଇଠି ଅଛୁ। ସେ ମଝିରେ ମଝିରେ ଆସି ତୋତେ ଦେଖା କରିବେ। ତୁମ ଉଭୟଙ୍କର ଦୁଃଖ ଦୂର ହେବ।'

ଅକ୍କା ଭୟରେ ଚିତ୍କାର କରି ଉଠିଲେ। ଭାଇଙ୍କ ପାଦ ଧରି କହିଲେ- 'ଭାଇ, ଏ ଭୁଲ୍ କେବେବି କରିବ ନାହିଁ। ରାଜା ଭାବିବେ ସେ ଏକୁଟିଆ ଗୋପନରେ ଆସିଛନ୍ତି। କିନ୍ତୁ ତୁମେ ଜାଣିନ, ତାଙ୍କ ଘୋଡ଼ା କାନରେ, ଘୋଡ଼ାର ଗୋଡ଼ର ଖୁଲରେ, ରାଜାଙ୍କ ଆସନ ତଳେ, ଏପରିକି ଖୋଦ୍ ରାଜାଙ୍କ ପଗଡ଼ି, ଆସନ ଭିତରେ ବି ଲୋକ ଛପି ରହିଥିବେ।'

ଗୁଆଙ୍ଗ୍ ହସି ଉଠିଲେ। ଭଉଣୀ କାନ୍ଧରେ ହାତ ରଖି କହିଲେ, 'ମୁଁ ବୁଝି ପାରୁଛି। ଛଳନାରେ, ଗୁପ୍ତଚର ବୃତ୍ତିରେ ଓ ଷଡ଼ଯନ୍ତ୍ରରେ ଦକ୍ଷ ଲୋକ ଗୁପ୍ତ ଭାବରେ ତାଙ୍କ ଚାରିପଟେ ରହିଛନ୍ତି, ଏୟା କହିବାକୁ ଚାହୁଁଛୁ ତ ?'

'ହଁ, ସେଥିପାଇଁ ମୋର ସୁଖ କି ଆନନ୍ଦ ପାଇଁ ମୋ ପିଲାଙ୍କ ଜୀବନକୁ ମୁଁ ବିପଦରେ ପକାଇ ପାରିବି ନାହିଁ। ରାଜାଙ୍କ ସହ ମୋର ସଂଯୋଗ ମାତ୍ରେ ମୋର ସଉତୁଣୀମାନେ ସକ୍ରିୟ ହୋଇ ମୋ ପିଲାଙ୍କୁ ମାରି ପକାଇବେ। ତା ଛଡ଼ା, ମୁଁ ଏମିତି ଦୀନହୀନ ଭାବରେ ତାଙ୍କ ପାଖକୁ କାହିଁକି ଯିବି ?'

'ମାନେ ? ତାଙ୍କ ପାଖକୁ ଯିବା ତ ତୋର ଅଧିକାର। ଆଉ ଏ ଦୀନହୀନ ବେଶ ସେଠାକୁ ଗଲେ ରହିବ କି ?'

'ନା, ସେ କଥା ତୁମେ କହୁଛ, ରାଜା ବି କହିବେ, କିନ୍ତୁ ମୋ ସଉତୁଣୀମାନେ ନୁହଁ। ସେମିତି ହୋଇଥିଲେ ମୁଁ ଆଜି ଏଇଠି କାହିଁକି ଥାଆନ୍ତି ? କହିଲି ନା, ମୁଁ ରାଜକନ୍ୟା ନୁହଁ। ଏଣୁ କୂଟନୀତିରେ ସେମାନଙ୍କୁ ଜିଣିବା ମୋ ପକ୍ଷରେ କଷ୍ଟକର।'

'ତାହାହେଲେ, କ'ଣ କରିବାକୁ ଚାହୁଁଛୁ ?'

'ମୁଁ ଚାହୁଁଛି ଶାଲୀନ୍ ଓ ଶୀଂ ଯୁଦ୍ଧ ବିଦ୍ୟା ଶିଖି ଏକ ସୈନ୍ୟବାହିନୀ ଗଠନ କରନ୍ତୁ। ଏହି ସୈନ୍ୟ ନେଇ ସେମାନେ ବାପାଙ୍କ ରାଜ୍ୟ ଆକ୍ରମଣ କରି ରାଜ୍ୟ ଜୟ କରନ୍ତୁ। ସେତେବେଳେ ଯାଇ ସେମାନଙ୍କ ପ୍ରକୃତ ଅଧିକାର ସେମାନେ ପାଇବେ।'

ଗୁଆଙ୍ଗ୍‌ଙ୍କ ଆଖି ବଡ଼ ବଡ଼ ହୋଇଗଲା। ପାଟିରୁ କଥା ବାହାରିଲା ନାହିଁ। ସେ ହାଁ କରି ଚାହିଁ ରହିଲେ।

'ସେତେବେଳେ, ପରାଜିତ ରାଜ୍ୟର ରାଜା ରାଣୀଙ୍କୁ ବନ୍ଦୀକରି ମୋ ଆଗରେ ଠିଆ କରାଗଲା ପରେ, ମୁଁ ସେଇଠି ଦୃଶ୍ୟ ହେବି। ବିଚାରଣା କରିବି। ପିଲାଙ୍କ ପରିଚୟ ଦେବି। ସବୁ ରାଣୀଙ୍କୁ ଦଣ୍ଡିତ କରିବି। ରାଜା ପୁଣି ସିଂହାସନରେ ବସିବେ। ପିଲାମାନେ ସେନାପତି ହେବେ, ଏ ମୋର ନ୍ୟାର୍ଯ୍ୟ ବିଚାର ହେବ।'

'ଏ ତ ଅତି ସୁନ୍ଦର ଯୋଜନା ଅକ୍ସୀ, କେବଳ ତୁ ହିଁ ଏମିତି ଯୋଜନା କଥା ଭାବିପାରୁ ! କିନ୍ତୁ...' ଗୁଆଙ୍ଗ୍ କିଛି ସମୟ ପାଇଁ ଚିନ୍ତା କଲେ। ତା'ପରେ କହିଲେ - 'କିନ୍ତୁ ଏକଥା ଶୁଣିବାକୁ ସିନା ଭଲ ଲାଗୁଛି ... ଏ ସେନାବାହିନୀ ? ସେମିତି ଏକ ବିଶାଳ ସେନାବାହିନୀ ଗଢ଼ିବାକୁ ତ ବହୁତ ଧନ ଦରକାର। ତୋର ଗହଣା ତକ ଛାଡ଼ିଦେଲେ ଆମ ପାଖରେ ଏତେ ଧନ କୋଉଠୁ ଆସିବ ?'

'ଭାଇ, ଏବେ ଆମ ପାଖରେ ଧନ ନାହିଁ ସିନା ସମୟ ତ ଅଛି। ଲୋକେ କହନ୍ତି- ସମୟ ମଧ୍ୟ ଏକ ବଡ଼ ଧନ। ଆମେ ଆଗେ ତାକୁ କାମରେ ଲଗାଇବା। ତୁମେ ଏ ଦୁଇଭାଇଙ୍କୁ ଦୂରର ଏକ ରାଜ୍ୟକୁ ନେଇଯାଅ। ସେଠାରେ ସେମାନଙ୍କୁ ଏକ ଦକ୍ଷ ସୈନିକର ସବୁ କୌଶଳ ଶିଖିବାର ଆୟୋଜନ କର। ବାକି କାମ ଭଗବାନ କରିବେ।'

ବର୍ଷକ ପରେ, ପାଞ୍ଚ ବର୍ଷର ଦୁଇ ବାଳକ ଦୂରର ଏକ ରାଜ୍ୟରେ ଦୁର୍ଦ୍ଦମନୀୟ ସୈନିକର କଠୋର କଠିନ ଶିକ୍ଷା ଲାଭ କରିବା ଆରମ୍ଭ କଲେ।

ଅକ୍କୀ ବଞ୍ଚିଥିବା କଥା କେହି ଜାଣିନଥିଲେ। ସନ୍ତାନ, ସେ ପୁଣି ଯମଜ, ସେ ତ ବହୁତ ଦୂରର କଥା। ଏଣୁ ଅନ୍ୟ ରାଜ୍ୟରେ ଏ ଦୁଇ ବାଳକଙ୍କ ଶିକ୍ଷାଦୀକ୍ଷା ବିଷୟ ସମସ୍ତଙ୍କୁ ଅଜଣା ଥିଲା।

ପିଲାମାନଙ୍କ ପନ୍ଦର ବର୍ଷ ବୟସ ହେବାବେଳକୁ ସେମାନେ ଏକ ଏକ ଦକ୍ଷ ସୈନିକ ହୋଇ ସ୍ଥାନୀୟ ରାଜାଙ୍କ ଦୃଷ୍ଟି ଆକର୍ଷଣ କରି ଛୋଟ ଛୋଟ ଯୁଦ୍ଧରେ ନିଜର ଦକ୍ଷତା ଦେଖାଇ ସାରିଥିଲେ।

ଦିନେ ସେମାନେ ଘୋଡ଼ାରେ ବସି ବଜାର ଭିତରେ ବୁଲିବାବେଳେ ଦେଖିଲେ, ଖୁବ୍ ଜନଗହଳି ହୋଇଛି। ଲୋକେ କିଣାବିକା ଛାଡ଼ି ଜମା ହୋଇ ଆଉ କିଛି ଦେଖୁଛନ୍ତି। ଭିଡ଼ ଏଡ଼ାଇ ସେମାନେ ଦେଖିଲେ ଲଣ୍ଡିତ ମସ୍ତକ ଗୈରୀକ ବସନ ପିନ୍ଧା ଜଣେ ଯୋଗୀ ଉପସ୍ଥିତ ଜନତାଙ୍କୁ କିଛି ଉଦ୍‌ବୋଧନ ଦେଉଛନ୍ତି। ତାଙ୍କର ସେ ଚେହେରାରୁ ସେ ଯେ ଜଣେ ଭାରତୀୟ ସେ କଥା ଜାଣି ହେଉଥିଲା। ତାଙ୍କର ଶାନ୍ତ ସୌମ୍ୟ ରୂପ ସହିତ ସେ ଯାହା କହୁଥିଲେ ସେଥିରେ ଭାରତ ଦେଶର ନାମ ସହ 'ଗୌତମ ବୁଦ୍ଧ', 'କାମନା', 'ଅହିଂସା' ଓ 'ନିର୍ବାଣ' ଇତ୍ୟାଦି ଅନେକ ଅବୋଧ ଶବ୍ଦ ମଧ୍ୟ ଥିଲା।

ଶାଲୀନ୍ ଓ ଶୀଂ ନିଜର କିଣାକିଣି କଥା ଭୁଲି ସେଠାରେ ଠିଆହୋଇ ଯୋଗୀଙ୍କ ଭାଷଣ ବହୁ ସମୟଧରି ଶୁଣିଲେ। ପ୍ରତିହିଂସାର ଶିକ୍ଷା ନେଉଥିବା ଦୁଇ ବାଳକଙ୍କୁ ଅହିଂସାର ମୂର୍ତ୍ତି ବୁଦ୍ଧଦେବଙ୍କ ବାଣୀ ଖୁବ୍ ଭଲ ଲାଗିଲା। ସେମାନେ ଦେଖିଲେ ସେଠାରେ ଭାରତରୁ ଆସିଥିବା ଦଳେ ବଣିକ କମଳା ରଙ୍ଗର କୋମଳ ବସ୍ତ୍ରରେ ଆବୃତ୍ତ, ହାତେ ଉଚ୍ଚା ଧ୍ୟାନସ୍ଥ ପଥରରେ ତିଆରି କିଛି ମୂର୍ତ୍ତି ବିକ୍ରି କରୁଛନ୍ତି।

'ଏ କାହାର ମୂର୍ତ୍ତି ?' ଶୀଂ ସେମାନଙ୍କୁ ପଚାରିଲେ।

'ଏ ପରା ଭଗବାନ ବୁଦ୍ଧ।'

'ସେ କୋଉଠି ଥାଆନ୍ତି ?'

'ବର୍ତ୍ତମାନ ଭାରତର ଶ୍ରାବସ୍ତୀ ନଗରରେ ରହିଛନ୍ତି।'

ସେମାନେ ମା'ଙ୍କ ପାଇଁ ଏଇ ମୂର୍ତ୍ତିରୁ ଗୋଟିଏ କିଣିନେଲେ। ଯେବେ ଘରକୁ ଫେରିବେ ଏହାକୁ ମା'ଙ୍କୁ ଉପହାର ଦେବେ। ଏହି ନୂଆ ଧର୍ମ ବିଷୟରେ କହିବେ।

-୦-

ମୂର୍ତ୍ତିଟିକୁ ହାତରେ ଧରି ଅକ୍କୀ ତନ୍ନତନ୍ନ କରି ନିରୀକ୍ଷଣ କରୁଥିଲେ। ଏଇ ମୂର୍ତ୍ତିଟିକୁ ଦେଖିବାମାତ୍ରେ ଏକ ଗଭୀର ପ୍ରଶାନ୍ତି ତାଙ୍କ ମନ ଭିତରେ ଖେଳିଯାଉଥିଲା। ସତେ ଯେପରି ଘୋର ଗ୍ରୀଷ୍ମ ସମୟରେ କୋଉ ପଦ୍ମପୋଖରୀରେ ମୁଣ୍ଡ ବୁଡ଼ାଇ ପାଣି ତଳେ ସେ ଠିଆ ହୋଇଥିଲେ। ତାଙ୍କୁ ଲାଗିଲା, ଏହି ମୂର୍ତ୍ତିଟି ସୌଭାଗ୍ୟର ପ୍ରତୀକ ହୋଇ ତାଙ୍କ ପାଖକୁ ଭଗବାନଙ୍କ ଉପହାର ରୂପେ ଆସି ପହଞ୍ଚିଛି।

'ମଣିମା...'

ଅକ୍କୀ ପଛକୁ ବୁଲି ଚାହିଁଲେ। ତାଙ୍କ ସାଙ୍ଗରେ ଆସିଥିବା ଦାସଦାସୀମାନେ ତାଙ୍କୁ ଏବେ ବି 'ମଣିମା' ବୋଲି ସମ୍ବୋଧନ କରୁଛନ୍ତି। ଯଦିଓ ସେମାନଙ୍କ ପୋଷାକପତ୍ର କି ଖାଦ୍ୟପେୟ ସହିତ ଅକ୍କୀଙ୍କର ଖାଦ୍ୟପେୟ, ପୋଷାକପତ୍ରର କିଛି ମଧ୍ୟ ପାର୍ଥକ୍ୟ ନାହିଁ।

ଦାସୀ ଜଣେ ପଚାରୁଥିଲା, 'କ'ଣ କରିବା ? ଆଜିକୁ ପାଞ୍ଚଦିନ ହେଲା ଝରଣାରେ ପାଣି ଆସୁନାହିଁ। ଯୋଉ ଅଳ୍ପ ଗହିରିଆ ଜାଗାରେ କିଛି ପାଣି ସଞ୍ଚିହୋଇ ରହିଥିଲା, ସେ ମଧ୍ୟ ଖୁବ୍ ବେଶି ହେଲେ ଆଜି ରାତିଟା ଯିବ। ଆଜି ପୁଣି ପରିବାରରେ ସମସ୍ତେ ଅଛନ୍ତି।'

ସେମାନେ ଆସିବା ଦିନଠାରୁ ଗୁମ୍ଫା ଭିତରେ ଝରୁଥିବା ଝରଣାଟି ଏମିତି ମଝିରେ ମଝିରେ ବନ୍ଦ ହୋଇଯାଏ। ରାତି ହେଲେ ଲୁଚିଛପି ଜଙ୍ଗଲ ଭିତରୁ କେଉଁଠି କେଉଁଠି ଜମାଥିବା ପାଣି ଆଣିବାକୁ ପଡ଼େ। କିଛିଦିନ କଷ୍ଟ ଭୋଗ କରିବାକୁ ହୁଏ।

ଚିନ୍ତା କ'ଣ କମ୍ ଥିଲା ଯେ, ଏଇ ପାଣି ପାଇଁ ମଧ୍ୟ ଆଉ ଏକ ଚିନ୍ତାର ବୋଝ ଲଦି ହୋଇରହିଛି ?

'ହଉ, ସକାଳ ହେଉ, କିଛି ଗୋଟାଏ କରିବା।' ସେ ଦାସୀକୁ ସାନ୍ତ୍ୱନା ଦେଲେ। 'ସମସ୍ତେ ଶୋଇଲେଣି ?' ମୂର୍ତ୍ତିଟିକୁ ପଥର କାନ୍ଥରୁ ବାହାରିଥିବା ଆଉ ଏକ ପଥର ଉପରେ ରଖୁରଖୁ ସେ ପଚାରିଲେ।

'ଆଜ୍ଞା ମଣିମା !'

'ହଉ, ତୁମେ ବି ଶୋଇବ ଯାଅ।'

ତାକୁ ପଠାଇଦେଇ ଅକ୍କୀ ମଧ୍ୟ ପଥର ଚଟାଣ ଉପରେ ନିଜକୁ ଲୋଟାଇ ଦେଲେ। ପନ୍ଦର ବର୍ଷ ହେଲା, ସୁଖର ଗାଢ଼ ନିଦ କ'ଣ ସେ ଜାଣିନାହାନ୍ତି। ସ୍ୱାମୀଙ୍କ ପ୍ରେମ, ସୁନ୍ଦର ରୂପ, ରାଣୀମାନଙ୍କ ହିଂସ୍ରତା, ପିଲାମାନଙ୍କ ପାଇଁ ଚିନ୍ତା, ପ୍ରତିହିଂସାର ଯୋଜନା, ସ୍ୱାମୀପୁତ୍ରଙ୍କୁ ମିଳାଇବାର ଇଚ୍ଛା ଏସବୁ ଭିତରୁ ଯାହାର ଯେତେବେଳେ ଇଚ୍ଛା ତାଙ୍କ ମୁଣ୍ଡରେ ସବାର ହୋଇ ତାଙ୍କୁ ସାରା ରାତି ଛଟପଟ କରାଏ।

ଆଜି ପୁଣି ତା’ ଉପରେ ଏ ପାଣିର ଚିନ୍ତା।

ଆଖି ବନ୍ଦ କରିବାକୁ ଯେତେ ଚେଷ୍ଟା କଲେ ମଧ୍ୟ ଆଖି ଆପେ ଆପେ ଖୋଲିଗଲା। ଟିକିଏ ଶୋଇବାକୁ ଚେଷ୍ଟା କରି ସେ କଡ଼ ଲେଉଟାଇଲେ। ପଥର ଉପରେ ରଖିଥିବା ମୂର୍ତ୍ତିଟି ଉପରେ ତାଙ୍କର ଦୃଷ୍ଟିପଡ଼ିଲା। ଅନ୍ଧାର ଗୁମ୍ଫାର କୋଠରୀ ଭିତରେ ମଧ୍ୟ ସେ କମଳା ରଙ୍ଗର କୋମଳ ବସ୍ତ୍ର ଗୁଡ଼େଇ ହୋଇ ମୂର୍ତ୍ତିଟି ଦେହରୁ ସତେକି ଆଲୋକ ବାହାରୁଥିଲା।

ସେଇ ଆଡ଼କୁ କିଛିକ୍ଷଣ ଚାହିଁବା ପରେ ତାଙ୍କ ଆଖି ଧୀରେ ଧୀରେ ମୁଦି ହୋଇଆସିଲା। କିଛି ସମୟ ପରେ ହଠାତ୍ ତାଙ୍କ ନିଦ ଭାଙ୍ଗିଗଲା। ଏକ କୋମଳ ସ୍ନିଗ୍ଧ ଆଲୋକରେ କୋଠରୀଟି ଆଲୋକିତ ହେବା ଦେଖି ସେ ଆଶ୍ଚର୍ଯ୍ୟ ହୋଇ ଶେଯରେ ଉଠିବସିଲେ। ଦେଖିଲେ ସେ ଆଲୋକ ସେ ମୂର୍ତ୍ତିରୁ ହିଁ ବାହାରୁଛି। ତାଙ୍କ ଆଖି ଧ୍ୟାନରତ ଭଗବାନ ବୁଦ୍ଧଙ୍କ ମୁହଁ ଉପରେ ଲାଖିରହିଲା। ସେ ଦେଖିଲେ ଧୀରେ ଧୀରେ ସେ ଆଖି ଦିଓଟି ଖୋଲିଗଲା। ଦୁଇଟି ପଦ୍ମପାଖୁଡ଼ା ପରି ସେଇ ଆଖିଦୁଇଟିରେ କରୁଣା ଢଳଢଳ ହେଉଥିଲା। ଏକ ଲୟରେ ଅକ୍ଷୀଙ୍କ ମୁହଁକୁ ଚାହିଁ ଭଗବାନ ବୁଦ୍ଧ ତାଙ୍କର ଆଶୀର୍ବାଦର ମୁଦ୍ରାରେ ଥିବା ପାପୁଲିର ସବୁ ଆଙ୍ଗୁଠିଗୁଡ଼ିକ ଏକାଠି କରିଦେଲେ। ସେ ମୁଦା ହୋଇଥିବା ଆଙ୍ଗୁଠିଗୁଡ଼ିକ ଏକ ପଦ୍ମକଢ଼ି ପରି ଦେଖାଗଲା। ସେହି କମଳ କଳି ସମ ବନ୍ଦ ହାତମୁଠାକୁ ସେ ନିଜ ଛାତିକୁ ଛୁଆଁଇ କହିଲେ- ‘ଅକ୍ଷୀ! ମୋତେ ଦେଖ, ଭଲ ଭାବରେ ଦେଖ। ମୋତେ ଯେତିକି ଭଲ ଭାବରେ ନିରୀକ୍ଷଣ କରିବୁ, ତୋର ସବୁ ଦୁଃଖର ଅନ୍ତ ସେଇଠାରେ ହିଁ ପାଇବୁ। ମନେରଖ, ଏ ସ୍ୱପ୍ନ ନୁହଁ, ଏ ମୋର ନିର୍ଦ୍ଦେଶ। ତୁମେମାନେ ପାଣି ପାଇଁ କଷ୍ଟ ପାଉଛ ବୋଲି ମୁଁ ଜାଣିପାରୁଛି। ସେଥିପାଇଁ ମୁଁ ଆଗେ ସେ କଷ୍ଟ ଦୂର କରୁଛି। କାଲି ସକାଳେ ଯେତେବେଳେ ପାଣି ପାଇବୁ ଜାଣିବୁ ଏ ସ୍ୱପ୍ନ ନଥିଲା।’

ଅକ୍ଷୀଙ୍କ ନିଦ ଭାଙ୍ଗିଗଲା। ନିଜକୁ ଶୋଇବା ଅବସ୍ଥାରେ ଦେଖି ସେ ଜାଣିପାରିଲେ ସେ ସ୍ୱପ୍ନ ହିଁ ଦେଖୁଥିଲେ। ସେ ତ କାହିଁ ଶେଯ ଉପରେ ବସିବା ଅବସ୍ଥାରେ ନାହାନ୍ତି। ନା ସେ ଆଲୋକର ସ୍ନିଗ୍ଧ ପ୍ରଭା ଘର ଭିତରେ ଅଛି ନା ଅନ୍ଧାରରେ ମୂର୍ତ୍ତିଙ୍କର ଆଖି ଖୋଲାଅଛି କି ବନ୍ଦ ଅଛି ସେ ମଧ୍ୟ ଦିଶୁଛି। ଛାତି ପାଖରୁ ଦୂରରେ ଥିବା ହାତପାପୁଲି ଆଶୀର୍ବାଦ ମୁଦ୍ରାରେ ହିଁ ଥିବା ପରି ଲାଗୁଛି।

ଅନେକ ଦିନ ପରେ ଉପଭୋଗ କରୁଥିବା ଗାଢ଼ନିଦ୍ରାର ମଧୁର ଆବେଶ ତାଙ୍କୁ ପୁଣି କବଳିତ କଲା। ସେ ଆଖିବନ୍ଦ କରି ସେହି ନିଦର ତୃପ୍ତିଦାୟିନୀ କୋଳକୁ ଫେରିବା ଦେଖି ସ୍ୱପ୍ନର ସବୁ ଘଟଣା ଜୁଆର ପରବର୍ତ୍ତୀ ଲହରୀ ପରି ପାଦ ପାଦ କରି

ପଛକୁ ପଛ ଫେରି ମିଳେଇବାକୁ ଲାଗିଲା। ହୁଏତ ନିଦ ଭିତରକୁ ସଂପୂର୍ଣ୍ଣ ଫେରି ଯାଇଥିଲେ ସ୍ୱପ୍ନ ମଧ୍ୟ ଅଭିମାନ କରି ସ୍ମୃତିରୁ ସବୁଦିନ ପାଇଁ ଲେଉଟି ଚାଲିଯାଇଥାନ୍ତା।

କିନ୍ତୁ ହଠାତ୍ ଏକ କୁଳୁକୁଳୁ ଧ୍ୱନି, ଘଣ୍ଟି ଶବ୍ଦ ପରି ତାଙ୍କ ମସ୍ତିଷ୍କର କୋଣେ କୋଣେ ଝଂକୃତ ହୋଇ ସବୁ ସ୍ନାୟୁମାନଙ୍କୁ ଜାଗ୍ରତ କରିବାରେ ଲାଗିଲା। ଯେତେବେଳେ ସେ ସଂପୂର୍ଣ୍ଣ ଭାବରେ ସମ୍ବିତ ଫେରିପାଇଲେ ବୁଝିପାରିଲେ, ଏ ତ ପାଣିର ବହିଯାଉଥିବା କୁଳୁକୁଳୁ ଶବ୍ଦ। ସେ ବିଜୁଳି ବେଗରେ କୋଠରୀରୁ ବାହାରି ତାଙ୍କରି କୋଠରୀ ଆଗରେ ଥିବା ଗୁମ୍ଫାର ସେ ଝରଣା ପାଖକୁ ଦଉଡ଼ିଗଲେ। ମାଟି ତଳେ ଥିଲେ ମଧ୍ୟ କୋଉଠି କୋଉଠି ଏକ ଏକ ବିଶାଳ ପଥର ଖଣ୍ଡ ଏଇ ଗୁମ୍ଫାର ଛାତକୁ ଫଟାଇ ବାହାରକୁ ଯାଇ ଏକ ଏକ ଫାଙ୍କ ସୃଷ୍ଟି କରିଥିଲା। ସେହି ପଥର ଫାଙ୍କମାନଙ୍କ ଦେଇ ଉଷାର ପ୍ରଥମ ଆଲୋକ ସବୁଦିନ ପରି ଗୁମ୍ଫାର ଚଟାଣକୁ ଅଳ୍ପ ଆଲୋକିତ କରିଥିଲା। ସେହି ଅସ୍ପଷ୍ଟ ଆଲୋକରେ ସେ ସେହି ଗୁମ୍ଫାର ପଥର ଧାରକୁ ଘଷିହୋଇ ବହିଯାଉଥିବା ଝରଣା ଆଡ଼କୁ ଅନାଇଲେ। ଆଗଠାରୁ ଅଧିକ ସ୍ୱଚ୍ଛ ଅଧିକ ସ୍ରୋତସ୍ୱିନୀ ଓ ଅଧିକ ଆକାର ନେଇ ଜଳଧାରା କୁଳୁକୁଳୁ ହୋଇ ବହିଚାଲିଥିଲା।

ଅକ୍ବୀ ଆନନ୍ଦରେ ଆତ୍ମହରା ହୋଇପଡ଼ିଲେ। ସେହି ଝରଣା କୂଳରେ ପଥର ଚଟାଣ ଉପରେ ଆଣ୍ଠୁମାଡ଼ି ବସି ଦୁଇହାତ ଟେକି ଉପରକୁ ଚାହିଁ ସେ ଭଗବାନଙ୍କୁ କୃତଜ୍ଞତା ଜଣାଇଲେ। ଆଞ୍ଜୁଳା ଆଞ୍ଜୁଳା ପାଣି ନେଇ କିଛି ପିଇଲେ, କିଛି ମୁହଁ, ଦେହ, ମୁଣ୍ଡରେ ବୋଳି ହୋଇଗଲେ। ଶେଷ ଆଞ୍ଜୁଳାଟି ପୁଣି ପିଇବାକୁ ମୁହଁପାଖକୁ ନେବାବେଳେ ସେଥିରେ ସେଇ ଭଗବାନ ବୁଦ୍ଧ ମୂର୍ତ୍ତିଙ୍କର ଖୋଲା ଆଖି, କମଳ କଢ଼ି ପରି ଛାତିକୁ ଛୁଉଁଥିବା ହାତ ହଠାତ୍ ମୁହୂର୍ତ୍ତକ ପାଇଁ ଝଲସି ଉଠି ଉଭେଇଗଲା।

ଚମକି ପଡ଼ି ସେ ଚଟାଣ ଉପରେ ସେ ଲଥ୍‌କରି ବସିପଡ଼ିଲେ।

ଚକିତ ଅକ୍ବୀଙ୍କୁ ବର୍ତ୍ତମାନ ସ୍ୱପ୍ନ କଥା ଟିକିନିଖି ଭାବରେ ମନେପଡ଼ିଗଲା।

ପୁଣି ଆଞ୍ଜୁଳାଏ ପାଣି ନେଇ ତାକୁ ସେ ନିରଖେ ଚାହିଁଲେ। ସେଇ ଆଞ୍ଜୁଳାକ ପାଣିକୁ ସେ ପିଇବେ, ନା ମୁହଁ ଧୋଇବେ, ନା ନେଇ ନିଜ ଗମ୍ଭୀରୀରେ ସାଇତି ରଖିବେ ଭାବୁ ଭାବୁ ସେତକ ତାଙ୍କ ଆଙ୍ଗୁଠି ଦେଇ ଗଳିବାକୁ ଆରମ୍ଭ କଲା। ଅବଶେଷ କିଛି ପାଣିକୁ ନିଜ ମୁଣ୍ଡରେ ବୋଳି ପୁଣି ନିଜ କୋଠରୀକୁ ଫେରିଆସି ମୂର୍ତ୍ତିଟିକୁ ନେଇ ସେ ବାହାରକୁ ଆସିଲେ।

ସେତେବେଳକୁ ସେଇ କଳକଳ ଶବ୍ଦରେ ସମସ୍ତଙ୍କ ନିଦ ଭାଙ୍ଗି ଯାଇଥିଲା। ସମସ୍ତେ ଝରଣା ପାଖକୁ ଦୌଡ଼ିଆସି ଝରଣା କୂଳରେ ବସି ପଡ଼ି ଅକ୍ବୀଙ୍କ ପରି ପାଣି ପିଇବାରେ ଲାଗିଲେ। ଗୁଆଙ୍ଗ୍, ଶାଲୀଂ, ଶୀଂ ଓ ଆଠଜଣ ଦାସଦାସୀ ସମସ୍ତଙ୍କ ଆନନ୍ଦ,

ଉଚ୍ଛ୍ୱାସ, ମନ୍ତବ୍ୟ, କଥାବାର୍ତ୍ତାରେ ବର୍ଷ ବର୍ଷ ଧରି ଶୋଇଥିବା ଗୁମ୍ଫାଟି ସତେ ଅବା ଜାଗିଉଠିଲା। ଏମିତି ଆନନ୍ଦର କୋଳାହଳ ଆସିବା ଦିନରୁ ସେମାନେ କେବେ ଅନୁଭବ କରିନଥିଲେ।

ଅକ୍ସୀଙ୍କ ବିଶ୍ୱସ୍ତ ଆଇଗୋ ଅକ୍ସୀଙ୍କୁ ଅଭିବାଦନ କରି କହିଲା- 'ମଣିମା, ଆପଣ ଧରିଥିବା ଏଇ ମୂର୍ତ୍ତିଟି ଏକ ଶୁଭ ମୂର୍ତ୍ତି। ମୋ ଜେଜେବାପା କହୁଥିଲେ ପ୍ରତି ମୂର୍ତ୍ତିମାନଙ୍କ ଭିତରେ ଦେବତା କିମ୍ବା ପିଶାଚ ବାସ କରିଥାନ୍ତି। ଏଇ ମୂର୍ତ୍ତିଟିରେ ଦେବତା ବସିଛନ୍ତି। ଏଣୁ ସେ ଏଠାକୁ ଆସିବାମାତ୍ରେ ବର୍ଷା ହେଲା।'

ଶାଲୀନ୍ ଓ ଶୀଂ ପରସ୍ପର ମୁହଁକୁ ଚାହିଁ ଭଲ କାମଟିଏ କରିଥିବାର ଆନନ୍ଦରେ ହସିଲେ। ଗୁଆଙ୍ଗ୍ ଆସି ସେମାନଙ୍କ ପିଠି ଥାପୁଡ଼ାଇ ଦେଲେ।

ସକାଳ ହୋଇ ସାରିଥିଲା। ଦାସଦାସୀମାନେ ଯେ ଯାହା କାମରେ ଲାଗିପଡ଼ିଲେ। ଗୁଆଙ୍ଗ୍, ଶାଲୀନ୍ ଓ ଶୀଂ କଥା ହୋଇ ହୋଇ ଗୁଆଙ୍ଗ୍‌ଙ୍କ କୋଠରୀ ଆଡ଼କୁ ଚାଲିଲେ। ଗୁଆଙ୍ଗ୍ ଏଠାରେ ସବୁଦିନ ରହନ୍ତି ନାହିଁ। ଦୂର ରାଜ୍ୟରୁ ପିଲାମାନଙ୍କୁ ନେବା ଆଣିବା ବେଳେ ବା ମଝିରେ ମଝିରେ ଭଉଣୀର ଭଲମନ୍ଦ ବୁଝାବୁଝି କରି କିଛି ଦେବାନେବା କିଣାକିଣି କରିବାକୁ ଥିଲେ ଆସିଥାନ୍ତି। ଘରେ ବୁଢ଼ା ମା, ବାପା ଓ ନିଜ ସ୍ତ୍ରୀ ପିଲାଙ୍କ ଦାୟିତ୍ୱ ମଧ୍ୟ ତାଙ୍କରି ଉପରେ।

ସମସ୍ତେ ସେଠାରୁ ଚାଲିଗଲା ପରେ ଅକ୍ସୀ ମଧ୍ୟ ଗାଧୁଆପାଧୁଆ ସାରି ମୂର୍ତ୍ତିଟିକୁ ନେଇ ଏକ ଏକାନ୍ତ ସ୍ଥାନକୁ ଗଲେ। ସେଠାରେ ମଧ୍ୟ ଫାଙ୍କ ବାଟେ ସକାଳର ସୂର୍ଯ୍ୟକିରଣ ପଡୁଥିଲା। ସେଇ ସୂର୍ଯ୍ୟାଲୋକରେ ମୂର୍ତ୍ତିଟିକୁ ଧରି ସେ ଓଲଟାଇ ପାଲଟେଇ ତାକୁ ଦେଖିବାରେ ଲାଗିଲେ।

ସ୍ୱପ୍ନରେ ଏହି ମୂର୍ତ୍ତିଟିର ହାତ କିପରି ବାରମ୍ବାର ନିଜ ଛାତିକୁ ଦେଖାଉଥିଲା ସେ କଥା ମନେପଡ଼ିଲା। ଅକ୍ସୀ ଏତେବେଳ ଯାଏ ମୂର୍ତ୍ତିଟିର ପଦ୍ମପାଖୁଡ଼ା ପରି ମୁଦି ହୋଇଥିବା ଆଖି, ଲମ୍ବା କର୍ଣ୍ଣ, ହାତର ମୁଦ୍ରା ହିଁ ଲକ୍ଷ୍ୟ କରିଥିଲେ। ବର୍ତ୍ତମାନ ତାଙ୍କର ଦୃଷ୍ଟି ମୂର୍ତ୍ତି ପିନ୍ଧିଥିବା ବସ୍ତ୍ର ଉପରେ ପଡ଼ିଲା।

ସେ ମୂର୍ତ୍ତିଟିକୁ ଆହୁରି ପାଖକୁ ଆଣି ସେ ବସ୍ତ୍ରକୁ ଭଲଭାବରେ ନିରୀକ୍ଷଣ କଲେ। ଏ ପ୍ରକାର କପଡ଼ା ତ ସେ କେବେ ଦେଖିନଥିଲେ। ଖରାପଡ଼ି ତରଳ ସୁନା ପରି ଦିଶୁଥିବା ସେ ବସ୍ତ୍ର ତାଙ୍କୁ ବଡ଼ ବିଚିତ୍ର ଲାଗିଲା।

ପାଦଶବ୍ଦ ଶୁଣି ସେ ପଛକୁ ଚାହିଁଲେ। ତାଙ୍କର ଦୁଇ ପୁତ୍ର ସେଠାରେ ଆସି ପହଞ୍ଚିଥିଲେ।

'ଏ ମୂର୍ତ୍ତିଟିର...'

କଥା କାଟି ଶାଲୀନ୍ କହିଲେ, 'ମା, ଏ ଏକ ସାଧାରଣ ମୂର୍ତ୍ତି ନୁହଁ। ଏ ଭଗବାନ ବୁଦ୍ଧଙ୍କ ମୂର୍ତ୍ତି। ତାଙ୍କର ବାଣୀ ବଡ଼ ମର୍ମସ୍ପର୍ଶୀ।'

'ଆଉ ସେ ଯାହା ପିନ୍ଧିଛନ୍ତି ?'

'ମୁଁ ବି ଏଇ ପ୍ରଶ୍ନ ସେଇ ବଣିକଙ୍କୁ ପଚାରିଥିଲି। ସେ କହିଲେ- 'ବସ୍ତ୍ରର ନାମ ରେଶମ। ଏହା କେବଳ ଭାରତରେ ମିଳେ। ସାଧାରଣ ସୂତୀବସ୍ତ୍ରଠାରୁ ଅଧିକ ଦାମ ହୋଇଥିବାରୁ ପୃଥିବୀର ରାଜା ମହାରାଜାମାନେ ଯାକୁ କିଣିଥାନ୍ତି,' ଶାଲୀନ୍ କହିଲେ।

'ରାଜା ମହାରାଜାମାନେ ପିନ୍ଧନ୍ତି ? ତାହାହେଲେ ଆମ ବାପା ବି ତ ଏଇ ବସ୍ତ୍ର ପିନ୍ଧୁଥିବେ ?' ଶାଁଂ କହିଲେ।

ସତେ ଯେମିତି ସେ ପ୍ରଶ୍ନ ଉଚ୍ଚାରିତ ହିଁ ହୋଇନି, ସେମିତି କେହି ତାଙ୍କୁ ଅନାଇଲେ ନାହିଁକି ସେ ପ୍ରଶ୍ନର ଉତ୍ତର ଦେଲେ ନାହିଁ ମଧ୍ୟ।

ଶାଁଂ ମଧ୍ୟ ନିଜ ପ୍ରଶ୍ନକୁ ଆଉ ଦୋହରାଇବାକୁ ଇଚ୍ଛା କଲେନାହିଁ। କିନ୍ତୁ କହିଲେ- 'ମୋର ପ୍ରଶ୍ନ ହେଲା ତୁମେ ଯେତେବେଳେ ରାଜମହଲରେ ଥିଲ, ତୁମେ ତ ଏଥିରେ ତିଆରି ପୋଷାକ ପିନ୍ଧିଥିବ ?'

ଅକ୍ବୀ ଦୁଇ ପୁଅଙ୍କ ମୁହଁକୁ କିଛି ସମୟ ଚାହିଁଲେ। ତା'ପରେ ଧୀରେ ଧୀରେ କହିଲେ, 'ବାପା ! ମୁଁ ସେଇଠି ଥିବାବେଳେ କ'ଣ ପିନ୍ଧୁଥିଲି, କ'ଣ ଖାଉଥିଲି, କେମିତି ଥିଲି, ସେ ସବୁ ମୋର ଆଉ କିଛି ମନେନାହିଁ। ଯଦି ମନେଅଛି, ସେ ହେଲା ତୁମ ବାପାଙ୍କର ସେ ନିରୀହ ଶୁଖିଲା ମୁହଁ ଓ ମୋର ସଉତୁଣୀମାନଙ୍କର ହିଂସ୍ର କାଣ୍ଡ। ହେଉ, ମୁଁ ଆଶା କରୁଛି,ଏ ବିଷୟରେ ମୋତେ ଆଉ ଦିନେ ପଚାରିବୁ ନାହିଁ।' ତାଙ୍କ ଆଖିରେ ଦୁଃଖ ଓ କ୍ରୋଧର ମିଳିତ ରୂପ ଦେଖି ଦୁଇଭାଇ ମା'ଙ୍କ ଦୁଇ କାନ୍ଧରେ ଆସ୍ତେ କରି ନିଜ ହାତ ରଖିଲେ।

'ହେଉ, ତୁ କ'ଣ କହୁଥିଲୁ ?' ଅକ୍ବୀ ତପ୍ତ ନୀରବତାକୁ ଶୀତଳ କରି ଶାଲୀନ୍‌ଙ୍କୁ ଚାହିଁ ପଚାରିଲେ 'ଏହା କେବଳ ଭାରତରେ ମିଳେ ? ସେ ପୁଣି ସୂତାଠାରୁ ଅଧିକ ମୂଲ୍ୟରେ ?'

'ହଁ ମା, ମୁଁ ବି ସେଇ କଥା ଶୁଣିଛି,' ଶାଁଂ ଉତ୍ତର ଦେଲେ।

'ଆଚ୍ଛା, ଏ ମୂର୍ତ୍ତି କାହାର ବୋଲି କହିଲୁ ତ ?'

'ଭଗବାନ ବୁଦ୍ଧଙ୍କର', ଦୁଇ ଯାଆଁଳା ଭାଇଙ୍କର ଏକତ୍ର ସ୍ୱର ଶୁଣାଗଲା। 'ସେ ବୌଦ୍ଧଧର୍ମ ବାହାର କରିଛନ୍ତି। ତାଙ୍କରି ନାଁ ଅନୁସାରେ ତାଙ୍କ ପ୍ରଚାରିତ ଧର୍ମ ବୌଦ୍ଧଧର୍ମ।'

ସେଇ ମୂର୍ତ୍ତିଟିକୁ ତଳେ ରଖି ଅକ୍ବୀ ନତଜାନୁ ହୋଇ ମୂର୍ତ୍ତିଙ୍କୁ ପ୍ରଣାମ କଲେ।

କହିଲେ, 'ହେ ଭଗବାନ ବୁଦ୍ଧ! ପନ୍ଦର ବର୍ଷ ହେଲା ମୁଁ ଓ ମୋ ସ୍ୱାମୀ ପରସ୍ପରର ବିଚ୍ଛେଦ କଷ୍ଟ ସହୁଛୁ। ମୋ ପାଖରେ ତ ହେଲେ ମୋ ପିଲାମାନେ ରହି ମୋର ଦୁଃଖ ଦୂର କରିଛନ୍ତି, କିନ୍ତୁ ମୋ ସ୍ୱାମୀ ତ ଏତିକି ମଧ୍ୟ ଜାଣିନାହାନ୍ତି ଯେ, ତାଙ୍କ ସ୍ତ୍ରୀ ପୁତ୍ର ବଞ୍ଚିଛନ୍ତି। ହେ ଭଗବାନ ବୁଦ୍ଧ! ମୋ ପରିବାରକୁ ଯଦି ଆପଣ ଏକତ୍ରିତ କରନ୍ତି, ଆମେ ଓ ଆମର ଆଗାମୀ ବଂଶଧରମାନେ ସମସ୍ତେ ବୌଦ୍ଧଧର୍ମ ଗ୍ରହଣ କରିବୁ। କେବଳ ସେତିକି ନୁହଁ, ଯଦି ଆମର ରାଜ୍ୟ ମୋ ପୁଅଙ୍କୁ ମିଳେ, ଆମର ସମଗ୍ର ରାଜ୍ୟବାସୀ ମଧ୍ୟ ବୌଦ୍ଧଧର୍ମ ଗ୍ରହଣ କରିବେ।'

ମା'ଙ୍କର ଏହି ଘୋଷଣା ଶୁଣି ଦୁଇପୁଅ ମଧ୍ୟ ସେହି ମୂର୍ତ୍ତି ପାଦଦେଶରେ ନତଜାନୁ ହୋଇ ପ୍ରଣାମ ଜଣାଇଲେ।

ଅକ୍ସୀ ବୁଝିପାରିଥିଲେ ଭଗବାନ ବୁଦ୍ଧ ତାଙ୍କୁ ନିର୍ଦ୍ଦେଶ ଦେଇଛନ୍ତି ଯେ ଏଇ ରେଶମ ବସ୍ତ୍ର ହିଁ ତାଙ୍କର ଭାଗ୍ୟ ପରିବର୍ତ୍ତନ କରିବ। ସେ ପୁଅମାନଙ୍କୁ ଭାରତ ପଠାଇ ରେଶମ ଶିଳ୍ପ ଶିଖିବା ପାଇଁ ଗୁଆଙ୍ଗ୍‌ଙ୍କ ମତାମତ ନେଲେ।

ଗୁଆଙ୍ଗ୍ ଏଥିରେ ରାଜି ହେଲେ।

ଅଳ୍ପଦିନ ପରେ ରେଶମ ଶିଳ୍ପ ଉପରେ ସବୁକିଛି ବୁଝାବୁଝି କରିସାରି ଅକ୍ସୀଙ୍କୁ ଆସି ସେ କହିଲେ- 'ଚୀନ୍‌ରୁ ଭାରତର ନିକଟତମ ବନ୍ଦର ହେଲା କଳିଙ୍ଗ ଦେଶର ପାଲୁର୍। ଏହାର ତାମ୍ରଲିପି ବନ୍ଦର ମଧ୍ୟ ପ୍ରସିଦ୍ଧ। କିନ୍ତୁ ଆଗାମୀ ସପ୍ତାହରେ ଯେଉଁ ଓଡ଼ିଆ ଜାହାଜ ଚୀନ୍ ବନ୍ଦର ଛାଡ଼ିବ ତା'ର ମାଲିକ ପାଲୁର ବନ୍ଦରର ଅଧିବାସୀ। ଏଣୁ ଏ ଜାହାଜରେ ପିଲାଙ୍କୁ ଛାଡ଼ିବା ନା ତାମ୍ର ଲିପିକୁ ଯିବା ଜାହାଜ ପାଇଁ ଅପେକ୍ଷା କରିବା?'

'କଳିଙ୍ଗରେ ରେଶମ ବସ୍ତ୍ରର ଶିଳ୍ପ ରହିଛି?'

'ହଁ, ହଁ, ଭାରତର ଖ୍ୟାତନାମା ରେଶମ ଶିଳ୍ପର ରପ୍ତାନୀକାରୀଙ୍କ ମଧ୍ୟରେ କଳିଙ୍ଗ ହିଁ ଅଧିକ ଜଣାଶୁଣା ବୋଲି ସମସ୍ତେ ଏଠାରେ କହୁଛନ୍ତି। ଆମର ସିନା ଧାରଣା ନାହିଁ ବୋଲି ଜଣାନଥିଲା, କିନ୍ତୁ କଳିଙ୍ଗରୁ କୁଆଡ଼େ ପ୍ରତିଦିନ ଏଠାକୁ ରେଶମ ସୂତା ଓ ଲୁଗା ବୋଝେଇ ଜାହାଜ ଆସି ପହଞ୍ଚୁଛି।'

'ଠିକ୍ ଅଛି। ଡେରି କାହିଁକି? କିନ୍ତୁ କଳିଙ୍ଗରେ ପହଞ୍ଚି ଯିବେ କୁଆଡ଼େ? ପଚାରିବେ କାହାକୁ? ଏତେ ଛୋଟ ବୟସ।'

ଗୁଆଙ୍ଗ୍ କିଛି କହିବାକୁ ଯାଉଥିଲେ। କିନ୍ତୁ ଶାଲୀନ୍ କହିଲେ- 'ମା' ଆମେ ଯେଉଁ ରାଜାଙ୍କ ପାଖରେ କାମ କରୁଛୁ, ସେଇଠି ରାଜ ଅତିଥିଶାଳାରେ ଏବେ ସିଦ୍ଧହସ୍ତ ନାମରେ ଜଣେ ଓଡ଼ିଆ ଶ୍ରମଣ ରହୁଛନ୍ତି। ଆମକୁ ତାଙ୍କର ସୁରକ୍ଷାର ଭାର ଏବେ ଦିଆଯାଇଛି। ଏଣୁ ଆମେ ଯାଇ ତାଙ୍କୁ ଏ କଥା ପଚାରିବୁ।'

ଗୁଆାଙ୍ଗ୍ କହିଲେ- 'ଏ ତ ବହୁତ ଭଲ କଥା। କିନ୍ତୁ ତୁମର ତ ଛୁଟି ଏବେ ଆରମ୍ଭ ହେଲା-

ତାଙ୍କ କଥା କାଟି ଶୀଂ କହିଲେ- 'ଆଉ ଛୁଟି କ'ଣ ? ତାଙ୍କୁ ଦେଖାକରି ତାଙ୍କ ପରାମର୍ଶ ନେଇ କଳିଙ୍ଗ ଯିବା ଉଚିତ୍ ହେବ। ଏଣୁ ଆମେ କାଲି ହିଁ ବାହାରିଗଲେ ଭଲ ହେବ।'

ପ୍ରାୟ ବର୍ଷକର ବ୍ୟବଧାନ ପରେ ପିଲାଙ୍କୁ ଦେଖିଥିବା ଅକ୍ବୀଙ୍କ ମନ ବ୍ୟାକୁଳ ହୋଇଉଠିଲା। କିନ୍ତୁ ଭବିଷ୍ୟତର ଆନନ୍ଦ ପାଇଁ ବର୍ତ୍ତମାନର ଦୁଃଖ ତ ସହିବାକୁ ହେବ।

ଏହାର ଆଠଦିନ ପରେ ସିଦ୍ଧହସ୍ତଙ୍କ ଲିଖିତ ଚିଠି ନେଇ ଦୁଇ ରାଜକୁମାର କଳିଙ୍ଗର ପାଲୁର୍ ବନ୍ଦର ଅଭିମୁଖେ ଜାହାଜ ଶ୍ୱେତପଦ୍ମାରେ ବସିଲେ।

-୦-

କଳିଙ୍ଗ ସମ୍ରାଟ ଶ୍ରୀ କଳିଙ୍ଗ ପ୍ରଥମ, ଶ୍ରମଣ ସିଦ୍ଧହସ୍ତଙ୍କ ଚିଠି ପଢୁପଢୁ ବାଳକ ଦୁହିଁଙ୍କ ମୁହଁକୁ ଚାହିଁଲେ। ଦୁଇ ବାଳକଙ୍କ ଏକାପରି କୋମଳ ମୁହଁ ଦୁଇଟି ଦେଖି ତାଙ୍କର ମନରେ ମାୟା ଆସିଲା। ସେ ସେମାନଙ୍କର ରହିବା, ଖାଇବା ଓ ରେଶମ ଉତ୍ପାଦନର ସମସ୍ତ କଳାକୌଶଳକୁ ଶିଖିବାର ବନ୍ଦୋବସ୍ତ କରିଦେଲେ।

ତିନିବର୍ଷ ପରେ କଳିଙ୍ଗ ସମ୍ରାଟ ଶ୍ରୀ କଳିଙ୍ଗ ପ୍ରଥମଙ୍କଠାରୁ କିଛି ତୁତ ଗଛ ଓ କିଛି ରେଶମ ପୋକର ଅଣ୍ଡା ଉପହାର ନେଇ ଦୁଇ ଭାଇ ବିଦାୟ ନେଲେ।

ଶାଲୀନ୍ ଓ ଶୀଂକୁ ନେଇ ଅକ୍ବୀ ସେଇ ଜଙ୍ଗଲରେ ତୁତ ଚାଷ ଓ ରେଶମ ଉତ୍ପାଦନ ଆରମ୍ଭ କଲେ। ତୁତ ସୂତାଠାରୁ ଲୁଗାବୁଣା ପର୍ଯ୍ୟନ୍ତ ସମସ୍ତ କାର୍ଯ୍ୟ ଦକ୍ଷତାର ସହ ତୁଲାଇ ଗୁଆାଙ୍ଗଙ୍କ ଦ୍ୱାରା ତା'ର ବିକ୍ରି ମଧ୍ୟ କରାଇଲେ। ଭାରତୀୟ ବେପାରୀଙ୍କଠାରୁ କମ୍ ମୂଲ୍ୟରେ ବିକ୍ରି କରୁଥିବା ହେତୁ, ଅକ୍ବୀଙ୍କର ବେପାର ହୁହୁ ହୋଇ ବଢ଼ିଚାଲିଲା। ପାଞ୍ଚବର୍ଷ ଭିତରେ ଅକ୍ବୀଙ୍କ ପାଖରେ ପ୍ରଚୁର ପରିମାଣରେ ଅର୍ଥ ଜମା ହୋଇଗଲା।

ଗୁଆାଙ୍ଗଙ୍କ ନେତୃତ୍ୱରେ ଶାଲୀନ୍ ଓ ଶୀଂଙ୍କର ଏକ ବିଶାଳ ସେନା ବାହିନୀ ପିତୃରାଜ୍ୟ ଆକ୍ରମଣ କରି ଜୟଲାଭ କଲେ। ସଉତୁଣୀମାନଙ୍କୁ ବନ୍ଦୀକରି, ଗୁଆାଙ୍ଗ ଓ ପୁତ୍ରମାନଙ୍କ ସହ ବନ୍ଦୀ ରାଜା ଓ ରାଣୀମାନଙ୍କ ସମ୍ମୁଖରେ ଉଭା ହେବାର ଅକ୍ବୀଙ୍କ ଦୀର୍ଘଦିନର ସ୍ୱପ୍ନ ବର୍ତ୍ତମାନ ସାକାର ହୋଇ ତାଙ୍କ ଆଗରେ ସଦର୍ପେ ଠିଆହେଲା।

-୦-

ବନ୍ଦୀ ରାଜା ଓ ରାଣୀମାନେ ଦେଖିଲେ ମହାର୍ଘ୍ୟ ବସ୍ତ୍ର ପରିଧାନ କରି ସୁନା ମୁକୁଟ ଓ ବିଭିନ୍ନ ଅଳଙ୍କାରରେ ସର୍ବାଙ୍ଗ ବିଭୂଷିତା ଏକ ତେଜସ୍ୱିନୀ ସାମ୍ରାଜ୍ଞୀ ସେମାନଙ୍କ ଆଗରେ

ଠିଆ ହୋଇଛନ୍ତି। ଝୀନବସ୍ତ୍ରରେ ତାଙ୍କର ମୁହଁ ଆବୃତ୍ତ ହୋଇ ରହିଛି। ତାଙ୍କର ଉଭୟ ପାର୍ଶ୍ୱରେ ଦେବତାଙ୍କ ପରି ସୁନ୍ଦର ଦୁଇ ଶୌର୍ଯ୍ୟବନ୍ତ ଯୁବା ଏବଂ ଜଣେ ପ୍ରୌଢ଼ ଅଣ୍ଟାର ଖଣ୍ଡାରେ ହାତରଖି ଠିଆ ହୋଇଛନ୍ତି। ସେମାନଙ୍କ ପଛରେ ପନ୍ଦର କୋଡ଼ିଏ ଖଣ୍ଡାଧାରୀ ଯୁବକ ସୈନିକ ମଧ୍ୟ ଆଦେଶ ଅପେକ୍ଷାରେ ରହିଛନ୍ତି।

ସାମ୍ରାଜ୍ଞୀ ଜଣକ ସେହି ସୈନିକମାନଙ୍କୁ ଚାହିଁଦେବା ମାତ୍ରେ ସେମାନେ ଧାଇଁଯାଇ ବନ୍ଦୀ ରାଜା ଓ ରାଣୀଙ୍କ ପଛରେ ଖଣ୍ଡା ଉଞ୍ଚାଇ ଠିଆହୋଇଗଲେ।

ସାମ୍ରାଜ୍ଞୀଙ୍କର କେବଳ ଗୋଟିଏ ଅଙ୍ଗୁଳି ନିର୍ଦ୍ଦେଶ ମାତ୍ରେ ବର୍ତ୍ତମାନ କେତୋଟି ମୁଣ୍ଡ ଗଡ଼ି ତଳେ ପଡ଼ିବ।

ରାଣୀମାନେ ବିକଳ ହୋଇ କାନ୍ଦିବାରେ ଲାଗିଲେ। ନତଜାନୁ ହେବାକୁ ଚେଷ୍ଟାକଲେ। ବନ୍ଧାହୋଇ ନଥିଲେ ଏତେବେଳକୁ ସେମାନେ ଏହି ସାମ୍ରାଜ୍ଞୀଙ୍କର ଗୋଡ଼ତଳେ ପଡ଼ିସାରନ୍ତେଣି।

ରାଜା କିନ୍ତୁ ନିର୍ବିକାର ଭାବରେ ସାମ୍ରାଜ୍ଞୀଙ୍କ ଢଙ୍କାମୁହଁକୁ ଅନାଇ ରହିଥାନ୍ତି। ତାଙ୍କର ତୀବ୍ର ଦୃଷ୍ଟି କେତେବେଳେ ଶିରସ୍ତ୍ରାଣ ପିନ୍ଧିଥିବା ଦୁଇ ଯୁବକ ଓ ପ୍ରୌଢ଼ଙ୍କ ମୁହଁମାନଙ୍କୁ ଆଉ କେତେବେଳେ ବା ସାମ୍ରାଜ୍ଞୀଙ୍କ ଢଙ୍କାମୁହଁକୁ ବାରମ୍ବାର ଚାହିଁ କିଛି ଯେପରି ଖୋଜୁଥାଏ।

ସାମ୍ରାଜ୍ଞୀଙ୍କ ଇଙ୍ଗିତରେ ଜଣେ ସୈନିକ ଆଗେଇ ଆସି ରାଜାଙ୍କୁ ବନ୍ଧନ ମୁକ୍ତ କଲେ। ରାଣୀମାନଙ୍କୁ ଲାଗିଲା ଆଗେ ରାଜାଙ୍କ ଶିରଚ୍ଛେଦ ହେବ। ନିଜର ପାଳି ତାପରେ। ସେମାନେ ନିଜର ମୃତ୍ୟୁକୁ ଖୁବ୍ ନିକଟରେ ଦେଖି ଉଚ୍ଚ ସ୍ୱରରେ ପ୍ରଳାପ କରିବାରେ ଲାଗିଲେ।

ସାମ୍ରାଜ୍ଞୀ ଟିକିଏ ଆଗକୁ ଝୁଙ୍କି ପ୍ରୌଢ଼ଙ୍କୁ ଚାହିଁଲେ। ପ୍ରୌଢ଼ ଜଣକ ରାଜାଙ୍କ ପାଖକୁ ଯାଇ ନିଜ ମୁଣ୍ଡରୁ ଶିରସ୍ତ୍ରାଣ ଖୋଲି ରାଜାଙ୍କୁ ପ୍ରଣାମ କରି ପଚାରିଲେ 'ଚିହ୍ନି ପାରୁଛନ୍ତି ?'

ରାଜା ତାଙ୍କ ମୁହଁକୁ ମୁହୂର୍ତ୍ତଟିଏ ଚାହିଁ ତାଙ୍କୁ କୁଣ୍ଢାଇ ପକାଇ କାନ୍ଦିଉଠିଲେ। କହିଲେ- 'ଭାଇ ଗୁଆଙ୍ଗ, ଥରେ ହେଲେ ଆସି ବୁଝିଥାନ୍ତ ମୁଁ କେମିତି ବଞ୍ଚିଛି ?'

ଆଖିର ଲୁହ ପୋଛୁ ପୋଛୁ ଗୁଆଙ୍ଗ୍ କହିଲେ, 'ଆପଣ ବି ତ ଦିନେହେଲେ ଆମ ପାଖକୁ ଆସିଲେ ନାହିଁ କି କିଛି ଖୋଜ ଖବର ନେଲେନାହିଁ।'

'ଆଉ କୋଉ ମୁହଁରେ ମୁଁ ତୁମକୁ ଦେଖା କରିଥାନ୍ତି ? କେତେ ଆଶା ଆଶ୍ୱାସନା ଦେଇ ମୁଁ ତୁମ ମା'ବାପା ଓ ତୁମଠାରୁ ତୁମ ଘରର ଆଦରର ଝିଅଟିକୁ ପତ୍ନୀ କରି ଆଣିଥିଲି। କିନ୍ତୁ ତାକୁ ତ ସୁରକ୍ଷିତ ରଖି ପାରିଲି ନାହିଁ। ତା'ଛଡ଼ା ମୋତେ ତ ପ୍ରଥମେ

କ୍ରୋଧ ହେଲା ଯେ, ମୁଁ ନ ଆସୁଣୁ ତୁମେ ଅକ୍ଷୀକୁ ଛାଡ଼ି ଚାଲିଗଲ। କିନ୍ତୁ ପରେ ଭାବିଲି ଯାହା ଭାଗ୍ୟରେ ଥିଲା। ତୁମେ ଚାଲିଗଲ ବୋଲି ତ ପ୍ରାଣ ବଞ୍ଚାଇ ଆଜି ଏଇଠି ଠିଆ ହୋଇଛ।'

'ଆଚ୍ଛା, ଅଗ୍ନିକାଣ୍ଡ ହେଲା କିପରି ?' ଗୁଆଙ୍ଗ୍ ପଚାରିଲେ।

'ତା'ର କାରଣ ଜଣା ପଡ଼ିଲା ନାହିଁ।'

'ହଉ, ଏବେ ଜଣା ପଡ଼ିଯିବ।' କହି ଗୁଆଙ୍ଗ୍ ରାଣୀମାନଙ୍କୁ ଚାହିଁଲେ।

ରାଣୀମାନେ କହିଉଠିଲେ, 'ତୁମକୁ ଧିକ୍ ଗୁଆଙ୍ଗ୍। ଏକେତ ଭଉଣୀକୁ ଛାଡ଼ି ପଳାଇ ଗଲ। କାହିଁ ତୁମେ ହିଁ ନିଆଁ ଲଗାଇ ନିଜେ ଖସି ପଳାଇ ଯାଇନା ତ ଆଉ ?'

ଗୁଆଙ୍ଗ୍ ହସିଲେ। ସେ ଆଉ କିଛି କହିବା ପୂର୍ବରୁ ଆଉ ଜଣେ ରାଣୀ କହିଲେ, 'ଭାଇ ବୋଲାଇବାକୁ ତୁମକୁ ଲାଜ ଲାଗୁନି ? ଆଗେ ଆମର ଆଦରର ଅକ୍ଷୀର ଘରେ ନିଆଁ ଲଗାଇ ତାକୁ ମାରିଦେଲ। ବୋଧହୁଏ ତା'ର ସୁନାଗହଣା ସବୁ ନେଇ ପଳାଇଥିଲ। ଆଉ ଏବେ ଆସି ଏ ସୈନ୍ୟବାହିନୀ ନେଇ ଆମକୁ ବନ୍ଦୀ କରି ଆମଠୁ ଆମ ରାଜ୍ୟ ଛଡ଼ାଇବାକୁ ବସିଛ ?'

ରାଜା ଆଶ୍ଚର୍ଯ୍ୟ ହୋଇ ଗୁଆଙ୍ଗଙ୍କ ମୁହଁକୁ ଚାହିଁଲେ। ରାଣୀମାନଙ୍କ ଉପର ଦୃଷ୍ଟି ଫେରାଇ ଗୁଆଙ୍ଗ୍ ରାଜାଙ୍କୁ କହିଲେ, 'ମଣିମା, ଏମାନେ ଠିକ୍ କଥା କହୁଛନ୍ତି। ତେଇଶ ବର୍ଷ ତଳେ ଆପଣ ଘରେ ନଥିବା ବେଳେ ମୁଁ ଆପଣଙ୍କ କିଛି ମୂଲ୍ୟବାନ ପ୍ରିୟ ଜିନିଷ ଆପଣଙ୍କ ମହଲରୁ ଚୋରାଇ ନେଇ ଯାଇଥିଲି। ଆଜି ତାକୁ ସୁଧ ମୂଳ ସହ ଫେରାଇବାକୁ ହିଁ ଆସିଛି।'

'ଦେଖନ୍ତୁ ମଣିମା, ମୁଁ କ'ଣ କହୁଥିଲି ?' ସବୁ ରାଣୀ ପ୍ରାୟ ଏକସ୍ୱରରେ ଚିତ୍କାର କରି ଉଠିଲେ। 'ଆପଣ ମୋ କଥା ବିଶ୍ୱାସ କରୁ ନଥିଲେ।'

'ଏକଥା ତ ମୁଁ ଆଗେ କହିଥିଲି।' ଜଣେ ରାଣୀ କହିଲେ।

'ମଣିମାଙ୍କୁ ପଚାର କିଏ ଆଗେ କହିଛି ?' ଆଉ ଜଣେ ରାଣୀ କହିଲେ।

'ମୋ'ଠୁ ଶୁଣି ତମେମାନେ କହୁଛ।' ଚାରିପାଞ୍ଚ ଜଣ ରାଣୀ ଏକାସାଙ୍ଗରେ କହିଉଠିଲେ।

ରାଣୀମାନଙ୍କର ଘୋର କଳିଗୋଳ ଆରମ୍ଭ ହୋଇଗଲା। ସେମାନଙ୍କ ପଛରେ ଖଣ୍ଡା ଉଞ୍ଚାଇ ଠିଆହୋଇଥିବା ସୈନିକମାନେ ଏହା ଦେଖି ପରସ୍ପରକୁ ଚାହିଁଲେ।

ରାଜାଙ୍କ ଆଶ୍ଚର୍ଯ୍ୟକୁ ବଢ଼ାଇ ଦେଇ ଗୁଆଙ୍ଗ୍ ସେହି ମୁହଁ ଆବୃତ୍ତ ହୋଇଥିବା ସାମ୍ରାଜ୍ଞୀଙ୍କ ନିକଟକୁ ଫେରିଗଲେ। ତାଙ୍କ ହାତଧରି ଟାଣି ଆଣି ରାଜାଙ୍କ ଆଗରେ ଠିଆ କରାଇ ତାଙ୍କ ମୁହଁର ଆବରଣ ଖୋଲିଦେଲେ।

ସାରା କକ୍ଷରେ ନୀରବତା ଖେଳିଗଲା। ଆଖିର ଧାର ଧାର ଲୁହ ଭିତରେ ଅସ୍ପଷ୍ଟ କିଛି କହି ରାଜା ଅକ୍ସୀଙ୍କୁ କୁଣ୍ଢାଇ ପକାଇଲେ। ସମାନ ଭାବରେ ସ୍ୱାମୀଙ୍କୁ ଭିଡ଼ି ଧରି ଅକ୍ସୀଙ୍କ କରୁଣ କ୍ରନ୍ଦନ ଗୁଆଙ୍ଗ୍ ଓ ତାଙ୍କ ଦୁଇ ଭଣଜାଙ୍କ ସମେତ କୌଣସି କଥା ଜାଣି ନଥିବା କିଛି ସୈନିକଙ୍କ ଚକ୍ଷୁକୁ ମଧ୍ୟ ଓଦା କରିଦେଲା।

କେଉଁ ଏକ ଆର୍ତ୍ତସ୍ୱର ସେହି ନୀରବତା ଭଙ୍ଗ କଲା। ରାଣୀଙ୍କ ଭିତରୁ କିଏ ଜଣେ ଚିତ୍କାର କରି ଉଠିଲେ- 'ଆରେ ଏ ତ ସେଇ ପୋଡ଼ାମୁହାଁ ଅକ୍ସୀ! ମଲାପରେ ଏବେ ଦେବୀ ପାଲଟିଯାଇଛି।'

ସେ କର୍କଶ ସ୍ୱରରେ, କଚାଡ଼ି ହୋଇ ଭାଙ୍ଗି ଯାଇଥିବା ନୀରବତା ଧୀରେ ଧୀରେ ପୁଣି ସାଉଁଟି ହୋଇ ଯୋଡ଼ିହୋଇଗଲା।

ରାଜା ଓ ଅକ୍ସୀଙ୍କୁ ପ୍ରକୃତିସ୍ଥ ହେବାର ଦେଖି ଗୁଆଙ୍ଗ୍ କହିଲେ, 'ମହାରାଜ,ଏ ସିନା ମୂଳ। ବର୍ତ୍ତମାନ ସୁଧ ଗ୍ରହଣ କରନ୍ତୁ।'

ଗୁଆଙ୍ଗ ନିଜର ଦୁଇ ହାତରେ ଦୁଇ ଭଣଜାଙ୍କ ହାତ ଧରି ରାଜାଙ୍କ ଆଗରେ ଠିଆ କରାଇଲେ। ସେମାନେ ନିଜ ନିଜର ଶିରସ୍ତ୍ରାଣ ସୈନିକମାନଙ୍କୁ ବଢ଼ାଇ ଦେଇ ରାଜାଙ୍କୁ ନତଜାନୁ ହୋଇ ପ୍ରଣାମ କରୁଥିବା ବେଳେ ଗୁଆଙ୍ଗ୍ କହିଲେ- 'ଏମାନେ ଆପଣଙ୍କ ଯମଜ ପୁତ୍ର ଶାଲୀନ୍ ଓ ଶୀଂ।'

ଘରେ ସତେକି ବଜ୍ରପାତ ହେଲା!!

ସେହି ଚମକରେ ରାଜାଙ୍କ ଯୌବନ ସତେ ଅବା ଫେରି ଆସିଲା। ମୁହଁରେ ଓ ଦେହରେ ଶହେ ସିଂହର ଠାଣୀ ନେଇ ସେ ଦୁଇ ସନ୍ତାନଙ୍କୁ ତଳୁ ଉଠାଇ ଛାତିରେ ଜାକି ଧରିଲେ।

ଆଉ ଏ ବଜ୍ରପାତ ରାଣୀମାନଙ୍କୁ ପୋଡ଼ିଜାଳି ଦେଲା ଯେପରି। ସେମାନଙ୍କ ସମସ୍ତ ଦେହମୁହଁ କଳାକାଠ ହୋଇଗଲା। ବର୍ତ୍ତମାନର ହାତ ଗୋଡ଼ ବନ୍ଧା ବନ୍ଦୀ ଅବସ୍ଥାଠାରୁ ହଜାରଗୁଣ ଅଧିକ ଯନ୍ତ୍ରଣାରେ ସେମାନଙ୍କ ମୁହଁ ବିକୃତ ହୋଇଗଲା। ସେମାନେ ଯନ୍ତ୍ରଣାରେ ଛଟପଟ ହୋଇ ଯେଉଁ ଆର୍ତ୍ତନାଦ କରିଉଠିଲେ, ତାହା କିନ୍ତୁ ଅସ୍ୱାଭାବିକ ଭାବେ ଛଳନାମୁକ୍ତ ଥିଲା।

ରାଜା, ଅକ୍ସୀ ଓ ସେମାନଙ୍କ ଦୁଇ ସନ୍ତାନ ପରସ୍ପରର ବାହୁବନ୍ଧନରେ ଆବଦ୍ଧ ହୋଇ ମୁଣ୍ଡପୋତି ଘୋର ବର୍ଷାରେ ଭିଜୁଥିବା ଗୋଟିଏ ପଦ୍ମ କଢ଼ିର ଅଧଖୋଲା ଚାରୋଟି ପାଖୁଡ଼ା ପରି ନିଃଶବ୍ଦରେ ଥରୁଥିଲେ।

ଗୁଆଙ୍ଗ୍ ଟିକିଏ ଦୂରରେ ଠିଆ ହୋଇ ଆଖିର ଲୁହ ପୋଛୁଥିଲେ।

-୦-

ଗୁଆଙ୍ଗ୍‌ଙ୍କ ପରିବାର ଏବଂ ରାଜା ଓ ଅକ୍ସୀ ନିଜ ପୁତ୍ରମାନଙ୍କ ସହ ବୌଦ୍ଧ ଧର୍ମରେ ଦୀକ୍ଷିତ ହେଲେ। ସମଗ୍ର ରାଜ୍ୟର ପ୍ରଜାମାନେ ପରମ ଆନନ୍ଦ, ଉଲ୍ଲାସ ଓ ଉତ୍ସାହ ସହ ବୌଦ୍ଧ ଧର୍ମକୁ ଗ୍ରହଣ କଲେ।

ରାଣୀମାନଙ୍କୁ କଠୋର ଦଣ୍ଡ ଦିଆଗଲା।

କିନ୍ତୁ ବୌଦ୍ଧ ଧର୍ମକୁ ମାନିନେଇ ହିଂସା କି ପ୍ରତିହିଂସା ସେଥିରେ ନଥିଲା। ସେମାନଙ୍କ ନିକଟରୁ ସମସ୍ତ ଦାସଦାସୀ ବାହାର କରିଦିଆଗଲା। ସବୁ ରାଣୀଙ୍କୁ ପୂର୍ବପରି ସ୍ୱତନ୍ତ୍ର କିନ୍ତୁ ଛୋଟ ଛୋଟ ବାସ ଭବନ, ଖାଦ୍ୟ ଜିନିଷ ଓ ଅନ୍ୟାନ୍ୟ ସୁବିଧା ସୁଯୋଗ ଯୋଗାଇ ଦିଆଗଲା। ସେମାନେ ଭୋକ ଲାଗିଲେ ନିଜେ ରାନ୍ଧିଲେ, ଖାଇଲେ। ନିଜ ଘର ନିଜେ ସଫା କଲେ। ଶେଯ, ପୋଷାକ ଥିଲା କିନ୍ତୁ ତାକୁ ସଫାକରି ସଜେଇ ରଖିବାକୁ ଲୋକ ନଥିଲେ। ନା ସେମାନେ କାହାକୁ ଦେଖିବାକୁ ପାଉଥିଲେ, ନା ସେମାନଙ୍କୁ ଭେଟିବାକୁ କାହାକୁ ଅନୁମତି ମିଳୁଥିଲା।

ସାରାଜୀବନ ଅନ୍ୟକୁ ନିନ୍ଦା କରୁଥିବା ସେମାନଙ୍କର ଜିଭ ସତେ ଅବା ବରଦାନ ପାଇ ଚୁପ୍ ହୋଇଯାଇଥିଲା। ସେମାନଙ୍କ ସମସ୍ତ ଦାସଦାସୀଙ୍କୁ ନିଜ ନିଜ ଗ୍ରାମକୁ ପଠାଇ ଚାଷବାସରେ ଲଗାଇ ଦିଆଗଲା।

ଦୁଇ ପ୍ରେମିକ ପ୍ରେମିକାଙ୍କୁ- ରାଜା ଓ ଅକ୍ସୀଙ୍କୁ, ଦୀର୍ଘ ସମୟର ବିଚ୍ଛେଦ ଦେବା ଅପରାଧରେ ରାଣୀମାନଙ୍କୁ ସଂପୂର୍ଣ୍ଣ ନିଃସଙ୍ଗତାର କଠୋର ଦଣ୍ଡ ଦିଆଯାଇଥିଲା।

ସମସ୍ତେ ଭାବିଥିଲେ ରାଣୀମାନେ ହୁଏତ ନିଜେ ମରିଯିବେ, କିମ୍ବା ଆତ୍ମହତ୍ୟା କରିଦେବେ।

କିନ୍ତୁ ପାଞ୍ଚବର୍ଷ ପରେ ଦେଖାଗଲା ସମସ୍ତ ରାଣୀ ଅଧିକ ସୁସ୍ଥ ଓ ଅଧିକ କାର୍ଯ୍ୟକ୍ଷମ ଅଛନ୍ତି। କୌଣସି ଅଲୌକିକ ଚେତନା ବଳରେ ସେମାନେ ସମସ୍ତେ ଜଣ ଜଣ ହୋଇ ବୌଦ୍ଧ ଧର୍ମ ଗ୍ରହଣ କରି ବୌଦ୍ଧାଶ୍ରମରେ ନିଜର ଶେଷ ଜୀବନ ବିତାଇଲେ।

ସମସ୍ତେ ଜାଣିଥିଲେ ଅକ୍ସୀଙ୍କୁ ଭଗବାନ ବୁଦ୍ଧ ସ୍ୱୟଂ ଦେଖାଦେଇ ତାଙ୍କୁ ତାଙ୍କର ସମସ୍ତ ସୁଖଶାନ୍ତି ଓ ଗୌରବ ଆଣିଦେଇଥିଲେ। ତାଙ୍କ ରାଜ୍ୟ ଆଉ ଛୋଟ ରାଜ୍ୟ ହୋଇ ରହିନଥିଲା। ଶାଲୀନ୍ ଓ ଶୀଂଙ୍କ ନେତୃତ୍ୱରେ ସମସ୍ତ ପଡ଼ୋଶୀ ରାଜ୍ୟ ଓ ଅନେକ ଦୂର ରାଜ୍ୟ ମଧ୍ୟ ସେମାନଙ୍କ ଅଧୀନ ହେବାରେ ଲାଗିଲେ। ରାଜ୍ୟର ରାଜଧାନୀକୁ ଘୁଞ୍ଚାଇ ଦେଶର ମଧ୍ୟସ୍ଥଳରେ ରଖି ରାଜା ଓ ଦୁଇ ପୁତ୍ର ମିଳିତ ଭାବରେ ଦୃଢ଼ ଓ ସୁଶାସନ ଚଳାଇଲେ।

ଅକ୍ସୀ ନିଜେ ବୌଦ୍ଧ ଧର୍ମର ଏକ ବିଖ୍ୟାତ ପୃଷ୍ଠପୋଷିକା ହୋଇ ସମଗ୍ର ଚୀନ୍‌ରେ ବୌଦ୍ଧଧର୍ମର ପ୍ରସାର ଓ ପ୍ରଚାର କଲେ। ଭାରତରୁ ବଛା ବଛା ବୌଦ୍ଧଭିକ୍ଷୁ ଓ

ଲାମାମାନଙ୍କୁ ନେଇ ସେ ବିଭିନ୍ନ ସ୍ଥାନରେ ବୌଦ୍ଧ ମଠମାନ ସ୍ଥାପନ କଲେ। ଏହି ବୌଦ୍ଧ ମଠର ସମସ୍ତ ଖର୍ଚ୍ଚର ଦାୟିତ୍ୱ ତାଙ୍କର ଥିଲା।

ଅକ୍ସୀ ନିଜେ ଜାଣିଥିଲେ, ଭଗବାନ ବୁଦ୍ଧ ହିଁ ତାଙ୍କୁ ରେଶମ ଶିଳ୍ପର ରହସ୍ୟ ଆଡ଼କୁ ଟାଣି ନେଇଥିଲେ। କିନ୍ତୁ ସେ ଏହି ସୌଭାଗ୍ୟର ରହସ୍ୟକୁ ସଂପୂର୍ଣ୍ଣ ଗୁପ୍ତରଖିଲେ। ସେ ଯେ ପୁତ୍ରମାନଙ୍କୁ କଳିଙ୍ଗକୁ ପଠାଇ ସେଠାରେ ଏହି ଶିଳ୍ପ ଶିଖି ଆସିଛନ୍ତି ଏ କଥା ରାଜା, ଅକ୍ସୀ, ଗୁଆଙ୍ଗ୍ ଓ ପିଲା ଦୁହିଁଙ୍କ ଛଡ଼ା ଗୁଆଙ୍ଗଙ୍କର ପରିବାର ସୁଦ୍ଧା ଜାଣି ନଥିଲେ। ଏକଥା ଜଣା ପଡ଼ିଗଲେ, ଚୀନ୍‌ର ସମସ୍ତ ଲୋକ ମଧ୍ୟ ସେୟାକରି ନିଜେ ନିଜେ ରେଶମ ଉତ୍ପାଦନ କରି ତାଙ୍କର ପ୍ରତିଦ୍ୱନ୍ଦ୍ୱୀ ହୋଇ ଠିଆହୁଅନ୍ତୁ ଏହା ଅକ୍ସୀ ଚାହୁଁ ନଥିଲେ।

ଭାରତରୁ ଚୀନ୍‌କୁ ରେଶମ ଆସିବା ଧୀରେ ଧୀରେ କମି ଶେଷରେ ସଂପୂର୍ଣ୍ଣ ବନ୍ଦ ହୋଇଗଲା। ବନ୍ଦରମାନଙ୍କରେ ଭାରତରୁ ରେଶମ ନେଇ ଆସୁଥିବା ଜାହାଜ ଉପରେ କଠୋର କଟକଣା ଓ ପ୍ରତିବଂଧକ ରଖାଗଲା। ଫଳରେ ଭାରତୀୟ ବେପାରୀମାନେ ଜାଭା, ସୁମାତ୍ରା, କମ୍ବୋଜ ଓ ମଳୟ ଆଡ଼କୁ ମୁହାଁଇ ସେଠାରେ ବାଣିଜ୍ୟ ବଢ଼ାଇ ଦେଲେ। ଚୀନ୍‌କୁ ଭାରତର ଅନ୍ୟାନ୍ୟ ସାମଗ୍ରୀ ଆସିଲା କିନ୍ତୁ ରେଶମ ତ ଦୂରର କଥା ସୂତାଖିଏ ମଧ୍ୟ ଆସିପାରିଲା ନାହିଁ।

ଅକ୍ସୀଙ୍କ ରେଶମ ଉତ୍ପାଦନର ରହସ୍ୟ ସମସ୍ତଙ୍କ ଆଖି ଅନ୍ତରାଳରେ ରହିଲା। ସମଗ୍ର ଚୀନ୍‌ରେ ଓ ନିକଟସ୍ଥ ଓ ଦୂରସ୍ଥ ଦେଶମାନଙ୍କୁ ନିଜର କ୍ଷମତା ବଳରେ ଅକ୍ସୀ ରେଶମ ବସ୍ତ୍ରର ରପ୍ତାନୀ ଜୋରସୋରରେ ଚଳାଇବାରେ ଲାଗିଲେ। ବନ୍ଦରମାନଙ୍କରେ ତୁତ ଗଛର ଚାରା କିମ୍ବା ରେଶମ ପୋକର ଅଣ୍ଡାର କଠୋର ଯାଞ୍ଚ ହେଉଥିଲା। ଏହାକୁ ନେଇ କେହି ଆସିଲେ କିମ୍ବା ଏହାକୁ ନେଇ କେହି ଚୀନ ବାହାରକୁ ଯିବାର ଚେଷ୍ଟା କରିବା ମାତ୍ରେ ଧରା ପଡୁଥିଲା ଓ ସଙ୍ଗେ ସଙ୍ଗେ ମୃତ୍ୟୁଦଣ୍ଡ ଦିଆଯାଉଥିଲା।

ଏଠାରେ ବୌଦ୍ଧ ଧର୍ମର ଅହିଂସା ନୀତି କୌଣସି କାମ କରୁନଥିଲା। ମୂଲୁ ମାଇଲେ ଯିବ ସରି, ଦେବଙ୍କ ସଙ୍ଗେ କିମ୍ପା କଳି ?

ଏତକ କରି ମଧ୍ୟ ଅକ୍ସୀ ତୃପ୍ତ ହେଲେ ନାହିଁ। ସେ ତାଙ୍କ ପ୍ରଚାରକମାନଙ୍କ ଦ୍ୱାରା ଏକ ଗୁଜବ ପ୍ରଚାର କଲେ।

ଏହି ବହୁପ୍ରଚାରିତ ଗୁଜବଟି ହେଲା- ଚୀନ୍‌ର କୌଣସି ଏକ ରାଜକୁମାରୀ ଦିନେ ନିଜ ବଗିଚାରେ ବସି ଚା' ପିଇବାବେଳେ ହଠାତ୍ କିଛି ମନେପଡ଼ିବାରୁ ତାଙ୍କ ଗରମ ଚା' ଭର୍ତ୍ତି ସ୍ୱର୍ଣ୍ଣ ପାତ୍ରଟିକୁ ସେଇଠି ଛାଡ଼ି ମହଲ ଭିତରକୁ ଚାଲିଗଲେ।

ତାଙ୍କ ଗରମ ଚା'ପାତ୍ର ଭିତରେ ମୁଣ୍ଡ ଉପର ଗଛରୁ ଏକ ପୋକର ଖୋଷା

ଖସି ପଡ଼ିଲା । ପରେ, ଚା’ କଥା ମନେପଡ଼ିବାରୁ ରାଜକୁମାରୀ ଫେରିଆସି ଦେଖନ୍ତି ତ ତାଙ୍କର ଥଣ୍ଡା ଚା’ ପାତ୍ରରେ ହଳଦିଆ ସ୍ୱର୍ଣ୍ଣବର୍ଣ୍ଣର ସୂତା ଗୁଳାଟିଏ ଭାସୁଛି । ରାଜକୁମାରୀ ସେଇ ସୂତାର ଖିଅକୁ ବାହାର କରି ତାକୁ ମୁଣ୍ଡର ଏକ ଲମ୍ବା କଣ୍ଟା କାଢ଼ି ସେଥିରେ ବାନ୍ଧି ଗୁଡ଼ାଇଲେ । ଚାହୁଁ ଚାହୁଁ ତାଙ୍କ ହାତ ଥକିଗଲା କିନ୍ତୁ ସୂତା ଗୁଳାଟି ସରିଲା ନାହିଁ ।

ଏହାଦେଖି ନିକଟରେ ଥିବା ଜଣେ ଦାସୀ ଦୌଡ଼ିଆସି ତାଙ୍କ ହାତରୁ ମୁଣ୍ଡ କଣ୍ଟାଟି ନେଇ ରେଶମୀ ସୂତା ଗୁଡ଼ାଇବାରେ ଲାଗିଲା । ସବୁ ସୂତା ସରିବା ବେଳକୁ ଏକ ବଡ଼ ସୂତା ପେଣ୍ଡୁଳା ଭିତରେ ମୁଣ୍ଡକଣ୍ଟାଟି ଅଦୃଶ୍ୟ ହୋଇ ସାରିଥିଲା । ରାଜକୁମାରୀ କୌତୁହଳତାର ସହ ତାକୁ ନେଇ ଲୁଗା ବୁଣାଇଲେ ଓ ତାକୁ ଏକ ପୋଷାକ କରି ପିନ୍ଧିଲେ ମଧ୍ୟ । ତାକୁ ଯିଏ ଦେଖିଲା ସେ ମୁଗ୍ଧ ହେଲା ଓ ଅନେକ ପ୍ରଶଂସା କଲା ।

ଉତ୍ସାହିତ ହୋଇ ରାଜକୁମାରୀ ବଗିଚାକୁ ଯାଇ ସେଇ ଗଛରେ ଥିବା ସବୁ ଖୋଷାମାନଙ୍କୁ ତୋଳେଇ ଆଣି ଗରମ ପାଣିରେ ପକାଇ ସିଝାଇ ଥଣ୍ଡା କରି ରେଶମ ସୂତା ଓ ବସ୍ତ୍ର ଉତ୍ପାଦନରେ ଲାଗିପଡ଼ିଲେ ।

ବୁଦ୍ଧିମତୀ ଅକ୍ସୀ ନିଜର ରେଶମ ଶିଳ୍ପ ଉତ୍ପାଦନର ଉତ୍ସ ଓ ଠିକଣା ଲୋକଲୋଚନକୁ ଆଣିବାକୁ ଚାହୁଁ ନଥିଲେ, ଏଣୁ ନିଜ ନାମ ଗୋପନ ରଖିଥିଲେ । ଆଉ ଏଇ ଗଛଟି ଯେ ତୁତ ଗଛ, ସେ ଖୋଷାଟି ଯେ ଏକ ନିର୍ଦ୍ଦିଷ୍ଟ ଏଣ୍ଡି ପ୍ରଜାପତି ଦ୍ୱାରା ନିର୍ମିତ, ଓ ସେ ରାଜକୁମାରୀ ଯେ ସେ ନିଜେ, ଏକଥା ପ୍ରଚାରକମାନେ ମଧ୍ୟ ଜାଣିନଥିଲେ । ସେମାନେ କେବଳ ଏତିକି ଜାଣିଥିଲେ ଏହି ସମ୍ପୂର୍ଣ୍ଣ କଥାଟି ମିଛ ।

ଅକ୍ସୀଙ୍କ ପ୍ରେରିତ ଏହି ଗୁଜବ ଯେତେବେଳେ ପରିପୁଷ୍ଟ ହୋଇ ପୁଣି ତାଙ୍କ ପାଖକୁ ଫେରିଆସିଲା ସେ ଆଶ୍ୱସ୍ତିର ନିଃଶ୍ୱାସ ମାରିଲେ । ଧୀରେ ଧୀରେ ଚୀନ୍ ଲୋକମାନେ ବୁଝିଲେ ଏହି ରେଶମ ଶିଳ୍ପର ରହସ୍ୟ ଚୀନ୍‌ରେ ହିଁ କେଉଁ ରାଜକୁମାରୀଙ୍କ କଡ଼ା ସୁରକ୍ଷାରେ ବନ୍ଦୀ ହୋଇରହିଛି । ସେମାନେ ଭାରତ ହିଁ ରେଶମର ଉତ୍ପତ୍ତିସ୍ଥଳ, ଏକଥା ଧୀରେ ଧୀରେ ଭୁଲିଗଲେ । ମନେ ରଖିଲେ ସିନା ସେମାନେ ଏହାକୁ ଶିଖିବା ପାଇଁ ଭାରତ ଆଡ଼େ ମୁହାଁଇବେ ।

‘ନା ରହିଲା ବାଉଁଶ, ନା ବାଜିବ ବଇଁଶୀ ।’

ରାତି ଅନେକ ହୋଇ ସାରିଥିଲା, ଜାହାଜର ସମସ୍ତ କର୍ମଚାରୀ ଓ ଦେବଦତ୍ତ କରତନ କ୍ଲାଂ ଚାରିପଟେ ଜମା ହୋଇ ଏକଥା ଶୁଣୁଥିଲେ ।

‘ଏ ଘଟଣାର ଦୁଇ ହଜାର ବର୍ଷ ସରିବା ବେଳକୁ ସାରା ପୃଥିବୀରେ ଏ ଗୁଜବ ସତ୍ୟବୋଲି ପ୍ରଚାରିତ ହୋଇ ସାରିଲାଣି । ଏପରିକି ସିଲ୍‌କ ରୁଟ୍ ବୋଲି

କେବେ ନଥିବା ଏକ ରାସ୍ତା ମଧ୍ୟ ଐତିହାସିକମାନେ ଲେଖାଇଛନ୍ତି। ଏହି ଐତିହାସିକମାନେ ଏକଥା ମଧ୍ୟ ଲେଖିବା ଆରମ୍ଭ କରିଦେଲେଣି ଯେ ଭାରତ ଚୀନ୍‌ରୁ ରେଶମ ବସ୍ତ୍ର ଆମଦାନୀ କରେ। ଏ କଥା ଯାହା - 'ସମୁଦ୍ରକୁ ଲୁଣ ଯୋଗାଇବା ସେୟା।' କରତନ କ୍ଲୁଂ କହିଲେ।

'ଏ ଐତିହାସିକ କିଏ ?' କିଏ ଜଣେ ପଚାରିଲା।

'ଯିଏ ଇତିହାସ ଲେଖେ।' କରତନ ଉତ୍ତର ଦେଲେ।

'ତାଙ୍କୁ ଡାକୁନ, ତାଙ୍କୁ ଦେଖାଇବା ଯେ ଏବେ ଆମ ଜାହାଜରେ ଚୀନ୍‌ରୁ ନୁହଁ କଳିଙ୍ଗରୁ ହିଁ ଆମେ ରେଶମ ବସ୍ତ୍ର ନେଉଛୁ। ଆମେ ଚୀନକୁ ଯାଇଥିଲେ, କ'ଣ ହେଲା ? ସେମାନେ ଆମକୁ ହାଣିବାକୁ ଗୋଡ଼ାଇ ଆସିଲେ, ତାଙ୍କ ବସ୍ତ୍ର ତାଙ୍କ ବେପାରୀ ଜାହାଜ ହିଁ ନେବ। ଆମକୁ ଦେଲେ ନାହିଁ। ଆମଦାନୀ ତାଙ୍କର। ମୂଳରୁ ଶେଷ ସବୁ ଲାଭ ବି ତାଙ୍କର । ଏଣୁ ଡାକ ସେ ଇତିହାସ ଲେଖିବା ଲୋକଙ୍କୁ। ଏଇକଥା କହିବା।' ଆଉ ଜଣେ କମ୍ବୋଦୀୟ କର୍ମଚାରୀ କହିଲା।

'କୋଉ ଇତିହାସ ଲେଖକକୁ ଡାକିବ ? ଶ୍ୱେତଦ୍ୱୀପର ? ସ୍ପେନର ? ଇଂରେଜ ? କାହିଁକି ? ଏ ଓଡ଼ିଆ ଲୋକ କିମ୍ବା ଅନ୍ୟ ଭାରତୀୟମାନେ କ'ଣ ଇତିହାସ ଲେଖୁ ନାହାନ୍ତି କି ?' ଆଉ ଜଣେ କିଏ ପଚାରିଲା।

ଦେବଦତ୍ତ ମୁଣ୍ଡ ପୋତି ବସି ରହିଲେ।

'ହଉ, ଏଥର ଚାଲ ଶୋଇବା, ସକାଳୁ ପୁଣି ସେଇ ଲଦାଲଦି କାମ ଆରମ୍ଭ ହୋଇଯିବ।' ହାଇ ମାରୁ ମାରୁ ମାଳୟର କର୍ମଚାରୀ ଜଣକ ନିଜ ଜାଗାରୁ ଉଠି ଠିଆ ହେଲା।

ଚାହୁଁ ଚାହୁଁ ସେଇ ପ୍ରଶସ୍ତ ଜାଗାଟିର ଘୁଂଗୁଡ଼ି ଶବ୍ଦ ସ୍ଥିର ଜାହାଜକୁ ପିଟୁଥିବା ଲହଡ଼ି ଶବ୍ଦକୁ ମଧ୍ୟ ଦବାଇ ଦେଲା।

■

## ॥ ୪ ॥

୨୮ ଫେବୃଆରୀ, ୧୭୫୨
ବୋମକେଇ

କନକ ଆସି ତନ୍ତ ପାଖରେ ଠିଆହେଲେ। ତାଙ୍କୁ ନଚାହିଁ ଦେବଦତ୍ତ ପଚାରିଲେ, 'କ'ଣ ହେଲା ?'

କଅଁଳ ସକାଳର ସୁନ୍ଦର ଖରା ଚାରିଆଡ଼େ ବିସ୍ତାର ହୋଇ ପଡ଼ିଥିଲା। ସେ ଆଡ଼କୁ ଅନାଇ କନକ କହିଲେ, 'ତୁମେ ଆଜି ଟିକିଏ ହାଟକୁ ଯାଆନ୍ତ ନାଇଁ? ଏତେଗୁଡ଼ିଏ ଦରକାରୀ ଜିନିଷ ହାଟରୁ ଆସିବାର ଅଛି ? ଆଗକୁ ଶିବରାତ୍ରି ଓପାସ ଆସୁଛି।'

'ଆରେ, ଆଗରୁ ଟିକିଏ କହି ପାରିଲ ନାହିଁ, ଏବେ ବିଧାନ ଆସି ପଚାରୁଥିଲା ଯେ ମୁଁ ମନା କରିଦେଲି। ମୋତେ କେମିତି ହେଲେ ଏ ପାଟଖଣ୍ଡକ ଆଜି ସାରିବାକୁ ପଡ଼ିବ।'ତନ୍ତରୁ ମୁହଁ ଉଠାଇ ଦେବଦତ୍ତ କହିଲେ। 'ଦୁହେଁ ଗୋଟିଏ ଶଗଡ଼ ନେଇ ଯାଇଥିଲେ ଶସ୍ତା ପଡ଼ନ୍ତା ନା ?'

'ମୁଁ କେମିତି ଜାଣିବି ବିଧାନ ଆସିଥିଲା ବୋଲି ? ଘରେ କପା ନାହିଁ, ରଙ୍ଗ ନାହିଁ, ତୁମର ତ ପାଟବୁଣାର ବରାଦ କାମ ସରି ଆସିଲାଣି, କେତେବେଳେ ସୂତାଶାଢ଼ୀ ପାଇଁ ବରାଦ ଆସି ପହଞ୍ଚିଯିବ। ମୁଁ ସୂତା, ରଙ୍ଗ ତା ପୂର୍ବରୁ ତିଆରି କରି ରଖିବି ନା ? ତୁମେ ଯାଇ ଦେଖ, ବିଧାନ ଯାଇ ନଥିବ।'

ଦେବଦତ୍ତ ସେଠାରୁ ଉଠୁ ଉଠୁ କହିଲେ, 'ହଉ, ବିଧାନ ତ କହିଗଲା ସେ ଶଗଡ଼ ଦର କରିବାକୁ ଯାଉଛି। ଆସିଲେ ଗଞ୍ଜା ହାଟକୁ ଯିବ। ମୁଁ ଦେଖେ, ସେ ଫେରି ନଥିବ। ତା' ଘରେ କହିଦେଇ ଆସେ, ଶଗଡ଼ ଧରି ଆସିଲେ ମୋତେ ଡାକିବ। ମିଶିକରି ଯିବୁ।'

-0-

ବୋମକେଇ ଠାରୁ ମାତ୍ର ଦୁଇକୋଶ ଦୂରରେ କୁସୁପୁରରେ ପ୍ରତି ଶନିବାର ହାଟ ବସେ। ଆଖପାଖ ଦଶଖଣ୍ଡ ଗାଁ ତା'ରି ଉପରେ ନିର୍ଭର କରନ୍ତି। ସେଠାକୁ ଯିବା ପାଇଁ ଗାଡ଼ିଘୋଡ଼ା ଲୋଡ଼ା ହୁଏ ନାହିଁ। ନିତିଦିନିଆ ଜୀବନର ସାଧାରଣ ତେଲଲୁଣ ପାଇଁ ସେଇ ଯଥେଷ୍ଟ। କିନ୍ତୁ କପା ଆଦି ଗୁଡ଼ାଏ ଦିନର ଏକା ସାଙ୍ଗରେ କିଣୁଥିବା ଜିନିଷ ପାଇଁ ଦୂରର ଗଂଜା ସହରର ବଜାରକୁ ଯିବାକୁ ପଡ଼େ। ସେଠାରେ ପ୍ରତିଦିନ ହଜାର ହଜାର ବ୍ୟବସାୟୀ କିଣାବିକା କରନ୍ତି। ପ୍ରତିଦିନ ବଜାର ଖୋଲାଥାଏ।

ଗଂଜା ସହର ବୋମକେଇ ଠାରୁ ଶଗଡ଼ରେ ଦୁଇ ଘଣ୍ଟାର ବାଟ। ଦେବଦତ୍ତ ଓ ବିଧାନ ଖରାଟାଣ ହେବା ଆଗରୁ ଗଞ୍ଜାରେ ପହଞ୍ଚି ମୂଲଚାଲ କରି କପାବସ୍ତା, ରଂଗ ଓ ଆଉ କିଛି ଦରକାରୀ ଜିନିଷ କିଣି ଗାଡ଼ିରେ ଲଦିଲେ। କାମ ସରିବା ପରେ ଦେବଦତ୍ତ କହିଲେ – 'ବିଧାନ, ତୁ ଏଇଠି ଟିକିଏ ବସିଥା, ମୁଁ ହେଇ ସେ ସାହି ଉପରମୁଣ୍ଡ ଦୋକାନରୁ ଦତ୍ତା ପାଇଁ ଦର୍ପଣଟିଏ କିଣି ଆଣିବି। କାନ୍ଥରେ ଲେସା ହୋଇଥିବା ଷଢ଼େଇ ପରି ସାନ ଦର୍ପଣଟା କୋଉ କାଳୁ କଷଡ଼ା ପଡ଼ିଗଲାଣି। ସେ ସେଥିରେ ମୁହଁ ଦେଖିଲେ, ମୋତେ ଭଲ ଲାଗୁନି। ମୁଁ ତା' ପାଇଁ ବଡ଼ ଦର୍ପଣଟିଏ ଆଣିବି ଆଣିବି ବୋଲି ସବୁଥର ଭୁଲି ଯାଉଛି।'

'ତୁମେ ଆସିଲେ ତାହାହେଲେ ବଳଦ ଦୁଇଟାକୁ ବାନ୍ଧିବା, ଏବେ ଚରୁଥାନ୍ତୁ, ନା କ'ଣ କହୁଛ ?'

'ହଁ ହଁ ଚରୁଥାନ୍ତୁ। ମୁଁ ହେଇ ଗଲି ଆଉ ଆସିଲି।'

ଦେବଦତ୍ତ ମନୋହାରୀ ଦୋକାନ ଭିତରେ ପଶି ବଡ଼ ଦର୍ପଣ, ଛୋଟ ଅତର ଶିଶିଟାଏ, ବାସନା ତେଲରୁ ଗୋଟିଏ ଶିଶି କିଣି ଫେରି ଆସିବା ବେଳେ ଦୋକାନ ଆଗରେ, ରାସ୍ତାର ଆରପଟେ ଥିବା ଏକ ଘରର ଚଉଡ଼ା କାନ୍ଥରେ ଟଙ୍ଗା ହୋଇଥିବା ରାଜଘୋଷଣା ଉପରେ ତାଙ୍କର ଆଖିପଡ଼ିଲା। ଧଳା କନା ଉପରେ ବଡ଼ ବଡ଼ ନାଲି ଅକ୍ଷରରେ ଲେଖାଥିଲା –

'ପାରଳାଖେମୁଣ୍ଡି ମହାରାଜା ଶ୍ରୀଶ୍ରୀଶ୍ରୀ ଦ୍ୱିତୀୟ ଜଗନ୍ନାଥ ଗଜପତି ନାରାୟଣଦେବ ସମଗ୍ର ଓଡ଼ିଶା ରାଜ୍ୟର ସମସ୍ତ ଓଡ଼ିଆ କବିମାନଙ୍କଠାରୁ ସେମାନଙ୍କ ଓଡ଼ିଆ କାବ୍ୟର ପାଣ୍ଡୁଲିପି ଆହ୍ୱାନ କରୁଛନ୍ତି। ଯେଉଁ କବିଙ୍କର କାବ୍ୟ ଶ୍ରେଷ୍ଠ ବିବେଚିତ ହେବ, ଶ୍ରୀଶ୍ରୀଶ୍ରୀ ଗଜପତି ମହାରାଜ ତାଙ୍କୁ ଏକହଜାର ସ୍ୱର୍ଣ୍ଣମୁଦ୍ରା ପୁରସ୍କାର ଦେବେ। ଏହି ପାଣ୍ଡୁଲିପି ଦେବାର ଶେଷ ତିଥି ହେଲା ଆଗାମୀ କାର୍ତ୍ତିକ ପୂର୍ଣ୍ଣିମା। କବିମାନେ ପାରଳାଖେମୁଣ୍ଡି ନିଜେ ଆସି କାବ୍ୟକୁ ଶ୍ରୀ ମହାରାଜାଙ୍କ ଶ୍ରୀହସ୍ତରେ ଦେବେ।'

ଏକହଜାର ସ୍ୱର୍ଣ୍ଣମୁଦ୍ରା !!

ଦେବଦତ୍ତଙ୍କ ହାତରୁ ଦର୍ପଣଟା ଖସି ପଡ଼ିଥାନ୍ତା । ସେ ସେଇଟା ସମ୍ଭାଳି ନେଲେ । ଏକ ହଜାର କାହିଁକି, ସେଥିରୁ ପାଆଁଶ ସ୍ୱର୍ଣ୍ଣମୁଦ୍ରା ଦେଇଦେଲେ ସୁଦତ୍ତାକୁ ବୋହୂ କରି ନେବାପାଇଁ ପ୍ରଚଣ୍ଡ ଧାଇଁ ଆସନ୍ତା ।

ଦେବଦତ୍ତ ମନଦେଇ ଘୋଷଣାଟିକୁ ଆମୂଳଚୁଳ ପାଞ୍ଚ ସାତ ଥର ପଢ଼ିନେଲେ । ସେଠାରେ ଆଉ ମୁହୂର୍ତ୍ତଟାଏ ସମୟ ନଷ୍ଟ କରିବାକୁ ତାଙ୍କୁ ଇଚ୍ଛା ହେଲାନାହିଁ ।

ଦୂରରୁ ଧଇଁସଇଁ ହୋଇ ଦେବଦତ୍ତଙ୍କୁ ଧାଇଁ ଆସିବାର ଦେଖି ବିଧାନ ଧଡ଼ପଡ଼ ହୋଇ ବସିବା ଜାଗାରୁ ଉଠି ଖଣ୍ଡେ ଦୂର ଆଗେଇ ଯାଇ ତାଙ୍କ ହାତରୁ ଦର୍ପଣଟା ନେଇ ଆଶ୍ଚର୍ଯ୍ୟ ହୋଇ ପଚାରିଲା- 'କ'ଣ ହେଲା ମଉସା ?'

ପଚାରିଦେଇ ସେ ଦେବଦତ୍ତଙ୍କ ଆସିବା ରାସ୍ତାକୁ ଅନାଇଲା, ସ୍ୱାଭାବିକ ଗହଳଚହଳ ଲାଗିଛି । ହେଲେ ଦେବଦତ୍ତ ପଛରେ ଗୋଡ଼ାଉଥିବା ଷଣ୍ଢ କି ମଣିଷ ତ ଦୂରର କଥା କୁକୁରଟିଏ ମଧ୍ୟ କାହିଁ କେଉଁଠି ଦିଶୁନି ତ !

ସେ ଦେବଦତ୍ତଙ୍କ ହାତରୁ ଅନ୍ୟାନ୍ୟ ଜିନିଷ ଥିବା ମୁଣାଟା ନେଇ ତାଙ୍କୁ ଗଛମୂଳେ ନେଇ ବସାଇଲା, ଶଗଡ଼ରେ ଥିବା ପାଣି କଳସୀକୁ ନେଇ ତାଙ୍କୁ ଧରାଇଦେଲା । ଦେବଦତ୍ତ ପୁରା କଳସୀକୁ ମୁହଁ ଉପରକୁ ଟେକି ଧରି ଢକଢକ କରି ପାଣିପିଇ ବାକିଥିବା ପାଣି ନିଜ ମୁଣ୍ଡରେ ଝରଝର କରି ଢାଳି ସେଠାରେ ଓଦା ସରସର ହୋଇ ବସି ରହିଲେ ।

ବିଧାନ ଦେବଦତ୍ତଙ୍କୁ ଏପରି ବିଚଳିତ ହେବା କେବେ ଦେଖି ନଥିଲା । ଦୁହେଁ କିଛି ସମୟ ଚୁପ୍‌ଚାପ୍ ବସିବା ପରେ ସେ ଦେବଦତ୍ତଙ୍କୁ ପଚାରିଲା - "ମଉସା, ମୋତେ ଏବେ କହିବ କି ଘଟଣା କ'ଣ ?"

ଦେବଦତ୍ତ ନିଶ୍ୱାସଟାଏ ନେଇ କହିଲେ, 'ବିଧାନ ମୁଁ ତ ଏବେ ବି ବିଶ୍ୱାସ କରି ପାରୁନାହିଁ, ପାରଳା ଗଜପତି ମହାରାଜ ଏକ କାବ୍ୟ ପ୍ରତିଯୋଗିତା ଘୋଷଣା କରିଛନ୍ତି । ଯାହାର କାବ୍ୟ ସବୁଠାରୁ ଭଲ ହେବ, ସେ ପୁରସ୍କାର.... ହଉ ରହ ରହ, ସେ କେତେ ପୁରସ୍କାର ପାଇବ ତୁ କହିପାରିବୁ ?'

'କେତେ ? ଶହେ ଟଙ୍କା ?' ଭ୍ରୂକୁଞ୍ଚନ କରି ବିଧାନ ଉତ୍ତର ଦେଲା ।

'ନା ନା, ତା'ଠାରୁ ଢ଼େର ବେଶୀ ।'

'ପାଆଁଶ ଟଙ୍କା ?' ବିଧାନର ଭ୍ରୂକୁଞ୍ଚନ ସିଧା ହୋଇଗଲା । ଆଖିର ଡୋଳା ସ୍ଥିର ହୋଇଗଲା ।

'ନା, ନା, ଆହୁରି ବହୁତ ବହୁତ ବେଶୀ ।'

'କ'ଣ ହଜାରେ ଟଙ୍କା ?" ବିଧାନ ଆଖି ବଡ଼ ବଡ଼ କରି ପଚାରିଲା ।

'ନାହିଁରେ ବିଧାନ । ଯାହା ତୋତେ ଅନୁମାନ କରିବାକୁ କଷ୍ଟ ହେଉଛି, ମହାରାଜ ତା'ଠାରୁ ବହୁଗୁଣ ଅଧିକ ମୂଲ୍ୟର ପୁରସ୍କାର–

'ହାଁ ? ପଚାଶ ସ୍ୱର୍ଣ୍ଣମୁଦ୍ରା ନୁହଁତ ଆଉ ?' ଦେବଦତ୍ତଙ୍କ କଥାକୁ କାଟି ନିଃଶ୍ୱାସକୁ ଚାପି ଉଚ୍ଛୁଳି ଉଠି ବିଧାନ ବସିବା ଜାଗାରୁ ଉଠିପଡ଼ି ଦେବଦତ୍ତଙ୍କ କାନ୍ଧରେ ଦୁଇ ହାତ ରଖି ପଚାରିଲା ।

ପବନ ଶିରିଶିରି କରି ସେମାନଙ୍କ କାନକୁ ଛୁଇଁ ଚାଲିଗଲା । କୁଆ କୋଇଲି ସବୁ ରାବ ବନ୍ଦ କରି ସତେ ଯେପରି ଦେବଦତ୍ତଙ୍କ ଉତ୍ତର ଶୁଣିବେ ବୋଲି ଚୁପ୍ ହୋଇଗଲେ ।

'ପଚାଶ ? ପୁରା ଏକ ହଜାର ସ୍ୱର୍ଣ୍ଣମୁଦ୍ରା !!' ଦେବଦତ୍ତ ଗାମୁଛାରେ ନିଜ ମୁହଁ ପୋଛି ପକାଇଲେ ।

ବିଧାନ ଲଥ୍ କରି ସେଇଠି ବସି ପଡ଼ି ହାଁ କରି ଦେବଦତ୍ତ ମୁହଁକୁ ଚାହିଁରହିଲା । ଦେବଦତ୍ତ କି ବିଧାନ, କାହା ମୁହଁରୁ ଆଉ ପଦୁଟିଏ କଥା ବାହାରିଲା ନାହିଁ ।

କିଛି ସମୟ ପରେ ବିଧାନ କହିଲା, 'ମଉସା, ମୋତେ ଯାହା ଲାଗୁଛି ତୁମର କାବ୍ୟ ହିଁ ଏଇ ପୁରସ୍କାରଟି ପାଇବ । ଯଦି ତୁମକୁ ଏ ପୁରସ୍କାରଟି ମିଳିଯାଆନ୍ତା, ସୁଶୀଳ ସାଙ୍ଗରେ ଦତ୍ତାର ବାହାଘରଟା ସୁରୁଖୁରୁରେ ହୋଇଯାଆନ୍ତା । ତୁମେ ଜାଣିଛ ? ସୁଶୀଳକୁ ବିଭା ହେବା ପାଇଁ ପ୍ରଚଣ୍ଡ କେତେ ଯୌତୁକ ମାଗୁଛି ?'

ଦୀର୍ଘ ନିଃଶ୍ୱାସଟାଏ ଛାଡ଼ି, ତଳକୁ ଅନାଇ ଦେବଦତ୍ତ ଧୀରେ ଧୀରେ କହିଲେ, 'ଜାଣେରେ । ପାଞ୍ଚଶହ ସ୍ୱର୍ଣ୍ଣମୁଦ୍ରା !'

ବିଧାନ ଆଶ୍ଚର୍ଯ୍ୟ ହୋଇ ପଚାରିଲା, 'ଏକଥା ତୁମେ କେମିତି ଜାଣିଲ ?'

'ତୁ କେମିତି ଜାଣିଲୁ, ଆଗେ କହ ।'

ବିଧାନ ଦେବଦତ୍ତଙ୍କୁ ଭଲ ରୂପେ ଜାଣିଥିଲା । ପ୍ରବଳ ମଧ୍ୟ ସବିତାକୁ ସୁଶୀଳ ସାଙ୍ଗରେ ବିବାହ ଦେବାର ସ୍ୱପ୍ନ ଦେଖୁଛି ଏକଥା ଜାଣିଲେ ଦେବଦତ୍ତ ପ୍ରବଳ ଓ ସବିତା ପ୍ରତି ନିଜେ ଅନ୍ୟାୟ କରୁଛନ୍ତି ଭାବି ଦୁଃଖୀ ହେବେ । ଏଣୁ ସେ ଉତ୍ତର ଦେଲା – 'ମୋର ଜଣେ ସାଙ୍ଗ ତା' ଭଉଣୀର ପ୍ରସ୍ତାବ ଧରି ପ୍ରଚଣ୍ଡ ଘରକୁ ଯାଇଥିଲା ତ, ତାକୁ ପ୍ରଚଣ୍ଡ ନିଜେ ଏକଥା କହିଛନ୍ତି । କହିଛନ୍ତି – 'ପୁଅ ପଛକେ ଅଭିଆଡ଼ା ରହୁ, ପାଞ୍ଚଶହ ସ୍ୱର୍ଣ୍ଣମୁଦ୍ରା ନ ପାଇଲେ ସେ କଦାପି ପୁଅକୁ ବିଭା କରାଇବେ ନାହିଁ ।' କିନ୍ତୁ ମଉସା, ତୁମେ କେମିତି ଏକଥା ଜାଣିଲ ?'

'ପ୍ରଚଣ୍ଡଠାରୁ ଧାର ନେଇଥିବା ଜଣେ ଲୋକ ଏକଥା ମୋତେ କହୁଥିଲା ।

ସେଥିପାଇଁ ତ ମୋ ଛାତିରୁ ଅତଡ଼ା ଖସୁଛି। ଆମ ପାଇଁ ଏ ତ ଅସମ୍ଭବ ବ୍ୟାପାର। ମୁଁ ତ ଡରୁଛି- ସୁଶୀଳ ଆଉ କେଉଁଠି ବିଭା ହୋଇଗଲେ ଝିଅ ମୋର ଆଜୀବନ ଅଭିଆଡ଼ୀ ହୋଇ ରହିଯିବ। କାହିଁ ପାଞ୍ଚଶ ସୁନା ମୋହର, ଆଉ କାହିଁ ମୁଁ?' ଦେବଦତ୍ତଙ୍କ ଆଖିରୁ ଧାର ଧାର ଲୁହ ଝରି ପଡ଼ିଲା।

'ତୁମେ ଏମିତି କହୁଛ, ସତେ ଯେମିତି ଗାଆଁଟାଯାକ ଲୋକ ଶହ ଶହ ସୁନା ମୋହର ଧରି ଆତଯାତ ହେଉଛନ୍ତି। ମୋ ବାପା ତ ଏ କଥା ଶୁଣି କହିଲେ- ସୁଶୀଳର ବିଭାହେବା ବଡ଼ କଠିନ। ଷାଠିଏ ମହଣ ଘିଅ ହବ ନା ରାଧା ନାଚିବ? କାରଣ ଆମ ଗାଁ କଥା ଛାଡ଼ିଦିଅ। ଆଖପାଖ ପଚାଶ ଖଣ୍ଡ ଗାଆଁରେ ମଧ୍ୟ ପାଞ୍ଚଶହ ତ ଦୂରର କଥା ପାଞ୍ଚଟା ସୁନା ମୋହର ମଧ୍ୟ କାହାରି ପାଖରେ ନାହିଁ। ବାପା ତ ନିଜେ ସୁନା ମୋହରଟିଏ ଗୋଲ ନା ଚାରିକୋଣିଆ, ଦେଖିବାକୁ କେମିତି, ଜାଣି ନାହାନ୍ତି ବୋଲି କହୁଥିଲେ।'

ଦେବଦତ୍ତ ଆଖି ପୋଛୁପୋଛୁ ହସିଲେ। 'ବାପା, ଏ ବୁଢ଼ାଟାର ମନ ରଖିବାକୁ କେତେ କଥା କହି ମୋତେ ଭୁଲାଉଛୁ।'

ବିଧାନ ଆଖି ବଡ଼ ବଡ଼ କରି କହିଲା- 'ବୁଢ଼ା? ଦତ୍ତାର ବାପା ବୋଲି ମୁଁ ତୁମକୁ ମଉସା ଡାକୁଛି। ନହେଲେ ତ ତୁମକୁ ମୁଁ ଭାଇ ବୋଲି ହିଁ ଡାକିବା କଥା। ତା'ଛଡ଼ା, ତୁମେ ଯେ କହିଲ ତୁମ ମନ ରଖିବାକୁ ଏକଥା ମୁଁ କହୁଛି - ଆଦୌ ନୁହଁ। ମୋ ବାପାଙ୍କ ସହ ଦେଖାହେଲେ ପଚାର, ସେ ଠିକ୍ ଏଇ କଥା ହିଁ କହିବେ। ଏ ଓଡ଼ିଶା ଦେଶରେ, ଏ ମୋଗଲ, ମରାଠା, ଓଲନ୍ଦାଜ, ଫିରିଙ୍ଗୀ ଏମାନଙ୍କ କବଳରୁ କିଏ ବର୍ତ୍ତିଛନ୍ତି ନା ବର୍ତ୍ତିବେ ଯେ ସୁନା ମୋହର ରଖିବେ? ମୋତେ ମଧ୍ୟ ସୁଶୀଳ ଅଭିଆଡ଼ା ରହିଲା ପରି ହିଁ ଦିଶୁଛି।'

ବିଧାନର ଏଇ କଥା ଦେବଦତ୍ତଙ୍କର ରକରକ ହେଉଥିବା କୋଉ ଅଦୃଶ୍ୟ କ୍ଷତରେ ସତେକି ମଲମ ଲଗାଇ ଉପଶମ କରିଦେଲା।

ସୂର୍ଯ୍ୟ ମୁଣ୍ଡ ଉପରକୁ ଉଠି ସାରିଥିଲେ। ଦୁହେଁ ମିଶି ଚରୁଥିବା ବଳଦମାନଙ୍କୁ ଗଛମୂଳରୁ ନେଇ ଶଗଡ଼ରେ ଯୋଚି ଲେଉଟାଣି ଯାତ୍ରା ଆରମ୍ଭ କଲେ। ବହୁ ସମୟ ଧରି ଦୁହେଁ ନିଜ ନିଜ ଭାବନାରେ ବୁଡ଼ି ଚୁପ୍‌ଚାପ୍ ଗାଡ଼ି ଚଳାଇଲେ।

ଘର ପାଖେଇବା ଦେଖି ନୀରବତା ଭଙ୍ଗ କରି ବିଧାନ କହିଲା, 'ମଉସା, ମୋର ଗୋଟିଏ କଥା ରଖିବ? ତୁମେ ସତରେ ଖୁବ୍ ଭଲ ଲେଖୁଛ। ଯଦି ଆଜିଠୁ ଲାଗିପଡ଼ିବ, କାର୍ତ୍ତିକ ପୂର୍ଣ୍ଣିମା ବେଳକୁ ଲେଖାଟି ନେଇ ମହାରାଜାଙ୍କୁ ଦେଇପାରିବ। ଦିନରେ ଲୁଗାବୁଣା ଚାଲିଥାଉ, ରାତିରେ କାବ୍ୟ ଲେଖା ମଧ୍ୟ ଲାଗିରହୁ। ଏମିତି

ଦେଖିଲେ, ତମେ ଲେଖୁଥିବା କାବ୍ୟର ବହୁତ ଭାଗ ତ ଏବେ ତୁମେ ଲେଖି ସାରିଲଣି। ଏଣୁ ଯାକୁ ସାରିବାକୁ ତୁମକୁ ଆଉ ବେଶୀ ଦିନ ଲାଗିବ ନାହିଁ। ମୋର ଦୃଢ଼ ବିଶ୍ୱାସ, ଏ ପୁରସ୍କାର ତୁମେ ହିଁ ପାଇବ।'

"ତୋ ତୁଣ୍ଡ ସୁତୁଣ୍ଡ ହେଉରେ ବାପା। ଆଉ କାହାକୁ ଯଦି ଏ ପୁରସ୍କାର ମିଳେ, ସେ ହୁଏତ ଘର ତୋଳିବ କି ବଣିଜ କରିବ, ନହେଲେ ପିଲାଙ୍କ ପାଇଁ ସାଇତି ରଖିବ। କିନ୍ତୁ ମୁଁ ଯଦି ଏ ପୁରସ୍କାରଟି ପାଏ, ଭଗବାନ ତ ଜାଣନ୍ତି, ମୋ ଝିଅର ଜୀବନ ବଞ୍ଚିଯିବ।"

'ମଉସା, ଚିନ୍ତାକର ନାହିଁ। ମୁଁ ସିନା କାବ୍ୟଲେଖାରେ ସାହାଯ୍ୟ କରି ପାରିବି ନାହିଁ, ସେ ଯୋଗ୍ୟତା ମୋର ନାହିଁ, କିନ୍ତୁ ମୁଁ ଆସି ମଝି ମଝିରେ ତୁମକୁ ଲୁଗାବୁଣାରେ ସାହାଯ୍ୟ କରିଦେବି ଯେ, ତୁମେ ନିଶ୍ଚିନ୍ତରେ ଲେଖିପାରିବ।'

'ବୁଢ଼ାଟିଏ ହୋଇଥା'ରେ ବିଧାନ। ଆଉ ଯେ କହିଲୁ ତୋର ଯୋଗ୍ୟତା କଥା- 'ନାହିଁ' ବୋଲି କହନା, 'ହେଇନି' ବୋଲି କହ। ମୋର ଦୃଢ଼ ବିଶ୍ୱାସ ତୁ ଏବେ ଯେମିତି ମୋ ପାଖକୁ ରୀତିମତ ଆସି ଲେଖା ଅଭ୍ୟାସ କରୁଛୁ, ସେମିତି ଯଦି ନିୟମିତ ଲେଖି ଚାଲିବୁ ଏବଂ ଆଜି ପର୍ଯ୍ୟନ୍ତ ଯାହା ଲେଖିଲୁଣି ତାକୁ ତ ମୁଁ ପଢ଼ିଛି, ତୁ ନିଶ୍ଚୟ ଦିନେ ଲେଖୁ ଲେଖୁ ମୋ ଠାରୁ ବି ବଢ଼ିଆ ଲେଖି ପାରିବୁ, ଏଥିରେ ସଂଦେହ ନାହିଁ।'

ଘର ଆସିଯାଇଥିଲା। ଦେବଦତ୍ତର କଥା ଶୁଣି ବିଧାନର ଛାତି କୁଣ୍ଢେମୋଟ ହୋଇଗଲା। ସେ ଶଗଡ଼ରୁ ଡେଇଁ ପଡ଼ି ଦେବଦତ୍ତର ପାଦ ଛୁଇଁ ପ୍ରଣାମ କଲା। ଦେବଦତ୍ତ ମଧ୍ୟ ଶଗଡ଼ରୁ ଓହ୍ଲାଇ ତାକୁ ନିଜ ଛାତି ଉପରକୁ ଭିଡ଼ିଆଣି କୁଣ୍ଢେଇ ପକାଇଲେ। ଦୁହେଁ ଦୁହିଁଙ୍କ ବାହୁ ବନ୍ଧନରେ ମୁହୂର୍ତ୍ତକ ପାଇଁ ବନ୍ଦୀ ହୋଇଗଲେ।

ଦୂରରେ, ନିଜ ବଗିଚାର ଲୁଗା ଶୁଖା ଦଉଡ଼ିରେ ଗାଧୋଇସାରି ଶୁଖାଉଥିବା ଓଦାଲୁଗା ପଛରେ ନିଜକୁ ଲୁଚାଇ ପ୍ରବଳ ଏ ଦୃଶ୍ୟ ଦେଖିଲା। କ'ଣ ଏମିତି ହେଲା ଯେ ଏ ଦୁହେଁ ଏମିତି ପରସ୍ପରକୁ କୁଣ୍ଢାକୁଣ୍ଢି ହେଉଛନ୍ତି? କ'ଣ ବିନା ପଇସାରେ ଏତକ କପା ଏମାନଙ୍କୁ କିଏ ଦେଇଦେଲା ନା କ'ଣ? ଦିହେଁ ତ ଏମିତି ଚତୁର ଯେ, ଏତକ କାହାଠୁ ଠକିକରି କି ଚୋରାଇ କରି ଆଣିଥିବା ତ ଆଦୌ ସମ୍ଭବ ନୁହେଁ।

କିଛିତ ନିଶ୍ଚୟ ହୋଇଛି।

କିନ୍ତୁ ସେ 'କିଛି'ଟା କ'ଣ?

*ହୁଁ... କଥାଟା ବାହାର କରିବାକୁ ପଡ଼ିବ।*

୩୦ ସେପ୍ଟେମ୍ବର ୧୭୫୨
ବୋମକେଇ

ତନ୍ତ ଉପରୁ ମୁଣ୍ଡ ଉଠାଇ ପ୍ରବଳ ଚାହିଁଲା। ଏ ଯେଉଁ ଗ୍ରାହକଟି ବିଧାନଠାରୁ ଲୁଗା କିଣୁଛି, ସେ ତ ଦେବଦତ୍ତର ଗ୍ରାହକ। ଦେବଦତ୍ତକୁ ଛାଡ଼ି ସେ ଏଠାକୁ ଆସି କାହିଁକି ଲୁଗା କିଣୁଛି ? ଦେବଦତ୍ତ ତ କାହା ସହିତ କଳି କରିବା ଲୋକ ନୁହଁ। ସେ ଲୁଗାବୁଣା ଛାଡ଼ିଦେଲା ନା କ'ଣ ?

ଲୋକଟି ଯିବାପରେ ପୁଣି ଲୁଗା ବୁଣାରେ ଲାଗିଥିବା ବିଧାନକୁ ଚାହିଁ ପ୍ରବଳ କହିଲା- 'କିରେ, ଏ ତ ଦେବଦତ୍ତର ଗ୍ରାହକ। ଆମଠୁ ଆସି କେମିତି ଲୁଗା ନେଲା ?'

'ସେମିତି କିଛି ନିୟମ ତ ନାହିଁ ?' ବୁଣାରେ ଆଖି ରଖି ବିଧାନ କହିଲା।

'ନିୟମ ନାହିଁ ଯେ, ହେଲେ ଗ୍ରାହକମାନଙ୍କର ଗୁଣ, ଯାହାଠୁ କିଣୁଥିବେ, ତା'ରି ପାଖରୁ ହିଁ କିଣିବେ'- ପ୍ରବଳ କହିଲା।

ପୁଅ କୌଣସି ମନ୍ତବ୍ୟ ନଦେଇ ଚୁପ୍‌ଚାପ୍ ମୁଣ୍ଡପୋତି ନିଜ କାମରେ ଲାଗିଥିବା ଦେଖି ପ୍ରବଳ ଆଉ କିଛି ପଚାରିଲା ନାହିଁ।

ତା'ପରଦିନ ଦେବଦତ୍ତର ଆଉ ଏକ ଗ୍ରାହକ ଆସି ଲୁଗା ନେଉଥିବାର ଦେଖି ପ୍ରବଳ ତନ୍ତ ଛାଡ଼ି ବାହାରକୁ ଚାଲିଗଲା। ଲୋକଟି ଲୁଗାକିଣି ପ୍ରବଳର ଘର ଛାଡ଼ି କିଛି ଦୂର ଯିବା ପରେ, ପ୍ରବଳ ତାଙ୍କୁ ପଛରୁ ଡାକି ଏଣୁତେଣୁ ଦୁଇପଦ ଭଲମନ୍ଦ ପଚାରି ଶେଷରେ କହିଲା- 'ତୁମେ ଦେବଦତ୍ତ ପାଖରୁ ତ ସବୁବେଳେ ଲୁଗା ନେଉଥିଲ। ଆଜି ଆମ ପାଖରୁ କେମିତି ନେଲ ? ଦେବଦତ୍ତ କ'ଣ ଲୁଗା ଦାମ୍ ବଢ଼ାଇ ଦେଲା ?'

ଲୋକଟି ପ୍ରବଳର କଥାକୁ ଥଟ୍ଟା ବୋଲି ଭାବି ହସିଦେଲା। କହିଲା- 'ତମ ଲୁଗାଠୁ ଢେର ବଢ଼ିଆ ଲୁଗା ସେ ଶସ୍ତାରେ ଦିଅନ୍ତି ବୋଲି ତ ମୁଁ ତାଙ୍କରି ପାଖରୁ କିଣେ। କିନ୍ତୁ ଏବେ ସେ କ'ଣ ଟିକିଟି ରାଜାଙ୍କ ବରାଦ କାମରେ ପାଟଶାଢ଼ୀ ବୁଣାରେ ଲାଗିଛନ୍ତି ତ, କହିଲେ ମାସେ ଖଣ୍ଡେ ସେଥିରେ ବ୍ୟସ୍ତ ରହିବେ। ତନ୍ତରେ ସୂତା ଲୁଗା ପଡ଼ିପାରିବ ନାହିଁ।'

'ଦେବଦତ୍ତଟା ଗୋଟାଏ ନୀଚ ଲୋକ। ଆରେ, ନୂଆ ଗ୍ରାହକ ପାଇଲୁ ବୋଲି କ'ଣ ପୁରୁଣା ଗ୍ରାହକକୁ ଛାଡ଼ିଦେବୁ ?' ପ୍ରବଳ କହିଲା। ଲୋକଟା ଡବଡବ କରି ପ୍ରବଳକୁ ଚାହିଁଲା। କହିଲା- 'ଭାଇ, ସେ ତ ତାଙ୍କ ଗ୍ରାହକଙ୍କୁ ନେହୁରା ହୋଇ ତୁମ ଘରକୁ ପଠାଉଛନ୍ତି। ଲାଭ ତୁମର। ତୁମେ ପୁଣି ତାଙ୍କୁ ନୀଚ ବୋଲି କହୁଛ କେମିତି ? ଖାସ୍ ଲୋକ ତ ତୁମେ !'

-O-

କିଛିଦିନ ଧରି ପୁଅ ଉପରେ ଆଖି ରଖିଥିବା ପ୍ରବଳ ଦେଖିଲା ବିଧାନ ଲୁଗାବୁଣା ମଝିରେ ମଝିରେ ବନ୍ଦ କରି ହଠାତ୍ କୁଆଡ଼େ ଉଭାନ୍ ହୋଇଯାଉଛି। ପଚାରିଲେ କିଛି କହୁନି। ଫେରିବା ପରେ ପୁଣି ବୁଣା କାମରେ ଲାଗିଯାଉଛି।

ଦିନେ ସେ କିଛି କାମର ବାହାନା କରି ଘରୁ ବାହାରି ଦୂରରେ ରହି ବିଧାନର ଗତିବିଧି ଉପରେ ଆଖି ରଖିଲା। କିଛି ସମୟ ପରେ ବିଧାନ ତନ୍ତବୁଣା ଛାଡ଼ି ଦେବଦତ୍ତ ଘରେ ପଶିଲା। 'ସାହିତ୍ୟ ଚର୍ଚ୍ଚା ନା ଛେନାଗୁଡ଼,' ପ୍ରବଳ ଦାନ୍ତ ରଗଡ଼ି ଭାବିବାରେ ଲାଗିଲା। ରାତିରେ ସିନା ତନ୍ତ ବନ୍ଦ ହେଲେ ବିଧାନ ଦେବଦତ୍ତ ଘରକୁ ଯାଉଥିଲା, ଏବେ ଦିନରେ ମଧ୍ୟ କ'ଣ ପାଇଁ କାମ ଛାଡ଼ି ତା'ଘରେ ପଶୁଛି ଏ ମୂର୍ଖ?

ଦୁଇ ଚାରିଦିନ ପରେ ପ୍ରବଳର କ୍ରୋଧ ଯେତେବେଳେ ପ୍ରବଳର ଆୟତ୍ତରେ ରହିଲା, ସେ ଶାନ୍ତ ସ୍ୱରରେ ବିଧାନକୁ ପଚାରିଲା- 'କିରେ, ତୁ ଦିନରେ ଘଣ୍ଟା ଘଣ୍ଟା ଧରି ଅଦୃଶ୍ୟ ହୋଇଯାଉଛୁ। ଦେବଦତ୍ତ ଘରକୁ ଯାଇ ତୁ କରୁଛୁ କ'ଣ?'

ବିଧାନ ସେ ଦିନ ଖୁସି ମନରେ ଥିଲା। ଦେବଦତ୍ତ ଶିଖାଇଥିବା ଫୁଲପକା ଶାଢ଼ୀ ସେ ବୁଣି ଦେବଦତ୍ତଙ୍କୁ ଦେଖାଇଥିଲା। ଦେବଦତ୍ତ ସହ ସୁଦତ୍ତା ଓ କନକ ମଧ୍ୟ ଶାଢ଼ୀର ବୁଣା କାରୁକାର୍ଯ୍ୟକୁ ବହୁତ ପ୍ରଶଂସା କରିଥିଲେ। ଏଣୁ ବାପର କର୍କଶ ସ୍ୱରର ପ୍ରଶ୍ନରେ ସେ ଉତ୍ତର ଦେଲା- 'ମୁଁ ଏବେ କିଛିଦିନ ହେଲା ମଉସାଙ୍କୁ ବୁଣାବୁଣିରେ ସାହାଯ୍ୟ କରୁଛି।'

'କାହିଁକି? ଦେବଦତ୍ତର ଦେହ କ'ଣ ଖରାପ ଅଛି ନା କ'ଣ?' କଣ୍ଠରେ ଉଦ୍‌ବିଗ୍ନତା ଫୁଟାଇ ପ୍ରବଳ ପଚାରିଲା।

'ନା, ନା, ତାଙ୍କ ଦେହ ଭଲ ଅଛି। ହେଲେ ସେ ଏବେ ବେଶି ବୁଣୁନାହାନ୍ତି। ମୁଁ ଓ ଦତ୍ତା ପାଳିକରି ତାଙ୍କୁ ବୁଣିବାରେ ସାହାଯ୍ୟ କରୁଛୁ।'

ଆଉ କୋଉଦିନ ହୋଇଥିଲେ ବିଧାନର ଏ ଉତ୍ତରକୁ ନେଇ ପ୍ରବଳ ଘରେ ଲଙ୍କାକାଣ୍ଡଟାଏ କରିଥାନ୍ତା। କିନ୍ତୁ ଏଇଟା ଆଦୌ ରାଗିବାର ସମୟ ନୁହଁ। ଆଙ୍ଗୁଠିଟା ବଙ୍କା ନକଲେ ଘଡ଼ିରୁ ଘିଅ ତ ବାହାରିବ ନାହିଁ।

ସେ ଆହୁରି ଶାନ୍ତ ଭାବରେ କହିଲା- 'ଦେବଦତ୍ତର ଦେହ ଭଲ ଅଛି... ଅଥଚ ସେ ବୁଣୁନାହିଁ... ତୁ ଏମିତି ଦୁଇଟା ବିପରୀତ କଥା କହୁଛୁ କେମିତି?'

'ନାଇଁ ବାପା, ମଉସା ଏବେ ତାଙ୍କର ସବୁ ସମୟକୁ କାବ୍ୟ ଲେଖାରେ ଲଗେଇଛନ୍ତି। ପାରଳା ମହାରାଜ ଏକ କାବ୍ୟ ପ୍ରତିଯୋଗିତାର ଘୋଷଣା କରିଛନ୍ତି। ସେଥିରେ ଯିଏ ପ୍ରଥମ ହେବ ସେ ଏକ ହଜାର ସୁନାମୋହର ପୁରସ୍କାର ପାଇବ। ସେଥିପାଇଁ ମଉସା ଦିନରାତି ଲାଗି କାବ୍ୟଟିକୁ ସାରିବାରେ ଲାଗିଛନ୍ତି।'

ପ୍ରବଳର କାନମୂଳେ କିଏ ଯେପରି ଶକ୍ତ ମୁଥଟାଏ ବସେଇଲା।

ହଜାରେ ସୁନା ମୋହର!!

ବିଗତ ପଚାଶ ବର୍ଷରେ ସୁନାମୋହର ବୋଲି ଶବ୍ଦଟିଏ ସେ ଦିନେ ଶୁଣିନଥିଲା। ଅଥଚ ଏଇ କେତେଦିନ ହେଲା ଏଇ ସୁନାମୋହର ଶବ୍ଦଟା ତା' କାନ ପାଖରେ ଏମିତି ବାରମ୍ବାର ଝଣ୍‌ଝଣ୍ କାହିଁକି ହେଉଛି?

ସେ ଏମିତି ମୁଣ୍ଡପୋତି ବୁଣାରେ ଲାଗିଲା, ସତେ ଯେପରି କାବ୍ୟ ଲେଖି ହଜାରେ ସୁନା ମୋହର ଗାଆଁଟା ସାରା ଲୋକ ଜିତି ସାରିଲେଣି। ଏବେ ଯାଇ ଦେବଦତ୍ତର ପାଳିପଡ଼ିଲା। ବିଚରାଟା ଜିତି ଯାଉ।

କିଛି ସମୟ ଧରି ବାପପୁଅଙ୍କ ତନ୍ତର ଖଟ୍‌ଖଟ୍ ଶବ୍ଦ ଛଡ଼ା ସେଠାରେ ଆଉ କିଛି ଶୁଣାଗଲା ନାହିଁ।

'ଆଚ୍ଛା ବିଧାନ' - କିଛି ସମୟ ପରେ ପ୍ରବଳ ପଚାରିଲା- 'ତୁ ଦେବଦତ୍ତର ଲେଖା କେବେ ପଢ଼ିଛୁ? କେମିତି ଲେଖୁଛି ସେ? ଏ ପୁରସ୍କାର ପାଇବା ଆଶାଟା ଆକାଶର କୟାଁକୁ ଚିଲିକାର ମାଛ ନୁହଁକି? ପୁରସ୍କାର ପାଇବାର ଠିକଣା ନାହିଁ। ବେଉସା ଛାଡ଼ି ଗୀତ ଲେଖୁଛି? ଏ ଦେବଦତ୍ତଟା ବାୟା ହୋଇଗଲା ନା କ'ଣ?'

ଦେବଦତ୍ତର ନିନ୍ଦା ସହି ନପାରି ପ୍ରତିବାଦ ସ୍ୱରରେ ବିଧାନ କହିଲା- 'ତାଙ୍କ ପ୍ରତିଭାକୁ ସାନ ବୋଲି ଭାବ ନାହିଁ ବାପା। ମୋତେ ତ ଲାଗୁଛି ଏ ପୁରସ୍କାର ସେ ନିଶ୍ଚୟ ପାଇବେ ଓ ଦତ୍ତାର ବାହାଘରଟା ସୁରୁଖୁରୁରେ ଉଠାଇଦେବେ।'

ବିଧାନର ଅଜଣାରେ ସତେ ଯେପରି ସେଇଠି ବଜ୍ରପାତଟିଏ ହେଲା। ପ୍ରବଳର ମୁଣ୍ଡ ଦେହ ଝାଇଁ ମାରିଗଲା। ଦତ୍ତାର ବାହାଘର? ଦତ୍ତାର ବାହାଘର ସାଙ୍ଗରେ ଏ ପୁରସ୍କାର ଜିତାର ସଂପର୍କ କ'ଣ? ଦତ୍ତାର ପ୍ରେମିକ କ'ଣ ସୁଶୀଳ? ହଁ, ନିଶ୍ଚୟ ସୁଶୀଳ!!

ପ୍ରବଳ ଏ ସବୁ ପ୍ରଶ୍ନ ପଚାରି ପାରିଲା ନାହିଁ। କାରଣ ବିଧାନର କଥା ସରିବା ବେଳକୁ ଜଣକ ପରେ ଜଣେ ଗରାଖମାନେ ଆସି ବାପପୁଅଙ୍କୁ କାମରେ ଲଗାଇଦେଲେ। କଥାଟା ସେଦିନ ସେତିକିରେ ରହିଗଲା ସତ, କିନ୍ତୁ ସେ ବଜ୍ରପାତର ନିଆଁରେ ପ୍ରବଳର ମନ ଜଳିପୋଡ଼ି ଡହଡହ ଅଙ୍ଗାରରେ ପରିଣତ ହୋଇଗଲା। ଯଦି ସୁଶୀଳ ହିଁ ଦତ୍ତାର ପ୍ରେମିକ ହୋଇଥାଏ ଓ ଦେବଦତ୍ତ ଯଦି ସତରେ ପୁରସ୍କାରଟି ପାଇଯାଏ... ତେବେ?

ତେବେ ତ ସର୍ବନାଶ!!

କିନ୍ତୁ ସେ ଦେବଦତ୍ତକୁ ବୋକାଟାଏ ବୋଲି ଭାବୁଥିଲା କେମିତି? ପ୍ରବଳର

ପୁଅ ଯାଇ ଦେବଦତ୍ତର ଲୁଗା ବୁଣିବ। ତାକୁ ବିକି ସେ ପଇସାରେ ଦେବଦତ୍ତର ସଂସାର ଚଳିବ। ବରାଦ ଲୁଗା ବୁଣି ବରାଦିଆ ପଇସା ଦେବଦତ୍ତ ନେବ। ପୁଣି ବିଧାନ ବୁଣୁଥିବା ସମୟରେ ଦେବଦତ୍ତ ଯେଉଁ କାବ୍ୟ ଲେଖିବ, ତା'ର ପୁରସ୍କାର ଜିତି ପ୍ରବଳର ଝିଅକୁ ହିଁ ହଟାଇ ଦେବଦତ୍ତର ଝିଅ ସୁଶୀଳକୁ ବିଭାହେବ!!

ବାଃ ବାଃ, ଧନ୍ୟ ଦେବଦତ୍ତ, ଧନ୍ୟ ତୋର ବୁଦ୍ଧିମତ୍ତା। ମାଛ ତେଲରେ କେତେ ବଢ଼ିଆ ମାଛ ଭାଜି ପାରୁଛୁ।

ଆଉ ପ୍ରବଳ! ଧିକ୍ ତୋତେ। ନିଜକୁ କେଡ଼େ ବୁଦ୍ଧିଆ ତୁ ଭାବୁଥିଲୁ? ଧିକ୍, ତୋତେ ଧିକ୍। ହାତ ଉପରେ ହାତ ପକାଇ ବସିଥା। ଧିକ୍।

-0-

'ଆରେ, ସେ ନଡ଼ିଆ ଗଛଟାରେ ଏମିତି ମୁଣ୍ଡଟାକୁ କାହିଁକି ପିଟୁଛ?' ବାସନ୍ତୀ ବିଧାନକୁ ଗଛରେ ମୁଣ୍ଡ ପିଟୁଥିବାର ଦେଖି ପ୍ରଚାରିଲେ- 'କ'ଣ ବାୟା ହୋଇଗଲ କି? କ'ଣ ହେଲା?'

'ନାଇଁ, ଦେଖୁଥିଲି। ମୁଁ ମୁଣ୍ଡ ପିଟିଲେ ଉପରୁ କାଳେ ନଡ଼ିଆ ଗୋଟେ ଯୋଡ଼େ ପଡ଼ିବ ପରା?' ପ୍ରବଳ ସବୁଯାକ ଦାନ୍ତ ଦେଖାଇ ହସିହସି କହିଲା।

'ପଡ଼ିଥାନ୍ତା ଯଦି ତୁମ ମୁଣ୍ଡ ରହନ୍ତାଟି?' ବାସନ୍ତୀ ଆଶ୍ଚର୍ଯ୍ୟ ହୋଇ କହିଲେ।

'ଆରେ, ଆରେ ସତେ ତ! ଦେଖ୍, ତୋର ଏତକ ବୁଦ୍ଧି ମୋର ଅଛି? ଆଜି ତୁ ମୋତେ ବୁଦ୍ଧିରେ ହରାଇଦେଲୁ,' କହି ସେମିତି ହସିହସି କୂଅ ପାଖକୁ ଯାଇ ପ୍ରବଳ କୂଅରୁ ପାଣିକାଢ଼ି ଗାଧୋଇବାରେ ଲାଗିଲା।

କ୍ଷୀର ଉତୁରି ଚୁଲୀରେ ପଶିବାର ସେଁ ସେଁ ଶବ୍ଦରେ ବାସନ୍ତୀ ସେଇଠୁ ଦଉଡ଼ି ରୋଷେଇ ଘରକୁ ଚାଲିଗଲେ।

ପ୍ରବଳକୁ ଦୁଇଦିନ ଯାଏ ଖିଆପିଆ ରୁଚିଲା ନାହିଁ କି ରାତିରେ ନିଦ ହେଲା ନାହିଁ। ସ୍ୱାଭାବିକ ଭାବରେ ତନ୍ତ ପାଖରେ ବସି ଲୁଗାବୁଣାରେ ଲାଗିଥିବା ହେତୁ ତା'ର ଏ ଭାବାନ୍ତର ସ୍ତ୍ରୀ କି ପୁଅଝିଅ କେହି କିଛି ଜାଣିପାରିଲେ ନାହିଁ।

ଭାବି ଭାବି ପ୍ରବଳ ସ୍ଥିର କଲା ବିଧାନକୁ କହି କିଛି ଲାଭ ନାହିଁ। ସେ ଦେବଦତ୍ତକୁ ଗୁରୁ କରି କ'ଣ ଗଣ୍ଡିମୁଣ୍ଡ ନ ଥିବା ସାହିତ୍ୟ ଶିଖୁଛି। ମଝିରେ ମଝିରେ ବୁଣାବୁଣିରେ ମଧ୍ୟ କ'ଣ ଅପୂର୍ବ କଥା ସବୁ ଦେବଦତ୍ତ ବିଧାନକୁ ଶିଖାଇ ଦେଉଛି ଯେ, ମୂର୍ଖ ବିଧାନ ମଧ୍ୟ ବାପକୁ ବାସି ପାଣିରେ ନ ପଚାରି ଦେବଦତ୍ତକୁ ନେଇ

ମୁଣ୍ଡରେ ବସାଇଛି। ବାସନ୍ତୀ ସିନା ଗଧୁଣୀ ବୋଲି ଏ ସବୁ କିଛି ଜାଣିପାରୁନାହିଁ। ଏ କନକ ପ୍ରତିଦିନ ବିଧାନର ଖାଇବାରେ କ'ଣ କ'ଣ ସବୁ ମିଶାଇଦେଇ ବିଧାନକୁ ଗୁଣିଗାରେଡ଼ି କରି ତାକୁ ବଶ କରି ସାରିଲାଣି। ସ୍ୱାମୀ, ସ୍ତ୍ରୀ ଦିହେଁ ମିଶି ବିଧାନର ମୁଣ୍ଡଟାକୁ ଖାଇ ସାରିଲେଣି। ଦୋଷ କାହାକୁ ଦେବ? ଆପଣା ସୁନା ତ ଭେଣ୍ଡି!

ବହୁତ ଭାବିବା ପରେ ପ୍ରବଳ ଏକ ଲମ୍ବା ଯୋଜନା କଲା। ବୋମକେଇ ଠାରୁ ଦୁଇଦିନ ବାଟ ଦୂର ଗାଁ ଶ୍ରୀରାମପୁରରେ ପ୍ରବଳ ସାନ ଭଉଣୀ ପ୍ରମିଳା ବିଭା ହୋଇଛି। ବିଧାନ ଏହି ଗୋଟିଏ ବୋଲି ପିଉସୀଟିକୁ ବହୁତ ଭଲପାଏ। ପ୍ରମିଳା ମଧ୍ୟ ବିଧାନକୁ ନିଜ ପୁଅଠାରୁ ଅଧିକ ଭଲପାଏ। ବିଧାନ ଯେତେବେଳେ କୁମାର ପୂର୍ଣ୍ଣିମାର ଭାର ଧରି ପିଉସୀ ଘରକୁଯାଏ, ପ୍ରମିଳା ତାକୁ ସହଜରେ ଫେରିବାକୁ ଦିଏନାହିଁ।

କୁମାର ପୂର୍ଣ୍ଣିମା ତ ହେଇ ଆଉ ତିନି ହପ୍ତା ରହିଲା।

ପ୍ରବଳ ପ୍ରମିଳା ପାଖକୁ ଗୁପ୍ତରେ ଲୋକଟିଏ ପଠାଇ ଜଣାଇଲା ଯେ, ପୂର୍ଣ୍ଣିମାର ଭାର ନେଇ ବିଧାନ ଏଥର ଯେତେବେଳେ ପ୍ରମିଳା ଘରକୁ ଯିବ, ପ୍ରମିଳା ଯେପରି ବିଧାନକୁ ମାସେ ଖଣ୍ଡେ ନାନା ବାହାନା କରି ରଖିଦିଏ। ବୋମକେଇ ଫେରିବାକୁ ଯେପରି ନଦିଏ। ଯେତେବେଳେ ଏ ଲୋକ ହାତରେ ପ୍ରବଳ ଜଣେଇବ ସେତେବେଳେ ଯାଇ ସେ ଯେମିତି ବିଧାନକୁ ଯିବାକୁ ଦେବ ଏବଂ ସବୁଠାରୁ ଗୁରୁତ୍ୱପୂର୍ଣ୍ଣ କଥା ହେଲା- ବିଧାନକୁ ଏସବୁ କଥା ଏବେ ନୁହଁ କି କେବେ ବି ଯେମିତି ସେ ନକହେ।

ଗେହ୍ଲା ପୁତୁରାକୁ ମାସେ ପର୍ଯ୍ୟନ୍ତ ଘରେ ରଖିବାର ସୁଯୋଗ ପାଇ ପ୍ରମିଳା ଖୁସି ହୋଇଗଲା। କେତେଦିନ ହେଲା ତା'ର ନଣନ୍ଦ ଯମୁନା ଲଗାଇଛି, ଯମୁନାର ଝିଅ ସୀତାକୁ ବିଧାନ ସଙ୍ଗରେ ବିବାହ କରାଇଦେବା ପାଇଁ। ଏଣୁ ଏବେ ସୀତାକୁ ଏଠାକୁ ଅଣାଯାଉ। ଗୋଟିଏ ଘରେ ଦୁହେଁ ପରସ୍ପରକୁ ମାସେ ପର୍ଯ୍ୟନ୍ତ ଦେଖାଦେଖି ହେଇ ମିଳାମିଶା କରନ୍ତୁ। ବିଧାନ ରାଜିହେଲେ ତ ଭାଇ ଆପେ ରାଜି ହେବେନି କି? ଯମୁନାର ତ ସେଇ ଗୋଟିଏ ଝିଅ। ଦେବାରେ ନେବାରେ କୋଉ ଊଣା ହେବ ଯେ ଭାଇ ଅମଙ୍ଗ ହେବେ?

ସେ ସୀତାକୁ ଏଠାକୁ ଡକାଇବା ପାଇଁ ଲୋକ ପଠାଇ ଦେଇ ପ୍ରବଳକୁ ମଧ୍ୟ ସନ୍ଦେଶ ଲେଉଟାଇଲା ଯେ ସବୁ କଥା ଗୁପ୍ତ ରହିବ।

-୦-

ଭଉଣୀଠାରୁ ପ୍ରତିଶ୍ରୁତି ପାଇ ପ୍ରବଳ ନିଶ୍ଚିନ୍ତ ହେଲା। ତା'ର ଲମ୍ବା ଯୋଜନାର ଗୋଟିଏ ବଡ଼ କଣ୍ଟା ହେଲା ବିଧାନ। ବର୍ତ୍ତମାନ ତା'ର ବନ୍ଦୋବସ୍ତ ତ ହୋଇଗଲା। ଏଥର

ପରବର୍ତ୍ତୀ ପଦକ୍ଷେପ ନେବାକୁ ପଡ଼ିବ।

ସେଇଦିନ ସନ୍ଧ୍ୟାବେଳେ ପ୍ରବଳ ଦେବଦତ୍ତ ଘରେ ଯାଇ ପହଞ୍ଚିଲା। ଜନ୍ମରୁ ସେମାନେ ପଡ଼ୋଶୀ ହୋଇ ଏଇ ଦୁଇଘରେ ରହୁଛନ୍ତି। କିନ୍ତୁ ପ୍ରବଳର ପାଦ କେବେ ଦେବଦତ୍ତ ଘରେ ପଡ଼ିନଥିଲା।

ଆଜି ପ୍ରବଳକୁ ଦାଣ୍ଡଦୁଆରେ ଦେଖି କନକ, ଦେବଦତ୍ତ ଓ ସୁଦତ୍ତା ଆନନ୍ଦରେ ଉଚ୍ଛୁଳି ପଡ଼ିଲେ। ସତେକି ସାକ୍ଷାତ ଇଷ୍ଟଦେବୀ ଆସି ଆଗରେ ଠିଆହୋଇଗଲେ। ବାରଣ୍ଡାର ନାଲି ଗାଲିଚା ପଡ଼ିଥିବା ଖଟଉପରେ ତାକୁ ବସାଇ ସୁଦତ୍ତା ମା'କୁ ଡାକିବାକୁ ଘର ଭିତରକୁ ଦଉଡ଼ିଗଲା। ଦେବଦତ୍ତ ତନ୍ତକାମ ବନ୍ଦକରି ଆସି ପାଖରେ ବସିଲେ। କନକ ଘରୁ ବାହାରି ଆସି କହିଲେ- 'ଓହୋ! ଆଜି କାହା ମୁହଁ ଚାହିଁ ଆମେ ଉଠିଥିଲୁ ଯେ ସାକ୍ଷାତ ଆପଣଙ୍କ ଦର୍ଶନ ମିଳିଲା।' କହୁ କହୁ ଧରିଥିବା ପିଠା ଥାଳି ଓ ପଣା ଠେକିଟାକୁ ସେ ଖଟ ଉପରେ ରଖିଦେଲେ। ସୁଦତ୍ତା ବିଞ୍ଚଣାଟା ଉଠାଇ ତାଙ୍କୁ ଧୀରେ ଧୀରେ ବିଞ୍ଚିଦେଲା।

'ଆରେ, ତୁମେ ସବୁ ମୋତେ ଏମିତି ଚର୍ଚ୍ଚା କରୁଛ, ଯେମିତିକି ମୁଁ ତୁମ ପଡ଼ୋଶୀ ଘରୁ ନୁହଁ, ପଡ଼ିଶା ଗାଆଁରୁ ବି ନୁହଁ, ପଡ଼ୋଶୀ ରାଜ୍ୟରୁ ହିଁ ଆସିଛି।' ପିଠାଖଣ୍ଡେ ମୁହଁକୁ ନେଉ ନେଉ ପ୍ରବଳ ହସିହସି କହିଲା।

ଦେବଦତ୍ତ ଉତ୍ତର ଦେଲେ- 'ଭାଇ, ତୁମେ ତ ଦିନେ ଆମ ଘରକୁ ଆସିନାହିଁ। ଏଣୁ ତୁମର ଆସିବା ଓ ପଡ଼ୋଶୀ ରାଜ୍ୟରୁ କେହି ଆସିବା ଭିତରେ ବେଶି କିଛି ପାର୍ଥକ୍ୟ ତ କାହିଁ ଆମେ ଦେଖି ପାରୁନାହୁଁ।'

ଠେକିର ପଣାରୁ କିଛି ଢକଢକ କରି ପିଇ ମୁହଁକୁ ପୋଛି ପ୍ରବଳ କହିଲା- 'ହଉ, ସେ କଥା ଛାଡ଼। ମୋତେ ବିଧାନ କହୁଥିଲା- ତୁମେ କୁଆଡ଼େ କାବ୍ୟ ଲେଖାରେ ଲାଗିଛ? ମୋତେ ତ ଶୁଣି ବଡ଼ ଆନନ୍ଦ ଲାଗିଲା। ଏ କ'ଣ କମ୍ କଥା? ତୁମେ ତ ଆମ ତନ୍ତୀ କୁଳର ମଉଡ଼ମଣି। ଯେଉଁ କାମ କେବଳ ବ୍ରାହ୍ମଣଙ୍କ ଅଧିକାରରେ, ତୁମେ ତନ୍ତୀ ହୋଇ ସେଇ କାମକୁ ପାରୁଛ? ଧନ୍ୟ ଧନ୍ୟ।'

ସୁଦତ୍ତା ବିଞ୍ଚଣାଟା ଖଟ ଉପରେ ରଖି ଦେବଦତ୍ତଙ୍କ ପଛରେ ଠିଆହୋଇ ତାଙ୍କ କାନ୍ଧରେ ହାତ ରଖିଲା। ଦେବଦତ୍ତ ଝିଅ ହାତ ଉପରେ ହାତ ରଖି ତା'ର ଗର୍ବିତ ହସ ହସ ମୁହଁକୁ ଚାହିଁ ହସିଦେଲେ। କନକ ଭଗବାନଙ୍କ ଉଦ୍ଦେଶ୍ୟରେ ପ୍ରଣାମଟିଏ ଜଣାଇ ଆଖି ଛଳଛଳ କରି କହିଲେ- 'ସବୁ ଆପଣଙ୍କ ଆଶୀର୍ବାଦ ଭାଇ!'

'ମୋତେ ଆଉ ଖଣ୍ଡେ ପିଠା ଦେଲ। ଏ ତ କେଡ଼େ ସୁଆଦ ହୋଇଛି' ପ୍ରବଳ କହିଲା। ସୁଦତ୍ତା ଓ କନକ ଦୁହେଁ ଘର ଭିତରକୁ ଦୌଡ଼ିଗଲେ।

ସେଦିନ ବିଧାନ ଯଥା ସମୟରେ ଦେବଦତ୍ତଙ୍କୁ ସାହାଯ୍ୟ କରିବାକୁ ଆସି ଦେଖିଲା, ପ୍ରବଳ ବସି ଦେବଦତ୍ତ ପାଇଁ ଲୁଗା ବୁଣୁଛି, ଦେବଦତ୍ତ ନିଜ କାବ୍ୟଲେଖାରେ ଲାଗିଛନ୍ତି।

ସେ ଆଶ୍ଚର୍ଯ୍ୟ ହୋଇ ବାପକୁ ଅନାଇ ରହିଲା।

ସୁଦତ୍ତା ଓ କନକ ମଧ୍ୟ ଘର ଭିତରୁ ଆସି ସେଇଠି ଠିଆହେଲେ। ସେମାନଙ୍କୁ ଥରେ ଅନାଇ ପ୍ରବଳ ବିଧାନକୁ କହିଲା, 'ଆରେ ସ୍ୱାର୍ଥପର! ସବୁଦିନ ଏକୁଟିଆ ଆସି ନିଜେ ନିଜେ ଏତେବଢ଼ିଆ ପିଠାପଣା ମୋ ଭାଉଜ ହାତରୁ ଖାଇ ହେଣ୍ଡି ମାରୁଛୁ? ମୋତେ ଭାଗଦେବାକୁ ପଡ଼ିବ ବୋଲି ମୋତେ କହୁନି କି ସାଙ୍ଗରେ ଆଣୁନି।'

କନକ ଓ ସୁଦତ୍ତା ହସି ଉଠିଲେ।

କନକକୁ ଅନାଇ ପ୍ରବଳ ପୁଣି କହିଲା- 'ଭାଉଜ! ଇଏ ଦିନେ ମୋତେ କହିଥାନ୍ତା- ଆଜି ଏୟା ଖାଇଲି, ଏୟା ପିଇଲି, ଏମିତି ଲାଗିଲା। ନା, ସେ କଥା କହିବ ନାହିଁ। କାରଣ ଭାଗଦେବାକୁ ପଡ଼ିବ। ଇଏ ସ୍ୱାର୍ଥପର ନୁହଁ ତ ଆଉ କ'ଣ?'

ଏଥର ବିଧାନ ଓ ଦେବଦତ୍ତ ମଧ୍ୟ ହସିଦେଲେ।

ଗମ୍ଭୀର ସ୍ୱରରେ ପ୍ରବଳ ପୁଣି କହିଲା- 'ବିଧାନ! ଦେବଦତ୍ତ ଭାଇ ଯଦି ଏ ପୁରସ୍କାରଟି ପାଇଯାଆନ୍ତି, ଆମ ତନ୍ତୀକୁଳ ଧନ୍ୟ ହୋଇଯିବ। ସେଥିରେ ମୁଁ ଯଦି କିଛି ହେଲେ ସାହାଯ୍ୟ କରେ, ମୋ ଭାଗରେ ବି ତ କିଛି ପୁଣ୍ୟ, କିଛି ଆତ୍ମସନ୍ତୋଷ ଓ କିଛି ପ୍ରଶଂସା ପଡ଼ିବ? ଧନ ତ ସମସ୍ତେ ରୋଜଗାର କରୁଛନ୍ତି, ଯଶ କେତେ ଜଣଙ୍କୁ ମିଳେ?'

ବାପର ଏ ପରିବର୍ତ୍ତନରେ ବିଧାନର ତରୁଣ ମନ ଖୁସି ହୋଇଗଲା।

ଖାଲି ସେତିକି ନୁହଁ, କିଛିଦିନ ପରେ ସେ ଦେଖିଲା ତାକୁ ଦେବଦତ୍ତ ଯାହା କରିବାକୁ ଦେଇନଥିଲେ, ତାହା ମଧ୍ୟ ପ୍ରବଳ ଜୋରକରି ଛଡ଼ାଇନେଇ କରୁଛି। ଦେବଦତ୍ତ ପାଇଁ ହାଟକୁ ଯିବା, ଦେବଦତ୍ତ ଘରକୁ ଗରାଖ ଆସିଲେ ସୁଦତ୍ତା ସହଯୋଗରେ ଲୁଗା ବିକ୍ରି କରିବା, ଘଣ୍ଟାଏ ଦୁଇଘଣ୍ଟା ନୁହଁ, ପୁରା ସକାଳ ଓଳିଟା ଦେବଦତ୍ତର ଲୁଗା ବୁଣିଦେବା ଇତ୍ୟାଦି କାମ ପ୍ରବଳ କରି ଦେବଦତ୍ତଙ୍କୁ ନିଶ୍ଚିନ୍ତ ସମୟ ଦାନ କରୁଛି।

ଏମିତି ବାପକୁ ସେ ଦୁଷ୍ଟ ଲୋକଟିଏ ବୋଲି ଭାବୁଥିଲା କେମିତି?

-O-

୨୦ ଅକ୍ଟୋବର ୧୭୫୨

ଜାଙ୍ଗୁଲୁ ଜାଙ୍ଗୁଲୁ ଅନ୍ଧାର ଥାଉଁଣୁ ଦେବଦତ୍ତଙ୍କ ନିଦ ଭାଙ୍ଗିଗଲା। ବାରଣ୍ଡାରୁ ତନ୍ତର ଖଟ୍‌ଖଟ୍ ଶବ୍ଦ ଆସୁଛି। ସେ ଧଡ଼ଧାଡ଼ କରି ଉଠି ବାରଣ୍ଡା କବାଟ ଖୋଲି ଦେଖନ୍ତି, ପ୍ରବଳ ସେଇ ସ୍ୱଚ୍ଛ ଆଲୋକରେ ସୂତା ସଜାଡ଼ି ଲୁଗା ବୁଣିବାରେ ଲାଗିଛି।

ସେ ତନ୍ତ ପାଖକୁ ଧାଇଁଯାଇ କହିଲେ, 'ଭାଇ! ଏ କ'ଣ? ଏତେ ସକାଳୁ?'

ପ୍ରବଳ ତାଙ୍କ ମୁହଁକୁ ନ ଚାହିଁ ନିଜ ବୁଣାରେ ଆଖି ରଖି କହିଲା- 'ଭାଇ, ତୁମେ ତ ଜାଣିଛ ବିଧାନ ପ୍ରମିଳା ଘରକୁ ଭାରନେଇ ଚାଲିଗଲା। ମୋତେ ସେ ପଟେ ମଧ୍ୟ କିଛି ବୁଣିବାକୁ ପଡ଼ିବ। ଏଣୁ ଭାବିଲି ସକାଳ ପ୍ରହରଟା ଏଇଠି ବୁଣିଦେଲେ, ବାକି ଦିନସାରା ମୋ ଘରେ ବୁଣିଲେ ବି ହୋଇଯିବ। ତୁମ ପରି ମୁଁ ତ ରାତିରେ ଲେଖୁନି। ଏଣୁ ଶୀଘ୍ର ଖାଇ ଶୋଇପଡ଼ିଥିଲି।'

ଦେବଦତ୍ତଙ୍କ ଆଖି ଛଳଛଳ ହୋଇଗଲା। କହିଲେ- 'ତୁମର ଏ ଋଣ ମୁଁ କେମିତି ସୁଝାଇବି ଭାଇ?'

'ଆରେ, ତୁମେ ତ ଏବେ ଗାଁଟାଯାକ ଲୋକଙ୍କୁ ଋଣୀ କରିବାକୁ ଯାଉଛ। ତୁମ ନାଁରେ ଏ ଗାଁବାସୀ ଏବେ ଦୁନିଆଁ ଦାଣ୍ଡରେ ଗର୍ବରେ ମୁଣ୍ଡଟେକି ଚାଲିବେ। ସେ କ'ଣ କମ୍ କଥା? ଯାଅ, ନିତ୍ୟକର୍ମ ସାରି ଲେଖାରେ ବସିପଡ଼। ମୁଁ ଗଲେ, ତୁମେ ବୁଣା ଉପରକୁ ଆସିବ।'

'ଆଚ୍ଛା ଭାଇ, ତୁମେ କେଉଁ ବାଟ ଦେଇ ପାରଳାଖେମୁଣ୍ଡି ଦେଇ ଯିବ, ଏକଥା କେବେ ଭାବିଛ?'

ପ୍ରବଳ ଏତକ ଦେବଦତ୍ତଙ୍କୁ ପଚାରିବାକୁ ଯାଇ ଜିଭ କାମୁଡ଼ି ଚୁପ୍ ହୋଇଗଲା। ଆରେ, ନା ନା, ଏ ପ୍ରଶ୍ନ ପଚାରିବାର ସମୟ ଏ ନୁହେଁ! ଦେବଦତ୍ତ ଏତକ ଶୁଣିଥିଲେ, ଘରେ ମାଇପ, ଝିଅ ସମସ୍ତଙ୍କ ଆଗରେ, ପ୍ରବଳ ଏ କଥା ପଚାରୁଥିଲା ବୋଲି ବଖାଣି ବସିଥା'ନ୍ତା! ବିଧାନ ପାଖରେ ଏ କଥା ପହଞ୍ଚିବାକୁ ଡେରି ହୋଇନଥାନ୍ତା।

ଆଉ ଯୋଜନାରେ ଏ ସାମାନ୍ୟ ଭୁଲ୍ ମହାବିପଦକୁ ଡାକି ଆଣିଥାନ୍ତା।

ଏମିତି ତରତର ହେବା ତା'ପରି ସିଆଣିଆ ଲୋକର କାମ ନୁହଁ।

ନିତ୍ୟକର୍ମ ପାଇଁ ଘର ଭିତରକୁ ଯାଉଥିବା ଦେବଦତ୍ତ ଏରୁଣ୍ଡି ପାଖରୁ ଫେରି ଚାହିଁଲେ। 'କିଛି କହିଲ କି ଭାଇ?'

'ନା ନା,' ପଛକୁ ନ ଚାହିଁ ପ୍ରବଳ ଉତ୍ତର ଦେଲା।

*ଭଗବାନଙ୍କୁ ଶତକୋଟି ଧନ୍ୟବାଦ ଯେ ନିଃଶବ୍ଦରେ ନିଜେ ନିଜେ କଥା ହେବାର ଶକ୍ତି ଭଗବାନ ମଣିଷକୁ ମନ ଭିତରେ ଦେଇଛନ୍ତି।*

ଘର ଭିତରକୁ ଫେରି ଯାଉ ଯାଉ ଦେବଦତ୍ତ ଭାବୁଥିଲେ, ପ୍ରବଳ ବିଷୟରେ ତାଙ୍କର ନିଜର ଯାହା ଧାରଣା ଥିଲା, ଏବଂ ଲୋକେ ଯାହା କହନ୍ତି- ସବୁ ଭୁଲ।

ପ୍ରବଳ ପରି ପଡ଼ୋଶୀ ଭାଗ୍ୟରେ ଥିଲେ ମିଳେ।

ପିଉସୀ ଘରେ ପହଞ୍ଚିବା ପରେ ବିଧାନ ଭାବିଥିଲା, ସବୁ ବର୍ଷ ପରି ଏଥର ଦୁଇ କି ତିନି ସପ୍ତାହ ସେ ଏଇଠି ନରହି, ପିଉସୀଙ୍କୁ ବୁଝାଇ ଶୁଝାଇ ତିନି ଚାରିଦିନ ପରେ ବୋମକେଇ ଫେରିଯିବ। ବାପା ଯାହାହେଲେ ବି ବୟସ୍କ ଲୋକ। ବିଧାନ ଏଇଠି କିଛି କାମ ନଥାଇ ମଉଜ ମଜଲିସ୍‌ରେ ଦିନ କାଟିବା ବେଳେ ବାପା, ଦେବଦତ୍ତ ଦୁହେଁ ସେଇଠି ହଇରାଣ ହେବା କ'ଣ ଭଲକଥା? ବେଶି ହଇରାଣ ତ ବାପା ହେବେ। ଦୁଇ ଘରର ତିନି ତନ୍ତ ସମ୍ଭାଳିବାକୁ ପଡ଼ିବ ତାଙ୍କୁ।

କିନ୍ତୁ ପିଉସୀ ଯେ ସୀତା ବୋଲି ଅଠାକାଠିଟିଏ ସେଇଠି ସଜାଡ଼ି ରଖିଛନ୍ତି, ଏକଥା ବିଧାନ ଅନୁମାନ କରି ନଥିଲା। ନିଜ ଘରର ଆନନ୍ଦହୀନ ଶାନ୍ତ ପରିବେଶ ପାଖରେ ପିଉସୀ ଘରର ବନ୍ଧୁକୁଣିଆଁଙ୍କ ଗହଳଚହଳ ତାକୁ ଖୁବ୍ ଭଲ ଲାଗିଲା। ଦଳେ ଲୋକ ବସି ଏକାଠି ଖାଇବା, ଏକାଠି ଶୋଇବା, ଏକାଠି ଗୋଟିଏ ଘର ଭିତରେ ଚଳପ୍ରଚଳ ହେବାରେ ଯେଉଁ ଅପୂର୍ବ ଆନନ୍ଦ ଥାଏ, ତା'ରି ମାଦକତା ଭିତରେ ସଂଧ୍ୟା ବେଳେ ପଦ୍ମଫୁଲର ମହୁ ପିଉଥିବା ଭ୍ରମର ଯେପରି ନିଜ ଅଜାଣତରେ ପଦ୍ମ ପାଖୁଡ଼ା ଭିତରେ ବନ୍ଦୀ ହୋଇଯାଏ, ସେମିତି ସେ ଜାଣି ପାରିଲା ନାହିଁ କେତେବେଳେ ସପ୍ତାହ ପରେ ସପ୍ତାହ କଟି ଚାଲିଛି।

୨୩ ଅକ୍ଟୋବର ୧୭୫୨
କୁମାର ପୂର୍ଣ୍ଣିମା
ଶ୍ରୀରାମପୁର

ଗଂଜାପା ଖେଳଟା ବେଶ ଜମିଥିଲା।

ବିଧାନ ତା' ଜୀବନରେ ଏତେ ଆନନ୍ଦର ଅବସର କେବେ ପାଇ ନଥିଲା। ଅଚାନକ ସେ ଯେମିତି କି କେଉଁ ସମ୍ମୋହନର ଦୁନିଆଁରେ ପହଞ୍ଚି ଯାଇଥିଲା। ଯେଉଁଠି ବିଭିନ୍ନ ମୁଦ୍ରା ଦେଖାଇ ଖୁସି, ଆନନ୍ଦ, ଉଲ୍ଲାସ ମିଳିତ ଭାବରେ ନୃତ୍ୟ କରିବାରେ ଲାଗିଥିଲେ। ତାକୁ ନା ରାତି ଜଣା ପଡୁଥିଲା ନା ଦିନ।

ଯେଉଁଦିନ ସେ ପିଉସୀଙ୍କ ଗାଁରେ ଆସି ପହଞ୍ଚିଥିଲା, ରାତି ହୋଇ ସାରିଥିଲା। ସେ ପହଞ୍ଚିବା ପରେ ଧୁଆଧୋଇ ହୋଇ, ଖାଇଦେଇ ପଥଶ୍ରମରେ ଗାଢ଼ ନିଦରେ ଶୋଇପଡ଼ିଥିଲା। ପରଦିନ ସକାଳୁ ପିଉସୀଙ୍କ ହାତରୁ ଚୁଡ଼ା ଚକଟା ଖାଇ ଗାଁ ବୁଲି ବାହାରି ଥିଲା। ସବୁବର୍ଷ ଆସି ଆସି ତା'ର ମଧ୍ୟ କେତେ ବଂଧୁ ଏ ଗାଆଁରେ ହୋଇ

ସାରିଥିଲେ। ସେମାନଙ୍କୁ ଭେଟିବାକୁ ସେ ସକାଳୁ ଯାଇ ଦିପହର ବେଳକୁ ଗାଁ ମୁଣ୍ଡ ଛକରେ ପିଉସାଙ୍କ ଦୋକାନରେ ଯାଇ ପହଞ୍ଚିଥିଲା।

ପିଉସାଙ୍କ ଦୋକାନକୁ ଆଖପାଖ ଦଶଖଣ୍ଡି ଗାଁର ଗ୍ରାହକ ଆସନ୍ତି। ଘାସ କଟାଳୀଙ୍କଠାରୁ ଆରମ୍ଭ କରି ଘୋଡ଼ା ସବାରଙ୍କ ପର୍ଯ୍ୟନ୍ତ ସବୁ ଜୀବିକା, ସବୁ ଜାତିର ଲୋକଙ୍କ ପାଇଁ ହଠାତ୍ ଖୋଜିବା ଜିନିଷ ତାଙ୍କ ଦୋକାନରେ ମିଳିଯାଏ। ଡାଲି, ଚାଉଳ ପରି ଜିନିଷ ତ ତାଙ୍କଠୁ ନେଇ ଛୋଟ ଛୋଟ ଗାଁର ଦୋକାନୀମାନେ ବେଉସା କରି ବଞ୍ଚିଥାନ୍ତି। ଜାହାଜିଆମାନେ ଯେଉଁ ମୂଲ ଦିଅନ୍ତି ସେଇ ମୂଲ ପିଉସା ଦେଇଥିବାରୁ ପାଲୁର ବନ୍ଦର ପର୍ଯ୍ୟନ୍ତ ନଯାଇ ଅନେକ ଚାଷୀ ତାଙ୍କ ପାଖରେ ଧାନ, ଚାଉଳ, ମୁଗ ଆଦି ବିକ୍ରି କରିଦେଇ ଯାଆନ୍ତି। ସାମାନ୍ୟ ଲାଭରେ ବିକିଲେ ମଧ୍ୟ ପିଉସା ବି ବେଶ୍ ଦୁଇ ପଇସା ପାଇଯାଆନ୍ତି।

ସେ ଦୋକାନରେ ପହଞ୍ଚିବା ପରେ ପିଉସା ଓ ତାଙ୍କ ପୁଅ ବସନ୍ତ, ଯିଏକି ବିଧାନର ପ୍ରାୟ ସମବୟସ୍କ, ଦୋକାନ ବନ୍ଦ କରି ଘରକୁ ଖାଇବାକୁ ବାହାରିଲେ। ଘରେ ଖାଇ ସାରି ଦୁଇତିନି ଘଣ୍ଟା ବିଶ୍ରାମ କରି ସେମାନେ ପୁଣି ସୂର୍ଯ୍ୟାସ୍ତ ପୂର୍ବରୁ ଦୋକାନରେ ପହଞ୍ଚି ଦୋକାନ ଖୋଲିବେ ଯେ, ବେଶି ରାତି ଯାଏ ଦୋକାନ ଚାଲିବ।

ପିଉସା ଓ ବସନ୍ତ ସାଙ୍ଗରେ ଘରେ ପହଞ୍ଚି ବିଧାନ ଦେଖିଲା, ଏ ଘରେ ସେ ଏକା କୁଣିଆ ନୁହଁ। ଆଉ ଦୁଇ ତିନୋଟି ଅଚିହ୍ନା ମୁହଁ ଦିଶୁଛି। ସେ ସିଧା କୁଅମୂଳକୁ ଯାଇ ପାଣିକାଢ଼ି ଗାଧୋଇବାରେ ଲାଗିଲା। ଗାଧୋଇ ସାରି ଲୁଗା ପିନ୍ଧି ସେଉଠୁ ବାହାରୁଛି, ପିଉସୀ ଆଉ ଜଣେ ସମବୟସ୍କ ସ୍ତ୍ରୀ ଲୋକ ସହିତ ସେଇଠି ପହଞ୍ଚିଗଲେ। କହିଲେ - 'ବିଧୁ, ୟେ ମୋ ନଣନ୍ଦ ଯମୁନା।'

ବିଧାନ ହାତ ଯୋଡ଼ି ନମସ୍କାର କଲା। ଯମୁନା ହସି ହସି କହିଲେ - 'ବୁଢ଼ାଟିଏ ହୋଇଥାଅ ବାପା, କେଡ଼େ ଛୋଟଟିଏ ଥିଲାବେଳେ ମୁଁ ଦେଖିଥିଲି। ଆଉ ବାପା ବୋଉ ସବୁ ଭଲ ଅଛନ୍ତି ?'

ବିଧାନ ମୁଣ୍ଡ ଟୁଙ୍ଗାରି ହଁ' କଲା।

'ହଉ, ଆ, ଖାଇବୁ।' ପ୍ରମିଳା କହିଲେ ଓ ସେ ଦୁହେଁ ସେଠାରୁ ଚାଲିଗଲେ।

ଖାଇ ବସିବା ବେଳେ ପିଉସା ଓ ବସନ୍ତ ସହ ବିଧାନ ଆଉ ଏକ ନୂଆ ମୁହଁ ଦେଖିଲା। ପିଉସା କହିଲେ, 'ଏ ପରା ମୋ ଭଣଜା, ଯମୁନାର ପୁଅ ଶରତ। ତୋଠାରୁ ଦୁଇବର୍ଷ ସାନ ହେବ।'

'ଆଉ ତାଙ୍କ ବାପା ?' ବିଧାନ ପଚାରିଲା।

'ନା, ସେ ଆସିନାହାନ୍ତି। ସେ ଏବେ ଜାହାଜରେ ଭାଇମାନଙ୍କୁ ନେଇ

ସୁମାତ୍ରା ଯାଇଛନ୍ତି। ସେଇଠି ତାଙ୍କର ରେଶମ ବ୍ୟବସାୟ ଚାଲେ। ସେମାନେ ଫେରୁଫେରୁ ଦୁଇମାସ ହେବ। ଯମୁନା ବହୁଦିନ ଧରି ଘରକୁ ଆସି ନଥିଲା ତ, ମୁଁ ତାକୁ ମୋ ପାଖରେ ମାସେ ଖଣ୍ଡେ ରହିବାକୁ ଡାକି ଆଣିଛି। ସେ ତା' ପୁଅଝିଅଙ୍କୁ ଧରି ଆସିଛି।'

*ପୁଅ ଝିଅ ?*

ବିଧାନ ମୁଣ୍ଡଟେକି ପରଷୁଥିବା ସମସ୍ତଙ୍କ ମୁହଁକୁ ଚାହିଁଲା। ପିଉସୀ ନାନୀ, ଯମୁନା ପିଉସୀ ଓ ପିଉସୀ ନାନୀଙ୍କ ଝିଅ ଉମା ଛଡ଼ା କାହିଁ ଆଉ କୋଉ *'ଝିଅ'* ତ ସେ ଦେଖୁନାହିଁ ?

ତାକୁ ଏଣେତେଣେ ଚାହିଁବା ଦେଖି ଉମା ହସି ହସି କହିଲା 'କାହାକୁ ଖୋଜୁଛ କି ବିଧୁଭାଇ ?'

ସମସ୍ତଙ୍କ ଆଖି ବିଧାନ ଉପରେ ପଡ଼ିବା ଦେଖି ବିଧାନର କାନମୁଣ୍ଡା ରଙ୍ଗ ପଡ଼ିଗଲା। ସେ ହସିଦେଇ କହିଲା- 'ତୋତେ। ଡାଲି ଧରିଛୁ, ଦଉନୁ କାହିଁକି ?'

ଉମା ହସି ହସି ଡାଲି ଦେବାକୁ ଲଇଁ ପଡ଼ି ଧୀରେ ଧୀରେ ବିଧାନ କାନ ପାଖରେ କହିଲା- 'ଡାଲି ତମ ଗିନାରୁ ସରିନି, ଆହୁରି ମାଗୁଛ ? ମନ କୋଉଠି ଅଛି ?' କହିଦେଇ ଲୋକ ଦେଖାଣିଆ ଅଳ୍ପ ଡାଲି ଗିନାରେ ଦେଇ ହସିହସି ସେଠୁ ହାଣ୍ଡିଶାଳକୁ ପଳାଇ ଗଲା।

ପର ମୁହୂର୍ତ୍ତରେ ବସନ୍ତ, ଶରତ, ପିଉସା, ପିଉସୀ ନାନୀ ଓ ଯମୁନା ନାନୀଙ୍କ ସବୁ କଥାବାର୍ତ୍ତା, 'ଆଉ ଖଣ୍ଡେ ମାଛ ଖାଅ', 'ଆମ୍ବିଳ ଆଉ ଟିକିଏ ଦେବି ?' 'ଭଜା ଖଣ୍ଡେ ଆଣ,' ଏ ସବୁ ଶବ୍ଦର କୋଳାହଳକୁ ଭେଦି ବିଧାନକୁ ହାଣ୍ଡିଶାଳୁ ଖିଲିଖିଲି ହସର ଏକ ମଧୁର କୁଳୁକୁଳୁ ଶବ୍ଦ ଶୁଣାଗଲା।

ଉମା କାହା ସଙ୍ଗରେ ମିଶି ଏମିତି ହସୁଛି ?

*ହୁଁ... ଯମୁନା ନାନୀଙ୍କ 'ଝିଅ'!*

ଖାଇସାରିବା ପରେ ପିଉସା ପାନ କଳେ ଯାକି ତାକୁ ଡାକି କହିଲେ- 'କିରେ ବିଧାନ! ଦିନରାତି ଖାଲି ବୁଲୁଛୁ ନା କିଛି ମଜା ମଉଜ କରୁଛୁ ମଧ୍ୟ ?'

ପିଉସୀ ଉତ୍ତର ଦେଲେ- 'ନା ନା, ତୁମେ ତାକୁ ଭାବୁଛ କ'ଣ ? ସେ ପରା ଏବେ ସମୟ କରି ସାହିତ୍ୟ ଚର୍ଚ୍ଚା କରୁଛି। କ'ଣ ସବୁ ଲେଖିଲାଣି।'

ବିଧାନ ଆଶ୍ଚର୍ଯ୍ୟ ହେଲା। ଦୁଇଦିନର ଦୂରତାରେ ରହି ପିଉସୀ ତ ଭଲ ଖବର ରଖିଛନ୍ତି!

ସେ ଶୁଣିଲା ପିଉସା କହୁଛନ୍ତି- 'ଏ ବ୍ରାହ୍ମଣିଆ ବୁଦ୍ଧି ତୋତେ କିଏ ଦେଲାରେ ?

ସେମାନଙ୍କୁ ଖାଇବାକୁ ଦେବାକୁ ରଜା ରାଜୁଡ଼ା ଅଛନ୍ତି ବୋଲି ତାଙ୍କର କିଛି କାମ ନାହିଁ। ମନ୍ତ୍ର ପଢ଼ିବେ, ବେଦ ପଢ଼ିବେ, ବହି ଲେଖିବେ। ଆମେ ସେ ଲେଖାପଢ଼ା ନଦୀରେ ଭାସିଗଲେ ଆମ କୁଟୁମ୍ବ ବି ଆମ ସାଙ୍ଗରେ ବୁଡ଼ିବେ।'

ପିଉସୀ କହିଲେ- 'ତୁମେ ଜାଣିନ ପରା, ତା'ର ଆୟ ଏବେ ଭାଇଙ୍କ ଆୟରୁ ବଳି ପଡ଼ିଲାଣି। କାହିଁକି କହିଲ? ଭାଇଙ୍କର ପୁରୁଣା କାଳିଆ ଢଙ୍ଗରେ ବୁଣାକୁ ଆଜିକାଲିକା ପିଲା ପସନ୍ଦ କରୁନାହାନ୍ତି। ଆଉ ବିଧାନ? ସେ ତ ଯୋଗାଇପାରୁନି। ସେ ବୁଣିଲା ମାତ୍ରେ ବିକ୍ରି ହେଲା। ଅଧିକା ମୂଲ୍ୟରେ ହେଲେ ବି ବାଡ଼ିଆପିଟା ହୋଇ ଲୋକେ ତା'ଠୁ କିଣିନେଇ ଯାଉଛନ୍ତି। ଆଉ ଜାଣିଛ? ବିଧାନ ପୁଣି ଏମିତି ଗୁଣର ଯେ ଦିନରେ ବୁଣୁଛି, ରାତିରେ ଲେଖୁଛି। ଏମିତି କିଏ ହେବ?'

ବିଧାନ ଦେଖିଲା ସମସ୍ତେ ତାକୁ ଅନାଇଛନ୍ତି। ସେ ଟିକିଏ ହସିଦେଇ ମୁଣ୍ଡ ପୋତିଦେଲା। ତା' ଛାତି ଭିତରଟା କୋଉଠି ଟିକିଏ ରକରକ ହେଲା। ତା'ର ଏ ସବୁ ପ୍ରଶଂସାର କାରଣ ଦେବଦତ୍ତ ମଉସା। ବାପଠାରୁ ବଳି ଉପକାରୀ ହୋଇ ସେ ବୁଣା ଶିଖାଇଛନ୍ତି, ଲେଖା ବି ଶିଖାଇଛନ୍ତି। ଅଥଚ ତାଙ୍କୁ ଏକା ଛାଡ଼ିଦେଇ ସେ ଏଇଠି ଆସି ବସିଛି। ବାପା ତାଙ୍କୁ ଠିକ୍ ଠିକ୍ ସାହାଯ୍ୟ କରୁଛନ୍ତି ତ? ନା, ତା'ର ତ ଏଠାର କାମ ସରିଲା। ଆସନ୍ତାକାଲିର ପୂର୍ଣ୍ଣିମା ସେମାନେ କରନ୍ତୁ, ଭାର ଦେବା କାମ ତ ହେଲା, ସେ ଅନ୍ଧାରୁ ଉଠି ବୋମକେଇ ଫେରିଯିବ।

ତାକୁ କିନ୍ତୁ ଆଶ୍ଚର୍ଯ୍ୟ ଲାଗିଲା ପିଉସୀ ଏତେ ଖବର ରଖିଛନ୍ତି କେମିତି?

ପିଉସା କହିଲେ, 'ଏ ତ ବହୁତ ଭଲ କଥା। ହଉ ଆ, ବାଜିଏ ଚକାସାର ଖେଳିବା।'

'ଚକାସାର?' ବିଧାନ ଆଶ୍ଚର୍ଯ୍ୟ ହୋଇ ପଚାରିଲା। 'ଏ ଖେଳର ନାଁ ତ ମୁଁ କେବେ ଶୁଣିନି?'

ପିଉସୀ ହସିହସି କହିଲେ, 'ଶୁଣିନୁ? ମୁଁ ଜାଣିବାରେ ତୁ ଏଥିରେ ମଧ୍ୟ ଧୁରନ୍ଧର। ଆମର ସେପଟର ଗଞ୍ଜାପା.. ଗଞ୍ଜାପାକୁ ୟାଙ୍କର ଏପଟେ ଚକାସାର କହୁଛନ୍ତି, କାହିଁକି ନା ଏ ସାରଗୁଡ଼ିକ ଚକା ଚକା।'

'ଓଃ, ଗଞ୍ଜାପା?' ବିଧାନ ଆଶ୍ଚର୍ଯ୍ୟ ହେଲା। ନଦୀଟିଏ ପାରହେଲେ ଭାଷାଟିଏ କେମିତି ବଦଳିଯାଉଛି। ଆଉ ପିଉସୀ ବିଭାହୋଇ କୋଉକାଳୁ ଏଘରକୁ ଆସିଲେଣି ତଥାପି କହୁଛନ୍ତି ବାପଘରଟା ଆମର ଓ ଶାଶୂଘରଟା ୟାଙ୍କର।

ବସନ୍ତ ହସିହସି କହିଲା- 'ବିଧାନ ଭାଇ! ତମ ଅଣ୍ଟା ଗାଞ୍ଜିଆରେ ଯାହା ଗୁଞ୍ଜିଛ ତୁମର ଏ *ଗନ୍‌ଜାପ୍ପା* ଖେଳରେ ବାପା ଜାଲ ଖଞ୍ଜି ସେ ସବୁ ସଞ୍ଜ ସୁଦ୍ଧା

କାଢ଼ିନେବେ। ସେ ଏକ ଲଢୁଆ ଗଞ୍ଜା। ଏ ଖେଳରେ ମଞ୍ଜାମାରି ପଇସା ଜିତିବାରେ ନାଁ କରିଛନ୍ତି।'

ତା'ର ଏ ବ୍ୟଙ୍ଗୋକ୍ତି ସମସ୍ତଙ୍କ ମୁହଁରେ ହସ ଚହଟାଇ ଦେଲା।

ପିଉସା ମଧ୍ୟ ହସିହସି କହିଲେ, 'ହଉ, ତୁ ଓ ଶରତ ମଧ୍ୟ ଆସ। ଚାରିଜଣ ନହେଲେ ଖେଳଟା ତ ଜମିବନି।'

'ତା'ହେଲେ ତୁମର ବାରରଙ୍ଗିଆ ବିଡ଼ା କାଢ଼। ଚାରିହାତି ଖେଳ ଏ ଆଠରଙ୍ଗରେ ଭଲ ହେବ ନାହିଁ' ବସନ୍ତ କହିଲା।

ମଜା ବାସନମାନଙ୍କୁ ଥାକରେ ରଖୁରଖୁ ଉମା ପାଟିକରି କହିଲା- 'ଆଉ ଆମେ? ପୁଅମାନେ ଖାଲି ଖେଳିବେ, ଆଉ ଆମେ ଝିଅମାନେ ଖାଲି କାମ କରୁଥିବୁ ନା କ'ଣ?'

ବସନ୍ତ କହିଲା- 'ଖେଳ ଆରମ୍ଭ ହୋଇନି, କହିଲା କ'ଣ ନା ପୁଅମାନେ ଖାଲି ଖେଳିବେ। ଆଉ ସକାଳୁ ଉଠି ଦୋକାନ ଖୋଲିଲା କିଏ? ଏତେ ବେଳଯାଏ ବେପାର କରୁଥିଲା କିଏ? ତୁ?'

ଉମା ଜିଭ କାଢ଼ି ବସନ୍ତକୁ ଖତେଇ ହେଲା। ସେ କ'ଣ କହି ଆସୁଥିଲା, ନିଜ ଉତ୍ସୁକତାକୁ ଘୋଡ଼େଇ ବଡ଼ ନିରୀହ ଭାବରେ ବିଧାନ ପଚାରିଲା- 'ଝିଅମାନେ' କହିଲୁ ଯେ ଏ 'ମାନେ'ଟା କିଏ? ତୁ ତ ଜଣେ ଝିଅ।'

ବିଧାନର ଏକଥା ସରିବା କ୍ଷଣି ଖିଲିଖିଲି ହସରେ କଳକଳ ଧ୍ୱନି ପୁଣି ଥରେ ଶୁଣାଗଲା। ବିଧାନ ସମସ୍ତଙ୍କ ମୁହଁକୁ ଚାହିଁଲା। ହଁ, ସମସ୍ତେ ତ ହସିବା ସେ ଦେଖିପାରୁଛି। ଏ ତ ମୁରୁକି ହସ। କିନ୍ତୁ ସେ ତ ଖିଲିଖିଲି ହସ ପରିଷ୍କାର ଶୁଣିଛି। ଏ କଳକଳ ଶବ୍ଦ ଆଖି ସାମ୍ନାକୁ ଆସୁନି କାହିଁକି?

ସତେ କି ଏମିତି ଏକ ସୁଯୋଗକୁ ଉମା ଅପେକ୍ଷା କରିଥିଲା। ସେ ଟାଣିଆଣି ସେଠାରେ ଆଉ ଏକ ଝିଅକୁ ଠିଆକଲା। ଯେ କି ଏବେ ବି ହସୁଥିଲା ମୁହଁରେ ହାତଦେଇ। ଏଥର ଯଦିଓ ନିଶବ୍ଦରେ, କିନ୍ତୁ ତା'ର ଦେହ ଏମିତି ଥରଥର ହେଉଥିଲା ସତେ ଯେପରି ଧୀର ପବନରେ ଗୋଛାଏ କାଶତଣ୍ଡୀ ଫୁଲ ଦୋହଲିଯାଉଛି।

ବିଧାନ ସବୁ ଭଦ୍ରାମୀ ଭୁଲି ହାଁକରି ତାକୁ ମୁହୂର୍ତ୍ତେ ଅନାଇ ରହିଲା। ପରେ ବୁଝିପାରିଲା ଯେ ସମସ୍ତଙ୍କ ଆଖି ବିଧାନକୁ ହିଁ ଚାହିଁ ରହିଛି। ସଙ୍ଗେ ସଙ୍ଗେ ମୁହଁ ଫେରାଇ ପିଉସାଙ୍କୁ ଚାହିଁଲା। କହିଲା- 'ହଉ, ଝିଅମାନଙ୍କୁ ବି ଖେଳାଇବା।'

ପିଉସା କହିଲେ, 'ହଉ, ତାହାହେଲେ ଆମେ ଛ' ହାତି ହେଲେ ଆଉ ତୁମେ

ନଣନ୍ଦ ଭାଉଜ କାହିଁକି ରହିଲ ? ବସ। ଏକାଥରେ ଷୋଳରଙ୍ଗୀ ବିଡ଼ା କାଢ଼ି ଘଡ଼ିଏ ଖେଳିବା।'

ପ୍ରମିଳା ଓ ଯମୁନା ଦୁହେଁ କହିଲେ- 'ନାଇଁ, ତୁମେ ଖେଳ। ଆମେ ଟିକିଏ ଆର ସାହିକୁ ବୁଲିବାକୁ ଯିବୁ। ତାଙ୍କର ନୂଆ ବୋହୂ ଆସିଛି ତ, ଦେଖିଆସିବୁ। ଉମା, ସୀତା ତୁମେ ଦୁହେଁ ଆସିବ ?'

'ନାଇଁ, ନାଇଁ, ଆମେ ଖେଳିବୁ,' ଉମା ପଛକୁ ନଚାହିଁ କାନ୍ଧ ହଲାଇ କହିଲା। ସତେ ଯେମିତି ପଛକୁ ଚାହିଁଦେଲା ମାତ୍ରେ କିଏ ତାକୁ ଆର ସାହିକୁ ଟାଣିନେଇଯିବ।

ଖେଳ ଆରମ୍ଭ ହେଲା ଓ ସରିଗଲା ମଧ୍ୟ। କ'ଣ ଖେଳ ହେଲା, କେମିତି ଖେଳ ସରିଲା ବିଧାନ କିଛି ଜାଣିପାରିଲା ନାହିଁ। ସେ ସାର ଫେଣ୍ଟିଲା ବାଣ୍ଟିଲା, ବଟି ରଖିଲା, କେତେବେଳେ ହାରିଲା କେତେବେଳେ ଜିତିଲା, କେତେ କଉଡ଼ି ହାରିଲା, କିଛି ତା' ମୁଣ୍ଡରେ ପଶିଲା ନାହିଁ। କେବଳ ତାକୁ ଦିଶୁଥିଲା- ତା' ଆଗରେ ବସିଥିବା ଏଇ ତନୁପାତେଳୀ, ଶ୍ୟାମଳୀ ନୀଳକଇଁ ପରି ଢଳଢଳ ହେଉଥିବା ଝିଅଟି ଯାହା ନାଁ ସୀତା ବୋଲି ଟିକିଏ ଆଗରୁ ସେ ଉମା ମୁହଁରୁ ଶୁଣିଥିଲା। ଝିଅଟି ହାରିଲେ ହସୁଥିଲା, ଜିତିଲେ ହସୁଥିଲା। ହସିହସି ଉମା ପଛରେ ମୁହଁ ଲୁଚାଇବା ଆଗରୁ ଏମିତି ଏକ ମଧୁର ଚାହାଁଣୀ ବିଧାନ ଉପରକୁ ଫୋପାଡ଼ି ଦେଉଥିଲା, ବିଧାନ ପୁରା କ୍ଷତବିକ୍ଷତ ହୋଇ କ୍ଷତରୁ ଝରୁଥିବା ମହୁମାନଙ୍କୁ ଆଞ୍ଜୁଳା ଆଞ୍ଜୁଳା ପିଇଯାଉଥିଲା। ଏ ସ୍ୱପ୍ନ ନା ବାସ୍ତବ ଜାଣିପାରୁନଥିଲା।

ପ୍ରତିଦିନ ଖରାବେଳେ ଏଖେଳ ଚାଲିଲା। ଷୋଳରଙ୍ଗୀ ତାସ୍‌ର ଶହେ ବୟାନବେ ପଟକୁ ବାଣ୍ଟିବାବେଳେ ପ୍ରତ୍ୟେକଙ୍କ ଭାଗରେ ବତିଶ ପଟ ତାସ୍ ପଡୁଥିଲା। କେବେକେବେ ଏ ଖେଳର ହସ ଉଚ୍ଛ୍ୱାସରେ ଟାଣିହୋଇ ପ୍ରମିଳା ଓ ଯମୁନା ମଧ୍ୟ ସେ ଖେଳରେ ବସିଯାଉଥିଲେ। ଦାଣ୍ଡ ମଣ୍ଡପ ଉପରେ କେବଳ ପୁରୁଷମାନଙ୍କ ଏ ଖେଳରେ ଯେତେ ମାଦକତା ନଥିଲା, ଘରେ ସ୍ତ୍ରୀଲୋକଙ୍କ ଗହଣରେ ଏ ଖେଳରେ ମାଧୁର୍ଯ୍ୟ ସେତେ ଅଧିକ ବଢ଼ିଯାଉଥିଲା। ଖେଳରେ ପ୍ରମିଳା ଓ ଯମୁନା ବି କମ୍ ଦକ୍ଷ ନଥିଲେ। ଆଠଖେଳାଳୀରେ ଶହେ ବୟାନବେ ପଟ ବାଣ୍ଟିହୋଇ ଚବିଶ ପଟ ହାତରେ ପଡ଼ିବା ବେଳେ ଖେଳର ଯେଉଁ କୂଟନୀତି ସବୁ ବୁଦ୍ଧିମତାର ସହ ପ୍ରୟୋଗ ହେଉଥିଲା, ସେଥିରେ କେତେବେଳେ ହାର କେତେବେଳେ ଜିତ୍ ମଝିରେ ହସର ସ୍ରୋତ କିନ୍ତୁ ବଢ଼ି ପାଣିପରି ଫୁଲି ଫୁଲି ଯାଉଥିଲା।

ଆଉ ତରୁଣ ବିଧାନ ମୁଣ୍ଡରେ ସେ ବଢ଼ିପାଣିର ପ୍ରଖର ସୁଅରେ ଦେବଦତ୍ତ ନାମକ ଡଙ୍ଗା କୁଆଡ଼େ ଭାସି ଚାଲିଯାଇଥିଲେ। ସପ୍ତାହ ପରେ ସପ୍ତାହ ଗଡ଼ି ଯାଉଥିଲା।

ବିଧାନ ପାଖରେ ସମୟର ଏ ଭସାସୁଅରେ ଖାଲି ଗୋଟିଏ ଜାହାଜ ଲଙ୍ଗର୍ ପକାଇ ସେଇଠି ସଦର୍ପେ ଠିଆ ହୋଇଥିଲା - ସୀତା। ରାତିରେ ତା'ରି ମୁହଁ ସ୍ୱପ୍ନରେ ଆସୁଥିଲା। ଦିନରେ କଥାବାର୍ତ୍ତା, ହସଗମାତ, ଭାବ ଆଦାନପ୍ରଦାନରେ ବଢ଼ି ପାଣି ଫୁଲି ଫୁଲି ଜାହାଜକୁ ଆହୁରି ଉପରକୁ ଉଠାଉଥିଲା ସିନା, ବୁଡାଇ ପାରୁନଥିଲା। ଭସାଇ ଦୂରକୁ ବି ନେଇପାରୁନଥିଲା।

୧୩ ନଭେମ୍ବର ୧୭୫୨
ଶ୍ରୀରାମପୁର

ଗଞ୍ଜାପା ଖେଳର ଘମାଘୋଟ ଲଢ଼େଇରେ ଘରଟା ପଡୁଥିଲା ଉଠୁଥିଲା।

ଶେଷ କାର୍ତ୍ତିକର ହେମାଳ ପବନ ତୁହାକୁ ତୁହା ଘର ଭିତରେ ପଶି ଏହି ଲଢ଼େଇର ନାରୀ ପୁରୁଷ କଣ୍ଠର ଉଚ୍ଛଳ ହସ, ଘନଘନ ହାତତାଳି ଓ ଏକକାଳୀନ ଅନେକ ମଧୁର ମନ୍ତବ୍ୟର ସୁଖକର ଉଷ୍ମତାର ଚାଦରକୁ ଘୋଡ଼େଇ ହୋଇ ହସିହସି ପୁଣି ବାହାରକୁ ଚାଲି ଯାଉଥିଲା।

ଏହିପରି ଏକ ତରଳ ମାଧୁର୍ଯ୍ୟର ଅଚାନକ ବିସ୍ଫୋରଣକୁ ଦବାଇ ହଠାତ୍ ଦାଣ୍ଡରେ କାହାର କର୍କଶ ସ୍ୱରର ଅବାଞ୍ଛିତ ଘଡ଼ଘଡ଼ିଟାଏ ଶୁଣାଗଲା।

ସମସ୍ତେ ଚୁପ୍ ହୋଇଗଲେ।

ଏହି ଶବ୍ଦଟି ସତ ନା ଭ୍ରମ ଜାଣିବା ପାଇଁ କାନ ଡେରିଲେ।

ଶବ୍ଦଟି ସେମାନଙ୍କ କାନ ପର୍ଯ୍ୟନ୍ତ ଟଣା ହୋଇଯିବା ଏହି ଅନୁମତିର ସେତୁ ଉପରେ ଚାଲି ଚାଲି ସ୍ପଷ୍ଟ ରୂପରେ ଆଗରେ ଆସି ଠିଆହେଲା।

'ହକରିଆ ଆସିଲା ହୋ ହକରିଆ।'

ସମସ୍ତଙ୍କ ମୁହଁ ଉପରେ ଠିଆ ହୋଇଥିବା ପ୍ରଶ୍ନବାଚୀକୁ ଚାହିଁ ଶରତ କହିଲା- 'ତୁମେ ସବୁ ବସ, ମୁଁ ଦେଖୁଛି। ଆମ ଗାଁରୁ ଡଗର ଆସିଥିବ କ'ଣ ବାର୍ତ୍ତା ଧରି।'

ଅଳ୍ପ ସମୟ ପରେ ଶରତ ଫେରିଆସି କହିଲା- 'ଆମ ଗାଁରୁ ନୁହଁ, ମାଇଁଙ୍କ ବାପଘର ବୋମକେଇରୁ ହକରା ଆସିଛି।'

ପ୍ରମିଳା ଓ ବିଧାନ ଦୁହେଁ ଏକାସାଙ୍ଗରେ ଧଡ଼ପଡ଼ ହୋଇ ଉଠିଗଲେ। ସୀତାର ମୁଣ୍ଡରେ ବଜ୍ରପଡ଼ିବା ପରି ମୁହଁ କଳା କାଠ ହୋଇଗଲା।

ଆଗେ ଆଗେ ପ୍ରମିଳା ଓ ଟିକିଏ ପରେ ବିଧାନ ସେ କୋଠରୀରେ ପୁନଃ ପ୍ରବେଶ କଲେ।

ସୀତା ମୁଣ୍ଡଟେକି ବିଧାନକୁ ଚାହିଁଲା। *ଆରେ, ଏ କିଏ? ଏ କ'ଣ ସେଇ ବିଧାନ?*

ବିଧାନର ସବୁ ସମ୍ମୋହନ ମୁହୂର୍ତ୍ତକରେ କଟିଯାଇଥିଲା। ନା ସେ ବିଭିନ୍ନ ମୁଦ୍ରା ଦେଖାଇ ନାଚୁଥିବା ନର୍ତ୍ତକୀମାନେ ଥିଲେ ନା ସେ ବଢ଼ିପାଣିର ପ୍ରଖର ସୁଅ ଥିଲା। ଶୁଖିଲା ବାଲି ଉପରେ ସୀତା ନାମକ ଜାହାଜ ଯଦିଓ ମୁହଁ ଶୁଖାଇ ମୁଣ୍ଡପୋତି ଠିଆହୋଇଥିଲା, କେଉଁଦୂରକୁ ଭାସିଯାଇଥିବା ଦେବଦତ୍ତ ନାମକ ଡଙ୍ଗା ବି ବାଲିରେ ଧସି ଠିଆହୋଇଥିବା ଦେଖାଗଲେ ଓ ବାପା, ବୋଉ, ସବିତା, କନକ ମାଉସୀ, ସୁଦତ୍ତା ବି ଦେଖାଗଲେ। ଦେବଦତ୍ତଙ୍କ ବିଷୟରେ ହକରିଆ କିଛି କହିପାରିଲା ନାହିଁ। କିନ୍ତୁ କାର୍ତ୍ତିକ ପୂର୍ଣ୍ଣିମା ତ ଆଉ ଅଳ୍ପ ଦିନ ରହିଲା। ଯଦି ସେ ଚାଲିଯାଇଥିବେ?

କେଡ଼େ ଭୁଲ୍ ହେଲା!!

ମଉସା ତ କହୁଥିଲେ ମୋତେ ନେଇ ସାଙ୍ଗରେ ଯିବେ। ଏକା ଏକା ଚାଲିଗଲେ କି ଆଉ?

-O-

ପ୍ରଥମ ଦିନର ବାଟଚଲା ପରେ ରାସ୍ତାକଡ଼ର ଚଟିଘରର ଛାତକୁ ଚାହିଁ ରାତିରେ ବିଶ୍ରାମ ନେଉଥିବା ବିଧାନ ଭାବୁଥିଲା- କୋଉଟା ସ୍ୱପ୍ନ? ଆଗରେ ଆସୁଥିବା ବୋମକେଇର ଜୀବନ ନା ପଛରେ ଛାଡ଼ିଆସିଥିବା ପିଉସୀ ଘର ଓ ସୀତାର ଲୁହ ଢଳଢଳ କାନ୍ଦୁରା ମୁହଁ?

୧୩ ନଭେମ୍ବର ୧୭୫୨
ବୋମକେଇ

ବୋମକେଇ ଠାରୁ ପାରଳାଖେମୁଣ୍ଡି ପ୍ରାୟ ଆଠ ଦିନର ରାସ୍ତା। କାବ୍ୟ ସମାପ୍ତି ହେବା ପରେ ଦେବଦତ୍ତ ସ୍ଥିର କଲେ ସେ କାଞ୍ଚିଲି, ସୋମପେଣ୍ଟ ଦେଇ ମଂଜୁଷାକୁ ଯିବେ। ସେଠାରୁ ଗରାବନ୍ଧ, ଜଙ୍ଗପଡ଼ା ରାସ୍ତାଧରି ପାରଳାଖେମୁଣ୍ଡି ଗଲେ ଠିକ୍ ସମୟରେ ସେଠାରେ ପହଞ୍ଚିପାରିବେ।

ଗତ ମାସରେ ଚିକିଟି ରାଜାଙ୍କ ଅବଶେଷ ବରାଦି ପାଟବୁଣା କାମ ସରିଥିଲା। ସେମାନେ ସବୁ ଦେୟ ଦେଇ ସାରିଥିଲେ। ଏଣୁ କନକ ହାତରେ ସେତକ ଟଙ୍କା

ଧରାଇ ପନ୍ଦର ଦିନ ପାଇଁ ସବୁ ଜିନିଷ ଘରେ ରଖି ନିଜେ ପନ୍ଦର ଦିନର ଚଳିବା ପାଇଁ କିଛି ଖାଇବା ଓ କଉଡ଼ି ଧରି ଦେବଦତ୍ତ ଘରୁ ବାହାରି ଗଲେ।

'ଗଲାବେଳକୁ ବିଧାନକୁ ଟିକିଏ ଦେଖିଥିଲେ ଭଲ ହୋଇଥାନ୍ତା', କନକ, ଦତ୍ତା ମୁହଁକୁ ଅନାଇ ଗଣ୍ଠିଲି ସବୁ କାନ୍ଧରେ ପକାଇ ଦେବଦତ୍ତ କହିଲେ ।

କନକ ହତା ଭିତରକୁ ଅନାଇ କହିଲେ - 'ଏଇତ ପ୍ରବଳ ଭାଇ ଆସିଲେଣି। ଆଚ୍ଛା ଭାଇ, ବିଧାନ କାହିଁକି ଆଜି ପର୍ଯ୍ୟନ୍ତ ଆସିଲା ନାହିଁ ?'

ପ୍ରବଳ କହିଲା - 'ଆସିଯିବା କଥା ତ। ହଉ, ସେ ଆଉ କ'ଣ ଅଧିକା କରିଥାନ୍ତା। ଚାଲ, ମୁଁ ତୁମକୁ ଗାଁମୁଣ୍ଡଯାଏ ଛାଡ଼ିଦେଇ ଆସିବି।'

ଦେବଦତ୍ତ କହିଲେ - 'ଆରେ, ନାଇଁ, ନାଇଁ, ସେକଥା ନୁହଁ। ସେ ତ ବହୁତ ଖୁସି ହେଉଥିଲା ମୋର କାବ୍ୟ ପ୍ରତିଯୋଗିତାରେ ଭାଗ ନେବା ନେଇ। ସେ ହିଁ ମୋତେ ମନରେ ବଳ ଦେଇଥିଲା, ଯାକୁ ପୂରା କରିବା ପାଇଁ। ଏଣୁ ଗଲାବେଳକୁ ପାଖରେ ଥିଲେ ଭଲ ହୋଇଥାନ୍ତା। ମୁଁ ତ ଭାବୁଥିଲି, ତାକୁ ସାଙ୍ଗରେ ନେଇ ଯାଇଥାଆନ୍ତି ଯେ ସେ ବି ପାରଳା ପରି ବିରାଟ ରାଜ୍ୟର ଆଡ଼ମ୍ବର ତ ଦେଖନ୍ତା, ସାହିତ୍ୟ ସଭାରେ ବସନ୍ତା, କେତେ କଥା ଶିଖିଥାନ୍ତା। ସାଙ୍ଗହୋଇ ଯାଇଥିଲେ ବାଟ ବାଧା ବି ବାଧନ୍ତା ନାହିଁ।'

*'ହେ ଭଗବାନ, ମୋର ତ ସର୍ବନାଶ ହୋଇଥାନ୍ତା।'* ପ୍ରବଳ ମନେ ମନେ ନିଜର ଦୂରଦୃଷ୍ଟିତାକୁ ଧନ୍ୟଧନ୍ୟ କଲା। କହିଲା - 'ଚାଲ, ମୁଁ ଘଡ଼ିଏ ବାଟ ଯାଇ ଛାଡ଼ିଆସିବି।'

ଦୁହେଁ କଥାବାର୍ତ୍ତା ହୋଇ ଭଗବାନ ସୁମରି ଘରୁ ବାହାରି ଆସିଲେ। ଗାଆଁ ପାର ହୋଇ କିଛି ବାଟ ଆସିବା ପରେ ଏକ ଦୋଛକି ପଡ଼ିଲା।

ଦେବଦତ୍ତ କହିଲେ, 'ଭାଇ ପ୍ରବଳ, ତୁମେ ବହୁତ ଉପକାର କଲ। ଏବେ ଘରକୁ ଯାଅ। ଡେରି ହେବ ନହେଲେ।'

ପ୍ରବଳ କହିଲା- 'ହଉ ଭାଇ ଯାଉଛି। ଭଗବାନ କରନ୍ତୁ, ତୁମେ ଆମ ଗାଁର ନାଁ ରଖି ଫେର। ଆଚ୍ଛା, ତୁମେ ଏବେ ଏଇଠୁ କୋଉବାଟେ ଯିବ ?'

ଦେବଦତ୍ତ କହିଲେ, 'ଏଇ ଡାହାଣପଟ ରାସ୍ତା ଧରିଲେ, କାଞ୍ଚିଲି, ସୋମପେଣ୍ଟ ତା'ପରେ ମଞ୍ଜୁଷା ଦେଇ ପାରଳାଖେମୁଣ୍ଡି ଯିବି।'

ପ୍ରବଳ ଭ୍ରୂକୁଞ୍ଚନ କରି କହିଲା - 'ସେ ପଟେ କାହିଁକି ଯିବ ? ଏକେ ତ ଦୂର ବାଟ, ଠିକଣା ସମୟରେ ପହଞ୍ଚିପାରିବ କି ନାହିଁ। ଦ୍ୱିତୀୟରେ ଚୋର ଡକାୟତଙ୍କ ହାବୁଡ଼ରେ ପଡ଼ିବାର ବହୁତ ସମ୍ଭାବନା ଅଛି। ଏଇ ଯେଉଁ ବାଁ ପଟ ରାସ୍ତାଟା, ସେବାଟେ

ଗଲେ ଜରଡ଼ାଗଡ଼ ଦେଇ ତୁମେ ଜଙ୍ଗଲ ବାଟେ ଯିବ ସିନା କିନ୍ତୁ ଶୀଘ୍ର ପହଞ୍ଚିବ। ଏତିକି ଖାଲି ମନେରଖିବ, ସନ୍ଧ୍ୟା ହେବା ଆଗରୁ ଯେଉଁ ଗାଁରେ ପହଞ୍ଚିଥିବ, ସେଇଠି ହିଁ ରାତିଟି କଟାଇବ। ଜଙ୍ଗଲ ରାସ୍ତାକୁ ଦିନରେ ପାର ହେବ, ରାତିରେ ଯିବନି। ଖାଲି ଏତିକି ତ କଥା।'

'କିନ୍ତୁ...।'

'ଦେଖ ତୁମ ଇଚ୍ଛା। ମୋର କହିବା କଥା, ଧର ଭଗବାନଙ୍କ ଦୟାରୁ ତୁମେ ହଜାରେ ସୁନା ମୋହର ଧରି ଫେରିଲ। ଏବେ ସିନା କିଛି ଧନ ଧରିନାହଁ ବୋଲି ନିଦକରେ ଚାଲିଯିବ। ଆସିବାବେଳେ ତ ପୁଣି ସାବଧାନରେ ଆସିବ? ଏତେଗୁଡ଼ା ମୋହର କ'ଣ ଖେଳ ହୋଇଛି? ଏଣୁ ଯିବାବେଳେ ଯେଉଁ ରାସ୍ତାରେ ଯାଇଥିବ, ଆସିବାବେଳେ ସେଇ ରାସ୍ତାରେ ଆସିଲେ ରାସ୍ତାଟା କେତେ ନିରାପଦ ତୁମେ ଜାଣି ପାରିବ।'

'ହେଲେ ଭାଇ -

'ଦେଖ, ମୁଁ ଯାହା କହିବା କଥା କହିଲି। ମୁଁ ହୋଇଥିଲେ ଏଇ ଜଙ୍ଗଲ ରାସ୍ତା ଦେଇ ହିଁ ଯାଇଥାନ୍ତି। ସଡ଼କ ବାଟେ ଗଲେ ରାତିଟା ଚଟି ଘରେ କଟାଇବ। ଗଣ୍ଡାଏ କଉଡ଼ିଦେବ। ସେଇ ଗଣ୍ଡାଏ କଉଡ଼ି ବଣବାଟେ ଯାଇ ରାତି ହେଲେ କୋଉ ଗାଁରେ କୋଉ ଗରୀବଗୁରୁବା ଘରେ ରହି ତାକୁ ଦେଇଦେଲେ ସେ ରାତିକ ତୁମକୁ ସେ ରଜା ପରି ରଖିବ। ଆସିଲା ବେଳେ ସେ ତ ଚିହ୍ନା ହେଲାଣି, ପୁଣିଥରେ ତା'ରି ଘରେ କଟାଇ ଫେରିବ। କହିବ ପାରଳାଖେମୁଣ୍ଡି ଦେବୀ ଦର୍ଶନକୁ ଯାଇଥିଲି। ଏଣେ ସଡ଼କ ପଥରେ ଚଟିଘରେ ଗଣ୍ଡାଏ କଉଡ଼ି ଦେଇ ମଧ୍ୟ ସେବା କିଛି ନାହିଁ। ପନ୍ଦର ଲୋକଙ୍କ ଭିତରେ ଶୋଇବା ବେଳେ କିଏ ଜାଣେ ସେ ଭିତରେ ଦସ୍ୟୁ ଡକାୟତ ବି ନ ଥିବେ। ତମ ସୁନାମୋହର ଗନ୍ଧ ତ ପାରଳାଖେମୁଣ୍ଡିରୁ ଶୁଙ୍ଘି ଶୁଙ୍ଘି ଡ଼କାୟତ ତୁମ ପଛରେ ପଡ଼ିଯାଇଥିବେ।'

ଦେବଦତ୍ତ ହସିଲେ - 'ଭାଇ ତମେ ଏମିତି କହୁଛ, ଯେମିତି କି ମୁଁ ଗଲି ଆଉ ସୁନାମୋହର ଧରି ଫେରିଆସିଲି। ମୋର ଏ ବହି ମହାରାଜାଙ୍କ ପାଠ୍ୟ ଯୋଗ୍ୟ କି ନୁହଁ ସେ କଥା ମଧ୍ୟ ମୁଁ ଜାଣିନି।'

ପ୍ରବଳ ଦେବଦତ୍ତ କାନ୍ଧରେ ହାତ ପକାଇଲା - କହିଲା - 'ଦେଖ, ତୁମକୁ ମୁଁ ଏକଥା କହିବା ବେଳକୁ ମୋ ଡ଼ାହାଣ ଆଖି କେମିତି ଫଡଫଡ ହେଉଛି। ବିଧାନ କେବେ ମିଛ କହେନି, ମୁଁ ବି ଜାଣିଛି। ଏ ପୁରସ୍କାର ନିଶ୍ଚୟ ତୁମେ ହିଁ ପାଇବ।'

ଦେବଦତ୍ତ ଆଖି ଆଗରେ ସୁଦତ୍ତାର ସୁନ୍ଦର ନିରୀହ ହସ ହସ ମୁହଁ ଦେଖାଗଲା।

ମନରୁ ସବୁଭୟ ଦୂର ହୋଇ ଶହେ ସିଂହର ସାହସ ଓ ବଳ ଆସିଗଲା। ସେ ପ୍ରବଳକୁ କହିଲେ - 'ଭାଇ, କେତେ ଭାଗ୍ୟ ବଳରେ ତୁମ ପରି ଯୋଗ୍ୟ ପଡ଼ୋଶୀ ଭାଇ ମିଳନ୍ତି। ହଉ, ତୁମ କଥା ରଖି ମୁଁ ଏଇ ଜଙ୍ଗଲ ବାଟ ଦେଇ ହିଁ ଯିବି'- ଏହା କହି ସେ ବାଁ ପଟ ରାସ୍ତାଦେଇ ଆଗକୁ ପାଦ ବଢ଼ାଇଲେ।

ପ୍ରବଳର ସ୍ୱର ପଛରୁ ଭାସି ଆସିଲା, 'ଯଦି ମୋର ସୁବିଧା ହେବ ମୁଁ ମଧ୍ୟ ଚେଷ୍ଟା କରିବି। ତୁମକୁ ବାଟରେ ଭେଟ ହେବି, ମିଶିକରି ପାରଳା ଯିବା।'

ଦେବଦତ୍ତ ବୁଲିପଡ଼ି ହାତ ହଲାଇଲେ। ସେ ଅଦୃଶ୍ୟ ହେବା ପର୍ଯ୍ୟନ୍ତ ପ୍ରବଳ ମଧ୍ୟ ହାତ ହଲାଇଲା। ଧୀରେ ଧୀରେ ମୁହଁରେ ତା'ର ଏକ କୁଟୀଳ ହସ ଉକୁଟି ଉଠିଲା।

'ଯାହାହେଉ, ମୋ ଯୋଜନାଟା ଠିକ୍ ରାସ୍ତାରେ ଚାଲିଛି।'

ଘରକୁ ନ ଫେରି ସେହି ଦୋଛକିର ଏକ ଗଛ ମୂଳେ, ସୂର୍ଯ୍ୟ ଆଛା ବାଟ ଆକାଶରେ ଉଠିବା ଯାଏ ସେ ଅପେକ୍ଷା କଲା। କିଏ ଜାଣେ, ଦେବଦତ୍ତ ତାକୁ କିଛି କହି ନ ପାରି ମୁଣ୍ଡ ହଲାଇ ଏ ରାସ୍ତାରେ ଚାଲିଗଲା ସିନା, ପ୍ରବଳ ଗାଁକୁ ଫେରିଗଲାପରେ ସେ ଯଦି ଫେରି ଆସି ଡାହାଣପଟ ସଡ଼କ ବାଟେ ଯାଇ ପ୍ରବଳକୁ ଠକି ଦିଏ, ତେବେ?

ତେବେ ତ ସବୁ ଯୋଜନା ପଣ୍ଡ ହୋଇଯିବ!

୧୫ ନଭେମ୍ବର ୧୭୫୨
ବୋମକେଇ

ସେଦିନ ରାତିରେ ଖାଇ ବସିବାବେଳେ ଏଣୁତେଣୁ ଦୁଇଚାରିଟା କଥା ପରେ ପ୍ରବଳ ବିଧାନକୁ ଚାହିଁ କହିଲା- 'ମୋର ଜଣେ ଘନିଷ୍ଠ ବନ୍ଧୁର ଝିଅ ବାହାଘର। ଏଣୁ ମୁଁ କିଛିଦିନ ପାଇଁ ପୁରୀ ଯାଉଛି। ତୁ-।'

'ପୁରୀ!' ବାସନ୍ତୀ ଓ ବିଧାନ ଏକାସାଙ୍ଗରେ କହି ଉଠିଲେ। ସବିତା ଖାଇବା ଥାଳି ଉପରୁ ମୁହଁ ଉଠାଇ କହିଲା- 'ବାପା! ତୁମେ ପରା ଆମକୁ ପୁରୀ ନେବ ବୋଲି କହିଥିଲ? ଏବେ ଏକା ଏକା କେମିତି ବାହାରି ପଡୁଛ?'

ପ୍ରବଳ କହିଲା- 'ପୁରୀ ରଥଯାତ୍ରାକୁ ନେବି କହିଥିଲି ନା? ଏ ବିଭାଘରକୁ ଯାଇ ତୁମେମାନେ କ'ଣ କରିବ? କିଏ ଚିହ୍ନିବ ତୁମକୁ ସେଇଠି? ମୁଁ ଦାଣ୍ଡରୁ ଦାଣ୍ଡରୁ ଭୋଜିଖାଇ ମହତ ଦେଇ ଫେରିଆସିବି। ତୁମକୁ ପରିବାରର ସ୍ତ୍ରୀଲୋକ କେହି ନ ଚିହ୍ନିଲେ ଭଲ ଲାଗିବ ରହିବାକୁ?'

ବାସନ୍ତୀ ଭ୍ରୁକୁଞ୍ଚନ କରି କହିଲେ- 'ତୁମର କୋଉ ସାଙ୍ଗ ପୁରୀରେ ଅଛନ୍ତି ଯେ, ଏବେ ତାଙ୍କ ଝିଅ ବିଭାଘରକୁ ବାହାରି ପଡ଼ିଛ ? ନିମନ୍ତ୍ରଣ କିଏ ଆଣିଲା ? ସାଙ୍ଗ ଯଦି କିଏ ପୁରୀରେ ଅଛନ୍ତି, ଆମେ ରଥଯାତ୍ରାକୁ ପୁରୀ ଗଲେ ଧର୍ମଶାଳାରେ ରହିବା ବୋଲି କାହିଁକି କହୁଥିଲ ?'

ପ୍ରବଳ ଚିହିଁକି ଉଠି ଧମକେଇଲା, 'ପୁରୀ କହିଲେ କ'ଣ ଖାସ୍ ପୁରୀ ? ମୋ ସାଙ୍ଗର ଘର ପୁରୀ ଡେଇଁ ସେ ପଟେ ବ୍ରହ୍ମଗିରି ପାଖରେ। ତୁମେମାନେ ଏତେ କଥା ବୁଝିବ ନାହିଁ ବୋଲି ମୁଁ ପୁରୀ ବୋଲି କହିଲି ନା ? ମୋର ସେ ଜଣେ ବଡ଼ ଉପକାରୀ ବନ୍ଧୁ। ତା' ଉପକାର ଶୁଝାଇବା ପାଇଁ ଏ ମଉକା ମୁଁ ଛାଡ଼ିବି ନାହିଁ। କିଛି ପଇସାପତ୍ର ବି ଧରୁଛି ସେଥିପାଇଁ।'

ବିଧାନ ଖାଇବା ବନ୍ଦକରି କହିଲା- 'ବାପା ! ତୁମେ ଏତେବାଟ ଯିବ ? ତୁମକୁ ତ ଯିବାଆସିବା ରହିବା ଇତ୍ୟାଦି ମିଶାଇ ପନ୍ଦର ଦିନ ଲାଗିଯିବ ?'

ପ୍ରବଳ କହିଲା- 'ସେଇ କଥା ତ କହୁଛି। ସେଥିପାଇଁ ତ ତୋତେ ଡକାଇ ଆଣିଲି। ଦେବଦତ୍ତ ବି ତିନିଦିନ ହେଲା ଗଲାଣି। ଏଣୁ ଦୁଇ ପଡ଼ୋଶୀ ଘର ସଂପୂର୍ଣ୍ଣ ପୁରୁଷବିହୀନ ହେବା ଉଚିତ ନୁହେଁ। କେତେବେଳେ କୋଉ କଥା-'

ବିଧାନ କହିଲା- 'ହଉ, ଯଦି ତୁମର ଯିବା ନିହାତି ଦରକାର, ତୁମେ ନିଶ୍ଚିନ୍ତ ହୋଇଯାଅ। ଏ ଦୁଇ ପରିବାରର ଦାୟିତ୍ୱ ମୋ ଉପରେ ରହିଲା।'

'ମୁଁ କାଲି ବଡ଼ି ଭୋରରୁ ବାହାରିଯିବି', କହିଦେଇ ପ୍ରବଳ ହାତଧୋଇବାକୁ ବାଡ଼ିପଟକୁ ଚାଲିଗଲା।

'କାଲି ସକାଳୁ ?' ବିଧାନ, ସବିତା ଓ ବାସନ୍ତୀ ଏକାସାଙ୍ଗରେ କହି ଉଠିଲେ। କିନ୍ତୁ ଉତ୍ତର ଦେବାକୁ ପ୍ରବଳ ନଥିଲା। ସେ ହାତ ଧୋଇସାରି ପିନ୍ଧାଲୁଗାରେ ମୁହଁ ପୋଛିପୋଛି ଶୋଇବା ଘରେ ପଶି ଯିବାପାଇଁ ଗଣ୍ଠିଲି ବାନ୍ଧିବାରେ ଲାଗିପଡ଼ିଲା। କାମ ଭିତରେ ସମସ୍ତଙ୍କୁ ଡାକି କହିଲା, 'ତୁମେମାନେ ଶୋଇବ ଯାଅ। ମୁଁ ଟିକିଏ ଡେରିରେ ଶୋଇବି।'

ବାସନ୍ତୀ ଛୋଟ ପୁଟୁଳାଟିଏ ଆଣିଦେଇ କହିଲେ 'ଏଥିରେ ଚୁଡ଼ା ମୁଢ଼ି, ହୁଡୁମ, ନବାତ ଏତିକି ରଖିଦେଇଛି। ମୋତେ ସକାଳୁ କହିଥିଲେ ମୁଁ ପିଠାପଣା କ'ଣ କରିଦେଇଥାନ୍ତି।'

'କିଛି ବାଧା ନାହିଁ। ଅଣ୍ଟାରେ କଉଡ଼ି ଥିଲେ ସବୁ ମିଳିବ। ଏଣୁ ତୁମେମାନେ ଯାଅ ଶୋଇବ।'

ବାସନ୍ତୀ ଚାଲିଗଲେ। ଘରର ସବୁ ବତୀ ଲିଭି ମଝିଘରେ ରାତ୍ରର ବତୀଟି

ମିଞ୍ଜିମିଞ୍ଜି ଜଳିବା ଦେଖି ପ୍ରବଳ ନିଃଶବ୍ଦରେ ଯାଇ ଦେଖିଲା, ସତରେ ସେମାନେ ଶୋଇଲେଣି ନା ନାହିଁ। ସେମାନଙ୍କୁ ଗାଢ଼ ନିଦରେ ଶୋଇବା ଜାଣି ସେ କବାଟ ଖୋଲି ବାହାରକୁ ଯାଇ ଦେବଦତ୍ତର ବାରଣ୍ଡା ତଳେ ଠିଆହୋଇ ଡାକ ପକାଇଲା- 'ଆରେ ମା' ଦତ୍ତା ! ଶୋଇ ପଡ଼ିଲଣି କି ?'

ଦେବଦତ୍ତ ଯାଇ ଆଜିକୁ ତିନିଦିନ। ଦତ୍ତା ଓ କନକଙ୍କୁ ଏକ ଖାଁ ଖାଁ ବିଷାଦ ଘେରି ରହିଥିଲା। ବିଧାନ ଆସିଥିଲା, କିନ୍ତୁ ବେଶି ସମୟ ରହିପାରିନଥିଲା। ମା' ଝିଅ ଦୁହେଁ ଶେଯରେ ଶୋଇଶୋଇ ଦେବଦତ୍ତ କେତେବାଟ ଯାଇଥିବେ, କ'ଣ ଖାଇଥିବେ ସେଇକଥା ଗପୁଥିଲେ। ଅଭ୍ୟାସବଶତଃ କନକ ଆଜି ମଧ୍ୟ ଛେନାର ପୋଡ଼ପିଠାଟିଏ କରିଥିଲେ। କିନ୍ତୁ ମା' ଝିଅଙ୍କ ପାଟିକୁ ଦେବଦତ୍ତଙ୍କ ସେହି ପ୍ରିୟ ପିଠାଟି ଯାଇନଥିଲା।

'ହଉ, ସକାଳ ପାହୁ। ମୁଁ ସବୁତକ ନେଇ ବାସନ୍ତୀ ଘରେ ଦେଇଆସିବି ଯେ ସେମାନେ ହେଲେ ଖୁସିରେ ଖାଇବେ। ଆଜି ଯାହା ଦେଇଥିଲି କେତେ ଶ୍ରଦ୍ଧାରେ ତ ସେମାନେ ଖାଇଲେ', ହାଇମାରି କନକ କହିଲେ।

ଏତିକିବେଳେ ପ୍ରବଳର ଡାକ ସେମାନଙ୍କ କାନରେ ବାଜିଲା। ଧଡ଼ପଡ଼ ହୋଇ ମା'ଝିଅ କବାଟ ଖୋଲି ଦେଖିଲେ ସତରେ ପ୍ରବଳ ବାରଣ୍ଡା ତଳେ ଠିଆ ହୋଇଛି।

ସେମାନେ ବାରଣ୍ଡାର ତାର ବାଡ଼ଦିଆ ଶିକୁଳି ଖୋଲିଦେଲେ। ପ୍ରବଳ ସେଇ ବାରଣ୍ଡା ତଳେ ଥାଇ କହିଲା- 'ନାଇଁ ଭାଉଜ, ଆଉ କାହିଁକି ଭିତରକୁ ଯିବି ? ପଅରଦିନ ଗଲାବେଳେ ମୋତେ ଦେବଦତ୍ତ କହୁଥିଲା, ସେ ଗଞ୍ଜାମ ଦେଇ ଯିବ। ଗଞ୍ଜାମର କୋଉ ଜାହାଜିଆ ପାଖରୁ କିଛି ପଇସା ପାଇବାର ଅଛି। ଏଣୁ ସେଇଠି ସେ ତିନିରାତି ରହିବ।'

'ଏଁ! କାଇଁ ଏ କଥା ତ ମୋତେ କିଛି କହିନାହାନ୍ତି ?' କନକ ଆଶ୍ଚର୍ଯ୍ୟ ହୋଇ କହିଲେ- 'ସେ ତ ପଇସାପତ୍ର ଯାହା ଲୋଡ଼ା ସେ ସବୁ ନେଇକରି ଯାଇଛନ୍ତି।'

'ବୋଧହୁଏ ତୁମକୁ କହିବାକୁ ତା'ର ମନେନଥିବ। ସେ ଯାହାହେଉ ଭାଉଜ, ମୁଁ ଏବେ ଏତେରାତିରେ ତୁମକୁ ଉଠାଇ ହଇରାଣ କରିବାର ଉଦ୍ଦେଶ୍ୟ ହେଲା, ମୁଁ ବି କାଲି ବଡ଼ି ଭୋରୁ ଗଞ୍ଜାମ ଦେଇ ପୁରୀ ଯିବି। ମୋର ଦେବଦତ୍ତ ସଙ୍ଗରେ ନିଶ୍ଚୟ ଭେଟ ହେବ।'

ସୁଦତ୍ତା କହିଲା, 'ମଉସା, ଆମେ ଆଜି ଗୋଟେ ଛେନାପୋଡ଼ ଘରେ କରିଥିଲୁ। ବାପୁଙ୍କର ଛେନାପୋଡ଼ ଅତି ପ୍ରିୟ। କଲୁ ସିନା କିନ୍ତୁ ତାଙ୍କୁ ମନେପକାଇ ଦୁଃଖ ଲାଗିଲା ଯେ, ଖାଇପାରିଲୁ ନାହିଁ। ଯୋଗ ଦେଖ। ଆପଣ ଏବେ ଆସି କହୁଛନ୍ତି କାଲି ବାପୁଙ୍କ ସଙ୍ଗରେ ଆପଣଙ୍କ ଭେଟ ହେବ। ଆପଣ ସେ ପୋଡ଼ପିଠାଟା ନେଇ ତାଙ୍କୁ ଦେଇଦେବେ ?'

ଭଗବାନ ! ମଲୁ ଖୋଜୁଥିଲା କାକର ପାଣି, ବଇଦ କହିଲା ଦେ' ତୋରାଣୀ। ପ୍ରବଳ ତାଙ୍କୁ କିଛି ଖାଦ୍ୟ ମାଗିବା ପାଇଁ ଆସିଥିଲା ସତ, କିନ୍ତୁ ମାଗିବା ଆଗରୁ ଏ ତ ଯାଚିକରି ଦେଉଛନ୍ତି। ଏହାର ଅର୍ଥ ତା'ର ଯୋଜନା ଓ ସଫଳତା ସାଙ୍ଗ ହୋଇ ଚାଲିଛନ୍ତି।

ପ୍ରବଳର ମୁହଁ ଉଜ୍ଜ୍ୱଳ ହୋଇଉଠିଲା। ଆଉ ଟିକିଏ ଆଗରୁ ଘରେ ଖାଇବସିବା ବେଳେ ସବିତା ଯେତେବେଳେ ଖଣ୍ଡେ ଛେନାପୋଡ଼ ପ୍ରବଳ ଥାଳିରେ ଦେଇ କହିଲା- 'କନକ ମାଉସୀ ପଠାଇଛନ୍ତି', ସେତେବେଳୁ ପ୍ରବଳର ଅନ୍ଧାରୁଆ ଜଙ୍ଗଲୀ ଯୋଜନାରେ ସରୁ ବାଟଟିଏ ଫିଟିଯାଇଥିଲା। ଏଥିରୁ ଟିକିଏ ନେଇ ଦେବଦତ୍ତଙ୍କୁ ଦେଇଦେଲେ ତ କାମ ହୋଇଯିବ। ଏତେ ଚିନ୍ତା କ'ଣ ?

ସେଥିପାଇଁ ସମସ୍ତେ ଶୋଇବା ପରେ ସେ ଏଠାକୁ ଚାଲିଆସିଛି।

ମନ କଥା ଲୁଚାଇ ସେ ଉତ୍ତର ଦେଲା- 'ଆରେ ମା', ତୁମେ ଛେନାପୋଡ଼ କଲେ ମୋତେ କ'ଣ ଅଜଣା ରହିବ ? ଏବେ ପରା ତାକୁ ହିଁ ମୁଁ ଖାଇକରି ଆସିଛି। କ'ଣ ସେ ସ୍ୱାଦ ! ତାକୁ ନେଇ ଦେବଦତ୍ତଙ୍କୁ ଦେବାକୁ ମୋର କ'ଣ ଆପତ୍ତି ? କିନ୍ତୁ ଯଦି ତୋ ବାପୁ ସହ ମୋର ଭେଟ ନହୁଏ, ଯଦି ଭାଉଜ କହିବା ପରି ସେ ମନ ବଦଳାଇ ଗଞ୍ଜାମ ନଯାଇ ସିଧା ପାରଳାଖେମୁଣ୍ଡି ଚାଲିଯାଇଥାଏ, ତେବେ ତ ମୋର ତା' ସହିତ ଭେଟ ହେବ ନାହିଁ।'

କନକ କହିଲେ, 'ହଉ, ସେଥିରେ କ'ଣ ଅଛି। ଭେଟ ହେଲେ ତାଙ୍କୁ ଦେବ। ଭେଟ ନହେଲେ ତୁମେ ଖାଇଦେବ। ସେ ଭାଇ ଖାଇଥାଆନ୍ତେ, ନହେଲେ ଏ ଭାଇ ଖାଇବେ। ଏକା କଥା।'

ସେ ଏକଥା କହିବା ଭିତରେ ସୁଦତ୍ତା ଯାଇ ଛେନାପୋଡ଼ ସହ ଆଉ କିଛି ଖାଦ୍ୟ ଓ ଆଚାର ଇତ୍ୟାଦି ଏକ ପୁଟୁଳା କରି ଆଣି ପ୍ରବଳକୁ ଧରାଇଦେଲା।

ପ୍ରବଳ ତାକୁ ଧରି ସେମାନଙ୍କ ମୁହଁକୁ ଚାହିଁ କହିଲା- 'ମୋତେ କିନ୍ତୁ ତୁମକୁ ଏକ ବଚନ ଦେବାକୁ ପଡ଼ିବ।'

ମା' ଝିଅ ଆଶ୍ଚର୍ଯ୍ୟ ହୋଇ ପ୍ରବଳକୁ ଚାହିଁଲେ, 'ବଚନ ?'

'ହଁ, ମୋତେ କଥା ଦିଅ, ମୁଁ ଏତେରାତିରେ ଆସି ଏମିତି ଏ ଖାଇବା ମାଗିନେଉଛି, ଏକଥା ତୁମେମାନେ ବିଧାନ ହେଉ କି ଆମ ଘରର ଆଉ କାହାକୁ ହେଉ କେବେ ବି କହିବ ନାହିଁ। ସେମାନେ ମୋତେ 'କାଙ୍ଗାଳିଆ' ବୋଲି କହିବେ। ବିଶ୍ୱାସ କରିବେ ନାହିଁ ଯେ ଏତକ ତୁମେ ମୋତେ ଯାଚିକରି ଦେଇଛ। ମୁଁ ଏଇଠିକି ଏବେ ଯେ ଆସିଛି, ସେ କଥା ସେମାନଙ୍କୁ ମୋଟେ କହିବ ନାହିଁ। ଏତିକି ପ୍ରତିଜ୍ଞା କର, ଜଗନ୍ନାଥଙ୍କ ରାଣ ଖାଇ।'

ମା'ଝିଅ ହସିହସି କହିଲେ, 'ହଉ, ଜଗନ୍ନାଥଙ୍କ ରାଣ, ଆମେ ଏକଥା ଏବେ ନୁହଁ ଯେ ପୂରା ଜୀବନରେ ମଧ୍ୟ କେବେ କାହାକୁ କହିବୁ ନାହିଁ।'

ପ୍ରବଳ ଛାତିରୁ ବଡ଼ ନିଃଶ୍ୱାସଟିଏ ବାହାରି ପଡ଼ିଲା। ସେ ପୁଟୁଳାଟି ଧରି ଘରକୁ ଫେରିଲା।

କାଳେ ଆଖି ଲାଗିଯିବ, ସେ ଭୟରେ ପ୍ରବଳ ରାତିରେ ଆଉ ଶୋଇପାରିଲା ନାହିଁ। କନକ ଘରୁ ଆଣିଥିବା ପୋଟଳାଟାକୁ ନିଜ ଗଣ୍ଠିଲିରେ ଲୁଚାଇ ସିନ୍ଦୁରା ଫାଟିବା ଆଗରୁ ଘରୁ ସମସ୍ତଙ୍କ ଠାରୁ ବିଦାୟ ନେଇ ସେ ବାହାରିପଡ଼ିଲା। ବାସନ୍ତୀ ବ୍ୟସ୍ତ ହୋଇ କହିଲେ, 'କାହିଁକି ଏ ବାଟଚଲା ଭୂତ ତୁମ ମୁଣ୍ଡରେ ପଶିଲା, ଜାଣିପାରୁନି। ସୁଖରେ ଘରେ ଖାଇପିଇ ନ ରହି ଚାଲିଚାଲି କେତେ ଦିନରେ ଯାଇ ପହଞ୍ଚିବ, ଏ ଜଙ୍ଗଲ ବଣ ପରବତ ପାର ହେବାକୁ କେତେ କଷ୍ଟ ହେବ-'

ଜଙ୍ଗଲ ପର୍ବତର ନାମ ଶୁଣି ପ୍ରବଳ ଚିହିଁକି ଉଠି କହିଲା- 'ବଣ ପର୍ବତ? କେତେଥର ପୁରୀ ଯାଇଛୁ? ମୁଁ ତ ସଡ଼କରେ ଯାଇ ସଡ଼କରେ ଫେରିବି। ଏ ଜଙ୍ଗଲ ପର୍ବତ କୁଆଡୁ ଆସିଲେ?'

ସବୁଦିନ ପରି ରାଗିନଯାଇ ବାସନ୍ତୀ କହିଲେ- 'ତୁମେ କୋଉ ବାଟେ ଯାଅ, ଚାଲି ଚାଲି ଯିବ। ବଳ ବୟସ ଅଛି? ମୋତେ ବଡ଼ ବ୍ୟସ୍ତ ବ୍ୟସ୍ତ ଲାଗୁଛି।' କହୁକହୁ ତାଙ୍କ କଣ୍ଠ ଭାରୀ ହୋଇଗଲା।

'ବାପା, ଟିକିଏ ରହ, ଚାଲ। ମୁଁ ବି ତୁମ ସଙ୍ଗରେ ଯିବି। ପାଖେ ପାଖେ ଥିବି ଯେ ମା'କୁ ଚିନ୍ତା ହେବ ନାହିଁ,' ବିଧାନ କହିଲା।

'କାହିଁକି ଏ ନାଟ?' ପ୍ରବଳ ଗର୍ଜନ କରି କହିଲା। 'ଯାଅ, କବାଟ ବନ୍ଦ କରି ଶୁଅ। ତୋତେ କହିଲି ନା ବିଧାନ! ଦୁଇ ଘରେ ପୁରୁଷ ନାହାନ୍ତି, ତୁ ସେମାନଙ୍କୁ ଜଗିରହ। ତୁ ଏଡ଼େ ମାଇଚିଆ ହୋଇଛୁ ଯେ ଏମାନଙ୍କୁ ଏକାଛାଡ଼ି ମୋ ଗାମୁଛା ତଳେ ଲୁଚିବାକୁ ବାହାରି ପଡୁଛୁ? ହୁଁ!'

ଗଣ୍ଠିଲିଟାକୁ କାନ୍ଧରେ ପକାଇ ସେ ଡମଡମ ହୋଇ ବାରଣ୍ଡା ତଳକୁ ଓହ୍ଲାଇ ଗଲା। ଫେରିପଡ଼ି ଧମକାଇଲା, 'ଆମ ତନ୍ତ ଦିନେ ହେଲେ ବନ୍ଦ କରିବୁ ନାହିଁ। ମାସେ କାଳ ପ୍ରମିଳା ଘରେ ମଉଜ କରି ଆସିଛୁ। ଏଥର କାମରେ ମନ ଦେ। ସୁବିଧାକରି ଦେବଦତ୍ତ ତନ୍ତରେ ମଧ୍ୟ ଖଣ୍ଡିଏ ଦି'ଖଣ୍ଡ ଲୁଗା ପକାଇ ସେମାନଙ୍କୁ ଦେ। ପୁରୁଷ ପରି କଥାବାର୍ତ୍ତା କର। ଚାରିଟା ସ୍ତ୍ରୀଲୋକଙ୍କ ଭିତରେ ରହି ମାଇଚିଆ ହେଇଗଲା। ଯାଅ, କବାଟ ବନ୍ଦକର। ଦୀପ ଲିଭିଲେ ଯାଇ ମୁଁ ଯିବି।'

ସେମାନେ ଚୁପ୍‌ଚାପ୍ ଘର ଭିତରକୁ ଯାଇ କବାଟ ବନ୍ଦ କଲେ। ଦୀପ ବି ଲିଭିଲା।

ପ୍ରବଳ ଚାରିଆଡ଼େ ଚାହିଁଲା। କେହି କୁଆଡ଼େ ନାହିଁ। କାର୍ତ୍ତିକ ମାସର ଘନ କୁହୁଡ଼ିର ପରଳ ଡେଇଁ ଚାରିହାତ ଦୂରରେ ଥିବା ଦୃଶ୍ୟ ମଧ୍ୟ ଦେଖା ଯାଉନାହିଁ।

ସେ ସିଧା ଗାଁମୁଣ୍ଡ ଯାଏ ଯାଇ ପଛକୁ ଚାହିଁଲା। କିଏ ନାହିଁ। ଡାହାଣ ପଟେ ଗଲେ ରାସ୍ତା କିଛିବାଟ ପରେ ଦୁଇଭାଗ ହୋଇ ଦୁଇ ବିପରୀତ ପଟରେ ଯାଇ ଗୋଟିଏ ପୁରୀକୁ ଓ ଅନ୍ୟଟି ମଞ୍ଜୁଷା ଆଡ଼େ ଯାଇଛି। ବାଁପଟେ ଗଲେ ଦେବଦତ୍ତ ଯେଉଁ ବାଟ ଦେଇ ଗଲା, ସେଇଟା ଜଙ୍ଗଲ ରାସ୍ତା। ସେ ରାସ୍ତାରେ ଗଲେ ଆଉ କୁଆଡ଼େ ହଉ ପଛେ ପୁରୀ ତ ଆଦୌ ଯାଇ ହେବ ନାହିଁ!

ପ୍ରବଳ ମୁହଁରେ ଏକ କୁଟୀଳ ହସ ଫୁଟିଉଠିଲା।

*ମୋର ଗରଜ ପଡ଼ିଛି ପୁରୀ ଯିବାକୁ ?*

ସେ ଗଣ୍ଠିଲିକୁ କାନ୍ଧରେ ଭଲଭାବରେ ଭିଡ଼ିଧରି ସେଇ ଜଙ୍ଗଲ ରାସ୍ତାଦେଇ ଚାଲିଲା। ଖରା ଟାଣ ହେବା ଆଗରୁ ତାକୁ ଦୁଇଟି କାମ ସାରିବାକୁ ପଡ଼ିବ।

୧୬ ନଭେମ୍ବର ୧୭୫୨
ତରକ୍କୀ ବଜାର

ବୋମକେଇଠାରୁ ଚାରି ପାଞ୍ଚୋଟି ଗାଁ ପାର ହୋଇ ଜଙ୍ଗଲ ଭିତରେ ପଶିବା ପୂର୍ବରୁ ପଡ଼େ ତରକ୍କି ବଜାର। ଏହି ବଜାରର ଶେଷଆଡ଼କୁ ତକ୍କୀ ଖାଁର ଘର। ଆଖପାଖର ସବୁ ଗାଁର ଲୋକ ଘୋଡ଼ା, ବଳଦ, ଶଗଡ଼, ସବାରୀ, ପାଲିଙ୍କି ଇତ୍ୟାଦି ଭଡ଼ାନେବା ପାଇଁ ତକ୍କୀ ଖାଁ ପାଖକୁ ଆସିଥାନ୍ତି। ଏସବୁ ଭଡ଼ାଦେଇ ତକ୍କୀ ଖାଁ ବେଶ୍ ଦୁଇପଇସା ରୋଜଗାର କରେ।

ତକ୍କୀ ଖାଁ ମୋଗଲ ସୈନିକ ତକ୍‌ଦୀର୍ ଖାଁର ଏକମାତ୍ର ପୁଅ। ତକ୍‌ଦୀର୍ ସୈନିକ ହେଲେ ମଧ୍ୟ ଏ ହଣାକଟା, ଲୁଟତରାଜ, ଯୁଦ୍ଧ, ହିଂସା ଏସବୁକୁ ପସନ୍ଦ କରୁନଥିଲା। ଯୁବା ବୟସରେ ହିଁ ଥରେ ଯୁଦ୍ଧରେ ସେ ଆହତ ହେଲା। ଭଲ ହେବା ପରେ ନିଜ ସେନାପତି ମନସୁର୍ ଖାଁକୁ ଦେଖାକରି ତାକୁ ଯୁଦ୍ଧରେ ନନେଇ ଯୁଦ୍ଧ ଦପ୍ତରରେ ରଖିବାକୁ ସେ ସେନାପତିଙ୍କୁ ଅନୁରୋଧ କଲା। ଯୁଦ୍ଧର ହୋହଲ୍ଲା, ଦିନରେ ଜିତା ହେଲାବେଳକୁ ରାତିରେ ହାର ର ପ୍ରବଳ ଚାପ ଭିତରେ ଅନେକ କିଛିର ହିସାବ ମଧ୍ୟ ରଖିବାକୁ ପଡୁଥିଲା। ଅଳ୍ପ ଲେଖାପଢ଼ା ଜାଣିଥିବା ତକଦୀରର ଅନୁରୋଧ ରଖି ମନସୁର୍ ଖାଁ ତାକୁ ଗୋଟାଏ ମୋଟା ବନ୍ଧେଇ ଖାତା ଓ କଲମ ଧରାଇ ହିସାବ ରଖିବାର କାଏଦା ଶିଖାଇ ଦେଇଥିଲା। ପାଞ୍ଚବର୍ଷ ପରେ ଚାଳିଶ ବର୍ଷ ବୟସ୍କ ତକ୍‌ଦୀର ଖାଁ ଏକ ବିଶିଷ୍ଟ ହିସାବ

ରକ୍ଷକ ଓ ଖଜଣା ଆଦାୟର ମୁଖ୍ୟ ଅଧିକାରୀ ପାଲଟି ଯାଇଥିଲା। ଏମିତି କରୁକରୁ ଗୋଟିଏ ଗାଁର କେତୋଟି ସାହି, ସାହିର କେତୋଟି ଘର, ଘରର ମୁଖିଆଙ୍କ ନାମ, ବେଉସା, ପୁଅଝିଅ କେତୋଟି, ସେମାନଙ୍କର ନାମ ଇତ୍ୟାଦି ସହ ଅନେକ ଗାଁର ଟିକିନିଖି ବିବରଣୀ ତା'ର ଖାତାରେ ସ୍ଥାନ ପାଇସାରିଥିଲା। ଗୋଟିଏ ଗାଁର ନାଁ କହିଦେଲେ ଖୋଜା ପଡ଼ିଥିବା ଲୋକଟିର ନାମ, ଠିକଣା ସବୁ ସେ କହିଦେଇ ପାରୁଥିଲା।

୧୭୨୪ ମସିହାରେ ଗଂଜାମ ମୋଗଲମାନଙ୍କ ହାତରୁ ହାଇଦ୍ରାବାଦ ନିଜାମଙ୍କ ଅଧୀନକୁ ଆସିଲା। ପୂର୍ବରୁ, ମୋଗଲଙ୍କ ସେନାବାହିନୀ ଯେତେବେଳେ ଗଂଜାମର ବିଭିନ୍ନ ସହରରେ ଦପ୍ତରମାନ ଖୋଲି ଶାସନ ଚଳାଉଥିଲେ, ତକଦୀର୍ ଖାଁ ସେତେବେଳେ ଶୁଣିଲା ଯେ ତରକ୍କୀ ବଜାରଠାରେ ଗୋଟିଏ ମୁସଲମାନ ବସ୍ତି ଅଛି, ସେଠାରେ ଆଣି ସେ ନିଜ ପରିବାର ରଖିଲା। ଏଠାରେ ବାସ କରୁଥିବା ମୁସଲମାନମାନେ ସୈନିକ ନଥିଲେ। ସେମାନେ ଯାଯାବର ବେପାରୀ ରୂପରେ ଘୋଡ଼ା ବେପାର କରୁଥିଲେ। ଏଇ ମୁଲକ ଦେଇ ଯାତ୍ରା କରୁଥିବା ବେଳେ ଏଇଠି ଅଟକି ଯାଇଥିଲେ। ଏହି ପ୍ରଶସ୍ତ ଜାଗାରେ ତମ୍ବୁ ପକାଇ ରାତି ବିତାଇଥିଲେ। ପାଖରେ ଥିବା ଛୋଟ ନଦୀଟିଏ, ଘୋଡ଼ାମାନଙ୍କ ଚରିବା ପାଇଁ ବିସ୍ତୃତ ଘାସପଡ଼ିଆ ସେମାନଙ୍କୁ ଏକାଧିକ ଦିନ ଅଟକାଇ ରଖିଲା। ଦିନ ଆସିଲା, ଗୋଟିଏ ଦଳର ତମ୍ବୁ ଉଠିବାବେଳକୁ ସେଇଠି ଆଉ ଏକ ଦଳ ଆସି ପହଞ୍ଚି ତମ୍ବୁଟାଣିଲେ। ଏମିତି ହେଉ ହେଉ କେତେବେଳେ ସେ ଜାଗାରେ ସ୍ଥାୟୀ ଜନବସତିଟାଏ ଗଢ଼ିଉଠିଲା, କେତେବେଳେ ସେ ଏକ ନାଁ ବି ପାଇଗଲା, ଶୂନ୍‌ଶାନ୍ ସାନ ଉପତ୍ୟକାଟା ତରକ୍କୀ ବଜାର ପାଲଟିଗଲା ତା'ର ଇତିହାସ କେହି ଲେଖିଲେ ନାହିଁ।

ତକ୍‌ଦୀର ଖାଁକୁ ତରକ୍କୀ ବଜାରର ପରିବେଶ, ସେଠାକାର ଶାନ୍ତ ବାତାବରଣ ଚାଷ କିମ୍ବା ବ୍ୟବସାୟରେ ଥିବା ନିଶ୍ଚିନ୍ତ ପଣିଆ ସବୁ ଭଲ ଲାଗିଲା। କେତେ ପୁରୁଷ ଧରି ସୈନିକ ଜୀବିକା ସେମାନଙ୍କ ପରିବାରରେ ଚଳିଆସୁଥିଲା ସେ ଜାଣିନଥିଲା, କିନ୍ତୁ ବର୍ତ୍ତମାନ ସେ ଏତିକି ଜାଣିସାରିଥିଲା- ଏଣିକି ତା' ପରିବାରରୁ ଆଉ କେହି ବି ଯୁଦ୍ଧ, ହିଂସା, ଗଣ୍ଡଗୋଳରେ ନିଜର ବ୍ୟକ୍ତିଗତ କାରଣରୁ ହେଉ କି ରାଜା, ନବାବ, ବାଦ୍‌ଶାହଙ୍କ ସୈନିକ ଭାବରେ ହେଉ ଏସବୁ ହଣାକଟାରେ ସାମିଲ ହେବେ ନାହିଁ।

ଶାନ୍ତିରେ ହିଁ ସମୃଦ୍ଧି ଥାଏ, ନିଜର ବି ଅନ୍ୟର ବି।

ନିଜାମ ମୋଗଲମାନଙ୍କଠାରୁ ଗଂଜାମ ରାଜ୍ୟ ଅଧିକାର କରିବା ପରେ ଗଂଜାମରୁ ମୋଗଲ ସୈନ୍ୟଛାଉଣୀ ଉଠିଗଲା। ମୋଗଲ ସେନାବାହିନୀ ଦେଶର

ଅନ୍ୟାନ୍ୟ ସହରକୁ ଫେରିଗଲେ। ନିଜାମଙ୍କ ଦପ୍ତର ସବୁ ଗଂଜାମରେ ଚାରିଆଡ଼େ ଖୋଲିଗଲା।

ତକ୍‌ଦୀର ଖାଁ ମୋଗଲ ସେନାମାନଙ୍କ ସହ ନଯାଇ, ନିଜ ପରିବାର ସହ ତରକ୍କୀ ବଜାରରେ ରହିଗଲା। ସେତେବେଳେ ସେ ସମଗ୍ର ଗଂଜାମର ସମସ୍ତ ଅଞ୍ଚଳର ଲୋକସଂଖ୍ୟା, ସେମାନଙ୍କ ଜୀବିକା, ପରିବାରର ମୁରବୀମାନଙ୍କ ନାମଲେଖା ଖାତା ଦସ୍ତାବିଜ ସବୁ ଆଉ ଦପ୍ତରକୁ ନପଠାଇ ନିଜ ପାଖରେ ରଖିଦେଲା।

ଚାହିଁଥିଲେ ସେ ପୁଅକୁ ନିଜାମଙ୍କ ଦପ୍ତରରେ ରଖାଇ ପାରିଥାନ୍ତା। କିନ୍ତୁ ସେ ନିଜ ପୁଅ ତକ୍କୀକୁ ଘୋଡ଼ା ବ୍ୟବସାୟରେ ଲଗାଇଥିଲା ଓ ତାକୁ ଏ ଖାତା, ଦସ୍ତାବିଜ ଧରାଇ ଆଖପାଖ ପଚାଶରୁ ଅଧିକ ଗାଁର ଲୋକସଂଖ୍ୟାର ବିବରଣୀ ଦେଖାଇ ଦେଇଥିଲା। ଏହାକୁ ଭଲ ଭାବରେ ବୁଝାଇବାର କାରଣ ଥିଲା, ଘୋଡ଼ାଭଡ଼ାରେ ନେଇଥିବା ବ୍ୟକ୍ତି ଯଦି ଘୋଡ଼ା କିମ୍ବା ଟଙ୍କା ନ ଫେରାଇଲା, ତା'ଘରକୁ ଯାଇ ଘୋଡ଼ା ଓ ଟଙ୍କା ଉଭୟ ଆଦାୟ କରିବାରେ ଏ ଖାତା ସହାୟ ହେବ। ପୁଣି ଏଥିରେ ଥିବା ବଂଶାବଳୀକୁ କେମିତି ବର୍ତ୍ତମାନର ତାରିଖ ପର୍ଯ୍ୟନ୍ତ ଅଣାଯାଇପାରିବ, ସେକଥା ମଧ୍ୟ ତକ୍‌ଦୀର୍ ତକ୍କୀ ଖାଁକୁ ଶିଖାଇ ଦେଇଥିଲା।

ତକ୍କୀ ଖାଁ ସ୍ୱଭାବରେ ବାପ ପରି ଶାନ୍ତ, ଭଦ୍ର ଓ ନମ୍ର ଥିଲା। ମଧୁର ଭାବରେ କଥାବାର୍ତ୍ତା କରି କାମ ଆଦାୟ କରିବା ଶୈଳୀ ମଧ୍ୟ ବାପଠାରୁ ଶିଖିଯାଇଥିଲା। ବାପ ତାକୁ ଶିଖାଇଥିଲା- ଜୀବିକାକୁ ମଣିଷର ଭାଗ୍ୟ ନିର୍ଦ୍ଧାରଣ କରିଥାଏ। କିନ୍ତୁ ଆଲ୍ଲା, ବନ୍ଦା କୋଉଠି ଜନ୍ମ ହେବ ତାହା ନିର୍ଦ୍ଧାରଣ କରିଥାନ୍ତି। ତକ୍‌ଦୀର ଏକ ସମ୍ଭ୍ରାନ୍ତ ପରିବାରରେ ଜନ୍ମ ନେଇଥିଲା ଓ ସେଇ ରକ୍ତ ତକ୍କୀ ଦେହରେ ମଧ୍ୟ ବହୁଛି। ଏଣୁ ଜୀବିକାରେ ତରକ୍କୀ କରିବା ପାଇଁ ଖୁଦା ବିରୁଦ୍ଧରେ ଯାଇ ନିଜ ରକ୍ତକୁ ଦୂଷିତ କଲେ ଖୁଦା କେବେ ବି ମାଫ୍ କରିବେ ନାହିଁ।

ଏଣୁ ତକ୍କୀ ଖାଁ ପାଇଁ ଜୀବିକା ଅପେକ୍ଷା ନିଜ ରକ୍ତର ସମ୍ଭ୍ରାନ୍ତପଣିଆ ଅଧିକ ମୂଲ୍ୟବାନ ଥିଲା। ଅଚିହ୍ନା ଲୋକଙ୍କ ହାତରେ ମୂକ ଘୋଡ଼ାମାନଙ୍କୁ ଭଡ଼ାରେ ଦେଇ ଦୂରଦୂରାନ୍ତର ଛାଡ଼ିବା ପୂର୍ବରୁ ସେ ମଧୁର କଥାବାର୍ତ୍ତାରେ ଗ୍ରାହକଙ୍କର ନାଁ, ଗାଁ ପଚାରି ସେ ଗଲାପରେ ନିଜ ଖାତା ଖୋଲି ସେଇ ନାମକୁ ନେଇ ସେମାନଙ୍କ ନାଁ ଧରି ପରିଚୟ, ଠିକଣା ଜାଣୁଥିଲା। 'ଛଦ୍ମନାମ ନେଇ ଘୋଡ଼ା ଭଡ଼ାନେବା ଶକ୍ତ ମନା' ବୋଲି ଗୋଟିଏ ଘୋଷଣା ନିଜ ଘର ଆଗରେ ଟାଙ୍ଗିଥିଲା। ତଥାପି କଥାବାର୍ତ୍ତା ଜାଲରେ ଅଚିହ୍ନା ଗ୍ରାହକକୁ ଛନ୍ଦି ସେମାନଙ୍କୁ ପଣା, ସରବତ ଦେଇ ସେ ଲୋକର ପଡ଼ୋଶୀମାନଙ୍କ ନାଁ, ସେଠା ଆଖପାଖର ଜଣାଶୁଣା ହାଟ, ବଜାରର ନାଁ, ପ୍ରସିଦ୍ଧ ମନ୍ଦିର, ମେଳା

ଇତ୍ୟାଦିର କଥା କହି ସେ ସମୟ ନେଇ ନେଇ ଠିକଣା ବାହାର କରୁଥିଲା । ଛଦ୍ମନାମ ନେଇ ମୂଲ୍ୟବାନ ଘୋଡ଼ାକୁ ଠକି ନେବାକୁ ବସିଥିବା ଗ୍ରାହକ ଏହି ଶବ୍ଦଜାଲରେ ପଡ଼ି ନିଜ ଜାଗାର ଇତିହାସ କହୁ କହୁ ଭୂଗୋଳ ମଧ୍ୟ ତକ୍କୀ ଖାଁକୁ ଦେଇ ଦେଉଥିଲା । ପରେ ଖାତା ଖୋଲି ବଂଶାବଳୀରୁ ସେ ବ୍ୟକ୍ତିର ପରିଚୟ ପାଇ ନିଜେ ତା' ଘର ଖୋଜିଖୋଜି ସେଠାରେ ପହଞ୍ଚି ଭଡ଼ା ପଇସା ଓ ଘୋଡ଼ା ଉଭୟ ଧରି ତକ୍କୀ ଖାଁ ଫେରୁଥିଲା ।

କିନ୍ତୁ ନିଜର କୋଡ଼ିଏ ବର୍ଷର ଅଭିଜ୍ଞତାରେ ଏପରି ବିପର୍ଯ୍ୟୟ କେବଳ ଥରେ ହିଁ ଘଟିଥିଲା । ନହେଲେ ଘୋଡ଼ା ତା' ପାଖରୁ ଯେମିତି ଚାଲି ଚାଲି କଦମ୍ ପକାଇ ଯାଉଥିଲେ, ସେମିତି କଦମ୍ ପକାଇ ପକାଇ ଟଙ୍କା ଧରି ଫେରୁଥିଲେ ମଧ୍ୟ ।

ଆଉ ତକ୍କୀ ଖାଁ ବୁଝିଥିଲା, ଯଦିଓ ସେ ସବାରୀ, ପାଲିଙ୍କି ସହିତ ଘୋଡ଼ା, ବଳଦ ବି ଭଡ଼ାରେ ଦେଉଛି, ଏଇ ଜୀବନ୍ତ ପ୍ରାଣୀମାନେ ହିଁ ତା'ର ଜୀବିକାର ମୂଳ ଉତ୍ସ, ଆୟର ମୂଳ ସ୍ରୋତ । ଏଣୁ ପ୍ରତ୍ୟେକ ଘୋଡ଼ା ବଳଦଙ୍କୁ ସେ ନାଁ ଦେଇଥିଲା । ସେଇ ନାଁରେ ଡାକିଡାକି ସେମାନଙ୍କୁ ଆଉଁସାପାଉଁସା କରୁଥିଲା । ଦାନା ଖୁଆଉଥିଲା, ସେମାନେ ନୀରବରେ ଯେ ବହୁତ କଥା କହନ୍ତି, ଭଡ଼ାରେ ଦୁଃଖ ପାଉଛନ୍ତି କି ସୁଖ ପାଉଛନ୍ତି ସେ କଥା ସେମାନଙ୍କ କଥାରୁ ସେ ବୁଝୁଥିଲା । ତା'ର ସବୁ ଘୋଡ଼ା ବଳଦ ବି ସେ ଡାକିଦେଲେ ମୁହଁ ବୁଲାଇ ଚାହୁଁଥିଲେ । କାନ ମୁଣ୍ଡ ହଲାଇ ପ୍ରତିକ୍ରିୟା ବି ଜଣାଉଥିଲେ ।

ଅନାବିଳ ପ୍ରୀତିର ରୀତି ତ ସବୁବେଳେ, ସବୁଠାରେ ସମାନ । ମେଘ ପରି ମମତା ଯେତେବେଳେ ଜଣକ ହୃଦୟରୁ ଝରି ଆଉ ଜଣକୁ ସିକ୍ତ କରେ, ସେ କୋମଳ ମାଧୁର୍ଯ୍ୟକୁ ଶିଶୁ ବି ବୁଝିପାରେ, ପଶୁ ବି ।

-0-

ପ୍ରବଳ ତରକ୍କୀ ବଜାରରେ ପହଞ୍ଚି ତକ୍କୀ ଖାଁ ଦୋକାନ ଆଗରେ ଯାଇ ଠିଆହେଲା ।

ନମାଜ ସାରି ଗାଲିଚାକୁ ଚଉତି ଥାକ ଭିତରେ ରଖିଲାବେଳେ ତକ୍କୀ ଖାଁ ପ୍ରବଳ ତା' ହତା ଭିତରକୁ ପଶୁଥିବା ଦେଖି ବାହାରକୁ ଆସିଲା ।

'ମୋର ଭଲ ଘୋଡ଼ାଟିଏ ନେବାର ଅଛି ।' ପ୍ରବଳ କଣ୍ଠରେ ଓଜନ ରଖି କହିଲା ।

'କେତେ ଦିନ ପାଇଁ ? କେତେ ଦୂର ?'

ପ୍ରବଳ ତକ୍କୀର ପ୍ରଶ୍ନରେ ଖୁସି ହେଲା । ଆଉ କିଏ ହୋଇଥିଲେ ପଚାରିଥାନ୍ତା,

'କେଉଁ ଗାଁକୁ ଯିବ ?' କିନ୍ତୁ ଏ ଭଦ୍ର ବେପାରୀର ସ୍ଥାନର ନାଁ ନେଇ ମୁଣ୍ଡ ଖେଳାଇବାର ନାହିଁ। ସେ ନିଜର ବେପାରର ସୀମା ଭିତରେ ରହି ପଚାରୁଛି- କେତେ ଦୂର ଯିବ ?

ତେବେ ପାରଳାଖେମୁଣ୍ଡି ଏଇଠୁ କେତେ ଦୂର ହେବ ? ଦୁଇଶ' କୋଶ ନା ଚାରିଶ' କୋଶ ? ହେଇଥାଉ ଶଳା, ଯେତେ କୋଶ।

'ହୁଁମ୍... ମୁଁ ତ ଗୋଟିଏ କାମରେ ବାହାରିଛି, ହେଇପାରେ ଶହେ ଦୁଇଶ କୋଶ କିମ୍ବା ତା'ଠାରୁ କିଛି କମ୍ ବା ବେଶି। ପ୍ରବଳ ମୁଣ୍ଡ କୁଣ୍ଡାଇ କୁଣ୍ଡାଇ ତକ୍କୀର ଭଦ୍ରାମୀକୁ ନିଜ ଗଳାରେ ଫୁଟାଇ କହିଲା, 'ଏଣୁ କେତେଦିନ ପାଇଁ ତା' ମଧ୍ୟ ମୁଁ କହିପାରୁନାହିଁ।'

ତକ୍କୀ ଖାଁ ଖୁସି ହେଲା, ଲୋକଟା ସଚ୍ଚୋଟ ଅଛି ନହେଲେ ଲୋକ ତ କୋଡ଼ିଏ କୋଶ କହି ଷାଠିଏ କୋଶ ଘୋଡ଼ାକୁ ଦଉଡ଼େଇ ଦେଉଛନ୍ତି। ସେ ଘୋଡ଼ାର ମୁହଁ ଦେଖି ଜାଣିପାରେ ଘୋଡ଼ା ଆପାତତଃ କେତେବାଟ ଯାଇଛି। ଏଣୁ ପଇସା ସେ ତ ନାନା ପ୍ରମାଣ ଦେଖାଇ ଆଦାୟ କରିଦିଏ। କିନ୍ତୁ ମନରେ କଷ୍ଟ ହୁଏ, ଏମିତି ଲୋକଙ୍କ ସଙ୍ଗରେ ବେପାର କରିବାର ଯନ୍ତ୍ରଣା ହୃଦୟକୁ ଦୁଃଖ ଦିଏ।

ଏ ଲୋକଟି କିନ୍ତୁ ସେମିତି ନୁହଁ, ଯାହାହେଉ।

ସେ ଖୁସି ହୋଇ ଦାଢ଼ି ସାଉଁଲେଇ କହିଲା, 'ଭାଇ, ତୁମକୁ ମୋର ସବୁଠୁ ବଢ଼ିଆ ଘୋଡ଼ାଟିଏ ଦେଉଛି। ତା' ନାଁ ତୈମୁର୍। ଲୁହା ପରି ସେ ଶକ୍ତ। ପବନ ପରି ଦଉଡ଼େ। ତୁମେ କିନ୍ତୁ ତାକୁ ବିଶ୍ରାମ ଓ ଖାଇବା ଏ ଦୁଇଟା ଠିକ୍ ସମୟରେ ଦେବାରେ ହେଳା କରିବ ନାହିଁ। ମୁଁ ଲୋକ ଦେଖି ଘୋଡ଼ାଦିଏ।'

'ନା, ନା, ନା, ସେ ବିଷୟରେ ତୁମେ ଚିନ୍ତା କରନାହିଁ। ତୁମ ତୈମୁର, ମୁଁ ଫେରାଇବା ପରେ ମୋତେ ଝୁରିବ।' ପ୍ରବଳ ହସିହସି କହିଲା।

ତକ୍କୀ ଖାଁ ଆଲ୍ଲାଙ୍କ ଉଦ୍ଦେଶ୍ୟରେ ଆକାଶକୁ ଚାହିଁ ହାତ ଯୋଡ଼ିଲା।

'ହଉ ତେବେ। ମୁଁ ଏବେ ଆଠ ଦିନ ପାଇଁ ଘୋଡ଼ା ଦେଉଛି।' ସେ କହିଲା, 'ଏବେ ମୋତେ ନଗଦ ଦୁଇଟଙ୍କା ଆଗତୁରା ବଇନା ଦେବ। ମୁଁ କଉଡ଼ି ରଖେ ନାହିଁ। ଆଉ ଫେରିବା ପରେ କେତେ ଦିନ କେତେ କୋଶ ଏସବୁ ହିସାବ କରିବା। ଭଡ଼ାଟା ବି ଟଙ୍କା ଆକାରରେ ଦେବ। ନା କ'ଣ ?'

'ଯେମିତି ତୁମର ଇଚ୍ଛା।' ହାତ ଦୁଇଟାକୁ ଛାତିରେ ଯାକି ପ୍ରବଳ କହିଲା।

ପ୍ରବଳ ସଙ୍ଗରେ ଏଣୁତେଣୁ ଗପସପ କରୁକରୁ ତକ୍କୀ ଖାଁ ତୈମୁରକୁ ଖୁଆଇଲା। ପୋଛାପୋଛି କରି ଆଣି ତା' ଲଗାମ ପ୍ରବଳ ହାତରେ ଧରାଇ ତୈମୁରକୁ କହିଲା 'ଦେଖ୍, ଆଜିଠୁ ୟାଙ୍କ ସାଙ୍ଗରେ ଯିବୁ। ପାଖେ ପାଖେ ରହିବୁ। ସେ କିଛି କଷ୍ଟ

ତୋତେ ଦେବେନି। ଖୁବ୍ ଭଲ ଲୋକ। ତୁ ବି ମୋ ନାଁ ରଖିବୁ। ତାଙ୍କୁ କଷ୍ଟ ଦେବୁ ନାହିଁ।'

ତୈମୁର ଥରେ ତକ୍କୀ ଖାଁକୁ ଚାହିଁ ପ୍ରବଳର ଗୋଡ଼ରୁ ମୁଣ୍ଡ ଯାଏ ଅନାଇ ହ୍ରେଷା ଶବ୍ଦ କରି ମୁଣ୍ଡ ହଲାଇଲା। ଯିବାକୁ ଇଚ୍ଛା ନାହିଁ ବୋଲି ଜଣାଇଲା। କିନ୍ତୁ ସେତେବେଳେ ତକ୍କୀ ଖାଁ ପ୍ରବଳଠାରୁ ଦୁଇଟଙ୍କା ନେବାରେ ଧ୍ୟାନ ଦେଇଥିଲା। ଏଣୁ ତୈମୁରର ଆପତ୍ତି ଦେଖିପାରିଲା ନାହିଁ ତ ବୁଝିପାରିଲା ନାହିଁ। ଟଙ୍କାତକ ରଖି ତକ୍କୀ ପୁଣି ଥରେ ତୈମୁର ପିଠିରେ ହାତମାରି କହିଲା- 'ଯା ବେଟା, ମୋତେ ବଦ୍‌ନାମ ଆଣି ଦେବୁନାହିଁ।'

ତୈମୁର ମୁହଁ ଶୁଖାଇ ଦୁଇ ଗୋଡ଼ ସିଧା କରି ଯିବାକୁ ପ୍ରସ୍ତୁତ ଅଛି ବୋଲି ମୁଣ୍ଡ ହଲାଇ ଜଣାଇଲା।

'ସାବାସ୍!' କହି ତକ୍କୀ ଖାଁ ପ୍ରବଳକୁ ଅନାଇ ତାକୁ ଘୋଡ଼ା ଉପରେ ଚଢ଼ିବାକୁ ଅପେକ୍ଷା କଲା।

ପ୍ରବଳ କିନ୍ତୁ ନିଜ ଜାଗାରୁ ଘୁଞ୍ଚିଲା ନାହିଁ। ନିଶ ମୋଡ଼ୁ ମୋଡ଼ୁ କୁଟୀଳ ଚାହାଁଣୀରେ ତକ୍କୀ ଖାଁକୁ ଚାହିଁ ପଚାରିଲା- 'କିନ୍ତୁ ତୁମେ ତ ମୋର ନାଁ ଗାଁ କିଛି ପଚାରିଲ ନାହିଁ? ମୋତେ ଚିହ୍ନିଛ?'

*'ଅଜବ୍ ଆଦ୍‌ମୀ!'* ତକ୍କୀ ଖାଁ ପ୍ରବଳର ସଙ୍କୋଚତାରେ ମୁଗ୍ଧ ହୋଇଗଲା। ଏମିତି ତ କିଏ କହେ ନାହିଁ। ଲୋକ ତ ଅଛନ୍ତି ନିଜ ନାଁ ଗାଁ ଦେବାକୁ ବି କୁଣ୍ଠିତ ହୁଅନ୍ତି। ଦରଦାମକୁ ଘଣ୍ଟାଟେ ଧରି କଷୁଥାନ୍ତି। ଚାରିଟଙ୍କା ବଇନା ଦେବାକୁ ଥିଲେ ଟଙ୍କାଏ ଦିଅନ୍ତି।

ଆଉ ୟେ!

ୟାଙ୍କ ପରି ଗ୍ରାହକ ସବୁବେଳେ ଆସନ୍ତେ କି?

ସେ ଖାତା ଖୋଲି ପ୍ରବଳକୁ ଚାହିଁଲା। ପ୍ରବଳ ସେମିତି ନିଶ ମୋଡ଼ି ମୋଡ଼ି କହିଲା- 'ଲେଖ, ମୋ ନାଁ ଦେବଦତ୍ତ ତନ୍ତୀ। ମୋ ବାପ ନାଁ ପବିତ୍ର ତନ୍ତୀ। ଗ୍ରାମ ବୋମକେଇ,ଅଞ୍ଚଳ ପାତ୍ରପୁର।'

-୦-

ଘୋଡ଼ା ଝପଟାଇ ପ୍ରବଳ ସେଠାରୁ ବାହାରିଗଲା। ଜଙ୍ଗଲରେ ଦେବଦତ୍ତକୁ ଭେଟିବା ପୂର୍ବରୁ ତାକୁ ଆଉ ଗୋଟିଏ ଗାଁକୁ ଯିବାକୁ ପଡ଼ିବ।

ସବୁ କାମ ସାରି ଘୋଡ଼ାରେ ବସି ପ୍ରବଳ ତୀବ୍ରଗତିରେ ଘୋଡ଼ାକୁ

ଛୁଟାଇଦେଲା। ଖରା ଏବେ ବି ବାଧିଲା ପରି ଟାଣ ହୋଇନାହିଁ। ଏଇ ଗତିରେ ଯଦି ସିଏ ଛୁଟିଯାଏ, ଦିନ ତିନିଘଡ଼ି ବେଳକୁ ଜରଡ଼ାଗଡ଼ ପାର ହୋଇ ଦେବଦତ୍ତଙ୍କୁ ସେ ଜଙ୍ଗଲରେ ଭେଟି ପାରିବ।

-୦-

ଜରଡ଼ାଠାରୁ ଗୋଟିଏ ଶଗଡ଼ଗୁଳା ରାସ୍ତା ଗଣ୍ଡାହାତୀ ଆଡ଼କୁ ଯାଇଛି। ସେପଟେ ଚାଲି ଚାଲି ଗଲେ ପାରଳାରେ ପହଞ୍ଚିବାକୁ ତିନିଦିନ ମଧ୍ୟ ଲାଗିଯାଇପାରେ। ଦେବଦତ୍ତ କିନ୍ତୁ ସେ ପଟେ ନଯାଇ ଘଞ୍ଚ ଜଙ୍ଗଲ ଦେଇ ମରମରିଆ ଗାଁ ପାର ହୋଇ ଗଣ୍ଡାହାତୀ ଯିବାକୁ ସ୍ଥିର କଲେ।

ତରକ୍କୀ ବଜାରରେ ଜଣେ କିଏ ଘୋଡ଼ା ଭଡ଼ାଦିଏ ବୋଲି ସେ ଶୁଣିଥିଲେ। ଘୋଡ଼ାଟିଏ ଭଡ଼ାନେଇ ସେଠାରୁ ଜରଡ଼ାଗଡ଼ ଦେଇ ଗଣ୍ଡାହାତୀ ଦେଇ ପାରଳା ଯାଇଥିଲେ ହୁଅନ୍ତା। କିନ୍ତୁ ସେ କେବେ ଘୋଡ଼ା ଚଢ଼ା ଶିଖିନାହାନ୍ତି। ସେ ଅବସର ଆସିନାହିଁ। ପ୍ରବଳ ଭାଇକୁ ସାଙ୍ଗରେ ଆଣିଥିଲେ ଭଲ ହୋଇଥାନ୍ତା। ସେ ତ ଭଲ ଘୋଡ଼ା ଚଢ଼ି ଜାଣନ୍ତି।

କିନ୍ତୁ ଏ କଥା ତ ସେତେବେଳେ ମୁଣ୍ଡରେ ଜୁଟିଲା ନାହିଁ। ଏବେ ତାକୁ ଭାବି ଲାଭ କ'ଣ?

ସେ ଶୁଣିଲେ ଗଣ୍ଡାହାତୀକୁ ଶଗଡ଼ ଗୁଳା ରାସ୍ତାରେ ଗଲେ ବାଟ କମ୍ ପଡ଼ିବ। କମ୍ ଦିନରେ ପହଞ୍ଚିହେବ। କିନ୍ତୁ ଲୋକେ କହିଲେ ସେ ରାସ୍ତାରେ ଦସ୍ୟୁ ହାବୁଡ଼ରେ ପହଞ୍ଚିବାର ସମ୍ଭାବନା ବହୁତ ବେଶି। କାରଣ ଶଗଡ଼ରେ ମାଲ୍‌ପତ୍ର ନେଇ ଆତଯାତ ହେଉଥିବା ବ୍ୟବସାୟୀମାନଙ୍କୁ ସେଇ ବାଟ ଛଡ଼ା ଆଉ କେଉଁବାଟେ ଯିବାର ଜୁ' ନାହିଁ। ଏବେ ସିନା ପାଖରେ ବେଶି କିଛି ନାହିଁ, ଡକାୟତ ହାବୁଡ଼ରେ ପଡ଼ିଲେ ଚିନ୍ତା ନାହିଁ। କିନ୍ତୁ ଯଦି ଭଗବାନ ଦୟା କରନ୍ତି, ଯଦି ସ୍ୱପ୍ନର ହଜାର ମୋହର ସତରେ ତାଙ୍କୁ ମିଳିଯାଏ, ତେବେ ତା'ର ନିରାପତ୍ତା କଥା ଆଜିଠୁ ଚିନ୍ତା କରିବାକୁ ହେବ। ଏଣୁ ଏ ଘାଟି ବାଟେ ଦୂର ହେଉ, କି କଷ୍ଟ ହେଉ କି ଡେରି ହେଉପଛେ ସେ ବାଟ କେତେ ନିରାପଦ ତାକୁ ମାପିବାକୁ ହେବ। ଏଣୁ ଏପଟେ ଯିବା ହିଁ ଠିକ୍ ହେବ। କାରଣ ଲୋକେ କହିଲେ, ଏପଟେ ରାହାଜାନୀ ଆଦୌ ନାହିଁ।

ପ୍ରବଳ ଭାଇଟା ସତରେ ବୁଦ୍ଧିମାନ ଓ ବଡ଼ ଉପକାରୀ। ସେ ନ କହିଥିଲେ ଦେବଦତ୍ତ ତ ଏ ରାସ୍ତା କଥା ଜାଣି ମଧ୍ୟ ନଥାନ୍ତେ।

ଘାଟିରାସ୍ତାରେ ଦସ୍ୟୁ ଭୟ ନାହିଁ। ବାଘ ବି ଦିନରେ କାହିଁକି ଆସିବେ? ଏୟା

ଭାବି ସକାଳୁ ସକାଳୁ ଦେବଦତ୍ତ ଜରଡ଼ାଗଡ଼ ଛାଡ଼ି ବାଟଚଲା ଜଙ୍ଗଲ ରାସ୍ତାରେ ପାଦପକାଇ ଆଗକୁ ଚାଲିଲେ ।

ଦିନ ତିନିଘଡ଼ି ବେଳକୁ ଘୋଡ଼ା ଟାପୁର ଶବ୍ଦ ଶୁଣି ଦେବଦତ୍ତ ଚମକି ପଡ଼ିଲେ । ଆରେ, ସତକୁ ସତ ଡକାୟତମାନେ ଆସିଗଲେନା କ'ଣ ? ସେ ଗଛ ଉହାଡ଼ରେ ଲୁଚି ପଛକୁ ଚାହିଁଲେ । କିନ୍ତୁ ଦୂରରୁ ଜଣେ ଲୋକ ହିଁ ଘୋଡ଼ା ଉପରେ ବସି ଆସୁଥିବା ଦେଖାଗଲା । ଡକାୟତ କ'ଣ ଏକୁଟିଆ ଆସିଥାଏ ? ହଁ,କାହିଁକି ନ ହେବ ? ଦସ୍ୟୁ ରତ୍ନାକର ତ ପୁଣି ଏକୁଟିଆ ହିଁ ନରହତ୍ୟା, ଲୁଣ୍ଠନ ସବୁ କରୁଥିଲେ ? ଦେଖାଯାଉ ।

ଘୋଡ଼ାର ଗତି ଧୀର ହୋଇଗଲା । ସେଥିରେ ବସିଥିବା ଲୋକଟି ଚାରିଆଡ଼କୁ ଚାହିଁ ଚାହିଁ ଘୋଡ଼ାକୁ ଚଳାଉଥିଲା । ସତେ ଯେପରି କାହାକୁ ଖୋଜୁଛି । ଦେବଦତ୍ତ ନିଜକୁ ସଂପୂର୍ଣ୍ଣ ଲୁଚାଇ ଦେଇ ଗଛ ଉହାଡ଼ରୁ ଲୋକଟିର ମୁହଁକୁ ଚାହିଁ ରହିଲେ । ଘୋଡ଼ା ଯେତେବେଳେ ପାଖକୁ ପାଖକୁ ଆସିଲା ଦେବଦତ୍ତ ନିଜ ଆଖିକୁ ବିଶ୍ୱାସ କରିପାରିଲେ ନାହିଁ ।

ଆରେ, ଏତ ପ୍ରବଳ !!

ଦେବଦତ୍ତ ଗଛ ଉହାଡ଼ରୁ ବାହାରି ଆସି ହଠାତ୍ ରାସ୍ତା ଉପରକୁ ଆସି ଘୋଡ଼ା ଆଗରେ ଠିଆ ହୋଇଗଲେ ।

ପ୍ରବଳ ଚମକି ପଡ଼ିଲା । ଡକାୟତ ଭାବି ସେ ଘୋଡ଼ାକୁ ପଛକୁ ଫେରାଇବାକୁ ବସିଛି, ଦେବଦତ୍ତଙ୍କ ଠେକାଭିଡ଼ା ମୁହଁ ଉପରେ ଦୁଇ କାନ ପର୍ଯ୍ୟନ୍ତ ଲମ୍ବି ଆସିଥିବା ହସ ଉପରେ ଆଖି ପଡ଼ିଲା । ଡକାୟତ ଟାଏ ବନ୍ଧୁ ପରି ହସିବ କାହିଁକି ? ଆଉ ଏ ହସ ମଧ୍ୟ ଚିହ୍ନା ଚିହ୍ନା ଲାଗୁଛି ।

ଆରେ, ଏ ତ ଦେବଦତ୍ତ !!

ସେ ଘୋଡ଼ାକୁ ଅଟକାଇ ଘୋଡ଼ା ପିଠିରୁ ଓଲହାଇ ପଡ଼ିଲା ।

ଅପ୍ରତ୍ୟାଶିତ ଭାବରେ ଆଶା କରୁନଥିବା ସ୍ଥାନରେ ସାଧାରଣ ଭାବରେ ଚିହ୍ନା ମୁହଁଟାଏ ଦେଖିଲେ ମଧ୍ୟ ଅପରାଧୀମାନଙ୍କୁ ଛାଡ଼ି ବାକି ସବୁ ମଣିଷ ଅତିପ୍ରିୟ ଲୋକଟିକୁ ଦେଖିବା ପରି ଖୁସି ହୋଇ ଯାଆନ୍ତି । ଦେବଦତ୍ତ ସେଥିରୁ ବାଦ୍ ପଡ଼ିନଥିଲେ । ସେ ପ୍ରବଳକୁ କୁଣ୍ଢାଇ ପକାଇଲେ ।

କିଛି ସମୟ ପରେ ଦୁଇ ପଡ଼ୋଶୀ ପରସ୍ପରର ବାହୁବନ୍ଧନରୁ ମୁକ୍ତ ହୋଇ ଗୋଟିଏ ଗଛ ମୂଳରେ ବସିଲେ ।

'ତୁମେ କୁଆଡ଼େ ?' ଦେବଦତ୍ତ ପଚାରିଲେ ।

'ତୁମେ ଯୁଆଡେ।' ପ୍ରବଳ ହସି ହସି ଦେବଦତ୍ତ କାନ୍ଧରେ ହାତ ରଖି କହିଲା, 'ମୋତେ ବି ଗୋଟିଏ ବିଭାଘର ପାଇଁ ବନ୍ଧୁ ନିମନ୍ତ୍ରଣ ମିଳିଲା, ଏଣୁ ଆଜି ସକାଳୁ ବାହାରି ଆସିଲି। ଭାବିଲି, ଘୋଡ଼ାଟିଏ ଭଡ଼ାରେ ନେଇ ଯିବି ଯେ, ଚଞ୍ଚଳ ଯାଇ ଦୁଇ ଚାରି ଦିନରେ ଫେରି ଆସିବି। ଆଉ ଏତିକି ବେଳେ ମୋ ମନରେ ଆସୁଥିଲା - ଯଦି ତୁମ ସାଙ୍ଗରେ ବାଟରେ ଦେଖା ହୁଅନ୍ତା, ଭଲ ହୁଅନ୍ତା। ତୁମେ ବି ଘୋଡ଼ାରେ ବସି ଶୀଘ୍ର ପହଞ୍ଚି ଯାଆନ୍ତ, ଆଉ ମୋର ବି ଏକୁଟିଆ ଯିବାର ଦୁଃଖ ରହନ୍ତା ନାହିଁ। ଦେଖ, ଏମନ ଲୋଡୁଥାଇ ଯାହା, କାଳେ ପ୍ରାପତ ହୁଏ ତାହା।'

'ବଡ଼ ଭଲ କଲ। ଆଚ୍ଛା ଆମ ଘରେ ସମସ୍ତେ କେମିତି ଅଛନ୍ତି ?' ଦେବଦତ୍ତଙ୍କ କଣ୍ଠ ଭାରି ହୋଇ ଆସିଲା।

'ଆରେ, ତୁମେ ଜଣେ ନାହଁ ଯେ, ତୁମ ଘରଟା ପୁରା ଖାଁ ଖାଁ ହୋଇଯାଇଛି। ଆମେ ସମସ୍ତେ - ମୁଁ, ବିଧାନ, ବାସନ୍ତୀ, ସବିତା ମଝିରେ ମଝିରେ ଯାଇ ତୁମ ଘର ଆଡ଼େ ବୁଲି ଆସୁଛୁ। ହେଲେ ମଧ୍ୟ - ତୁମ ଅଭାବ ତ ପୁରାଇ ପାରିବୁ ନାହିଁ ନା ? ହଁ, ମନେପଡ଼ିଲା, ଭାଉଜ ମୁଁ ଆସିବା ବେଳେ ତୁମ ପାଇଁ ମୋ ହାତରେ ଛେନାପୋଡ଼ ପିଠା ପଠାଇଛନ୍ତି।' କହି ପ୍ରବଳ ସୁଦତ୍ତା ଦେଇଥିବା ପୋଟଳିଟି କାଢ଼ି ଦେବଦତ୍ତ ହାତରେ ଧରାଇଲା।

'ଆଉ ସେମାନେ କ'ଣ କହୁଥିଲେ ?' ଦେବଦତ୍ତ ପୋଟଳି ଖୋଲୁ ଖୋଲୁ ରୁଦ୍ଧ କଣ୍ଠରେ ପଚାରିଲେ।

'କିଏ ଭାଉଜ, ଦତ୍ତା ? ଆରେ, ଆଉ କହିବେ କ'ଣ, ତୁମ ବାଟକୁ ଚାହିଁ ବସିଛନ୍ତି।' କହି ପ୍ରବଳ ଦେବଦତ୍ତ ଖୋଲୁଥିବା ପୋଟଳିକୁ ଚାହିଁଲା। ଆରେ, ଏ ପୁଟୁଳିଟାକୁ ଖୋଲିବାକୁ ଏ ଦେବଦତ୍ତକୁ ଏତେ ସମୟ କାହିଁକି ଲାଗୁଛି ? ପ୍ରବଳ ତ ଏବେ ଏଇ ଘଡ଼ିଏ ଆଗରୁ ତାକୁ ଖୋଲି ପୁଣି ହୁଗୁଳା କରି ବାନ୍ଧିଛି।

ଦେବଦତ୍ତ ଗଣ୍ଠିଲିଟି ଖୋଲିବା ମାତ୍ରେ କର୍ପୂର, ଲବଙ୍ଗ, ଅଳେଇଚର ଏକ ମଧୁର ବାସ୍ନା ଚାରିଆଡ଼େ ଖେଳାଇଗଲା। ଘରେ ମରା ହୋଇଥିବା ଖାଣ୍ଟି ଗୁଆଘିଅର ବାସ୍ନାରେ ସେ ସ୍ଥାନଟି ମହକି ଉଠିଲା। ଅତି ଆଦରରେ ଖୋଲା ପୁଟୁଳିଟିକୁ ନାକ ପାଖକୁ ନେଇ ଦେବଦତ୍ତ ଏକ ଲମ୍ବା ନିଃଶ୍ୱାସ ଟାଣି ସେ ଆଘ୍ରାଣକୁ ନିଜ ଭିତରକୁ ନେଇ ଆଖି ବନ୍ଦ କଲେ। କନକ ଓ ସୁଦତ୍ତାର ଅନାବିଳ ଭଲ ପାଇବାର ଅମୃତ ସେ ସୁଗନ୍ଧରେ ମିଶି ତାଙ୍କର ପ୍ରତି ଲୋମ କୂପରେ ସଂଚରି ଯାଉଥିଲା ଯେପରି।

ଆଖିଖୋଲି ସେ ପୋଟଳିଟିକୁ ପ୍ରବଳ ଆଡ଼କୁ ବଢ଼ାଇଦେଇ କହିଲେ - 'ଭାଇ, ତୁମେ ଆରମ୍ଭ କର।'

ପ୍ରବଳ ନିଜ ପେଟରେ ହାତ ବୁଲାଇ ଆଣି କହିଲା – 'ନା ଭାଇ, ନା। ତୁମେ କ'ଣ ଭାବିଛ, ଭାଉଜ ମୋତେ ନଖୁଆଇ ଖାଲି ତୁମ ପାଖକୁ ଏତକ ପଠାଇ ଦେଇଛନ୍ତି ? ଆରେ, ଏ ଘୋଡ଼ା ଖାଇଲେ ସିନା ଦୌଡ଼ିବ। ତୁମେ ଖାଅ, ମୋତେ ଦେଖିଲେ ଖୁସୀ ଲାଗୁଛି ଯେ ତୁମ ପରିବାରରେ ସ୍ନେହ ମମତାର ବନ୍ଧନ କେତେ ଦୃଢ଼, ଏ ପୋଡ଼ପିଠା ସେ କଥା ହିଁ କହୁଛି।'

ଦେବଦତ୍ତ ଖାଇବା ଆରମ୍ଭ କଲେ। ଶୀଘ୍ର ଚାଲିବାର ବୋଝ ଆଉ ନଥିଲା। ପ୍ରବଳ ସାଙ୍ଗରେ ଘୋଡ଼ାରେ ଚାଲିଗଲେ, ବହୁ ଆଗରୁ ସେ ଠିକଣା ଜାଗାରେ ପହଞ୍ଚି ଯିବେ। ଜରଡ଼ାଗଡ଼ରୁ ବଡ଼ି ଭୋରରୁ ପାଖରେ ଥିବା ଚୁଡ଼ା କଦଳୀ ଚକଟି ଖାଇ ବାହାରି ପଡ଼ିଥିଲେ। ସ୍ଥିର କରିଥିଲେ ସଂଧ୍ୟା ପୂର୍ବରୁ ଗଣ୍ଡାହାତୀ ହେଉ କି ଆଖପାଖର ଆଉ କେଉଁ ଗାଆଁରେ ହେଉ ପହଞ୍ଚି ରାନ୍ଧି ବାଢ଼ି ଖାଇବେ। ଭରା ପେଟରେ ଚାଲିହେବ ନାହିଁ। ଏଣୁ ଭୋକ ଥିଲେ ବି ଖାଇବାକୁ ସମୟ ଦେବାକୁ ଭୟ କରି ଚଲା ବନ୍ଦ କରିନଥିଲେ।

ଏବେ ଘୋଡ଼ା ସହିତ ପ୍ରବଳର ଉପସ୍ଥିତି, ତାଙ୍କୁ ଅନେକ ନିଶ୍ଚିନ୍ତ କରି ସାରିଥିଲା। ପୁଣି ଘର ତିଆରି ପିଠାର ବାସ୍ନା ତାଙ୍କୁ ସତେ ଯେପରି କେତେ ଦିନର ଭୋକ ଆଣି ପହୁଞ୍ଚାଇ ଦେଇଥିଲା ମଧ୍ୟ।

ସେ ମନଭରି ପୋଡ଼ପିଠାର ଅଧାରୁ ଅଧିକ ଚାହୁଁ ଚାହୁଁ ଶେଷ କରିଦେଲେ। ପୁଣି ପାଟି କାଳେ ବାନ୍ଧିଦେବ, ଏଥିପାଇଁ ଘରର ଆଚାରର ଉପସ୍ଥିତି ତାଙ୍କୁ ଆଉ କିଛି ପୋଡ଼ପିଠା ଖାଇବାକୁ ବାଧ୍ୟ କରିଥିଲା। ହଉ, ଏବେ ଆଉ କୋଉ ବାଟଚଲା ଚିନ୍ତା ଅଛି ଯେ। ତାଙ୍କୁ ନିଶ୍ଚିନ୍ତରେ ଖାଇବାକୁ ଛାଡ଼ିଦେଇ ଘୋଡ଼ାକୁ ଦାନା ଖୁଆଇ ଆଉଁସା ପାଉଁସା କରୁଥିବା ପ୍ରବଳ ଆଡ଼କୁ ସେ କୃତଜ୍ଞ ଆଖିରେ ଚାହିଁଲେ।

'ଖାଇ ସାରିଲ ?' ପ୍ରବଳ ଘୋଡ଼ାକୁ କତା ପାନିଆଁ ଧରି ଝାଡ଼ିବା ବନ୍ଦ କରି ଦେବଦତ୍ତଙ୍କୁ ଚାହିଁ ପଚାରିଲା। 'ତମର ପାଣି ଅଛି ନା ସରି ଗଲାଣି ? ନହେଲେ ମୋର ଏ ପାଣିରୁ ପିଅ।' ଏହା କହି ଘୋଡ଼ା ପିଠିରେ ଝୁଲାଇ ଥିବା ଲାଉ ତୁମ୍ବାଟି କାଢ଼ି ଦେବଦତ୍ତ ହାତକୁ ବଢ଼ାଇ ସେ ପୁଣି ଘୋଡ଼ା ଝଡ଼ା କାମରେ ଲାଗି ପଡ଼ିଲା।

ଦେବଦତ୍ତ ପାଣି ପିଇସାରି ଗୋଡ଼ ହାତ ଲମ୍ବାଇ ଗଛ ଛାଇରେ ଗଡ଼ି ପଡ଼ିଲେ। ଗତ ତିନିଦିନ ଧରି ସେ ଚାଲୁଛନ୍ତି। ରାତିରେ ଭଲ ବିଶ୍ରାମ ନେଉଛନ୍ତି ବୋଲି କ୍ଲାନ୍ତି ତାଙ୍କୁ ଛୁଇଁ ପାରି ନାହିଁ। ତା' ଛଡ଼ା, ଏମିତି ଚାଲିବା କୋଉ ନୂଆ କଥା ? ଗତ ରାତିରେ ଜରଡ଼ା ଗଡ଼ର ଚଟିଘରେ କିଛି କଉଡ଼ି ଦେଇ ଭାତ, ଡ଼ାଲି ଓ ମାଛ ତରକାରୀରୁ ଗ୍ରାସେ ଖାଇ ଭଲ ନିଦଟିଏ ଶୋଇଛନ୍ତି ମଧ୍ୟ। ଏଣୁ କ୍ଲାନ୍ତି ତ ତାଙ୍କୁ ଲାଗିବା କଥା ନୁହଁ।

ତେବେ ହଠାତ୍ ଏବେ ଖାଇ ସାରିବା ପରେ ତାଙ୍କୁ ଏତେ କ୍ଳାନ୍ତି କାହିଁକି ଲାଗୁଛି ? କାହିଁକି ଗୋଡ଼ହାତ ଟାଣି ହେଉଛି ? ଆଚ୍ଛନ୍ନ ନିଦ୍ରାର ଅନ୍ଧକାରଟିଏ ତାଙ୍କୁ କମ୍ବଳ ଘୋଡ଼ାଇବା ପରି ଚାରିଆଡୁ ମାଡ଼ିବସି ଧୀରେ ଧୀରେ ତାଙ୍କୁ ଗିଳି ପକାଉଛି ଯେପରି ।

ତାଙ୍କର ଆଖି ପ୍ରବଳ ଉପରେ ପଡ଼ିଲା ।

ପ୍ରବଳ ମନଦେଇ ଘୋଡ଼ାକୁ ଆଦରର ସହ ଆଉଁସା ପାଉଁସା କରି ପାଣିପିଆଉଛି ।

ଦେବଦତ୍ତଙ୍କ ଅସ୍ୱସ୍ତି ବଢ଼ିବାରେ ଲାଗିଲା । ହଠାତ୍ ତାଙ୍କ ପେଟରେ ହାତେ ଲମ୍ବର ସରୁ ଛୁରିଟାଏ କିଏ ଭୂଷି ଦେଲା ଯେପରି, 'ଓଃ' କରି ଚିତ୍କାର ଟିଏ ତାଙ୍କ ମୁହଁରୁ ବାହାରି ପଡ଼ିଲା । ସେ ଶୋଇଥିବା ଅବସ୍ଥାରୁ ଧଡ଼୍‌କରି ଉଠି ବସିପଡ଼ିଲେ । ଏଥର ସେହି ଅଦୃଶ୍ୟ ଛୁରିଟା ସମୂଳେ ତାଙ୍କ ପିଠି ଭିତରେ କଚ୍ କରି ପଶିଗଲା ଯେପରି । 'ବୋଉ ଲୋ' କହି ସେ ପୁଣି ଚିତ୍ ହୋଇ ଶୋଇ ପଡ଼ିଲେ । ସାରା ଦେହରେ ମୁଣ୍ଡରେ ହଜାର ହଜାର କଙ୍କଡ଼ା ବିଛା ତାଙ୍କୁ ଦଂଶିବାରେ ଲାଗି ପଡ଼ିଛନ୍ତି କି ଆଉ ।

ସେ ବିକଳ ହୋଇ ପୁଣି ପ୍ରବଳ ଆଡ଼କୁ ଅନାଇଲେ । ପ୍ରବଳ କିନ୍ତୁ ଘୋଡ଼ା ପାଖରେ ନଥିଲା ।

ଦେବଦତ୍ତ ଛଟପଟ ହୋଇ ନିଜ ପଛକୁ କଡ଼ କରି ଗଡ଼ି ପଡ଼ିଲେ ।

ଦେଖିଲେ, ପ୍ରବଳ ତାଙ୍କ ଆଗରେ ଠିଆହୋଇ ଛାତିରେ ଦୁଇ ହାତ ଛନ୍ଦି ତାଙ୍କୁ ଏକ ଲୟରେ ଚାହିଁ ରହିଛି । ଦେବଦତ୍ତ ତା'ର ସେ ଆଖିରେ କ୍ରୂରତା ଘୃଣା, ଓ କ୍ରୋଧର ନିଆଁ ଦପ୍ ଦପ୍ ଜଳୁଥିବାର ଦେଖି ମୂହୁର୍ତ୍ତକ ପାଇଁ ଯନ୍ତ୍ରଣାକୁ ଭୂଲି ପ୍ରବଳକୁ ଆଶ୍ଚର୍ଯ୍ୟ ହୋଇ ଅନାଇଲେ ।

ପ୍ରବଳ ଦାନ୍ତ ରଗଡ଼ିଲା । ଛାତିରୁ ହାତ ଖସି ଯାଇ ଦୁଇ ହାତ ମୁଠା ମୁଠା କରି ପାଦ କଚାଡ଼ିଲା ।

ଦେବଦତ୍ତ ତାକୁ ହାଁ କରି ଦେଖିବାକୁ ଲାଗିଲେ । ଏ ଯନ୍ତ୍ରଣା ପ୍ରବଳର ଦାନ ନୁହଁତ ଆଉ ? ଖାଇବାରେ ବିଷ ମିଶିଥିଲା କି ?

'ବିଷ' ଶବ୍ଦଟି ମନେ ପଡ଼ିବା ମାତ୍ରେ ଦେବଦତ୍ତଙ୍କ ମୁଣ୍ଡରେ ସତେ ଅବା ଚଡ଼କଟିଏ ପଡ଼ିଲା । ସେ ହତଭମ୍ବ ହୋଇ ମାଟିରେ ଦୁଇହାତ ଭରାଦେଇ ଠିକ୍ ଭାବରେ ବସିବାକୁ ଚେଷ୍ଟା କଲେ, କିନ୍ତୁ ତାଙ୍କ ହାତ ଆଉ ତାଙ୍କ ଭାରା ସହିବାକୁ ପ୍ରସ୍ତୁତ ନଥିଲା । ସେ ପୁଣି ମାଟି ଉପରେ ଢ଼ଳି ପଡ଼ିଲେ ।

ସେଇଠି ପଡ଼ି ଛଟପଟ ହେଉ ହେଉ ପ୍ରବଳକୁ ପୁଣି ଥରେ ସେ ଚାହିଁଲେ ।

ପ୍ରବଳ ତାଙ୍କ ପାଖରେ ଆଣ୍ଠୁଟେକି ବସିବା ଦେଖି ସେ ଅସ୍ପଷ୍ଟ ସ୍ୱରରେ ତାକୁ ପଚାରିଲେ, 'କାହିଁକି, ପ୍ରବଳ କାହିଁକି ?'

ପ୍ରବଳ ଦୁଇ ଭାଡ଼ି ଦାନ୍ତ ଦେଖାଇ ଆକର୍ଣ୍ଣ ହସଟିଏ ହସିଲା କେବଳ।

'ବିଷ ମିଶାଇ ଦେଇଛ ନା ?' ନିଜ ଚାରିପଟେ ମାଡ଼ି ଆସୁଥିବା ଅନ୍ଧାର ସହ ଜୁଝୁ ଜୁଝୁ ଦେବଦତ୍ତ ପଚାରିଲେ।

ସେମିତି ଦାନ୍ତ ଦେଖାଇ ନୀରବ ହସଟିଏ ହସୁ ହସୁ ପ୍ରବଳ କେବଳ ମୁଣ୍ଡ ଟୁଙ୍ଗାରିଲା।

'କାହିଁକି ପ୍ରବଳ ? ମୁଁ ତୁମର କ'ଣ କ୍ଷତି କରିଥିଲି ?' ପେଟକୁ ଦୁଇ ହାତରେ ଚିପି ଧରି ଦେବଦତ୍ତ କହିଲେ।

'କ'ଣ ନକରିଛୁ ବେ ?' ଦିନ ଦିନ ଧରି ପିନ୍ଧିଥିବା ବଂଧୁତ୍ୱର ମୁଖାଟା ଏବେ ପ୍ରବଳର ଆଖିରେ ହୁତୁ ହୁତୁ ହୋଇ ଜଳୁଥିଲା। 'ମୋ ପୁଅକୁ ତୋ ଘରେ ଖଟାଇ ତା'ର ମୂଲ ତୁ ନେଲୁ। ଘର ଚଳାଇଲୁ। ସେ ବୁଣା କାମ କଲା ବୋଲି ତୋର ସମୟକୁ ବଂଚାଇ ପୋଥି ଲେଖିଲୁ। ଆଉ ସେଇ ପୋଥିର ପୁରସ୍କାରରେ ମୋ'ରି ଝିଅର ବେକରେ ହିଁ ଛୁରା ମାରି ସୁଶୀଳକୁ ତୁ ଜୋଇଁ କରିଦେବୁ ? ତୁ କେଡ଼େ ଚତୁରରେ ? ମୋର ପୁଅ ଝିଅ ତୋର କ'ଣ ନଷ୍ଟ କରିଥିଲେ ? ପୁଣି ପଚାରୁଛୁ କ'ଣ କ୍ଷତି କରିଛୁ ?'

ଦେବଦତ୍ତ ଘୋଟି ଆସୁଥିବା ଅନ୍ଧାରକୁ ପଛକୁ ଠେଲି ଆଶ୍ଚର୍ଯ୍ୟ ହୋଇ ପ୍ରବଳକୁ ପଚାରିଲେ - 'ସବିତା ମଧ୍ୟ ସୁଶୀଳକୁ ଭଲ ପାଉଛି ?'

'ରଖ୍ ବେ ତୋର ଭଲ ପାଇବା। ଥୁଃ' କହି ଲେଣ୍ଡାଏ ଛେପ ମାଟିରେ ପକାଇ ପ୍ରବଳ ଚିତ୍କାର କଲା, 'ଭଲପାଇ ଦେଲେ, ପ୍ରେମ କରି ପକାଇଲେ କ'ଣ ବିଭା ହେବାର ଅଧିକାର ମିଳି ଗଲା ? ମୋ ଝିଅ କ'ଣ ତୋ ଝିଅ ପରି ଚରିତ୍ରହୀନ, ନିର୍ଲଜ ହୋଇଛି ଯେ ପ୍ରେମ କରି ବସିବ ? ମୁଁ ଯେଉଁଠି ଚାହିଁବି, ମୋ ଝିଅ ସେଇଠି ବିଭାହେବ। ମୁଁ... ମୁଁ ଚାହିଁଥିଲି ସୁଶୀଳକୁ ଜୋଇଁ କରିବାକୁ। ଆଉ ଆରେ ହତଭାଗା, ଶୁଣିରଖ - ତାକୁ ଜୋଇଁ କରିବି ମଧ୍ୟ। ତୁ ଚଣ୍ଡାଳ ସାପ ପରି ମଝିରେ ମୁଣ୍ଡ ଟେକିଲୁ। ସେଥିପାଇଁ ତୋ ମୁଣ୍ଡଟାକୁ କୁଚାଳି ଦେଲି। ବୁଝିଲୁ ?'

'କିନ୍ତୁ ମୋତେ ମାରିଲ କାହିଁକି ?'

ପ୍ରବଳ ଠୋ ଠୋ ହସିଲା। କହିଲା - 'ମୂର୍ଖ, ଏତିକି ବୁଝିପାରୁନୁ ? କ'ଣନା କବି ବୋଲାଉଛୁ ? ଶୁଣ, ତୋର ଏ ପୋଥିକୁ ମୁଁ ନେଇ ରାଜାଙ୍କୁ ଦେବି। ଯଦି ତୋର ଏ ପୋଥି ପୁରସ୍କାର ପାଇଲା, ହଜାରେ ସୁନା ମୋହର ମୋତେ ମିଳିବ। ସେ ମୋତେ ଏ ପୋଥିର କବି ଭାବିବେ। ତୁ ଏଇଠି ନମଲେ, ସେ ସୁନାମୋହର ମୋତେ ଆଉ

ମିଳିବ ? ମୁଁ ସେ ହଜାରେ ସୁନା ମୋହରରୁ ପାଞ୍ଚଶ ପ୍ରଚଣ୍ଡକୁ ଦେଇ ମୋ ଝିଅକୁ ତା' ଘରେ ବୋହୂ କରିବି। ବଳକା ପାଞ୍ଚଶରେ ଅଏସ୍ କରିବି। ବୁଝିଲୁ ?'

'କିନ୍ତୁ ମୋତେ ଯଦି ପୁରସ୍କାର ନମିଳିଲା ? ତୁମେ ତ ଶୂନ୍ୟଟାରେ ମୋ ପ୍ରାଣ ନେଲ ?'

'ହେ ଭଗବାନ! ତୋର ଏ ହା'ହୁତାଶିଆ କଥାଗୁଡ଼ା ମଲାବେଳେକୁ ମଧ୍ୟ ଯାଉନି ?' ପ୍ରବଳ କହି ଦେଇ ଗମ୍ଭୀର ହୋଇଗଲା।

ଆକାଶକୁ ଚାହିଁ କହିଲା - 'ମିଳିବ। ଏ ପୁରସ୍କାର ତୋ ପୋଥିକୁ ହିଁ ମିଳିବ। ଆରେ, ଏ ରାଇଜରେ ତ ମୋଗଲ, ମରହଟ୍ଟା, ଫିରିଙ୍ଗୀ ମିଶି ହରିଲୁଟ୍ ଚଳାଇଛନ୍ତି। ଦଳାଚକଟା, ହଣାକଟାରେ ଚାରିଆଡ଼େ ନିଆଁ ଜଳୁଛି। ଆଜି ମରୁଡ଼ି, କାଲି ବନ୍ୟା ଏ ରାଇଜକୁ ଝୁଣିବାରେ ଲାଗିଛନ୍ତି। ପୋଥି କିଏ ଲେଖୁଛି ? ମହାରାଜ କ'ଣ ଖାଲିଟାରେ ଏକାଥରେ ହଜାର ସୁନା ମୋହର ପୁରସ୍କାର ରଖିଛନ୍ତି। ଏହି ହଣାକଟା ଗଣ୍ଡଗୋଳର ଅଶାନ୍ତିରୁ ଯିଏ ନିଜକୁ ଦୂରରେ ରଖି ପୋଥି ଲେଖିପାରିଲା, ସେ ପୋଥି ପଢ଼ି ଯଦି ଆଉ ଦଶଜଣଙ୍କୁ ମରୁଭୂମିରେ ପାଣି ପାଇବା ପରି କିଛି ମୁହୂର୍ତ୍ତର ଶାନ୍ତି ମିଳିଲା ସେ ତ ହଜାରେ ସୁନା ମୋହର ପାଇବାର ଯୋଗ୍ୟ।'

ଯନ୍ତ୍ରଣାରେ ବିକୃତ ହୋଇଯାଇଥିବା ଦେବଦତ୍ତ ଏଥିରୁ କେତେ ଶୁଣିଲା କେତେ ବୁଝିଲା ପ୍ରବଳ ଜାଣିପାରିଲା ନାହିଁ। କିନ୍ତୁ କିଛି ସମୟ ପରେ ଦେବଦତ୍ତ ପ୍ରବଳର ହାତକୁ ଧରି ବିକଳ ହୋଇ କହିଲେ, 'ଭାଇ, ତୁମେ ପଛକେ ପାଞ୍ଚଶ ସୁନାମୋହର ରଖ, କିନ୍ତୁ ଯଦି ତୁମ କଥା ସତ ହୁଏ, ମୋ ପୋଥି ପୁରସ୍କାର ପାଏ, ମୁଁ ପଛେ ନଥାଏ, ମୋ ଝିଅକୁ ପାଞ୍ଚଶ ସୁନା ମୋହର ଦେଇ ସୁଶୀଳ ସାଙ୍ଗରେ ବିଭା କରିଦେବ। ନହେଲେ ମୋ ଝିଅ ମରିଯିବ। ସେ କି ପାପ କରିଥିଲା ? ତାକୁ ଏ ଦଣ୍ଡ ଦିଅନା। ରକ୍ଷାକର। ମୁଁ ତୁମ ଗୋଡ଼ ଧରୁଛି।' ଧାର ଧାର ଲୁହ ଭିତରେ ଅନ୍ଧାରରେ ଅଣ୍ଡାଳି ଅଣ୍ଡାଳି ଦେବଦତ୍ତ ପ୍ରବଳର ଗୋଡ଼ ଧରିବାକୁ ଘୁଷୁରିବାକୁ ଚେଷ୍ଟା କଲେ।

'ଦେବଦତ୍ତ!' ଦି'ପାଦ ପଛକୁ ହଟି ପ୍ରବଳ ହସି ହସି କହିଲା। 'ଗଧ, ତୁ ତ ଏବେ ମରୁଛୁ। ଝିଅ ଝିଅ କାହିଁକି ହେଉଛୁ ବେ ? ଭଗବାନଙ୍କୁ ଧ୍ୟାନ କର।'

ଦେବଦତ୍ତର ପେଟକୁ ବିଦାରି ଦେଇ ତାଙ୍କ ମୁହଁରୁ ମେଞ୍ଚେ ଫେଣ ବାହାରି ପଡ଼ିଲା। ଆଖି ଡୋଳା ତରାଟି ହୋଇଗଲା। ଦେବଦତ୍ତ ଜାଣିଲେ ତାଙ୍କ ଶରୀର ଆଉ ତାଙ୍କ ଅକ୍ତିଆରରେ ନାହିଁ। ବିଷ ତାକୁ କାବୁ କରି ସାରିଲାଣି। ପ୍ରବଳ ପାଖରେ ଅଛି ସେ ଜାଣିପାରୁଛନ୍ତି, କିନ୍ତୁ କେଉଁଠି ଅଛି ଦିଶୁନି। ଆଖି ଆଗରେ ଘୋର ଅନ୍ଧକାର ଛାଇଗଲାଣି।

ଆତଙ୍କିତ ହୋଇ ବଡ଼କଷ୍ଟରେ ମୁହଁରୁ ଫେଣ ପୋଛି ଦେବଦତ୍ତ କହିଲେ- 'ପ୍ରବଳ, ତୁ ମୋତେ ମାରିଲୁ ନାହିଁ ଯେ ଏକାସାଙ୍ଗରେ ମୋର, ମୋ ସ୍ତ୍ରୀ ଓ ଝିଅ- ତିନୋଟି ଜୀବନ ଏବେ ନଷ୍ଟ କରିଦେଲୁ। ସେଥିପାଇଁ ମୁଁ ତୋତେ ତିନୋଟି ଅଭିଶାପ ଦେଉଛି। ମୁଁ ଯେମିତି ଏତେ କଷ୍ଟ କରି, ଏତେଦିନ ଧରି ଲେଖିଥିବା ପୋଥିର ସଫଳତାର ଆନନ୍ଦକୁ ଭୋଗ କରିପାରିଲି ନାହିଁ, ତୋର ବଂଶରେ ସେମିତି କେହି ବି କବି ଲେଖକ ହୋଇ ସଫଳତା ପାଇପାରିବେ ନାହିଁ। ଯଦିବା କବି, ଲେଖକ ପ୍ରତିଭା ଧରି ତୋ ଘରେ ଜନ୍ମହେବେ, କିନ୍ତୁ ତା'ର ଆନନ୍ଦ ଶତଚେଷ୍ଟା କରି ମଧ୍ୟ ପାଇପାରିବେ ନାହିଁ। ଏକ ହାହାକାର ତାଙ୍କ ଭିତରେ ସଦାସର୍ବଦା ରହିବ। ଏ ମୋର ପ୍ରଥମ ଅଭିଶାପ।'

ପ୍ରବଳ ହାତ ତାଳି ମାରି ଠୋ ଠୋ ହସିଲା। କହିଲା- 'ଆରେ ଅବୋଧ କବି, ତୋ ପରି ମୂର୍ଖ ଛଡ଼ା ଏମିତି ଅଭିଶାପ ଆଉ କିଏ ଦେବ? ଆବେ, କାବ୍ୟ ଲେଖି କାହାର ପେଟ ପୂରିଲାଣି? ତୋ କାବ୍ୟରୁ ଯାହା ମିଳିବା କଥା, ତାହା ତ ମୋତେ ଏବେ ମିଳିଯିବ। ମୋର ସାତ ପୁରୁଷ କବି ନହେଲେ ମୋର କ'ଣ ଗଲାରେ ହତଭାଗା? ମୁଁ ବଞ୍ଚିବି କି ତାକୁ ଦେଖିବାକୁ? ହୁଁ, ଶାପ ଦେଉଛି। ମୋତେ ଡରାଉଛି।' ପ୍ରବଳ ଦାନ୍ତ କଟକଟ କଲା।

ତା'ର ଏକଥା ଦେବଦତ୍ତଙ୍କୁ ଶୁଭିଲା ନାହିଁ। ସେ ବାଉଳିଚାଉଳି ହୋଇ କହିଲେ, 'ମୋ ଝିଅ ମରିଯିବ... ମୋ ସ୍ତ୍ରୀ ମରିଯିବ... ସେଥିପାଇଁ ତୁ-'

ପ୍ରବଳ ଦେବଦତ୍ତର ମୁହଁ ପାଖକୁ ମୁହଁ ଆଣି କହିଲା- 'ଆବେ ରହ ରହ। ଆବେ ଚଣ୍ଡାଳ, ଶାନ୍ତିରେ ମର। ମୁଁ ସିନା ତୋତେ ମାରିଲି, ତୋ ସ୍ତ୍ରୀ ପିଲାଙ୍କୁ ତ ମାରିନି। ତାଙ୍କ ମରଣ ପାଇଁ ଯଦି ଅଭିଶାପ ଦେବୁ, ମୁଁ ଭାଗୀ ହେବିନାହିଁ, ଜାଣିଥା। ସୁଶୀଳ ଠାରୁ ଆହୁରି ବଢ଼ିଆ ବର ଖୋଜି ତୋ ଝିଅକୁ ବିଭାଦେବି। ତୋ ସ୍ତ୍ରୀର ଭରଣପୋଷଣ ମୁଁ ବଞ୍ଚିଥିବା ଯାଏ କରିବି। ଯଦି ମୁଁ ଆଗେ ମରେ, ମୋ ପୁଅ ସ୍ତ୍ରୀ ସେ କାମ କରିବେ। ଏ ବଚନ ମୁଁ ତୋତେ ଦେଉଛି। ଏଣୁ ଶାନ୍ତିରେ ମର। ଗଙ୍ଗାଜଳ, ନିର୍ମାଲ୍ୟ, ତୁଳସୀ ପତ୍ର ବି ମୁଁ ସାଙ୍ଗରେ ଆଣିଛି। ଏମିତି କିଏ କରିବ? ଏଣୁ ମୋତେ ଧନ୍ୟ ଧନ୍ୟ କହି ଶାନ୍ତିରେ ମର।' ଏହା କହି ପ୍ରବଳ ଥଳି ଅଣ୍ଡାଳୁ ଅଣ୍ଡାଳୁ ଗରଗର ହେଲା- *ଏ କେଳା ଗାଁରେ ମୋତେ ଠକିଦେଲେ। ଶଙ୍ଖଚୂଡ଼ ବିଷ କହି ଆଉ କ'ଣ ଦେଇଦେଲେ। ମରିବାକୁ ଏତେ ସମୟ କ'ଣ ଲାଗୁଛି?*

ଦେବଦତ୍ତଙ୍କ ପ୍ରଳାପ ଅସ୍ପଷ୍ଟ ହେଉଥିଲା। 'ମୋ ସ୍ତ୍ରୀ ମୋ ଝିଅର ଅସୁବିଧା ହେଲେ ତୋ ବଂଶ ବୁଡ଼ିବ। ତୋ ବଂଶରେ ପାଣିଦେବାକୁ କେହି ରହିବେ ନାହିଁ। ଏ ମୋର ଦ୍ୱିତୀୟ ଅଭିଶାପ।' କହୁ କହୁ ତାଙ୍କର ବେକ ଢଳିପଡ଼ିଲା।

ତୃତୀୟ ଅଭିଶାପ ପାଇଁ ସମୟ ନଥିଲା ।

ପ୍ରବଳ ଥଳିରୁ ନିର୍ମାଲ୍ୟ, ଗଙ୍ଗାଜଳ, ତୁଳସୀ ପତ୍ର କାଢ଼ି ଦେବଦତ୍ତ ମୁହଁରେ ଦେଲା । କିନ୍ତୁ ସେ ସବୁ ଦେବଦତ୍ତର ପାଟି ଭିତରକୁ ଗଲାନାହିଁ । ବାହାରକୁ ବାହାରି ଗଲା ।

'ହତଭାଗା, ଦେଲେ ମଧ୍ୟ ନିର୍ମାଲ୍ୟ ଟିକିଏ ପାଇଲା ନାହିଁ ।' ଏହା କହି ଦେବଦତ୍ତର ଥଳି ସମେତ ପାଣ୍ଡୁଲିପିଟିକୁ ନେଇ ସେ ଘୋଡ଼ାପିଠିରେ ଝୁଲାଇ ଦେଇ ଶୁଖିଲା କାଠଖଣ୍ଡମାନ ଯୋଗାଡ଼ିବାରେ ଲାଗିଲା । ଦେବଦତ୍ତର ଦେହକୁ ଘୋଷାରି ନେଇ ଚଲାବାଟରୁ ଦୂରରେ ଘନ ଜଙ୍ଗଲ ଭିତରେ ଚିତାରେ ଶୁଆଇଦେଲା ।

ବେଳ ରତରତ ହେବା ବେଳକୁ ଦେବଦତ୍ତର ଦେହ ଜଳି ପାଉଁଶ ହୋଇସାରିଥିଲା । ଜଳନ୍ତା ନିଆଁ କାହାର ଦୃଷ୍ଟି ଆକର୍ଷଣ କରିବା ଆଗରୁ ପ୍ରବଳ ଘୋଡ଼ାକୁ ଛୁଟାଇ ସେଠାରୁ ଗଣ୍ଡାହାତୀ ଆଡ଼େ ଆଗେଇ ଗଲା ।

ପଛକୁ ବୁଲି ଚାହିଁଥିଲେ ଦେଖିଥାନ୍ତା- ବାଟଚଲା ରାସ୍ତା ଉପରେ ଦୁଇଟି ସାପ ମଳାବାନ୍ଧି ତାକୁ ଚାହିଁ ରହିଛନ୍ତି । ଦୂରରେ ଜଳୁଥିବା ଚିତାର ଆଲୋକ ସେମାନଙ୍କର ଚାରୋଟି ଆଖିରେ ପଡ଼ି ଆସନ୍ନ ଅନ୍ଧକାର ଭିତରେ ମଧ୍ୟ କିପରି ଚକ୍ ଚକ୍ କରୁଛି ।

୨୧ ନଭେମ୍ବର ୧୭୫୨, ମଙ୍ଗଳବାର
କାର୍ତ୍ତିକ ପୂର୍ଣ୍ଣିମା
ପାରଳାଖେମୁଣ୍ଡି

ସକାଳଟାରୁ ପ୍ରବଳର ଛାତି ଧଡ଼ଧଡ଼ ହେବା ଆରମ୍ଭ କଲାଣି !

ଏ ବହି ନେଇ ରାଜଦରବାରକୁ ଯିବାକୁ ପଡ଼ିବ !

ରାଜଦରବାର !

ସେ ନିଜେ କୋଉଠି... ଆଉ ଏ ରଜା, ରଜା ଘର, ରଜା ଦରବାର... ଏସବୁ କୋଉଠି ?

କାଲି ରାତିର ସ୍ୱପ୍ନ ତା'ର ମନେପଡ଼ିଲା ।

ସେ ସ୍ୱପ୍ନ ଦେଖିଥିଲା- ଭୋକରେ ଆଉଟି ପାଉଟି ହୋଇ ସେ ଏକ ଗୁଡ଼ିଆ ଦୋକାନ ଆଗରେ ଠିଆ ହୋଇଛି, ଯେଉଁଠି ଏକ ଭୟଙ୍କର ଅସୁରକୁ ଦୋକାନ ମେଲେଇ ବସିଥିବା ଦେଖି ତା' ପାଦ ଆଉ ଆଗକୁ ଚଲୁନାହିଁ । ସେ ଦୋକାନୀ ତ ତା' ଅଣ୍ଟିର ପଇସାକୁ ନୁହଁ, ତାକୁ ହିଁ ଗୋଟାପଣେ ଗିଳିଦେବାକୁ ତାକୁ କଟମଟ କରି ଚାହିଁ ବସିଛି !

ସ୍ୱପ୍ନଟି ମନେ ପଡ଼ିବାରୁ ଧର୍ମଶାଳାର ସେ ବନ୍ଦ କୋଠରୀ ତାକୁ ସେ ଗୁଡ଼ିଆ ଦୋକାନ ପରି ଲାଗିଲା। ଛାନିଆଁରେ କବାଟ ଖୋଲି ସେ ସଙ୍ଗେ ସଙ୍ଗେ ବାହାରକୁ ଆସି ରାସ୍ତା ଉପରେ ଠିଆ ହେଲା।

ଏ ତ ବୋମକେଇ ପରି ଛୋଟ ଗାଁ ନୁହେଁ... ଏ ତ ପାରଳାଖେମୁଣ୍ଡି... ଲୋକ ଗହଳିରେ ହାଉଜାଉ ହେଉଥିବା ଏକ ବଡ଼ ସହର। ଏକ ରାଜ୍ୟର ରାଜଧାନୀ।

ଅଚିହ୍ନା ହେଲେ ବି, ନିଜ ଚାରିପଟେ ଅନେକ ଲୋକଙ୍କ ଉପସ୍ଥିତି ତା' ମନରେ ସ୍ୱପ୍ନରେ ହଜାଇ ଦେଇଥିବା ଦମ୍ଭକୁ ପୁଣି ଫେରାଇ ଆଣିଲା।

ନିତ୍ୟକର୍ମ ସାରି ଲୋକଙ୍କୁ ପଚାରି ପଚାରି ସେ ରାଜନଅର ଆଗରେ ଯାଇ ଠିଆହେଲା। ତା' ଗାଁ ରାସ୍ତାର ଦଶଗୁଣ ଓସାର, ତା' ଉପରେ କାହିଁ କେତେଗୁଣ ଅଧିକା ଜନଗହଳି, ଶଗଡ଼, ଘୋଡ଼ା, ଜନକୋଳାହଳରେ ଆତଯାତ ହେଉଥିବା ରାଜଦାଣ୍ଡକୁ ଚାହିଁ ସେ ପୁଣି ନିସ୍ତେଜ ହୋଇଗଲା। ଦୂରରୁ ରାଜନଅର ତ ପରିଷ୍କାର ଦେଖାଯାଉଛି। କିନ୍ତୁ କ'ଣ ହେବ? ସେଠାରେ ପହରା ଦେଉଥିବା ରକ୍ଷୀମାନେ ତ ତା'ର ସ୍ୱପ୍ନର ରାକ୍ଷସ ପରି ଭୟଙ୍କର ଚେହେରାର!

ସେ ପୁଣି ଆତଙ୍କିତ ହୋଇପଡ଼ିଲା।

ଏ ବହି କେଉଁଠି ଦିଆଯିବ? କାହାକୁ ଦିଆଯିବ?

ଏ କଥା ତ ଦେବଦତ୍ତଙ୍କୁ ସେ କେବେ ପଚାରି ପାରିନାହିଁ!

ବ୍ୟସ୍ତ ହୋଇ ଧୀରେ ଧୀରେ ଗହଳି ବଢୁଥିବା ରାଜଦାଣ୍ଡରେ ସେ ଏପଟସେପଟ ହୋଇ ଶେଷରେ ବହୁ କଷ୍ଟରେ ସାହସ ସଞ୍ଚୟ କରି ସେ ଦ୍ୱାରରକ୍ଷୀମାନଙ୍କ ନିକଟକୁ ଗଲା।

ସତେ ଯେପରି ଦ୍ୱାରରକ୍ଷୀମାନଙ୍କୁ ନିର୍ଦ୍ଦେଶ ଦିଆଯାଇଥିଲା- ଯିଏ ରାଜଦାଣ୍ଡ ଛାଡ଼ି ରାଜନଅର ଆଡ଼କୁ ମୁହାଁଇବେ, ତା'ର ମୁଣ୍ଡକୁ ଦି'ଗଡ଼ କରାଯିବ। ପ୍ରବଳ ପାଖକୁ ଆସିବା ଦେଖି ମୂର୍ତ୍ତିପରି ଚୁପ୍‌ଚାପ୍ ଠିଆହୋଇଥିବା ଦୁଇଧାଡ଼ି ରକ୍ଷୀମାନଙ୍କର ଖଣ୍ଡା ଝପ୍‌ଝାପ୍ ହୋଇ ଖୋଳରୁ ବାହାରି ଠିଆ ହୋଇଗଲା। ଆଉ ପାଦେ ଆଗକୁ ଆସିଲେ ଆଠଟି ଖଣ୍ଡା ଏକାସାଙ୍ଗରେ ମୁଣ୍ଡରେ ପଡ଼ିବ ଜାଣି ପ୍ରବଳ ସେଇଠାରୁ ହିଁ ଥରିଥରି କହିଲା- 'ପୋଥି, ପୋଥି'।

ରକ୍ଷୀମାନେ ପରସ୍ପର ଆଡ଼କୁ ଚାହିଁଲେ।

ପ୍ରବଳ ସାହସ ସଞ୍ଚୟ କରି କିନ୍ତୁ ପାଦଟିଏ ସୁଦ୍ଧା ଆଗକୁ ନ ଆସି ସେଇଠାରୁ ହିଁ ଥଳୀରୁ ବହିଟିକୁ କାଢ଼ି ତାକୁ ଦେଖାଇ ପାଟିକରି କହିଲା- 'ମହାରାଜ ପୁରସ୍କାର ପାଇଁ ଘୋଷଣା କରିଥିବା ପୋଥିଧରି ମୁଁ ଆସିଛି।'

ସତେ ଯେପରି ସେ କେଉଁ ଏକ ତାନ୍ତ୍ରିକ ମନ୍ତ୍ର ଉଚ୍ଚାରଣ କରିଦେଲା । ଖଣ୍ଡାଗୁଡ଼ିକ ଯେମିତି ଝପ୍‌ଝାପ୍ ହୋଇ ଖୋଳରୁ ବାହାରି ଠିଆହୋଇଥିଲେ, ସେମିତି ଝଣଝାଣ୍ କରି ଖୋଳ ଭିତରେ ପଶିଗଲେ ମଧ୍ୟ । ଦୁଇଜଣ ରକ୍ଷୀ ଆଗେଇ ଆସି ମୁଣ୍ଡ ନୁଆଁଇ ତାକୁ ନମସ୍କାର କରିବା ଦେଖି ପ୍ରବଳ ହତଭମ୍ବ ହୋଇପଡ଼ିଲା । ସେଥିରୁ ମୋଟା ନିଶ ରଖିଥିବା ରକ୍ଷୀ ଜଣକ କହିଲା- 'ପଣ୍ଡିତ ମହାଶୟ, ଆପଣ ଆମ ସାଙ୍ଗରେ ଆସନ୍ତୁ ।'

ପଣ୍ଡିତ ! ପ୍ରବଳ ପଛକୁ ଚାହିଁଲା । କେହିନାହିଁ । ସେ ବୁଝିପାରିଲା, ରକ୍ଷୀଜଣକ ତାକୁ ହିଁ ଏ ସମ୍ବୋଧନ କରିଛି ।

ସେ ନିଜର ଥଳିକୁ ଛାତିରେ ଜାବୁଡ଼ି ଧରି କହିଲା- 'କ୍‌କ୍... କୁଆଡ଼େ ?'

'ମହାରାଜଙ୍କ ପାଖକୁ ।'

'ନା, ନା, ମୁଁ କାହିଁକି ଛାମୁଙ୍କ ପାଖକୁ ଯାଇ ତାଙ୍କ କାମରେ ବାଧାଦେବି ? ସେ ଥାଆନ୍ତୁ । ଆପ୍-ଆପ୍-ଆପଣ ଏ ପୋଥିନେଇ ଶ୍ରୀଶ୍ରୀ ଛାମୁରେ ଦେଇ ଦିଅନ୍ତୁ ।'

ରକ୍ଷୀ ଦୁଇଜଣଙ୍କ ମୁହଁରେ କୌଣସି ଭାବାନ୍ତର ଦେଖାଗଲା ନାହିଁ । ଓଲଟି ସେମାନେ ମୁଣ୍ଡକୁ ଆଉରି ଟିକିଏ ଝୁଙ୍କାଇ କହିଲେ- 'ପଣ୍ଡିତ ମହାଶୟ, ଶ୍ରୀଛାମୁଙ୍କ କଡ଼ା ଆଦେଶ, ସେ ନିଜେ ଆପଣଙ୍କଠାରୁ ପୋଥି ନେବେ । ଆମର ପୋଥି ନେବାର ଅଧିକାର ନାହିଁ ।'

'ମୋର ତେଣେ ବହୁତ କାମ । ମୁଁ ବହୁଦୂରରୁ ଆସିଛି । ଏବେ ସଙ୍ଗେ ସଙ୍ଗେ ଫେରିଯିବି । ପୋଥି ପଛକେ ନଦିଏ, ମୋତେ ଫେରିବାକୁ ପଡ଼ିବ ।' ଏହା କହି ନିରାଶ ପ୍ରବଳ ପଛକୁ ଫେରିବାକୁ ବସିଲା ।

ରକ୍ଷୀ ଦୁଇଜଣ ପରସ୍ପରକୁ ଚାହିଁଲେ । ସେଥିରୁ ଜଣେ ହଠାତ୍ କହିଲା- 'ଆପଣ ଯଦି ମହାରାଜାଙ୍କୁ ପୋଥି ନିଜେ ନଦେବେ, ସେ ପୁରସ୍କାର ଆପଣଙ୍କୁ ଦେବେ କିପରି ? ଆପଣଙ୍କୁ ଚିହ୍ନିଲେ ନା ପୁରସ୍କାର ଆପଣଙ୍କ ହାତରେ ଦେବେ ?'

ପ୍ରବଳର ଫେରିଥିବା ପାଦ ପୁଣି ପଛକୁ ଫେରିଲା ।

*ସତେ ତ !*

ସେ ରକ୍ଷୀମାନଙ୍କ ପାଦକୁ ଚାହିଁ କହିଲା- 'ସ୍... ସ୍... ସ୍... ସବୁ କବି କ'ଣ ମହାରାଜାଙ୍କୁ ଭେଟି ତା...ତା... ତାଙ୍କୁ ହିଁ ପୋଥି ଦେଇଛନ୍ତି ?'

ରକ୍ଷୀ ଦୁଇଜଣ ଏକାସାଙ୍ଗରେ ଉତ୍ତର ଦେଲେ- 'ଆଜ୍ଞା' !

ଏତେ କାଣ୍ଡକରି, ଏତେବାଟ ଆସି ଆଉ କ'ଣ ବାହୁଡ଼ି ଯିବା ଉଚିତ ହେବ ?

'ହେଉ...'

ପ୍ରବଳ ସେମାନଙ୍କ ସଙ୍ଗରେ ଆଗେଇ ଗଲା । ସେ ନଅରର ମୁଖ୍ୟଦ୍ୱାର ପାର

ହେବାବେଳେ ବାକି ଛ'ଜଣ ରକ୍ଷୀ ଏକା ସାଙ୍ଗରେ ଦୁଇପାଦ ହଟି ତା'ଆଗରେ ଖଣ୍ଡାକୁ ଛାତିରେ ଛୁଆଁଇ ମୁଣ୍ଡକୁ ପୋତି ତାକୁ ଅଭିବାଦନ କରିବା ଦେଖି ପ୍ରବଳ ପ୍ରଥମେ ଡରିଗଲା। ସେମାନଙ୍କୁ ପଛରେ ପକାଇ ବାଟ କଢ଼େଇ ନେଉଥିବା ଦୁଇରକ୍ଷୀଙ୍କ ପଛରେ କିଛିବାଟ ଆଗେଇ ଗଲା ପରେ ତାକୁ ଏ କଥା ଭାବି ବଡ଼ ଗର୍ବ ଲାଗିଲା। ଘରକୁ ଗଲେ ସ୍ତ୍ରୀ ଓ ପିଲାଙ୍କୁ କହିବ ତାକୁ କିପରି ସମ୍ମାନର ସହିତ ରାଜାଙ୍କ ପାଖକୁ ନିଆଗଲା।

ପର ମୁହୂର୍ତ୍ତରେ ସେ ଜିଭ କାମୁଡ଼ି ପକାଇଲା। ମୂର୍ଖ ନା ପାଗଳ!!

ନା, ନା, ଏତେ କଥା ସେମାନଙ୍କୁ କହିବ କାହିଁକି? ଆଳୁ ଖୋଳୁ ଖୋଳୁ ଯଦି ମହାଦେବ ବାହାରିପଡ଼ିବେ, ଅବସ୍ଥା ତ ଅଣାୟତ୍ତ ହେବ। ଯଦି କ'ଣ? ମହାଦେବ ତ ନିଶ୍ଚୟ ବାହାରିବେ। ଦେବଦତ୍ତଙ୍କୁ ସେ ମାରିଦେଇଛି ଜାଣିଲେ ତା' ନିଜର ସ୍ତ୍ରୀ ପିଲା ତାକୁ ଘରେ ପୂରାଇବେ ନାହିଁ। ବିଧାନ ନିଜେ ଯାଇ ମହାରାଜଙ୍କୁ ଏକଥା କହି ପ୍ରବଳକୁ ହାଣ ନଖୁଆଇଲେ ହେଲା।

ଥାଉ, କିଏ କିଛି ଜାଣିବା ଲୋଡ଼ା ନାହିଁ। ତା'ର ଆଜିର ଏ ଗୌରବର କଥା ଜାଣି ଗର୍ବ କରିବା କି ଖୁସି ହେବା ସେମାନଙ୍କ ଭାଗ୍ୟରେ ନାହିଁ।

ପ୍ରବଳ ବାଟସାରା ଘୋଷି ଘୋଷି ଆସିଥିଲା।

ମହାରାଜା ତାକୁ ଦେଖିବା ମାତ୍ରେ ପଚାରିବେ, 'ତୁମ ନାଁ କ'ଣ?'

ସେ ଉତ୍ତର ଦେବ- 'ମଣିମା, ମୋ ନାଁ ପ୍ରବଳ ତନ୍ତୀ।'

ମହାରାଜା ପୁଣି ପଚାରିବେ- 'ତୁମେ କେଉଁଠୁ ଆସିଛ?'

ସେ ଉତ୍ତର ଦେବ 'ମଣିମା, ମୁଁ ବନମାଳୀପୁରରୁ ଆସିଛି।' ନିଜର ପ୍ରକୃତ ଠିକଣା ସେ କାହିଁକି କହିବାକୁ ଯିବ? ମୂର୍ଖ ନା କ'ଣ?

ମହାରାଜା ଏଥର ପଚାରିବେ- 'ଏ ପୋଥି ତୁମେ ଲେଖିଛ?'

ସେ ଉତ୍ତର ଦେବ- 'ହଁ ମଣିମା, ପୋଥିଟି ମୁଁ ନିଜେ ଲେଖିଛି। ଦେଖୁନାହାନ୍ତି। ଲେଖି ଲେଖି ହାତ କେମିତି...ନାଇଁ ନାଇଁ ଆଙ୍ଗୁଠି ସବୁ...' *ଆରେ, ଆଙ୍ଗୁଠିର କି କାମ? ଲେଖନୀ ତ ମୁଠାରେ ରହେ ନା? ହଁ, ଏଣୁ...* 'ଲେଖି ଲେଖି ହାତ ପାପୁଲିରେ କେମିତି ବିଣ୍ଡି ବସିଗଲାଣି। ନଖାଇ ନପିଇ ରାତି ରାତି ଉଜାଗର ରହି ଏ ପୋଥି ମୁଁ ଲେଖିଛି।'

ତାପରେ ମହାରାଜା କ'ଣ ପଚାରିବେ? ସେ ଚିନ୍ତିତ ହୋଇ ପଡ଼ିଲା।

-୦-

ମହାରାଜ ଦ୍ୱିତୀୟ ଜଗନ୍ନାଥ ଗଜପତି ନାରାୟଣଦେବ ସିଂହାସନରେ ମହାବଳ ବ୍ୟାଘ୍ରର ଠାଣୀରେ ବସିଥିଲେ। ନିଜ ପୁଅ ବିଧାନର ସମବୟସ୍କ ଏହି ତରୁଣ ମହାରାଜାଙ୍କ ଭାବଭଙ୍ଗୀ, ଚକ୍ଷୁ, ଶରୀରରେ ଏକ ପ୍ରବଳ ପ୍ରତାପୀ ସମ୍ରାଟଙ୍କର ସମସ୍ତ ଲକ୍ଷଣ ଦେଖି ପ୍ରବଳ ଥରହର ହେଲା। ଆଜି ପର୍ଯ୍ୟନ୍ତ ସେ କୌଣସି ରାଜାଙ୍କୁ ସାକ୍ଷାତରେ ଦେଖିନଥିଲା। ଗାଁରେ ଦଣ୍ଡନାଚ ବେଳେ ଯେଉଁ ବିଭିନ୍ନ ଲୀଳା ସବୁ ହୁଏ, ସେଥିରେ ଅଭିନୟ କରୁଥିବା ରାଜାଙ୍କ ପରି କେହି ଜଣେ ସିଂହାସନରେ ବସିଥିବେ ସେ ଏହା କଳ୍ପନା କରୁଥିଲା। କିନ୍ତୁ ଏବେ ସେମାନେ ଯେ ଅଭିନେତା ଆଉ ଏ ପ୍ରକୃତ, ଏହା ରାଜସଭାରେ ପହଞ୍ଚିବା ମାତ୍ରେ ସେ ଅନୁଭବ କରି କମ୍ପିଉଠିଲା।

ରାଜସଭାରେ ମଧ୍ୟ ଅନୁରୂପ ଆଡ଼ମ୍ବର ଥିଲା।

ମହାରାଜାଙ୍କ ପାଖକୁ ଖବର ଯାଇ ସାରିଥିଲା। ଆଉ ଜଣେ ପଣ୍ଡିତ ପୋଥିନେଇ ଆସୁଛନ୍ତି, ଏହା ସେ ଜାଣିଥିଲେ। ଏଣୁ ସେ ଅତି ଆଗ୍ରହରେ ପ୍ରବଳକୁ ସ୍ୱାଗତ ଜଣାଇ ତାକୁ ବସିବାକୁ ଆସନ ଦେଇ ଅନୁଚର ହାତରୁ ପୋଥିଟି ନେଇ ତା'ର ପୃଷ୍ଠା ଓଲଟାଇ ପଢ଼ିବାରେ ଲାଗିଲେ।

ଯାହାହେଉ, କମ୍ ସେ କମ୍ ଭଲ ଲୁଗାଖଣ୍ଡେ ପିନ୍ଧି ଆଉ ଖଣ୍ଡେ ରେଶମ ଲୁଗାକୁ ଦେହରେ ଢାଙ୍କି, ସେ ଯେ ରାଜଦରବାର ଆସିଛି, ସେଥିପାଇଁ ପ୍ରବଳ ନିଜକୁ ଧନ୍ୟ ଧନ୍ୟ କଲା। ସେଦିନ ବାସନ୍ତୀ ଓ ପିଲାମାନେ ଖାଇ ବସିଥିବାବେଳେ ସେ ଆଗେ ଏଣୁତେଣୁ ଗଣ୍ଡେ ଖାଇଦେଇ ଗଣ୍ଠିଲି ବାନ୍ଧିବାକୁ ନିଜ ଶୋଇବା ଘରେ ପଶି ଏ ଦୁଇଖଣ୍ଡ ଲୁଗାକୁ ସମସ୍ତେ ଦେଖିବା ଆଗରୁ ଗଣ୍ଠିଲିରେ ପୂରାଇ ସାରିଥିଲା। ନହେଲେ, ବାସନ୍ତୀ ଯଦି ଦେଖିଦେଇଥାନ୍ତା, ହଜାର ପ୍ରଶ୍ନ କରିଥାନ୍ତା- 'ତୁମେ ବିଭାଘରକୁ ଯାଉଛ ନା କୋଉ ରଜାରାଜୁଡ଼ା ପାଖକୁ ଯାଉଛ ଯେ ଯେ ପାଟଲୁଗା, ସରୁଯୋଡ଼ ଧରି ଯାଉଛ'- ଏୟା ପଚାରି ଅସ୍ତବ୍ୟସ୍ତ କରିଦେଇଥାନ୍ତା।

ପ୍ରବଳ ଜୀବନରେ ଭାବିନଥିଲା, ଏମିତି ଜଣେ ପ୍ରତାପୀ ରାଜାଙ୍କ ଆଗରେ ବସିବାର ସମ୍ମାନ ତାକୁ ମିଳିବ। ତାକୁ ବଡ଼ କଷ୍ଟ ହେଲା ଯେ, ଏଥିରୁ କାଣିଚାଏ ମଧ୍ୟ ସେ କାହା ଆଗରେ ବି କହିପାରିବ ନାହିଁ।

ସେ ଶୁଣିଲା ମହାରାଜ ହସିହସି କହୁଛନ୍ତି, 'ଆପଣଙ୍କ ନାଁ ତାହାହେଲେ ଦେବଦତ୍ତ ?'

ପୁଣି ପୃଷ୍ଠା ଉପରକୁ ଆଖିଫେରାଇ ସେ କହିଲେ- 'ଦେବଦତ୍ତ ତନ୍ତୀ, ଗାଁର ନାଁ ବୋମକେଇ...'

ପ୍ରବଳ ଛାତିରୁ ନିଆଁ ଝୁଲଟାଏ ଖସି ସେ ପିନ୍ଧିଥିବା ପାଟ ଘୋଡ଼ଣୀ ଉପରେ

ପଢ଼ିଗଲା ଯେମିତି। ଏଁ... ଏ ଦେବଦତ୍ତ ଚଣ୍ଡାଳ ବହିରେ ନିଜ ନାଁ, ଗାଁ, ଠିକଣା ସବୁ ଲେଖି ଦେଇଛି ? ଆଉ କ'ଣ କ'ଣ ଲେଖିଛି ? ପ୍ରବଳ ତାକୁ ମାରିଦେଇଛି ବା ମାରିଦେବାକୁ ଚାହୁଁଛି ବୋଲି ଲେଖି ଦେଇନି ତ ଆଉ ?

ପ୍ରବଳକୁ ଚାରିଦିଗ ଅନ୍ଧାର ଦିଶିଲା।

ପ୍ରବଳ ଶୁଣିଲା ମହାରାଜ କହୁଛନ୍ତି- 'ହେଉ ପଣ୍ଡିତ ମହାଶୟ, ଆଜି ତ କାବ୍ୟ ଦେବାର ଶେଷଦିନ। ଫଳାଫଳ ଆଉ ଠିକ୍ ଆଠଦିନ ପରେ ପ୍ରକାଶ ପାଇବ। ମୁଁ ନିଜେ ମୁଖ୍ୟ ବିଚାରକ। ଆମ ରାଜସଭାର ବିଭିନ୍ନ ପଣ୍ଡିତମାନେ ସହକାରୀ ବିଚାରକ ଅଛନ୍ତି। ଏଣୁ ଆମମାନଙ୍କୁ ଏଇ ଦଶଖଣ୍ଡ ବହି ପଢ଼ିବାକୁ ଆଠଦିନ ସମୟ ତ ଲାଗିବ। ନବମ ଦିନ ରାଜସଭାରେ ଫଳାଫଳ ଘୋଷିତ ହେବ। ଏଇ ଆଠଦିନ ଆପଣ ଆମ ରାଜଅତିଥି ଭବନରେ ବିଶ୍ରାମ କରିବେ।'

ପ୍ରବଳ କିଛି ବୁଝିନପାରି ମୁଣ୍ଡ ଟୁଙ୍ଗାରିଲା।

ମହାରାଜା ରାଜସଭାକୁ ଚାହିଁ କହିଲେ, 'କି ଦୁର୍ଯ୍ୟୋଗ ଆମ ଦେଶକୁ ମାଡ଼ିଆସିଲା, କବିମାନେ ଲେଖନୀ ଛାଡ଼ି ଖଣ୍ଡା ଧରିଛନ୍ତି। ଭଗବାନ କେବେ ଆମକୁ ଏ ଦୁର୍ଗତିରୁ ରକ୍ଷାକରିବେ କେଜାଣି ? ମାତ୍ର ଦଶଜଣ କବି ପୋଥି ନେଇ ଆସିଛନ୍ତି।'

ବିଭିନ୍ନ ପଣ୍ଡିତ ବିଭିନ୍ନ ମତଦେଲେ। କିଛିକ୍ଷଣ ପାଇଁ ରାଜସଭା କଥାବାର୍ତ୍ତା ଆଲୋଚନାରେ ଉଷ୍ମ ହୋଇଉଠିଲା। ଏମାନେ କ'ଣ କହୁଛନ୍ତି, କେଉଁ ବିଷୟରେ ଚର୍ଚ୍ଚା ହେଉଛି, ସେ ସବୁ କିଛି ପ୍ରବଳ କାନରେ ପଶୁନଥିଲା। ଯାହାକିଛି ପଶିଲା, ସେତକ ମଧ୍ୟ ଆଦୌ ବୁଝି ହେଉନଥିଲା।

ମହାରାଜା ପ୍ରବଳକୁ ଚାହିଁ କହିଲେ- 'ଆପଣଙ୍କ ଆଗରୁ ଆସିଥିବା ସବୁ କବି ଏଇ ରାଜସଭାରେ ଏବେ ଉପସ୍ଥିତ ଅଛନ୍ତି। ଆପଣ ତ ଏତେ ଦୂରରୁ ଆସିଛନ୍ତି। ଆପଣ ଏବେ ବିଶ୍ରାମ ନେବେ ନା ଏଇ ପଣ୍ଡିତ ସତୀର୍ଥମାନଙ୍କ ସହିତ ଏଇଠି ବସି ଆଳାପ, ଆଲୋଚନା କରିବେ ?'

ବାପ୍‌ରେ ବାପ୍! ପ୍ରବଳ ଛାନିଆଁ ହୋଇଗଲା। ଏ କବିଙ୍କ ଭିତରୁ କିଏ ଯଦି ତାକୁ ପଚାରିଦେବ ସେ କ'ଣ ଲେଖିଛି ବା ସେମିତି କିଛି ତେବେ ? ପ୍ରବଳର ଉଚିତ ଥିଲା ଦେବଦତ୍ତଠାରୁ ଏ ପୋଥି ବିଷୟରେ କିଛି ପଚାରି ବୁଝିବା। ସେ ନିଜେ ପଢ଼ି ଜାଣେ, କିନ୍ତୁ ପୋଥିଟି ତ ହାତରୁ ଯାଇ ସାରିଲାଣି। ଏବେ ସେ କଥା ଭାବି ଲାଭ କ'ଣ ? ତାପରେ, ପଢ଼ିଥିଲେ ମଧ୍ୟ ତାକୁ ଲାଗୁନି ସେ ବେଶି କିଛି ବୁଝିପାରିଥାନ୍ତା !

ପଢ଼ିବା ଓ ବୁଝିପାରିବା ତ ଏକାକଥା ନୁହଁ !

ସେ ସଙ୍ଗେ ସଙ୍ଗେ ଉତ୍ତର ଦେଲା- 'ମଣିମା, ମୁଁ ବିଶ୍ରାମ'- ତା' ପାଟିରୁ ଆଉ

କଥା ବାହାରିଲା ନାହିଁ।

ମହାରାଜା କହିଲେ- 'ହଉ, ଆପଣ ଆଜି ବିଶ୍ରାମ ନିଅନ୍ତୁ। କାଲିଠାରୁ ରାଜସଭାରେ ବସିବେ। ସାହିତ୍ୟ ଆଲୋଚନା କରିବା।'

ପ୍ରବଳ ଛେପ ଢୋକି ଢୋକି କହିପକାଇଲା, 'ମଣିମା, ମୁଁ ଏତେ ଦୂରରୁ ଗୋଟିଏ ଗରିବ ଗାଁରୁ ଆସିଛି। ଜୀବନରେ ଆଉ କେବେ ଏଠିକି ଆସିପାରିବି ନା ନାହିଁ ସନ୍ଦେହ। ଏଣୁ ଏଇ ଆଠଦିନ ମୋତେ ରାଜସଭାରେ ନରହି ରାଜଧାନୀର ଶୋଭା ଦେଖିବାକୁ ଅନୁମତି ଦିଅନ୍ତୁ।'

ମହାରାଜ ହସିଲେ। ମୁଣ୍ଡ ଟୁଙ୍ଗାରି କହିଲେ- 'ଅବଶ୍ୟ, ଅବଶ୍ୟ। ଆପଣ ଏତକ ଦିନ ରାଜସଭାକୁ ଆସନ୍ତୁ କି ରାଜଧାନୀର ଶୋଭା ବୁଲି ଦେଖନ୍ତୁ ସେ ଆପଣଙ୍କ ଇଚ୍ଛା। ଆଜି ଆପଣ ଯାଆନ୍ତୁ, ଆମ ଅତିଥି ଭବନରେ ଆପଣଙ୍କ ପାଇଁ ଉଦ୍ଦିଷ୍ଟ ସ୍ଥାନରେ ବିଶ୍ରାମ କରନ୍ତୁ।'

ଓଡ଼ିଶାର ବିଭିନ୍ନ ସ୍ଥାନରୁ ଆସିଥିବା ଉପସ୍ଥିତ କବିମାନେ ଭାବିଲେ- ଏ କବି ଜଣକ କେଡ଼େ ବୋକାଟିଏ। ସଭାରେ ରହି ଶାସ୍ତ୍ର ଆଲୋଚନାରେ ଆପଣା ପାଣ୍ଡିତ୍ୟ ଦେଖାଇଲେ ସିନା ରାଜାଙ୍କୁ ନିଜ ପାଣ୍ଡିତ୍ୟର ପରାକାଷ୍ଠାରେ ଅଭିଭୂତ କରିହେବ। ପୁରସ୍କାର ପାଇଁ ବିବେଚିତ ହେବା ପାଇଁ ତାହା ସାହାଯ୍ୟ କରିବ। ଏ ରାଜଧାନୀ ବୁଲାରୁ ମିଳିବ ବା କ'ଣ?

ରାଜାଙ୍କୁ ଅଭିବାଦନ ଜଣାଇ ରାଜକର୍ମଚାରୀ ସହିତ ଅତିଥି ଭବନ ଆଡ଼କୁ ଆଗେଇ ଯାଉଥିବା ପ୍ରବଳକୁ ଚାହିଁ ମହାରାଜ ଦ୍ୱିତୀୟ ଜଗନ୍ନାଥ ନାରାୟଣ ଦେବ ସିଂହାସନରେ ଆଉଜି ବସିଲେ। ହାତରେ ଧରିଥିବା ପୋଥିଟିକୁ ଅନାଇ ସେ ଭାବିଲେ, ଏଠାରେ ଉପସ୍ଥିତ ସବୁ ପଣ୍ଡିତ ମୋର ଦୃଷ୍ଟି ଆକର୍ଷଣ କରି ଆପଣା ପାଣ୍ଡିତ୍ୟ ଦେଖାଇବାରେ ଉଦ୍‌ବିଗ୍ନ। ଏ ଦେବଦତ୍ତ କବିଙ୍କର କିନ୍ତୁ ସେଥିପ୍ରତି ନିଘା ହିଁ ନାହିଁ! ରାଜଧାନୀର ଶୋଭା ଦେଖିବା ପାଇଁ ସେ ଅଧିକ ଆଗ୍ରହୀ। ହୁଁମ୍... ତାଙ୍କର ଯାହା କବିତ୍ୱ, ପାଣ୍ଡିତ୍ୟ, ଚାତୁର୍ଯ୍ୟ ସବୁ ତ ସେ ଏଇ କାବ୍ୟ 'କର୍ମସୂତ୍ର'ରେ ସେ ଲେଖିଥିବେ... ସୁନ୍ଦର ନାଁଟିଏ ବି ଦେଇଛନ୍ତି। ତାଙ୍କ ରଚିତ ଏଇ କାବ୍ୟ ହିଁ ତାଙ୍କର ପ୍ରକୃତ ପରିଚୟ ଦେବ... ଏଇଠି ଉପସ୍ଥିତ ରହି ଆଉ ଅଧିକ କ'ଣ କରନ୍ତେ। ହୁଁ... ଏ କବି ଜଣକ ଆତ୍ମବିଶ୍ୱାସୀ, ନିର୍ଲୋଭୀ, ସରଳ ଓ ଉପସ୍ଥିତ ବୁଦ୍ଧିସମ୍ପନ୍ନ ପରି ମନେହେଉଛନ୍ତି।

ଦେଖାଯାଉ... ତାଙ୍କ କାବ୍ୟ କ'ଣ କହୁଛି?

-୦-

ରାଜ ଅତିଥିଶାଳାର ଆଠଦିନ ପ୍ରବଳକୁ ସ୍ୱର୍ଗପୁରୀରେ ରହିବା ପରି ଲାଗିଲା। ତା'ର ନିଜର ସ୍ତ୍ରୀ, ପୁତ୍ର, କନ୍ୟା ତାକୁ ଏତିକି ଆଜ୍ଞାକାରୀ କେବେ ହୋଇନାହାନ୍ତି କି ଏତିକି ସମ୍ମାନ ସାରାଜୀବନରେ କିଏ କେବେ ତାକୁ ଦେଇନାହାନ୍ତି ଯେତିକି ଏ ଅତିଥି ଭବନର ରାଜକର୍ମଚାରୀମାନେ ତାକୁ ଦେଉଛନ୍ତି। ତା' ନିଜର ବର୍ଷିକିଆ ଆୟଠାରୁ ଏମାନଙ୍କର ମାସିକିଆ ବର୍ତ୍ତନ ଅଧିକ ଥିବ। ଅଥଚ ରାଜ ଅତିଥି ବୋଲି ମୁଣ୍ଡପାତି ପ୍ରବଳର ଆଜ୍ଞାକୁ ମାନି ନେଉଛନ୍ତି। ପ୍ରବଳ ଚାଲିଗଲେ ସେମାନେ ବାଟ ଆଡ଼େଇ ହୋଇ ଯାଉଛନ୍ତି। ସକାଳୁ ଉଠିବା ଠାରୁ ରାତି ଶୋଇବା ପର୍ଯ୍ୟନ୍ତ କେତେ ଯେ ନମସ୍କାର, ଦଣ୍ଡବତ, ପ୍ରଣାମ ମିଳୁଛି, ତା'ର ଗଣତି ନାହିଁ। ପିନ୍ଧିବାକୁ ଦିବ୍ୟ ଲୁଗାପଟା, ଶୋଇବାକୁ ହଂସୁଲି ଶେଯ କଥା ଛାଡ଼, ମୁହଁ ଧୋଇବାର ପାଣି ମଧ୍ୟ କେଡ଼େ ବାସନା! ତା'ର ପାଲଟା ଲୁଗାପଟା କିଏ ଧୋଉଛି, ସେ କଥା ସେ ଜାଣେନା। ପ୍ରଥମ ଦିନରୁ ସେ ଗାଧୋଇବାକୁ ଗଲାବେଳେ ସଙ୍ଗରେ ଜଣେ ଦାସ ଯାଇ ତା' ହାତରୁ ଓଦା ଲୁଗାପଟା ନେଇ ଯାଉଥିଲା। ସକାଳୁ ଉଠିବା ବେଳକୁ ମୁଣ୍ଡପାଖରେ ସଫା ଗାମୁଛା, ଲୁଗାପଟା ଚଉତା ହୋଇରହୁଛି। ଆଉ ଥାକଟିଏ ସରୁ ଯୋଡ଼, ରେଶମୀ ଉପରାଣ ସହ କାଠ ବିରୁଆରେ ସଜା ହୋଇ ରହିଛି। ସେ ଯେତେ ପିନ୍ଧି ପାରିଲା!!

ଆଉ ଖାଦ୍ୟ?

ପ୍ରତିଥର ସେ ଖାଇବାବେଳେ ଦୁଃଖ କରିଛି ଯେ, ତା'ର ମନ ପୂରିବା ଆଗରୁ ଅଛିକିଆ ପେଟଟା ପୂରିଯାଉଛି। କାଳେ ଭୋଜନଶାଳାରେ ଅନ୍ୟ କୋଉ କବି ସହ ଭେଟ ହୋଇଯିବ, ଏଇ ଭୟରେ ସେ ଚାହିଁଥିଲା ତାକୁ ତା'ର ଭୋଜନ ତା'ର କୋଠରୀରେ ହିଁ ଦିଆଯାଉ। ତା' ଇଚ୍ଛାକୁ ସମ୍ମାନର ସହିତ ପାଳନ କରାଯାଉଛି। ଏଠାରେ ବିଳାସ, ସମ୍ମାନ ଯେତିକି ବଢୁଛି, ତା' ମନରେ ସେତିକି ଭୟ ବି ହେଉଛି। ଯଦି ରାଜା କୌଣସି ପ୍ରକାରେ ଜାଣିନିଅନ୍ତି ଯେ, ସେ ଦେବଦତ୍ତ ନୁହଁ, ତା' ଅବସ୍ଥା କ'ଣ ହେବ? ସେ ପୋଡ଼ାମୁହାଁ ଦେବଦତ୍ତ ନିଜ ପୋଥିରେ ନିଜର ନାଁ, ଗାଁ ଠିକଣା ଲେଖୁଥିଲା କାହିଁକି?

ତେବେ କ'ଣ ପ୍ରବଳ ପୁରସ୍କାର ଘୋଷଣାକୁ ଅପେକ୍ଷା ନ କରି ଏଇଠୁ ଲୁଚି ପଳାଇଯିବ?

ଯିବ ତ କେଉଁଠିକି ଯିବ?

ଯଦି କୌଣସି କାରଣବଶତଃ ରାଜା ତା'ର ଗାଁକୁ ରାଜକର୍ମଚାରୀ ପଠାନ୍ତି ଓ ଗାଁ ଲୋକେ, ଘର ଲୋକେ ଦେବଦତ୍ତର ପରିବାର ସମସ୍ତେ ଏଇ ଗୋଟିଏ କଥା କହନ୍ତି ଯେ ସେ ପ୍ରବଳ... ଦେବଦତ୍ତ ନୁହଁ, ତାପରେ ଖୋଳତାଡ଼ କରୁକରୁ ଜଣାପଡ଼େ

ଯେ ଦେବଦତ୍ତ ଆଉ ଏ ସଂସାରରେ ନାହିଁ। ତାକୁ ପ୍ରବଳ ହିଁ ମାରିଦେଇଛି। ତେବେ ମହାରାଜା ତା' ମୁଣ୍ଡ ରଖିବେ ତ ଆଉ? ଯାହାର ରକ୍ଷୀମାନେ ଏଡ଼େ ଏଡ଼େ ଖଣ୍ଡା ଧରିଛନ୍ତି, ତାଙ୍କର ନିଜର ଖଣ୍ଡା କେତେବଡ଼ ସେ କଥା ତ ସେ ଆଖିରେ ଦେଖିଲା।

ଯେଉଁ ମହାରାଜ କବିମାନଙ୍କୁ ଏତେ ଆଦର ସାଦର କରୁଛନ୍ତି, ସେ ଯଦି ଜାଣିବେ ପ୍ରବଳ ଏକେ ତ କବି ନୁହଁ, ବରଂ ଏକ କବିର ହତ୍ୟାକାରୀ, ସେ ତ ନିଜେ ପ୍ରବଳର ମୁଣ୍ଡଟାକୁ ହାଣି ପକାଇବେ। ତାଙ୍କର ବିଶାଳ ଖଣ୍ଡା ପାଖରେ ପ୍ରବଳର ମୁଣ୍ଡଟା କେତେ କି ଆଉ? ଗୋଟେ ଚୋଟରେ ଦଶହାତ ଦୂରରେ ପଡ଼ିବ!

ପୁଣି ବେଳେବେଳେ ତା ମୁଣ୍ଡରେ ପଶେ, ଏମିତି ଦିବ୍ୟ ଭୋଜନ ଖାଇ, ଦିବ୍ୟ ଶେଯରେ ଶୋଇ ଏକାଧିକ ଦାସଦାସୀଙ୍କ ସେବା ପାଇ ଚଳିବା ପରେ ଗାଁକୁ ଯାଇ ସେ କେମିତି ସେଇ ଦୀନହୀନ ଜୀବନଟାଏ ବିତେଇବ?

ସାତଦିନ ଏମିତି ଭାବିଭାବି ସେ ନିଜେ ହାତେଇଥିବା ସୌଭାଗ୍ୟକୁ ମନଭରି ଉପଭୋଗ କଲା।

ଅଷ୍ଟମ ଦିନ ସକାଳେ, ରାଜଅତିଥି ଭବନରେ ପୋଖରୀରେ ଗାଧୋଉଥିବାବେଳେ ତାକୁ ହଠାତ୍ ମନେହେଲା- ସେ ଦେବଦତ୍ତକୁ ସବୁବେଳେ ଧିକ୍କାରୁ ଥିଲା- ମୂର୍ଖଟାଏ, କାବ୍ୟ ଲେଖିଲେ କାହା ପେଟ ପୂରେ? ଏକଥା କହୁଥିଲା। ଏବେ ତ ସେଇ ଦେବଦତ୍ତର ସେଇ କାବ୍ୟ ଯୋଗୁ ତ ଏଇ ରାଜଅତିଥି ଭବନରେ ରହିବାର ସୁଯୋଗ ପାଇ ତା'ର ପେଟ, ମନ, ଜୀବନ ସବୁ ଯେପରି ଧନ୍ୟ ହୋଇଉଠିଛି, ସବୁ ସତରେ ପୂରି ଉଠିଛି!

ନହେଲେ, ରାଜ ଅତିଥିଶାଳା କିଏ ନା ପ୍ରବଳ କିଏ? ଯେଉଁ ବିଳାସ, ଯେଉଁ ସମ୍ମାନ ସ୍ୱପ୍ନରେ ମଧ୍ୟ ସେ କଳ୍ପନା କରିନଥିଲା, ସେସବୁ ଥାଏ ବୋଲି ସୁଦ୍ଧା ଜାଣିନଥିଲା, ସେ ସବୁ ତାକୁ ଦେବଦତ୍ତ ମାଧ୍ୟମରେ ଆଜି କାବ୍ୟ ହିଁ ଆଣି ଯୋଗାଇ ଦେଇଛି।

ଦେବଦତ୍ତକୁ ତେବେ ଏ ବୈଭବ, ଏ ସମ୍ମାନ, ଏ ଆଡ଼ମ୍ବର ଜଣାଥିଲା!

ସେଥିପାଇଁ ବାଧ୍ୟ ହୋଇ ସେ ତନ୍ତ ବୁଣୁଥିଲା ସତ, କିନ୍ତୁ କେବେ ହେଲେ ଅଯଥା ସମୟ ନଷ୍ଟ ନକରି, ଶୋଇବା ସମୟରୁ କାଟି ସେ କାବ୍ୟ ଲେଖୁଥିଲା। ହୁଏତ ରାଜଦରବାରରେ ରାଜକବି ହେବାର ସ୍ୱପ୍ନ ଦେଖୁଥିଲା।

ଆଉ ସେ ନିଜେ? ହୀରାକୁ ସୈନ୍ଧବ ଲବଣ ମନେକରି ଏଇ ସାହିତ୍ୟ ଚର୍ଚ୍ଚାକୁ ଛି' ଛି' କରୁଥିଲା!

ଆଉ ଦେଖ, ଦେବଦତ୍ତ ତ ଆଉ କେତେ ଅଭିଶାପ ଦେଇପାରିଥାନ୍ତା-

'ତୋତେ ବଡ଼ରୋଗ ହେଉ କି ତୋ ବଂଶରେ ସମସ୍ତେ ବଡ଼ରୋଗୀ ହୁଅନ୍ତୁ', କି 'ତୋର ବଂଶ ଦରିଦ୍ର, ଭିକାରୀ ହୋଇ ଯାଆନ୍ତୁ' କିମ୍ବା ଏଇମିତି ଲମ୍ବା ତାଲିକାରୁ ବାଛି କେତେ କଥା କାଢ଼ି ସେ ଅଭିଶାପ ବୋଲି ଦେଇ ପାରିଥାନ୍ତା। କିନ୍ତୁ ନା, ଏସବୁ ସେ କିଛି କହିଲା ନାହିଁ। ମୃତ୍ୟୁକୁ ଆଗରେ ଦେଖିବା ବେଳେ ବି ସେ ଯାହା ଦେଖିପାରୁ ଥିଲା, ବୁଝିପାରୁଥିଲା, ପ୍ରବଳ ଆଜି ପର୍ଯ୍ୟନ୍ତ ସେ ଉଚ୍ଚ ଭାବନାର ନିଶୁଣୀ ଚଢ଼ି ସେ ଉପର ସ୍ତରକୁ ଦେଖିବାର ଶକ୍ତି ପାଇ ନଥିଲା। ଏଣୁ ସେ ଅଭିଶାପ ଶୁଣି ତାକୁ କୁତୁ କୁତୁ କଲା ପରି ହସ ଲାଗିଥିଲା। କହିଥିଲା- ମୂର୍ଖ ହୋଇଥିବାରୁ ଏମିତି ଅଭିଶାପ ଟିଏ ଦେବଦତ୍ତ ଦେଉଛି।

କିନ୍ତୁ ପ୍ରକୃତ ମୂର୍ଖ କିଏ ?

ପ୍ରବଳ ଜୀବନରେ ଦିନେ ବି ନିଜକୁ ବୁଦ୍ଧିହୀନ ଭାବି ନଥିଲା। ବରଂ ଅନ୍ୟ ଦଶଜଣଙ୍କ ଠାରୁ ସେ ବୁଦ୍ଧିବାନ ବୋଲି ବୁଝି ପାରୁଥିଲା। ସେଥିପାଇଁ ତା' ମନରେ ଗର୍ବ ମଧ୍ୟ ଥିଲା। ଆଉ ଏଇ ବୁଦ୍ଧିମତ୍ତା ନେଇ ସେ ଜାଣୁଥିଲା ଦେବଦତ୍ତର ବହି ହିଁ ପୁରସ୍କାର ପାଇବ। ଏ ବିଶ୍ୱାସ ଏ ବୁଝିବାର କ୍ଷମତା ଏବେ ବି ସେ କଥା କହୁଛି।

ଅଥଚ ଦେବଦତ୍ତର ଅଭିଶାପ ଯେ, ପ୍ରବଳର ବଂଶ ପାଇଁ ଏକ ଭୟଙ୍କର ଦୁର୍ଦ୍ଦିନ, ଘୋର ହାହାକାରକୁ ଡାକି ଆଣୁଛି, ଏ କଥା କେମିତି ସେ ବୁଝି ପାରିଲା ନାହିଁ ଯେ ଏପରି ଏକ ନିକୁଛିଆ ଅଭିଶାପ ଦେଉଛି ବୋଲି ଓଲଟି ଦେବଦତ୍ତକୁ ସେ ଟିଟ୍‌କାର କରିଥିଲା ?

ହାଁ, କେଡ଼େ ଅନର୍ଥ ହେଲା !!

ସେ କ'ଣ କଲା ? ନିଜର କାହିଁ କେତେ ଆଗାମୀ ପୁରୁଷର ବଂଶଧରମାନଙ୍କୁ ସାହିତ୍ୟର ଏ ସମ୍ମାନ, ଏ ଜାକଜମକ ବିଳାସଠାରୁ ପ୍ରବଳ ନିଜେ ଦୂରକୁ ଠେଲିଦେଲା ? ସେମାନଙ୍କୁ ମପାଚୁପା ନିକୁଛିଆ ସୁଖ, ମୂଲ୍ୟହୀନ ଆନନ୍ଦ, ସାମାନ୍ୟ ସ୍ୱପ୍ନର ଉନ୍ମୁକ୍ତ ବନ୍ଦୀଶାଳାର ଉଚ୍ଚା ପାଚେରୀ ଭିତରେ ସେ ନିଜେ ଆବଦ୍ଧ କରି ରଖିଦେଲା ? ଏଇତ, ବିଧାନ ବି ତ କାବ୍ୟ ଲେଖିବାକୁ ଭଲପାଏ। ଏଇ କାବ୍ୟ ଲେଖା ଶିଖିବା ପାଇଁ ଦେବଦତ୍ତର କେତେ ବେଠିକାମ ସେ ନକରିଛି ! ତାକୁ ହେଲେ ଛାଡ଼ି ଦେଇଥାନ୍ତା ଦେବଦତ୍ତ !

ପ୍ରବଳର ଛାତି ଭିତରଟା ଦୁଃଖର, ପଶ୍ଚାତାପର ଛୁରୀମାଡ଼ରେ ରକ୍ତାକ୍ତ ହୋଇଗଲା।

ରାଜ ଅତିଥି ଭବନର ପୋଖରୀର କାଚକେନ୍ଦୁ ପରି ପରିଷ୍କାର ପାଣିରେ ଠିଆ ହୋଇ ପ୍ରବଳ ନିଜ ପାଦକୁ ଚାହିଁଲା। ପାଦ ଦୁଇଟିର ନଖ ମଧ୍ୟ ଏ ପାଣି ଭିତର ଦେଇ

ପରିଷ୍କାର ଦିଶୁଛି। ଯଦି ପାଣି ଗୋଳିଆ ହୋଇଥାନ୍ତା ପାଦର ନଖ ଦିଶୁନଥାନ୍ତା, ସେ କ'ଣ ବୁଝିଥାନ୍ତା ତା' ପାଦରେ ନଖ ନାହିଁ ବୋଲି ?

ଦେବଦତ୍ତକୁ ମାରିବା ଯୋଜନା କଲାବେଳେ, ତା' ଖାଦ୍ୟରେ ହଳାହଳ ବିଷ ମିଶାଇବା ବେଳେ, ସେ ଖାଦ୍ୟକୁ ଦେବଦତ୍ତ ଆଦରରେ ଖାଇବା ବେଳେ ଓ ସେ ମୃତ୍ୟୁ ଯନ୍ତ୍ରଣାରେ ଛଟପଟ ହେବା ବେଳେ ପ୍ରବଳ କ'ଣ ଭାବିଥିଲା ? ତା'ର ଏ ସବୁ କାମ କେହି ଦେଖୁ ନାହାନ୍ତିର ଅର୍ଥ, ଏହା ଅପକର୍ମ ନୁହଁ ?

ସବୁ କର୍ମର ଯଦି ଫଳ ଅଛି, ଅପକର୍ମର ମଧ୍ୟ ଫଳ ଯେ ନିଶ୍ଚୟ ରହିଛି ଏ କଥା ସେ ଭୂଲି ଗଲା କେମିତି ?

ଟୁପ୍ ଟୁପ୍ କରି ପ୍ରବଳ ଆଖିର ଲୁହ ବିଳାସ-ପୋଖରୀର ନିର୍ମଳ ପାଣିରେ ଟୋପା ଟୋପା ହୋଇ ନିଶବ୍ଦରେ ବୁଡ଼ିଗଲା।

ଆଜି ପର୍ଯ୍ୟନ୍ତ, ଜାଣତରେ ଅଜାଣତରେ ସେ କେତେ ଠକାମି, କେତେ ଅପକର୍ମ କରିଛି, କିନ୍ତୁ ତା' ମନରେ କାଣିଚାଏ ହେଲେ ଅନୁତାପ କେବେ ଆସିନଥିଲା। ବରଂ ସବୁ ପ୍ରକାର ଅପକର୍ମକୁ ସେ ନିଜ ପୌରୁଷ ବୋଲି ହିଁ ବିଚାର କରି ଆସିଥିଲା। କିନ୍ତୁ ଆଜି ପଇସାଟିଏ ଖର୍ଚ୍ଚ ନକରି, ଏ ବିଳାସ ଭବନରେ ସେ ଭୋଗ କରୁଥିବା ସମ୍ମାନ, ଗୌରବ ଓ ପ୍ରାଚୁର୍ଯ୍ୟ ହିଁ ତାକୁ ଆଣି ଅନୁତାପର ଏ କାଠଗଡ଼ା ଭିତରେ ପହଞ୍ଚାଇ ଦେଲା !

ଅନୁତାପର ଏ ପ୍ରଥମ ଅଗ୍ନିସଂଯୋଗ ତା'ର ଚେତନା, ସତ୍ତା, ଆତ୍ମାର ସବୁ ଅନୁଭବକୁ ଗ୍ରାସ କରି ତାକୁ ହୁ ହୁ କରି ଜାଳିବାରେ ଲାଗିଲା ସତ, କିନ୍ତୁ ଏ ପ୍ରଚଣ୍ଡ ଅଗ୍ନିର ଦାହକ ଶକ୍ତି ପ୍ରବଳର ଆଖିରୁ ଝରୁଥିବା ଲୁହରୁ କାଣିଚାଏ ମଧ୍ୟ ଶୁଖାଇ ପାରିଲା ନାହିଁ।

-୦-

ତା'ପରଦିନ ସକାଳୁ ରାତ୍ରିର ଅଇଁଠାବାସନ ଉଠାଇବାକୁ ଆସି ଦାସ ଜଣକ ଦେଖିଲା - ଗତ ରାତ୍ରରେ ସେ ଯେଉଁ ପ୍ରକାର ସଜାଡ଼ି କରି ଖାଦ୍ୟ ପଦାର୍ଥ ସବୁ ଥାଳୀରେ ରଖି ତା'ଉପରେ ଆଉ ଏକ ଥାଳୀ ଘୋଡ଼ାଇ ଦେଇ ଯାଇଥିଲା - ସେ ସେମିତି ଥୁଆ ହୋଇଛି। ଖାଦ୍ୟରେ ଟିପ ବାଜିନାହିଁ।

ସବୁଦିନ ସକାଳୁ ଶେଯ ଝାଡ଼ି ବାସୀ ଚାଦର ବଦଳାଇ ସଫା ଚାଦର ପକାଇବା କାମଟି ଯେଉଁ ଦାସୀଟି କରେ ସେ ଆସି ଆଶ୍ଚର୍ଯ୍ୟ ହେଲା, ଏ ଶେଯତ ବାସୀ ହୋଇନାହିଁ, ଯେମିତି ସେମିତି ସଜ ହୋଇ ରହିଛି। ଆଉ ସେ ଝାଡ଼ିବ କ'ଣ ?

ଚାଦର ବଦଳାଇବ କ'ଣ ? ଅତିଥି ତାହାହେଲେ ରାତିରେ ଏ କୋଠରୀରେ ଶୋଇ ନାହାନ୍ତି। ହେଇଥିବ ବଡ଼ ଲୋକଙ୍କର ବଡ଼ ବ୍ୟାପାର। ତା'ର ସେଥିରେ ମୁଣ୍ଡ ଖେଳାଇବାରେ କ'ଣ ଅଛି ? ଭଲହେଲା, ଅଜି ଆଉ ଗୋଟିଏ ଚାଦରର ଧୁଆଶୁଖା କରିବା କାମ କମିଗଲା। ସେ କୋଠାରୀଟିକୁ ସଫା କରି ଚାଲିଗଲା।

-୦-

୨୯ ନଭେମ୍ବର ୧୭୫୨

ରାଜଦରବାର

ପାରଳାଖେମୁଣ୍ଡି

ପ୍ରତିଯୋଗିତା ଫଳାଫଳ ଜାଣିବା ପାଇଁ ଆଜି ରାଜସଭାରେ ବହୁ ମାନ୍ୟଗଣ୍ୟ ବ୍ୟକ୍ତି ଜମା ହୋଇଛନ୍ତି।

ଭରପୁର ରାଜସଭାରେ କବିମାନଙ୍କ ପାଇଁ ଉଦ୍ଦିଷ୍ଟ ଆସନରେ ବସି ପ୍ରବଳ ଭଗବାନଙ୍କୁ ମନେ ମନେ ପ୍ରାର୍ଥନା କରୁଥାଏ, ଏ ପୁରସ୍କାର ଦେବଦତ୍ତଙ୍କୁ ନମିଳୁ, ତାହାହେଲେ ପୋଥିଟି ସଂଗ୍ରହ କରି ସେ ଏଠାରୁ, ରାଜାଙ୍କଠାରୁ ବିଦାୟ ନେଇ ନିଶ୍ଚିନ୍ତରେ ଚାଲିଯାଇ ପାରନ୍ତା। ତା'ର ପରିଚୟ, ସ୍ଥାନ, ଗ୍ରାମ ଇତ୍ୟାଦି ଖୋଳ ତାଡ଼ କରିବାକୁ କେହି ଚାହିଁ ନଥାନ୍ତେ।

ଦଶଜଣ କବିଙ୍କ ମଧ୍ୟରୁ ମହାରାଜା ନିଜେ ସର୍ବପ୍ରଥମେ ଦଶମ ସ୍ଥାନ ଅଧିକାର କରିଥିବା କାବ୍ୟର ନାମ ଘୋଷଣା କରି କାବ୍ୟଟି ସଂପର୍କରେ ଏକ ଛୋଟ ସୂଚନା ଦେଲେ। କବିଙ୍କୁ ଏହି ପ୍ରତିଯୋଗୀତାରେ ଯୋଗ ଦେଇଥିବାରୁ ଭୂରି ଭୂରି ପ୍ରଶଂସା କରି ତାଙ୍କୁ ପଚାଶଟି ସ୍ୱର୍ଣ୍ଣ ମୋହର ସହ ଏକ ପାଟ ଯୋଡ଼ ଓ ଶିଂଘରେ ତିଆରି ଏକ ସୁଦୃଶ୍ୟ ମୂର୍ତ୍ତି ପୁରସ୍କାର ଦେଲେ। ତତ୍ ସହିତ ଏହି ପୋଥିର ପଚାଶ ପ୍ରତିଲିପି ହେବାପର୍ଯ୍ୟନ୍ତ ପାରଳାଖେମୁଣ୍ଡି ରାଜ ଅତିଥି ଭବନରେ ରହିବାକୁ ସ୍ୱୀକୃତି ଦେଲେ।

ଏହାପରେ ନବମ ସ୍ଥାନ ଅଧିକାର କରିଥିବା କବିଙ୍କ ନାମ ପ୍ରଧାନ ମନ୍ତ୍ରୀ ଘୋଷଣା କଲେ। ରାଜସଭାର ମୁଖ୍ୟ ପଣ୍ଡିତ ପଣ୍ଡିତ ଅଳଙ୍କାର ବ୍ରଜବନ୍ଧୁ ମହାପାତ୍ର ଏହି କାବ୍ୟର ଆଳଙ୍କାରିକ, ସାହିତ୍ୟିକ ଗୁଣାବଳୀ ସହିତ କେଉଁ କେଉଁ ତୃଟି ରହିଛି ତା'ର ଏକ ସୁନ୍ଦର ବ୍ୟାଖ୍ୟା କଲେ। ଏହାପରେ ରାୟଗଡ଼ାର ବିଷୋୟୀ ତାଙ୍କୁ ମହାରାଜାଙ୍କ ପ୍ରଦତ୍ତ ଶହେ ସୁନା ମୋହର ସହ ରାୟଗଡ଼ାର କିଛି ହସ୍ତକର୍ମ ସହ

ପଞ୍ଚବସ୍ତ୍ର ଏବଂ ପାରଳାଖେମୁଣ୍ଡି ଶିଂଘ କାମର ଏକ ସୁଦୃଶ୍ୟ ମୂର୍ତ୍ତି ମହାରାଜାଙ୍କ ପକ୍ଷରୁ ଉପହାର ଦେଲେ।

ଏହାପରେ ଉଦ୍‌ଘୋଷକ ଭାବରେ ଆସି କ୍ରମାନ୍ୱୟରେ ତୃତୀୟରୁ ଅଷ୍ଟମ ସ୍ଥାନ ପାଇଥିବା କବିମାନଙ୍କ ନାମ ବିଭିନ୍ନ ଗୁରୁତ୍ୱପୂର୍ଣ୍ଣ ବିଭାଗରେ ଥିବା ମନ୍ତ୍ରୀମାନେ ଘୋଷଣା କଲେ। କବିମାନଙ୍କ ପୁରସ୍କାର ରାଶି ମଧ୍ୟ ପଚାଶ ସ୍ୱର୍ଣ୍ଣମୁଦ୍ରା ହିସାବରେ ବଢ଼ିଚାଲିଥାଏ। ଉପଢ଼ୌକନ ପାଟ ମଧ୍ୟ କୋରାପୁଟ, ରାୟଗଡ଼ା, ଉଦୟଗିରି, ଗୁମ୍ମା, ଗୁରାଣ୍ଡି ଆଦି ମହାରାଜାଙ୍କ ଅଧିନରେ ଥିବା ଏଗାର ଖଣ୍ଡ ବିଷୟରୁ ଆସିଥାଏ। ଏ ଗୁଡ଼ିକର ଶାସନ ଦାୟିତ୍ୱରେ ଥିବା ମହାରାଜାଙ୍କ ଅତ୍ୟନ୍ତ ଅନୁଗତ ବିଷୋୟୀମାନେ ମଧ୍ୟ ନିଜ ତରଫରୁ କିଛି ଉପହାର ଏଥିରେ ସଂଯୋଗ କରି ସଭାର ଗାରିମା, ଆଡ଼ମ୍ବର ଓ ଶୋଭାକୁ ବଢ଼ାଇ, ଆଡ଼ମ୍ବର ପୂର୍ଣ୍ଣ ବେଶ ପୋଷାକରେ ନିଜେ ସଜ୍ଜିତ ହୋଇ ମହାରାଜାଙ୍କ ସମ୍ମୁଖକୁ ଆସି, ଏହି ପୁରସ୍କାର ମାନ ବିତରଣ କରିବାରେ ଲାଗିଲେ।

ରାଜବାଟୀର ବିଶାଳ କକ୍ଷରେ ହେଉଥିବା ଏହି ସଭାରେ ଶହ ଶହ ପ୍ରଜାଙ୍କ ସହ କିଛି ନିମନ୍ତ୍ରିତ ବିଦେଶୀମାନେ ମଧ୍ୟ ଉପସ୍ଥିତ ରହିଥାନ୍ତି। ପ୍ରତିଥର ପୁରସ୍କୃତ ହୋଇ ସାରିଥିବା କବି ରାଜାଙ୍କୁ କୃତଜ୍ଞତାର ଅଭିବାଦନ ଜଣାଇବା ବେଳେ ପ୍ରଜାମାନେ 'ଧନ୍ୟ ମହାରାଜ ଜଗନ୍ନାଥ ନାରାୟଣ ଦେବ', 'ଧନ୍ୟ ଗଜପତି ମହାରାଜ'ର ଧ୍ୱନିରେ କକ୍ଷକୁ ଉଚ୍ଛୁଳାଇ ଦେଉଥାନ୍ତି।

ସେଠାରେ ନିମନ୍ତ୍ରିତ ହୋଇ ଆସିଥିବା ମୋଗଲ, ମରାଠା, ଇଂରେଜ ଓ ଫ୍ରେଞ୍ଚ ପ୍ରତିନିଧିମାନଙ୍କ ମନରେ ସେଇ ଗୋଟିଏ ଭାବାନ୍ତର ଆସୁଥାଏ ଯେ, ଏଇ ସ୍ୱଳ୍ପ ବୟସର ତରୁଣ ଆଜି ତ ଶକ୍ତିଶାଳୀ ନିଜାମଙ୍କ କ୍ଷମତାକୁ ପଦାଘାତ କରିବାର ସାହସ ଦେଖାଇ ପାରିଛି। ଏପରି ଏକ ମହାଶକ୍ତି ଯଦି ଓଡ଼ିଶାର ନହୋଇ ଅନ୍ୟ କେଉଁ ପ୍ରଦେଶରେ ଜନ୍ମ ହୋଇଥାନ୍ତା, ସେ ରାଜ୍ୟକୁ ପରାଧୀନ କରିବା କେଡ଼େ ମାରାତ୍ମକ ହୋଇ ଉଠିଥାନ୍ତା। ଭଲ ହୋଇଛି, ଓଡ଼ିଶା ପରି ପରସ୍ପର ଏକତା ନଥିବା ରାଜ୍ୟରେ ଜନ୍ମ ହୋଇଛି। ଏହାକୁ ସହଯୋଗ କରିବାର ବଳ, ସାହସ, ଶୌର୍ଯ୍ୟ ଆଉ କେଉଁ ଓଡ଼ିଆ ରାଜାର ନାହିଁ। ଆଉ ଆଜି ନହେଲେ କାଲି ୟାଙ୍କୁ ନିପାତ କରିବାର ଯୋଜନା ଆଜିଠୁ ହିଁ କରିବାକୁ ହିଁ ପଡ଼ିବ।

-୦-

ହତଭମ୍ବ ହୋଇ ପ୍ରବଳ ଏ ସବୁ ଆଡ଼ମ୍ବର ଦେଖୁଥିଲା। ଆଗରୁ ତାକୁ ଲାଗୁଥିଲା ଦେବଦତ୍ତର କାବ୍ୟ ପୁରସ୍କାର ପାଇବ। କାରଣ ଯୋଉ ଝଡ଼ତୋଫାନ ଓଡ଼ିଶା ମାଟିରେ

ଚାଲିଛି, ଯେଉଁଠି ଆପେ ବଞ୍ଚିଲେ ବାପର ନାଁ, ସେଇଠି ବସି ଲେଖନୀ, ତାଳପତ୍ର ବିଡ଼ା ଧରିବାକୁ, ଲେଖାଲେଖିର ଯୋଗାଡ଼ କରିବାକୁ, ବସି ଦୁଇପଦ ଭାବିବାକୁ ଓ ତାକୁ ପୁଣି ତାଳପତ୍ରରେ ଲେଖିବାକୁ କାହାକୁ ତର ଅଛି ?

କିନ୍ତୁ ଦଶଜଣ ଯେ ଏ ପ୍ରତିଯୋଗିତାରେ ଭାଗ ନେବେ, ଏକଥା ସେ ଭାବିପାରି ନଥିଲା। ଆଉ ଏବେ ଯେତେବେଳେ ତୃତୀୟ ସ୍ଥାନ ପାଇଁ ଦଶ ଜଣଙ୍କ ମଧ୍ୟରୁ ଅଷ୍ଟମ କବିଙ୍କ ନାମ ଘୋଷଣା କରାଗଲା, ଦେବଦତ୍ତ କାବ୍ୟର ଉଚ୍ଚକୋଟୀତା ଦେଖି ସେ ଆଶ୍ଚର୍ଯ୍ୟ ହୋଇଗଲା।

ସେ ଦେଖିଲା ଗୁମ୍ଫା ବିଷୟର ଶବର ମୁଖ୍ୟ ନିଜ ଆସନରୁ ଉଠି ସିଂହାସନ ପାଖକୁ ଯାଇ ମହାରାଜାଙ୍କୁ ଅଭିବାଦନ କଲେ। ତା'ପରେ ସେ ଘୋଷଣା କଲେ, ବର୍ତ୍ତମାନ ବାକି ଦୁଇଜଣ କବି ସଭାରୁ ଉଠିଆସି ଏଇଠି ମହାରାଜାଙ୍କ ସମ୍ମୁଖରେ ଉଭା ହୁଅନ୍ତୁ।

ଏହା ଶୁଣିବାମାତ୍ରେ ପ୍ରବଳକୁ ଲାଗିଲା - ଜନ୍ମରୁ ଯେପରି ତା'ର ଗୋଡ଼ ଦୁଇଟି ନାହିଁ। ଚାଲିବା କ'ଣ ସେ ଜାଣେନାହିଁ। ଆଉ ଏତେ ଲୋକଙ୍କ ଉପସ୍ଥିତିରେ, ଚାରୋଟି ପାହାଚ ଚଢ଼ି ସାକ୍ଷାତ୍ ନରସିଂହ ପରି ବିରାଜମାନ ହୋଇଥିବା ମହାରାଜାଙ୍କ ସିଂହାସନ ପାଖକୁ ସେ ଯିବ କେମିତି ?

ତାକୁ ଚାରିଦିଗ ଅନ୍ଧାର ଦିଶିଲା।

ଯମଦୂତ ପରି ଦୁଇଜଣ ଖଣ୍ଡାଧାରୀ ସୁସଜ୍ଜିତ ପାଇକ ତାକୁ ପାଛୋଟି ନେବା ପାଇଁ ଆଗେଇ ଆସୁଥିବା ଦେଖି ତା'ର ଜ୍ଞାନ ହଜିଗଲା। ସେ କେମିତି ସେଇଠୁ ଉଠିଲା, ସେମାନଙ୍କ ଗହଣର ଆଡ଼ମ୍ବରରେ ସେଇ ଚାରୋଟି ପାହାଚ କେମିତି ଚଢ଼ିଲା, ସେଠାରୁ କେମିତି ଯାଇ ଅପରପାର୍ଶ୍ୱରୁ ଆସି ଉପସ୍ଥିତ ହୋଇଥିବା କବିଙ୍କ ପାଖରେ ଠିଆ ହେଲା, ତାକୁ କିଛି ଜଣା ପଡ଼ିଲା ନାହିଁ। ତା'ର ଆଗରେ ଘନଘୋର ଅନ୍ଧକାର, ପଛରେ ଘନଘୋର ଅନ୍ଧକାର, ଚାରିପଟେ ମଧ୍ୟ ଘନଘୋର ଅନ୍ଧକାର ହିଁ ଅନ୍ଧକାର। ଏକ ଅଦ୍ଭୁତ ଶୀତଳ ଗଭୀର ନୀରବତା ତାକୁ ଗିଳିସାରିଥିଲା।

ତା'ର ଜ୍ଞାନ ଫେରିଲା- ଯେତେବେଳେ ତା' ପାଖରେ ଠିଆ ହୋଇଥିବା କବିଜଣକ ତା'ର ବାହୁସ୍ପର୍ଶ କରି କହିଲେ- 'ମହାରାଜାଙ୍କର ଏ ଆୟୋଜନ ମୋର ଜୀବନକୁ ବଦଳାଇ ଦେଇଛି। ନା କ'ଣ କହୁଛନ୍ତି ?'

ତଳକୁ ମୁଣ୍ଡପୋତି ପ୍ରବଳ କେବଳ ମୁଣ୍ଡ ଟୁଙ୍ଗାରିଲା।

ସେ କବି ପୁଣି ତା'ର ବାହୁ ସ୍ପର୍ଶ କରି କହିଲେ- 'ନହେଲେ, ଏ ଆଡ଼ମ୍ବର, ଏ ସମ୍ମାନ, ଏ ଗୌରବ କିଏ, ମୁଁ କିଏ ? ନା କ'ଣ କହୁଛନ୍ତି ?'

ବାରମ୍ବାର ବାହୁରେ ସ୍ପର୍ଶ ପାଇ ପ୍ରବଳକୁ ରାଗ ମାଡ଼ିଲା। ସେ କଟମଟ କରି କବିଙ୍କ ମୁହଁକୁ ଚାହିଁ ଦେଖିଲା ତାଙ୍କର ଦୁଇ ଆଖି ଲୁହରେ ଟଳମଳ ହେଉଛି। ସେ କହିଲେ- 'ଭଗବାନ ମହାରାଜାଙ୍କୁ ସ୍ଥୂଳ ଓ ସୂକ୍ଷ୍ମ ଦେହରେ କୋଟି ପରମାୟୁ ଦିଅନ୍ତୁ।'

କୋଉଠୁ କେଜାଣି ପ୍ରବଳର ଲୋପ ପାଇଥିବା ଚେତନା ଲେଉଟି ଆସିଲା।

ସେ ଶୁଣିଲା ଶବର ମୁଖ୍ୟ ଗୁମ୍ଫାର ବିଷୋୟୀ ଘୋଷଣା କରୁଛନ୍ତି, 'ବର୍ତ୍ତମାନ ମୁଁ ସିଂହାସନ ପାଖକୁ ମହା ମାନ୍ୟବର ପଣ୍ଡିତ ହିରଣ୍ୟଗର୍ଭ ପଟ୍ଟଯୋଶୀ ଏବଂ ମହାମହିମ ପଣ୍ଡିତ ଅଯୋଧ୍ୟା ଭାନୁ ରାଜଗୁରୁଙ୍କୁ ସସମ୍ମାନ ନିମନ୍ତ୍ରଣ ଜଣାଉଛି। ସେମାନେ ଉଭୟେ ଦ୍ୱିତୀୟ ସ୍ଥାନ ଅଧିକାର କରିଥିବା କାବ୍ୟର ସମୀକ୍ଷା କରିବେ। ଆଉ ମୁଁ ବିନମ୍ର ଭାବରେ ଶ୍ରୀଶ୍ରୀ ମହାରାଜଙ୍କ ସାନଭାଇ ଗଙ୍ଗବଂଶ ତିଳକ ବୀରବର ଶ୍ରୀଶ୍ରୀ ଉଦୟ ନାରାୟଣ ଶ୍ରୀକୁମାର ମାନ୍ୟବରଙ୍କୁ ଦ୍ୱିତୀୟ ସ୍ଥାନ ଅଧିକାର କରିଥିବା କବିଙ୍କର ନାମ ଘୋଷଣା କରିବାକୁ ଅନୁରୋଧ କରୁଛି।'

ପ୍ରବଳ ଆଖିବୁଜି ପକାଇଲା। ସ୍ଥାନ, କାଳ, ପାତ୍ରର ଜ୍ଞାନ ଭୁଲି ବିଡ଼ବିଡ଼ ହୋଇ ସେ କହି ଉଠିଲା- 'ହେ ମା' କାଳୀ! ଏ ପୁରସ୍କାରଟା ମୋତେ ହିଁ ମିଳୁ।'

ପାଖରେ ଠିଆହୋଇଥିବା କବି ଜଣକ ଆଶ୍ଚର୍ଯ୍ୟ ହୋଇ ତା' ମୁହଁକୁ ଚାହିଁଲେ। କହିଲେ- 'ଆପଣ ଏଡ଼େ ମହାନ ବୋଲି ମୁଁ ଜାଣିନଥିଲି। ସଭାକୁ ଆସୁନାହାନ୍ତି ବୋଲି ମୁଁ ହିଁ ଆପଣଙ୍କୁ ସବୁଠାରୁ ଅଧିକ ସମାଲୋଚନା କରୁଥିଲି। ମୋତେ ଆପଣ କ୍ଷମା କରିଦିଅନ୍ତୁ।' ଏହା କହି ସେ ମଧ୍ୟ ସ୍ଥାନ, କାଳ, ପାତ୍ର ଭୁଲି ପ୍ରବଳର ହାତ ଦୁଇଟିକୁ ଧରି ପକାଇଲେ।

ସେ ସ୍ପର୍ଶରେ ପ୍ରବଳ ଆଖି ଖୋଲି ନିଜ ଦୁଇ ପାପୁଲି ତାଙ୍କ ହାତରେ ବନ୍ଧାଥିବା ଦେଖି ତାଙ୍କୁ କଟମଟ କରି ଚାହିଁଲା।

ଏତିକିବେଳେ ରାଜକୁମାରଙ୍କ ଗୁରୁଗମ୍ଭୀର ସ୍ୱର ସେମାନଙ୍କ ଧ୍ୟାନ ଆକର୍ଷଣ କଲା। ବିଶାଳ କକ୍ଷର ସମ୍ପୂର୍ଣ୍ଣ ସମ୍ମୋହିତ ନିଶ୍ଚଳ ନୀରବତାକୁ ଭଙ୍ଗକରି ସେ ଘୋଷଣା କଲେ, 'ମୋର ଏ ଘୋଷଣା ଆପଣମାନଙ୍କ ସମସ୍ତ ଉତ୍କଣ୍ଠାର ଅବସାନ କରିବ। କାରଣ ଯଦିଓ ମୁଁ କେବଳ ମାତ୍ର ଦ୍ୱିତୀୟ ସ୍ଥାନର ବିଜେତାଙ୍କ ନାମ ଘୋଷଣା କରିବି, କିନ୍ତୁ ନୀରବରେ, ନିଃଶବ୍ଦରେ ପ୍ରଥମ ସ୍ଥାନ ପାଇଥିବା କବିଙ୍କ ନାମ ମଧ୍ୟ ସେତିକିବେଳେ ଜଣାଇଦେବି! ବିନା ଘୋଷଣାରେ ଏ ପ୍ରତିଯୋଗିତାର ବିଜୟୀ କବିଶ୍ରେଷ୍ଠ କିଏ ସେ କଥା ବି ଆପଣମାନେ ଜାଣିଯିବେ।'

ହାସ୍ୟରୋଳ ସହ ସଭାରେ ସାମୂହିକ କରତାଳିର ପ୍ରଚଣ୍ଡ ଶବ୍ଦ ଶୁଣାଗଲା।

ରାଜକୁମାର ପୁଣି କହିଲେ, 'ଏଣୁ ବାସ୍ତବରେ, ଦେଖିବାକୁ ଗଲେ, ମୁଁ

ଏକାସାଙ୍ଗରେ ଦୁଇଜଣଙ୍କ ନାମ ହିଁ ଘୋଷଣା କରୁଛି। ଗୋଟିଏ ନାମ ଉଚ୍ଚାରିତ ଓ ଅନ୍ୟଟି ଅନୁଚ୍ଚାରିତ। ଉଚ୍ଚାରିତ ନାମକୁ ମୁଁ ପ୍ରକାଶ କରିବି। କିନ୍ତୁ ମୋର ଅନୁଚ୍ଚାରିତ ନାମଟି ଆପେଆପେ ଆପଣମାନଙ୍କ ହୃଦୟରେ ଝଙ୍କୃତ ହେବ!' ଏହା କହି ସେ ହସିହସି ନିଜ ବଡ଼ଭାଇ ମହାରାଜାଙ୍କୁ ଚାହିଁଲେ।

ତାଙ୍କର ଏହି ନାଟକୀୟତାରେ ମୁଗ୍ଧ ହୋଇ ମହାରାଜା ନିଜେ ଆସନରୁ ଉଠି ସାନଭାଇଙ୍କ ପିଠି ଥାପୁଡ଼େଇଦେଇ ପୁଣି ଆସନ ଗ୍ରହଣ କଲେ।

ସଭାସ୍ଥଳ ଉଭୟ ଭାଇଙ୍କ ପ୍ରଶଂସାରେ ମୁଖରିତ ହେଲା।

ରାଜକୁମାର ଥରେ ଦୁଇ କବିଙ୍କୁ, ଥରେ ମହାରାଜାଙ୍କୁ ଓ ଶେଷରେ ସଭାକୁ ଚାହିଁ ଉଚ୍ଚକିତ ସ୍ୱରରେ ଘୋଷଣା କଲେ-

'ଦ୍ୱିତୀୟ ସ୍ଥାନର ଅଧିକାରୀ ହେଲେ କବି ବିଶ୍ୱାମିତ୍ର ସାମନ୍ତସିଂହାର।'

ପୁଣି କରତାଳି, ଜୟ ଧ୍ୱନିରେ ରାଜସଭା ଉଚ୍ଛୁଳି ପଡ଼ିଲା।

ନିଜେ କୋଷାଧ୍ୟକ୍ଷ ରୁପାଥାଳିରେ ପାଞ୍ଚଶ ସୁନାମୋହରର ଥଳି, କୋରାପୁଟରୁ ବୁଣାହୋଇ ଆସିଥିବା ଟସର ଓ ମଞ୍ଜୁଷାରୁ ଆସିଥିବା ରେଶମ ପାଟ ଦୁଇଟି, ଏକ ସୁଦୃଶ୍ୟ ସିଂହ ମୂର୍ତ୍ତି ସହିତ ସିଂହାସନ ପାଖକୁ ଆସି ରାଜକୁମାରଙ୍କ ପାଖରେ ଠିଆହେଲେ। ରାଜକୁମାର ସମ୍ମାନର ସହ ସାମନ୍ତସିଂହାରଙ୍କୁ ଏ ଉପଢୌକନ ଦୁଇଟି ନିଜେ ପିନ୍ଧାଇ ତାଙ୍କ ହାତରେ 'ପାଞ୍ଚଶ ମୁଦ୍ରା' ବୋଲି ସଭାଲୋକଙ୍କୁ ଥଳିଟି ଦେଖାଇ ସେ ଥଳି ଓ ମୂର୍ତ୍ତିଙ୍କୁ କୋଷାଧ୍ୟକ୍ଷଙ୍କ ଠାରୁ ନେଇ କବିଙ୍କୁ ଧରାଇଦେଲେ।

ସଭାସ୍ଥଳ ପୁଣି ଥରେ କୋଳାହଳରେ କମ୍ପିଉଠିଲା।

ପରେ ପରେ ପଣ୍ଡିତ ପଟ୍ଟଯୋଶୀ ଓ ପଣ୍ଡିତ ରାଜଗୁରୁ ଅତି ମଧୁର ସାବଲୀଳ ଛନ୍ଦମୟ ଭାଷାରେ ବିଶ୍ୱାମିତ୍ର ସାମନ୍ତସିଂହାରଙ୍କ କାବ୍ୟସମୀକ୍ଷା ଜଣକ ପରେ ଜଣେ କରିବାରେ ଲାଗିଲେ।

ସମୟ ସେଇଠି ଠିଆ ହୋଇଗଲା।

ଶତ୍ରୁ, ମିତ୍ର ଏକାକାର ହୋଇଗଲେ।

ସଭାର ସମସ୍ତଙ୍କୁ ଲାଗିଲା ଏ ସାମ୍ପ୍ରତିକ ରାଜନୀତି, ଏ ରାଜ୍ୟ ରାଜ୍ୟ ମଧ୍ୟରେ ଲାଗିଥିବା କୂଟନୀତି, ଏ ହିଂସ୍ର ବାତାବରଣ ସବୁ ତୁଚ୍ଛ, ସବୁ କ୍ଷଣସ୍ଥାୟୀ। ଏ ଦୁଇ ମହାପଣ୍ଡିତ, ଜଣକ ପରେ ଜଣେ ନିଜ ନିଜର ବିଦ୍‌ବତ୍ତା ବଳରେ ଏ କବି ଓ ସ୍ୱୟଂ ମହାରାଜାଙ୍କ ଏ ପ୍ରଚେଷ୍ଟାକୁ ଆଧାର କରି ସାହିତ୍ୟର ଏ ଯେଉଁ ମଧୁର ମହାସମୁଦ୍ରକୁ ମନ୍ଥନ କରୁଛନ୍ତି, ସେ ହିଁ ସତ୍ୟ, ସେ ହିଁ ଅମର, ଅମୃତ, ଚିରନ୍ତନ।

ସେମାନଙ୍କର ଏ କାବ୍ୟ କଥାମୃତ ଚାଲିଥିବାବେଳେ ମହାରାଜାଙ୍କ ଇଙ୍ଗିତରେ

ଦୁଇଜଣ ପାଇକ ଏକ ସୁସଜ୍ଜିତ ଆସନକୁ ଟେକିଆଣି ସିଂହାସନ ପାଖରେ ରାଜକୁମାରଙ୍କ ପାର୍ଶ୍ୱରେ ପକାଇ, କାନ୍ଧକୁ ଜାକି ସ୍ତମ୍ଭୀଭୂତ ହୋଇ ଠିଆହୋଇଥିବା ପ୍ରବଳକୁ ନେଇ ତା'ଉପରେ ବସାଇଦେଲେ।

ଦୁଇ ଯଶସ୍ୱୀ ପଣ୍ଡିତଙ୍କର ଉଦ୍‌ବୋଧନ ଆଲୋଚନା ସଭାର ସମସ୍ତଙ୍କୁ ସ୍ତବ୍ଧ କରି ରଖିଥିଲା। ସଭାକୁ ଚାହିଁଲେ ମନେ ହେଉଥିଲା, ସତେ ଯେପରି ସେମାନଙ୍କ ଏହି ଅମୃତବାଣୀ ସେମାନେ କିଛି ପଥର ମୂର୍ତ୍ତିମାନଙ୍କ ସମାବେଶରେ ହିଁ କରୁଛନ୍ତି।

ପ୍ରବଳକୁ ଏ ସବୁ କିଛି ଦିଶୁନଥିଲା। କିଛି ଶୁଭୁନଥିଲା। ଦେବଦତ୍ତ ତା' ଆଗରେ ଠିଆହୋଇ ଅଟ୍ଟହାସ୍ୟ କରୁଥିଲେ। ସେ ତାଙ୍କୁ ହିଁ ଚାହିଁଥିଲା। ତାଙ୍କର ଦୁଇ କାନ୍ଧରୁ କଳାଧଳା ହୋଇ ଦୁଇଟି ସାପ ଓହଳିଥିଲେ। ସେ ପଚାରୁଥିଲେ- 'ଏବେ ମୋ ଅଭିଶାପକୁ ବୁଝିପାରିଲୁ ପ୍ରବଳ ? ଯୁଦ୍ଧରେ ଜିତି ଜଣେ ରାଜାକୁ ଯେତିକି ସମ୍ମାନ, ଗୌରବ ମିଳିଥାଏ, ଘରେ ଛାଇ ତଳେ ବସି ଜଣେ ଲେଖକକୁ ମଧ୍ୟ ନିଜ ଲେଖାରୁ ତହୁଁ ଅଧିକ ଯଶ ମିଳେ। ରାଜା ନିଜର ରାଜ୍ୟର ହିତ ପାଇଁ ଯୁଦ୍ଧ କରିବାକୁ ବାଧ୍ୟ ହୁଅନ୍ତି, କିନ୍ତୁ ଲେଖକ କୌଣସି ବାଧ୍ୟବାଧକତାର କଷାଘାତ ସହିନଥାଏ। ରାଜାଙ୍କ ମୃତ୍ୟୁ ପରେ ଦୁନିଆଁ ତାଙ୍କୁ ଭୁଲିଯାଏ, ଅଥଚ ଦୁନିଆଁର ହିତ ନିଜ ସାହିତ୍ୟରେ କରି କବି ଅମର ହୋଇଯାଏ।

ଆଉ ପ୍ରବଳ, ତୋର ଆଗାମୀ ବଂଶଧରଙ୍କୁ ତୁ ଏଇ ଯଶରୁ ବଞ୍ଚିତ କରିଦେଲୁ ? ଆଉ ଏବେ ବୁଝିପାରିଲୁ ? ବିନା ଦୋଷରେ ମୋଠାରୁ ମୋର କେଉଁ ଆନନ୍ଦକୁ କେଉଁ ସଂପତ୍ତିକୁ ତୁ ଲୁଟିନେଲୁ ? ଏ ଦୁଇଟି ସାପକୁ ତୁ ଜନ୍ମଦେଇଛୁ। ଦେଖ, ଭଲ କରିଦେଖ।'

ଦୁଇ ବାଗ୍ମୀ ପଣ୍ଡିତଙ୍କର ଅଭିଭାଷଣ ସମାପ୍ତ ହୋଇଥିଲା। ସ୍ୱପ୍ନରୁ ଉଠିବା ପରି ଶ୍ରୋତାବୃନ୍ଦ ନିଜ ନିଜ ଭିତରେ କଥାବାର୍ତ୍ତା ଆରମ୍ଭ କରିଦେଲେ। ଗୁମ୍ଫା ର ବିଷୋୟୀ ସଭାମଞ୍ଚ ଉପରକୁ ଉଠିବା ଦେଖି କୋଳାହଳ ଶାନ୍ତ ହୋଇ ସଭାସ୍ଥଳ ପୁଣି ନୀରବ ହୋଇଗଲା।

ବିଷୋୟୀ ହସିହସି କହିଲେ - 'ଶ୍ରୀକୁମାର ମାନ୍ୟବରଙ୍କ ବିଚକ୍ଷଣ ବର୍ଣ୍ଣନା ପରେ ଏ କାବ୍ୟ ପ୍ରତିଯୋଗିତାର ବିଜୟୀ କିଏ, ସେ କଥା ଆପଣମାନଙ୍କୁ କହିବାର ଆବଶ୍ୟକତା ନାହିଁ। ତାଙ୍କ ନାମ ଘୋଷଣା କରିବା ପୂର୍ବରୁ ଗୁଣଗ୍ରାହୀ ଶ୍ରୀଶ୍ରୀ ଗଜପତି ମହାରାଜା ତାଙ୍କୁ ନିଜ ସମକକ୍ଷ ଆସନରେ ବସାଇ ସାରିଛନ୍ତି। ଏହାଠାରୁ ଅଧିକ ସମ୍ମାନ ଓ ପୁରସ୍କାର ଆଉ କିଛି ଅଛି ? ଜୟ ଶ୍ରୀ ଗଜପତି ଜଗନ୍ନାଥ ନାରାୟଣ ମହାରାଜାଙ୍କର-

ଜୟ !

ସେ କୋଳାହଳର ଧ୍ୱନି ଆଉ ସେ କକ୍ଷର ପରିସୀମା ଭିତରେ ରହିନପାରି ଠେଲାପେଲା ହୋଇ ବାହାରକୁ ଉଛୁଳି ପଡ଼ିଲା।

ଗୁମ୍ଫାର ବିଷୋୟୀ ଶ୍ରୋତାମାନଙ୍କୁ ଶାନ୍ତ ରହିବାକୁ ଅବସର ଦେଇ ପୁଣି କହିଲେ, 'ବର୍ତ୍ତମାନ ମୁଁ ସମଗ୍ର ଓଡ଼ିଶାର ଅତୁଳନୀୟ ଗୁଣାବଳୀର ଅଧିକାରୀ ଉଭୟ ଓଡ଼ିଆ ଓ ସଂସ୍କୃତ ଭାଷା ଅଭିଜ୍ଞ ଓ ଉଭୟ ଭାଷାରେ କାବ୍ୟ ଲେଖି ସମଗ୍ର ଓଡ଼ିଶାକୁ ଧନ୍ୟ କରିଥିବା, ବୀରତ୍ୱ, କବିତ୍ୱ ଓ ଦେଶପ୍ରେମର ଧ୍ୱଜା ଉଡ଼ାଇଥିବା ଶ୍ରୀ ମହାଲକ୍ଷ୍ମୀ ଶ୍ରୀ ସରସ୍ୱତୀଙ୍କ ଆଦରର ପୁତ୍ର ଗଙ୍ଗ କୁଳୋଦ୍ଭବ ସବ୍ୟସାଚୀ ଶ୍ରୀ ମହାରାଜାଙ୍କୁ ଅନୁରୋଧ କରୁଛି ସେ ହିଁ ଏ ବିଜୟୀଙ୍କ ନାମ ଶ୍ରୀତୁଣ୍ଡରେ ଘୋଷଣା କରନ୍ତୁ।' ଏହା କହି ସେ ମହାରାଜାଙ୍କୁ ଚାହିଁ ଦୁଇହାତ ଯୋଡ଼ି କହିଲେ - 'ମଣିମା!'

ମହାରାଜା ସ୍ମିତହସି ମୁଣ୍ଡ ଟୁଙ୍ଗାରି ସିଂହାସନ ଛାଡ଼ି ଠିଆହୋଇଗଲେ। ତାଙ୍କ ପାଖରେ ବସିଥିବା ତାଙ୍କ ସାନଭାଇ ଓ ସମସ୍ତ ସଭା ଉଠି ଠିଆହେଲେ। ମୁଣ୍ଡକୁ ତଳକୁ ପୋତି ପ୍ରବଳ କେବଳ ବସି ରହିଥିଲା।

କ'ଣ ହେଲା କେଜାଣି, ସେ ମୁଣ୍ଡଟେକି ଚାହିଁଲା ଓ ସମଗ୍ର ସଭା ଠିଆହୋଇ ତାକୁ ଅନାଇ ଥିବା ଦେଖି ସେ ମଧ୍ୟ ଧଡ଼ପଡ଼ ହୋଇ ଉଠି ଠିଆହେଲା।

ଏକ ଚାପା ହସର ଗୁଞ୍ଜରଣ ଶୁଣାଗଲା।

ନିଜେ ଛିଡ଼ା ହେବା ଅବସ୍ଥାରେ ମହାରାଜା ସଭାକୁ ଦୁଇହାତ ଦେଖାଇ ସମସ୍ତଙ୍କୁ ବସିବାକୁ ନିର୍ଦ୍ଦେଶ ଦେଲେ। ସମସ୍ତେ ସ୍ଥାନ ଗ୍ରହଣ କଲେ। ଏକା ପ୍ରବଳ ଠିଆହୋଇ ରହିଲା।

ସମସ୍ତଙ୍କୁ ଏହା ସ୍ୱାଭାବିକ ଲାଗିଲା।

ରାଜା ସିଂହାସନ ପାଖରୁ ଯାଇ ପ୍ରବଳ ସାମନାରେ ଠିଆହୋଇ ତାକୁ କୁଣ୍ଢାଇ ପକାଇଲେ। ସଭାର ସବୁ ଗୁଞ୍ଜରଣ ସବୁ ନିଃଶ୍ୱାସ ପ୍ରଶ୍ୱାସର ଶବ୍ଦ ଠପ୍‌କରି ବନ୍ଦ ହୋଇଗଲା।

ସେ ରାଜକୀୟ ସୁଗନ୍ଧରେ ପ୍ରବଳର ସମଗ୍ର ଚେତନାର ଦ୍ୱାର ସତେ ଅବା ହଠାତ୍ ଠିଆମେଲା ହୋଇଗଲା। ସେ ଅନୁତାପ ଦୁଃଖରେ କଇଁ କଇଁ ହୋଇ ରାଜାଙ୍କ ବାହୁବନ୍ଧନରେ ରହି କାନ୍ଦିବାକୁ ଲାଗିଲା। ଏକ ନିଶ୍ଚଳ ମହାଦ୍ରୁମକୁ ଆଉଜି ଏକ ପୁଷ୍ପହୀନ ଶିମୁଳି ବୃକ୍ଷ ବାତ୍ୟାରେ ଥରୁଥିବା ପରି ଦେଖାଗଲା।

ତାକୁ ସାଷ୍ଟାମ କରି, ତା'ର ଦୁଇ କାନ୍ଧରେ ହାତ ଦେଇ ମହାରାଜା ତାକୁ ପୁଣି ତା' ଆସନରେ ବସାଇଦେଲେ। ସଭାକୁ ଚାହିଁ କହିଲେ, 'ଏ କାବ୍ୟର ନାମ 'କର୍ମସୂତ୍ର'। ଏହାର କବି ଆପଣମାନଙ୍କ ଆଗରେ ଉପସ୍ଥିତ ଦେବଦତ୍ତ ତନ୍ତୀ। ଏ

କାବ୍ୟର ଗୁଣବତ୍ତା ଯେତେ କହିଲେ ବି ଊଣା ହେବ। ସାହିତ୍ୟ ଓ ଦର୍ଶନର ଏତେ ଚମତ୍କାର ଯୁଗଳବନ୍ଦୀ ମୁଁ କୋଉଠାରେ ହେଲେ ଦେଖିନାହିଁ। ଏଇ ପୋଥିଟି ମୋତେ ଅନେକ କଥା ଶିଖାଇଛି। ରାତ୍ରିରେ ଅନିଦ୍ରା ରହି ଓ ଦିନରେ ସବୁ କାମର ଯବନିକା ଅନ୍ତରାଳରେ ମୁଁ ଏହି ପୋଥିର ପ୍ରତ୍ୟେକ ଧାଡ଼ି, ପ୍ରତ୍ୟେକ ବାକ୍ୟକୁ ବାରମ୍ବାର ପଢ଼ିଛି, ସର୍ବଦା ମନନ କରିଛି। ଏହି ସଂପୂର୍ଣ୍ଣ ସଭାକୁ ମୁଁ ଅନୁରୋଧ କରିବି ଆପଣମାନେ ସମସ୍ତେ ଏ କାବ୍ୟଟିକୁ ପଢ଼ନ୍ତୁ। ମୁଁ ଦୃଢ଼ ଭାବରେ ଏ କଥା କହିବି ଏ ପୋଥି ନ ପଢ଼ିଥିବା ବ୍ୟକ୍ତିର ଜୀବନ ବ୍ୟର୍ଥ। ଯଦିଓ ମାତ୍ର ଦୁଇଶହ ପୃଷ୍ଠାର ଏ ପୋଥି, କିନ୍ତୁ ଏହାର ପଠନ, ଅଧ୍ୟୟନ ଓ ମନନ ପାଇଁ ହୁଏତ ଅନେକ ବର୍ଷ ଲାଗିଯାଇପାରେ।'

ପ୍ରବଳ ହାଁ କରି ମହାରାଜାଙ୍କୁ ଅନାଇଥିଲା। ସେ ଯେତିକି ଯେତିକି ଏ ଶବ୍ଦମାନଙ୍କର ଅର୍ଥ ବୁଝୁଥିଲା, ସେତିକି ସେତିକି କଳା ଧଳା ଦୁଇଟି ଗୋଖର ସାପକୁ ଦୁଇ କାନ୍ଧରେ ଝୁଲାଇ ମହାରାଜାଙ୍କ ପାଖରେ ଠିଆହୋଇଥିବା ଦେବଦତ୍ତ ତାକୁ ପରିଷ୍କାର ଦେଖାଯାଉଥିଲା। ଦେବଦତ୍ତ ମହାରାଜାଙ୍କ ମୁହଁକୁ ଅନାଇ ତାଙ୍କ କଥାଗୁଡ଼ିକ ପିଇ ଯାଉଥିଲା ଯେପରି। ତା'ପରେ ଦେବଦତ୍ତ କାନ୍ଦିବା ଆରମ୍ଭ କରିଦେଲା। ଧାର ଧାର ଲୁହ ଦେବଦତ୍ତର ଆଖିରୁ ଝରି ତା'ର ଲୁଗା ଓଦା କରିବା ଦେଖି ପ୍ରବଳ ତ୍ରସ୍ତ ହୋଇଗଲା। ଦେବଦତ୍ତର କାନ୍ଦ ଯେତିକି ବଢୁଥିଲା, ସାପ ଦୁଇଟି ସେତିକି ଫଁ ଫଁ ହୋଇ ଚାରିଆଡ଼କୁ ଫଣା ହଲାଉଥିଲେ। ସତେ ଅବା କାହାକୁ ଦଂଶିବା ପାଇଁ ଅସ୍ଥିର ହୋଇ ପଡ଼ିଲେଣି।

ସେ ହତଭମ୍ବ ହୋଇ ସାପ ଦୁଇଟିକୁ ଅନାଇ ରହିଲା। ମହାରାଜ ପଛକୁ ବୁଲି ପ୍ରବଳ ଉଦ୍ଦେଶ୍ୟରେ କହିଲେ, 'ହେ ମହାନ୍ କବି ଦେବଦତ୍ତ! ଆପଣଙ୍କର ଏ ପୋଥିଟିକୁ ପ୍ରଥମ ପର୍ଯ୍ୟାୟର ବିଚାରକ ରୂପେ ଥିବା ଦଶଟିଯାକ ପଣ୍ଡିତ ପ୍ରଥମ ସ୍ଥାନ ଦେଇଛନ୍ତି। ଦ୍ୱିତୀୟ ପର୍ଯ୍ୟାୟର ଏକମାତ୍ର ଓ ଚୂଡ଼ାନ୍ତ ବିଚାରକ ମୁଁ ନିଜେ। ମୁଁ ମଧ୍ୟ ଏହାକୁ ପ୍ରଥମ ସ୍ଥାନ ଦେଇଛି। ଏପରି ଏକ ଉତ୍ତମ ପୋଥିର ହଜାର ପ୍ରତିଲିପି କଲେ ମଧ୍ୟ ଊଣା ହେବ। ତେବେ ଲିପିକାରଙ୍କ ଅଭାବରୁ ମୁଁ ଏହାର ଶହେଟି ପ୍ରତିଲିପି ବର୍ତ୍ତମାନ କରିବି। ଏଥିପାଇଁ ଲିପିକାରଙ୍କୁ କେତେ ସମୟ ଲାଗିପାରେ। ମୋର ବିନୀତ ଅନୁରୋଧ, ଏ ମାସକ ଆପଣ ମୋର ରାଜଭବନର ଅତିଥିଭବନରେ ନୁହେଁ, ମୋର ରାଜଭବନରେ ସେ ପର୍ଯ୍ୟନ୍ତ ରହନ୍ତୁ। ମୁଁ ସୁଯୋଗ ପାଇବା ମାତ୍ରେ ଆପଣଙ୍କ ସହିତ ସାହିତ୍ୟାଲୋଚନା କରି ଧନ୍ୟ ହେବି।'

ସଭାରେ ଚହଳ ପଡ଼ିଗଲା। ରାଜଭବନରେ ରାଜପରିବାରର ଅତିଥି ହୋଇ ଏ କବି ରହିବେ? ଧନ୍ୟ ଏହାଙ୍କ ଜୀବନ। ଜୀବନରେ ଆଉ କିଛି କରିବାକୁ ପଡ଼ିବ

ନାହିଁ। ରାଜ ଅନୁଗ୍ରହରୁ ଯାଙ୍କର ପରିବାର ତରିଯିବେ। ଏ କବିଙ୍କୁ ତ ଲକ୍ଷ୍ମୀ ସରସ୍ୱତୀ ଉଭୟେ ପ୍ରସନ୍ନ ହୋଇଗଲେ।

ଓହୋ ଭାଗ୍ୟ!!

କିନ୍ତୁ ପ୍ରବଳ ଭୟରେ ଥରଥର ହେଲା। ମାସେ ମହାରାଜାଙ୍କ ସଙ୍ଗରେ ରହିବାର ଅର୍ଥ ପୋଥିଟିର ପ୍ରତିଲିପି ଲେଖା ଚାଲିଥିବାବେଳେ କିଛି ଯଦି କୋଉଠି ଅବୁଝା ରହିଯିବ, ପ୍ରବଳକୁ ଡକାଯିବ। ମହାରାଜ ମଧ୍ୟ ଶାସ୍ତ୍ର ଆଲୋଚନା କରିବାକୁ ଚାହୁଁଛନ୍ତି।

ସେ ଦେବଦତ୍ତଙ୍କୁ ଚାହିଁଲା। ଦେବଦତ୍ତଙ୍କୁ ଏମିତି ତାଳିମାରି ଠୋ ଠୋ ହସିବାର ସେ କେବେ ଦେଖିନଥିଲା। ସାପ ଦୁଇଟି କିନ୍ତୁ ସେମିତି ଫଁ ଫଁ ହେଉଥିଲେ।

ସେ ଶୁଣିଲା- ମହାରାଜା କହୁଛନ୍ତି, 'ଆଉ ଏକ ବିକଳ୍ପ ମଧ୍ୟ ରହିଛି। ଏବେ ଆପଣ ଯାଆନ୍ତୁ। ଯେତେବେଳେ ଆବଶ୍ୟକ ପଡ଼ିବ ମୁଁ ପାଲିଙ୍କି ପଠାଇ ଆପଣଙ୍କୁ ଡକାଇ ଆଣିବି। ଏହା ହୋଇପାରିବ?'

ପ୍ରବଳ ମହାରାଜାଙ୍କ ଦୀର୍ଘ ଶରୀରରେ ଝୁଲୁଥିବା ଚାରିହାତିଆ ଖଣ୍ଡାକୁ ଚାହିଁ ଠିଆହୋଇ ପଡ଼ିଲା। ଦୁଇ ହାତଯୋଡ଼ି କାକୁସ୍ଥ ହୋଇ କହିଲା-

'ମହାରାଜ! ଆପଣଙ୍କ ଅତିଥି ଭବନରେ ଯଦି ମୁଁ ଆଉ ଦୁଇଟି ଦିନ ମଧ୍ୟ ଅଧିକା ରହେ, ତା'ର ଆଡ଼ମ୍ବରର ଅଭ୍ୟାସରେ ମୋତେ ମୋ ଘର, ଘରଲୋକେ, ଗାଁ, ଗାଁଲୋକେ ସବୁ ପିତା ଲାଗିବେ।'

ସଭାରେ ସମସ୍ତେ ହସିଉଠିଲେ। ମହାରାଜା ମଧ୍ୟ ହସି ପକାଇଲେ।

ମହାରାଜାଙ୍କ ହସ ଦେଖି ସାହସ କରି ପ୍ରବଳ ପୁଣି ବିନୟର ସହ କହିଲା, 'ମହାରାଜ, ଆମ ଗାଁରେ ଗୋଟିଏ କୁସଂସ୍କାର ଚଳୁଛି ଯେ, ତନ୍ତୀ ଲୋକ ପୋଥି ଲେଖିଲେ ଗାଁ ଉପରେ ବିପଦ ମାଡ଼ିଆସେ। ଏଣୁ ମୁଁ ଏ କାବ୍ୟ ଲେଖିବା କଥା ଗାଁରେ କେହି ଜାଣନ୍ତି ନାହିଁ। ଏଣୁ ଆପଣ ଏ ପୋଥିଟି ରଖନ୍ତୁ। ମୁଁ ମାସେ କିମ୍ବା ଦୁଇମାସ ମଧ୍ୟରେ ନିଜେ ଆସି ଆପଣଙ୍କଠାରୁ ମୋର ମୂଳ ପୋଥିଟି ମାଗିନେବି। ଆଉ ଏ ପ୍ରତିଲିପି ଲେଖିବାବେଳେ ଯଦି କିଛି ବୁଝାପଡ଼ିବ ନାହିଁ, ମହାରାଜ! ଆପଣ ନିଜେ ମହାଜ୍ଞାନୀ। ଆପଣଙ୍କ ଏ ସଭାରେ ତ କେତେ ଜ୍ଞାନୀ ଅଛନ୍ତି। ଆପଣମାନେ ତାକୁ ସମ୍ଭାଳି ନେବେ। ମୋ ପର୍ଯ୍ୟନ୍ତ ଲୋକ ପଠାଇବେ ନାହିଁ। ପଠାଇଲେ ଗାଆଁରେ ମୁଁ ହଟହଟା ହେବି।'

ସମଗ୍ର ସଭାରେ ନୀରବତା ଖେଳିଗଲା। ଐଶ୍ୱର୍ଯ୍ୟ ଓ ଗୌରବକୁ ପୋଖରୀର ପଚାଦଳ ପରି ହାତରେ ଆଡ଼େଇ ଦେଇ ଆଗକୁ ଯିଏ ପହଁରିବାକୁ ଯାଉଛି ସେ ପାଗଳ ନା ମହାନ୍?

ମହାରାଜା ସଭାର ସମସ୍ତଙ୍କ ମୁହଁକୁ ଚାହିଁଲେ। ଏ କବିଙ୍କର ଯେ ତୁଳନା ନାହିଁ, ଏହାଙ୍କ ବିଦ୍‌ବତ୍ତା ଖାଲି ଲେଖାରେ ନୁହଁ ଏହାଙ୍କ ଗୁଣରେ ମଧ୍ୟ କ୍ଷୀରରେ ମହୁ ମିଶିଲା ପରି ଏକାକାର ହୋଇରହିଛି, ଏହା ତ ସେ ପ୍ରଥମ ଦିନରୁ ହିଁ ଅନୁମାନ କରିଥିଲେ। ଆଜି ପୁଣି ଥରେ ତା'ର ସୁଦୃଢ଼ ପ୍ରମାଣ ପାଇ ସେ ଏହି ମହାନ୍ ବ୍ୟକ୍ତିଙ୍କୁ ଦୁଇହାତ ମୁଣ୍ଡ ଉପରେ ରଖି ପ୍ରଣାମ କରିବାକୁ ଚାହିଁଲେ। କିନ୍ତୁ ମନେ ମନେ ଆଉ କିଛି ଭାବି ଛାତି ଉପରେ ଡାହାଣ ହାତ ରଖି ମୁଣ୍ଡକୁ ସାମାନ୍ୟ ଝୁଙ୍କାଇଦେଲେ।

ସଭା ସ୍ୱତଃସ୍ଫୂର୍ତ୍ତ ଭାବରେ କରତାଳିରେ ଉଛୁଳି ପଡ଼ିଲା।

ମହାରାଜା ଏକ ହଜାର ସୁନାମୋହରର ଥଳି, ଅନେକ ଉପଢୌକନ, ଅନେକ ଉପହାର ପ୍ରଦାନ କଲାବେଳେ ରାଜକୀୟ ଯୁଦ୍ଧବାଦକମାନଙ୍କ ଝାଞ୍ଜ, କରତାଳ, ପେଁକାଳୀ ଓ ମର୍ଦ୍ଦଳର ଏକ ମଧୁର ବୀରବାଦ୍ୟ ଶବ୍ଦରେ ସଭାସ୍ଥଳରେ ସମସ୍ତଙ୍କର ରୋମ ଟାଙ୍କୁରି ଉଠିଲା। ଆଖି ଛଳଛଳ ହେଲା। ସାହିତ୍ୟ କର୍ତ୍ତା, ସାହିତ୍ୟର ଗୁଣଗ୍ରାହୀ ଉଭୟେ ଯେ ସମାଜର ସର୍ବଶ୍ରେଷ୍ଠ ବ୍ୟକ୍ତିତ୍ୱ ଏହା ସମସ୍ତଙ୍କ ରକ୍ତରେ ସଂଚରିଗଲା। ମହାରାଜାଙ୍କର, କବି ଦେବଦତ୍ତ ତନ୍ତୀଙ୍କର ସମାନ ଭାବରେ ଜୟଗାନରେ ସଭା କମ୍ପି ଉଠିଲା।

ଏ କୋଳାହଳ ମଧ୍ୟରେ ପ୍ରବଳ ମହାରାଜାଙ୍କ ଦୃଢ଼ ଆଶ୍ୱାସନା ଶୁଣିଲା ଯେ ତାକୁ ଖୋଜି ଆଉ କେହି ବୋମକେଇ ଆସିବେ ନାହିଁ।

ଦେବଦତ୍ତ ତନ୍ତୀର 'କର୍ମସୂତ୍ର'ର କାହାଣୀ ଏଇଠି ତେବେ ସରିଲା। ଉଭୟଙ୍କ ନାମ ଇତିହାସର ଅଜ୍ଞାତ ସମୁଦ୍ରରେ ଟୁପ୍‌କରି ବୁଡ଼ିଗଲା।

ପ୍ରବଳ ଉପହାରତକ ଧରି ଚାରିଆଡ଼କୁ ଚାହିଁଲା। ସେ ଜୟଧ୍ୱନି ଭିତରେ ଦେବଦତ୍ତ କି ତା'ର ସାପ ଦୁଇଟା, କାହାକୁ ବି ଦେଖି ପାରିଲା ନାହିଁ।

ଏକ ଦୀର୍ଘନିଃଶ୍ୱାସ ତାହାର ଛାତି ଥରାଇ ବାହାରି ଆସିଲା।

୨୯ ନଭେମ୍ବର ୧୭୫୨

ବୋମକେଇ

'ବିଧାନ, ହୋ.. .ବିଧାନ...'

ତନ୍ତରୁ ମୁହଁ ଉଠାଇ ବିଧାନ ବାହାରକୁ ଚାହିଁଲା। ବାହାରେ ହତା ଭିତରେ ଠିଆହୋଇ ତା'ର ସାଙ୍ଗ ଗନ୍ଧର୍ବ ତାକୁ ହାତଠାରି ଡାକୁଛି।

'କିରେ, ଭିତରକୁ ଆସୁନୁ ?' ବିଧାନ କହିଲା ।

'ନାଇଁ, ନାଇଁ... ମୁଁ ଆସିପାରିବି ନାହିଁ । ତୁ ବାହାରକୁ ଆ ।' ଗନ୍ଧର୍ବ ଜବାବ ଦେଲା ।

'ଦେଖ୍ ଗନ୍ଧୁ, ବାପା ଦଶଦିନ ହେଲା ଘରେ ନାହାନ୍ତି । ମୋତେ ଦୁଇ ଦୁଇଟା ତନ୍ତର ଜଂଜାଳ ଏକୁଟିଆ ଉଠାଇବାକୁ ପଡୁଛି । ସେଥିପାଇଁ ମୁଁ ଏବେ ଏଇଠୁ ଉଠିପାରିବି ନାହିଁ । ତୁ ଭିତରକୁ ଆ । ମୋ କାନ ତୋ କଥା ଶୁଣିବ ଆଉ ମୋ ହାତ ଗୋଡ଼ ତନ୍ତ କାମରେ ଲାଗିବେ ।' ବିଧାନ ଉତ୍ତର ଦେଲା ।

ହସିଦେଇ ଗନ୍ଧର୍ବ ଘର ଭିତରେ ପଶିଲା । କହିଲା- 'ତୁ ତ ଏତେ ଜଂଜାଳ ଭିତରେ ପଶିଛୁ, ମୋ କାମ କେମିତି ହେବ ?'

'କାଇଁ କ'ଣ ହେଲା କି ?' ବିଧାନର ହାତ ତନ୍ତ ଉପରେ ବନ୍ଦ ହୋଇଗଲା । 'ଆ ବସ୍ ଏଇଠି ।'

'ତୁ ତ ଜାଣିଛୁ' ଗନ୍ଧର୍ବ ବସୁବସୁ କହିଲା । 'ମୁଁ ଘରକୁ ଗୋଟିଏ ପୁଅ, ବାପା ବୁଢ଼ା ହେଲେଣି । ଏଣୁ ସବୁ କଥା ମୋତେ ହିଁ ଏକୁଟିଆ ସମ୍ଭାଳିବାକୁ ପଡୁଛି । ତୁ ଟିକିଏ ଆସି ମୋ ପାଖରେ ଠିଆ ହେଲେ ହବନି ?'

'ହଁ, ହବ । କ'ଣ କରିବି କହୁନୁ ?'

'ଆରେ, ମୋ ସାନଭଉଣୀ କାଲି ଶାଶୂଘରକୁ ପ୍ରଥମ ଥର ପାଇଁ ବିଦା ହେବ । ମୋ ପାଇଁ ତୁ ଗୋଟିଏ ଶଗଡ଼ ଓ ଗୋଟିଏ ସବାରୀ ବୁଝିବା ଦାୟିତ୍ୱଟା ଯଦି ନେଇଯାଆନ୍ତୁ, ମୋର ଆଉ ଅନେକ କାମ ସାରିବାକୁ ମୋତେ ବେଳ ମିଳନ୍ତା ।'

'ଓଃ ଏଇ କଥା । ମୋତେ ତ ତୁ ଡରାଇଦେଲୁ । ମଉସା ମାଉସୀଙ୍କ ଦେହ ପା' ଭଲ ଅଛି ତ ?' ବିଧାନ ବୁଣୁବୁଣୁ କହିଲା ।

'ହଁ' ।

'ଏଥିପାଇଁ ଏତେ ବ୍ୟସ୍ତ କାହିଁକି ? ସେ କେବେ ଶାଶୂଘର ଯିବ କି ?'

'କାଲିପରା । ସେ ପୁଣି ବଡ଼ିଭୋରରୁ । ତା' ଶଶୁର ଘରେ କିଏ ଜଣେ ବୁଢ଼ା ହଠାତ୍ ବେମାରୀରେ ପଡ଼ିଛନ୍ତି । ସେ ମରିବା ପୂର୍ବରୁ ନାତୁଣୀ ବୋହୂ ମୁହଁ ଦେଖିବେ । ଘର ଲୋକେ ବି ବ୍ୟସ୍ତ । ଯଦି ତାଙ୍କର କାଳ ହୋଇଯାଏ, ଆଉ ବର୍ଷେ ପର୍ଯ୍ୟନ୍ତ ବୋହୂ ଆଉ ଆସିପାରିବ ନାହିଁ । ଏଣୁ ତାଙ୍କ ଡାକରା ଆଜି ସକାଳୁ ସକାଳୁ ଆସି ପହଞ୍ଚିଗଲାଣି । କୌଣସି ପ୍ରକାରେ କାଲି ବଡ଼ି ଭୋରୁ ବୋହୂଙ୍କୁ ନେଇଯିବେ ।'

'ଓହୋ, ତା'ର ଅର୍ଥ ହେଲା ଶଗଡ଼ ଓ ସବାରୀ ଆଜି ସନ୍ଧ୍ୟା ସୁଦ୍ଧା ତୁମ ଦ୍ୱାରରେ ଠିଆହେବା ଦରକାର ।'

'ହଁ, ତା'ର ସବୁ ଯୌତୁକ ଶଗଡ଼ରେ ରାତିକ ସୁଦ୍ଧା ଲଦାହୋଇ ବନ୍ଧାବନ୍ଧି ହୋଇଗଲେ, ରାତି ଥାଉଣୁ ସେମାନେ ବାହାରି ପଡ଼ିବେ।'

'ଏ ଶଗଡ଼ ଓ ସବାରୀ କେଉଁଠୁ ମିଳିବ ? ମକର ମାଝି ଦୋକାନରୁ ?'

'ନାଇଁ ପରା, ସେଇଠି ମିଳୁଥିଲେ ମୁଁ ତୋ ପାଖକୁ କାହିଁକି ଆସିଥାନ୍ତି ?' କହି ଗନ୍ଧର୍ବ ଠିଆ ହୋଇପଡ଼ିଲା। 'ଏଇ ରଖ ପାଞ୍ଚଟଙ୍କା' ଠଣ୍‌ଠଣ୍‌ କରି ସେ ପାଞ୍ଚଟା ଟଙ୍କା ବିଧାନ ହାତରେ ଧରାଇ ଦେଲା। କହିଲା- 'ଏତକ ନେଇ ତୁ ତରକ୍କୀ ବଜାର ଯିବୁ।'

'ତରକ୍କୀ ବଜାର ?'

'ହଁ ମ, ଆମ ଗାଁମୁଣ୍ଡରେ ଦୁଇଟି ସଡ଼କ ଦୁଇ ଆଡ଼େ ଯାଇଛି ?'

'ହଁ'

'ଖାଇବା ହାତି ଗଲେ ପୁରୀ ସଡ଼କ ?'

'ତା'ର ଓଲଟା ପଟେ ଡେବିରି ହାତି ଗଲେ ଯେଉଁ ରାସ୍ତାଟା ସିଧା ଯାଇ ପୁଣି ଦି'ଭାଗ ହୋଇଛି, ଦେଖିଛୁ ?'

'ହଁ ମ, କ'ଣ ଛୋଟପିଲା ବୋଲି ଭାବିଲୁ ନା କ'ଣ ?'

'ସେଇ ଦୁଇଫାଳିଆ ସଡ଼କରେ ଖାଇବା ହାତ ପଟଟା ଛାଡ଼ି, ଡେବିରିହାତି ସଡ଼କ ଧରିଲେ ସିଧାଯାଇ ଦଶକୋଶ ପରେ ଗୋଟିଏ ଛକ ପଡ଼ିବ। ସେଇ ଛକ ଗାଁଟାର ନାଁ ତରକ୍କୀ ବଜାର। ସେଇଠି ତକ୍କୀ ଖାଁ ନାମରେ ଜଣେ ଲୋକ ଏଇ ଶଗଡ଼, ସବାରୀ ଏସବୁ ଭଡ଼ାରେ ଦେଉଛି। ସେ କଉଡ଼ି ନିଏ ନାହିଁ ତ ଏଣୁ ଏ ଟଙ୍କା-'

'କିନ୍ତୁ ଏତେ ଦୂର କାହିଁକି ? ଆମର ମକର ମାଝି କ'ଣ ହେଲା ?'

'ଆରେ, ମକର ମାଝି ପାଖରେ ଏବେ ଶଗଡ଼ ନାହିଁ, ସବୁ ଭଡ଼ାରେ ଚାଲିଗଲାଣି। ତା'ଛଡ଼ା ସବାରୀ ତ ତା'ପାଖରେ କେବେ ନଥିଲା।'

'ଓହୋ, ମୁଁ ସେକଥା ଜାଣିନି,' ବିଧାନ କହିଲା।

'ଜାଣିନୁ, କାହିଁକି ନା ତୋ ଭଉଣୀ ବିଭା ହୋଇନି। ହଉ, ତୁ ମୋର ଏ କାମଟା ଉଠା। ତୋ ଭଉଣୀ ବିଭା ବେଳକୁ ମୁଁ ସେ କାମ ସହ ଆଉ ଯାହା କହିବୁ କରିଦେବି।' ଗନ୍ଧର୍ବ ବିଧାନ ପିଠି ଥାପୁଡ଼ାଇ କହିଲା।

'ତୁ ଧରାଛୁଆଁ ଦେଲେ ହେଲା।' ବିଧାନ ହସିହସି କହିଲା।

'କ'ଣ ତୋ ପିଠିଟା ଗଲୁ କରୁଛି ନା କ'ଣ ? ମୁଁ ତୋତେ ଖଣ୍ଟେ କି ଡକାଏତ ପରି ଦିଶୁଛି ?' କହି ଗନ୍ଧର୍ବ ହସିହସି ବିଧାନକୁ ବିଧାଏ ମାରିଲା। ଆଉ ବିଧାଏ ମାରିବାକୁ ହାତ ଉଠାଇଛି, ବାସନ୍ତୀ ସେଇଠି ପହଞ୍ଚିଗଲେ। କହିଲେ 'ମୁଁ ସବୁ ଶୁଣିଲି।

ମୋତେ ଲାଗୁଛି - ବିଧାନ, ତୋତେ ସଙ୍ଗେ ସଙ୍ଗେ ଯିବାକୁ ପଡ଼ିବ। ଦଶକୋଶରୁ ଅଧିକ ବାଟ ଚାଲି ଚାଲି ଯିବୁ। ସେଇଠି ପୁଣି ସେ ଲୋକକୁ ଖୋଜି, ମୂଳଚାଲ କଥାବାର୍ତ୍ତା ସବୁ ହୋଇ... ଗୋଟିଏ ସବାରୀ ଲଦା ଶଗଡ଼ ତ ଆଉ ଧାଇଁ ପାରିବ ନାହିଁ, ଏଣୁ ଏଇଠି ପହଞ୍ଚିବାକୁ କ'ଣ ଊଣା ସମୟ ଲାଗିବ? ଏଣୁ ତୁମେ ଦିହେଁ ଆସ, ଆଗ ଖାଇଦିଅ। ତା'ପରେ ବିଧାନ ତୁ ବାହାରି ପଡ଼ିବୁ।'

ଗନ୍ଧର୍ବ ହାତଯୋଡ଼ି କହିଲା- 'ନାଇଁ ମାଉସୀ, ଆଉ ଦିନେ ଖାଇବି। ଆଜି ମୋ ମୁଣ୍ଡଯାକ ଆଖି। ଯୌତୁକର ଆଉ କେତେଟା ପଦାର୍ଥ କିଣିବାର ଅଛି। ଆମେ କ'ଣ ଜାଣିଥିଲୁ ଆଜି ଡକରା ଆସିବ ବୋଲି? ମାଘ ମାସରେ ତ କଣ୍ଟ ଥିଲା । ହଉ, ମୁଁ ଯାଏ। ଆଚ୍ଛା ମଉସା କାହିଁକି ଦିଶୁ ନାହାନ୍ତି?'

ବିଧାନ ମୁଣ୍ଡରେ ହାତ ଦେଲା। 'ତୋ ମୁଣ୍ଡ ଯାକ ଆଖି ହୋଇନି ଯେ କାନ ଭିତରଟା ମଧ୍ୟ ଆଖି ହୋଇଗଲାଣି। କିରେ, ମୁଁ ତୋତେ କହିଲି ପରା ଆଜିକୁ ଦଶଦିନ ହେଲାଣି ସେ ପୁରୀ ଯାଇଛନ୍ତି ବୋଲି?'

'ପୁରୀ? ଏ ମଗୁଶୀର ମାସରେ?' ଗନ୍ଧର୍ବ ପଚାରିଲା।

'ହଁ, ଗୋଟେ ବିଭାଘରକୁ ଯାଇଛନ୍ତି। ହେଲା ଯେ, ଏ ପାଞ୍ଚଟଙ୍କା କ'ଣ ବୟଣା?'

ଗନ୍ଧର୍ବ ପିଣ୍ଡା ତଳକୁ ଓଲହାଇ ସାରିଥିଲା। 'ହଁ ବୟଣା, ଶଗଡ଼ ସବାରୀ ଫେରାଇବା ବେଳେ ମୁଁ ନିଜେ ଯାଇ ଯେତେ ଦିନ ହୋଇଥିବ ଗଣତି କରି ବାକି ମୂଲ ନେଇ ଦେଇଆସିବି। ହଉ, ମୁଁ ଆସୁଛି।'

-୦-

ତରକ୍କୀ ବଜାରରେ ପହଞ୍ଚି ତକ୍କୀ ଖାଁର ଘର ଖୋଜି ବିଧାନ ହଳେ ବଳଦ, ଗୋଟେ ଶଗଡ଼ ଓ ଗୋଟିଏ ସବାରୀ ପାଇଁ ପାଞ୍ଚଟଙ୍କା ବୟଣା ଦେଲା।

ତକ୍କୀ ଖାଁ ଖାତା ଖୋଲି ଲେଖିଲା - 'ଗନ୍ଧର୍ବ ପ୍ରଧାନ, ଗାଁ ବୋମକେଇ। 'ଆରେ ବୋମକେଇ?' ସେ ମୁଣ୍ଡଟେକି ବିଧାନକୁ ଚାହିଁଲା।

'ହଁ, ବୋମକେଇ,' ବିଧାନ ଶଗଡ଼ରେ ବଳଦ ଯୋଖୁ ଯୋଖୁ ଉତ୍ତର ଦେଲା। ତା' ପରେ ତକ୍କୀ ଖାଁ କୁ ଚାହିଁ କହିଲା - 'ମଉସା, ଟିକିଏ ସବାରୀଟାକୁ ସେ ପଟରୁ ଧରିବ କି? ମୁଁ ଏ ଶଗଡ଼ ଉପରକୁ ତାକୁ ଉଠାଇ ଦିଅନ୍ତି।'

ଦୁହେଁ ମିଶି ସବାରୀକୁ ଶଗଡ଼ ଉପରେ ସଜାଡ଼ି ରଖିଲେ। ବିଧାନ ଯିବାକୁ ବସିଲା। ତକ୍କୀ ଖାଁ କହିଲେ - 'ଆଚ୍ଛା ବେଟା, ତୁମ ଗାଁର ଦେବଦତ୍ତ ତନ୍ତୀଙ୍କୁ ଚିହ୍ନିଛ?'

ବିଧାନ ସାଇଁ କରି ପଛକୁ ବୁଲି ପଚାରିଲା 'ହଁ, ଜାଣିଛି। କ'ଣ ହେଲା କି ?'

'ନାଇଁ କିଛି ନାଇଁ ଯେ, ଦଶ ଦିନ ତଳେ ଘୋଡ଼ାଟିଏ ମୋ'ଠାରୁ ନେଇ ସେ ଜରଡ଼ା ଗଡ଼ ଆଡ଼େ ଗଲେ। ଗଲାବେଳେ କହିଲେ କେତେଦିନ ଲାଗିବ କହିପାରୁ ନାହିଁ। ଏଣୁ ମୁଁ ଅନ୍ଦାଜ କରି ଆଠଦିନର ବୟଣା ରଖିଥିଲି। ଏବେ ତ କଣ୍ଟ ପୁରିଲାଣି। ତାଙ୍କୁ ଦେଖିଲେ ଟିକିଏ କହିଦେବ ?'

'ତୁମେ ତ ଅଧିକ ଦିନର ଭଡ଼ା ହେଲେ ଅଧିକ ପଇସା ପାଇବ ନା ? ଆଉ ଅସୁବିଧା କ'ଣ ?' ବିଧାନ ନିଜର ହତଭମ୍ବତାକୁ ଢୋକୁ ଢୋକୁ ପଚାରିଲା।

'ହଁ, ହଁ ସେଥିରେ କିଛିନାହିଁ। କିନ୍ତୁ ତୈମୁର... ମାନେ ମୋ ଘୋଡ଼ାର ନାଁ, ସେ ନ ଫେରିବାଯାଏ ମୋତେ ତ ଚିନ୍ତା ଲାଗିରହିବ। ଏ ଯେଉଁ ଯୁଦ୍ଧ, ଗଣ୍ଡଗୋଳ, ଉପରେ ପୁଣି ବଣଜଙ୍ଗଲ ରାସ୍ତା, ବାଘ, ଦସ୍ୟୁ ଯିଏ ଯାହାକୁ ଯେତେ। ବାଘ ଖାଇଗଲା କି ଦସ୍ୟୁମାନେ ଛଡ଼ାଇ ନେଇଗଲେ, ଏ ଚିନ୍ତା ତୈମୁର ନ ଫେରିବା ଯାଏ ମୋତେ ଲାଗି ରହିବ। ବେଳେବେଳେ ଏମିତି ବି ହୁଏ। ଆଦ୍‌ମୀ ଫେରିଆସି ଏମିତି ଖବର ମଧ୍ୟ ଦିଅନ୍ତି।' ତକ୍କୀର ସ୍ୱର ଓଜନିଆ ହୋଇଗଲା।

'ହଉ, ଚିନ୍ତା କରନା, ମୁଁ ତାଙ୍କୁ ଦେଖିଲେ ନିଶ୍ଚୟ ଏକଥା କହିଦେବି' କହି ବିଧାନ ଶଗଡ଼ ଉପରେ ବସି ବଳଦଙ୍କ ଡୋରି ଧରିଲା।

*ମଉସା ଗାଁର ସିଧା ସଡ଼କରେ ନଯାଇ ଏ ଜଙ୍ଗଲ ଭିତରେ ପଶିଲେ କାହିଁକି ?*

*ପୁଣି ଘୋଡ଼ା ନେବାର ଉଦ୍ଦେଶ୍ୟ କ'ଣ ?*

*ତାଙ୍କୁ ଘୋଡ଼ା ଚଢ଼ିବାର କେବେ ତ ଦେଖିନି ?*

*ସେ ଘୋଡ଼ା ଚଢ଼ା ଶିଖିଥିଲେ କି ?*

ଅନ୍ୟମନସ୍କ ଭାବରେ ସେ ବଳଦ ପିଠିରେ ପାଞ୍ଚଣ ପାହାର ଦେବା ପାଇଁ ହାତ ଉଠାଇଲା ବେଳକୁ ତକ୍କୀ ଖାଁର ହାଁ ହାଁ ଶବ୍ଦ ଶୁଣି ତା' ହାତ ଅଟକି ଗଲା। ସେ ସେଆଡ଼େ ଅନାଇଲା।

ତକ୍କୀ ଖାଁ ହସି ହସି କହିଲା- 'ବେଟା, ଆସ୍ତେ ଆସ୍ତେ। ମୋ ବଳଦଙ୍କୁ ମୁଁ ପିଲାଙ୍କ ପରି ପାଳିଛି। ପିଟାପିଟି କରିନି। ଏଣୁ ସେମାନେ ମାଡ଼ ଖାଇଲେ ଚିହିଁକି ଯିବେ। ତୁମକୁ ରାସ୍ତାରେ ତକ୍‌ଲିଫ୍ କରିବେ।'

ବିଧାନ ଲଜ୍ଜିତ ହୋଇ ତା'ର ଉଞ୍ଚେଇବା ପାଞ୍ଚଣକୁ ତଳକୁ କଲା।

ତକ୍କୀ ଖାଁ ସେମିତି ହସି ହସି କହିଲା- 'ବେଟା, ଛ ଛ କରି ଟକ୍କାରାଟାଏ ଦେଲେ ତ ସେମାନେ ବୁଝିଯିବେ। ମାଡୁଆ ନୁହନ୍ତି। ନହେଲେ ଖାଲି ପିଠିରେ ହାତ ମାରିଦେବ। ଦେଖିବ ଋଣୁଝୁଣୁ କରି ଦୌଡ଼ି ଦୌଡ଼ି ଯିବେ।'

ବିଧାନ ହସିଲା। ସଜାଡ଼ି ହୋଇ ଶଗଡ଼ରେ ବସି ପାଞ୍ଚଣଟାକୁ ତକ୍କୀ ଖାଁକୁ ବଢ଼ାଇଦେଇ କହିଲା- 'ତାହେଲେ ଏଇଟା କାହିଁକି ଦେଉଛ? ତୁମେ ରଖ। ଯାକୁ ଯଦି ବଳଦ ସାଙ୍ଗରେ ଦେବ, ଯିଏହେଲେ ବଳଦଙ୍କୁ ପିଟିବାକୁ ହିଁ ଚାହିଁବ। ଏବେ ସିନା ମୁଁ ତୁମ ଆଗରେ ଅଛି ବୋଲି ଏ କଥା କହିଲ। ଏ ସବାରୀ, ଶଗଡ଼, ବଳଦ ଫେରାଇବା ପାଇଁ ଯିଏ ଏମାନଙ୍କୁ ଧରି ଫେରନ୍ତା ରାସ୍ତାରେ ଶଗଡ଼ ଚଳାଇ ଆସିବ, ସେ ରାସ୍ତାରେ ସେତେବେଳେ ଏକଥା କହିବାକୁ ନା ତୁମେ ଥିବ ନା ମୁଁ ଥିବି। ପାଞ୍ଚଣଟା ଧରିଥିଲେ ତୁମ ବଳଦ ବାପୁଡ଼ା ଦି'ଟା ତ ମିଛଟାରେ ମାଡ଼ ଖାଇବେ।'

ଏହା କହି ସେ ଛଟ ଛଟ କରି ଟକ୍କରା ଫୁଟାଇଲା। ସତରେ ଶଗଡ଼ ଗଡ଼ଗଡ଼ ହୋଇ ଗଡ଼ିବାକୁ ଲାଗିଲା। ବିଧାନ ଖୁସି ହୋଇ ତକ୍କୀ ଖାଁକୁ ଅନାଇଲା। ତକ୍କୀ ଖାଁ ମଧ୍ୟ ହସି ହସି ହାତ ହଲାଇ ପଛରୁ କହିଲା - 'ହଉ ବେଟା, ମୋ କଥା ବୁଝିବ। ଦେବଦତ୍ତ ତନ୍ତୀ... କଳା ହୋଇ ମୋଟା ସୋଟା ଲମ୍ବା ଲୋକଟା।'

ବିଧାନର ଗଡ଼ଗଡ଼ ହୋଇ ଗଡ଼ି ଯାଉଥିବା ଶଗଡ଼ ଧଡ଼୍ କରି ଠିଆ ହୋଇଗଲା।

'କ'ଣ କହିଲ? ମୋଟାସୋଟା ହୋଇ କଳା, ଲମ୍ବା ଲୋକଟା?' ସେ ପଛକୁ ବୁଲି ଉଚ୍ଚ ସ୍ୱରରେ ତକ୍କୀ ଖାଁକୁ ପଚାରିଲା। ତା' ଅଜାଣତରେ ତା' ହାତର ଡ଼ୋରି ବଳଦକୁ ଓଟାରି ଠିଆ କରାଇ ଦେଇଥିଲା।

ତକ୍କୀ ଖାଁ ଖୁସି ହୋଇଗଲା। ସେ ଏତକ କହିନଥିଲେ ଏଡ଼େ ବଡ଼ ବୋମକେଇ ଗାଁରୁ କୋଉଠୁ ଏ ଲଡ଼୍କା ଦେବଦତ୍ତ ତନ୍ତୀକୁ ଖୋଜି କାଢ଼ନ୍ତା? ତା'ର ମୂଳରୁ ଯାକୁ ଦେବଦତ୍ତର ଚେହେରା କଥା କହିବା ଉଚିତ ଥିଲା।

ସେ ପାଖକୁ ଆସି ବିଧାନର ହାତର ଡ଼ୋରକୁ ହୁଗୁଳା କରି ବଳଦମାନଙ୍କ ପିଠିରେ ହାତ ମାରି ସେମାନଙ୍କୁ ଅପେକ୍ଷା କରିବାକୁ ଦେଲା। ତାପରେ ବିଧାନକୁ ଚାହିଁ କହିଲା - 'ହାଁ ବେଟା। ଗଲ୍‌ତି ମୋର। ମୁଁ ପ୍ରଥମରୁ କହିବା କଥା। ଦେବଦତ୍ତ-' ସେ ନିଜ ମୁଣ୍ଡଉପରୁ ଅଳ୍ପ ଉଚ୍ଚକୁ ହାତ ଉଠାଇ କହିଲା - 'ଏଇ ଏତିକି ଉଚ୍ଚ ମୋଟାସୋଟା କଳା ଲୋକଟା।'

ତା'ର ସେ ଦେଖାଉଥିବା ଉଚ୍ଚତାକୁ ଆଖିରେ ମାପି ବିଧାନ ପଚାରିଲା- 'ମୁହଁରେ ମୋଟା ମୋଟା ନିଶ ଅଛି?'

'ହାଁ ହାଁ,' ଉତ୍ସାହିତ ହୋଇ ତକ୍କୀ ଖାଁ ଜବାବ ଦେଲା। ନିଜ ଦୁଇ ପାପୁଲିକୁ ନିଜ ଗାଲ ପାଖକୁ ଆଣି କହିଲା - ପୁରା ପଟ୍ଟା ପଟ୍ଟା ରଜା ନିଶ। ଦୁଇ କଡ଼କୁ ଏମିତି ମୋଡ଼ା ହୋଇଛି।'

ବିଧାନର ଗୋଡ଼ହାତ ଥରିବାକୁ ଲାଗିଲା। ବହୁତ କଷ୍ଟରେ ନିଜକୁ ସଂଯତ

କରି କହିଲା – 'ମୁହଁରେ କ'ଣ ଗୋଟେ କଟା ଦାଗ ଅଛି ?'

ତକ୍କୀ ଖାଁ ହାତରେ ଠୋ' କରି ତାଳିଟିଏ ମାରି କହିଲା– 'ଆରେ ଆରେ, ମୁଁ ଖୋଜୁଛି ଯାହାକୁ, ତୁମେ ଜାଣିଛ ତାହାକୁ। ବେଶୀ ବୟସ ତ ନୁହଁ, ସେ ମୋ ସାଙ୍ଗର କି ବର୍ଷେ ଦି'ବର୍ଷ ବଡ଼ ହୋଇଥିବେ। ବେଟା, ତାଙ୍କୁ ଟିକିଏ କହିବ, ମୋ ତୈମୁରକୁ ଜଲ୍‌ଦୀ ଫେରାଇବେ।'

ବିଧାନର ମୁଣ୍ଡ ଝାଇଁ ଝାଇଁ ହେଉଥିଲା। ଆଖି ଆଗରେ ତକ୍କୀ ଖାଁ, ତା'ର ଶଗଡ଼, ବଳଦ, ଗଛପତ୍ର, ଘରଦ୍ୱାର ସବୁ ଘିରଘିର୍ ହୋଇ ଘୂରୁଥିଲେ। ସେ କାତର ହୋଇ ବସିଥିବା ଜାଗାରେ ଖୋଲା ଶଗଡ଼ର ଦୁଇ ପଟର ବାଡ଼କୁ ଦୁଇ ହାତରେ ଧରି ପକାଇଲା।

ତା'ର ବିକୃତ ମୁହଁ ଦେଖି ତକ୍କୀ ଖାଁ ପଚାରିଲା – 'ଆରେ ବେଟା, ଠିକ୍ ଅଛ ତ ? ତୁମ ମୁହଁ ଏମିତି କାହିଁକି ଦିଶୁଛି ?'

ବିଧାନ ସତ କହି ପକାଇଲା – 'ମୋ ମୁଣ୍ଡଟା ଝାଇଁ ଝାଇଁ ହେଉଛି। ବାନ୍ତି ବାନ୍ତି ଲାଗୁଛି।'

ତକ୍କୀ ଖାଁ ତାକୁ ଧରିପକାଇ କହିଲା– 'ଆରେ ଆରେ, ଓଲ୍‌ହା ଓଲ୍‌ହା ! ଚାଲ ବାରଣ୍ଡାରେ ଛାଇରେ ବସିବ।' ଏହା କହି ତାକୁ ପ୍ରାୟ ଟେକିନେଲା ପରି ଟାଣିନେଇ ବାରଣ୍ଡାରେ ତା'ର ପଥର ପିଣ୍ଡି ଉପରେ ବସାଇଲା। ପାଖରେ ଥିବା ମାଟି କଳସୀରୁ ପାଣି ପାଣିଦାନୀରେ କାଢ଼ି ବିଧାନର ମୁହଁ ପାଖରେ ଦେଇ କହିଲା– 'ମାଗୁଶିର ମହିନା ହେଲେ କ'ଣ ହେବ ଉଦୁଉଦିଆ ଦି'ପହରରେ ଚାଲିଚାଲି ଆସିଲ। ମୁଣ୍ଡରେ ପଗଡ଼ିଟା ଭିଡ଼ିଥିଲେ ହେଇନଥାନ୍ତା ? ଆଜିକାଲିକା ଲଡ଼୍‌କାଙ୍କର ପରା ଏଇ ଗଲ୍‌ତି।'

ବିଧାନ ପାଣିଦାନୀରୁ ସବୁ ପାଣି ଏକ ନିଃଶ୍ୱାସରେ ପିଇଦେଇ ପୁଣି କଳସୀକୁ ଚାହିଁଲା। ତକ୍କୀ ସଙ୍ଗେ ସଙ୍ଗେ କଳସୀଟି ଆଣି ବିଧାନ ପାଖରେ ପହଞ୍ଚାଇବା କ୍ଷଣି ବିଧାନ ତାକୁ ତକ୍କୀଠାରୁ ଟାଣିନେଇ ନିଜ ମୁଣ୍ଡ ଉପରେ ଝରଝର କରି ଢାଳିଦେଇ ଓଦା ସରସର ହୋଇ ବସିରହିଲା।

ତକ୍କୀ ଖାଁ ବିଧାନ ମୁହଁକୁ ଘଡ଼ିଏ ଚାହିଁ କହିଲା– 'ମୋତେ ଲାଗୁନି ତ, ତୁମେ ଏ ଶଗଡ଼ ନେଇ ଏ ଖରାରେ ଯାଇପାରିବ। ଏକ୍ କାମ୍ କର। ତୁମେ ଏଇଠି ଗଡ଼ିପଡ଼। ମୁଁ ପଟି ପାରିଦେବି। ମୁଁ ନେଇ ତୁମେ ଦେବା ଠିକଣାରେ ଯାକୁ ପହଞ୍ଚାଇଦେବି। ଟିକିଏ ଶୋଇକରି ଉଠିଲେ ତୁମକୁ ଭଲ ଲାଗିବ। ସନ୍ଧ୍ୟା ବେଳେ ଧୀରେ ଧୀରେ ଘରକୁ ଫେରିଯିବ।'

ବିଧାନକୁ କିଛି ଶୁଣାଯାଉନଥିଲା।

ବାପା କହିଲେ ସେ ପୁରୀ ଯିବେ। ଏପଟେ ପୁରୀକୁ ବାଟ ଅଛି? ସେ କ'ଣ ଖାଲି ଘୋଡ଼ା ନେବାକୁ ଏଆଡ଼େ ଆସିଥିଲେ? ଘୋଡ଼ା ନେଇ କୁଆଡ଼େ ଗଲେ? ଯଦି ଏପଟେ ଆସିବାର ଥିଲା, ଘରେ କାହିଁକି କହିଲେ ପୁରୀ ଯାଉଛି? ଏ ରାସ୍ତା କୁଆଡ଼େ ଯାଇଛି?

ନିଜ କାନ୍ଧରେ କାହା ହାତର ସ୍ପର୍ଶ ଅନୁଭବ କରି ବିଧାନ ମୁଣ୍ଡ ଉପରକୁ କରି ଚାହିଁଲା। ତକ୍କୀ ଖାଁ ତାକୁ ପଚାରୁଛି- 'ଠିକଣା କହ, ମୁଁ ପହଞ୍ଚାଇଦେବି। ତୁମେ ଟିକେ ଶୋଇପଡ଼। ନହେଲେ ଶଗଡ଼ ଧରି ରାତିରେ ଯିବ। ଦଶକୋଶ ବାଟ ତ, ମୁଁ ନେଇ ଛାଡ଼ି ଆସିବି।'

ବିଧାନ ଉଠି ଠିଆହେଲା। କାନ୍ଧର ଗାମୁଛାକୁ ହାତରେ ଧରି ଭଲଭାବରେ ଚିପୁଡ଼ି ସେଥିରେ ମୁହଁ, ହାତ, ମୁଣ୍ଡ ପୋଛିଲା। କହିଲା- 'ମଉସା! ବହୁତ ଧନ୍ୟବାଦ। ତୁମେ ନଥିଲେ ମୁଁ ସେ ଶଗଡ଼ରୁ ଖସି ତଳେ ପଡ଼ିଥାନ୍ତି। ତୁମ ପାଇଁ ସେ ଦେବଦତ୍ତଙ୍କୁ ମୁଁ ନିଶ୍ଚୟ ଖୋଜି ବାହାର କରିବି। ଆଚ୍ଛା କହିଲ, ସେ ଘୋଡ଼ାନେଇ କୁଆଡ଼େ ମାନେ କୋଉ ପଟେ ଗଲେ?'

ଦୂରର ଜଙ୍ଗଲ ଆଡ଼କୁ ହାତଦେଖାଇ ତକ୍କୀ ଖାଁ କହିଲା, 'ସେ ପ୍ରଥମେ ଘୋଡ଼ା ଝପଟାଇ ଏଇ ଡାହାଣ ପଟେ ଗଲେ। ଏପଟେ ଆଉ ରାସ୍ତା ନାହିଁ। କେବଳ ସାପୁଆ କେଳାମାନଙ୍କର ଗୋଟିଏ ଗାଁ ଅଛି। ଏଣୁ ସେ ବୋଧେ ନିଜର ଭୁଲ୍ ବୁଝିପାରି ସେଇଠୁ ସେପଟରୁ ହିଁ ସିଧା ଜଙ୍ଗଲ ଭିତରେ ପଶିଲେ। ସେଇବାଟେ ଗଲେ ଜରଡ଼ାଗଡ଼ ପଡ଼ିବ।'

ଦୂରର ଜଙ୍ଗଲକୁ ଚାହିଁ ବିଧାନ ଆଶ୍ଚର୍ଯ୍ୟ ହୋଇ କହିଲା- 'ଏତେ ଦୂରରୁ ତୁମେ ତାକୁ ଚିହ୍ନିପାରିଲ? ସିଏ ଆଉ କିଏ ହୋଇଥିବେ।'

ତକ୍କୀ ଖାଁ ହସିଲା। କହିଲା- 'ମୁଁ ତାଙ୍କୁ ତ ଚିହ୍ନି ପାରିନଥାନ୍ତି। କିନ୍ତୁ ତୈମୁରକୁ ଚିହ୍ନିବାରେ ମୋର କେଉଁ ଭୁଲ୍ ହୋଇନାହିଁ।'

'ଆଉ ପୁରୀ? ପୁରୀ ଗଲେ ବି ସେଇ ବାଟ ଦେଇ ଯିବାକୁ ହେବ?'

ତକ୍କୀ ଖାଁ ଠୋ ଠୋ ହସିଲା। କହିଲା, 'ବେଟା, ପୁରୀ କେମିତି ସେ ପଟେ ଯିବ? ଏଟା ତ ଓଲଟା ପଟ। ଏଆଡୁ ଯିଏ ପୁରୀ ଯିବ, ସିଏ ସିଧା ତୁମ ଗାଁକୁ ଯିବ। ତୁମେ ବି ବୋମକେଇରେ ରହ ତ?'

'ହଁ'

'ତୁମ ଗାଁ ଭିତରକୁ ଯିବା ଦରକାର ନାହିଁ। ତୁମ ଗାଁକୁ ଡାହାଣ ପଟେ ରଖି ଯେଉଁ ରାସ୍ତାଟି ଆଗକୁ ଯାଇଛି ସେ ରାସ୍ତାରେ ସିଧାଗଲେ ସେ ପୁରୀରେ ପହଞ୍ଚିବ।'

'ଆଚ୍ଛା, ଆଚ୍ଛା। ମୁଁ ଦେଖୁଛି ତୁମର ବାଟଜ୍ଞାନ ଭଲ ଅଛି। ହଉ ମୁଁ ଆସୁଛି।'

ତକ୍କୀ ଖାଁ ରାଜିହେଲା। କହିଲା- 'ହଉ ବାପ ଯାଅ। କିନ୍ତୁ ଓଦା ଗାମୁଛାଟା ମୁଣ୍ଡରେ ରଖିଯାଅ।' ସେ ବିଧାନ ସହିତ ଶଗଡ଼ ପର୍ଯ୍ୟନ୍ତ ଆସି ଠିଆହେଲା।

ବିଧାନ ଶଗଡ଼ରେ ଚଢ଼ି ବଳଦମାନଙ୍କ ଡୋର ଧରିଲା, ଶଗଡ଼ ଚକ ଗଡ଼ିବାକୁ ଆରମ୍ଭ କଲା। ବିଧାନ ତକ୍କୀ ଖାଁକୁ ଅନାଇ କହିଲା- 'ମଉସା ! ତୁମ ପରି ମାଲିକକୁ ଛାଡ଼ି ତୁମ ତୈମୁର ମଧ୍ୟ ସୁଖରେ ନଥିବ। ତୁମେ ନିଶ୍ଚିନ୍ତରେ ରହ। ତୁମ ତୈମୁର ତୁମ ପାଖକୁ ନିଶ୍ଚୟ ଫେରିଆସିବ।'

ତକ୍କୀ ଖାଁ ହସିଦେଇ ଆକାଶକୁ ଦୁଇହାତ ଦେଖାଇଲା।

ବିଧାନ ମଧ୍ୟ ଆକାଶକୁ ଚାହିଁଲା।

ବଳଦ ଦୁହେଁ ରୁଣୁଝୁଣୁ କରି ଦଉଡ଼ିବାରେ ଲାଗିଲେଣି। ସୂର୍ଯ୍ୟାସ୍ତ ଅନେକ ଡେରିଅଛି। କିନ୍ତୁ ସୂର୍ଯ୍ୟାସ୍ତକୁ ଅପେକ୍ଷା କରି ଗଛବୁଦା ଉହାଡ଼ରେ ଲୁଚିଛପି ରହିଥିବା ଘୋର ଅନ୍ଧକାରମାନଙ୍କୁ ସେ ଦେଖିପାରିଲା।

ତା'ର ମନ ଦବିଗଲା।

*ବାପା ଗଲେ କୁଆଡ଼େ ?*

-୦-

ବିଧାନ ଘରକୁ ଫେରି ମା'କୁ ଏ ବିଷୟରେ କିଛି କହିଲା ନାହିଁ। ରାତିରେ ଖାଇସାରି ଶୋଇବାକୁ ଗଲା ସିନା ତାକୁ ବହୁତ ରାତିଯାଏ ନିଦ ହେଲାନାହିଁ।

*ବାପା କାହିଁକି ମିଛ କହିଲେ ?*

*ନା ଦେବଦତ୍ତ ମଉସାଙ୍କ ବିଷୟରେ କିଛି ଖରାପ ଖବର ପାଇ ଆମକୁ ଲୁଚାଇ ପୁରୀ ବୋଲି କହି ସେଆଡ଼େ ଜରଡ଼ାଗଡ଼ ଆଡ଼େ ଗଲେ ?*

*ତେବେ ମଉସାଙ୍କର ଜରଡ଼ାଗଡ଼ ସଙ୍ଗେ କି କାମ ?*

*କିଏ ତାଙ୍କୁ କହିଲା କି ଆଉ ସେପଟେ ଗଲେ ସେ ଶୀଘ୍ର ପହଞ୍ଚିବେ ?*

ସେ ଠିକ୍ କଲା ସକାଳୁ ଉଠି ସେ କାହାକୁ ହେଲେ ପଚାରିବ ପାରଳାଖେମୁଣ୍ଡିକୁ ଯିବା ଲୋକ ଜରଡ଼ାଗଡ଼ କାହିଁକି ଯିବ ?

ସେ ଯେତିକି ଭାବିଲା ସେତିକି ତା'ମନରେ ବଦ୍ଧମୂଳ ଧାରଣା ହେଲା ଯେ, ବାପା ନିଶ୍ଚୟ ଦେବଦତ୍ତ ମଉସାଙ୍କ ବିଷୟରେ କିଛି ଗୁରୁତର ଅଶୁଭ ସମ୍ବାଦ ପାଇ କାହାକୁ କିଛି ନଜଣାଇ ପୁରୀ ଯାଉଛି କହି ମଉସାଙ୍କୁ ଖୋଜିବାକୁ ହିଁ ସେ ଜଙ୍ଗଲ ଭିତରେ ପଶିଲେ।

ତେବେ ସେ ମଧ୍ୟ ଆଜିକୁ ଦଶଦିନ ତଳର କଥା।

ଏବେ ବାପା କୋଉଠି? ଦେବଦତ୍ତ ମଉସାଙ୍କ ସହ ତାଙ୍କର ଭେଟ ହେଲା ନା ନାହିଁ?

ଘଟଣା କ'ଣ?

ପାହାନ୍ତିଆ ବେଳକୁ ତା' ଆଖିପତା ଲାଗିଗଲା। ସେ ସ୍ୱପ୍ନ ଦେଖିଲା ଜଙ୍ଗଲ ଭିତରେ ହୁତୁହୁତୁ ହୋଇ ନିଆଁ ଜଳୁଛି। ଦେବଦତ୍ତ ସେ ନିଆଁରେ ପୋଡ଼ି ହୋଇଯାଉଛନ୍ତି। ଦୁଇ ହାତ ତୋଳି କାନ୍ଦି କାନ୍ଦି ଚିତ୍କାର କରୁଛନ୍ତି। 'ବିଧାନ, ମୋତେ ରକ୍ଷାକର, ରକ୍ଷାକର। ମୁଁ ମରିଗଲେ ମୋ ଝିଅ, ମୋ ସ୍ତ୍ରୀ ଭାସିଯିବେ।' ତାଙ୍କର ସେ କରୁଣ କାନ୍ଦ ଦେଖି ବିଧାନ ସେ ନିଆଁ ଭିତରେ ପଶିବାକୁ କେତେ ଚେଷ୍ଟାକରି ମଧ୍ୟ ବିଫଳହୋଇ ଚିତ୍କାର କରି ନିଜେ କାନ୍ଦିବାରେ ଲାଗିଲା।

'ଆରେ, ଭାଇ, ଭାଇ! ତୁମେ ଏମିତି କାନ୍ଦୁଛ କାହିଁକି? କ'ଣ ସ୍ୱପ୍ନ ଦେଖିଲ?' ସବିତାର ଏ ଡାକରେ ବିଧାନର ନିଦ ଭାଙ୍ଗିଗଲା। ସେ ଧଡ଼ପଡ଼ ହୋଇ ଶେଯରେ ବସିପଡ଼ିଲା। ଝାଳ ଓ ଲୁହରେ ସେ ପୁରା ଓଦା ହୋଇଯାଇଥିଲା। ବାସନ୍ତୀ ମଧ୍ୟ ସେ କୋଠରୀ ଭିତରକୁ ପଶିଆସିଲେ।

'ଗଲୁ ପାଣି ଠେକିଟେ ଆଣିଲୁ।' ସେ ସବିତାକୁ କହିଲେ। ସବିତା ଯାଇ ପାଣିନେଇ ଆସିଲା। ବାସନ୍ତୀ କହିଲେ 'ନେ, ପିଅ। କାଲି ଏତେ ବାଟ ଯେ ଚାଲିଚାଲି ଗଲୁ, ଶ୍ରମ ହୋଇଗଲା। କ'ଣ ସ୍ୱପ୍ନ ଦେଖିଲୁ?'

ଖାଲି ଠେକିଟା ସବିତା ହାତକୁ ବଢ଼ାଇଦେଇ ବିଧାନ କହିଲା- 'ହଁ, ସ୍ୱପ୍ନ ଦେଖିଲି। ମୁଁ, ସୁଶୀଳ, ଗନ୍ଧର୍ବ ସବୁ ପୁଣି ସାନପିଲା ହୋଇଯାଇଛୁ। ଆମେ ସବୁ ଧାଁଧଉଡ଼ ହୋଇ ଖେଳୁଖେଳୁ ଗୋଟିଏ ଭଙ୍ଗା ଚାଳଘରେ ପଶିଗଲୁ। ଟିକିଏ ପରେ ସେଇଠୁ ବାହାରିବା ବେଳକୁ ଦେଖୁଛୁ ଆମେ ତିନିଟା ମାଙ୍କଡ଼ ପାଲଟିଯାଇଛୁ। ସବୁ ଡରି ଛିନ୍‌ଛତ୍ର ହୋଇ ଯେ ଯାହା ଘରକୁ ଚାଲିଗଲୁ। ମୁଁ ଏଇଠି ଆମ ଘରକୁ ଆସି ପହଞ୍ଚିଲି। ତୁମେ ଦୁହେଁ ମୋତେ ମାରିବାକୁ ଧାଇଁ ଆସିଲ। କବାଟ ସବୁ ବନ୍ଦକରି ଦେଲ। ମୁଁ କାନ୍ଦିକାନ୍ଦି କହୁଛି- 'ମୁଁ ବିଧାନ, ମୁଁ ବିଧାନ। ତୁମେ ଦୁହେଁ ଶୁଣୁନ, କବାଟ ଖୋଲୁନ।'

ବାସନ୍ତୀ ଓ ସବିତା ହସିହସି ଗଡ଼ିଗଲେ। ସବିତା ଧାଇଁ ଯାଇ ଦର୍ପଣଟା ନେଇ ଆସିଲା। କହିଲା 'ଦେଖ, ନିଜ ମୁହଁକୁ ଭଲ କରିଦେଖ। ମୋତେ ଲାଗୁଛି ଏଥର ତୁମ ମୁହଁ ତୁମକୁ ଆଗଠାରୁ ଆହୁରି ସୁନ୍ଦର ଦିଶିବ।'

ସେମାନଙ୍କ ହସିଲା ମୁହଁ ଦେଖି ବିଧାନକୁ ବହୁତ ଶାନ୍ତି ଲାଗିଲା। ସବିତା

ହାତରୁ ଦର୍ପଣଟାକୁ ନେଇ ଥରେ ଦେଖିଦେଇ ସେ ପୁଣି ତାକୁ ରଖିଦେଲା। ଭଗବାନ କରନ୍ତୁ, ସବୁ ଠିକ୍‌ଠାକ୍ ଚାଲିଥାଉ।

ତା'ର ମନେପଡ଼ିଲା ବାପା ଘରୁ ଯିବା ଦିନଠାରୁ ସେ ବୁଣାବୁଣିରେ ଏତେ ବ୍ୟସ୍ତ ରହିଛି ଯେ ଦେବଦତ୍ତ ଘରକୁ ମଧ୍ୟ ଯାଇନାହିଁ। କ'ଣ ସେମାନେ ଭାବୁଥିବେ ?

-୦-

ଖାଇସାରି ବିଧାନ ଦେବଦତ୍ତ ଘରକୁ ଗଲା। ସ୍ୱପ୍ନକଥା ମନ ଭିତରେ ଗୁଡ଼େଇ ତୁଡ଼େଇ ହେଉଥାଏ।

କନକ ଓ ସୁଦତ୍ତା ବିଧାନକୁ ଦେଖି ଧାଇଁ ଆସିଲେ। ତିନିଜଣ ତନ୍ତ ପାଖର ଖଟ ଉପରେ ବସିଲେ। ସେ ଦୁହିଁଙ୍କ ମୁହଁକୁ ଚାହିଁ ବିଧାନ ଜାଣିପାରିଲା, ସେମାନେ ଚିନ୍ତାରେ ଭାଙ୍ଗି ପଡ଼ିଛନ୍ତି।

'ମାଉସୀ, ମଉସା ତ କହୁଥିଲେ, ଦୁଇ ତିନି ହପ୍ତା ଲାଗିବ। ଏବେ ତିନି ହପ୍ତା ତ ହେଇନି। ପାରଳାଖେମୁଣ୍ଡି ତ ଏଠାରୁ ଗୁଡ଼େ ବାଟ। ସେ ଆସୁଥିବେ। ତୁମେ ବ୍ୟସ୍ତ ହେଉଛ କାହିଁକି ?' ବିଧାନ କହିଲା।

'ନାଇଁରେ ବାପ, ମନଟା କିଛି ଭଲ ଲାଗୁନି। କ'ଣ ସବୁ ଆଜେବାଜେ ସ୍ୱପ୍ନ ଦେଖିଲିଣି। ଆଜିକୁ ଦୁଇ ହପ୍ତା ଉପରେ ହେଲାଣି। କିଛି ଖବର ନାହିଁ।' କନକ କାନ୍ଦୁଣୁମାନ୍ଦୁଣୁ ହୋଇ କହିଲେ।

'ହଁ, ବାପା ବି ତ ଏଗାର ବାର ଦିନ ହେଲା ଯାଇଛନ୍ତି। କିଛି ଖବର ନାହିଁ' ବିଧାନ ଚିନ୍ତିତ ହୋଇ କହିଲା।

'ହଁ ପରା! ତୋ ମଉସା ତ କେବେ ଏତେଦିନ ଘର ଛାଡ଼ି ରହନ୍ତି ନାହିଁ। କହନ୍ତି- ଘରେ ତୁମମାନଙ୍କ ମୁହଁ ଦେଖୁଥିଲେ ଯୋଉ ଆନନ୍ଦ ସେ ଆଉ କୋଉଠି ଅଛି ? ସେ ଲୋକ ପୁଣି ଏତେଦିନ ବାହାରେ କେମିତି ଚଳୁଛନ୍ତି ? କ'ଣ ଖାଉଛନ୍ତି ?'

'ମାଉସୀ, ମଉସା ତ ପଇସାପତ୍ର ନେଇ ଯାଇଛନ୍ତି ନା ? ଆଉ ତେବେ ଖାଇବା ପିଇବା କଥା କାହିଁକି ଚିନ୍ତା କରୁଛ ? ପଇସା ଥିଲେ ସବୁ ତ ଖାଇବାକୁ ମିଳିବ। ସେ ତ ଗୋଟିଏ ବଡ଼ ସହରକୁ ଯାଇଛନ୍ତି। କ'ଣ ଜଙ୍ଗଲକୁ ଯାଇଛନ୍ତି ଯେ ଖାଇବାକୁ ମିଳିବ ନାହିଁ ?' ବିଧାନ ଆଶ୍ୱାସନା ଦେବାକୁ ଚେଷ୍ଟା କଲା।

'ବିଧାନ ଭାଇ, ଗଲାବେଳକୁ ବାପା ତୁମକୁ ବହୁତ ଖୋଜୁଥିଲେ। କହୁଥିଲେ, ଯଦି ବିଧାନଟା ଫେରି ଆସିଥାନ୍ତା, ମୁଁ ତାକୁ ସାଙ୍ଗରେ ନେଇ କରି ଯାଇଥାନ୍ତି। ସାହିତ୍ୟ ସଭା ଦେଖନ୍ତା, କେତେ କଥା ଶିଖନ୍ତା,' ସୁଦତ୍ତା ଆଖି ତଳକୁ କରି କହିଲା।

ବିଧାନର ପେଟରୁ କୋହଟାଏ ଉଠିଲା । କେତେ ଭଲ ହୋଇଥାନ୍ତା । ସେ ଦେବଦତ୍ତ ସାଙ୍ଗରେ ଯାଇଥିଲେ, ବାପା ଆଉ ପୁରୀ ଯାଇନଥାନ୍ତେ ।

*ପୁରୀ ?*

*ସତରେ ବାପା ପୁରୀ ଯାଇଛନ୍ତି ତ ?*

ସେ ସୁଦତ୍ତା, କନକ ଉଭୟଙ୍କ ଆଡ଼କୁ ଚାହିଁ କହିଲା- 'ମୋର ସେ ସୌଭାଗ୍ୟ ନଥିଲା ।'

ସୁଦତ୍ତା ଏଥର ତା' ମୁହଁକୁ ଚାହିଁ ପଚାରିଲା- 'ତୁମେ ଏତେଦିନ ପିଉସୀ ଘରେ କରୁଥିଲ କ'ଣ ?'

ବିଧାନ ମନେମନେ କହିଲା- ଅଠାକାଠିରେ ପଡ଼ି ଯାଇଥିଲି । ସେ ଆସି ଏଗାର ଦିନ ହେଲାଣି । ସୀତା ମୁହଁ ଶୁଖାଇ ବସିଥିବ । ଲୁଚେଇ ଲୁଚେଇ କାନ୍ଦୁଥିବ । ସୀତାର ଲୁହ ଢଳଢଳ ଆଖି ଦୁଇଟିକୁ ମନେ ପକାଇ ତାକୁ କଷ୍ଟ ଲାଗିଲା ।

ସେ ମୁହଁ ଉଠାଇ ଦେଖିଲା କନକ ଓ ସୁଦତ୍ତା ଦୁହେଁ ତାକୁ ଅନାଇଛନ୍ତି । ସେ ଶୁଖିଲା ହସଟିଏ ହସି କହିଲା- 'କିଛି ନୁହଁ, ପିଉସୀ ନାନୀ ଛାଡ଼ିଲେ ନାହିଁ ।' କଥାକୁ ଅନ୍ୟଆଡ଼େ ନେବା ପାଇଁ ସେ ପୁଣି କହିଲା- 'ତୁମର ସଉଦାପତ୍ର ତ ସବୁ ସରିଆସିବଣି । ଦେଉନା, କ'ଣ ଆସିବ କହିଲେ ମୁଁ ଯାଇ ନେଇ ଆସନ୍ତି ।'

କନକ କହିଲେ- 'ତୋତେ ବେଳ କାହିଁରେ ? ତୁ ତ ଦୁଇଜଣଙ୍କ କାମ ଜଣେ କରୁଛୁ ।'

'ସେମିତି କହିଲେ ହେବ ?' ବିଧାନ କହିଲା । 'କାଲି ତ ପୁଣି ମୋ ସାଙ୍ଗ ଗନ୍ଧର୍ବ ପଠାଇଥିଲା ବୋଲି ତରକ୍କୀ ବଜାର ଯାଇଥିଲି ।'

କହିଦେଇ ସେ ସେମାନଙ୍କ ମୁହଁକୁ ଚାହିଁଲା । କାଳେ ତରକ୍କୀ ବଜାର ନାଁ ଶୁଣି ସୁଦତ୍ତା କି କନକ କିଏ ହେଲେ କହିବେ- ଆରେ, ସେଇ ବାଟ ଦେଇ ତ ଦେବଦତ୍ତ ଯାଇଛନ୍ତି । କିନ୍ତୁ ସେମାନେ ସେମିତି କିଛି କହିଲେ ନାହିଁ । ସେ ଶବ୍ଦ ସେମାନଙ୍କ ମନରେ କିଛି ଭାବାନ୍ତର କଲାନାହିଁ ।

ସୁଦତ୍ତା ତାଳପତ୍ର ଖିଏ ଆଣି ଗୋଟାଏ ପରେ ଗୋଟାଏ ଲେଖି ଚାଲିଲା- ଲୁଣ, ଗୁଡ଼, ଜାଳେଣୀ କାଠ ।

'ଆରେ, ଏ ସବୁ ତ ଏଇ ଆମ ଗାଁ ଦୋକାନରୁ ଆସିବ । ହାଟରୁ କ'ଣ ଆସିବ ?'

ମା' ଝିଅ ଦୁହେଁ ଦୁହିଁଙ୍କୁ ଅନାଇଲେ ।

ବିଧାନ କହିଲା- 'ଗୋଟେ କାମ କରିବା । ମୁଁ ଏଗୁଡ଼ା ଆଜି ଆମ ଗାଁ ଦୋକାନରୁ

ଆଣି ଦେଉଛି। ତାପରେ କାଲି ତୁମେ ଦୁଇଜଣ, ସବିତା ଓ ବୋଉ ଚାରିଜଣ ଯାକ ବାହାର। ଗୋଟେ ଶଗଡ଼ କରି ଆମେ ପାଟପୁର ଠାକୁରାଣୀ ମନ୍ଦିର ଦର୍ଶନ କରି ଆସିବା। ସେଇଠି ତୁମେ ଦେବୀ ଦର୍ଶନ କରିବ, ମେଳା ବି ଦେଖିବ। ସନ୍ଧ୍ୟା ସୁଦ୍ଧା ଫେରିଆସିବା।'

ବିଧାନର ଏ କଥା, ଦୁଇଟି ପରିବାରରେ ଚାରୋଟି ପ୍ରାଣୀଙ୍କ ମୁହଁରେ ଚିନ୍ତାର କଳାମେଘକୁ ହଟାଇ ଆନନ୍ଦର ମଧୁର ହସ, ତତ୍ପରତା ସବୁ ଖେଳାଇଦେଲା। ସତେକି, ଝାଉଁଳି ପଡ଼ିଥିବା ଫୁଲଗଛମାନଙ୍କ ଉପରେ ବେଶ୍ ଅସରାଏ ବର୍ଷା ହୋଇଗଲା।

କିନ୍ତୁ ବିଧାନ ଭିତରେ ଏକ ଭୟଙ୍କର ଆଗ୍ନେୟଗିରିର ଲହଲହ ଲାଭା ତା'ର ସବୁ ସୁଖ ଶାନ୍ତିକୁ ଗ୍ରାସ କରି କରି ଆଗକୁ ଧସେଇ ଚାଲିଥିଲା।

୨ ଡିସେମ୍ବର ୧୭୫୨
ତରକ୍କୀ ବଜାର

ସୂର୍ଯ୍ୟ ଉଦୟ ନହେଉଣୁ ନମାଜ ସାରି ତକ୍କୀ ଖାଁ କବାଟ ଖୋଲି ବାହାରକୁ ଆସିଲା। ପରିବାରର ଅନ୍ୟମାନେ ଉଠିବା ଆଗରୁ କୂଅରୁ ପାଣିକାଢ଼ି ଘୋଡ଼ା, ବଳଦଙ୍କ କୁଣ୍ଡିରେ ଭର୍ତ୍ତିକରିବା, ସେମାନଙ୍କୁ ଚାରା ଦେବା, ଗୁହାଳ ସଫା କରିବା ତା'ର ସବୁଦିନର କାମ। ସେ ଗୁଣୁଗୁଣୁ ହୋଇ ଗୀତ ଗାଇ କାମରେ ଲାଗିପଡ଼ିଲା।

ସୂର୍ଯ୍ୟଙ୍କର ପ୍ରଥମ କିରଣ ତା' ଆଗରେ ଏକ ଲମ୍ବା ଛାଇକୁ ଆସ୍ତେ କରି ରଖିଦେଲା।

ତକ୍କୀ ଖାଁ ପଛକୁ ବୁଲି ଦେଖିଲା ତରୁଣଟିଏ ତାକୁ ନମସ୍କାର କରୁଛି। ତା' ମୁହଁରେ ଦୃଷ୍ଟି ପଡ଼ିବା ମାତ୍ରେ ତକ୍କୀ କାମ ଛାଡ଼ି ଠିଆହୋଇଗଲା।

'ଆରେ ବେଟା, ଭଲ ଅଛ ?' କହି ସେ କୂଅମୂଳର ପାଣିକୁଣ୍ଡରେ ହାତଗୋଡ଼ ଧୋଇ ସେଇଠି ରଖାହୋଇଥିବା ସଫା ଲୁଙ୍ଗିକୁ ବଦଳାଇ ଆସି ବିଧାନକୁ କୁଣ୍ଢାଇ ପକାଇଲା। କହିଲା- 'ଦେହ ଆଉ ଖରାପ ହୋଇ ନାହିଁ ତ ?'

'ନାଇଁ ମଉସା, ଆପଣଙ୍କ ଆଶୀର୍ବାଦରୁ ଦେହ ଭଲ ଅଛି। କିନ୍ତୁ ମନ ଆଦୌ ଭଲ ନାହିଁ।' ବିଧାନ ମୁହଁ ଶୁଖାଇ ଜବାବ ଦେଲା।

'ଆସ, ଆସ ଏଇଠି ବସିବା।' କହି ତକ୍କୀ ଖାଁ ବିଧାନ ପିଠିରେ ହାତ ଦେଇ ତାକୁ ବାରଣ୍ଡାର ପିଣ୍ଡି ଉପରକୁ ନେଇ ବସାଇଲା। କହିଲା- 'କ'ଣ ହୋଇଛି କହ ତ ?'

ବିଧାନ କୌଣସି ସଙ୍କୋଚ ନକରି କହିଲା- 'ମଉସା, ସେଦିନ ତୁମେ ଯେଉଁ ଦେବଦତ୍ତ ତନ୍ତୀ କଥା ପଚାରୁ ନଥିଲ, ସେ ମୋ ବାପା'।

ତକ୍କୀ ଖାଁ ଆଶ୍ଚର୍ଯ୍ୟ ହୋଇ ବିଧାନ ମୁହଁକୁ ଚାହିଁ ରହିଲା।

ବିଧାନ ପୁଣି କହିଲା- 'ସେ ଆଜିକୁ ଦୁଇ ସପ୍ତାହ ହେଲାଣି ଘରୁ ଗଲେଣି। କିଛି ଖବର ନାହିଁ। ସେଥିପାଇଁ ମୁଁ ତାଙ୍କୁ ଖୋଜିବାକୁ ଯିବି ଭାବୁଛି। ତୁମେ ତ ସେଦିନ କହିଲ, ସେ ସେଇ ଜଙ୍ଗଲ ଭିତରେ ପଶିଲେ।'

ତା' ଅଙ୍ଗୁଳି ଦେଖାଉଥିବା ଦୂର ଜଙ୍ଗଲର ଛାଇକୁ ଅନାଇ ତକ୍କୀ ଖାଁ କହିଲା, 'ହଁ, ସେ ସେଇ ଜଙ୍ଗଲ ଭିତର ଦେଇ ହିଁ ଗଲେ। ସେ ଭିତରେ ଏକ ପାଦଚଲା ରାସ୍ତା ବହୁଦୂର ଯାଏ ଯାଇଛି। ସେ ସେଇ ପାଦଚଲା ରାସ୍ତା ବାଟେ ହିଁ ଯାଉଥିଲେ।'

'ଆଉ ଏବାଟେ ଫେରି ନାହାନ୍ତି ?'

'ନା, ଏ ବାଟେ ତ ଆଦୌ ଫେରି ନାହାନ୍ତି। କାରଣ ଯଦି ଯାଇଥାନ୍ତେ ଘୋଡ଼ା ଫେରାଇଥାନ୍ତେ। ଧର, ଅଧିକ ରାତିରେ ଫେରିଥିବେ, ପରେ ଘୋଡ଼ା ଫେରାଇବେ ଭାବି ଚାଲିଯାଇଥିବେ, ଏହା ତ ଅସମ୍ଭବ।'

'ଅସମ୍ଭବ ? କାହିଁକି ?'

'କାରଣ ତୈମୁର ଏତେଦିନ ପରେ ଘରମୁହାଁ ହୋଇ ଏମିତି ଚୁପ୍‌ଚାପ୍ ଚାଲିଯିବ, ଏହା ହିଁ ଅସମ୍ଭବ। ଖଣ୍ଡେ ଦୂରରୁ ସେ ହ୍ରେଷା ଶବ୍ଦ କରି ଡାକ ପକାନ୍ତା, ଆଉ ଏ ଘର ପାଖରେ ପହଞ୍ଚିବା ମାତ୍ରେ ତ ଦୁଇ ଗୋଡ଼ରେ ଠିଆ ହୋଇ ତୁମ ବାପାଙ୍କୁ ଏ ଘର ପାର ହେବାକୁ ଆଦୌ ଦେଇ ନଥାନ୍ତା। ମୁଁ କେତେ ଗାଢ଼ ନିଦରେ ଶୋଇଥିଲେ ବି ଏ ଘୋଡ଼ା ବଳଦଙ୍କ ସବୁ ଶବ୍ଦ ମୋ କାନରେ ପଡ଼େ, ନିଦଭାଙ୍ଗେ। ଏସବୁ କିଛି ହୋଇନି ମାନେ ତୁମ ବାପା ଏ ବାଟ ଦେଇ ଆଦୌ ଫେରି ନାହାନ୍ତି।'

'ସେ ତ କୋଉ ବାଟେ ବି ଫେରି ନାହାନ୍ତି ମଉସା ! ମୁଁ ଏବେ ତାଙ୍କୁ ଖୋଜିବାକୁ ବାହାରିଛି। କିନ୍ତୁ କୁଆଡ଼େ ଯିବି ? କୋଉଠୁ ଖୋଜିବି ? କିଛି ଜାଣି ପାରୁନି।' ମୁଣ୍ଡ ତଳକୁ ଝୁଙ୍କାଇ ବିଧାନ କହିଲା।

ଦୁହେଁ କିଛି ସମୟ ଚୁପ୍‌ଚାପ୍ ନିଜ ନିଜ ପାଦକୁ ଅନାଇ ବସି ରହିଲେ। ହଠାତ୍ ତକ୍କୀ ଖାଁ କହିଲା - 'ଆଚ୍ଛା, ତୁମ ବାପାଙ୍କ ଆଗରୁ ତୁମ ଘରୁ ତୁମର ଆଉ କିଏ ପାରଳାଖେମୁଣ୍ଡି ଯାଇଛନ୍ତି କି ?'

ବିଧାନ ଚମକି ପଡ଼ିଲା। ଦେବଦତ୍ତ ମଉସା !!

କିନ୍ତୁ ସେ କଥା ନକହି ସେ ପଚାରିଲା - 'ପାରଳାଖେମୁଣ୍ଡି ? କାହିଁକି ?'

'କାହିଁକି ନା ମୋତେ ଲାଗୁଛି, ତୁମ ବାପା କାହାକୁ ଖୋଜି ଏ ଜଙ୍ଗଲ ଭିତରେ ପଶିଛନ୍ତି।'

'ତୁମେ କେମିତି ଜାଣିଲ ?'

'ତାଙ୍କୁ ଦେବା ଆଗରୁ ମୁଁ ତୈମୁରକୁ ଖୁଆଇବା ବେଳେ ସେ ମୋତେ ପଚାରୁଥିଲେ- 'ଯଦି ଜଣେ ବୋମକେଇରୁ ଜଙ୍ଗଲ ବାଟଦେଇ ଚାଲିଚାଲି ପାରଳାଖେମୁଣ୍ଡି ଯାଏ ତେବେ କୋଉବାଟେ ଯିବ ?'

ଆନମନା ହୋଇ ବିଧାନ କହିଲା - 'ସେଇଠୁ ?' କିନ୍ତୁ ତା'ର ମନ କଥା ଶୁଣିବା ଅବସ୍ଥାରେ ନଥିଲା । ଦୁଶ୍ଚିନ୍ତା ବଢ଼ିବାରେ ଲାଗିଥିଲା । ଦେବଦତ୍ତ ମଉସା ନିଶ୍ଚୟ କିଛି ସାଂଘାତିକ ବିପଦରେ ପଡ଼ିଗଲେ । ବାପା ସେ ଖବର ପାଇଛନ୍ତି ଏଣୁ ତାଙ୍କୁ ଠାବ କରିବାକୁ ବାହାରି ଆସିଛନ୍ତି । ହାୟ, ମୋତେ ହେଲେ ସାଙ୍ଗରେ ଆଣିଥାନ୍ତେ !

କିଏ କହିବ ? ଦେବଦତ୍ତ ମଉସା ଯେଉଁ ବିପଦରେ ପଡ଼ିଛନ୍ତି, ସେ ବିପଦରେ ବାପା ପୁଣି ଏବେ ପଡ଼ିନାହାନ୍ତି ତ ଆଉ ? କନକ, ବାସନ୍ତୀଙ୍କ ସମେତ ଚାରୋଟି ନିଷ୍ପାପ ମୁହଁ ତା' ଆଖି ଆଗରେ ଭାସି ଉଠିଲା । ଗୋଟିଏ ନୁହଁ, ଦୁଇ ଦୁଇଟି ପରିବାରର ସମସ୍ତ ସୁଖ ଶାନ୍ତି ଟଳମଳ ହେବାକୁ ବସିଛି ।

ହେ ଭଗବାନ !

ତା'ର ସମ୍ବିତ ତକ୍କୀ ଖାଁର ବକ୍ତବ୍ୟର ଶବ୍ଦରେ ଫେରି ଆସିଲା । ସେ ଶୁଣିଲା ତକ୍କୀ ଖାଁ ଗନ୍ତବ୍ୟ ବାଟର ମାନଚିତ୍ର ବୁଝାଇ ସାରି ଶେଷ ମନ୍ତବ୍ୟ ଦେଉଛି- 'ଏଣୁ ଏବେ ଯଦି ତୁମେ ତୁମ ବାପାଙ୍କୁ ଖୋଜିବାକୁ ଯିବ, ଘୋଡ଼ାଟିଏ ନେଇ ଯଦି ଏଇ ସଙ୍ଗେ ସଙ୍ଗେ ଏଇ ଜଙ୍ଗଲ ରାସ୍ତାରେ ବାହାରିବ, ତେବେ ଏଇ ଜରଡ଼ାଗଡ଼, ମରମାରିଆ, ଗଣ୍ଡାହାତୀ ଦେଇ ପାରଳାଖେମୁଣ୍ଡି ଗଲେ, ହୁଏତ ଏଇ ସବୁ କେଉଁ ଜାଗାରେ ହେଉ କିମ୍ବା ପାରଳା ସହରରେ ହେଉ, ତୁମର ବାପାଙ୍କ ସଙ୍ଗେ ଦେଖା ହୋଇଯିବ । ଏଣୁ ଉଠ, ଆଉ ଡେରି କାହିଁକି ? କ'ଣ ଖାଇ ଆସିଛ ନା ହାଲୁଆ ଟିକେ ଖାଇବ ?'

ବିଧାନର ଉତ୍ତରକୁ ଅପେକ୍ଷା ନକରି ତକ୍କୀ ଖାଁ ଘର ଭିତରକୁ ଯାଇ ଗୋଟିଏ ଥାଳୀରେ ହାଲୁଆ, ବରଫି ଓ ପାଣିଦାନୀଟିଏ ଆଣି ବିଧାନକୁ ଧରାଇ କହିଲା - 'ମୁଁ ଜାଣିଛି, ତୁମେ ଖାଇକରି ଆସିଛ ବୋଲି କହିବ । କିନ୍ତୁ ଏ ପୀର ପ୍ରସାଦ । ଖାଅ, ପୀରଙ୍କ ଆଶୀର୍ବାଦରୁ ତୁମ ବାପାଙ୍କ ସହ ତୁମର ନିଶ୍ଚୟ ଭେଟ ହେବ ।' ଏହା କହି ସେ ବିଧାନ ମୁଣ୍ଡରେ ହାତ ରଖିଲା । ବିଧାନ ମୁଣ୍ଡଟେକି ଚାହିଁଲା । ସେଇଠି ତକ୍କୀ ଖାଁ ବଦଳରେ ଉଭୟ ପ୍ରବଳ ଓ ଦେବଦତ୍ତ ତା' ମୁଣ୍ଡରେ ହାତ ରଖିଥିବା ପରି ତାକୁ ଲାଗିଲା ।

ସେ ଏପର୍ଯ୍ୟନ୍ତ ନିଜ ଚିନ୍ତା, ଦୁଶ୍ଚିନ୍ତାକୁ ବାଇଶି ବର୍ଷର ଟାଣୁଆ ଛାତିତଳେ ଦବାଇ ରଖିଥିଲା । କାହାକୁ କହିବ ? ଏହି ଦୁଃଖକୁ ବାଣ୍ଟି ନେବାର ଶକ୍ତି ପରିବାରରେ କାହାର ନାହିଁ । ବଂଧୁ ମହଲରେ କ'ଣ କହିବ ? ଯେଉଁ ପରିସ୍ଥିତିକୁ ସେ ନିଜେ ବୁଝି ପାରୁନି, ତାକୁ ସେ କ'ଣ କହି ବଂଧୁ ମାନଙ୍କୁ ବୁଝାଇବ ?

କିନ୍ତୁ ବର୍ତ୍ତମାନ ତକ୍କୀ ଖାଁର ହାତର ସ୍ପର୍ଶ ତା'ର ମୁଣ୍ଡ ଉପରେ ତ ନୁହଁ, ସତେ ଯେପରି ଚେତନାର ସେଇ ରକ୍ତ କ୍ଷରୁ ଥିବା କ୍ଷତ ଉପରେ ସମଭାବନା ଓ ଦୁଃଖର ସମବଣ୍ଟନର ମଲମ ଲଗାଇ ତାକୁ ବାଇଶି ବର୍ଷର ଶିଶୁଟିଏ କରି ଠିଆ କରାଇ ଦେଲା।

ସେ ମୁହଁ ତଳକୁ କଲା, ତା' ଆଖିରେ ଟପ୍ ଟପ୍ ଲୁହ ଥାଳୀରେ ଥିବା ପାଣିଦାନୀର ପାଣିରେ ପଡ଼ିଲା।

ତକ୍କୀ ଖାଁ ନୀରବରେ ତା' ହାତରୁ ଥାଳୀଟି ନେଇ ପିଣ୍ଡି ଉପରେ ଥୋଇ ସେଇଠି ବିଧାନ ପାଖରେ ବସି ବିଧାନକୁ ଘଡ଼ିଏ ନିଜ ଛାତିରେ ଚିପି କୁଣ୍ଢାଇ ଧରିଲା। ପିଠିକୁ ଥାପୁଡ଼ାଇଲା। ବିଧାନ ଶାନ୍ତ ହେବା ପରେ ଥାଳୀଟି ପୁଣି ବିଧାନକୁ ଧରାଇ କହିଲା - 'ବେଟା, ଖାଇଦିଅ, ମୁଁ ଆଲ୍ଲାଙ୍କୁ ଦୁଆ ମାଗୁଛି, ତୁମ ବାପାଙ୍କ ସହ ତୁମର ନିଶ୍ଚୟ ଭେଟ ହେବ। ମୁଁ ତୁମକୁ ତୈମୁରର ମା' ବିଜ୍‌ଲୀକୁ ଦେଉଛି। ତୁମେ ବିଶ୍ୱାସ କର କି ନକର ବିଜ୍‌ଲୀ ତୁମକୁ ଏ କାମରେ ଖୁବ୍ ମଦତ୍ କରିବ।'

ବିଧାନ କିଛି ନକହି ଖାଉ ଖାଉ ତକ୍କୀ ଖାଁ ମୁହଁକୁ ଚାହିଁଲା। ତା'ର ଆଖିର ପ୍ରଶ୍ନବାଚୀକୁ ପଢ଼ି ତକ୍କୀ ଖାଁ ପୁଣି କହିଲା - 'ମନୁଷ୍ୟ ପରି ପଶୁମାନଙ୍କର ସନ୍ତାନ ସ୍ନେହ ମଧ୍ୟ ସମାନ ଭାବରେ ଶକ୍ତିଶାଳୀ। ବିଜ୍‌ଲୀ କୋଡ଼ିଏ କୋଶ ଦୂରରୁ ତୈମୁରର ଗନ୍ଧ ବାରିପାରେ। ସେ ଆୱାଜ୍ ଦେଲେ ତୈମୁର ଯୋଉଠି ଥିଲେ ବି ବିଜ୍‌ଲୀ ପାଖକୁ ଧାଇଁ ଆସିବ। ମା' ପୁଅର ଭେଟ ହେବାବେଳେ ତୁମ ବାପ ପୁଅର ଭେଟ ବି ହୋଇଯିବ।'

ତା'ର ଏ ଆଶ୍ୱାସନା ବିଧାନକୁ ଝଡ଼ତୋଫାନରେ ରାସ୍ତା ହରେଇ ଥିବା ଜାହାଜକୁ ଦିଗବାରେଣୀ ପରି ଆଲୋକ ଦେଖାଇଲା। ସେ ସକାଳୁ ଘରୁ ଚୁଡ଼ା ଚକଟା ଖାଇ ବାହାରିଥିଲେ ମଧ୍ୟ ଥାଳୀରୁ ପୋଛାପୋଛି କରି ପୀରଙ୍କ ପ୍ରସାଦ ସବୁ ଖାଇ ଥାଳୀ ଖାଲି କରିଦେଲା। ତକ୍କୀ ଖାଁ ଲୁହ ପଡ଼ିଥିବା ପାଣିଦାନୀରୁ ପାଣି ଫୋପାଡ଼ି ସଫାପାଣି ଆଣି ବିଧାନକୁ ଦେଇ ବିଜ୍‌ଲୀକୁ ଆଣିବାକୁ ଗଲା।

ବିଧାନ ଉଠି ଠିଆହେଲା। ତାକୁ ଆଉ କିଛି ଦିଶୁ ନଥିଲା। ହୃଦୟର ସୁନା ଫରୁଆରେ ଚକ୍ ମକିଆ ଶାଢ଼ୀପିନ୍ଧି ଚକାଭଉଁରୀ ଖେଳୁଥିବା ସୀତାର ମୁହଁ ମଧ୍ୟ ଫରୁଆର ଘୋଡ଼ଣୀ ତଳେ ଅଦୃଶ୍ୟ ଅସ୍ପଷ୍ଟ ହୋଇ ଯାଇଥିଲା। କେବଳ ଦେବଦତ୍ତ ଓ ପ୍ରବଳ ଏ ଦୁହେଁ ହାତ ଧରାଧରି ହୋଇ ତା' ଚେତନାରେ ଉଭା ହୋଇଥିଲେ।

ସେମାନଙ୍କ ମୁହଁରେ କିନ୍ତୁ ହସ ନଥିଲା।

-O-

ତକ୍କୀ ଖାଁ ବତାଇଥିବା ରାସ୍ତାଧରି ବିଧାନ ଘୋଡ଼ା ଛୁଟାଇ ଦୁଇ ପହରର ଦୁଇଘଡ଼ି

ବେଳକୁ ସେ ଜଙ୍ଗଲରାସ୍ତାର ଅଧାରୁ ଅଧିକ ପାର ହୋଇ ଜରଡ଼ାଗଡ଼ ଡେଇଁ ଘୋର ଅଗ୍ନାଅଗ୍ନି ବନସ୍ତର ପେଟ ଭିତରେ ପଶିଗଲା ।

ସରୁ ବାଟଚଲା ରାସ୍ତାଟିଏ ହିଁ କୁହୁକ ଗାରଟିଏ ପରି ଆଗକୁ ବାଟ ଫିଟାଇ ଫିଟାଇ ମାଡ଼ି ଚାଲିଥାଏ ।

ତାକୁ ଆଖି ଆଗରେ ରଖି ଏପର୍ଯ୍ୟନ୍ତ ସେ ବିଜ୍‌ଲୀକୁ ବିଜୁଳୀ ବେଗରେ ଛୁଟାଇ ଦେଇଥିଲା । ନିଛାଟିଆ ବଣର ସାଇଁ ସାଇଁ ପବନ ତା' କାନରେ ପଚାରୁଥିଲା- ଦେବଦତ୍ତ ହେଉ କି ପ୍ରବଳ ହେଉ, ସେମାନେ କ'ଣ ଏଇଠି ତୋତେ ଅପେକ୍ଷା କରି ଠିଆ ହୋଇଥିବେ ଯେ ତୁ ତାଙ୍କୁ ଭେଟିବୁ ? ଯା' ଘରକୁ ପଳା, ପଳା । ଏ ବନସ୍ତରେ କେହି ନାହିଁ !

ଥକା ହୋଇ ବିଧାନ ଏକ ଗଛ ମୂଳରେ ଚକଡ଼ାଏ ଜାଗା ସୂର୍ଯ୍ୟ କିରଣରେ ଝଟକୁ ଥିବା ଦେଖି ସେଇଠି ବିଜ୍‌ଲୀକୁ ଅଟକାଇଲା ।

ତାକୁ ଚରିବାକୁ ଛାଡ଼ି ଦେଇ ନିଜେ ଗଛକୁ ଆଉଜି ଆଖିବୁଜି ବସି ରହିଲା ।

ସତରେ ସେ କୁଆଡ଼େ ଏବେ ଯାଉଛି ?

କୋଉଠି ସେ ଦୁହିଁଙ୍କୁ ଖୋଜିବ ?

ଦୁହେଁ ଆଗପଛ ହୋଇ ଏହି ଜଙ୍ଗଲରେ ପଶିଛନ୍ତି । ସେ ଏତକ ହିଁ ଏପର୍ଯ୍ୟନ୍ତ ଜାଣିଛି ।

ତା'ପରେ କ'ଣ ହେଲା ?

ସେମାନେ ପରସ୍ପରକୁ ଭେଟିଲେ କି ?

ଯଦି ଭେଟିଲେ, ଦୁହେଁ ମିଶି ପାରଳାଖେମୁଣ୍ଡି ଗଲେ କି ?

ଯଦି ସେମାନଙ୍କର ଭେଟ ହୋଇନି, ସେମାନେ ଏବେ କେଉଁଠି ?

ସେ ନିଜ ଚାରିପଟକୁ ଚାହିଁଲା । ତା'ମନର ଅବସ୍ଥା ପରି ଏହି ଘଞ୍ଚ ଜଙ୍ଗଲ ଦିନ ବେଳେ ମଧ୍ୟ ଅନ୍ଧାର ଦିଶୁଛି । ଲମ୍ବା ଲମ୍ବା ଗଛ ଫାଙ୍କରେ କେଉଁଠି କେମିତି ଚେନାଏ ଖରା ମାଟିରେ ପଡ଼ି ଜାଗାକୁ ସାମାନ୍ୟ ଆଲୋକିତ କରୁଛି । ତା' ନିଜ ମନରେ ତ ସେତିକି ହେଲେ ଆଲୋକ ନାହିଁ ।

ନିରାଶ ମନକୁ ଭୁଲାଇବା ପାଇଁ ବିଧାନ କିଛି ଖାଇବାକୁ ଇଚ୍ଛାକଲା ।

ବୋଉ ଦେଇଥିବା ଆରିଷା ଓ କାକରା ପିଠାରୁ ଗୋଟିଏ ଲେଖା କାଢ଼ି ଖାଉ ଖାଉ କନକ ମାଉସୀ ଦେଇଥିବା ଲାଉତୁମ୍ବାରୁ କଞ୍ଚାଲଙ୍କା, ଲୁଣ, ହେଙ୍ଗୁ ପଡ଼ିଥିବା ଚଲ୍‌ହା ମନ୍ଦେ ଢୋକିଲା ।

ଶୀତଳ ପବନ ଦୁଷ୍ଟ ଝିଅଟିଏ ପରି ତା' ଆଖି ପତାକୁ ବୁଜି ଧରିଲା । ଆପଣା

ପଣତ କାନିରେ ବିଧାନର ମୁହଁକୁ ଘୋଡ଼ାଇ ଦେଲା। ଅଭ୍ୟାସ ନଥିବା ଘୋଡ଼ା ଚଢ଼ାର କ୍ଳାନ୍ତି ସହ ସେଇ ଶୀରି ଶୀରି ପବନର ପଣତ ତଳେ ଆଖି ତା'ର ବୁଜି ହୋଇ ଆସିଲା। ଅଧାଖିଆ ଆରିଷା ପିଠାକୁ ହାତରେ ସେମିତି ଧରି ସେ ଆଉଜି ବସିଥିବା ଗଛରେ ତା' ମୁଣ୍ଡଟି ଧୀରେ ଧୀରେ ଢଳିପଡ଼ିଲା। ଟାହୁଁ ଟାହୁଁ ଛୋଟ ଘୁଙ୍ଗୁଡ଼ିର ଶବ୍ଦଟିଏ ତା' ଭିତରୁ ବାହାରି ଆସିଲା।

ସେ ଦେଖିଲା - ଦେବଦତ୍ତ ଆସି ତା' ଆଗରେ ଠିଆ ହୋଇ ତାକୁ ଏକ ଲୟରେ ଚାହିଁ ତା' ପାଖରେ ଆଣ୍ଠୁମାଡ଼ି ବସି ପଡ଼ିଲେ। ହସି ହସି ତା' ହାତର ସେ ଅଇଁଠା ପିଠାଟିକୁ ଟାଣିନେଇ ଖାଇବାରେ ଲାଗିଲେ। କହିଲେ - 'କିରେ ଟୋକା, ମୋତେ ନଦେଇ ଏକା ଏକା ଖାଇ ଚାଲିଛୁ ?'

ଖୁସୀରେ ଆଖିଖୋଲି ଧଡ଼ପଡ଼ ହୋଇ ଉଠିବସି ବିଧାନ କହି ଉଠିଲା - 'ମଉସା !'

କିଲି ବିଲି ହୋଇ ତା' ଉପରେ ଚଢ଼ିଥିବା ଦଳେ ଗୁଣ୍ଡୁଚି ମୂଷା ଖପ୍ ଖାପ୍ ହୋଇ ତଳକୁ ଡ଼େଇଁ ଧାଇଁ ପଳାଇଲେ। ଆଶ୍ଚର୍ଯ୍ୟ ହୋଇ ସେମାନଙ୍କ ଆଡ଼କୁ ବିଧାନ ଚାହିଁ ରହିଲା। ଏଇଠି ବସି ବୋଧହୁଏ ଏଇବାଟେ ଯାଉଥିବା ସବୁ ଯାତ୍ରୀ ନିଜର ବୁଜୁଳା ଖୋଲି ଆଣିଥିବା ଖାଦ୍ୟ ଖାଆନ୍ତି ଓ ବିଶ୍ରାମ କରନ୍ତି। ଜନ୍ମରୁ ସେମାନଙ୍କୁ ଦେଖୁଥିବାରୁ ଏ ଗୁଣ୍ଡୁଚି ମୂଷାମାନଙ୍କର ମନୁଷ୍ୟ ପ୍ରତି ଆଦୌ ଭୟ ନାହିଁ।

ତା' ହାତରୁ ଅଧାଖିଆ ପିଠାଟି ଛଡ଼ାଇ ନେଇଥିବା ଗୁଣ୍ଡୁଚି ମୂଷାଟି ଖଣ୍ଡେ ଦୂରରେ ଏକ ଛୋଟ ଶୁଖିଲା ପତ୍ରର ଗଦା ଉପରେ ବସି ଦୁଇ ହାତରେ ପିଠାଟିକୁ ଖାଇବା ଦେଖି ବିଧାନ ନିଜ ଦୁଃଖ ଭୂଲି ହସିବାରେ ଲାଗିଲା। ସେ ଆଉ ଖଣ୍ଡେ ପିଠା କାଢ଼ି ତାକୁ ଛୋଟ ଛୋଟ ଟୁକୁଡ଼ା କରି ତା' ଆଡ଼କୁ ପକାଇ ଦେଲା। ତାକୁ ଖାଇବା ପାଇଁ ଆଉ ଚାରି ପାଞ୍ଚୋଟି ଗୁଣ୍ଡୁଚି ମୂଷା କୁଆଡ଼ୁ ଦୌଡ଼ି ଆସି ପତ୍ରଗଦାଟିକୁ ଛିନ୍ନ ଛତ୍ର କରି ସେ ଟୁକୁରା ମାନଙ୍କୁ ପରସ୍ପର ଠାରୁ ଛଡ଼ା ଛଡ଼ି କରି ଖାଇବାରେ ଲାଗିଲେ। ଏଇଠି ଯେ ମଣିଷଟାଏ ବସିଛି, ସେମାନଙ୍କୁ ଅନେଇଛି, ତାଙ୍କର କିଛି କ୍ଷତି ସେ ଘଟାଇପାରିବ, ଏ ଭାବନା କି ଚିନ୍ତା ସେ ଗୁଣ୍ଡୁଚି ମୂଷାଙ୍କର ନଥିଲା।

ମନୁଷ୍ୟର ଭଲପଣିଆ ପ୍ରତି ସେମାନଙ୍କର ଏ ବିଶ୍ୱାସ ବିଧାନକୁ ବହୁତ ଭଲ ଲାଗିଲା। ଏକ ହିତାକାଂକ୍ଷୀ ପରି ସେମାନଙ୍କୁ ସେ ଏକ ଲୟରେ ଚାହିଁ ରହିଲା।

ହଠାତ୍ ତା'ର ଦୃଷ୍ଟି ସେଇ ଛିନ୍ନ ଛତ୍ର ହୋଇଥିବା ପତ୍ରଗଦା ଉପରେ ପଡ଼ିଲା। ସେଇଠି କ'ଣ ଗୋଟାଏ ପଡ଼ିଛି। ବିଧାନ ବସିବା ଜାଗାରୁ ଉଠି ନଇଁପଡ଼ି ସେ ପତ୍ରଗଦାର ପତ୍ର ଆଡ଼େଇ ଦେଖିଲା,ଚମଡ଼ା ଚପଲରୁ ପଟେ। ଖଣ୍ଡେ କାଠି ଧରି ତାକୁ ଉଠାଇ ଆଣି ସେଇଟିକୁ ସେ ନିରେଖି ଦେଖିଲା।

ଆରେ, ଠିକ୍ ଏମିତି ଓଲଟ ପାଲଟ କରି ନିରେଖି ନିରେଖି ସେଦିନ ଦେବଦତ୍ତ ମଉସା ଗଂଜା ହାଟରେ ହଳେ ଚପଲକୁ ବିଧାନ ନିଜେ 'ଭଲ'ବୋଲି ମନ୍ତବ୍ୟ ଦେବାରୁ ନିଜ ପାଇଁ କିଣି ପିନ୍ଧୁଥିଲେ, ଏଇ ତ ସେଇ ଚପଲରୁ ହିଁ ପଟେ!!

ବିଧାନର ପାଦଦଳୁ ମାଟି ଧସିଗଲା ପରି ଲାଗିଲା। ଦେବଦତ୍ତ ମଉସାଙ୍କ ଚପଲ ଏଠି କେମିତି?

ସେଇ ପଟକ ଚପଲକୁ ହାତରେ ଧରି ସେ ଆଉ ପଟକ ଖୋଜାଖୋଜି କରି କରି ବାଟଚଲା ରାସ୍ତା ଛାଡ଼ି ଜଙ୍ଗଲ ଭିତରକୁ ମୁହାଁଇଲା। ସେଠାରେ ବେଶ୍ ଏକ ଚକଡ଼ାଏ ପାଉଁଶ ଗଦାର ଚାରିପଟେ ଖୋଜୁ ଖୋଜୁ ଏକ ଛୋଟ ବୁଦାମୂଳରୁ ଚପଲର ଆଉ ପଟକ ପଡ଼ିଥିବାର ଦେଖିଲା।

ହତଭମ୍ବ ହୋଇ ବିଧାନ ସେଇଠି ବସି ପଡ଼ିଲା। ତାକୁ ଚାରିଆଡ଼ ଅନ୍ଧାର ଦିଶିଲା। ସେ ଅନ୍ଧାର ଭିତରେ ଚାରି ପଟର ଲମ୍ବା ଲମ୍ବା ଗଛସବୁ ଦୋହଲି ଦୋହଲି ତା'ରି ଆଡ଼କୁ ସତେ ଯେପରି ମାଡ଼ି ଆସୁଥିଲେ। ସେ ଉଠି ସେଇଠାରୁ ଦୌଡ଼ି ପଳାଇବାକୁ ବାହାରିଲା କିନ୍ତୁ ତା'ର ଗୋଡ଼ଗୁଡ଼ିକ ଅଚଳ ହୋଇ ଯାଇଥିଲା। ଆଉ ଅଚଳ ଥିବା ଗଛଗୁଡ଼ିକ ସଚଳ ହୋଇ ଘୁଞ୍ଚି ଘୁଞ୍ଚି ତା' ନିକଟକୁ ଆସିବାରେ ଲାଗିଥିଲେ।

କେତେ ସମୟ ଗଲା ପରେ ସେ ଆଖି ଖୋଲିଲା। ସ୍ୱାଭାବିକ ଭାବରେ ପବନ ବହୁଛି। ଗଛ ସବୁ ନିଜ ନିଜ ଜାଗାରେ ଠିଆ ହୋଇଛନ୍ତି। ଦୂରରେ ବିଜ୍ଲୀ ଚରୁଛି। ଗୁଣ୍ଡୁଚି ମୂଷାମାନେ ଗଛରୁ ଗଛକୁ ଡେଉଁଛନ୍ତି। ପକ୍ଷୀମାନେ ଚିଁଚିଁ କିଚିରିମିଚିରି ହେଉଛନ୍ତି। ମୁଣ୍ଡ ଉପର ଆକାଶର ପ୍ରଚଣ୍ଡ ସୂର୍ଯ୍ୟଙ୍କ ପ୍ରଖର କିରଣ ଜଙ୍ଗଲର ସେଇ ଅଞ୍ଚଳଟିକୁ ବେଶ୍ ଆଲୋକିତ କରି ରଖିଛି।

ସେ ଏଥର ପାଉଁଶ ଗଦାଟିକୁ ଚାହିଁଲା। ହଠାତ୍ ତା' ମନକୁ କ'ଣ ଆସିଲା କେଜାଣି, ଖଣ୍ଡେ ଲମ୍ବାଡାଳ ଭାଙ୍ଗି ସେ ପାଉଁଶ ଗଦାଟିକୁ ସେ ଘଣ୍ଟାଘଣ୍ଟି କଲା। ସଂପୂର୍ଣ୍ଣ ପୋଡ଼ି ହୋଇ ନଥିବା ଛୋଟ ଛୋଟ ହାଡ଼ମାନଙ୍କ ସହ ଏକ ନାଲି ପଥର ବସା ସୁନା ମୁଦିକୁ ଦେଖି ତାକୁ ଉଠାଇ ଆଣି ପୋଛାପୋଛି କରି ନିଘେଇ ଦେଖିଲା। ଏଇଟା ଯେ ଦେବଦତ୍ତଙ୍କ ମୁଦି ଏହା ଚିହ୍ନିବାକୁ ତାକୁ ବିଳମ୍ବ ହେଲାନାହିଁ।

ମୁଦିଟିକୁ ଛାତିରେ ଜାକି ସେଇଠି ଆଣ୍ଠେଇ ପଡ଼ି ଆକାଶକୁ ଚାହିଁ ବିଧାନ ଭୋ ଭୋ କରି କାନ୍ଦିବାରେ ଲାଗିଲା। ତା'ର ସେ ଆକସ୍ମିକ ଚିତ୍କାରରେ ଗଛରେ ବସିଥିବା ଦଳେ ପକ୍ଷୀ ଡେଣା ଫଡ଼ଫଡ଼ କରି ଗଛ ଛାଡ଼ି ଉଡ଼ି ପଳାଇଗଲେ। ଗୁଣ୍ଡୁଚି ମୂଷାମାନେ ଖପ୍‌ଖାପ୍ ଡେଇଁ ଗଛ ଉପରେ ଚଢ଼ିପଡ଼ିଲେ। ଦୂରରେ ଚରୁଥିବା ବିଜ୍ଲୀ କାନଟେକି ବିଧାନ ଆଡ଼କୁ ଅନାଇଲା।

ବିଧାନ ଅନେକ ସମୟ ଧରି ସେଇଠି ବସି କାନ୍ଦିଲା। ପାଉଁଶଗୁଡ଼ାକୁ ଦୁଇ ହାତରେ ମୁଠା ମୁଠା କରି ଧରି ବିଳାପ କଲା- ଏପରି ନିରୀହ, ଶାନ୍ତ, ଭଦ୍ର ବ୍ୟକ୍ତିଟିଙ୍କୁ ମାରିବାକୁ କାହାର ହାତ ଗଲା ?

କିଏ ଏପରି ନିଷ୍ଠୁର ଭାବରେ ଦେବଦତ୍ତଙ୍କୁ ମାରି ଧରାପଡ଼ିବା ଭୟରେ ଦାହ ମଧ୍ୟ କରିଦେଲା ?

ଦସ୍ୟୁମାନଙ୍କ ହାତରେ ହାଣ ଖାଇଥିଲେ ସେମାନେ ତାଙ୍କୁ ମାରି ସେଇଠି ରାସ୍ତା ଉପରେ ବିଲୁଆ କୁକୁର ଖାଇବା ପାଇଁ ଛାଡ଼ି ଦେଇଥାନ୍ତେ। ଏତେ ଦୂର ଜଙ୍ଗଲ ଭିତରକୁ ସମସ୍ତଙ୍କ ଆଖି ଆଢୁଆଳକୁ କଷ୍ଟକରି ଘୋଷାରି ଘୋଷାରି ଆଣିନଥାନ୍ତେ।

କିଏ କାହିଁକି ଏ କାଣ୍ଡ କରିଛି ବିଧାନ କିଛି ବୁଝିପାରିଲା ନାହିଁ। ମୁଦିଟି ଅଣ୍ଟାରେ ଖୋସି କିଛି ଅସ୍ଥି ଗୋଟାଇ ଆଣି ସେ ଗାମୁଛାରେ ବାନ୍ଧି ଘୋଡ଼ା ପାଖକୁ ଫେରିଆସିଲା।

ସେ ଦେଖିଥିବା ସ୍ୱପ୍ନ ସତ ଥିଲା ତାହେଲେ !

ଆଖିରୁ ତା'ର ଧାରଧାର ଲୁହ ଗଡ଼ି ଚାଲିଥିଲା। ମୋତେ କେତେ ଭଲ ପାଉଥିଲେ, ମୁଁ ହତଭାଗା ତାଙ୍କର କିଛି ଉପକାର କରିପାରିଲି ନାହିଁ।

ଆଉ ଆଗକୁ ଯିବାକୁ ତାକୁ ଇଛା ହେଲା ନାହିଁ। ଘୋଡ଼ାକୁ ଫେରାଇ ଫେରନ୍ତା ରାସ୍ତାରେ ଯାଉଯାଉ ସେ କେବଳ ଭାବୁଥିଲା ଏ ସମ୍ବାଦ ସେ କନକ ଓ ସୁଦତ୍ତାକୁ କେମିତି ଦେବ ? ସେମାନଙ୍କ ଉପରେ ଭାଙ୍ଗି ପଡ଼ିଥିବା ଆକାଶ ତଳୁ କି ପ୍ରକାରେ ସେ ସେମାନଙ୍କୁ ଉଦ୍ଧାର କରିବ ? ସେ ତ ନିଜକୁ ସାନ୍ତ୍ୱନା ଦେଇପାରୁନି। ସେମାନଙ୍କୁ ଧୈର୍ଯ୍ୟ ଦେବ କେମିତି ?

ହଠାତ୍ ତାକୁ ପ୍ରବଳର କଥା ମନେପଡ଼ିଲା। ବାପାଙ୍କୁ ହେଲେ ଏମିତି କିଏ କୋଉଠି ମାରି ଫିଙ୍ଗି ଦେଇ ତୈମୁରକୁ ଧରି ପଳାଇ ଯାଇନି ତ ଆଉ !

ବିଧାନର ଚାରିପଟର ପୃଥିବୀ ପୁଣି ଥରେ ଘୂରିବାରେ ଲାଗିଲା। ଘୋଡ଼ାରୁ ଖସିପଡ଼ିବା ଭୟରେ ଘୋଡ଼ାର ଲଗାମ ଟାଣି ତାକୁ ଠିଆକରାଇ ସେ ତା'ପିଠିରୁ ଓହ୍ଲାଇ ମାଟି ଉପରେ ଲଥ୍‌କରି ବସିପଡ଼ିଲା।

କିଛି ସମୟ ପରେ ଘୋଡ଼ା ଉପରେ ବସି ସେ ପୁଣି ଜଙ୍ଗଲ ଭିତରେ ପଶିଲା।

-୦-

ସୂର୍ଯ୍ୟାସ୍ତ ହେବାର ବହୁ ପୂର୍ବରୁ ଜଙ୍ଗଲ ଭିତରେ ସ୍ୱାଭାବିକ ଅନ୍ଧକାର ଘୋଟିଆସିଲା। ସୂର୍ଯ୍ୟ ବୁଡ଼ିବା ଆଗରୁ ଏ ଜଙ୍ଗଲକୁ ପାର ହୋଇଯିବାକୁ ପଡ଼ିବ।

ବେଳ ରତରତ ବେଳକୁ ସେ ଜଙ୍ଗଲ ପାର ହୋଇ ପ୍ରଥମ ଗାଁରେ ପହଞ୍ଚିଲା। ସେ ଠିକ୍ କରିଥିଲା ଏଇଠାରୁ ପାରଳାଖେମୁଣ୍ଡି ଯାଏ ଯେତେ ଗାଁ, ସହର ପଡ଼ିବ ସବୁ ଜାଗା ସେ ତନ୍ନତନ୍ନ କରି ଖୋଜିବ।

ଗାଁରେ ବେଶୀ ଘର ନଥିଲା। ଯେତିକି ଲୋକ ଥିଲେ, ସମସ୍ତେ ପ୍ରାୟ ସେହି ଏକା କଥା କହିଲେ। ଯଦିଓ ବାଟଚଲା ରାସ୍ତାଟି ଏଇ ଗାଁଦାଣ୍ଡରେ ଯାଇଛି, କିନ୍ତୁ ଜଙ୍ଗଲରୁ ବାହାରି ଏଇ ଗାଁରେ କେହି ରହନ୍ତି ନାହିଁ। ସମସ୍ତେ ଏଠାରୁ ପଚିଶ କୋଶ ଦୂରରେ ଥିବା ସହରକୁ ଯାଇ ସେଠାକାର ଅନେକ ଧର୍ମଶାଳାରୁ ଗୋଟିକରେ ରହିଥାନ୍ତି। ସେଇଠି ସବୁ ସୁବିଧା ମିଳେ। ବିଧାନ ପ୍ରବଳର ଚେହେରା ଯେତେ ବର୍ଣ୍ଣନା କଲେ ମଧ୍ୟ ଉତ୍ତର ମିଳିଲା, ଏମିତି ବହୁତ ଲୋକ ଏ ବାଟେ ପ୍ରାୟ ପ୍ରତିଦିନ ଯାଆନ୍ତି। ଏଣୁ ସେ ଭିତରୁ ବିଧାନ କାହାକୁ ଖୋଜୁଛି, ସେ ଏ ରାସ୍ତାରେ ଯାଇଛି କି ନାହିଁ, ଏ ସବୁ ସଠିକ୍ ଭାବରେ କହିବା ସମ୍ଭବ ନୁହେଁ।

ରାତ୍ରିର ପ୍ରଥମ ପ୍ରହରରେ ସହରରେ ପହଞ୍ଚି ବିଧାନ ଧର୍ମଶାଳାଟିଏ ଦେଖି ସେଇଠି ରହିଲା।

୩ ଡିସେମ୍ବର ୧୭୫୨

ସକାଳୁ ଉଠି ବିଧାନ ବିଜ୍‌ଲୀ ପିଠିରେ ବସି ସହରର ସବୁ ଧର୍ମଶାଳାକୁ ତନ୍ନତନ୍ନ କରି ଖୋଜି ନିରାଶ ହେଲା। ବାପାଙ୍କ ପାଇଁ ତା' ମନରେ କେତେବେଳେ କରୁଣା, କେତେବେଳେ ଆଶଙ୍କା ଓ ଆଉ କେତେବେଳେ ବା ଭୟଙ୍କର କ୍ରୋଧ ଆସୁଥାଏ। କ'ଣ ଦରକାର ଥିଲା ଏ ବିପଦ ଭିତରେ ପଶିବା? ଯଦି ଦେବଦତ୍ତ ମଉସାଙ୍କ ବିପତ୍ତି କଥା ଶୁଣିଲେ କି ଜାଣିଲେ ସାଙ୍ଗରେ ବିଧାନକୁ ନେଇ ଆସିଥିଲେ କ'ଣ ଏ ପ୍ରମାଦ ଆଜି ଆସି ଆଗରେ ଠିଆ ହୋଇଥାନ୍ତା? ପୁରୀ ଯାଉଛି କହି ଘରୁ ଗୋଡ଼ କାଢ଼ିବା କ'ଣ ଦରକାର ଥିଲା? ପୁଣି ମନରେ ଆସୁଥାଏ, କାହିଁ ସତରେ ସେ ପୁରୀ ଚାଲି ଯାଇନାହାନ୍ତି ତ ଆଉ? ଏବେ ସେ ଏଇଠି ତାଙ୍କୁ ଖୋଜିବା ବେଳେ ସେ ପୁରୀରୁ ଘରକୁ ଫେରି, ବିଧାନ ପାଇଁ ଠିକ୍ ଏମିତି ପୁରା ପରିବାର ସହ ବ୍ୟସ୍ତ, ଚିନ୍ତିତ, ବିବ୍ରତ ହେଉନାହାନ୍ତି ତ ଆଉ?

ପୁଣି ତକ୍କୀ ଖାଁ କଥା ମନେପଡ଼ିଲା। ଯଦି ସେ ଏଆଡ଼େ ଆସି ନଥାନ୍ତେ ତକ୍କୀ ଖାଁ ତାଙ୍କର ଏମିତି ନିର୍ଭୁଲ୍ ରୂପରେଖ କେମିତି ବର୍ଣ୍ଣନା କରିଥାନ୍ତା? ସେ ତ ତାଙ୍କୁ ଚିହ୍ନିନି କି ତାଙ୍କ ପାଇଁ ବ୍ୟସ୍ତ ହେଉନଥିଲା। ସେ ନିଜ ଘୋଡ଼ା ପାଇଁ ଚିନ୍ତିତ ଥାଇ ପ୍ରବଳର ହୁଲିଆ ବିଧାନକୁ ବତାଇଥିଲା ଯାହା।

ହେଲେ ସେ ଏବେ କୋଉ ସିଦ୍ଧାନ୍ତରେ ପହଞ୍ଚିବ ?

କି ଗ୍ରହାଚାର ! ହେ ପ୍ରଭୁ ରକ୍ଷାକର।

ଏ ଦୁଶ୍ଚିନ୍ତାରୁ ଉଦ୍ଧାର କର।

ଫେରିଆସି ଧର୍ମଶାଳାରେ ସେ ମଧ୍ୟାହ୍ନଭୋଜନ କଲା। ବିଜ୍‌ଲୀକୁ ପେଟ ପୂରାଇ ଖୁଆଇ ଧର୍ମଶାଳା ଆଗରେ ଥିବା ବରଗଛ ଚାନ୍ଦିନୀରେ ବସି ବ୍ୟସ୍ତବହୁଳ ଜନସମାଗମ ଆଡ଼େ ଅନାଇ ରହିଲା। ଏଇ ବ୍ୟସ୍ତ ଲୋକମାନେ ଜାଣନ୍ତି ସେମାନେ କୁଆଡ଼େ ଯାଉଛନ୍ତି, କିନ୍ତୁ ସେ... ?

ନା, ଏମିତି ଧୈର୍ଯ୍ୟହରା ହେଲେ ଚଳିବ ନାହିଁ। ଏଇ ସହରଟିକୁ ସେ ଆଗେ ତନ୍ନତନ୍ନ କରି ଦେଖି ସାରେ। ତାପରେ ଆଗକୁ ବଢ଼ିବ ନା ପଛକୁ ଫେରିବ ଚିନ୍ତା କରିବ।

ମନେମନେ ସେଇ ଧର୍ମଶାଳା ପାଖରୁ ସେ ସେଇ ସହରକୁ ଚାରିଭାଗ କଲା। ପୂର୍ବ, ପଶ୍ଚିମ, ଦକ୍ଷିଣ, ଉତ୍ତର। ସକାଳୁ ତ ଏଇ ପଶ୍ଚିମ ଭାଗଟା ସେ ପ୍ରାୟ ଖୋଜିସାରିଛି। ବର୍ତ୍ତମାନ ଦକ୍ଷିଣ ଆଡ଼କୁ ଗଲେ ହେବ। ଧର୍ମଶାଳାକୁ ଲାଗିଥିବା ଦୋକାନରୁ କିଛି କିଣି ଦୋକାନୀକୁ ପଚାରିଲା। ଦୋକାନୀ ବୁଝାଇଦେଲା ଏଇ ସହରର ଦକ୍ଷିଣ ଆଡ଼କୁ ଆଗେଇଗଲେ କେତୋଟି ଗାଁ ପାର ହେଲେ ପାରଳାଖେମୁଣ୍ଡି। କିନ୍ତୁ ସେପଟେ ଧର୍ମଶାଳା କିଛି ନାହିଁ। ପଶ୍ଚିମପଟ ଜଙ୍ଗଲ ଦେଇ ତ ବିଧାନ ଏବେ ଆସିଛି। ପୂର୍ବ ପଟକୁ ଗଲେ ପୁଣି ଆଉ ଏକ ସହର, ସେ ପଟେ ମଧ୍ୟ ପାରଳାଖେମୁଣ୍ଡିକୁ ଯିବା ରାସ୍ତା ଅଛି। କିନ୍ତୁ ଧର୍ମଶାଳା ପ୍ରାୟ ନାହିଁ କହିଲେ ଚଳେ। ଆଉ ଉତ୍ତରପଟକୁ ଗଲେ ପାରଳା ଠାରୁ ଜଣେ ଦୂରେଇଯିବ। ସେଇଟା ପାଲୁର୍‌, ଗଞ୍ଜା, ପୁରୀ ଯିବା ରାସ୍ତା। ସେଇପଟେ କିନ୍ତୁ ଏ ସହରର ସବୁଠାରୁ ବେଶୀ ଧର୍ମଶାଳା ରହିଛି। କାରଣ ସେଇଟା ହିଁ ଏ ସହରର ମୁଖ୍ୟ ବ୍ୟବସାୟିକ କେନ୍ଦ୍ର।

ସେ ତାହାହେଲେ ଏବେ ଏଇ ଉତ୍ତର ପଟକୁ ହିଁ ପ୍ରଥମେ ଯିବ। ଦକ୍ଷିଣା ପବନଟାଏ ଶିରିଶିରି ହୋଇ ବହିଲାଣି। କାଳେ ସନ୍ଧ୍ୟାବେଳେ ବର୍ଷିଦେଲେ ଅସୁବିଧା।

ସେ ତରବର ହୋଇ ବିଜ୍‌ଲୀ ପିଠିରେ ବସି ସହରର ଉତ୍ତର ଆଡ଼କୁ ଘୋଡ଼ା ଝପଟାଇଦେଲା। ବିଜ୍‌ଲୀ ବି ସତେ ଯେପରି ବହୁ ସମୟ ହେଲା ଠିଆହୋଇ ଥକି ଯାଇଥିଲା। ପୁରା ଦମ୍‌ରେ ଉତ୍ତର ଆଡ଼କୁ ଛୁଟିଗଲା।

କିନ୍ତୁ ଠିକ୍ କୋଶଟିଏ ବାଟ ଆଗେଇଛି କି ନାହିଁ, ବିଜ୍‌ଲୀ ହଠାତ୍ ଠିଆହୋଇ ପଡ଼ିଲା। ଆଗରେ ଶୋଭାଯାତ୍ରାଟିଏ ବାଜା ବଜାଇ କୋଳାହଳ କରି ଆଗେଇ ଆସୁଥିଲା। ସେମାନଙ୍କ ଶବ୍ଦରେ ବିଜ୍‌ଲୀ ଠିଆହୋଇ ଗଲା ଭାବି ବିଧାନ ରାସ୍ତାକଡ଼କୁ ବିଜ୍‌ଲୀକୁ ଆଡ଼େଇ ନେବାକୁ ଚେଷ୍ଟାକଲା।

କିନ୍ତୁ ବିଜ୍‌ଲୀ ରାସ୍ତା ଉପରୁ ହଟିଲା ନାହିଁ। ବରଂ ପଛକୁ ବୁଲି ପଡ଼ି ନାକ ସୁଡୁସୁଡୁ କଲା। ପ୍ରଥମେ ଧୀରେ ଧୀରେ କଦମ୍ ପକାଇ ଯେଉଁ ରାସ୍ତାରେ ଧର୍ମଶାଳା ପାଖରୁ ଆସିଥିଲା, ପୁଣି ସେଇ ରାସ୍ତାରେ ଦୌଡ଼ିବାକୁ ଲାଗିଲା। ସତେ ଯେମିତି ସେଇ ଧର୍ମଶାଳାରେ କିଛି ମୂଲ୍ୟବାନ ଜିନିଷ ଭୁଲିଯାଇ ଛାଡ଼ିଦେଇ ଆସିଛି। ବିଧାନ କେତେ ଚେଷ୍ଟା କଲେ ମଧ୍ୟ ବିଜ୍‌ଲୀକୁ ଅଟକାଇ ପାରିଲା ନାହିଁ। ଚାହୁଁଚାହୁଁ ଧର୍ମଶାଳାକୁ ପଛରେ ପକାଇ ସେ ଦକ୍ଷିଣ ମୁହାଁ ହୋଇ ଏତେ ତୀବ୍ରଗତିରେ ଦୌଡ଼ିଲା ଯେ ନାଚାର ବିଧାନକୁ ଲାଗିଲା ସେ ଆଜି ହିଁ ସନ୍ଧ୍ୟାସୁଦ୍ଧା ପାରଳାଖେମୁଣ୍ଡିରେ ପହଞ୍ଚିଯିବ !

ଏହା ତ ସେ ଚାହିଁନଥିଲା !

ଦୋକାନୀଟି କହୁଥିଲା ସହରର ଏହି ଦକ୍ଷିଣ ପଟରେ ଧର୍ମଶାଳା ହିଁ ନାହିଁ। ବିଜ୍‌ଲୀର ଏ ଉତ୍ପାତରେ ଉପର ଓଳିଟା ପୂରା ନଷ୍ଟ ହୋଇଗଲା।

କିନ୍ତୁ ମାତ୍ର ଅଳ୍ପ ସମୟ ଦୌଡ଼ିବା ପରେ ବିଜ୍‌ଲୀର ଗତି କମି ଆସିଲା। ଏକ ଛୋଟିଆ ଛକ ପରି ପ୍ରାୟ ଜନଶୂନ୍ୟ ଜାଗାରେ ସେ ଠିଆହୋଇ ନାକ ସୁଡୁ ସୁଡୁ କରି ମୁଣ୍ଡ ଏପଟ ସେପଟ ହଲାଇ ହ୍ରେଷା ଶବ୍ଦ କରିବାରେ ଲାଗିଲା।

ତୈମୁର୍ ? ?

ତୈମୁର ! !

ଉତ୍ତେଜନାରେ ବିଧାନ ବିଜ୍‌ଲୀ ପିଠିରୁ ଡେଇଁପଡ଼ି ତାକୁ ନିଜ ଇଚ୍ଛାରେ ଯିବାକୁ ଛାଡ଼ିଦେଲା। ବିଜ୍‌ଲୀ କିନ୍ତୁ ସେମିତି ହ୍ରେଷା ଶବ୍ଦ କରି ସେଇ ଏକଜାଗାରେ ଠିଆହୋଇ ନିଜ ଚାରିପଟେ ବୁଲିବାକୁ ଲାଗିଲା।

ହଠାତ୍ ଆଉ ଏକ ହ୍ରେଷା ଶବ୍ଦ ନିକଟରୁ ଶୁଣାଗଲା। ବିଜ୍‌ଲୀ ଆଗେ ଆଗେ ଓ ବିଧାନ ପଛେ ପଛେ ସେ ଆଡ଼କୁ ଦୌଡ଼ିଲେ।

ଆଗରେ ଏକ ମନ୍ଦିରର ଛୋଟ ହତା ଭିତରେ ଚରୁଥିବା ଘୋଡ଼ାଟି ମୁଣ୍ଡଟେକି ପୁଣି ଥରେ ହ୍ରେଷା ଶବ୍ଦ କଲା। ବିଜ୍‌ଲୀ ଦୌଡ଼ିଯାଇ ତା' ଆଗରେ ଠିଆହୋଇ ତାକୁ ଚାଟିବାରେ ଲାଗିଲା। ସେ ମଧ୍ୟ ଛୋଟ ଛୋଟ କଦମ୍ ପକାଇ ଆଗପଛ ହଲି ମା'କୁ ଦେଖି ସେ କେଡ଼େ ଖୁସି ସେ କଥା ଜଣାଉଥିଲା।

ବିଧାନ ମନେ ମନେ ତକ୍କୀ ଖାଁକୁ ଗଭୀର କୃତଜ୍ଞତା ଜଣାଇଲା।

ସେ ଦୌଡ଼ି ଦୌଡ଼ି ହତା ଚାରିପଟେ ଘେରାଏ ବୁଲିଆସିଲା। କୋଉଠି ହେଲେ ପ୍ରବଳର ଦେଖା ଦର୍ଶନ ନଥିଲା।

ପୂଜାରୀ ଜଣେ, ଅପରାହ୍ଣର ସେବାକାର୍ଯ୍ୟ ବଢ଼େଇବା ପାଇଁ ମନ୍ଦିର ଦୁଆର ଖୋଲିବାକୁ ମନ୍ଦିରର ପାହାଚ ଚଢୁଥିଲେ। ବିଧାନ ଏକାଡିଆଁକେ ପାଞ୍ଚସାତଟା ପାହାଚ

ଚଢ଼ିଯାଇ ତାଙ୍କ ପାଖରେ ପହଞ୍ଚିଲା। ପୂଜାରୀଙ୍କୁ ପ୍ରଣାମ କରି ପଚାରିଲା- 'ଏ ଘୋଡ଼ାଟି କାହାର ?'

ପୂଜାରୀ ତା' ମୁହଁରୁ ଆଖି ଫେରାଇ ଠିଆହୋଇଥିବା ଘୋଡ଼ା ଦୁଇଟିକୁ ଚାହିଁ ଆଶ୍ଚର୍ଯ୍ୟ ହେଲେ। କହିଲେ- 'ଆରେ, ଆଜିଯାଏ ତ ଗୋଟିଏ ଘୋଡ଼ା ଥିଲା। ଏବେ କ'ଣ ଦି'ଟା ହେଲେଣି !'

'ନାଇଁ, ନାଇଁ, ସେଇଟା ମୋର।' ବିଧାନ କହିଲା। 'ଆର ଘୋଡ଼ାଟି କାହାର ?'

'ମନ୍ଦିରର ପାଚେରୀ ଆଗର ରାସ୍ତା ଆରପଟେ, ହେଇ ସେ ଯେଉଁ ପୋଖରୀଟି ଦେଖୁଛ,' ପୂଜାରୀ ବାଁ ହାତକୁ ପୂଜା ସାମଗ୍ରୀ ନେଇ ଡାହାଣ ହାତ ଟେକି ଦେଖାଇଲେ। ତାଙ୍କ ହାତକୁ ଅନୁସରଣ କରି ବିଧାନର ଦୃଷ୍ଟି ହତା ଡେଇଁ ରାସ୍ତା ଆରପଟର ପୋଖରୀ ବନ୍ଧ ପାଖକୁ ଚାଲିଗଲା। ପୂଜାରୀ ପୁଣି କହିଲେ- 'ସେଇଠି ଗୋଟେ ଲୋକ ବିଗତ ତିନିଦିନ ହେଲା ପଡ଼ିରହିଛି। ଏଇ ଘୋଡ଼ାଟି ତା'ର।'

'ଅର୍ଥାତ୍ ଲୋକଟି ସ୍ଥାନୀୟ ବାସିନ୍ଦା ନୁହଁ ?'

'ନା, ନା, ନା, ସେ ଏଇ ଦକ୍ଷିଣ ପଟୁ ଘୋଡ଼ାରେ ଚଢ଼ି ଆସିବା ମୁଁ ନିଜେ ଦେଖିଛି। ଏଇଠି କ'ଣ ହେଲା କେଜାଣି, ବୋଧହୁଏ ବେମାରୀରେ ପଡ଼ିଲା। ଆସିବା ଦିନରୁ ସେମିତି ଘୋଡ଼ିଘାଡ଼ି ହୋଇ ଶୋଇଛି। ଅଚିହ୍ନା ଲୋକଟେ। ସାଙ୍ଗରେ ପୁଣି ଘୋଡ଼ାଟିଏ ଅଛି। କାଳେ ଠଗୀ କି ଡକାୟତ ହୋଇଥିବ, ଛୁରିକାତି ରଖିଥିବ। ନହେଲେ କ'ଣ ରୋଗ ହୋଇଥିବ ଭାବି କେହି ତା' ପାଖ ମାଡୁନାହାନ୍ତି। କିନ୍ତୁ ଲୋକଟା ବଞ୍ଚିଛି...'

'କେମିତି ଜାଣିଲେ ?'

'ଆରେ, ମଲେ କୁଆ, କୁକୁର ରଖିବେ ? ଆମ ଆଗରୁ ସେମାନଙ୍କୁ ଖବର ପହଞ୍ଚିଯିବ।'

ବିଧାନ ପୂଜାରୀଙ୍କ ପୂଜାଡାଲାରେ ରୁପା ଅଧଲାଟିଏ ପକାଇ ପ୍ରଣାମ କଲା।

'ଶ୍ରୀହନୁମାନ ତୁମର ସମସ୍ତ ଇଚ୍ଛା ପୂର୍ଣ୍ଣ କରନ୍ତୁ।' ପୂଜାରୀ ଆଶୀର୍ବାଦ ଦେଲେ।

ଗୋଟିଏ ଡିଆଁରେ ତଳକୁ ଆସି ବିଧାନ ଆକାଶକୁ ଚାହିଁଲା। ଅଦିନିଆ ବର୍ଷାଟା ବର୍ଷିବ ବର୍ଷିବ ହେଉଛି।

ବିଜ୍‌ଲୀ ଓ ତୈମୁରଙ୍କୁ ସେମିତି ସୁଖଦୁଃଖ ହେବା ପାଇଁ ଛାଡ଼ି ଦେଇ ବିଧାନ ଦୌଡ଼ିଦୌଡ଼ି ପୋଖରୀ ବନ୍ଧରେ ପହଞ୍ଚି ଚାରିଆଡ଼େ ଚାହିଁଲା। ଦୂରସ୍ଥ ଏକ ଗଛମୂଳେ ଘୋଡ଼ିଘାଡ଼ି ହୋଇ ଲୋକଟିଏ ପଡ଼ିଛି। ସେ ଧାଇଁଯାଇ ଲଇଁପଡ଼ି ଲୋକଟି ମୁହଁରୁ କମ୍ବଳ ବାହାର କଲା।

ବାପା !

ବିଧାନ ସେଇଠି ଆଣ୍ଠେଇ ପଡ଼ି ଭୋ ଭୋ ହୋଇ କାନ୍ଦିବାରେ ଲାଗିଲା। ପ୍ରବଳ ଜ୍ୱରରେ ଚେତାଶୂନ୍ୟ ହୋଇ ପ୍ରବଳ ସେଇଠି ପଡ଼ି ରହିଥିଲା। ପାଟିରୁ ଧାଡ଼ିଏ ଲାଳ ବାହାରି ଶୁଖିଗଲାଣି। ପିମ୍ପୁଡ଼ି ଧାଡ଼ିଏ ସେଇ ଲାଳ ଖାଉ ଖାଉ ମୁହଁଟାକୁ ବି ଖଣ୍ଡିଆ କରି ସାରିଲେଣି।

କେଡ଼େ ପ୍ରତାପୀ ଲୋକଟା। କେଡ଼େ ହୀନିମାନ ହୋଇ ପଡ଼ିରହିଛନ୍ତି !!

ତାଙ୍କ ମୁହଁ ପୋଛାପୋଛି କରି ଲୋକ ଶଗଡ଼ ଡକାଇ ଧରାଧରି କରି ସେ ପ୍ରବଳକୁ ସେଇଠୁ ଉଠାଇଲା। ବେକରେ ଦୁଇପରସ୍ତ ହୋଇ କୋଥଳୀଟିଏ ଗୁଡ଼ାଇହୋଇ ରହିଥିବା ଦେଖି ତାକୁ କାଢ଼ିବାକୁ ଚେଷ୍ଟା କଲାବେଳେ ଶଗଡ଼ିଆ କହିଲା- 'ଆଜ୍ଞା ! ସେଇଟା ଥାଉ। ହୁଗୁଳାରେ ଅଛି କିଛି ବାଧା ନାହିଁ। ମାତ୍ର ଉଚ୍ଛୁର ହୋଇଗଲେ ୟାଙ୍କ ପ୍ରାଣକୁ ପ୍ରମାଦ ପଡ଼ିବ। ଆଗେ ଧର୍ମଶାଳାକୁ ନେଇଯିବା।'

ଶଗଡ଼ିଆର ବ୍ୟଗ୍ରତା ଦେଖି ବିଧାନର ଆଶଙ୍କା ଆହୁରି ବଢ଼ିଗଲା। ଶଗଡ଼ ପଛରେ ଦୁଇଟିଯାକ ଘୋଡ଼ାଙ୍କୁ ନେଇ ଧର୍ମଶାଳାରେ ପହଞ୍ଚି ସେଇ ରାତିରେ ହିଁ ବଛାବଛା କବିରାଜଙ୍କୁ ଡକାଇ ଚିକିତ୍ସା ଆରମ୍ଭ କଲା। କିନ୍ତୁ ପ୍ରବଳର ଚେତା ଫେରିଲା ନାହିଁ କି ଜ୍ୱର କମିଲା ନାହିଁ।

୪ ଡିସେମ୍ବର ୧୭୫୨

ସକାଳୁ ସକାଳୁ ଧର୍ମଶାଳାର ସେବକ ବନା ଆସି କହିଲା- 'ଆଜ୍ଞା ! ମଞ୍ଜୁଷାରୁ ଜଣେ ବଡ଼ ବୈଦ୍ୟ ପଣ୍ଡିତ ମୃତ୍ୟୁଞ୍ଜୟ ରଥ ଏଠା ଝିଅଘରକୁ ଦୁଇଦିନ ହେଲା ଆସିଛନ୍ତି। କାଲି ସନ୍ଧ୍ୟାରେ ଫେରିଯିବେ। ତାଙ୍କୁ ଡାକି ଆଣନ୍ତୁ। ସେ ଅଶୀ ବର୍ଷର ବୃଦ୍ଧ କିନ୍ତୁ ମଞ୍ଜୁଷାରୁ ଏଠିକି ଚାଲିଚାଲି ଆସନ୍ତି। ତାଙ୍କ ପଛେ ପଛେ ତାଙ୍କର ପାଞ୍ଚଟା ଶଗଡ଼ରେ ତାଙ୍କ ପରିବାର ଓ ଜିନିଷପତ୍ର ଆସେ। ସେ ଯଦି ଆରୋଗ୍ୟ କରି ନପାରିବେ ଆଉ ଆପଣଙ୍କ ବାପାଙ୍କୁ ଆଶା କରନ୍ତୁ ନାହିଁ।'

ପଣ୍ଡିତ ରଥ ଖବର ପାଇବା ମାତ୍ରେ ଆସିଲେ। ପ୍ରବଳର ମୁହଁକୁ ଚାହିଁବା କ୍ଷଣି ପ୍ରାୟ ଚିତ୍କାର କରି ଉଠିଲେ- 'ଆରେ, ଏ ତ ଦେବଦତ୍ତ ତନ୍ତୀ ? ସେ ଏଇଠି କେମିତି ? ପୁଣି ଏ ଅବସ୍ଥାରେ ?'

'ଦେବଦତ୍ତ ତନ୍ତୀ ?' ବିଧାନ ହାଁ କରି ତାଙ୍କୁ ଅନାଇଲା।

'କାହିଁକି ? ତୁମେ କ'ଣ ତାଙ୍କୁ ଚିହ୍ନିନା ?' ପଣ୍ଡିତ ରଥ ପଚାରିଲେ- 'ତୁମେ ତାଙ୍କର କ'ଣ ହୁଅ ?'

ବିଧାନ ନିଜକୁ ସଂଯତ କରି କହିଲା- 'ନା, ନା, ମୁଁ ତ ତାଙ୍କ ପୁଅ। ମୁଁ ଆଶ୍ଚର୍ଯ୍ୟ ହେଉଛି, ତାଙ୍କୁ ଆପଣ କେମିତି ଚିହ୍ନିଲେ ?'

ସେମିତି କଣ୍ଠରେ ବିସ୍ମୟ ଫୁଟାଇ ଭ୍ରୂ କୁଞ୍ଚିତ କରି ପଣ୍ଡିତ ରଥ କହିଲେ- 'ଏଇ ମାତ୍ର ଚାରି ଦିନ ତଳେ ତାଙ୍କ କାବ୍ୟ 'କର୍ମସୂତ୍ର' ତ ପାରଳା ମହାରାଜାଙ୍କଠାରୁ ପ୍ରଥମ ପୁରସ୍କାର ହଜାରେ ମୋହର ପାଇଛି। ସେ ହଜାର ମୋହର ବଡ଼ କଥା ନୁହଁ, ସେ ଯେଉଁ ସମ୍ମାନ, ଗୌରବ ଆଦର ପାରଳା ଗଜପତି ମହାରାଜଙ୍କଠାରୁ ପାଇଛନ୍ତି, ସେ ତ ବହୁ ଦୁର୍ଲ୍ଲଭ। ଏ କ'ଣ କେବେ ଭୁଲିବା କଥା ?'

'ଆପଣ... ଏସବୁ... କେମିତି ଜାଣିଲେ ?'

'ଆରେ, ମୋ ପରି ବହୁ ପଣ୍ଡିତ ସେ ସଭାକୁ ନିମନ୍ତ୍ରଣ ପାଇ ଆସିଥିଲେ। କିନ୍ତୁ ତୁମେ ତ ସେଇଠି ନଥିଲ ?'

'ନାଇଁ ଆଜ୍ଞା ! ଠିକ୍ ସମୟରେ ଘରକୁ ସେ ନଫେରିବାରୁ ତାଙ୍କୁ ଖୋଜି ମୁଁ ଏଇଠି ତାଙ୍କୁ ଭେଟିଲି... ସେ ପୁଣି ଏଇ ଅବସ୍ଥାରେ।' ବିଧାନ ମୁହଁ ଶୁଖେଇ ଉତ୍ତର ଦେଲା।

'ହଉ, ମୁଁ ତାଙ୍କୁ ଦେଖୁଛି, କିନ୍ତୁ ଏ କଥା ଯଦି ପାରଳା ମହାରାଜାଙ୍କ କାନରେ ପଡ଼ିବ ସେ ତ ପାଲିଙ୍କି କରି ୟାଙ୍କୁ ନେଇ ତାଙ୍କ ରାଜବାଟୀରେ ରଖି ସବୁମନ୍ତେ ଚିକିତ୍ସା କରାଇବେ। ହେଉ, ଇଏ ଆଗେ ଆଖି ଖୋଲନ୍ତୁ...' ଏହା କହି ସେ ପ୍ରବଳର ନାଡ଼ି ଇତ୍ୟାଦି ପରୀକ୍ଷା କରିବାରେ ଲାଗିଲେ।

*ବାପା ପାରଳାଖେମୁଣ୍ଡିରେ ? 'କର୍ମସୂତ୍ର' ତ ମଉସାଙ୍କ ପୋଥିର ନାମ। ମଉସା କ'ଣ ଅସୁବିଧାରେ ପଡ଼ି ବାପାଙ୍କ ହାତରେ ପୋଥିଟା ପଠାଇଦେଲେ ? ଏ ଅସୁବିଧା କଥା ବୋଧେ ବାପା ଆଗରୁ ଜାଣିଥିଲେ ? ବାପା ପାରଳାଖେମୁଣ୍ଡି ଗଲା ପରେ ବୋଧେ ମଉସାଙ୍କ ମୃତ୍ୟୁ ହୋଇଛି। କୌଣସି ସହୃଦୟ ବ୍ୟକ୍ତି ବୋଧେ ତାଙ୍କ ଦାହ କାର୍ଯ୍ୟ କରିଦେଇଛି। ବିଚରା ବାପା, ଏ ଦୁଃସମ୍ବାଦ-*

ସେ ଶୁଣିଲା- କବିରାଜ ରଥ କହୁଛନ୍ତି, 'ପୁତ୍ର ! ମୋତେ ଆଶ୍ଚର୍ଯ୍ୟ ଲାଗୁଛି, ତୁମ ବାପାଙ୍କର ଏ ଅବସ୍ଥା କେମିତି ହେଲା ? ତାଙ୍କ ଦେହରେ କୌଣସି ବ୍ୟାଧିର ଲକ୍ଷଣ ନାହିଁ। କିନ୍ତୁ ଆଧି- ଶକ୍ତ ମାନସିକ ଧକ୍କା, ତାଙ୍କ ମର୍ମ ସ୍ଥାନରେ ବାଜିଛି। ମୁଁ ନିଜେ ତାଙ୍କ ମହାଆଦର ସମ୍ମାନ ନିଜ ଆଖିରେ ଦେଖିଛି... ଏଣୁ ମାନସିକ ଧକ୍କା ଲାଗିବାର ବେଳ ତ ଏ ନଥିଲା !'

ବିଧାନ କେବଳ ତାଙ୍କ ମୁହଁକୁ ଅନାଇ ରହିଥିଲା। ସେ ପୁଣି କହିଲେ- 'ପୁଣି ଗତ ଚାରି ପାଞ୍ଚଦିନ ହେଲା ସେ କିଛି ଖାଇନାହାନ୍ତି କି ପିଇ ମଧ୍ୟ ନାହାନ୍ତି। ତାଙ୍କ

ପେଟରେ ନାଡ଼ି ସମ୍ପୂର୍ଣ୍ଣ ଶୁଖିଯାଇଛି। ତା' ଉପରେ ଏକପ୍ରକାର ଶୋକାଚ୍ଛନ୍ନ, ଦାରୁଣ ଧକ୍କା ଯୋଗୁ ପ୍ରାଣ ସଙ୍କଟାପନ୍ନ ଅବସ୍ଥାରେ ଅଛି। ଏ କାହିଁକି ହେଲା ? ତୁମ ସହିତ ତାଙ୍କର କେବେ ଭେଟ ହେଲା ?'

'କାଲି ସନ୍ଧ୍ୟାବେଳେ। ସେତେବେଳକୁ ସେ ଏ ଅବସ୍ଥାକୁ ଆସି ସାରିଲେଣି। କାଲି ମୁଁ ଜଣେ ବୈଦ୍ୟଙ୍କୁ ଡାକି ଦେଖାଇଥିଲି। ସେ କିଛି କରିପାରିଲେ ନାହିଁ। ଆଜି ସକାଳୁ ତ ମୁଁ ଆପଣଙ୍କ ସୁନାମ ଶୁଣି...' ବିଧାନ ଆଉ କିଛି କହିପାରିଲା ନାହିଁ। ଆଖିର ଧାର ଧାର ଲୁହକୁ ଗାମୁଛାରେ ପୋଛିବାକୁ ଲାଗିଲା।

ପଣ୍ଡିତ ରଥ ବିଧାନ କାନ୍ଧରେ ହାତ ରଖିଲେ। 'ବାପ, ଧୈର୍ଯ୍ୟ ଧର। ତାଙ୍କ ପରି କବିଙ୍କର ଏ ଅବସ୍ଥା... ପୁଣି ଏତେ ଶୀଘ୍ର... ମାତ୍ର ଚାରିଦିନ ତଳେ ମୁଁ ତାଙ୍କୁ ଦେଖିଥିଲି। ମୋତେ ବି ଖୁବ୍ ଦୁଃଖ ଲାଗୁଛି। ହଉ, ଏ ବଟିକା ତିନୋଟି ରଖ।'

ବିଧାନ ଲୁହ ପୋଛି ହାତ ବଢ଼ାଇଲା। ପଣ୍ଡିତ ରଥ ତା' ହାତରେ ତିନୋଟି ବଟିକା ଓ ଗୋଟିଏ ମୋଦକ ବଢ଼ାଇ ଦେଇ କହିଲେ- 'ଏବେ ତ ପୂର୍ବାହ୍ଣ ଗଡ଼ିଗଲାଣି। ଆଉ ଡେରି ନକରି ଅଳ୍ପ ସମୟ ବ୍ୟବଧାନରେ ଏହି ତିନିପାନ ଔଷଧ ତାଙ୍କୁ ଦେଇଦିଅ। ଆଜି ସନ୍ଧ୍ୟା ସୁଦ୍ଧା ତାଙ୍କ ଚେତା ଫେରିଆସିବ। ଆଜି ଯଦି ଚେତା ନଫେରେ, ତାଙ୍କର ଆଉ ଆଶା ନାହିଁ। ଆଉ ଯଦି ଚେତା ଫେରେ, ଏହି ମୋଦକଟି ରଖ। ଏଇ ଔଷଧଟିକୁ ପାଣିରେ ଚକଟି ଅଳ୍ପ ଅଳ୍ପ କରି ପିଆଇବ। ଯଦି ରାତିଟା ପାର ହୋଇଯିବ, ତାହେଲେ ହୁଏତ କିଛି ଆଶା ଅଛି। ଆଉ ଯଦି ରାତିରେ ଆବଶ୍ୟକ ହୁଏ, ମୋତେ ଡକାଇବାରେ ଲଜ୍ଜା କରିବ ନାହିଁ। ମୁଁ ଖବର ପାଇବା ମାତ୍ରେ ଆସିବି।'

ବିଧାନ ମୁଣ୍ଡରେ ଚଡ଼କ ପଡ଼ିଲା। ଆଗରେ କାଳରାତ୍ରି !

ମନରେ ଦମ୍ଭ ବାନ୍ଧି ସେ ତିନିପାନ ଔଷଧ ବାପାଙ୍କୁ କୌଣସିମତେ ପିଆଇ ନିଜେ ନଖାଇ ନପିଇ ବାପାଙ୍କ ପାଖରେ ବସି ତାଙ୍କ ହାତପାଦ ମଞ୍ଚାଳୁ ମଞ୍ଚାଳୁ ଦିନ ଢଳିଗଲା। ସେମିତି ବାପାଙ୍କ ପାଦରେ ହାତରଖି ବସୁବସୁ ସେଇଠି ତା' ଆଖି ଲାଗିଗଲା।

ସାପ ! ସାପ !

ଧଡ଼୍‌ପଡ଼ ହୋଇ ବିଧାନ ଉଠିପଡ଼ିଲା। କିଏ କାହାକୁ କହୁଛି, ବୁଝିବାକୁ ଖୋଲା ଦୁଆର ଆଡ଼େ ଚାହିଁବା ବେଳକୁ ପୁଣି ଚିତ୍କାର ଶୁଭିଲା - ସାପ ! ସାପ !

ସେ ପ୍ରବଳକୁ ଅନାଇ ଖୁସି ହୋଇଗଲା। ପ୍ରବଳ ଆଖି ନାଲି ନାଲି କରି ତାକୁ ହିଁ ଚାହିଁଛି। ପଶ୍ଚିମାଭିମୁଖୀ ସୂର୍ଯ୍ୟଙ୍କର ଶେଷ କିରଣ କୋଠରୀକୁ ଆଲୋକିତ କରି ରଖିଛି।

ସେ ବୁଝିପାରିଲା ବିପଦ ଟଳିଗଲା। ବାପାଙ୍କ ଚେତା ତ ଫେରିଆସିଲା !

ସେ ଠିଆହୋଇ ଖଟ ଉପରକୁ ଝୁଙ୍କିପଡ଼ି ଲାଗିଲା - 'ବାପା ! ବାପା !'

ପ୍ରବଳ ଘରକୋଣକୁ ଆଙ୍ଗୁଳି ଦେଖାଇ କହିଲା- 'ଦେବଦତ୍ତ ! ସାପ ! ଦେବଦତ୍ତ ! ସାପ !'

ବିଧାନ ପଛକୁ ବୁଲି ଚାହିଁଲା । କେହି ନାହିଁ । ସେ ବୁଝିଲା- ଜ୍ୱରରେ, ଦେବଦତ୍ତକୁ ଖୋଜି ନପାଇବାର ଦୁଃଖରେ, ବାପା ପ୍ରଳାପ କରୁଛନ୍ତି ।

ସେ ତାଙ୍କୁ କେମିତି କହିବ ଦେବଦତ୍ତ ଆଉ ନାହାନ୍ତି ! କହିବାର ସମୟ ତ ଏ ନୁହଁ ।

କରଞ୍ଜ ତେଲର ବଡ଼ ଦୀପଟିଏ ଧରି ବନା ସେ ଘରେ ପଶି ଦୀପଟିକୁ ଖଟ ପାଖର ଲମ୍ବା ବଇଠା ଉପରେ ରଖିଲା । ତା'ରି ସାହାଯ୍ୟରେ ପ୍ରବଳକୁ ଧରାଧରି କରି ବିଧାନ କୌଣସିମତେ ତାକୁ ଖଟବାଡ଼କୁ ଆଉଜେଇ ବସାଇଲା । ଔଷଧକୁ ପାଣିରେ ଚକଟି ସେଥିରୁ ମନ୍ଦେ ମନ୍ଦେ ପ୍ରବଳକୁ ପିଆଇଲା । ସବୁତକ ଔଷଧ ପେଟକୁ ଯିବାର ଅଳ୍ପ ସମୟ ପରେ ପ୍ରବଳ କଟମଟ କରି ଚାରିଆଡ଼କୁ ଚାହିଁଲା । ଦୀପର ଆଲୁଅ ବିଧାନ ମୁହଁରେ ପଡୁଥାଏ । ଘଡ଼ିଏ ବିଧାନ ମୁହଁକୁ ଚାହିଁ ପ୍ରବଳ କହିଲା- 'ବିଧୁ ? ବାପ, ତୁ କେତେବେଳେ ଆସିଲୁରେ ? ?'

ବାପର ସ୍ନେହବୋଳା ପଦକ କଥାରେ ବିଧାନର ସବୁ ଧୈର୍ଯ୍ୟ ବନ୍ଧ ଭାଙ୍ଗିଗଲା । ସେ ବାପକୁ କୁଣ୍ଢାଇ ଧରି କାନ୍ଦିବାରେ ଲାଗିଲା । କହିଲା- 'ତୁମକୁ ଖୋଜିଖୋଜି ଏଇଠି ଆସି ତୁମକୁ ପାଇଲି । କ'ଣ ହେଲା ଯେ ତୁମର ଏ ଅବସ୍ଥା ହେଲା ?'

'ମୁଁ ଏବେ କୋଉଠି ? କେତେଦିନ ହେଲା ?'

'ମୁଁ ତ ତୁମକୁ ପାଇଲି କାଲି, ପୋଖରୀ ହୁଡ଼ାରେ,' କହିଦେଇ ବିଧାନ ଚୁପ୍ ହୋଇଗଲା । ନା, ସେ ଆଗେ ସୁସ୍ଥ ହୁଅନ୍ତୁ...

ପ୍ରବଳର ମୁହଁକୁ ଚାହିଁ ସେ କହିଲା- 'ତୁମେ ଏଇଠି ଧର୍ମଶାଳାରେ କାଲି ରାତିରୁ ଅଛ । କବିରାଜ କହୁଥିଲେ-' ସେ ଚୁପ୍ ହୋଇଗଲା, ତୁମେ ଗତ ପାଞ୍ଚ ଛ' ଦିନ ହେଲା କିଛି ଖାଇନାହଁ କାହିଁକି ? ଏତକ ମଧ୍ୟ ତା'ର ଗଳାରେ ସେପଟେ ଥାଉ । ଏବେ ସମୟ ନୁହଁ ସେସବୁ କହିବା ପାଇଁ ।

ସେ କହିଲା- 'ହଉ, ସେ କଥା ଛାଡ଼ । ଭୋକ ହେଉଥିବ । ମୁଁ ଯାଏ କିଛି କିଣି ନେଇଆସେ ।'

ରାତ୍ରି ତ ହେଇସାରିଥିଲା । ଧର୍ମଶାଳାର ମନ୍ଦିରରେ ସନ୍ଧ୍ୟା ଆଳତୀ ଚାଲିଥିଲା । ସ୍ୱାଭାବିକ ଗହଳଚହଳରେ ଧର୍ମଶାଳାର ଅଗଣା ପୂରି ଯାଇଥିଲା । ସେ ଆଡ଼କୁ ଅନାଇ ବିଧାନ କହିଲା- 'ବାପା ! ତୁମେ ଟିକିଏ ବିଶ୍ରାମ କର । ମୁଁ ଉଷୁମ କ୍ଷୀର ଠେକିଏ ଆଣୁଛି, ତୁମେ ପିଇବ । ଭଲ ଲାଗିବ ।'

ପ୍ରବଳ ତା'ର ଦୁର୍ବଳ ହାତରେ ବିଧାନର ଖଟ ଉପରେ ଥିବା ପାପୁଲି ଉପରେ ସାମାନ୍ୟ ଚାପ ଦେଲା। ଆଖିବୁଜି ଦୁର୍ବଳ ସ୍ୱରରେ କହିଲା- 'ବିଧୁ, ଧନରେ, ମୋତେ ଦେ...'

'ହଁ ବାପା', ତା' କଥା କାଟି ବିଧାନ କହିଲା- 'ଆଗ ତୁମ ପାଇଁ କ୍ଷୀରଟା ଆଣିଦିଏ, ତା'ପରେ ଯାହା ଖାଇବାକୁ ମନ ହେଉଛି, କହିବ। ସଙ୍ଗେ ସଙ୍ଗେ ଆଣିଦେବି।'

'ନାଇଁ ବାପ, ଖାଇବାକୁ ସମୟ ନାହିଁ। ତୋର ପାଦ... ତୋ ପାଦ ଦୁଇଟା ମୋତେ ଛୁଇଁବାକୁ ଦେ'। ତୋତେ ଦେଖିବି ବୋଲି ତ ଆଶା ନଥିଲାରେ ପୁଅ!' ପ୍ରବଳ ବନ୍ଦ ଆଖି ଖୋଲି ବିଧାନକୁ ଚାହିଁ କହିଲା।

'ବାପା, ଆଉ କଥା କୁହ ନାହିଁ। କଷ୍ଟ ହେବ। ମୁଁ ହେଇ ଗଲି ଆଉ ଆସିଲି। ଏଇ ଦେଖ, ଏଇ ସେଇଠି ତ ଦୋକାନଟା, ଏଇଠୁ ଦିଶୁଛି।'

ସବୁ ବଳ ଖର୍ଚ୍ଚ କରି ପ୍ରବଳ ବିଧାନର ଲୁଗାକୁ ମୁଠାଇ ଧରିଲା। 'କହିଲି ପରା, ଯା'ନା, ବସ୍'। ସେ ଦୁଇ ହାତ ଯୋଡ଼ିବାକୁ ଚେଷ୍ଟା କଲା। 'ମୋତେ କ୍ଷମା କରିଦେ' ବାପ, ତୋ ପାଦ ତଳେ ହିଁ କ୍ଷମା ମାଗୁଛି। କ୍ଷମା କର, କ୍ଷମା କର।'

ବିଧାନ ତ୍ରସ୍ତ ହୋଇପଡ଼ିଲା। ଚେତା ସିନା ଫେରିଲା, ପ୍ରଳାପ ତ ବନ୍ଦ ହେଉନାହିଁ। କିନ୍ତୁ ଚିହ୍ନି ତ ପାରୁଛନ୍ତି! ନାଁ ଧରି ଡାକୁଛନ୍ତି ମଧ୍ୟ। ଇଏ କି ପ୍ରକାର ବିକାର? କିଏ ହେଲେ ପାଖରେ ଥା'ନ୍ତା। ସେ ନିଜେ ଧାଇଁଯାଇ କବିରାଜ ରଥଙ୍କୁ ଡାକିଆଣନ୍ତା।

ସେ କାତର ସ୍ୱରରେ କହିଲା- 'ବାପା! ତୁମେ ଏମିତି ଯାଡ୍ରୁ ସ୍ୟାଡ୍ରୁ କହିଲେ, ମୋତେ କେତେ କଷ୍ଟ ହେଉଛି, ଜାଣିପାରୁଛ? ଏ ବାଉଳା ଚାଉଳା ବନ୍ଦ କର। ମୋତେ ତ ଚିହ୍ନିପାରୁଛ, ଏଣୁତେଣୁ କହୁଛ କାହିଁକି? ତୁମେ ଟିକିଏ ସାଷ୍ଟାମ ହେଲେ ମୁଁ କବିରାଜଙ୍କୁ -

ପ୍ରବଳ ଅଳପ ହସିଲା। 'ବିଧୁ, ଏ କବିରାଜଙ୍କ ନୁହଁ, ଯମରାଜଙ୍କ ଆସିବା ସମୟ। ତୁ ବୁଝିପାରୁନୁ। ବାପ ବୋଲି ଯଦି କାଣିଚାଏ କରୁଣା ତୋ ମନରେ ଅଛି, ମୋତେ ଛାଡ଼ି ଏବେ କୁଆଡ଼େ ଯା'ନା। ମୋତେ କହିବାକୁ ସୁଯୋଗ ଦେ'।'

ବିଧାନ କ'ଣ କରିବ, ବୁଝିପାରିଲା ନାହିଁ। ତା'ର ମସ୍ତିଷ୍କ କହୁଛି କିଛି ପିଇବାର ବନ୍ଦୋବସ୍ତ କରିବା ଉଚିତ। ହୃଦୟ କହୁଛି, ବାପାଙ୍କ କଥା ମାନି ଏଇଠୁ ଯିବା ଉଚିତ ନୁହେଁ। ବାପାଙ୍କ ସ୍ୱର ଦୁର୍ବଳ ଥିଲେ ବି ସ୍ପଷ୍ଟ ଓ ଦୃଢ଼। ଅବାନ୍ତର ନୁହେଁ। ତା' ମନରେ ଏକ କ୍ଷୀଣ ଆଶା ଜନ୍ମନେଲା। ସମ୍ଭବତଃ ଏଇ ଶେଷ ମୋଦକଟା ଭଲ କାମ କରିଛି। ବୋଧହୁଏ କଥାବାର୍ତ୍ତା କଲେ ହିଁ ସେ ଚଞ୍ଚଳ ହେବେ।

'ହଉ, କ'ଣ କହିବ କହ। କିନ୍ତୁ ନିଜକୁ କଷ୍ଟ ଦେଇ କଥା କହନା।'

ସେ ଖୋଲା ଦ୍ୱାର ଦେଇ ଧର୍ମଶାଳାର ପ୍ରଶସ୍ତ ଅଗଣାକୁ ଚାହିଁଲା। ଲୋକଙ୍କ ଚଳପ୍ରଚଳ ଗହଳଚହଳ ଚାଲିଛି। ବନା ଯଦି ଆଖିରେ ପଡ଼େ, ତାକୁ କିଛି କଉଡ଼ି ଦେଲେ, ସେ କ୍ଷୀର ଆଣିଦେବ। କବିରାଜଙ୍କୁ ଡାକି ଆଣିବ।

'ମୋତେ ଚାହାଁ ବିଧାନ,' ବିଧାନ ପ୍ରବଳ ଉପରକୁ ଆଖି ଫେରାଇଲା। 'ହେଇ ସେ କଣକୁ ଦେଖ, ସେଇଠି ସେ ଚଉପଦୀ ଉପରେ କିଏ ବସିଛି ?'

ବିଧାନ ସେଆଡ଼େ ଚାହିଁଲା। କେହି ନାହିଁ, ସେ ଜାଣେ। ଦୃଷ୍ଟି ଫେରାଇ ପ୍ରବଳର ମୁଣ୍ଡ ପାଖକୁ ଝୁଙ୍କି ଆସି ତା'ର କପାଳର ଝାଳ ସବୁ ଗାମୁଛାରେ ପୋଛି ବାଳରେ ଅଙ୍ଗୁଳି ଚଳାଇ ସଜାଡ଼ିଦେଲା।

'ବାପା, ଶୋଷ ହେଉଛି ନା ?'

'ମନ ଦେଇ ଶୁଣ୍ ବିଧୁ, ଦେବଦତ୍ତ... ଦେବଦତ୍ତ ସେଇଠି ବସିଛି, ସେଇ ଚଉପଦୀ ଉପରେ। ତା' ଦୁଇ କାନ୍ଧରେ ଦୁଇଟା ସାପ-

'ଓହୋ ! ସେ ଚଉପଦୀଟାକୁ ସେଇଠୁ କାଢ଼ିଦେଲେ ହେବ।' ଏହା କହି ବିଧାନ ସେ ଛୋଟ ଚଉପଦୀକୁ ସେଇଠୁ ଆଣି ଖଟ ପାଖରେ ପକାଇ ନିଜେ ତା' ଉପରେ ବସିପଡ଼ିଲା।

ପ୍ରବଳ ସେଆଡୁ ଆଖି ଫେରାଇ କହିଲା- 'ମୁଣ୍ଡ ତଳୁ ମୁଚୁଳା ଦୁଇଟା କାଢ଼ି ମୋ ପିଠିରେ ଦେଇ ମୋତେ ଟିକିଏ ସିଧା କରି ବସା ତ।'

ବିଧାନ ଖୁସି ହୋଇଗଲା। ଏ ତ ସମ୍ପୂର୍ଣ୍ଣ ସୁସ୍ଥ ମଣିଷର କଥା। ସେ ବାପାଙ୍କୁ ପୂରା ବସିଲା ପରି ଆଉଜେଇ ପୁଣି ବାହାରକୁ ଚାହିଁଲା। ଏ ବନାଟା ଗଲା କୁଆଡ଼େ ? ଆଉ କେହି ବି ଦିଶୁନାହାନ୍ତି। ବାପା ତ ତାକୁ ପାଖରୁ ଯିବାକୁ ଦେଉନାହାନ୍ତି। ଏତେଦିନ ଧରି ଖାଇନଥିବା ଏ ରୋଗୀ ମୁହଁରେ କ୍ଷୀର ଟୋପେ ଦେବାର ମଧ୍ୟ ଜୁ' ନାହିଁ।

'ବିଧାନ... ବର୍ତ୍ତମାନ ଯଦି ମୋର ଏ ବକ୍ତବ୍ୟକୁ ମନ ଦେଇ ଶୁଣିବୁ ନାହିଁ, ପିତୃଦ୍ରୋହୀ ହେବୁ।' ପ୍ରବଳର କଠୋର ଶବ୍ଦ ଶୁଣି ବିଧାନ ଚମକି ପଡ଼ି ପ୍ରବଳକୁ ଚାହିଁଲା। 'ଆଜୀବନ ପଶ୍ଚାତ୍ତାପ କରିବୁ। ଇଏ ମୋର ପ୍ରଳାପ ନୁହଁ, ତୋର କିନ୍ତୁ ଭବିଷ୍ୟତ। ମୋ କଥାରେ ଧ୍ୟାନ ଦେ'- ରହି ରହି ପ୍ରବଳ କହିଲା।

'ବାପା ?' ଆଶ୍ଚର୍ଯ୍ୟ ହୋଇ ବିଧାନ ପ୍ରବଳକୁ ଚାହିଁ କହିଲା- 'ଇଏ ତ ତମ ଭାଷା ନୁହେଁ, ତୁମେ ତ ଏମିତି କେବେ କହନା।'

'ଆଉ କିଏ କହେ ?' ପ୍ରବଳ ସ୍ଥିର ଆଖିରେ ବିଧାନକୁ ଚାହିଁଲା।

'ଏଁ, କିଏ କହେ ? ଗାଁ ମକଦ୍ଦମ ପଣ୍ଡିତ ଦାଶରଥୀ ମିଶ୍ର। ନହେଲେ...'

'ନହେଲେ ?'

'ମଉସା...'

'ମଉସା ? କୋଉ ମଉସା ?'

'ଦେବଦତ୍ତ ମଉସା।'

'ତୁ ତ ସେ ଚଉପଦୀଟା ସେଇଠୁ କାଢ଼ିଦେଲୁ। ଦେବଦତ୍ତ ଆସି ଏଇଠି ଏବେ ମୋ ଖଟ ଉପରେ ହେଇ ଏପଟେ ମୋତେ ଲାଗିକରି ବସିଛି। ସେ ମୋତେ ଏତକ ତୋତେ କହିବାକୁ କହିବାରୁ ମୁଁ ତୋତେ କହିଲି। ସତରେ ବିଧୁ, ତୁ ମୋ' ପୁଅ ହୋଇ କେବେ ବି ତ ମୋ' କଥା ଶୁଣିଲୁ ନାହିଁ...। ଆଉ ଏବେ ମଧ୍ୟ ଦେବଦତ୍ତର କଥା ତ ସଙ୍ଗେ ସଙ୍ଗେ ବୁଝିଗଲୁ ?'

'ଏତକ ମଧ୍ୟ ସେ କହିବାରୁ କହୁଛ ?'

'ନା, ଏତକ ମୋ' ନିଜ ମନ କଥା।'

ବିଧାନ ବଡ଼ ଦ୍ୱନ୍ଦ୍ୱରେ ପଡ଼ିଲା। 'ଦେବଦତ୍ତ ମୋତେ ଲାଗିକରି ବସିଛି।' ଏ କଥା ସିନା ପ୍ରଳାପ- କିନ୍ତୁ ଏ ଭାଷା ଯେ ଦେବଦତ୍ତ ମଉସାଙ୍କର ଏଥିରେ ତ କାଣିଚାଏ ସନ୍ଦେହ ନାହିଁ। 'ବର୍ତ୍ତମାନ', 'ବକ୍ତବ୍ୟ', 'ଆଜୀବନ', 'ପିତୃଦ୍ରୋହୀ', 'ପଶ୍ଚାତ୍ତାପ', 'କିନ୍ତୁ', 'ପ୍ରଳାପ' ଏ ଶବ୍ଦ ସବୁର ଅର୍ଥ ମଧ୍ୟ ପ୍ରବଳ ଜାଣେନା। କିନ୍ତୁ ଦେବଦତ୍ତଙ୍କ କଥାରେ ଏ ସାଧୁଶବ୍ଦ ସବୁ ସେ ସବୁବେଳେ ଶୁଣୁଥିଲା। ତାଙ୍କଠାରୁ ଶୁଣି ଶୁଣି ଦତ୍ତା ବି ଏବେ ଏଥିରୁ କିଛି କହୁଛି।

ଏଥର ବିଧାନ ମୁହଁ ଖୋଲିଲା, 'ବାପା, ତୁମେ ସେତେବେଲୁ ଦେବଦତ୍ତ ଦେବଦତ୍ତ ହେଉଛ। ମୁଁ କାହିଁ ମଉସାଙ୍କୁ ଦେଖିପାରୁନି ତ ?'

ପ୍ରବଳ ବେକ ସାମାନ୍ୟ ବୁଲାଇ ନିଜ ବାଁ ପଟକୁ ଚାହିଁଲା। ମୁହଁ ଫେରାଇ ଧୀରେ ଧୀରେ କହିଲା- 'ସେ କହୁଛି, 'ସମୟ ଆସିନି'।

*ହୁଁ, ପୁଣି ପ୍ରଳାପ !*

କ'ଣ ଭାବି ବିଧାନ କହିଲା- 'ବାପା, ତୁମକୁ ଗୋଟିଏ କଥା କହିବି କହିବି ହେଉଛି... କିନ୍ତୁ ଇଏ କହିବାର ସମୟ ନୁହଁ।'

ପ୍ରବଳ ସାମାନ୍ୟ ହସିଲା। କହିଲା- 'ଏଇ ହିଁ ସମୟ। ମୋ' ପାଖରେ ଆଉ ବେଶି ସମ-

ବାଧାଦେଇ ବିଧାନ କହିଲା- 'ଦେବଦତ୍ତ... ଦେବଦତ୍ତ ମଉସା... ଆଉ ନାହାନ୍ତି।'

ପ୍ରବଳ ଆଖିବୁଜି ଦେଲା। ତା' ଆଖିରୁ ଧାର ଧାର ଲୁହ ଝରିବାରେ ଲାଗିଲା।

ବିଧାନ ଅନୁତାପରେ ଦହିହେଲା। ଛିଃ, ମୋର ଟିକିଏ ବି ବୁଦ୍ଧି ନାହିଁ। ଏପରି ଏକ ଦୁଃସମ୍ବାଦ ଦେବାର ଏ ସମୟ ନୁହଁ ଜାଣୁଜାଣୁ ତାଙ୍କ ମନରେ ଏ କଷ୍ଟ ଦେଲି।

କିନ୍ତୁ... କିନ୍ତୁ... ବାପା କୋଉଦିନ ଦେବଦତ୍ତ ମଉସାଙ୍କୁ ଏତେ ଭଲ ପାଉଥିଲେ ? ଅବଶ୍ୟ ସେ ପିଉସୀ ଘରକୁ ଯିବାବେଳକୁ ବାପା ମଉସାଙ୍କର ଭକ୍ତ ପାଲଟି ସାରିଥିଲେ। ଗୁଣର ଆଦର କରୁଥିଲେ। ତଥାପି କାନ୍ଦିବା ଲୋକ ତ ଏ ନୁହନ୍ତି। ସେ ଭ୍ରୁକୁଞ୍ଚନ କରି ପ୍ରବଳକୁ ଚାହିଁଲା।

ପ୍ରବଳ ଆଖିଖୋଲି ବିଧାନକୁ ଚାହିଁ ଦୁର୍ବଳ ସ୍ୱରରେ କହିଲା- 'ଦେବଦତ୍ତ ଯଦି ଜୀଇଁଥା'ନ୍ତା, ତୁ' ତ ଏବେ ତାକୁ ମୋ' ପାଖରେ ବସିବା ଦେଖି ପାରିଥା'ନ୍ତୁ।'

'ଏଁ... କ'ଣ ଯାତ୍ତୁ ସ୍ୟାତ୍ତୁ କହୁଛ ?'

'ଦେବଦତ୍ତ ଏଇଠି ବସିଛି, ତୁ' ଦେଖିପାରୁନୁ। ଏଥିରୁ ଜାଣିପାରୁନୁ, ସେ ମଲାଣି ବୋଲି ?'

'ବାପା ! ! ତୁମେ ଜାଣିଛ ସେ ମରିଗଲେଣି ?'

ପ୍ରବଳ ମୁଣ୍ଡ ଟୁଙ୍ଗାରି ହଁ କଲା।

'ତେବେ କ'ଣ ତୁମେ... ତୁମେ ହିଁ କ'ଣ... ସେ ଜଙ୍ଗଲରେ... ତାଙ୍କ ଚିତା ଜାଳିଥିଲ ?' ବିଧାନର ଆଖି ବିସ୍ଫାରିତ ହେବାରେ ଲାଗିଥିଲା।

ପ୍ରବଳ ପୁଣି ମୁଣ୍ଡ ଟୁଙ୍ଗାରିଲା।

'ହେଲେ... ସେ ମଲେ କେମିତି ?'

'ମୁଁ ମାରିଦେଲି।'

'ସେ ମଲେ କେମିତି ?'

'ଏଢ଼େ ପାଟି କାହିଁକି କରୁଛୁ ?'

'ହେଲେ ସେ ମଲେ କେମିତି ?' ନିଜକୁ ସଂଯତ କରି ସ୍ୱରକୁ କମାଇ ବିଧାନ ପୁଣି ପଚାରିଲା।

'କହିଲି ପରା, ମୁଁ ମାରିଦେଲି।'

'ବାପା... ଏଣୁ ତେଣୁ କହିବା ବନ୍ଦ କର। ସେ ମଲେ କେମିତି ?'

'ବିଷ ଦେଇରେ ବିଧାନ... ମୁଁ ତା' ଖାଇବାରେ ବିଷ ମିଶାଇ ତାକୁ ମାରିଦେଲି।'

'ତୁମେ କେମିତି... ମାନେ କେତେବେଳେ ତାଙ୍କୁ ବିଷ ଦେଲ, ସେ ତ ତୁମ ଆଗରୁ ଘରୁ ଯାଇ ସାରିଥିଲେ।'

'ତାକୁ ଜଙ୍ଗଲରେ ଯାଇ ଭେଟିଲି। ସେଇଠି ବିଷମିଶା ଖାଦ୍ୟ ଦେଲି। ସେ

ଜାଣି ପାରିଲା ନାହିଁ। ଖାଇ ଦେଲା। ମରିଗଲା।'

ବିଧାନ କହିବାକୁ ଯାଉଥିଲା - ପୁଣି ପ୍ରଳାପ? କିନ୍ତୁ ହଠାତ୍ ତାକୁ ତକ୍କୀ ଖାଁ, ତୈମୁର...

ସେ ସ୍ତବ୍ଧ ହୋଇ ବସି ରହିଲା।

ପ୍ରବଳ ବେକ ବୁଲାଇ ତାକୁ ଚାହିଁ କହିଲା- 'ଏବେ ବୁଝି ପାରୁଛୁ ତ? ଏଥର ମନଦେଇ ଶୁଣ। କିଛି ବାଧା ନଦେଇ ମନଦେଇ ଶୁଣ।' ପୁଣି ପ୍ରବଳ ଦୁଇ ହାତ ଯୋଡ଼ିବାକୁ ଚେଷ୍ଟା କଲା, ହାତ ଦୁଇଟିକୁ ବଡ଼ କଷ୍ଟରେ ନିଜ ଛାତି ପର୍ଯ୍ୟନ୍ତ ଆଣିଲା। 'ବିଧାନ ମୋତେ କ୍ଷମା କରିଦେ। ତୋ ପାଦ ଛୁଇଁ କ୍ଷମା ମାଗୁଛିରେ, ଅନା ମୋତେ...'

ବିଧାନ ପଥର ମୂର୍ତ୍ତିପରି ତଳକୁ ମୁହଁ କରି ବସି ରହିଲା।

'ବିଧୁ... ବିଧୁ...'

'ଶୁଣୁଛି... କହିଚାଲ,' ମୁଣ୍ଡପୋତି ବିଧାନ କହିଲା। ସେ ଜାଣି ପାରୁଥିଲା, ଗୋଟାଏ ବଡ଼ ବିପଦର ବୋଝ ତା'ର ଅନିଚ୍ଛା ସତ୍ତ୍ୱେ ପ୍ରବଳ ତା' ମୁଣ୍ଡରେ ଲଦିବାକୁ ଯାଉଛି।

'ମୁଁ କନକ ଠୁ ରାତିରେ ଯାଇ ଖାଇବା ଆଣିଥିଲି... ତକ୍କୀ ଖାଁ ପାଖରୁ ଘୋଡ଼ା ଆଣିଲି... ବିଧୁ ଶୁଣୁଛୁ?'

'ଶୁଣୁଛି... କହିଚାଲ...'

ବିଧାନ ଶୁଣୁଥିଲା... ପ୍ରବଳ କହି ଚାଲିଲା...

'ତା' ପରେ କେଳା ବସ୍ତିକୁ ଯାଇ ହଳାହଳ ବିଷ କିଣି ଆଣି...

*ଆଉ ତକ୍କୀ ଖାଁ ମଉସା ଭାବୁଥିଲେ ବାପା ବାଟଭୁଲି କେଳା ଗାଁକୁ ଚାଲିଯାଇଥିଲେ। ସେଥିପାଇଁ ପୁଣି ଫେରି ସେ ପଟୁ ସିଧା ଜଙ୍ଗଲରେ ପଶିଥିଲେ। ତକ୍କୀ ଖାଁ ମଉସା ଯାହା ଚିନ୍ତା ବି କରି ପାରିନଥିଲେ ବାପା... ବାପା ସେ କାମ କରିବାକୁ ଟିକିଏ ମଧ୍ୟ ପଛେଇ ନଥିଲେ।* **ଛିଃ, ଛିଃ, ଛିଃ...**

'କନକ ଦେଇଥିବା ଖାଦ୍ୟରେ ସେ ହଳାହଳ ବିଷ ମିଶାଇ ଦେବଦତ୍ତକୁ ଦେଇଦେଲି। ଶଳା... ଖାଇଦେଲା... ମରିଗଲା। ସୁଶୀଳକୁ ଜୋଇଁ କରିଥାନ୍ତା ଶଳା...।'

*ଆଉ ଏବେ କାନ୍ଦୁଥିଲ କାହିଁକି? ଧିକ୍ ତୁମକୁ। କେମିତି ଏ କାଣ୍ଡ କରି ପାରିଲ, ବିଶ୍ୱାସରେ ବିଷ ଦେଲ?*

'ଦେବଦତ୍ତ ଛଟପଟ ହୋଇ ମରିଗଲା। ମରିଯିବା ଆଗରୁ ଦୁଇଟି ଶାପ ଦେଲା... ଆମ ବଂଶରେ କେହି...

*କେମିତି ଏ ଅନର୍ଥ କଲ ବାପା ? ପୁରା ବଂଶକୁ ନରକକୁ ଠେଲିଦେଲ ? କ'ଣ ପାଇଲ ?*

'ମୁଁ ତା'ର ପୋଥିନେଇ ରାଜଭବନ ଗଲି... ପାରଲା... ମହାରାଜା...'

*କେମିତି ତୁମ ମୁଣ୍ଡରେ ଏ ପିଶାଚ ବୁଦ୍ଧି ପଶିଲା ? ତୁମକୁ ମୁଁ, ବୋଉ, ସବିତା କେହି ମନେ ପଡ଼ିଲୁ ନାହିଁ ?*

'ସେ ରାଜ ଅତିଥିଶାଳାର ସୁଖ, ସେ ବିଳାସ କ'ଣ କହିବିରେ ବିଧୁ... ସେତେବେଳେ ଯାଇ ମୁଁ ଦେବଦତ୍ତର ଶାପର ଅର୍ଥ ବୁଝିପାରିଲି...'

*ହେ ବିଧାତା ! ତୁମ ସୃଷ୍ଟିରେ ଏତେ ଅନାଚାର ଏତେ ପାପ ହୁଏ ? ତୁମେ କିଛି କରିପାର ନାହିଁ ? ଧିକ୍ ବିଧାତା ! ଧିକ୍ ତୁମ ବିଧାତାପଣିଆକୁ ... ଧିକ୍ ତୁମକୁ...*

'ସେ ହଜାର ସୁନା ମୋହର ମୋର ଏ କୋଥଳୀରେ ସାତ ପରସ୍ତ କନା ବନ୍ଧାହୋଇ...'

*ଆମ ବାପ ଅଜା ଚଉଦ ପୁରୁଷରେ କିଏ ଏମିତି କାମ କରିନଥିଲେ । ଦିନେ ବୁଲା କୁକୁରଟାକୁ ଟେକା ଟିଏ ମୁଁ ପକାଇଥିଲି ବୋଲି ମୋ ଜେଜେବାପା ମୋତେ କେତେ ଧିକ୍କାରୀ ଥିଲେ, କେତେ ବୁଝାଇ ଥିଲେ... ତୁମେ ତାଙ୍କ ପୁଅ ଟି !*

'ଧ' ରେ ବିଧାନ... ଏ ହଜାରେ ସୁନା ମୋହର ଧର...। ସବିତା ଏବେ ସୁଶୀଳକୁ ବିଭାହେବ...

*ଜୀଅନ୍ତା ରେଶମ ପୋକମାନଙ୍କୁ ଗରମ ପାଣିରେ ସିଝା ହୋଇ ମରାଯାଏ ବୋଲି ଜେଜେମା ଦିନେ ସେ ରେଶମ ସୂତା ଛୁଇଁ ନଥିଲେ । ଦିନେ ପାଟଶାଢ଼ୀ ଟିଏ ପିନ୍ଧି ନଥିଲେ । ଯେଉଁ ଦିନ ବାରିରେ ରେଶମ ପୋକ ସିଝା ହାଣ୍ଡି ଚୁଲୀରେ ବସୁଥିଲା ଜେଜେମା'... ଦୁଇଦିନ ନିର୍ଜଳା ଉପବାସ କରୁଥିଲେ । ତୁମେ ତାଙ୍କ ପୁଅଟି ? ହା, ଦଇବ ! !*

'ବିଧାନ... ଦେବଦତ୍ତ... ସାପ ! ସାପ !'

*ମୁଁ ଏବେ କୁଆଡ଼େ ଯିବି ? କାହାକୁ ଏ ପୋଡ଼ା ମୁହଁ ଦେଖାଇବି ? କୋଉ ମୁହଁରେ ଘରକୁ ଯିବି । ମୋର ତ ସବୁ ଜଳି ପୋଡ଼ି ଗଲା । ମୋ ଜୀବନ ଛାରଖାର ହୋଇଗଲା ।*

'ବିଧାନ... ବିଧୁ... କୁଆଡ଼େ ଗଲୁରେ ? ରେ ବାପା, ମୋ ପାଟିରେ ପାଣି ଟୋପାଟେ ଦେ ।'

ଲୁହ, ସିଂଘାଣି, ଝାଳରେ ଗୁନ୍ଧି ହୋଇ ଯାଇଥିବା ବିଧାନ ଉଠି କଳସୀରୁ ପାଣିକାଢ଼ି ବାପ ପାଟିରେ ଢ଼ାଳିଲା । ବାହାରେ ବର୍ଷାର ସଂକେତ ନେଇ ଶୀତଳ ପବନ ତୁହାକୁ ତୁହା ବହିବାକୁ ଆରମ୍ଭ କଲା ।

'ମଉସାଙ୍କ ପୋଥି କାହିଁ?'

'ଏଁ? ହଜାରେ ସୁନାମୋହର?'

'ମଉସାଙ୍କ ପୋଥି... ପୋଥି... କାଇଁ?'

'ମହାରାଜ ରଖିଲେ। ପରେ ଆସି ନେବ କହିଲେ।'

'ହେଇଟି ଧର୍... ଏ ସୁନା ମୋହର,' ପ୍ରବଳର ଉଠିଥିବା ହାତକୁ ବେକର କୋଥଳୀର ସୂତାକୁ ଦେଖାଉଥିଲା।

ବିଧାନ ତା' ହାତକୁ ଧୀରେ ଆଡ଼େଇଦେଇ ପଚାରିଲା - 'ଆଉ ପାଣି ପିଇବ?'

'ବିଧାନ... ପୁଅରେ... ମୋତେ ଚାହାଁ...।'

'ଭଗବାନଙ୍କୁ ଡାକ... ନାମ ସ୍ମରଣ କର...'

'ବିଧାନ... ପୁଅରେ... ବାପ... ଏ ମୋହର...

ବିଧାନ ଉଠିଯାଇ ଖୋଲା ଦୁଆର ମୁହଁରେ ଛାତିରେ ହାତଛନ୍ଦି ବାହାରକୁ ଚାହିଁ ଠିଆ ହେଲା। ଅଗଣାରେ ବିକଟ ଶବ୍ଦ କରି କୁଢ଼େଇ ହେଉଥିବା ମୂଷଳ ଧାରାର ବର୍ଷାର ଫୁଆରାରେ ତା' ଦେହ, ମୁଣ୍ଡ ସଂପୂର୍ଣ୍ଣ ଓଦା ହୋଇଗଲା।

ଦଲକାଏ ପବନ ସେ କୋଠରୀ ଭିତରକୁ ଧସାଇ ପଶି ଜଳୁଥିବା ଦୀପଟିକୁ ଲିଭାଇ ଦେଲା। ବିଧାନ ସେ ଅନ୍ଧାର କଟକଟ ଘର ଭିତରକୁ ଆସି ଅଣ୍ଡାଳି ଅଣ୍ଡାଳି ଚୌପଦୀକୁ ଠାବ କରି ତା' ଉପରେ ବସିଲା।

ଏକ ଶକ୍ତିଶାଳୀ ବିଜୁଳୀ ଝଟକି ଉଠି ଘରଟିକୁ ମୁହୂର୍ତ୍ତକ ପାଇଁ ଝଲସାଇ ଦେଲା। ସେ କ୍ଷଣକର ଆଲୋକରେ ବିଧାନକୁ ହଠାତ୍ ଲାଗିଲା ଦେବଦତ୍ତ ତା' ଆଗରେ ଖଟ ସେ ପଟେ ଠିଆ ହୋଇ ଏକ ଲୟରେ ତାକୁ ଚାହିଁ ରହିଛନ୍ତି।

ତାଙ୍କ ଉପରେ ଆଖି ପଡ଼ିବା ମାତ୍ରେ ସେ ବିଧାନ ଆଡ଼କୁ ହାତ ବଢ଼ାଇଲେ। କହିଲେ - 'ମୁଦିଟା ଦେ।'

ଯନ୍ତ୍ରଚାଳିତ ପରି ତାଙ୍କୁ ଅନାଇ ରହି ଅଣ୍ଟାରେ ଖୋଷିଥିବା ମୁଦିଟା କାଢ଼ି ବିଧାନ ତାଙ୍କ ହାତକୁ ବଢ଼ାଇ ଦେଲା। ସେତେବେଳକୁ କୋଠରୀ ପୁଣି ଅନ୍ଧକାରରେ ବୁଡ଼ି ସାରିଥିଲା। ବିଧାନ ହାତରୁ ମୁଦିଟି ଠଣ୍ କରି ତଳେ ପଡ଼ିବାର ଶବ୍ଦ ହେଲା।

କିନ୍ତୁ ବିଧାନ ତାକୁ ଶୁଣି ପାରିଲା ନାହିଁ। ଚେତା ହରାଇ ସେ ତଳେ ପଡ଼ି ସାରିଥିଲା।

ଘଡ଼ଘଡ଼ିର ଘୋର ଘର୍ଘର ଶବ୍ଦରେ ଚାରିଦିଗ କମ୍ପି ଉଠିଲା।

୧୫ ଡିସେମ୍ବର ୧୭୫୨
ବୋମକେଇ

ପ୍ରବଳ ଓ ଦେବଦତ୍ତର ବାରଦିନିଆଁ ଶ୍ରାଦ୍ଧ ଭୋଜି । ବ୍ରାହ୍ମଣ ଭୋଜନ ସରିଯାଇଥିଲା । ଦେବଦତ୍ତଙ୍କ ଆମ୍ବଗଛ ମୂଳେ ସତରଞ୍ଜି ପାରି ବ୍ରାହ୍ମଣମାନଙ୍କୁ ବସାଇ ଥାଳୀରେ ମିଠାପାନ ପରଷା ଯାଇଥିଲା ।

ସମଗ୍ର ଗାଁର- ପୁରୁଷ, ସ୍ତ୍ରୀ ଓ ପିଲାମାନେ ଅଲଗା ଅଲଗା ଧାଡ଼ିରେ ଖାଇବାକୁ ବସିଲେ ।

ଗାଁ ଲୋକେ କୁହାକୁହି ହେଉଥିଲେ, 'ଦେଖ, ଦୁଇ ପଡ଼ୋଶୀ ଦୁଇ ଭାଇ ପରି ଚଳୁଥିଲେ । ଏବେ କୁଣ୍ଢାକୁଣ୍ଢି ହୋଇ ଏକା ସଂଗରେ ଚାଲିଗଲେ ଯେ ଦୁହିଁଙ୍କ ଦଶାକର୍ମ, ବାରଭୋଜି ମଧ୍ୟ ଗୋଟିଏ ଦିନରେ ହେଲା । ଧନ୍ୟ ସେମାନେ ।'

ଆଉ ଜଣେ କହିଲା – 'ଧନ୍ୟ ତ କହିବ ଏ ମେଞ୍ଚଡ଼ ଟୋକା ବିଧାନକୁ । ଦୁଇଟା ବ୍ରାହ୍ମଣ ଲଗାଇ ମଲାକାର୍ଯ୍ୟ ଧରିଲା । ଦୁଇ ଦୁଇଟା ମଲାଘର କର୍ମ ଏକା ସାଙ୍ଗରେ ବାଇଶବର୍ଷର କଅଁଳ କାନ୍ଧରେ ଉଠେଇ ଦେଲା ।'

ଆଉ ଜଣେ ମାଛମୁଣ୍ଡ ଖାଇ କଣ୍ଟାସବୁ ନିଜ ପତ୍ରରେ ରଖୁ ରଖୁ କହିଲା – 'ଭାଇ,ଏବେ ତ ବିଧାନକୁ ନିଜ କାନ୍ଧକୁ ଆଉରି ଟାଣ କରିବାକୁ ପଡ଼ିବ । ତା ନିଜର ଭଉଣୀ, ଦେବଦତ୍ତର ଝିଅ, ଦୁଇ ଦୁଇଟା ଅଭିଆଡ଼ୀ ଘରେ ଅଛନ୍ତି ଯେ ସେମାନଙ୍କ ବିଭାଘର ମଧ୍ୟ ତାକୁ ଉଠାଇ ବାକୁ ପଡ଼ିବ ।'

'ସଜ୍ଜନ ମାନେ ! ମୋ କଥାକୁ ଟିକିଏ ଧ୍ୟାନ ଦିଅନ୍ତୁ ।' ବିଧାନର ସ୍ୱର ବାରଦିନିଆଁ ଭୋଜିର ସବୁ ହୋ ହଲ୍ଲାକୁ ବନ୍ଦ କରିଦେଲା । ସମସ୍ତେ ହାତକୁ ଖାଇବା ପତ୍ରରେ ରଖି, ଆଉ କିଏ ଆଙ୍ଗୁଳି ଚାଟୁ ଚାଟୁ ବିଧାନ ମୁହଁକୁ ଚାହିଲେ ।

ବିଧାନ ପାଟିକରି କହିଲା – 'ଦେବଦତ୍ତ ମଉସା ମରିବା ପୂର୍ବରୁ ଆମ ଗାଆଁକୁ ଧନ୍ୟ କରି ଯାଇଛନ୍ତି । ତାଙ୍କର କାବ୍ୟ 'କର୍ମସୂତ୍ର'କୁ ପାରଳାଖେମୁଣ୍ଡି ମହାରାଜ ଦ୍ୱିତୀୟ ଜଗନ୍ନାଥ ଗଜପତି ନାରାୟଣଦେବ ଏକ ହଜାର ସୁନା ମୋହର ପୁରସ୍କାର ଦେଇଛନ୍ତି । ମରିବା ପୂର୍ବରୁ ଦେବଦତ୍ତ ମଉସା ସେ ମୋହର ଥଳୀକୁ ମୋ ହାତକୁ ବଢ଼ାଇ ଦେଇଥିଲେ । ଆଜି ଆପଣମାନଙ୍କ ଆଗରେ ସେହି ଏକ ହଜାର ସୁନା ମୋହର ଥିବା ଥଳୀକୁ ମୁଁ ଦେବଦତ୍ତଙ୍କ ସ୍ତ୍ରୀ – ମୋ ମାଉସୀଙ୍କୁ ଅର୍ପଣ କରୁଛି । ଦେଖନ୍ତୁ, ହଜାରେ ସୁନା ମୋହର ।' ଏହା କହି ସେ ଥଳୀ ଭିତରେ ହାତ ପୁରାଇ ମୁଠାଏ ମୋହର ହାତରେ ନେଇ ସେଗୁଡ଼ିକୁ ସମସ୍ତଙ୍କୁ ଦେଖାଇ ପୁଣି ଝଣଝଣ କରି ଥଳୀରେ ପୁରାଇ ଦେଲା ।

ହଜାରେ ସୁନାମୋହର!!

ଉପସ୍ଥିତ ପ୍ରାୟ ଦୁଇଶହ ଲୋକ ଜମା ହୋଇଥିବା ସମାବେଶଟି ଉପରେ ସତେ ଯେପରି କିଏ କୁହୁକ ହାତ ବୁଲାଇ ଆଣି ସମସ୍ତଙ୍କୁ ପଥର କରିଦେଲା। ପିଲା, ବୁଢ଼ା, ସ୍ତ୍ରୀ, ପୁରୁଷ କାହାରି ମୁହଁରୁ ପଦୁଟିଏ କଥା ବାହାରିଲା ନାହିଁ। ସମସ୍ତେ ହାଁ କରି ବିଧାନ ମୁହଁକୁ ଅନାଇ ରହିଲେ।

ହଜାରେ ସୁନା ମୋହର!!

ସମସ୍ତଙ୍କ ଆଖି ମିଟିମିଟି ହେଲା। ଆମ୍ବଗଛ ମୂଳେ ବସିଥିବା ବ୍ରାହ୍ମଣମାନଙ୍କ ମଧ୍ୟରୁ ଗାଁ ମକଦ୍ଦମ ପଣ୍ଡିତ ଦାଶରଥୀ ମିଶ୍ର ଠିଆ ହୋଇ ହାତତାଳି ମାରିଲେ। ସେ ତାଳି ଶବ୍ଦରେ ଉପସ୍ଥିତ ସମସ୍ତଙ୍କ ସମ୍ମୋହନ କଟିଗଲା। ଖାଇ ସାରିଥିବା ଲୋକଙ୍କ ହାତତାଳି ଓ ଖାଇବା ବନ୍ଦ କରି ଶୁଣୁଥିବା ଲୋକଙ୍କ ସମ୍ମିଳିତ ଉଚ୍ଚ ସ୍ୱରରେ ସ୍ଥାନଟି କମ୍ପି ଉଠିଲା। ଧନ୍ୟ ଦେବଦତ୍ତ! ଧନ୍ୟ ଧନ୍ୟ! ଆମ ଗାଁର ନାଁ ରଖିଲ! ଧନ୍ୟ ଗୁଣଗ୍ରାହୀ ଜଗନ୍ନାଥ ଗଜପତି ନାରାୟଣ ମହାରାଜ! ଧନ୍ୟ ଧନ୍ୟ!

କନକ ଏତେ ପୁରୁଷଙ୍କ ଆଗକୁ ଆସି ଥଳୀଟି ନେବାକୁ ମନା କରିଦେଲେ। ବିଧାନର ଅନୁରୋଧରେ ସୁଦତ୍ତା ସେଠାକୁ ଆସି ବିଧାନ ହାତରୁ ସେ ଥଳୀଟି ନେଇ ସମସ୍ତଙ୍କୁ ନମସ୍କାର କଲା। ଥଳୀକୁ ମୁଣ୍ଡରେ ଲଗାଇ ସେଇଠି ଆଣ୍ଠୁମାଡ଼ି ବସି ଥଳୀକୁ ଛାତିରେ ଚାପି ଧରି ଭୋ ଭୋ ହୋଇ କାନ୍ଦି ଉଠିଲା।

ଉପସ୍ଥିତ ସମସ୍ତଙ୍କ ଆଖି ଛଳ ଛଳ ହୋଇଗଲା।

ବାପର ସ୍ନେହବୋଳା ଉପସ୍ଥିତି ପାଖରେ ଏ ହଜାରେ ସୁନା ମୋହର କେଡ଼େ ନ୍ୟୁନ!

୧୭ ଡିସେମ୍ବର ୧୭୫୨

ବୋମକେଇ

ପ୍ରଚଣ୍ଡର ସ୍ତ୍ରୀ ପ୍ରଭାଙ୍କ ଆଖିରୁ କେରି କେରି ଲୁହ ଝରି ପଡୁଥିଲା।

ପିଲା ବୋଲି ଗୋଟିଏ - ସୁଶୀଳ, ତାକୁ ଆସି ଛବିଶ ବର୍ଷ ହେଲାଣି। ତା' ସାଙ୍ଗସାଥୀ ସବୁ ବିଭା ହୋଇ ବାପ ହୋଇ ସାରିଲେଣି। ସୁଶୀଳର ଯୁବାମନ କ'ଣ ହେଉଥିବ? ବାପ ହୋଇ ପ୍ରଚଣ୍ଡ ଏଡ଼େ ନିଷ୍ଠୁର ହୋଇଛନ୍ତି ଯେ, ପୁଅ ବିଭାଘର ନାଁ ଧରୁ ନାହାନ୍ତି। ସେଇ ଏକା ଜିଦ୍‌ରେ ଅଟଳ!

ଯିଏ ପାଞ୍ଚଶ' ସୁନା ମୋହର ଦେବ, ତା'ରି ଘରୁ ସେ ଝିଅ ଆଣିବେ।

ପାଞ୍ଚଶ' ସୁନାମୋହର କ'ଣ ସହଜ ହୋଇଛି? ପ୍ରଭା ଭଲ କରି ଜାଣନ୍ତି, ପାଞ୍ଚଶ' ତ ଦୂରର କଥା, ଆଖପାଖ ପଚାଶ ଗାଁରେ ପାଞ୍ଚଟା ସୁନା ମୋହର ରଖିଥିବା ପରିବାରଟିଏ ଆଜିକାଲି ଆଉ ନାହାନ୍ତି।

ଆଉ କ'ଣ କୋଉ ରଜାଝିଅ ଆସି ସୁଶୀଳ ବେକରେ ବରଣମାଳା ପକାଇବ?

ତା'ଛଡ଼ା ଏ ସୁନା ମୋହର ହେବ କ'ଣ? ଘରେ ଆଣି ସେଥିରୁ ଗଣ୍ଡେ ରଖିଲେ କୋଉଦିନ ଡକାଏତ ଘରେ ପଶି ସେତକ ଲୁଟିନେବେ। ପ୍ରାଣ ମଧ୍ୟ ଯାଇପାରେ। ବିପତ୍ତିକୁ ଡାକି ଆଣିବା କଥା ଯାହା।

ପ୍ରଭାଙ୍କର ବାପଘର ଓ ଅଜାଘର ପାଇକ ବଂଶ। କଳିଙ୍ଗ ସୈନିକ ବଂଶ। ଏ ବଂଶର ଇତିହାସ ଗୌରବମୟ। ଅଜା ଜେଜେବାପା ଉଭୟ ବଂଶର ଗାରିମା ସେମାନଙ୍କ ମୁହଁରୁ ଶୁଣିଶୁଣି ସେ ବଡ଼ ହୋଇଛନ୍ତି। ଅଜା ଓ ଜେଜେବାପା ଉଭୟଙ୍କ ପୂର୍ବପୁରୁଷମାନେ ମୁକୁନ୍ଦଦେବଙ୍କ ସେନାବାହିନୀରେ ଥିଲେ।

ପାଇକ ମାନଙ୍କୁ ଜମିବାଡ଼ି ରାଜା ଖଞ୍ଜି ଦେଇଥିଲେ। ଅଭିନ୍ନ ପରିବାରରେ ଗୋଟିଏ ଭାଇ ସେ ଜମିବାଡ଼ି ବୁଝିବାବେଳେ, ଆଉ ଭାଇମାନେ ପାଇକ ସାଜି ଯୁଦ୍ଧବେଳେ ଯୁଦ୍ଧକୁ ଯାଉଥିଲେ। ଶାନ୍ତିବେଳେ ଆଖଡ଼ା ଘରେ ବଳ ବଢ଼ାଇ ସମର କୌଶଳ ଜାରୀ ରଖୁଥିଲେ।

ରାଜା ବର୍ଷକୁ ଗୋଟିଏ ସୁନା ମୋହର ବର୍ତ୍ତନ ରୂପେ ଦେଉଥିଲେ। ତାକୁ ପାଇବା ଦିନ ପାଇକମାନଙ୍କ ଛାତି ଗର୍ବରେ ଫୁଲି ଉଠୁଥିଲା।

ଯାହା ପାଖରେ ଯେତୋଟି ସୁନା ମୋହର ସାଇତା ହୋଇ ରହିଛି, ସେ ସେତେ ବର୍ଷର ଅଭିଜ୍ଞ ପାଇକ ବୋଲି ଜଣାଯାଉଥିଲା। ସୁନାମୋହର ଜମାଇବାକୁ ତିନିପୁରୁଷ ହେଉ କି ଘରେ ତିନିଭାଇ ହେଉ ଅଣ୍ଟାଭିଡ଼ି ବାହାରି ପଡୁଥିଲେ। ଯୁଦ୍ଧ ଜୟ କରି ଫେରିଲା ବେଳେ ଏହି ସୁନାମୋହର ପରିମାଣ ମଧ୍ୟ ମହାରାଜା ବଢ଼ାଇ ଦେଉଥିଲେ।

ଏଣୁ ମା' ବାପା ମାନେ ଚାହୁଁଥିଲେ, ଅଧିକରୁ ଅଧିକ ପୁଅ ଜନ୍ମହେଉ ଯେ ଦେଶ ପାଇଁ ହେଉ କି ସୁନା ମୋହର ଆଣିବା ପାଇଁ ହେଉ, ପୁଅ ଯୁଦ୍ଧକୁ ଯାଉ। ଏଣେ ବେପାର ବାଣିଜ୍ୟ କରୁଥିବା ଲୋକଙ୍କ ଘରେ ମଧ୍ୟ ସୁନାମୋହର ସବୁ ସ୍ୱଚ୍ଛନ୍ଦରେ ଆତଯାତ ହେଉଥିଲା। ବିଦେଶରେ ଦରିଆ ପରି ଦେଶମାନଙ୍କରେ ବାଣିଜ୍ୟ ବ୍ୟବସାୟ ପାଇଁ ସୁନାମୋହର ହିଁ ଚଳୁଥିଲା।

ଏଣୁ କୌଣସି ପ୍ରକାରେ ହେଉ, ଘରେ ଘରେ ସୁନା ମୋହର ଝଣ୍ ଝଣ୍ ହେଉଥିଲା।

ଯେଉଁଦିନ ମୁକୁନ୍ଦଦେବ ଯୁଦ୍ଧରେ ହାରିଗଲେ, ସେ ଦିନରୁ ଏ ଓଡ଼ିଶା ଦେଶରୁ ଲକ୍ଷ୍ମୀ ଛାଡ଼ିଗଲେ ଜାଣ। କିଏ ରଜା ହେଲେ କିଛି ବୁଝାପଡ଼ିଲା ନାହିଁ। ଓଡ଼ିଶା ଦେଶ ଖଣ୍ଡ ଖଣ୍ଡ ହେଉ ହେଉ ଖଣ୍ଡମାନେ ମଧ୍ୟ ଏମିତି ଦୁଇ ଗଡ଼ି ତିନି ଗଡ଼ି ହୋଇ କଟା ହେଲା ଯେ, କେତେବେଳେ ଗାଁର ଉପର ସାହୀ କୋଉ ସୁବେଦାର ଭାଗରେ ପଡ଼ିଲା ତ ତଳସାହୀ କୋଉ ମରାଠା କରଦ ରାଜ୍ୟର ହାତରେ ରହିଲା। ନଦୀ ରହିଲା ଗୋଟିଏ ରାଜ୍ୟରେ ତ, ନଦୀକୂଳ ଆଉ କାହାର ବୋଲି ଜଣା ପଡ଼ିଲା।

ଏ ହଇଚଇରେ ଓଡ଼ିଆ ପାଇକ ମନମାରି ବସିଲେ। ତାଙ୍କୁ ମୋଗଲ ସେନାବାହିନୀ ଭଲ ଲାଗିଲା ନାହିଁ। ପାଇକପୁଅ ହୋଇ ଓଡ଼ିଶାକୁ ହରେଇଥିବା ଶତ୍ରୁ ଏ ମୋଗଲମାନଙ୍କ ଅଧୀନରେ କାମ କରିବ? ଛିଃ... ଛିଃ...।

ଏଣେ, ଗାଦିରେ ବସିଥିବା ଲୋକଙ୍କର ହିଁ ଖୋସାମତିଆ ଦଳ ଜଳଦସ୍ୟୁ ସାଜି କଳିଙ୍ଗ ସାଗରରେ ଓଡ଼ିଆ ଜାହାଜମାନଙ୍କୁ ବାରମ୍ବାର ଲୁଟିଲେ। 'ତୁ ଗୁହାରୀ କରିବୁ ଯାହାକୁ, ମୁଁ ତ ଜୁଆଁଇ କରିଛି ତାକୁ', ଗୁହାରୀ ଆଉ ଶୁଣିବ କିଏ? ଧୀରେ ଧୀରେ ସାଧବମାନେ ମଧ୍ୟ ଜାହାଜ ଛାଡ଼ି, ବର୍ହିବାଣିଜ୍ୟ ଛାଡ଼ି ଘରେ ରହିଲେ। ଅର୍ନ୍ତବାଣିଜ୍ୟରେ ଧ୍ୟାନ ଦେଲେ।

ଏଣେ ପାଇକ, ତେଣେ ବଣିକଙ୍କ ହାତ ବନ୍ଧା ହେବାପରେ ସୁନା ମୋହର ଘରକୁ ଆସିବା ଧୀରେ ଧୀରେ ବନ୍ଦ ହୋଇଗଲା। ଲୋକଙ୍କ ଦୈନନ୍ଦିନ ହାଟବଜାରରେ କଉଡ଼ି, ଦାମୁଡ଼ି, ଅଧୁଲିଙ୍କ ରାଜ୍ୟରେ ରୂପାଟଙ୍କା ରଜାହୋଇ ମୁକୁଟ ପିନ୍ଧିଲା, ବଡ଼ ବଡ଼ ଦେଣନେଣ କଥା ସମ୍ଭାଳିଲା।

ଆଉ ସୁନା ମୋହର ଚାରିକାନ୍ଥରେ ଆବଦ୍ଧ ହେଉ ହେଉ, କେତେବେଳେ ବିପଦ ଆପଦ ବେଳେ, ଆଉ କେତେବେଳେ ଯାନୀଯଉତୁକରେ ମାନମର୍ଯ୍ୟଦାକୁ ସୁରକ୍ଷିତ କରିବାକୁ ଯାଇ ଘରୁ ଯେ ବାହାରି ଗଲା, ଆଉ ଘରକୁ ଫେରିଲା ନାହିଁ।

ଯେଉଁ ଅଳ୍ପ କେତୋଟି ଘରେ ରହିଲେ, ଅଳଙ୍କାର ପାଲଟି ଗୃହଲକ୍ଷ୍ମୀଙ୍କର ଶୋଭା ବଢ଼ାଇଲେ। ଆଉ କିଛି ସେଥିରୁ ମାଟିତଳେ ପୋତା ହୋଇ ସବୁଦିନ ପାଇଁ ପାତାଳି ହୋଇଗଲେ।

ଏବେ ମୋଗଲ ଶାସନ ଶେଷହୋଇ, ମରାଠା ଶାସନରେ ଯୁଦ୍ଧଗୋଳ ସରି ସାରା ଗଂଜାମ ରାଜ୍ୟଟା କୋଉ ଗୋଟେ ନିଜାମ ନା କିଏ, ତା' ହାତକୁ ଚାଲିଗଲା ବୋଲି ଲୋକେ କହୁଛନ୍ତି। ଛୋଟ ଛୋଟ ରାଜାମାନେ କୌଣସିମତେ ସେ ନିଜାମ ହାତରୁ ଦାୟିତ୍ୱ ଆଣି କରଦ ହୋଇ ନିଜ ନିଜ ଅଧୀନରେ ଥିବା ଗାଁମାନଙ୍କ ରାଜସ୍ୱରୁ ତାକୁ ପେସ୍‌କସ୍ ଦେଇ ରାଜା ବୋଲାଉଛନ୍ତି।

ଏଇ ସାନ ସାନ ରାଜାମାନଙ୍କ ପାଖରେ ତାଙ୍କ ପୂର୍ବ ପୁରୁଷର ସୁନା ମୋହର ଥିଲେ ଥିବ। ତେବେ ସେମାନଙ୍କର ଏମିତି କି ଦୁର୍ଦ୍ଦଶା ପଡ଼ିଛି ଯେ, ସେମାନେ ପାଞ୍ଚଶ ସୁନାମୋହର ସାଙ୍ଗରେ ଝିଅକୁ ଆଣି ଏଇ ପ୍ରଚଣ୍ଡକୁ ଭେଟି ଦେବେ ?

ପ୍ରଚଣ୍ଡ କ'ଣ ଏଇ ନିଜାମର ସେନାପତି ?

ଏକଥା ପ୍ରଚଣ୍ଡ ବୁଝି ପାରୁନାହାନ୍ତି କେମିତି ?

ଆଉ ବାକି ସାଧାରଣ ଜନତାର ମୁଣ୍ଡ ତ କଉଡ଼ିରେ ଗଣା ହେଉଛି। ହଜାରେ ରୂପାଟଙ୍କା ମଧ୍ୟ ଏକା ସାଙ୍ଗରେ ଦେଖିବା ଏଇ ଲୋକଙ୍କୁ ଏବେ ତ ସାତ ସପନ। ଯେଉଁ ଅଞ୍ଚଳ ଦିନେ ମହାଲକ୍ଷ୍ମୀଙ୍କ ପଣତ କାନି ତଳେ ଥିଲା, ସେହି ଅଞ୍ଚଳର ଲୋକେ ଆଜି ସୁନା ମୋହରଟିଏ ଦେଖିବାକୁ ପାଉନାହାନ୍ତି।

ଯାହାକୁ କେବେ ଦେଖି ନାହାନ୍ତି ତାକୁ ପୁଣି କୁଆଡୁ ଆଣି ଝିଅକୁ ଯୌତୁକ ଦେବେ ?

*ଏ ନାଗବନ୍ଧନୀ, ଏ ସୁନା ମୋହରର ନାଗପାଶରୁ ମୋ ସୁଶୀଳ କେବେ ମୁକ୍ତ ହେବ ଯେ ବିଭାହେବ ?*

ରାତ୍ର ଯେତିକି ଆଗକୁ ଯାଉଥିଲା, ପ୍ରଭାଙ୍କ ନିଃଶବ୍ଦ କାନ୍ଦ ସେତିକି ବଢୁଥିଲା।

ଏମିତି କନ୍ଦାକଟା କଲେ ବୋଲି, ପ୍ରଚଣ୍ଡ ଆର ଘରେ ଖଟପକାଇ ଶୋଇବା କୋଉଦିନରୁ ଆରମ୍ଭ କଲେଣି। ପ୍ରଭାଙ୍କର କୌଣସି ହାରି, ଗୁହାରୀ, ଅଳି, କାନ୍ଦରେ ସେ କେବେ କର୍ଣ୍ଣପାତ କରିନାହାନ୍ତି। ଆଉ ଆଜି ଶୁଣିବେ ? ପୁଅଟା ତା' ଗମ୍ଭୀରୀ ଘରେ ଶୁଏ। ଯୁବା ବୟସରେ, ଶୂନ୍ୟ ଗମ୍ଭୀରୀରେ ତାକୁ କ'ଣ ଲାଗୁଥିବ ?

ବାପ ହୋଇ ଏକଥା ଯଦି ପ୍ରଚଣ୍ଡ ନବୁଝିବେ ଆଉ କିଏ ବୁଝିବ ?

-O-

ପ୍ରଭା ନିଜେ ଯେବେ ବୋହୂହୋଇ ଆସିଥିଲେ, ବିଦାହେଲା ବେଳକୁ ତାଙ୍କ ବୋଉ ତାଙ୍କ ହାତରେ ସୁନାମୋହର ଟିଏ ଗେଞ୍ଜି ଦେଇଥିଲେ। 'ମା'ରେ, ମୋ ପାଖରେ ଏଥିରୁ ଚାରିଟା ଥିଲା, ତୋ ଭାଇଭଉଣୀଙ୍କୁ ବାକି ତିନୋଟି ଦେଇଥିଲି, ଏଇଟି ତୋ ପାଇଁ ସାଇତା ଥିଲା। ନେ, ଯାକୁ ଲୁଚାଇ ରଖିଥିବୁ। ଯେ ତୋ ବିପତ୍ତି ବେଳେ ସାହା ହେବ।' କହି କାନ୍ଦି କାନ୍ଦି କୋଡ଼ପୋଛା କୋଳର ଝିଅକୁ ବୋଉ ସବାରୀ ଭିତରେ ଟେକି ନେଇ ବସାଇ ଦେଇଥିଲେ।

ଆଠବର୍ଷର ଝିଅ ପ୍ରଭାକୁ 'ବିପତ୍ତି' କ'ଣ ଜଣା ନଥିଲା। ଜାଣିଥିଲେ ସେ ବୋଉଙ୍କୁ ସେତିକି ବେଳେ ପଚାରି ଥାନ୍ତା – 'ଗେଲବସରରେ ବଢ଼ାଇ ମାତ୍ର ଆଠ

ବର୍ଷରେ ଝିଅକୁ ଯେ ଅଜଣା ହାତକୁ ଟେକି ଦେଉଛ, ତା'ଠାରୁ ବଡ଼ ବିପତ୍ତି ଆଉ କିଛି ମୋ ପାଇଁ ଅଛି ?'

ସେ କିନ୍ତୁ ସେତେବେଳେ କିଛି କହି ପାରିନଥିଲା, କାରଣ କହିବାର ବୁଝିବାର ବୁଦ୍ଧି ତ ନଥିଲା, ପୁଣି ରାତିର ପ୍ରଥମ ପ୍ରହରିଆ ନିଦ ମଧ୍ୟ ତାକୁ ସଙ୍ଗେ ସଙ୍ଗେ ଅଚେତନ କରି ଦେଇଥିଲା।

ବିଳମ୍ବିତ ରାତିରେ ସବାରୀ ଭିତରୁ ବୋହୂକୁ ଓଲ୍‌ହାଇ ଆଣି ବନ୍ଦାପନା କଲାବେଳେ ଶାଶୁ ବୋହୂର ବନ୍ଦ ମୁଠିକୁ ଖୋଲି ସେଥିରେ ସୁନା ମୋହରଟେ ଦେଖି ଚକିତ ହୋଇଥିଲେ। ଘର ଭିତରକୁ ନେଲାପରେ କୁଣିଆମଇତ୍ରଙ୍କ ଭିଡ଼ ଆଡ଼େଇ ସେ ବୋହୂକୁ ଠାକୁର ଘରକୁ ନେଇ ମୁଣ୍ଡିଆ ମରାଇବା ଆଳରେ କବାଟ ବନ୍ଦ କରି ଦେଇଥିଲେ। ବୋହୂର ନିଦ ଭାଙ୍ଗି ଅଚିହ୍ନା ଲୋକଙ୍କୁ ଦେଖି କନ୍ଦାକଟା ଆରମ୍ଭ କରିବା ପୂର୍ବରୁ ଶାଶୁ ତାକୁ କୋଳରେ ବସାଇ କହିଥିଲେ - 'ଦେଖ୍ ଧନ, ଆଜିଠୁ ମୁଁ ତୋର ବୋଉ, ତୋ ବୋଉତ ଏକଥା ତୋତେ କହିଥିବେ ନା ?'

ପ୍ରଭା ମୁଣ୍ଡ ହଲାଇ 'ହଁ' କଲାପରେ ଶାଶୂ ତାକୁ ନିଜ ଅଣ୍ଟିରୁ କରାଟଟିକୁ ଖୋଲି ସେଥିରେ ସାଇତା ଏକୁଟିଆ ରୂପାଟଙ୍କାଟିକୁ କାଢ଼ି ବୋହୂର ବନ୍ଦ ମୁଠା ଖୋଲିଥିଲେ। ସେଇଠି ଥିବା ସୁନା ମୋହରଟିକୁ ନେଇ ରୂପାଟଙ୍କାଟିକୁ ତାକୁ ଦେଇ କହିଥିଲେ - 'ଦେଖ, ମୋର ଏ ବଡ଼ ଟଙ୍କାଟା ଏଣିକି ତୋର, ଆଉ ତୋର ଏ ସାନ ଟଙ୍କାଟା ମୋର। ଠିକ୍ ଅଛି ?'

ବୋହୂ ପୁଣି ମୁଣ୍ଡ ଟୁଙ୍ଗାରି, ପାଟି ଭିତରେ ଚାରି ଆଙ୍ଗୁଠି ପୁରାଇ ତାଙ୍କୁ ଡବଡବ କରି ଅନାଇ ଥିଲା। ସେ ଆଖିରେ କାଳେ ଲୁହ ଭର୍ତ୍ତି ହୋଇଯିବ ସେ ଭୟରେ ଶାଶୂ ଠାକୁରଙ୍କ ପିଢ଼ାତଳେ ଥିବା କାଠ ପେଡ଼ି ଭିତରୁ ଛୋଟ ରୂପାକରାଟଟିଏ କାଢ଼ି ବର୍ତ୍ତମାନ ତାଙ୍କର ହୋଇ ସାରିଥିବା ସୁନା ମୋହରଟିକୁ ସେଥିରେ ରଖି ନିଜ ଅଣ୍ଟାରେ ଖୋଷିଦେଲେ। ନିଜର ବଡ଼ କରାଟଟିରେ ବୋହୂ ହାତରୁ ସେ ଏବେ ଦେଇଥିବା 'ବଡ଼' ଟଙ୍କାଟା ନେଇ ତାଙ୍କର ସେଇ ବଡ଼ କରାଟରେ ରଖି ତାକୁ ବୋହୂ ଅଣ୍ଟାରେ ଖୋଷିଦେଲେ।

ବୋହୂକୁ ଏ ଖେଳ ଭଲ ଲାଗିଲା। ସେ ପାଟିରୁ ହାତକାଢ଼ି ଏଇ ନୂଆ ବୋଉକୁ ଚାହିଁ ହସିଦେଲା। ମା'ରୁ ଶାଶୁକୁ ପଦୋନ୍ନତ୍ତି ହୋଇଥିବା ଶାଶୁଙ୍କର କରାଟର ମଧ୍ୟ ପଦୋନ୍ନତ୍ତି ହୋଇଥିଲା। ଏଣୁ ସେ ବି ଖୁସୀ ହୋଇ ହସିଲେ। ବୋହୂକୁ ପୁଣିଥରେ କୋଳକୁ ଟାଣିନେଇ ଚୁମା ଟିଏ ଦେଇ କହିଲେ, 'ମା'ରେ, ତୋତେ ଏ ଟଙ୍କାଟା କିଏ ଦେଲା ?'

'ତମେ,' ବୋହୂ ନିଜ କରାଟକୁ ଦେଖାଇ କହିଲା।

'ନା, ନା, ଏଇ ଯୋ' ସାନ ଟଙ୍କାଟା...' ସେ ନିଜ କରାଟ ଖୋଲି ସୁନା ମୋହରଟି ହାତରେ ଧରି ବୋହୂକୁ ଦେଖାଇ ପଚାରିଲେ, 'ଏଇଟା ତୋତେ କିଏ ଦେଲା ?'

ବୋହୂର ଆଖି ଆଗରେ ପୁଣି ନିଜ ବୋଉଙ୍କ କାନ୍ଦୁରା ମୁହଁ ଭାସି ଉଠିଲା। ସେ ପୁଣି ନିଜ ଚାରି ଆଙ୍ଗୁଠି ପାଟିରେ ପୁରାଇ ଶାଶୁଙ୍କୁ ଡବଡବ କରି ଅନାଇଲା ବେଳେ ଆଖିରୁ ଧାର ଧାର ଲୁହ ଝରି ପଡ଼ିଲା। ଶାଶୁ ତା'ର ଲୁହ ପୋଛିଦେଇ ଆଙ୍ଗୁଠି ଗୁଡ଼ିକୁ ପାଟିରୁ କାଢ଼ି କହିଲେ - 'ତୋ ବୋଉ କହିଛନ୍ତି, ତୁ ଗୋଟେ ସୁନା ଝିଅ। ମୋଟେ କାନ୍ଦିବୁନି। ତୁ ସୁନାଝିଅ ନା, ମା ?'

ବୋହୂ ମୁଣ୍ଡ ହଲାଇ 'ହଁ' କଲା।

ଶାଶୁ ପୁଣି କହିଲେ - 'ଦେଖ, ତୋ ପାଇଁ ମୁଁ କେତେ କଣ୍ଢେଇ କିଣି ରଖିଛି। ତୁ ଖେଳିବୁ।' ଏହା କହି ଚିତ୍ରବିଚିତ୍ର ମାଟି କଣ୍ଢେଇ କେତେଟା ଥାକରୁ ଆଣି ତା' ହାତରେ ଧରାଇ ଦେଲେ।

ବୋହୂ କାନ୍ଦ ଭୁଲି ଦୀପର ଆଲୁଅରେ ଏଇ ନୂଆ କଣ୍ଢେଇ ମାନଙ୍କୁ ହାତରେ ଧରି ଓଲଟ ପାଲଟ କରି ସେମାନଙ୍କୁ ଦେଖିବା ବେଳେ ଶାଶୂ ପୁଣି ପଚାରିଲେ - 'ଏଇଟା... ଏଇ ସାନ ଟଙ୍କାଟା ତୋତେ କିଏ ଦେଲା ?'

କଣ୍ଢେଇ ମାନଙ୍କୁ ଦେଖୁଥିବା ବୋହୂ ଉତ୍ତର ଦେଲା - 'ବୋଉ ଦେଇଛନ୍ତି। ଆଉ କହିଛନ୍ତି ଏଇଟା ମୋର ବିପତ୍ତି ବେଳେ ସାହା ହେବ।' ଏହା କହି ସେ ଶାଶୂ ମୁହଁକୁ ଅନାଇଲା, ଶାଶୂଙ୍କ ଆଖିରୁ କାହିଁକି ଧାରଧାର ଲୁହ ଝରିଲା ସେ ବୁଝିପାରିଲା ନାହିଁ। ଦୃଷ୍ଟି ଫେରାଇ ସେ ପୁଣି କଣ୍ଢେଇ ମାନଙ୍କୁ ଧରି ଖେଳିବାରେ ଲାଗିଲା।

ଏତିକିବେଳେ କିଏ ଜଣେ କବାଟ ବାଡ଼େଇଲା, 'ନାନୀ, ବୋହୂକୁ ଧରି ବସିଥିବ ନା ତାକୁ କିଛି ଖୁଆଇବ ?'

ଶାଶୂ ଆଖିପୋଛି ବୋହୂକୁ କୋଳକୁ ଟାଣି ଆଣି ଛାତିରେ ଭିଡ଼ିଧରି କହିଲେ- 'ମା'ରେ, ମୁଁ ବଞ୍ଚିଥିବା ଯାଏ ତୋତେ କେବେହେଲେ 'ବିପତ୍ତି' ଛୁଇଁ ପାରିବ ନାହିଁ। ତୁ କାଳେ ହଜାଇ ଦେବୁ ସେଇଥିପାଇଁ ଏଇଟି ମୁଁ ମୋ କରାଟରେ ରଖିଛି, ତୁ' ବି ତୋ କରାଟରେ ମୋ ଟଙ୍କାଟା ଯତ୍ନରେ ରଖ।' ଏହା କହି ସେ କବାଟ ଖୋଲି ବୋହୂକୁ ବାହାରକୁ ଆଣି ଖୁଆଇ ନିଜ ପାଖରେ ନେଇ ଶୁଆଇ ଦେଇଥିଲେ।

ଶାଶୂଙ୍କ ଅଧାକଥା ପ୍ରଭା ସେ ଦିନ ବୁଝି ପାରିନଥିଲେ। କିନ୍ତୁ ସାନ ସୁନା ମୋହରଟି ବଦଳରେ ବଡ଼ ରୂପା ଟଙ୍କାଟି ପାଇ, ପୁଣି ବଡ଼ ରୂପା ଟଙ୍କାଟା ଲାଗି

ଶାଶୂଙ୍କ ବଡ଼ ରୂପା କରାଟଟିଏ ପାଇ ତାଙ୍କ ମନ ଖୁସୀ ହୋଇ ଯାଇଥିଲା। ଶାଶୂ ପ୍ରତିଦିନ ଗାଧୋଇ ସାରି ପୂଜା କରିବା ଆଗରୁ ନିଜ କରାଟରୁ ସୁନା ମୋହର ସନ୍ତର୍ପଣରେ କାଢ଼ି ତାକୁ ଠାକୁରଙ୍କ ଆଗରେ ରଖି ମୁଣ୍ଡିଆ ଟିଏ ମାରୁଥିଲେ। ପୁଣି ସଙ୍ଗେ ସଙ୍ଗେ ତାକୁ କରାଟରେ ରଖି ଅଣ୍ଟାରେ ଖୋଷିବା ପରେ ବାକି ପୂଜା ହେଉଥିଲା।

ତାଙ୍କ ଦେଖାଦେଖି, ଆଠବର୍ଷର ପ୍ରଭା ମଧ୍ୟ ନିଜ କରାଟ ଖୋଲି ଟଙ୍କାଟିକୁ ବାହାର କରି ଠାକୁରଙ୍କ ଆଗରେ ତାକୁ ରଖି ମୁଣ୍ଡିଆ ମାରି, ପୁଣି ତାକୁ କରାଟରେ ରଖି ଅଣ୍ଟାରେ ଖୋଷି ଶାଶୂଙ୍କ ପୂଜା ପୂଜିରେ ତାଙ୍କୁ ସହାୟତା କଲାବେଳେ, ଶାଶୁ ମୁରୁକି ମୁରୁକି ହସି ବୋହୂର ମୁଣ୍ଡ ଆଉଁସି ଦେଇ ଚୁମାଟିଏ ଦେଉଥିଲେ।

ସୁଶୀଳକୁ କୋଡ଼ିଏ ବର୍ଷ ହେଲାବେଳେ ଶାଶୂଙ୍କ ଦେହ ଧୀରେ ଧୀରେ ଖରାପ ହେଲା। ସୁଶୀଳକୁ ବାଇଶିବର୍ଷ ହେବାବେଳକୁ ସେ ଶେଯରୁ ଉଠିବା କଷ୍ଟ ହୋଇ ଯାଇଥିଲା। ଦିନେ ସେ ପ୍ରଭାକୁ ଡ଼ାକି ଅଣ୍ଟାରୁ ବଡ଼ କଷ୍ଟରେ କରାଟଟା କାଢ଼ି, କରାଟ ସମେତ ସୁନା ମୋହରଟି ପ୍ରଭାଙ୍କୁ ବଢ଼ାଇଦେଲେ, କହିଲେ, 'ମା'ରେ, ବହୁତ ଦିନ ତୋ' ଧନକୁ ହେପାଜତ କଲି। ମୋର ଯିବାବେଳ ଆସିଲାଣି। ନେ, ତୋ ଧନ ଏଣିକି ତୁ ସମ୍ଭାଳ।'

ପ୍ରଭା କେତେ ମନାକଲେ ମଧ୍ୟ ସେ ଶୁଣି ନ ଥିଲେ। ପ୍ରଭା କାନ୍ଦି କାନ୍ଦି କହିଥିଲେ 'ବୋଉ, ଆପଣଙ୍କ ରୂପାଟଙ୍କାଟିକୁ ତ ମୁଁ ସମ୍ଭାଳି ରଖି ପାରିନି। କେତେବେଳେ ସେ ମୋ ଅଣ୍ଟାରୁ ଢ଼େଇଁ ମୋ ପାଖରୁ ଯାଇ ସାରିଛି। ମୁଁ ଏବେ ଆପଣଙ୍କୁ କ'ଣ ଦେବି ଯେ ଏଇଟା ନେବି ?'

ଶାଶୂଙ୍କ ଆଖିରୁ ଦୁଇଧାର ଲୁହ ଗଡ଼ି ଆସିଥିଲା। ସେ ହାତଧରି ପ୍ରଭାଙ୍କୁ ପାଖକୁ ଡାକିଲେ। ପ୍ରଭା ତାଙ୍କ ଖଟର ମୁଣ୍ଡ ପାଖରେ ଆଣ୍ଠୁମାଡ଼ି ବସିବା ପରେ ସେ ପ୍ରଭାଙ୍କ ମୁଣ୍ଡକୁ ଥର ଥର ହାତରେ ଟାଣିନେଇ କପାଳରେ ଚୁମାଟିଏ ଦେଲେ। କହିଲେ, 'ମା'ରେ, ମୋର ସେ ରୂପାଟଙ୍କାଟି ତୁ କେତେବେଳେ ଖର୍ଚ୍ଚ କଲୁ ? ତା'ର ସୁଧମୂଳ ତ ମୋତେ ଗତ ପଚିଶ ବର୍ଷ ହେଲା ଦେଇ ଚାଲିଛୁ। ତୋର ଆଦର, ପ୍ରେମ, ସମ୍ମାନ ତ ବଞ୍ଚିବା ଯାଏ ପାଇଲି। ଏବେ ରୋଗୀ ହୋଇ ତୋର ସେବା ସୁଶୃଷା ମଧ୍ୟ ପାଉଛି। ମରଣ ମୋ ପାଖକୁ ଡ଼ରି ଡ଼ରି ପାଦ ଚିପିଚିପି ଆସୁଛି। ତାକୁ ଭୟ ହେଲାଣି ଯେ ତୁ କାଳେ ମୋତେ ଭିଡ଼ି ଧରିବୁ। ଛାଡ଼ିବୁ ନାହିଁ। ମୁଁ କିନ୍ତୁ ହସି ହସି ତୋର ଆଦର ସମ୍ମାନକୁ ସାଙ୍ଗରେ ନେଇ ଯିବାକୁ ତିଆର ହୋଇ ରହିଛି। ନେ, ମୋ ଆଶୀର୍ବାଦକୁ ତୋର ଶେଷ ସୁଧ ରୂପେ ଦେଇ ତୋର ଏ ସଂପତ୍ତି ତୋତେ ଫେରାଉଛି।' କଥା ସରିବା ପର୍ଯ୍ୟନ୍ତ ତାଙ୍କ ହାତ ପ୍ରଭାଙ୍କ ମୁଣ୍ଡରୁ ହଟି ନଥିଲା।

ପ୍ରଭା ଶାଶୁଙ୍କ ଛାତିରେ ମୁହଁ ଗୁଞ୍ଜି ଭୋ ଭୋ କରି କାନ୍ଦି ଉଠିଥିଲେ। ସତରେ, ପ୍ରଭାଙ୍କ ଜୀବନର ସବୁ ବିପତ୍ତିକୁ ସେ ଶୋଷି ନେଇଥିଲେ। 'ମା'ରେ', ଧନରେ' ଛଡ଼ା ଦିନେ ନାଁ ଧରି ଡାକି ନଥିଲେ। ହାତଧରି କାମ ଶିଖାଇଥିଲେ। ଥରେ ଅଧେ ଭୂଲ୍‌ହେଲେ ଆଖି ତରାଟି ଯେଉଁ ତାଗିଦା କରିଥିଲେ, ସେତକ ପ୍ରଭାଙ୍କୁ ଭଲ ଲାଗିନଥିଲା। ଏଣୁ ସେ ବି ସତର୍କ ଥିଲେ। ଶାଶୁଙ୍କର ଏଇ ଆଖି ତାରାଟି ଓଠ କାମୁଡ଼ି ତାଙ୍କୁ ଅନାଇବା ଯେପରି ଆଉ ନହେବ ସେଥିପାଇଁ ସେ ଖୁବ୍ ସଜାଗ ଥିଲେ।

ବିପତ୍ତିର 'ଳୁ' ନଥିଲା ଶାଶୂଙ୍କୁ ଏଡ଼ାଇ ସେ ପ୍ରଭାଙ୍କ ମୁଣ୍ଡରୁ ବାଳ ଖିଏ ଟାଣି ନେବ କି ପାଦରେ କଣ୍ଟାଟିଏ ଫୁଟାଇ ଦେବ। ଦାନ୍ତ କଡ଼ମଡ଼ କରି ବିପତ୍ତି ଯେତେବେଳେ ପ୍ରଭାଙ୍କୁ ଅନଉ ଥିଲା, ଶାଶୁଙ୍କ ପଛରେ ନିରାପଦରେ ଥାଇ ପ୍ରଭା ସେତେବେଳେ ବିପତ୍ତିକୁ ଖତେଇ ହେଉଥିଲେ। 'ଆ',ମୋତେ ଛୁଁ' ବୋଲି ଅହ୍ୱାନ କରୁଥିଲେ। ନାଚାର ବିପତ୍ତି ତାଙ୍କୁ ଛୁଇଁ ପାରୁନଥିଲା।

କିନ୍ତୁ ଯେଉଁଦିନ ସୁନା ମୋହରଟି ଶାଶୁଙ୍କ ପାଖରୁ ପ୍ରଭାଙ୍କ ପାଖକୁ ହସ୍ତାନ୍ତର ହେଲା, ସେଇଦିନ ବିପତ୍ତି ସହିତ ପ୍ରଭାଙ୍କର ମୁହାଁମୁହିଁ ହୋଇଗଲା।

ଶାଶୂ ବୋହୂଙ୍କର ଏ ହସ୍ତାନ୍ତର ବ୍ୟାପାର ସେମାନଙ୍କ ଅଲକ୍ଷ୍ୟରେ ପ୍ରଚଣ୍ଡ ଯେ ଦେଖୁଛି, ସେ କଥା ସେମାନେ ସିନା ଜାଣି ପାରିଲେ ନାହିଁ, ବିପତ୍ତି କିନ୍ତୁ ପ୍ରଚଣ୍ଡର ଏ ଗୁପ୍ତ ଅବଲୋକନକୁ ଦେଖି ଭୂରୁ ନଚାଇ ନଚାଇ ମୁରୁକି ମୁରୁକି ହସିଲା।

ସୁନା ମୋହରଟି ଧରି ପ୍ରଭା ନିଜ ଶୋଇବା ଗମ୍ଭୀରୀ ଭିତରେ ପଶିବା ମାତ୍ରେ, ପ୍ରଚଣ୍ଡ ସେଇଟି ତାଙ୍କ ହାତରୁ ଝାଂପି ନେଇଗଲା। ପ୍ରଭା ତା' ମୁହଁକୁ ଚାହିଁବା କ୍ଷଣି ସେଇଠି ହିଁ ବିପତ୍ତିର ମୁହଁଟା ଦେଖି ପାରିଲେ। ତାଙ୍କର ମନେ ପଡ଼ିଲା- ଶାଶୁଙ୍କର ପଥି ରାନ୍ଧିବା ବେଳ ମଧ୍ୟ ହୋଇଗଲାଣି। ହେଉ, ବିପତ୍ତି ଏବେ ସୁନା ମୋହରଟି ପାଇ ସନ୍ତୁଷ୍ଟ ହୋଇ ରହୁ, ଏହା ଭାବି ସେ ଗମ୍ଭୀରୀ ଛାଡ଼ି ହାଣ୍ଡିଶାଳ ଆଡ଼କୁ ମୁହାଁଇଲେ।

ସଂସାରରେ ଦଳେ ଲୋକ ଥାଆନ୍ତି – କିଛି କ୍ଷମତାର ଅଧିକାରୀ ହେବାମାତ୍ରେ କ୍ଷମତାକୁ ସ୍ୱୟଂ ମହାଲକ୍ଷ୍ମୀ ବୋଲି ଚିହ୍ନି ତାଙ୍କୁ ମୁଣ୍ଡରେ ଟେକି ଧରନ୍ତି। ଫଳରେ ସେମାନଙ୍କ ମୁଣ୍ଡ ନଇଁଯାଏ। ଏଇ ନୁଆଁଣିଆ ମୁଣ୍ଡ ନେଇ ସେମାନେ ନିଜର କ୍ଷମତା ବଢ଼ାଇ ଚାଲନ୍ତି। ଲୋକଙ୍କର ଉପକାର କରନ୍ତି। ଭୟରେ ନୁହଁ, ଶ୍ରଦ୍ଧାରେ ଲୋକେ ତାଙ୍କୁ ପ୍ରଣାମ କରନ୍ତି। ଦେବୀ ନମ୍ରତା ଓ ଦେବୀ ଭଦ୍ରତା କ୍ଷମତାଧାରୀଙ୍କ ଦୁଇ କାନ୍ଧରେ ବସି ମହାଲକ୍ଷ୍ମୀଙ୍କୁ ଚାମର ଢ଼ାଳିବାବେଳେ କ୍ଷମତାଧାରୀ ବ୍ୟକ୍ତିଟି ମାଧ୍ୟମରେ ଜନତା ଆଗରେପ୍ରକଟିତ ହୁଅନ୍ତି। ଲୋକମାନେ କ୍ଷମତାଧାରୀଙ୍କୁ ହିଁ ଧନ୍ୟ ଧନ୍ୟ କରନ୍ତି।

ପୁଣି ଏଇ ସଂସାରରେ ହିଁ ଆଉ ଦଳେ ଲୋକ ଥାଆନ୍ତି, ଯେଉଁମାନେ ସାମାନ୍ୟ

କ୍ଷମତାର ଅଧିକାରୀ ହେଲାମାତ୍ରେ ତାକୁ ବାଛୁରୀ ବୋଲି ନଜାଣି, ଘୋଡ଼ା ଭାବି ତା' ଉପରେ ସବାର ହୁଅନ୍ତି। ଅନ୍ୟଙ୍କୁ ଚାବୁକ ମାରିବା ଆରମ୍ଭ କରନ୍ତି। ସେମାନଙ୍କ ମୁଣ୍ଡ ଗର୍ବରେ ଏତେ ଉପରକୁ ହୋଇଯାଇ ଥାଏ ଯେ, ସେମାନଙ୍କୁ ନିଜର ଭବିଷ୍ୟତ, ଆକାଶର ଚନ୍ଦ୍ରସୂର୍ଯ୍ୟ ପରି ଚକମକ ଦିଶେ। ଏଣୁ ସେମାନଙ୍କ ଦୃଷ୍ଟି ଆକାଶକୁ ଦେଖିବାବେଳେ ଏଣେ ବାଛୁରୀଟି ଯେ ତାଙ୍କୁ ଗାତ ଆଡ଼କୁ ଟାଣି ନେଉଛି ତାକୁ ସେମାନେ ଦେଖିପାରନ୍ତି ନାହିଁ। କଚଡ଼ା ଖାଇବା ପରେ, ବୁଦ୍ଧି ଆସିବା ବେଳକୁ ଅନେକ ଲୋକଙ୍କ ବିପର୍ଯ୍ୟୟ ଘଟାଇ ନିଜ ଅଣ୍ଟାଟି ମଧ୍ୟ ଭାଙ୍ଗି ସାରିଥାନ୍ତି।

ଏବେ ପ୍ରଚଣ୍ଡ ସେମିତି ଏକ ବାଛୁରୀ ଉପରେ ସବାର ହେବାକୁ ଯାଉଛି ଦେଖି ବିପତ୍ତି ଖୁସୀ ହେଲା।

ପ୍ରଭାଙ୍କ ହାତରୁ ମୋହରଟିକୁ ନେଇ ତାକୁ ହାତରେ ଧରି ପ୍ରଚଣ୍ଡ ବହୁତ ସମୟ ଧରି ତାକୁ ଓଲଟ ପାଲଟ କରି ଦେଖିଲା।

ଓହୋ, ଏଇଟିକୁ ତେବେ ଅଣ୍ଟାରେ ଖୋଷିଥିଲା ବୋଲି ବୋଉ ପାଖରେ ସିଂହୀର ଠାଣୀ ଥିଲା। ପ୍ରଚଣ୍ଡର ସମସ୍ତ ଉଦ୍ଦଣ୍ଡ ପଣିଆ କାହିଁକି ବୋଉ ଆଗରେ ଖଣ୍ଡ ଖଣ୍ଡ ହୋଇ ଗୁଣ୍ଡ ହୋଇ ଯାଉଥିଲା, ପ୍ରଚଣ୍ଡ ଏବେ ତାକୁ ବୁଝି ପାରିଲା। ଏଣିକି ସେ ନିର୍ଭୟରେ ପ୍ରଭାକୁ, ସୁଶୀଳକୁ, ନିଜର ଖାତକମାନଙ୍କୁ ପ୍ରଚଣ୍ଡର ଅସଲ ରୂପଟି ଦେଖାଇ ପାରିବ।

ସୁନା ମୋହରଟିର ଚାକଚକ୍ୟ ତା'ର ଦୁଇ ଆଖି ପର୍ଯ୍ୟନ୍ତ ଲମ୍ବିଯାଇ ସେଇଠି ସ୍ଥିର ହୋଇ ରହିଲା। କେଡ଼େ ସୁନ୍ଦର, କେଡ଼େ ଐଶ୍ୱର୍ଯ୍ୟବନ୍ତ, କେଡ଼େ ପ୍ରତିପତ୍ତିଶାଳୀ ଦିଶୁଛି ଏଇ ଛୋଟିଆ ଓଜନିଆ ମୋହରଟି ! ସତେଅବା ଦଶମାସର ଶିଶୁଟିଏ ସମ୍ରାଟର ମୁକୁଟ ପିନ୍ଧି, ସମ୍ରାଟର ସିଂହାସନରେ ଅଭିଷେକ ହୋଇ ଦମ୍ଭରେ ବସିଛି।

ବିପତ୍ତି, ତା'ଆଗରେ ଛାତିରେ ହାତଛନ୍ଦି, କାନ୍ଥକୁ ଆଉଜି ଗୋଟିଏ ପାଦକୁ କାନ୍ଥରେ ଭରାଦେଇ ଆର ପାଦରେ ଠିଆ ହୋଇ ପ୍ରଚଣ୍ଡକୁ କଟମଟ କରି ଅନାଇଥିଲା।

ଏଥିରୁ ଅତି କମ୍‌ରେ ଆଉ ପାଞ୍ଚଟା ମୋ ହାତରେ ପଡ଼ନ୍ତାକି ?

ବିପତ୍ତିର ଏହି ଶିଖାଣିଆ ଉଚ୍ଚାରିତ ଶବ୍ଦ ସବୁ ନିଃଶବ୍ଦରେ ପ୍ରଚଣ୍ଡର ମୁଣ୍ଡଭିତକୁ ସଂଚରୀ ଯାଇ ସେଇଠି ଖପ୍‌ଖାପ୍ ମଞ୍ଜିଗୁଡ଼ିଏ ପୋତି ପକାଇଲେ। ସଙ୍ଗେ ସଙ୍ଗେ ସବୁ ମଂଜିରୁ ଗଛ ବି ଉଠିଗଲା। ଫୁଲ ବି ଫୁଟିଗଲା। ଆଉ ସେଥିରେ ପେନ୍ଥା ପେନ୍ଥା ହୋଇ ସୁନା ମୋହର ସବୁ ଫଳିଗଲା ମଧ୍ୟ।

କିନ୍ତୁ ପ୍ରଚଣ୍ଡର ଅଣ୍ଟାରେ ଖୋଷା ହୋଇଥିବା ସେ କରାଟ ଭିତରେ ସାଇତା

ମୋହରଟିକୁ ଆଉ ପରିବାର ମିଳିଲା ନାହିଁ। ସେ ସେମିତି ଏକୁଟିଆ ବାଉୁଁଆ ହୋଇ ସେଇଠି ରହିଲା। ପ୍ରଚଣ୍ଡର କେତେ ଚେଷ୍ଟା ସତ୍ତ୍ୱେ, ମହାଜନୀ କାରବାରକୁ କେତେ ଚାବୁକ ମାରି ଦୌଡ଼ାଇଲେ ମଧ୍ୟ ସେ ଦୌଡ଼ ଆଉ ଏକ ସୁନା ମୋହର ପାଖରେ ପହଞ୍ଚି ପାରିଲା ନାହିଁ।

ପ୍ରଥମେ ମୋଗଲ ଶାସନ, ତା'ପରେ ମରାଠା ଶାସନ, ତା'ପରେ ନିଜାମ ନା ନିର୍ଜୀବ କିଏ ତା'ର ଶାସନ... ଏସବୁ ଯେଉଁ ଅରାଜକତା ସୃଷ୍ଟି କଲା, ସେଥିରେ ଘରେ ଘରେ ଦାରିଦ୍ର୍ୟର ସପ୍ତଫେଣୀ କଣ୍ଟାଗଛ ସବୁ ହୁ ହୁ ହୋଇ ଜନ୍ମନେଲା। ଯିଏ ସାମାନ୍ୟ ମୁଣ୍ଡ ଟେକି ଏଇ ଗଛରେ ଚୋଟ ଦେବାକୁ ବସିଲା, ତା' ମୁଣ୍ଡରେ ଠେଙ୍ଗା ବାଜିଲା।

ଏଣୁ ମହାଜନଙ୍କର ଋଣ ନେଇ, ନୂଆ ବେପାର ଖୋଲି ଧନୀ ହେଲେ ବଳବନ୍ତର ଠେଙ୍ଗା ଖାଇବା ହିଁ ସାର ହେଲା।

ସେଥିପାଇଁ ବୈଭବ ଓ ବିଳାସର ଇଚ୍ଛାକୁ ଲୋକେ ଢୋକି ପକାଇଲେ।

ଯେଉଁ ରାଜ୍ୟରେ ସାଧାରଣ ଜନତା ମଧ୍ୟ ଘରେ ଘରେ ସୁନା ମୋହର ଆତଯାତ କରୁଥିଲେ, ଯୌତୁକରେ ସୁନା ମୋହର ଦେବା ଏକ ଲୌକିକ ମହତ୍ତ୍ୱ ଥିଲା, ମନ୍ଦିରରେ ସୁନାମୋହର ଦାନଦେବା ଏକ ସାଧାରଣ ମାନସିକ ଥିଲା, ସୁନା ମୋହର ଧରି ବିଦେଶରେ ବେପାର ବଣିଜ କରିବା ସମାଜର ସାଧାରଣ ଚଳଣି ଥିଲା, ସୁନା ମୋହର ନେଇ ତୀର୍ଥରେ ଦାନ ଦେବା ସବୁ ଗୃହସ୍ଥଙ୍କ ଲକ୍ଷ୍ୟ ଥିଲା, ସେଇ ରାଜ୍ୟରେ ରୂପା ଟଙ୍କା ମଧ୍ୟ ସପନ ହେଲା।

ଛାର କଉଡ଼ିକୁ ଲକ୍ଷ୍ମୀ ମନେକରି ଲୋକେ ଦେଣନେଣ କରି ଜୀବନ ବିତାଇଲେ। ପିନ୍ଧା ପାଟପତନୀକୁ ଭାଡ଼ିରେ ଲୁଚାଇ ଗାମୁଛା ପିନ୍ଧିଲେ।

ଦାରିଦ୍ର୍ୟକୁ ଯିଏ ଯେତେ ଦାଣ୍ଡରେ ଦେଖାଇ ପାରିଲା, ତା' ପୁଅ ନାତି ସେତିକି ନିରାପଦରେ ରହିଲେ।

ଓଡ଼ିଶାର ବୈଭବକୁ କୋଳରେ ଧରି ଆଭିଜାତ୍ୟ ଧୀରେ ଧୀରେ ପାତାଳି ହେଲା। ଆଖିକୁ ଆଉ ଦିଶିଲା ନାହିଁ।

ଛୋଟ ଛୋଟ ରାଜାଙ୍କ ଛୋଟ ଛୋଟ କୋଠାଘରକୁ ଲୋକେ ରାଜବାଟୀ, ରାଜଉଆସ, ମହଲ ବୋଲି ଡ଼ାକିଲେ। ଯେଉଁ ଚଷାର ଚାଳ ଛପର ହେଲା, ଛୋଟ ଉଆସର ଛୋଟ ରାଜା ତା'ରି କର ବଢ଼ାଇ ଦେଲେ। ଲୋକେ ଚାଳକୁ ଛପର କରିବାକୁ ମଧ୍ୟ ଡରିଲେ।

ଛୋଟ ଉଆସର ଚାରି ପଟେ ଓଲରା ହୋଇଥିବା ଚାଳଘରେ କୋକୁଆ ଭୟ

ଜନ୍ମ ନେଇ ରାଜା ପ୍ରଜା ଉଭୟଙ୍କ ଆଭିଜାତ୍ୟକୁ ଗିଳିଦେଲା। ରାଜାଙ୍କର ଛୋଟ ବଗିଚା ଓ ପ୍ରଜାଙ୍କର ଛୋଟ ବାରିରେ ବଡ଼ ବଡ଼ ଅକର୍ମା ଗଛ ସବୁ ଉଠି 'ଓଡ଼ିଶା ଏକ ଗରୀବ ରାଜ୍ୟ' ନାମକ ବଡ଼ ବଡ଼ ଫଳ ସବୁ ସେଇଠି ଫଳିଲା।

ଯେଉଁ ମାଟିରେ ଆଭିଜାତ୍ୟ ନାମକ ପଦ୍ମ ଫୁଟେନାହିଁ, ସେଇଠି ବା ମହାଲକ୍ଷ୍ମୀ କେମିତି ବାସ କରନ୍ତେ ?

ଏଥିରେ ପୁଣି ସୁନା ମୋହର! ସେ ପୁଣି ପାଞ୍ଚଶ'!

ହାଃ!!

ପ୍ରଭା ଆଖିର ଲୁହ ପୋଛି ବାହାରକୁ ଅନାଇଲେ। ଝରକା ଆରପଟେ ସିନ୍ଦୂରା ଫାଟିବାର ସନ୍ଦେଶ ନେଇ ଶ୍ୟାମଳୀ ଉଷା ଉଙ୍କି ମାରିଲାଣି।

ପ୍ରାୟ ତିନିବର୍ଷ ତଳେ, ଏମିତି ଏକ ସକାଳେ ପୁରୀରୁ ଫେରିବାର କିଛିମାସ ପରେ, ପ୍ରଚଣ୍ଡଙ୍କ ଘୋଷଣା ପ୍ରଭାଙ୍କ ମୁହଁରେ ବିପତ୍ତିର ମୁଥ ହୋଇ ବସିଥିଲା, 'ପାଞ୍ଚଶ' ସୁନା ମୋହର ଯିଏ ଦେବ, ସୁଶୀଳ ତା'ରି ଝିଅକୁ ବିଭାହେବ।'

ବିପତ୍ତିର ଏ ମୁଥ ମାଡ଼ରେ ପ୍ରଭା ନିଜର ସମସ୍ତ ଚିନ୍ତାଶକ୍ତି ହରେଇ ବସିଥିଲେ। କ'ଣ କଲେ ଉପସ୍ଥିତ ବିପଦରୁ ମୁକ୍ତି ମିଳିବ ତାକୁ ଭାବିବା ଶକ୍ତି ତାଙ୍କର ନଥିଲା।

ପୁରୀ ଯାଇ ପ୍ରଚଣ୍ଡ ଯେ ଆଉ ପାଞ୍ଚୋଟି ସୁନା ମୋହରର ଅଧିକାରୀ ହୋଇ ସାରିଛି, ସେ କଥା ପ୍ରଭା କିମ୍ବା ଶୁଶୀଳ କେହି ଜାଣି ନଥିଲେ। ଏ 'ପାଞ୍ଚଶ' ସୁନା ମୋହର ନିଶା କେମିତି ପ୍ରଚଣ୍ଡ ମୁଣ୍ଡରେ ପଶିଲା ତାକୁ ଭାବି ପ୍ରଭା ନିଜକୁ ହିଁ ଧୀକ୍କାରୁ ଥିଲେ।

ପଇଁତିରିଶ ବର୍ଷ ତଳେ ତାଙ୍କୁ ସବାରୀରେ ବସାଇବା ବେଳେ ବୋଉ ତାଙ୍କ ହାତକୁ ସୁନା ମୋହରଟି ଧରାଇ କହିଥିଲେ- 'ଏଇଟି ତୋର ବିପତ୍ତି ବେଳେ ସାହା ହେବ।' ଯେତେଦିନ ମୋହରଟି ଶାଶୂଙ୍କ ପାଖରେ ଥିଲା, ସବୁ ଭଲରେ ଭଲରେ ଚାଲିଥିଲା।

ଯେଉଁଦିନ, ତାଙ୍କ ହାତରୁ ୟାଙ୍କ ହାତକୁ ଆସିଲା - ସେ ମୋହର ସାହା କ'ଣ ହେବ, ଓଲଟି ବିପତ୍ତିକୁ ଖୋଜି ଖୋଜି ଆଣି ପ୍ରଭାଙ୍କ ଆଗରେ ଠିଆ କରାଇଛି। ତାକୁ ଦେଖିଲା ଦିନୁ ୟାଙ୍କର ମୋହର ନିଶା ବଢ଼ି ବଢ଼ି ସତେ ଯେପରି ପାଞ୍ଚବର୍ଷରେ ପାଞ୍ଚଶ'ରେ ଆସି ପହଞ୍ଚିଲାଣି!

ଏମିତି ବହୁଦିନ ଧରି ନିଜକୁ ଧିକ୍କାରୁ ଧିକ୍କାରୁ ସାଙ୍ଗସାଥୀଙ୍କ ଭିତରୁ ଏବେ

ବର୍ଷେ ତଳେ କିଏ ଜଣେ କହିଥିଲେ ଯେ ବୋମକେଇର ରାଧାକୃଷ୍ଣ ମନ୍ଦିରରେ ଗଂଜାମର ବିଜୟ ନଗର ସହରରୁ ପଣ୍ଡିତ ଆଚାର୍ଯ୍ୟ ଶର୍ମା ନାମକ ଜଣେ ପ୍ରସିଦ୍ଧ ଜ୍ୟୋତିଷ ଆସି କିଛିଦିନ ପାଇଁ ରହୁଛନ୍ତି। ତାଙ୍କ ପାଖରେ ପ୍ରତିଦିନ ଶହ ଶହ ଲୋକ ରୁଣ୍ଡ ହୋଇ ନିଜ ନିଜ ଦୁର୍ଗତିର ସମାଧାନ ପାଇଁ ମାର୍ଗ ପଚାରୁଛନ୍ତି। ପ୍ରଭା ବି ସେଠାକୁ ଗଲେ ସୁଶୀଳ କେମିତି ଏ ପାଞ୍ଚଶ ସୁନା ମୋହରର ନାଗପାଶରୁ ମୁକୁଳିବ, ସେ ଉପାୟ ସେ ବତାଇ ଦେବେ।

ନିଜ ଗାଁର ଏଇ ପାଖ ମନ୍ଦିରରେ ଜଣେ ସାଧୁ ଜ୍ୟୋତିଷୀ ଆସିଛନ୍ତି, ଏ କଥା ଶୁଣିବା ମାତ୍ରେ ପ୍ରଭାଙ୍କ ମୃତବତ୍ ଦେହରେ ସତେ ଯେପରି ନୂତନ ବଳ ବନ୍ୟା ପାଣି ପରି ମାଡ଼ି ଆସିଥିଲା।

ଆଚାର୍ଯ୍ୟ ଶର୍ମା, ପ୍ରଭାଙ୍କଠାରୁ 'ସୁଶୀଳ କେବେ ବିଭାହେବ ?' ପ୍ରଶ୍ନଟି ଶୁଣି ଖଡ଼ି ମୁଣ୍ଡଲାଟେ କାଢ଼ି ତଳେ ଗାର କାଟିଥିଲେ। ତାକୁ କିଛି ସମୟ ଅନାଇ ଓ ହାତ ଆଙ୍ଗୁଠିରେ ଗାର ମାନଙ୍କରେ କ'ଣ ସବୁ ଗଣାଗଣି କରି କହିଥିଲେ, 'ରାହୁ, କେତୁ, ଶନି, ରବି ଏ ଚାରିଜଣ ଏକାଠି ହୋଇ ସୁଶୀଳର ବିବାହରେ ଘୋର ବାଧକ ହୋଇଠିଆ ହୋଇଛନ୍ତି। ରାହୁ ସନ୍ତୁଷ୍ଟ ହୁଅନ୍ତି ଉପବାସରେ, ଏଣୁ ଶନିବାର, ମଙ୍ଗଳବାର ଉପବାସ କର। ଏଇଠି ଉପବାସ ଅର୍ଥ ହେଲା ତୁମର ସେଦିନର ଖାଦ୍ୟ ଆଉ ଜଣେ ଭୋକିଲା ଲୋକକୁ ଯେପରି ମିଳେ, ସେ ଯତ୍ନ କର, ନହେଲେ ଉପବାସ ନିଷ୍ଫଳ ହେବ।'

'କେତୁ ସନ୍ତୁଷ୍ଟ ହୁଅନ୍ତି ପଶୁସେବାରେ। ଏଣୁ ପରର ହେଉ କି ନିଜର ହେଉ, କି ରାସ୍ତାଘାଟର ହେଉ, ଭୋକିଲା ପଶୁ ମୁହଁରେ ଆଧାର ଦିଅ। ଯଦି ଘରେ ବନ୍ଦୀ କରି ଶୁଆ, ଶାରୀ ରଖିଛ, ସେମାନଙ୍କୁ ମୁକ୍ତ କରିଦିଅ।'

ଶନି ସନ୍ତୁଷ୍ଟ ହୁଅନ୍ତି ମିଠା କଥାରେ। ସେ ଭିକାରୀ ହେଉ କି ସମ୍ରାଟ ହେଉ, ସମସ୍ତଙ୍କୁ ମିଠାକଥା କହ। ରୁକ୍ଷକଥା, ପରନିନ୍ଦାକୁ ପାଟିରେ ଧରନା। ଯଦି ଅଭ୍ୟାସ ବଶତଃ ଧରିଛ, ତେବେ ଯେତିକି ହୋଇଛି ସେତିକି ଯଥେଷ୍ଟ। ଏବେ କୋଳି ଖାଇ ମଞ୍ଜିକୁ ଫୋପାଡ଼ିବା ପରି ସେ ଅଭ୍ୟାସକୁ ଥୁ' ଥୁ' କରି ଫୋପାଡ଼ି ଦିଅ। ପରନିନ୍ଦା ମାତ୍ରେ ଶନିଙ୍କ କୋପଦୃଷ୍ଟି ପଡ଼ିବ। ଏତିକି ଜାଣିରଖ।

ତା'ପରେ ଟିକିଏ ରହି, ଲମ୍ବା ନିଶ୍ୱାସଟିଏ ନେଇ, ନିଜର କାଶତଣ୍ଡୀ ଫୁଲ ପରି ଧଳା ଦାଢ଼ୀକୁ ସାଉଁଳେଇ ସେ କହିଲେ - ଗ୍ରହମାନଙ୍କ ରଜା ରବି। ସେ ସନ୍ତୁଷ୍ଟ ହେଲେ ତୁମର ସବୁ ମନୋସ୍କାମନା ପୂର୍ଣ୍ଣହେବ। ସବୁ ରିଷ୍ଟ ଖଣ୍ଡନ ହେବ। ରବି ସନ୍ତୁଷ୍ଟ ହୁଅନ୍ତି ଦାନରେ। ଅଯୋଗ୍ୟକୁ ଦାନ କଲେ ରବି ରୁଷ୍ଟ ହୁଅନ୍ତି। ହଇରାଣ କରନ୍ତି। ଏଣୁ ଅନ୍ଧ, ନିଃସ୍ୱ, ବିକଳାଙ୍ଗ, ଦୁଃଖୀ, ରୋଗୀ ଏମାନଙ୍କୁ ଧନ ଦାନ କର।

ଆଗ୍ରହୀଙ୍କୁ ବିଦ୍ୟାଦାନ କର। ଏକାକୀଙ୍କୁ ସମୟ ଦାନ କର। ଆବଶ୍ୟକ ଜାଗାରେ ଶ୍ରମଦାନ କର।

'ଏ ପ୍ରକାରେ ଏ ଚାରି ଗ୍ରହଙ୍କୁ ଶାନ୍ତ କର, ସନ୍ତୁଷ୍ଟ କର। ଫଳ ଅବଶ୍ୟ ମିଳିବ।'

ଏମିତିରେ ଅନ୍ୟ ସବୁ ଗ୍ରହ ସନ୍ତୁଷ୍ଟି ତ ସହଜ ନଥିଲା। କିନ୍ତୁ ରବି ମହାଗ୍ରହଙ୍କୁ ସନ୍ତୁଷ୍ଟ କରିବା ଅସମ୍ଭବ ଥିଲା।

ପ୍ରଚଣ୍ଡ ନାକ ତଳୁ ପଇସା ନେଇ ଦାନ କରିବା ଏକ ଅସାଧ୍ୟ କାମ ଥିଲା। ତା' ଉପସ୍ଥିତିରେ ବୁଲା ଗୋରୁ ଗାଈଙ୍କୁ ଖାଇବାକୁ ଦେବା, ପ୍ରଚଣ୍ଡର ହାଡ଼ଜଳା କଥା ସବୁକୁ ମିଠାକଥାରେ ପ୍ରତିରୋଧ କରିବା ମଧ୍ୟ ସମ୍ଭବ ନଥିଲା। ମିଠା ନୁହେଁ କି ଲୁଣି ନୁହଁ, ପ୍ରଚଣ୍ଡ ସହିତ ତାଙ୍କର କଥାବାର୍ତ୍ତା ହିଁ ନଥିଲା। ପ୍ରଚଣ୍ଡ ପାଖରେ ପ୍ରଭାଙ୍କର ତ କୌଣସି ଅଳି, ଅର୍ଦ୍ଦଳି ନଥିଲା ଯେ କିଛି କଥାବାର୍ତ୍ତାର ଆବଶ୍ୟକ ପଡ଼ିଥାଆନ୍ତା।

ବାକି ଯାହା ଆବଶ୍ୟକ ହେଉଥିଲା, ଖମ୍ବ ଭଳି ପୁଅ ଥାଉ ଥାଉ ସେ ପ୍ରଚଣ୍ଡ ପରି ଆଖୁ ଦଣ୍ଡକୁ କାହିଁକି ଆଉଜି ଥାଆନ୍ତେ ଯେ?

ଏଣୁ ଏ ଗ୍ରହ ସନ୍ତୁଷ୍ଟି ପ୍ରତ୍ୟେକେ ଏକ ଏକ ତପସ୍ୟା ଥିଲା।

-୦-

ତଥାପି ପ୍ରଭା ସବୁ କଲେ।

ସେବା ଓ ଦାନ ଏ ଦୁଇଟି ଶବ୍ଦକୁ ଘୋଷି ହେଲେ।

ଯାହା ଯାହା ଘରେ ବୁଢ଼ାବୁଢ଼ୀ ଥିଲେ ସେମାନଙ୍କୁ ଦେଖାକରି ଗପ ସପ ହେଲେ। ସେମାନଙ୍କୁ ଡାକି ପଡ଼ୋଶୀ ଘରେ ବସାଇ କାର୍ତ୍ତିକ, ମାଘ, ବୈଶାଖ ମାସ ମାନଙ୍କରେ ମାସ ମାହାତ୍ମ୍ୟ ଶୁଣାଇଲେ।

ସୋମବାର, ମଙ୍ଗଳବାର ନିଜେ ଉପବାସ ରହି ମନ୍ଦିର ମାନଙ୍କରୁ ପାରୁଶ କିଣି ସେଇଠି ଥିବା ଭିକାରୀଙ୍କୁ, ବୁଲା ଗାଈ, କୁକୁରଙ୍କୁ ଖୁଆଇଲେ। ଶାଶୂଙ୍କ ଠାରୁ ଯାହା ଟୁଟୁକା ଚିକିତ୍ସା ଶିଖିଥିଲେ, ସେ ସବୁ ସମସ୍ତଙ୍କୁ ଶିଖାଇଲେ, ଜଣାଇଲେ।

ଏମିତି ବେଳ ଆସିଲା, ଛୋଟ ଛୋଟ ରୋଗବୈରାଗ, ଦୁର୍ଘଟଣାର ଆଶୁ ପ୍ରତିକାର ପାଇଁ ଗାଧୁଆବେଳେ ପୋଖରୀ ତୁଠରେ ତାଙ୍କୁ ସ୍ତ୍ରୀ ଲୋକମାନେ ଅପେକ୍ଷା କରି ତାଙ୍କ ସହିତ କଥାବାର୍ତ୍ତା କରି ଉପଦେଶ ନେଲେ।

ପ୍ରଚଣ୍ଡ ଏ ସବୁ ଜାଣିମଧ୍ୟ ନଜାଣିବା ପରି ରହିବା ଉଚିତ ମନେକଲା।

ମାସକୁ ଘର ଖର୍ଚ୍ଚକୁ ତା' ଭାଗରୁ ଯେତିକି ଦେବା କଥା ସେ ଦେଉଛି। ଅଧିକ ତ କେହି ମାଗୁନାହାନ୍ତି। ସୁଶୀଳ ଖର୍ଚ୍ଚ କରୁଥିବ ଯଦି କରୁ। ଘରେ ଆସି ବ୍ରାହ୍ମଣ ବୈଷ୍ଣବ କି ପୂଜା ଆରାଧନାର ଖର୍ଚ୍ଚବାଚ ତ ସେ ଦେଖୁନାହିଁ। ତା'ର ଏତେ ମୁଣ୍ଡ ଖେଳାଇବା କ'ଣ ଦରକାର?

ଯିଏ ଯାହା କରୁଛି କରୁଥାଉ ନା।

ତଥାପି ସେ ମାସକୁ ଯେତେ କଉଡ଼ି ଖର୍ଚ୍ଚ ପାଇଁ ଦେଉଥିଲା, ସେଥିରୁ କିଛି କମାଇଦେଲା। ଦେଖାଯାଉ, ପ୍ରଭା ଆପତ୍ତି କଲେ କଥା ଉଠିବ।

କିନ୍ତୁ ପ୍ରଭା ଆପତ୍ତି କଲେ ନାହିଁ।

ବ୍ରତ ଆରମ୍ଭ କରିବାର ଛ' ମାସ ପରେ ସୁଶୀଳ ଦିନେ ପ୍ରଭାଙ୍କୁ କହିଲା- 'ମା', ଆଜି ସଂଧ୍ୟାବେଳେ ଗାଁ ମୁଣ୍ଡ ମଙ୍ଗଳା ମନ୍ଦିରକୁ ଆସିବ। ମୁଁ ସେଇଠି ଥିବି, ତୁମକୁ ଗୋଟିଏ କଥା ଦେଖାଇବି।'

ପ୍ରଭା ଖୁସିହେଲେ। ମଙ୍ଗଳା ମନ୍ଦିରଟି ଦୂରରେ ଥିବାରୁ ସେଠିକି ସେ ପ୍ରାୟ ଯାଇ ପାରୁନଥିଲେ। ଏଣୁ ମା'ଙ୍କ ଡକରା ଆଜି ଆସି ପହଞ୍ଚିଛି। ସେ ନିଶ୍ଚୟ ସେଇଠି ଯାଇ ସଂଧ୍ୟାବେଳେ ପହଞ୍ଚି ଯିବେ।

ସବୁ ମଙ୍ଗଳବାର ପରି ଆଜି ମଧ୍ୟ ତାଙ୍କର ଉପବାସ ଥିଲା। ଦିନସାରା ରାଧାକୃଷ୍ଣ ମନ୍ଦିରରେ ପାରୁଶ କିଣି ଦୁଃଖୀରଙ୍କୀଙ୍କୁ ସେ ସବୁ ଦାନ କରି ଗୋରୁ, ବୁଲା କୁକୁରଙ୍କୁ ଖୁଆଇ ସେ ସୁଶୀଳକୁ ବାଢ଼ିବା ବେଳକୁ ଘରକୁ ଫେରିଥିଲେ। ବାଢୁ ବାଢୁ ସୁଶୀଳ ଠୁଁ ଏ କଥା ଶୁଣି ସେ କହିଲେ- 'ହଉ, ଆଗେ ଖାଇ ବସ୍।'

'ମା', ଉପବାସଟାରେ ଏତେ ଦୂର ଯିବାକୁ ତମକୁ କଷ୍ଟ ହେବ ନି ତ?'

'କେତେ ଦୂର କି ଆଉ? ତୋ' ମା'ତ ଏତେ ବୁଢ଼ୀ ହେଇନି।' ପ୍ରଭା ହସି ହସି କହିଲେ।

'ନାଇଁ, ଏକୁଟିଆ ଚାଲିଲେ ବାଟଚଲା ବାଧିବ।'

'ନାଇଁମ, ବାଧିବ କାହିଁକି? ତା' ଛଡ଼ା, ତୁ ମୋ ସାଙ୍ଗରେ ଯିବୁନି କି?'

'ନା, ମୋର ଜଣେ ଖାତକ ସେଇଠି ଦୋକାନ କରିଛି। ସେ କହିଥିଲା ମାସୁଆରୀ ସୁଧ ଟା ଆଜି ସଂଧ୍ୟା ପୂର୍ବରୁ ଦେବ। ସଂଧ୍ୟା ସମୟରେ ସେଇଠି ତା' ଦୋକାନରେ ପୂଜା ସାମାନ ନେବାକୁ ଲୋକଗହଳି ହୋଇଯାଏ ତ, ସେ ସମୟ ପାଏ ନାହିଁ ମୋ ସହିତ କଥାବାର୍ତ୍ତା କରିବା ପାଇଁ। ଏଣୁ ମୁଁ ଭାବୁଛି ତୁମେ ଯିବା ଘଣ୍ଟାଏ ଆଗରୁ ମୁଁ ଯିବି।'

'ହଉ, ଠିକ୍ ଅଛି। ତୁ ଆଗରୁ ଯାଇ ମନ୍ଦିର ପାଖରେ ଥା। ମୁଁ ଚଉରା ମୂଳେ ସଂଜବତୀ ଦେଇ ଘରେ ତାଲା ପକାଇ ଆସିବି।'

'ବାପା କେବେ ଫେରିବେ?'

'କହିଥିଲେ ତ ଶୁକ୍ରବାର ସଂଧ୍ୟାରେ ପହଞ୍ଚିବେ।'

'ନାଇଁ ଯଦି ତୁମକୁ ଏକଲା ଆସିବାକୁ ଭଲ ଲାଗିବ ନାହିଁ, ମୁଁ ତା'ଠାରୁ ପଇସା ନେଇ ସାଙ୍ଗେ ସାଙ୍ଗେ ଫେରି ତୁମକୁ ଧରି ପୁଣିଥରେ ଯିବି।'

'ନା ନା, ସେମିତି ହେଲେ ମୁଁ ଆଉ ସଂଧ୍ୟା ଆଳତୀ ଦେଖି ପାରିବି ନାହିଁ। ଡେରି ହୋଇଯିବ। କେତେ ବାଟ କି? ମୁଁ ଚାଲିଯିବି। ତୁ ତୋ କାମ ସାରି ଦୀପ ଦୁଇଟା କିଣି ସେଇଠି ମନ୍ଦିର ପାଉଛ ପାଖରେ ଥା। ମୁଁ ଯିବାକ୍ଷଣି ଆଳତୀ ଦେଖିବାକୁ ମନ୍ଦିର ଭିତରକୁ ପଶିବା।'

ସୁଶୀଳ ଖାଇ ସାରିବା ପରେ ସବୁଦିନ ପରି ମା'ପୁଅ ଦିହେଁ ମିଶି ଘଡ଼ିଏ ଦୁଃଖ ସୁଖ ହେଲେ। ଯଦିଓ ପ୍ରଭାଙ୍କୁ ଇଚ୍ଛା ହେଉଥିଲା ପଚାରିବାକୁ ଯେ, ଏମିତି କି କଥା ଦେଖାବାକୁ ସୁଶୀଳ ଏଡ଼େ ଆଗ୍ରହୀ ଯେ ଘରୁ ମନ୍ଦିର ଦୂରବାଟ ହେଲେ ମଧ୍ୟ ଦୁଇଦୁଇ ଥର ଯିବାକୁ ସେ ପ୍ରସ୍ତୁତ ଅଛି?

ସେ କିନ୍ତୁ ସେ କଥା ଉଠାଇଲେ ନାହିଁ। ଥାଉ, ଯେଉଁ କଥାଟା ଦେଖାଇବାକୁ ସେ ଆଗ୍ରହୀ, ହୁଏତ ସେ କଥାଟା ଶୁଣିଦେଲେ ସେହି ଆନନ୍ଦଟା ଆଉ ମିଳିନପାରେ।

ସଂଧ୍ୟାର ଟିକିଏ ପୂର୍ବରୁ ଚଉରା ମୂଳେ ସଂଜବତୀ ଦେଇ ତରତର ହୋଇ ଘରେ ତାଲା ଦେଇ ସେ ବାହାରି ପଡ଼ିଲେ। ଗାଁ ଦାଣ୍ଡେ ଦାଣ୍ଡେ ଗଲେ ଟିକିଏ ଦୂରବାଟ, କିନ୍ତୁ ବାରିପଟେ ବିଲ ହୁଡ଼ାଦେଇ ଚାଲିଗଲେ, ଏଇତ ସେ କୋଣଟାରେ ମଙ୍ଗଳା ମନ୍ଦିରଟା।

ସୁଶୀଳ ମନ୍ଦିର ପାହାଚ ଉପରେ ବସି ତାଙ୍କୁ ପ୍ରତୀକ୍ଷା କରୁଥିଲା। ମା' ପୁଅ ଦିହେଁ ମିଶି ମନ୍ଦିରରେ ପଶି ଦୀପ ଜାଳିଲେ।

ସଂଧ୍ୟା ଆରତୀ ଆରମ୍ଭ ହେଲା। ପ୍ରଭା ଆଖିବୁଜି ପ୍ରାର୍ଥନା କଲାବେଳେ କାନ୍ଧରେ କାହାର ସ୍ପର୍ଶ ପାଇ ଆଖିଖୋଲିଲେ। ତାଙ୍କ କାନ୍ଧରେ ହାତଦେଇ ପୁଅ ଆଉ କୁଆଡ଼େ ଚାହିଁଛି। ସଂଧ୍ୟା ଆରତୀକୁ ନୁହେଁ।

ପୁଅର ଆଖିକୁ ଅନୁସରଣ କରି ସେ ଦେଖିଲେ, ସ୍ତ୍ରୀ ଲୋକଙ୍କ ଗହଣରେ ସୁନ୍ଦର ଝିଅଟିଏ ଭୋଗଡାଲା ଧରି ଠିଆ ହୋଇଛି। ତା'ର ପାଖରେ ଥିବା ଆଉ ଏକ ଝିଅ ଓ ସିଏ ମିଶି ଆରତୀ ଦେଖୁଛନ୍ତି କମ୍, ହସୁଛନ୍ତି ବେଶୀ। ମଝିରେ ମଝିରେ ସେ ସୁନ୍ଦର ଝିଅଟି ପଛକୁ ବୁଲି ସୁଶୀଳକୁ ଚାହିଁ ଦେଉଛି ଓ ଫିକ୍ କରି ହସି ଦେଉଛି।

ହଠାତ୍ ଝିଅଟିର ଚେତନାରେ ପଶିଲାଯେ, ଆଜି ସୁଶୀଲ ଏକା ଠିଆ ହୋଇନାହିଁ। ଅଉ ଜଣେ ସ୍ତ୍ରୀ ଲୋକ ପାଖରେ ସେ ଖାଲି ଠିଆ ହୋଇନି, ତାଙ୍କ କାନ୍ଧରେ ହାତ ରଖି ଏକ ଲୟରେ ସେ ତାକୁ ଚାହିଁଛି। ପ୍ରଭାଙ୍କ ଆଖିରେ ସେ ଝିଅର ଆଖି ପଡ଼ିବା ମାତ୍ରେ ଝିଅଟି ଜିଭକାମୁଡ଼ି ବୁଲି ପଡ଼ିଲା।

ଆଉ ଥରଟିଏ ହେଲେ ପଛକୁ ଚାହିଁଲା ନାହିଁ।

ସଂଧ୍ୟା ଆରତୀ ସରିଲା। ମା' ପୁଅ ମୁଣ୍ଡିଆମାରି ବାହାରକୁ ଆସିଲେ।

ସେଇ ମନ୍ଦିର ବେଢ଼ାରେ, ସୁଲୁସୁଲିଆ ପବନର କୋମଳ ସ୍ପର୍ଶରେ, ଶହ ଶହ ଦୀପର ଆଲୋକ, ଧୂପର ଧୂଆଁର ରହସ୍ୟମୟ ପରିବେଶରେ, ଓ ଜାଇ, ଜୁଇ, କାମିନୀ ଫୁଲର ମହକ ଭିତରେ ସୁଶୀଲ ମୁଣ୍ଡପୋତି ମାଆକୁ ଯାହା କହିଲା, ତାହାହେଲା - ଏଇ ଝିଅଟିକୁ ସେ ବିଭାହେବାକୁ ଚାହୁଁଛି। ସେ ଏ ଗାଆଁର ଦେବଦତ୍ତ ତନ୍ତ୍ରୀଙ୍କ ଝିଅ - ସୁଦତ୍ତା।

ସେ କୃଷ୍ଣପକ୍ଷ ରାତିରେ ପ୍ରଭାଙ୍କ ଆଗରେ ଦୁଇ ଦୁଇଟି ପୂର୍ଣ୍ଣଚନ୍ଦ୍ର ଉଦୟ ହୋଇଗଲେ।

ଆନନ୍ଦରେ ପ୍ରଭାଙ୍କ ଆଖିରୁ ଲୁହ ଝରିଲା। ପୁଅର କପାଳକୁ ନୁଆଁଇ ଆଣି ସେଇଠି ସ୍ନେହର ଚୁମାଟିଏ ଦେଇ ସେ କହିଲେ- 'ବାପା, ମୋର ଗ୍ରହଶାନ୍ତି ପୂଜା ଆରାଧନା ଠିକ୍ ବାଟରେ ଚାଲିଛି ଦେଖୁଛି। ତାକୁ ଲକ୍ଷ୍ୟ ଜାଗାରେ ପହଞ୍ଚିବାକୁ ଡେରି ହୋଇପାରେ କିନ୍ତୁ ବିଫଳ ହେବନାହିଁ।'

କିନ୍ତୁ ସେଦିନ ଠାରୁ ଆଜିପର୍ଯ୍ୟନ୍ତ ସେ ଏକଥା ଯେତେଥର ପ୍ରଚଣ୍ଡ ଆଗରେ ଉଠାଇଛନ୍ତି, ପ୍ରଚଣ୍ଡର ଧମକ, ଚିତ୍କାର, ଗାଳି ଶୁଣି ତାଙ୍କ ଗଳାରୁଦ୍ଧ ହୋଇଯାଇଛି। ସୁଶୀଳ ଯେ ସୁଦତ୍ତାକୁ ଭଲ ପାଉଛି- ସେ ପର୍ଯ୍ୟନ୍ତ କଥା ଯାଇନି। 'ସୁଶୀଳର ବିଭାଘର' ଏହି ଦୁଇଟି ଶବ୍ଦ ଗୋଟିଏ ବିସ୍ଫୋରଣ ପାଇଁ ଯଥେଷ୍ଟ। ଶନିଙ୍କ ଭୟରେ ପ୍ରଭାଙ୍କ ପାଟିରୁ ରୁକ୍ଷ କଥା ବାହାରି ନାହିଁ ସିନା, ମିଠା କଥା ମଧ୍ୟ ପ୍ରଚଣ୍ଡ ପାଇଁ ଆଉ ବାହାରି ନାହିଁ।

କେମିତିକା ଏ ମଣିଷ... ନିଜ ପୁଅର ସୁଖ ଆନନ୍ଦର ବାଟ ଓଗାଳି ବସିଛନ୍ତି।

ଏ ପାଲା ଗତ ପାଞ୍ଚମାସ ଧରି ଘରେ ଚାଲିଛି।

ଗ୍ରହମାନଙ୍କୁ ସେ କେତେଦୂର ସନ୍ତୁଷ୍ଟ କରି ସାରିଲେଣି ତାହା ସେ ଜାଣିପାରୁ ନାହାନ୍ତି। ବେଳେବେଳେ ତାଙ୍କୁ ଲାଗୁଛି, ତାଙ୍କୁ ବରଦାନ ଦେବାକୁ ପଡ଼ିବ ବୋଲି ଗ୍ରହମାନେ ଏ ଗାଆଁଛାଡ଼ି ପଳାଇଛନ୍ତି। କୋଉ ଅଗ୍ନାଅଗ୍ନି ବନସ୍ତରେ ଗୁମ୍ଫା ଭିତରେ ବସି ତାଙ୍କୁ ମିଟିମିଟି ଚାହୁଁଛନ୍ତି। ଜଗିବସିଛନ୍ତି, ପ୍ରଭା ସେମାନଙ୍କ ଆରାଧନା ଛାଡ଼ିଲେ ଯାଇ ସେମାନେ ପୁଣି ବୋମକେଇକୁ ଫେରିବେ।

ଆଜି, ଏହି ଶ୍ୟାମଳୀ ଉଷାର କୋମଳ ପରଶ ତାଙ୍କ ହୃଦୟର ଏହି ହୁତ୍‌ହୁତ୍ ହୋଇ ଜଳୁଥିବା ଦାବାଗ୍ନିକୁ ଶାନ୍ତ କରିବା ବଦଳରେ ସତେଯେପରି ସେଥିରେ ଶୁଖିଲା କାଠପତ୍ର ଗଣ୍ଡେ ଆଣି ପକାଇଦେଲା।

'ହଉ ଦେଖିବା!'

ସେଇ ଅଦୃଶ୍ୟ ଅଗ୍ନାଅଗ୍ନି ବନସ୍ତର ସେଇ ଅଜଣା ଗୁମ୍ଫାକୁ ଅନେଇ ଗ୍ରହମାନଙ୍କ ଉଦ୍ଦେଶ୍ୟରେ ପ୍ରଭା ନିଜ ଗମ୍ଭୀରୀରେ, ଘରେ କିଏ ନ ଥିବାର ସୁଯୋଗ ନେଇ ଚିତ୍କାର କରି କହିଲେ, 'ମୁଁ ତ ମୋର ସାଧନା ଆଦୌ ଛାଡ଼ିବି ନାହିଁ। ଦେଖାଯାଉ ତୁମେ ସବୁ କେତେଦିନ ନିଜକୁ ଏମିତି ନିର୍ବାସନ ଦେଇ ଲୁଚିବ! ତୁମମାନଙ୍କୁ ଦଣ୍ଡ ଦେବାକୁ କେହି ନାହିଁ ତ, ସେଇଥିପାଇଁ ନିଜକୁ ନିଜେ ଏ ଯେଉଁ ଦଣ୍ଡ ଦେଇଛ, ଭୋଗ ତାକୁ! ମୋ ଡ଼ାକ ଶୁଣୁନ ପରା, ହଉ ଦେଖିବା କେତେଦିନ ମୋତେ ଏମିତି ଲୁଚି ଲୁଚି ଗୁମ୍ଫାରେ ରହିପାରିବ?'

ତାଙ୍କୁ ଲାଗିଲା ତାଙ୍କ ଉଚ୍ଚସ୍ୱର ଘରର ଚାରିକାନ୍ଥ ଦେହରେ ପିଟି ହୋଇ ତାଙ୍କ ପାଖକୁ ଫେରି ଆସୁଛି।

କିନ୍ତୁ ଏ କ'ଣ? ତାଙ୍କୁ ତ ଚାରୋଟି ମିଳିତ କଣ୍ଠର ଗମ୍ଭୀର ସ୍ୱର ଶୁଣା ଯାଉଛି!

'ତୋ ଡାକ ଆମେ ଶୁଣିନୁ କେମିତି? ଶୁଣିଛୁ ବୋଲି ତ ଏ ପାଞ୍ଚଶ' ମୋହର ବନ୍ଧା କାନ୍ଥଟିଏ ତୋରି ଆଗରେ ଆମେ ତୋଳି ଧରିଛୁ। ଆମେ ଏ କାନ୍ଥକୁ ଏମିତି ଉଚ୍ଚା କରିଦେଇଛୁ ଯେ, ତାକୁ ଡେଇଁ ଆଉ କେଉଁ ପ୍ରସ୍ତାବ ଆସିପାରୁନାହିଁ। ଏତିକି ବୁଝି ପାରୁନୁ, ଆଉ କି ଆରାଧନା କରୁଛୁ? ଏ ପାଞ୍ଚଶ' ମୋହରର ଅର୍ଗଳୀ ନଥିଲେ ତ ପାଞ୍ଚହଜାର ରୂପାଟଙ୍କା ଦେଇ ଆଉ କୋଉ ଝିଅ ତୋ ପୁଅ ବେକରେ ଏତେ ବେଳକୁ ଓହଳି ପଡ଼ନ୍ତାଣି। ଆଉ ଏ ସୁନ୍ଦରୀ ଗୁଣବତୀ ସୁଦତ୍ତା ତାକୁ କ'ଣ ମିଳିଥାନ୍ତା?'

*ଏଁ! ସତେ ତ!!*

'କୃଷ୍ଣ! କୃଷ୍ଣ! ମାଧବ! ମାଧବ!' ଦୁଇ ହାତରେ ଦୁଇ କାନକୁ ଧରି ପ୍ରଭା ସେଇଠି ଚାରିଥର ବସ୍ ଉଠ୍ ହେଲେ। 'କ୍ଷମା, କ୍ଷମା, କ୍ଷମା କର ଗ୍ରହ ନାରାୟଣ!'

'ତୋ' କାମରେ ଲାଗିଥିବା ଦେବତା ମାନଙ୍କୁ ଗାଳି ଦେଉଛୁ? ତୋ ଗାଳି ତ ତୋ ପାଟିରୁ ବାହାରି ସାରିଲାଣି, ଆମ କାନରେ ପଶି ହୃଦରେ ଆଘାତ ଦେଇ ସାରିଲାଣି। ଏବେ 'କ୍ଷମା' କହିଦେଲେ ହୋଇଗଲା? ସେତକ ଗାଳିକୁ ଏ ଗୋଟିଏ ଶବ୍ଦ କ'ଣ ଯଥେଷ୍ଟ? ଶୁଣ୍, ଯୋଉ ଶନିବାର, ମଙ୍ଗଳବାର ବ୍ରତ ପାଳି ମନ୍ଦିରରୁ ପାରୁଶ କିଣି ଭିକାରୀ, ଗାଈ, କୁକୁରଙ୍କୁ ଖୁଆଉଛୁ, ସେଥିରେ ଏଣିକି ଘରୁ ପିଠା କରି ନେଇ ସେମାନଙ୍କୁ ଦେବୁ। ତୋ ଗାଳି ପାଇଁ ଯେ ଦଣ୍ଡ।'

'କୃଷ୍ଣ ! କୃଷ୍ଣ ! ମାଧବ ! ମାଧବ ! କ୍ଷମା, କ୍ଷମା,' ପ୍ରଭା ଆଉ ଚାରିଟା କାନଧରି ବସ୍‌ଉଠ୍ ହେଲେ। 'ପ୍ରଭୋ!! ସେୟା କରିବି। ମୋର ଉପବାସ ଦିନ ମାନଙ୍କରେ ସେମାନଙ୍କୁ ପିଠା କରି ଖୁଆଇବି।'

'ଆଉ ତୋତେ ରୁକ୍ଷ କଥା କହିବାକୁ ମନା କରାଗଲା, ତୁ ତ ମିଠା କଥା ମଧ୍ୟ କହିବା ବନ୍ଦ କରିଦେଲୁ ? କାହା ଆଜ୍ଞାରେ ?'

ଏଁ, ସେ'ତ କେବେ କାହାକୁ ରୁକ୍ଷ କଥା କହି ନାହାନ୍ତି। ସମସ୍ତଙ୍କୁ ମିଠା ନହେଲେ ମଧ୍ୟ ସାଦା କଥା ହିଁ କହିଛନ୍ତି। ଓଃ... ପ୍ରଚଣ୍ଡ ? ହଁ, କେବଳ ପ୍ରଚଣ୍ଡଙ୍କୁ...।

'ଆଉ ସିଏ ଯେ' ମୋତେ ଏତେ ରୁକ୍ଷ କଥା କହୁଛନ୍ତି ?' ପ୍ରଭାଙ୍କ ଅଜାଣତରେ ତାଙ୍କ ପାଟିରୁ ବାହାରିଗଲା।

'ତା' କରିବା କାମର ଫଳ ସିଏ ପାଇବ। ତୋତେ ଦଣ୍ଡ ଦେବାର ଅଧିକାର କିଏ ଦେଲା ? ଆମକୁ ଆରାଧନା କିଏ କରୁଛି, ସେ ନା ତୁ ?'

'ଆପଣମାନେ ତାଙ୍କୁ ଟିକିଏ ଏକଥା କହିଲେ ହ'ନ୍ତାନି ?'

'ତା'ର ଏତିକି ପୂଣ୍ୟଫଳ ହୋଇନି ଯେ ଆମ କଥା ତାକୁ ଶୁଭିବ। ଆଉ ତା'ଛଡ଼ା, ମନେରଖ, ଏ ପାଞ୍ଚଶ' ସୁନା ମୋହରର କାନ୍ଥ ପାଇଁ ତୁ ଓ ସୁଶୀଳ ପ୍ରଚଣ୍ଡ ପାଖରେ ତ କୃତଜ୍ଞ ରହିବା କଥା, ଏ କଥା ତୁ ବୁଝି ପାରୁନୁ କେମିତି ?'

'ଏଥର ବୁଝିଲି'।

'ଆଉ ମନେରଖ, ଆମେ କେଉଁ ଜଙ୍ଗଲରେ କି ଗୁମ୍ଫାରେ ନାହୁଁ। ତୋ'ରି ହୃଦୟରେ, ତୋ ଚାରିପଟେ, ତୋ ପାଖେ ପାଖେ ହିଁ ରହିଛୁ। ତୁ ଏତେ ଚିତ୍କାର କରି କହିବା କ'ଣ ଦରକାର ? କାନ ଫଟାଇ ଦେଉଛୁ ?'

'କୃଷ୍ଣ ! କୃଷ୍ଣ ! ମାଧବ ! ମାଧବ ! କ୍ଷମା, କ୍ଷମା' ପ୍ରଭା ଆଉ ଥରେ କାନଧରି ଆଉ ଚାରିଥର ବସ୍‌ଉଠ୍ ହେଲେ।

ଚାଉଁ କରି ପ୍ରଭାଙ୍କର ପାହାନ୍ତିଆ ନିଦଟା ଭାଙ୍ଗିଗଲା। ଉଷାର ଶ୍ୟାମଳ ରୂପ ସେ ଏଇ ଟିକକ ଆଗରୁ ଦେଖିଥିଲେ। କେତେବେଳେ ଆଖି ଲାଗିଗଲା, ସେ ଜାଣି ପାରିଲେ ନାହିଁ।

ସାରା ଦେହ ତାଙ୍କର ଝାଳରେ ବୁଡ଼ି ଯାଇଛି। ପଣତ କାନିରେ ମୁହଁ ପୋଛି ପୋଛି ସେ ଖଟରୁ ତଳକୁ ଓଲ୍‌ହାଇଲେ। ଉଃ... ଉଃ... ଆରେ, ସେ ତ ସ୍ୱପ୍ନ ଦେଖୁଥିଲେ। ଏ ଗୋଡ଼, ଜଂଘ ସତରେ ଆଠଟା... ନା ନା ବାରଟା ବସ୍ ଉଠ୍ କଲା ପରି ଏମିତି ବଥା ହୋଇଯାଇଛି କାହିଁକି ?

ସେ ପୁଣି ନିଜ ଦୁଇକାନକୁ ଦୁଇ ହାତରେ ଧରି ଖଟ ଉପରେ ଲଥ କରି ବସି ପଡ଼ିଲେ। କୃଷ୍ଣ! କୃଷ୍ଣ! ମାଧବ! ମାଧବ! କ୍ଷମା! କ୍ଷମା!

ଆଉ ବସ୍‌ଉଠ୍ କରିବାକୁ ଗୋଡ଼ରେ ବଳନଥିଲା।

-୦-

ବାହାରେ କଅଁଳ ଖରାର ପ୍ରଥମ କିରଣ ବିଛେଇ ହୋଇ ପଡ଼ିଲାଣି। 'ଏ ମା! କେତେବେଳ ହେଲାଣି! ଯାଏ, ପୋଖରୀରେ ଗାଧୋଇ ଆସି ରନ୍ଧା ଆରମ୍ଭ କରିଦିଏ।' ସେ ନିଜକୁ ନିଜେ କହି ଖଟରୁ ଉଠି ଠିଆହେଲେ। 'ଆଜି ତ ବାପ ପୁଅ ଫେରିବେ।'

ଏଣିକି ସେ ପ୍ରଚଣ୍ଡଙ୍କ ପାଇଁ ତାଙ୍କର ପ୍ରିୟ ବଡ଼ି ବାଇଗଣ ବେସର ସାଗଙ୍କୁ କ୍ଷୀରି ମଧ ରାନ୍ଧି ତାଙ୍କୁ ନିତି ଖୁଆଇବେ। ପ୍ରଚଣ୍ଡଙ୍କୁ ଦଣ୍ଡ ଦେବା ପାଇଁ, ସେ ଯେବେଠାରୁ ସୁନା ମୋହରର ଅର୍ଗଳି ପକାଇଛନ୍ତି, ସେବେଠାରୁ ପ୍ରଭା କାଞ୍ଜି, ବଡ଼ି ବେସର କି କ୍ଷୀରି କରିନାହାନ୍ତି। ସୁଶୀଳ ଏ ସବୁ ଖାଇବାକୁ ଭଲପାଏ ନାହିଁ। ଏଣୁ ଏକା ପ୍ରଚଣ୍ଡ ପାଇଁ ଏ ସବୁ କରିବାକୁ ତାଙ୍କୁ ଗରଜ ପଡ଼ିଛି ବୋଲି ସେ ଭାବୁଥିଲେ।

ନା, ନା, ନା, ଏଣିକି ଏମିତି ସେ ଆଉ କରିବେ ନାହିଁ।

ସତରେ ଦଣ୍ଡିବା ଅଧିକାର ତ କେବଳ ଦଇବ ହାତରେ!

ପ୍ରଭା ପୋଖରୀ ଘାଟରେ ପହଞ୍ଚିବା ବେଳକୁ ମୋକ୍ଷଦା ଏକାଦଶୀର ପୂଣ୍ୟ ସ୍ନାନ ପାଇଁ ଘାଟ ଭର୍ତ୍ତି ହୋଇଗଲାଣି। ସବୁଦିନିଆ ଲୋକଙ୍କୁ ଛାଡ଼ି ଏକାଦଶୀ ସ୍ନାନର ସ୍ତ୍ରୀମାନେ ମଧ୍ୟ ସ୍ତ୍ରୀ ଲୋକଙ୍କ ତୁଠରେ ଖୁନ୍ଦାଖୁନ୍ଦି ହୋଇ ଗାଧୋଉଛନ୍ତି।

- 'ଯାକୁ କହନ୍ତି ଭାଗ୍ୟ! ହଜାରେ ସୁନା ମୋହର! ଦେଖାନାହିଁ, ଶୁଣାନାହିଁ, ହାତୀ ସୁନା କଳସ ଢାଳିଲା ପରି ଅଜାଡ଼ି ହୋଇ ପଡ଼ିଲା।' କୁମ୍ଭାର ସାହୀର ନିର୍ମଳା ବୋଉ ମୁହଁରେ ହଳଦୀ ଲଗାଉ ଲଗାଉ ଅଣ୍ଟାଏ ପାଣିରେ ଠିଆ ହୋଇ ମନ୍ତବ୍ୟ ଦେଲା।

- 'ଆଉ କ'ଣ? କମ୍ କଥା ଯେ?' ଜଣେ କିଏ କହିଲା। ପାଣିରେ ଗୋଡ଼ ଦେଉ ଦେଉ ପ୍ରଭା ଏକଥା ଶୁଣି ଆଶ୍ଚର୍ଯ୍ୟ ହେଲେ। ସକାଳୁ ସକାଳୁ ଏ ସୁନା ମୋହର କଥା କୋଉଠୁ ଆସିଲା? ପାଣିକୁ ଦୁଇ ହାତରେ ଭାଗ କରି ଅଣ୍ଟାଏ ପାଣିରେ ପଶୁ ପଶୁ ସେ ପଚାରିଲେ-

'ତୁମେ ସବୁ କୋଉ ବିଷୟରେ କଥା ହେଉଛ? ଏ ସୁନା ମୋହର କଥା କୁଆଡୁ ଆସିଲା?'

ସତେ ଯେପରି କିଛି ପାପ କଥା ସେ ମୁହଁରେ ଧରିଦେଲେ, ସବୁ ସ୍ତ୍ରୀ ଲୋକ ମୁହଁରେ ହଳଦୀ ବୋଳା, ଗାଧୁଆ, ଲୁଗାଚିପୁଡା, ଶାଢ଼ୀ ବଦଳା ଛାଡ଼ି ତାଙ୍କୁ ଚାହିଁ ରହିଲେ ।

'ଏ ମା', ତୁମେ ଜାଣିନ?' ଉପର ସାହିର ଅହଲ୍ୟା ଆଖି ତରାଟି ତାଙ୍କୁ ପଚାରିଲା ।

'ନାଇଁ ତ କୋଉ କଥା ?' ପ୍ରଭା ମୁଣ୍ଡର ଖୋଷାକୁ ମୁକୁଳା କରୁ କରୁ ଉତ୍ତର ଦେଲେ ।

'କ'ଣ ହେଲା ? ତନ୍ତୀ ସାଇର ବାରଦିନିଆଁ ଭୋଜିକୁ ତମ ଘର ଲୋକଙ୍କୁ ଡାକରା ହୋଇନଥିଲା ନା କ'ଣ ?' କେହି ଜଣେ ପଚାରିଲା ।

'ଆମ ଘର ଲୋକେ କ'ଣ ଘରେ ଅଛନ୍ତି ? ପନ୍ଦର ଦିନ ହେବ ବାପ ପୁଅ ଗଂଜା ଯାଇଛନ୍ତି ଯେ ଫେରିନାହାନ୍ତି । ମୁଁ ମଧ୍ୟ ଆଠଦିନ ହେଲା ମୋ ସଙ୍ଗାତର ଝିଅ ବିଭାହେଲା ତ ସେଥିପାଇଁ ଶେରଗଡ଼ ଯାଇଥିଲି । କାଲି ରାତିରେ ପରା ଆସିଲି ।' ପ୍ରଭା କହିଲେ ।

'ଓହୋ, ସେଥିପାଇଁ ତୁମେ ଜାଣିନ । ତନ୍ତୀ ସାଇର ଦେବଦତ୍ତ ଓ ପ୍ରବଳ ଦୁଇ ସାଙ୍ଗ କ'ଣ କାମରେ ଗାଁ ବାହାରକୁ ସାଙ୍ଗହୋଇ ଯାଇଥିଲେ । ଏକାଦିନରେ ଏକା ସାଙ୍ଗରେ ଦୁହେଁ ମହାମାରୀରେ ମରିଗଲେ ।'

'ଏଁ , କ'ଣ କହୁଛ ? - ଦେବଦତ୍ତ ତନ୍ତୀଙ୍କ କାଳ ହୋଇଗଲା ?' ପାଖରେ ଗାଧୋଉ ଥିବା ସ୍ତ୍ରୀ ଲୋକଟି ଉପରେ ପ୍ରଭା ଆଉଜି ପଡ଼ିଲେ । ସେ ଧରିଦେଇ ନଥିଲେ ପ୍ରଭା ବୋଧହୁଏ ସେଇ ଅଣ୍ଟାଏ ପାଣିରେ ପଡ଼ି ବୁଡ଼ି ଯାଇଥା'ନ୍ତେ ।

ତାଙ୍କୁ ଧରିଥିବା ସ୍ତ୍ରୀ ଲୋକଟି ତାଙ୍କୁ ସଳଖ କରି ଠିଆ କରି ପଚାରୁଥିଲା- 'ନାନୀ, କ'ଣ ହେଲାକି ? ପାଣିରେ ଗୋଡ଼ ଖସିଗଲା ବୋଧହୁଏ ?'

ନିଜକୁ ସମ୍ଭାଳି ପ୍ରଭା ସଳଖି ଠିଆ ହେଲେ । ତାଙ୍କୁ ସୁଶୀଳର ସ୍ୱର ଶୁଣାଗଲା - 'ମା', ଇଏ ଦେବଦତ୍ତ ତନ୍ତୀଙ୍କ ଝିଅ । ମୁଁ ଯାକୁ ହିଁ ବାହାହେବି ।'

ଜାଣିନଥିବା ଲୋକଙ୍କୁ ସମ୍ବାଦଟିଏ ଜଣେଇବାର ଯୋଉ ଆନନ୍ଦ ତାକୁ ଦୁନିଆରେ କିଏ ସହଜରେ ଟାଳି ପାରିଛନ୍ତି ନା ପାରିବେ ?

ପ୍ରଭା ଏ ସୁନା ମୋହର କଥା ଜାଣି ନାହାନ୍ତି ବୋଲି ଜାଣିବା ମାତ୍ରେ ବହୁ ନାରୀ କଣ୍ଠର କଳରବରେ ପ୍ରଭାଙ୍କ କାନ ଭର୍ତ୍ତି ହୋଇଗଲା ।

'ଆରେ ! ତୁମେ ଜାଣିନ ? ଦୁଇ ସାଙ୍ଗ ଏକା ସାଙ୍ଗରେ ଏକା ଦିନରେ ବିଦେଶରେ ମରିଗଲେ ପରା ।'

'ମୁଁ କହୁଛି ଶୁଣ, ପ୍ରବଳର ପୁଅ ବିଧାନ ଦୁହିଁଙ୍କ ଦାହକାର୍ଯ୍ୟ ବିଦେଶରେ କଲା, ସେଇଠି –

'ହେଃ, ତୁ ତ ଭଲକରି ଜାଣିନୁ... କହୁଛୁ କାହିଁକି ? ମୋ କଥା ଶୁଣ, ଖାଲି ଶବଦାହ କାମ ବିଦେଶରେ କଲା । ମାତ୍ର ଦୁହିଁଙ୍କ ଶୁଦ୍ଧିକ୍ରିୟା ଆସି ଏଇଠି ଗାଁରେ କଲା ।'

'ଏ ସବୁ ତ ଛାର ଅସାର କଥା । ଏମିତି ପ୍ରଦିଦିନ କିଏ କେତେ ମରୁଛନ୍ତି, ଶୁଦ୍ଧିକର୍ମ ହେଉଛି । ସେଗୁଡ଼ା ଆଗେ କାହିଁକି ବଖାଣି ହେଉଛ ମ । ବଡ଼ କଥାଟା ଆଗେ କହୁନ ? ମୁଁ କହୁଛି ଶୁଣୁ ଝିଅ, ଏଗୁଡ଼ା ଖାଲି କେରାଣ୍ଡି ମାଛପରି ଅଳପ ପାଣିରେ ଡିଆଁମାରି ଫଡ଼ ଫଡ଼ ହେଉଛନ୍ତି' । ବୁଢ଼ୀ ଜଣେ ମାଡ଼ିବସି କହିଲେ, 'ତନ୍ତୀପୁଅ ସେ ଦେବଦତ୍ତ, କ'ଣ ପୋଥି ଲେଖିଦେଲା ଯେ, ପାରଳା ମହାରାଜ ତାକୁ ଶହେ ନାଇଁ କି ଦୁଇଶ' ନାହିଁ, ଏକା ସାଙ୍ଗରେ ଏକ ହଜାର ସୁନା ମୋହର ପୁରସ୍କାର ଦେଇଦେଲେ ।'

'କ'ଣ କହୁଛ ?' ଏତେବେଳଯାଏ ଚୁପ୍ ହୋଇ ଶୁଣୁଥିବା ପ୍ରଭା ଚିହିଁକି ଉଠି କହିଲେ ।

'ମୁଁ କହୁଛି ପରା,ଏଇଟା ନା ହେଲା କଥା । ଯାକୁ ନ କହି ଇଆଡୁ ସିଆଡୁ ଛାର କଥା ସବୁ ଭଡ଼ ଭଡ଼ ହେଉଛନ୍ତି । ଆରେ, 'ମରିଗଲା', 'ଶବଦାହ', 'ଶୁଦ୍ଧିକ୍ରିୟା' ଏ କ'ଣ କୋଉ କଥାର କଥା ଯେ ଏତେ ଓଗାଳି ହେଉଛ ? ଏମିତି ତ ପ୍ରତିଦିନ ଘଟୁଛି । ହେଲେ ଆଜିଯାଏ କାହାକୁ ହଜାରେ ସୁନା ମୋହର ପୁରସ୍କାର ମିଳିଛି ? ଏ କଥା ଆଗେ କହିବ ନା'- ସେହି ବୟସ୍କ ସ୍ତ୍ରୀ ଲୋକ ଜଣକ ଦୃଢ଼ ସ୍ୱରରେ କହିଲେ ।

'ଏ କଥା କ'ଣ ସତ ?' ପ୍ରଭା ଆଖି ତରାଟି ପଚାରିଲା ।

ମଧ୍ୟ ବୟସ୍କା ଜଣେ ପାହାଚ ଉପରେ ଠିଆ ହୋଇ ଲୁଗା ଚିପୁଡୁ ଚିପୁଡୁ କହିଲା- 'ସତ ବୋଇଲେ ? ପଅରଦିନ ପରା ଆମ ସମସ୍ତଙ୍କ ଆଗରେ ବିଧାନ ମୁଠାଏ ସୁନାମୋହର ସେ ଥଳୀରୁ କାଢ଼ି ସମସ୍ତଙ୍କୁ ଦେଖାଇ ପୁଣି ଝଣ୍‌ଝଣ୍ କରି ତାକୁ ଥଳୀରେ ପୁରାଇଦେଲା । ମୋତେ ଲାଗିଲା ସତେ କି ଲକ୍ଷ୍ମୀ ପ୍ରତିମା ଧରି ଥିବା ସୁନା କଳସରୁ ଝରୁଥିବା ସୁନା ମୋହରର ସେ ଶବ୍ଦ, କଅଁଳା ପିଲା ମଧ୍ୟ କ୍ଷୀର ଖାଇବା ଛାଡ଼ି ସିଆଡ଼େ ଚାହିଁଲା । ଆଉ ପଚାରୁଛ-ସତ ?'

ସିର୍ ସିର୍ ପବନ ପାଣିକୁ ଛୁଇଁ ଛୁଇଁ ଯାଉ ଯାଉ ଏଇ ଓଦା ସର ସର ନାରୀମାନଙ୍କ ଦେହରେ ସାପ ପରି ଗୁଡ଼ାଇ ହୋଇଗଲା । ପବନର ସେ କୋମଳ ଆଲିଙ୍ଗନ ସତେ ଅବା ସମସ୍ତଙ୍କୁ ଚୁପ୍‌କରି ଦେଲା । ସେଇ କ୍ଷଣକର ନୀରବତାକୁ ଭାଙ୍ଗି ଆଉଜଣେ ସ୍ତ୍ରୀ ଲୋକର ସ୍ୱର ଶୁଣାଗଲା- 'ବିଧାନ ଟା ସୁନାଖଣ୍ଡେ । ଆଉ କିଏ

ହୋଇଥିଲେ ସେଥିରୁ କେତେ ମାରି ନେଇଥାନ୍ତା। ଏ ମା' ଝିଅ କ'ଣ କରି ପକେଇଥାନ୍ତେ? ବାଧା ଦେଇପାରନ୍ତେ?'

'ଏବେ ଯେ ମାରି ନଥିବ କେମିତି ଜଣା ପଡ଼ିବ?' ଅଳ୍ପବୟ ସ୍ତ୍ରୀ ଜଣେ ଟିପ୍‌ପଣୀ ଦେଲା।

'ଆରେ, ରଜା ଦେଇଥିବା ପାଟକନାରେ ଲେଖା ଏକ ଘୋଷଣା ପତ୍ର ପରା ସେ ମକଦ୍ଦମଙ୍କୁ ଦେଖାଇଲା। ମକଦ୍ଦମ ମିଶ୍ରେ ତାକୁ ନିଜେ ଠିଆ ହୋଇ ଘୋଷଣା କଲାପରି ପାଟିକରି ପଢ଼ିଲେ। ପୂରା ସଭାକୁ ଦେଖାଇଲେ। କହିଲେ 'ମହାରାଜାଙ୍କ ସ୍ୱାକ୍ଷର ମୁଁ କେବେ ଦେଖିନଥିଲି। ହଁ, ପୁରା ହଜାରେ ସୁନା ମୋହର, ଦେବଦତ୍ତ ତନ୍ତୀ, ବହି ନାଁ କର୍ମସୂତ୍ର, ସବୁ ଲେଖା ହୋଇଛି ବୋଲି କହିଲେ।'

'ଆମେ କେମିତି ଏ କଥା ଦେଖିପାରିଲୁ ନାହିଁ?' ଆଉ ଜଣେ ସମସ୍ତଙ୍କ ମୁହଁକୁ ଚାହିଁ ପଚାରିଲା – 'ତୁମେମାନେ ଦେଖିଛ?'

ଅନେକ ମହିଳା 'ନାହିଁ' କହି ମୁଣ୍ଡ ହଲାଇଲେ।

ପୂର୍ବର ସ୍ତ୍ରୀ ଲୋକଟି କହିଲା – 'ମୁଁ ବି ତ ଦେଖିନି। କାହିଁକି କହିଲ? ଆମେ ସମସ୍ତେ ସୁଦତ୍ତାର କାନ୍ଦଣାକୁ ଦେଖୁଥିଲେ, ବ୍ରାହ୍ମଣମାନଙ୍କ ସତରଞ୍ଜି ଆଗରେ ଗଉଡ଼ମାନଙ୍କ ପଙ୍ଗତ ପଡ଼ିଥିଲା। ସେମାନେ ଦେଖିଛନ୍ତି ତ ମୋ ଗିରସ୍ତ ଆସି ଘରେ ସେ କଥା କହୁଥିଲେ।'

'ହଁ ହେ, ଝିଅଟା ସେ ମୋହର ଥଳୀଟା ଧରି କେତେ କାନ୍ଦିଲା, ସତ କହୁଛି, ମୋ ପେଟରୁ ତ ତାକୁ ଦେଖି ଖାଲି କୋହ ଉଠିଲା।' କହୁ କହୁ ଆଉ ଏକ ଶ୍ରୀମତୀ ବକ୍ତାଙ୍କ ଆଖି ଛଳ ଛଳ ହୋଇଗଲା।

'ହଁ ମ ଭଉଣୀ, ଏ ହଜାରେ ସୁନା ମୋହର କ'ଣ ଦେବଦତ୍ତଙ୍କ ଠାରୁ ବଡ଼? ଦେବଦତ୍ତ ପରି ସେ କ'ଣ ଘର ପୁରାଇ ଦେବ?' ଆଉ ଜଣେ ମହିଳା ମନ୍ତବ୍ୟ ଦେଲେ – 'କ'ଣ ହେବ ସେ ସୁନା ମୋହର?'

'କି କଥା କହୁଛ ମ? – କ'ଣ ହେବ ସେ ସୁନା ମୋହର? ଲୋକଟା ମରିଗଲେ ବୋଲି ଦୁଃଖ ହେଉଛି ସତ। ତୁମେ, ଆମେ ସମସ୍ତେ ତ ଦିନେ ଏମିତି ମରିବା। ମାତ୍ର ଏମିତି ଏକ ନାଁ କରି ପାରିବ? କେତେଜଣ ଏମିତି ପୁରୁଷାର୍ଥ ଦେଖାଇ ପାରୁଛନ୍ତି?' ଗଉଡ଼ ସାହୀର ବେତ ଗଉଡୁଣୀ କହିଲା।

'ହଁ, ହଁ ମନେ ପଡ଼ିଲା।' ଝିଅଟିଏ ଚିତ୍କାର କରି କହିଲା, 'ମକଦ୍ଦମ ଆଜ୍ଞା ଏଇ 'ପୁରୁଷାର୍ଥ' ବୋଲି ଶବ୍ଦଟା ପାଟିକରି କହୁଥିଲେ। ତୁମେ ତାଙ୍କ ଠୁ ଏତକ ଶୁଣି କହୁଛ ନା ମାଉସୀ?'

ଗଉଡୁଣୀ ମାଉସୀ ହସିଦେଇ କହିଲେ, 'ନାଁଇଲୋ ଝିଅ, ମୁଁ କେତେବେଳେ ଆଉ ଶୁଣିଲି ? ମୁଁ ହେଲେ ସେ ଝିଅର କାନ୍ଦଣାକୁ ତ ଦେଖୁଥିଲି । ତୋ ମଉସା ଯାହା ମକଦ୍ଦମ ଆପଣେଙ୍କଠୁ ଶୁଣିଥିଲେ ତାକୁ ଠିକେ ଠିକେ ଆସି ଘରେ କହୁଥିଲେ ତ, ମୁଁ ତାକୁ ଶୁଣି ତମମାନଙ୍କୁ କହୁଛି । ହେଲେ କିଏ କହୁ – କଥାଟା ସତ କି ନାହିଁ ? ଏମିତି 'ପୁରୁଷାର୍ଥ' କିଏ ଦେଖାଇ ପାରିବ ?' ଗଉଡୁଣୀ ମାଉସୀ ନିଜ ନୂତନ ଶବ୍ଦଜ୍ଞାନ ଉପରେ ଗର୍ବିତ ହୋଇ କହିଲେ ।

'ନାହିଁ, ନାହିଁ ତୁମେ ଯାହା କହିଲ ସେ ହିଁ ଖାଣ୍ଟି ସୁନା ପରି ସତ । ଆମେ ଆଜି 'ଏୟା ଖାଇଲୁ', 'ଏମିତି ପିନ୍ଧିଲୁ', 'ମୁଁ ନାକରେ ଗୋଟିଏ ନୂଆ ଚଣା ଲଗାଇଲି', ଏଇ କଥା ନେଇ କେତେ ଗର୍ବ କରୁଛେ ? ହଁ ନା ନାହିଁ ? ଆଉ ଏ ଦେବଦତ୍ତ ଏମିତି କାମଟେ କଲେ ଯେ ଗାଁ ଯାକ ମୁଣ୍ଡରେ ଶିରୀପା ବାନ୍ଧିଦେଲେ । ଏମିତି କେବେ ହେଇଥିଲା ?' ପ୍ରଭାଙ୍କ ପଡ଼ିଶା ସରନାନୀ ମୁହଁରେ ହଳଦୀ ମାଖୁ ମାଖୁ ଆଖିବୁଜି କହିଲେ ।

'ହଁ ଲୋ ଝିଅ', ବୃଦ୍ଧା ଜଣେ ତୁଳସୀ ଚଉରାରେ ପାଣିଢାଳି ସାରି କହିଲେ, 'ସତ କଥାଟେ ଯାହା କହିଲୁ । ଏ ମରଣ କ'ଣ ମରଣ ? ସେ ଦେବଦତ୍ତ ପିଲାଟା ତ ଅମର ହୋଇଗଲା ।'

-0-

ସେଇଦିନ ଖରାବେଳର ଖାଇବା ବେଳକୁ ପ୍ରଚଣ୍ଡ ଓ ସୁଶୀଳ ଆସି ଘରେ ପହଞ୍ଚିଗଲେ । ପ୍ରଭା ଦାଣ୍ଡ କବାଟ ଖୋଲୁ ଖୋଲୁ ପ୍ରଚଣ୍ଡଙ୍କୁ କହିଲେ, 'ତୁମେ ଶୁଣିଛ ଏ କଥା –

ତାଙ୍କୁ କହିବାକୁ ନଦେଇ ପ୍ରଚଣ୍ଡ କହିଲା – 'କୋଉ କଥା ? ଦେବଦତ୍ତ କଥା ତ ?' ସେମାନେ ଘରେ ପଶିଲାପରେ ପ୍ରଚଣ୍ଡ କବାଟ ବନ୍ଦ କଲା ।

'ଏଁ, ତୁମେ କେମିତି ଜାଣିଲ ? ତୁମେ ତ ଘରେ ନଥିଲ ?' ପ୍ରଭା ପଚାରିଲେ ।

ଅଗଣାରେ ଥୁଆ ହୋଇଥିବା ପାଣିହାଣ୍ଡିରୁ ପାଣିକାଢ଼ି ଗୋଡ଼ହାତ ଧୋଉଥିବା ସୁଶୀଳ କହିଲା – 'ମା', କାଲି ରାତିରେ ଆମେ ସାନଖେମୁଣ୍ଡି ବଜାରରେ ଏ କଥା ଶୁଣିଲୁ । ଯାହା ତୁଣ୍ଡରେ ଶୁଣ ସେଇ ଗୋଟିଏ କଥା । 'ଦେବଦତ୍ତ', 'ଦେବଦତ୍ତ', 'ହଜାରେ ସୁନା ମୋହର', 'ବୋମକେଇ ଗାଁ ର କେଡ଼େ ନାଁ ହୋଇଗଲା' ଇତ୍ୟାଦି ଇତ୍ୟାଦି ।'

ଧୂଆଧୋଇ ହୋଇସାରି ମୁହଁ ପୋଛୁଥିବା ପ୍ରଚଣ୍ଡ କହିଲା– 'ଯୋଉମାନେ ଦିନେ ବୋମକେଇ ଗାଁ ଦେଖି ନାହାନ୍ତି ସେମାନେ ମଧ୍ୟ କହୁଛନ୍ତି – 'ଆମ ବୋମକେଇ

ପରା', ଆଉ କିଏ କହିଲା– 'ଆମ ଗଂଜାମ ବାସୀଙ୍କ ରକ୍ତରେ ସାହିତ୍ୟ ଅଛି।' ଆଉ କେତେଜଣ କହିଲେ – 'ଆମ ଓଡ଼ିଆ ଲୋକ କୋଉ କଥାରେ ଉଣା ଯେ?'

'ସତରେ ମା' ଜଣେ ଲୋକ ସାରା ଓଡ଼ିଶାଟାକୁ ଗୋଟିଏ କରି ପକାଇଲା! ଆଉ ଧନ୍ୟ ସେ ମହାରାଜା ଦ୍ୱିତୀୟ ଜଗନ୍ନାଥ ଗଜପତି ନାରାୟଣଦେବ ଓ ଧନ୍ୟ ତାଙ୍କର ଉଦ୍ଦେଶ୍ୟ, ଆଉ ଧନ୍ୟ ଏ ଦେବଦତ୍ତ!'

ସେମାନଙ୍କୁ ବାଢ଼ିଦେଇ ସେମାନେ ଖାଉ ଖାଉ ବିଞ୍ଚଣା ଧରି ସେମାନଙ୍କୁ ବିଞ୍ଚୁଥିବା ପ୍ରଭା ପ୍ରଚଣ୍ଡକୁ ଚାହିଁ କହିଲେ – 'ଏ କଥାଟା ତ ଏତେ ରାଷ୍ଟ୍ର ହୋଇଗଲାଣି। ଡ଼କାୟତମାନେ ଏ ଗାଆଁକୁ ଚଢ଼ାଉ କରିବା କେତେ ମାତର? ତା'ଛଡ଼ା ସମସ୍ତେ ଜାଣି ଗଲେଣି, ଦେବଦତ୍ତର ଝିଅ ଏବେ ଯାହାକୁ ବିଭାହବ କିଛି ନହେଲେ ପାଆଁଶ ମୋହର ତ ନଗଦରେ ସେ ପାଇଯିବ। ଏବେ ତା'ଘରେ ପ୍ରସ୍ତାବ ଧରି ଆସୁଥିବା ଲୋକଙ୍କ ଧାଡ଼ି ଲାଗି ଯିବଣି!'

ସୁଶୀଳ ଥାଳିରୁ ମୁଣ୍ଡ ଉଠାଇ ମା'କୁ ଚାହିଁଲା। ଆଖିରେ ଆଖିରେ ମା' ପୁଅଙ୍କ ଯେଉଁ କଥାବାର୍ତ୍ତା ହେଲା, ସେଥିରେ ତ ଶବ୍ଦ କିଛି ନଥିଲା। ଏଣୁ ଥାଳିକୁ ଚାହିଁ କାଞ୍ଜି, ବେସରର ଆଡ଼ମ୍ବର ଦେଖୁଥିବା ପ୍ରଚଣ୍ଡ, ସେମାନଙ୍କ ଚାରିଆଖିର ଏ ନିଃଶବ୍ଦ ବାର୍ତ୍ତାଳାପକୁ ଶୁଣି ପାରିଲା ନାହିଁ।

ସୁଶୀଳ ମୁଣ୍ଡ ପୋତି ପୁଣି ଖାଇବାରେ ମନଦେଲା।

ପ୍ରଚଣ୍ଡ କାଞ୍ଜିକୁ ମନଦେଇ ହାପୁରିବାରେ ଲାଗିଥିଲା। ବହୁଦିନ ପରେ ଏମିତିଆ ସୁଆଦିଆ କାଞ୍ଜି, ବଡ଼ି ବେସର ପ୍ରଭା କରିଛି। ବୋଉ ଥିଲାବେଳେ ଶାଗକାଞ୍ଜି, ମୂଳା କାଞ୍ଜି, କଖାରୁ ବଡ଼ି କାଞ୍ଜି, କ'ଣ କ'ଣ ହେଉ ନଥିଲା! ଏ ଫୁଲବଡ଼ି ବାଇଗଣ ସାରୁ ବେସର ତ ନିତି ଖାଇ ମଧ ପ୍ରଚଣ୍ଡ ତୃପ୍ତ ହେଉ ନଥିଲା।

ବୋଉ ମଲାପରେ ପ୍ରଚଣ୍ଡ ଓ ପ୍ରଭା ସତେ ଯେମିତି ଦୁଇଟି ଖଣ୍ଡା ଧରି ମୁହାଁ ମୁହିଁ ଠିଆ ହୋଇଛନ୍ତି। ପ୍ରଚଣ୍ଡ ପ୍ରଭାର କିଛି ସୁବିଧା କିଛି ଅଳିକୁ ହାଣିଦେଲେ ପ୍ରଭା ମଧ୍ୟ ସିଧା ପ୍ରଚଣ୍ଡର ଖାଇବା ଉପରେ ଚୋଟ ପକାଉଛି। ସେଇ ପେଟପୂରା ଭୋଜନ ଆଗରେ ଆଣି ବାଢ଼ି ଦେଉଛି। ଅଥଚ ସେଥିରେ ପ୍ରଚଣ୍ଡର ମନ ମଉଜିଆ ଖାଦ୍ୟ କିଛି ରହୁନି।

କିନ୍ତୁ ଆଜି ପ୍ରଚଣ୍ଡର ମନଜିଣା ଖାଦ୍ୟ କୋଉ ଖୁସୀରେ ସେ ରାନ୍ଧିଛି?

'ଆଜି କେତେଦିନ ପରେ ତୁମେ ଦୁହେଁ ଘରକୁ ଫେରିଲ ତ,' ପ୍ରଭା ବିଞ୍ଚଣାଟା ତଳେରଖି କହିଲେ। 'ମୁଁ ଏକାଦଶୀ ପାଇଁ କ୍ଷୀରୀ ପୂଜା କରିଥିଲି। ସେଥିରୁ ଟିକିଏ ଆଣୁଛି, ଖାଅ। ବାକି ରାତି ପାଇଁ ରଖିଦେବି। କହିଦେଇ ହାଣ୍ଡିଶାଳକୁ ଗଲେ।

*ଆହୁରି କ୍ଷୀରୀ ବି ଆସୁଛି ! କଥା କ'ଣ ?*

ମାଆ ପୁଅଙ୍କର ଆଖିରେ ଆଖିରେ ଯେଉଁ କଥାବାର୍ତ୍ତା ହୋଇଥିଲା, ସେଥିରୁ ଖିଏ ଧରି ସୁଶୀଳ କହିଲା, 'ବାପା, ସେ ଦେବଦତ୍ତଙ୍କର ତ କାଳ ହୋଇଗଲା । ଏ ମାଆଝିଅ ଏ ହଜାରେ ସୁନା ମୋହର ଧରି କରିବେ କ'ଣ ?'

'ମୁଁ ତ ସେଇକଥା କାଲି ରାତିରୁ ଭାବୁଛି ।' ପ୍ରଚଣ୍ଡର ମନଭିତର କଥା ମୁହଁକୁ ଆସି ଉଭାହେଲା । ଦୁଇଗିନା କ୍ଷୀରୀ ନେଇ ସେ ଘର ଭିତରକୁ ପଶୁ ପଶୁ ପ୍ରଭା କହିଲେ, 'କି' କଥା କହୁଛୁରେ ? ହଜାରେ ସୁନା ମୋହର ଖର୍ଚ୍ଚ କରିବାକୁ ବାଟ ନାହିଁ ? ସେ ଘରକୁ ଭାଙ୍ଗି ନୂଆ ଘର କରିବେ । କିଛି ସୁନା ମୋହର ସୁନାରୀକୁ ଦେଲେ ମା'ଝିଅଙ୍କ ଦେହଭର୍ତ୍ତି ଗହଣାଗାଣ୍ଠି ହୋଇଯିବ ।'

'ଚୁ...ଚୁ...ଚୁ... ସୁନାରୀ ଖାଇ ଯିବ ସେ ମୋହର ସବୁ । ଏ ସବୁ ନିଦା ସୁନା ମୋହରଗୁଡ଼ା । ଖାଣ୍ଟି ସୁନାରେ କେବେ ଅଳଙ୍କାର ହୁଏ ? ସେ ସେସବୁ ମୋହର ରଖି ତା' ପାଖରେ ଥିବା ମିଶାମିଶି ସୁନାରେ ଅଳଙ୍କାର କରି ଦେଇଦେବ । ବିଚରା ମା'ଝିଅ ତ ଏକଥା ଜାଣି ବି ପାରିବେ ନାହିଁ ।' ସୁଶୀଳ କ୍ଷୀରୀରୁ ଭାଲିଆ, ଦ୍ରାକ୍ଷା ବାଛୁ ବାଛୁ କହିଲା ।

'ନାହିଁରେ, ସେ କଥା ହେବନି' ପ୍ରଭା କହିଲେ । 'କାହିଁକି କହିଲୁ ? ସେମାନଙ୍କ ପଡ଼ିଶା ଘରର ବିଧାନ ବୋଲି କିଏ ଅଛି ଯେ, ସେ ଦେବଦତ୍ତର କ୍ରିୟାକର୍ମ ବ୍ରାହ୍ମଣ ଧରି କଲା । ଦଶା, ଏକାଦଶ କର୍ମ, ବାରଦିନିଆ ଭୋଜିରେ ବ୍ରାହ୍ମଣ ଭୋଜନ ସମେତ ସାରା ଗାଁଟାକୁ ଡାକିଥିଲା ବୋଲି ଆଜି ପୋଖରୀ ତୁଠରେ ସବୁ ମାଇପି ତାକୁ ଧନ୍ୟ ଧନ୍ୟ କରୁଥିଲେ ।'

ପ୍ରଚଣ୍ଡର ଖାଲି ହୋଇଯାଇଥିବା କାଞ୍ଜି ଓ ବେସରର ଗିନା ମାନଙ୍କୁ ଭର୍ତ୍ତି କରୁ କରୁ ପ୍ରଭା କହିଲେ- 'ତୁ' ଭାବୁଛୁ ଏ ସବୁ ସେ ଖାଲିଟାରେ କରୁଛି ? ଦେଖିବୁ, ବରଷେ ଭିତରେ ସେ ହିଁ ଏ ଦେବଦତ୍ତର ଝିଅକୁ ବିଭାହୋଇ ପଡ଼ିବ । 'ଆସିଲେ ବ୍ରାହ୍ମଣ ମାଇଲେ ତାଳି, ଧରି ପଳାଇଲେ ଭୋଗ ଥାଳି' । ସମସ୍ତେ ଭାବିବେ ଏ ଠିକ୍ ନ୍ୟାୟ ହେଲା ।'

'ହଁ, ମୁଁ ତ ବିଧାନକୁ ଜାଣିଛି । ସେ ପିଲାଟା ବୁଦ୍ଧିମନ୍ତ ଓ ପାରିବାର । ଏମିତି ଘଟିବା ଅସମ୍ଭବ ନୁହଁ ।' ସୁଶୀଳ କହିଲା ।

ମା' ପୁଅ ଦେଖିଲେ ପ୍ରଚଣ୍ଡର ସୁଡୁ ସୁଡୁ କରି କାଞ୍ଜି, ବେସର ହାପୁଡ଼ା ବନ୍ଦ ହୋଇ ଯାଇଛି । ଥାଳିରେ ହାତ ବୁଲୁଛି କିନ୍ତୁ ପାଟିକୁ କିଛି ଯାଉନି ।

ବେଙ୍ଗର ଲମ୍ବା ଜିଭ ଟିକିଏ ଦୂରର ପତଙ୍ଗକୁ ଠପ୍ କରି କାବୁ କଲାପରି

ମା'ପୁଅଙ୍କ ଚାରିଟା ଆଖି ପୁଣି ପ୍ରଚଣ୍ଡ ଅଲକ୍ଷ୍ୟରେ ପରସ୍ପରକୁ ନିଃଶବ୍ଦରେ ଚୁପ୍‌ଚାପ୍ କରି ଛୁଇଁ ପକାଇଲେ।

'କିନ୍ତୁ ଯାହା ମୁଁ ଆଜି ପୋଖରୀ ତୁଠରୁ ଶୁଣିଲି - ସବୁ ମାଇପେ ନିଜ ନିଜ ବାପଘରକୁ ଏ ଖବର ପଠାଇ ସାରିଲେଣି,' ପ୍ରଭା କହିଲେ, 'ଏଇଟା ଖାଲି ଧନୁମାସଟା ପଡ଼ି ଗଲାନା, ନହେଲେ ଦେଖିବୁ ଏ ମାସ ସରୁ ନ ସରୁଣୁ ବ୍ରାହ୍ମଣ ଲୋକଙ୍କୁ ଛାଡ଼ି ଯୋଉଠି ଅନ୍ୟ ପାଟକର ଲୋକେ ଗାଁ ମୁଖିଆ, ଜମିଦାର ହୋଇଛନ୍ତି, ସମସ୍ତଙ୍କ ଗାଡ଼ି ଘୋଡ଼ା ସବୁ ଦେବଦତ୍ତ ଘର ଆଗରେ ଠିଆ ହୋଇଯିବ।'

'କିଛି ବିଚିତ୍ର ନୁହେଁ,' ସୁଶୀଳ ବାପ ମୁହଁକୁ କଣେଇ କରି ଚାହିଁ କହିଲା।

'ଦେଖୁଥା, କିଏ କହିବ 'ତୁମ ଝିଅ ସାଙ୍ଗରେ ମୋ ପୁଅର ରାଜଯୋଟକ ପଡ଼ିଛି,' କିଏ କହିବ, 'ଦେବଦତ୍ତ ମରିବା ଆଗରୁ ମୋତେ ଝିଅ ଦେବ ବୋଲି ସତ୍ୟ କରିଥିଲା,' 'ଦେବଦତ୍ତର ଜେଜେବାପା, ମୋ ଜେଜେବାପା ଘନିଷ୍ଠ ବଂଧୁ ଥିଲେ, ଏବେ ସେ ବଂଧୁ ପଣିଆକୁ ଆମେ ଆଉଥରେ ଯୋଡ଼ିଦେବା,' ପାଣିରେ ସର ପକାଇ ଦେବଦତ୍ତର ସ୍ତ୍ରୀକୁ ଏସବୁ କଥାରେ ଭୁଲାଇ ଝିଅକୁ ନେବା ନାଁରେ ଝିଅ ଘିଅ ସବୁ ନେଇ ହାତ ଚିକ୍‌କଣ କରିବେ'।

'ସତରେ କ'ଣ ଧନୁମାସ ପୁଷମାସରେ ବିବାହ ପ୍ରସ୍ତାବ ମଧ୍ୟ ପଡ଼େ ନାହିଁ?' ସୁଶୀଳ ପଚାରିଲା।

'ନା, ପଡ଼େନାହିଁ। କିନ୍ତୁ ଯାହାର ଅତି ଆବଶ୍ୟକ ଥିବ, ସେ କ'ଣ ପୁଷମାସ, ପୁଣି ଧନୁମାସ ଏତେ କଥା ପାଇଁ ଜଗି ପାରିବ? ଆମ ଘରେ ପରା ଆମ ଜେଜେମା' ମଲାବେଳକୁ ନାତୁଣୀ ବୋହୂ ମୁହଁ ଦେଖିବେ ବୋଲି ହଟ କଲେ।'

'ସେଇଠୁ?'

'ବାଧ୍ୟ ହୋଇ ମୋ ବାପା ଯାଇ ଗାଁ ମୁଖିଆ ଗ୍ରହାଚାର୍ଯ୍ୟ ପଣ୍ଡିତ ରଥଙ୍କୁ ପଚାରିଲେ, ସେ କହିଲେ 'ହଉ ଶିବ ମନ୍ଦିରରେ ଏକୋଇଶିଟି ନଡ଼ିଆ ଭାଙ୍ଗି ସେ ନଡ଼ିଆ ସବୁ ପିଲାଙ୍କୁ ବାଣ୍ଟ। ବିଷ୍ଣୁ ମନ୍ଦିରରେ ଦୀନଦୁଃଖୀମାନଙ୍କୁ ଦାନଦେଇ ପାଞ୍ଚଟା ଭିକାରୀକୁ ଖାଇବାକୁ ଦେଇ ବଂଧୁଘରକୁ ଯା', ପ୍ରସ୍ତାବ ପକା। ଏଥିରେ ରିଷ୍ଟ ଖଣ୍ଡନ ହେବ।' ଭଗବାନ ମଧ୍ୟ ବିପତ୍ତିକାଳୀନ ଗୁହାରୀ ଶୁଣିବା ପାଇଁ ବାଟ ରଖିଥାନ୍ତି ନା।'

'ସେଇଠୁ?'

'ସେଇଠୁ ଆଉ କ'ଣ? ବାପା ସେମିତି କଲେ। ଭିକାରୀ ଭୋଜନ ଦେଲେ। ଦାନ ଧର୍ମ କଲେ। ଶିବ ମନ୍ଦିରରେ ଏକୋଇଶଟି ନଡ଼ିଆ ଭାଙ୍ଗି ବାହାର ପିଲାଙ୍କୁ ବାଣ୍ଟିଲେ। ବିଷ୍ଣୁ ମନ୍ଦିରରେ ପାଞ୍ଚ କ'ଣ ଦଶଜଣ ଭିକାରୀଙ୍କୁ ଖାଇବାକୁ ଦେଲେ।'

'ତା'ପରେ ?'

'ସେଇ ପୁଷମାସରେ ହିଁ ଝିଅ ଖୋଜା, ମନ୍ଦିରରେ ଝିଅ ଦେଖା, କଥାବାର୍ତ୍ତା ସବୁ ହେଲା। ଶେଷରେ ଯେଉଁଠି ଝିଅ ପସନ୍ଦ ହେଲା, ଉଭୟ ଘର ପୁଣି ଥରେ ମିଶିକରି ରଙ୍କି ଭୋଜନ, ପିଲାଙ୍କୁ ଫଳ ବଣ୍ଟନ ଏ ସବୁ କରି କେବଳ ମହାପ୍ରସାଦ ଅଦଳ ବଦଳ କରି ନିର୍ବନ୍ଧ କାର୍ଯ୍ୟଟା ତୁଲାଇ ଦେଲେ। ମାଘମାସ ପଶୁ ପଶୁ ପ୍ରଥମ ତିଥିରେ ବିଭାଘରଟା ହେଲା।'

'ଯାହାହେଉ, ତୁମ ଜେଜେମା' ଶାନ୍ତିରେ ମରିଥିବେ,' ସୁଶୀଳ ହସି ହସି କହିଲା।

'ଜେଜେମା' ? ସେ କାହିଁକି ମରନ୍ତେ ! ତାଙ୍କ ଇଚ୍ଛା ତ ପୂର୍ଣ୍ଣ ହେଲା। ନାତୁଣୀ ବୋହୂକୁ ଦେଖି ସେ ଝାଡ଼ିଝୁଡ଼ି ହୋଇ ଶେଯରୁ ଉଠି ବସିଲେ। ନାତୁଣୀ ବୋହୂର ପରଷା ଖାଇ ଆହୁରି ଦୁଇ ବର୍ଷ ବଞ୍ଚିଲେ।'

ପ୍ରଭା ହସି ହସି କହିଲେ- 'ଏ ତୋର ବଡ଼ ମାମୁଁଙ୍କ ବିବାହ ବେଳର କଥା। ଏବେ ତାଙ୍କ ପୁଅଝିଅ ବିଭାହେବାକୁ ବସିଲେଣି।'

'ତୁ ଏତେ ପୂଜା ଉପବାସ କରୁଛୁ, ବିଷ୍ଣୁ ମନ୍ଦିରରେ ପାଞ୍ଚଜଣ ରଙ୍କୀଙ୍କୁ ଖାଇବାକୁ ଦେଇ ପାରୁନୁ?' ପ୍ରଚଣ୍ଡର କଅଁଳ କଥାର ଶବ୍ଦରେ ମା'ପୁଅ ଦୁହେଁ ଚମକି ପଡ଼ିଲେ।

ପ୍ରଚଣ୍ଡର ଗର୍ଜନ ଦେହ ସୁହା ହୋଇଥିବାରୁ ଦୁହେଁ କେବେ ଚମକୁ ନଥିଲେ, ଆଜି ତା'ର ଏ ମଧୁର ସ୍ୱର ଧୁ' ଧୁ' ଖରାବେଳର କୁଆପଥର ମାଡ଼ ପରି ସେମାନଙ୍କୁ ଆଚମ୍ବିତ କରି ଦେଲା।

'କ'ଣ ପାଇଁ? କ'ଣ ପାଇଁ ରଙ୍କୀ ଭୋଜନ କରିବି ?' ପ୍ରଭା ଧୀରେ ଧୀରେ ନିଜକୁ ସମ୍ଭାଳି କହିଲେ।

'କ୍ଷୀରିଟା ବହୁତ ବଢ଼ିଆ କରିଛୁ, ଗଲୁ, ଆଉ ଗିନାଏ ଆଣିବୁ।'

ଜୀବନରେ କେବେ ସ୍ତ୍ରୀର ରାନ୍ଧଣାକୁ ପ୍ରଶଂସା କରିନଥିବା ସ୍ୱାମୀ ମୁହଁରୁ ପ୍ରଭା ତ ଏତକ ଆଶା କରିନଥିଲେ। ସେ ଚାରିଆଡ଼କୁ ଚକିତ ହୋଇ ଚାହିଁଲେ। ଚାରିଗ୍ରହ ଏଇଠି କୋଉଠି ଥାଇ ମୁରୁକି ମୁରୁକି ହସୁଛନ୍ତି ନିଶ୍ଚୟ। ସେ ହାଣ୍ଡିଶାଳକୁ ଦଉଡ଼ି ଯାଇ ଆଗେ ସେମାନଙ୍କ ଉଦ୍ଦେଶ୍ୟରେ ନତଜାନୁ ହୋଇ ପ୍ରଣାମ କଲେ।

'ଆଜି ସତରେ ବର୍ଷା ହେବ।' ବାପର କଅଁଳ କଥା ଓ ପ୍ରଶଂସା ଶୁଣି ସୁଶୀଳ ଭାବିଲା। କ୍ଷୀରି ନେଇ ଆସୁଥିବା ମା'ର ଦୁଇଆଖି ଓଦା ଦେଖି ସେ ମୁଣ୍ଡପୋତି ମୁରୁକି ହସିଲା।

*ବର୍ଷା ହେବ କ'ଣ? ଏଇଠି ତ ହେଇ ସାରିଲାଣି !*

■

## ॥ ୫ ॥

୭ ଅପ୍ରେଲ୍ ୧୭୫୫
ବରୁଥିନି ଏକାଦଶୀ
ବୋମକେଇ

ବିଧାନ ଘର ଭିତରକୁ ଚାହିଁଲା।

କଳା ମଚମଚ ନାଗସାପଟିଏ ତା' ଶୋଇବା ଘରର ଖଟଉପରେ ଫଣା ଟେକି ବସିଛି। ତା'ର ଜିଭ ତ ଲହଲହ ହେଉଛି, ପତାହୀନ କଳା ଡୋଳାର ସ୍ଥିର ଆଖି ଦୁଇଟା ବିଧାନକୁ ହିଁ ଏକ ଲୟରେ ଚାହିଁ ରହିଛି !

ଦୀର୍ଘ ନିଃଶ୍ୱାସଟିଏ ପକାଇ ବିଧାନ ସେଠାରୁ ଦୃଷ୍ଟି ଫେରାଇ ଦାଣ୍ଡଘରର ଏରୁଣ୍ଡି ଉପରକୁ ଚାହିଁଲା, ସେଇଠି ଧଳା ଢମଣା ସାପଟିଏ ମଳାବନ୍ଧି ଶୋଇଛି। ପୋଷା କୁକୁର ପରି ଥରେ ଥରେ ଫଣା ଟେକି ଚାରି ଦିଗକୁ ସୁ' ସୁ' କରି ଫୁତ୍କାର କରି କେହି ଶତ୍ରୁ ନଥିବା ଜାଣି ପୁଣି ମଳା ଭିତରେ ମୁଣ୍ଡକୁ ଗୁଞ୍ଜି ଦେଉଛି।

ଆଜିକୁ ତିନି ବର୍ଷ ତଳେ ଏ ଘର ପଡୁଥିଲା, ଉଠୁଥିଲା, କେତେବେଳେ ହସ କେତେବେଳେ କାନ୍ଦ ଥିଲା ସତ କିନ୍ତୁ ସେ ଭିତରେ ବି 'ଘର'ଟିଏ ବଞ୍ଚି ରହିଥିଲା। ଶୀତଳ, କୋମଳ ବାତାବରଣ ଟିଏ ଆତ୍ମାକୁ ସେଇଠି ଛୁଇଁ ଯାଉଥିଲା। ବାପା, ମା', ସବିତାଙ୍କ ଉପସ୍ଥିତିରେ ଘରେ ସତେ ଅବା ସବୁ ରସର ଭରପୂର ମନୋରଞ୍ଜନ କରି ନାଟକଟିଏ ଚାଲିଥିଲା।

ଏଇ ମୋଟା କାନ୍ଥର ଆରପଟେ କନକ, ଦେବଦତ୍ତ, ସୁଦତ୍ତାଙ୍କ ଛଳ ଛଳ ସତ୍ତା ମଧ୍ୟ ମଧୁର କୋଳାହଳରେ ଜୀବନକୁ ପରିପୂର୍ଣ୍ଣ କରି ରଖିଥିଲା।

ଆଜି ଏ ଦୁଇଟା ଯାକ ଘରେ କାନ୍ଥ ଅଛି, ଛାତ ଅଛି, ଚଟାଣ ବି ଅଛି। କିନ୍ତୁ

ପ୍ରାଣ ନାହିଁ। ଗାଳି ନାହିଁ କି ଗର୍ଜନ ନାହିଁ, ଗୀତ ତ ବହୁତ ଦୂରର କଥା। ଏବେ ପଛକଥା ମନେ ପକାଇଲେ ଲାଗୁଛି, ବାପା ମା'ଙ୍କ କଳି ଝଗଡ଼ା ମଧ୍ୟ ସ୍ମୃତିରେ କେଡ଼େ ମଧୁର ହୋଇ ଦିଶୁଛି। ସବିତାର ମଜା ମଜା କଥା, ଟିକିଏ ଟିକିଏ କଥାରେ ରୁଷା, ଟିକିଏ କଥାରେ ହସ, ସ୍ମୃତିରେ କେତେ କମନୀୟ, କେତେ ମିଠା ମିଠା ଲାଗୁଛି।

ଆହା, ସେମାନେ ସବୁ କୁଆଡ଼େ ଚାଲିଗଲେ। କେହି ବି ଦିନେ ଭାବିଲେ ନାହିଁ - ଏ ଦୁଇଟା ଖାଁ ଖାଁ ଅପନ୍ତରା ଅନ୍ଧାର ଘରେ ବିଧାନ କେମିତି ଏକୁଟିଆ ଦିନ କାଟୁଥିବ, ରାତି ବିତାଉ ଥିବ!

ଦେବଦତ୍ତ ଓ ପ୍ରବଳର ବାରଭୋଜି ପରେ ସେ ଯେମିତି ଆଶା କରିଥିଲା, ପଣିକିଆର ଛନ୍ଦ ପରି ସେମିତି ଗୋଟିଏ ପରେ ଗୋଟିଏ ଘଟଣା ଘଟିଗଲା। ପୌଷମାସ ଓ ଧନୁମାସର ପ୍ରବଳ ବିରୋଧ ସତ୍ତ୍ୱେ, ସୁଦୃଢ଼ ପଥର କାନ୍ଥ ଥାଉ ଥାଉ ତା'ରି ତଳେ ସୁଡ଼ଙ୍ଗ ଖୋଳି ଚୋର ଆସି ପଶିବା ପରି ରିଷ୍ଟଖଣ୍ଡନର ନାନା ଉପାୟ କରି ପ୍ରଚଣ୍ଡ ନିଜେ ଆସି ସୁଦତ୍ତାର ହାତ ମାଗିଥିଲେ।

ମାଘ ମାସର ପ୍ରଥମ ତିଥିରେ ହିଁ ସୁଦତ୍ତାର ଓ ସୁଶୀଳର ବିଭାଘର ହୋଇଯାଇଥିଲା। ପାଞ୍ଚଶ' ସୁନା ମୋହର ପ୍ରଚଣ୍ଡକୁ ନଗଦ ଦେଇ କନକ ସୁଦତ୍ତା ହାତରେ ଆଉ ଦୁଇଶହ ସୁନାମୋହର ଥିବା ଥଳୀଟି ଗେଞ୍ଜି ଦେଇଥିଲେ।

କେଡ଼େ ଅସମ୍ଭବ କଥାଟାକୁ, ଦେବଦତ୍ତ ତ ସତରେ ସମ୍ଭବ କରି ଦେଖାଇ ଦେଲେ!

କମ୍ କଥା!

ଧନ୍ୟ ଦେବଦତ୍ତ! ଧନ୍ୟ ଧନ୍ୟ!

ସୁଦତ୍ତା ପରେ ସବିତାର ମଧ୍ୟ ଏକ ଉତ୍ତମ ପରିବାରରେ ବିବାହ ହୋଇ ଯାଇଥିଲା। ସୁଦତ୍ତା ଓ ସବିତା ଶାଶୂଘର ଯିବା ପରେ ଦୁଇଟି ଯାକ ଘରେ କନକ ଓ ବାସନ୍ତୀଙ୍କୁ ସତେ ଯେପରି କିଏ ବାଡ଼ି ଧରି ମାରିବାକୁ ଗୋଡ଼ାଇଲା। ଦୁଇ ଝିଅଙ୍କ ବିବାହ ପରେ ବୈଶାଖ ପାଳିବାକୁ ସେମାନେ ଯେ ପୁରୀ ଗଲେ ଦୁଇ ବର୍ଷ ହେଲା ଆଉ ଫେରି ନାହାନ୍ତି। ବାରମାସରେ ତେର ବ୍ରତ ପାଳି ସେଇଠି ରହିଲେ।

ସେମାନଙ୍କ ସୁବିଧା ଅସୁବିଧା ବୁଝିବାକୁ, ପଇସା ପତ୍ର ଦେବାକୁ ବିଧାନ ଚାରି ଛ'ମାସରେ ଥରେ ପୁରୀ ଗଲେ ସେମାନେ ସେଇ ଏକ ରଟ ଲଗାଉଛନ୍ତି - 'ତୁ ବାହା ହେଇପଡ଼,' 'ସେ ଘରକୁ ବୋହୂ ନ ଆସିଲେ ଆମେ ସେ ଘରକୁ ଆଉ ଯିବୁନି,' ଇତ୍ୟାଦି... ଇତ୍ୟାଦି...

ଘରେ ଯେ ଏବେ ଦୁଇ ଦୁଇଟା ସାପ ରହିଲେଣି, ସେ କଥା ତ ସେମାନେ ଜାଣି ନାହାନ୍ତି। ଆଉ ଯେଉଁ ଘରେ ସାପ ବୁଲୁଛନ୍ତି କୋଉ ସାହସରେ ବିଧାନ ସେଠିକୁ ପୁଣି ବୋହୂ ନେଇ ଆସିବ? ଅଭିମାନରେ କନକ କି ବାସନ୍ତୀ କେହି ଏବେ ଆଉ ଗାଁକୁ ଫେରୁ ନାହାନ୍ତି।

ଭଲ ହେଲା, ଆସୁନାହାନ୍ତି। ଏଇଠିତ ସେ ଏବେ ଏତେ ସହୁଛି, ଆହୁରି ତା' ଉପରେ ଦୁଇଟି ବିଧବା ମା'ଙ୍କର କାନ୍ଦଣା ଶୁଣି ଶୁଣି ଆହୁରି କେତେ ସହିବ? ପୁରୀରେ ସାଙ୍ଗସାଥୀ ଗହଣରେ ସେମାନେ ବରଂ ଭଲରେ ଅଛନ୍ତି। ସେଇଠି ଥାଆନ୍ତୁ।

ଦୁଇଟା ପୁରିଲା ପୁରିଲା ଘର ଆଜି ଖାଁ ଖାଁ ହୋଇ ଉଜୁଡ଼ି ପଡ଼ିଛି। ବାପା ଯଦି ଦେବଦତ୍ତ ମଉସାଙ୍କୁ ମାରି ନଥାନ୍ତେ, ଏ ଦୁଇ ଘରେ ସୁଦତ୍ତା କି ସବିତା ନଥାଇ ମଧ୍ୟ ଘର ପୁରି ଉଠୁଥାନ୍ତା। ସେ ଦୁଇଟି ଝିଅ 'ବାପଘର' ବୋଲି ଜାଗାଟିଏ ପାଇ, ସ୍ୱାମୀ ମାନଙ୍କୁ ଧରି ବାରମ୍ବାର ଆସୁଥାନ୍ତେ। ସେମାନେ ଆସୁଥିବା ଦିନ ମାନଙ୍କରେ କେତେ ପିଠାପଣା ଭଲମନ୍ଦ ରନ୍ଧା ହେଉଥାନ୍ତା। ସେ ସବୁ ଯୋଗାଡ଼ କରିବାକୁ ବିଧାନ ଘରୁ ବାହାର, ବାହାରୁ ଘର ହୋଇ କେତେ ଭଲ ଭଲ ଜିନିଷ ଘରକୁ ଆଣୁଥାନ୍ତା। ସେମାନେ ଆସିଲେ ଆନନ୍ଦର ଗହଳ ଚହଳ ଲାଗିଥାନ୍ତା। ସ୍ୱାମୀମାନଙ୍କ ସହିତ ମିଶି ସେମାନେ ବିଧାନକୁ ଭାବୀ ଭାଉଜର କଥା କହି ଚିଡ଼ାଉ ଥାଆନ୍ତେ। ଧୀରେ ଧୀରେ ଏ ଦୁଇଟି ପରିବାର ଆଉ ଏକ ବଡ଼ ଭୋଜିକୁ ଅପେକ୍ଷା କରି ଦିନ କାଟୁ ଥାନ୍ତେ।

ହୁଏତ... ହୁଏତ ଏତିକି ବେଳକୁ ବିଧାନର ବିଭାଘର ମଧ୍ୟ ସରନ୍ତାଣି। ସବୁଠାରୁ ବଡ଼ କଥା ହୋଇଥାନ୍ତା, ଦେବଦତ୍ତ ମଉସା ହୁଏତ ଆଉ ଏକ କାବ୍ୟ ଲେଖା ଆରମ୍ଭ କରି ସାରନ୍ତେଣି। ଆଉ ତାଙ୍କ ପରାମର୍ଶରେ ହୁଏତ ବିଧାନର କାବ୍ୟଟି ମଧ୍ୟ ପୂର୍ଣ୍ଣ ହୋଇ ସାରନ୍ତାଣି।

ନିଜ କାବ୍ୟଟି ସଂପୂର୍ଣ୍ଣ ହୋଇ ସାରନ୍ତାଣି ଭାବିବା କ୍ଷଣି କେମିତି ଏକ ଅଜଣା ଆନନ୍ଦରେ ବିଧାନର ଚେତନା ମଗ୍ନ ହୋଇଗଲା। ସେ ବହିର ପୃଷ୍ଠା ପରେ ପୃଷ୍ଠା ତାକୁ ଦେଖାଗଲା। କାବ୍ୟଟିର କଥାବସ୍ତୁ, ପରିଚ୍ଛେଦର ସଜ୍ଜା ସଜ୍ଜି, କିଛି ଚିତ୍ରର ସ୍ଥାପନା ଯେମିତି ସେ ଦୁଇବର୍ଷ ତଳେ ଦେବଦତ୍ତଙ୍କ ପରାମର୍ଶ ଓ ତା' ନିଜର କଳ୍ପନା ନେଇ ଆରମ୍ଭ କରିଥିଲା ସେ ସବୁ ଗୋଟି ଗୋଟି ହୋଇ ତା'ର ମନେପଡ଼ିଗଲା। ତା' ମୁହଁର ସବୁ ଅନ୍ଧକାର ଦୂର ହୋଇ ଶ୍ରୀପଞ୍ଚମୀର ଚନ୍ଦ୍ରପରି କ୍ଷୀଣ ହସଟିଏ ତା' ମୁହଁରେ ଉକୁଟି ଉଠିଲା। ଆନନ୍ଦରେ ତା ଦେହ ପୁଲକି ଉଠିଲା।

ସୁ' ସୁ' ଶବ୍ଦରେ ତା'ର ଚେତନା ଫେରି ଆସିଲା। ପଛକୁ ମୁହଁ ବୁଲାଇ ସେ ଦାଣ୍ଡ ଘର ଏରୁଣ୍ଡି ଉପରକୁ ଚାହିଁଲା। ଧଳା ଡାମଣାଟି ସେଠାରେ ନାହିଁ। ଆଉ,

କୁଆଡେ ଘର ଭିତରେ ଥିବ। ମୁହଁକୁ ଫେରାଇ ଆଣି ସେ ଚମକି ପଡ଼ିଲା। ତା ଆଗରେ, ତା'ଠାରୁ ମାତ୍ର ତିନିହାତ ଦୂରରେ ତାକୁ ଏକଲୟରେ ଚାହିଁ ଫଣା ଟେକି ସାପଟି ସୁ' ସୁ' ଫୁତ୍‌କାର କରୁଛି। ସତେ କି ଏଇ ମୁହୂର୍ତ୍ତରେ ଆସି ଚୋଟ ପକାଇବ।

'କାବ୍ୟ ଲେଖିଲେ ସଫଳତା ମିଳିବ ନାହିଁ, ମୋ କାବ୍ୟ କେବେ ବି ପୂରା ହେବନାହିଁ, ମୁଁ ଜାଣେ।' ସାପଟି ଆଡ଼କୁ ଚାହିଁ କ୍ଷୋଭରେ ବିଧାନ କହିଲା, 'ହେଲେ ଭାବିବା ପାଇଁ କ'ଣ ମନା ? ସେ ଅଧିକାର ତ ମୋର ନିଶ୍ଚୟ ଅଛି।'

ସତେ ଯେପରି ସାପଟି ଏପରି କିଛି ଆଶା କରୁଥିଲା। ବିଧାନର ଉଚ୍ଚାରିତ ଶବ୍ଦ ସବୁ ତାକୁ ନିଃଶବ୍ଦ କରିଦେଲା। ଫଣାକୁ ଧୀରେ ଧୀରେ ତଳକୁ କରି ସେଇଠି ସେ ପୁଣି ମଳାଭିତରେ ମୁଣ୍ଡଗୁଞ୍ଜି ଶୋଇ ପଡ଼ିଲା।

ବିଧାନର ପୁଣି ଏକ ଦୀର୍ଘଶ୍ୱାସର ତତଲା ପବନ ବାହାରର ଝାଞ୍ଜିଠୁ ବଳି ପଡ଼ିଲା।

କି ଅଶୁଭ ମୁହୂର୍ତ୍ତରେ ଦେବଦତ୍ତକୁ ମାରିବାର ଯୋଜନା ବାପାଙ୍କ ମୁଣ୍ଡରେ ଏକ ବିଷାକ୍ତ ପୋକ ପରି ପଶିଗଲା, ଯାହାର ଟେର୍ ନା ବାସନ୍ତୀ, ନା ବିଧାନ କେହି ପାଇଲେ ନାହିଁ। ଏ ପୋକ ଏବେ ସଂପୂର୍ଣ୍ଣ ବଂଶବୃକ୍ଷକୁ ପୋକଡ଼ା ଓ ପୋଲା କରି ସାରିଲାଣି। କେମିତି ବାପା ଭାବିଲେ - ସେ ଏମିତି ଏକ ମାରାତ୍ମକ କାଣ୍ଡ ଘଟାଇ ଦେବେ। ଅଥଚ କେହି କିଛି ଜାଣି ପାରିବେ ନାହିଁ ?

ଯଦିବା ଦେବଦତ୍ତଙ୍କୁ ମାରିବା ପରେ ବାପାଙ୍କ ମରଣ ହୋଇନଥାନ୍ତା, ଆଉ ଅଧିକ କ'ଣ ହୋଇଥାନ୍ତା ? ବାପା ହଜାରେ ମୋହର ଧରି ଘରକୁ ଫେରି ଦେବଦତ୍ତ ବିଷୟରେ କିଛି ଜାଣି ନଥିବାର ଅଭିନୟ କରିଥାନ୍ତେ। କିନ୍ତୁ ବାପାଙ୍କ ଲକ୍ଷ ଚେଷ୍ଟା ସତ୍ତ୍ୱେ, ପ୍ରଚଣ୍ଡ ପାଖରେ ହଜାର ମୋହର କୁଢ଼େଇ ଦେବା ସତ୍ତ୍ୱେ ସୁଶୀଳ କେଉଁ ସବିତାକୁ ବିଭା ହୋଇ ନଥାନ୍ତା।

ହୁଏତ ସୁଶୀଳ, ସୁଦତ୍ତା ଦୁହେଁ ଘର ଛାଡ଼ି, ଗାଁ ଛାଡ଼ି କୁଆଡ଼େ ପଳାଇ ଥାନ୍ତେ। ନହେଲେ ସୁଶୀଳର ଆଉ କେଉଁ ଯୋଜନା ସୁଦତ୍ତାକୁ ଧରି ଘର ସଂସାର କରନ୍ତା।

ଏ ହଜାର ସୁନା ମୋହର ହୁଏତ ବାପାଙ୍କୁ ଧନୀ କରିଥାନ୍ତା, କିନ୍ତୁ ତାଙ୍କ ଯୋଜନା ପାଇଁ ନିଷ୍ଫଳ ବଟଫଳ ହୋଇ ଠିଆ ହୋଇଥାନ୍ତା।

ତାଛଡ଼ା, ବାପା ଏତେ ସୁନାମୋହର କେଉଁଠୁ ପାଇଲେ ଏକଥା କେତେଦିନ ଲୁଚାଇ ରଖିପାରନ୍ତେ ? ଗାଁ ମକଦ୍ଦମ ଦାଶରଥୀ ମିଶ୍ର ଯିଏ ସମସ୍ତଙ୍କୁ ମିଠା କଥା, ଭଲ କଥା କହନ୍ତି ବୋଲି ଏଡ଼େ ଲୋକପ୍ରିୟ ସେ ହିଁ ଯାଇ ଫିରଙ୍ଗୀ ସରକାରକୁ ଡ଼ାକି ଆଣି ବାପାଙ୍କୁ କଳାପାଣି ପଠାଇ ସାରନ୍ତେଣି।

କିନ୍ତୁ ଦେବଦତ୍ତ ମଉସା ଯଦି ସ୍ୱାଭାବିକ ଭାବରେ ହଜାରେ ସୁନାମୋହର ଧରି ହସି ହସି ଗାଁକୁ ଫେରିଥାନ୍ତେ, ଏ ଖାଁ ଖାଁ ମରୁଭୂମି ଉଭେଇ ଯାଇ ଐଶ୍ୱର୍ଯ୍ୟର ଝଲକରେ ଚାରିଆଡ଼େ ଏବେ ଝଲସୁଥାନ୍ତା। ସେ ନିଶ୍ଚିତ ଭାବରେ ଗାଆଁରେ ସାହିତ୍ୟର ଉନ୍ନତି ପାଇଁ ଚେଷ୍ଟା କରି ଥାଆନ୍ତେ। ସୁଦତ୍ତାର ଚିନ୍ତା ଟା ମୁଣ୍ଡରୁ ଗଲାପରେ ଗାଆଁରେ ଭାଗବତ ଟୁଙ୍ଗୀରେ କେତେ ସାହିତ୍ୟ ଚର୍ଚ୍ଚା ହୁଅନ୍ତା।

ମକଦ୍ଦମ ମିଶ୍ରଙ୍କ ପରି ପଣ୍ଡିତ ଏ ସୁଯୋଗ ଛାଡ଼ନ୍ତେ ? ଦେବଦତ୍ତ ମଉସାଙ୍କୁ ଧରି କେତେ କବି ସମ୍ମିଳନୀ କରି ପକାନ୍ତେ। ଗାଁ ଯୁବକଙ୍କୁ ଉତ୍ସାହିତ କରିଥାନ୍ତେ। ହୁଏତ ଜଣେ, ଦୁଇଜଣ କବି ମଧ୍ୟ ଏତେବେଳକୁ ସେମାନଙ୍କ ଚେଷ୍ଟାରେ ଗାଁରୁ ବାହାରି ଆସନ୍ତେଣି।

ଆନନ୍ଦର ଏକ ବାତାବରଣ ଭିତରେ ସେ ବଞ୍ଚିଥାନ୍ତା, ଗାଁ ସାରା ଏ ଆନନ୍ଦ ବୁଣି ହୋଇଥାନ୍ତା। ବାଣ୍ଟି ହୋଇ ଯାଇଥାନ୍ତା।

କିନ୍ତୁ ଆଜି ସେ ସବୁ କାହିଁ ? ଏଇଠି ଏଇ ଦୁଇ ଦୁଇଟି ଶାପଙ୍କୁ ଧରି ସେ ଆଜି ବଞ୍ଚିଛି।

ପ୍ରଥମତଃ- ପ୍ରବଳ ବଂଶରେ ପାଣି ଦେବାକୁ କେହି ରହିବେ ନାହିଁ। ତା'ର ଅର୍ଥ- ତାଙ୍କ ବଂଶରେ ଆଉ ପିଲାପିଲି ହେବେ ନାହିଁ। ଅର୍ଥାତ୍, ସେ ଏ ବଂଶର ଶେଷ ସନ୍ତାନ। ଯଦି ଛୁଆପିଲା ହେବେ ନାହିଁ ସେ ବିଭାହେବ କାହିଁକି ? ସୀତା ତା' ବାଟ ଚାହିଁ ବସିଛି। କେତେଥର ତାଙ୍କୁ ଘରୁ ଲୋକ ଆସି ମନ ଦୁଃଖରେ ବାହୁଡ଼ି ଗଲେଣି। କିନ୍ତୁ ସୀତା ମଧ୍ୟ କେବଳ ବିଧାନକୁ ବାହା ହେବ ବୋଲି ହଟ କରି ବସିଛି।

ଏକଥା ବିଧାନ ଜାଣୁଛି। ଶୁଣୁଛି ମଧ୍ୟ।

କିନ୍ତୁ ସୀତା ପରି ଏକ ନିରୀହ ସରଳ ଝିଅକୁ ନିଃସନ୍ତାନ ହେବାର ଦୁଃଖ ଭିତରକୁ ସେ ଜାଣୁ ଜାଣୁ ଓଟାରି ନେବ କାହିଁକି ?

ଦ୍ୱିତୀୟ ଅଭିଶାପ ଟି ହେଲା, ତାଙ୍କ ବଂଶରେ କେହି ଲେଖକ, କବି ହୋଇ ପାରିବେ ନାହିଁ। ଯିଏ କବି, ଲେଖକ ହେବାକୁ ଚେଷ୍ଟା କରିବ ସେ ଯେତେ ଯତ୍ନ କଲେ ମଧ୍ୟ ତା'ର ଲେଖା ପୂର୍ଣ୍ଣାଙ୍ଗ ହେବ ନାହିଁ।

ବାପାଙ୍କର ଗଳାରେ ଯେତେବେଳେ ଯମଦୂତ ହାତ ରଖିଥିଲେ, ସେତେବେଳେ ସେ ବିଧାନକୁ କହୁଥିଲେ- ଦେବଦତ୍ତ ମଉସା ଏ ଅଭିଶାପଟି ବିଷ ଜ୍ୱାଳାରେ ଛଟପଟ ହେଉ ହେଉ ମୁହଁରୁ ବାହାରୁଥିବା ଫେଣକୁ ବହୁ କଷ୍ଟରେ ପୋଛି ଉଚ୍ଚାରଣ କରିଥିଲେ। ସେତେବେଳେ ବାପା କୁଆଡ଼େ ଠୋ' ଠୋ' ହସିଥିଲେ। 'କ'ଣ ଭାସିଯିବ ମୋର ?' ବୋଲି ବାହାସ୍ଫୋଟ ମାରିଥିଲେ।

ଦେବଦତ୍ତ ମଉସା ଏ ଅଭିଶାପଟି କ'ଣ ବାପାଙ୍କୁ ଦେଲେ ? ବାପା କେବେ ବହି ଲେଖିଥିଲେ ? ନା ଲେଖିବାକୁ ଚାହୁଁଥିଲେ ? ଲେଖିବା ନିଶା ତ ବିଧାନଙ୍କୁ ଘାରିଥିଲା, ଏବେ ମଧ୍ୟ ଘାରୁଛି... ଅଥଚ ଏବେ ସେ ଗତ ତିନି ବର୍ଷ ହେଲା ଲେଖନୀ ଧରିନି। ଯୋଉ ଲେଖାର ଭବିଷ୍ୟତ ନାହିଁ, ସେ ଲେଖାରେ ସେ ମନଦେବ କାହିଁକି ?

କିନ୍ତୁ ମଉସା ତ ବିଧାନଙ୍କୁ ପୁଅ ପରି ଭଲ ପାଉଥିଲେ। ଏ ଅଭିଶାପର ବଜ୍ର ଯାଇ ସିଧା ବିଧାନର ମୁଣ୍ଡରେ ହିଁ ପଡ଼ିବ, ଏ କଥା ଜାଣୁ ଜାଣୁ ସେ ଶାପଦେଲେ। ତାଙ୍କୁ ସେତେବେଳେ କେଡ଼େ କଷ୍ଟ ହୋଇ ନଥିବ ଯେ, ସେ ଏ ନିର୍ଦ୍ଦୋଷ ବିଧାନ ଉପରେ ଶାପ ପଡୁଛି ଜାଣି ମଧ୍ୟ ଶାପ ଦେଇଦେଲେ।

ଦୁଇ ଦୁଇଟି ଗୁରୁତ୍ୱପୂର୍ଣ୍ଣ ଆନନ୍ଦ ଯଦି ତା' ଜୀବନରୁ ଚାଲିଗଲା ସେ ଜୀବନ କି ପ୍ରକାର ଜୀବନ ?

ସେ ସେଇ ନିକାଞ୍ଚନ ଘର ଭିତରକୁ ଅନାଇଲା। ଦୁଇଟି ଯାକ ଶାପ ସେଇଠି ସାପ ହୋଇ ତାକୁ ଜଗି ବସିଛନ୍ତି। ଏଇ ଦୁଇ ଆନନ୍ଦରୁ କେହି ଗୋଟିଏ ବିଧାନ ଜୀବନରେ ପଶିବା ମାତ୍ରେ ସେମାନେ ଚୋଟ ମାରି ତାକୁ ଜାଳି ଦେବେ।

ଆରେ, ଏ ଆନନ୍ଦକୁ ତ ସେମାନେ ବିଧାନ ଜୀବନରେ ପୂରାଇ ଦେବେ ନାହିଁ, ଚୋଟ ମାରିବା ତ ବହୁ ଦୂରର କଥା !

ବାପା ଜଣେ ମଣିଷ ଅପରାଧ କଲେ। ଦଣ୍ଡ କେତେଜଣ ପାଇଲେ ?

ସବିତା, ସୁଦତ୍ତା ବିଭା ହୋଇଗଲେ ସିନା ତାଙ୍କ ପାଦତଳୁ 'ବାପଘର' ବୋଲି ଥିବା ଏକ ଟାଣ ଆଶ୍ରା ଭୂମିକମ୍ପ ପରର ପଡ଼ିଆରେ ଏକ ବିଶାଳ ଆଁ ଭିତରେ କୁଆଡ଼େ ଗଳି ଅଦୃଶ୍ୟ ହୋଇଯାଇଛି। ପହିଲି ପାଳି ପରେ, ବିଗତ ଦେଢ଼ବର୍ଷ ହେଲା ସେମାନେ ବାପଘର ମାଡ଼ି ନାହାନ୍ତି। ଆଉ ଏ ଶୂନ୍ୟ ଘରକୁ ସେମାନଙ୍କୁ କିଏ ଡାକିବ ? ଆଗକୁ ମଧ୍ୟ ସେମାନେ କାହିଁକି ବା ଆସିବେ ? ସେଇ ନିର୍ଦ୍ଦୋଷ ମାନଙ୍କୁ ଏ ଦଣ୍ଡ ଯେ, ଗେଲ ବସରରେ ବଢ଼ି ମଧ୍ୟ ତାଙ୍କ ପାଇଁ ଆଜି ବାପଘର ବୋଲି କିଛି ନାହିଁ।

କନକ ମାଉସୀ, ବୋଉ ଏଣିକି ସାରା ଜୀବନ ବିଧବା ହେବାର କି' କି' ଯନ୍ତ୍ରଣା ଭୋଗ ନ କରିବେ ? ସେମାନଙ୍କର ନିଜ ନିଜର ସଂସାର ଉଜୁଡ଼ି ଗଲା। ସେମାନେ କି ଅପରାଧ କରିଥିଲେ ?

ଆଉ ସେ ନିଜେ ?

ଏ ଅପରାଧର ରହସ୍ୟ ତା'ଛଡ଼ା ଆଉ କେହି ଜାଣନ୍ତି ନାହିଁ। ଦେବଦତ୍ତ ମଉସା କେମିତି ମଲେ, କେହି ଜାଣନ୍ତି ନାହିଁ। ବିଧାନ ତାଙ୍କ ମରଣ କଥା କି ତାଙ୍କ ଅଭିଶାପ କଥା କେବେହେଲେ କାହାକୁ କହିପାରିବ ନାହିଁ, କାରଣ କହିଲେ- ଦାଣ୍ଡରେ

ମୁଣ୍ଡ ଟେକି ଚାଲିପାରିବ ନାହିଁ। ଏ ସମାଜ ପ୍ରବଳକୁ ଅପରାଧୀ ବୋଲି ଜାଣି ମଧ୍ୟ ବିଧାନ ଉପରକୁ ହିଁ ଟେକା ପକାଇବ।

ବାପାଙ୍କର ମୃତ୍ୟୁବେଳର ମୁହଁ ତା'ର ମନେ ପଡ଼ିଲା। ବାପା ବିକଳ ହୋଇ କହୁଥିଲେ - 'ବିଧୁ, ମୋତେ କ୍ଷମା କରିଦେ।' କାହିଁକି ସେ କ୍ଷମା ମାଗୁଥିଲେ? ବାପାଙ୍କୁ ଆଜିର ଦିନ ସବୁ ସେତେବେଳେ ହୁଏତ ଦିଶୁଥିଲା, ଜଣା ପଡୁଥିଲା ତାଙ୍କ ଲାଗି ବିଧାନ କପାଳରେ କ'ଣ ସବୁ ଲେଖା ହୋଇଗଲା।

ଯେଉଁ ବାପା ବିଧାନ ଛୋଟଥିବା ବେଳେ ହାଟକୁ ଯାଇ ପୁଅର ଖୁସୀ, ଆନନ୍ଦ ପାଇଁ ଖେଳନା କିଣି ଆଣୁଥିଲେ, ଦେବଦତ୍ତକୁ ମାରିବା ବେଳେ ସେ ପୁଅର ଭବିଷ୍ୟତ ଯେ ପ୍ରଭାବିତ ହେବ ଏ କଥା ଚିନ୍ତା କରିପାରିଲେ ନାହିଁ? ଅନୁମାନ କରିପାରିଲେ ନାହିଁ? ନିଜର ମୃତ୍ୟୁ ବେଳକୁ ଯାଇ ସବୁ ବୁଝା ପଡ଼ିଲା ଯେ କ୍ଷମା ମାଗିଲେ?

ତା'ଛଡ଼ା, ତାଙ୍କପରି ହଟାକଟା ଲୋକଟା ପାଖକୁ ମରଣ ଏତେ ଶୀଘ୍ର ଆସିଲା କେମିତି?

ଏ ପ୍ରଶ୍ନର ଉତ୍ତର ତ ତାକୁ କେବେ ହେଲେ ମିଳିଲା ନାହିଁ। ଏଡ଼େ ନାମକରା କବିରାଜମାନେ ଆସି ତାଙ୍କୁ ଚିକିତ୍ସା କଲେ ସତ, କିନ୍ତୁ ରୋଗ କ'ଣ ଓ ରୋଗର କାରଣ କ'ଣ ସେକଥା ତ କେହି କହି ପାରିଲେ ନାହିଁ। ଅବଶ୍ୟ ମଞ୍ଜୁଷାର ବୈଦ୍ୟ ପଣ୍ଡିତ ରଥ କ'ଣ ଗୋଟାଏ କାରଣ କହୁଥିଲେ... କ'ଣ ସେ କହୁଥିଲେ ତ?

ନା, କିଛି ମନେ ପଡୁନାହିଁ।

ସେଇଠି ସେଇ ଶୂନ୍ୟ ଘରଟାରେ ବସି ବସି ତାକୁ ଭୋକ ଲାଗିଲା। ଖାଇବା ବେଳତ କାହିଁ କେତେବେଳୁ ଗଡ଼ିଗଲାଣି। ଆଜିକାଲି ହାଣ୍ଡିଏ ଭାତ ରାନ୍ଧିଲେ ତା'ର ତିନି ଚାରିଦିନ ଚାଲିଯାଉଛି।

କୋଉ ଦିନ ସେ ଖାଇଲା, କି ନଖାଇଲା ବୁଝିବାକୁ କେହି ନାହିଁ। ଦାଣ୍ଡ ପଟେ,ବାରି ପଟେ ଯେତିକି ଅନାବନା ଗଛ ଉଠି ଜଙ୍ଗଲ ହେଇଛି, ତାଠାରୁ ଅଧିକ ଘଞ୍ଚ ଭାବନା ତା' ମନ ଭିତରେ ଦିନ ରାତି ଖେଳି ବୁଲୁଛି। ଅଭିମାନରେ ଦିନେ ଦିନେ ନଖାଇ ସେ ରହିଯାଉଛି। ଯେଉଁ ଦିନ ଭାତ ରାନ୍ଧୁଛି, ସେ ରଢ଼ ନିଆଁରେ ବାଇଗଣ ଦୁଇଟା ପୋଡ଼ି ପଖାଳ ସାଙ୍ଗରେ ଖାଉଛି। ବାକି ବାସୀ ପଖାଳରେ ଆଚାର ହିଁ ଭରସା।

ମୁହଁ ସାରା ଦାଢ଼ି, ବାଳ କେଉଁ ଦିନରୁ କଟା ହୋଇନି, ତନ୍ତ ଦିନେ ଚଲାଇଲେ ଚାରିଦିନ ବନ୍ଦ ରଖିବାରୁ ଗ୍ରାହକ ମଧ୍ୟ ଆସିବା ବନ୍ଦ କରି ଦେଲେଣି।

ଏମିତି କେତେ ଦିନ ଚାଲିବ?

ଯାଉ, ଯେତେଦିନ ଯିବ।

ଦିନଥିଲା, ସେ ଖାଇବସିଲେ ଦୁଇଟା ଘରର ଚାରୋଟି ଡ଼ାହାଣ ହାତ ତା' ଥାଳି ପାଖକୁ ଲମ୍ବି ଆସୁଥିଲା। 'ଏଇଟା ଖା', 'ଭାଇ, ଏଇଟା ଆଜି ମୁଁ କରିଛି, ଭଲ ଲାଗୁନି କହିବ - ଦେଖିବ', 'ଆରେ, ନା, ନା ବସ୍, କିଛି ଛାଡ଼ିଲେ ହେବନି, ସବୁ ପୋଛିପାଛି ଖା', 'ଆ' ମୁଁ ଖୁଆଇ ଦେଉଛି। ସବୁବେଳେ ଦରଖିଆ ହୋଇ କ'ଣ ଉଠି ପଡୁଛୁ?' 'ବିଧାନ ଭାଇ ଜାଣିଛ? ମୋ ହାତରନ୍ଧା କେଡ଼େ ସୁଆଦ? ଏଇଟା ଖାଅ, ଜାଣିବ?' ଚାରୋଟି ତୁଣ୍ଡରୁ କେତେ ତାଗିଦା ତା' ପାଇଁ ଝରି ଆସୁଥିଲା, ସତେ ଯେପରି ସେ ଖାଉନି ଯେ, ସେମାନଙ୍କୁ ଉଦ୍ଧାର କରୁଛି!

ବିଧାନକୁ ଯଦି ସେଦିନର ଏ ସୁଖ, ଏ ସେରେନ୍ତା ପଣିଆ, ଜୀବନର ସବୁ ସୁଖ ପରି କ୍ଷଣସ୍ଥାୟୀ ବୋଲି ଜଣାଥାନ୍ତା, ସେ ବୋଧହୁଏ ଖାଇବା ଜାଗାରୁ ଉଠନ୍ତା ହିଁ ନାହିଁ। ଘଣ୍ଟା ଘଣ୍ଟା ଧରି ଖାଇ ବସିଥାନ୍ତା।

ସେ ପୁଣି ଘର ଭିତରକୁ ଚାହିଁଲା। ଶୂନ୍ୟ ଘରେ କେହି କୁଆଡ଼େ ନାହିଁ। ଧୂପକାଠିର ଧୂଆଁ ଚାହୁଁ ଚାହୁଁ ମିଳେଇ ଗଲାପରି ଏତେ ଗୁଡ଼ିଏ ତା'ର ପ୍ରିୟଜନ ସବୁ କିଏ କୁଆଡ଼େ ଶୂନ୍ୟରେ କେମିତି ମିଳେଇ ଗଲେ!

ଆଖିରୁ ତା'ର ଧାର ଧାର ଲୁହ ବୋହିବାରେ ଲାଗିଲା। ତାକୁ ପୋଛିବାକୁ ମଧ୍ୟ ତା'ର ଇଛା ହେଲାନାହିଁ। ସତେ ଯେମିତି ବୋଉ, ମାଉସୀ, ସୁଦତ୍ତା, ସବିତା କି ଦେବଦତ୍ତ କିଏ ନା କିଏ ଆସି ତା' ଆଖିରୁ ଏ ଲୁହ ପୋଛିବେ। ସେମାନେ ନ ପୋଛିବା ଯାଏ ଲୁହ ଏମିତି ଝରୁଥିବ।

'ଆଜ୍ଞା... ତୋରାଣି ମୁନ୍ଦେ ଦିଅ...

ବିଧାନ ମୁହଁ ବୁଲାଇ ଦାଣ୍ଡ ଫାଟକ ଆଡ଼କୁ ଚାହିଁଲା। ଦୁଇଟି କଙ୍କାଳସାର ପିଲା କଉପୁନୀ ଖଣ୍ଡିଏ ଲେଖାଏ ପିନ୍ଧି, ହାଣ୍ଡି ଗୋଟିଏ ଗୋଟିଏ ଧରି ତାକୁ ଭିକ ମାଗୁଛନ୍ତି।

ଦେବଦତ୍ତ ମଉସା କହୁଥିଲେ - ଓଡ଼ିଶାରେ ଯେତେଦିନ ନିଜର ରାଜା ଥିଲେ, ସେତେଦିନ ଭିକାରୀ କେହି ନଥିଲେ। ବିପତ୍ତି ଆପତ୍ତି ପଡ଼ି ଯଦି କିଏ ଦରିଦ୍ର ହୋଇ ଯାଉଥିଲେ, କାମ ମାଗି ଆସୁଥିଲେ। ଭିକ ନୁହେଁ। 'ଘର ଛପର କରିଦେବୁ? ଦାଣ୍ଡ ବାରିର ବଗିଚା ସଫା କରିଦେବୁ? କୂଅ ଓଝଳାଇ ଦେବୁ? କିମ୍ୱା ଆଉ କିଛି କାମ ଦିଅ, ମଜୁରି ଦିଅ' - କହୁଥିଲେ। ଏ ମୋଗଲ, ମରାଠା ଆସିବା ଦିନରୁ ତ ଓଡ଼ିଶାରୁ ଲକ୍ଷ୍ମୀ ଛାଡ଼ିଗଲେ। ଧନୀ, ନିର୍ଦ୍ଧନ ସମସ୍ତେ ବିଭିନ୍ନ ପ୍ରକାରେ ଭିକମାଗିବାଟା ଶିଖିଗଲେ।

ସେ ଆହୁରି କହୁଥିଲେ - ଭିକ ନଦେଇ ଆମେ ଯଦି ଗୋଟିଏ ଭିକାରୀକୁ ଧନ ଅର୍ଜନର ମାର୍ଗ ଦେଖାଉ, ଧୀରେ ଧୀରେ ଏ ଭିକାରୀ ଜୀବିକା ବନ୍ଦ ହୋଇଯିବ।

ବସିବା ଜାଗାରୁ ନଉଠି କାନ୍ଧର ଗାମୁଛାରେ ଲୁହ ପୋଛି ସେ ସେମାନଙ୍କୁ ଭିତରକୁ ହାତଠାରି ଡାକିଲା। ପିଲା ଦୁଇଟି ପରସ୍ପର ମୁହଁକୁ ଚାହିଁଲେ। ପରସ୍ପରର ଆଖିରେ ସତେ ଅବା - ଏ ଫାଟକ ଡେଇଁ ହତା ଭିତରେ ପଶିଲେ ବିପଦ ମାଡ଼ି ଆସିବ ନା ନାହିଁ - ତା'ର ସୂଚନା ଟଙ୍ଗା ହୋଇଥିଲା।

'କିଛି ଡରିବାର ନାହିଁ। ଭିତରକୁ ଆସି ଫାଟକ ବନ୍ଦ କରିଦିଅ।'

ସେମାନେ ସେୟା କଲେ। ଫାଟକ ବନ୍ଦ କରି ଧୀରେ ଧୀରେ ଆସି ତା' ଆଗରେ ଠିଆ ହେଲେ। ବିଧାନ ସବୁ ଜାଣି ମଧ୍ୟ ସେମାନଙ୍କୁ ପ୍ରଶ୍ନିଳ ଆଖିରେ ଚାହିଁଲା।

ବଡ଼ ପିଲାଟି କହିଲା - 'ସାଆନ୍ତେ, ପେଟରେ ତିନିଦିନ ହେଲା ଦାନା ପଡ଼ିନାହିଁ। ୟେ ମୋର ସାନ ଭାଇ, ଆଗେ ମନ୍ଦେ ତୋରାଣି ତାକୁ ଦିଅ, ନ ହେଲେ ସେ ମରିଯିବ।' କହୁ କହୁ ତା' ଆଖିରେ ଲୁହ ଢଳଢଳ ହେଲା।

ସେମାନଙ୍କ ଚେହେରା ମଧ୍ୟ ସେ କଥା କହୁଥିଲା।

ବିଧାନ ସେମାନଙ୍କୁ ବାରଣ୍ଡାରେ ବସିବାକୁ କହି ଭିତରକୁ ଗଲା। ସେ ତ ଆଜି ରାନ୍ଧି ନାହିଁ! ପ୍ରଥମ କରି, ରାନ୍ଧି ନଥିବାରୁ ତା' ମନରେ ଗ୍ଲାନି ଆସିଲା। କିନ୍ତୁ 'ସାଆନ୍ତ' ଶବ୍ଦର ମର୍ଯ୍ୟାଦା ତ ରଖିବାକୁ ପଡ଼ିବ।

ହାଣ୍ଡିଶାଳରେ ପଶି ହାଣ୍ଡିରୁ ଘୋଡ଼ଣୀ ଉଠାଇ ଦେଖିଲା ଦୁଇ ଦିନ ତଳେ ରାନ୍ଧିଥିବା ଭାତରୁ କିଛି ତୋରାଣୀ ହାଣ୍ଡିରେ ପଡ଼ିଛି। ହଁ ମ, ଏତେ ଛୋଟ ପିଲା ଦିଇଟା। କେତେ ଆଉ ଖାଇଦେବେ କି? ତା'ର ଆଜି ଆଉ ଖାଇବାର ନାହିଁ। ମୁଢ଼ି ଦିଇଟା ଚୋବାଇ ଚଳେଇ ଦେବ।

ସବୁ ଭାତ ହାଣ୍ଡିରୁ କାଢ଼ି, ବଡ଼ କଂସାଟାରେ ପୁରାଇ ସେ ଦାଣ୍ଡକୁ ଆସିଲା। ସେତକ ଦୁଇ ଭାଗ କରି ସେମାନଙ୍କ ଦୁଇ ହାଣ୍ଡିରେ ଢାଳିଦେଲା। ଲୋଟାଏ ପାଣି ତାଙ୍କ ଆଗରେ ରଖି କହିଲା - 'ହାତ, ମୁହଁ ଧୁଅ।' ପୁଣି ଘର ଭିତରକୁ ଆସି ମୁଠାଏ ଲୁଣ, ବାରିରୁ ତୋଳି ରଖିଥିବା କଞ୍ଚାଲଙ୍କାରୁ କେତେଟା ନେଇ ବାହାରକୁ ଆସିଲା।

ପିଲା ଦୁଇଟି ଗୋଟିଏ ହାଣ୍ଡିରେ ଦୁହେଁ ହାତ ପୁରାଇ ଭାତ, ତୋରାଣୀତକ କେତେବେଳୁ ଖାଇ ସାରିଥିବା ଦେଖି ସେ ଆଶ୍ଚର୍ଯ୍ୟ ହେଲା। ସେମାନଙ୍କ ମୁହଁକୁ ଚାହିଁ ସେ ବୁଝି ପାରିଲା - ବଡ଼ ପିଲାଟି ନିଜେ ବୋଧହୁଏ କିଛି ଖାଇନି କିମ୍ବା ଗୁଣ୍ଡାଏ, ଦୁଇଗୁଣ୍ଡା ଖାଇ ଛୋଟ ପିଲାଟିର ମୁହଁ ପାଖରେ ଶେଷ ତୋରାଣୀ ତକ ଟେକି ଧରିଛି।

ଆଉ ହାଣ୍ଡିଟିରେ ଭାତ ତୋରାଣୀ ସେମିତି ଥୁଆ ହୋଇଛି। ବିଧାନ ହାତରେ ଧରିଥିବା ଲୁଣ ଓ କଞ୍ଚାଲଙ୍କା ସେଇ ହାଣ୍ଡିର ଭାତରେ ପକାଇ ଦେଲା।

ସେମାନେ ଲୋଟାକ ପାଣି ନେଇ ଶୂନ୍ୟ ହୋଇଥିବା ହାଣ୍ଡିରେ ହାତ ଧୋଇଦେଲେ। ବଡ଼ ପିଲାଟି ସେଇ ହାତଧୁଆ ପାଣି ତକରେ ପୁରା ହାଣ୍ଡିଟାର ଭିତର ପଟ ପିଞ୍ଛୁଳାଇ ସେତକ ପାଣି ପିଇ ଦେବା ଦେଖି ବିଧାନ ଦୀର୍ଘ ନିଃଶ୍ୱାସ ଟିଏ ପକାଇ ଅନ୍ୟ ଆଡ଼େ ଚାହିଁଲା।

ସେ ଦିହେଁ ଉଠି ଠିଆ ହେଲେ। ବିଧାନ ଆଶ୍ଚର୍ଯ୍ୟ ହେଲା - 'କିରେ'? ଆର ହାଣ୍ଡିର ଭାତ ଖାଇଲନି?'

'ନାହିଁ ଆଜ୍ଞା,' ବଡ଼ ପିଲାଟି କହିଲା। 'ଘରେ ବାପା, ମା' ଦୁହେଁ ପଡ଼ିଛନ୍ତି। ଏତକ ତାଙ୍କ ପାଇଁ ନେବୁ।'

ବିଧାନ ମୁହଁରୁ କଥା ବାହାରିଲା ନାହିଁ, ସେମାନେ ବଡ଼ ଯତ୍ନରେ ଭାତ ହାଣ୍ଡିକୁ ମୁଣ୍ଡରେ ଧରି ବାହାରିବା ଦେଖି ସେ ପଚାରିଲା - 'ତୋ ନାଁ କ'ଣ?'

ମୁଣ୍ଡରେ ଭାତ ହାଣ୍ଡିକୁ ସଜାଡ଼ି ଧରି ବଡ଼ ପିଲାଟି କହିଲା - 'ପଦିଆ'।

'ତୋ' ବୟସ କେତେ?'

'ବାର'।

'ତୋ ଭାଇର?'

'ଏଗାର'।

'ପଦିଆ ତୁ ଗୋଟିଏ କାମ କର, ସେ ଭାତ ହାଣ୍ଡିଟା ତୋର ସାନଭାଇ... ଆଚ୍ଛା ତା' ନାଁ କ'ଣ?'

'ସଦା'

'ହଁ, ତୁ ଗୋଟେ କାମ କର ସଦା, ତୁ ଏ ହାଣ୍ଡିକ ଭାତ ନେଇ ଯା', ତୋ ମା' ବାପାଙ୍କୁ ଖୁଆଇ ପୁଣି ଏଇଠିକୁ ଆସିବୁ। ମୁଁ ଆଉ ପଦିଆ ତୁ ଆସିବା ଭିତରେ ଏଇଠି ବସି ଟିକିଏ ଗପସପ ହେବୁ। ଏତକ କରି ପାରିବୁ?'

ସଦା ପଦିଆ ମୁହଁକୁ ଚାହିଁଲା। ପଦିଆ ଆଶ୍ଚର୍ଯ୍ୟ ହୋଇ ବିଧାନକୁ ଅନେଇଲା। ଦୁହିଁଙ୍କ ଆଖିରେ ଅବିଶ୍ୱାସ, ଡର, ସନ୍ଦେହ ଖୁନ୍ଦି ହୋଇଗଲା।

ତାକୁ ଦେଖି ବିଧାନ କହିଲା - 'ଦେଖ, ତୁମେ ଯଦି ମୋ କଥା ମାନିବ, ମୁଁ ତୁମ ଦୁହିଁଙ୍କୁ ଆଜି ରାତିରେ ମଧ୍ୟ ଖାଇବାକୁ ଦେବି। ମୁଁ ଜାଣେ, ତୁମେ ଦୁହେଁ ପେଟ ପୂରାଇ ଏବେ ଖାଇ ନାହଁ। ସେଥିପାଇଁ ସଦା ଏତକ ନେଇ ଘରକୁ ଯାଉ। ମା' ବାପାଙ୍କୁ ଖୁଆଇ ଫେରି ଆସିଲା ବେଳକୁ ମୁଁ ଆଉ ହାଣ୍ଡିଏ ଭାତ ରାନ୍ଧିକରି ରଖିଥିବି, ତୁମେ ଦୁହେଁ ପେଟପୂରା ଖାଇବ ଓ ଘରକୁ ମଧ୍ୟ ନେବ।'

ଦୁଇ ଭାଇ ପୁଣି ପରସ୍ପରକୁ ଚାହିଁଲେ। ସତେ ଯେପରି ଜଣେ ଆଉ ଜଣକୁ

ଆଖିରେ ପଚାରିଲା - 'ଆଉ କିଛି ଅନ୍ୟ ବାଟ ଅଛି? ରାତିର ଖାଇବାଟା ଆଉ କେଉଁଠୁ ମିଳି ପାରିବ?'

ଆର ଜଣକର ଆଖି ଦୁଇଟି ମିଟି ମିଟି ହେଲା। ରାତିରେ କାହିଁକି, ଆଗାମୀ ଖାଇବା ପୁଣି କେବେ କପାଳରେ ଜୁଟିବ ସେଥିପାଇଁ କିଛି ଭରସା କି ଆଶ୍ୱାସନା ସେ ଆଖିରୁ ମିଳିଲା ନାହିଁ।

ଦୁହେଁ ପୁଣି ବିଧାନକୁ ଚାହିଁଲେ।

ବିଧାନ କାନ୍ଧ ନଚାଇ କହିଲା - 'ଦେଖ, ତୁମ ଇଚ୍ଛା। ସଦା ମା'ବାପାଙ୍କୁ ଖୁଆଇ ଆସିବ, ପଦିଆ ତୁ ଏଇଠି ବସ। ଆମେ ଦୁହେଁ କଥା ହେବା। ରାତିରେ ଦୁହେଁ ପୁଣି ଏଇଠି ଖାଇବ ଓ ପୁଣି ବାପା ମା' ପାଇଁ ନେଇ କି ଯିବ। ମୋର ଏତକ କଥା ମାନିଲେ, ହୁଏତ ମୁଁ ଆସନ୍ତା କାଲିକୁ ମଧ୍ୟ ତୁମ ଦୁହିଁଙ୍କୁ ଖାଇବାକୁ ଦେବି।'

ପଦିଆ କିଛି ଜବାବ ଦେବା ପୂର୍ବରୁ ସଦା କହିଲା - 'ହଉ, ଭାଇ ଦିଅ, ସେ ଭାତ ହାଣ୍ଡିଟା ମୋ ମୁଣ୍ଡରେ ରଖ। ମୁଁ ଯାଉଛି, ଏତକ ଦେଇ ଆସିବି।'

ପଦିଆ ଚୁପ୍‌ଚାପ୍ ହାଣ୍ଡିଟା ସାନଭାଇ ମୁଣ୍ଡ ଉପରକୁ ଉଠାଇ ଆଉ ଖାଲି ହାଣ୍ଡିଟା ତା' ଉପରେ ରଖି ଘୋଡ଼ାଇ ଦେଲା।

ପଚାରିଲା, 'ନେଇ ପାରିବୁ ତ?'

'ହଁ'

'ସେମାନେ ଖାଇ ସାରିଲେ, ହାଣ୍ଡି ଦିଇଟା ନେଇ କରି ଆସିବୁ।"

'ହଉ'।

-0-

ସଦା ଫାଟକ ପାଖରେ ପହଞ୍ଚିବା ବେଳକୁ ବିଧାନ ଦେଖିଲା, ଗାଁ ମକଦ୍ଦମ ମିଶ୍ର ଆପଣେଙ୍କ ମୁଣ୍ଡ ଉପରେ ବିଶାଳ ତାଳପତ୍ର ଛତାଟାକୁ ମେଲାଇ ଧରି ତାଙ୍କ ହଳିଆ ସନା ତା' ହାତର ଆଠ ହାତିଆ ଠେଙ୍ଗାଟାକୁ ଛତା ଧରିଥିବା ହାତକୁ ନେଇ ଫାଟକ ଖୋଲି ସଦାକୁ ଆଗେ ବାହାରକୁ ଯିବାକୁ ଦେଲା।

ସଦା ବାହାରକୁ ବାହାରି ଯିବା ପରେ ମକଦ୍ଦମ ମିଶ୍ରେ ତାଙ୍କ ପିନ୍ଧା ଧଳା ପାଟକୁ ଦୁଇ ହାତରେ ବଳାଗଣ୍ଠି ଯାଏ ଟେକି ହତା ଭିତରେ ପଶି ସନାର ଫାଟକ ବନ୍ଦ କରିବାକୁ ଅପେକ୍ଷା କଲେ। ସନା ଫାଟକ ବନ୍ଦ କଲା। ଦୁହେଁ ହତା ଭିତରକୁ ପଶିଲେ।

ବିଧାନ ଆବାକାବା ହୋଇ ଠିଆ ହୋଇ ସାରିଥିଲା। ଏବେ ବାରଣ୍ଡାରୁ ଓଲ୍‌ହାଇ

ସିଧା ତାଙ୍କ ପାଖକୁ ଧାଇଁ ଯାଇ ମୁଣ୍ଡ ନୁଆଁଇ ପ୍ରଣାମ କରି ପଚାରିଲା- 'ଆଜ୍ଞା, ସାଆନ୍ତେ, ଆପଣ ?'

ପଣ୍ଡିତ ଦାଶରଥି ମିଶ୍ରେ ବିଧାନର ନୁଖୁରା ମୁଣ୍ଡ ଓ ଦାଢ଼ି ଭର୍ତ୍ତି ମୁହଁକୁ ଘଡ଼ିଏ ଚାହିଁ କହିଲେ, 'କିରେ, ତୁ ବିଧାନଟି !'

'ଆଜ୍ଞା !'

ପଣ୍ଡିତ ମିଶ୍ରେ ଆଖି ବଡ଼ ବଡ଼ କରି ଚାରିଆଡ଼େ ଚାହିଁ କହିଲେ, 'କିରେ, ତୋର ଘର, ବାରି, ତୁ ନିଜେ - ସବୁ ଏମିତି କାହିଁକି ହତଶ୍ରୀ ହୋଇ ରହିଛ ?'

ବିଧାନ କ'ଣ ଉତ୍ତର ଦେବ ବୁଝିପାରିଲା ନାହିଁ। କେବଳ ମୁଣ୍ଡପୋତି ପାଦତଳର ମଲାଘାସ ମାନଙ୍କୁ ଚାହିଁଲା।

'ମୁଁ ତ ଭାବିଥିଲି, ଏତେ ସୁନା ମୋହର ଦେବଦତ୍ତ ଘରେ ପଶିଲା। ତା' ଘରଟା ଏବେ ନୂଆ ହୋଇ ଝଲକୁ ଥିବ। ଲୋକବାକ ଯିବା ଆସିବା ଚାଲିଥିବ। ମୋତେ ତ କାଇଁ ଏ ଦୁଇଟା ଯାକ ଘରେ କିଏ ମଣିଷ ରହୁଥିବା ପରି ଦିଶୁନାହାନ୍ତି। ଦେବଦତ୍ତର ସ୍ତ୍ରୀ, ତୋ ବୋଉ, ଏ ମାନେ ସବୁ କାହାନ୍ତି ?'

'ମାଉସୀ, ବୋଉ ଦୁହେଁ ଆଜିକାଲି ପୁରୀରେ ରହୁଛନ୍ତି।'

'ପୁରୀରେ ? ବର୍ଷ ସାରା ?'

ବିଧାନ ଥରେ ତାଙ୍କୁ ଅନାଇ ମୁଣ୍ଡ ଟୁଙ୍ଗାରି ପୁଣି ଆଖି ତଳକୁ କଲା।

'ଆଉ ତୁ ନିଜେ ରାନ୍ଧି ଖାଉଛୁ ? ଚଳୁଛୁ କେମିତି ? ତନ୍ତ ଚାଲିଛି ?' ପଚାରି ଦେଇ ସେ ବିଧାନର ଗୋଡ଼ରୁ ମୁଣ୍ଡଟାଏ ଥରେ ଅନାଇ ପୁଣି ପଚାରିଲେ, 'ଆଜି ଖାଇଛୁ ?'

ବିଧାନ କିଛି ଉତ୍ତର ଦେଲା ନାହିଁ।

ପଣ୍ଡିତ ମିଶ୍ରେ ପୁଣି ପଚାରିଲେ - 'କେତେଦିନ ହେଲା ଖାଇନାହୁଁ ? ତୋର ହୋଇଛି କ'ଣ ?'

'କିଛି ନାହିଁ ଆଜ୍ଞା,' ପଣ୍ଡିତ ମିଶ୍ରଙ୍କ କଠଉ ପିନ୍ଧା ପାଦ ଦୁଇଟିକୁ ଚାହିଁ ବିଧାନ ମୁଣ୍ଡ କୁଣ୍ଡାଉ କୁଣ୍ଡାଉ ଉତ୍ତର ଦେଲା।

'କିଛି ନାହିଁ ତ ଏମିତି ପ୍ରେତ ପରି ଦିଶୁଛୁ କାହିଁକି ? କେତେ ଦିନ ହେଲା ଦାଢ଼ୀ, ବାଳ ଖିଅର ହୋଇନୁ ? କାଇଁ ହାତ ଟା ବଢ଼ାଇଲୁ, ତୋ ଦେହ ଭଲ ଅଛିତ ?'

'ଆଜ୍ଞା ଭିତରକୁ ଚାଲନ୍ତୁ। ଏଇଠି ଖରାଟାରେ କେତେ ଠିଆ ହେବେ ? ଆସନ୍ତୁ ମୋ ବାରଣ୍ଡାରେ ଖଟ ଉପରେ ବସିବେ। ନହେଲେ ଦେବଦତ୍ତ ମଉସାଙ୍କ ସେ ଆମ୍ବ ଗଛ ମୂଳରେ ପିଣ୍ଡି ଉପରେ ବସିବା ଚାଲନ୍ତୁ।'

ମିଶ୍ର ଆପଣେ ଦେବଦତ୍ତର ଗଛ ଆଡ଼କୁ ଅନେଇଲେ। 'କିରେ, ଏଇ ପିଣ୍ଡି ପାଖରେ ବ୍ରାହ୍ମଣ ଭୋଜନ ତିନିବର୍ଷ ତଳେ ଦେଇ ଥିଲୁଟି?'

ସେ ଆଖି ତରାଟି ବିଧାନ ମୁହଁକୁ ଚାହିଁଲେ।

'ଆଜ୍ଞା'

'ସେତେବେଳେ ତ ଚାରିଆଡ଼ କେଡ଼େ ସଫାସୁତୁରା ହୋଇ ଥିଲା। ଏ ବାଟ ଟା ଗୋବର ଲିପାପୋଛା ହୋଇ ଚିକ୍‌କଣ ଦିଶୁଥିଲା। ବାଟ ଦୁଇ କଡରେ ଫୁଲ ଭର୍ତ୍ତି ମଖମଲ୍ଲୀ ଗଛ ଧାଡ଼ି ବାନ୍ଧି ଠିଆ ହୋଇଥିଲେ। ଏବେ ତ ଯୁଆଡ଼େ ଚାହିଁଲେ ଅଣ୍ଟୁଏ ଉଚ୍ଚର ଏଡ଼େ ଏଡ଼େ ଘାସ କ'ଣ ଖାଲି ଦିଶୁଛି! ସେଇଠି ବସିବାକୁ ଡାକୁଛୁ? ସେ ଘାସବଣରେ ସାପ ଥିବ କି କ'ଣ!'

'ନାହିଁ, ସାପ ସେଇଠି ନାହାନ୍ତି। ଘର ଭିତରେ ଅଛନ୍ତି।' ବିଧାନ ଘର ଆଡ଼େ ଅନାଇ କହିଲା।

ମକଦ୍ଦମ ମିଶ୍ରେ କ'ଣ ବୁଝିଲେ କେଜାଣି, କହିଲେ, 'ରହିବେନି? ସାପ ନିଶ୍ଚେ ରହୁଥିବେ। ଘରେ କିଏ ସ୍ତ୍ରୀ ଲୋକ ନଥିଲେ ସାପ କ'ଣ ଭୂତ ପ୍ରେତ ମଧ୍ୟ ରହିବେ। ହଉ, କାହିଁ ତୋ ହାତଟା ବଢ଼ା ତ। ତୋ ନାଡ଼ୀଟା ଦେଖିବା।' କହୁ କହୁ ମିଶ୍ର ଆପଣେଙ୍କ ଗୋରା ତକ ତକ ଲମ୍ବା ହାତଟା ବିଧାନ ଆଡ଼କୁ ଲମ୍ବି ଆସିଲା।

ସଂକୋଚରେ ବିଧାନ ଦୁଇପାଦ ପଛକୁ ହଟି ମୁଣ୍ଡପୋତି କହିଲା - 'ମୁଁ ଆଜି ଗାଧୋଇ ନାହିଁ, ସାଆନ୍ତେ। ଆପଣ ମୋତେ ଛୁଇଁବେ ନାହିଁ।'

'ଗାଧୋଇନୁ?' ମକଦ୍ଦମ ମିଶ୍ରଙ୍କ ଆଗକୁ ବଢ଼ିଥିବା ହାତଟା ପୁଣି ପଛକୁ ଫେରି ଆସିଲା। 'ରାତିରେ କ'ଣ ଏଇ ଲୁଗା ପିନ୍ଧି ଶୋଇଥିଲୁ?'

ବିଧାନର ଦୁଇ ଓଠ ପରସ୍ପରକୁ ଭିଡ଼ି ଧରିଲେ। ସତେ ଅବା 'ହଁ' ଶବ୍ଦଟା ଜିଭ ଆଗରେ ଠିଆ ହୋଇ କବାଟ ଖୋଲିବା ପାଇଁ ପାଟି ଭିତରେ ସେ ଦୁହିଁଙ୍କୁ ଦୁମ୍‌ଦୁମ୍ କରି ବାଡ଼ଉଛି।

ସେ ନୀରବରେ ମୁଣ୍ଡ, ଆଖି ତଳକୁ ଝୁଙ୍କାଇ ଠିଆ ହେଲା।

'ତୁ ମ୍ଲେଚ୍ଛଟା କିରେ? କି ଗ୍ରାହାଚାର? ରାତିପିନ୍ଧା ପାଲଟା ଲୁଗା ପିନ୍ଧି ଦାଣ୍ଡଟାରେ ବସିଛୁ? ଗାଧୋଉନୁ, ଖାଉନୁ, ମୋତେ ତ ଲାଗୁଛି ତୁ କୋଉ ବ୍ୟାଧିରେ ପଡ଼ିନୁ। ଆଧି ପୀଡ଼ିତ ହୋଇ ରହିଛୁ!'

'ଆଧି?' ବିଧାନ ଆଖି ଟେକି ତାଙ୍କୁ ଚାହିଁଲା। ଏହି ଶବ୍ଦଟା ସେ ଆଗରୁ କୋଉଠି ଶୁଣିଛି... କୋଉଠି... କୋଉଠି...? ନା, କିଛି ମନେ ପଡୁନି। ସେ ଶୁଣିଲା ପଣ୍ଡିତ ମିଶ୍ରେ କହୁଚନ୍ତି - 'ହଁ, ଆମ ଦେହ ଯେମିତି ହାତ, ଗୋଡ଼, ଦେହ, ମୁଣ୍ଡ,

ରକ୍ତ, ମାଂସ ଇତ୍ୟାଦିକୁ ନେଇ ଗଢ଼ା ହୋଇଛି, ଆମ ମନର ମଧ୍ୟ ଠିକ୍ ସେମିତି ହାତ, ଗୋଡ଼, ଆଖି, ମୁଣ୍ଡ ହୋଇ ସ୍ୱତନ୍ତ୍ର ଶରୀର ଟାଏ ରହିଛି। ଦେହର ବିଭିନ୍ନ ଅଙ୍ଗରେ ଆଘାତ ହେଲେ ଯେଉଁ ବିକାର ଜନ୍ମ ହୁଏ, ଆମେ ତାକୁ ବ୍ୟାଧି କହୁ। ସେମିତି ମନର ଶରୀରରେ ଆଘାତ ହେଲେ ଯେଉଁ ବିକାର ହୁଏ ତାକୁ ଆଧି କୁହାଯାଏ। ବ୍ୟାଧିର ଯେମିତି ଚିକିତ୍ସା ରହିଛି ଓ ଏହା ଏକ ସାଧାରଣ କଥା, ଆଧିର ମଧ୍ୟ ସେମିତି ଚିକିତ୍ସା ଅଛି ଓ ସେ ମଧ୍ୟ ଏକ ସାଧାରଣ କଥା। ସମସ୍ତଙ୍କୁ ନିଜ ନିଜ ଜୀବନ କାଳ ଭିତରେ ନାନା ଆଧି ଆକ୍ରମଣ କରିଥାଏ।'

'ମାନେ ପାଗଳାମୀ?'

'ନା, ନା, ନା ପାଗଳାମୀ ଅଲଗା କଥା। ଧର, ତୋ ପାଦରେ ଚାଲୁଚାଲୁ ଯଦି କାଚଖଣ୍ଡେ ଗଳିଯିବ, ସେ କ'ଣ ଗୋଟାଏ ରୋଗ? ସେ'ତ ଆଘାତ...ଆଚ୍ଛା, ତୁ କହ ତୋ ପାଦରେ ଏମିତି କାଚଖଣ୍ଡେ ଗଳିଗଲେ କ'ଣ ହେବ?'

'ଝରଝର ହୋଇ ରକ୍ତ ବୋହିବ, କଷ୍ଟ ହେବ।'

'ତୁ କ'ଣ କରିବୁ?'

'କାଚ ଖଣ୍ଡଟିକୁ ଆଗେ ପାଦରୁ କାଢ଼ିବି।'

'ଆରେ, ସେ ତ ବହୁତ ପଛ କଥା। ପ୍ରଥମ କଥା ହେଲା - ତୁ ଚିତ୍କାର କରିବୁ। 'ଓ ହୋଃ', କି 'ବୋଉଲୋ' ବୋଲି ତୋ ପାଟିରୁ ବାହାରିବ। ହଁ, ନା ନାହିଁ?'

'ହଁ'

'ତା' ପରେ କ'ଣ କରିବୁ?'

'ସେଇଠି ବସିପଡ଼ି ପାଦରୁ କାଚଖଣ୍ଡକୁ ଝିଙ୍କି ବାହାର କରିବି'।

'ପାଦରୁ କାଢ଼ିବୁ ନା ମୁଣ୍ଡର ବାଳରେ ସେ କାଚ ଖଣ୍ଡଟା ଖୋଜିବୁ?"

'ଏଁ... ମୁଣ୍ଡରେ? ପାଦରେ କାଚଖଣ୍ଡଟା ପଶିଛି ପରା?'

'ହଁ... ହଉ। ଦେହର ଆଖି ଅଛି ବୋଲି ତୁ ପାଦକୁ ଚାହିଁବୁ। ମୁଣ୍ଡକୁ ନୁହଁ। ଗୋଡ଼ ଅଛି ବୋଲି ସେଇଠି ବସି ପଡ଼ିବୁ। ହାତ ଅଛି ବୋଲି ଯୋଉ ପାଦରେ କାଚଖଣ୍ଡ ପଶିଛି ସେଇ ପାଦକୁ ହାତ ବଢ଼ାଇ ସେଇଠୁ ହାତ ଲଗାଇ ତାକୁ ଟାଣି ବାହାର କରିଦେବୁ। ଏଣେ ପାଟି ଅଛି ବୋଲି ଉଃ' ଆଃ' ଚିତ୍କାର କରିବୁ, ହଁ ନା ନାହିଁ?'

'ହଁ'

'କିନ୍ତୁ ମନରେ ଯଦି ଖଣ୍ଡେ ଭଙ୍ଗା କାଚ ପଶିଯାଏ? ମନର ତ ପାଟି ନାହିଁ

ଚିତ୍କାର କରିବାକୁ, ଆଖି ନାହିଁ କେଉଁଠି ପଶିଲା, ପୁଣି କାଚ ପଶିଲା ନା କାତି ପଶିଲା ତାକୁ ପୁଣି କେମିତି ଜାଣିବୁ?'

ବିଧାନ ଆବାକାବା ହୋଇ ପଣ୍ଡିତ ମିଶ୍ରଙ୍କୁ ଚାହିଁଲା। ତା' ପାଟିରୁ କଥା ବାହାରିଲା ନାହିଁ।

ପଣ୍ଡିତ ମିଶ୍ରେ ହସିଲେ। କହିଲେ, 'ବିଧାନ, ମନର ବି ଆଖି ଅଛି। ଦେହର ଓ ମନର ଆଖିରେ ଗୋଟିଏ ହିଁ କବାଟ ଲାଗିଛି। ଏଣୁ ଦେହର ଆଖି ଦୁଇଟା ବନ୍ଦ କରି ଭାବିଲେ ମନର ଆଖି ଛାଏଁ ଖୋଲିଯାଏ। ଆଉ ସେତେବେଳେ ଦେଖାଯାଏ ଆଘାତ କୋଉଠି ଲାଗିଛି, ରକ୍ତ କେଉଁଠୁ ଝରୁଛି।'

ବିଧାନ ତଳକୁ ଚାହିଁ ଭାବୁଥିଲା- ସେ ତ ଜାଣୁଛି, ତା' ମନରେ ଆଘାତ କୋଉଠି ଲାଗିଛି।

'କିଛି ବୁଝୁଛୁ ନା ଖାଲି ମୁଣ୍ଡ ତଳକୁ କରି ଠିଆ ହୋଇଛୁ?' ପଣ୍ଡିତ ମିଶ୍ରଙ୍କ ସ୍ୱର ଶୁଣି ସେ ମୁଣ୍ଡ ଉଠାଇ ତାଙ୍କୁ ଚାହିଁଲା।

କହିଲା- 'ମୁଁ ବୁଝିପାରୁଛି, କିନ୍ତୁ-

'କିନ୍ତୁ ଆଉ କ'ଣ? ସେମିତି ଆଉ କିଛି ସମୟ ଲଗାଇ ଆଖି ବନ୍ଦ କରି ଭାବିଲେ ମନର ହାତ ସକ୍ରିୟ ହେବ, ଯେଉଁଠି କାଚ ପଶିଛି, ବା ଆଘାତ ଲାଗିଛି ସେଇଠିକୁ ମନର ହାତ ଯାଇ ସେ କାଚ କାଢ଼ିବ। ଆଘାତ ଜାଗାରେ ଔଷଧ ଲଗାଇବ। ଆରୋଗ୍ୟ କରିବ।'

'ଏ ସବୁ ନିଜେ ନିଜେ ହିଁ କରିବ?'

'ହଁ, ଆଉ କ'ଣ? ମନେ ରଖିଥା- ବ୍ୟାଧିର ଚିକିତ୍ସା ପାଇଁ ବୈଦ୍ୟ ଦରକାର କିନ୍ତୁ ନିଜ ଆଧିର ଚିକିତ୍ସା ପାଇଁ ମଣିଷ ନିଜେ ହିଁ ବୈଦ୍ୟ। ଏଣୁ ତୋ ଆଧି ବିଷୟରେ ତୁ' ହିଁ ଜାଣିବୁ, ତାକୁ ତୁ ହିଁ ଆରୋଗ୍ୟ କରିବୁ, ଚିନ୍ତାରେ ବୁଡ଼ିକରି ନୁହଁ। ଧ୍ୟାନ ଲଗାଇ, ଭାବନା କରି, ଉପାୟ ଖୋଜି ନିଜ ଆଧିର କାରଣ ଜାଣିପାରିବୁ ଓ ନିରାକରଣ ମଧ୍ୟ କରିପାରିବୁ।'

ବିଧାନ ପୁଣି ମୁଣ୍ଡ ଟୁଙ୍ଗାରି ଆଖି ତଳକୁ କଲା।

'ଆଉ ଏହା ମଧ୍ୟ ଜାଣି ରଖ, ଆଳସ୍ୟ, ହେଳା ଓ ଅଜ୍ଞାନତା - କେବଳ ଏ ତିନୋଟି କାରଣରୁ ଯଦି ତୁ ଏସବୁ କିଛି ନ କରୁ, କିମ୍ବା କରିବାରେ ବିଫଳ ହେଉ ଓ ଏହା ଗୁରୁତର ଆକାର ଧାରଣ କରି ବୈଦ୍ୟ ହାତକୁ ଯାଏ, ସେତେବେଳେ ଏହା ପାଗଳାମିର ରୂପ ଧାରଣ କରିବ।'

'ଆଧିର କିଛି ଚିକିତ୍ସା ଅର୍ଥାତ ମୁଁ ନିଜେ ନିଜେ ଏହାର କି ଚିକିତ୍ସା କରିପାରିବି?'

'କହିଲି ପରା, ତୁ' ହିଁ ଏହାର ବୈଦ୍ୟ, ତୁ'ହିଁ ତାକୁ ଆରୋଗ୍ୟ କରି ପାରିବୁ, ଆଉ ତୁ' ତ ଜାଣିଛୁ ମନ ବହୁତ ଚଞ୍ଚଳ। ଏଣୁ ଆଧିର ସବୁଠାରୁ ବଡ଼ ଚିକିତ୍ସା ହେଲା, ମନ ମାରି ଏମିତି ନ ବସି ମନକୁ କାମରେ ଲଗା। ଏଇ ଅରମା ବଣ ଯାହା ତୋ ଦେହରେ ଓ ତୋ ଘର ଚାରିପଟେ ବଢ଼ିଛି ପ୍ରଥମେ ତାକୁ ନିଜେ ସଫା କର। ଦେଖିବୁ ଆଧି କେମିତି ଧୀରେ ଧୀରେ ଭଲ ହୋଇଯିବ। ଆଚ୍ଛା, ତୋ' ବାରଣ୍ଡାରେ କିଏ ଏ ପିଲାଟା ବସିଛି ?'

'ସେ ପରା ଆମ ସାହୀର ଗଡ଼ି ପଧାନର ପୁଅ ପଦିଆ।' ପଣ୍ଡିତ ମିଶ୍ରଙ୍କ ମୁଣ୍ଡ ଉପରେ ତାଳ ପତ୍ର ଛତାଟା ମେଲାଇ ଧରି ଠିଆ ହୋଇ ଏତେବେଳ ଯାଏ ଚୁପ୍ ହୋଇ କଥା ଶୁଣୁଥିବା ସନା କହିଲା।

ପଣ୍ଡିତେ ପୁଣି ପଚାରିଲେ - 'ଇଏ ଏଇଠି କ'ଣ କରୁଛି ?'

ପୁଣି ସନା ହିଁ ଜବାବ ଦେଲା - 'ଭିକ ମାଗି ଆସିଥିବ। ଆପଣ ତ ଜାଣିଛନ୍ତି ଗଡ଼ି ପଧାନର ଦୁଇମାଣ ନଦୀକୂଳିଆ ସୁନା ପରି ପଟୁଜମି। ଭଲ ଚାଷ ହୁଏ, ସେମାନେ ବେଶ୍ ଭଲରେ ଚଳୁଥିଲେ। ଆପଣଙ୍କର ମନ ଅଛି ସାଆନ୍ତେ, ଦୁଇ ବର୍ଷ ତଳେ ନଦୀବାଟ ଦେଇ ଡ଼ଙ୍ଗାରେ ଆସି ଆମ ଗାଁ ପାଖରେ ଫିରିଙ୍ଗୀ ଓ ମରାଠା ହଣାକଟା ହୋଇ ସେମାନଙ୍କ ଭିତରୁ କେତେ ଜଣ ମରିଯାଇଥିଲେ ?'

'ହଁ, ହଁ ଗଡ଼ି ପଧାନର ଜମି ଉପରେ ହିଁ ଏ ହଣାକଟା ହୋଇଥିଲା ନା ? ତା'ପରେ ସେ ଜମି ପଡିଆ ପଡ଼ିଲା ବୋଲି ସେ ନେହୁରା ହେବାରୁ ମୁଁ ତ ତା'ର ଖଜଣା ବି ଦୁଇ ବର୍ଷ ପାଇଁ ଛାଡ଼ କରିଥିଲି।'

'ହଁ, ସେଇ ଗଡ଼ି ପଧାନର ଇଏ ବଡ଼ ପୁଅ। ଫିରିଙ୍ଗୀ ଓ ମରାଠା ହଣାକଟା ହୋଇ ଯେଉଁ କେତେ ଜଣ ସେଦିନ ମଲେ ସେମାନଙ୍କ ଶବ ସେଇଠି ପଡ଼ିରହିଲା। ଘାଇଲା ମାନଙ୍କୁ ଧରି ବାକିତକ ଯେ' ଯାହାର ସେଇଠୁ ପଳାଇ ଗଲେ। ସେ ଶବ ବିଲୁଆ, କୁକୁର ଖାଇଲେ। ଲୋକ ଦେଖିଛନ୍ତି। ସେଇ ଦିନରୁ ସେ ଜମିକୁ ଚାଷ କରିବାକୁ ଆଉ କିଏ ଗଲେ କି ? ହଳିଆ ମୂଲିଆ ନାହିଁ କରିଦେବାରୁ ସେ ଜମି ପଡ଼ିଆ ପଡ଼ିଲା। ତା'ପରେ ଏ ସନର ମରୁଡ଼ି। ମନଦୁଃଖରେ ଗଡ଼ି ପଧାନ ଓ ତା'ସ୍ତ୍ରୀ ବେମାର ପଡ଼ି କତରା ଧରିଛନ୍ତି। ଆଉ ଏ ପିଲା ଦି'ଟା ଭିକ ମାଗୁଛନ୍ତି।'

ପଣ୍ଡିତ ମିଶ୍ରଙ୍କ ହାତ ନିଜ ପଇତା ଉପରକୁ ଚାଲିଗଲା।

କାମ ଜଂଜାଳରେ ସେ ଗଡ଼ି ପଧାନ ପ୍ରତି ଅନ୍ୟାୟ କରିଛନ୍ତି। ସେ ଚାହିଁଥିଲେ, ନିଜେ ଯାଇ ସେ ଜମିରେ ଗଙ୍ଗାପାଣି ଟିକିଏ ଛିଞ୍ଚି ସେଇଠି ଠିଆହୋଇ କାମ ଆରମ୍ଭ କରାଇ ଦେଇଥିଲେ ଏ ପରିବାରଟା ଏମିତି କାଙ୍ଗାଳ ହୋଇନଥାନ୍ତେ।

ସେ ବୁଝିପାରିଲେ- ଆଜି ତାଙ୍କଠାରୁ ଭଗବାନ ଏୟା ହିଁ ଚାହିଁଛନ୍ତି। ଗଡ଼ିର ଦୁର୍ଦ୍ଦଶା ଦେଖାଇବାକୁ ଏକାଦଶୀର ଏ ନିର୍ଜଳା ଉପବାସଟାରେ ତାଙ୍କୁ ଆଣି ବିଧାନ ତନ୍ତୀ ଘର ଆଗରେ ଠିଆ କରିଛନ୍ତି !

ଭଗବାନଙ୍କ କି ବିଚିତ୍ର ଆୟୋଜନ !

ସେ ନିଜର ପଇତାକୁ ସ୍ପର୍ଶକରି ନୀରବରେ ଏଗାର ଥର ଗାୟତ୍ରୀ ମନ୍ତ୍ର ଜପି ଭଗବାନଙ୍କୁ ନିଜ ଭୂଲ ପାଇଁ କ୍ଷମା ପ୍ରାର୍ଥନା କଲେ। ବିଧାନକୁ ତା'ପରେ କହିଲେ - 'ତାକୁ ଭିକ ଦେଲୁ ?'

'ହଁ'।

'ଆଉ ଜଣେ ପିଲା ବାହାରକୁ ଯାଇଥିଲା ?'

'ହଁ', ସନାକହିଲା, 'ସେ ପରା ଏଇ ପଦିଆର ସାନ ଭାଇ। ବୋଧହୁଏ ଭାତ ନେଇ ଯାଉଥିଲା ମା'ବାପାଙ୍କୁ ଖୋଇବାକୁ ?'

ବିଧାନ କିଛି ନକହି ଚୁପ୍ ରହିଲା।

'ଓଃ, ଏମାନଙ୍କୁ ଖାଇବାକୁ ଦେଲୁ ବୋଲି ତୁ' ଖାଇନୁ ? ତୋ ଖାଇବା ତାଙ୍କୁ ଦେଇଦେଲୁ ବୋଧହୁଏ ?'

ବିଧାନ ମୁଣ୍ଡପୋତି ଚୁପ୍ ହୋଇ ରହିଲା।

'ଭଲକଲୁ, ଯା' ଆଉ ଥରେ ରାନ୍ଧିଦେ। ସେମାନଙ୍କୁ ଖାଇବାକୁ ଦେଲୁବୋଲି ତୁ କ'ଣ ଉପାସରେ ରହିବୁ। ଯା' ଯା', ଭାତଟା ରାନ୍ଧିବାକୁ କେତେ ସମୟ ? ହଉ ଯା', ମୁଁ ମଧ୍ୟ ଯାଏ, ହେଲେ ଏ ପିଲା ଭାତ ତ ଖାଇଲା, ଆହୁରି ତୋ ପିଣ୍ଡାରେ ବସିଛି କାହିଁକି ?'

'କ'ଣ ହେଲାକି ସାଆନ୍ତେ,' ବିଧାନ ତାଙ୍କୁ ଅନାଇ ଉତ୍ତର ଦେଲା। 'ମୋ ପାଇଁ ମାନେ ଜଣକ ପାଇଁ ଥିବା ଭାତ ଏମାନେ ବାଣ୍ଟି ଚାରିଜଣ ଖାଇଲେ, ଏ ଯେଉଁ ପିଲା ବସିଛି, ପଦିଆ, ଏଡ଼େ ଜାଣିବାର ହେଲାଣି ଯେ ନିଜେ ଦୁଇଚାରି ଗୁଣ୍ଡା ଖାଇ ସବୁ ଭାତ ସାନଭାଇ, ମା', ବାପାଙ୍କ ଭିତରେ ବାଣ୍ଟିଦେବା ମୁଁ ଲକ୍ଷ୍ୟ କଲି। ଏଣୁ କାହାର ବି ପେଟ ପୂରି ନଥିବ...।'

'ଓଃ, ସେଥିପାଇଁ ତାକୁ ବସେଇଛୁ ? ପୁଣି ରାନ୍ଧି ସେମାନଙ୍କୁ ଦେବୁ ?'

ବିଧାନର ନୀରବରେ ମୁଣ୍ଡ ଟୁଙ୍ଗାରିଲା।

'ଭଲ ଭଲ ... ଖୁବ ଭଲ କଥା। ସେ ବାହାନାରେ ତୁ'ବି ପେଟପୂରା ଖା'। ଶରୀରଂ ଆଦ୍ୟଂ, ଖଳୁ ଧର୍ମ ସାଧନଂ। ଆଗେ ଦେହର ଯତ୍ନ, ପଛେ ଧର୍ମ କାର୍ଯ୍ୟ। ହଉ, ମୁଁ ଯାଏ।' ପଣ୍ଡିତେ ଏତକ କହି ପଛକୁ ବୁଲି ପଡ଼ିଲେ। ସନା ମଧ୍ୟ ସଙ୍ଗେ ସଙ୍ଗେ ତା'ର ଠେଙ୍ଗା, ଛତା ସହ ତାଙ୍କ ପଛରେ ଯାଇ ଠିଆ ହୋଇଗଲା।

'ସାଆନ୍ତେ...।' ବିଧାନ ପ୍ରାୟ ଚିତ୍କାର କରି ମକଦ୍ଦମ ମିଶ୍ରଙ୍କ ବାଟ ଓଗାଳି ତାଙ୍କ ଆଗରେ ଯାଇ ଠିଆ ହୋଇଗଲା। 'ଆପଣ... ଆପଣ ଏ ଉଦୁଉଦୁଆ ଦି'ପହର ଟାରେ କାହିଁକି ଆସିଥିଲେ ? ବିନା କାରଣରେ ତ ଆପଣ ଆସି ନଥିବେ ? ମୁଁ ଚଣ୍ଡାଳ ପାଣି ମନ୍ଦିଏ ବି ଆପଣଙ୍କୁ...' ସେ ଆଉ କିଛି କହି ପାରିଲା ନାହିଁ। ତା'ର ଅଗାଧୁଆ, ପାଲଟାପିନ୍ଧା ମ୍ଳେଚ୍ଛ ଦେହ ନେଇ ଏ ନୈଷ୍ଠିକ ବ୍ରାହ୍ମଣ ସତ୍‌ପୁରୁଷ ପାଖରେ ଠିଆ ହେବାଟା ମଧ୍ୟ ତାକୁ ଏକ ଅପରାଧ ପରି ଲାଗିଲା।

ପଣ୍ଡିତ ମିଶ୍ରେ ହସିଲେ। କହିଲେ - 'ଏଣିକି ସକାଳୁ ଉଠି ଗାଧୋଇ ପାଧୋଇ ପବିତ୍ର ହୋଇ ରହିଥିବୁ ଯେ, ଅତିଥିଟିଏ ଆସିଲେ ପାଣି ମନ୍ଦେ ହେଲେ ଯାଚି ପାରିବୁ। ଆଜି କିନ୍ତୁ ତୁ ଯାଚି ଥିଲେ ମଧ୍ୟ ମୁଁ ପଣା ପାଣି କିଛି ପିଇ ନଥାନ୍ତି। ମୋର ଆଜି ନିର୍ଜଳା ଏକାଦଶୀ। ହେଉ...'

ଟିକିଏ ନୀରବ ରହି ସେ ଦେବଦତ୍ତଙ୍କ ଘର ଆମ୍ବଗଛ ଆଡ଼େ ଘଡ଼ିଏ ଚାହିଁ ତା'ପରେ ଧୀରେ ଧୀରେ ବିଧାନର ଆଖି ଉପରେ ନିଜର ଦୃଷ୍ଟି ନିବଦ୍ଧ କରି କହିଲେ, 'ହଁ... ତୋ ପାଖକୁ ମୁଁ ଆସିଥିଲି ତୋତେ ଗୋଟାଏ କଥା କହିବି ବୋଲି।' ଏହାକହି ସେ ସନା ମୁହଁକୁ ଚାହିଁଲେ।

ସଙ୍ଗେ ସଙ୍ଗେ ସନା ବିଧାନକୁ କହିଲା - 'ଭାଇ, ତୁମେ ଏ ଛତାଟା ଧର। ମୁଁ ତୁମ ବାରଣ୍ଡାରେ ବସିଛି। ଆଜ୍ଞାଙ୍କର କଥା ସରିଲେ ମୋତେ ଡାକିବ।' ଏତିକି କହି ସନା ବିଧାନ ହାତରେ ତାଳପତ୍ରର ସେ ବିଶାଳ ଛତାଟିକୁ ଧରାଇ ଦେଇ ନିଜର ଆଠହାତିଆ ପାଚିଲା ଠେଙ୍ଗାଟା ଧରି ପିଣ୍ଡା ଆଡ଼କୁ ଚାଲିଲା।

ହାତରେ ଛତାଟା ଧରି ବିଧାନ କହିଲା - 'ଆଜ୍ଞା, ମୋତେ କିଛି କହିବେ ବୋଲି ମୋ ଦୁଆରେ ଆପଣ ବିଜେ କଲେ ? ମୋତେ ଡକାଇ ଦେଇଥିଲେ ତ ମୁଁ ଧାଇଁ ଯାଇଥାନ୍ତି।'

'ନିଜେ ଆସି ନ ଥିଲେ ଗଡ଼ି ପଧାନର ଏ ଦୁର୍ଦ୍ଦଶା ଦେଖିଥାନ୍ତି କେମିତି ? ହଉ ଶୁଣ୍ - ଏ ଦାଢ଼ୀ, ନଖ, ବାଳ ବଢ଼ାଇଲେ ସେ ସବୁ ବଢ଼ି ବଢ଼ି ତୋ ପାଦକୁ ଛୁଇଁବ ସିନା ତୋ ଆଧିରେ ମଲମ ଲଗାଇ ପାରିବ ନାହିଁ। ଯା' ନିଜେ ଦାଢ଼ୀ, ବାଳ ଖିଅର ହେ, ଆଉ ଏ ଦାଣ୍ଡ, ବାରି ମଧ୍ୟ ସଫାକର। ଯାଇ ବୋଉ, ମାଉସୀଙ୍କୁ ପୁରୀରୁ ଆଣି ଘରେ ରଖି ତାଙ୍କୁ ସେବା କର। ନହେଲେ ଅଧିକ କଷ୍ଟ ପାଇବୁ।'

ବିଧାନର ଆଖି ତଳକୁ ହେଲା।

ପଣ୍ଡିତ ମିଶ୍ରେ ପୁଣି କହିଲେ - 'ମୋତେ ଲାଗୁଛି, ତୋତେ ଯେ' ଛାଡ଼ି ସେମାନେ ପୁରୀରେ ଏବେ ରହୁଛନ୍ତି, ନିଶ୍ଚେ ଇଏ ତୋ' ଉପରେ ସେମାନଙ୍କ ଅଭିମାନ।

ସେମାନେ ସେଇଠି କଷ୍ଟ ପାଉଛନ୍ତି। ତୁ ବି ଏଇଠି କଷ୍ଟରେ ରହିଛୁ। ଆଉ ବିଧାନ, ମନେରଖିଥା ଅଭିମାନ ଓ ଅବସାଦ ସବୁ ମିଠା ସମ୍ପର୍କକୁ ଖାଇ ନାଶ କରିଦିଅନ୍ତି। ତୋ'ର ଏ ଆଧି ସେମିତି କୋଉ ଅଭିମାନରୁ ହିଁ ଜନ୍ମିଛି।'

'ଗୋସେଇଁ ମାହାପୁରୁ... ଏକଥା ଖାଲି କହିବାକୁ ଆପଣ ମୋ ଦୁଆରକୁ ଆସିଥିଲେ ?'

ମିଶ୍ରେ ଆପଣେ ହସିଲେ। 'ନା ଏକଥା, ଏବେ ତୋ'ର ଏ ଅବସ୍ଥା ଦେଖିଲାପରେ କହୁଛି। ଠିକ୍ ବୁଝିଛୁ। ହଉ ଶୁଣ୍ ଅସଲ କଥାଟା। କାଲି ମୁଁ ପ୍ରବଳକୁ ସ୍ୱପ୍ନରେ ଦେଖିଲି ରେ। ଦେଖିଲି - ଦେବଦତ୍ତ ଗୋଟିଏ ମଲାଗାଈର କଟା ଲାଙ୍ଗୁଡ଼ଟେ ଧରି ପ୍ରବଳକୁ ଗୋଗାଛିଆ ପିଟି ଚାଲିଛି। ଧୂଳି ଧୂସର ହୋଇ ପ୍ରବଳ ମାଟିରେ ପଡ଼ି ରକ୍ତାକ୍ତ ହୋଇ କେତେ ରଡ଼ିଲେ ମଧ୍ୟ ଦେବଦତ୍ତ ତାକୁ ପିଟିବା ବନ୍ଦ କରୁନାହିଁ।'

ବିଧାନ ଚମକି ପଡ଼ି ତାଙ୍କ ମୁହଁକୁ ଚାହିଁଲା।

ସେ ପୁଣି କହିଲେ - 'ମୁଁ ହାଁ, ହାଁ କରି ପାଟିକରି ହାତ ଦେଖାଇବାରୁ ଦେବଦତ୍ତ ମାଡ଼ ବନ୍ଦ କରି ମୋତେ କଟମଟ କରି ଚାହିଁଲା। ତା'ର ସେ ମନ୍ଦାରଫୁଲ ପରି ରଙ୍ଗ ଆଖି ମୋତେ ଏବେ ବି ଜଳ ଜଳ ହୋଇ ଦିଶୁଛି। ମୋତେ ଲାଗୁଛି... ସେ ଦୁଇଟା ପ୍ରେତ ହୋଇ ଏଇଠି କୋଉଠି ବୁଲୁଛନ୍ତି। ତୋ'ର ଏ ଘର ଦୁଆର, ଆଉ ତୋତେ ଦେଖିବା ପରେ ମୋର ଏ ଧାରଣା ତ ଦୃଢ଼ ହେଲାଣି। ତୁ' ସେମାନଙ୍କ ଅସ୍ଥି ବିସର୍ଜନ କରିନୁ କି ?'

ବିଧାନ ଆଖିରୁ ଧାର ଧାର ଲୁହ ଝରିବାରେ ଲାଗିଲା। ଓଠକୁ ଦାନ୍ତରେ ଚାପି ଧରିଲେ ମଧ୍ୟ କିଛି ଲୁହ ପାଟିରେ ପଶିଗଲା। ବାକି ଲୁହକୁ ଗାମୁଛାରେ ପୋଛି ମୁଣ୍ଡ ହଲାଇ 'ନାହିଁ' କଲା।

'ଅସ୍ଥି ବିସର୍ଜନ କରିନୁ? କାହିଁକି ?'

'ଆପଣ ତ କହିଥିଲେ - ବର୍ଷ ପୁରୁ।'

'ଆରେ, ବର୍ଷେ କହିଥିଲି ବୋଲି ତୁ କ'ଣ ବର୍ଷପରେ ବର୍ଷ ପୁରାଇ ଚାଲିଥିବୁ ? ଏଗୁଡ଼ା ଗାଲୁଆ କଥା ଗୁଡ଼ା।' ରୁକ୍ଷ ସ୍ୱରରେ ପଣ୍ଡିତ ମିଶ୍ର ଧମକାଇଲେ।

'ଆଜି ନିର୍ଜଳା ଉପବାସଟାରେ ଖରାରେ ଏତେବାଟ ଆସିଲେ ? ମୋତେ ଡ଼କାଇ ଦେଇଥିଲେ -'

'କେତେଥର ଆଉ ସେ କଥା କହିବୁ ? ହଁ, ମୁଁ ବି ଆଶ୍ଚର୍ଯ୍ୟ ହେଉଛି ମୋତେ କାହିଁକି ଏତେ ମନ ହେଲା, ତୋତେ ନ ଡକାଇ ନିଜେ କାହିଁକି ମୁଁ ଆସିଲି ? କିନ୍ତୁ ଆସିବା ପରେ ବୁଝୁଛି, ମୋର ମକଦ୍ଦମ ପଣିଆ ହିଁ ମୋତେ ବାଧ୍ୟ କଲା ନିଜେ ଆସି

ତୋ'ର ଓ ଗଡ଼ି ପଧାନର ଏ ଦୁର୍ଦ୍ଦଶା ଦେଖିବା ପାଇଁ। ତୋ'ର ଓ ଗଡ଼ିର ଦୁର୍ଦ୍ଦଶା ମନୁଷ୍ୟକୃତ। ଦୈବକୃତ ନୁହଁ।'

ବିଧାନ ଆଶ୍ଚର୍ଯ୍ୟ ହୋଇଗଲା। ମନୁଷ୍ୟକୃତ ? ବାପା ଦେବଦତ୍ତ ମଉସାକୁ ମାରି ଦେଇଛନ୍ତି ବୋଲି ମକଦ୍ଦମ ଭାବେ ସେ ସନ୍ଦେହ କରୁଛନ୍ତି କି ?

'ଏଣୁ ମୋତେ ଭଗବାନ ବାଧ କଲେ ନିର୍ଜଳା ଏକାଦଶୀକୁ ପଛରେ ପକାଇ ଏଇଠି ଆସି ଠିଆ ହେବାକୁ। ତାହାହେଲେ ଏ ମନୁଷ୍ୟକୃତ ବିପଦ ଓ ଦୁର୍ଦ୍ଦଶାକୁ ତୁ', ମୁଁ, ଆମେ ମିଶି ଟାଳି ଦେଇ ପାରିବା। ହେ ସନା... ଚାଲ ଯିବା।'

ସନା ଧାଇଁ ଆସି ବିଧାନ ହାତରୁ ଛତାଟା ନେଇ ଆର ହାତରେ ଠେଙ୍ଗାଟିକୁ ସଳଖି ଧରି ଠିଆହେଲା।

ମିଶ୍ର ଆପଣେ ବିଧାନର ଆଖିରେ ଆଖି ମିଳାଇ କହିଲେ 'ବିଧାନ, ଆଜିଠୁ ଚାରିଦିନ ପରେ ମଳ ମାସ ଆରମ୍ଭ ହେବ। ଏହି ମଳମାସକୁ ପୁରୁଷୋତ୍ତମ ମାସ କହନ୍ତି। କାରଣ ଏ ମାସରେ ଅଧିକରୁ ଅଧିକ ପୁରୁଷାର୍ଥ, ଆତ୍ମ ପରିତ୍ରାଣ, ପିତୃକାର୍ଯ୍ୟ ଓ ପ୍ରାର୍ଥନାଦି କାର୍ଯ୍ୟ ଯେତେ କରାଯାଏ ଆତ୍ମାର ସେତିକି ଉନ୍ନତି ହୁଏ। ମନୁଷ୍ୟକୁ ଏଥିପାଇଁ ସମୟ ଦେବାକୁ ବିବାହ, ବ୍ରତ, ପୁଆଣୀଘର ଓ ଘର ପ୍ରତିଷ୍ଠା ଆଦି ସମସ୍ତ ସାଂସାରିକ ଶୁଭକାର୍ଯ୍ୟ ଏ ମାସରେ କରିବା ମନା। ଏଣୁ କାଳ ବିଳମ୍ବ ନକରି ତୁ ଏଇ ମଳ ମାସରେ ହିଁ ଯାଇ ପ୍ରୟାଗରେ ଅସ୍ଥି ବିସର୍ଜନ କାର୍ଯ୍ୟଟା ସାରିଦେ।'

କାହିଁକି କେଜାଣି ଏହି ବୟୋବୃଦ୍ଧଙ୍କ ଏତକ ତାଗିଦା ବିଧାନକୁ ସତେ ଅବା କୋଉ ଅନ୍ଧକାରରୁ ଆଲୋକ ଆଡ଼କୁ ଘୋଷାରି ଘୋଷାରି ଟାଣି ଆଣୁଥିଲା। ସେ ଥରେ ତାଙ୍କୁ ଚାହିଁ ଆଖିକୁ ତଳକୁ କରି ମୁଣ୍ଡ ଟୁଙ୍ଗାରି ହଁ' କଲା।

'ଆଉ ଶୁଣ, ତୋ ବୋଉ ଆଉ ଦେବଦତ୍ତର ସ୍ତ୍ରୀ ଏ ଦୁହିଁଙ୍କର ଅସ୍ଥି ବିସର୍ଜନରେ କୌଣସି କାମ ନାହିଁ। ତଥାପି, ତୁ ଯା', ପୁରୀରୁ ତାଙ୍କୁ ଘରକୁ ଆଣ। ସେମାନଙ୍କୁ ନେଇ ଗୟା ଯା'। ମାତାପିତା, ଗୁରୁଜନଙ୍କୁ ତୀର୍ଥ ଦର୍ଶନ କରାଇ ଆଣିବା ଏକ ଅତି ପୁଣ୍ୟ କାର୍ଯ୍ୟ। ତୋର ଆଧି ଏଇ ପୁଣ୍ୟ ଦ୍ୱାରା ଆରୋଗ୍ୟ ହେବ।'

ବିଧାନ ତଳୁ ମୁଣ୍ଡ ଉଠାଇ ମିଶ୍ର ଆପଣେଙ୍କୁ ଚାହିଁଲା, ନା, ବାପା ଯେ ଦେବଦତ୍ତ ମଉସାଙ୍କୁ ମାରିଦେଇଛନ୍ତି, ଏକଥା ମିଶ୍ର ଆପଣେ ଜାଣି ନାହାନ୍ତି। ଜାଣିଥିଲେ -

ତା'ର ଆଖି ପୁଣି ତଳକୁ ହେଲା।

ସେ ଶୁଣିଲା ପଣ୍ଡିତ ଆପଣେ କହୁଛନ୍ତି - 'ଖାଲି ଶୁଣୁଛୁ ନା କିଛି ମୁଣ୍ଡରେ ପଶୁଛି ? କେବେ ପୁରୀ ଯାଇ ବୋଉ ମାଉସୀଙ୍କୁ ଆଣିବୁ ? ଗୟା କେବେ ବାହାରିବୁ ?'

'ଆପଣ ଯେବେ କହିବେ।'

'ହୁଁ... ହଉ, ତେବେ ଶୁଣ, ଆଜି ତ ଏକାଦଶୀ, ଏବେ ଶୁଭନାମକ ଏକ ଯୋଗ ଚାଲିଛି। ଏତେବାଟ ଖରାଟାରେ ଆସିଲିଣି ଯେତେବେଳେ... ହୁଁ... ତୋର ପ୍ରାରବ୍ଧ ହିଁ ବୋଧହୁଏ ମୋତେ ଏଠିକି ଟାଣି ଆଣିଛି... ହଉ... ଯଦି ଏହା ହିଁ ଭଗବାନଙ୍କ ଇଚ୍ଛା ... ହଉ...ମୋ ଆଖିକୁ ଚାହାଁ।'

ବିଧାନ ମୁଣ୍ଡ ଉଠାଇ ତାଙ୍କ ମୁହଁକୁ ଚାହିଁଲା। କିନ୍ତୁ ତାଙ୍କର ଉଜ୍ଜଳ ଦୁଇ ଆଖିରେ ଆଖି ମିଳାଇ ନପାରି ତାଙ୍କର ଦୁଇ ଭ୍ରୂଲତା ମଝିରେ ଥିବା ଚନ୍ଦନ ଟୋପାକୁ ଅନାଇଲା।

ପଣ୍ଡିତ ଆପଣେ ଆପଣା ଆଙ୍ଗୁଠି ତୋଳି ବିଧାନ ଆଖି ଆଗରେ ଫୁଟ୍‌କି ଟାଏ ମାରିଲେ।

ସାମାନ୍ୟ ଛୋଟ ଫୁଟ୍‌କି ଟାଏ।

ଦେବଦତ୍ତଙ୍କ କ୍ଷୁଦ୍ର ଆମ୍ବଗଛର ଝୁଲନ୍ତା ଆମ୍ବମାନଙ୍କୁ ଗଣିବାରେ ବ୍ୟସ୍ତ ସନାର ଆଖି ସେ ଫୁଟ୍‌କି ଦେଖି ପାରିଲା ନାହିଁ, ଏଣୁ ତା' କାନ ମଧ୍ୟ ସେ ଶବ୍ଦ ଶୁଣି ପାରିଲାନାହିଁ। ବାରଣ୍ଡା ଧାରରେ ବସି ଗୋଡ଼ ହଲାଉଥିବା ପଦିଆ ପର୍ଯ୍ୟନ୍ତ ସେ ଶବ୍ଦ ଗଲାନହିଁ।

କିନ୍ତୁ ସେ ଫୁଟ୍‌କିର ଶବ୍ଦ ବାଟୁଳି ପରି ବିଧାନର ଆଖିପତା ଦୁଇଟିରେ ବାଜି ସେ ଦୁଇଟାକୁ ଟୁପ୍ କରି ବନ୍ଦ କରିଦେଲା। ସଙ୍ଗେ ସଙ୍ଗେ ତା' ମୁଣ୍ଡ ଭିତରେ କୋଉଠି ଯେପରି ଭୂମିକମ୍ପଟାଏ ହେଲା। ସେ ଭିତରେ କିଛି ଝଣ୍ ଝାଣ୍ ହୋଇ ଭାଙ୍ଗିବାର ଶବ୍ଦରେ ତା'ର ଆତ୍ମା ଦୋହଲି ଉଠିଲା। କୋଉଠୁ ଗୋଟିଏ ପ୍ରଖର ପାଣିର ସ୍ରୋତ ହଠାତ୍ ମାଡ଼ି ଆସି ତା'ର ହୁତ୍‌ହୁତ୍ ଜଳୁଥିବା ମନକୁ ଶାନ୍ତ ଶୀତଳ କରିଦେଲା।

ସେ ଦେଖିଲା, ସେ ପ୍ରଖର ପାଣିର ସୁଅ ମାଡ଼ରୁ ବଞ୍ଚିବା ପାଇଁ ଦେବଦତ୍ତ ଓ ପ୍ରବଳ ପରସ୍ପରକୁ ଭିଡ଼ି ଧରିବା ପାଇଁ ଚେଷ୍ଟା କରୁ କରୁ ଭଉଁରୀରେ ପଡ଼ି ବିଚ୍ଛିନ୍ନ ହୋଇ ପରମୁହୂର୍ତ୍ତରେ କୁଆଡ଼େ ବିଲୀନ ହୋଇଗଲେ।

ପାଣିର ସ୍ରୋତ ଶାନ୍ତ ହୋଇଗଲା।

ସେଇ ଶାନ୍ତ ସ୍ଥିର ପାଣିର ଅଣ୍ଟାଏ ଗଭୀରତାରେ ଠିଆହୋଇ ସୀତା ହସି ହସି ତାକୁ ହାତଠାରି ପାଖକୁ ଡାକୁଥିବା ଦେଖି ସେ ବିସ୍ମିତ ହୋଇ ତାକୁ ଅନେଇ ରହିଲା। ତାକୁ ବିଧାନ କିଛି କହିବାକୁ ଯାଉଛି, ଆରେ... ସେଇଠି, ସୀତାର ଚାରିପଟେ - ସୁଦତ୍ତା, ସବିତା, ମାଉସୀ, ବୋଉ ଜଣ ଜଣ କରି ପାଣିରୁ ବାହାରି ଠିଆ ହେଲେ। ଛୋଟ ପିଲାଙ୍କ ପରି ସେମାନଙ୍କର ଉଚ୍ଛୁଳା ହସର କାକଳୀ ଭିତରେ ସେମାନେ ପରସ୍ପର ଉପରକୁ ପାଣି ଫୋପାଡ଼ିବାରେ ଲାଗିଲେ। ସେ ପାଣି ଛିଟାରୁ କିଛି ବୁନ୍ଦା ବିଧାନ ଗାଲରେ ଆସି ଠପ୍ କରି ପଡ଼ିଲା।

ବିଧାନର ବନ୍ଦ ଆଖିପତା ଦୁଇଟି ଛାଏଁ ଖୋଲିଗଲା। ସେ ଦେଖିଲା, ତାକୁ ଗାଲ ପୋଛୁଥିବା ଦେଖି ମକଦ୍ଦମ ମିଶ୍ରେ ହସୁଛନ୍ତି।

ସେ ଆଶ୍ଚର୍ଯ୍ୟ ହୋଇ ସନାକୁ ଚାହିଁଲା। ସେ ସେମିତି ମଉସାଙ୍କ ଆମ୍ବଗଛକୁ ଚାହିଁ ପାଟି ପାକୁ ପାକୁ କରୁଛି, ଗଣୁଛି ବୋଧହୁଏ।

ସେ ଶୁଣିଲା ମିଶ୍ରେ ଆପଣେ କହୁଛନ୍ତି, 'ବିଧାନ, ଏଥର ମନଦେଇ ଶୁଣ। ଆଜିକୁ ଛାଡ଼ି ଠିକ୍ ଅଠର ଦିନ ପରେ ବୈଶାଖ ମଳ ପୂର୍ଣ୍ଣିମା। ଏ ଅଠର ଦିନ ଭିତରେ ତୁ ନିଜର ଓ ନିଜ ଚରିପଟର ସବୁ ଅଳିଆ ଆବର୍ଜନା ସଫା କରି ପୁରୀରେ ପହଞ୍ଚି ଦିନେ ବିଶ୍ରାମ ନେଇ ଏହି ପୂର୍ଣ୍ଣିମା ଦିନ ହିଁ ସେହିଦିନର ସିଦ୍ଧିଯୋଗରେ ତୋ ବୋଉ ଓ ଦେବଦତ୍ତର ସ୍ତ୍ରୀକୁ ନେଇ ଗଙ୍ଗା ସ୍ନାନ, ଅସ୍ଥି ବିସର୍ଜନ ଆଦି କାମ ସାରି ଫେରିବୁ। ବୁଝିଲୁ?'

'ଆଜ୍ଞା।'

'ପ୍ରୟାଗରେ ମୋର ଶିଷ୍ୟ ମକରନ୍ଦ ମହାପାତ୍ର ଶ୍ରୀଜଗନ୍ନାଥ ମଠ ଖୋଲି ସେଇଠି ମହନ୍ତ ହୋଇ ରହିଛି। ତାକୁ ଦେଖା କରିବୁ। ମୁଁ ପଠାଇଛି ବୋଲି କହିବୁ। ସେ ତୋଠାରୁ ଗୋଟେ ପଇସା ନନେଇ ସେଠାରେ ତୁମମାନଙ୍କ ରହିବା, ଖାଇବା, ଅସ୍ଥି ବିସର୍ଜନ, ଗଙ୍ଗାସ୍ନାନ, ପିଣ୍ଡ ଦାନର ସବୁ ବ୍ୟବସ୍ଥା କରିଦେବ। ଆସିବା ବେଳେ ମଠ ହୁଣ୍ଡିରେ କିଛି ଦାନ କରି ଦେଇ ଆସିବୁ।'

ବିଧାନ ତଳକୁ ହୋଇଥିବା ଆଖି ଟେକି ମକଦ୍ଦମ ଆଜ୍ଞାଙ୍କୁ ଚାହିଁଲା। ଏ ବନ୍ଦୋବସ୍ତ ସ୍ୱୟଂ ମକଦ୍ଦମଙ୍କ ଜରିଆରେ କିଏ କରାଉଛି? ପୁରୀରେ ବସି ବ୍ରତଉପବାସରେ ଶ୍ରୀଜଗନ୍ନାଥଙ୍କ ଶରଣ ନେଇଥିବା ବୋଉ, ମାଉସୀଙ୍କ ଗୁହାରୀ କ'ଣ ଶ୍ରୀଜଗନ୍ନାଥ ଶୁଣିଲେ? ନା, ସତରେ ମକଦ୍ଦମ ଅଜ୍ଞା କହିବା ପ୍ରକାରେ ବାପା ଓ ଦେବଦତ୍ତ ମଉସା ନିଜ ପ୍ରେତ ଯୋନିରୁ ମୁକ୍ତି ପାଇଁ ତାଙ୍କରି ତୁଣ୍ଡରେ ଏକଥା କରାଉଛନ୍ତି?

ତାକୁ ଚାହିଁ ମିଶ୍ର ଆପଣେ ପୁଣି କହିଲେ - 'ଏ ସବୁରେ ଖର୍ଚ୍ଚ କରିବାକୁ ଟଙ୍କା କଉଡ଼ି ରଖିଛୁ ନା କହିବୁ ଯଦି ତୋର ଏ ବର୍ଷର ଖଜଣାଟା ମୁଁ -

'ନାଇଁ ଆଜ୍ଞା, ମୁଁ ଆଉ କାହିଁକି ଅଧିକ ଋଣୀ ହେବି? ଆମ ଦୁଇଘରର ଖଜଣା ମୁଁ ଠିକ୍ ସମୟରେ ନେଇ ଦେଇ ଦେବି।'

'ହଉ ଭଲ କଥା', କହି ପଣ୍ଡିତ ମିଶ୍ରେ ଫେରିବାକୁ ବସିଲେ। ବିଧାନ ଲଇଁ ପଡ଼ି ତାଙ୍କ ପାଦ ପାଖ ଭୂମିରେ ହାତ ଲଗାଇ ଓଳଗି ହେଲା।

'ଆୟୁଷ୍ମାନ ଭବ, ସୌଭାଗ୍ୟବାନ ଭବ,' କହି ପଣ୍ଡିତ ମିଶ୍ରେ ଫାଟକ ଆଡ଼କୁ ଆଗେଇ ଗଲେ।

ପଥର ପରି ଠିଆହୋଇ ବିଧାନ ତାଙ୍କ ଯିବା ରାସ୍ତାକୁ ଚାହିଁଲା।

ହତା ଶେଷରେ ପହଞ୍ଚି ପଣ୍ଡିତ ମିଶ୍ରେ ବୁଲିପଡ଼ି ପଛକୁ ଚାହିଁଲେ। ସନା ଆଡ଼େଇ ହୋଇ ଛତାଟା ସଜାଡ଼ି ନେଲା। ବିଧାନ ଦଉଡ଼ି ଯାଇ ତାଙ୍କ ପାଖରେ ପହଞ୍ଚି ତାଙ୍କୁ ପ୍ରଶ୍ନିଳ ଆଖିରେ ଚାହିଁଲା।

'ବିଧାନ, ଧଡ଼ି ପଧାନର ଏ ପିଲା ଦୁଇଟିଙ୍କୁ ପାଳେ। ଧ୍ୟାନ ଦେବୁ, ତାଙ୍କର ମା'ବାପା ଦିଇଟା ଯେପରି ନ ମରନ୍ତି। ମୁଁ କାଲି ଯାଇ ଦେଖିବି, ସେମାନଙ୍କର କ'ଣ ହୋଇଛି ? ଆବଶ୍ୟକ ହେଲେ, ଔଷଧପତ୍ର ଦେବି। ତୁ କିନ୍ତୁ ତାଙ୍କ ପଡ଼ିଆ ଜମିକୁ ଉଠା କରିବୁ।'

'ଆଜ୍ଞା ମୁଁ? ମୁଁ ! ମୁଁ କେମିତି ... ମୁଁ ତ ଚାଷୀ ନୁହଁ...'

'ସେ କଥା ତୁ' ବିଚାର କରିବୁ ... ମୁଁ ତୋ ପଛରେ ଅଛି। ମନେରଖିଥା, ପଛରେ... ଆଗରେ ନୁହଁ।' ଏତକ କହି ସେ ପଛକୁ ଫେରି ଚାଲିବାକୁ ଆରମ୍ଭ କଲା।

ଦୂରରୁ ତାଙ୍କ କଠଉର ଶବ୍ଦ ତଳେ ବାକି ସବୁ ଶବ୍ଦ ନିଃଶବ୍ଦ ହୋଇଗଲା। ବିଧାନ ତାଙ୍କ ଯିବା ରାସ୍ତାକୁ ଚାହିଁ ରହି ମୁଣ୍ଡ କୁଣ୍ଡାଇଲା।

ସେଇ ରାସ୍ତାରେ ଦୂରରୁ ସଦାକୁ ଖାଲି ହାଣ୍ଡି ଦୁଇଟିକୁ ଦୁଇ ହାତରେ ହଲାଇ ହଲାଇ ଡେଇଁ ଡେଇଁ ଖେଳି ଖେଳି ଆସୁଥିବା ଦେଖି ବିଧାନର ସଦ୍ୟଶାନ୍ତ ମନ ଉପରେ କିଏ ଯେମିତି ପୁଣିଥରେ ସବୁଜିମାର ହାତଟିଏ ବୁଲାଇ ଆଣିଲା। ଭାତ ମୁଠାଏ ପେଟରେ ପଡ଼ିଛି କି ନାହିଁ, ପିଲାଟିର ସ୍ୱାଭାବିକ ଚଞ୍ଚଳତା ଫେରି ଆସିଲା !

ହାଣ୍ଡି ଦୁଇଟି ଖାଲିଥିଲେ ମଧ୍ୟ ସେଥିରୁ ଖାଇବା ପଦାର୍ଥର ବାସ୍ନା ବାରି ବୁଲା କୁକୁରଟିଏ ସଦା ଆଡ଼କୁ ମାଡ଼ି ଆସିଲା। ବିଧାନ ଆଶୁ ବିପଦଟିଏ ସଦା ଆଡ଼କୁ ମାଡ଼ି ଆସୁଥିବା ଦେଖି ଫାଟକ ଡେଇଁ ବାହାରକୁ ବାହାରି ଆସିଲା, କିନ୍ତୁ ଦେଖିଲା ସଦା ଟିକିଏ ମଧ୍ୟ ନ ଡ଼ରି ହାଣ୍ଡି ଦୁଇଟିକୁ ନିଜ ପଛରେ ଲୁଚାଇ କୁକୁର ଆଗରେ ବସିପଡ଼ି ତାକୁ ଆଉଁସିବାରେ ଲାଗିଲା। କୁକୁରଟି ମଧ୍ୟ ସଦାର ଏ ଆକସ୍ମିକ ଅଭ୍ୟର୍ଥନାରେ ବଶ ହୋଇ କୁଁ କୁଁ କରି ଲାଞ୍ଜ ହଲାଇବାରେ ଲାଗିଲା।

ବିଧାନ ମୁହଁରେ ସ୍ମିତ ହସଟିଏ ଖେଳିଗଲା। ପର ମୂହୁର୍ତ୍ତରେ ପାଣିରେ ମଧୁର କୋଳାହଳ କରୁଥିବା ତା' ଜୀବନର ପାଞ୍ଚୋଟି ପ୍ରିୟ ନାରୀମାନଙ୍କର ହସ ହସ ମୁହଁ ତା' ଆଖି ଆଗରେ ନାଚି ଉଠିଲା।

ଏ ସ୍ୱପ୍ନ ଥିଲା ନା ସ୍ୱପ୍ନ ଭଙ୍ଗ ହେଲା ?

ତା'ର ହାତ ପୁଣିଥରେ ପାଣିଛିଟାର ସ୍ପର୍ଶ ପାଇଥିବା ଗାଲକୁ ଆଉଁସିବାରେ ଲାଗିଲା।

-0-

ଅଠର ଦିନ!

ସେଥିରୁ ପୁଣି କିଛିଦିନ ପୁରୀ ପର୍ଯ୍ୟନ୍ତ ଯିବା ଓ ପୁରୀରେ ବିଶ୍ରାମ କରିବାରେ କଟିଯିବ!

ମକଦ୍ଦମ ଆଜ୍ଞା ସତେ ଯେପରି ତାଙ୍କ କଚେରୀର ଦଣ୍ଡାଦେଶକୁ ଠିଆଠିଆରେ ତା'ରି ଅଗଣାରେ ହିଁ ଛିଡ଼ା ହୋଇ ଶୁଣାଇ ଦେଲେ।

ନିଜ କର୍ମ ଫଳକୁ ସୁଧାରିବାକୁ ତାକୁ ଅଠର ଦିନ ସମୟ ଦିଆଗଲା। ଯେଉଁ କର୍ମକୁ ବିଗାଡ଼ିବାରେ ତା'ର ହାତ ନଥିଲା, ତାକୁ ସଜାଡ଼ିବାକୁ ଏ ପରିଶ୍ରମ ସେ କାହିଁକି କରିବ?

ଛାଡ଼, ଏ ଯୁକ୍ତିରେ କିଛି ଲାଭ ନାହିଁ। କାରଣ କର୍ମକୁ ବିଗାଡ଼ିବାରେ ତା'ରି ହାତ ଥାଉକି ନଥାଉ, ଦଣ୍ଡତ ତାକୁ ହିଁ ଭୋଗିବାକୁ ପଡୁଛି ନା?

ବରଂ ସେ ତ ଭାଗ୍ୟବାନ। ମକଦ୍ଦମ ମିଶ୍ରଙ୍କ ସହାୟତା, ଆଶୀର୍ବାଦ ତାକୁ ମିଳିଛି। ଲୋକଙ୍କର ତ ପୂରା ଜୀବନଟା ବିତି ଯାଇଛି, କର୍ମ ବିଗିଡ଼ିଛି ବୋଲି ବୁଝିବାକୁ, ତାକୁ ସଜାଡ଼ିବାର ଏମିତି ସୁଯୋଗ ଟାଏ ମିଳିବା ତ ବହୁ ଦୂରର କଥା।

ଯଦି ବାପାଙ୍କୁ ଭେଟିବା ବେଳକୁ ତାଙ୍କର ମରଣ ହୋଇ ସାରିଥାନ୍ତା କିମ୍ବା ସେ ଦିନ ତାଙ୍କର ଚେତା ଆଦୌ ଫେରି ନଥାନ୍ତା, ତେବେ ଦେବଦତ୍ତ ମଉସାଙ୍କ ହତ୍ୟା ଓ ତାଙ୍କ ଅଭିଶାପ କଥା ସେ କେମିତି ଜାଣି ପାରିଥାନ୍ତା?

ଖୁବ୍ ବେଶୀ ହେଲେ, କବିରାଜ ପଣ୍ଡିତ ରଥଙ୍କ କଥାକୁ ଅନୁସରଣ କରି ସେ ହୁଏତ ପାରଳାଖେମୁଣ୍ଡି ଯାଇଥାନ୍ତା, ମହାରାଜାଙ୍କ ଠାରୁ ଦେବଦତ୍ତ ମଉସାଙ୍କ ବହି ପୁରସ୍କାର ପାଇଲା ଜାଣିଥାନ୍ତା।

ବାପା ଯେ ନିଜକୁ ଦେବଦତ୍ତ ମଉସା ବୋଲି ପରିଚୟ ଦେଇ ପୁରସ୍କାରଟିକୁ ଆଣିଛନ୍ତି, ସେ କଥା ମଧ୍ୟ ଜାଣି ପାରନ୍ତା, ଏବଂ ଖୁବ୍ ବେଶୀ ହେଲେ ବାପା ପୁରସ୍କାର ଲୋଭରେ ଦେବଦତ୍ତଙ୍କୁ ମାରିଦେଇଛନ୍ତି ବୋଲି ମଧ୍ୟ ଅନୁମାନ କରିପାରିଥାନ୍ତା।

କିନ୍ତୁ ଏ ଅଭିଶାପ ଦୁଇଟିର କଥା ତ ସେ ଆଦୌ ଜାଣି ପାରିନଥାନ୍ତା!

ଜୀବନର ଦୁର୍ଦ୍ଦିନଗୁଡ଼ିକ କେଉଁ ଭ୍ରଷ୍ଟକର୍ମ ଯୋଗୁ ଆସୁଛି, ଏକଥା ତ ସେ ଆଦୌ ଜାଣି ନଥାନ୍ତା। ନାନା ପୂଜା କି ପ୍ରତିକାର କରୁକରୁ ଅନ୍ଧାର ଘରେ ଆଲୁଅକୁ ଖୋଜୁଥାଆନ୍ତା ଯାହା।

ପୁଣି ପଣ୍ଡିତ ମିଶ୍ରଙ୍କ ସେ ଫୁଟ୍‌କି ତ ତାକୁ ଦେଖାଇଦେଲା - ଦଣ୍ଡ ତ ସେ ଏକା ଭୋଗ କରୁନି। ତା' ସହିତ ତା' ଜୀବନର ପ୍ରିୟ ଆଉ ପାଞ୍ଚଜଣ ନାରୀ ମଧ୍ୟ ସମାନ ଦଣ୍ଡ ଭୋଗ କରୁଛନ୍ତି। ସେମାନେ ତ ଆହୁରି ଭାଗ୍ୟହୀନ। କାରଣ ସେମାନେ

ଜାଣି ମଧ୍ୟ ନାହାନ୍ତି, ସେମାନଙ୍କୁ ଦୁଃଖ କେଉଁ କାରଣରୁ ମିଳିଛି।

କାରଣ ଜାଣିଲେ ନା ନିରାକରଣ ପାଇଁ ଚେଷ୍ଟା ହେଲେ କରନ୍ତେ! କାରଣ ନଜାଣି, ନିରାକରଣ ନକରି, ଖାଲି ଦୁଃଖ ଝରଣାରୁ ଦୁଃଖକୁ ପିଇ ଚାଲିଥିଲେ କ'ଣ ଦୁଃଖ ସରେ ?

ବାପା ନରହତ୍ୟା କଲେ। ଦେବଦତ୍ତ ମଉସା ନିରୀହ ମାନଙ୍କୁ ଦଣ୍ଡଦେଲେ। ଏ ଦୁହିଁଙ୍କ ପାପର ପରିଣାମ ଛ'ଜଣ ନିର୍ଦ୍ଦୋଷ ଭୋଗୁଛନ୍ତି। ସେଥିରୁ କେବଳ ବିଧାନକୁ ହିଁ ଏ ବିଷୟରେ ଆଗପଛ ସବୁ ଜଣା ଅଛି। ବାକି ସମସ୍ତେ ତ ଅଜ୍ଞାନୀ।

ହେଉ, ଅଜ୍ଞାନୀମାନଙ୍କୁ କ୍ଷମା କରିବାକୁ, ରାସ୍ତା ଦେଖାଇବାକୁ ତ ଶାସ୍ତ୍ରରେ ନିର୍ଦ୍ଦେଶ ଅଛି। ଏଣୁ ସବୁ ବୋଝ ସେ ନିଜ ମୁଣ୍ଡକୁ ନେଇ ଅନ୍ୟମାନଙ୍କ ଜୀବନରେ ଖୁସୀ ଆଣିବାକୁ ପଣ୍ଡିତ ଆପଣେଙ୍କ ପରାମର୍ଶ ମାନି କାମ କରିବ।

କିନ୍ତୁ ସୀତା ? ସୀତାକୁ ସେ କେମିତି ସୁଖୀ କରିପାରିବ ?

ନା, ତାକୁ ଏ ତାଲିକାରୁ ବାଦ୍ ଦିଆଯାଉ।

ତାକୁ ସୁଖୀ କରିବା ସମ୍ଭବ ନୁହଁ।

-0-

ମାତ୍ର ତିନୋଟି ଦିନରେ ପଦିଆ ଓ ସଦା ବୁଣା ଶିଖି ନିର୍ଭୁଲ ଭାବରେ ଛୋଟ ଛୋଟ ଗାମୁଛା ବୁଣି ପାରିବା ଦେଖି ବିଧାନ ଖୁସୀ ହେଲା। ଆକସ୍ମିକ ଭାବରେ ଦୁଇ ଘରର ତିନୋଟି ତନ୍ତ ଏକା ସାଙ୍ଗରେ ବନ୍ଦ ହୋଇ ଯାଇଥିଲା। ଏଣୁ ପଦିଆ, ସଦା ଓ ବିଧାନ ତିନିହେଁ ତନ୍ତରେ ବସିଲେ ମଧ୍ୟ ଆଗରୁ ଘରେ ଥିବା ସୂତା ସରି ନଥିଲା।

କିନ୍ତୁ ସୂତାକଟା ଓ ରଙ୍ଗକାମ ଏଣିକି ଆରମ୍ଭ ନକଲେ ତିନି ତିନିଟା ତନ୍ତ ଚାଲିବ କିପରି ?

ଏଇ କିଛିଦିନ ସେମାନଙ୍କର ପ୍ରାୟ ଏକାପରି କଟିଥିଲା। ସକାଳୁ ପିଲା ଦୁହେଁ ଆସି ପହଞ୍ଚିଲେ, ବିଧାନ କରିଥିବା ଚୁଡ଼ାଚକଟା ଖାଇ ତିନିହେଁ ମିଶି କିଛି କିଛି ଘରବାରି ସଫା କାମରେ ଲାଗିପଡୁଥିଲେ। ଖରା ସାମାନ୍ୟ ଟାଣହେଲେ ସେ କାମ ବନ୍ଦକରି ତିନିହେଁ ଧୁଆଧୋଇ ହୋଇ ଯେଝା ତନ୍ତରେ ବସୁଥିଲେ। ଦୁଇଘଡି ବୁଣିବା ପରେ ବିଧାନ ତନ୍ତଛାଡ଼ି ପାଞ୍ଚଜଣଙ୍କ ପାଇଁ ରାନ୍ଧିବାରେ ଲାଗୁଥିଲା। ରନ୍ଧା ସରିଲେ ତିନିହେଁ ଏକାଠି ବସି ଖାଉଥିଲେ। ଖାଇ ବସିବା ବେଳେ ପଦିଆ ଓ ସଦା ବିଧାନ ସହ ସମବୟସ୍କଙ୍କ ପରି କଥାହେବା ଦେଖି ବିଧାନ ମନେ ମନେ ହସୁଥିଲା।

ଖାଇ ସାରିବା ପରେ ବିଧାନ ରନ୍ଧା ହାଣ୍ଡି ସବୁ ଧୁଆଧୋଇ କରିବା, ହାଣ୍ଡିଶାଳ

ସଫାକରିବା ଆଦି କାମରେ ଲାଗିବା ବେଳେ, ପଦିଆ ବାସନ କୁସନ ମଜା ମଜି କରି, ଖାଇବା ଜାଗା ସଫାକରି, ମଜା ବାସନ ସବୁ ସଜାଡି ରଖୁଥିଲା। ସଦା ଯାଇ ମାଆବାପାଙ୍କୁ ଖୁଆଇ ପିଆଇ ଆସିଲେ ସେମାନେ ପୁଣି ତନ୍ତରେ ଏକାସାଙ୍ଗରେ ଏକାଠି ବସୁଥିଲେ।

ଏହାରି ଭିତରେ ବିଧାନ ଲୋକ ଲଗାଇ ଦେବଦତ୍ତ ଓ ନିଜର - ଏହି ଦୁଇ ଘରକୁ ଭିନ୍ନ କରୁଥିବା ମଝିକାନ୍ଥଟାକୁ ଭାଙ୍ଗି ଦେଇଥିଲା। କାନ୍ଥ ଭଙ୍ଗା ହେବାପରେ ଦୁଇ ଘରର ଦୁଇ ମଝିକୋଠରୀ ମିଶି ଏକ ପ୍ରଶସ୍ତ ବଖରା ମଝିଘର ରୂପେ ବାହାରି ଦୁଇ ଘରକୁ ଏମିତି ଯୋଡ଼ିଦେଲା, ସତେ ଯେପରି ଏଠାରେ କେବେ ବି ଦୁଇଟି ଘରେ ଦୁଇଟି ପରିବାର ନଥିଲେ, କୋଉ ଆବାହମାନ କାଳରୁ ସତେଅବା ଏଇଠି କେବଳ ଗୋଟିଏ ପରିବାର ହିଁ ରହି ଆସିଥିଲେ।

ଆଉ ଦୁଇଟା ଘରର ଦୁଇ ପିଣ୍ଡା ମଧ୍ୟ କାହିଁକି ବାଦ୍ ପଡ଼ନ୍ତେ ?

ସେମାନେ ମଧ୍ୟ ସତେ ଅବା ପରସ୍ପରକୁ କୋଳାଗ୍ରତ କରିବାକୁ ଏମିତି ଅଧୀର ହୋଇଯାଇଥିଲେ ଯେ, ସେ ଦୁହିଁଙ୍କ ମଝିରେ ବାଧାବିଘ୍ନ ହୋଇ ଠିଆ ହୋଇଥିବା ଏଇ କାନ୍ଥଟିକୁ ଗୋଟିଏ ଗୋଟିଏ ଶକ୍ତ ଆଘାତରେ ଧୂଳିସାତ୍ କରିଦେଲେ।

ସେଆଡ଼କୁ ଅନାଇ ବିଧାନ ଭାବୁଥିଲା- ଗଢ଼ିବାକୁ ସିନା ସମୟ ଲାଗେ, ଭାଙ୍ଗିବା ତ ଚାହୁଁ ଚାହୁଁ ହୋଇଗଲା।

ମକଦ୍ଦମ ମିଶ୍ର କଣ୍ଟ ଦେଇଥିବା ଅଠର ଦିନର ପଞ୍ଚମ ଦିନରେ ହିଁ ଗଡ଼ି ପଧାନ ଓ ତା' ସ୍ତ୍ରୀ ମଲ୍ଲୀ ବିଧାନର ପଥ୍ୟ ଓ ମିଶ୍ର ଆପଣେଙ୍କ ଔଷଧରେ ଭଲ ହୋଇ ବିଧାନଘରକୁ ପିଲାଙ୍କ ସହ ସକାଳୁ ଆସିଲେ। ବିଧାନ ସେମାନଙ୍କୁ ଭରସା ଦେଲା- ଏଇଠି ସେମାନେ କିଛିଦିନ କାମ କରନ୍ତୁ। ସେମାନଙ୍କର ଓ ପଦିଆ, ସଦାଙ୍କର କାମର ମୂଳରେ ସେମାନେ ନିଜର ପଡ଼ିଆ ଜମି ଓ ବନ୍ଧକ ଜମି ଉଭୟକୁ ନିଜ ଅକ୍ତିଆରକୁ ଆଣି ପୁଣି ଚାଷବାସ ଆରମ୍ଭ କରନ୍ତୁ। ଆବଶ୍ୟକ ହେଲେ, ବିଧାନ ସେମାନଙ୍କୁ ବିନା ସୁଧରେ କିଛି ଟଙ୍କା ଋଣ ଦେବାର ପ୍ରତିଶ୍ରୁତି ମଧ୍ୟ ଦେଲା। ସେ ପର୍ଯ୍ୟନ୍ତ ସେମାନେ ଏଇଠି ରହି ସୂତାକଟା ଓ ସୂତାକୁ ରଙ୍ଗ କରିବା କାମ କରନ୍ତୁ।

ଗଡ଼ି ପଧାନ ଓ ମଲ୍ଲୀ ରାଜି ହେଲେ, ବିଧାନ ସେମାନଙ୍କ ସୂତାକଟା ଓ ସୂତା ରଙ୍ଗକାମ ଶିଖାଇ ଦେଲା।

ଦୁଇଟା ଦିନରେ ସେମାନେ ଏଇ କାମରେ କୁଶଳୀ ହୋଇଗଲେ।

ଯେଉଁଠି କାମ ନଥାଏ, ସେଇଠି ଅବସାଦ ଥାଏ। ଯେଉଁଠି ଅବସାଦ ଥାଏ ସେଇଠି ରୋଗ ଆସି ଘର କରେ। ଗଡ଼ି ପଧାନ ଓ ମଲ୍ଲୀର ବୟସ ବେଶୀ ହୋଇନଥିଲା।

କିନ୍ତୁ ସର୍ବହରା ହେବା ପରେ, କାମ ହରାଇ ସେମାନେ ବଞ୍ଚିବାର ସାହସ ମଧ୍ୟ ହରାଇ ଦିଗହରା ହୋଇ ଯାଇଥିଲେ। ଅବସାଦ କବଳରେ ପଡ଼ିଯାଇଥିଲେ। ହତାଶ, ଅବସାଦ ସେମାନଙ୍କୁ ମରଣ ମୁହଁକୁ ଟାଣି ନେଉଥିଲା। ଏ ସୂତା କଟା, ରଙ୍ଗ କରାର ନୂଆକାମ ନୂଆ ଆଶା, ନୂଆ ଉତ୍ସାହ ଆଣିଦେଇ ପୁଣି ବଂଚିବା ପାଇଁ ବଳ ମଧ୍ୟ ଯୋଗାଇ ଦେଲା।

-୦-

ଗଡ଼ି ପଧାନ ଚରଖାରେ ସୂତା କାଟି ଚାଲିଥିଲା, ତା' ଆଗରେ ତା'ର ଦୁଇ ପୁଅ ତନ୍ତରେ ବସି ବୁଣିବାରେ ଲାଗିଥିଲେ। ସ୍ତ୍ରୀ ମଲ୍ଲୀ ପିଣ୍ଡାତଳେ ରଙ୍ଗ କୁଣ୍ଡରେ ସୂତା ବୁଡ଼ାଇ, ରଙ୍ଗ ହୋଇଥିବା ଓଦା ସୂତାକୁ ନେଇ କାଠ ଖୁଣ୍ଟିରେ ଓହଳାଇ ଶୁଖାଉ ଥିଲା।

ଗଡ଼ି ପଧାନର ଚାରି ପାଞ୍ଚ ବର୍ଷ ତଳର କଥା ମନେପଡ଼ିଲା।

ସେତେବେଳେ ଚାଷବାସ ଭଲ ଚାଲିଥିଲା। ଜମି ବନ୍ଧା ପଡ଼ିବାର ଦୁର୍ଯୋଗ ଆସି ନଥିଲା। ସଂଧ୍ୟାହେଲେ ସ୍ୱାମୀ, ସ୍ତ୍ରୀ ଦୁହେଁ ପିଲା ଦୁହିଁଙ୍କୁ ଧରି ରାଧାକୃଷ୍ଣ ମନ୍ଦିରକୁ ହେଉ କିମ୍ବା ଭାଗବତ ଗାଦୀକୁ ଯାଇ ଘଡ଼ିଏ ବସୁଥିଲେ।

ଏମିତି ଥରେ ଭାଗବତ ସପ୍ତାହ ଚାଲିଥିବା ବେଳେ, ଗାଁ ମକଦ୍ଦମ ପଣ୍ଡିତ ଦାଶରଥୀ ମିଶ୍ର ବୁଝାଉଥିଲେ 'ସଂସାରେ ଥିବ ଯେତେ ଦିନ, ଆନନ୍ଦ କରୁଥିବ ମନ।' ସଂସାରରେ ସବୁଠାରୁ ମହତ କାର୍ଯ୍ୟ ହେଲା ବଞ୍ଚି ରହିବା। ଏହି ବଞ୍ଚି ରହିବା ପାଇଁ ସାହସ ଲୋଡ଼ା। ଆଶା ହିଁ ମଣିଷକୁ ଏହି ସାହସ ଆଣି ଦେଇଥାଏ। ବଞ୍ଚିବା ପାଇଁ ଜୀବିକାଟିଏ ଲୋଡ଼ା ହୁଏ ସତ, କିନ୍ତୁ ବୁଝିବାକୁ ହେବ ଜୀବନ ପାଇଁ ହିଁ ଜୀବିକା, ଜୀବିକା ପାଇଁ ଜୀବନ ନୁହଁ। ଏଣୁ ଯଦି ଜୀବନରେ କୌଣସି କାରଣରୁ କର୍ମହରା ହୋଇଯାଅ, ଥିବା କାମ ହାତରୁ ଚାଲିଯାଏ, ସେ କାମକୁ ଭୂଲି ନୂଆ କାମଟିଏ ପୁଣି ମୂଳରୁ ଆରମ୍ଭ କର। ତାକୁ ଶିଖ, ଆପଣାଅ। କାମ ବା ଜୀବିକା ତୁମ ଘରର ଗାଈବଳଦ ପରି। ସ୍ତ୍ରୀ ସନ୍ତାନ ନୁହଁ ଯେ ଥରେ ସେମାନେ ଚାଲିଗଲେ ତାଙ୍କୁ ଝୁରି ବସିବ। ବଳଦ ହଜିଗଲେ ନୂଆ ବଳଦ କିଣୁଛ ନା ଚାଷ ଛାଡ଼ି ଦେଉଛ?'

ସଭାରେ ହାସ୍ୟରୋଳ ହୋଇଥିଲା।

ଶ୍ରୋତାଙ୍କ ସହିତ ବସି ଗଡ଼ି ପଧାନ ମଧ୍ୟ ହସିଥିଲା।

ଅଥଚ ଏବେ ଚାଷ ବନ୍ଦ ହୋଇଗଲା ପରେ ସେ ହତାଶରେ ମରିବାକୁ ବସିଥିଲା। ସେ ମରିଯାଇଥିଲେ ଏ ପିଲା ଦୁଇଟାତ ଏବେ ଭିକ ମାଗୁଥାନ୍ତେ ! ମାଗୁଥାନ୍ତେ

କ'ଣ ? ମାଗୁଥିଲେ ତ ! ନିଜ ପିଲାଙ୍କୁ ଏତେ ସରି କରିବା ଆଗରୁ ସେ ତ ପାଲୁର ବନ୍ଦର ଯାଇ ଜାହାଜିଆ ମାନଙ୍କ ସହିତ ମୂଲିଆ କାମ କରିଥିଲେ ହୋଇଥାନ୍ତା। ନହେଲେ ସେମିତି ଆଉ କିଛି କାମ ଖୋଜିଲେ କ'ଣ ମିଳି ନଥାନ୍ତା ?

ଏ ସବୁ କିଛି ନକରି କୋଉ ବୁଦ୍ଧିରେ ନିରାଶ ର ନିଆଁ ନିଜ ଘରେ ଲଗାଇ ସେଥିରେ ପୋଡି ମରିବାକୁ ସେ ନିଜ ସ୍ତ୍ରୀ ପିଲାଙ୍କୁ ଛାଡ଼ିଦେଇଥିଲା !

ଛି, ଛି। ଧିକ୍ ତା'ର ପୁରୁଷ ପଣିଆକୁ ଧିକ୍ ! ଧିକ୍ ତା'ର ମଣିଷ ପଣିଆକୁ !

-୦-

ବାରଣ୍ଡାର ତିନୋଟି ତନ୍ତର ଖଟ୍ ଖଟ୍ ଶବ୍ଦ ସାଙ୍ଗକୁ ଦୁଇଟି ଅରଟର ସର୍ ସର୍ ଶବ୍ଦ ବିଧାନ କାନରେ କୋଉ ଛାନ୍ଦ, ଚଉପଦୀର ମଧୁର ତାନ ପରି ଶୁଣାଯାଇଥିଲା। ଫୁଲ ଫୁଟିଲେ ମହୁମାଛି ଗୁଣୁ ଗୁଣୁ ହେବାପରି ସେ ତନ୍ତରେ ବସିବା ଦିନରୁ ତା'ର ଗ୍ରାହକମାନେ ମଧ୍ୟ ଆସିବା ଆରମ୍ଭ କରିଦେଇଥିଲେ।

ଚାରୋଟି ସହାୟକଙ୍କୁ ଚଳାଇବା ଜଂଜାଳରେ ବିଧାନ ଅଭିଶାପର ସାପ ମାନଙ୍କ କଥା ଭୁଲିଯାଇଥିଲା। 'ପଡ଼ିଥାନ୍ତୁ ସେମାନେ... ସେ ଘର ଭିତରେ କୋଉଠି... ତାଙ୍କ କାମ ସେମାନେ କରନ୍ତୁ, ମୋ କାମ ମୁଁ କରେ।' ବିଧାନ ମନେ ମନେ ଭାବିଲା।

-୦-

ବିଧାନ ବାହାରକୁ ଚାହିଁଲା। ସୂର୍ଯ୍ୟୋଦୟ ବେଳର ତା' ଘରର ଲମ୍ବା ଛାଇ ପଶ୍ଚିମରୁ ପୂର୍ବ ଆଡ଼କୁ ଧୀରେ ଧୀରେ ଢ଼ଳି ଏବେ ଠିକ୍ ମଥାନ ତଳେ ଆସି ରହିଲାଣି।

ସେ ତନ୍ତ ଛାଡ଼ି ଉଠିଲା। ତାକୁ ପାଞ୍ଚଜଣଙ୍କ ପାଇଁ ଏବେ ରାନ୍ଧିବାର ଅଛି।

ତାକୁ ଉଠିବା ଦେଖି ଗଡ଼ି ଓ ମଲ୍ଲୀ ପରସ୍ପର ମୁହଁକୁ ଚାହିଁଲେ। ବିଧାନକୁ ଅନାଇ ଗଡ଼ି କହିଲା - 'ବାପ, ତୁମ ଋଣ ତ ଆମେ ଶୁଝାଇ ପାରିବୁ ନାହିଁ। କିନ୍ତୁ ଆମର ଗୋଟିଏ କଥା ରଖିବ, ଆମେ ଆଉ ତୁମ ଉପରେ ବୋଝ ହୋଇ ତୁମଘରେ ଖାଇବୁ ନାହିଁ। କାଲିଠୁ ଆମେ ନିଜେ ରାନ୍ଧି ଖାଇବୁ।'

'ତୁମେ ମୋର ଋଣ ଶୁଝିବାକୁ ତ ବହୁତ ବାଟ ଅଛି,' ବିଧାନ ହସି ହସି କହିଲା। 'ମୁଁ ତୁମକୁ ଦୁଇଟି କଥା ମାଗିବି। ତୁମ ଋଣ ସେଥିରେ ଶୁଝିଯିବ। ପ୍ରଥମ ହେଲା - ମୁଁ କାଲିଠାରୁ ଦିନେ ଦୁଇଦିନ ପାଇଁ ମୋ ଭଉଣୀ ଘରକୁ ଦୁଆର ପାଳିର ଡାକରା ଭାର ନେଇ ଯିବି। ତାକୁ ନେଇ ଏଠିକି ଆସିବା ପର୍ଯ୍ୟନ୍ତ ତୁମେମାନେ ଆମ ଘରେ ରହିଥାଅ। ଆଉ ଦ୍ୱିତୀୟ କଥା ହେଲା - ପଦିଆ ଓ ସଦା ଏଇ ତନ୍ତୀକାମ

ଶିଖିଗଲେଣି। କାଲି ତୁମର ଜମି ତୁମ ହାତକୁ ଆସିଲେ ମଧ୍ୟ ସେମାନେ ମୋ ପାଖରେ ରହି ଲୁଗାବୁଣାକୁ ହିଁ ବେଉସା କରନ୍ତୁ।'

ଗଡ଼ି ଓ ମଲ୍ଲୀ ପରସ୍ପର ମୁହଁକୁ ଚାହିଁଲେ। ସେମାନଙ୍କ ଆଖି ପୁଣି ବିଧାନ ମୁହଁ ଉପରକୁ ଫେରି ଆସିଲା।

ଗଡ଼ି ପଧାନ ଅଳ୍ପ ହସି ମୁଣ୍ଡ ଟୁଙ୍ଗାରିଲା।

-୦-

ବିଧାନର ଯାହା ଡର ଥିଲା, ତାହାହିଁ ହେଲା।

ବିଧାନକୁ କବାଟ ଖୋଲି ଭିତରକୁ ପଶିବାର ଦେଖି ଅଗଣା କୂଅରୁ ପାଣିନେଇ ଘର ଭିତରକୁ ଯାଉଥିବା ସବିତା କାଖରୁ କଳସୀଟି ପଡ଼ି ଚୁରମାର ହୋଇଗଲା। ସେ ଧାଇଁ ଆସି ଭାଇକୁ କୁଣ୍ଢାଇ ଧରି ଭୋ' ଭୋ' କାନ୍ଦିବାରେ ଲାଗିଲା -

'କ'ଣ ମୁଁ ମରିଗଲି ବୋଲି ଭାବି ଆସୁନଥିଲ ?'

ବିଧାନର ସବୁ ସମ୍ଭାଳାପଣ ସେଇଠି ସେଇ କଳସୀପରି ଚୁନା ହୋଇଗଲା। ସେ ମଧ୍ୟ ଭଉଣୀକୁ ଭିଡ଼ିଧରି ତା' ମୁଣ୍ଡରେ ନିଜ ଚିବୁକକୁ ରଖି ଧାର ଧାର ଲୁହରେ ସବିତାର ମୁଣ୍ଡକୁ ଓଦାକରିଦେଲା।

କଳସୀର ଭାଙ୍ଗିବା ଶବ୍ଦରେ ଘରଭିତରୁ ସବିତାର ଶାଶୁ, ଶଶୁର, ସ୍ୱାମୀ ଆକାଶ ଓ ଦେଢ଼ଶୂର ଗଗନ ବାହାରକୁ ବାହାରି ଆସିଲେ। ଭାଇ ଭଉଣୀଙ୍କ ଏ ଦୀର୍ଘଦିନର ଦେଖା ସାକ୍ଷାତର ଆବେଗ ସେମାନଙ୍କ ଆଖିକୁ ମଧ୍ୟ ଛଳ ଛଳ କଲା। ସବିତାର ଶାଶୁ ବାରଣ୍ଡାରେ ଠିଆ ହୋଇ ଶାଢ଼ୀକାନିରେ ଆଖି ପୋଛିବା ବେଳେ ଆକାଶ ଓ ଗଗନ ବାରଣ୍ଡାରୁ ଓଲହାଇ ଆସି ଆକାଶ ସବିତାର ଓ ଗଗନ ବିଧାନର ପିଠିରେ ହାତ ଦେଇ ସେମାନଙ୍କୁ ଘର ଭିତରକୁ ପାଛୋଟି ଆଣିଲେ।

ବିଧାନର ଆସିବା ବାର୍ତ୍ତା ଡଗର ଆଣି ଆଗରୁ ଦେଇଥିଲା। ସେ ଦ୍ୱାରପାଳିର ଡାକରା ନେଇ ଆସିବ ଓ ଆସିବା ଦିନହିଁ ଫେରିବ ଏକଥା ମଧ୍ୟ ଡଗର ଜଣାଇଥିଲା। ସେଥିପାଇଁ ପାହାନ୍ତିଆରୁ ଉଠି ଶାଶୁ ବୋହୂ ବିଧାନ ପାଇଁ ବିଭିନ୍ନ ରାନ୍ଧଣାରେ ଲାଗିଯାଇଥିଲେ।

ଖାଇ ବସିବା ବେଳେ ତାକୁ ପରଷି ଦେଇ ପାଖରେ ବସିଥିବା ସବିତାର ଶାଶୁ କୁନ୍ଦ କହିଲେ - 'ହେଲା ଯେ ପୁଅ, ତୁମେ ଆଉକେବେ ବିଭାହେବ ?'

ଘରର ସବୁ ପୁରୁଷ ଗୋଟିଏ ଧାଡ଼ିରେ ଖାଇ ବସିଥିଲେ। କୁନ୍ଦଙ୍କର ଏ ପ୍ରଶ୍ନରେ ସେମାନଙ୍କର ସବୁ କଥାବାର୍ତ୍ତା ବନ୍ଦ ହୋଇଗଲା। ବିଧାନ ସେମାନଙ୍କ ଆଡୁ ମୁହଁ

ଫେରାଇ କୁନ୍ଦଙ୍କ ମୁହଁକୁ ଚାହିଁଲା। ସେ କିନ୍ତୁ ଜାଣି ପାରୁଥିଲା, ସମସ୍ତେ ତାକୁ ହିଁ ଚାହିଁଛନ୍ତି।

ସେ ଆପଣା ଥାଳୀକୁ ମୁହଁ ଫେରାଇ ମାଛରୁ କଣ୍ଟା କାଢୁ କାଢୁ କହିଲା - 'ନାଇଁମ ମାଉସୀ, ମୋତେ ଝିଅ ଦେବାକୁ କେହି ରାଜି ହେଉ ନାହାନ୍ତି।'

ସମସ୍ତେ ହସିଲେ।

ସବିତା ଶାଶୂ ପୁଣି କହିଲେ, ' କିଏ ମ ସିଏ ହତଭାଗା, ନିଉଛୁଣା। ତୁମକୁ ପୁଣି ଝିଅ ଦେଉନି ? ମୋର ଝିଅ ଥିଲେ ତ ମୁଁ ଅନ୍ୟ ପ୍ରସ୍ତାବ ଭାଙ୍ଗି ତୁମକୁ ହିଁ ଜୋଇଁ କରି ଆଣିଥାନ୍ତି। ହେଲେ, ଆମ ପଡ଼ିଶାରେ ଆମର ଜଣେ, ଲେଖାରେ ମୋର ଦେଢ଼ଶୂର ହେବେ ତାଙ୍କର ରୂପର ଗୁଣର ଝିଅଟିଏ ଅଛି। ତୁମେ ହଁ କଲେ ସେଇଠି ପ୍ରସ୍ତାବ ଆଜି କହିଲେ ଆଜି ଠିକ୍ ହୋଇଯିବ। ସେ କେତେଥର କହିଲେଣି ଯେ, ହେଲେ ତୁମକୁ ନ ପଚାରି...'

ସବିତା ଉଚ୍ଛୁଳି ଉଠି କହିଲା - 'ହଁ ଭାଇ, ସୁନ୍ଦର ଝିଅଟିଏ, ଆମ ଘରକୁ ଠିକ୍ ହବ। ମୁଁ ତ ତାକୁ ଗେଲ୍‌ହାରେ 'ଭାଉଜ' ବୋଲି ଡାକୁଛି।'

ମୁହୂର୍ତ୍ତକ ପାଇଁ ବିଧାନ ଆନମନା ହୋଇଗଲା।

*ସୀତା ! ସୀତା ଏବେ କ'ଣ କରୁଥିବ ? ତାକୁ ବି' ତ ତା'ର ସାଇ ପଡିଶାରେ ବୋହୂ ମାନେ 'ଭାଉଜ' କରିବା ଆଶାରେ ଗେଲ୍‌ହାରେ 'ଭାଉଜ' ବୋଲି ଡାକୁଥିବେ ! ସେ ହସୁଥିବ ନା ଆଖି ଛଳଛଳ କରୁଥିବ ?*

'କ'ଣ କହୁଛ ପୁଅ ?' କୁନ୍ଦ ପୁଣି ପଚାରୁଥିଲେ।

'ନାହିଁ ମାଉସୀ, ତାଙ୍କୁ କହନ୍ତୁ ଅନ୍ୟ ପ୍ରସ୍ତାବ ଦେଖିବେ।' ବିଧାନ ଏଥର କୁନ୍ଦଙ୍କ ମୁହଁକୁ ଚାହିଁ ଗମ୍ଭୀର ଭାବେ କହିଲା, 'ମୋତେ ଅନାଇ ଲାଭ ନାହିଁ। ମୁଁ ଆସନ୍ତା ଦୁଇ ତିନି ବର୍ଷ ପର୍ଯ୍ୟନ୍ତ ଏ ବିଭା ଫିଭା ହେବାର ନାହିଁ, ଆଗେ ବୋଉ ଓ ମାଉସୀଙ୍କୁ ନେଇ ଏକ ଗଙ୍ଗାସ୍ନାନ, ଅସ୍ଥି ବିସର୍ଜନ ଆଦି ସାରେ। ତା'ପରେ -

'ହଁ, ମୁଁ ଶୁଣୁଥିଲି ତୁମେ କୁଆଡ଼େ ତୀର୍ଥ ବାହାରିଛ ?' ସବିତା ଶଶୂର ଖାଇବା ଥାଳିରୁ ମୁହଁ ଉଠାଇ ପଚାରିଲେ।

'ହଁ ପରା, ଏଇତ ମଳ ମାସ ଆରମ୍ଭ ହେଲା। ଏଇ ମାସରେ 'ପିତୃକାର୍ଯ୍ୟ ମହାପୁଣ୍ୟ' ବୋଲି ଆମ ଗାଁ ମକଦ୍ଦମ ପଣ୍ଡିତ ମିଶ୍ରେ କହିଲେ। ସେଥିପାଇଁ ତ ସବିତା ଓ ଆକାଶଙ୍କୁ ଘରେ ରଖି ମୁଁ ପୁରୀ ଯିବି। ସେଇଠୁ ବୋଉ ଓ ମାଉସୀଙ୍କୁ ଧରି ପ୍ରୟାଗ, କାଶୀ, ଗୟା ଆଦି ଯିବି ବୋଲି ଭାବିଛି।'

'ମୁଁ କ'ଣ କହୁଥିଲି କି ?' କହି ଦେଇ ସବିତାର ଶଶୁର ଗୋଲୋକ ନୀରବ

ହୋଇ ଖାଇବାରେ ମନଦେଲେ। ଦୁଇ ବର୍ଷ ତଳେ ପଡ଼ିଯାଇ ତାଙ୍କ ଗୋଡ଼ ଛୋଟା ହୋଇ ଯାଇଛି। ସେଥିରେ ପୁଣି ତୀର୍ଥ ! ବାମନ ହୋଇ ଚାନ୍ଦକୁ ହାତ ବଢ଼ାଇବା କଥା !

ତାଙ୍କ ନୀରବତାରେ ବିଧାନ ଆତଙ୍କିତ ହେଲା। ସବିତାକୁ ଛାଡ଼ିବା ପାଇଁ ଏମାନେ ଯଦି ରାଜି ନ ହୁଅନ୍ତି, ତେବେ ?

ତା' ମୁହଁର ପ୍ରଶ୍ନବାଚୀକୁ ପଢ଼ି ଗଗନ କହିଲେ, 'ବିଧାନ ଭାଇ, ମୁଁ କହୁଛି - ବାପା ଏବେ କ'ଣ କହିବାକୁ ଚାହୁଁଛନ୍ତି। ତୁମ ଡାକରା ଆସିବା ଦିନଠାରୁ ଏମାନଙ୍କର ଏ ବିଚାର ଚାଲିଛି। ଏ ଦୁହେଁ ମଧ୍ୟ ମାନେ ବାପା, ବୋଉ ମଧ୍ୟ ତୁମ ସଙ୍ଗରେ ତୀର୍ଥ ଯିବାକୁ ଚାହୁଁଛନ୍ତି। କିନ୍ତୁ ବାପାଙ୍କର ଏ ଛୋଟା ଅବସ୍ଥା ଯୋଗୁଁ ତୁମକୁ କହିବାକୁ ସଂକୋଚ କରୁଛନ୍ତି।'

'ଆରେ, ଏ ତ ଅତି ଆନନ୍ଦର କଥା ! ମାଉସୀ, ଆପଣ ସିନା ଏ ବିଷୟରେ ଆଗେ ପଚାରିଥାନ୍ତେ, ତା' ନକରି କୋଉ ଝିଅ... ଅଲଣା କଥା ଗୁଡ଼ା କହୁଛନ୍ତି ?'

ସମସ୍ତେ ପୁଣି ହସିଲେ।

'କାହିଁକି ବାପ, ଆଜି ନହେଲେ କାଲି ତ ପୁଣି ବିଭାହେବ ?' କୁନ୍ଦ ପୁଣି ଆଶାୟୀ ହୋଇ କହିଲେ।

'ନାଇଁ ମାଉସୀ, ସେ କଥା ଥାଉ। ଆପଣମାନେ ତୀର୍ଥ ଯିବାକୁ ଚାହୁଁଛନ୍ତି ଜାଣି ବଡ଼ ଖୁସୀ ଲାଗିଲା। ଆପଣମାନେ ତେବେ ଆଜି ହିଁ ବାହାରି ପଡ଼ନ୍ତୁ। ଆମ ଘରେ ଦୁଇଦିନ ରହି ତା' ପରଦିନ ପାହାନ୍ତିଆରୁ ପୁରୀ ବାହାରି ପଡ଼ିବା।'

'ତୁମେ କିଛି ହଇରାଣ ହେବ ନାହିଁ ତ ?' ଗୋଲକ ତା' ମୁହଁକୁ ଚାହିଁ ପଚାରିଲେ।

'ଆରେ ନାଇଁ, ନାଇଁ। ହଇରାଣ କ'ଣ ? ବରଂ ଆପଣମାନେ ଆସିଲେ ଆମକୁ ସାଙ୍ଗ ସୁଖ ମିଳିବ ନା। ଆଉ ଆପଣଙ୍କ ଗୋଡ଼ ପାଇଁ ଚିନ୍ତା କରନ୍ତୁ ନାହିଁ ମଉସା। ଶଗଡ଼ରେ ତ ଯିବା। ତେଣିକି କାଶୀ ବିଶ୍ୱନାଥ ଭରସା।'

'ବୁଢ଼ାଟିଏ ହୋଇ ଥାଅ ବାପା,' ଗୋଲକ ଆଖିରୁ ଲୁହ ପୋଛିଲେ। ତାଙ୍କ ଭାଗ୍ୟରେ ତୀର୍ଥସ୍ଥାନ, ସେ ପୁଣି ତ୍ରିବେଣୀସ୍ନାନ, କାଶୀବିଶ୍ୱନାଥ ଦର୍ଶନ ଏସବୁ ଥିଲା, ଏ କଥା ସେ ବିଶ୍ୱାସ କରିପାରୁ ନଥିଲେ।

'କିନ୍ତୁ ବାପ,' କୁନ୍ଦ ଆଖି ପୋଛୁ ପୋଛୁ କହିଲେ, 'ଏତେଦିନ ପରେ ଆସିଛ, ରାତିଟିଏ ନ ରହି ଫେରି ଗଲେ ଗାଁ ଲୋକେ ଆମକୁ ବାହୁନିବେ। ଏଣୁ ଆଜି ରାତିଟା ରହିଯାଅ। କାଲି ପାହାନ୍ତିଆ ପାହାନ୍ତିଆ ତୁମେ ତିନିଜଣ ଯିବ । ପୁରୀ କେବେ ବାହାରୁଛ ?'

'ବୁଧବାର ଦିନ ବଡ଼ି ଭୋରୁ। ସେ ଦିନ ପଣ୍ଡିତ ମିଶ୍ର ବୃଦ୍ଧିଯୋଗ ଅଛି ବୋଲି କହିଛନ୍ତି।'

'ଭଲ ହେଲା, ସୋମବାର ଦିନ ମାନେ କାଲି ହିଁ ବଡ଼ବୋହୂ ବାପଘରୁ ଫେରିବ। ତାଙ୍କୁ ଘରେ ରଖି ଆମେ ତେବେ ମଙ୍ଗଳବାର ରାତିରେ ତୁମ ଘରେ ପହଞ୍ଚିବୁ। ପାହାନ୍ତିଆରୁ ଯଦି ବାହାରିବା, ରାତିଟାତ ତୁମଘରେ ରହିବାକୁ ହିଁ ହେବ।' ସବିତା ଶାଶୂ କହିଲେ।

'ହଉ, ଆଜିକ ମୁଁ ତେବେ ରହିଯାଉଛି। ସବିତା ତୁ ଓ ଆକାଶ ସଜ ହୋଇଯାଅ। କାଲି ଅନ୍ଧାର ଥାଉଣୁ ବାହାରି ପଡ଼ିଲେ ଖରା ଟାଣ ହେବା ଆଗରୁ ଘରେ ପହଞ୍ଚିଯିବା। ତୋତେ ଯାଇ ସେଇଠି ରନ୍ଧାବଢ଼ା କରିବାକୁ ପଡ଼ିବ, ଜାଣିଥା।'

'କ'ଣ ଆଉ କରିବି ? ତୁମେ ତ ଭାଉଜ ଆଣିବ ନାହିଁ। ବାପ ଘରକୁ ଗଲେ ମଧ୍ୟ ମୋ କପାଳରେ ରନ୍ଧାବଢ଼ାରୁ ତ୍ରାହି ନାହିଁ!' ସବିତାର ଛଳୋକ୍ତିରେ ସମସ୍ତେ ହସି ଉଠିଲେ।

'ହଉ, ଆଗେ କହ ଦତ୍ତା ଆସୁଛି ନା ନାହିଁ ?' ସବିତା ପୁଣି ପଚାରିଲା।

'ହଁ, ନ ଆସିବ କେମିତି ? ସେ ବି ତ ଗୋଡ଼ଟେକି ବସିଛି, ବାପଘର ଆସିବ ବୋଲି। ତୁମ ଦୁହିଁଙ୍କୁ ଘରେ ରଖି ମୁଁ ସେ ଦୁହିଁକୁ ଡାକି ଆଣିବି।'

'ଭାଇ, ଘରେ କ'ଣ ଅଛି ନା ମୁଁ ଏଠୁ ଚାଉଳ, ମୁଗ ଜାଇ ନେଇକିଯିବି ?' ସବିତା ଭାଇକୁ ଚିଡାଇଲା।

'ତୁ' ଚାଲ୍ ଦେଖିବୁ, ଘର କେମିତି ଅଛି ?' କହି ବିଧାନ ନିଜର ଡାହାଣ ବଳିଷ୍ଠ ମାଂସପେଶୀ ଉପରେ ବାଁ ହାତ ଥାପୁଡାଇ ବଳ ଦେଖାଇଲା।

ଭାଇ ଭଉଣୀଙ୍କ ଏହି କଥାବାର୍ତ୍ତାକୁ ଉପଭୋଗ କରି ସମସ୍ତେ ହସିଲେ। ଖାଇବା ସରି ଯାଇଥିଲା। ସମସ୍ତେ ହାତଧୋଇ ମଶିଣା ପାରି ତା' ଉପରେ ବସିଲେ।

'ଆକାଶ, ଆମକୁ ଶଗଡ଼ଟାଏ ଏଇଠୁ ଭଡ଼ାରେ ମିଳିଯିବ ତ ?' ବିଧାନ ପଚାରିଲା

'ଭଡ଼ା ? ଭଡ଼ା କ'ଣ ପାଇଁ ?' ଗଗନ ଉତ୍ତର ଦେଲେ। 'ସେଥିପାଇଁ ଚିନ୍ତା କରନାହିଁ। ଆମର ଦଶ ଦଶଟା ଶଗଡ଼ ଅଛି। ସେଥିରୁ ଗୋଟାଏକୁ ମୁଁ ହଳିଆ ସହିତ ତୁମକୁ ଦେବି। ସେ ନେଇ ତୁମମାନଙ୍କୁ ଛାଡ଼ି ଦେବ। ସେ ଆଉ ଫେରିବା ଲୋଡ଼ାନାହିଁ। ଆଉ ଗୋଟିଏ ଶଗଡ଼ନେଇ ବାପା ବୋଉ ମଙ୍ଗଳବାର ସଂଧ୍ୟାରେ ଏଠୁ ବାହାରିବେ। ଏ ଦୁଇଟି ଯାକ ଶଗଡ଼ ଓ ଦୁଇଟି ହଳିଆ ତୁମ ସାଙ୍ଗରେ ତୀର୍ଥ ସରିବା ଯାଏ ରହିବେ।'

ବିଧାନ ଆଶ୍ଚର୍ଯ୍ୟ ହୋଇ ଗଗନ ମୁହଁକୁ ଚାହିଁଲା। ଗଗନ ତା' ପିଠିରେ ହାତ

ପକାଇ ହସି ହସି କହିଲେ – 'ଭାଇ, ମା' ବାପାଙ୍କୁ ମୁଁ ତୀର୍ଥ ନେବା କଥା । ଆଜିପର୍ଯ୍ୟନ୍ତ ନେଇପାରି ନାହିଁ । ମୋ କାମ ତୁମେ ଯେତେବେଳେ କରୁଛ, ତୁମ କାମରେ ମୁଁ ପୁଣି ହାତ ମାରିବି ନା ନାହିଁ ? ତୀର୍ଥର କିଛି ପୁଣ୍ୟ ମୋ ଭାଗରେ ମଧ୍ୟ ପଡୁ ।'

ବିଧାନ ମୁହଁରେ ମଧ୍ୟ ହସ ଉକୁଟି ଉଠିଲା । ସେ କିଛି ନକହି ମୁଣ୍ଡ ପୋତି ଦେଲା । ପୁଣି କୁନ୍ଦଙ୍କ ମୁହଁକୁ ଚାହିଁ କହିଲା – 'ମାଉସୀ, ଆପଣ ତ ମା', ମୁଁ ଆଉ ଅଧିକ କ'ଣ କହିବି ? ପ୍ରାୟ ଦୁଇବର୍ଷ ପରେ ବୋଉ ଘରକୁ ଆସିବ । ସବିତାକୁ ଦେଖିବ । ଏଣୁ ସବିତା ଓ ଆକାଶ ଏବେ ଗଲେ ଆଠ ଦଶ ମାସ ପରେ ଯାଇ ଆସିବେ । ବୋଉ ଫେରିବା ପରେ ଅତିକମ୍‌ରେ କିଛିମାସ ତ ସବିତା ଓ ଆକାଶକୁ ପାଖରେ ରଖିବାକୁ ଚାହିଁବ ?'

'ହଉ ବାପା, ମୁଁ ମନା କରୁନାହିଁ ।' କୁନ୍ଦ କହିଲେ । 'କିନ୍ତୁ ଆକାଶ ଯାଇ ଦଶମାସ ତୁମ ଘରେ ରହିଲେ ଆମର ଚାଷ ବେଉସା ଚଳିବ କେମିତି ? ଏଣୁ ଆକାଶ ଯାଉ । ମଝିରେ ମଝିରେ ଘରକୁ ଆସି ଭାଇକୁ ସାହାଯ୍ୟ କରୁଥିବ । କିନ୍ତୁ ତୁମେ ତୀର୍ଥରୁ ଫେରିଲେ ସେ ଆଉ ସେଇଠି କାହିଁକି ରହିବ ? ଆଉ ସବିତା... ମଗୁଶୀର ଶେଷ ବେଳକୁ ନ ଆସିଲେ ପୁଷ ମାସରେ ଆମର ଶେଷ ପାଳି ଗୁରୁବାର, ବଡ଼ବୋହୂଟା ସାନ ପିଲାଟେ ଧରି କେତେ ଖଟିବ ?'

'ଆରେ, ସେ ଯାଉ ଆଗ, ଫେରିବା କଥା ତ ଅଛି ।' ଗୋଲକ ବାଧାଦେଇ କହିଲେ ।

'ନାଇଁ ସେ କଥା ନାଇଁ ଯେ, ମଗୁଶୀର ଶେଷକୁ ନଆସିଲେ, ପୁଷରେ ତ ଆସିବନାହିଁ । ସେଇ ପୁଷରେ ହିଁ ଆମର ସବୁ ପରବ । ବଡ଼ବୋହୂଟା ଏକୁଟିଆ କେଢ଼େ କରିବ କହିଲ ?' କୁନ୍ଦ କହିଲେ ।

'ଆପଣ ଚିନ୍ତାକରନ୍ତୁ ନାହିଁ ବୋଉ,' ସବିତା କହିଲା, 'ମୁଁ ମାର୍ଗଶୀର ଶେଷ ହେବା ଆଗରୁ ଫେରି ଆସିବି । କିନ୍ତୁ ତୁମକୁ କହିଦେଉଛି ଭାଇ, ଏଥର ସିନା ଯାଉଛି, ଏଣିକି ଭାଉଜ ନଥିବା ସେ ଲଣ୍ଡା ଘରଟାକୁ ଆଉ ଥରେ ତୁମେ ଡାକି ଆସିଲେ ବି ମୁଁ ଆଦୌ ଯିବିନି !'

'ଲଣ୍ଡା ?' ବିଧାନ ନିଜର ଗୋଛାଏ ବାଳଥିବା ମୁଣ୍ଡ ଉପରେ ହାତକୁ ବୁଲାଇଲା ।

ଘରଟା ଏକ ଉଚ୍ଛୁଳା ହସରେ ପୁରି ଉଠିଲା ।

-o-

ଦୁଆର ପାଳି ଡାକରାର ଭାରନେଇ ବିଧାନ ଯେତେବେଳେ ସୁଦତ୍ତା ଘରେ ପହଞ୍ଚିଲା,

ସୁଦତ୍ତା ନିଜେ ଆଗେ ଆଶ୍ଚର୍ଯ୍ୟ ହୋଇ ଉଠିଲା। ବାପଭାଇ ନଥିବା ଘରେ ତାକୁ କିଏ କେବେ ଭାର ଥୋର ଧରି ଡାକିବାକୁ ଆସିବ - ଏକଥାଟା ତ ସେ ମନରୁ ପୋଛି ଦେଇଥିଲା।

ଏବେ ଭାରୁଆମାନେ ଘରଭିତରେ ଭାରସବୁ ଆଣି ସଜାଡ଼ି ରଖିବା ଦେଖି ସେ ହାଁ କରି ସେ ଆଡ଼କୁ ଚାହିଁ ରହିଲା। ପ୍ରଚଣ୍ଡ, ପ୍ରଭା, ସୁଶୀଳ ମଧ୍ୟ ସେଇଠି ମଝି ଘରେ ଆସି ଠିଆ ହେଲେ। କିଏ ଏ ଜିନିଷ ସବୁ କାହିଁକି ଆଣିଲା ? ଏ ପ୍ରଶ୍ନବାଚୀ ସମସ୍ତଙ୍କ ମୁହଁରେ ଖେଳିଗଲା।

ଭାରୁଆଙ୍କ ପଛେ ପଛେ ବିଧାନ ସେ ଘରେ ପଶିବା ଦେଖି ସୁଦତ୍ତା ସେଇଠି ସ୍ତବ୍ଧହୋଇ ମୁହୂର୍ତ୍ତେ ଚାହିଁଲା। ପର ମୁହୂର୍ତ୍ତରେ ଠିଆ ହୋଇଥିବା ଜାଗାରେ ଆଣ୍ଠେଇ ବସି ଦୁଇ ହାତରେ ମୁହଁ ଘୋଡ଼େଇ ସେ କଇଁ କଇଁ ହୋଇ କାନ୍ଦିବାରେ ଲାଗିଲା।

ସତେ କି ବାପୁ ନିଜେ ଆସି ତା' ଆଗରେ ଠିଆ ହୋଇଗଲେ।

ଏତେଦିନ ହେଲା ବାପୁଙ୍କ ମରିବା ଦୁଃଖ, ମା'କୁ ଦେଖି ନପାରିବାର କଷ୍ଟ, ଯେବେଯେବେ ତା'ର ହୃଦୟରେ ଛୁରୀପରି ଗଳୁଥିଲା, ସେ ସେତେବେଳେ ଲୁଚାଇ ଲୁଚାଇ ସମସ୍ତଙ୍କ ଅଗୋଚରରେ ଲୁହ ଝରାଇ ନିଜକୁ ଶାନ୍ତ କରୁଥିଲା।

କିନ୍ତୁ ଏବେ ହଠାତ୍ ବିଧାନକୁ ତା' ଆଗରେ ଦେଖି ତାକୁ ଲାଗିଲା, ସତେ କି ସେ ଏଇ ମୁହୂର୍ତ୍ତରେ ହିଁ ବାପୁ, ମା' ଉଭୟଙ୍କୁ ସେ ହରାଇ ଦେଇଛି। ସତେ ଯେମିତି ତା'ର ବାପଘରର ସେଇ କୋମଳ ମଧୁର ପରିସ୍ଥିତିକୁ କିଏ କୁହୁକ କରି ଏଇ ଟିକକ ଆଗରୁ ହିଁ ତା'ଠାରୁ ଲୁଟି ନେଇଛି।

ତା'ର ସମସ୍ତ ଧୈର୍ଯ୍ୟର ବନ୍ଧ ବାଲି କାନ୍ଥ ପରି ଭୁଷୁଡ଼ି ପଡ଼ିଲା।

ବିଧାନ ପ୍ରଚଣ୍ଡ ଓ ପ୍ରଭାଙ୍କୁ ନମସ୍କାର କଲା। ଛଳ ଛଳ ଆଖିରେ, କାନ୍ଦୁଥିବା ସୁଦତ୍ତା ଆଗରେ ଆଣ୍ଠେଇ ବସି ସୁଦତ୍ତା ମୁଣ୍ଡରେ ହାତ ରଖିବା କ୍ଷଣି ବିଧାନ ଆଖିରୁ ମଧ ନିଃଶବ୍ଦରେ ଲୁହ ଝରିବାରେ ଲାଗିଲା।

ପ୍ରଚଣ୍ଡ, ପ୍ରଭା ଓ ସୁଶୀଳକୁ ଲାଗିଲା ଯେପରି ଦୁଇଟି ଭାଇ ଭଉଣୀ ସଦ୍ୟ ପିତୃମାତୃହରା ହୋଇ ସେମାନଙ୍କ ଆଗରେ ବସି କାନ୍ଦୁଛନ୍ତି। ସେମାନେ ପରସ୍ପର ମୁହଁକୁ ଚାହିଁଲେ। ପର ମୁହୂର୍ତ୍ତରେ ସୁଶୀଳ ଓ ପ୍ରଭା ଆଗେଇ ଯାଇ ସେମାନଙ୍କ ପିଠି ଥାପୁଡ଼ାଇବାରେ ଲାଗିଲେ।

ସମୟ ସେଇଠି ଝୁଣ୍ଟି ପଡ଼ି ସେମାନଙ୍କ ଆଗରେ କ୍ଷଣେ ବସି ପଡ଼ିଲା।

ପ୍ରଭା ନିଜ ଲୁଗାକାନିରେ ସୁଦତ୍ତାର ଲୁହ ପୋଛିଦେଇ କହିଲେ - 'ମା'ରେ, ଭାଇତ ଆସିଲାଣି, ଆଉ କାନ୍ଦୁଛୁ କାହିଁକି ? ଯା' ଭାଇକୁ ଚର୍ଚ୍ଚାକର।'

ଲୁହ ପୋଛି ବିଧାନ କହିଲା, 'ମାଉସୀ, ଆଉ ସେ ଚର୍ଚ୍ଚା କ'ଣ କରିବ ? ମୁଁ ତ ତାକୁ ଏବେ ସାଙ୍ଗରେ ନେବାକୁ ଆସିଛି। ଆପଣମାନେ ଆଜ୍ଞାଦେଲେ, ତାକୁ ଆଉ ସୁଶୀଳକୁ ଘରେ ରଖି ବୋଉ ଓ ମାଉସୀଙ୍କୁ ପୁରୀରୁ ନେଇ ମୁଁ ତୀର୍ଥ ଯିବି।'

'ବାପ, କେତେ ଗୁଡ଼ା କଥା ଏକା ଥରକେ କହିଦେଲ ?' ପ୍ରଭା କହିଲେ। 'ଆଗରୁ ଖବର ଦେଇଥିଲେ-

'ମାଉସୀ,' ବିଧାନ ପ୍ରଭାଙ୍କ ଆଗରେ ମୁଣ୍ଡ ନୁଆଇଁ ହାତଯୋଡ଼ି କହିଲା, 'ମୋର ଏ ଅପରାଧକୁ ଆପଣ କ୍ଷମା କରିବେ। ଏକା ଗାଁ, ଚାହିଁଥିଲେ ଖବର ଦେଇ ପାରିଥାନ୍ତି। କିନ୍ତୁ ମୋର ପରିସ୍ଥିତି ମୋତେ ସେଥିରୁ ଦୂରେଇ ରଖିଥିଲା। ପୁଣି ମୁଁ ଭାବିଲି, ମୁଁ ହିଁ ଖବର ହୋଇ ଯିବି ଓ ଦତ୍ତାକୁ ଚମକାଇ ଦେବି। ଆପଣଙ୍କୁ ମୋର ବିନତି, ଆପଣ ଆଉ 'ନାହିଁ' କରନ୍ତୁ ନାହିଁ।'

'ହଉ ଦତ୍ତା, ଆଗେ ଗଲୁ ସତରଞ୍ଜିଟା ବିଛାଇ ଦେଲୁ'। ପ୍ରଭା କହିଲେ। ସମସ୍ତେ ସତରଞ୍ଜି ଉପରେ ବସିବା ପରେ ଥାଳୀରେ ଦୁଇଟା କାକରା ଥୋଇ ସୁଦତ୍ତା ଆଣି ବିଧାନକୁ ଧରାଇ ଦେଲା। କାକରା ଥାଳୀକୁ ଚାହିଁ ବିଧାନ ସୁଦତ୍ତା ମୁହଁକୁ ଚାହିଁଲା।

ଦୁହିଁଙ୍କ ଆଖି ଏକାଠି ହୋଇ ପୁଣି ଥରେ ସଜଳ ହେଲା !

'ଆଉ ତୀର୍ଥ ଯିବ କହିଲ ଯେ ?' ପ୍ରଚଣ୍ଡ ପଚାରିଲେ।

ବିଧାନ ପ୍ରଚଣ୍ଡ ଆଡ଼େ ଅନାଇଲା। ଲୋକେ କହୁଛନ୍ତି- ପାଞ୍ଚଶ ସୁନା ମୋହର ପ୍ରତ୍ୟକ୍ଷରେ ନିଜ ଗାଞ୍ଜିଆରେ, ଦୁଇଶ ମୋହର ଦତ୍ତାର ସଂପତ୍ତି ଭାବେ ନିଜ ଘରେ ଓ ଆଉ ଶହେ ସୁନା ମୋହର ଯୌତୁକର ସାମଗ୍ରୀ ରୂପେ ପରୋକ୍ଷ ଭାବରେ ପାଇବା ପରଠାରୁ ପ୍ରଚଣ୍ଡ ନିଜେ କୁଆଡେ ଗୋଟେ ସୁନାମୁଣ୍ଡା ହୋଇଯାଇଛନ୍ତି ! ଘରେ, ବାହାରେ ତାଙ୍କ ପ୍ରଂଶସା ଶୁଣିବାକୁ ମିଳୁଛି !

ବିଧାନ କହିଲା - 'ହଁ ମଉସା, ବାପାଙ୍କର ଓ ଦେବଦତ୍ତ ମଉସାଙ୍କର ଅସ୍ଥି ବିସର୍ଜନ କାମଟା ଏଇ ଆଗକୁ ଆସୁଥିବା ମଳ ମାସରେ ସାରିଦେବି, ସେଥିପାଇଁ ପ୍ରୟାଗ, ଗୟା ଓ କାଶୀ ଯିବି। ବୋଉ, ମାଉସୀଙ୍କୁ ମଧ୍ୟ ତ୍ରିବେଣୀ ସ୍ନାନ, କାଶୀ ଦର୍ଶନ ଆଦି ପାଇଁ ସାଙ୍ଗରେ ନେଇଯିବି। ଏକଥା ଶୁଣି ସବିତାର ଶାଶୂ ଶଶୁର ମଧ୍ୟ ଆମ ସାଙ୍ଗରେ ବାହାରିଛନ୍ତି। ଆପଣ ଦୁହେଁ ଆସୁ ନାହାନ୍ତି ? ଖୁବ୍ ଖୁସୀ ଆନନ୍ଦରେ ଯାତ୍ରା ସମୟଟା କଟିଯିବ।'

'କେବେ ବାହାରିବ ?' ପ୍ରଭା ପ୍ରାୟ ଚିତ୍କାର କରି ଉଠିଲେ। ତାଙ୍କ କଳକଳ ସ୍ୱରରେ ସତେ କି ତାରୁଣ୍ୟ ଫୁଟି ଉଠୁଥିଲା।

'ଦତ୍ତାଙ୍କୁ କ'ଣ ଆଜି ହିଁ ଯିବାକୁ ହେବ ?' ସୁଶୀଳ ପଚାରିଲା।

'କେମିତି ଯିବ ବୋଲି ଚିନ୍ତା କରିଛ ?' ପ୍ରଚଣ୍ଡ ମଧ୍ୟ ଉତ୍ସାହିତ ହୋଇ କହିଲେ।

ବିଧାନ ହସିଲା।

ପ୍ରଭାଙ୍କୁ ଅନାଇ କହିଲା - 'ଏଥର ତ ଆପଣମାନେ ଏକାଥରେ ଏତେ ପ୍ରଶ୍ନ ପଚାରିଛନ୍ତି ! ହଉ କହୁଛି।' ସୁଶୀଳ ଆଡ଼କୁ ସେ ଚାହିଁ କହିଲା, ' ହଁ, ଭାଇ ସୁଶୀଳ, ମୋର ଅନୁରୋଧ, ତୁମେ ଦୁହେଁ ଆଜି ହିଁ ଆମ ଘରକୁ ଆସି ରହିବ, ମୁଁ ଫେରିବା ଯାଏ।' ସେ କାକରାରୁ ଖଣ୍ଡେ ନେଇ ପାଟିରେ ପୁରାଇଲା।

'ଆଚ୍ଛା କଥା କହୁଛ !' ପ୍ରଚଣ୍ଡ ପ୍ରତିବାଦ କଲେ। 'ଆମକୁ ତୀର୍ଥକୁ ଯିବାକୁ ଡାକୁଛ, ଏଣେ ଏ ଦୁହିଁଙ୍କୁ ଆମ ଘରୁ ନେଇ ତୁମ ଘରେ ରଖିବାକୁ ଚାହୁଁଛ। ଆମେ ତୀର୍ଥରୁ ଫେରିବା ବେଳକୁ ମୋ ଘରେ ତ କଳାକନା ବୁଲି ସାରିଥିବ।'

ବିଧାନ ହସି ହସି କହିଲା - 'ମଉସା, ମକଦ୍ଦମ ମିଶ୍ର ଆପଣଙ୍କ ପ୍ରତାପରୁ ଏ ଗାଆଁରେ ତ ଚୋରୀ ହାରୀ କି ଡକାଏତିର ପ୍ରଶ୍ନ ଉଠୁନି। ତଥାପି ଯଦି ଆପଣଙ୍କୁ ଚିନ୍ତା ଲାଗୁଛି, ଆପଣଙ୍କ ଟଙ୍କା, ସୁନା ପେଡ଼ିଟା ଆଣି ଆମଘରେ ରଖିଦିଅନ୍ତୁ। କଞ୍ଚି ଆପଣଙ୍କ ପାଖରେ ଥାଉ। ଆଉ ସୁଦତ୍ତା ମଧ୍ୟ ତା'ର ଗହଣା ଗାଣ୍ଠିତକ ସାଙ୍ଗରେ ନେଇ ଆସୁ। ତା'ପରେ ଡକାଏତମାନେ କ'ଣ ଆପଣଙ୍କ ଘରକୁ ଆସି ହାଣ୍ଡିକୁଣ୍ଡି କି ଖଟ, ଢେଙ୍କି ନେବାକୁ ଆସିବେ ? ସେମାନେ ତ ଆମ ଘର ଠିକଣା ପଚାରି ପଚାରି ଆସିବେ। ସୁଶୀଳ ଓ ଆକାଶ ସେତେବେଳେ ସେମାନଙ୍କୁ ସେଇଠି ଅଭ୍ୟର୍ଥନା କରିବେନି ?'

ସମସ୍ତେ ହସି ଉଠିଲେ।

'ସେ କଥା ନୁହଁ ଯେ...ହଉ', ପ୍ରଚଣ୍ଡ ମୁଣ୍ଡ କୁଣ୍ଡାଇ କିଛି ଭାବିବାରେ ଲାଗିଲେ।

'ସବିତା ଆସିଲାଣି ?' ସୁଦତ୍ତା ପଚାରିଲା।

'ହଁ, କହିଲି ପରା- ସେ, ଆକାଶ ଓ ମୁଁ ଆଜି ସକାଳୁ ହିଁ ଆସି ପହଞ୍ଚିଲୁ। ଏଣୁ ମାଉସୀ, ମୋ ଉପରେ ନ ରାଗି ଏମାନଙ୍କୁ ଆଜି ହିଁ ଯିବାକୁ ଦିଅନ୍ତୁ। ଆଉ ଆପଣମାନେ ମଧ୍ୟ ଲୁଗାପଟା ବାନ୍ଧି ତିଆର ହୋଇ ରହନ୍ତୁ। ପରଦିନ ବଡ଼ିଭୋରୁ ବାହାରିବା। ହଉ, ମୁଁ ଏବେ ଯାଏ -'

'ତୁମେ କୁଆଡ଼େ ଯିବ ?' ପ୍ରଭା କହିଲେ। 'ଡକରା ନେଇ ଆସିଲେ ଖାଇକରି ଯାଆନ୍ତି। ସେ କଥା ତ ଜାଣିଥିବ ?'

'ସବିତା ରନ୍ଧାରନ୍ଧି କରିଥିବ।' ବିଧାନ ରହି ରହି କହିଲା।

'କରିଥାଉ, ସେ ଗୁଡ଼ିକ ରାତିରେ ଖାଇଦେବ। ଯା' ମା, ସମସ୍ତଙ୍କ ପାଇଁ ବଢ଼ା ବଢ଼ି କର।' ପ୍ରଭା କହିଲେ, 'ଆମର ମଧ୍ୟ ରନ୍ଧା ସରିଲାଣି। ବାଢ଼ିବାକୁ ଡେରି ହେବନାହିଁ।'

'କିନ୍ତୁ ମୋ ପ୍ରଶ୍ନର ଉତ୍ତର ତ ଦେଲନାହିଁ?' ପ୍ରଚଣ୍ଡ କହିଲେ। 'ଯିବାର ଆୟୋଜନ କେମିତି କରିଛ?'

'ମୁଁ ଯାହା କରିଥିଲି ସେ କଥା ଛାଡ଼ନ୍ତୁ। ଏବେ ଆପଣ ଓ ସବିତା ଶଶୁରଙ୍କ ପରି ଅଭିଜ୍ଞମାନେ ଏ ବିଷୟରେ ଚିନ୍ତା କରନ୍ତୁ।' ବିଧାନ ଉତ୍ତର ଦେଲା। 'ମୋତେ କେବଳ ଆଦେଶ ଦେବେ। କ'ଣ କରିବାକୁ ହେବ ଆପଣମାନେ କହିବେ ମୁଁ ସେ ସବୁ ଯୋଗାଡ଼ କରିବି। ହାତରେ ଆଜି, କାଲି ଦୁଇଦିନ ସମୟ ଅଛି।'

'ମୁଁ ଭାବୁଛି -' ପ୍ରଚଣ୍ଡ କ'ଣ କହି ଆସୁଥିଲେ। ତାଙ୍କ କଥାକୁ କାଟି ପ୍ରଭା କହିଲେ, 'ହଉ, ତୁମ ମାନଙ୍କର ଏ ଆଲୋଚନା ଚାଲିଥାଉ,ଆମେ ଦୁହେଁ ବଢ଼ା ବଢ଼ି କରୁଛୁ। ଖିଆପିଆ ସରିଲେ ମୋର ବି ଲୁଗାପଟା ସଜାଡ଼ିବାର ଅଛି। କିନ୍ତୁ ବାପ, ମୋର ଗୋଟିଏ କଥା ରଖିବ। ଦତ୍ତା ଆଜି ତମ ଘରକୁ ଆଉ ଯାଇ ପାରିବ ନାହିଁ। ମୁଁ ଯଦି ଏତେ ଦିନ ପାଇଁ ଯାଉଛି, ମୋତେ ତ ପୁଣି ଲୁଗାପଟା ଆଦି ବନ୍ଧା ବନ୍ଧି କରିବାକୁ ହେବ। ଦତ୍ତା ଚାଲିଗଲେ ମୋତେ ଅସୁବିଧା ହେବ।'

ସୁଦତ୍ତା କହିଲା - 'ହଁ, ବିଧାନ ଭାଇ, ମୁଁ ବି ସେ କଥା ଭାବୁଥିଲି। ବୋଉ ଏକୁଟିଆ ହଇରାଣ ହେବେ। ଆମେ ଦୁହେଁ ପରଦିନ ତୁମେ ସବୁ ଯିବା ପରେ ଆମ ଘରେ ତାଲା ଦେଇ -

'ନା, ନା, ନା' ପ୍ରଚଣ୍ଡ ପ୍ରତିବାଦ କଲେ। 'ତୁ ଆଜି ହିଁ ତୋର ଗହଣା, ଟଙ୍କା ପେଡ଼ି ନେଇ ତୁମ ଘରେ ରଖିଦେଇ ଆ'। ମୁଁ ବି ଯିବି, ଦେଖି ଆସିବି, ତୋ ପେଡ଼ି, ମୋର ପେଡ଼ି ସବୁ କୋଉଠି କେମିତି ରଖାଯିବ ବନ୍ଦୋବସ୍ତ ମୁଁ ନିଜେ ଯାଇ ନ ଦେଖିଲେ ମୋତେ ଘରୁ ଗୋଡ଼ କାଢ଼ିବାକୁ ଶାନ୍ତି ଲାଗିବ ନାହିଁ।'

'ଠିକ୍ କଥା, ଖାଇ ସାରିଲା ପରେ ଆଗେ ଯାଇ ସେ କାମ କରିବା।' ବିଧାନ କହିଲା।

'ବାପା, ଗୋଟାଏ କାମ କରିବା,' ସୁଶୀଳ ପ୍ରଚଣ୍ଡକୁ ଚାହିଁ କହିଲା - 'ଦତ୍ତା ଘରେ ଥାଉ। ବୋଉକୁ ସାହାଯ୍ୟ କରୁ। ତୁମେ ମୁଁ ଚାଲ, ଆମ ଶଗଡ଼ରେ ତୁମ ପେଡ଼ି, ସୁଦତ୍ତାର ପେଡ଼ି ନେଇ ବିଧାନ ଘରେ, ମୋ ଶୋଇବା କୋଠରୀରେ - 'କଥା ଅଧାରଖି ସେ ବିଧାନ ମୁହଁକୁ ଚାହିଁଲା। ଶଶୁର ଘରେ ତା' ପାଇଁ ନିଶ୍ଚିତ ଭାବରେ ଅଲଗା କୋଠରୀଟିଏ ଅଛି ନା ନାହିଁ ସେ କଥା ତ ସେ ଜାଣିନି! କେବେ ସେଇଠି ରହିବାର ସୁଯୋଗ ଆସି ନଥିଲା!

ବିଧାନ ସେ କଥା ବୁଝିପାରି କହିଲା- 'ହଁ, ଏହା ହିଁ ଠିକ୍ ହେବ। ମଉସା ଚାଲନ୍ତୁ। ଆପଣ ନିଜେ ଯାଇ ଆମ ଘରେ ସୁଶୀଳ କୋଠରୀରେ ଯାହା ଯେମିତି

ରଖିବା କଥା ରଖିଦେଇ ଆସନ୍ତୁ। ଏଇଠି ମାଉସୀ ଓ ଦତ୍ତା ମିଶି ଆପଣଙ୍କର ଓ ମାଉସୀଙ୍କର ଯାହା ନେବା କଥା ସେ ସବୁ ସଜାଡ଼ି ରଖନ୍ତୁ।'

ପ୍ରଚଣ୍ଡ ଟିକିଏ ଚିନ୍ତାକରି କହିଲେ- 'ମୁଁ କ'ଣ ଭାବୁଛି, କାଲି ରାତିରେ ହିଁ... ହଉ, ଠିକ୍ ଅଛି। ଆଗ ଖିଆପିଆ କାମଟା ସରୁ।'

ହଠାତ୍ ଯେମିତି ଘରଟା ବହୁତ ଦିନ ଧରି ଅଚେତ ରହିବା ପରେ ଚେତା ଫେରି ପାଇ ଚଳଚଞ୍ଚଳ ହୋଇଉଠିଲା। ସେମାନେ ଏକାଠି ଖାଇ ବସିଲେ। ପ୍ରଥମ ବଢ଼ାବଢ଼ିଟା ସରିବା ପରେ ପ୍ରଭା ବିଞ୍ଚଣା ଧରି ସେଇଠି ବିଧାନ ପାଖରେ ବସି 'ଭାଇ ପାଇଁ ଆଉ ଖଣ୍ଡେ ମାଛ ଆଣ,' 'ଡାଲି ଟିକିଏ ଦେ' ଇତ୍ୟାଦି ବରାଦ ଦେବାରେ ଲାଗିଲେ। ଖିଆପିଆ ସରି ଆସିବା ବେଳକୁ ବିଧାନ ଆଣିଥିବା ରସଗୋଲା ହାଣ୍ଡିରୁ କିଛି ଆଣି ସୁଦତ୍ତା ସମସ୍ତଙ୍କ ଥାଳୀରେ ତିନୋଟି କରି ରସଗୋଲା ବାଢ଼ିଲା।

'ଆରେ, ଆରେ ମୋତେ କାହିଁକି ଦେଉଛୁ? ମୁଁ ପରା ତୁମମାନଙ୍କ ପାଇଁ ଆଣିଥିଲି।' ବିଧାନ ପ୍ରତିବାଦ କଲା।

'ଆମ ପାଇଁ?' ସୁଶୀଳ କହିଲା, 'ପରଦିନ ଏତେବେଳକୁ ଏଇଠି କିଏ ଥିବ ଯେ ଏତେଗୁଡ଼ା ରସଗୋଲା ସରିବ ବୋଲି ଭାବୁଛ? ମୋତେ ଲାଗିଲାଣି ମୋତେ ଏତକ ନେଇ ପୁଣି ତୁମ ଘରକୁ ହିଁ ଯିବାକୁ ପଡ଼ିବ।'

ସମସ୍ତେ ହସିଉଠିଲେ।

ପ୍ରଭା କହିଲେ, 'ଚିନ୍ତା କରନା, ବୋହୂ ବାପଘରୁ ଭାର ଆସିଛି। ସାହିପଡ଼ିଶା ଚାହିଁ ରହିଛନ୍ତି। ସେ ସବୁ ବଣ୍ଟା ହୋଇଯିବ। ଆରେ ମା', ଭାଇକୁ ତ କାହିଁ କ୍ଷୀରୀ ଦେଲୁନି?'

'ଏଇ ତ ଆଣିଛି', କହି କ୍ଷୀରୀ ତିନୋଟି ଗିନା ସୁଦତ୍ତା ତିନି ଜଣଙ୍କ ଆଗରେ ରଖିଲା।

ବିଧାନ ପ୍ରତିବାଦ କଲା, 'ମାଉସୀ! ପେଟରେ ଆଉ ଜାଗା କାହିଁ?'

'ଭେଣ୍ଡା ପିଲାଟା, ଜାଗା ନାହିଁ କହୁଛ, ଖାଇ ଦିଅ ବାପା, ଖାଇଦିଅ' ପ୍ରଭା କହିଲେ।

କାଲି ଦିନବେଳା ଓ ରାତିରେ ଖାଇ ବସିଲାବେଳେ ସବିତାର ଶାଶୂ ମଧ ଠିକ୍ ଏମିତି କହିଥିଲେ। 'ଭେଣ୍ଡା ପିଲାଟା, ଏତକ ଖାଇ ପାରିବନି? ତୁମ ବୟସରେ ତ ଆମେ କେତେ କ'ଣ ଖାଇ ଦେଉଥିଲୁ।' କହି କହି ସେ ବିଧାନ ଅଣନିଃଶ୍ୱାସୀ ହେବାଯାଏ ବଳେଇ ବଳେଇ ଖୁଆଇ ଚାଲିଥିଲେ।

ବିଧାନକୁ ଡର ମାଡ଼ିଲା। କାଳେ ତା' ଆଖିରୁ ଟପ୍‌ଟପ୍ ହୋଇ ଲୁହ ଝରି

ଥାଳୀରେ ପଡ଼ିବ। ସେ ଆଖିପତା ଥରକୁ ଥର ମୁଦି ଲୁହକୁ ଅଟକାଇ ରଖିବାର ଚେଷ୍ଟା କରୁକରୁ କ୍ଷୀରି ଗିନାକୁ ପାଖକୁ ଟାଣି ଆଣିଲା।

ମାତ୍ର କେଇଟା ଦିନ ତଳେ ତାକୁ 'ଖା' ବୋଲି କହିବାକୁ କେହି ନଥିଲେ ବୋଲି ହାଣ୍ଡିରେ ଭାତ ଥାଉ ଥାଉ ସେ ଆଖିର ଲୁହ ପିଇ ପିଇ ଓପାସ ପେଟରେ ଶୋଉଥିଲା। ଏଇ ଦୁଇଟି ମା' ଯେ ଅଦୃଶ୍ୟ ଭାବରେ ଥାଇ ତା' ଉପରେ ମମତା ବର୍ଷା କରିବାକୁ ଜଗି ବସିଛନ୍ତି, ଏକଥା ତ ସେ ଦେଖିପାରୁ ନଥିଲା। ଏଣୁ ଭାବି ମଧ ପାରୁ ନଥିଲା।

ଜୀବନର ଅନେକ ମୂଲ୍ୟବାନ ଉପାଦାନ ଆଖିକୁ ଦେଖାଯାଉ ନଥିଲେ ମଧ ମଣିଷର ଚାରିପଟେ ସେମାନେ ସାକାର ହୋଇ ରହିଥାନ୍ତି। ସାଧାରଣ ବ୍ୟକ୍ତି ଧରିନିଏ- ସେହି ସ୍ଥାନ ସବୁ ଖାଲି ପଡ଼ିଛି। କିନ୍ତୁ ଚତୁର ବ୍ୟକ୍ତିଟିଏ ସେମାନଙ୍କ ଏହି ଉପସ୍ଥିତିକୁ ଅନୁମାନର ଶକ୍ତି ବଳରେ ଉପଲବ୍ଧି କରିପାରେ ଓ ନିଜ ଚେଷ୍ଟା ବଳରେ ସେହି ଅଦୃଶ୍ୟ ଶ୍ରୀ ମାନଙ୍କୁ ଦୃଶ୍ୟମାନ କରି ସେଥିରୁ ଲାଭ ଉଠାଏ।

ଏକ ଚଞ୍ଚଳ ଶିଶୁପରି ଜୀବନର ପ୍ରିୟ ଅଥଚ ଅବୋଧ ଆନନ୍ଦ ସବୁ ମନୁଷ୍ୟ ଠାରୁ ଦୂରକୁ ଦୌଡ଼ି ପଳାଇବା ବେଳେ, ତାକୁ ପଛରୁ ଟାଣିଧରି ନିଜ କୋଳରେ ବନ୍ଦୀକରି ବିପଦ ମୁକ୍ତ ହେବା ତ ଏକ ଦକ୍ଷ ମଣିଷର କାମ।

କିନ୍ତୁ ବିଧାନ କେମିତି ଏ ଦକ୍ଷତା ହରେଇ ଦେଇଥିଲା ?

ତା' ଜୀବନର ଅବୋଧ ଆନନ୍ଦ ଖିଲିଖିଲି ହସିହସି ତା'ଠାରୁ ଦୂରକୁ ଦୌଡ଼ି ପଳାଇବା ବେଳେ କାହିଁକି ସେ ପଛରୁ ତାକୁ ଭକୁଆ ହୋଇ ଚାହିଁ ରହିଥିଲା ?

ତା'ରି ଆନନ୍ଦ ଏବେ ଝୁଣ୍ଟିପଡ଼ି ଲହୁଲୁହାଣ ହେବା ପରେ ଯାଇ ତାକୁ ଏବେ ବୁଦ୍ଧି ଦିଶୁଛି ?

**ଛି ! ଛି ! ଛି !**

ସାପମାନଙ୍କ ଚୋଟ ଖାଇ ଛଟପଟ ହେବାବେଳେ ନିଜ ଦୁଃଖକୁ ଖାତିର ନକରି ଭାଇର ଦାୟିତ୍ୱ ତୁଲାଇ ଯଦି ସେ ଥରେ ହେଲେ ଏଇ ଭଉଣୀମାନଙ୍କୁ ମନେ ପକାଇ ସେମାନଙ୍କୁ ଆସି ଭେଟିଥାଆନ୍ତା, ହୁଏତ ଏଇ ମା'ମାନଙ୍କ ମମତା ସାଙ୍ଗରେ ମଧ ସାକ୍ଷାତ ହୋଇଥାନ୍ତା। ସେମାନଙ୍କ ସ୍ନେହ, ଆଦର ହୁଏତ ତା' କ୍ଷତରେ କିଛି ମଲମ ବୋଳି ଦେଇପାରିଥାନ୍ତା।

କିନ୍ତୁ ସେ କଥା ସେ କଲା ନାହିଁ। ନିଜ ଦୁଃଖକୁ ମୁକୁଟ କରି ତାକୁ ମୁଣ୍ଡରେ ପିନ୍ଧି ତା'ରି ଚାପାରେ ଦଳି ହୋଇ ମାଟିରେ ମିଶିଯିବାକୁ ହିଁ ସେ ଜୀବନର ଏକମାତ୍ର ପନ୍ଥା ବୋଲି ଧରିନେଲା।

କେମିତି ସେ ଏତେ ସ୍ୱାର୍ଥପର ହୋଇପାରିଲା ? କେମିତି ନିଜ ମା' ଭଉଣୀଙ୍କ ଠାରୁ ଦୂରରେ ରହି ଆତ୍ମ ନିର୍ବାସନର କଣ୍ଟାଘାତ ଭିତରେ ନିଜକୁ ପୋତି ତାକୁ ହିଁ ମୁକ୍ତିର ବାଟ ବୋଲି ସେ ଧରିନେଲା ? ଭଉଣୀମାନଙ୍କୁ ଘରକୁ ଡାକି ଆଣିଥିଲେ, ସେମାନଙ୍କୁ ହିଁ ଥୋପ କରି ମା'ମାନଙ୍କୁ ମଧ୍ୟ ମାଛ ଧରିବା ପରି ପୁରୀରୁ ଘରକୁ ତ ସେ ଓଟାରି ଆଣି ପାରିଥାନ୍ତା ।

କିନ୍ତୁ ସେତକ ସେ କରିନାହିଁ ।

ସମାଜରେ, ଭଉଣୀମାନଙ୍କୁ କାଳେ ଭାଇମାନେ ଭୁଲିଯିବେ, ସେମାନଙ୍କଠାରୁ ନିଜକୁ ଦୂରେଇ ରଖିବେ ଏଇ ଭୟରେ ସାବିତ୍ରୀ ଅମାବାସ୍ୟା, କୁମାର ପୂର୍ଣ୍ଣିମାରେ, ବର୍ଷକୁ ଦୁଇଥର ଭଉଣୀ ଘରକୁ ଯାଇ ତାକୁ ଦେଖା ସାକ୍ଷାତ କରି କିଛି ଉପହାର ବେଭାର (ବ୍ୟବହାର) ନାଁରେ ଦେବାର ପ୍ରଥା ପିତୃପୁରୁଷମାନେ ପୂର୍ବରୁ ଖଂଜି ରଖିଛନ୍ତି ।

କିନ୍ତୁ ଏତକ ମଧ୍ୟ ସେ କରିନାହିଁ । ବାପା ବୁଢ଼ା ବୟସରେ ମଧ୍ୟ ତାଙ୍କ ଭଉଣୀ ପାଖକୁ ତା'ରି ହାତରେ ହିଁ ଭାର ପଠାଉଥିଲେ । ସେତକ ମଧ୍ୟ ସେ ଶିଖି ପାରିନାହିଁ । ନାନା କାମର ଆଳ କରି ସେ ଡଗର ହାତରେ ଭାର ପଠାଇ ଦେଇଛି ସିନା, ନା ସେମାନଙ୍କୁ ଦେଖା କରିଛି ନା ପାଖକୁ ଡାକି ଆଣିଛି ନା ମା'ମାନଙ୍କୁ ସୁଦ୍ଧା ଘରକୁ ଟାଣି ଆଣିପାରିଛି !

ସେ ଏବେ ବୁଝିପାରୁଛି... ଏମାନେ ସବୁ କେତେ ଲୁହ ଢାଳିଥିବେ !

ନିଜେ ଦୁଃଖୀ ହେଲା ବୋଲି ନିଜ ଚାରିପଟର ସମସ୍ତଙ୍କୁ ଟାଣି ଆଣି ଦୁଃଖର ପଙ୍କ ଭିତରେ ପୋତିଦେବା କ'ଣ ନିହାତି ଦରକାର ଥିଲା ? ଏମାନଙ୍କୁ ଦୁଃଖୀ କରି, କାହିଁ ତା' ଦୁଃଖରୁ କାଣିଚାଏ ହେଲେ ତ କମି ପାରିନଥିଲା, ବରଂ ଆଜି ସବିତା ଓ ସୁଦତ୍ତା ମୁହଁରେ ହସ ଫୁଟାଇ ସେ ତ ଦେଖୁଛି ତା' ନିଜର ଅଣ୍ଟିରେ ଖୁସୀ ଗଛରୁ କୋଳି ସବୁ ଟପ୍‌ଟାପ୍ ଝରି ତା' ଅଣ୍ଟି ଭର୍ତ୍ତି କରି ଦେଲେଣି !

ସାପ ଦୁଇଟି କଥା କାହିଁ କିଛି ମନେ ପଡୁନି ତ !

-O-

ଖାଇ ସାରିବା ପରେ ବିଧାନ, ପ୍ରଚଣ୍ଡ ଓ ସୁଶୀଳ ମିଶି ଘରୁ ଦୁଇ ତିନୋଟି ଛୋଟ ଛୋଟ ସିନ୍ଧୁକ ନେଇ ଶଗଡ଼ରେ ଲଦିଲେ । ଯଦିଓ ସିନ୍ଧୁକ ସବୁ ଭାରୀ ନଥିଲା କି ବିଧାନ ଘରଟା ପ୍ରଚଣ୍ଡ ଘର ଠାରୁ ଗୁଡ଼ାଏ ବାଟ ମଧ୍ୟ ନୁହଁ, ତଥାପି ଲୋକଙ୍କ ମୁଣ୍ଡରେ ଅନାବଶ୍ୟକ ପ୍ରଶ୍ନବାଚୀମାନଙ୍କୁ ଉଠିବାର ସୁଯୋଗ କାହିଁକି ଦିଆଯିବ ? ଏଣୁ ଶଗଡ଼ରେ ନେବା ନିରାପଦ ଓ ସୁବିଧା ମଧ୍ୟ ।

ପ୍ରଚଣ୍ଡ ଓ ସୁଶୀଳ ଆଗେ ଶଗଡ଼ରେ ଉଠି ସିନ୍ଧୁକମାନଙ୍କୁ ନିଜ ଉହାଡ଼ରେ ରଖି ବସିଲେ।

'ତୁମେମାନେ ଆଗରେ ଯାଅ। ମୁଁ ମାଉସୀଙ୍କୁ ପ୍ରଣାମ କରି ଓ ଦତ୍ତାଠୁଁ ବିଦାୟ ନେଇ ଗଳିକନ୍ଦି ଦେଇ, ତୁମେ ପହଞ୍ଚିବା ବେଳକୁ ଆମ ଘରେ ହିଁ ଥିବି'- ବିଧାନ ସେମାନଙ୍କୁ କହିଲା।

ଶଗଡ଼ ଚାଲିଗଲା। ବିଧାନ ଘର ଭିତରେ ପଶି ସୁଦତ୍ତା, ପ୍ରଭାଙ୍କ ଠାରୁ ବିଦାୟ ନେଇ ପ୍ରଭାଙ୍କୁ କହିଲା- 'ମୁଁ ତାହାହେଲେ ଆସୁଛି ମାଉସୀ, ନମସ୍କାର। ପରଦିନ ପାହାନ୍ତିଆରୁ ତ ଆମର ପୁଣି ଭେଟ ହେବ। ଆପଣମାନଙ୍କ ସାଙ୍ଗରେ ଏକାଠି କିଛିମାସ ରହିବାର ଏମିତି ସୌଭାଗ୍ୟଟିଏ ମିଳିବ ଏକଥା ମୁଁ ଜାଣିନଥିଲି।' ବିଧାନ ମୁହଁରେ ନିର୍ମଳ ଆନନ୍ଦର ହସଟିଏ ଫୁଟି ଉଠିଲା।

ତା'ର ଏ ହସକୁ ସଜତୋଳା ମଲ୍ଲିଫୁଲ ପରି ପ୍ରଭା ନିଜ ଦୁଇ ହାତର ଆଞ୍ଜୁଳା ଭିତରେ ସତେ ଯେପରି ତୋଳିନେଲେ।

ବିଧାନର ନମସ୍କାର ଭଙ୍ଗୀରେ ଯୋଡ଼ି ହୋଇଥିବା ଦୁଇ ହାତ ଉପରେ ନିଜ ଦୁଇ ପାପୁଲିକୁ ଚାପିଧରି ସେ କହିଲେ- 'ସାକ୍ଷାତ୍ ଦେବଦୂତ ହୋଇ ଆସିଲ ବାପ! ମୁଁ ତ ଏବେ ବି ବିଶ୍ୱାସ କରିପାରୁନି। ଆଜି ସକାଳେ ଶେଯରୁ ଉଠିବାବେଳେ ମୋତେ ଜଣାନଥିଲା ମୋର ଏତେ ବଡ଼ ସୌଭାଗ୍ୟର କଥା ମୁଁ ଆଜି ଶୁଣିବି - ମୁଁ ତୀର୍ଥ କରିବାକୁ ଯିବି! ଶ୍ରୀଜଗନ୍ନାଥଙ୍କ ଦର୍ଶନଟାଏ ମୋ ଭାଗ୍ୟରେ ଜୁଟି ନଥିଲା। ଏବେ ତାଙ୍କ ଦର୍ଶନ ସାଙ୍ଗକୁ ତ୍ରିବେଣୀ ସ୍ନାନ, କାଶୀ ବିଶ୍ୱନାଥ ଦର୍ଶନ, ଗୟା!! କୋଉଠି ଲୁଚି ରହିଥିଲା ମୋର ଏ ସୌଭାଗ୍ୟ? ତୁମେ ତାକୁ ଖୋଜିଆଣି ମୋ ପାଖରେ ପହୁଞ୍ଚାଇ ଦେଲ!'

ତାଙ୍କ ଆଖିରୁ ଟପ୍‌ଟପ୍ କେତେ ବୁନ୍ଦା ଲୁହ ଝରିପଡ଼ିଲା।

କ୍ଷଣକ ପାଇଁ ବିଧାନ ଭୁଲିଗଲା ଯେ ପ୍ରଭା ସୁଦତ୍ତାର ଶାଶୂ। ଆଗରୁ ହୁଏତ ତାଙ୍କ ସହ ଥରେ କିମ୍ବା ଦୁଇଥର ଦେଖାହୋଇଛି। କନକ ମାଉସୀଙ୍କ ପରି ସେ ତା'ର ଏକାନ୍ତ ପରିଚିତ ଆତ୍ମୀୟ ନୁହନ୍ତି ବା ବୋଉ ପରି ସହଜ ସହଜାତ ବନ୍ଧନ ତାଙ୍କ ସହିତ ନାହିଁ। ସତ କହିବାକୁ ଗଲେ ସେ ତା' ନିଜର କେହି ମଧ୍ୟ ନୁହନ୍ତି।

ଅଥଚ ପ୍ରଭାଙ୍କ କୋମଳ ନିର୍ମଳ କୃତଜ୍ଞତା ତା' ଆଖିକୁ ମଧ୍ୟ ଛଳଛଳ କରିଦେଲା। ଛୋଟ ପିଲାଟିଏ ପରି ସେ ପ୍ରଭାଙ୍କୁ ତା'ର ଦୁଇ ହାତରେ କୁଣ୍ଢାଇ ପକାଇଲା। ପ୍ରଭା ମଧ୍ୟ ହଜିଯାଇଥିବା ପୁଅକୁ ଫେରିପାଇବା ପରି ତାକୁ ଭିଡ଼ି ଧରି ତା' କପାଳକୁ ଦୁଇହାତରେ ନୁଆଇଁ ଆଣି ଚୁମାଟିଏ ଦେଲେ।

ବିଧାନର ସଜ୍ଞାନତାର ବହୁ ଊର୍ଦ୍ଧ୍ୱରେ, କେବଳ ତା'ର ନୁହଁ, ତା' ଜୀବନର ଅନେକ ପ୍ରିୟଜନଙ୍କ ସୌଭାଗ୍ୟକୁ ମାଡ଼ି ବସିଥିବା ଅଭିଶାପରୂପୀ ଛଞ୍ଚାଣର କାନମୁଣ୍ଡା ଉପରେ ପ୍ରଭାଙ୍କର ସେଇ କୃତଜ୍ଞତାର ଚୁମାଟି ସଶକ୍ତ ଟେକାଟିଏ ହୋଇ ଠୋ' କରି ପିଟି ହୋଇଗଲା।

ଛଟପଟ ହୋଇ ଛଞ୍ଚାଣଟି ଶୀକାରକୁ ଛାଡ଼ିଦେଇ ଉଚ୍ଚ ଆକାଶକୁ ଉଡ଼ିଗଲା। ତା' ଡେଣାରୁ ପରଟିଏ ଖସି ଆକାଶରେ ଦୋହଲି ଦୋହଲି ପବନର ଆହୁଲାରେ ଭାସିଭାସି ଆର ଗାଁର ସୀତା ଘରର ଚାଳରେ ଖୋଷିହୋଇ, ସଦର୍ପରେ ଠିଆ ହୋଇ ସୁଲୁସୁଲୁ ବାଆରେ ପତାକାଟିଏ ପରି ଫରଫର ସରସର ଥରିବାକୁ ଲାଗିଲା।

ପ୍ରୟାଗରାଜରେ ମକରନ୍ଦ ମହାପାତ୍ରଙ୍କ ମଠ ଖୋଜିବାକୁ ବେଶି ସମୟ ଲାଗିନଥିଲା।

ମଠ ଆଗରେ ଠିଆହୋଇ ପ୍ରଚଣ୍ଡ, ଗୋଲକ ଓ ବିଧାନ ଭିତରକୁ ଚାହିଁଲେ। ମଠର ପ୍ରବେଶ ଦ୍ୱାରରୁ ହିଁ ତା'ର ଭବ୍ୟତା ଆଖିରେ ପଡୁଥିଲା।

ଭିତରୁ ଜଣେ ଲୋକ ବାହାରକୁ ଆସୁଥିବା ଦେଖି ପ୍ରଚଣ୍ଡ ଗୋଟିଏ ପାଦ ଆଗେଇ ଯାଇ କହିଲେ- 'ହୋ ଭାଇ, ଟିକିଏ ଶୁଣିଲ।' ଲୋକଟି ଅଟକି ତାଙ୍କ ମୁହଁକୁ ଚାହିଁଲା। ପ୍ରଚଣ୍ଡ କହିଲେ- 'ବୋମକେଇ ମକଦ୍ଦମ ପଣ୍ଡିତ'- ଏତିକି ଶୁଣିବା କ୍ଷଣି ଲୋକଟିର ଆନମନା ମୁହଁ ପ୍ରଚଣ୍ଡ ଉପରେ ସ୍ଥିର ହୋଇଗଲା। ପ୍ରଚଣ୍ଡ ଆଉ କିଛି କହିବା ପୂର୍ବରୁ ଲୋକଟା ବୁଲିପଡ଼ି ମଠ ଭିତରକୁ ଦୌଡ଼ି ପଳାଇଗଲା।

'ପାଗଳଟାଏ ନା କ'ଣ ?' କହି ପ୍ରଚଣ୍ଡ ଅନ୍ୟମାନଙ୍କ ମୁହଁକୁ ଚାହିଁଲେ।

ଗୋଲକ ଓ ବିଧାନ ମୁହଁ ଉପରେ ମଧ୍ୟ ସମାନ ପ୍ରଶ୍ନବାଚୀ ଆଙ୍କି ହୋଇଗଲା।

ଏତିକି ବେଳେ ସେମାନଙ୍କୁ ପାର ହୋଇ ଲୋକଟିଏ ମଠ ଭିତରକୁ ପଶୁଥିବାର ଦେଖି ବିଧାନ ପଛରୁ ପାଟିକଲା- 'ହୋ ମଉସା, ଟିକିଏ ଶୁଣ ଶୁଣ।'

ଲୋକଟି ଫେରି ପଡ଼ି ଚାହିଁଲା।

ପ୍ରଚଣ୍ଡ ତାକୁ କିଛି କହିବାକୁ ଯାଉଛନ୍ତି ଦେଖିଲେ ଦୂରରୁ ସେ ପଚାରିଥିବା ପ୍ରଥମ ଲୋକଟି ଧଇଁସଇଁ ହୋଇ ଦୌଡ଼ି ଦୌଡ଼ି ଆସୁଛି। ପ୍ରଚଣ୍ଡଙ୍କ କଥା ତାଙ୍କ ପାଟିରେ ଅଟକି ଗଲା।

ଲୋକଟି ପାଖକୁ ଆସି ନିଜ ନିଃଶ୍ୱାସକୁ ସମ୍ଭାଳୁ ସମ୍ଭାଳୁ ହାତଯୋଡ଼ି କହିଲା- 'ଆଜ୍ଞାମାନେ, ଜୁହାର ଜୁହାର। ମହାରାଜ ଆପଣମାନଙ୍କୁ ଭିତରକୁ ଡାକୁଛନ୍ତି। ଆପଣମାନେ ଆସିବା ହୁଅନ୍ତୁ। ହେଇଟି, ଏଇ କୂଅ ମୂଳେ ମୁଁ ପାଣିକାଢ଼ି ଦେଉଛି।

ହାତ ପାଦ ଧୋଇ ଦିଅନ୍ତୁ। ଆପଣମାନଙ୍କ ଜିନିଷପତ୍ର ? ମୁଁ ସେ ସବୁ...

'ଶଗଡ଼ରେ ଅଛି। ଆମ ସାଙ୍ଗରେ ଥିବା ସ୍ତ୍ରୀଲୋକମାନେ ମଧ୍ୟ ସେଇଠି ଅଛନ୍ତି' ଗୋଲକ କହିଲେ। 'ସେମାନେ ସେଇଠି ଥାଆନ୍ତୁ। ଆମେ ଆଗେ ମହାରାଜାଙ୍କୁ ଦର୍ଶନ କରିବୁ।'

'ଆଜ୍ଞା, ଆଜ୍ଞା। ମହାରାଜ ଶ୍ରୀବିଗ୍ରହଙ୍କ ଆଗରେ ଅଛନ୍ତି। ଆପଣମାନେ ଅନ୍ତତଃ ଗୋଡ଼ ହାତ ଧୋଇ...'

'ହଉ, ହଉ, ଚାଲ। କିନ୍ତୁ ଭଲ ହୋଇଥାନ୍ତା ଗାଧେଇ ପାଧେଇ ସାରି ମହାରାଜଙ୍କ ଦର୍ଶନ କରିଥିଲେ-

'ନାଇଁ ନାଇଁ ମୋତେ ଆଜ୍ଞା ଅଛି ଆପଣମାନଙ୍କୁ ଏହି ସାଥେ ସାଥେ ନେଇ ଆସିବା ପାଇଁ। ସେଥିପାଇଁ ଆପଣମାନେ ଖାଲି ଗୋଡ଼ହାତ ଧୋଇ ଚାଲନ୍ତୁ।' କହୁ କହୁ କୂଅରୁ ବାଲ୍‌ଟି ଭରା ପାଣି କାଢ଼ି ଲୋକଟି ସେମାନଙ୍କ ଆଗରେ ରଖିଲା। ସେମାନେ ମଠ ଭିତରେ ପ୍ରବେଶ କଲେ। ସୁନ୍ଦର ବଗିଚା ପାର ହେବା ପରେ ବାରଣ୍ଡା। ବାରଣ୍ଡାର ଶେଷ ଯେଉଁଠି ହୋଇଛି ସେଇଠି ମନ୍ଦିର ଗୃହ। ଶ୍ରୀଜଗନ୍ନାଥ, ବଳଭଦ୍ର ଓ ସୁଭଦ୍ରାଙ୍କ ବିଗ୍ରହ ସମ୍ମୁଖରେ ମହନ୍ତ ମହାରାଜ ଠିଆହୋଇ ଶ୍ରୀଜୀଉମାନଙ୍କୁ ବେଶ କରୁଥିବା ବ୍ରାହ୍ମଣମାନଙ୍କୁ କ'ଣ ନିର୍ଦ୍ଦେଶ ଦେଉଥିଲେ। ଲୋକଟି ତାଙ୍କ ଆଗକୁ ଯାଇ ଏମାନଙ୍କ ଉପସ୍ଥିତି ଜଣାଇଲା। ସେ ବୁଲିପଡ଼ି ଚାହିଁଲେ।

ମନ୍ଦିର ଗର୍ଭଗୃହକୁ ଅଗାଧୁଆ ପଶିବାର ସାହସ ନ କରି ପ୍ରଚଣ୍ଡ, ଗୋଲକ ଓ ବିଧାନ ସେଇ ବାରଣ୍ଡାରେ ହିଁ ମହାରାଜଙ୍କୁ ସାଷ୍ଟାଙ୍ଗ ପ୍ରଣିପାତ କଲେ।

ମହନ୍ତ ମହାରାଜ ବାହାରକୁ ଆସି ସେମାନଙ୍କୁ ଆଶୀର୍ବାଦ ଦେଇ କହିଲେ, 'ଚାଲ, ସେଇଠି ବସିବା'। ବଗିଚା ଭିତରେ ଥିବା ମଣ୍ଡପ ଉପରକୁ ଯାଇ ତାଙ୍କ ଉଦ୍ଦିଷ୍ଟ ଆସନରେ ବସି ଏମାନଙ୍କୁ ତଳେ ପଡ଼ିଥିବା ସୁଦୃଶ୍ୟ ଗାଲିଚା ଉପରେ ବସିବାକୁ ନିର୍ଦ୍ଦେଶ ଦେଲେ। ନିଜ ଦୁଇ ହାତକୁ ମୁଣ୍ଡରେ ଲଗାଇ ପଚାରିଲେ, 'ମୋର ଗୁରୁ ମହାରାଜ କେମିତି ଅଛନ୍ତି ?'

ଏମାନେ ମଧ୍ୟ ହାତଯୋଡ଼ି କହିଲେ, 'ଆଜ୍ଞା ଭଲ ଅଛନ୍ତି। ତାଙ୍କରି ଆଦେଶରେ ତ ଆମେ ଏଠାକୁ...' ବିଧାନ କହିଲା।

'ଏ ମୋର ସୌଭାଗ୍ୟ। ଆପଣମାନେ ମୋର ଗୁରୁ ଭାଇ। ଏଣୁ ଏହାକୁ ନିଜ ଘର ମନେକରି ଯେତେଦିନ ଇଚ୍ଛା ରହନ୍ତୁ। ଆସିବାର ଉଦ୍ଦେଶ୍ୟ ଖାଲି ତୀର୍ଥଦର୍ଶନ ନା ଆଉ କିଛି ?'

'ହଁ, ଅସ୍ଥି ବିସର୍ଜନ ମଧ୍ୟ କରିବୁ' ପ୍ରଚଣ୍ଡ କହିଲେ।

'ହଉ, ଅସ୍ଥି ବିସର୍ଜନ ଆଗରୁ ଶ୍ରାଦ୍ଧ, ପିଣ୍ଡଦାନ ଆଦି କରିବାକୁ ହେବ। ଆଉ କିଏ ସାଙ୍ଗରେ ଆସିଛନ୍ତି ?'

'ଆଜ୍ଞା ମହାରାଜ, ଆମ ସାଙ୍ଗରେ ଆମ ଘର ଲୋକ ଚାରିଜଣ ସ୍ତ୍ରୀଲୋକ ବି ଅଛନ୍ତି' ଗୋଲକ ଉତ୍ତର ଦେଲେ।

'ବହୁତ ଭଲ। ଆଜି ଶୋଭନ ଯୋଗ ଥିଲେ ମଧ୍ୟ ଏତେବେଳ ହେଲାଣି, ଆଜିତ ହେବନି। ଆସନ୍ତାକାଲି ମଧ୍ୟ ଅତିଗଣ୍ଡ ବୋଲି ଏକ ଦୂଷିତ ଯୋଗ ଅଛି। ଏଣୁ ଆପଣମାନେ ଏ ଦୁଇଦିନ ଏଠାରେ ବିଶ୍ରାମ କରନ୍ତୁ। ପଅର ଦିନ ସୁକର୍ମା ଯୋଗରେ ଶ୍ରାଦ୍ଧ, ପିଣ୍ଡଦାନ, ଅସ୍ଥି ବିସର୍ଜନର ଉତ୍ତମ ସମୟ। ମୁଁ ସେ ସବୁ ପାଇଁ ଆୟୋଜନ କରୁଛି। ଆପଣମାନେ ବର୍ତ୍ତମାନ ଯାଇ ଗାଧୁଆପାଧୁଆ ଖିଆପିଆ କରି ବିଶ୍ରାମ କରନ୍ତୁ।'

ପ୍ରଚଣ୍ଡ ବସିଥିବା ଜାଗାରୁ ଉଠି ମହନ୍ତଙ୍କ ଆସନ ଆଗକୁ ଯାଇ ଲମ୍ବହୋଇ ପ୍ରଣିପାତ କଲେ। ତାଙ୍କ ଦେଖାଦେଖି ଗୋଲକ ଓ ବିଧାନ ମଧ୍ୟ ସେୟା କଲେ। ପ୍ରଚଣ୍ଡ ଉଠି ଆଣ୍ଠୁମାଡ଼ି ବସି ଦୁଇ ହାତଯୋଡ଼ି କହିଲେ 'ମହାରାଜ, ଆମେମାନେ ଜାତି, ବୁଦ୍ଧି, ବିଦ୍ୟା ସବୁଥିରେ ଛୋଟ। ଆପଣ ଆମମାନଙ୍କୁ କାହିଁକି 'ଆଜ୍ଞା, ଆପଣ' କହୁଛନ୍ତି। ଆପଣଙ୍କ 'ତୁ' ବଚନ ହିଁ ଆମକୁ କୃତାର୍ଥ କରିବ।'

ମହାରାଜ ହସିହସି ଜିଭ କାମୁଡ଼ିଲେ। ହାତକୁ ଯୋଡ଼ି ମୁଣ୍ଡରେ ଲଗାଇ କହିଲେ- 'ଆପଣମାନଙ୍କ ସୌଜନ୍ୟ ରଖି ଆପଣ ଏକଥା କହିଲେ। ମୁଁ ତ ପୁଣି ମୋ ମର୍ଯ୍ୟାଦା ରଖିବି। ମୁଁ ବୋମକେଇ ଗ୍ରାମବାସୀ ନୁହଁ, କିନ୍ତୁ ମୋର ଶ୍ରୀଗୁରୁ ମହାରାଜ ଆପଣମାନଙ୍କ ଗାଁ ମକଦ୍ଦମ। ଏଣୁ ସାରା ବୋମକେଇ ମୋର ଗୁରୁଗ୍ରାମ। ଆପଣମାନେ ହେଲେ ମୋର ଗୁରୁ ଭାଇ। ଏଣୁ ମୁଁ କେମିତି ଆପଣମାନଙ୍କୁ 'ତୁ' କହିବି ?' ସେ ସେଠାରେ ଠିଆ ହୋଇଥିବା ଦୁଇଜଣ ଶିଷ୍ୟଙ୍କୁ ଚାହିଁଲେ।

ସେମାନେ ଆଗକୁ ଆସି ମୁଣ୍ଡ ନୁଆଇଁ ପ୍ରଣାମ କଲେ। ମହାରାଜ କହିଲେ- 'ଯାଅ, ଶଗଡ଼ରୁ ସବୁ ଜିନିଷପତ୍ର ଓହ୍ଲାଇ ଆଣି ବଳଦ ଶଗଡ଼ିଆଙ୍କୁ ତାଙ୍କ ଜାଗାରେ ଓ ମା'ମାନଙ୍କୁ ଆଣି ସମସ୍ତଙ୍କ ରହିବା, ଖାଇବାର ଉତ୍ତମ ଆୟୋଜନ କର। ଶୁଣିଲ ତ ? ଆସନ୍ତା ବୁଧବାର...'

'ଆଜ୍ଞା, ଆଜ୍ଞା। ଆପଣ ନିଶ୍ଚିନ୍ତ ରହନ୍ତୁ। ଏ ସମସ୍ତ ଦାୟିତ୍ୱ ଆମର।'

ଏମାନେ ମଧ୍ୟ ସେୟା ହିଁ ଚାହୁଁଥିଲେ। ଶଗଡ଼ରେ ଏତେଦିନର ଲଗାତାର ଧକଚକରେ ଆସି ଅଣ୍ଟାପିଠି ବିନ୍ଧିଗଲାଣି। ଦୁଇଦିନର ନିଶ୍ଚିନ୍ତ ବିଶ୍ରାମ ତ ନିତାନ୍ତ ଆବଶ୍ୟକ।

-୦-

ମଠରେ ସେମାନଙ୍କୁ ଦୁଇଟି ପ୍ରଶସ୍ତ କୋଠରୀ ମିଳିଥିଲା । ଗୋଟିକରେ ପୁରୁଷମାନେ ଓ ଅନ୍ୟଟିରେ ସ୍ତ୍ରୀମାନେ ନିଜ ଶେଯ ଉପରେ ବସି ଗପସପ କରୁଥିଲେ । ତିନୋଟି ଶଗଡ଼ରେ ଯାତ୍ରା ଆରମ୍ଭ କଲାଦିନରୁ ଦୁଃଖ ଏମାନଙ୍କ ଠିକଣା ହଜାଇ ଦେଇଥିଲା । ଏମାନେ ମଧ୍ୟ ଦୁଃଖ ପାଇଁ କବାଟ ଖୋଲି ନଥିଲେ । ହସକଥା, ମଜାଗପ, ନିଜ ଜୀବନର ଅଭୁଲା ସ୍ମୃତି ଏସବୁ ମିଠାକଥା ଭିତରେ ସେମାନେ ପରସ୍ପରର ସାନ୍ନିଧ୍ୟକୁ ନିବିଡ଼ ଭାବରେ ଉପଭୋଗ କରୁଥିଲେ ।

ବାସନ୍ତୀ, କନକ, କୁନ୍ଦ ଓ ପ୍ରଭା ପ୍ରାୟ ସମବୟସ୍କ ଥିଲେ । ଏଣୁ ସେମାନେ କ୍ଷୀର-ନୀର ପରି ଏକାକାର ହୋଇଯାଇଥିଲେ । ସେମାନେ ଅନୁଭବ କରୁଥିଲେ- ଏଠାରୁ ଗଲାପରେ ହୁଏତ ବାସନ୍ତୀଙ୍କର କୁନ୍ଦଙ୍କ ସହ ଓ କନକଙ୍କର ପ୍ରଭାଙ୍କ ସହ ଦେଖା ସାକ୍ଷାତ ହୋଇପାରେ । କିନ୍ତୁ କୁନ୍ଦ ଓ ପ୍ରଭା ଆଉ କେବେ ପରସ୍ପରକୁ ଭେଟିବେ ନା ନାହିଁ ସନ୍ଦେହ । ସମ୍ଭବତଃ ଏମିତି କିଛି ଭାବନା ସହ ସମାନ ବୟସ, ଗୁଣ, ଅବସ୍ଥା ମଧ୍ୟ ସେମାନଙ୍କୁ ଗୁଡ଼ ମୁଆଁ ପରି ବାନ୍ଧି ଏକାଠି କରି ଦେଇଥିଲା ।

ପ୍ରଚଣ୍ଡ, ଗୋଲକ ଓ ବିଧାନ ଏମାନଙ୍କ ବୟସରେ ଅନେକ ତାରତମ୍ୟ ଥିଲା । ଗୋଲକ ସବୁଠାରୁ ବୟସ୍କ ଥିଲେ । ତଥାପି ପ୍ରତିଦିନର ଏକାଠି ରହିବା ସେମାନଙ୍କ ସଂପର୍କକୁ ବଢ଼ାଇ ଦେଇଥିଲା । ସେମାନେ ସମସ୍ତେ କେତେବେଳେ ବିଧାନ ପରି ତରୁଣ ହୋଇଯାଉଥିଲେ, କେତେବେଳେ ଗୋଲକଙ୍କ ପରି ଅଭିଜ୍ଞ ହୋଇଯାଉଥିଲେ । କେତେବେଳେ ସେମାନେ ବିଧାନ ପାଖରେ ନିଜର ଅତୀତକୁ ସାଉଁଟୁଥିଲେ, ବିଧାନ ସେମାନଙ୍କ ଭିତରେ ନିଜର ଭବିଷ୍ୟତକୁ ଭେଟୁଥିଲା ।

ଏକାଠି ଚଳିବାର ଆବଶ୍ୟକତା ସେମାନଙ୍କ ସଂଭ୍ରମତା ଓ ସହିଷ୍ଣୁତାକୁ ବଢ଼ାଇ ଦେଇଥିଲା । ଏଣୁ ସେମାନେ ଅନ୍ୟର ଦୋଷତ୍ରୁଟିକୁ ଅଣଦେଖା କରି ନିଜ ନିଜର ଦୋଷତ୍ରୁଟିକୁ ସଂଯମର ଲୁହା ଶିକୁଳୀରେ ଏମିତି ବାନ୍ଧି ରଖିଥିଲେ ଯେମିତିକି ସେ ପ୍ରକଟ ହୋଇ ଅନ୍ୟକୁ କାମୁଡ଼ି ଲହୁଲୁହାଣ ନକରେ ।

ଦୂର ସଂପର୍କୀୟ ବା ଆଦୌ ସଂପର୍କ ନଥିବା ଲୋକଙ୍କ ସାଙ୍ଗରେ ଦିନ ବିତାଇବାବେଳେ ଯଦି ନିଜର ସବୁ ସଦ୍‌ଗୁଣ ହିଁ ପ୍ରକଟିତ ହୋଇ ନିଜକୁ ଆନନ୍ଦ ହିଁ ଆନନ୍ଦ ଦେଇପାରନ୍ତି, ତେବେ ନିଜ ପରିବାରର ବା ନିଜ କୁଟୁମ୍ବର ଲୋକଙ୍କ ସହିତ ଚଳିବାବେଳେ କାହିଁକି ଜୀବନ ଦୁର୍ବିସହ ହୋଇଯାଏ ?

କାହିଁକି ପରିବାରର ଲୋକଙ୍କ ସୋରିଷ ପରି ଦୋଷ ସବୁ ପରସ୍ପରକୁ ମାରଣା ଷଣ୍ଢ ପରି ଭୟାନକ ଦିଶେ ?

କ୍ଷମା, ସହିଷ୍ଣୁତା ପରି ସଦ୍‌ଗୁଣ ସବୁକୁ ପର ପାଇଁ ରଖି ଅହଂ, ସ୍ୱାର୍ଥପରତାକୁ କାହିଁକି ଲୋକେ ନିଜ ପରିବାର, ରକ୍ତ ସଂପର୍କକୁ ଭେଟି ଦିଅନ୍ତି ?

ଏ କ'ଣ କମ୍ ଦୁର୍ଭାଗ୍ୟ !

-୦-

ଗଙ୍ଗାନଦୀ କୂଳରେ ବ୍ରାହ୍ମଣମାନଙ୍କ ସହାୟତାରେ ଶ୍ରାଦ୍ଧ, ପିଣ୍ଡଦାନ କାର୍ଯ୍ୟ ସରିବା ପରେ ସେମାନେ ସମସ୍ତେ ଡଙ୍ଗାଟିଏ ନେଇ ଅସ୍ଥି ବିସର୍ଜନ କରିବାକୁ ଗଙ୍ଗାଯମୁନାର ମିଳନ ସ୍ଥାନକୁ ଗଲେ। ବିସର୍ଜନ ମନ୍ତ୍ର ପାଠ ଆଦି ପୂଜାକର୍ମ ବଢ଼ାଇବା ପାଇଁ ଜଣେ ବ୍ରାହ୍ମଣ ମଧ୍ୟ ସାଙ୍ଗରେ ଗଲେ।

'ଏଇ ଯେଉଁ ଗାଢ଼ ସବୁଜ ରଙ୍ଗର ସ୍ରୋତ ଦେଖାଯାଉଛି, ସେ ହେଲେ ଯମୁନା'- ବ୍ରାହ୍ମଣ ଶ୍ରୀକୃଷ୍ଣ ଶର୍ମା କହିଲେ। 'ଆଉ ଏଇ ଯେଉଁ ଗହମ ରଙ୍ଗର ଧାରା ଯାହା ଉପରେ ଏବେ ଆମେ ଡଙ୍ଗାରେ ଯାଉଛେ, ସେ ହେଲେ ଗଙ୍ଗାମାତା।'

ସମସ୍ତେ ହାତ ଟେକି ନମସ୍କାର କଲେ। ସକାଳୁ ତ ଗଙ୍ଗାସ୍ନାନ ହୋଇଥିଲା। ତଥାପି ଗଙ୍ଗାସ୍ରୋତରୁ ପାଣି ନେଇ ଦେହମୁଣ୍ଡରେ ପକାଇଲେ।

ଗଙ୍ଗାବକ୍ଷରେ ଅଗଣିତ ଡଙ୍ଗା ସବୁ ଗଙ୍ଗାଯମୁନାର ମିଳନ ଜାଗାକୁ ଯାଉଥାଆନ୍ତି। ପୂର୍ବାହ୍ନର କୋମଳ ଖରାରେ ମୁଣ୍ଡ ଉପରର ନୀଳ ଆକାଶ ଓ ଡଙ୍ଗା ଚାରିପଟର ପାଣି, ଦୂରର ଦୁର୍ଗ ଉପରେ ସୂର୍ଯ୍ୟଙ୍କର ସୁନେଲୀ କିରଣର ଛଟା, ଧୀର ପବନ, ପକ୍ଷୀମାନଙ୍କ କଳରବ ସବୁ ମିଶି ଅପୂର୍ବ ଦୃଶ୍ୟ ସୃଷ୍ଟି କରିଥାଏ।

'ଏଇଠି ରଖିଲ ଯେ ଆଉ ଟିକିଏ ଆଗକୁ ନେଉ ନ ?' ବାସନ୍ତୀ ନାଉରିଆକୁ କାତ ମାରିବା ବନ୍ଦ କରିବା ଦେଖି କହିଲେ।

'ନା, ମା', ଗଙ୍ଗା ଛାଡ଼ି ମୁଁ ଯମୁନା ଉପରକୁ ଡଙ୍ଗା ନେବି ନାହିଁ।' ନାଉରିଆ କହିଲା।

ଶ୍ରୀକୃଷ୍ଣ ଶର୍ମା ବାସନ୍ତୀଙ୍କୁ ଚାହିଁ କହିଲେ- 'ଗଙ୍ଗା ଏଠାରେ ମୋଟେ ଆଠ ଦଶ ହାତ ଗଭୀର। କିନ୍ତୁ ଯମୁନା ଏଠାରେ ଅନ୍ତ ହୋଇ ଗଙ୍ଗା ସ୍ରୋତରେ ଧକ୍କା ଖାଇ ପୁଣି ପଛକୁ ଫେରୁଥିବାରୁ ଖୁବ୍ ଗଭୀର। ଠାଏ ଠାଏ ତିରିଶ ଚାଳିଶ ହାତରୁ ମଧ୍ୟ ଅଧିକ ଗଭୀର। ସେଥିପାଇଁ ସଂଗମ ସ୍ଥଳକୁ ଗଲେ ମଧ୍ୟ ଗଙ୍ଗାସ୍ରୋତ ଉପରେ ହିଁ ନାଉରିଆ ଡଙ୍ଗାକୁ ରଖିଥାଏ। ଆଗକୁ ଯିବାକୁ ଭୟ କରେ।'

ସମସ୍ତଙ୍କ ଦୃଷ୍ଟି ଗଙ୍ଗା ସ୍ରୋତ ଉପରେ ପଡ଼ିଲା।

ହାତରେ ଧରିଥିବା ପୂଜା ଫୁଲରୁ ଗୋଟିଏକୁ ପାଣିରେ ପକାଇ ପ୍ରଭା କହିଲେ-

'ଏଇ ଦେଖ, ଦେଖ, ଫୁଲଟିଏ ପକାଇଲି ଯେ ଚାହୁଁ ଚାହୁଁ କୋଶେ ଦୂରକୁ ପଳାଇଲା। କିନ୍ତୁ ହେଇ ଦେଖ' କହି ଆଉ ଗୋଟିଏ ଫୁଲକୁ ସେ ଟିକିଏ ଦୂରକୁ ଯମୁନା ବକ୍ଷକୁ ଛାଟିଦେଲେ। ଫୁଲଟି ପାଣିରେ ଭାସିଲା ସିନା, ସେଇଠି ହିଁ ଢେଉରେ ଟଳମଳ ହେଲା।

'ସତେ ତ, ଯମୁନା ପାଣି କେଡ଼େ ଶାନ୍ତ, ଗାଢ଼ ସବୁଜ ରଙ୍ଗର ପୋଖରୀଟିଏ ପରି ସ୍ଥିର'- କୁନ୍ଦ କହିଲେ।

ଶ୍ରୀକୃଷ୍ଣ ଶର୍ମା ହସିଲେ। କହିଲେ- 'ଏହା ହିଁ ବିଚିତ୍ର। ସେଇ ଶାନ୍ତ, ସ୍ଥିର ଦିଶୁଥିବା ପାଣି ତଳେ ଯେଉଁ ସ୍ରୋତ ଚାଲିଛି, ସେ କିନ୍ତୁ ବଡ଼ ବିପଦଜନକ। ଗଙ୍ଗାସ୍ରୋତରେ ଭାସିଗଲେ, ପହଁରା ଜାଣିଥିବା ଲୋକଟି ଯଦି ପାଣିରୁ ମୁଣ୍ଡଟା ଟେକି ରଖିବାର ଉପାୟ ଶିଖିଥିବ, ସ୍ରୋତରେ ଧକ୍କା ଖାଇ ଖାଇ ଦୂରକୁ ଭାସିଗଲେ ବି ହୁଏତ ବଞ୍ଚିଯିବ। କିନ୍ତୁ ଯମୁନା ଅନ୍ତଃସ୍ରୋତା, ଏବଂ ଶକ୍ତିଶାଳୀ। କାରଣ ଗଭୀରତା ଅଧିକ ହେତୁ ପାଣିର ଚାପ ମଧ୍ୟ ସେଠି ଅଧିକ। କେତେ ଭଲ ପହଁରା ଜାଣିଥିବା ବ୍ୟକ୍ତି ମଧ୍ୟ ସେଇଠି ଅଧିକ ସମୟ ତିଷ୍ଠିବା କଷ୍ଟ। ଏଣୁ ସାବଧାନ ହୋଇ ବସନ୍ତୁ। ଏଇଠି ଜଣେ ପାଣିରେ ପଡ଼ିଲେ ସିଧା ଯମୁନାକୁ ଟାଣି ହୋଇ ଚାଲିଯିବ।'

ସଙ୍ଗମ ସ୍ଥାନରେ ଡଙ୍ଗାମାନଙ୍କର ଭିଡ଼ ବଢୁଥିଲା। ଖୁନ୍ଦାଖୁନ୍ଦି ହୋଇ ନୌକା ସବୁ ଏମିତି ରହିଥିଲେ ଯେ, ଯେଉଁ ଡଙ୍ଗାର କାମ ସରିଲା ସେ ଯିବାକୁ ଚାହିଁଲେ ମଧ୍ୟ ଫେରିବା ପାଇଁ ଡଙ୍ଗାକୁ ବୁଲାଇବାକୁ ଜାଗା ନଥିଲା। ମଙ୍ଗ ବଦଳାଇ, ନାଉରିଆ ଆଗ ମଙ୍ଗରୁ ପଛ ମଙ୍ଗକୁ ଆସି ସେଇଠୁ କାତ ମାରି ଡଙ୍ଗାକୁ ଆଗକୁ ନେଉଥିଲା। ଗୋଟିଏ ଡଙ୍ଗା ସେ ଭିତରୁ ଘୁଞ୍ଚୁ ଘୁଞ୍ଚୁ ଆଉ ଗୋଟିଏ ଡଙ୍ଗା ସେଇଠି ପହଞ୍ଚି ଖାଲି ଜାଗାଟିକୁ ଭର୍ତ୍ତି କରିଦେଉଥିଲା।

କିନ୍ତୁ ଏ ଅସୁବିଧା ପାଇଁ କଷ୍ଟ ବଢୁଥିଲେ ମଧ୍ୟ କୌଣସି ନାଉରିଆ ରାଗିବା କି ବିରକ୍ତ ହେବା ଦେଖାଯାଉନଥିଲା। ସବୁଦିନିଆ ଘଟଣା। ସେ ପୁଣି ପେଟପାଟଣାର କଥା।

ରଗାରଗିରେ ସମୟ ନଷ୍ଟ, ସମୟ ନଷ୍ଟରେ ବେଉସା ନଷ୍ଟ।

ପ୍ରତ୍ୟେକ ଡଙ୍ଗାରେ କାହିଁ କେତେ ଦୂରରୁ ଆସିଥିବା ସ୍ତ୍ରୀ, ପୁରୁଷ, ପିଲା, ବୁଢ଼ା ବସିଥିଲେ। ପିଲାମାନେ ଆପଣା ଆପଣା ଭିତରେ ମଜ୍ଜି ଆନନ୍ଦରେ କୋଳାହଳ କରୁଥିଲେ। ବୟସ୍କମାନେ ଗଙ୍ଗାମାତାଙ୍କ ସମେତ ସବୁ ଦେବାଦେବୀଙ୍କ ଜୟଧ୍ୱନୀ କରୁଥିଲେ। ନିଜର ସବୁଦିନିଆ ବାତାବରଣରୁ ସାମୟିକ ମୁକ୍ତି ମିଳିଲେ ଯେଉଁ ଅପୂର୍ବ ଆନନ୍ଦ ମନୁଷ୍ୟକୁ କୋଳେଇ ନିଏ, ସେହି ଆନନ୍ଦରେ ସମସ୍ତେ ମଗ୍ନ ଥିଲେ।

'ଆରେ, ସେ ଡଙ୍ଗାଟାକୁ ଦେଖ ତ। କେତେକ ଲୋକ ସେଥିରେ ଲଦି ହୋଇଛନ୍ତି!' ଗୋଲକଙ୍କ କଥାରେ ସମସ୍ତଙ୍କ ଦୃଷ୍ଟି ସେ ଆଡ଼କୁ ଟାଣିହୋଇ ଗଲା। ଡଙ୍ଗାଟିରେ ଅଧିକାଂଶ ଯାତ୍ରୀ କମ୍ ବୟସର ବାଳକବାଳିକା କିମ୍ବା ପରିଣତ ବୟସର ଥିଲେ। କେବଳ ସେମାନଙ୍କ ଭିତରେ ଜଣେ ମାତ୍ର ଯୁବକ ବସିଥିବା ଦେଖାଗଲା।

'ହଁ, ସତେ ତ! ଏକ, ଦୁଇ, ତିନି... ବାର, ତେର, ଚଉଦ... ବାପ୍‌ରେ! ସମୁଦାୟ ଚଉଦ ଜଣ ଯାତ୍ରୀ ସେଥିରେ ଲଦି ହୋଇଛନ୍ତି! ଡଙ୍ଗାଟା ବଡ଼ ଅଛି ଯେ, ହେଲେ ଏତେବଡ଼ ବି ତ ନୁହଁ,' ପ୍ରଚଣ୍ଡ କହିଲେ।

'ଶ'–' ନାଉରିଆ ଖିଙ୍କାରି ହେଲା। 'ଆଜ୍ଞା, କାହିଁକି କହୁଛନ୍ତି, ଏ ଯାତ୍ରୀଗୁଡ଼ାକ ନିହାତି କଂଜୁସ୍। ସାମାନ୍ୟ ଅଧିକ ପଇସା ଦେଇଥିବେ। ସେହି ଲୋଭରେ ଏୟ ନାଉରୀ ନିକର୍ମା ମଧ୍ୟ ତାଙ୍କୁ ନେଇ ଆସିଛି। ସେମାନେ ଖୁସୀ– ଆଉ ଗୋଟେ ଡଙ୍ଗାର ପଇସା ବଞ୍ଚିଲା। ଇଏ ମଧ୍ୟ ଖୁସୀ, କିଛି ଅଧିକା ପଇସା ପାଇଗଲା। ଏମିତି ଲୋକଙ୍କ ଯୋଗୁଁ ପ୍ରତିବର୍ଷ ଏଇଠି ଡଙ୍ଗାବୁଡ଼ି ହେଉଛି। ମୋତେ ଆଜ୍ଞା ସୁନା ମୋହର ଦେଲେ ମଧ୍ୟ ଏତେ ଲୋକଙ୍କୁ ମୁଁ ଡଙ୍ଗାରେ ବସାଏ ନାହିଁ। କିଛି ଯଦି ଘଟିବ, ଲୋକେ ତ ଆଗେ ମୋ ତଣ୍ଟିଟା ଧରିବେ ନା?'

'ଆଉ କ'ଣ? ପ୍ରାଣଠାରୁ କ'ଣ ପଇସା ଅଧିକ?' କନକ କହିଲେ।

'ମୁଁ ଭାବୁଛି, ଏମିତି ହୋଇଥିବ' ଗୋଲକ କହିଲେ। 'ବୁଢ଼ାବୁଢ଼ୀ କି ପିଲାଙ୍କୁ ଅଲଗା ଅଲଗା ଡଙ୍ଗାରେ ବସାଇବାକୁ ସାଙ୍ଗରେ ଆସିଥିବା ଯୁବକଟି ଭୟ କରିଥିବ। ଦେଖୁନ, ଜଣେ ମାତ୍ର ଯୁବକ ସେଇ ଦଳରେ ଅଛି। ଦୁଇଟି ଡଙ୍ଗା କରିଥିଲେ, ସେ କେଉଁ ଡଙ୍ଗାରେ ବସିଥାନ୍ତା?'

'ହଁ, ସେୟା ହୋଇଥିବ,' ସମସ୍ତେ ମୁଣ୍ଡ ଟୁଙ୍ଗାରିଲେ।

ଏମାନଙ୍କ ଡଙ୍ଗା ତ ଲକ୍ଷ୍ୟ ସ୍ଥାନରେ ପହଞ୍ଚି ସାରିଥିଲା। ଆର ଡଙ୍ଗାଟି ମଧ୍ୟ ପାଖକୁ ଆଗେଇ ଆସୁଆସୁ ତା'ର ନାଉରିଆ ଗରଗର ହେଉଥିବା ଶୁଣାଗଲା।

'ତୁମେ ସବୁ କୋଉ ମରୁଭୂମିରୁ ଆସିଛ ନା କ'ଣ? ପାଣି ଦେଖି ଏତେ ଉଚ୍ଛୁଳିଲେ ହେବ? ଭାଇ, ୟେ ସଙ୍ଗମ, ଟିକିଏ ଅସାବଧାନ ହେଲେ ମନୁଷ୍ୟ ସିଧା ଯମୁନା ପେଟ ଭିତରେ ପଶିଯିବ। ଲୋକେ ମୋତେ ଧରି ପିଟିବେ। ଯେତେ କହିଲେ ବି ସମସ୍ତେ ଡଙ୍ଗାର ଗୋଟିଏ ପଟରେ କାହିଁକି ଏମିତି ଥରକୁ ଥର ଗଦା ହେଉଛ? କହିଲିନା, ବାଣ୍ଟିହୋଇ ଦୁଇପଟରେ ବସ। ନହେଲେ ଡଙ୍ଗା ଅଣେଇ ହୋଇଯିବ।'

ସେ ଡଙ୍ଗାରେ ବସିଥିବା ତିନି ଚାରିଜଣ ମୋଟାସୋଟା ସ୍ତ୍ରୀଲୋକ ନାଉରିଆର କର୍କଶ ଧମକରେ ପରସ୍ପର ମୁହଁକୁ ଚାହିଁଲେ। ସତେ ତ, କଥା ହେଉ ହେଉ,

କେତେବେଳେ ସେମାନେ ଏକାଠି ଗୋଟିଏ ପଟରେ ବସିଯାଇଛନ୍ତି। ଏ ପିଲାଗୁଡ଼ାକ ବି କ'ଣ କମ୍ ଜନ୍ତୁ। ଛାଡ଼ିଲେ ତ ଏଣେତେଣେ ହେବେ। ଏଣୁ ନାଚାର ମା'ମାନେ ସେମାନଙ୍କୁ ମଧ୍ୟ ଭିଡ଼ି ପାଖରେ ବସାଇଛନ୍ତି। ଯାହାହେଉ, ସେଇଠୁ ଦୁଇଜଣ ଉଠି ଆର କଡ଼କୁ ଯାଇ ବସିଲେ।

ଶ୍ରୀକୃଷ୍ଣ ଶର୍ମା ସେ ଡଙ୍ଗାରୁ ଆଖି ଫେରାଇ ବିଧାନ ଓ ପ୍ରଚଣ୍ଡକୁ ପଚାରିଲେ- 'ପହଁରା ଭଲ ଭାବରେ ଜାଣିଛ? ନା ଡଙ୍ଗାରେ ବସି ଅସ୍ଥିକୁ ଏଠାରୁ ହିଁ ପାଣିରେ ପକାଇଦେବ? ଯାହାକଲେ ବି ହେବ। ତୁମମାନଙ୍କ ଇଚ୍ଛା।'

ବିଧାନ ଓ ପ୍ରଚଣ୍ଡ ପରସ୍ପରକୁ ଚାହିଁଲେ। ବିଧାନ କହିଲା- 'ମୁଁ ତ ଭଲ ଭାବରେ ପହଁରା ଜାଣିଛି। ମୁଁ ପାଣିକୁ ଓହ୍ଲାଇବି।' ଏହା କହି କଛା ଭିଡ଼ି ପାଣିକୁ ଡେଇଁ ପଡ଼ିଲା। ସେତିକି ଆଘାତରେ ଡଙ୍ଗା ଦୋହଲିଗଲା।

ପାଣିରେ ବୁଡ଼ଟିଏ ମାରିବା ପରେ ବିଧାନ ଶ୍ରୀକୃଷ୍ଣ ଶର୍ମାଙ୍କ ମନ୍ତ୍ରଧ୍ୱନି ଭିତରେ ବାସନ୍ତୀଙ୍କ ହାତରୁ ଅସ୍ଥି କଳସ ନେଇ କଳସକୁ ଖୋଲି ଗଙ୍ଗାଜଳରେ ତାକୁ ବୁଡ଼ାଇଦେଲା। ପୁଣି ପାଣି ଭର୍ତ୍ତି କଳସକୁ ଓଲଟାଇ ତାକୁ ପାଣିରେ ଖାଲି କରିବାରେ ଲାଗିଲା। ଅସ୍ଥି ସବୁ ବୁଡ଼ିଗଲା। ସେଥିରେ ଥିବା ପାଉଁଶ ପାଣିରେ ଲମ୍ବା ଗାରଟିଏ ଟାଣି ଟାଣି କିଛି ବାଟ ଗଲାପରେ ନିଶ୍ଚିହ୍ନ ହୋଇଗଲା। କଳସୀଟି ମଧ୍ୟ ପୁଣି ପାଣି ଭର୍ତ୍ତି ହୋଇ ବୁଡ଼ିଗଲା।

ସେଆଡ଼େ ଚାହିଁଥିବା ବାସନ୍ତୀ ଲୁଗାକାନିରେ ମୁହଁ ଘୋଡ଼ାଇ କଇଁକଇଁ ହୋଇ କାନ୍ଦିଉଠିଲେ। ଭଲ ହେଉ, ଖରାପ ହେଉ, ସ୍ୱାମୀ ବୋଲି ମଣିଷଟାର ଉପସ୍ଥିତି ତ ଜୀବନରେ ଥିଲା। ଯେଉଁ ମଣିଷଟାର ହଜାର ଅବିଗୁଣ ପାଇଁ ସେ ସବୁବେଳେ ରାଗୁଥିଲେ, ତା'ର ସବୁଦିନ ପାଇଁ ଚାଲିଯିବା ତ ଘରଟାକୁ ଉଜାଡ଼ି ଦେଲା!

ପ୍ରଭା, ବାସନ୍ତୀଙ୍କୁ କୋଳାଇ ନେଇ ଯାକି ଧରିଲେ। କିଛି କହିପାରିଲେ ନାହିଁ।

ସବୁ ଦୁଃଖର ସାନ୍ତ୍ୱନା ନଥାଏ।

ବିଧାନ ପାଣିରୁ ଉଠିଆସି ଡଙ୍ଗା ପାଖରେ ପହଞ୍ଚି ପୁଣି ହାତ ବଢ଼ାଇଲା। କନକ କଳସୀକୁ ମୁଣ୍ଡରେ ଲଗାଇ ଭୋ' ଭୋ' କାନ୍ଦିବାରେ ଲାଗିଲେ। କୁନ୍ଦ କଳସୀ ସମେତ କନକଙ୍କ ଦୁଇ ହାତକୁ ବିଧାନ ଆଡ଼କୁ ବଢ଼ାଇ ଦେଲେ। ଶ୍ରୀକୃଷ୍ଣ ଶର୍ମାଙ୍କ ମନ୍ତ୍ର ପୁଣି ଆରମ୍ଭ ହେଲା।

ବିଧାନ କଳସଟା ନେଇଗଲା।

'ଆହା, ପୁଅ ପରି ଭଲ ପାଉଥିଲ ବିଧାନକୁ'- କନକ ଗୁଣିହୋଇ ବାହୁନୁ ଥିଲେ। 'ଆଜି ବିଧାନ ତ ପୁଅର କାମ ହିଁ କଲା। ବିଧାନକୁ ତୁମର ଏ କାମ କରିବାକୁ

ପଡ଼ିବ ଏକଥା କେବେ ଭାବିଥିଲ ?' ହଠାତ୍ ଏକ ନିଃସଙ୍ଗତାବୋଧର ଅଗ୍ନିରେ କନକଙ୍କ ଆତ୍ମା ଛଟପଟ ହେବାରେ ଲାଗିଥିଲା । କୁନ୍ଦ ତାଙ୍କୁ ନିଜ ଆଡ଼କୁ ଟାଣିନେଇ ତାଙ୍କ ପିଠିକୁ ଆପୁଡ଼ାଇବାରେ ଲାଗିଲେ । ସମସ୍ତଙ୍କ ଆଖିରୁ ମଧ୍ୟ ଅନୁକମ୍ପାର ଅଶ୍ରୁ ଝରିବାରେ ଲାଗିଲା ।

ଗୋଲକ, ପ୍ରଚଣ୍ଡ ଅନ୍ୟଆଡ଼େ ମୁହଁ ବୁଲାଇଲେ ।

ଦେବଦତ୍ତଙ୍କ ଅସ୍ଥି ବିସର୍ଜନ ମଧ୍ୟ ସରିଲା ।

'ମଉସା, ଆପଣ ଆଉ କାହିଁକି ପାଣିକୁ ଓହ୍ଲାଇବେ ?' ପାଣିରେ ଥାଇ ବିଧାନ ପ୍ରଚଣ୍ଡଙ୍କୁ ଚାହିଁ କହିଲା- 'ଆପଣ କଳସୀଟା ଖୋଲି ପାଣିରେ ଭସାଇ ଦିଅନ୍ତୁ । ମୁଁ ତାକୁ ପାଣିରେ ବୁଡ଼ାଇ ଦେବି ।'

ପ୍ରଚଣ୍ଡ ବି ସେୟା ଚାହୁଁଥିଲେ । ତାଙ୍କୁ ତ ପହଁରା ଆସେ । ପାଣିକୁ ଗଲେ ହୁଅନ୍ତା । ପାଣିର ଗଭୀରତାକୁ ଆଖିରେ ମାପୁମାପୁ ସେ ଗୋଟିଏ ଗୋଡ଼କୁ ଡଙ୍ଗାରୁ କାଢ଼ି ବାହାରକୁ ଝୁଲାଇଲେ ।

ଆର ଡଙ୍ଗାଟାର ଯୁବକଟି ପାଣିରେ ଓହ୍ଲାଇ ଏକ ତେର ଚଉଦ ବର୍ଷର ବାଳକ ଧରିଥିବା କଳସଟା ମାଗୁଥିଲା । ବାଳକଟି ଜିଦ୍ କରୁଥିଲା ସେ ପହଁରା ଶିଖିଗଲାଣି । ପାଣିକୁ ଓହ୍ଲାଇ ପାରିବ । ଅସ୍ଥିକଳସ ନିଜେ ବୁଡ଼ାଇବ । ପିଲାଟିର ମା' ବୋଧହୁଏ, ଅଳ୍ପ ବୟସୀ ବିଧବା ଜଣେ, ତାକୁ ନେହୁରା ହେଉଥିଲେ- 'ନାଇଁ ବାପା, ମୋ କଥା ମାନେ । ମାମୁଁଙ୍କ ପାଖକୁ କଳସୀଟା ପାଣିରେ ଭସାଇ ଦେଲେ ହେବ । ତୁ ତ ଶ୍ରାଦ୍ଧ, ପିଣ୍ଡଦାନ ସବୁ କଲୁ । ଦେ, କଳସକୁ ପାଣିରେ ଭସେଇ ଦେ । ମାମୁଁ ବାକି କାମ କରନ୍ତୁ'- କହୁ କହୁ ମୁହଁରେ ଲୁଗା ଦେଇ ସେ କରୁଣ ସ୍ୱରରେ କାନ୍ଦିବାରେ ଲାଗିଲେ ।

ପ୍ରଚଣ୍ଡଙ୍କୁ ଲାଗିଲା, ସତେ ଯେପରି ତାଙ୍କ ବୋଉ ତାଙ୍କୁ ଏ ତାଗିଦା କରୁଛନ୍ତି । ପାଣିକୁ ଯିବାକୁ ମନା କରୁଛନ୍ତି । ପ୍ରଭା ସିନା ପୋଖରୀକୁ ଗାଧୋଇବାକୁ ନିତି ଯାଏ, ଗାଧୁଆ କମ୍, ସାଙ୍ଗସୁଖ ବେଶୀ । ସେ ନିଜେ କିନ୍ତୁ ବାଡ଼ିର କୂଅ ମୂଳ ଛଡ଼ା ଦିନେ ପୋଖରୀରେ ଗାଧୋଇ ନାହାନ୍ତି । ଗାଁ ଛାଡ଼ି ଅନ୍ୟଆଡ଼େ ଗଲେ, ପୋଖରୀର ଜଙ୍ଘେ ପାଣିର ପାହାଚରୁ ଆଉ ଗୋଟେ ପାହାଚ ତଳକୁ ଆଗେଇବାକୁ ସାହସ କରିନାହାନ୍ତି । ଆଉ ଏଇଠି ତ ଡଙ୍ଗାରୁ ଗୋଡ଼ କାଢ଼ିଲେ, ସିଧା ଦୁଇପୁରୁଷ ଗଭୀର ପାଣି !

ତାଙ୍କର ଡଙ୍ଗାରୁ ବାହାରକୁ ଲମ୍ବିଥିବା ଗୋଡ଼ଟି ସଙ୍ଗେ ସଙ୍ଗେ ଡଙ୍ଗାକୁ ଫେରିଗଲା ।

ସେ କାତର ହୋଇ ଶ୍ରୀକୃଷ୍ଣ ଶର୍ମାଙ୍କୁ ଚାହିଁଲେ ।

ଶ୍ରୀକୃଷ୍ଣ ଶର୍ମା ମୁଣ୍ଡ ଟୁଙ୍ଗାରି ସମ୍ମତି ଦେଇ ମନ୍ତ୍ରପାଠ ଆରମ୍ଭ କଲେ ।

ପ୍ରଚଣ୍ଡ କଳସୀ ମୁହଁ ଖୋଲି ସେଥିରୁ ଚିମୁଟାଏ କାଢ଼ି ପାଣିରେ ପକାଇ କଳସୀଟି ବିଧାନ ଆଡ଼କୁ ଭସାଇ ଦେଲେ। ଅସ୍ଥି ସବୁ ଠିକ୍ ଭାବରେ ଗଙ୍ଗା ବକ୍ଷରେ ପଡ଼ି ମାଟି ଛୁଇଁଲେ ନା ଚିରଦିନ ପାଇଁ ସେଇଠି ଥିବ, ପିତୃପୁରୁଷ ମୁକ୍ତି ପାଇବେ। ଏ ଡଙ୍ଗାରେ ବସି ପକାଇଲେ ପାଣି ଭିତରକୁ ଯିବ ନା କେଉଁ ଡଙ୍ଗାରେ ଲାଖିରହିବ, କିଏ କହିପାରିବ ?

ବିଧାନ କଳସୀକୁ ବିସର୍ଜନ କରି ପାଣି ଭିତରେ ବୁଡ଼ ମାରିଲା।

ସରିଲା ! ପଡ଼ି ରହିଥିବା କାମଟିଏ ଭଲରେ ଭଲରେ ସରିଲା। ବାପା, ମଉସା ପ୍ରେତଯୋନୀରୁ ଏଣିକି ମୁକ୍ତ ହୋଇ ସାରିଥିବେ। ପାଣି ଭିତରେ ମୁଣ୍ଡ ବୁଡ଼ାଇ ବିଧାନ ଭାବୁଥିଲା। ସତରେ ତାକୁ କେତେ ଶାନ୍ତି ଲାଗିଲା। କାହିଁକି ସେ ବିଗତ ତିନିବର୍ଷରୁ ଅଧିକ ହେଲା ଏତକ ସାରି ନଥିଲା ଯେ? ମକଦ୍ଦମ ଆଜ୍ଞା କହିନଥିଲେ କେଜାଣି କେତେ କାଳ ସେ ବାପା, ମଉସାଙ୍କୁ ଏମିତି ପ୍ରେତଯୋନୀରେ ବାନ୍ଧି ରଖିଥାନ୍ତା !

ହଠାତ୍ ପାଣି ଉପରୁ କିଛି କୋଳାହଳ ତା' କାନରେ ପଡ଼ିଲା।

ସେ ପାଣିରୁ ମୁଣ୍ଡ ଉଠାଇ ଦେଖିଲା, ସେମାନଙ୍କ ପାଖରେ ଥିବା ପୂର୍ବର ସେଇ ଡଙ୍ଗାଟି ଅଣେଇ ହୋଇ ରହିଛି। ସେଥିରେ ଗୋଟିଏ ଲୋକ ନାହାନ୍ତି। ସମସ୍ତେ ବୋଧହୁଏ ପାଣି ଭିତରେ ! ହଁ ତ, କେତେବେଳେ କେତୋଟି ମୁଣ୍ଡ, କେତେବେଳେ କେତୋଟି ହାତ ପାଣି ଉପରକୁ ଦିଶୁଛି। ଉଠୁଛି ପୁଣି ବୁଡ଼ିଯାଉଛି !

କିଛି ଲୋକ ପାଣିକୁ ଡେଇଁ ସେମାନଙ୍କୁ ଉଦ୍ଧାର କରିବାରେ ଲାଗିଲେଣି। ଆଖପାଖର ସବୁ ଡଙ୍ଗା ଆସି ଏଇଠି ଭିଡ଼ ଜମେଇଛନ୍ତି। ପାଣିକୁ ଡେଉଁଛନ୍ତି କମ୍ କିନ୍ତୁ ସ୍ତ୍ରୀ, ଛୋଟ ପିଲା, ବୁଢ଼ାବୁଢ଼ୀଙ୍କ ଚିତ୍କାର ସମେତ ବହୁ ଲୋକଙ୍କ ହାଁ ହାଁ, ଧରଧର, ଉପରକୁ ଟାଣି ଆଣ ଆଦି କୋଳାହଳରେ କାନ ଫାଟି ଯାଉଛି। ଟିକିଏ ଆଗରୁ ଶାନ୍ତ, ମଧୁର, ଦିଶୁଥିବା ବାତାବରଣ ହଠାତ୍ ଦାନ୍ତ ଦେଖେଇ ଖତେଇ ହେଉଛି।

ବିଧାନ ସଙ୍ଗେ ସଙ୍ଗେ ସେ ଆଡ଼କୁ ପହଁରିଗଲା। ଠିକ୍ ତା' ଆଗରେ ସେ ଟିକିଏ ପୂର୍ବରୁ ଦେଖିଥିବା ମୋଟା ସ୍ତ୍ରୀ ଲୋକଙ୍କ ଭିତରୁ ଜଣେ ପାଣି ଭିତରୁ ହାଉଳି ଖାଇ ମୁଣ୍ଡଟେକି ପୁଣି ପାଣି ଭିତରେ ବୁଡ଼ି ଯାଉଥିବା ସେ ଦେଖିପାରି ସେ ସେଆଡ଼କୁ ପହଁରିଗଲା। ତାଙ୍କ ଲମ୍ବା ବେଣୀକୁ ଟାଣିଟାଣି ଭିଡ଼ ଜମାଇ ଥିବା ଡଙ୍ଗାଟିଏ ଆଡ଼କୁ ଆଣୁ ଆଣୁ କିଛି ଲୋକ ହାତ ବଢ଼ାଇ ତାଙ୍କୁ ଉପରକୁ ଟେକିନେଲେ।

ସେ ହାଉଯାଉ ଭିତରେ ସେ ଜାଣିପାରିଲା- ତଥାପି କେତେ ଜଣ ପାଣି ତଳେ ଅଛନ୍ତି। ପୁଣି ପାଣିରେ ବୁଡ଼ି ଜଣେ ବାଳିକାକୁ ପାଣିରୁ ଛାଣିଆଣି ଲୋକଙ୍କ ହାତରେ ଦେଇ ସେ ପୁଣି ପାଣିକୁ ବୁଡ଼ ମାରିଲା।

ତୃତୀୟ ଜଣକୁ ପାଣି ଉପରକୁ ଆଣିବାବେଳେ ସେ ଅନୁଭବ କଲା, ତା' ନିଜ ଦେହ ଭିତରେ ଏକ ଶୀତଳ ଅବସନ୍ନତା, କ୍ଲାନ୍ତି ଛାଇ ହୋଇ ଗଲାଣି। ଗୋଟିଏ ଡଙ୍ଗାର ଧାରକୁ ଧରି ସେ ଟିକିଏ ଥକ୍କା ମେଣ୍ଟାଇବାକୁ ଯାଉଛି- ଏକ ଆର୍ତ୍ତନାଦ ତା' କାନରେ ପଡ଼ିଲା।

'ମୋ ପୁଅ, ମୋ ପୁଅ କାହିଁ ?' ସେ ଆଗରୁ ଦେଖିଥିବା ବିଧବା ମା' ଜଣକ ଛାତିରେ ହାତ ବାଡ଼େଇ ଚିତ୍କାର କରି କାନ୍ଦୁଥିଲେ। ତାଙ୍କ ଓଦା ସରସର ଚେହେରା ଦେଖି ସେ ଜାଣିପାରିଲା, ସେ ବି ବୁଡୁବୁଡୁ ଉଦ୍ଧାର ହୋଇ ଆସିଛନ୍ତି। ନିଜ ଚାରି ଆଡ଼କୁ ଚାହିଁ, ଉଦ୍ଧାର ହୋଇ ସାଷ୍ଟାମ ହେଉଥିବା ଲୋକଙ୍କ ଭିତରେ ପୁଅକୁ ନ ଦେଖି ସେ ଚିତ୍କାର କରି କାନ୍ଦୁଥିଲେ- 'ସମସ୍ତେ ଆସିଗଲେ, ମୋ ଧନ, ମୋ ପୁଅ, ତାକୁ ନ ଖୋଜି ମୋତେ କାହିଁକି ପାଣିରୁ କାଢ଼ିଲ ?'

ପାଣିରୁ ଉଠି ବିଶ୍ରାମ ନେଉଥିବା ଆଉ ଦୁଇ ଚାରି ଜଣ ଉଦ୍ଧାରକର୍ତ୍ତା ଯୁବକ ଏ ବିଳାପ ଶୁଣି ସଙ୍ଗେ ସଙ୍ଗେ ପୁଣି ପାଣିକୁ ଡେଇଁ ପଡ଼ିଲେ।

'ସେ ଆଉ କ'ଣ ବଞ୍ଚିକରି ଥିବ ?' କିଏ ଜଣେ ଅସାବଧାନ ମନ୍ତବ୍ୟଟେ ଦେଲା।

ବିଧବା ଜଣକ କାନ୍ଦ ବନ୍ଦକରି ସେ ଲୋକର ମୁହଁକୁ ଚାହିଁଲେ। ଏ ପଦକ କଥାରେ ତାଙ୍କର ଆଶାଦୀପ ଦପ୍‌କରି ଲିଭିଗଲା ବୋଧେ। ସେ ପୁଣି ପାଣି ଭିତରକୁ ଡେଇଁ ପଡ଼ିବାକୁ ଚେଷ୍ଟାକରିବା ବେଳେ କିଛି ଲୋକ ତାଙ୍କୁ ଧରିନେଇ ବୁଝାସୁଝା କରିବାରେ ଲାଗିଲେ।

ସେ ଆଡ଼କୁ ଥରଟିଏ ଚାହିଁ ବିଧାନ ପୁଣି ଥରେ ପାଣିରେ ଲମ୍ଫ ଦେଲା। 'ବିଧାନ, ଆଉ ପାଣିକୁ ଯାଆନା', ବୋଲି ଏକ ଆର୍ତ୍ତଚିତ୍କାର ତା' କାନରେ ପଡ଼ିଲା ସତ, କିନ୍ତୁ ମୁଣ୍ଡ ଭିତରେ ପଶିଲା ନାହିଁ।

ତା' ମୁଣ୍ଡରେ ହଠାତ୍ ଖିଆଲ ହେଲା ଯେ, ଏବେ ଏବେ ଏ ଯେଉଁ ଯୁବକମାନେ ଯେଉଁ ଦିଗରେ ଲମ୍ଫଦେଇ ଖୋଜିବାକୁ ବାହାରିଲେ, ଏ ପିଲାଟି ସେଇଠି ପଡ଼ିନଥିବ। କାରଣ ସେ ଯେଉଁ ତିନି ଜଣଙ୍କୁ ତିନିଆଡୁ ପାଣିରୁ ଉଦ୍ଧାର କରି ଆଣିଥିଲା, ସେଇ ତିନି ପଟେ ଆଉ କାହାରିକୁ ପାଣିରେ ବୁଡ଼ିଥିବା ସେ ଦେଖିନଥିଲା। ଡଙ୍ଗାଟି ଓଲଟିବାବେଳେ ଯେଉଁ ଧକଚକ କି ହଲଚଲ ହୋଇଥିବ, ତା'ର ଧକ୍କାରେ ପିଲାଟି ବୋଧହୁଏ ଯମୁନା ଗର୍ଭ ଭିତରକୁ ହିଁ ଛିଟ୍‌କି ପଡ଼ିଥିବ!

ଦେଖାଯାଉ-

ଡୁବା ପହଁରା ପାଇଁ ଗଭୀର ନିଃଶ୍ୱାସଟାଏ ନେଇ ସେ ଯମୁନା ଗର୍ଭରେ ତଳକୁ ତଳକୁ ପହଁରି ପିଲାଟିକୁ ଖୋଜିବାରେ ଲାଗିଲା।

ହଠାତ୍ ତା'ର ଗୋଟିଏ ଗୋଡ଼ ଦଳରେ ଛନ୍ଦି ହୋଇଗଲା। ସେଆଡ଼େ ଧ୍ୟାନ ନଦେଇ ପିଲାଟିକୁ ଖୋଜୁଖୋଜୁ ଗୋଡ଼କୁ ଛାଟି ଦଳରୁ ବାହାରି ଯିବାକୁ ସେ ଚେଷ୍ଟା କଲା। କିନ୍ତୁ ଗୋଡ଼ଟିକୁ ମୁକ୍ତ କରି ପାରିଲା ନାହିଁ। ବାଧ୍ୟ ହୋଇ ହାତ ଲଗାଇ ପାଦକୁ ଦଳମୁକ୍ତ କରିବା ପାଇଁ ସେ ବୁଲିପଡ଼ିଲା।

ତା' ଆଗରେ ଦେବଦତ୍ତ ଠିଆ ହୋଇଥିଲେ। ତାଙ୍କର ଶକ୍ତ ମୁଠାରେ ବିଧାନର ପାଦ ବନ୍ଦୀ ହୋଇ ରହିଥିଲା।

ବିଧାନ ସ୍ତବ୍ଧ ହୋଇ ତାଙ୍କ ମୁହଁକୁ ଚାହିଁଲା।

'ଦେବଦତ୍ତ ! ତାକୁ ଛାଡ଼ିଦେ।' ବାପାଙ୍କର ସ୍ୱର ଶୁଣି ବିଧାନ ପୁଣି ପଛକୁ ବୁଲି ଦେଖିଲା, ବାପା ଦୁଇ ହାତ ଯୋଡ଼ି ଦେବଦତ୍ତକୁ ବିକଳ ସ୍ୱରରେ ନେହୁରା ହୋଇ କହୁଛନ୍ତି, 'ତାକୁ ଛାଡ଼ିଦେ ଦେବଦତ୍ତ, ମୋ ଉପରେ ଥିବା ରାଗ ତା' ଉପରେ କାହିଁକି ଶୁଝାଉଛୁ ?'

ବିଧାନର ମକଦ୍ଦମ ପଣ୍ଡିତ ମିଶ୍ରଙ୍କ କଥା ମନେ ପଡ଼ିଲା। ସତେ ତ ବାପାଙ୍କ ଦେହ ଏମିତି ଲହୁଲୁହାଣ ହେଲା କେମିତି ? ସତରେ କ'ଣ ଦେବଦତ୍ତ ମଉସା ତାଙ୍କୁ ଗୋରୁ ଲାଞ୍ଜରେ ପିଟିଛନ୍ତି ?

ସେ ବିକଳ ହୋଇ ପ୍ରବଳ ଆଡ଼କୁ ହାତ ବଢ଼ାଇ କହିଲା- 'ବାପା !'

ଦେବଦତ୍ତଙ୍କ ଅଟ୍ଟହାସ୍ୟ ଶୁଣି ବିଧାନ ଆଶ୍ଚର୍ଯ୍ୟ ହୋଇ ତାଙ୍କୁ ଅନାଇଲା। ଦେବଦତ୍ତଙ୍କ ସୁନ୍ଦର ହସ ସେଠାରେ ନଥିଲା। ବିକଟାଳ ପ୍ରେତର ହସ। ଦାନ୍ତ କଟମଟ କରି ସେ ପ୍ରବଳକୁ କହୁଥିବା ଶୁଣିଲା- 'କିନ୍ତୁ କଷ୍ଟ ତ ତୁ ପାଉଛୁ ନା ?'

'ଦେବଦତ୍ତ ! ସେ ଏବେ ଏବେ ତୋର ଅସ୍ଥି ବିସର୍ଜନ କଲା। ମୁଁ କଷ୍ଟ ପାଇବି ବୋଲି ତୁ ତା' ପ୍ରାଣ ନେବୁ ?' ପ୍ରବଳ କାକୁତି ମିନତି ହୋଇ ଦେବଦତ୍ତର ଗୋଡ଼ତଳେ ପଡ଼ି କାନ୍ଦିକାନ୍ଦି କହିଲା- 'ତୋ ଆତ୍ମାର ମୁକ୍ତି ପାଇଁ ସେ ଶ୍ରାଦ୍ଧ, ପିଣ୍ଡଦାନ କରାଇଲା। ତାକୁ ଛାଡ଼ି ଦେ ଦେବଦତ୍ତ, ତୋ ଗୋଡ଼ ଧରୁଛି।'

ଦେବଦତ୍ତ ପ୍ରବଳ ମୁଣ୍ଡରେ ଶକ୍ତ ଗୋଇଠାଟାଏ ମାରି ତାକୁ ଦୂରକୁ ଛିଞ୍ଚାଡ଼ି ଦେଲା। ତାପରେ ଭେଁ ଭେଁ କାନ୍ଦି ଉଠି କହିଲା- 'ଆରେ ଚଣ୍ଡାଳ, ତୋର ମୋର ମୁକ୍ତି କାହିଁ ? ଏ ଶାପ ଦୁଇଟା ପାଖରୁ ଆମର ମୁକ୍ତି ଅଛି କି'ରେ ହତଭାଗା ?'

ବିଧାନ ଚକିତ ହୋଇ ଦେଖିଲା - ତା' ଘରେ ଥିବା ସାପ ଦୁଇଟି ସତରେ ଦେବଦତ୍ତର କାନ୍ଧରୁ ଓହଳି ପାଣିର ସୁଅର ଚାପାରେ ଏପଟ ସେପଟ ଦୋହଲୁଛନ୍ତି। ଆଉ ସେମାନଙ୍କ ଲାଞ୍ଜରେ ହିଁ ଏବେ ବିଧାନର ଗୋଡ଼କୁ ଶକ୍ତ ଭାବରେ ଗୁଡ଼ାଇ ଧରିଛନ୍ତି। ଦେବଦତ୍ତର ହାତ ନୁହଁ।

ସେ ଅନୁଭବ କଲା - ତା'ର ଅବଶ ଦେହରୁ ଧୀରେ ଧୀରେ ସବୁ ଶକ୍ତି ନିଃଶେଷ ହୋଇ ଆସୁଛି। ନିଃଶ୍ୱାସ ଶେଷ ହୋଇ ଛାତି ରୁନ୍ଧି ହେବାକୁ ବସିଲାଣି।

ଠିକ୍ ସେତିକିବେଳେ ମୁଣ୍ଡ ଉପରର ସୂର୍ଯ୍ୟ କିରଣରୁ ଚେନାଏ ଆସି ଯମୁନାର କଳା ଗର୍ଭକୁ ଆଲୋକିତ କରିଦେଲା। ସେ ସ୍ପଷ୍ଟ ଆଲୋକରେ ବିଧାନ ଦେଖିଲା ତା'ଠାରୁ ମାତ୍ର ପାଞ୍ଚ ଛ'ହାତ ତଳେ ନଦୀର ବାଲୁକା ଶଯ୍ୟା ଉପରେ ଦୁଇ ହାତ ଗୋଡ଼ ପସାରି ସେ ପିଲାଟି ପଡ଼ିଛି। ତା'ର ପାଟି ଆଁ ହୋଇଯାଇଛି। ଦେହ ଶେତା ପଡ଼ିଗଲାଣି। ବିଧାନର ଦୃଷ୍ଟି ପିଲାଟିର ତେରେଛା ହୋଇ ପଡ଼ିଥିବା ଦୁଇ ଗୋଡ଼ ଓ ପାଦ ଉପରେ ପଡ଼ିଲା। ପାଦ ଦୁଇଟିର ବୁଢ଼ା ଆଙ୍ଗୁଳି ଦୁଇଟି ତଥାପି ହଲଚଲ ହେଉଛି।

ପିଲାଟା ବଞ୍ଚିଛି !

ବିଧାନ ଦେହରେ ସତେ ଯେପରି ସବୁ ବଳ ଫେରିଆସିଲା।

ସେ ଉଚ୍ଛନ୍ନ ହୋଇ ଦେବଦତ୍ତକୁ କହିଲା- 'ମଉସା, ଦୟାକରି ମୋତେ ଛାଡ଼ିଦିଅ। ବିଧବା ମା'ର ଏଇ ପିଲାଟି ହିଁ ଶେଷ ଭରସା। ଆଉ ଡେରି କଲେ ସେ ମରିଯିବ। ତାକୁ ମରିବାକୁ ଦେଇ ତୁମେ କି ଲାଭ ପାଇବ? ମୁଁ କଥା ଦେଉଛି, ତାକୁ ଉପରେ ପହୁଞ୍ଚାଇ ମୁଁ ପୁଣି ତୁମ ପାଖକୁ ଫେରି ଆସିବି।'

ଦେବଦତ୍ତର ନାଲି ଆଖି ଏଥର ରଢ଼ନିଆଁ ପରି ଦପ୍‌ଦପ୍ ଜଳି ଉଠିଲା। କହିଲା- 'ସେ ମରିବ ଯଦି ମରୁ। ତୁ ବି ଏଇଠି ମର। ଏଇଥିପାଇଁ ତ ମୋତେ ଏଠିକି ଆସିବାକୁ ପଡ଼ିଲା। ତୁ ତ ସେ ପିଲା ପାଖରେ ପହଞ୍ଚି ପାରିବୁ ନାହିଁ। ଦେଖୁଛୁ ତ, ସେଇଠି ସେଇ ଯେଉଁ ଲମ୍ବା ଲମ୍ବା ଶିଉଳୀ ସବୁ ବେତ ଗଛ ପରି ତଳୁ ଉଠି ଦୋହଲୁଛନ୍ତି, ତୁ ସେଇଠି ପହଞ୍ଚିବା ମାତ୍ରେ ସେମାନେ ତୋ ଚାରିପଟେ ଗୁଡ଼ାଇ ହୋଇ ତୋତେ ଭିଡ଼ି ଧରିବେ। ସେ ପିଲା ତ ମଲାଣି। ତୁ ବି ମରିବୁ। ସେଥିପାଇଁ ସେଇଠିକୁ ଯାଇ କାହିଁକି ମରିବୁ ବେ? ଏଇଠି ମୋ ଯୋଗୁଁ ମର ଯେ, ତୋ '--' ବାପ କଷ୍ଟ ପାଇବ। ଆବେ ପୋଡ଼ାମୁହାଁ, ମୁଁ ବି ମୋ ପରିବାରର ଏକମାତ୍ର ଭରସା ଥିଲି। ତୋ ବାପ ଚଣ୍ଡାଳ ମୋତେ ମାରିବା ଆଗରୁ ସେ କଥା ଭାବିଥିଲା କି ବେ?'

ବିଧାନ ହତଚକିତ ହୋଇ ଦେବଦତ୍ତ ମୁହଁକୁ ଚାହିଁଲା। ଏ କ'ଣ ସେଇ ଦେବଦତ୍ତ ମଉସା? ତା'ର ଆଖିରେ ଲୁହ ଜକାଇ ଆସିଲା। କରୁଣ ସ୍ୱରରେ କହିଲା- 'ଯେ ତ ତୁମ କଥା ନୁହଁ ମଉସା, ଏ ଭାଷା କି ଏ ଭାବ ବି ତ ତୁମର ନୁହଁ। ତଥାପି... ହଉ, ମୋତେ ମାରିବାର ଅଧିକାର ତୁମର ଅଛି, ହେଲେ ସେ ପିଲାଟିର ମରଣରେ ତୁମେ କାହିଁକି ଭାଗୀଦାର ହେବ?' କହୁ କହୁ ପାଣି ତଳେ ପିଲାଟିର ଶେତା ଚେହେରା ଉପରକୁ ତା' ଆଖି ଫେରିଗଲା।

'ବିଧାନ, ତୁ ମୋ ଉପରେ ତଥାପି ରାଗିପାରୁନୁ?'

ଦେବଦତ୍ତଙ୍କ ସ୍ୱାଭାବିକ କୋମଳ ମଧୁର ସ୍ୱର ଶୁଣି ବିଧାନର ଦୃଷ୍ଟି ଦେବଦତ୍ତ ଉପରକୁ ଫେରିଆସିଲା। ସେଇଠି ସେ ବିକଟାଳ ପ୍ରେତ ରୂପ ନଥିଲା। ପୂର୍ବର ସେ ସୁନ୍ଦର ମୁହଁରେ କରୁଣ ହସଟିଏ ଲାଖି ରହିଥିଲା। କିନ୍ତୁ ତାଙ୍କର ଆଖିର ଧାର ଧାର ଲୁହ ଯମୁନାର ପାଣିକୁ ଏଡ଼ାଇ ବିଧାନ ସ୍ପଷ୍ଟ ଦେଖି ପାରୁଥିଲା।

ବିଧାନର ଛାତି ଭିତରେ ଦେବଦତ୍ତ ପାଇଁ ଥିବା ସମ୍ବେଦନାର ପକ୍ଷୀଟି ଦୟା, ମାୟାର ଦୁଇଡେଣାକୁ ଫଡ଼ଫଡ଼ କରି ଉଠିବସି ସାରିଥିଲା। ସେ ପକ୍ଷୀର ଦୁଇ ଆଖିରେ ବିଧାନ ଓ ଦେବଦତ୍ତର ସୁଖର ଦିନମାନଙ୍କର କୋମଳ ପ୍ରିୟ ବନ୍ଧୁତ୍ୱର ସ୍ମୃତି, ଅନୁଭୂତି ଢଳଢଳ ହେଉଥିଲା।

ଆହା, ସେ ସୁଖଦ ଦିନ ସବୁ କେତେ ଶୀଘ୍ର ସରିଗଲା!!

ବିଧାନର ଆଖିରୁ ମଧ୍ୟ ଧାର ଧାର ଲୁହ ବହିବାକୁ ଲାଗିଲା। ସେ ଅସ୍ପଷ୍ଟ ସ୍ୱରରେ କହିଲା- 'ମଉସା! ମୁଁ ତୁମ କଷ୍ଟକୁ ତ ଜାଣିଚାଏ ହେଲେ ଊଣା କରିପାରୁନି...' ତା'ର କଣ୍ଠରୁଦ୍ଧ ହୋଇଗଲା।

ସାପମାନଙ୍କ ବନ୍ଧନ ହୁଗୁଳା ହୋଇଗଲା। ଦେବଦତ୍ତ ସେମାନଙ୍କୁ ନିଜ ଆଡ଼କୁ ଭିଡ଼ିନେଇ ବିଧାନକୁ ବନ୍ଧନମୁକ୍ତ କରିଦେଲେ। କିନ୍ତୁ ତା'ର ହାତକୁ ନିଜ ଆଡ଼କୁ ଭିଡ଼ି ଆଣି କହିଲେ- 'ବିଧାନ, ସତରେ କ'ଣ ମୁଁ ତୋତେ ମାରିଥାଆନ୍ତି? ଚାଲ, ଉପରକୁ ଚାଲ। ଏଇଠି ଆଉ ମୁହୂର୍ତ୍ତେ ରହିଲେ ତୁ ତ ମରିଯିବୁ।' ଏହା କହି କହି ସେ ବିଧାନର ହାତ ଧରି ପାଣି ଉପରକୁ ଉଠିବାକୁ ବାହାରିଲେ।

ବିଧାନ କିନ୍ତୁ ତାଙ୍କ ମୁଠାରୁ ତା' ହାତକୁ ଟାଣିନେବାକୁ ଚେଷ୍ଟା କରୁକରୁ କହିଲା- 'ଏ ପିଲାଟାକୁ ଏମିତି ଛାଡ଼ିଦେଇ ତ ମୁଁ ଆଦୌ ଯିବିନି ମଉସା। ଦେଖ, ସେ ଏବେ ବି ବଞ୍ଚିଛି।'

ଦେବଦତ୍ତ ତାକୁ ଏଥର କୁଣ୍ଢାଇ ଧରି ପକାଇଲେ। 'ନା ବିଧାନ, ମୁଁ ତୋତେ ମିଛ କହିନି। ସେଠିକୁ ଗଲେ ତୁ ଆଉ ଫେରି ପାରିବୁନି। ତୋତେ ଦେଖାଯାଉନି କି କ'ଣ କିନ୍ତୁ ତା'ରି ଆଖପାଖରେ ସେ ଶୀଉଳି ଜାଲରେ ଛନ୍ଦି ବୁଡ଼ି ମରିଥିବା ଗୁଡ଼ାଏ କଙ୍କାଳ ମୁଁ ଦେଖିପାରୁଛି। ହଉ, ଏଇଠି ରହ। ମୁଁ ତାକୁ ନେଇ ଆସୁଛି।'

ଯିବାପୂର୍ବରୁ ସେ ବିଧାନକୁ ଭିଡ଼ିଧରି ଶ୍ରଦ୍ଧାରେ ତା' ପିଠିକୁ ଥାପୁଡ଼େଇ ହେଲେ।

ଯମୁନାର ସେ ଶୀତଳ ପାଣିର ଭଣ୍ଡାରରେ ଦେବଦତ୍ତଙ୍କର ସେ ସସ୍ନେହ ଆଲିଙ୍ଗନ ବିଧାନ ଦେହରେ ଏକ ଅଚାନକ ଉଷ୍ମତା ଖେଳାଇ ଦେଲା। ସତେ ଅବା, ଶେଷ ହୋଇ ଯାଇଥିବା ନିଃଶ୍ୱାସ ସବୁ ପୁଣି ତା' ଛାତି ଭିତରକୁ ଟାଣିହୋଇ

ଫେରିଆସିଲେ। ବହୁତ ଦିନ ପରେ ହଜିବା ସମ୍ପତ୍ତି ପାଇବା ପରି ସେ ଦେବଦତ୍ତଙ୍କୁ କୁଣ୍ଢାଇ କାନ୍ଦି ଉଠିଲା। ବହୁତ କିଛି କହିବାକୁ ଚାହୁଁଥିଲେ ମଧ୍ୟ ପାଟିରୁ କେବଳ ଏତିକି ବାହାରିଲା- 'ମଉସା'।

ତା'ପରର ଶବ୍ଦ ସବୁ ଅସ୍ପଷ୍ଟ ହୋଇଗଲା। ଏକ ଗଭୀର ନିଦର ଆବେଗରେ ତା' ଆଖି ଦୁଇଟି ବୁଜି ହୋଇ ଆସିଲା।

ହଠାତ୍ କୋଳାହଳ, ଚିତ୍କାର, ଆଲୋକର ତୀବ୍ର ସ୍ପର୍ଶରେ ତା' ଆଖି ଖୋଲିଗଲା। ସେ ଦେଖିଲା, ସେ ପାଣିର ଉପରେ ପହଞ୍ଚିଯାଇଛି। ତା'ର ଦୁଇହାତରେ ପିଲାଟିର ଅସାଡ଼ ଦେହ। ସେ କିଛି ବୁଝିବା ଆଗରୁ ଡଙ୍ଗାମାନଙ୍କର ଭିଡ଼ ଭିତରୁ ଲୋକମାନେ ତା' ହାତରୁ ପିଲାଟିକୁ ଉପରକୁ ଟେକିନେଲେ। କିଏ ଜଣେ ହାତବଢ଼ାଇ ବିଧାନକୁ ମଧ୍ୟ ସେଇ ଡଙ୍ଗାଟି ଉପରକୁ ଟାଣିନେଲା।

'ତୁମେ ଠିକ୍‌ଠାକ୍ ଅଛ ତ ?' କିଏ ଜଣେ ତା'ର ପିଠି ଆପୁଡ଼େଇ ପଚାରିଲା। ବିଧାନ କିଛି ଉତ୍ତର ଦେବା ପୂର୍ବରୁ ଆଉ ଜଣେ କହିଲା- 'ବସ, ବସ। ଆଗେ ବସିପଡ଼। ଲମ୍ବା ନିଃଶ୍ୱାସ ନିଅ।'

ବିଧାନ ସେଇ ଡଙ୍ଗାରେ ଗୋଡ଼ହାତ ଲମ୍ବାଇ ଡଙ୍ଗାକୁ ଆଉଜି ବସି ପଡ଼ି ଲମ୍ବା ଲମ୍ବା ନିଃଶ୍ୱାସ ନେଲା। ସେ ସତରେ ଦେବଦତ୍ତଙ୍କୁ ଦେଖିଲା ନା....

ତା' ଆଗରେ ପିଲାଟିକୁ ଜାଗା କରି ଚିତ୍‌କରି ଶୁଆଇ ଦେଇ ଲୋକମାନେ ତା'ର ଉପଚାର କରିବାରେ ଲାଗିଗଲେ। କିଏ ପାଦ ଘଷିଲା, କିଏ ହାତ ଘଷିଲା। ଆଉ ଜଣେ ତା'ର ଛାତି ଉପରେ ବସି ଧୀରେ ଧୀରେ ଛାତିରେ ଚାପ ଦେବାକୁ ଲାଗିଲେ। କିଏ କାନ ଫୁଙ୍କିଲା ତ କିଏ ନାକକୁ ଚାପିଧରି ପାଟିକୁ ମେଲାକରି ଫୁଙ୍କିବାରେ ଲାଗିଲା।

ହଠାତ୍ ପିଲାଟି ଭକ୍‌ଭକ୍ କରି ବାନ୍ତି କରିବାରେ ଲାଗିଲା।

ଏକ ଉଚ୍ଛୁଳା ଆନନ୍ଦର ବିସ୍ଫୋରଣରେ ଜାଗାଟି କମ୍ପି ଉଠିଲା।

ସେ ଶବ୍ଦରେ ଆଖି ଖୋଲି ବିଧାନ ପିଲାଟି ଆଡ଼କୁ ଚାହିଁଲା। ସେ ଦେଖିଲା, ପାଣି ତଳେ ଦେବଦତ୍ତ ତାକୁ ଦେଖାଇଥିବା ଲମ୍ବା ଶିଉଳୀ ଲତାର ସବୁଜ ଟୁକୁରା ଖଣ୍ଡ ସବୁ ଟିକିଟିକି ହୋଇ ସେ ବାନ୍ତିରେ ପଡ଼ିଛି।

ସେ ଯାହା ଦେଖିଲା ସେ ସବୁ ତେବେ ସତ ଥିଲା !

ଦେବଦତ୍ତ ତେବେ ତାକୁ ମାରିବାକୁ ଆସିନଥିଲେ! ସେ ଜାଣିଥିଲେ, ସେହି ଶିଉଳୀ ଜାଲରେ ଛନ୍ଦି ହୋଇ ବିଧାନ ବି ବୁଡ଼ି ମରିଯିବ। ସେ ବିଧାନକୁ ସେ ପାଖକୁ ଯିବାକୁ ନଦେବା ପାଇଁ ହିଁ ସେଠାକୁ ଆସିଥିଲେ। ସେ ବିଧାନକୁ ତ ବଞ୍ଚାଇଲେ।

ପୁଅର ଅଳିରେ ବାପ ଉଚ୍ଚ ଡାଳରୁ ଫଳ ତୋଳି ଆଣିବା ପରି ବିଧାନକୁ ଖୁସୀ କରିବାକୁ ସେ ପିଲାଟିକୁ ମଧ୍ୟ ଜୀବନ ଦାନ ଦେଲେ ।

'ହେ ଭଗବାନ!' କିଏ ଜଣେ ଚିତ୍କାର କଲା, 'ଆରେ, ଏ ପିଲା ତ ସେ ଶିଉଳୀ ଜାଲରେ ଫସି ଯାଇଥିଲା । ମୁଁ କେତେ କଙ୍କାଳଙ୍କୁ ସେଇଠି ପଡ଼ିଥିବା ଦେଖିଛି । ଏ ଯୁବକ ସେଠିକି ଗଲା କେମିତି ? ତାକୁ ସେଇଠୁ ଆଣିଲା କେମିତି ?'

'ଓହୋ! ଗଙ୍ଗା ମାତା ହିଁ ବଞ୍ଚାଇଲେ । ଏ ଦୁଇଜଣଙ୍କ ମା'ବାପାଙ୍କ ଭାଗ୍ୟ ବଡ଼ ଟାଣ', ଆଉ ଜଣେ କିଏ କହିଲା ।

ଡଙ୍ଗାମାନଙ୍କର ଭିଡ଼ କଟାଇ ପ୍ରଚଣ୍ଡ ଓ ଗୋଲକ ସେମାନଙ୍କ ଡଙ୍ଗାକୁ ବିଧାନ ବସିଥିବା ଡଙ୍ଗା ପାଖରେ ଆଣି ଲଗାଇଲେ ।

'ବିଧାନ!' ବିଧାନ ମୁଣ୍ଡ ବୁଲାଇ ପ୍ରଚଣ୍ଡକୁ ଦେଖି ବସିବା ଜାଗାରୁ ଉଠି ଠିଆହେଲା । ପ୍ରଚଣ୍ଡ ଓ ନାଉରୀଆ ତାକୁ ନିଜ ଡଙ୍ଗାକୁ ନେବାକୁ ହାତ ବଢ଼ାଇଲେ । ବିଧାନ ସେମାନଙ୍କ ହାତ ଧରିବାକୁ ଚେଷ୍ଟା କରିବା ବେଳେ ସେ ବସିଥିବା ଡଙ୍ଗାର ସମସ୍ତଙ୍କ ଦୃଷ୍ଟି ତା' ଉପରେ ପଡ଼ିଲା । ସେ ଯିବାକୁ ବସିଛି ଜାଣି ସମସ୍ତେ ତାକୁ ଘେରିଗଲେ । କିଏ ପିଠି ଥାପୁଡ଼େଇ ଦେଲା, କିଏ ଦେହକୁ ଆଉଁସି ଦେଲା । ସମସ୍ତଙ୍କ ଆଖିରେ ବିଧାନ ପାଇଁ ପ୍ରଶଂସା ଚକ୍‌ମକ୍ ହେଲା ।

'ଏ ଯୁବକ ଆପଣଙ୍କର ?' କିଏ ଜଣେ ପ୍ରଚଣ୍ଡକୁ ଚାହିଁ ପଚାରିଲା ।

ପ୍ରଚଣ୍ଡ ମୁଣ୍ଡ ଟୁଙ୍ଗାରି ହଁ କଲେ ।

'ଧନ୍ୟ ଆପଣ ! ଧନ୍ୟ ଆପଣଙ୍କ ଏ ପୁଅ ! ଧନ୍ୟ ଏହାର ମାଆ !'

ବାସନ୍ତୀ ଲୁଗାକାନିରେ ଆଖିପୋଛି ବିଧାନକୁ ଅନାଇ ରହିଲେ ।

'ବଡ଼ ବାହାଦୂର । ବଡ଼ ସାହସୀ । ଅସମ୍ଭବ କଥା କରି ଦେଖାଇଲା ।' ଜଣେ ବୟସ୍କ ବିଧାନର ପିଠି ଥାପୁଡ଼େଇ ଦେଇ କହିଲେ ।

ପିଲାଟିର ମା', ଅନ୍ୟ ସ୍ତ୍ରୀଲୋକଙ୍କ ସହିତ ପୁଅ ପାଖରୁ ଉଠିଆସି ବିଧାନର ଦୁଇହାତକୁ ଧରି ପକାଇଲେ । 'ବାପା, ତୁମେ ମୋର ସାକ୍ଷାତ ଭଗବାନ । ମୋ ପିଲାକୁ ପ୍ରାଣଦାନ କଲ । ମୁଁ ଏ ଋଣ ଶୁଝିପାରିବି ନାହିଁ ।'

ବିଧାନ କିଛି କହିବା ପୂର୍ବରୁ ସେ ବିଧାନର ଦୁଇ ହାତକୁ ନିଜ ହାତରେ ଧରି ନିଜ ମୁଣ୍ଡରେ ଲଗାଇଲେ । ତାଙ୍କ ଆଖିରୁ ଅନବରତ ଲୁହ ବୋହି ଚାଲିଥାଏ ।

ସେ ମହିଳା ପ୍ରଚଣ୍ଡକୁ ବିଧାନର ବାପ ବୋଲି ଭାବି ନମସ୍କାର କରି କହିଲେ, 'ଭାଇ, ତୁମ ପୁଅ ମୋ ପୁଅକୁ ରକ୍ଷା କରିନି ଯେ, ଆମ ବୁଡ଼ିଯାଉଥିବା ବଂଶକୁ ହିଁ କୂଳରେ ଲଗାଇ ଦେଇଛି ।'

'ମୋ ବାପାଙ୍କର ଚାରି ପୁଅରେ ଯେ ଏକମାତ୍ର ନାତି। ମୋର ସବା ସାନ ଭାଇର ଯେ ଏକମାତ୍ର ପୁଅ।' ଆଗରୁ ଦେଖିଥିବା ମୋଟା ସ୍ତ୍ରୀ ଲୋକଙ୍କ ଭିତରୁ ଜଣେ ଲୁହ ପୋଛୁ ପୋଛୁ କହିଲେ।

ତାଙ୍କ ଭିତରୁ ସବୁଠାରୁ ବୟସ୍କ ଲୋକଟି କହିଲେ, 'ଆମେ ବଡ଼ ଭାଇମାନଙ୍କୁ ବସାଇ ଦେଇ ଆମ ଛୋଟ ଭାଇ ଗତ ବର୍ଷ ହଇଜାରେ ଚାଲିଗଲା। ତା'ରି ଅସ୍ଥି ବିସର୍ଜନ ପାଇଁ ଆମେ ଆସିଥିଲୁ।' ସେ ଆଉ କିଛି କହି ନ ପାରି ମୁଣ୍ଡ ତଳକୁ କଲେ।

ସେମାନଙ୍କ ଭିତରେ ଥିବା ଯୁବକଟି ବିଧାନକୁ କହିଲା- 'ମୁଁ ପିଲାଟିର ମାମୁଁ। ଏମାନେ ମୋତେ ଡାକି ଆଣିଥିଲେ ସାହାଯ୍ୟ କରିବି ବୋଲି। ତୁମେ ତ ମୋର ମର୍ଯ୍ୟାଦା ରଖିଦେଲ। ମୋ ଭଣଜାକୁ ବଞ୍ଚାଇ ନାହଁ ଯେ ମୋତେ ହିଁ ବଞ୍ଚାଇଦେଲ। କିନ୍ତୁ ମୁଁ ଆଶ୍ଚର୍ଯ୍ୟ ହେଉଛି, ମୁଁ ପାଣିର ତଳ ଉପରେ ସବୁ ତନ୍ନତନ୍ନ କରି ଖୋଜି ମଧ୍ୟ ତାକୁ ଠାବ କରି ପାରିନଥିଲି। ଠିକ୍ ସମୟରେ ସେ ତୁମକୁ କେମିତି ଦିଶିଲା, କେମିତି ସେ ଶିଉଳୀ ବନ୍ଧରୁ ତୁମେ ତାକୁ ମୁକୁଳାଇ ଆଣିଲ, ଆମେ ତ କାବା ହୋଇଯାଉଛୁ!'

ସେମାନଙ୍କ ପ୍ରଶଂସା, ଶୁଭେଚ୍ଛା, ଆଶୀର୍ବାଦର ଫୁଲଝରି ଭିତରେ ବିଧାନ ପ୍ରଚଣ୍ଡ ଓ ନାଉରିଆର ହାତ ଧରି ନିଜ ଡଙ୍ଗାକୁ ଆସିଲା। ଯିଏ ଏ ସମସ୍ତ ପ୍ରଶଂସାର ହକ୍‌ଦାର, ସେ ତ କାହିଁ କୋଉଠି ଦିଶୁନାହାନ୍ତି। ସେ ପିଲାଟିକୁ ଉଦ୍ଧାର କରିବା ଦୂରେ ଥାଉ, ବିଧାନ ତ ନିଜେ ବଞ୍ଚି ଫେରିନଥାନ୍ତା ଯଦି ମଉସା ସେଠାକୁ ଆସିନଥାନ୍ତେ।

ଡଙ୍ଗା କୂଳକୁ ଫେରୁଥିଲା।

ବୋଉ କୋଳରେ ମୁଣ୍ଡ ରଖି ଆଖିବୁଜି ବିଧାନ ସେମାନଙ୍କ କଥାବାର୍ତ୍ତା ଶୁଣୁଥିଲା। ବୋଉ ବିଧାନ ମୁଣ୍ଡର ଓଦାବାଳକୁ କାନିରେ ପୋଛୁପୋଛୁ ଓ କନକ ମାଉସୀ ତା' ପିଠିରେ ହାତ ବୁଲାଇ କଥା ହେଉଥିଲେ। ସେମାନଙ୍କ ସହିତ ସମସ୍ତେ, ଏପରିକି ଶ୍ରୀକୃଷ୍ଣ ଶର୍ମା ଓ ନାଉରୀଆ ମଧ୍ୟ ସେହି ଗୋଟିଏ କଥାକୁ ବାରମ୍ବାର ବିଭିନ୍ନ ପ୍ରକାରେ କହୁଥିଲେ। ଅସ୍ଥି ବିସର୍ଜନରେ ସନ୍ତୁଷ୍ଟ ହୋଇ ପ୍ରବଳ ଓ ଦେବଦତ୍ତ ହିଁ ଆଜି ବିଧାନକୁ ମରଣ ମୁହଁରୁ ଟାଣି ଆଣିଛନ୍ତି।

ବିଧାନ ଭାବୁଥିଲା- ସେ ଯେ ଏ ଦୁହିଁଙ୍କୁ ଗଭୀର ପାଣିତଳେ ଆଜି ଦେଖିଛି, ଏ କଥା ଯଦି ସେ ଏବେ ଏମାନଙ୍କୁ କହନ୍ତା- ଏ ଆଲୋଚନାରେ ସଙ୍ଗେ ସଙ୍ଗେ ଏକ ଚାଞ୍ଚଲ୍ୟ ଖେଳିଯାଆନ୍ତା!

କିନ୍ତୁ...

କ'ଣ କହିବ? କହିବ, ବାପା କେମିତି ମଉସାଙ୍କ ହାତରୁ ମାଡ଼ ଖାଇ ଖାଇ ଲହୁଲୁହାଣ ହୋଇ ରହିଛନ୍ତି?

ବାପାଙ୍କ ରକ୍ତ ଜୁଡୁବୁଡୁ ମୁହଁ... ନିଶ, ମୁଣ୍ଡ ବାଳରେ ଜମାଟ ବାନ୍ଧିଥିବା ଶୁଖିଲା ରକ୍ତ, ଯାହାକୁ ଯମୁନା ପାଣି ମଧ୍ୟ ଧୋଇ ପାରୁନଥିଲା, ଅସହାୟ ଆଖି ଦୁଇଟା.... ତା' ପେଟରୁ ଗୋଟାଏ କୋହ ଉଠିଲା। ଆହା, ତାଙ୍କୁ ଆଖି ଆଗରେ ଦେଖି ମଧ୍ୟ ପଦୁଟିଏ ହେଲେ କଥା ସେ ତାଙ୍କ ସହିତ ହୋଇପାରିଲା ନାହିଁ।

ଏମାନଙ୍କୁ କ'ଣ କହିବ ? କହିବ, ବାପାଙ୍କ ପରି ଦୁର୍ଦ୍ଦାନ୍ତ ଲୋକଟା ଦେବଦତ୍ତଙ୍କ ଗୋଡ଼ ଧରି ଧରି ଗୋଇଠା ମାଡ଼ ଖାଇ ଖାଇ କେମିତି ଦିନ କାଟୁଛନ୍ତି ?

କ'ଣ କହିବ? କହିବ, ଦେବଦତ୍ତଙ୍କ କାନ୍ଧରେ ସେ ସାପଦୁଇଟା କେମିତି ନିରନ୍ତର ଝୁଲି ରହିଛନ୍ତି ? ତାଙ୍କର ସେ ଛାତିଫଟା କରୁଣ କାନ୍ଦ ? ତାଙ୍କ କଷ୍ଟର ପୀଡ଼ା ବିଧାନର ବର୍ତ୍ତମାନକୁ ସଂଚରି ଯାଇ ତା'ର ଦେହମନକୁ ଝୁଣି ପକାଇଲା।

ଆଉ କ'ଣ କହିବ? କହିବ, ତା'ର ଏ ଅସ୍ଥି ବିସର୍ଜନ, ଶ୍ରାଦ୍ଧ, ପିଣ୍ଡଦାନ ନା ବାପାଙ୍କୁ ନା ଦେବଦତ୍ତଙ୍କୁ ପ୍ରେତଯୋନୀରୁ ଉଦ୍ଧାର କରିପାରି ନାହିଁ? ବିଧାନର ସବୁ ଆୟୋଜନ ବିଧିବିଧାନ ବ୍ୟର୍ଥ ହୋଇଯାଇଛି ?

ତା'ର ଛାତି ଫଟାଇ ଦୀର୍ଘ ନିଃଶ୍ୱାସଟିଏ ବାହାରି ଆସିଲା।

ଯେତିକି କଷ୍ଟ, ଯନ୍ତ୍ରଣା ବାପା ମଉସା ପାଉଛନ୍ତି ସେ ସବୁ ଦେଖିବା ପରେ, ଜାଣିବା ପରେ ସେ ନିଜେ ମଧ୍ୟ ସେଇ ପୀଡ଼ାକୁ ମର୍ମେ ମର୍ମେ ଏବେ ଅନୁଭବ କରୁଛି। ଜଳନ୍ତା ଚୁଲୀ ଉପରେ ବସିଥିବା ହାଣ୍ଡି ପରି ନିଜ ଦେହରେ ନିଆଁ ନ ଲାଗି ମଧ୍ୟ ଦହନର ସମାନ ଦୁଃଖ ସେ ଏବେ ପାଉଛି।

କାହିଁକି ?...

ସେ ଦୁହିଁଙ୍କ ପୀଡ଼ାରେ ସେ କେମିତି ଭାଗୀଦାର ହୋଇଗଲା ?

ତା' ପିଠିରେ, ମୁଣ୍ଡରେ କନକ ଓ ବାସନ୍ତୀଙ୍କ ହାତର ସ୍ପର୍ଶ ସତେ ଯେପରି ତା'ର ଅର୍ନ୍ତଦାହରୁ କିଛି ହାତ ପତାଇ ମାଗୁଥିଲେ।

ତା' ଜୀବନର ସୁଖ, ଆନନ୍ଦ ସବୁ ତ ଏବେ ଜଳିପୋଡ଼ି ଭସ୍ମ ହୋଇଗଲାଣି। ପାଣିତଳେ ସେ ଯାହା ଦେଖିଲା, ତାକୁ ବର୍ଣ୍ଣନା କରି ବୋଉ, ମାଉସୀଙ୍କ ଅବଶିଷ୍ଟ ଜୀବନର ଶାନ୍ତି, ଆନନ୍ଦକୁ ବା କାହିଁକି ସେ ନଷ୍ଟ କରିଦେବ ?

ସେ କଡ଼ ଲେଉଟାଇଲା।

'ପିଲାଟା କେଡ଼େ ଥକା ହୋଇଯାଇଥିଲା !' ପ୍ରଭା କହିଲେ।

'ହଁ ପରା, କେଡ଼େ ଗାଢ଼ ନିଦରେ ଶୋଇପଡ଼ିଛି ! ଶୋଉ ଶୋଉ,' କୁନ୍ଦ କହିଲେ।

'ନାହିଁ, ନାହିଁ, ଉଠେଇ ଦିଅ। କୂଳ ତ ଆସିଗଲାଣି।' ପ୍ରଚଣ୍ଡ କହିଲେ।

'ପିଲାଟା କିନ୍ତୁ ପାରିବାର କାମଟେ କରି ଦେଖାଇଲା।' ଗୋଲକ କହିଲେ, 'ସତରେ ଖୁବ୍ ସାହସୀ।'

'ଆମେ ତୀର୍ଥ ଆସିବା ଆନନ୍ଦଟା ଆଜି ଚାରିଗୁଣ ହୋଇଗଲା', ପ୍ରଚଣ୍ଡ କହିଲେ।

ବିଧାନ ଭାବୁଥିଲା- ସେ କରିଥିବା କାମ ପାଇଁ ଏମାନେ କେତେ ଆନନ୍ଦ, କେତେ ଗର୍ବବୋଧ କରୁଛନ୍ତି! ସେତିକି ଅନୁଭବ ସେ ନିଜେ କରିପାରୁଛି? ଏକା ଡଙ୍ଗାରେ ବସି ମଧ୍ୟ ଏକା ସମୟରେ, ସେହି ସମାନ ପରିସ୍ଥିତିରେ ରହି ମଧ୍ୟ ଭାଗ୍ୟ କେମିତି ସମସ୍ତଙ୍କୁ ଅଲଗା ଅଲଗା ଫଳର ସ୍ୱାଦ ଚଖାଉଛି!

ଡଙ୍ଗାର ଦୋହଲା ବନ୍ଦ ହୋଇଗଲା।

'ବିଧାନ, ଉଠ୍ ବାପ, କୂଳ ଆସିଗଲା' ବାସନ୍ତୀ ତାକୁ ସାମାନ୍ୟ ଝାଙ୍କି ଉଠାଇଲେ।

ବିଧାନ ଉଠିବସିଲା।

*କୂଳ? ମୋ ଜୀବନରେ ଆଉ କୂଳ କାହିଁ?*

-O-

କନକ ଓ ବାସନ୍ତୀ ଫାଟକ ପାଖରେ ଠିଆହୋଇ ନିଜ ଘରକୁ ଚାହିଁ ରହିଲେ। ଏ କ'ଣ ସେଇ ଘର? ଯାହାକୁ ସେମାନେ ସଂପୂର୍ଣ୍ଣ ଉଜୁଡ଼ି ଯାଇଥିବା ଅବସ୍ଥାରେ ଛାଡ଼ି ଚାଲିଯାଇଥିଲେ? ବିଧାନର 'ବିଭାହେବି ନାହିଁ' ଜିଦ୍ ପାଖରେ ହାର୍ ମାନି ନେଇଥିଲେ।

ଏବେ ସେଇ ଘର ବାରି ସେମାନଙ୍କୁ ଫାଟକ ପାଖରେ ଦେଖି ସତେ ଯେପରି ପଚାରୁଥିଲା- ସେମାନଙ୍କର ଏମିତି ଘର ଛାଡ଼ି ଚାଲିଯାଇ ପୁରୀରେ ରହିବା କ'ଣ ଠିକ୍ ଥିଲା? ମନେଇ ଥିଲେ ପିଲାଟା ଆଜି ନହେଲେ କାଲି ତ ବିଭା ହେବାକୁ ମାନି ନେଇଥାନ୍ତା। ଉଜୁଡ଼ା ଘରଟାକୁ ଟିକିଏ ଟିକିଏ କରି ସଜାଡ଼ି ଦେଇଥିଲେ ହୁଏତ ଦିନେ ସେ ମଧ୍ୟ ସଜାଡ଼ି ହୋଇ ଯାଇଥାନ୍ତା।

ସଜାଡ଼ିବା କାମ ସେମାନଙ୍କର ଥିଲା। କିନ୍ତୁ ନିଜ ଦୁଃଖରେ ସେମାନେ ଏତେ ଭାଙ୍ଗି ପଡ଼ିଲେ ଯେ, ପିଲାଟାକୁ ଏକୁଟିଆ କରିଦେଇ ନିଜ ଶାନ୍ତିର ସନ୍ଧାନରେ ଘର ଛାଡ଼ି ଚାଲିଗଲେ? ଏ ଦୁଃଖ କ'ଣ ସେମାନଙ୍କ ଏକଚାଟିଆ ଥିଲା? ବିଧାନକୁ କିଛି ଦୁଃଖ ହୋଇନାହିଁ?

ଦେବଦତ୍ତ ଓ ପ୍ରବଳଙ୍କର ଅକସ୍ମାତ ମୃତ୍ୟୁ, କନକ ଓ ବାସନ୍ତୀଙ୍କ ଜୀବନର ଗତିପଥକୁ ସଂପୂର୍ଣ୍ଣ ବଦଳାଇ ଦେଇଥିଲା।

ସତ।

କିନ୍ତୁ ବଞ୍ଚିଥିବା ଯାଏ, ଜୀବନରେ ଏମିତି ଗତିପଥ ହଠାତ୍ ବଦଳିଯିବା କ'ଣ ମନୁଷ୍ୟ ଜୀବନରେ ନୂଆ କଥା ?

ବାପଘରର କୋମଳ ବାତାବରଣକୁ ପଛରେ ପକାଇ ଶାଶୂଘରକୁ ଆସିବାବେଳେ ତ ସେମାନଙ୍କ ଜୀବନର ଗତିପଥ ସେଇଠି ଶେଷ ହୋଇ ପୁଣି ନୂଆ ରାସ୍ତାଟିଏ ଖୋଲିଥିଲା।

ପୁଣି ନବ ବିବାହିତର ଛନ୍ଦ ମଧୁର ଚିନ୍ତାହୀନ ଜୀବନକୁ ହଠାତ୍ ଶେଷ କରି ଛୁଆପିଲାଙ୍କ ଜଂଜାଳମୟ ମାତୃତ୍ୱର ଦାୟିତ୍ୱ ତ ପୁଣି ଥରେ ଜୀବନର ଗତିପଥକୁ ବଦଳାଇ ଦେଇଥିଲା।

ଏ ସବୁ ରାସ୍ତା ବଦଳିବା ବେଳେ ସେମାନେ ତ କାହିଁ ଘର ଛାଡ଼ି କୁଆଡ଼େ ପଳାଇବା କଥା ଭାବି ସୁଦ୍ଧା ନଥିଲେ ? ବରଂ ଅଣ୍ଟାରେ ଲୁଗାଭିଡ଼ି, ଛାତିକୁ ଚଉଡ଼ା କରି ସବୁ ଦାୟିତ୍ୱକୁ ଆପଣେଇ ନେଇ ନିଜ ଜୀବନରେ ଆନନ୍ଦକୁ ହିଁ ପାଛୋଟି ଆଣିଥିଲେ।

ଅସୁମାରୀ ଏ ଲୋକଙ୍କ ଭିଡ଼ରେ କାହା ଜୀବନର ଗତିପଥ ବଦଳୁ ନାହିଁ? କିନ୍ତୁ ଘରଛାଡ଼ି ପଳାତକ କେତେ ଜଣ, କେତେ ଜଣ ସାଜୁଛନ୍ତି ? ଶାନ୍ତିରେ ରହିବା ତ ସବୁ ମଣିଷଙ୍କ କାମ୍ୟ, କିନ୍ତୁ କାନ୍ଧରେ ଥିବା ଦାୟିତ୍ୱକୁ କାନ୍ଧରୁ ଖସାଇ ଦୂରକୁ ପଳାଇଯାଇ ଶାନ୍ତି ଖୋଜିବା କ'ଣ ମଣିଷପଣିଆ ?

ଫାଟକ ଆର ପଟେ ଆଖି ଆଗରେ ସୁନ୍ଦର ଭାବରେ ଛପର ହୋଇଥିବା ଘର, ପରିଷ୍କାର ପରିଚ୍ଛନ୍ନ ସୁନ୍ଦର ବଗିଚା, ଲିପାପୋଛା ହୋଇ ଦୁଇପଟର ଫୁଲଗଛରେ ମଣ୍ଡି ହୋଇଥିବା ରାସ୍ତା ସେମାନଙ୍କୁ ଧିକ୍କାରୁ ଥିଲେ ଯେପରି। ତେବେ କନକଙ୍କ ଘରପଟର ଫାଟକଟା କାହିଁ ?

ସେମାନଙ୍କ କାନ୍ଧରେ ହାତର ସ୍ପର୍ଶ ପାଇ କନକ ଓ ବାସନ୍ତୀ ପଛକୁ ଚାହିଁଲେ। କୁନ୍ଦ ଓ ପ୍ରଭା ସେମାନଙ୍କର ସଜଳ ଆଖି ଦେଖି କିଛି ନକହି କେବଳ ମୁଣ୍ଡ ଟୁଙ୍ଗାରି ଆଖିର ଇସାରାରେ ଧୈର୍ଯ୍ୟ ଧରିବାକୁ ସଂକେତ ଦେଉଥିଲେ। ସେମାନେ ମଧ୍ୟ ସଚେତନ ଥିଲେ ଯେ କନକ ଓ ବାସନ୍ତୀ ପାଖାପାଖି ଦୁଇବର୍ଷ ପରେ ନିଜ ନିଜ ପ୍ରିୟ ଘରକୁ ଫେରୁଛନ୍ତି ସତ, କିନ୍ତୁ ଦୁଇ ବର୍ଷତଳର ଜୀବନ ଆଉ ସେଇଠି ନାହିଁ।

ଶଗଡ଼ିଆଙ୍କ ସାହାଯ୍ୟରେ ବିଧାନ, ପ୍ରଚଣ୍ଡ ଓ ଗୋଲକ ଶଗଡ଼ମାନଙ୍କରୁ କେଉଁ ଜିନିଷପତ୍ର ଓହ୍ଲାଇବ, କେଉଁ ଜିନିଷ ଶଗଡ଼ରୁ କାଢ଼ିବା ଦରକାର ନାହିଁ, ଏସବୁ ନିର୍ଣ୍ଣୟ କରିବାରେ ବ୍ୟସ୍ତ ଥିଲେ।

ଛମ୍‌ଛମ୍ ଶବ୍ଦ ଶୁଣି ସମସ୍ତଙ୍କ ଦୃଷ୍ଟି ଘରକୁ ଲମ୍ବି ଯାଇଥିବା ବାଟ ଉପରେ ପଡ଼ିଲା । ସବିତା ଓ ସୁଦତ୍ତା ଏମାନଙ୍କ ଶଗଡ଼ ଦାଣ୍ଡରେ ରହିବା ଦେଖି ଘର ଭିତରୁ ଦଉଡ଼ି ଆସୁଥିଲେ । ସେମାନଙ୍କର ଶାଶୂ ଶଶୁରଙ୍କ ଉପସ୍ଥିତି ଯୋଗୁଁ ସେମାନଙ୍କ ମୁଣ୍ଡରେ ଅଳ୍ପ ଓଢ଼ଣା ମଧ୍ୟ ଥିଲା । ସବୁ ଶାଶୂ ଶଶୁରଙ୍କୁ ଓଳଗା କାମ ସାରି ସେମାନେ ନିଜ ମା'ମାନଙ୍କୁ ଭିଡ଼ିଧରି ନିଶବ୍ଦରେ ଲୁହ ଝରାଇ ଧକେଇ ଧକେଇ କାନ୍ଦିବାରେ ଲାଗିଲେ । ନିଜ ନିଜର ଶାଶୂ ଶଶୁରଙ୍କ ଉପସ୍ଥିତି ନଥିଲେ, କେତେଦିନର ଏ ଚାପି ରହିଥିବା ଲୁହ କେଜାଣି କେତେ ସମୟ ନେଇଥାନ୍ତା ଆୟତ୍ତ ହେବାକୁ ।

ଲୁହ ପୋଛି ଝିଅ ଦୁଇଜଣ ସବୁ ତୀର୍ଥଯାତ୍ରୀଙ୍କୁ ଘର ଭିତରକୁ ପାଛୋଟି ନେଇଗଲେ ।

ଘର ଭିତରେ - କନକ ଓ ବାସନ୍ତୀଙ୍କ ପାଇଁ ବିସ୍ମୟ ସତେ ଅବା ଅପେକ୍ଷା କରି ରହିଥିଲା ।

ଆଗର ସେ ଦୁଇଟି ଘର କାହିଁ ? ପ୍ରବେଶ ପଥ ତ ଏବେ ବାସନ୍ତୀଙ୍କ ଘର ଆଡୁ ହୋଇଛି । କନକ ସେ କଥା ଦେଖି ସାରିଥିଲେ । ଦେବଦତ୍ତଙ୍କ କୋଠରୀ କବାଟ ବନ୍ଦ ଥିବା ଦୂରରୁ ଦେଖି ଦୀର୍ଘ ନିଃଶ୍ୱାସଟାଏ ପକାଇଥିଲେ ।

ଦୁଇଟି ବାରଣ୍ଡା ବଦଳରେ ଗୋଟିଏ ଲମ୍ବା ବାରଣ୍ଡା ସେମାନଙ୍କୁ କୋଳେଇ ନେବା ପାଇଁ ହାତ ବଢ଼ାଇ ସେମାନଙ୍କ ଆଗରେ ଠିଆ ହୋଇଥିଲା ।

ଘର ଭିତରେ ପଶି ସେ ଓ ବାସନ୍ତୀ ଆଶ୍ଚର୍ଯ୍ୟ ହୋଇ ଚାରିଆଡ଼କୁ ଚାହିଁଲେ । ସେମାନଙ୍କ ଆଗର ଘର ସେଇଠି ନଥିଲା । ଦୁଇ ଘରର ମଝିରେ ଥିବା କେବଳ ଗୋଟିଏ କାନ୍ଥକୁ ଭାଙ୍ଗିଦେଲେ ଯେ ଦୁଇଘର ଏକାକାର ହୋଇ ଏମିତି ଦିଶିବ, ଏତେବଡ଼ ଘରଟାଏ ପାଲଟିଯିବ, ସେ କଥା ତ ସେମାନେ କେବେ ଭାବିନଥିଲେ ।

ଯେଉଁଠି କନକଙ୍କର ରୋଷେଇ ଘର ଥିଲା ସେଇଠି ଆଉ ଟିକିଏ ବଢ଼ିଯାଇ ଲିପାପୋଛା ହୋଇ ସୁନ୍ଦର ବଡ଼ ଶୋଇବା ଘରଟିଏ ରହିଛି । ତା' ପାଖକୁ କନକଙ୍କର ଠାକୁର ଘର ଓ ଆଚାର, ଆମ୍ବୁଲ ଏଣୁତେଣୁର ଭଣ୍ଡାର ଘରେ ଗୁଡ଼ାଏ ଥାକ ତିଆରି ହୋଇ ଛୋଟ ପୂଜାଘରଟିଏ ଓ ବଡ଼ ଭଣ୍ଡାର ଘରଟିଏ ଗୋଟିଏ ବଡ଼ ପରିବାରର ସେବା ପାଇଁ ପ୍ରସ୍ତୁତ ହୋଇ ରହିଛନ୍ତି । ବାସନ୍ତୀଙ୍କ ରୋଷେଇ ଘରେ ରୋଷେଇ ଚାଲିଛି । ସୁଦତ୍ତା ଓ ସୁଶୀଳ ଗୋଟିଏ ବଡ଼ କୋଠରୀରେ, ସବିତା ଓ ଆକାଶ ଆଉ ଏକ କୋଠରୀରେ, ସଜାସଜି ହୋଇ ସେ ସବୁ ସୁନ୍ଦର ଦିଶୁଛି ।

'ଆଉ ତୋ ଶୋଇବା ଘର କେଉଁଟି ? ସେଇ ଯେଉଁ ମୋ ହାଣ୍ଡିଶାଳକୁ ବଢ଼ାଇ କୋଠରୀଟା କରିଛୁ ?' କନକ ପଚାରିଲେ ।

'ନାଇଁ, ନାଇଁ, ସେଇଟା ତ ତମର ଓ ବୋଉର ଶୋଇବା ଘର। ତୁମେ ଦୁହେଁ ଏକାଠି ରହିବ। ମୋ ଶୋଇବା ଘର ଆଉ କ'ଣ? ମୁଁ ଏଇ ମଝି ଘରଟାରେ କନ୍ଥା ପାରି ଶୋଇପଡ଼ିବି।' ବିଧାନ ଜବାବ ଦେଲା।

କନକ ଓ ବାସନ୍ତୀ ପରସ୍ପର ମୁହଁକୁ ଚାହିଁଲେ। ଦୁହେଁ କ'ଣ କହିଥାନ୍ତେ, କୁନ୍ଦ, ପ୍ରଭା ଓ ଅନ୍ୟମାନେ ଶଗଡ଼ରୁ ଜିନିଷ କିଛି ଧରି ସେଠାରେ ପହଞ୍ଚିଲେ।

ଚାହୁଁ ଚାହୁଁ ଘରଟି ସାହୀ, ପଡ଼ିଶା, ବନ୍ଧୁବାନ୍ଧବଙ୍କ ଉପସ୍ଥିତିରେ ଲୋକାରଣ୍ୟ ହୋଇଗଲା। କାହିଁ କାଶୀ ବିଶ୍ୱନାଥ, କାହିଁ ବୋମକେଇ? ତୁମେମାନେ ଯାଇ ସାକ୍ଷାତ ବିଶ୍ୱନାଥଙ୍କୁ, ମା' ଅନ୍ନପୂର୍ଣ୍ଣାଙ୍କୁ ଦର୍ଶନ କରି ଆସିଛ, ଆମର ତ ସେ ସୌଭାଗ୍ୟ ନାହିଁ। ତୁମ ପାଦଧୂଳି ଟିକିଏ ମୁଣ୍ଡରେ ବାଜିଲେ କିଛି ତ ପୁଣ୍ୟ ମିଳିବ।'

ଏହା କହି କହି ଲୋକେ ନାହିଁ କରିବା ସତ୍ତ୍ୱେ ଏ ତୀର୍ଥ ଫେରନ୍ତାଙ୍କୁ ମୁଣ୍ଡିଆ ମାରୁଥାନ୍ତି। କେତେ କଥା ପଚାରୁଥାନ୍ତି। ଏମାନେ ମଧ୍ୟ ସଙ୍ଗରେ ଆଣିଥିବା ଶୁଖିଲା ଫୁଲ, ପ୍ରସାଦ ସମସ୍ତଙ୍କ ହାତରେ ଟିକିଏ ଟିକିଏ ଦେଇ ନିଜ କର୍ତ୍ତବ୍ୟ ପୂରା କରୁଥାଆନ୍ତି।

କୁନ୍ଦ ଓ ଗଗନ ଦୁଇ ଦିନ ବିଶ୍ରାମ ନେବା ପରେ ନିଜ ଗାଁକୁ ଫେରିଗଲେ। ପ୍ରଭା ଓ ପ୍ରଚଣ୍ଡ ସେଇଦିନ ରାତିରେ ହିଁ ଖିଆପିଆ ପରେ ନିଜ ଘରକୁ ଫେରି ଯାଇଥିଲେ। ପୂର୍ବର ସର୍ତ୍ତକୁ ମନେରଖି, ସେମାନେ ସମସ୍ତେ ନିଜ ନିଜ ବୋହୂମାନଙ୍କୁ ମା'ମାନଙ୍କ ସହ ଆଉ କିଛି ଦିନ ବିତାଇବା ପାଇଁ ଛାଡ଼ି ଦେଇ ଯାଇଥିଲେ।

କନକ ଓ ବାସନ୍ତୀ ଅନୁଭବ କଲେ - ସେମାନେ ଦେବଦତ୍ତ ଓ ପ୍ରବଳଙ୍କୁ ହରାଇ ଦେଇଛନ୍ତି ସତ, କିନ୍ତୁ ତା' ବଦଳରେ ଅନେକ କିଛି ପାଇଛନ୍ତି ମଧ୍ୟ।

ଦେବଦତ୍ତ ଓ ପ୍ରବଳ ଆଜି ବଞ୍ଚିଥିଲେ ଏ ଘର ଦୁଇଟା ଘର ହୋଇ ରହିଥାନ୍ତା। ସୁଦତ୍ତା ଓ ସବିତା ବିଭାହୋଇ ଯିବା ପରେ, ବାସନ୍ତୀ ହୁଏତ ବୋହୂ ଆଣି ସବିତାର ଜାଗା ପୂରଣ କରିନେଇଥାନ୍ତେ। କିନ୍ତୁ କନକ ଓ ଦେବଦତ୍ତ ତ ଖାଁ ଖାଁ ଜୀବନଟାଏ ବିତାଇଥାନ୍ତେ।

କିନ୍ତୁ ବିଧାନର ଏ ପଦକ୍ଷେପ - ଦୁଇଟି ଘରକୁ ନେଇ ଗୋଟିଏ ପରିବାର ଗଢ଼ିବାର ବୁଦ୍ଧିମାନ ଯୋଜନା, ଶୁଖିଲା ନଈଟି ମରୁଭୂମି ପାଲଟିବା ଆଗରୁ ପୁଣି ଥରେ ତାକୁ ମଧୁର କୋଳାହଳର କୋମଳ କଲ୍ଲୋଳରେ ପରିପୂର୍ଣ୍ଣ କରି ଦେଇଛି।

ନିଜ ନିଜର ଭଙ୍ଗା ଡଙ୍ଗାମାନଙ୍କୁ ପଛରେ ଛାଡ଼ିଦେଇ ବାସନ୍ତୀ ଓ କନକ ହାତ ଧରାଧରି ହୋଇ ବିଧାନ ତିଆରି କରିଥିବା ଏଇ ନୂଆ ଡଙ୍ଗାଟିରେ ଏକାଠି ବସି ତାକୁ ଏଇ କଲ୍ଲୋଳରେ ଭସାଇ ଦେଲେ।

ଜୀବନ ପୁଣି ଥରେ ଆଗେଇ ଚାଲିଲା।...

ସେଦିନ ଖାଇ ବସିବାବେଳେ ବିଧାନକୁ କନକ କହିଲେ, 'ବାପ, ତୋ ମଉସାଙ୍କ କୋଠରୀରେ ଏମିତି ତାଲା ଝୁଲିରହିଲେ ମୋତେ ବଡ଼ କଷ୍ଟ ଲାଗୁଛି। ନେ, ଏ ଚାବି ନେ, ତୁ ସେ ଘରେ ଶୁଆବସା କର, ମୁଁ ସେ ଘରକୁ ଓଳାପୋଛା, ସଜଡ଼ା ସଜଡ଼ି କରି ରଖିଲେ ତୋ ମଉସା ମୋ ପଛରେ ଠିଆ ହୋଇ ମୋତେ ଦେଖୁଥିଲା ପରି ମୋତେ ଲାଗିବ।'

ବିଧାନ ପାଟିକୁ ଯାଉଥିବା ଭାତ ଗୁଣ୍ଡା ବାଟରେ ଅଟକିଗଲା। ସେ ଥାଳୀରୁ ମୁହଁ ଉଠାଇ ଦୁଇ ମା'ଙ୍କ ମୁହଁକୁ ଚାହିଁଲା।

ବାସନ୍ତୀ ମଧ୍ୟ ଗୋଟିଏ କୋମଳ ଚାହାଣୀ କନକ ଉପରକୁ ଫିଙ୍ଗି ଦେଇ ପୁଣି ବିଧାନକୁ ଚାହିଁ କହିଲେ- 'ଠିକ୍ କଥା। ଘରଟା ସବୁବେଳେ ବନ୍ଦ ହୋଇ ରହିଲେ ମୂଷା ଗାତ ଖୋଳି ନଷ୍ଟ କରିଦେବେ। ସେଇ ମୂଷା ଗାତ ବାଟେ ଆସି ସାପ ଘରେ ପଶିବ, ରହିବ, ଡିମ୍ବ ଦେବ। ଏତେ କଥା କାହିଁକି ? ତୁ ଏବେ ଶୋଉନୁ ସେ ଘରେ ? ତୋତେ ବି ସେ ପଟ କବାଟଟା ଖୋଲି ସିଧା ବାରଣ୍ଡାର ତନ୍ତଗୁଡ଼ିକ ପାଖକୁ ଯିବା, ସଦା ପଦିଆଙ୍କ କାମ ଦେଖାଦେଖି କରିବା, ଏସବୁ କରିବାକୁ ସୁବିଧା ହେବ। ନା କ'ଣ କନକ ?'

'ମୁଁ ତ ସେଇ କଥା କହୁଛି।' କନକ କହିଲେ।

ସାପ ! ରହିବେ କ'ଣ ? ଅଛନ୍ତି ତ !

ସେୟା ହେଲା। ସେ କୋଠରୀରୁ ବାରଣ୍ଡାକୁ ଥିବା କବାଟ ବିଷୟରେ ବିଧାନ ତ ସଂପୂର୍ଣ୍ଣ ଅବଗତ ଥିଲା, ତେବେ ଦେବଦତ୍ତ ରହୁଥିବା କୋଠରୀରେ ସେ ରହିବ ଓ ତାଙ୍କ ଖଟରେ ସେ ଶୋଇବ- ଏ ଭାବନା ତା' ମୁଣ୍ଡକୁ କେବେ ବି ଆସିନଥିଲା। ଦେବଦତ୍ତ କେଉଁଠି... ସେ କେଉଁଠି... ? ସେ ଗୁରୁ... ପୁଣି ତାଙ୍କ ପ୍ରତି ଯେଉଁ ଅନ୍ୟାୟ ବିଧାନ ନ ହେଲେ ବି ବିଧାନର ବାପା ତ କରିଛନ୍ତି, ତା' ସତ୍ତ୍ୱେ ଦେବଦତ୍ତଙ୍କ ଖଟ କୋଠରୀକୁ ସେ ବ୍ୟବହାର କରିବା କଥା କେମିତି ସେ ଭାବିପାରନ୍ତା ?

କିନ୍ତୁ କନକଙ୍କର ବାଧ୍ୟବାଧକତାରେ ଭଲଦିନ ଦେଖି ସେ ଘରର କୁଞ୍ଚି ଫିଟାହେଲା। ପ୍ରଥମ ରାତିରେ ଦେବଦତ୍ତଙ୍କ କୋଠରୀରେ ଶୋଇବାକୁ ବିଧାନ ଭୟ କଲା। କିନ୍ତୁ ଧୀରେ ଧୀରେ ସେ ଖଟ, ସେ କୋଠରୀ ତା'ର ଦେହସୁହା ହୋଇଗଲା। ବରଂ ସେ ଅନୁଭବ କଲା ଏକ ସଚ୍ଚୋଟ ନିଷ୍ପାପର ମୁରବୀପଣିଆ ଧୀରେ ଧୀରେ ତା' ଭିତରେ ପ୍ରବେଶ କରୁଛି।

ସେ ନିଶ୍ଚିନ୍ତ ହୋଇ ନିଜ ବ୍ୟବସାୟ ବଢ଼ାଇବାରେ ଧ୍ୟାନ ଦେଲା।

ସକାଳୁ ଉଠିଲେ ତା' କୋଠରୀ କବାଟ ଖୋଲି ସେ ସିଧା ତନ୍ତରେ ଯାଇ

ବସୁଥିଲା। ସେଇଠାରୁ ହିଁ ସଦା, ପଦିଆ ଇତ୍ୟାଦିଙ୍କ କାମ ବୁଝିବା, ଗରାଖମାନଙ୍କୁ ଦିଆନିଆ କରିବା ଆଦି କରୁଥିଲା। ଘର କଥା ବୁଝିବାକୁ ତ ଦୁଇ ଦୁଇଜଣ ଦକ୍ଷ ରହିଛନ୍ତି। ତା'ର ଆଉ ସେ ଆଡ଼କୁ ନିଘା ନଥିଲା।

ଅଭିଶାପ ବିରୁଦ୍ଧରେ କିପରି ଲଢ଼ିବାକୁ ହେବ, ସେ କଥା ବିଧାନକୁ ଜଣାନଥିଲା। କିନ୍ତୁ ଏବେ ସେ ବୁଝିପାରୁଥିଲା, ଏକଲା ରହିବାର ଅର୍ଥ ନାନା ଦୁର୍ଭାବନାକୁ ଡାକି ଆଣିବା। ବିଗତ ଦୁଇବର୍ଷ ଏଇ ଘରେ ସେ ଏକୁଟିଆ କଟାଇଥିଲା।

ସଂପୂର୍ଣ୍ଣ ଏକଲା।

ପଦିଆ ଓ ସଦା ତା' ଜୀବନର ନୂଆ ମୋଡ଼ ଆଣିଦେଲେ। ନିଜ ହୃଦୟର କରୁଣାକୁ ଶାନ୍ତ କରିବାକୁ କେବଳ ସେ ଦିନ ସେ ସଦା ପଦିଆକୁ ଖାଇବାକୁ ଦେଇଥିଲା। କିନ୍ତୁ ଏତେ ଅଳ୍ପ ବୟସରେ ସେମାନେ ଦୁଃଖ ସହୁ ସହୁ କେମିତି ନିଜ ଦାୟିତ୍ୱକୁ ମଧ୍ୟ ତୁଲାଇ ପାରୁଛନ୍ତି, ସେ କଥା ଦେଖି ସେ ବିସ୍ମିତ ତ ହୋଇଥିଲା, ଲଜ୍ଜିତ ମଧ୍ୟ ହୋଇଥିଲା ଯେ, ସେମାନଙ୍କ ଠାରୁ ଦୁଇଗୁଣ ଅଧିକ ବୟସର ହୋଇ ମଧ୍ୟ ସେ ନିଜେ କେମିତି ନିଜ ଦାୟିତ୍ୱ ମାନଙ୍କୁ ଗୋଇଠା ମାରି ନିଜ କାନ୍ଧରୁ ଖସାଇ ଦେଇଛି।

ଯୋଗକୁ ସେତିକିବେଳକୁ ମକଦ୍ଦମ ସାଆନ୍ତେ ଆସି ବାଟ ଦେଖାଇଦେଇ ଯାହା କିଛି ଦ୍ୱିଧାର ଅନ୍ଧାର ଥିଲା ତାକୁ ଦୂର କରିଦେଲେ। ଏ ଦୁଇଭାଇଙ୍କୁ ସାହାଯ୍ୟ କରିବାକୁ ଯାଇ ବିଧାନ ତ ନିଜ ଘର, ପରିବାରକୁ ସଜାଡ଼ିବାର ଉପାୟ ପାଇଗଲା।

ଯଦି ଏ ଦୁହେଁ ଆସିନଥାନ୍ତେ, ବିଧାନ ହୁଏତ ବର୍ଷ ବର୍ଷ ଧରି ଏକା ହିଁ ରହିଥାନ୍ତା, ଦୁଃଖ ପିଇ ପିଇ ବଞ୍ଚିଥାନ୍ତା।

ପଦିଆ ଓ ସଦାଙ୍କ ଉପସ୍ଥିତି ତାକୁ ଶିଖାଇଲା ଯେ, ପରିବାର କେବଳ ରକ୍ତ ସଂପର୍କକୁ ନେଇ ଗଢ଼ା ହୁଏ ନାହିଁ, ରକ୍ତ ସଂପର୍କର ପରିବାରକୁ ଯଦି ଦୁର୍ଭାଗ୍ୟ ଭସ୍ମୀଭୂତ କରିଦିଏ, ଅଚିହ୍ନା କୁ ନିଜର କରି ଡାକିଆଣିଲେ, ପରିବାର ଟିଏ ପୁଣିଥରେ ଗଢ଼ି ହୋଇଯାଏ। ଏକାକୀବୋଧର ରାକ୍ଷସ ଆତ୍ମାକୁ ଗିଳିବାକୁ ଆଉ ମନ ଭିତରେ ପଶି ପାରେନାହିଁ।

ଖାଲି 'ଅଚିହ୍ନା'କୁ ନିଜର କରିବାର ହୃଦୟଟିଏ ଥିଲେ ହେଲା।

ସାଧାରଣ ମନୁଷ୍ୟ ଏକୁଟିଆ ରହିବା କଦାପି ଭଲ ଲକ୍ଷଣ ନୁହଁ। ସାଧକ, ସନ୍ନ୍ୟାସୀ, କବି, ଲେଖକ, ଦାର୍ଶନିକ ଓ ଗବେଷକ- ଏମାନେ ଏକାକୀ ରହିଲେ, ନିଜର ଉନ୍ନତି କରି ବିଶ୍ୱର ମଙ୍ଗଳ କରନ୍ତି।

କିନ୍ତୁ ସାଧାରଣ ମନୁଷ୍ୟ ଏକାକୀ ରହିଲେ ନିଜର ଅମଙ୍ଗଳ କରି ବିଶ୍ୱକୁ କଳୁଷିତ କରନ୍ତି।

-0-

କନକ ବିକି ଦେଇଥିବା ଗାଈମାନଙ୍କୁ ଅଧିକ ଦାମ୍ ଦେଇ ପୁଣି ଘରକୁ ବାହୁଡ଼ାଇ ଆଣିଲେ । ସକାଳୁ ଉଠି ସେ ଗାଈମାନଙ୍କ ସେବାରେ ଲାଗିପଡ଼ିଥିବା ବେଳେ, ବାସନ୍ତୀ ଘରଦ୍ୱାର ଓଳାପୋଛା ସଫାସୁତୁରା କରି ଦୁହେଁ ଏକାସାଙ୍ଗରେ ଗାଧୋଇପାଧୋଇ ସାଙ୍ଗ ହୋଇ ଏକା ରୋଷେଇ ଘରେ ପଶିଲେ ।

ସତେ ଯେପରି ଜୀବନ ହଠାତ୍ ପଛମୁହାଁ ହୋଇ ଦୃତଗତିରେ ଧାଇଁ ଯାଇ ସେମାନଙ୍କ ବାଲ୍ୟଜୀବନ କୁଆଁରୀ ଦିନମାନଙ୍କ ପାଖକୁ ଫେରିଗଲା ।

ସେମାନଙ୍କୁ ଦେବଦତ୍ତ ଓ ପ୍ରବଳଙ୍କ ମୁହଁ ଧୀରେ ଧୀରେ ସ୍ମୃତିରେ ଝାପ୍‌ସା ଦିଶିଲା । ଝିଅ, ଜୋଇଁ ଓ ବିଧାନ ହୃଦୟର ସବୁ ସ୍ଥାନ ମାଡ଼ିବସିଲେ । ଦୁହେଁ ଗପି ଗପି ରାନ୍ଧିଲେ, କଥା ହେଉ ହେଉ ପୁଣି ସୂତା କଟା, ରଙ୍ଗଦିଆ କାମରେ ମଧ୍ୟ ଯୋଗଦେଲେ ।

ଧୀରେ ଧୀରେ ଦେବଦତ୍ତ ଓ ପ୍ରବଳର ଗ୍ରାହକମାନେ ଫୁଲ ଫୁଟିଲେ ମହୁମାଛି ଗୁଣୁଗୁଣୁ ହୋଇ ଫୁଲକୁ ଫେରିବା ପରି ବିଧାନର ତନ୍ତ ପାଖରେ ଗହଳି ଜମାଇଲେ ।

ବିଧାନ ତନ୍ତରୁ ମୁଣ୍ଡ ଟେକି ତା' ଶୋଇବା ଘର ଭିତରକୁ ଚାହିଁଲା । କଳାଧଳା ହୋଇ ଦୁଇଟି ସାପ ଲାଞ୍ଜ ଭାଡ଼ିର ସାଇତା ପେଡ଼ି ପେଟରା ସନ୍ଧି ଭିତରେ ପଶି ଧୀରେ ଧୀରେ ଅଦୃଶ୍ୟ ହେଉଛି । କଳାସାପଟି ଲୁଚିଯିବା ପୂର୍ବରୁ ତା'ର ଲାଞ୍ଜ ବାଜି ସାଇତାଥିବା ଛୋଟ ଟୋକେଇଟିଏ ଭାଡ଼ିରୁ ଖସିପଡ଼ିଲା ।

ଝଣ୍‌ଝାଣ୍ ଶବ୍ଦରେ କନକ ଧାଇଁ ଆସିଲେ । ତଳେ ପଡ଼ିଥିବା ଦେବଦତ୍ତଙ୍କ କିଛି ସାମାନ୍‌କୁ ଗୋଟେଇ ପୁଣି ସେ ବେତପେଡ଼ିରେ ପୂରାଇ ବନ୍ଦ କରି ଭାଡ଼ିକୁ ଟେକିଦେଲେ । ବାରଣ୍ଡାକୁ ଆସି କହିଲେ, 'ବାପ, ଏମାନଙ୍କ ଶ୍ରାଦ୍ଧଦିନ ପାଖେଇ ..

ବିଧାନକୁ ମନଦେଇ ବୁଣୁଥିବା ଦେଖି ସେ ଆଉ କିଛି ନକହି ଚୁପ୍‌ଚାପ୍ ଦୁଆର ବନ୍ଧ ପାଖରୁ ଫେରିଗଲେ ।

ସେ ଅଦୃଶ୍ୟ ହେବା ପରେ ବିଧାନ ମୁଣ୍ଡ ଟେକି ସେ ଭାଡ଼ି ଉପରକୁ ପୁଣି ଥରେ ଚାହିଁଲା । ଆଜିକାଲି କଳା ସାପଟାକୁ ସେ ବେଶି ଦେଖୁନାହିଁ, ବୋଧହୁଏ କେଉଁ କୋଣରେ ଅଣ୍ଡା ଦେଉଥିବ, ବଂଶ ବଢ଼ାଉ ଥିବ । ଆଜି କେମିତି ତା'ର ଲାଞ୍ଜଟା ଦିଶିଗଲା ।

ଦୀର୍ଘ ନିଃଶ୍ୱାସଟିଏ ବିଧାନର ଛାତି ଫଟାଇ ବାହାରି ଆସିଲା ।

ବାପା... ବାପା ତ ତାକୁ କୁଳ ବୁଡ଼େଇବାର ଦାୟିତ୍ୱ ସଂପି ଦେଇଯାଇଛନ୍ତି । ସାପ ବଂଶ ବଢ଼ିବ, ତା' ନିଜ ବଂଶର ସେ ଶେଷ ସନ୍ତକ । ତା'ପରେ ଏ ବଂଶ ବୁଡ଼ିଯିବ ।

ବୁଡୁ, ସେ ଆଉ କ'ଣ କରିପାରିବ ?

ଅକ୍ଟୋବର ୧୭୫୬

ବୋମକେଇ

ଦେବଦତ୍ତ ଓ ପ୍ରବଳଙ୍କର ତୃତୀୟ ଶ୍ରାଦ୍ଧାବାର୍ଷିକୀ ପାଖେଇ ଆସୁଥିଲା । କନକ ଓ ବାସନ୍ତୀଙ୍କ ଚାପାରେ ବିଧାନ ମାସକ ଆଗରୁ ବର୍ଷିକିଆ ଶ୍ରାଦ୍ଧର ଆବଶ୍ୟକୀୟ ଜିନିଷ ସବୁ ଯୋଗାଡ଼ କରିବାରେ ଲାଗିଗଲା ।

ଦିନେ ଉପରବେଳା କନକ ରଙ୍ଗ କରିବା ପାଇଁ ସୂତା କେଣ୍ଡା ସବୁ କୁଣ୍ଡରେ ବୁଡ଼ାଉ ବୁଡ଼ାଉ ବିଧାନଙ୍କୁ ଅନେଇ କହିଲେ, 'ବାପ, ତୋ ମଉସା ଏମିତି କ'ଣ ପୋଥି ଲେଖିଦେଲେ ଯେ, ପାରଳା ମହାରାଜା ତାଙ୍କୁ ଏତେ ମୋହର ଦେଇଦେଲେ ?'

ବିଧାନ ତନ୍ତର ଏଇ ଏବେ ଶେଷ କରିଥିବା ଲୁଗାଟିକୁ ତୃପ୍ତ ଆଖିରେ ଅନାଇ ଚଉତିବାରେ ବ୍ୟସ୍ତ ଥିଲା । କେଡ଼େ ସୁନ୍ଦର ହୋଇଛି ଏ ଶାଢ଼ୀଟା ! ଆନନ୍ଦରେ ତା'ର ଛାତି ଫୁଲି ଉଠୁଥିଲା । କନକଙ୍କର ଏ ଆକସ୍ମିକ ପ୍ରଶ୍ନରେ ତା'ର ହାତ ତ ଅଟକିଗଲା, ସେ ଦୃଷ୍ଟି ଫେରାଇ ଦେଖିଲା କନକ, ବାସନ୍ତୀ, ପଦିଆ, ସଦାଙ୍କ ସମେତ ମଲ୍ଲୀ ଓ ଗଡ଼ି ପଧାନର ଆଉ ଦୁଇଯୋଡ଼ା ହାତ ମଧ୍ୟ ଲୁଗାବୁଣା, ସୂତାକଟା, ରଙ୍ଗଦିଆ କାମ ଛାଡ଼ି ସ୍ଥିର ହୋଇଗଲା । ସେମାନଙ୍କ ଛ' ଯୋଡ଼ା ଆଖି ତା' ଆଖିକୁ ଚାହିଁ ରହିଲେ ।

ତା' ନିଜ ଅଜାଣତରେ ସେ ସେମାନଙ୍କ ମୁହଁକୁ ହାଁ କରି ଚାହିଁ ରହିଥିଲା ।

ପୋଥି ? ଆରେ, ସତେ ତ ! କାହିଁ ସେ ପୋଥି !

ବାପା ତାଙ୍କ ବେକରେ ଗୁଡ଼ା ହୋଇଥିବା ହଜାରେ ସୁନାମୋହରର ଥଳୀକୁ ଦେଖାଇଥିବାବେଳେ ସେ ତାଙ୍କ ଆଡ଼କୁ ଚାହୁଁନଥିଲା । ବିସ୍ମୟ, ବିରକ୍ତି, ଘୃଣା, କ୍ରୋଧ ସମସ୍ତେ ମିଶି ତା' ମୁଣ୍ଡକୁ ମନ୍ଥି ପକାଇଥିଲେ । ତାକୁ ନିର୍ବାକ୍ କରିଦେଇଥିଲେ । କିନ୍ତୁ ବାପା ଚୁପ୍ ହୋଇ ରହି ନଥିଲେ... ସେ ପ୍ରବଳ ଜ୍ୱରରେ, ସେ ଅର୍ଦ୍ଧଚେତନ ଅବସ୍ଥାରେ ମଧ୍ୟ ସେ କ'ଣ ସବୁ ବିଡ଼୍‌ବିଡ଼୍ ହୋଇ କହି ଚାଲିଥିଲେ । ପୋଥି... ପୋଥି... ପୋଥି ବିଷୟରେ କ'ଣ ତ ସେ କହୁଥିଲେ !

ତା' ଆଖି ଆଗରେ ବର୍ତ୍ତମାନର ସେ ଉଜ୍ଜ୍ୱଳ ଅପରାହ୍ନର ସେ ଶାନ୍ତ ବାତାବରଣ, ଆଉ ଛ' ଜଣଙ୍କ ଉପସ୍ଥିତି ସବୁ ଧୀରେ ଧୀରେ ବହଳ ଅନ୍ଧକାର ଭିତରେ ହଜିଗଲା । ପାରଳା ନିକଟସ୍ଥ ସହରର ଧର୍ମଶାଳାର ସେ ଅନ୍ଧାର କୋଠରୀ, ଦିକ୍‌ଦିକ୍ ଜଳୁଥିବା ଦୀପର କ୍ଷୀଣ ଆଲୋକ, ମୁମୂର୍ଷୁ ବାପାଙ୍କର ପ୍ରଳାପ, ବାହାରର ବର୍ଷା ପବନ ତା' ଦେହ ମନରେ ଗୋଟିକ ପରେ ଗୋଟିଏ ସାକାର ହୋଇ ଗୁଡ଼ାଇ ହୋଇଗଲା । ସେ ଧର୍ମଶାଳାର ଖୋଲା କବାଟ ପାଖରେ ବସି ବାରଣ୍ଡା ଆରପଟ ଅଗଣାରେ କୁଢ଼ାଇ

ହେଉଥିବା ବର୍ଷାର ଝିପିଝିପି ଶବ୍ଦକୁ ସେ ଶୁଣୁଥିଲା। ତୁହାକୁ ତୁହା ଓଦା ପବନ ତା' ମୁହଁରେ ପିଟି ହେଉଥିଲା, ସେ ପବନର ତରଙ୍ଗରେ ଠଣା ଭିତରେ ଥିବା ଦୀପଟି ମିଞ୍ଜିମିଞ୍ଜି ହୋଇ ଜଳୁଥିଲା।

*'ବିଧାନ... ବିଧୁ... କୁଆଡ଼େ ଗଲୁରେ? ରେ ବାପା, ମୋ ପାଟିରେ ପାଣି ଟୋପାଟେ ଦେ।'*

*ଲୁହ, ସିଂଘାଣି, ଝାଳରେ ରୁନ୍ଧି ହୋଇ ଯାଇଥିବା ବିଧାନ ଉଠି କଳସୀରୁ ପାଣିକାଢ଼ି ବାପ ପାଟିରେ ଢାଳିଲା। ବାହାରେ ମୂଷଳ ଧାରାର ବର୍ଷା ଝଡ଼ ଆଡ଼କୁ ମୁହାଁଉଥିବାର ସଂକେତ ନେଇ ଶୀତଳ ପବନ ତୁହାକୁ ତୁହା ବହିବାକୁ ଆରମ୍ଭ କଲା।*

*'ମଉସାଙ୍କ ପୋଥି କାହିଁ?'*

*'ଏଁ? ହଜାରେ ସୁନା ମୋହର?'*

*'ମଉସାଙ୍କ ପୋଥି... ପୋଥି... କାଇଁ?'*

*'ମହାରାଜ ରଖିଲେ। ପରେ ଆସି ନେବ କହିଲେ।'*

ଅତୀତର ବାପାଙ୍କର ସେଇ ଅସ୍ପଷ୍ଟ ସ୍ୱର ଧୀରେ ଧୀରେ ବିଧାନର କାନ ବାଟେ ପଶି ବର୍ତ୍ତମାନର ତା' ଆଗରେ ବସିଥିବା ଶ୍ରୋତାମାନଙ୍କ ପାଇଁ ତା' ମୁହଁରୁ ବାହାରୁଥିଲା। 'ତା'ର ପ୍ରତିଲିପି କାଢ଼ିବେ। ଦୁଇମାସ ପରେ ଆସି ପୋଥିଟିକୁ ନେଇଯିବାକୁ ମହାରାଜା କହିଲେ।'

'ଦୁଇମାସ? ଏ ଭିତରେ ତ ଚାରିବର୍ଷ ବିତିବାକୁ ବସିଲାଣି?' ବାସନ୍ତୀଙ୍କ ତୀକ୍ଷ୍ଣ ସ୍ୱରରେ ବିଧାନର ଚେତନା ଫେରି ଆସିଲା।

'ଏଁ?'

'ପୋଥିଟା ରାଜାଙ୍କ ପାଖରେ ଥିବ ତ?' ବାସନ୍ତୀ କଥା ଶେଷ କଲେ।

'ହଁ, ନିଶ୍ଚୟ ଥିବ।' ସ୍ୱପ୍ନାବିଷ୍ଟ ହୋଇ ବିଧାନ ଉତ୍ତର ଦେଲା।

'ବାପ, ସେ ପୋଥିଟା ଆମେ ପାଇପାରିବା ନାହିଁ? ତୋ ମଉସାଙ୍କ କୀର୍ତ୍ତିର ସେ ତ ଏକମାତ୍ର ପ୍ରମାଣ। ପୋଥିଟି ପାଇଲେ ସେ ଘରକୁ ଫେରିଆସିବା ପରି ମୋତେ ଲାଗିବ।' କନକ ରଙ୍ଗକୁଣ୍ଡ ପାଖରେ ବସି ଆଖିରୁ ଲୁହ ପୋଛିଲେ। ବାସନ୍ତୀ ତାଙ୍କୁ କୋଳକୁ ଆଉଜାଇ ଆଣିଲେ। ତାଙ୍କ ସ୍ପର୍ଶରେ କନକଙ୍କ ଚାପା କୋହ କଇଁକଇଁ କାନ୍ଦର ରୂପ ନେଲା।

'ହଁ, ପୋଥିଟା ତ ଆମ ପାଖରେ ରହିବା କଥା। କିନ୍ତୁ ତାକୁ ଆଣିବାକୁ ମୋତେ ତ ପାରଳାଖେମୁଣ୍ଡି ଯିବାକୁ ପଡ଼ିବ।' ବିଧାନ ଲୁଗାଟିର ଚଉତା କାମ ଶେଷ କରୁ କରୁ କନକଙ୍କ କାନ୍ଧକୁ ଅନାଇ ଧୀର ସ୍ୱରରେ କହିଲା।

‘ବର୍ଷକିଆ ଶ୍ରାଦ୍ଧ ତ ଆହୁରି ପଚିଶିଦିନ ଅଛି। ତୁ କାଲି ବାହାରି ଯା’ ଯେ ଶ୍ରାଦ୍ଧ ଆଗରୁ ଆସି ଘରେ ପହଞ୍ଚିଯିବୁ।’ ବାସନ୍ତୀ କହିଲେ।

‘ହୁଁ...’ ବିଧାନ କାନରେ ତୈମୁରର ହ୍ରେଷା ଶବ୍ଦ ପୁଣି ଥରେ ଶୁଣାଗଲା।

ଅକ୍ଟୋବର ୧୭୫୬
ପାରଳାଖେମୁଣ୍ଡି

ପାରଳାଖେମୁଣ୍ଡିରେ ପହଞ୍ଚି ବିଧାନ ଶୁଣିଲା ମହାରାଜା ଏବେ ପାରଳାରେ ନାହାନ୍ତି। ଏଣୁ ଦରବାର ବସୁନି। ଆସନ୍ତା ଶୁକ୍ରବାର ଦିନ ଦରବାର ବସିବ।

ବିଧାନ ନିରାଶ ହେଲା। ଆଜିତ ମଙ୍ଗଳବାରରେ ସେ ଆସି ପହଞ୍ଚିଛି। ଆହୁରି ଦୁଇଦିନର ପ୍ରତୀକ୍ଷା। ଏକ ଧର୍ମଶାଳାରେ ରହିବାର ବନ୍ଦୋବସ୍ତ କରି ସେ ବଜାର ବୁଲିବାକୁ ବାହାରିଗଲା। ସେଠାରେ ଲୋକଙ୍କ ଚାପା କଥାବାର୍ତ୍ତା, ଗୁଞ୍ଜନ, ଦଳଗତ ଆଲୋଚନାରୁ ବୁଝିପାରିଲା ଦୂର କୋଉ ରାଜ୍ୟର ନିଜାମ ବୋଲି ରଜା କୁଆଡ଼େ ନିଜକୁ ପାରଳାଖେମୁଣ୍ଡିର ଶାସକ ବୋଲି ଦାବୀକରି ବିଗତ କିଛିବର୍ଷ ଧରି କର ଆଦାୟ କରି ଆସୁଥିଲେ। କିନ୍ତୁ ଏବେ ପାଞ୍ଚବର୍ଷ ତଳେ ଏଇ ବର୍ତ୍ତମାନର ମହାରାଜା ଗଜପତି ଜଗନ୍ନାଥ ନାରାୟଣ ଦେବ ସିଂହାସନରେ ବସିବା ପରେ ନିଜାମଙ୍କୁ କର ଦେବା ସଂପୂର୍ଣ୍ଣ ବନ୍ଦ କରି ଓଲଟି କର ଦେଉଥିବା ଅଞ୍ଚଳମାନଙ୍କୁ ନିଜ ଅଧୀନକୁ ନେଇଆସି ସେ କର ନିଜ ରାଜକୋଷକୁ ବାହୁଡ଼େଇ ଆଣିଛନ୍ତି।

ଜଳଖିଆ ଦୋକାନ ଆଗରେ ବସି ବିରିବରା, ରାଗଚଣା ତରକାରୀ ପଦ୍ମ ପତ୍ର ଠୋଲାରୁ ନେଇ ଖାଉଥିବା ବିଧାନ ଖାଇବା ବନ୍ଦକରି ବକ୍ତାଙ୍କ ମୁହଁକୁ ଚାହିଁଲା।

ସୂର୍ଯ୍ୟ ଅସ୍ତ ହେବାକୁ ବେଶ୍ କିଛି ସମୟ ବାକି ଅଛି।

ଧର୍ମଶାଳାର ଅଶ୍ୱଶାଳାରେ ତୈମୁରର ଖାଇବା ପିଇବାର ବନ୍ଦୋବସ୍ତ କରି ସାରି ସେ ସହର ବୁଲିବାକୁ ବାହାରିଥିଲା। ଗରମ ଗରମ ବିରିବରା ଛଣା ହେଉଥିବା ଦେଖି ସେ ମଧ ବିକ୍ରେତା ପାଖରେ ଠିଆହୋଇ ପଦ୍ମପତ୍ରର ଠୋଲା ଭର୍ତ୍ତି ବରା ଓ ରାଗଚଣା ତରକାରୀର ସ୍ୱାଦ ନେଉ ନେଉ ଖାଉଥିବା ଅନ୍ୟ ଗରାଖମାନଙ୍କର କଥାବାର୍ତ୍ତା ଶୁଣୁଥିଲା।

ଗଜପତି, ନିଜାମଙ୍କ କରଦ ସ୍ଥାନମାନଙ୍କୁ ନିଜ ଦଖଲକୁ ନେଇ ଆସିଲେ ଶୁଣି ସେ ଉତ୍ସୁକତାର ସହ ପଚାରିଲା- ‘ସେ ଯେଉଁ ନିଜାମ ରଜା କହୁଛ, ସିଏ ଗଜପତିଙ୍କୁ ବିରୋଧ କଲେ ନାହିଁ?’

ବକ୍ତାମାନଙ୍କ ଦୃଷ୍ଟି ବିଧାନ ଉପରେ ପଡ଼ିଲା। ସେମାନେ ସିନା ଘଟିଥିବା, ଜାଣିଥିବା ଘଟଣା ଉପରେ ନିଜ ନିଜର ମନ୍ତବ୍ୟ ଦେଉଥିଲେ। ଏମିତି ଏସବୁ କିଛି ନଜାଣିଥିବା ଲୋକଟିଏ ତାଙ୍କ ଭିତରେ ବସି କଥା ଶୁଣୁଛି, ଏ କଥା ତ ସେମାନେ ଜାଣିନଥିଲେ।

ଖାଇବା ବନ୍ଦ କରି ଜଣେ ପଚାରିଲା- 'କିହୋ ଭାଇ, ତୁମେ ଆମର ଏଠାକାର ନୁହଁ କି?'

ବିଧାନ ହସିଦେଇ କହିଲା- 'ନାଇଁ ଭାଇ, ମୁଁ ଚିକିଟି ଗଡ଼ର ବୋମକେଇ ଗାଆଁରୁ ଆସିଛି। ପାରଳା କେବେ ଦେଖି ନଥିଲି ତ, ବୁଲିବାକୁ ଆସିଛି। ଗଜପତିଙ୍କ ବୀରପଣିଆ କଥା ଶୁଣି ଖୁସୀ ଲାଗିଲା ବୋଲି ପଚାରିଦେଲି।'

'ଭଲ କଥା, ଭଲ କଥା।' ଆଉ ଜଣେ କହିଲା। 'ଆମ ଗଜପତି ବିରଳ ବୀରପୁରୁଷ। ଆଚ୍ଛା, ତାଙ୍କର ବୟସ କେତେ ଜାଣିଛ?'

'ବୟସ?' ଏ ପ୍ରଶ୍ନରେ ବିଧାନ ଆନମନା ହୋଇଗଲା। ମହାରାଜାଙ୍କ ବିଷୟରେ ତ ବେଶୀ କିଛି ସେ ଜାଣିନି? ଭାବିନି ମଧ୍ୟ। ବୟସ କେତେ କେମିତି ଜାଣିବ?

'ନା', ମୁହଁଖୋଲି ସେ କହିଲା। 'ମୁଁ ତ ନୂଆ ଲୋକ, ଆଜି ପ୍ରଥମ କରି ପାରଳା ରାଜ୍ୟକୁ ଆସିଛି। ଏଣୁ ମହାରାଜାଙ୍କ ବୟସ ବିଷୟରେ କିଛି ଜାଣିନି।'

'ତଥାପି...। ଅନୁମାନ ତ କରିପାରିବ?'

'ଏତେ ବଡ଼ ବୀର ପ୍ରତାପୀ ପୁରୁଷ ବୋଲି ତ ଶୁଣୁଛି। ଅଭିଜ୍ଞ ହୋଇଥିବେ। ଚାଳିଶି ପଇଁଚାଳିଶି ବର୍ଷର ଯୁବା ତ ହୋଇଥିବେ ନିଶ୍ଚୟ।' ବିଧାନ ଉତ୍ତର ଦେଲା।

'ସେଇ ତ କଥା!' ପ୍ରାୟ ସମସ୍ତେ ନିଜ ହାତରେ ତାଳିଟାଏ ଲେଖାଏ ମାରିଲେ। ଏକ ଗର୍ବର ହସ ସମସ୍ତଙ୍କ ମୁହଁରେ ଫୁଟିଉଠିଲା।

'ତାଙ୍କ ବୟସ ହେଲା ତେଇଶ।' କିଏ ଜଣେ କହିଲା।

'ତେଇଶ?' ବିଧାନ ଆଶ୍ଚର୍ଯ୍ୟ ହୋଇ ସେମାନଙ୍କ ମୁହଁକୁ ଚାହିଁଲା। ପାଟିରୁ ଅଧାଖିଆ ବରା ଖସି ହାତର ପଦ୍ମପତ୍ରରେ ପଡ଼ିଲା। ବୟସକୁ ତାଚ୍ଛଲ୍ୟ କରି ତା'ଠାରୁ ଦୁଇବର୍ଷ ସାନ ତରୁଣଟିଏ ନିଜ କ୍ଷମତାକୁ କେଡ଼େ ସୁଚାରୁ ରୂପରେ ବ୍ୟବହାର କରୁଛନ୍ତି!

ପରମ ଶ୍ରଦ୍ଧାରେ ଏହି କନିଷ୍ଠ ବ୍ୟକ୍ତିତ୍ୱଟି ପାଖରେ ତା' ମୁଣ୍ଡ ନଇଁଗଲା।

'ଏବେ ସେ କେଉଁଠି ଅଛନ୍ତି?' ବିଧାନ ପଚାରିଲା।

'ସେ ପରା ତାଙ୍କ ଅଧୀନରେ ଥିବା ସବୁ ଦୋରା, ବିଷୋୟୀ ଆଦି ଅଞ୍ଚଳ ମୁଖ୍ୟମାନଙ୍କ ମଣ୍ଡଳମାନଙ୍କୁ ଯାଇ ସେମାନଙ୍କୁ ଏକାଠି କରୁଛନ୍ତି। ମନ୍ତ୍ରଣା ଚଳାଇଛନ୍ତି।

ସବୁ ବାହ୍ୟଶତ୍ରୁମାନଙ୍କୁ ନିପାତ କରି ଖାଲି ପାରଳା କାହିଁକି ସଂପୂର୍ଣ୍ଣ ଓଡ଼ିଶାକୁ ପୁଣି ଏକକ ରାଷ୍ଟ୍ର କରିବାକୁ ତାଙ୍କର ବର୍ତ୍ତମାନର ଏକମାତ୍ର ସ୍ୱପ୍ନ ହୋଇଛି। ଏଇ ଯେଉଁ ପେଞ୍ଚ ନା କେଞ୍ଚ ନା ମେଞ୍ଚଡ଼-

'ଆରେ, ଫ୍ରେଞ୍ଚ... ଫ୍ରେଞ୍ଚ...' ଆଉ ଜଣେ ମାଡ଼ିବସି ସଂଶୋଧନ କଲା।

'ହଁ ବା, ସେଇ ଫେଞ୍ଚ ମେଞ୍ଚଡ଼ ଫିରଙ୍ଗୀ ମାନଙ୍କୁ ସାବାଡ଼ କରିବାର ଯୋଜନା ଏବେ ତାଙ୍କର ପ୍ରଧାନ ଲକ୍ଷ୍ୟ ହୋଇଛି ତ। ସେଥିପାଇଁ ତ ଆମେ ତିଆର ହୋଇ ରହିଛୁ। କୋଉ ମୁହୂର୍ତ୍ତରେ ପ୍ରକାଶ୍ୟ ଯୁଦ୍ଧଟାଏ ଆରମ୍ଭ ହୋଇଯିବ।'

'ତେବେ ଏ ଯେଉଁ ଫ୍ରେଞ୍ଚ ଫିରଙ୍ଗୀ କହୁଛ, ଏମାନେ ସବୁ କିଏ?' ବିଧାନ ଆଶ୍ଚର୍ଯ୍ୟ ହୋଇ ପଚାରିଲା।

'ଆରେ ତୁମେ ଜାଣିନ? ଏମାନେ ସବୁ ଫିରଙ୍ଗୀ ପରା, ଗୋରା ବିଦେଶୀ। ଆମ ମହାରାଜା ଗାଦୀରେ ବସିବା ଦିନଠୁ ଏମିତି ଖଜଣା ବନ୍ଦ, କଥା କଥାକେ ଯୁଦ୍ଧ, ଜବରଦଖଲ, ଖଜଣା ଲୁଟ୍ ଇତ୍ୟାଦି କରି ସେ ନିଜାମ ରଜା ମାଡ଼ି ବସିଥିବା ଅଞ୍ଚଳମାନଙ୍କୁ ଗୋଟିକ ପରେ ଗୋଟିଏ ଉଦ୍ଧାର କରି ନିଜ ରାଜ୍ୟକୁ ଫେରାଇ ଆଣିବାରେ ଲାଗିଛନ୍ତି। ତେଣେ ସେ ନିଜାମ ଦେଖିଲା - ଏତେ ଦୂରର ଏ ଗଣ୍ଡଗୋଳିଆ ରାଜ୍ୟରୁ ତାଙ୍କୁ ତ କିଛି ଲାଭ ହେଉନି। ପଇସାଟିଏ ତ ମିଳିବାର ନାମଗନ୍ଧ ନାହିଁ। ଏଣୁ ସେ ଏବେ କ'ଣ କଲାନା, ଏ ଫିରିଙ୍ଗୀମାନଙ୍କୁ ଏଇ ପାରଳା ସମେତ ସେ ମାଡ଼ିଥିବା ଅନ୍ୟାନ୍ୟ ଜାଗା ସବୁ ବିକି ଦେଲା। ଏ ବୋକା ଫ୍ରେଞ୍ଚମାନେ ମଧ୍ୟ କ'ଣ ଭାବି ତାକୁ କିଣିଥିଲେ କେଜାଣି, ସେଥିରୁ-

'ଆରେ, କିଣିବା ଆଗରୁ ସେ ନିଜାମ ବଢ଼ାଇ ଚଢ଼ାଇ କେତେ କଥା ତାଙ୍କୁ କହିଥିବ ବୋଲି ନା ସେମାନେ ଯାକୁ କିଣି ନେଇଥିବେ। ବଣରେ ପଶିବା ପରେ ନା ସିଂହକୁ ଭେଟିବ! ଏଣୁ ପାରଳାରେ ଯେତେଥର ଏ ଫ୍ରେଞ୍ଚ ପଶିବାକୁ ଚେଷ୍ଟା କରିଛନ୍ତି, ଆମ ମହାରାଜା ତ ତାଙ୍କୁ ପୂରାଇ ଦେଇନାହାନ୍ତି। ଖଜଣା ନେବେ କ'ଣ?' କଥାକୁ କାଟି ଆଉ ଜଣେ କହିଲା।

ବିଧାନର ଖାଇବା ସରିଥିଲା। ପାଖର ପାଣିକୁଣ୍ଡରୁ ଠେକିରେ ପାଣିନେଇ ହାତ ଧୋଉ ଧୋଉ ସେ ବକ୍ତାମାନଙ୍କ ମୁହଁକୁ ଚାହିଁଲା। ଏବେ ସେମାନେ ତାକୁ ଗୋଟିଏ ଗୋଟିଏ ବୀର ପାଇକ ପରି ଦେଖାଗଲେ। ସେମାନଙ୍କର ସିଧାସଳଖ ବଳିଷ୍ଠ ଦେହ ସେମାନଙ୍କର ସରଳ ଲୁଗାପଟାର ଆବରଣ ଭିତରେ ମଧ୍ୟ ସେମାନଙ୍କର ସ୍ୱାଭାବିକ ବୀରତ୍ୱର ଠାଣୀକୁ ଫୁଟାଉଥିଲା।

ସେ ନିଜ କାନ୍ଧର ଗାମୁଛାରେ ମୁହଁପୋଛି ନମ୍ର ଭାବରେ ସେମାନଙ୍କୁ କହିଲା

'ଆପଣମାନେ ମହାରାଜାଙ୍କ ପାଇକ ବୀରମାନେ ବୋଲି ମୁଁ ଏବେ ବୁଝିପାରୁଛି।'

ସେମାନେ ସବୁ ପରସ୍ପର ମୁହଁକୁ ଚାହିଁଲେ। ବିଧାନ ଆଡ଼କୁ ଦୃଷ୍ଟି ଫେରାଇ ସ୍ମିତ ହାସ୍ୟ ସହ ମୁଣ୍ଡ ଟୁଙ୍ଗାରି ସମର୍ଥନ ଜଣାଇଲେ।

'ମୁଁ ଦୂର ଗାଆଁର ଅନ୍ୟ ଜାଗାରୁ ଆସିଛି ତ, ଜାଣିନଥିଲି। କିନ୍ତୁ ଏବେ ବୁଝିପାରୁଛି, ଆପଣମାନଙ୍କ ମହାରାଜା ଜଣେ ସାଧାରଣ ମଣିଷ ନୁହନ୍ତି।' ବିଧାନ ଧୀରେ ଧୀରେ କହିଲା।

'ଠିକ୍ ବୁଝିଛ।' ନିଜ ନିଜ ପାପୁଲିରେ ବିଧାଏ ଲେଖା ମାରି ଅନେକ ଏକାସାଙ୍ଗରେ କହି ଉଠିଲେ। 'କାହାକୁ ଏମିତି ଦେଖିଛ? ଦିନରେ ଖଣ୍ଡାଧରି ଯୁଦ୍ଧ, ରାତିରେ ଲେଖନୀ ଧରି କାବ୍ୟ ଲେଖା? ଏମିତି କିଏ କରିପାରିବ?'

'ହାଁ?!'

'ଆଉ କ'ଣ? ଆରେ, ଯୁଦ୍ଧ କଥା ଛାଡ଼। ଘରଟାଏ ଛଣଛପର କରିଦେଲେ କି ଭରଣେ ଜମିରେ ହଳ ବୁଲାଇଦେଲେ ତ ସନ୍ଧ୍ୟା ହେଉ ହେଉ ମୋତେ ଏମିତି ଘମାଘୋଟ ନିଦ ମାଡ଼ିବସୁଛି ଯେ ଆଖି ଖୋଲିବା ବେଳକୁ ରାତି ପାହି ଦିଗ ଫର୍ଚ୍ଚା ହୋଇଯାଉଛି। ଆହୁରି ପୁଣି ଯୁଦ୍ଧ ଭୂଇଁରେ ହଣାକଟା ହୋ ହା'ର ଘୋର ତାଣ୍ଡବ ସାରି ଛାଉଣୀକୁ ଫେରି ଲେଖନୀ ଧରି ଜଣେ କେମିତି ମଧୁର ଶବ୍ଦାବଳୀ ଲେଖିପାରିବ ସେ କଥା ତ ମୁଁ ଭାବି ମଧ ପାରୁନି।' ଜଣେ ଟିପ୍ପଣୀ ଦେଲା।

'ଏଁ, ମହାରାଜା କାବ୍ୟ ମଧ ଲେଖନ୍ତି?' ବିଧାନ ଆଖି ତରାଟି ପଚାରିଲା।

'ଲେଖନ୍ତି ବୋଲି ଲେଖନ୍ତି? ଏ କଳାଟା ତ ସେ ଆମ ପୂର୍ବ ମହାରାଜା ତାଙ୍କ ବାପା ପ୍ରତାପ ରୁଦ୍ର ଗଜପତି ନାରାୟଣ ଦେବଙ୍କଠାରୁ ଶିଖିଛନ୍ତି। ପ୍ରତି ରାତିରେ କିଛି ନ ହେଲେ ଗୋଟେ ତାଳପତ୍ର ପୂରାଇ ଲେଖା ତ ସେ ନିଶ୍ଚୟ ଲେଖିବେ। ଏତକ କାମ ଦିନକ ପାଇଁ ମଧ ବନ୍ଦ ହେବ ନାହିଁ। ସେ ଯୁଆଡ଼େ ଯାଆନ୍ତି, ଲେଖନୀ, ତାଳପତ୍ର ବିଡ଼ା ତ ତାଙ୍କ ସଙ୍ଗରେ ନିଶ୍ଚୟ ଯିବ।' ଜଣେ କହିଲା।

'ଆଉ ଆମ ମହାରାଜାଙ୍କ ଲେଖା, ତାଙ୍କ ବାପାଙ୍କ ଲେଖା ପରି ସରସ ଓ ମଧୁର ମଧ। ସେ ଲେଖିଥିବା 'ବୃନ୍ଦାବନ ବିଳାସ' କାବ୍ୟଟି ସରିନି। ଲେଖା ଚାଲିଛି, ଅଥଚ ଯେତିକି ଲେଖା ହୋଇଛି, ପଣ୍ଡିତମାନେ ତା'ର ଭୂରିଭୂରି ପ୍ରଶଂସା କରୁଛନ୍ତି। ଭାବ ନାହିଁ ଯେ ମହାରାଜାଙ୍କୁ ଡରି ପଣ୍ଡିତମାନେ ଏ ପ୍ରଶଂସା କରୁଛନ୍ତି। ଆମ ମହାରାଜାଙ୍କୁ କେହି ଡରନ୍ତି ନାହିଁ।' ଆଉ ଜଣେ କହିଲା।

'ଏ କେମିତି କଥା।' ବିଧାନ ହଠାତ୍ କହିପକାଇଲା। 'ସେ ତ ମହାରାଜା! ତାଙ୍କୁ ପୁଣି କିଏ ଡରିବେ ନାହିଁ?'

'ନା, ନା, ନା ଆମ ମହାରାଜାଙ୍କୁ କେହି ଡରନ୍ତି ନାହିଁ।' ସମସ୍ତେ ପ୍ରାୟ ଏକା ସଙ୍ଗରେ କହି ଉଠିଲେ। 'ତାଙ୍କୁ ସମସ୍ତେ ପ୍ରାଣ ଦେଇ ଭଲ ପାଆନ୍ତି। ଡରିବା ଆଉ ଭଲ ପାଇବା କ'ଣ ଏକା କଥା? ରୂପ ଯେମିତି-

'ଛ' ହାତିଆ', ଏ ବକ୍ତାଟିର କଥାକାଟି ଆଉ ଜଣେ ନିଜ ମୁଣ୍ଡ ଉପରକୁ ନିଜ ହାତ ଉଠାଇ ଉଚ୍ଚତା ଦେଖାଇ କହିଲା- 'ସୁନା ପରି ଉଜ୍ଜଳ ବର୍ଣ୍ଣ, ବଳିଷ୍ଠ ଦେହ, ସାକ୍ଷାତ ସିଂହର ଠାଣୀ।'

'ଶତ୍ରୁ ସଙ୍ଗେ ଯୁଝିଲା ବେଳେ ତ ସାକ୍ଷାତ ନରସିଂହ।' ଆଉ ଜଣେ ମାଡ଼ିବସି କହିଲା- 'ସେ ସମୟରେ ତାଙ୍କ ଆଗକୁ ଯିବାକୁ ଆମର ତ ପିଳେହୀ ପାଣି ହୋଇଯାଏ। ଶତ୍ରୁମାନଙ୍କ କଥା ଛାଡ଼।' ଆଉ ଜଣେ କହିଲା।

'ଆଉ ଦରବାରରେ? ସାକ୍ଷାତ କୋମଳ କୃଷ୍ଣ। କି ମଧୁର କଥାବାର୍ତ୍ତା! ଶାନ୍ତ ଶୀତଳ ଆଚାର ବ୍ୟବହାର! ଶତ୍ରୁ ହେଲେ ବି ପ୍ରେମରେ ପଡ଼ିଯିବ। ଖାଲିଟାରେ ଲୋକେ ନିଜାମକୁ ଖଜଣା ନଦେଇ ଆମ ମହାରାଜାଙ୍କୁ କର, ଖଜଣା ଉପହାର ଢାଳି ଦେଉଛନ୍ତି? ଆମେ ତ ତାଙ୍କ ସୈନିକ, ଭାତିଆ ଖାଉଛୁ। କିନ୍ତୁ ସାଧାରଣ ପ୍ରଜା ମଧ୍ୟ ତାଙ୍କ ପାଇଁ ପ୍ରାଣ ଦେବାକୁ ତିଆର ହୋଇ ରହିଛନ୍ତି।' ଜଣେ ଗମ୍ଭୀର ସ୍ୱରରେ କହିଲା।

'ଆରେ, ସେ ସେମିତି ପ୍ରଜାଙ୍କୁ ପାଳିଛନ୍ତି ନା? ସେ ନିଜାମ କିଏ? ଆମର କ'ଣ ଉପକାର ସେ କରିଛି? ସେ କ'ଣ ଜାଣେ ଆମ ବିଷୟରେ? ଆମ ମହାରାଜା ତ ଆମ ଘରେ ପଶି ଆମ ଦୁଃଖ ବୁଝନ୍ତି। ତାକୁ ଦୂର କରନ୍ତି।' ବକ୍ତାଟି କଥାରେ ସମସ୍ତେ ମୁଣ୍ଡ ଟୁଙ୍ଗାରିଲେ।

'ହଁ, ଗୋଟିଏ ଦୁଆର ନଥିବା ମନ୍ଦିରରେ ପଶିବା ଯେତିକି ସହଜ, ଆମ ମହାରାଜାଙ୍କୁ ତାଙ୍କ ଦରବାରରେ ଭେଟି ଦୁଃଖ ଜଣାଇବା ତା'ଠାରୁ ଅଧିକ ସହଜ। ହଁ, ନା ନାହିଁ?'

'ସତ, ସତ, ସଂପୂର୍ଣ୍ଣ ସତ।' ସମସ୍ତେ ଏକା ସାଙ୍ଗରେ କହି ଉଠିଲେ। 'ଭଗବାନଙ୍କୁ ମନ୍ଦିରରେ ପଶି ଗୁହାରୀ କଲେ ସେ ଶୁଣିବେ କି ନାହିଁ ମୁଁ ଜାଣେନା। କିନ୍ତୁ ଆମ ମହାରାଜାଙ୍କୁ ଦୁଃଖ ଜଣାଇ କିଏ ନିରାଶ ହୋଇଛି - ଏ କଥା ତୁମେ କେହି ଜାଣିଛ?' ଜଣେ କେହି ପଚାରିଲା।

ସମସ୍ତେ ମୁଣ୍ଡ ହଲାଇ ନାହିଁ କଲେ।

ହଁ, ସେମିତି ଗୁଣଗ୍ରାହୀ ପାରିବାର, ସମର୍ଥ ବ୍ୟକ୍ତି ନ ହୋଇଥିଲେ, ଦେବଦତ୍ତ ମଉସାଙ୍କ ପରି କୋଉ ଦୂର ଅଜଣା ଗାଁର ଜଣେ ନିପଟ ଗାଉଁଲିଆ ତନ୍ତୀର ପ୍ରତିଭା ଚିହ୍ନି ତାକୁ ହଜାରେ ସୁନାମୋହର ପୁରସ୍କାର ଢାଳି ଦେଇଥାନ୍ତେ?

ବିଧାନ ଧର୍ମଶାଳା ଫେରିବା ବାଟରେ ଆଗକୁ ଲମ୍ବିଯାଇଥିବା ରାସ୍ତାକୁ ଚାହିଁ ଭାବୁଥିଲା ।

-୦-

'ତୁମେ ତେବେ ଦେବଦତ୍ତ ତନ୍ତୀଙ୍କ ପୁଅ ?' ରାଜ ସିଂହାସନ ଉପରେ ସିଂହର ଠାଣୀରେ ବସିଥିବା ମହାରାଜା ଜଗନ୍ନାଥ ଗଜପତି ନାରାୟଣ ଦେବଙ୍କର ମେଘନାଦ ପରି ସଦୟ ସ୍ୱର ସମଗ୍ର ଦରବାରକୁ ଥରାଇ ଦେଲା ।

ବିଧାନ ତାଙ୍କୁ ହାଁ କରି ଚାହିଁ ରହିଥିଲା ।

ବ୍ୟକ୍ତିତ୍ୱ ଯେ ବୟସକୁ ଏମିତି ପ୍ରଭାବିତ କରେ, ଏପରି ପରାହତ କରିପାରେ, ମହାରାଜାଙ୍କୁ ଦେଖି ସେ ବୁଝିପାରୁଥିଲା । ଦର୍ପରେ, ଶୌର୍ଯ୍ୟରେ, ଆପଣା ଅସ୍ତିତ୍ୱ ପ୍ରତି ସଂପୂର୍ଣ୍ଣ ସଚେତନ ଥିବା ମଞ୍ଚ ଉପରେ, ସିଂହାସନରେ ବିରାଜମାନ ଏହି ତେଜସ୍ୱୀ ମଣିଷଟି ବିଧାନଠାରୁ ସତେ ଯେପରି ଶହେ ବର୍ଷ ବଡ଼, ସେମିତି ତାକୁ ଲାଗୁଥିଲା ।

ମହାରାଜାଙ୍କ ଉପସ୍ଥିତିର ଏକ ପ୍ରବଳ ଚାପ ସେ ଖାଲି ନିଜ କାନ୍ଧରେ କାହିଁକି, ବରଂ ଏହି ସଭାରେ ଉପସ୍ଥିତ ପ୍ରତ୍ୟେକ କାନ୍ଧ ମଧ୍ୟ ସେଇ ଚାପରେ ସଂକୁଚିତ ହୋଇ ରହିଥିବା ସେ ବେଶ୍ ଦେଖି ପାରୁଥିଲା ।

ଆଉ ସେ ପାଇକ ବୀରମାନେ କହୁଥିଲେ- 'ଆମ ମହାରାଜାଙ୍କୁ କେହି ଡରନ୍ତି ନାହିଁ !'

ହାଃ ! !

ଅବଶ୍ୟ ଡର ଓ ଶ୍ରଦ୍ଧାର ସଂଭ୍ରମତା ଏ ଦୁଇଟା ମଧ୍ୟ ଏକା କଥା ତ ନୁହଁ !

ଦରବାର କକ୍ଷଟି କିଛି ଛୋଟ ନଥିଲା, ଉପସ୍ଥିତ ଲୋକସଂଖ୍ୟା କିଛି କମ୍ ନଥିଲା ।

ଯାହାର ଆକର୍ଷଣରେ ଏହି ବିରାଟ ଦରବାରର ଶହ ଶହ ପଣ୍ଡିତ, ରାଜକର୍ମଚାରୀ, ଅତିଥି ଓ ରାଜ୍ୟର ଅନେକ ମାନ୍ୟଗଣ୍ୟ ବ୍ୟକ୍ତି ଖଚାଖଚ୍ ଭର୍ତ୍ତି ହୋଇ ଏକାଠି ହୋଇଛନ୍ତି, ସିଂହାସନରେ ସିଂହ ପରି ବସିଥିବା ଏଇ ରାଜପୁରୁଷଙ୍କ ବ୍ୟକ୍ତିତ୍ୱ ହିଁ ସେହି ଆକର୍ଷଣର ଯେ କେନ୍ଦ୍ରବିନ୍ଦୁ - ଦରବାରରେ ପାଦ ଥୋଇବା ମାତ୍ରେ ଯେ କେହି ସେ କଥା ବୁଝିପାରୁଥିଲେ ।

ସତେ ଯେପରି ସିଂହାସନରେ ବସିବାର ଗର୍ବ ମହାରାଜାଙ୍କ ଯେତିକି ଥିଲା, ତାଙ୍କ ଦରବାରରେ ବସି ପାରିଥିବାର ସଫଳତାରେ ଉପସ୍ଥିତ ଲୋକମାନଙ୍କର ଛାତି ତା'ଠାରୁ ଅଧିକ ଫୁଲି ଉଠୁଥିଲା ।

ଦୂରରେ... କକ୍ଷର ଶେଷଧାଡ଼ିର କାନ୍ଥ ପାଖରେ... କୋଉଠି, କାହା ହାତରୁ ବୋଧହୁଏ ସୁନାମୁଦିଟିଏ କି ରୂପା ଅଧୁଲିଟାଏ ଠନ୍ କରି ଖସିପଡ଼ିଲା। ହାତରୁ ଖସି ସେ ଧାତୁଟି କିଛି ଦୂର ଗଡ଼ି ଗଡ଼ି ଯାଇ ଶେଷରେ ଟୁଣ୍ କରି ଓଲଟି ପଡ଼ିଲା। ସେ ସମସ୍ତ କ୍ରିୟାର ଶବ୍ଦରେ ରାଜାଙ୍କ ଦୃଷ୍ଟି ଦରବାରର ଶେଷଭାଗକୁ ଚାଲିଗଲା। ସଙ୍ଗେ ସଙ୍ଗେ ସତେ ଯେମିତି କେଉଁ ଅଦୃଶ୍ୟ ହାତ ଦରବାରରେ ଉପସ୍ଥିତ ସମସ୍ତ ବ୍ୟକ୍ତିଙ୍କ ମୁଣ୍ଡମାନଙ୍କୁ ଧରି ଏକାସାଙ୍ଗରେ କକ୍ଷର ସବା ପଛ ଧାଡ଼ିର ଆସନମାନଙ୍କ ଆଡ଼କୁ ବୁଲାଇଦେଲା। ସଂପୂର୍ଣ୍ଣ ଦରବାରର ଉପସ୍ଥିତ ଜନତା ଏକ ସଙ୍ଗରେ ପଛକୁ ବୁଲି ଚାହିଁଲେ।

ମହାରାଜାଙ୍କ ଦୃଷ୍ଟି ବିଧାନ ଉପରୁ ହଟିବାମାତ୍ରେ ବିଧାନ ସମ୍ବିତ ଫେରିଆସିଲା। ସେ ଛାତି ପୁରାଇ ନିଃଶ୍ୱାସଟାଏ ନେଲା। ମହାରାଜାଙ୍କ ଦୃଷ୍ଟି ଫେରିଆସି ବିଧାନକୁ ଅନାଇବା ମାତ୍ରେ ସେ ବିନମ୍ର ଭାବରେ ହାତଯୋଡ଼ି କହିଲା- 'ହଁ ମଣିମା, ମୁଁ ତାଙ୍କରି ପୁଅ।'

ମହାରାଜାଙ୍କ ମୁହଁ ପ୍ରିୟଜନଙ୍କୁ ଦେଖିବା ପରି ଆନନ୍ଦରେ ଉଜ୍ଜ୍ୱଳ ହେଲା। ସେ କହିଲେ- 'ମୁଁ ତ ତାଙ୍କର ପୁନଃ ଦର୍ଶନର ପ୍ରତୀକ୍ଷାରେ ଥିଲି। କିନ୍ତୁ ମଞ୍ଜୁଷା ରାଜ୍ୟର କବିରାଜ ରଥଶର୍ମାଙ୍କ ଠାରୁ ତାଙ୍କର ଅକାଳ ମୃତ୍ୟୁ ସମ୍ବାଦ ମୋ ସମେତ ସମସ୍ତ ପଣ୍ଡିତ ସମାଜକୁ ସ୍ତବ୍ଧ କରିଦେଲା। ଆଜି ତୁମକୁ ଦେଖି ମୋତେ ତାଙ୍କୁ ଦେଖିବା ପରି ଆନନ୍ଦ ମିଳିଛି। ତୁମେ ଏ କଥା ବୁଝିପାରିବ କି ନାହିଁ ମୁଁ ଜାଣେନା। ଆଚ୍ଛା କୁହ, ତୁମେ ଏଠାରେ ରହୁଛ କେଉଁଠି ?'

'ଆଜ୍ଞା, ମଣିମା, ମୁଁ ସାହୁ ଧର୍ମଶାଳା...

'କ'ଣ ହେଲା ? ରାଜ ଅତିଥି, ଧର୍ମଶାଳାରେ ?' ମହାରାଜା ଗର୍ଜନ କରି ଉଠିଲେ। ଅକସ୍ମାତ୍ ବଜ୍ରପାତ ପରି ସେ ଭୟଙ୍କର ଶବ୍ଦ କକ୍ଷର ଶେଷ ଭାଗର କାନ୍ଥ ପାଖରେ ଧକ୍କା ଖାଇ ଫେରିଆସି ବିଧାନ ସମେତ ସମସ୍ତ ଦରବାରର ଆତ୍ମାକୁ ଝାଙ୍କିଦେଲା !

ମହାରାଜାଙ୍କ ଶାଣିତ ଦୃଷ୍ଟି ନିଜ ପାତ୍ରମନ୍ତ୍ରୀମାନଙ୍କ ଆଡ଼କୁ ଫେରିଗଲା। ସେମାନେ ତ୍ରସ୍ତ ହୋଇ ଉଠିବା ଦେଖି ବିଧାନ ପାଦେ ଆଗକୁ ଯାଇ ପ୍ରାୟ ମଞ୍ଚସ୍ଥ ସିଂହାସନର ପାଦ ପାଖକୁ ଝୁଙ୍କି ଯାଇ କହିଲା- 'ମଣିମା, କ୍ଷମା କରିବେ। ମୁଁ ତ ଅନ୍ୟ ରାଜ୍ୟର ଲୋକ। ଏଠାକାର ନୀତିନିୟମ ଜାଣିନି। ଏଠାରେ ପହଞ୍ଚି ମୁଁ ଶୁଣିଲି- ଆପଣ ରାଜଧାନୀରେ ନାହାନ୍ତି। ମୁଁ ରାଜଧାନୀର ଶୋଭା, ଐଶ୍ୱର୍ଯ୍ୟ ଦେଖିବା ପାଇଁ ଏଇ ଦୁଇଦିନ ଚାରିଆଡ଼େ ବୁଲାବୁଲି କରି କଟାଇଦେଇଛି। ଆପଣଙ୍କ ଦରବାରକୁ ଆସିନାହିଁ।

ଏଣୁ ମୋର ପାରଳାଖେମୁଣ୍ଡିକୁ ଆସିବା ମଧ୍ୟ ଆପଣଙ୍କ ରାଜକର୍ମଚାରୀମାନେ କେହି ଜାଣନ୍ତି ନାହିଁ। ସତ କହିବାକୁ ଗଲେ ମୁଁ ଯେ ରାଜଅତିଥି ଏକଥା ମୁଁ ନିଜେ ମଧ୍ୟ ଜାଣିନି।'

ମହାରାଜାଙ୍କ ମୁହଁରେ ସ୍ୱାଭାବିକ ପ୍ରସନ୍ନତା ଦେଖାଗଲା। ତାଙ୍କର ଆଗକୁ ଝୁଙ୍କି ଆସିଥିବା ଦେହ ପୁଣି ପଛକୁ ଫେରିଗଲା। ଅଣ୍ଟାର ଛୁରୀ ଉପରେ ପଡ଼ିଥିବା ହାତ ପୁଣି କୋଳକୁ ଫେରି ଆସିଲା। ସିଂହାସନକୁ ଆଉଜି ବସି ସେ କହିଉଠିଲେ - 'ଆଶ୍ଚର୍ଯ୍ୟ! ତୁମ ବାପା ମଧ୍ୟ ଠିକ୍ ଏଇକଥା, ଠିକ୍ ଏମିତି ସେଦିନ କହିଥିଲେ। ଏଠାରେ ଚାରିଆଡ଼ୁ ଆସିଥିବା କବିମାନେ ନିଜ ବିଦ୍‌ବତ୍ତା ଦେଖାଇବା ପାଇଁ ପ୍ରତିଯୋଗିତା ଚଳାଇଥିବା ବେଳେ ସେ ସେସବୁକୁ ଉପେକ୍ଷା କରି ରାଜ୍ୟର ଶୋଭାଦର୍ଶନରେ ବାହାରି ସମସ୍ତଙ୍କୁ ଚକିତ କରିଦେଇଥିଲେ।'

ବିଧାନ ମୁଣ୍ଡ ତଳକୁ କଲା।

ହୁଁଃ! ବାପା!

ବାପା କାହିଁକି ଏ ଦରବାରରେ ବସି ନଥିଲେ, ସେ କଥା ତା'ଛଡ଼ା ଆଉ କିଏ ବୁଝିପାରିବ?

ଦେବଦତ୍ତ ମଉସାଙ୍କ ମୁଖାଟା ପିନ୍ଧିବାର ବିପଦଟା ବାପା ଏଇଟି ପହଞ୍ଚିବା ପରେ ଯେ ବେଶ୍ ଜାଣିପାରିଥିଲେ, ଏ ପଣ୍ଡିତ ସଭାରେ ସାମାନ୍ୟ ଫୁତ୍‌କାରରେ ସେ ମୁଖାଟା ଯେ ଅବିଳମ୍ବେ ଖସିପଡ଼ିବ- ଏ ବିପଦକୁ ସେ ଭଲଭାବରେ ଯେ ବୁଝିପାରିଥିଲେ, ଏଇଠି ବସିବାର ସତ୍‌ସାହସ ଯେ ତାଙ୍କର ନଥିଲା- ଏସବୁ କଥା ଏମାନେ ଅନୁମାନ ମଧ୍ୟ କରିପାରିବେ ନାହିଁ, ବୁଝିପାରିବେ ବା କିପରି?

ଧରା ନପଡ଼ିବା ଯାଏ ସବୁ ଅପରାଧୀମାନଙ୍କ ଯୋଜନା ଅନ୍ୟମାନଙ୍କ ଚେତନା ଠାରୁ ପାଦଟିଏ ଆଗରେ ଥାଏ!

ଛାତି ଥରାଇ ଦୀର୍ଘ ନିଃଶ୍ୱାସଟିଏ ତା' ମୁହଁରୁ ବାହାରି ଆସିଲା।

'ଆଚ୍ଛା? ତୁମେ କେବେ କର୍ମସୂତ୍ରକୁ ପଢ଼ିଛ?' ମହାରାଜା ପଚାରିଲେ।

*କର୍ମସୂତ୍ର? ହଁ, ଦେବଦତ୍ତ ମଉସା ତାଙ୍କ ପୋଥିର ନାଁ 'କର୍ମସୂତ୍ର' ରଖିଛନ୍ତି ବୋଲି ସେ ଜାଣିଥିଲା। ଗତ ତିନିବର୍ଷର ଅନ୍ତର୍ଦାହରେ ସେ ତ ଏକଥା ପୁରା ଭୂଲିଯାଇଛି। ମହାରାଜା ଯଦି ପଚାରି ଥାନ୍ତେ- 'ତୁମ ବାପାଙ୍କ ପୋଥିର ନାଁ କହ ତ?' ସେ ତ ପୂରା ଚିତ୍‌ପଟାଙ୍ଗ୍ ହୋଇଯାଇଥାନ୍ତା!*

ସେ କେବଳ ମୁଣ୍ଡ ହଲାଇ ସମ୍ମତି ଜଣାଇଲା। 'ତୁମକୁ ତାଙ୍କ କାବ୍ୟର କେଉଁ ଦୃଷ୍ଟିକୋଣ, କେଉଁ ଦର୍ଶନ ଖୁବ୍ ଭଲ ଲାଗିଛି?'

ବିଧାନ ଆଖି ତୋଳି ମହାରାଜାଙ୍କ ମୁହଁକୁ ଅନାଇଲା। ଯେ କ'ଣ ଆଉ ଜାଣିଗଲେ କି ସେ ଦେବଦତ୍ତ ତନ୍ତୀଙ୍କ ପୁଅ ନୁହଁ!

ସେଥିପାଇଁ ପରୀକ୍ଷା କରୁଛନ୍ତି କି?

କିନ୍ତୁ ମହାରାଜାଙ୍କ ମୁହଁରେ ସ୍ୱାଭାବିକ ଆଗ୍ରହ ଦେଖି ସେ ଅଧିକ ବିଚଳିତ ହେଲା। ମୁହଁ ଫେରାଇ ନିଜର ଅନ୍ୟପଟରେ ବିରାଜମାନ ବିରାଟ ଦରବାରକୁ ଅନେଇ ଛେପ ଢୋକିଲା।

ନିଜାମ କି ଫ୍ରେଞ୍ଚ ଶାସନ ଏହି ଦୁର୍ବିନୀତ ଶାସକକୁ ନିଜ ଅଧିନସ୍ଥ କରିପାରି ନାହିଁ। ନିଜର ପୌରୁଷ ନିଜର ଗୁଣବତ୍ତା ଯୋଗୁଁ ସେ ନିଜର ଜନ୍ମଗତ ଅଧିକାର ପାରଳା ସିଂହାସନରେ ଖାଲି ସଦମ୍ଭେ ବିରାଜମାନ ହୋଇନାହାନ୍ତି। ନିଜାମ ପାଇବାକୁ ଥିବା ସବୁ ପେଶ୍‌କସ୍‌କୁ ନିଜ ରାଜ୍ୟକୁ ମୁହାଁଇ ଦେଇ ତାକୁ ନିଜ ରାଜ୍ୟର ବିକାଶ ଦିଗରେ ଖର୍ଚ୍ଚ ମଧ୍ୟ କରିଛନ୍ତି।

ଧନ୍ୟ ଏ ମହାତ୍ମା! ଧନ୍ୟ ତାଙ୍କର ପୌରୁଷ, ପରାକ୍ରମ।

ତାଙ୍କର ଏହି ରାଜସଭାରେ କେତେ ବିଦ୍ୱାନ କେତେ ଗୁଣୀ ପଣ୍ଡିତ ନଥିବେ! କୋଉ ସାହସରେ ସେମାନଙ୍କ ଆଗରେ ଠିଆହୋଇ ବିଧାନ ଦେବଦତ୍ତଙ୍କ କାବ୍ୟର ଆଶ୍ରା ନେଇ ସାହିତ୍ୟ ଚର୍ଚ୍ଚା କରିବ?

ଏ ତ ବାମନ ହୋଇ ଚନ୍ଦ୍ରକୁ ହାତ ବଢ଼ାଇବା କଥା!

କ'ଣ ଉତ୍ତର ସେ ଏବେ ଦେବ?

କିନ୍ତୁ ମହାରାଜା ଉତ୍ତରକୁ ଅପେକ୍ଷା କରି ତାକୁ ତ ଚାହିଁ ରହିଛନ୍ତି। ମହାରାଜାଙ୍କୁ ଅନୁସରଣ କରି ସଭାର ଶହଶହ ଆଖି ମଧ୍ୟ ତାକୁ ହିଁ ଚାହିଁଛନ୍ତି!

ହେ ଭଗବାନ! କି ବିପତ୍ତିରେ ପଡ଼ିଲିରେ ବାପା!

ମୁହୂର୍ତ୍ତକ ପାଇଁ ତା'ର ଆଖି ବୁଜିହୋଇଗଲା। ଦେବଦତ୍ତଙ୍କ ମୁହଁ ତା' ବନ୍ଦ ଆଖିର ପରଦା ଉପରେ ନାଚି ଉଠିଲା। ତାଙ୍କ ସହିତ ବିତାଇଥିବା ସାହିତ୍ୟିକ ଆଲୋଚନାମାନଙ୍କୁ ସ୍ମରଣ କରି ସେ ଶେଷରେ କହିଲା- 'ମହାରାଜ, ବାପା ତ ମଣିଷ ଜୀବନକୁ ସୃଜନତାର ଏକ ଉତ୍ସ ବୋଲି ହିଁ ଭାବୁଥିଲେ। ତାଙ୍କ କାବ୍ୟରେ ସେ ତାଙ୍କ ଚରିତ୍ରମାନଙ୍କୁ କେବେ ଭାଗ୍ୟ ହାତରେ ନାଚିବାକୁ ଦେଇନାହାନ୍ତି। ଜୀବନରେ... ସାଧାରଣତଃ ପରିସ୍ଥିତି କଠିନ ହେଲେ ଆମେ 'ଭାଗ୍ୟ' ଶବ୍ଦକୁ ମନେପକାଉ, ବାରମ୍ବାର ଉଚ୍ଚାରଣ କରୁ। କିନ୍ତୁ ବାପାଙ୍କ ଚରିତ୍ରମାନେ ବିଷମ ପରିସ୍ଥିତିମାନଙ୍କୁ ଜୀବନର ଏକ ଏକ ନୂଆ ସୁଯୋଗର ଦ୍ୱାର ରୂପେ ହିଁ ବ୍ୟବହାର କରି ଜୀବନକୁ ଉନ୍ନତିର ମାର୍ଗରେ ଆଗେଇ ନେଇଛନ୍ତି। ବାପାଙ୍କ ନିଜ ବାସ୍ତବିକ ଜୀବନରେ ମଧ୍ୟ, ସେ ଏଇ ଦୃଷ୍ଟିକୋଣ, ଏଇ ଦର୍ଶନକୁ ଆପଣେଇ ନେଇଥିଲେ।'

'ସାଧୁ ! ସାଧୁ ! ଅତି ଉତ୍ତମ, ଅତି ସୁନ୍ଦର !' ସଭାସ୍ଥ ପଣ୍ଡିତମାନଙ୍କ ଏକକାଳୀନ ଉଚ୍ଛୁଳା ମନ୍ତବ୍ୟରେ ବିଧାନର ସତେ ଅବା ସ୍ୱପ୍ନଭଙ୍ଗ ହେଲା । ମହାରାଜାଙ୍କ ମୁହଁରେ ସ୍ମିତହାସ୍ୟ ଖେଳିଗଲା । ସେ ନିଜ ନିକଟରେ ବସିଥିବା ଆଉ ଜଣେ ରାଜପୁରୁଷ, ଯିଏକି ତାଙ୍କ ସାବତଭାଇ ବୋଲି ବିଧାନ ଶୁଣିଥିଲା ତାଙ୍କୁ ଥରେ ଅନେଇଲେ । ଦୁଇଭାଇ ପରସ୍ପରଙ୍କୁ ଚାହିଁ ମୁଣ୍ଡ ଟୁଙ୍ଗାରିବା ପରେ ମହାରାଜା ଦରବାରକୁ ଅନେଇ ନିଜ ଖୋଲା ପାପୁଲିକୁ ସଭାକୁ ଦେଖାଇ କିଛି ନିର୍ଦ୍ଦେଶ ଦେଲେ ।

ସତେ ଯେପରି ବିଧାନର ସେଇଠି ସେତେବେଳେ ଉପସ୍ଥିତ ହେବାର ତିଥି, ବାର, ନକ୍ଷତ୍ର ଆଗରୁ ଧାର୍ଯ୍ୟ ହୋଇଥିଲା ! ସତେ ଯେପରି ପଣ୍ଡିତମାନେ ଜାଣିଥିଲେ ଏଇଦିନ, ଏଇ ସମୟରେ ଦେବଦତ୍ତଙ୍କ ପୁଅ ଏଇଠି ଠିଆ ହୋଇ ଏଇ କଥା କହିବ । ସେଥିପାଇଁ, ସତେ ଯେପରି ସେମାନେ ନିଜ ନିଜ ବକ୍ତବ୍ୟମାନଙ୍କୁ ଆଗରୁ ମୁଖସ୍ଥ କରି ହିଁ ଆସିଥିଲେ ।

ମହାରାଜାଙ୍କ ହସ୍ତ ସଂକେତ ପାଇବାମାତ୍ରେ, ବିଧାନକୁ ସ୍ତବ୍ଧ କରି ଦରବାରର ପଣ୍ଡିତମାନେ ଜଣକ ପରେ ଜଣେ ଠିଆହୋଇ କର୍ମସୂତ୍ରର ଆଲୋଚନା କରିବାରେ ଲାଗିଲେ ।

ମହାରାଜାଙ୍କ ଇଙ୍ଗିତରେ ବିଧାନକୁ ସେହି ସିଂହାସନ ତଳେ, ସେ ଯେଉଁଠି ଠିଆ ହୋଇଥିଲା ସେଠାରେ ଏକପାର୍ଶ୍ୱରେ ସଭାଆଡ଼କୁ ଅନ୍ୟପଟେ ମହାରାଜାଙ୍କୁ ମୁହଁ କରିଥିବା ଆସନଟିଏ ଆଣି ରାଜକର୍ମଚାରୀମାନେ ପକାଇ ତାକୁ ବସାଇଦେଲେ ।

ବିଧାନ ଦେଖିଲା- ଦେବଦତ୍ତଙ୍କ କାବ୍ୟନାୟକର ଜୀବନର ଏକ ଏକ କ୍ଷଣକୁ ପଣ୍ଡିତମାନେ ଜଣକ ପରେ ଜଣେ ଠିଆହୋଇ ଆଲୋକପାତ କରିବାରେ ଲାଗିଲେ । ପ୍ରତ୍ୟେକେ ନିଜ ନିଜର ବକ୍ତବ୍ୟକୁ ପ୍ରମାଣସିଦ୍ଧ କରିବା ପାଇଁ କାବ୍ୟରୁ ବାଛି କିଛି କିଛି ପଦାବଳୀର ଆବୃତ୍ତି ମଧ୍ୟ କଲେ । ମୁହଁରୁ ମୁହଁ ହୋଇ ଦେବଦତ୍ତଙ୍କ 'କର୍ମସୂତ୍ର' ସେଠାରେ ସତେଯେପରି ଦୃଶ୍ୟମାନ ହୋଇ ସେଇଠି ଠିଆ ହୋଇଗଲା । ଆଉ କିଛି ପଣ୍ଡିତ ସେଥିରେ ବାକ୍ୟବିନ୍ୟାସ କେତେ ଚମତ୍କାର ହୋଇଛି, କେତେ ଚତୁରତାର ସହିତ ବିଭିନ୍ନ ଅଳଙ୍କାରମାନଙ୍କୁ ସେଥିରେ ଖଞ୍ଜି ଦିଆଯାଇଛି, ତା'ର ଉଦାହରଣ ସହ ଉପସ୍ଥାପନା କଲେ ।

ଚାହୁଁ ଚାହୁଁ ସଭାଟି 'କର୍ମସୂତ୍ର'ର ଆଲୋଚନାରେ ଉଷ୍ମ ହୋଇଉଠିଲା । ବିଧାନକୁ ଲାଗିଲା- ଏ ହେଉଛି ସ୍ୱର୍ଗ । ସାଧାରଣ ଜୀବନରେ ସେ ନିଜେ ଯେଉଁ ଜୀବନଟିଏ ବିତାଉଛି, ସେଥିରେ ଦେହକୁ ପ୍ରାଧାନ୍ୟ ଦେଇ ଯେଉଁ ଦୈହିକ ଉପଚାର ସବୁ ଦିନରାତି ଖଂଜା ଯାଇଛି ଓ ଏହି ଉପଚାରମାନଙ୍କ ଯୋଗାଡ଼ରେ ସାରା ଜୀବନଟା

ଯେପରି ଭାବେ ଚାଲିଯାଉଛି, ସେସବୁ ବାସ୍ତବରେ ରୁକ୍ଷ, କଙ୍କରିତ ଏକ ମୁଣ୍ଡା ପାହାଡ଼ର ଜୀବନ।

କିନ୍ତୁ ଯେଉଁ ସାହିତ୍ୟର ଚର୍ଚ୍ଚା ଏଇଠି ଏବେ ଚାଲିଛି ସେ ତ ମନୁଷ୍ୟ ଭିତରେ ଅଦୃଶ୍ୟ ଭାବରେ ଥିବା ବୁଦ୍ଧି ଓ ପ୍ରଜ୍ଞାର ମଧୁର ମିଳନର ଏକ ସୂକ୍ଷ୍ମ, ସୁନ୍ଦର, କୋମଳ ଓ ନୃତ୍ୟଶୀଳ ଦୃଶ୍ୟ- ଏକ ସଜଳ ସବୁଜ ଉପତ୍ୟକାର ଶାନ୍ତ, ନମନୀୟ, କମନୀୟ ଜୀବନ, ଏକ ଦୁର୍ଲଭ ଜୀବନ! ଏହି ଦେବସୁଲଭ ସାହିତ୍ୟ ଚର୍ଚ୍ଚା, ଆଲୋଚନା, ରଚନା ହିଁ ଏମାନଙ୍କ ଜୀବିକା! ଜୀବନ ମଧ! ଧନ୍ୟ ଏ ଜୀବନ।

ତାକୁ ଏଥିପାଇଁ ମଧ ଆଶ୍ଚର୍ଯ୍ୟ ଲାଗିଲା ଯେ- ଏମାନେ ପ୍ରତ୍ୟେକେ ଦେବଦତ୍ତଙ୍କ କାବ୍ୟ ସମୁଦ୍ରକୁ ଖାଲି ପଢ଼ିନାହାନ୍ତି, ମନନ ଓ ଅନୁଶୀଳନ ମାଧ୍ୟମରେ ସେ କାବ୍ୟ ସମୁଦ୍ରର ଆଭ୍ୟନ୍ତରୀଣ ସମସ୍ତ ବୈଭବକୁ ତନ୍ନତନ୍ନ କରି ଉପଲବ୍ଧ କରି ତାକୁ ବେଶ୍ ଭଲ ଭାବରେ ଉପଭୋଗ ମଧ କରିପାରିଛନ୍ତି!

ହଁ, ଏମାନେ ସମସ୍ତେ ସରସ୍ୱତୀଙ୍କ କୃପାର ପାତ୍ର ନିଶ୍ଚୟ।

ହଠାତ୍ ସେ ଶୁଣିଲା, ମହାରାଜ କହୁଛନ୍ତି- 'ହେ ପଣ୍ଡିତଗଣ! ଆପଣମାନଙ୍କୁ ମୁଁ ବର୍ତ୍ତମାନ ଏକ ପ୍ରଶ୍ନ ପଚାରୁଛି, ଉତ୍ତର ଦିଅନ୍ତୁ। ମୋର ପ୍ରଶ୍ନ ହେଲା- ଏଇ ମୁହୂର୍ତ୍ତରେ ଆମେ ଏଇଠି କ'ଣ କରୁଛେ?'

'ଅମୃତ ମନ୍ଥନ!' ସଭାର ମିଳିତ ଉତ୍ତର ବିଧାନକୁ ମୁଗ୍ଧ କଲା।

ମହାରାଜା ପୁଣି ପଚାରିଲେ, 'ମୁଁ ଆପଣମାନଙ୍କୁ ପୁନଶ୍ଚ ପଚାରୁଛି, ମୁଁ ଯେଉଁଠି ବସିଛି, ଏଇଠି... ଏବେ... ମୋ ବଦଳରେ ଯଦି ନିଜାମଙ୍କ ପ୍ରତିନିଧି ବା ଫିରଙ୍ଗୀ କେହି ବସିଥାନ୍ତେ, ଆଜିର ଏ ଆଲୋଚନା, ଏ ଅମୃତ ମନ୍ଥନ କଦାଚିତ ସମ୍ଭବ ହୋଇଥାଆନ୍ତା?'

'ଆଦୌ ନୁହେଁ, 'ଆଦୌ ନୁହେଁ' ପୁନଶ୍ଚ ଅନେକ କଣ୍ଠରୁ ଏକାସାଙ୍ଗରେ ଶୁଣାଗଲା। 'ଏଇଠି ହୁଏତ ଅନ୍ୟ କେଉଁ ଭାଷାର ବିଚାର ଆଲୋଚନା, ଆଦର ସମ୍ମାନ ଚାଲିଥାନ୍ତା।'

'ଏଣୁ ଆପଣମାନେ ବୁଝିପାରୁଛନ୍ତି, ଏଇ ସିଂହାସନରେ ଜଣେ ଓଡ଼ିଆ ବସି ଶାସନ କରିବା ଆମ ସାହିତ୍ୟ, ଆମ ସଂସ୍କୃତି ପାଇଁ କେତେ ଗୁରୁତ୍ୱପୂର୍ଣ୍ଣ? ଆପଣମାନେ ଏହା ମଧ ଉପଲବ୍ଧ କରୁଥିବେ ଯେ- ଏହି ବୈଦେଶିକ, ଆମ ସଂସ୍କୃତି ବିରୋଧୀ ଶକ୍ତିମାନଙ୍କୁ ମୁଁ କିମ୍ବା କୌଣସି ଏକ ବ୍ୟକ୍ତି ବିରୋଧ କରିପାରିବ ନାହିଁ। ମୁଁ, ଆପଣମାନେ ଏବଂ ଆମେ ସମସ୍ତେ ଏକଜୁଟ ହୋଇ ଏହି ଅପଶକ୍ତିକୁ ଦୂର କରିବା- ଆମ ପାଇଁ, ଆମ ସଂସ୍କୃତି ପାଇଁ କେତେ ଆବଶ୍ୟକ?'

'ହଁ, ହଁ, ଆମେ ଏକଥା ବୁଝିପାରୁଛୁ।' ସଭାର ଶହ ଶହ ହାତ ଉପରକୁ ଉଠିଗଲା। 'ଆମେ ଏକ ଅଛୁ, ଏକ ହୋଇ ରହିବୁ ମଧ୍ୟ ଏବଂ ଆପଣ ଆମ ଏକତ୍ୱର ପ୍ରତୀକ।' ମନ୍ଦ୍ର ଗର୍ଜନରେ ସଭା କମ୍ପିଉଠିଲା।

ମହାରାଜା ସିଂହାସନରୁ ଉଠି ଠିଆହୋଇ ଦରବାରକୁ ପ୍ରଥମେ ପ୍ରଣାମ କଲେ ଓ ଦୁଇ ହାତ ଦେଖାଇ ଶାନ୍ତ ରହିବାକୁ ସଂକେତ ଦେଲେ।

ମହାରାଜା ପୁଣି କହିଲେ- 'ଏଣୁ ଆମର ସଂହତି ପାଇଁ ମାତୃଭାଷାର ସାହିତ୍ୟ ଏକ ବ୍ରହ୍ମାସ୍ତ୍ର। କବି, ଲେଖକମାନେ ଏହି ବ୍ରହ୍ମାସ୍ତ୍ରର ନିର୍ମାତା ଏବଂ ନିଜ ମାତୃଭାଷାର ପ୍ରତ୍ୟେକ ପାଠକ ପାଠିକା ତା'ର ଏକ ଏକ ବୀର ସୈନିକ, ଯେଉଁମାନେ କି ଜାତିର ସମ୍ମାନର ପ୍ରକୃତ ରକ୍ଷାକର୍ତ୍ତା। ସମସ୍ତେ ସିନା ଲେଖକ ହୋଇପାରିବେ ନାହିଁ, କିନ୍ତୁ ଲେଖକଠାରୁ ଅଧିକ ଗୁରୁତ୍ୱପୂର୍ଣ୍ଣ, ଦାୟିତ୍ୱପୂର୍ଣ୍ଣ ଆସନରେ ଏହି ବ୍ରହ୍ମାସ୍ତ୍ରକୁ ଚଳାଉଥିବା ପାଠକ ପାଠିକାଟିଏ ତ ସମସ୍ତେ ହୋଇପାରିବେ?'

'ଧନ୍ୟ ମହାରାଜା, ଧନ୍ୟ ଆପଣ' ସଭା କରତାଳି ଓ ଜୟଧ୍ୱନୀରେ ଉଛୁଳି ପଡ଼ିଲା।

ମହାରାଜା ପୁଣି ସିଂହାସନରେ ବସିଲେ। ସଭାରେ ନୀରବତା ଖେଳିଗଲା।

ଏଥର ବିଧାନକୁ ଚାହିଁ ମହାରାଜା ପ୍ରଶ୍ନ କଲେ- 'ଆଚ୍ଛା! ତୁମ ନାମ କ'ଣ?'

ଆସନ ଛାଡ଼ି ଠିଆହୋଇ ବିଧାନ ଉତ୍ତର ଦେଲା- 'ଆଜ୍ଞା! ବିଧାନ।'

'ବିଧାନ! ଏମିତି ଚମତ୍କାର ନାଁଟିଏ ଏକ କବି ହିଁ ନିଜ ସନ୍ତାନକୁ ଦେଇପାରିବେ।' ମହାରାଜା ହସି ହସି କହିଲେ। 'ଆଚ୍ଛା ବିଧାନ, ତୁମେ କିଛି କାବ୍ୟ କି କବିତା ଲେଖିଛ? ବାପା ତ ତୁମକୁ କାବ୍ୟ ଲେଖିବା ପାଇଁ ନିଶ୍ଚୟ ପ୍ରେରଣା ଦେଇଥିବେ। ଉତ୍ସାହିତ କରିଥିବେ?'

ବିଧାନ ଆଖି ଆଗରେ ଦେବଦତ୍ତଙ୍କ ତନ୍ତ ଆଗରେ ପଡ଼ିଥିବା ସେ ପଟାଖଟ, ଖଟ ଉପରର ନାଲି ଗାଲିଚା ଦେଖାଗଲା। ଉଜ୍ଜ୍ୱଳ ଡିବିରି ଆଲୋକରେ ସେ ନିଜେ ଓ ଦେବଦତ୍ତ ଦୁହେଁ ଦୁଇଟି କାଠ ଲେଖାଶ୍ରୟ ଉପରେ ତାଳପତ୍ର ବିଡ଼ା ମେଲାଇ ନିଜ ନିଜ ଲେଖାରେ ମଜ୍ଜି ଥିବାର ରୂପ ଭାସି ଉଠିଲା। ଦେବଦତ୍ତ ମୁହଁ ତଳକୁ କରି ତାଳପତ୍ର ଉପରେ ତାଳପତ୍ର ଲେଖି ଚାଲିଛନ୍ତି। ସତେଯେପରି ସେ ମନରୁ କାଢ଼ି ଲେଖୁନାହାନ୍ତି ଆଉ କିଏ ଆଗରେ ବସି ଡାକିଚାଲିଛି ଓ ଦେବଦତ୍ତ ସେହି ଶ୍ରୁତଲିଖନକୁ ତରବର ହୋଇ ଲେଖିଚାଲିଛନ୍ତି। କାଳେ କିଛି ଛାଡ଼ିଦେବେ, ବା ପଛରେ ପଡ଼ିଯିବାର ଭୟରେ ତାଙ୍କ ଲେଖା କ୍ଷୀପ୍ର ହୋଇଉଠିଛି।

ଆଉ ସେଇଠି ବିଧାନର ପ୍ରଥମ ତାଳପତ୍ରଟି ମଧ୍ୟ ପୂରା ହୋଇନି! ସେ ଲେଖୁଛି,

କାଟୁଛି, ପୁଣି ଲେଖୁଛି ପୁଣି କାଟୁଛି। ମଝିରେ ମଝିରେ ସେ ମୁହଁଟେକି ଖୋଲା ବାରଣ୍ଡାର ବାହାରେ ଝାପ୍‌ସା ଅନ୍ଧାରରେ ଥିବା ଗଛପତ୍ରକୁ ଅନାଉଛି। ପୁଣି ମୁହଁ ଫେରାଇ ତାଳପତ୍ରକୁ ଚାହୁଁଛି। ସୁଦତ୍ତା କି କନକ ସେଇ ବାଟଦେଇ ଚାଲିଗଲେ ସେ ମୁଣ୍ଡଟେକି ସେମାନଙ୍କ ମୁହଁକୁ ଚାହୁଁଛି। ଟିକିଏ ହସିଦେଇ ପୁଣି ତାଳପତ୍ର ଉପରକୁ ଆଖି ଫେରାଇ ତାଳପତ୍ରରେ କିଛି ଲେଖି ପକାଉଛି। ଟିକିଏ ଖୁଡ଼୍ କରି ଶବ୍ଦହେଲେ, ମୂଷାଟିଏ ଧାଇଁ ପଳାଇଲେ, ବିଲେଇଟିଏ କାନ୍ଥରୁ ଧପ୍‌କରି ଡେଇଁ ଘରେ ପଶିଲେ- ବିଧାନକୁ ସବୁ ଦିଶୁଛି। ସାମାନ୍ୟ ଶବ୍ଦ ମଧ୍ୟ ସେ ଶୁଣିପାରୁଛି... ମୁଣ୍ଡ ଉଠାଇ ସେ ଆଡ଼କୁ ସେ ଚାହୁଁଛି। ପୁଣି ମୁଣ୍ଡପୋତି ଲେଖିବାରେ ଲାଗୁଛି।

ସତେ ଅବା କେଉଁ ବିସ୍ତୃତ ଜଳପୂର୍ଣ୍ଣ ହ୍ରଦକୂଳର ପଥର ଉପରେ ବସିଥିବା ପାଣିବେଙ୍ଗ ପରି ବିଧାନ ପଥରରୁ ପାଣିକୁ ଓ ପାଣିରୁ ପଥରକୁ ଡେଉଁଛି। ଆଉ ସେଇଠି, ତା'ରି ପାଖରେ... ସେଇ ହ୍ରଦର ଗଭୀର ପାଣି ଭିତରେ ଦେବଦତ୍ତ ଏକ ବିଶାଳ ପର୍ବତ ପରି ନିଶ୍ଚଳ ଧ୍ୟାନମଗ୍ନ ଅବସ୍ଥାରେ ପାଣିରେ ନିଜ ପ୍ରତିବିମ୍ବକୁ ହିଁ ଚାହିଁ ରହିଛନ୍ତି!

ଦେବଦତ୍ତଙ୍କ ଏ ନିଶ୍ଚଳତା, ଏ ଧ୍ୟାନମଗ୍ନ ଅବସ୍ଥା ସତେ ଯେପରି ବିଧାନକୁ ସାହିତ୍ୟ ଆଡ଼କୁ ଟାଣି ଆଣୁଛି। ସେ ନିଜ ତାଳପତ୍ର ଉପରେ ଚଳଉଥିବା ଲେଖନୀକୁ ବନ୍ଦକରି ଦେବଦତ୍ତଙ୍କୁ ଚାହିଁ ପଚାରୁଛି... 'ମଉସା, ଟିକିଏ ଶୁଣିବ?'

ନିଜ ଲେଖା ଉପରୁ ମୁହଁ ନ ଉଠାଇ ଦେବଦତ୍ତ କହିଲେ- 'ହଁ, ପଢ଼।'

'ଏ ଧାଡ଼ିଟା ମୋର କାହିଁକି ଠିକ୍ ଭାବରେ ଲେଖି ହେଉନି।'

'ହଉ, ପଢ଼ ଆଗେ, ଶୁଣିବା।'

ବିଧାନ ନିଜ ତାଳପତ୍ର ଆଡ଼କୁ ଆଖି ଫେରାଇ ପଢ଼ିଲା-

'ଆନ୍ଦୋଳିତ ମନ, ଦୋଳାୟିତ କର୍ଣ୍ଣ,

ଜଳେ ପ୍ରତିଛବି, ବିଷାଦିତ ମନ।'

ଦେବଦତ୍ତ ନିଜ ଲେଖା ବନ୍ଦକରି ଆଖିବୁଜି ବିଧାନର ଆବୃତ୍ତି ଶୁଣୁଥିଲେ। ସେମିତି ଆଖିବୁଜି କହିଲେ- 'ଆଉ ଥରେ ପଢ଼୍ ତ।'

ବିଧାନ ପୁଣି ଥରେ ପଢ଼ିଲା।

'ତୁ କ'ଣ ଲେଖିବାକୁ ଚାହୁଁଛୁ?' ଆଖିଖୋଲି ଦେବଦତ୍ତ ପଚାରିଲେ।

'ନାୟିକା ମନଦୁଃଖରେ ବଗିଚାର ଜଳ କୁଣ୍ଡ ପାଖରେ ବସି ଜଳରେ ନିଜ ପ୍ରତିବିମ୍ବକୁ ଦେଖୁଛି।' ନିଜ କଳ୍ପନାର ମାଧୁର୍ଯ୍ୟରେ ମୁଗ୍ଧହୋଇ ବିଧାନ ଗଦ୍‌ଗଦ ହୋଇ କହିଲା।

'ବାଃ, ତୋର କଳ୍ପନାବିଳାସ ବହୁତ ସୁନ୍ଦର। କିନ୍ତୁ ଶବ୍ଦ ବିନ୍ୟାସକୁ ଆଉ

ଟିକିଏ ମଧୁର ଓ ବାସ୍ତବ କରିବାକୁ ଚେଷ୍ଟା କର। ସମ୍ଭବ ହେଲେ, ଶବ୍ଦ ଅଳଙ୍କାର ଓ ଅର୍ଥ ଅଳଙ୍କାରର ସାହାଯ୍ୟ ନେ। ମୁଁ ତ ତୋତେ ଅର୍ଥ ଅଳଙ୍କାର ଓ ଶବ୍ଦ ଅଳଙ୍କାରର ପ୍ରୟୋଗ ଶୈଳୀ ଶିଖାଇଦେଇଛି।'

'ତୁମେ କହିଦିଅ କ'ଣ ଲେଖିବି।' ଏଇଠି କୋଉ ଅଳଙ୍କାର ଲାଗିବ, ମୁଁ ଜାଣିପାରୁ ନାହିଁ।'

'ନା, ନା, ମୁଁ କହିଦେଲେ ତ ତୋର ଶବ୍ଦ ବିନ୍ୟାସର ଉତ୍ସ, ଯାହା ଏବେ ସାମାନ୍ୟ ବାଧା ପାଉଛି, ତାହା ପୁରାପୁରି ଅଟକିଯିବ। ମୋର ପରାମର୍ଶର ଚେଣ୍ଡାପାଣିକୁ ସବୁବେଳେ ଅନାଇ ବସିବ। କବିତ୍ୱ ଗାଡ଼ିଆର ଜଳ ନୁହେଁ ଯେ, ବର୍ଷାବେଳେ ପୁରିଯିବ, ଖରାଦିନେ ଠୋ ଠୋ ଶୁଖିଯିବ। ଏହା ଚେତନାର ପଥର ଫଟାଇ ଅନ୍ତରର ଗଭୀର ମାଟିତଳର ପାଣିର ଉତ୍ସ। ଏଣୁ ତୁ ନିଜେ ଚେଷ୍ଟା କର।'

ବିଧାନ ମୁହଁ ଶୁଖାଇ ଦୁଇ ଓଠକୁ ଚାପି ତଳକୁ ଅନାଇ ବସିଲା।

ତାକୁ ଲକ୍ଷ୍ୟକରି ଦେବଦତ୍ତ ପୁଣି କହିଲେ- 'ହଉ, ଅନ୍ତତଃ ତୋର ଏଇଠି କରିଥିବା ଗୋଟିଏ ଭୂଲ୍‌କୁ ମୁଁ ତୋତେ ଦେଖାଉଛି।'

ବିଧାନର ମୁହଁ ଉଜ୍ଜ୍ୱଳ ହୋଇଉଠିଲା। ସେ ଆଶାୟୀ ଆଖି ଟେକି ଦେବଦତ୍ତଙ୍କୁ ଚାହିଁଲା।

'ଦେଖ୍, ତୁ ଲେଖିଲୁ- 'ଆନ୍ଦୋଳିତ ମନ, ଦୋଳାୟିତ କର୍ଣ୍ଣ', ଏଇଠି ତୁ ତୋ ମାନସ ପଟ୍ଟରେ ନାୟିକାର ଯେଉଁ ରୂପ ଦେଖିଲୁ, ଲେଖିଲାବେଳେ ତ ସେ କଥା ଲେଖିଲୁ ନାହିଁ?'

'କେମିତି? ଲେଖିଲି ପରା - ନାୟିକାର ମନ ଆନ୍ଦୋଳିତ ହେଉଛି। ଏଣୁ ତା'ର ମୁଣ୍ଡ ଏପଟ ସେପଟ କରି ସେ ନିଜ ଭାବନାରେ ବୁଡ଼ିରହିଛି। ସେତିକିବେଳେ ତା'ର କାନର ଲମ୍ବା ଅଳଙ୍କାର ଦୋଳାୟିତ ହେଉଛି। ସେ ନିଜର ପ୍ରତିଛବିକୁ କୁଣ୍ଡର ଜଳରେ ଅନ୍ୟମନସ୍କ ଭାବରେ ଦେଖୁଛି। କିନ୍ତୁ ବିଷାଦିତ ମନ-'

'ଏତେକଥା ତୁ ଦେଖୁଛୁ। ପାଠକଙ୍କୁ କ'ଣ ସେ ସବୁ ଦେଖାଇଲୁ?'

'ହଁ ତ, ଲେଖିଲି ପରା- 'ଆନ୍ଦୋଳିତ ମନ, ଦୋଳାୟିତ କର୍ଣ୍ଣ, ଜଳେ'

'ଦୋଳାୟିତ କର୍ଣ୍ଣ? ଅର୍ଥାତ୍ ଦୋଳି ପରି ଏପଟ ସେପଟ ହେଉଥିବା କାନ। ତୋ କାବ୍ୟ ନାୟିକାଟା ହାତୀ ନା ହରିଣ ନା ଆଉ କ'ଣରେ? ଯାହାର ଏଡ଼େ ବଡ଼ କାନ ଦୋଳିପରି ହଲୁଛି?'

ହତବାକ୍ ବିଧାନ ନିଜ ତାଳପତ୍ରକୁ ଚାହିଁଲା।

ଦେବଦତ୍ତ ମଧ୍ୟ ଅଳପ ହସି କହିଲେ- 'କାନର ଝୁମୁକା, ଝର ବା ସେମିତି

କିଛି ଅଳଙ୍କାର ସିନା ପବନରେ ଧୀରେ ଧୀରେ ଆନ୍ଦୋଳିତ ହୁଏ, କାନଟା କେମିତି ଦୋଳାୟିତ ହେବ ?'

ବିଧାନ ପୁଣି ଥରେ ନିଜ ଲେଖା ଆଡ଼େ ଚାହିଁଲା ଓ ପର ମୁହୂର୍ତ୍ତରେ ଠୋ ଠୋ ହସିବାରେ ଲାଗିଲା । ହାଃ, ହାଃ, ହାଃ, ହୋ, ହୋ, ହୋ... ସେ ହସିହସି ଲୋଟିପଡ଼ିଲା । କୌଣସିମତେ ହସକୁ ଚାପିବାକୁ ଚେଷ୍ଟା କରୁକରୁ କହିଲା... ମୋ ନାୟିକା... ହସର ଆବେଗ ତା' କଥାକୁ ବନ୍ଦ କରିଦେଉଥାଏ । 'ମୋ ନାୟିକା... ମୋ ସୁନ୍ଦରୀ ନାୟିକାର ହାତୀକାନ ପରି କାନ ଦୁଇଟା ଧୀରେ ଧୀରେ ହଲି ତା' ମୁହଁରୁ ମାଛି ଅଡ଼ାଉଛି ।'

ବିଧାନର କଥା ଶୁଣି ଦେବଦତ୍ତ ମଧ୍ୟ ହସି ଉଠିଲେ । ତାଙ୍କ ମାନସପଟରେ ମଧ୍ୟ ଏକ ସୁନ୍ଦରୀ ନାରୀର ମୁହଁରେ କୁଲା ପରି ଅନବରତ ହଲୁଥିବା ଦୁଇଟି କାନ ତାଙ୍କୁ ଦେଖାଗଲା ।

ସେମାନଙ୍କର ସଶବ୍ଦ ହସରେ ସୁଦତ୍ତା ଓ କନକ ମଧ୍ୟ ନିଜ କାମ ଛାଡ଼ି ସେଠାକୁ ଚାଲିଆସିଲେ । କହିବା ଅବସ୍ଥାରେ ତ ବିଧାନ ନଥିଲା ଏଣୁ ହସିହସି ଦେବଦତ୍ତ ହିଁ ବିଧାନର ରୂପକଛଟିକୁ ସେମାନଙ୍କ ଆଗରେ ଥୋଇଦେଲେ । ସେତକ ଶୁଣୁଶୁଣୁ କନକ ଚଟାଣ ଉପରେ ଓ ସୁଦତ୍ତା ଏରୁଣ୍ଡି ଉପରେ ହସରେ ଲୋଟି ବସିପଡ଼ିଲେ ।

'ଆରେ ଏତେ ଲେଖି ତ ବିଧାନ ତ ତା' ନାୟିକାକୁ ସୂପର୍ଣଖା କରିଦେଲା'

'ସୂପର୍ଣଖା କୋଉଠି କରିଛନ୍ତି ? ସେ ତ ତାକୁ ସୂପକର୍ଣ୍ଣା କରି ଦେଇଛନ୍ତି'- କନକର କଥା କାଟି ହସକୁ ରୋକି ରୋକି ସୁଦତ୍ତା କହି ପୁଣି ହସି ହସି ଗଡ଼ିଗଲା ।

'ସେ ଯାହାହେଉ, ଏତେ ଲେଖି ତ ସେ ତ ଏମିତି ଲେଖୁଛି, ଆଉ ମୁଁ 'ବିପଞ୍ଚୀ' ଶବ୍ଦଟା ବ୍ୟବହାର କରିଦେଲି ଯେ ତୁମେ ସବୁ କେତେ ହସିଲ ।' କନକ କହିଲେ ।

'ଏବେ ତୁମେ ଆଉ କ'ଣ କରୁଛ କି ? ତୁମେ ବି ତା' ଲେଖା ଶୁଣି ହସୁଛ ନା । କ'ଣ ପ୍ରଶଂସା କରୁଛ କି ?' ଦେବଦତ୍ତ କହିଲେ । 'କିନ୍ତୁ ତୁମେ ସେଦିନ ସେତକ ହସ ହଜମ କରିପାରିଲ ନାହିଁ ଯେ ତୁମ ଲେଖିବାର ଇଚ୍ଛା ମୁଣ୍ଡ ଟେକିଲା, ପାହାରଟେ ଖାଇ ସେଇଠି ଟଳି ପଡ଼ିଲା । କିନ୍ତୁ ବିଧାନର ଲେଖା ତ ଏଇ ପାହାର ଖାଇ ପୁଣି ରାସ୍ତା ଧରି ଆଗେଇ ଚାଲିବ । ନା' କ'ଣ ବିଧାନ ?'

ତାଙ୍କର ସେଇ ସ୍ନେହବୋଳା କଥା, ସେଇ ହସଖୁସୀର ମୁହୂର୍ତ୍ତମାନଙ୍କୁ ମନେ ପକାଇ ବିଧାନର ଆଖିରୁ ଧାର ଧାର ଲୁହ ଝରିବାରେ ଲାଗିଲା । ସେ ତଳକୁ ମୁହଁ କରି ଠିଆ ହୋଇ ରହିଲା । ତା' ଆଖିର ଲୁହ ଠପ୍ ଠପ୍ ହୋଇ ତା'ର ପାଦର ଦୁଇ ବୁଢ଼ା ଆଙ୍ଗୁଠି ଉପରେ ପଡ଼ିଲା ।

ସଭାରେ ସମସ୍ତେ ପରସ୍ପର ମୁହଁକୁ ଚାହିଁଲେ।

ମହାରାଜା ଟିକିଏ ଆଗକୁ ଝୁଙ୍କି ଆସି କହିଲେ- 'ଆରେ, ଆରେ, ବିଧାନ? ମୁଁ ତ ତୁମକୁ କନ୍ଦାଇଦେଲି। ମୋ ପ୍ରଶ୍ନର ଏ ପରିଣତି ମୋତେ ଜଣାନଥିଲା। ମୁଁ ସତରେ ଦୁଃଖିତ।'

ମୁହଁକୁ କାନ୍ଧର ଗାମୁଛାରେ ପୋଛି ଦେଇ ମହାରାଜାଙ୍କ ମୁହଁକୁ ଚାହିଁ ବିଧାନ ହାତଯୋଡ଼ି କହିଲା- 'ନା, ନା ମହାରାଜ, ଆପଣ ମୋତେ କନ୍ଦାଇ ନାହାନ୍ତି। ନିଦରୁ ଉଠାଇ ଦେଇଛନ୍ତି। ବାପାଙ୍କ ସାଙ୍ଗରେ ବିତାଇଥିବା ସେହି ସାହିତ୍ୟ ସାଧନାର ଅମୃତ ମୁହୂର୍ତ୍ତଗୁଡ଼ିକୁ ଆପଣ ସାକାର କରାଇ ମୋତେ ପୁଣି ଥରେ ସାହିତ୍ୟର ସଂସାର ଭିତରକୁ ଟାଣି ଆଣିଛନ୍ତି। ମୁଁ ତ ବିଗତ ତିନିବର୍ଷ ଭିତରେ ଧାଡ଼ିଟିଏ ମଧ୍ୟ ଲେଖିନାହିଁ।'

'ତାହାର ଅର୍ଥ ତୁମେ ବି ଲେଖାଲେଖି କର।'

'ହଁ, ବାପାଙ୍କ ସଂପୂର୍ଣ୍ଣ ତତ୍ତ୍ୱାବଧାନରେ ମୁଁ ଯେଉଁ କାବ୍ୟଟି ଆରମ୍ଭ କରିଥିଲି'

'ତାକୁ ମୁଁ ପଢ଼ିପାରିବି?'

ଲାଜରେ, ଦୁଃଖରେ, କ୍ଷୋଭରେ ବିଧାନର ମୁଣ୍ଡତଳକୁ ହୋଇଗଲା। ସେ ଧୀରେ ଧୀରେ କହିଲା- 'ମୁଁ ତ ତାକୁ ଶେଷ କରିପାରିନାହିଁ।'

ମହାରାଜାଙ୍କ ଆଗକୁ ଝୁଙ୍କି ଆସିଥିବା ଦେହ ପୁଣି ପଛକୁ ଫେରିଗଲା। ସିଂହାସନର ଦୁଇବାଡ଼ରେ ହାତ ରଖି ସେ କହିଲେ- 'ସେ ଯେଉଁଦିନ ଶେଷ ହେବ, ମୋତେ ପଢ଼ିବାକୁ ଦେବ?'

'ମଣିମା? ଏ କ'ଣ କହୁଛନ୍ତି! ସେ ତ ମୋର ପରମ ସୌଭାଗ୍ୟ ହେବ।'

ମହାରାଜା ତାଙ୍କ ମନ୍ତ୍ରୀଙ୍କୁ ଚାହିଁ କହିଲେ- 'ମହାପାତ୍ରେ, ରାଜକୋଷରୁ କିଛି ସ୍ୱର୍ଣ୍ଣମୁଦ୍ରା ଆଣି ଏ ବିଧାନ କବିଙ୍କୁ ବଇଣା ଅଗ୍ରୀମ ଦିଅନ୍ତୁ ତ!'

ବିଧାନକୁ ଦେବଦତ୍ତଙ୍କ ଅଭିଶାପ ମନେପଡ଼ିଲା। ସେ ସଙ୍ଗେ ସଙ୍ଗେ ସେଇଠି ଆଣ୍ଠୁ ମାଡ଼ି ବସି ଦୁଇ ହାତ ଯୋଡ଼ି ମହାରାଜାଙ୍କୁ କହିଲା- 'ଆଜ୍ଞା ମଣିମା, ଦୟାକରି ମୋତେ କୌଣସି ବୟଣା ଦିଅନ୍ତୁ ନାହିଁ। ମୋ ପୋଥିଲେଖା ସରିଲେ ମୁଁ ନିଜେ ଆସି ଆପଣଙ୍କ ଚରଣରେ ତାକୁ ଭେଟିଦେବି।'

ମହାରାଜା ଦୁଇ ହାତ ହଲାଇ ତୀବ୍ର ପ୍ରତିବାଦର ସ୍ୱରରେ କହିଲେ- 'ନା, ନା, ନା, ବିଧାନ ମୋ ଚରଣରେ ନୁହଁ, ପୋଥି ମାତ୍ରେ ସାକ୍ଷାତ ସରସ୍ୱତୀ। ମୋ ନାଁ ସିନା ଜଗନ୍ନାଥ ନାରାୟଣ, ମୁଁ କିନ୍ତୁ ସତରେ ନାରାୟଣ କି ବ୍ରହ୍ମା ନୁହଁ ଯେ, ତୁମେ ସରସ୍ୱତୀଙ୍କୁ ଆଣି ମୋ ଚରଣରେ ଦେବ। ଯେଉଁଦିନ ତୁମେ ପୋଥିଟି ନେଇ ଆସିବ, ମୁଁ ସେଦିନ ତାକୁ ତୁମ ହାତରୁ ନେଇ ମୋ ମୁଣ୍ଡରେ ଲଗାଇବି।'

'ସାଧୋ', 'ସାଧୋ', 'ସାଧୋ', 'ସାଧୋ' ପଣ୍ଡିତମଣ୍ଡଳୀ ମଧ୍ୟରୁ ପ୍ରଶଂସାର ଧ୍ୱନୀ ଶୁଣାଗଲା।

'ଜୟ ମହାରାଜ ଜଗନ୍ନାଥ ଗଜପତି ନାରାୟଣ ଦେବଙ୍କ ଜୟ', 'ଜୟ ଯଶସ୍ୱୀ କବିକୁଳର ଜୟ', 'ଜୟ ଦେବଦତ୍ତ କବିଙ୍କ ଜୟ' ଧ୍ୱନୀରେ ସଭାସ୍ଥଳ ଉଚ୍ଛୁଳି ପଡ଼ିଲା।

ସେଇଠି ଆଣ୍ଠେଇ ବସିଥିବା ଅବସ୍ଥାରେ ବିଧାନର ମୁଣ୍ଡ ତଳକୁ ହୋଇଗଲା। ଆଖିର ଧାର ଧାର ଲୁହ ଛାତିରେ ପଡ଼ି ପିନ୍ଧା ଅଙ୍ଗୀକୁ ଓଦା କରିଦେଲା। ଆହା, ଏ ଜୟ ଧ୍ୱନୀ ଶୁଣିବାକୁ ମଉସା ରହିଲେ ନାହିଁ। ତାଙ୍କୁ ଏ ଜୟଧ୍ୱନି ମିଳିବ ଏ କଥା ଜାଣିବା ବୁଝିବା ଆଗରୁ ସେ ଚାଲିଗଲେ। ରୋଗରେ ହେଲେ ଯାଇଥାନ୍ତେ, ଦୁର୍ଘଟଣାରେ ଯାଇଥାନ୍ତେ। ଆଉ କେଉଁ ପ୍ରକାରେ ଯାଇଥାନ୍ତେ। ବାପାଙ୍କ ହାତରେ ହିଁ ଯିବାକୁ ଥିଲା!

ହେ ଭଗବାନ!

ସେ ପାପର ବୋଝ ତ ବାପାଙ୍କ ଜୀବନକୁ ଦଳିଚକଟି ଶେଷରେ ତାଙ୍କ ପ୍ରାଣନେଇ ଛାଡ଼ିଲା। ଏବେ ବିନା ଅପରାଧରେ ବିଧାନ ମୁଣ୍ଡରେ ଆସି ବସିଛି। ସେ କଥା ବିଧାନକୁ ଯେତେ ବାଧୁ ଥିଲା, ତା'ଠାରୁ ଅଧିକ ଦୁଃଖ ତାକୁ ଏଥିପାଇଁ ହେଉଥିଲା ଯେ, ମଉସା ନିଜ ପ୍ରତିଭାର ଆନନ୍ଦ ଓ ସମ୍ମାନର ତୃପ୍ତିରୁ କାଣିଚାଏ ହେଲେ ପାଇଲେ ନାହିଁ।

ଆହା! ସତରେ କେଡ଼େ କେଡ଼େ ଅନ୍ୟାୟ ତାଙ୍କ ପ୍ରତି ନହେଲା!

ମହାରାଜାଙ୍କ ଇଙ୍ଗିତରେ ରାଜକର୍ମଚାରୀ ଜଣେ ଆସି ବିଧାନ କାନ୍ଧରେ ହାତ ରଖିଲେ। ବିଧାନ ଲୁହପୋଛି ଠିଆ ହେଲା। ମହାରାଜାଙ୍କ ଆଦେଶରେ ଆଉ ଜଣେ ରାଜକର୍ମଚାରୀ ପାଟକନାରେ ଗୁଡ଼ା ପାଟଡୋରରେ ବନ୍ଧା ହୋଇଥିବା ଦେବଦତ୍ତଙ୍କ ମୂଳ ହାତଲେଖା ପୋଥିଟିକୁ ଆଣି ବିଧାନ ହାତରେ ଦେଲେ।

ହଠାତ୍ ସଭାର ଆଗଧାଡ଼ିରେ ବସିଥିବା ପଣ୍ଡିତମାନେ ନିଜ ଆସନ ଛାଡ଼ି ଠିଆ ହୋଇଗଲେ। ତାକୁ ଲକ୍ଷ୍ୟକରି ମଞ୍ଚ ଉପରେ ସିଂହାସନରେ ବସିଥିବା ମହାରାଜା ଓ ପାଖ ରାଜଆସନରେ ବସିଥିବା ତାଙ୍କ ଭାଇ ମଧ୍ୟ ନିଜ ଆସନ ଛାଡ଼ି ଠିଆ ହୋଇଗଲେ। ଚାହୁଁ ଚାହୁଁ ସମଗ୍ର ସଭା ନିଜ ଆସନ ଛାଡ଼ି ଠିଆ ହୋଇଗଲେ।

ସତେ ଯେମିତି, ପୋଥି ନୁହଁ, ନିଜେ ଦେବଦତ୍ତଙ୍କ ମୃତ ଶରୀର ପାଟକନା ଗୁଡ଼ାହୋଇ ସେଇଠି ଉପସ୍ଥିତ ହୋଇ ମହାଯାତ୍ରା ପୂର୍ବରୁ ଶେଷ ଦର୍ଶନ ପାଇଁ ସମସ୍ତଙ୍କୁ ସୁଯୋଗ ଦେଇଛି।

ଥର ଥର ହାତରେ ପୋଥିଟି ନେଇ ବିଧାନ ତାକୁ ମୁଣ୍ଡରେ ଛୁଆଁଇ ପ୍ରଣାମ କଲା। ସମସ୍ତେ ପୁଣି ଯିଏ ଯାହାର ଆସନକୁ ଫେରିଗଲେ।

ମହାରାଜା ସିଂହାସନରେ ବସି କହିଲେ- 'ବିଧାନ, ତୁମ ବାପାଙ୍କର ଏହି 'କର୍ମସୂତ୍ର' ପୋଥିଟିର ଶହେ ପ୍ରତିଲିପି ଆଜି ଚାରିଆଡ଼େ ଆଦର ପାଇଛି। ସେହି ଶହେକୁ ହଜାରରେ ପରିଣତ କରିବାକୁ ଆଉ କିଛି କାରିଗର ଲେଖକ, ପ୍ରତିଲିପି ତିଆରିରେ ଲାଗିଛନ୍ତି। ଆଉ ମନେରଖ, ତୁମ ପୋଥିଟିକୁ ପଢ଼ିବାକୁ ମୁଁ ପ୍ରତୀକ୍ଷା କରୁଛି।'

ବିଧାନ ସସମ୍ମାନେ ମୁଣ୍ଡ ଟୁଙ୍ଗାରିଲା। ଏକ ଦୀର୍ଘ ନିଃଶ୍ୱାସ ତା'ର ଛାତି ଚିରି ବାହାରି ଆସିଲା। କେମିତି ସେ କହିବ ଯେ, ମହାରାଜାଙ୍କ ଏକ ପ୍ରତୀକ୍ଷା କେବେହେଲେ ଶେଷ ହେବ ନାହିଁ!

'ତୁମେ ଚାହିଁଲେ, ଆମ ରାଜଭବନରେ ନିଜ ଇଚ୍ଛାମତେ କିଛିଦିନ ବିଶ୍ରାମ କରି, ଆମ ରାଜସଭାକୁ ପ୍ରତିଦିନ ଆସି ଯୋଗ ଦେଇପାରିବ।' ମହାରାଜା ସିଂହାସନରେ ବସି କହିଲେ। 'ହୁଏତ ଏଇ ଅବକାଶ ପାଇଲେ, ତୁମ ପୋଥିଟି ଶୀଘ୍ର ପୂର୍ଣ୍ଣ ହୋଇପାରିବ। ନା କ'ଣ କହୁଛ? ତୁମେ ସଭାରେ ବସିଲେ ନିଜେ ଦେବଦତ୍ତ କବି ଏଠାରେ ବସିବା ପରି ଆମକୁ ଲାଗିବ।'

'ମୁଁ ଆପଣଙ୍କୁ ମୋର ଗଭୀର କୃତଜ୍ଞତା ଜଣାଉଛି।' ବିଧାନ ହାତଯୋଡ଼ି କହିଲା- 'କିନ୍ତୁ ମୋ ପରିବାର ମୋତେ ସେଇଠି ଅପେକ୍ଷା କରି-

'ଚିନ୍ତା କର ନାହିଁ। ମୁଁ ତୁମ ପରିବାରକୁ ଆଣି ଏଠାରେ ରଖାଇଦେବି। ଜମିବାଡ଼ି ତୁମ ପାଇଁ ଖଂଜିଦେବି। ତୁମେ କେବଳ ଲେଖି ଚାଲ। ଜଣେ ଜଣେ ପ୍ରତିଭାବାନ କବି, ଲେଖକ ଗୋଟିଏ ଜାତିର ସମ୍ମାନ ମୁକୁଟରେ ଏକ ଏକ ଉଜ୍ଜ୍ୱଳ ମଣି ସଦୃଶ। ଭଲ ଲେଖକ ଏକ ଜାତିର ପରିଚୟ ଓ ଦିଗଦର୍ଶକ।'

ପୁଣି ଥରେ ମହାରାଜାଙ୍କ ପ୍ରଶଂସାରେ, କରତାଳିରେ ସଭା ଉଛୁଳି ପଡ଼ିଲା। ବିଧାନକୁ ଲାଗିଲା କୌଣସି ସାଧାରଣ ରାଜାଙ୍କ ସାଧାରଣ ସଭା ନୁହଁ। ଏ ତ ସ୍ୱୟଂ ଦେବରାଜ ଇନ୍ଦ୍ରଙ୍କ ରାଜସଭା!

କିନ୍ତୁ କ'ଣ ହେବ? ଅଭିଶାପର ଖଣ୍ଡା ତ ତା' ନିଜ ମୁଣ୍ଡ ଉପରେ ଝୁଲୁଛି! ପୋଥି ଲେଖିଲେ ସିନା ଏ ସମ୍ମାନ ମିଳିବ। ସେ ତ ପୋଥି ଲେଖି ପାରିବ ନାହିଁ। ସଫଳତା, ଯଶ ତ ତା' ଭାଗ୍ୟରେ ନାହିଁ। ଏ ସମ୍ମାନ, ଏ ସୌଭାଗ୍ୟକୁ ସ୍ୱୀକାର କରିବାର କ୍ଷମତା ତ ତା' ବାପା ତା'ଠାରୁ ଛଡ଼ାଇ ନେଇଛନ୍ତି।

ନ ହେଲେ ଏ ରାଜଯୋଗ, ଏ ଦୁର୍ଲ୍ଲଭ ସୌଭାଗ୍ୟ, ସେ କେଉଁ ଛାଡ଼ିଥାଆନ୍ତା?

ବାପାଙ୍କର ଆକୁଳ ନିବେଦନ ତା' କାନରେ ଗୁଞ୍ଜରି ଉଠିଲା-

'ବିଧୁ! ବିଧୁରେ, ତୋ' ପାଦ ତଳେ କ୍ଷମା ମାଗୁଛିରେ! କ୍ଷମା କରିଦେ'ରେ ବାପ!!'

ଆଖିର ଲୁହକୁ ଗାମୁଛାରେ ପୋଛି ସେ ବିନୀତ ଭାବରେ କହିଲା- 'ମହାରାଜ, ମୁଁ ପ୍ରଥମେ ପୋଥିଟି ଆଣି ଆପଣଙ୍କ ହାତରେ ଦିଏ, କିଏ ଜାଣେ ବାପାଙ୍କ ଉତ୍ସାହରେ ଓ ମୋ ଆଗ୍ରହରେ ମୁଁ ସିନା ପୋଥି ଲେଖୁଛି, କିନ୍ତୁ ବାପାଙ୍କ ସେ ପ୍ରତିଭା ମୋ ପାଖରେ ହୁଏତ ନଥାଇପାରେ। ଏଣୁ କାବ୍ୟଟି ସରିବା ପରେ ଯଦି ବାପାଙ୍କ 'କର୍ମସୂତ୍ର' ପରି ମୋ ପୋଥି ମଧ୍ୟ ପ୍ରଶଂସାଯୋଗ୍ୟ ବୋଲି ଆପଣ ଓ ଆପଣଙ୍କ ପଣ୍ଡିତସଭା ମତ ଦିଅନ୍ତି, ତେବେ ଆପଣଙ୍କ ସବୁ ଅନୁଗ୍ରହର ମୁଁ ଯୋଗ୍ୟ ବୋଲି ଜାଣି ସେ ଐଶ୍ୱର୍ଯ୍ୟ ଲକ୍ଷ୍ମୀଙ୍କୁ ମୁଁ ମୁଣ୍ଡରେ ମୁଣ୍ଡାଇବି। ଆପଣଙ୍କ ଚରଣ ସେବାରେ ଜୀବନ ବିତାଇଦେବି।'

ସଭାରେ ଶୀତଳ ନୀରବତା ଚାରିଆଡ଼େ ଖେଳିଗଲା।

ମହାରାଜା ନିଜ ବିସ୍ମୟକୁ ସମ୍ବରଣ କରି ପ୍ରଥମେ ଭାଇଙ୍କୁ ଚାହିଁଲେ। ଦୁହେଁ ଓଠ କାମୁଡ଼ି ପରସ୍ପରକୁ ଚାହିଁ ମୁଣ୍ଡ ଟୁଙ୍ଗାରିଲେ।

ମହାରାଜା ସିଂହାସନ ଛାଡ଼ି ଠିଆହୋଇ ସଭାକୁ ଅନାଇ ନିଜର ଦୁଇ ହାତ ଆଗକୁ ପ୍ରସାରି ନିଜର ନୀରବ ପ୍ରଶଂସା ସଭାକୁ ଜଣାଇ କରତାଳି ଦେଲେ।

ମଞ୍ଚାସୀନ ଓ ସଭାସୀନ ସମସ୍ତ ଦର୍ଶକ ମହାରାଜାଙ୍କ ଅନୁକରଣ କଲେ।

ଧାଡ଼ି ହୋଇ ଠିଆ ହୋଇଥିବା ଏତେବଡ଼ ଶୃଙ୍ଖଳିତ ଜନସମାବେଶର ଉଚ୍ଛୁଳା କରତାଳି, ଏକ ଘଞ୍ଚ ନଡ଼ିଆ ତୋଟା ଭିତରେ ସଞ୍ଚାଳିତ ପବନର ସାନ୍ଦ୍ର ଧ୍ୱନି ପରି ଝଙ୍କୃତ ହେଲା।

ବିଧାନ ମହାରାଜାଙ୍କୁ ତାଙ୍କ ସାନ ଭାଇଙ୍କୁ ଓ ସଭା ସମେତ ଉପସ୍ଥିତ ସମସ୍ତ ରାଜକର୍ମଚାରୀଙ୍କୁ ପ୍ରଣାମ କରି ସଭାକକ୍ଷ ଛାଡ଼ିବାକୁ ବସିଲା।

ମହାରାଜା ତାକୁ ବିଦାୟ ଦେଇ କହିଲେ, 'ବିଧାନ, ତୁମେ ତୁମ ବାପାଙ୍କର ସୁପୁତ୍ର ଭାବରେ ତାଙ୍କ ନୀର୍ଲୋଭ ପଣିଆର ଉପଯୁକ୍ତ ପ୍ରମାଣ ଦେଇସାରିଛ। ବର୍ତ୍ତମାନ ତାଙ୍କର କବିତ୍ୱ ଓ ପାଣ୍ଡିତ୍ୟର ପ୍ରମାଣ ମଧ୍ୟ ନିଜ କାବ୍ୟରେ ନିଶ୍ଚିତ ଭାବରେ ଦେଇ ତାଙ୍କର ଯୋଗ୍ୟପୁତ୍ର ରୂପରେ ଏଇଠି ପ୍ରତିଷ୍ଠା ପାଇବ। ଏ ଆଶା ଓ ପ୍ରତୀକ୍ଷା ମୁଁ ଏବଂ ମୋର ଏ ପଣ୍ଡିତ ସଭା କରୁଛି। ଆମେ ତୁମ ବାଟ ଚାହିଁ ରହିଲୁ। କିନ୍ତୁ ତୁମକୁ ମୋ ଅତିଥି ଭବନରେ ଦୁଇଦିନ ରଖିବା ପରେ ହିଁ ମୁଁ ଛାଡ଼ିବି। ଏଣୁ ବର୍ତ୍ତମାନ ଯାଅ, ସେଠାରେ ଦୁଇଦିନ ତୁମ ବାପା ରହିଥିବା କୋଠରୀରେ ରହି ତା'ପରେ ତୁମେ ଫେରିଯାଅ।'

ବିଧାନ ମହାରାଜାଙ୍କ ମୁହଁକୁ ଘଡ଼ିଏ ଚାହିଁଲା। ତା'ପରେ ପୁଣି ଥରେ ସମସ୍ତଙ୍କୁ ପ୍ରଣାମ କରି କକ୍ଷରୁ ବାହାରି ଆସିଲା।

ହାଃ !

ଭଗବାନ ଜାଣନ୍ତି !

କେଡ଼େ ଯୋଗ୍ୟ ବାପର କେଡ଼େ ଯୋଗ୍ୟ ପୁଅ ସେ !

-O-

ନଗର ବାହାରେ ମହେନ୍ଦ୍ରତନୟା ନଦୀ ତୀରରେ ଏକ ଗଛକୁ ଆଉଜି ବିଧାନ ଆଖିବୁଜି ବସିଥିଲା ।

ଏଇ ବିଗତ ଦୁଇଦିନ ଧରି ରାଜଅତିଥି ଭବନରେ ଯାହା ଘଟିଥିଲା, ରାଜସଭାରେ ଯେଉଁ ଆଦର ସମ୍ମାନ ତାକୁ ମିଳିଥିଲା, ମହାରାଜାଙ୍କ ସେଇ ମଧୁର ବ୍ୟବହାର ଏସବୁ ତା' ଆଖି ଆଗରେ ନାଚି ତାକୁ ଆନନ୍ଦ ଦେବା ବଦଳରେ ଉଦାସ କରିଦେଉଥିଲା । ଦେବଦତ୍ତଙ୍କ ପ୍ରତି ଅଭିମାନରେ, ଚାପା କ୍ରୋଧରେ ତା' ଆଖିରୁ ଲୁହ ଝରି ପଡ଼ିଲା । ସେହି ଲୁହକୁ ଅଟକାଇବାକୁ କି ପୋଛିବାକୁ ସେ ଚେଷ୍ଟା ମଧ୍ୟ କଲା ନାହିଁ ।

କେମିତି ? କେମିତି ତୁମେ ମୋତେ ଏ ଅଭିଶାପ ଦେଇପାରିଲ ? ତୁମକୁ କ'ଣ ମୁଁ ମାରିଥିଲି ? ତୁମ ହତ୍ୟା ଯୋଜନା ମୁଁ ଜାଣିଥିଲି ? ତୁମେ ମୋତେ କେମିତି, କେଉଁ ଅପରାଧ ପାଇଁ ଅଭିଶାପ ଦେଇଦେଲ ? ମୋତେ ପଚାରି ବାପା ତୁମକୁ ମାରିଥିଲେ ?

ତୁମେ ହାତଧରି ଯାହାକୁ ଚାଲି ଶିଖାଇଥିଲ, ତା'ରି ଗୋଡ଼ଦୁଇଟା କେମିତି ନିଜେ କାଟିଦେଇପାରିଲ ?

ବାପା ତୁମକୁ ହତ୍ୟା କଲେ, ତୁମେ ବାପାଙ୍କୁ ଅଭିଶାପ ଦେଇଥାଆନ୍ତ । ତାଙ୍କର ଦୀର୍ଘଜୀବନ ରୋଗଯନ୍ତ୍ରଣା ଭୋଗି କଷ୍ଟମୟ ହେଉ, ତାଙ୍କ ଆଖି ଆଗରେ ତାଙ୍କ ପୁଅର ମରଣ ହେଉ, ସେ ସର୍ବସ୍ୱାନ୍ତ ହୋଇ ଦାଣ୍ଡର ଭିକାରୀ ହୋଇଯାଆନ୍ତୁ- ଏମିତି କିଛି ଅଭିଶାପ ତୁମେ ବାପାଙ୍କୁ ଦେଇଥାନ୍ତ ।

ବିନା ଦୋଷରେ ମୋ ଛାତିରୁ ମୋ ଆନନ୍ଦକୁ ଛିଣ୍ଡାଇ ଦଳିଚକଟି ଫିଙ୍ଗିଦେଲ ? ମୋତେ ଏତେ ଭଲପାଉଥିଲ ପରା ?

ମହେନ୍ଦ୍ରତନୟାର ସୁଲୁସୁଲିଆ ପବନ, କଳକଳ ଧ୍ୱନି, ଗଛ ଛାଇର ଶୀତଳତା, ପକ୍ଷୀମାନଙ୍କ କାକଳୀ, ଲମ୍ବାଲମ୍ବା ଘାସମାନଙ୍କର ଦୋହଲି ଦୋହଲି ମୁଣ୍ଡ ଟୁଙ୍ଗାରିବାର ଦୃଶ୍ୟ, ଅଦୂରରେ ମହେନ୍ଦ୍ର ପର୍ବତର ଦାମ୍ଭିକ ଦୃଢ଼ ଉପସ୍ଥିତି ସତେଯେପରି ବିଧାନର ଅନ୍ତର୍ଦାହକୁ ବୁଝିପାରି ତାକୁ ଶାନ୍ତ କରିବାକୁ ନିଜ ନିଜର ପ୍ରଭାବ ତା' ଉପରେ ପକାଇ ତାକୁ ବୁଝେଇବାରେ ଲାଗିଲେ ।

ତା'ର ହୃଦୟର ଆକୁଳତାକୁ ନିଜ ନିଜର ବୈଭବରେ ଶାନ୍ତ କରିବାକୁ ଚେଷ୍ଟାକଲେ। ଧୀରେ ଧୀରେ ତା'ର ଝରୁଥିବା ଲୁହ ବନ୍ଦହେଲା।

ସେ ଆନମନା ହୋଇ ବିଗତ ଦୁଇଦିନ ଧରି ଅତିଥି ଭବନରେ କଟାଇଥିବା ବିଳାସ, ଭୋଗ ଓ ଗାରିମାର କଥା ମନେ ମନେ ଭାବିବାରେ ଲାଗିଲା।

ଅତିଥି ଭବନରେ ସେବକମାନଙ୍କ ଭିତରୁ ଜଣେ ବିଧାନକୁ ଜଣେଇଥିଲା- ବାପା ଏଠାରେ ସାତଦିନ ରହିଥିଲେ। ଆଉ ଜଣେ ଦାସୀ କହିଥିଲା, ଶେଷ ଦୁଇଦିନ ବାପା ଖାଇନଥିଲେ। କ'ଣ ହେଲା କେଜାଣି ଶେଯ ଉପରକୁ ମଧ୍ୟ ଯାଇନାହାନ୍ତି।

କାହିଁକି ?

କାହିଁକି ବାପା ଶେଷ ଦୁଇଦିନ ଖିଆପିଆ ଏପରି ଶୋଇବା ମଧ୍ୟ ଛାଡ଼ି ଦେଇଥିଲେ ?

କାହିଁକି ବାପାଙ୍କୁ ମହଲର ସେ ଦିବ୍ୟ ଭୋଜନ ରୁଚିଲା ନାହିଁ କି ସେ କୋମଳ ସୁଖଦ ଶଯ୍ୟା ତାଙ୍କୁ ନିଜ ଉପରକୁ ଆଣିପାରିଲା ନାହିଁ ?

ବାପା ତ ନିଜେ ତାକୁ କହିଥିଲେ- ଦେବଦତ୍ତର ଅଭିଶାପ ଶୁଣି ସେ ଠୋ' ଠୋ' ହସିଥିଲେ। ଅଟ୍ଟହାସ୍ୟ କରି ଦେବଦତ୍ତଙ୍କୁ ଉତ୍ତର ଦେଇଥିଲେ 'ଆରେ ମୂର୍ଖ, କାବ୍ୟ ଲେଖିଲେ କାହା ପେଟପୂରେ ? ଆମ ବଂଶରେ ଯଦି କିଏ ସାହିତ୍ୟ ସେବା କରି ସଫଳତା ନପାଏ, ମୋର କ'ଣ ଭାସିଯିବରେ ହତଭାଗା ?'

ସମ୍ଭବତଃ, ପାରଳାଖେମୁଣ୍ଡି ଆସିବା ପରେ, କବି, ଲେଖକଙ୍କ ପ୍ରତି ମହାରାଜଙ୍କ ସମ୍ମାନ, ଆଦର, ଏହି କାବ୍ୟ ପ୍ରତିଭାର ବଳରେ ଏହି ରାଜଅତିଥିଶାଳାର ଭୋଗ, ବିଳାସ ଓ ଭବ୍ୟ ଜୀବନର ଉପଭୋଗର ସୁଯୋଗ, ଏସବୁ ବାପାଙ୍କ ଆଖି ଖୋଲି ଦେଇଥିଲା।

ଏକ ଲେଖକ ହେଲେ ଯେ, ଖାଲି ଆଦର ସମ୍ମାନ ନୁହଁ, ଭୋଗବିଳାସ ମଧ୍ୟ ମିଳିପାରେ ଏହା ପାରଳା ଦରବାର ଓ ମହାରାଜାଙ୍କ ଅତିଥି ଭବନରେ ରହିବା ପରେ ହିଁ ସେ ବୁଝିପାରିଥିଲେ।

ବାପା ତ କେବଳ ଦେବଦତ୍ତ ମଉସାଙ୍କ ଜୀବନ ଲୁଟିନଥିଲେ, ଦେବଦତ୍ତ ମଉସା ପାଇବାକୁ ଥିବା ଆଦର, ସମ୍ମାନ ଓ ଏ ଭୋଗବିଳାସ ମଧ୍ୟ ତାଙ୍କଠାରୁ ସେ ଲୁଟି ନେଇଥିଲେ।

କିନ୍ତୁ ରାଜଅତିଥି ଭବନରେ ନରହିବା ଯାଏ ଏକଥା ସେ ବୁଝିପାରିନଥିଲେ।

ଏପରି ଭୋଗବିଳାସ ମନୁଷ୍ୟ ଜୀବନରେ ଥାଏ, ଏକଥା କଳ୍ପନା କରିବାର ଶକ୍ତି ବାପାଙ୍କର ନଥିଲା। ସେ ବଞ୍ଚୁଥିବା ଜୀବନ ହିଁ ସାରା ପୃଥିବୀବାସୀଙ୍କ ଜୀବନ

ଏହା ହିଁ ସେ ବୋଧେ ଭାବିଥିଲେ। ବର୍ତ୍ତମାନ ସେହି ଅଜଣା ବୈଭବ ଭିତରେ ବାସକରିବା କୌଣସି ଟଙ୍କା ରୋଜଗାର କରିବାର କ୍ଷମତାରୁ ନୁହଁ, ବିନା ପଇସାରେ କେବଳ ଲେଖା ହୋଇଥିବା ଏକ କାବ୍ୟ ପାଇଁ ଯେ ମିଳିପାରେ ଏହା ତାଙ୍କ ଚିନ୍ତା, ଭାବନାର ବହୁ ଦୂରରେ ଥିଲା।

କିନ୍ତୁ ଏସବୁ ଯେତେବେଳେ ସତ ହୋଇ ତାଙ୍କ ଆଗରେ ଠିଆହେଲା ସେ ବୋଧହୁଏ ବୁଝିପାରିଲେ ଯେ, ସେ ସିନା ଏକା ଦେବଦତ୍ତର ଆଦର, ସମ୍ମାନ ଓ ସୌଭାଗ୍ୟକୁ ତା'ଠାରୁ ଲୁଟିନେଲେ, କିନ୍ତୁ ଦେବଦତ୍ତ ଏହି ଅଭିଶାପ ଦେଇ ବାପାଙ୍କର ଆଗାମୀ କାହିଁ କେତେ ପୁରୁଷର ଧନ, ମାନ, ସୁଯୋଗ, ସୌଭାଗ୍ୟକୁ ଲୁଟିନେଲେ।

କେବଳ କାବ୍ୟ ଲେଖାର ଆନନ୍ଦ, ସୌଭାଗ୍ୟ ନୁହଁ, ସନ୍ତାନପ୍ରାପ୍ତିର ବଂଶବୃଦ୍ଧିର ସୁଖକୁ ମଧ୍ୟ ଧ୍ୱଂସ କରିଦେଇପାରିଲେ।

ଯାହାର ଅଭିଶାପ ଶୁଣିବା ବେଳେ 'ଆରେ ଗଧ, ମୂର୍ଖ, ବୋଲି ବାପା ଅଟ୍ଟହାସ୍ୟ କରିଥିଲେ, ତା'ରି ଚତୁରତା, ସାମର୍ଥ୍ୟ ତାଙ୍କ ଭବିଷ୍ୟତରେ ଯେ କଳାକନା ବୁଲାଇ ସାରିଲାଣି, ଏକଥା ବହୁତ ଡେରିରେ ବୋଧହୁଏ ବାପା ବୁଝିପାରିଥିଲେ।

ଆଉ ସମ୍ଭବତଃ, ଏକଥା ବୁଝିପାରିବା ମାତ୍ରେ ତାଙ୍କ ମନରେ ଯେଉଁ ପ୍ରଥମ ପ୍ରତିକ୍ରିୟା ହୋଇଥିଲା, ସେ ଥିଲା- ଅନୁତାପ, ସତେ ଅବା ଦେବଦତ୍ତଙ୍କ ଅଭିଶାପର ସେ ଥିଲା ପ୍ରଥମ ପ୍ରହାର।

ଏ ଅନୁତାପ ଦେବଦତ୍ତ ପ୍ରତି ବାପାଙ୍କ କରୁଣାରୁ ଜନ୍ମି ନଥିଲା। ନିଜ ସନ୍ତାନ ପ୍ରତି ଥିବା ମୋହ ଯୋଗୁଁ ଏ ଅନୁତାପ ତାଙ୍କୁ ଗ୍ରାସିଥିଲା।

ନରହତ୍ୟା ପରି ଜଘନ୍ୟ ପାପ ପାଇଁ ତାଙ୍କୁ ପଶ୍ଚାତାପ ଆସି ନଥିଲା, କିନ୍ତୁ ନିଜ ସନ୍ତାନ ଓ ତା'ର ଭାବୀ ବଂଶଧରଙ୍କ ସୌଭାଗ୍ୟକୁ ନିଜ ହାତରେ ହତ୍ୟା କରି ଦେଇଥିବାର ଉପଲବ୍ଧି ଚେତନା ହିଁ ତାଙ୍କର ସମସ୍ତ ଦମ୍ଭକୁ ଭାଙ୍ଗିଦେଇ ତାଙ୍କୁ ଶେଷରେ ମରଣ ମୁହଁକୁ ଠେଲିଦେଇଥିଲା।

ଆକାଶରେ ସୂର୍ଯ୍ୟଙ୍କୁ ଘୋଡ଼ାଇ ପୃଥିବୀକୁ ଏକ ସୁଖଦ ଛାୟା ଦେଉଥିବା ଅଦିନିଆ ଭସାମେଘକୁ ଦମକାଏ ପବନ କୁତୁକୁତୁ କରିଦେଲା। ହସିହସି ଭସାମେଘଟି ସୂର୍ଯ୍ୟଙ୍କୁ ଛାଡ଼ି ଦୂରକୁ ଦୌଡ଼ି ପଳାଇଗଲା।

ଏହି ଅଚାନକ ଆଲୋକରେ ଝଲସି ଉଠିଥିବା ପୃଥିବୀକୁ ଅନାଇ ବିଧାନ ବସିବା ଜାଗାରୁ ଉଠି ଠିଆହେଲା। ବାପାଙ୍କ ମୃତ୍ୟୁର କାରଣର ଅନ୍ଧକାର ମଧ୍ୟ ତା' ଆଗରୁ ହଟିଯାଇଥିଲା। କିନ୍ତୁ ଏଥିପାଇଁ ନା ଆନନ୍ଦ ନା ସନ୍ତୋଷ କେହି ତାକୁ ଛୁଇଁ ପାରିନଥିଲେ।

କେତେଟା ପୁଅର କପାଳରେ ଏମିତି ଏକ ବାପର କଳାଛାଇ ପଡ଼ିଥାଏ? କାହାର ବି ନୁହଁ। କେବଳ ତା' ନିଜର।

ବିଧାନ ଝାଡ଼ିଝୁଡ଼ି ହୋଇ ଠିଆହୋଇ ଆନମନା ଭାବରେ ନଦୀ ଉପରକୁ ଫୋପାଡ଼ିବା ପାଇଁ ଟେକାଟିଏ ଗୋଟାଇଲା। ଚିକ୍‌କଣ କଳା ରଙ୍ଗର ପଥରଟି ଉପରେ ନାଲି ମାଟିର ଦୁଇଟି ଗଭୀର ରେଖାକୁ ସେ ନିରେଖି ଚାହିଁଲା। ସତେ ଅବା ଦେବଦତ୍ତଙ୍କ ଅଭିଶାପ ଦୁଇଟିକୁ ସେ ନିଜ ଛାତି ଭିତରେ ଦେଖୁଛି।

ସେ କବି ହୋଇପାରିବ ନାହିଁ କି ବାପ ବି ହୋଇପାରିବ ନାହିଁ। ଦୈହିକ ହେଉ କି ମାନସିକ ହେଉ, କୌଣସି ସନ୍ତାନର ପିତା ହେବାର ସୌଭାଗ୍ୟ ତା'ର ନାହିଁ!

ଟେକାଟିକୁ ଧରି ସମସ୍ତ ବଳ ପ୍ରୟୋଗ କରି ମହେନ୍ଦ୍ରତନୟା ଉପରକୁ ତାକୁ ଫୋପାଡ଼ିବାକୁ ଗଲାବେଳେ ତା' ହାତ ଅଟକିଗଲା। ନା ଥାଉ। ଏ ଟେକାକୁ ସେ ନଦୀ ଉପରକୁ କାହିଁକି ଫୋପାଡ଼ିବ? ଥାଉ। ନଦୀକୁ କାଟିବ।

କେଡ଼େ କେଡ଼େ ଦୋଷ କରିଥିବା ମଣିଷ ଖସିଯାଉଛି। ବିନା ଦୋଷରେ ନଦୀ କାହିଁକି ଟେକାମାଡ଼ ଖାଇବ?

ଟେକାଟି ତା'ହାତରୁ ଖସି ଯେଉଁଠି ଥିଲା ସେଠିକୁ ଫେରିଗଲା।

ବିଧାନ ନଦୀକୂଳକୁ ଯାଇ ଆଣ୍ଠୁଏ ପାଣିରେ ପଶି ମୁହଁ ହାତ ଭଲ ରୂପେ ଧୋଇ ପେଟେ ପାଣି ପିଇଲା। ସତେ ଯେପରି ନଦୀ ନୁହଁ ଯେ, ମହେନ୍ଦ୍ରତନୟା ମା'ର ଥଣ୍ଡା ପାଣିର ପଣତ ତା'ର ଦେହ ମନର ସବୁ କ୍ଲାନ୍ତି, ଗ୍ଲାନିକୁ ପୋଛିଦେଲା। ଥଣ୍ଡା ପାଣିରେ ତା'ର ସ୍ୱାଭାବିକ ଚେତନା ସକ୍ରିୟ ହେବା ପରେ ସେ ତୈମୁର ପାଖକୁ ଯାଇ ସବାର ହେଲା।

ସନ୍ଧ୍ୟା ସୁଦ୍ଧା କୋଉ ଏକ ସହରରେ ପହଞ୍ଚି ଆଶ୍ରୟ ଖୋଜିବାକୁ ପଡ଼ିବ।

■

## ॥ ୬ ॥

ଫେବୃଆରୀ ୧୭୫୭
ବୋମକେଇ

ଛାତି ଉପରେ ଥରଥର ହୋଇ କମ୍ପୁଥିବା ମଲ୍ଲୀମାଳର ଉଚ୍ଛକିତ ସୁଗନ୍ଧକୁ ଏକ ଲମ୍ବା ଆଘ୍ରାଣରେ ନିଜ ଅନ୍ତରାତ୍ମା ପର୍ଯ୍ୟନ୍ତ ଶୋଷିନେଲା ବିଧାନ।

ଏ କ'ଣ ସ୍ୱପ୍ନ ନା ସତ ?

ତା'ର ନୀରବ ପ୍ରଶ୍ନର ସାଙ୍କେତିକ ଉତ୍ତର ପରି ତା' ଛାତି ଉପରେ ଲୋଟି ପଡ଼ିଥିବା ସୀତା ମୁଣ୍ଡଟେକି ତାକୁ ଚାହିଁଲା। ନିଜର ଉଚ୍ଛୁଳା ହସକୁ ରୋକୁ ରୋକୁ ବେଣୀର ମଲ୍ଲୀମାଳକୁ ପଛକୁ ଛାଟି ସେମିତି ବିଧାନ ଛାତିରେ ଲୋଟିରହି ବିଧାନର ଆଖିରେ ଆଖି ରଖି ସେ ପୁଣି କହିବାରେ ଲାଗିଲା- 'ତା'ପରେପରେ କ'ଣ ହେଲା ଜାଣିଛ ?

କିନ୍ତୁ ପୁଣି ଦମକାଏ ଉଚ୍ଛୁଳା ହସର ସୁଅରେ ତା' କଥା ଭାସିଯାଇ ବିଧାନର ଦେହମନକୁ ଆନନ୍ଦରେ ଓଦା କରିଦେଲା। ବିଧାନର ଛାତିରେ ମୁହଁଗୁଞ୍ଜି ସେ ପୁଣି ସେମିତି ଥରଥର ହୋଇ ହସିବାରେ ଲାଗିଲା।

ବିଧାନ ମୁହଁରେ ମଧ୍ୟ ମଲ୍ଲୀମାଳ ପରି ଲମ୍ବା ହସଟିଏ ଉକୁଟି ଉଠିଲା।

ଗଭୀର ତୃପ୍ତିରେ ସେ ସୀତାକୁ ଆହୁରି ନିବିଡ଼ ଭାବରେ ଭିଡ଼ି ଧରିଲା। ଯଦି ହସ ବନ୍ଦ କରି ସୀତା ଏବେ ତାକୁ ପଚାରିଥାନ୍ତା, 'ମୁଁ ଏପର୍ଯ୍ୟନ୍ତ କ'ଣ କ'ଣ କହିଲି, କୁହ ତ ?'

ବିଧାନ କିଛି ଉତ୍ତର ଦେଇପାରିନଥାନ୍ତା।

କାରଣ ସୀତା କ'ଣ କହୁଛି କିଛି ତା'ର କାନରେ ପଡୁନଥିଲା। ତା' ଛାତି

ଉପରେ ଲୋଟି ପଡ଼ିଥିବା ସୀତାର ଚପଳ ତାରୁଣ୍ୟ, ତା' ବାହୁବନ୍ଧନ ବନ୍ଦୀ ହୋଇ ରହିଥିବା ତା'ର କୋମଳ ଶରୀର, ତା'ର ଶ୍ୟାମଳ ସୁନ୍ଦର ମୁହଁକୁ ମାନୁଥିବା ବଡ଼ବଡ଼ ଆଖିର ପ୍ରତ୍ୟେକ ପଲକକୁ ବିଧାନର ତୃଷିତ ଆତ୍ମା ପିଇ ଯାଉଥିଲା।

ଆଖି ଆଗରେ ଥିବା ଭାଡ଼ିରୁ ଧଳା ସାପଟିର ଲାଞ୍ଜ ଧୀରେ ଧୀରେ ତଳକୁ ଖସୁଥିଲା। ତା'ରି ଆଘାତରେ ଯୌତୁକରେ ଆସିଥିବା ପେଟରା ମାନଙ୍କରୁ ଛୋଟ ଗଣ୍ଠିଲିଟିଏ ତଳେ ପଡ଼ିଗଲା। ସେ ଶବ୍ଦରେ ସୀତା ବିଧାନ ଛାତିରୁ ମୁହଁ ଉଠାଇ ସେଇ ଆଡ଼େ ଚାହିଁବାକୁ ମୁଣ୍ଡ ଟେକିବା ମାତ୍ରେ ବିଧାନ ତା' ମୁହଁକୁ ନିଜ ଆଡ଼କୁ ବୁଲେଇ ଦେଇ ପଚାରିଲା- 'ହେଲାଯେ, ମୁଁ ସେତିକିବେଳୁ ଜଗି ବସିଛି, ତା'ପରେ କ'ଣ ହେଲା ଶୁଣିବାକୁ... ତୁମେ ସେ କଥା କହୁନ କାହିଁକି ?'

ସୀତାର ହସ ପୁଣି ଫେରିଆସିଲା। କାଳେ ସେ ପଚାରିଦେବ 'ହଁ, କୋଉ କଥା ?' ବିଧାନ ତାକୁ ମନେ ପକାଇବାକୁ ନିଜ ମନ ଭିତର ସାରା ଅଣ୍ଡାଳି ହେଲା। କିନ୍ତୁ ସୀତାର ହସ ଲହରୀ ଭିତରେ ଏପର୍ଯ୍ୟନ୍ତ ସେ କହିଥିବା କଥାର ଯେଉଁ ନୌକାଟି ଟଳଟଳ ହେଉଥିଲା, ବିଧାନ ତାକୁ ଖୋଜିବା ମାତ୍ରେ ସେ ଟୁପ୍ କରି କୁଆଡ଼େ ଯେ ବୁଡ଼ିଗଲା, ବିଧାନ ତା'ର ଟେର୍ ମଧ୍ୟ ପାଇଲା ନାହିଁ।

ଯାହାହେଉ, ସୀତାର କଥାର ଆଉ ଏକ ନୂଆ ନୌକା ପୁଣି ଛଳଛଳ କଳକଳ ହସ ନଦୀ ଭିତରେ ମୁଣ୍ଡ ଟେକିଲା। ତାକୁ ମନଦେଇ ଶୁଣୁଶୁଣୁ ତା'ର ଅଭ୍ୟସ୍ତ ଆଖି ଭାଡ଼ିର ଧଳାସାପ ପାଖରେ କଳା ସାପଟିକୁ ଠାବ କରିବାକୁ ଖୋଜିହେଲା। କିନ୍ତୁ ସୀତା ତା'ର ଦୁଇ ପାପୁଲିରେ ବିଧାନର ମୁହଁକୁ ନିଜ ଆଡ଼କୁ କରି କଥା ଓ ହସର ସୁଅରେ ବିଧାନର ସମଗ୍ର ସତ୍ତାକୁ ନିବିଡ଼ ଭାବରେ ବାନ୍ଧି ରଖିଲା।

ହଉ, ବର୍ତ୍ତମାନ ତାକୁ ମିଳିଥିବା ଏ ସୌଭାଗ୍ୟ, ଏ ଆନନ୍ଦ, ଏ ମାଧୁର୍ଯ୍ୟକୁ ଆଗେ ମନଭରି ଉପଭୋଗ କରାଯାଉ।

ତା' ଆଗରେ ଠିଆହୋଇ ସେ କଳା ଧଳା ସାପ ଦୁଇଟି ଯେଉଁ ଦୁର୍ଭାଗ୍ୟର ଗୀତ ଗାଇ ଗାଇ ଦିନରାତି ନାଚିବାରେ ଲାଗିଛନ୍ତି, ତାକୁ ବର୍ତ୍ତମାନ ପଛକୁ ଠେଲି ଦିଆଯାଉ। ସତ କହିବାକୁ ଗଲେ ସେ ଅଭିଶାପ ଅନୁସାରେ ସେ କେବେ ବାପ ହୋଇପାରିବ ନାହିଁ ସତ। କିନ୍ତୁ ସେ ଯେ ସ୍ୱାମୀ ହୋଇପାରିବ ନାହିଁ, ଏ କଥା ତ କାହିଁ କେତେବେଳେ କୁହାଯାଇନାହିଁ।

ସୀତା ପରି ସ୍ତ୍ରୀର ସାନ୍ନିଧ୍ୟର ସୁଖ ପାଖରେ ବାପ ନ ହୋଇପାରିବାର ଦୁଃଖ ତ ଦୂର ଆକାଶର ଗୁଡ଼ି ପରି ଛୋଟରୁ ଛୋଟ ହୋଇ ଦିଶିଲାଣି।

ଘର ଭିତରେ ଓଢ଼ଣା ଟାଣି ପାଉଁଜିର, ଚୁଡ଼ୀର ଯୁଗଳବନ୍ଦୀ ଖେଳାଇ ଖେଳାଇ

ଘର କାମର ଜଂଜାଳ ଭିତରେ ସୀତା ଏପଟ ସେପଟ ହେଉଥିବା ବେଳେ ବିଧାନର ଆଖି, କାନ ଓ ସମଗ୍ର ସତ୍ତା ସୀତାର ସେ ସାନ୍ନିଧ୍ୟକୁ ମନଭରି ଉପଭୋଗ କରୁଥିଲା।

ଅଭିଶାପିତ ହେବାର ଦୁଃଖ ସେଇଠି ଠିଆହୋଇ ବିଧାନ ଭିତରକୁ ପଶିବାକୁ ଆପ୍ରାଣ ଚେଷ୍ଟା କରି ମଧ୍ୟ ସଫଳ ହୋଇପାରୁନଥିଲା।

ଏଣେ ଦିବ୍ୟ ଆନନ୍ଦକୁ ବିଧାନ ଯା' ବୋଲି କହିଲେ ମଧ୍ୟ ସେ ବିଧାନ ପାଖରୁ ମୁହୂର୍ତ୍ତେ ଅଲଗା ହେଉନଥିଲା।

କେମିତି ଏ ଅପୂର୍ବ ଆନନ୍ଦ, ଏ ଦୁର୍ଲଭ ଆନନ୍ଦର ସୌଭାଗ୍ୟ ତା' ଜୀବନରେ ଧସାଇ ପଶିଲା ?

ତିନିମାସ ତଳର ଘଟଣା।

ପ୍ରବଳ ଓ ଦେବଦତ୍ତଙ୍କର ଚତୁର୍ଥ ଶ୍ରାଦ୍ଧବାର୍ଷିକୀ ପାଳନ ବେଳେ ପ୍ରମିଳା ବି ନିମନ୍ତ୍ରଣ ପାଇ ସପରିବାରେ ଯୋଗ ଦେଇଥିଲେ। ସୀତା ଓ ବିଧାନର ପ୍ରେମ ସମ୍ପର୍କ ଚାରିବର୍ଷ ତଳେ କେମିତି ମୁଣ୍ଡଟେକି ଉଠିଥିଲା, କେମିତି ସୀତା ଓ ତା'ର ପରିବାର ସୀତା ପାଇଁ ଅହରହ ଆସୁଥିବା ଲୋଭନୀୟ ପ୍ରସ୍ତାବମାନଙ୍କୁ ଏଡ଼ାଇ ବିଧାନକୁ ଆଜିପର୍ଯ୍ୟନ୍ତ ଜଗି ବସିଛନ୍ତି ସେ କଥା ସେ ପ୍ରାଞ୍ଜଳ ଭାବେ ବାସନ୍ତୀ, କନକ, ସୁଦତ୍ତା ଓ ସବିତାକୁ କହିବାକୁ ସୁଯୋଗଟିଏକୁ ଅପେକ୍ଷା କରି ରହିଥିଲେ।

ସୁଯୋଗ ଆସିଗଲା।

ଶ୍ରାଦ୍ଧ ଦିନ ଶ୍ରାଦ୍ଧ ସରିବା ପରେ ବ୍ରାହ୍ମଣ ବିଦାକୀ ସାରି, ସବିତା, ସୁଦତ୍ତା ଓ ଉମା ବଢ଼ାବଢ଼ିରେ ଲାଗିପଡ଼ିଲେ। କନକ ଓ ବାସନ୍ତୀ ଏସବୁ ତଦାରଖ କରୁଥିଲେ। ପିଉସାଙ୍କ ସହ ବିଧାନ, ପିଇସୀଙ୍କ ପୁଅ ବସନ୍ତ ଓ ପ୍ରମିଳା ମଧ୍ୟ ଖାଇ ବସିଲେ।

ଖାଉ ଖାଉ ପ୍ରମିଳା ବାସନ୍ତୀକୁ ଲକ୍ଷ୍ୟକରି କହିଲେ- 'ଭାଉଜ, କ'ଣ ପାଇଁ ଆଉ ଡେରି କରୁଛ ? ଭାଇ ଯାଇ ଚାରିବର୍ଷ ହେଲାଣି। ଅସ୍ଥି ବିସର୍ଜନ ମଧ୍ୟ ସରିଲାଣି। ଏଇ ଝିଅମାନେ ଯାହାହେଲେ ବି ଦୁଇଦିନର କୁଣିଆ। ଏ ବିଧାନଟାକୁ ବିଭାକରି ବୋହୂ ଆଣୁନ ? ଘରଟା ପୁଣି ପୁରି ଉଠିବ।'

'କିଏ ନାହିଁ କରୁଛି ପ୍ରମିଳା ?' ବାସନ୍ତୀ କହିଲେ। 'ଦେଖୁଛ ସେଇ ଅଭିମାନରେ ମୁଁ ଓ କନକ ଘରକୁ ଆସୁନଥିଲୁ। ଏଇ ତୀର୍ଥ କଥା କହି ବିଧାନ ଡାକି ଆଣିଛି। ବାହାଘରର ନାଁ ଧରୁନି।'

'କେମିତି ଧରିବ ? ତା' ମନ କ'ଣ ଆଉ ତା'ର ହୋଇ ରହିଛି ?' ପିଉସା ଜବାବ ଦେଲେ।

ସମସ୍ତେ ଆଶ୍ଚର୍ଯ୍ୟ ହୋଇ ପିଉସାଙ୍କ ମୁହଁକୁ ଚାହିଁ ରହିଲେ। ଏକା ବିଧାନ ଚୁପ୍‌ଚାପ୍ ଖାଇବାରେ ଲାଗିଲା।

ବାସନ୍ତୀ କହିଲେ- 'ବାପ, ଯାହା କହୁଛ ଖୋଲିକରି କହୁନ?'

ପ୍ରମିଳା ଉତ୍ତର ଦେଲେ- 'ଭାଉଜ, ତୁମେ ତ ମୋ ନଣନ୍ଦ ଯମୁନାଙ୍କୁ ଜାଣିଛ?'

ବାସନ୍ତୀ ମୁଣ୍ଡ ଟୁଙ୍ଗାରିଲେ। 'ତାଙ୍କରି ଝିଅ ସୀତା। ତାଙ୍କର ଗୋଟିଏ ବୋଲି ଝିଅ। ଦେଖିବାକୁ ବି ଭଲ-

'ସବୁଠୁ ବଡ଼ କଥା ହେଲା, ବିଧାନ ଭାଇ ସେ ବର୍ଷ ଯୋଉ ସାବିତ୍ରୀ ଅମାବାସ୍ୟାର ଭାର ନେଇ ଆମ ଘରକୁ ଆସିନଥିଲେ, ସେତିକିବେଳେ ଦୁହେଁ ଦୁହିଁଙ୍କୁ ପରା ଘଡ଼ିଏ ଛାଡ଼ୁନଥିଲେ।' ଉମା ହସି ହସି କହିଲା।

'ଏଁ?' କନକ, ସୁଦତ୍ତା, ବାସନ୍ତୀ ଓ ସବିତା ସମସ୍ତେ ଆଶ୍ଚର୍ଯ୍ୟ ହୋଇ ବିଧାନକୁ ଚାହିଁଲେ। ସେମାନେ ଆଶା କରୁଥିଲେ ବିଧାନ ଉମା କଥାରେ ଘୋର ପ୍ରତିବାଦ କରିବ।

କିନ୍ତୁ ବିଧାନ ମୁଣ୍ଡକୁ ତଳକୁ ପୋତି ଖାଇବାରେ ଏମିତି ଧ୍ୟାନ ଦେଇଥିଲା ସତେ ଯେମିତି ବିଗତ ବର୍ଷ ବର୍ଷ ଧରି ସେ ଖାଇନଥିଲା। ଭାତ ଥାଳୀ ଓ ତା' ନିଜ ଛଡ଼ା ତା' ଚାରିପଟେ ଆଉ କେହି ଥିବା ସେ ଯେମିତି ଜାଣିପାରୁ ନଥିଲା।

କଥାଟା ତାହାହେଲେ ସତ!

ସମସ୍ତଙ୍କ ଆଖି ବଡ଼ ବଡ଼ ହୋଇଗଲା।

ବାସନ୍ତୀ ଉଚ୍ଚକିତ ହୋଇ କହି ଉଠିଲେ- 'ତୁମେ ତାହାହେଲେ ଏ କଥାଟା ମୋତେ ଆଜିଯାଏ କହି ନଥିଲ କାହିଁକି, ପ୍ରମିଳା?'

ପ୍ରମିଳା ଉତ୍ତର ଦେଲେ- 'କେବେ କହିଥାନ୍ତି? ଭାଇଙ୍କ ଦଶାଘର ତ କନ୍ଦାକଟାରେ ଗଲା। ପ୍ରଥମ ଶ୍ରାଦ୍ଧ ଓ ସବିତା ବାହାଘର ପାଖାପାଖି ହେଲାବେଳେ ଆମେ ତ ଅନ୍ୟ କାମରେ ବ୍ୟସ୍ତ ରହି ଆସିପାରି ନଥିଲୁ। ତା' ପରେ ପରେ ତ ତୁମେ ଯାଇ ପୁରୀରେ ରହିଲ ଯେ ତୁମ ଦେଖାପାଇବା କଷ୍ଟ ହେଲା। ସେ ବର୍ଷମାନଙ୍କର ଶ୍ରାଦ୍ଧ କେବେ ଗଲା ଆମକୁ ତ ଖବର ଯାଇନଥିଲା। ଏବେ ତ ଚାରିବର୍ଷ ପରେ ତୁମ ସହିତ ମୋର ଭେଟ ହେଉଛି। ଆଉ କହିବି କେତେବେଳେ?'

'ସେ କଥା ଛାଡ଼। ଏବେ କ'ଣ ସୀତା ବିଭା ହୋଇଗଲାଣି?' କନକ ପଚାରିଲେ।

ବିଧାନର ମୁହଁ ପାଖକୁ ଯାଉଥିବା ଭାତଗୁଣ୍ଡା ସେଇଠି ଅଟକି ଗଲା। ବିଧାନକୁ ସିନା କିଏ ଦିଶୁନଥିଲେ। କିନ୍ତୁ ତା'ର ଏ ପ୍ରତିକ୍ରିୟା ସମସ୍ତଙ୍କୁ ଦେଖାଗଲା।

ପ୍ରମିଳା ମୁଣ୍ଡ ହଲାଇ ମନା କଲେ। ପ୍ରମିଳା ପାଖରେ ବସିପଡ଼ି ସବିତା କହିଲା- 'ନାନୀ, ଏବେ ତାହାହେଲେ କୋଉ କଥାକୁ ଆଉ ଡେରି ?'

ସୁଦତ୍ତା ବି ତାଙ୍କ ପାଖକୁ ଆସି ଆଣ୍ଠେଇ ବସି କହିଲା, 'ନାନୀ, ଆମେ ଏବେ ତୁମ ସାଙ୍ଗରେ ଯିବୁ। ଭାଉଜଙ୍କୁ ଦେଖି ଆସିବୁ।'

ବ୍ୟଙ୍ଗ କରି ଉମା କହିଲା, 'ଭାଉଜ ତ ସେଆଡ଼େ ଭାଇନାଙ୍କୁ ଝୁରିଝୁରି କଣ୍ଟା ହୋଇଗଲେଣି।'

ଏତେବେଳ ଯାଏ ଚୁପ୍ ହୋଇ ସବୁ ଶୁଣୁଥିବା ବସନ୍ତ କହିଲା- 'କେତେ ଆଡୁ କେତେ ଭଲ ପ୍ରସ୍ତାବ ସବୁ ସୀତା ପାଇଁ ଆସୁଛି। ସେମାନେ କିନ୍ତୁ ସବୁ ପ୍ରସ୍ତାବ ଫେରାଇ ଦେଉଛନ୍ତି। ସୀତାର ସେଇ ଏକା ଜିଦ୍ ସେ ବିଧାନ ଭାଇ ଛଡ଼ା ଆଉ କାହାରିକୁ ବିଭା ହେବ ନାହିଁ।'

'ନହେଉ, ସେ ସେମିତି ବାପ ଘରେ ରହି ବୁଢ଼ୀ ହେଉ। ମୁଁ ବିଭାହେବି ନାହିଁ, ନାହିଁ ନାହିଁ।' ଚିଡ଼ି ଉଠି ବିଧାନ ଖାଇବା ଛାଡ଼ି ସେଇଠୁ ଉଠିଗଲା।

ସତେ ଯେମିତି ସବିତା ଓ ସୁଦତ୍ତାକୁ କିଏ ଶିଖାଇ ଦେଲା। ସେମାନେ ଦଉଡ଼ି ଯାଇ ବିଧାନର ବାଟଓଗାଳି କବାଟ ପାଖରେ ଠିଆହୋଇ ତାକୁ ପୁଣି ଟାଣିଟାଣି ଆଣି ଖାଇବା ପାଖରେ ବସାଇ ଦେଲେ।

'ମୁଁ ଆଉ ଖାଇବି ନାହିଁ' ମୁହଁ ଫୁଲାଇ ବିଧାନ କହିଲା।

'କାହିଁକି ? ତୁ କ'ଣ ବ୍ରାହ୍ମଣ ? ଥରେ ଖାଇବା ପାଖରୁ ଉଠିଗଲେ ଆଉ ସେ ଥାଳୀରୁ ଖାଇବୁ ନାହିଁ ! ଚୁପ୍‌ଚାପ୍ ଖାଆ। ଆମେ ବଡ଼ମାନେ କଥା ହେଲାବେଳେ ତୁ ମଝିରେ ଏତେ ମୁଣ୍ଡ ପୁରାଉଛୁ କାହିଁକି ?' ପିଉସା କଡ଼ା ସ୍ୱରରେ ଧମକାଇଲେ।

ବହୁଦିନ ଧରି ବାପର ତାଗିଦା ହରେଇଥିବା ବିଧାନ କାନକୁ ପିଉସାଙ୍କ ଏ ଶାସନ ମଧୁର ଶୁଣାଗଲା। ବାପା ତ ସବୁକାଳେ ଖରାପ ନଥିଲେ। ତାଙ୍କର ଅନେକ ଖରାପ ଗୁଣ ସତ୍ତ୍ୱେ ବିଧାନ ପ୍ରତି ତାଙ୍କର ସ୍ନେହ ମମତା ମଧ୍ୟ ତ ପ୍ରଚୁର ଥିଲା।

ବିଧାନର ଆଖି ଛଳଛଳ ହୋଇଗଲା।

ଅନ୍ୟମାନେ ମଧ୍ୟ ଯିଏ ଯାହା ଜାଗାରେ ସ୍ଥିରହୋଇ ରହିଲେ।

କନକ କହିଲେ, 'ଭାଇ, ଆପଣ ତ ଝିଅର ସଖ୍ୟ ମାମୁଁ। ନିର୍ବନ୍ଧ, ବିଭାଘର ପ୍ରସ୍ତାବ ଆଣିବା, ବିଭାଘର, ଝିଅବିଦା, ନିମିତ୍ତ୍ୟଘର- ଏସବୁ ତୁଲାଇବାର ପ୍ରଧାନ ଲୋକ। ଆପଣଙ୍କ ଖିଆ ସରୁ। ଘରେ ମହାପ୍ରସାଦ ଅଛି। ଆପଣ ତାକୁ ଧରି କନ୍ୟାଦାନର ପ୍ରସ୍ତାବଟା ଏବେ ହିଁ ଦେଇଦିଅନ୍ତୁ ତ। ଆଜି ତ ମାର୍ଗଶୀର କୃଷ୍ଣ ଚତୁର୍ଦ୍ଦଶୀ। ଏଇ

ମାସର ଶୁକ୍ଳ ଦଶମୀ ବୁଧବାର ଦିନ ଗାଆଁରେ କେତେ ବିଭାଘର, ପୁଆଣୀ ଘର ହେଉଛି। ଆମ ଘରେ ମଧ୍ୟ ସେଦିନ ବୋହୂର ପାଦ ପଡ଼ିବ।'

ସୁଦତ୍ତା, ସବିତା ଓ ଉମା ତିନିହେଁ ହାତ ତାଳି ମାରି ଉଚ୍ଛୁଳି ଉଠିଲେ।

ସମସ୍ତେ ଆଙ୍ଗୁଠିରେ ଗଣି ପକାଇଲେ !

ଆଜି ରବିବାର, ଏ ବୁଧବାର ଛାଡ଼ି ଆସନ୍ତା ବୁଧବାର !!

ମଝିରେ ଆଉ ନଅଟା ଦିନ ରହିଲା !

ପିଉସା ପିଉସୀଙ୍କୁ ଚାହିଁଲେ। ସେ ମୁଣ୍ଡ ଟୁଙ୍ଗାରିଲେ। ପ୍ରମିଳା ବାସନ୍ତୀ ଓ କନକଙ୍କୁ ଚାହିଁଲେ। ସେମାନେ ମଧ୍ୟ ମୁଣ୍ଡ ଟୁଙ୍ଗାରିଲେ।

ଆଖିରେ ଆଖିରେ କଚେରୀ ବସିଗଲା। ପିଉସା ବିଚାରକ ହୋଇଗଲେ। ପିଉସୀ ଉପଦେଷ୍ଟା, ବାସନ୍ତୀ ଓ କନକ ଗୁହାରୀଆ ଓ ସୁଦତ୍ତା, ସବିତା, ଉମା, ଓ ବସନ୍ତ ସାକ୍ଷୀ ହୋଇ ଠିଆ ହୋଇଗଲେ। ବିଧାନର ବିଚାରଣା ଚାଲିଲା।

ମୁହୂର୍ତ୍ତକ ମଧ୍ୟରେ ଦଣ୍ଡାଦେଶର ନିଷ୍ପତ୍ତି ସ୍ଥିର ହୋଇଗଲା।

ସେମାନଙ୍କ ଆଖିର ଏ ମନ୍ତ୍ରଣା ଦେଖି ବିଧାନ ଚିହିଁକି ଉଠି କହିଲା- 'ମୁଁ ବିଭା ହେବି ନାହିଁ।'

'ଠିକ୍ ଅଛି। ମୁଁ ଯାଉଛି ମକଦ୍ଦମ ସାଆନ୍ତଙ୍କ ପାଖରେ ଗୁହାରୀ କରିବି। ସେ ଠିକ୍ ଜାଣନ୍ତି କ'ଣ କରିବାକୁ ହେବ।' ବାସନ୍ତୀ ଉଠି ଠିଆହେଲେ।

*ମକଦ୍ଦମ ସାଆନ୍ତେ ? ସତ୍ୟାନାଶ। ନା, ନା, ନା।*

'ତାଙ୍କୁ କାହିଁକି ଏ ଭିତରକୁ ଟାଣି ଆଣୁଛୁ ?' ବିଧାନ ରାଗିଯାଇ କହିଲା। 'ତାଙ୍କର ଆଉ କିଛି କାମ ନାହିଁ ନା କ'ଣ ?'

ପିଉସା ଖାଇସାରି ହାତ ମୁହଁକୁ ଗାମୁଛାରେ ପୋଛିପାଛି ଆସିଲେ। କହିଲେ- 'କାହିଁ, ମହାପ୍ରସାଦ ଅଛି ପରା, ଆଣ।'

କନକ ଧାଇଁଯାଇ ମହାପ୍ରସାଦ ଧରି ଆସିଲେ। ସୁଦତ୍ତା ବଡ଼ ଶଙ୍ଖଟା ଧରି ଭଁ ଭଁ ବଜାଇବାରେ ଲାଗିଲା। ଶଙ୍ଖ ହୁଳହୁଳିରେ କୋଳାହଳ ଭିତରେ ପିଉସା କନ୍ୟାଦାନର ବଚନ, ବିବାହ ତିଥି ନିର୍ଦ୍ଧାରଣ, ବୋହୂ ଆସିବାର ସମୟ ସବୁକିଛି ଗଡ଼ଗଡ଼ କରି ମୁଖସ୍ଥ ବାକ୍ୟମାନଙ୍କୁ ଓଗାଳିବା ପରି ଗାଇଦେଲେ।

ଆଖିର କଚେରୀରେ ପାଣିଗ୍ରହଣର ଦଣ୍ଡାଦେଶକୁ ପ୍ରକାଶ୍ୟରେ ବିଧାନ ଉଦ୍ଦେଶ୍ୟରେ ସମସ୍ତଙ୍କୁ ଶୁଣାଇ ଦିଆଗଲା।

ଯମୁନା ତ ଏସବୁ ନାହାକ ଠାରୁ ବୁଝି ତାଙ୍କୁ ଜଣାଇ ସାରିଥିଲେ ! ସେ ଖାଲି କହିଲେ ଯାହା !

ବିଧାନ ମୁଣ୍ଡ ପୋତି ଥାଳିରୁ ସବୁକିଛି ପୋଛାପୋଛି କରି ଖାଉଖାଉ ଭାବୁଥିଲା- କ'ଣ ଏସବୁ ହେଉଛି ? ଏହାର ପରିଣତି କ'ଣ ?

ଏହାର ଠିକ୍ ଦଶମ ଦିନ ସୀତା ବୋହୂ ହୋଇ ଘରେ ପାଦଦେଲା !

ବିଧାନ ଛାତିରୁ ଦୀର୍ଘ ନିଃଶ୍ୱାସଟିଏ ବାହାରି ପଡ଼ିଲା। ତା' ଛାତିରେ ମୁହଁଗୁଞ୍ଜି ଶୋଇଥିବା ସୀତାର ମୁକୁଳା ପିଠିକୁ ଆଉଁସୁ ଆଉଁସୁ ସେ ଭାବୁଥିଲା- ହେଲେ ଏ ସୁଖ କେତେ ଦିନର ?

ସେ କେତେଥର ଦେଖିଛି- ଧଳା ସାପଟି ଫଣାଟେକି ଜିଭ ଲହଲହ କରି ମଳା ଭିତରେ ଥାଇ ସତେ ଯେପରି ସୀତାକୁ ଦେଖି ଆଶ୍ଚର୍ଯ୍ୟ ହେଉଛି। ସୀତା ଘର ଭିତର ଏପଟ ସେପଟ ହେଲାବେଳେ ତା'ର ଫଣା ମଧ୍ୟ ସୀତା ଯେଉଁଆଡ଼କୁ ଯାଉଛି, ସେ ଆଡ଼କୁ ବୁଲିପଡୁଛି।

ଆଉ କଳାସାପର ଦେଖା ନାହିଁ ସତ, କିନ୍ତୁ କେତେବେଳେ ଲାଞ୍ଜରୁ ଟିକିଏ, କେତେବେଳେ ଆଖିରୁ ଫାଳେ, କେତେବେଳେ ବା ଲହଲହ ହେଉଥିବା ଜିଭ ବିଧାନ ଆଖିରେ ପଡ଼ିଲେ ଅସହାୟ ଦୀର୍ଘ ନିଃଶ୍ୱାସଟାଏ ପକାଇବା ଛଡ଼ା ବିଧାନ ଆଉ କିଛି କରିପାରୁନି।

*କହିଦେବ କି ସେ ସୀତାକୁ ଏହି ରହସ୍ୟର କଥା ?*

ନା ଥାଉ, ଆଜିଠାରୁ ସୀତାକୁ ଏ ଅଭିଶାପ ବିଷୟରେ କହି ମର୍ମାହତ କରିବା କ'ଣ ଦରକାର। ବିଚାରୀର ବହୁଦିନର ଆଶା ଏବେ ଏବେ ପୂରଣ ହୋଇଛି। ତାକୁ ଗୋଇଠାମାରି ଚୁର୍‌ମାର୍ କରିଦେବା କିଛି ଆବଶ୍ୟକ ନାହିଁ।

ସେ ତା'ର ସ୍ୱପ୍ନର ଦୁନିଆଁକୁ ଭଲ ଭାବରେ ଉପଭୋଗ କରୁ।

ଯେଉଁଦିନ ସେ ଆପେ ଜାଣିବ ଯେ ସେ ମା' ହୋଇପାରୁନି, ଆଗେ ଆଗେ କେତେଦିନ ପୂଜା ଆରାଧନା, ବ୍ରତ ଉପାସରେ ବିତିଯିବ। ତା'ପରେ ବିଧାନ ଛାତିରେ ମୁହଁ ଗୁଞ୍ଜି ହସ ବଦଳରେ କଇଁ କଇଁ କାନ୍ଦ ଆରମ୍ଭ କରିଦେବ।

ଏବେ ପୂର୍ଣ୍ଣମୀ ଚାନ୍ଦ ପରି ଚମକୁଥିବା ମୁହଁଟି ଘୋର ଅମାବାସ୍ୟାର ରାତ୍ରିପରି ଦେଖାଯିବ।

ସେତେବେଳେ... ସୀତାକୁ ସାନ୍ତ୍ୱନା ଦେବାକୁ ଯାଇ ବିଧାନ ଏକଥା ତାକୁ କହିବ... କହିବାକୁ ବାଧ୍ୟ ହେବ।

ଆଜିଠୁ କାହିଁକି ଡରଡର ?

ଆଉ ଦିନେ ଦିନେ ତାକୁ ଲାଗେ, ନା ଏ ଛଳନା ଅନ୍ତତଃ ସୀତା ପରି ଝିଅ

ସାଙ୍ଗରେ କରି ସେ ଅନ୍ୟାୟ କରୁଛି । ଏଣୁ ଆଜି ରାତିରେ ହିଁ ସେ ସୀତାକୁ ବୁଝାଇଦେବ କାହିଁକି ଏ ଚାରିବର୍ଷ ଧରି ସେ ବିବାହକୁ ଏଡ଼ାଇ ଆସିଥିଲା ?

କିନ୍ତୁ ଯେତେବେଳେ ରାତିରେ ଏକାନ୍ତରେ ସୀତା ତା' ପାଖକୁ ଆସେ, ତା'ର ଛଳଛଳ କଳକଳ ହେଉଥିବା ଦେହମନକୁ ବିଧାନ ଉପରେ ଲଦିଦେଇ ଘଣ୍ଟା ଘଣ୍ଟା ଧରି ଗପି ଚାଲିଥାଏ... ଗପି ଚାଲିଥାଏ । ବିଧାନକୁ ଦିଶେ, ନା ନା ଦିଶେ ନାହିଁ, ଅନ୍ଧାର ଘରେ ବିଧାନ ଅନୁଭବ କରେ... ସେ କଳା ସାପଟାର ଲହଲହ ଜିଭ ଲମ୍ବି ଆସି ବିଧାନର ଜିଭରେ ଗୁଡ଼େଇ ହୋଇଯାଇଛି ।

ସେ ସୀତାର ଲମ୍ବା ବକ୍ତବ୍ୟ ଶୁଣିପାରୁଛି, ଆଉ ସବୁ କଥା କହିପାରୁଛି ମଧ୍ୟ । କିନ୍ତୁ ଅଭିଶାପ କଥାଟା କହିବାକୁ ଚାହିଁବା ମାତ୍ରେ ସାପଟାର ଦୁଇ ଆଖି ରଡ଼ନିଆଁ ପରି ଅନ୍ଧାର ଘରେ ଦପ୍‌ଦପ୍ ହୋଇ ଜଳୁଛି ।

ଲାଙ୍ଗୁଡ଼ରେ ଠିଆହୋଇ ସାପଟା ତା'ର ଲହଲହ ଜିଭରେ ବିଧାନର ଜିଭକୁ ଶକ୍ତକରି ବାନ୍ଧି ଭିଡ଼ିଧରୁଛି ।

ଥାଉ, ଯେଉଁ ଜ୍ୱାଳାରେ ସେ ଏବେ ନିଜେ ଛଟପଟ ହେଉଛି, ଆଜିଠୁ କାହିଁକି ସେ ଜ୍ୱଳନରେ ସୁକୁମାରୀ ସୀତାର ସବୁ ସୁଖକୁ ସେ ପୋଡ଼ିଦେବ ? ସମୟ ଆସିଲେ, ସୀତା ଆଖିରୁ ସନ୍ତାନ ପାଇଁ ଯେତେବେଳେ ଅବିରତ ଲୁହ ଝରିବ, ସେତେବେଳେ ଏଇ ଦୁଇ ସାପ ସହିତ ସୀତାର ଭେଟ ସେ କରାଇଦେବ ।

ସେ ପର୍ଯ୍ୟନ୍ତ ଦିବ୍ୟ ଆନନ୍ଦର ଏ ମଧୁର ମୂର୍ଚ୍ଛନାକୁ ମନ ଭରି ଉପଭୋଗ କରାଯାଉ ।

ମାର୍ଚ୍ଚ ୧୭୫୭
ବୋମକେଇ

ଗ୍ରାହକମାନଙ୍କ ଭିଡ଼ ବହୁତ ବେଳଯାଏ ଦୋକାନରେ ଲାଗିଥିଲା । ସଦା, ପଦିଆଙ୍କ ସହ ଦିନରାତି କାମ କରି ମଧ୍ୟ ବିଧାନ ଗ୍ରାହକମାନଙ୍କୁ ଲୁଗା ଯୋଗାଇ ପାରୁନଥିଲା ।

କନକ ଓ ବାସନ୍ତୀ ଦୁହେଁ ଥରକୁ ଥର ଆସି ବିଧାନକୁ ଖାଇବା ପାଇଁ ଡାକିବାକୁ ଦୁଆର ମୁହଁରେ ଉଣ୍ଡିଦେଇ ଗଲେଣି, ଏକଥା ବିଧାନ ଜାଣିପାରୁଥିଲେ ମଧ୍ୟ, ଗରାଖଙ୍କ ଭିଡ଼ରୁ ବାହାରି ପାରିଲା ନାହିଁ ।

ଆଜି ସୀତା ତା' ଉପରେ ନିଶ୍ଚୟ ଅଭିମାନ କରି ମୁହଁ ଫୁଲାଇ ବସିଥିବ । ବାଢ଼ିଦେଇ ପାଖରେ ବସିବ ସତ, କିନ୍ତୁ ଉଁ କି ଚୁଁ ପଦେ କଥା କହିବ ନାହିଁ ।

ହୁଁ... କ'ଣ କରାଯିବ !

ବହୁତ ଡେରିରେ, ଗ୍ରାହକଙ୍କ ଗହଳି ସରିବା ପରେ ବିଧାନ ସଦା, ପଦିଆଙ୍କୁ ଖାଇବାକୁ ପଠେଇ ଦେଇ ସନ୍ତର୍ପଣରେ ଘରେ ପଶିଲା । କ'ଣ କ'ଣ କୈଫିୟତ ଦେଇ ସୀତା ମୁହଁରେ ହସ ଫୁଟାଇବ ତା'ର ଏକ ତାଲିକା ତ ମନ ଭିତରେ କେତେବେଳୁ ଖେଳି ସାରିଥିଲା ।

କିନ୍ତୁ ସୀତାର ମୁହଁରେ ଅଭିମାନର ଧଳାମେଘ ଆଦୌ ନଥିଲା । ବରଂ ଏକ ଜହ୍ନିଫୁଲିଆ ହସ ହସି ସେ ଅଧିକ ଛନଛନ କନକନ ହୋଇ ବିଧାନକୁ ବାଢ଼ି ଦେଇ ବିଞ୍ଚଣା ଧରି ସବୁଦିନ ପରି ପାଖରେ ବସିପଡ଼ିଲା ।

ବିଧାନ ଭାତରେ ଦହି ଗୋଳାଉ ଗୋଳାଉ ଚାରିଆଡ଼େ ଆଖି ବୁଲାଇ କନକ କି ବାସନ୍ତୀ କାହାକୁ ନଦେଖି ପଚାରିଲା- 'ବୋଉ, ମାଉସୀ ?'

'ସେମାନେ ଖାଇସାରି ଶୋଇବାକୁ କେତେବେଳୁ ଗଲେଣି ।' ସେମିତି ହସଟିଏ ମୁହଁରେ ଖେଳାଇ ସୀତା ଉତ୍ତର ଦେଲା ।

ସୀତା ମୁହଁର ହସକୁ ଅନାଇ ବିଧାନ କହିଲା- 'ତୁମ ମୁହଁଟାକୁ ଅନେଇଲେ ତ ମୋତେ ଡର ମାଡୁଛି । କ'ଣ ବାପଘରକୁ ଯିବାକୁ ସଜ ହେଉଛ କି ? ତାଙ୍କର ଡାକରା ଆସିବାର ଅଛି କି ? ଆଜି କ'ଣ ମୁହଁରେ ଜହ୍ନିଫୁଲ ଫୁଟିଛି ?'

ସୀତା ତା' କଥାକୁ ଏଡ଼ାଇ ଦେଇ କହିଲା- 'ବୋଉ, ମାଉସୀ...ଏମାନଙ୍କର ତୁମେ କ'ଣ ହୁଅ ?'

'ବୋଉ, ମାଉସୀଙ୍କର ? କ'ଣ ହୁଏ ? ପୁଅ ।'

'ଆଉ ସୁଦତ୍ତା, ସବିତା ତୁମକୁ କ'ଣ ଡାକନ୍ତି ?'

'ଭାଇ ।'

'ହୁଁ... ତୁମେ ମୋର କ'ଣ ହୁଅ ?'

'କିଓ, କ'ଣ ଭାଙ୍ଗଫାଙ୍ଗ ଖାଇଛ କି ?' ବିଧାନ ହସିହସି କହିଲା । 'ତୁମର ଏ ଢଙ୍ଗଢାଙ୍ଗ ସହ କଥାବାର୍ତ୍ତା ବି ବେଶ୍ ଖାପ ଖାଉଛି ତ !'

'ତୁମକୁ କହିବାକୁ ପଡ଼ିବ ।' ସୀତା ଅଳି କଲା । 'ତୁମେ ମୋର କ'ଣ ହୁଅ ?'

ସୀତାର ଅଳି ଭାଙ୍ଗିବା ଏକ ଦୁରୂହ ବ୍ୟାପାର । ବିଧାନ ତା'ର ଢଳଢଳ ସୁନ୍ଦର ଆଖି ଦିଓଟିକୁ ଚାହିଁ କହିଲା- 'ସ୍ୱାମୀ' ।

'ହୁଁ, ପୁଅ ହେଲ, ଭାଇ ହେଲ, ସ୍ୱାମୀ ବି ହୋଇଗଲ । ଆଉ ଖାଲି ଗୋଟିଏ ସଂପର୍କ ବାକି ରହିଲା ହେବାକୁ । ନୁହଁ ?' ସୀତାର ହସହସ ମୁହଁ ହଠାତ୍ ଗମ୍ଭୀର ହୋଇଗଲା ।

ବିଧାନର ଭାତଗୁଣ୍ଡା ପାଟି ପାଖରେ ଅଟକିଗଲା।

ମୁଣ୍ଡରେ, ଏକ କାଠଫାଳିଆର ଶକ୍ତ ପାହାରଟିଏ କିଏ ପକାଇଲା କି ଆଉ? ସୀତା କ'ଣ କହିବାକୁ ଚାହୁଁଛି, ସେ ବୁଝିପାରିଲା। କାନ ପାଖରେ ସେଇ ସାପ ଦୁଇଟିର ଫୁତ୍‌କାର ସେ ଶୁଣିପାରିଲା।

ଏତେ ଶୀଘ୍ର ସୀତା ମନରେ ମା' ହେବାର ଲାଳସା ଆସିଗଲା? ବିଭା ହୋଇ ଏଇ ତ ମାତ୍ର ଚାରିମାସ ବିତିଛି!

ସେ ସୀତାକୁ ଏଣୁତେଣୁ କହି ଭୁଲାଇବାକୁ ଚେଷ୍ଟା କଲା। ସୀତା ସେମିତି ଗମ୍ଭୀର ହୋଇ ହୁଁ ହାଁ କରୁଥାଏ। ଏଥର ବିଷାଦର କଳା ମେଘ ତା' ମୁହଁକୁ ଆସିବ ଆସିବ ହେଉଛି ବୋଧହୁଏ! ଆଉ ସେ ହସ ନାହିଁ ତ!

ବିଧାନ ତାକୁ ବୁଝେଇବାର ଚେଷ୍ଟାକରି କହିଲା- 'ସୀତା, ସବୁ କିଛି ଭାଗ୍ୟର ଖେଳ। ଭାଗ୍ୟରେ ଯଦି-

'ଭାଗ୍ୟ? ଆଚ୍ଛା, ତୁମେ ଜାଣିଛ ମୋତେ ହାତ ଦେଖି ଆସେ?'

'ହାତ?'

'ହଁ, ଭାଗ୍ୟ ବୋଲି କହିଲ ତ, ମୁଁ ହାତ ଦେଖି ଭାଗ୍ୟଫଳ କହିପାରେ।'

କଥାଟା ଅନ୍ୟଆଡ଼େ ବୁଲିଯିବାର ଦେଖି ବିଧାନ ଖୁସୀ ହେଲା। ଉତ୍ସାହିତ ହୋଇ କହିଲା, 'ସତେ ନା କ'ଣ? ତୁମର ଆଉ କୋଉ କୋଉ ଗୁଣ ମୁଁ ଜାଣିବାକୁ ବାକିରହିଲା? ତୁମେ ତ ଏତେ ଶୀଘ୍ର ଓ ଏଡ଼େସୁନ୍ଦର ସରୁ ସୂତା କାଟିପାରୁଛ ଯେ, ମାଉସୀ କହୁଥିଲେ- ଏମିତି ସରୁ ସୂତା ଏ ସାରା ଗାଆଁରେ କେହି କାଟିପାରିବେ ନାହିଁ।'

ସଲ୍ଲଜ ହସଟିଏ ହସି ସୀତା କହିଲା- 'ସେ କଳାଟା ତ ମାଉସୀ ହିଁ ଶିଖାଇ ଦେଇଛନ୍ତି। ହଉ, ଆଣିଲ ତୁମ ହାତ ଦେଖିବା। ତୁମ ଭାଗ୍ୟରେ ଆଗକୁ କ'ଣ ସବୁ ଅଛି ଦେଖିବା।'

'ନା, ଆଗ ତୁମ ପାଇଁ ବାଢ଼। ଦୁହେଁ ଖାଇସାରିବା, ତା'ପରେ ଦେଖିବ।'

ସୀତା କହିଲା- 'ବୋଉ ଆଉ ମାଉସୀ, ମୋତେ ନ ଖୁଆଇ କେବେ ଖାଇଛନ୍ତି ଯେ ଆଜି ଖାଇବେ? ମୁଁ ତାଙ୍କ ସାଙ୍ଗରେ ଖାଇସାରିଛି। ତୁମ ପାଇଁ ଜଗି ବସିବାକୁ ସେମାନେ ମୋତେ ଦେଉନାହାନ୍ତି।'

'ସତ କହୁଛ?

'ବୋଉ କି ମାଉସୀ ଉଠିଲେ ପଚାରିବ। ହଉ ହାତ ଦେଖାଅ।'

'କ'ଣ ଦେଖିବ?'

'କ'ଣ ଦେଖିବି, ଦେଖିଲା ପରେ କହିବି। ତୁମେ ଏତେ ଡରୁଛ କାହିଁକି ମ! ଆଜିଯାଏ ବିଭା ହେବାକୁ କାହିଁକି ଟାଳୁଥିଲ, କ'ଣ କୋଉଠି କେତେଟା ପ୍ରେମିକା ଥିଲେ, ସେସବୁ ଦେଖିବି। ତୁଚ୍ଛାଟାରେ ଚାରିବର୍ଷ ଗଡ଼ାଇ ଦେଲନା? ସେଦିନୁ ବିଭା ହୋଇଥିଲେ ଘରେ ଏତେବେଳକୁ ଦୁଇଟା ପିଲା ଖେଳୁଥାଆନ୍ତେ।' ସୀତା ହସିହସି କହି ବିଧାନର ବାଁ ହାତକୁ ଟାଣିଲା।

'ପିଲା ଖେଳୁଥାନ୍ତେ' ଶବ୍ଦଗୁଡ଼ିକ ଯଦିଓ ତୀର ପରି ବିଧାନ ଛାତିରେ ଗଳିଗଲା, ତଥାପି ବିଧାନ ସୀତାର ସତେଜ ମୁହଁକୁ ଚାହିଁ ହସିଦେଇ କହିଲା- 'କି' ଜ୍ୟୋତିଷ ହୋଇଛ ଯେ ପୁରୁଷଲୋକର ବାଁ ହାତଟା ଦେଖିବାକୁ ମାଗୁଛ ହେ?'

ସେ ଜାଣେ ସୀତାକୁ ଏ ହାତଦେଖା ଇତ୍ୟାଦି କିଛି ଜଣାନାହିଁ। ତା'ର ନାନାବିଧ ଦୁଷ୍ଟାମୀ ଭିତରୁ ଏ ଆଉ ଗୋଟିଏ କେବଳ। ହେଉ, ତା'ର ଏମିତି ମନୋରଞ୍ଜନ ହେଉଥାଉ, ଏମିତି ହସିଖେଳି ସେ ସମୟ କାଟୁଥାଉ। ବାସ୍ତବ କଠୋରତାର ଆଘାତଟା ପାଇବା ଯାଏ।

'ହଉ, ହାତଧୋଇ ଆସେ, ଖାଇ ତ ସାରିଲିଣି।' କହି ସେ ହାତଧୋଇବାକୁ କୂଅମୂଳକୁ ଗଲା। ସୀତା ଅଇଁଠା ବାସନ ଉଠାଇ, ତାକୁ ମଜାମଜି କରି ସଜାଡ଼ି ରଖି, କାନିରେ ହାତ ପୋଛିପୋଛି ହାଣ୍ଡିଶାଳ ବାହାରକୁ ଆସିଲା।

ବାରି ବାରଣ୍ଡାରେ ଦୁହେଁ ଗୋଡ଼ ଓହଳାଇ ବସିପଡ଼ିଲେ। ବାରିର ପ୍ରାକୃତିକ ସୌନ୍ଦର୍ଯ୍ୟ, ଦିନର ପରିଷ୍କାର ଛାଇ ତଳ ଆଲୁଅ, ଶିରୀଶିରୀ ପବନ, ପକ୍ଷୀମାନଙ୍କ କିଚିରିମିଚିରି ଶବ୍ଦ ସେମାନଙ୍କ ଦେହ ମନକୁ ଉଲ୍ଲସିତ କଲା।

ବିଧାନ ଉପରେ ଆଉଜି ବସି ସୀତା ବିଧାନର ଡାହାଣ ହାତକୁ ଟାଣିଧରି କହିଲା- 'ଦେଖ, ଆମ ଗାଁ ନାହାକ ହାତ ଦେଖିବାକୁ ପୁରା ସୋଳେ ଚାଉଳ ନେଉଛି। ତୁମେ ଏବେ ମୋତେ କ'ଣ ଦେବ? ଆଗେ ସେ କଥାଟା ଛିଡ଼ିଯାଉ।'

'ଓହୋ, ମୋଠୁଁ ପଇସା ଝଡ଼ାଇବାର ଏ ଏକ ଫନ୍ଦି ନା? ହଉ, ବୁଝିଗଲି। ମୁଁ କିନ୍ତୁ ତୁମ ଜାଲରେ ଫସିବାର ନାହିଁ। ମୁଁ କଉଡ଼ି ଫଉଡ଼ି କିଛି ଦେବି ନାହିଁ। ଯଦି ତୁମ ହାତ ଦେଖା ମୋ ମନକୁ ପାଇଲା- ତନ୍ତୀପୁଅ ମୁଁ। ଖଣ୍ଡେ କୁମ୍ଭପକା ନାଲି କସ୍ତା ଶାଢ଼ୀ ଗୋଟିଏ ଦିନରେ ତୁମ ପାଇଁ ବୁଣିଦେବି।'

'ହଉ, ଧଳା କୁମ୍ଭ ନୁହଁ, ହଳଦିଆ କୁମ୍ଭପକା ନାଲି ଶାଢ଼ୀ, ମନେ ରଖିଥାଅ। ପଛେ ଗୋଳାଇଲେ ହେବ ନାହିଁ। ହଉ, ହାତଟା ଆଣ।' କହି କୁରୁଳି ଉଠି ସୀତା ବିଧାନର ହାତଟାକୁ ଟାଣିନେଇ ତା'ଉପରେ ଟିକିଏ ଆଖି ବୁଲାଇ ଦେଇ ଗଳା ଖଙ୍କାରୀ କହିଲା- 'କିହୋ ତନ୍ତୀପୁଅ, ବିଭା ହୋଇଛଟି?'

'ନାଇଁ ନାହାକ ଆଜ୍ଞା, ସେଥିପାଇଁ ତ ଆପଣଙ୍କୁ ହାତ ଦେଖାଉଛି। କୋଉଠି ଝିଅ ଅଛି ଯଦି କହନ୍ତୁ। ମୋର ବିଭା ଯୋଗ ଅଛି କି ନାହିଁ ସେ କଥା ଆଗେ କହନ୍ତୁ।'

ସୀତା ଦାନ୍ତ ଚିପି ହସୁ ହସୁ କହିଲା- 'ବିଭା ହେଇନ? ତୁମ ହାତ ତ କହୁଛି ତୁମେ ଶୀଘ୍ର ବାପ ହେବାକୁ ଯାଉଛ। ଯେ ତ ଭଦ୍ରଲୋକର ଲକ୍ଷଣ ନୁହଁ!'

ବିଧାନ ଗୁମ୍ ହୋଇ ସୀତା ମୁହଁକୁ ଅନାଇ ରହିଲା।

*ଏ ଦୁଷ୍ଟାମୀ କୋଉ ଆଡ଼େ ଯାଉଛି?*

ତା'ର ଶୀଥିଳ ହାତକୁ ଟାଣିଧରି ସୀତା କହିଲା- 'ଆଜକୁ ଠିକ୍ ନ'ମାସ ପାଞ୍ଚଦିନରେ ତୁମେ ବାପ ହେବ। ବୁଝିଲ? ମୋ କଥା ଆଜିଯାଏ ମିଛ ହେଇନି, ହେବ ନାହିଁ। ତୁମେ ଯଦି ବିଭା ନହେଇ ବାପ ହେଉଛ, ସେ କଥା ପଞ୍ଚାୟତ ବୁଝିବ। ଏମିତି ଲୋକକୁ କି ଭରସା? ଦିଅ, ଦିଅ, ମୋ ପାଉଣାଟା ଏଇଠି ଏବେ ହିଁ ଦେଇଦିଅ।'

'ଆଚ୍ଛା? କାଇଁ ନାହାକେ, ମୋ ହାତଟା ଟିକିଏ ଦେଖିଲ।'

ବିଧାନ ଓ ସୀତା ଚମକି ପଡ଼ି ପଛକୁ ଚାହିଁଲେ।

ବାସନ୍ତୀ ଓ କନକ ଦୁହେଁ ସେଇଠି ଠିଆ ହୋଇଛନ୍ତି। କନକଙ୍କ ହାତ ସୀତା ଆଡ଼କୁ ଲମ୍ବି ଆସିଛି। ଦି'ପହରର ଖରା ପରି ସେମାନଙ୍କର ମୁହଁ ମଧ୍ୟ ଉଜ୍ଜ୍ୱଳ ଦିଶୁଛି।

ଜିଭ କାମୁଡ଼ି, ଖିଲିଖିଲି ହସି ସୀତା ଏକାଡିଆଁକେ ବାରଣ୍ଡାରୁ ଉଠି ଘର ଭିତରକୁ ଦୌଡ଼ି ପଳାଇଲା।

'ଧୀରେ ଯା', ଧୀରେ ଯା'। ଏ ଦୌଡ଼ାଦୌଡ଼ି ଏଥର ବନ୍ଦ କର।' କନକ ସେଆଡ଼କୁ ଚାହିଁ ହସିହସି କହିଲେ। ସେ ଓ ବାସନ୍ତୀ ବିଧାନର ଦୁଇପଟେ ବସିପଡ଼ି ତା' କାନ୍ଧରେ ନିଜ ନିଜ ହାତ ରଖିଲେ।

ବିଧାନ ଥରେ ବୋଉ ମୁହଁକୁ ଓ ଥରେ ମାଉସୀ ମୁହଁକୁ ବଲବଲ କରି ଚାହିଁ ରହିଲା।

ସୀତା ଆଡୁ ମୁହଁ ଫେରାଇ ବାସନ୍ତୀ ହସିହସି ବିଧାନର ପିଠିଟାକୁ ଆଉଁସି ପକାଇ କହିଲେ- 'ମା' ଷଷ୍ଠୀଦେବୀ ମୋ ଡାକ ଶୁଣିଲେରେ ଧନ! ତୁ ବାପ ହେବାକୁ ଯାଉଛୁ!' ଏହା କହି ଭଗବାନଙ୍କ ଉଦ୍ଦେଶ୍ୟରେ ହାତ ଯୋଡ଼ିଲେ।

କନକ ମଧ୍ୟ ବିଧାନକୁ ଆଉଁସି ପକାଇ ଆକାଶକୁ ଚାହିଁ ମୁଣ୍ଡ ନୁଆଁଇ ନମସ୍କାରଟିଏ କଲେ।

ବିଧାନ ଆଖି ତରାଟି ସେମାନଙ୍କୁ ଚାହିଁ ରହିଥିଲା। ସେ ତ ଘର ଅଗଣାରେ

ଛୋଟିଆ ଦୀପଟିଏର ଆଲୋକ ପାଇଁ ଆଶା ରଖୁନଥିଲା, ଏ ସୂର୍ଯ୍ୟୋଦୟଟି କେମିତି ସେଇଠି ହଠାତ୍ ଝଲମଲ ହୋଇଉଠିଲା !

-୦-

ତନ୍ତ ଉପରେ ହାତ ଚଳାଉ ଚଳାଉ ବିଧାନ ଭାବୁଥିଲା, ଏ କେମିତି ହେଲା ?

ମଉସାଙ୍କ ଅଭିଶାପ ଫଳିଲା ନାହିଁ ବୋଧହୁଏ। ଏ ଅଭିଶାପ ଫଭିଶାପ କିଛି ନଥାଏ ମ। ମିଛଟାରେ ଗତ ଚାରିବର୍ଷ ହେଲା ସେ ଘାଣ୍ଟି ହେଉଥିଲା। ସୀତା ଠିକ୍ କହୁଥିଲା। ଠିକ୍ ସମୟରେ ବିଭା ହୋଇଥିଲେ ଘରେ ଏତେବେଳକୁ ଦୁଇଟି ପିଲା ଖେଳୁଥାନ୍ତେ।

ତାକୁ ଭାରି ରାଗ ମାଡ଼ିଲା। କ'ଣ ଦରକାର ଥିଲା ଗତ ଚାରିବର୍ଷ ଧରି ଏମିତି ଅଶାନ୍ତି, ଦୁଷ୍ଚିନ୍ତା, ହା'ହୁତାଶର ଜୀବନଟିଏ ବିତାଇବା ? କାହିଁକି ସୀତାର ସାନ୍ନିଧ୍ୟର ଏ ଅମୃତ ମୁହୂର୍ତ୍ତମାନଙ୍କୁ ଛାଡ଼ି ସେ ଦୁଃଖର ନର୍କରେ ସେ ଘାଣ୍ଟି ହେଉଥିଲା ?

ବାପାଙ୍କୁ ମୃତ୍ୟୁକାଳୀନ ସେବାର କ'ଣ ଏ ଫଳ ?

ବାପାଙ୍କ କଥା ମନେପଡ଼ିବା ମାତ୍ରେ ଧର୍ମଶାଳାର ସେ ଭୟଙ୍କର ରାତ୍ରି, ସେ ଅଦିନିଆ କାଳବୈଶାଖୀର ତାଣ୍ଡବ ରୂପ, ସେ ଅନ୍ଧାର ଘରେ ବିଜୁଳୀ ଚମକର ଆଲୁଅରେ ଦେବଦତ୍ତଙ୍କୁ ଦେଖିବା କଥା ସବୁ ତା'ର ମନେପଡ଼ିଗଲା। ପୁଣି ସଂଗମର ଯମୁନାର ପାଣିତଳେ ବାପାଙ୍କୁ ଲହୁଲୁହାଣ ହୋଇ ଦେବଦତ୍ତଙ୍କୁ କାକୁତି ମିନତି ହେବାର ଦୃଶ୍ୟ, ଦେବଦତ୍ତ ସହିତ ସେ ନିଜେ କଥା ହେବା, ସେ ମୃତବତ୍ ବାଳକକୁ ପାଣିତଳୁ ଛାଣି ଆଣି ବଞ୍ଚାଇବା ସବୁ ତା'ର ଗୋଟି ଗୋଟି ହୋଇ ମନେ ପଡ଼ିଗଲା।

ଏ ସବୁ ତ ଆଉ ମିଛ ନୁହଁ !

ତା'ହେଲେ... ସୀତାର ଏ ଗର୍ଭଧାରଣ ଏହି ଅଭିଶାପର ହିଁ ଏକ ଅଧ୍ୟାୟ ? ଏ ଆଶା, ଏ ଆନନ୍ଦ କେବଳ ଏକ କ୍ଷଣସ୍ଥାୟୀ ଅନୁଭବ ?

ନିରାଶା ଠାରୁ ଅଳ୍ପାୟୁ ଭଗ୍ନ ଆଶା ତ ଆହୁରି ଯନ୍ତ୍ରଣାଦାୟକ, ଆହୁରି ଭୟଙ୍କର !

ବିଧାନର ଦୁଷ୍ଚିନ୍ତା ଦୁଇଗୁଣ ବଢ଼ିଗଲା। ସୀତାକୁ ସେ ଆଖିରୁ ମୁହୂର୍ତ୍ତେ ଅନ୍ତର କଲା ନାହିଁ। 'ହେ ପ୍ରଭୁ, ମୋର ଛୁଆପିଲା ଦରକାର ନାହିଁ। ମୋ ସୀତାକୁ ମୋ ପାଖରୁ ଛଡ଼ାଇ ନିଅ ନାହିଁ, ଦୟାକର। ବରଂ ମୋ ପ୍ରାଣ ନେଇଯାଅ। ମୁଁ ତିଳେ ଆପତ୍ତି କରୁନାହିଁ, କିନ୍ତୁ ସୀତା ମୋର ସୁରକ୍ଷିତ ରହିଥାଉ।'

ବିଧାନକୁ ଥରକୁ ଥର ତନ୍ତରୁ ଉଠି, ସୀତା କୋଉଠି ଅଛି, ଖୋଜି ତାକୁ ଦେଖିଦେଇ ପୁଣି ତନ୍ତ ପାଖକୁ ଫେରିବା ଦେଖି କନକ ଓ ବାସନ୍ତୀ ପରସ୍ପରକୁ ଚାହିଁଲେ।

ବିଧାନର ହେଲା କ'ଣ ? ଥରେ ବୁଣାରେ ବସିଗଲେ ବୁଣା ଛାଡ଼ି ତ ସେ କେବେ ଘର ଭିତରକୁ ଖାଇବାକୁ ମଧ୍ୟ ସହଜରେ ଆସୁନଥିଲା। ଏବେ ଥରକୁ ଥର, ସେ ପୁଣି ଏତେ ଥର କାହିଁକି ଆସୁଛି ?

ହଁ ମ, ସବୁ ନୂଆହୋଇ ବାପ ହେବାକୁ ବସିଥିବା ଲୋକ ଏମିତି ବ୍ୟସ୍ତ ହୁଅନ୍ତି !

-୦-

ସୀତା ମା' ହେବାକୁ ବସିଛି ଶୁଣିବା କ୍ଷଣି ଭାରଥୋର ଧରି ସୀତାର ବାପା, ମା' ଯମୁନା, ଭାଇ ଶରତ ଓ ତା'ର କକା ଖୁଡ଼ୀ ଆସି ପହଞ୍ଚିଲେ। କଥାବାର୍ତ୍ତା, ଖିଆପିଆ ସରିବା ପରେ ସେମାନେ କହିଲେ, 'ଆଜିଠୁ ଆମେ ଝିଅ ଡାକରା କରିଦେଉଛୁ। ଛ'ମାସ ପୁରୁ ନ ପୁରୁଣୁ ଆମେ ସୀତାକୁ ନେଇଯିବୁ।' ପାନ ଖଣ୍ଡିଏ ଥାଳୀରୁ ଉଠାଇ ସୀତାର କକା କହିଲେ।

ବାସନ୍ତୀ କନକ ପରସ୍ପର ମୁହଁକୁ ଚାହିଁଲେ।

ସୀତାର ଖୁଡ଼ୀ କହିଲେ, 'ଏଇଠି ତୁମେ ଜମା ତିନିଜଣ। ସେଇଠି ଆମେ ମା' ଖୁଡ଼ୀ ହୋଇ ଦୁଇଜଣ, ଦୁଇ ଭାଇ, ଦୁଇ ଭାଉଜ, ବାପ, କକା କେତେ ଜଣ ହେଲୁଣୁ ?'

'ଖାଲି ସେତିକି ନୁହଁ,' ସୀତାର କକା କହିଲେ, 'ଆମ ସାହୀରେ ଆମର ଦୁଇଘର ଛାଡ଼ି ଜଣେ ନାମକରା ଧାଈ ଅଛନ୍ତି। ତାଙ୍କ ସ୍ୱାମୀ ନିଜେ ମଧ୍ୟ ବୈଦ୍ୟ। ସେମାନଙ୍କଠାରୁ ଚିକିତ୍ସା ପାଇବା ପାଇଁ ଦୂରଦୂରାନ୍ତରରୁ ଲୋକ ଆସି ଆମ ଗାଁରେ ବନ୍ଧୁ ଘର ଖୋଜି ରହନ୍ତି। ଆମ ଝିଅ କାହିଁକି ଏ ସୁବିଧାରୁ ବଞ୍ଚିତ ହେବ ?'

'ସମୁଦୁଣୀ, ଏ ଶୁଭ ଖବର ଶୁଣିବା ଦିନଠାରୁ ସୀତାର ଜେଜେ ବାପା ଓ ମା' ରଖେଇ ଥୋଇ ଦେଉନାହାନ୍ତି।' ସୀତାର ବୋଉ ଯମୁନା କହିଲେ, 'କେବେ ସୀତା ଆସିବ' ଏଇ ରଟ ଲଗେଇଛନ୍ତି।'

'ତୁମେମାନେ ନିଶ୍ଚିନ୍ତ ହୋଇ ରହ,' ସୀତାର ବାପା ବାସନ୍ତୀ, କନକ ଓ ବିଧାନକୁ ଚାହିଁ କହିଲେ, 'ଏ ଜଂଜାଳ ଆମକୁ ଲାଗିଲା।'

-୦-

ସେପ୍ଟେମ୍ବର ୧୭୫୭
ବୋମକେଇ

ଚାହୁଁ ଚାହୁଁ ସୀତାର ଗର୍ଭ ହୋଇ ଛ'ମାସ ପୂରିଗଲା। ସପ୍ତମ ମାସର ସୀତା ଯିବା ପାଇଁ ନିର୍ଦ୍ଦିଷ୍ଟ ଦିନଟି ପାଖେଇ ଆସିଲା। ବିଧାନର ଆଶଙ୍କା ବଢ଼ିଗଲା। ବୋଧହୁଏ, ପିଲା ତ ଦୂରର କଥା ସୀତା ବି ଆଉ ଘରକୁ ଫେରିବ ନାହିଁ। କ'ଣ ଗୋଟାଏ ପୁଣ୍ୟର ଅବଶେଷ ତା'ର ଥିଲା ବୋଲି ସୀତା ତା' ଜୀବନରେ ଧସେଇ ପଶିଥିଲା। ଏବେ ତା'ର ଯିବାର ବେଳ ଆସି ପହଞ୍ଚିଗଲା ମଧ୍ୟ!

ବିଦାୟ ହେବା ବେଳେ ସୀତାକୁ ଭିଡ଼ିଧରି ବିଧାନ କହିଲା- 'ସୀତା, ମୋତେ କଥା ଦିଅ, ଭଲରେ ଭଲରେ ଫେରିବ। ମୋର ଛୁଆ ପିଲା ଲୋଡ଼ା ନାହିଁ। କିନ୍ତୁ ତୁମକୁ ଛାଡ଼ି ମୁଁ ବଞ୍ଚିପାରିବି ନାହିଁ।'

ତା'ର ଦୁଇ ଆଖି ଲୁହ ଟଳମଳ ଦେଖି ସୀତା ତାକୁ କୁଣ୍ଢାଇ ପକାଇ ଖଟ ଉପରେ ନେଇ ବସାଇଲା। ନିଜ ପଣତ କାନିରେ ବିଧାନର ଲୁହ ପୋଛି ଦେଇ ତାକୁ ଛାତିରେ ଜାକି କହିଲା- 'କାହିଁକି ଅଧୀର ହେଉଛ? ନିଶ୍ଚିନ୍ତରେ ରୁହ। ମୋତେ କ'ଣ ଭାବିଛ କି? ଦେଖିବ, ମାସ କେଇଟାରେ ମୁଁ ଡଗଡଗ କରି ଫେରିଆସିବି। ଏଇଟା ତ ଆରମ୍ଭ। ମୁଁ ପୂରାପୁରି ପାଞ୍ଚଟା ଛୁଆ ଜନ୍ମ କରିବି। ବୁଝିଲ? ତୁମେ ନାହିଁ କଲେ ମୁଁ କ'ଣ ଶୁଣିବି?'

ଲୁହ ପୋଛୁ ପୋଛୁ ବିଧାନ ଫିକ୍ କରି ହସିଦେଲା। 'ହଉ, ତୁମ ତୁଣ୍ଡ ସୁତୁଣ୍ଡ ହେଉ। ମୁଁ ଖାଲି ଦିନ ଗଣୁଥିବି ତୁମେ କେବେ ଫେରିବ।'

'ହଁ, ଏ କଥା କହି ଠକି ଦେଲେ ହେବନି।' ସୀତା ହସିହସି କହିଲା, 'ନଈଟା ପାର ହେଲେ ଆମ ଗାଁ। ଆମ ଗାଁ ଦେଖିଛ ତ? ବାଟ ଜାଣିଛ ନା ନାହିଁ? ନହେଲେ କାହାକୁ ପଚାରି ପଚାରି ବାଟ ବୁଝାବୁଝି କରି ଆଠ ଦିନରେ ଥରେ ଆସୁଥିବ। ହେଲା?'

ହସିଦେଇ ବିଧାନ କହିଲା- 'ତୁମଠୁ ତ କିଏ କଥା କହିବା ଶିଖିବ। ହଉ ହେଲା, ଆସୁଥିବି।'

'ସେତେବେଳେ ଯାଇ ମୁଁ ଜାଣିବି, ମୋତେ ନଦେଖିଲେ ତୁମେ ସତରେ ରହିପାରୁନ।'

'ହଉ।'

'ଆଉ ଶୁଣ, ମୋତେ ଛାଡ଼ିବାକୁ ଏବେ ଗାଁ ମୁଣ୍ଡ ଯାଏ ତୁମେ ଆସିବା

ଲୋଡ଼ା ନାହିଁ। ମୁଁ ଜାଣେ, ସେଇଠି ମଧ୍ୟ ତୁମେ ଲୁହ ଅଟକାଇ ପାରିବ ନାହିଁ। ତୁମେ କାନ୍ଦିଲେ, ମୋ ଭାଇ ହସିବେ। ଯାଇ ଭାଉଜମାନଙ୍କୁ କହିଦେବେ। ସେମାନେ ଟିକଲ କରି ମୋତେ ବସାଇ ଉଠାଇ ଦେବେନାହିଁ।'

ବିଧାନ ସୀତା ଗାଲକୁ ଚିମୁଟି ଧରି କହିଲା- 'କେତେ କଥା କହୁଛ। ବୋଉ ମିଛଟାରେ ଆଉ କହୁଛି- ଟିଁ ଟିଁ ଚଢ଼େଇ ? ସତରେ ଗାଁମୁଣ୍ଡ ଯାଏ ଯିବିନି ତା'ହେଲେ ?'

'ନା'।

'କିନ୍ତୁ ମୁଁ ଦେଖୁଛି, ତୁମେ ଛାଡ଼ିଯାଉଛ ବୋଲି ମୋ ମନରେ କେତେ କଷ୍ଟ ହେଉଛି। କାହିଁ ତୁମ ମନରେ କାଣିଚାଏ ଦୁଃଖ ତ ହୋଇନି।'

'କାହିଁକି ନା, ମୁଁ ତୁମକୁ ଛାଡ଼ି ଯାଉନି - ମୁଁ ଯାଉଛି କିଛି ଆଣି ଆସିବି ବୋଲି। ସେହି କିଛି ଧରି ଆସିବାର ଆନନ୍ଦବେଳେ ମୋତେ ଦୁଃଖ ହେବ କେମିତି ?' ସୀତା କହିଲା, 'ହଉ, ମୋତେ ଛାଡ଼, ଭାଇ କେତେବେଳୁ ଅପେକ୍ଷା କଲେଣି। ତୁମେ ଆସିବ ନିଶ୍ଚୟ।'

ଘରଟାକୁ ଶୂନ୍‌ଶାନ୍ ଖାଁ ଖାଁ କରିଦେଇ ସୀତା ହସି ହସି ଚାଲିଗଲା।

-0-

ସୀତା ଯିବାର ଚାରିଦିନ ପରେ ଦିନେ କନକ ଆସି ତା' ତନ୍ତ ପାଖରେ ଠିଆହେଲେ। ତାଙ୍କ ମୁହଁକୁ ଅନାଇ ଦେଇ ବିଧାନର ହାତ ତନ୍ତରେ ଅଟକି ଗଲା।

'କ'ଣ ହେଲାକି ମାଉସୀ ?'

କନକ ହସିଦେଇ କହିଲେ, 'କିଛି ହେଇନି ମ। ତୋତେ ଗୋଟେ କାମରେ ପଠାଇବି ଭାବୁଛି।'

'କୋଉଠିକି ?'

'ତୁ ଯେଉଁ ପାରଳା ଯାଇନଥିଲୁ - ଯାଙ୍କର ସେ ପୋଥିଟା ଆଣିବା ପାଇଁ ?'

ବିଧାନ ମୁଣ୍ଡ ଟୁଙ୍ଗାରି ହଁ' କଲା।

'ସେଇଠୁ ଆଉ ଟିକିଏ ଦୂରଗଲେ ମଞ୍ଜୁଷା ପଡ଼ିବ। ସେଟା ମୋର ଅଜାଘର ଗାଁ। ସେଇଠି ଜଣେ ଗ୍ରହାଚାର୍ଯ୍ୟ ଅଛନ୍ତି। ତାଙ୍କ ନାଁ ଜଗନ୍ନାଥ ମିଶ୍ର। ତୁ ଯାଇ ତାଙ୍କୁ ଟିକିଏ ଭେଟିବୁ।'

'କାହିଁକି, କ'ଣ ହେଲାକି ମାଉସୀ ?'

'ନାହିଁ, ନାହିଁ, ସେମିତି କିଛି ହେଇନି। ମୁଁ ଖାଲି ଚାହୁଁଛି, ତୁ ଥରେ ତାଙ୍କୁ ଦେଖାକର। ସେ ଜଣେ ସିଦ୍ଧ ପୁରୁଷ। ସେ ଜାତକ କି ହାତ ନଦେଖି କେବଳ ମୁହଁ

ଦେଖି ଭବିଷ୍ୟତ କହନ୍ତି। ସେ ତୋ ମନର ଚିନ୍ତାଦକ ସବୁ ଦୂର କରିଦେବେ।'

ବିଧାନ ଆଖି ତଳକୁ କରି ବୁଣିବା ଆଳରେ ମୁହଁ ଲୁଚାଇଲା। ମାଉସୀ ତାହାହେଲେ ମୋର ଦୁଶ୍ଚିନ୍ତା ଜାଣିପାରୁଛନ୍ତି ! ତା'ହେଲେ ବୋଉ ବି ଜାଣୁଥିବ !

କିନ୍ତୁ ସେମାନେ କେମିତି ଜାଣିବେ, ଏ ଦୁଶ୍ଚିନ୍ତାର ଚେର କୁଆଡ଼େ ମାଡ଼ିଛି ? ଅଭିଶାପ ତ ଦୂରର କଥା, ଦେବଦତ୍ତଙ୍କ ଅପମୃତ୍ୟୁ ହୋଇଛି, ତାଙ୍କୁ ହତ୍ୟା କରାଯାଇଛି ବୋଲି ମଧ୍ୟ ଏମାନେ ଜାଣନ୍ତି ନାହିଁ।

ମାଉସୀଙ୍କୁ ସେମିତି ଠିଆ ହୋଇଥିବା ଦେଖି ସେ ପୁଣି ମୁଣ୍ଡ ଉଠାଇଲା। କହିଲା- 'ହଉ, ଯିବି।'

'କେବେ ଯିବୁ ?'

'ପଅରଦିନ ବୁଧବାର, ଗଲେ ହେବ ?'

'ହଁ, ଭଲ ହେବ। କିନ୍ତୁ ଚାଲି ଚାଲି ଗଲେ ଗୁଡ଼େ ଦିନ ଲାଗିଯିବ।'

'ହଉ ତେବେ। ଘୋଡ଼ା ନେଇଯିବି।'

ମାଉସୀ ନିଜର କରାଟ ଖୋଲି ତିନିଟା ସୁନା ମୋହର ସେଇଠୁ ନେଇ ବିଧାନର ପାପୁଲି ଖୋଲି ସେଇଠି ମୋହର ତିନିଟା ରଖି ପୁଣି ପାପୁଲିକୁ ବନ୍ଦ କରିଦେଲେ। କହିଲେ- 'ଦେଖ, ଏଥର ନାଇଁ ନାଇଁ କରନା। ଆଜିଯାଏ ଗୋଟିଏ ହେଲେ ମୋହର ଛୁଇଁଲୁ ନାହିଁ।'

ବିଧାନ ତାଙ୍କ ହାତରେ ମୋହର ଦେଖି ଆତଙ୍କିତ ହୋଇ ତନ୍ତରୁ ଉଠି ଘର ଭିତରକୁ ଗଲା। କନକ ତା' ପଛେ ପଛେ ଆସିବା ପରେ ସେ ଧୀର ସ୍ୱରରେ କହିଲା- 'ମାଉସୀ, ବାକିତକ କେଉଁଠି ରଖିଛ ?'

କନକ ମଧ୍ୟ ସ୍ୱରକୁ ଧୀର କରି ଅସ୍ପଷ୍ଟ ସ୍ୱରରେ କହିଲେ, 'ବାପ, ଭୟ କରନା। ଆମ ଶୋଇବା ଘରେ ଗାତଖୋଳି, ପିତ୍ତଳ ମୁହଁ ବନ୍ଦ ଥିବା ମେରାଢାଳରେ ମୋହରତକ ପୂରାଇ ଢାଳଟିକୁ ସେ ଗାତରେ ପୋତି ଦେଇ ତା' ଉପରେ ଆମେ ଦୁହେଁ ଖଟ ପକାଇ ଶୋଉଛୁ। ଏ ଯୋଗାଡ଼ ତୋ ବୋଉ ହିଁ କରିଛନ୍ତି।'

'ହେଲେ ଏ ତିନିଟା ଏବେ ମୋତେ କାହିଁକି ଦେଉଛ ? ମୋର ଯିବା, ଆସିବା, ରହିବା ସବୁ ଖର୍ଚ୍ଚ ମିଶାଇଲେ ମଧ୍ୟ କାହାଣେ କଉଡ଼ି ମଧ୍ୟ ଖର୍ଚ୍ଚ ହେବ ନାହିଁ। କଉଡ଼ି ତ ମୋ ପାଖରେ ଅଛି। ନିଅ, ଏଯାକୁ ତୁମ କରାଟରେ ଯତ୍ନରେ ରଖ।' ସେ ମୋହର ତିନୋଟି ପୁଣି ତାଙ୍କୁ ଧରାଇ ଦେଲା।

'ବାପ, ମୋ କଥା ଶୁଣ ଆଗ।' କନକ ନେହୁରା ହୋଇ କହିଲେ। 'ମଞ୍ଜୁଷା ଗଲେ ସେ ଗ୍ରହାଚାର୍ଯ୍ୟଙ୍କୁ ଏଥିରୁ ଦୁଇଟା ଦେବୁ। ସେ ଟଙ୍କା ପଇସା କଉଡ଼ି କିଛି

ନିଅନ୍ତି ନାହିଁ। ବହୁଲୋକ ଦୂରଦୂରାନ୍ତରରୁ ବିନା ପଇସାରେ ତାଙ୍କଠାରୁ ନିଜ ଭବିଷ୍ୟ ଶୁଣିବାକୁ ଆସିଥାନ୍ତି। କିନ୍ତୁ ଥିଲାବାଲାମାନେ ତାଙ୍କୁ ବହୁ ମୂଲ୍ୟବାନ ଉପହାର ଦେଇଥାନ୍ତି। ସେ ଏହି ସୁନାମୋହର ପାଇବାର ଯୋଗ୍ୟ।'

'ତାଙ୍କର କ'ଣ ସବୁକଥା ସତ ହୁଏ ? ତୁମେ କେବେ ତାଙ୍କ ପାଖକୁ ଯାଇଛ ?'

'ହଁ, ମୁଁ ତାଙ୍କ ପାଖକୁ ପିଲାଦିନେ ମୋ ବାପାମା'ଙ୍କ ସାଙ୍ଗରେ ଥରେ ଯାଇଥିଲି। କ'ଣ ଜମିବାଡ଼ି ଗଣ୍ଡଗୋଳ ଲାଗିଥିଲା ବୋଲି ଜେଜେମା', ବାପା ବଡ଼ ଦୁଶ୍ଚିନ୍ତା, ଦୁଃଖରେ ଦିନ କାଟୁଥିଲେ। ବୋଉ ତା' ବାପଘର ଗାଁରେ ନାଁ କରିଥିବା ଏଇ ଅଳ୍ପବୟସ୍କ ଗ୍ରହାଚାର୍ଯ୍ୟଙ୍କ କଥା କହି ବାପାଙ୍କୁ ଧରି ବାପଘରକୁ ଯାଇ ତାଙ୍କୁ ଦେଖାକରିଥିଲା। ମୋତେ ମଧ୍ୟ ସେମାନେ ସାଙ୍ଗରେ ନେଇ ଯାଇଥିଲେ।'

ବାସନ୍ତୀ ସେଠିକି ଆସି ଏ କଥା ଶୁଣୁଥିଲେ। କହିଲେ, 'ସେଇଠୁ ?'

କହିବାର ସୁଯୋଗଟି ପାଇଲେ ବକ୍ତାର ଯେଉଁ ଆନନ୍ଦ ତାହା ତା'ର ଶ୍ରୋତା ଦଳଟିର ସଂଖ୍ୟା କେତେ, ଦଳଟି ଛୋଟ ନା ବଡ଼ ଏକଥା ଦେଖେନା। ଅତି କମ୍‌ରେ ଜଣେ ଶ୍ରୋତାରେ ମଧ୍ୟ ଯେଉଁ ତୃପ୍ତି ତାକୁ ମିଳେ, ଏକାଧିକ ଶ୍ରୋତାରେ ସେହି ତୃପ୍ତି ତ ବହୁଗୁଣିତ ହୋଇଯାଇଥାଏ।

କନକ ଦୁଇଗୁଣ ଉତ୍ସାହରେ କହିଲେ- 'ସେଠାରେ ପହଞ୍ଚି ଆମେ ଅପେକ୍ଷା କଲୁ। ଆମ ପାଳି ଆସିବାରୁ ତାଙ୍କ ଆଗକୁ ଯାଇ ତାଙ୍କୁ ମୁଣ୍ଡିଆ ମାରି ବସିଲୁ। ସେ ଥରେ ବାପାଙ୍କ ମୁହଁକୁ ଓ ଥରେ ବୋଉ ମୁହଁକୁ ଚାହିଁ ବାପାଙ୍କୁ କହିଲେ- 'ମଉସା, ତୁମେ ଘରଛାଡ଼ି କିଛିଦିନ ଜଗନ୍ନାଥ ଦର୍ଶନରେ ବାହାରି ଯାଅ। ତୁମ ଗ୍ରହରିଷ୍ଟ ଥିବାରୁ ଏ ଗଣ୍ଡଗୋଳ ଲାଗି ରହିଛି। କିନ୍ତୁ ମାଉସୀଙ୍କର ଏବେ ରାଜଯୋଗ ଚାଲିଛି। ସେ ଘରେ ରହନ୍ତୁ। ସବୁ ସମସ୍ୟା ଆପେ ସମାଧାନ ହୋଇଯିବ।'

'ସେମିତି ହେଲା ?'

'ହଁ, ସେମିତି ହିଁ ହେଲା। ବାପା ଆମକୁ ଗାଁରେ ଛାଡ଼ିବା ପରେ ସିଧା ପୁରୀ ଚାଲିଗଲେ। ଘରେ ଜେଜେମା, ମୁଁ ଓ ବୋଉ ରହିଲୁ। ବାପା ଖୁବ୍ ଛୋଟ ଥିବାବେଳେ ମୋ ଜେଜେବାପାଙ୍କ କାଳ ହୋଇଯାଇଥିଲା। ସେ ସୁଯୋଗ ନେଇ ଆମର ଦୂର ସଂପର୍କୀୟ ଭଗାରୀ ଜଣେ ଆମ ଜମି ମାଡ଼ି ବସିଥିଲା। ଜେଜେମା' ଗାଁ ପଞ୍ଚାୟତରେ ଗୁହାରୀ କରିବାକୁ ବାହାରିଲେ ସେ ବାପାଙ୍କୁ ଜୀବନରେ ମାରିଦେବ ବୋଲି ଜେଜେମା'ଙ୍କୁ ଧମକଚମକ ଦେଇ ଡରାଇ ରଖିଥିଲା।

'ବାପା ପୁରୀ ଯିବାର ଦୁଇଦିନ ପରେ ସେ ଭଗାରୀ ସାପ କାମୁଡ଼ାରେ ମରିଗଲା। ଜେଜେମା' ଗାଁ ପଞ୍ଚାୟତରେ ଆମ ଜମି ପାଇବାକୁ ଗୁହାରୀ କଲେ। କ'ଣ ତାଳପତ୍ର ଗୁଜା ସବୁ ରଖିଥିଲେ ଦେଖାଇଲେ।

ବାପା ପ୍ରାୟ ମାସକ ପରେ ପୁରୀରୁ ଫେରିବା ବେଳକୁ ଆମ ଜମି ଆମର ହୋଇ ସାରିଲାଣି !'

ବିଧାନ ଉତ୍ସୁକତାର ସହ ପଚାରିଲା- 'ସେ ସିଦ୍ଧପୁରୁଷଙ୍କ କୌଣସି କଥା ମିଛ ହୋଇନି ?'

'ହଁ, ହୋଇନି କାହିଁକି ? ମୋ ନିଜ ବିଷୟରେ ତ ହେଇଛି।' କନକ କହିଲେ।

'କେମିତି ?' ବିଧାନ ପଚାରିଲା।

'ସେଦିନ ମଞ୍ଜୁଷାରେ ଗ୍ରହାଚାର୍ଯ୍ୟଙ୍କୁ ମୁଣ୍ଡିଆ ମାରି ଆମେ ଫେରିବା ବେଳେ ସେ ମୋ ମୁହଁକୁ ଚାହିଁ କହିଲେ- 'ତୁମର ଏ ଝିଅ ଲକ୍ଷ୍ମୀବନ୍ତ। ତୁମଠାରୁ ଅଧିକ ସୁଖରେ ରହିବ। ସବୁ ପାଇବ। କିନ୍ତୁ ଏହାର ସ୍ୱାମୀକୁ ଏହାର ଜଣାଶୁଣା ଜଣେ ଲୋକ ଦିନେ ବିଷଦେଇ ମାରିଦେବ।' ଏଇ କଥା କ'ଣ ସତ ହେଲା ? ମୋର ଜଣାଶୁଣା ଏଇଠି ଆଉ କିଏ ଅଛି ଯେ, ମୋ ସ୍ୱାମୀଙ୍କୁ ମାରିଥାନ୍ତା ? ପୁଣି ସେ ତ ଦୂର ଗାଁରେ ହଇଜାରେ ଗଲେ। ଏଣୁ ଗ୍ରହାଚାର୍ଯ୍ୟଙ୍କର କଥା ଷୋଳଅଣା ସତ ନହେଲେ ବି ପନ୍ଦର ଅଣା ଦୁଇ ପଇସା ତ ସତ। ଷୋଳ ଅଣା ସତ ଭବିଷ୍ୟତ କେବଳ ଭଗବାନ ହିଁ କହି ପାରିବେ।'

ବିଧାନର ଗଳା ଭିତରେ ହାତ ଗଳାଇ ତା' ପେଟଟାକୁ କିଏ ଯେମିତି ଘାଣ୍ଟିଚକଟି ପକାଇଲା।

ବାସନ୍ତୀ କହିଲେ- 'ସେ କ'ଣ ଆଉ ଥିବେ ?'

କନକ କହିଲେ- 'ସେ ବେଶୀ ବୟସର ନୁହନ୍ତି ମ ଅପା। ବଡ଼ହେଲେ ଆମଠାରୁ ଆଠ ଦଶ ବର୍ଷ ବଡ଼ ହୋଇଥିବେ।'

ସେମାନଙ୍କୁ କଥା ସୁଅରେ ଭାସିଯିବାକୁ ଛାଡ଼ିଦେଇ ବିଧାନ ସିଧା ବାଡ଼ିମୂଳ କୂଅ ପାଖକୁ ଯାଇ ଚାନ୍ଦିନୀ ଉହାଡ଼ରେ ଲୁଚି ଭକଭକ କରି ବାନ୍ତି କରି ପକାଇଲା।

କନକ ମାଉସୀ ବୋଧହୁଏ ଜାଣିପାରିଛନ୍ତି, ମଉସାଙ୍କ ମରଣ କେମିତି ହେଲା। ନା, ଜାଣିନାହାନ୍ତି। ଜାଣିଥିଲେ, ଆମ ହାତରୁ ପାଣି ଛୁଅଁନ୍ତେ ?

ନାହିଁ... ବୋଧହୁଏ ଜାଣିଛନ୍ତି...

ନା, ନା... ଜାଣିନାହାନ୍ତି...

ହଁ... ଜାଣିଛନ୍ତି...

ନା, ନା, ଜାଣି ନାହାନ୍ତି...

ଜାଣିଛନ୍ତି...

ଜାଣିନାହାନ୍ତି...

ଜାଣିଛନ୍ତି...

ଜାଣିନାହାନ୍ତି...

-0-

କିଛି ସମୟ ପରେ ମୁହଁ ହାତ ଧୋଇ କିଛି ନଜାଣିବା ପରି ବିଧାନ ଘର ଭିତରେ ପଶି ସେ ଦୁହିଁଙ୍କୁ ସେମିତି କଥା ହେଉଥିବା ଦେଖି ଆଶ୍ୱସ୍ତ ହେଲା।

ବିଧାନକୁ ଦେଖିବା ମାତ୍ରେ ପ୍ରାୟଏକାସାଙ୍ଗରେ ସେ ଦୁହେଁ ପଚାରିଲେ- 'କେବେ ବାହାରିବା ?'

ବିଧାନ ନିଶ୍ଚିନ୍ତ ହେଲା, ସେ ଯେ ଏତେ ସମୟ ହେଲ ବାରିଆଡ଼କୁ ଯାଇଥିଲା, କ'ଣ କରୁଥିଲା, ସେ ଯେ ବାନ୍ତି କଲା, ଏସବୁ କଥା ଏମାନେ ତ କାହିଁ ପଚାରିଲେ ନାହିଁ। ଆଜି ସେମାନଙ୍କ ମନ ମଞ୍ଜୁଷାରେ।

ସେ ନ ଜାଣିବା ପରି ପଚାରିଲା- 'କୁଆଡ଼େ ?'

ବାସନ୍ତୀ କହିଲେ- 'ଶୁଣ ଯା କଥା ! କିରେ, ସାତକାଣ୍ଡ ରାମାୟଣ ଶୁଣିଲୁ, ତାପରେ ପଚାରୁଛୁ 'କୁଆଡ଼େ ?' କୁଆଡ଼େ ଆଉ- ମଞ୍ଜୁଷା।'

ବିଧାନ ମନେ ମନେ ବିପଦ ଗଣିଲା। ସେ ସିଦ୍ଧପୁରୁଷଙ୍କ ପାଖକୁ ଗଲେ ସେ ନିଶ୍ଚୟ ଗଳଗଳ କରି ସବୁ ରହସ୍ୟ ପଦାରେ ପକାଇଦେବେ। ଏ ଦୁଇଜଣଙ୍କୁ ନେଲେ ବିପଦ।

ସେ ସେମିତି ନିର୍ବିକାର ଭାବରେ କହିଲା- 'ଏତେବାଟ ଯିବା କ'ଣ ନିହାତି ଲୋଡ଼ା ?'

କନକ କହିଲେ, 'ଆମେ ପରା ଏବେ ସେଇ କଥା ହେଉଥିଲୁ। ଆରେ, ତୋର ପୁଅ ହେବ କି ଝିଅ ହେବ, କେମିତି ସୁରୁଖୁରୁରେ ସୀତା ଏ ଘାଟି ପାର ହେବ... ଏସବୁ କଥା ଆମେ ଯାଇ ତାଙ୍କୁ ପଚାରିବୁ।'

*ଏ କଥା ତ ମୋତେ ହେଲେ ଦିନରାତି ଘାରୁଛି ମାଉସୀ। ସେ ପୁଅ ହେଉ କି ଝିଅ ହେଉ, ଆୟୁଷ ନେଇ ଆସିଥାଉ ଓ ସୀତା ହସିହସି ଶୀଘ୍ର ମୋ ପାଖକୁ ଫେରିଆସୁ।*

କିନ୍ତୁ ଦମ୍ଭର ସହ ସେ କହିଲା- 'ଆରେ, ସମୟ ଆସିଲେ ସେ କଥା ବଳେ

ଜାଣିବ ନାହିଁ? ଏତେ ଉଚ୍ଛନ୍ନ କ'ଣ? ଯେଉଁ କଥା କାଲି ଘଟିବ ବୋଲି ଆମେ ଜାଣିଛେ, ସେ କଥା ପଚାରିବାକୁ ମୁଁ ଏତେ ବାଟ ଯିବି? ଥାଉ।'

ଦୁଇ ମା' ପରସ୍ପର ମୁହଁକୁ ଚାହିଁଲେ। ହଁ, ସମସ୍ତେ ଜାଣିଛନ୍ତି ସୀତାର ଛୁଆ ହେବ। କିନ୍ତୁ ଏ ଘଟଣାର ଫଳାଫଳ କ'ଣ ହେବ କିଏ ଜାଣିଛି? ଏ ବିଧାନ ମଧ୍ଯ ଭୁରୁଡ଼ି ମାରୁଛି ସିନା, ତା' ମୁହଁରେ ଆଗର ସରସତା ଅଛି?

ବାସନ୍ତୀ କହିଲେ, 'ନାଇଁ, ନାଇଁ... ତୁ ବାହାରିଲୁ। ଆମେ ଯିବୁ। ତୋର ଇଚ୍ଛା ଥାଉ କି ନ ଥାଉ ଆମକୁ ନେଇଚାଲ। ଏମିତି ସିଦ୍ଧ ପୁରୁଷଙ୍କୁ ଜୀବନରେ ଥରେ ହେଲେ ମୁଁ ଭେଟିଥାଏ।'

ବିଧାନ ବାସନ୍ତୀଙ୍କ ପିଠିରେ ହାତ ପକାଇ କହିଲା- 'ବୋଉ, ମୁଁ ତୁମମାନଙ୍କ କଥା ବୁଝିପାରୁଛି। ହଉ, ତୁମମାନଙ୍କ କଥା ରଖି ମୁଁ ବାହାରିବି। କିନ୍ତୁ ଏକୁଟିଆ। ଘୋଡ଼ା ଝପଟାଇ ଯିବି। ସଙ୍ଗେ ସଙ୍ଗେ ଫେରିବି। ତୁମମାନଙ୍କୁ ନେଲେ ଶଗଡ଼ କର, ଚୁଡ଼ା ଚାଉଳ ବାନ୍ଧ, କମ୍ ଜଞ୍ଜାଳ? ଯିବାଆସିବା ପନ୍ଦର ଦିନରୁ ଅଧିକ ଲାଗଯିବ।'

କନକ ଓ ବାସନ୍ତୀ ପୁଣି ପରସ୍ପରକୁ ଚାହିଁଲେ।

ବିଧାନ ପୁଣି କହିଲା- 'ଆଗକୁ ପୂଜାପରବ, ବିଭାବ୍ରତର କାର୍ଯ୍ୟଘର ସବୁ ମାଡ଼ି ଆସୁଛି। ଗ୍ରାହକ ଆସି ହାଉଯାଉ ହେବେ। ମୁଁ ତନ୍ତ ଛାଡ଼ି ଏତେଦିନ ବାହାରେ ରହିବା ଠିକ୍ ହେବ?'

ବାସନ୍ତୀ ମୁଣ୍ଡ ପୋତି ଧୀରେ ଧୀରେ କହିଲେ, 'ହେଲେ... କ'ଣ କହୁଛୁ?'

ବିଧାନ କହିଲା- 'ତୁମମାନଙ୍କ କଥା ରଖି ମୁଁ ଯାଉଛି। ସଦା, ପଦିଆଙ୍କୁ ଧରି ତୁମେମାନେ ଆଠଦିନ ବେଉସା ସମ୍ଭାଳ। ପାରିବ ଯଦି ଅଧିକା ସୂତା କାଟି ରଖ। ସୀତା ନାହିଁ ଯେ, ଏମିତିରେ ତ ତୁମ ସୂତା କଟାରୁ ଗୋଟିଏ ହାତ ପଡ଼ିଯାଇଛି। ଆଉ ଆମେ ସମସ୍ତେ ଏତେଦିନ ଧରି ଗଲେ କେମିତି ହେବ?'

ସେମାନଙ୍କୁ ଉତ୍ତର ଦେବାର ସୁଯୋଗ ନଦେଇ ସେ କନକଙ୍କୁ ଚାହିଁ ପଚାରିଲା- 'ହଁ ମାଉସୀ, ମୋତେ ସେ ସୁନାମୋହର କାହିଁକି ଯାଚୁଥିଲ?'

କନକ କରାଟ ଖୋଲି ମୋହର ତିନୋଟି ବିଧାନର ହାତମୁଠାରେ ଦେଇ କହିଲେ- 'ଏଥିରୁ ଦୁଇଟା ସେ ଗ୍ରହାଚାର୍ଯ୍ୟଙ୍କୁ ଦେବୁ। ତାଙ୍କୁ ମୋର ଏତକ ଭେଟି। ତାଙ୍କ ପରି ଜ୍ଞାନୀ, ଗୁଣୀ ଲୋକ ସୁଖରେ ବଞ୍ଚିଥିଲେ, କେତେ ଲୋକଙ୍କ କାମରେ ଲାଗିବେ। କେତେ ମଣିଷଙ୍କୁ ଦୁଃଖରୁ ଉଦ୍ଧାର କରିବେ। ଆଉ ଆର ମୋହରଟା ଭଙ୍ଗେଇ ଆଣେ। ତୋତେ କିଛି ଟଙ୍କା ଦେବି-

'ମୋତେ କାହିଁକି ଦେବ? ଏମିତିରେ ତ ତୁମ ତନ୍ତ ମୋ କାମରେ ଲାଗିଛି।

ମୁଁ କ'ଣ ତା' ଭଡ଼ା ତୁମକୁ ଦେଉଛି ? ଦୁଜେ, ତୁମ ଘରବାରି ଆମର ହୋଇ ସାରିଲାଣି। ସେ ପଇସା ମୁଁ ତୁମକୁ ଦେଇଛି ?'

'ଆଉ ଏ ଯେଉଁ ଦିନକୁ ତିନିଥର ତୋ ରୋଜଗାର ଖାଉଛି, ପିନ୍ଧୁଛି ବାକି ଆଉରି କେତେ ଖର୍ଚ୍ଚ-

'ଏକଥା କହିବାକୁ ତୋର ଜିଭ କେମିତି ଲେଉଟିଲା ?' ବାସନ୍ତୀ ଧମକାଇଲେ। 'ମୁଁ ତୋର ନିଜର ଅପା ନୁହଁ ବୋଲି ଆଜି ତୁ ଏକଥା କହିପାରିଲୁ।'

'ଅପା...'

'ବିଧାନକୁ ତୁ ସେ ଜନ୍ମହେଲା ଦିନଠାରୁ ସ୍ନେହ, ସେବା ଦେଇ ପାଳିଛୁ।' ବାସନ୍ତୀ କହିଲେ, 'ତୋର ତନ୍ତ, ଘର, ଚାରୋଟି ଗାଈର କ୍ଷୀର, ଦହି, ଛେନା, ଘିଅ ସବୁ ଆମେ ଖାଉଛୁ। ଏ ହିସାବ ନିକାଶ ଏବେ କାହିଁକି ବାହାରିଲା ?'

'ହଉ ବାପା, ତୁ ଏ ସବୁ ଶୁଣେନା। ତୁ ତାକୁ ଭଙ୍ଗା। ମୋର ଆଉରି କେତେ ଖର୍ଚ୍ଚ ଅଛି। ଦତ୍ତା, ସବିତା ମଧ୍ୟ ମା' ହେବାକୁ ବସିଛନ୍ତି। ତୋ ପୁଅ ହାତରେ ଖଡୁଟିଏ ତ ପିନ୍ଧାଇବି।'

ବିଧାନ ହସିଲା। 'ପୁଅ କାହିଁ ? ପୁଅ ପେଟରେ। ପୁଅ ବାପ ବସି ଖଡୁ ଗଢ଼ାଉଛି ବନମାଳୀପୁର ହାଟରେ!'

ସମସ୍ତେ ହସିଲେ। ବିଧାନ କହିଲା, 'ମାଉସୀ, ମୋ କଥା ଶୁଣ। ମୋତେ ଯୋଡ଼ିଏ ମୋହର ହିଁ ଦିଅ। ତୁମ କଥା ମାନି ତାକୁ ସେଇ ସିଦ୍ଧ ପୁରୁଷଙ୍କୁ ମଞ୍ଜୁଷାରେ ନେଇ ମୁଁ ଦେଇଆସିବି। ଆଉ ଆର ମୋହରଟା ରଖ। ତାକୁ ଭଙ୍ଗାଇବାକୁ ଏ ଗାଁରେ କେବଳ ଜଣେ ଲୋକ ଅଛନ୍ତି। ତୁମ ସମ୍ବନ୍ଧୀ। କିନ୍ତୁ ଲୋକଟା ଏଡ଼େ କଞ୍ଜୁସ୍, ଗଂଜାକୁ ଗଲେ ଗୋଟିଏ ମୋହରକୁ ୧୦୫ ରୂପା ଟଙ୍କା ମିଳୁଛି। ତୁମର ଗାଙ୍ଗୀ ସମ୍ବନ୍ଧୀ, ଆଉ କାହା କଥା ଛାଡ଼ ମୋତେ, ତାଙ୍କର ବୋହୂର ଭାଇକୁ ଶହେ ପାଞ୍ଚ ରୂପା ଟଙ୍କା ଜାଗାରେ ଅଶୀଏ ରୂପା ଟଙ୍କା ଦେଉଛନ୍ତି! କ'ଣ କହିବ ?'

ତା' କଥା କହିବା ଭଙ୍ଗୀ, ମୁଣ୍ଡରେ ହାତ ଦେଇ ଦୋହଲୁଥିବା ଦେହ, ଏ ସୁଆଙ୍ଗ ଦେଖି ବାସନ୍ତୀ ଓ କନକ ହସିହସି ଗଡ଼ିଗଲେ।

'ସେଇଟା ଆଗର କଥା। ଏବେ ତୁ ତାଙ୍କୁ ଏତେ ତୀର୍ଥ କରେଇ ଆଣିଲୁ, ଆଉ ସେ ସେମିତି କରିବେ କି ?' ହସ ବନ୍ଦ କରି କନକ କହିଲେ।

ବିଧାନ ପୁଣି କହିଲା, 'ନା, ଥାଉ। ଏବେ ମୋତେ ନା ତାଙ୍କ ପାଖକୁ ନା ଗଂଜା ଯିବାକୁ ବେଳ ନାହିଁ। ତୁମେ ଦିହେଁ କହୁଛ ବୋଲି ଖାଲି ମଞ୍ଜୁଷା ଯାଇ ଫେରିଆସିବି।'

‘ହଉ, ତେବେ କେବେ ଯିବୁ ?’

‘ଯେବେ କହିବ, କାଲି କହିଲେ କାଲି ।’

ନଭେମ୍ବର ୧୭୫୭

ମଞ୍ଜୁଷା

ମଞ୍ଜୁଷାରେ ପହଞ୍ଚି ବିଧାନ ଏକ ଦୀର୍ଘ ନିଃଶ୍ୱାସ ନେଲା । ଏହାର ପବନରେ ଯେଉଁ ସତେଜ, ନିର୍ମଳ, ଔଷଧୀୟ ସୁଗନ୍ଧି ପୂରି ରହିଥିଲା, ତାହା ନିଃଶ୍ୱାସରେ ଯାଇ ତା’ର ସମସ୍ତ ଅବଶ, କ୍ଳାନ୍ତ ଅଙ୍ଗପ୍ରତ୍ୟଙ୍ଗକୁ ସଞ୍ଚରିଯାଇ ତାକୁ ନବଜୀବନ ଦାନ କଲା ।

ଆଃ !

ଦି’ପହରର ଖାଇବା ସମୟ ପାଖେଇ ଆସୁଥିଲା । ଏଣୁ ମଞ୍ଜୁଷା ଉପକଣ୍ଠରେ ପହଞ୍ଚିବା କ୍ଷଣି ସେ ଜଣେ ଲୋକଙ୍କୁ ପଚାରିଲା- ‘ମଞ୍ଜୁଷାରେ କେଉଁଠି ଗୁଡ଼ିଆ ଦୋକାନ ଅଛି ? ଯେଉଁଠି ଖାଇବାକୁ ମିଳିବ ?’

ଲୋକଟି ତା’ର କ୍ଳାନ୍ତଶ୍ରାନ୍ତ ଘୋଡ଼ା ସବାର ଚେହେରାକୁ ଅନାଇ କହିଲା- ‘ତୁମେ, କ’ଣ ଖାଇବାକୁ ଚାହୁଁଛ ? ଏ ତ ଭାତଖିଆ ସମୟ ହୋଇଗଲାଣି । ଗୁଡ଼ିଆ ଦୋକାନରେ ଜଳପାନ ତ ମିଳିଯିବ କିନ୍ତୁ ଭାତ କ’ଣ ମିଳିବ ?’

ଲୋକଟିର ଏ ଅନ୍ତରଙ୍ଗ ଉତ୍ତରରେ ମୁଗ୍ଧ ହୋଇ ବିଧାନ ଘୋଡ଼ାରୁ ଓହ୍ଲାଇ ଲୋକଟିର ପିଠି ଥାପୁଡ଼ାଇ କହିଲା- ‘ଭାଇଟିଏ ପରି ଉତ୍ତର ଦେଲ ଭାଇ । ହଁ, ଭୋକ ତ ଲାଗିଲାଣି । ଭାତ ଖାଇଦେଲେ ହୁଅନ୍ତା ।’

‘ତାହାହେଲେ ସିଧା ଏଇବାଟେ ଶ୍ରୀବାସୁଦେବ ମନ୍ଦିରକୁ ଚାଲିଯାଅ । ସେଠାରେ ଏବେ ଭୋଗ ପାରୁଶରେ ଅନ୍ନ ଆଟିକା ବିକ୍ରି ଚାଲିଥିବ । ଯାହା ଇଚ୍ଛା କିଣି ଖାଇଦେବ ।’

ବିଧାନ ଲୋକଟିର ହାତ ଧରି ଧନ୍ୟବାଦ ଜଣାଇଲା । ମନ୍ଦିରରେ ଅନ୍ନପ୍ରସାଦ ଠାରୁ ଆଉ ଉତ୍ତମ କ’ଣ ଅଛି ? ନିଶ୍ଚୟ ପାଖରେ ପୋଖରୀଟାଏ ବି ଥିବ, ଗାଧୁଆ କାମଟା ବି ହୋଇଯିବ । ତୈମୁର ବି ମନଭରି ପାଣି ପିଇବ ।

ଖୁସୀ ମନରେ ସେ ଦେଖାଇଥିବା ରାସ୍ତାରେ ତୈମୁରକୁ ଛୁଟାଇ ଦେଇ ବିଧାନ ମନ୍ଦିର ପାଖରେ ପହଞ୍ଚିଗଲା ।

ବାହାରୁ ମନ୍ଦିରର ଭବ୍ୟ ଆଡ଼ମ୍ବର ଦେଖି ସେ ଖୁସୀ ହେଲା । ତୈମୁରକୁ କିଛି ବତୁରା ଚଣା ଖୁଆଇ ଚରିବାକୁ ଛାଡ଼ିଦେଲା । ମନ୍ଦିର ପାଖ ପୋଖରୀରେ ମନଭରି ଗାଧୋଇ ସଫାଲୁଗା ପିନ୍ଧି ମନ୍ଦିର ବେଢ଼ାରେ ପାଦ ଦେଲା । ତା’ର ସବୁ କ୍ଳାନ୍ତିକୁ

ପୋଖରୀର ନିର୍ମଳ ପାଣି ଶୋଷି ଦେଇଥିବାରୁ ଭୋକ ଉଭେଇ ଯାଇଥିଲା । ଏଣୁ ଖାଇବା ଚିନ୍ତା ଦୂରେଇ ଯାଇ ଗ୍ରହାଚାର୍ଯ୍ୟ ଜଗନ୍ନାଥ ମିଶ୍ରଙ୍କ ଠିକଣା କିପରି ମିଳିବ ସେ କଥା ମନକୁ ବେଶୀ ଆସୁଥିଲା । ପ୍ରଶସ୍ତ ମନ୍ଦିର ବେଢ଼ାରେ ମନ୍ଦିର ପାଚେରୀକୁ ଲାଗି ଅନ୍ନ, ଡାଲି ଇତ୍ୟାଦିର ଲମ୍ବା ପସରା ମେଲା ହୋଇଥିଲା । କିଣାବିକାର ଗହଳଚହଳ ଲାଗିଥିଲା ।

ଯାହାହେଉ, ଠିକ୍ ସମୟରେ ପହଞ୍ଚିଗଲି । ବିଧାନର ମନ ଖୁସୀ ହୋଇଗଲା । କିଛି କଉଡ଼ି ଦେଇ ଅନ୍ନ, ଡାଲି, ମହୁର, ଆମ୍ବିଳର ଚାରୋଟି ଆଟିକା କିଣି ଦୋକାନୀକୁ କହିଲା– 'ଏତକ ଟିକିଏ ତୁମ ପାଖରେ ରଖିଥାଅ । ମୁଁ ମନ୍ଦିରରେ ଦର୍ଶନ ସାରି ଆସେ ।'

'ଆରେ, ଯାଅ ଯାଅ ଶୀଘ୍ର ଯାଅ । ଏବେ ତ ପହୁଡ଼ ପଡ଼ିବା ବେଳ ହୋଇଗଲାଣି । ତୁମେ ଦଉଡ଼ । ଏ ଆଟିକା ଏଇଠି ଥାଉ, ଚିନ୍ତା କରନା ।' ଦୋକାନୀଟି କହିଲା ।

*ମଞ୍ଜୁଷା ମାଟିରେ ଅଛି କ'ଣ? ଏଇଠି ତ ସମସ୍ତେ ଅଚିହ୍ନା ଲୋକଙ୍କୁ ନିଜ ଭାଇ ପରି ଅନ୍ତରଙ୍ଗ ଆତ୍ମୀୟତାରେ କଥା ହେଉଛନ୍ତି !*

ମନ୍ଦିରର ପାଞ୍ଚୋଟି ପାହାଚକୁ ତିନୋଟି ଡିଆଁରେ ଶେଷକରି ବିଧାନ ଶ୍ରୀବିଗ୍ରହଙ୍କ ଆଗରେ ଠିଆହେଲା ।

ଆଃ ! କି ସୁନ୍ଦର ମୂର୍ତ୍ତି ! କଳା ମଚମଚ ଶିରୀ ମୁଗୁନି ପଥରରେ ତିଆରି ଶ୍ରୀବାସୁଦେବଙ୍କ ଠିଆ ମୂର୍ତ୍ତିରୁ ସତେ ଯେପରି କରୁଣା, କ୍ଷମା, ପ୍ରୀତିର ମହୁ ଝରି ପଡୁଛି । ବିଧାନ ଆଖି ବନ୍ଦ କରି ପ୍ରାର୍ଥନା କରିବା କଥା ପାଶୋରିଦେଲା । ପହୁଡ଼ ପକାଇବା ପୂର୍ବର ବିଧି ପାଳି ଜଣେ ପୂଜାରୀ ଠାକୁରଙ୍କୁ ଆଲଟ ଓ ଚାମରର ସେବା କରୁଥିଲେ । ଏଇ ହାତଗଣତା କେତୋଟି ମୁହୂର୍ତ୍ତକୁ ବନ୍ଦ ଆଖି ଭିତରେ ହଜାଇ ନଦେଇ ସେ ଆଖି ଖୋଲି ଅପଲକ ନୟନରେ ଶ୍ରୀବିଗ୍ରହଙ୍କୁ ଅନେଇ ସେ ଅପୂର୍ବ ମୁହୂର୍ତ୍ତର ମଧୁ ପାନ କରିବାରେ ଲାଗିଲା ।

ଚାମର ସେବା ସାରି ପହୁଡ଼ ପକାଇ ପୂଜାରୀ ପଛକୁ ଚାହିଁଲେ । ବିଧାନକୁ ଦ୍ୱାର ପାଖରେ ହାତଯୋଡ଼ି ଠିଆ ହୋଇଥିବା ଦେଖି ଉଚ୍ଚକଣ୍ଠରେ ଆଶୀର୍ବାଦ ମନ୍ତ୍ର ପଢ଼ି ଛଡ଼ା ଚନ୍ଦନ ତୁଳସୀ କିଛି ବିଧାନ ହାତରେ ଧରାଇ ଦ୍ୱାର ବନ୍ଦ କରି ତାଲାଦେଇ ଯିବାକୁ ଉଦ୍ୟତ ହେଲେ ।

ବିଧାନ ତାଙ୍କ ବାଟ ଓଗାଳି ଛଡ଼ା ତୁଳସୀ ଚନ୍ଦନକୁ ଗୋଟିଏ ହାତରେ ଧରି ଆର ହାତରେ ତାଙ୍କ ପାଦ ପାଖରେ ପ୍ରଣାମ କଲା । ସେ ପୁଣି ଆଶୀର୍ବାଦ ମନ୍ତ୍ର ପାଠ କରି ଯିବାକୁ ବସିବାବେଳେ ବିଧାନ ପାଞ୍ଚୋଟି ରୂପା ଟଙ୍କା ବିନମ୍ରତାର ସହ ତାଙ୍କ ହାତକୁ ବଢ଼ାଇ ଦେଲା ।

ପୂଜାରୀ ଆଶ୍ଚର୍ଯ୍ୟ ହେଲେ। ରାଜା ମହାରାଜା ପରି ବେଶଭୂଷା ତ ନୁହଁ। ଏ ଆଗନ୍ତୁକଟି କିଏ ?

ବିଧାନ କହିଲା- 'ଏ ଦେଉଳ, ଏ ବିଗ୍ରହଙ୍କୁ ଦର୍ଶନ କରି ମୋ ମନରେ ଅପୂର୍ବ ଆନନ୍ଦ, ଶାନ୍ତି ମିଳିଛି। ଲାଗୁଛି ଏ ମନ୍ଦିର ଏବେ କେବେ ତିଆରି ହୋଇଛି ସିନା କିନ୍ତୁ କିଏ ଜଣେ ମହାତ୍ମା ହିଁ ଏହାକୁ ତିଆରି କରିଛନ୍ତି।'

ପୂଜାରୀ ହସିଲେ। କହିଲେ- 'ହଁ, କିଛି ମହାତ୍ମାଙ୍କ ଆଶୀର୍ବାଦରୁ ତ ଏ ମନ୍ଦିର ତୋଳାହୋଇଛି। କିନ୍ତୁ ଏହାକୁ ଆମ ରାଜକୁମାର ଶ୍ରୀ ଲକ୍ଷ୍ମଣ ରାଜମଣି ରାଜଦେଓ ହିଁ ତିଆରି କରିଛନ୍ତି।'

'ରାଜକୁମାର ? ରାଜାଙ୍କ ପୁଅ ?'

'ନା ଯୁବରାଜଙ୍କ-

'ଓଃ, ଯୁବରାଜଙ୍କ ସାନ ଭାଇ, ସାନ ରାଜକୁମାର ?'

'ନା, ନା, ଯୁବରାଜଙ୍କ ପୁଅ।'

'ଯୁବରାଜଙ୍କ ପୁଅ ? ସେ ତ ବହୁତ ଛୋଟ ହୋଇଥିବେ ? ଏତେ କମ୍ ବୟସରୁ ତ ସେ ମନ୍ଦିର ତୋଳି ନଥିବେ ? ଅର୍ଥାତ୍ ତାଙ୍କ ନାଁରେ ଏ ମନ୍ଦିର ତୋଳା ହୋଇଛି ?'

'ଆରେ ନା। ହଁ, ଆମ ରାଜକୁମାରଙ୍କ ବୟସ କମ୍। ଏବେ ତାଙ୍କୁ ଛବିଶ ବର୍ଷ ହେଲା,' କହି ପୂଜାରୀ ବିଧାନର ମୁହଁକୁ ଘଡ଼ିଏ ଚାହିଁଲେ। ତା'ପରେ ଅନ୍ୟ ଆଡ଼କୁ ମୁହଁ ଫେରାଇ କହିଲେ- 'ଏ ମନ୍ଦିର କିଛି ସାଧାରଣ ମନ୍ଦିର ନୁହଁ। ଯେ ବ୍ରହ୍ମଶାପ ମୋଚନକାରୀ ପବିତ୍ର ମନ୍ଦିର। ବ୍ରହ୍ମଶାପରୁ ମୁକ୍ତି ପାଇଁ ବାଇଶ ବର୍ଷ ବୟସରେ ରାଜକୁମାର ଏ ମନ୍ଦିର ତୋଳା ଆରମ୍ଭ କରି ବର୍ଷକରେ ଶେଷ କଲେ। ତୁମେ ଯଦି ଦେଢ଼ମାସ ଆଗରୁ ଆସିଥାନ୍ତ, ଏହାର ପ୍ରସିଦ୍ଧ ବ୍ରହ୍ମୋତ୍ସବର ଆନନ୍ଦ ପାଇଥାନ୍ତ।'

ଛଡ଼ାତୁଳସୀ ଚନ୍ଦନକୁ ଏତେବେଳ ଯାଏ ଧରିଥିବା ବିଧାନ ତାକୁ ପାଟିରେ ପକାଇବାକୁ ଯାଉଥିଲା। ଶାପର ନାଁ ଶୁଣିବା କ୍ଷଣି ଅଟକି ଯାଇ ପଚାରିଲା- 'ଏଁ, ଶାପ ? ବ୍ରହ୍ମଶାପ ? ରାଜକୁମାରମାନେ ମଧ୍ୟ ଶାପିତ ହୁଅନ୍ତି ନା କ'ଣ ? ଶାପିତ ମଣିଷ କ'ଣ ରାଜା ହୋଇପାରେ ? ଯେ ରାଜା ହେବେ ?'

ହୁଏତ ତା'ର ଏତେ ପ୍ରଶ୍ନର ଉତ୍ତର ପୂଜାରୀ ଦେଇ ନଥାନ୍ତେ। କିନ୍ତୁ ପାଞ୍ଚୋଟି ରୂପାଟଙ୍କାର ଉଷ୍ମତା ସାଙ୍ଗକୁ ଶ୍ରୋତାଟିଏ ପାଇବାର ଆନନ୍ଦରେ ସେ ଉତ୍ତର ଦେଲେ- 'ହଁ, ରାଜାପୁଅ ଯେତେବେଳେ, ସେ ତ ନିଶ୍ଚୟ ରାଜା ହେବେ। ସେ ପୁଣି ଜଣେ ସାଧାରଣ ବିଳାସୀ ରଜାପୁଅ ଯେ ନୁହନ୍ତି। ଯେ ଏକ ଶୂରବୀର ଦକ୍ଷ ଯୋଦ୍ଧା। ଏଣୁ

ନିଜ ସିଂହାସନକୁ ସୁରକ୍ଷା ଦେଇ ସେ ନିଶ୍ଚୟ ରାଜା ହେବେ। ଯଦିଓ ସମୟ ଲାଗିବ। କାରଣ ଏବେ ତାଙ୍କର ଜେଜେ ଶ୍ରୀ ହରିହର ରାଜମଣି ରାଜଦେଓ ରାଜଗାଦୀରେ ବସିଛନ୍ତି ଓ ଏ ବୟସରେ ଏବେ ବି ଯୁଦ୍ଧକୁ ଯାଉଛନ୍ତି। ରାଜକୁମାର ହେଉଛନ୍ତି ଆମ ଯୁବରାଜ ଶ୍ରୀ ହରିଶରଣ ରାଜମଣି ରାଜଦେଓଙ୍କର ଏକମାତ୍ର ସନ୍ତାନ। ଏଣୁ ସେ ରାଜା ହେବାରେ ସନ୍ଦେହ ନାହିଁ।'

'ହେଲେ ରାଜାପୁଅ ହୋଇ ଶାପିତ ହେଲେ କେମିତି ?'

'କି କଥା କହୁଛ ? ସେ ରଜା ହେଉ କି ରଙ୍କ, ମଣିଷ ମାରିବେ ତ ଶାପିତ ତ ନିଶ୍ଚୟ ହେବ।'

'ମଣିଷ ମାରିଲେ ?' ବିଧାନର ପାଦ ତଳୁ ମାଟି ଧସିଗଲା ଯେପରି।

'ହଁ, ହତ୍ୟା; ସେ ପୁଣି ବାଳହତ୍ୟା। ବ୍ରାହ୍ମଣ ବାଳକର ହତ୍ୟା- ଘୋର ପାପ, ବ୍ରହ୍ମ ହତ୍ୟା।'

ବିଧାନକୁ ଲାଗିଲା କିଏ ଯେପରି ତା'ର ଦୁଇଗୋଡ଼କୁ କଚ୍ କରି କାଟି ପକାଇଲା। ସେ ସେଇଠି ମନ୍ଦିର ପାହାଚ ଉପରେ ଲଥ୍ କରି ବସି ପୂଜାରୀଙ୍କୁ ହାଁ କରି ଚାହିଁ ରହିଲା। ତା'ର ଏ ଚାହାଣୀ ପୂଜକଙ୍କୁ ମଧ୍ୟ ବନ୍ଦୀ କରିଦେଲା। ସେ ମଧ୍ୟ ସେଇ ପାହାଚ ଉପରେ ବସିପଡ଼ିଲେ।

କହିଲେ, 'ଏତେ ସମୟ ଚନ୍ଦନ ତୁଳସୀ ଧରିଛ। ପାଟିରେ ପକାଅ। ମୁଣ୍ଡରେ ହାତଟା ବୋଳି ଦିଅ। କାଳେ ପ୍ରସାଦ ଧରିଥିବା ହାତ ପାଦରେ ବାଜିବ।'

ବିଧାନ ସେୟା କଲା।

ପୂଜାରୀ କହିଲେ- 'ଆମ ଯୁବରାଜଙ୍କ ଗୁଣବାନ୍ ପୁଅ ହେଉଛନ୍ତି ଆମ ରାଜକୁମାର। ବାପ, ଜେଜେ ବାପା ଏଇ ଏକୋଇର ବଳା ପୁଅଟିକୁ ବିଳାସରେ ନ ବଢ଼ାଇ ଯୋଦ୍ଧାକରି ଗଢ଼ିଥିଲେ। ଦଶବର୍ଷର ବାଳକକୁ ନେଇ ଯୁଦ୍ଧକୁ ଯାଉଥିଲେ। ପନ୍ଦର ବର୍ଷ ହେଲାବେଳକୁ ରାଜକୁମାର ନିଜେ ପ୍ରତ୍ୟକ୍ଷ ଯୁଦ୍ଧ, ସେ ମଧ୍ୟ ମୋଗଲ ବିରୁଦ୍ଧରେ ଲଢ଼ିବା ଆରମ୍ଭ କରିଦେଲେଣି। ନାମ, ଯଶ, କୀର୍ତ୍ତି ଯାହା କହ ସବୁ ଆଣି ସାରିଲେଣି। ହେଲେ, ଭାଗ୍ୟର ଲିଖନ। ତାଙ୍କ ହାତରେ ପୁଣି ଏମିତି ଅଘଟଣଟିଏ ଘଟିବାକୁ ଥିଲା। କ'ଣ କରାଯିବ ? ବିଧାତାର ଯାହା ଇଚ୍ଛା।'

କଳିଙ୍ଗ ସାଗର ଆଡୁ ଶିରିଶିରି ପବନ ସେମାନଙ୍କ ଦେହରେ କୋମଳ ହାତ ବୁଲାଇ ଆଶ୍ୱାସନା ଦେବାକୁ ଚେଷ୍ଟା କରୁଥିଲା। କିନ୍ତୁ ବିଧାନ ସେ ସ୍ପର୍ଶକୁ ଅନୁଭବ କରିପାରିଲା ନାହିଁ। ମନ୍ଦିରର ଲୋକଗହଳିର ଗହଗହ ଶବ୍ଦ ତାକୁ ଶୁଭୁନଥିଲା। ପେଟର

ଭୋକ ବି ଶୋଇ ପଡ଼ିଥିଲା। ପୂଜକଙ୍କ ଉଚ୍ଚାରିତ ପ୍ରତ୍ୟେକ ଶବ୍ଦ ସାକାର ରୂପ ନେଇ ତାକୁ ଦେଖାଯାଉଥିଲା।

ସତେ ଯେପରି ତା'ର ନିଜ କଥା।

ହଁ, ତା'ରି ପରି ଜଣେ ଶାପିତର ହିଁ ସତ୍ୟ କଥା !

-O-

ଉଣେଇଶ ବର୍ଷ ବୟସ୍କ ରାଜକୁମାର ଲକ୍ଷ୍ମଣ ରାଜମଣି ରାଜଦେଓ ରାଜବାଟୀର ପ୍ରଶସ୍ତ ଅଗଣାରେ ବଉଳ ଗଛର ଚାନ୍ଦିନୀ ଉପରେ ଆସନ ପକାଇ ଚକାମାଡ଼ି ବସିଥିଲେ। ଉଣେଇଶ ବର୍ଷ ବୟସର ବାଳପଣର ଚିହ୍ନବର୍ଣ୍ଣ ତାଙ୍କ ପାଖରେ ନଥିଲା। ବ୍ୟାୟାମ ପୁଷ୍ଟ ତାଙ୍କର ବଳିଷ୍ଠ ଅଙ୍ଗ, ଦୀର୍ଘ ଅବୟବ, ବାହୁରେ ଦକ୍ଷ ଯୋଦ୍ଧାର କ୍ଷତଚିହ୍ନ, ଦମ୍ଭ, ସ୍ୱାଭିମାନ... ଏ ସମସ୍ତ ଏକାଠି ହୋଇ ଯୌବନର ଏକ ଦୀର୍ଘସ୍ଥାୟୀ ଛାଉଣୀ ତାଙ୍କ ଦେହରେ ଓ ଠାଣିରେ ପକାଇଥିଲା।

ଏଇ ସ୍ଥାନ ଓ ଏଇ ସମୟ ତାଙ୍କର ଦୈନିକ କ୍ଷିଅର ହେବାର ସ୍ଥାନ ଓ ସମୟ।

ରାଜବାଟୀରେ ରାଜକୁମାରଙ୍କ ନିଜର ବ୍ୟକ୍ତିଗତ କୋଠରୀରେ ଯଦିଓ ଏକାଧିକ ବିଶାଳ ଦର୍ପଣ ସବୁ ଶୋଭା ପାଉଛନ୍ତି, ସେଇଠି କ୍ଷିଅର ହେବା ପାଇଁ ରାଜକୁମାରଙ୍କୁ ସୁବିଧା ଲାଗେ ନାହିଁ। କୂଅ ପାଖରେ, ସକାଳର ପ୍ରଖର ଆଲୋକରେ, ବଉଳ ଗଛର ଛାୟାରେ, ଶିରିଶିରି ପବନର ଲୁଚକାଳି ଖେଳରେ ଯେମିତି ନିଖୁଣ ଭାବରେ କ୍ଷିଅର କାମଟା କରିହୁଏ, ରାଜବାଟୀର ଗମ୍ଭୀରୀ ଘରେ ସେ କଥା ହୁଏନା।

ତେବେ ଏଇଠି ଖାଲି ଗୋଟିଏ ଅସୁବିଧା। ଦର୍ପଣ ଧରି ଆଉ ଜଣକୁ ବସିବାକୁ ପଡ଼େ। କୂଅରୁ ପାଣି କାଢ଼ି ତାଙ୍କ ହାତକୁ ଗଡ଼ାଇ ଦେବାକୁ ଥିବା ଦାସଟି ବ୍ୟତୀତ ତାଙ୍କୁ ଏଥିପାଇଁ ଆଉ ଏକ ଦାସର ଲୋଡ଼ା ପଡ଼ିଲା।

ନଅର ଭଣ୍ଡାରୀ ଦିନେ ତାଙ୍କୁ କହିଲା- 'ସାନ ମଣିମା, କାହିଁକି ଏତେ ଝଂଝଟ ଭିତରେ ପଶୁଛନ୍ତି ? ଆପଣଙ୍କ ବାପା, ଜେଜେ ମଣିମାମାନଙ୍କୁ କ୍ଷିଅର କରିବାକୁ ତ ମୁଁ ପ୍ରତିଦିନ ନଅରକୁ ଆସୁଛି। ମୁଁ ତ ସେଥିପାଇଁ ଖଂଜା ପାଉଛି। କହିବେ ଯଦି ଆପଣଙ୍କୁ ନହେଲେ ଆଗେ କ୍ଷିଅର କରି ଦିଅନ୍ତି।'

'ନା, ନା, ମୁଁ ନିଜେ କ୍ଷିଅର ହେବି।' କୁମାର ଦୃଢ଼ ଭାବରେ କହିଲେ।

ରାଜବାଟୀର ନିଯୋଗୀ ଛାମୁକରଣ ଶେଷରେ ଏକ ଦଶବର୍ଷର ବ୍ରାହ୍ମଣ ବାଳକକୁ ଆଣି ତାଙ୍କ ଆଗରେ ଠିଆ କରାଇ କହିଲେ- 'ମଣିମା, ଇଏ ଆପଣଙ୍କ ଦର୍ପଣ ଧରିବା କାମ କରିବେ।'

'ଆରେ, କାନ୍ଧରେ ପଇତା, କପାଳରେ ଚିତା ଚନ୍ଦନ, ଲଣ୍ଡିତ ମୁଣ୍ଡରେ ଚୁଟୀ, ଇଏ ତ ଜଣେ ବ୍ରାହ୍ମଣ ବାଳକ। ଯାକୁ କ'ଣ ଏମିତି ଏକ କାମରେ ଲଗାଇହେବ?' କେବଳ ରାଜକୁମାର ନୁହଁ, ନିଜେ ରାଜା, ଯୁବରାଜ, ରାଣୀ, ଯୁବରାଣୀ ସମସ୍ତେ ପ୍ରତିବାଦର ସ୍ୱର ଉଠାଇଲେ। କିନ୍ତୁ ବୁଢ଼ା ଛାମୁକରଣ କହିଲେ- 'ଯାଙ୍କୁ ଆଠଦଶ ଦିନ ରଖିଥାନ୍ତୁ। ମୁଁ ଶୀଘ୍ର ଆଉ ଜଣଙ୍କୁ ଯୋଗାଡ଼ କରିଦେବି।'

ସେ ଆଠଦଶ ଦିନ ଲମ୍ବିଯାଇ ଛ'ମାସ ହୋଇସାରିଲାଣି। ବାଳକଟିକୁ ହଟାଇ ଆଉ ଜଣକୁ ସେ କାମରେ ଲଗାଇବା କଥା ସମସ୍ତଙ୍କ ମନରୁ ପାଶୋର ଗଲାଣି।

ବାଳକଟି ବି ଏ କାମରେ ଖୁସୀ ଥିଲା। ପ୍ରତିଦିନ ତାକୁ ରାଜବାଟୀ, ଯେଉଁଠିକୁ ପଶିବାକୁ ବଡ଼ମାନେ ଭୟ କରନ୍ତି, ସେ ସେ ଭିତରକୁ ଡେଇଁ ଡେଇଁ ନାଚି ନାଚି ପଶୁଥିଲା। ଏଥିପାଇଁ ତା'ର ସାଙ୍ଗସାଥୀ ମହଲରେ ତା'ର ଖାତିର ବଢ଼ିଯାଇଥିଲା।

ପୁଣି ରାଜକୁମାରଙ୍କ ଆଦେଶରେ କେଉଁଦିନ କାକରାରୁ ଯୋଡ଼ିଏ ତ, କେଉଁଦିନ ରସଗୋଲାରୁ ଦୁଇଟା, ନହେଲେ ଆରିଷାରୁ କିଛି ତ କ୍ଷୀର ଗଜାରୁ ପୁଞ୍ଜାଏ, ଏମିତି ପ୍ରତିଦିନ ସେ ଆସିବା କ୍ଷଣି ତାକୁ ଦାସୀ ଜଣେ ଆଣି ଧରାଇ ଦେଉଥିଲା। ତାକୁ ଖାଇ ଖାଇ ମୁଣ୍ଡ ଉପର ପକ୍ଷୀମାନଙ୍କ କିଚିରି ମିଚିରି ଶୁଣିଶୁଣି, ଚାନ୍ଦିନୀ ତଳକୁ ଗୋଡ଼କୁ ଝୁଲାଇ ଝୁଲାଇ କୁମାରଙ୍କୁ ସେ ଅପେକ୍ଷା କରୁଥିଲା।

କୁମାର ଆସିଗଲେ କାମ ବି କ'ଣ ଯେ? ସେ ସମ୍ଭାଳି ଧରି ପାରିବା ପରି ଦର୍ପଣଟେ ଧରି କୁମାରଙ୍କୁ ଦେଖାଇବା। ବାସ୍ ହେଲା। କାମ ସରିଲେ ମୁଠାଏ କଉଡ଼ି, ତମ୍ବା ପଇସା କେତେଟା ଗାମୁଛାରେ ବାନ୍ଧି ସେ ଗର୍ବରେ ଡେଇଁ ଡେଇଁ ଘରକୁ ଫେରୁଥିଲା।

ତା' ମା' ତାକୁ ଶିଖାଇଥିଲେ- 'ବାପା ବିଷ୍ଣୁ, ସେ ହେଉଛନ୍ତି ଆମର ଆଗାମୀ ରଜା। ସେ ଆସିଲେ ଠିଆ ହେଉଥିବୁ। ତାଙ୍କୁ ଆଜ୍ଞା ଆପଣ କରି କଥା ହେଉଥିବୁ।'

ଏଣେ ଯୁବରାଣୀ ପୁଅକୁ ତାଗିଦା କରିଥିଲେ, 'ବାପା କାହ୍ନୁ, ସେ ବ୍ରାହ୍ମଣ ବାଳକ। ତାକୁ ତୁ'ତା' ରେ'ରା' କରି କଥା ହେବୁ ନାହିଁ। ଧମକଚମକ ଦେବୁ ନାହିଁ। କଦାଚିତ୍ ଅସମ୍ମାନ କରିବୁ ନାହିଁ। ଗାଳିଗୁଲଜ ତ ଆଦୌ ନୁହଁ। ମହାପାପ ହେବ।'

ଉଭୟ ପକ୍ଷ ନିଜ ନିଜର ମର୍ଯ୍ୟାଦାର ସୀମା, ପରିସୀମା ଓ ଗୁରୁତ୍ୱ ଜାଣିଥିଲେ।

କୁମାର ଲକ୍ଷ୍ମଣ ପ୍ରଥମ ଦିନ ପଚାରିଥିଲେ, 'ବାଳକ, ତୁମ ନାଁ କ'ଣ?'

'ବିଷ୍ଣୁ'।

'ଆଚ୍ଛା ବିଷ୍ଣୁ, ତୁମ କାମ ହେଲା ଏଇ ଦର୍ପଣଟାକୁ ଏମିତି ଟେକି ଧରି ମୋ କ୍ଷିଅର ସରିବା ଯାଏ ମୋତେ ଏମିତି ଦେଖାଇବ। କରିପାରିବ? ହାତ କାଟିବ ନାହିଁ?'

'ନା, ନା, ମୁଁ ତ ଏକୁଟିଆ ଶହେ ଆଠ ଆହୂତିର ହୋମ ପାଇଁ ଖଣ୍ଡେ ଆମ୍ବକାଠକୁ କାଟି ଟୁକୁଡ଼ା ଟୁକୁଡ଼ା କରିଦେଉଛି।'

'ଆରେ ବାଃ, ଉତ୍ତମ। ଆଛା, ଯଦି ସେ କାଠକୁ ଟୁକୁଡ଼ା କଲାବେଳେ ତୁମକୁ କିଏ ହଲେଇ ଦେବ, କ'ଣ ହେବ?'

ନିଜ ଡାହାଣ ହାତକୁ ବାଁ ହାତ ଉପରେ ଚୋଟ ଟିଏ ପକାଇବାର ଅଭିନୟ କରି ବିଷ୍ଣୁ ଛାତି ଫୁଲାଇ ସଙ୍ଗେ ସଙ୍ଗେ ଉତ୍ତର ଦେଲା 'ସିଧା ଆଙ୍ଗୁଠି ଦୁଇ ଗଡ଼ ହୋଇଯିବ।'

'ଆଉ ମୋତେ ଦେଖାଇବା ବେଳେ ତୁମେ ଯଦି ଦର୍ପଣ ହଲାଇଦେବ କ'ଣ ହେବ?'

ନିଜ ଲଣ୍ଡାମୁଣ୍ଡରେ ଝୁଲୁଥିବା ଶିଖାକୁ ଆଉଁସି ଆଉଁସି ବିଷ୍ଣୁ କୁମାରଙ୍କୁ ଚାହିଁଲା। ଏହାର ଉତ୍ତର ତାକୁ ଦିଶିଲା ନାହିଁ।

'ଜାଣିନି'

'ତୁମେ ଦର୍ପଣ ହଲାଇ ଦେଲେ ମୋ ଗାଲରୁ, ନିଶରୁ କଟିଯିବ, ରକ୍ତ ବାହାରିବ। ମୋ ଦେହରୁ ରକ୍ତ ବାହାରିଲେ ତୁମକୁ ଭଲ ଲାଗିବ?'

ବିଷ୍ଣୁ ମୁଣ୍ଡ ହଲାଇ ମନା କଲା। କାହା ଦେହରୁ ରକତ ବାହାରିବା କଥା କଳ୍ପନା କରିବା ମାତ୍ରେ ତା'ର ମୁଣ୍ଡ ଝିମ୍‌ଝିମ୍ ହୋଇଗଲା। ସେ ଜାଣିଥିଲା ତା' ଆଗରେ ବସିଥିବା ଲୋକଟି ଜଣେ ରାଜା। 'ଆଗାମୀ' ଶବ୍ଦର ଅର୍ଥ ସେ ଜାଣି ନଥିଲା। ତଥାପି ଏହି ବଳିଷ୍ଠ, ଦୀର୍ଘକାୟ ତରୁଣଟି ପ୍ରତି ତା' ମନରେ ଯଥେଷ୍ଟ ସମ୍ମାନ ଜନ୍ମ ହୋଇସାରିଥିଲା। ଏଣୁ ତା'ର ଭୂଲ ପାଇଁ ଏହି ରାଜାଙ୍କ ଦେହରୁ ରକ୍ତ ବାହାରିପାରେ ଏତକ ଶୁଣି ସେ ଛାନିଆଁ ହୋଇଗଲା।

ତାଙ୍କର ଶକ୍ତିଶାଳୀ ବାହୁ ଉପରେ ଥିବା ଏକ ଦୀର୍ଘ କଟା ଦାଗକୁ ସେ ଆଙ୍ଗୁଠି ତୋଳି ଦେଖାଇଲା।

ନିଜ ବାହୁର କଟା ଦାଗଟିକୁ ଚାହିଁ କୁମାର ହସିଲେ। କହିଲେ, 'ଇଏ ମୋର ଯୁଦ୍ଧର ଦାଗ। ଶତ୍ରୁ ସାଙ୍ଗରେ ଯୁଝିବା ବେଳେ ତା'ର ଖଣ୍ଡାର ଚୋଟ ଏଇଠି ପଡ଼ିଥିଲା। ମୁଁ ମୋ ଖଣ୍ଡାକୁ ଫୋପାଡ଼ି ତାକୁ ଦେଲି ଗୋଟେ ନିର୍ଘାତ ଚାପୁଡ଼ା। ସେ ସେଇଠି ଟଳିପଡ଼ିଲା। ଏ ଦାଗଟା ରହିଗଲା।'

'ଟଳିପଡ଼ିଲା ବୋଇଲେ?'

'ମରିଗଲା।'

ଉଣେଇଶ ବର୍ଷର ଏ ଯୋଦ୍ଧାଙ୍କ ବୟାନ ମିଛ ନଥିଲା। ସେ ଭାବୁଥିଲେ

ଶତ୍ରୁଜଣକ ମରିଗଲା ଶୁଣିଲେ ବ୍ରାହ୍ମଣ ବାଳକ ହସିବ। କିନ୍ତୁ ଶ୍ରୋତାର ଆଖି ଯେ ତଳକୁ ହୋଇଗଲା। ମୁହଁ କଳା ପଡ଼ିଗଲା। ଛାତିରେ ଛନକା ପଶିଗଲା। ଏକଥା ସେ ଜାଣିପାରିଲେ ନାହିଁ।

ସେଦିନ ଶୋଇବା ବେଳେ ବିଷ୍ଣୁ, କୁମାରଙ୍କ ସେ ବଳିଷ୍ଠ ବାହୁରୁ ଧାର ଧାର ରକ୍ତ ବହୁଥିବାର କଳ୍ପନାରେ ଭୟରେ ଜଡ଼ସଡ଼ ହୋଇଗଲା। ତା'ର ଛୋଟିଆ ଦେହ ଭିତରେ ଥିବା ଛୋଟିଆ ହୃଦୟଟି ଛାନିଆଁରେ ରୁନ୍ଧି ହୋଇଗଲା।

କିଛି ମାସ ବିତିଗଲା।

କାକରା, ରସଗୋଲା ଖାଇବାର ମୋହ ହେଉ, କି ଗାମୁଛାରେ ବନ୍ଧା ହେଉଥିବା ମୁଠାଏ କଉଡ଼ି, କେତୋଟି ତମ୍ବା ପଇସା ଅର୍ଜିବାର ପୌରୁଷରେ ହେଉ କିମ୍ବା କୁମାରଙ୍କ ସହ ହସମଜାର ଆକର୍ଷଣରେ ହେଉ, ବିଷ୍ଣୁର ରାଜବାଟୀକୁ ସକାଳୁ ସକାଳୁ ଯିବା ଦିନକ ପାଇଁ ବି ବନ୍ଦ ହୋଇନଥିଲା।

କେବଳ ମଝିରେ ମଝିରେ ଦର୍ପଣକୁ ହଠାତ୍ ହଲାଇ ଦେବାର ଅପରାଧରେ ସେ ଯେଉଁ ତାଗିଦା କୁମାରଙ୍କଠାରୁ ବେଳେବେଳେ ଶୁଣୁଥିଲା, ପଇସା ଓ କଉଡ଼ି ମୁଠାକ ଧରି ଡେଇଁ ଡେଇଁ ଘରକୁ ଫେରିବା ବେଳକୁ ସେ ମୃଦୁ ତାଗିଦାର ମୃଦୁ କଟୁତ୍ୱ ତା' ମୁଣ୍ଡରୁ ସଂପୂର୍ଣ୍ଣ ପୋଛି ହୋଇଯାଉଥିଲା।

ସେଦିନ କିନ୍ତୁ ଘୋର ଦୁର୍ଯୋଗର ଦିନଟାଏ ଥିଲା।

କୁମାରଙ୍କ ଦୁଇ ଦୁଇ ଥରର ମୃଦୁ ପ୍ରତିବାଦ ସତ୍ତ୍ୱେ ବିଷ୍ଣୁର ଅଜାଣତରେ ତା'ର ହାତର ଦର୍ପଣ ହଲିଗଲା। କୁମାରଙ୍କ ଗାଲରୁ ଖଚ୍ କରି ଧାରେ କଟିଗଲା।

ମୁହୂର୍ତ୍ତକରେ ସବୁକିଛି ଘଟିଗଲା।

ରାଜକୁମାରଙ୍କ ହାତକୁ ପାଣି ଗଡ଼ାଉଥିବା ଦାସଟିର ଚିତ୍କାର ଶୁଣି ସେ ଆଖପାଖରେ କାମ କରୁଥିବା ମାଳୀ, ଝାଡୁ କରୁଥିବା ଦାସୀ ଓ ଅନ୍ୟାନ୍ୟ ଦାସଦାସୀ ଦଉଡ଼ି ଆସି ଦେଖିଲେ- ବ୍ରାହ୍ମଣ ବାଳକଟି ଚାନ୍ଦିନୀ ଉପରେ ଅଚେତ ହୋଇ ପଡ଼ିଛି। ତା'ର କାନରୁ ବାହାରୁ ଥିବା ଧାରେ ରକ୍ତରେ ଦାସ ତା' ମୁହଁକୁ ଛାଟୁଥିବା ପାଣି ମିଶି ଅଳତା ରଙ୍ଗରେ ନାଳି ଧାରଟିଏ ଚାନ୍ଦିନୀ ତଳକୁ ଗଡ଼ି ମାଟିକୁ ଭିଜାଇ ସାରିଲାଣି। ରାଜକୁମାରଙ୍କ ଅଧା କ୍ଷିଅର ହୋଇଥିବା ଗାଲରୁ ଧାର ଧାର ରକ୍ତ ବାହାରି ତାଙ୍କ ଗାମୁଛା ଓଦା କରି ସାରିଲାଣି। ସେ ଥରେ ଗାମୁଛା ଚାପି ରକ୍ତକୁ ଆଣି ଦେଖୁଛନ୍ତି ଓ ଥରେ ବାଳକକୁ ଅନାଉଛନ୍ତି।

ଦର୍ପଣଟି ଖଣ୍ଡ ଖଣ୍ଡ ହୋଇ ତଳେ ପଡ଼ିଛି।

ଜମା ହୋଇଥିବା ଦାସଦାସୀଙ୍କ ଭିତରୁ କିଏ ନାକ ଫୁଙ୍କିଲା ତ କିଏ କାନ

ଫୁଙ୍କିଲା। ଆଉ କେହି ଧାଇଁଯାଇ ରାଜା, ରାଣୀ, ଯୁବରାଜ, ଯୁବରାଜ୍ଞୀଙ୍କୁ ଖବର ଦେଲା। ଧଡ଼ପଡ଼ ହୋଇ ବସିବା ସ୍ଥାନରୁ ଉଠି ସେମାନେ ସେଇଠି ଆସି ପହଞ୍ଚିବା ବେଳକୁ ରାଜଆଜ୍ଞାରେ ରାଜସୈନିକ ଜଣେ ଘୋଡ଼ାରେ ଝପଟି ଯାଇ ରାଜବୈଦ୍ୟଙ୍କୁ ସାଙ୍ଗରେ ଆଣି ଚିକିତ୍ସା ଆରମ୍ଭ କରି ସାରିଲେଣି।

କିନ୍ତୁ ବାଳକର ଚେତା ଆଉ ଫେରିଲା ନାହିଁ।

ରାଜ୍ୟରେ ଚହଳ ପଡ଼ିଗଲା। ବାଳହତ୍ୟା, ସେ ପୁଣି ବ୍ରାହ୍ମଣ ବାଳକର। ବ୍ରହ୍ମହତ୍ୟା !

ଘୋର ଅନର୍ଥ !

ରାଜକୋଷର ଅଜସ୍ର ଅର୍ଥରେ ସୁଅ ବାଳକର ପରିବାରକୁ କ୍ଷତିପୂରଣ ରୂପେ ଦିଆଗଲା। ଦଶାହ, ବାରଦିନ କର୍ମ ବେଶ୍ ଜାକଜମକରେ ହେଲା।

ଲୋକଙ୍କ କୁହୁଳୁଥିବା କ୍ରୋଧାଗ୍ନି ଇନ୍ଧନ ନପାଇ ଧୀରେ ଧୀରେ ଶାନ୍ତ ହୋଇଗଲା।

ସପ୍ତାହ ପରେ ସପ୍ତାହ ବିତିଗଲା। ଧୀରେ ଧୀରେ ସବୁଦିନ ପରି ସକାଳ ହେଲା, ରାତ୍ରି ହେଲା। ସମସ୍ତଙ୍କ ମନରୁ ବାଳକର ହତ୍ୟା, ମୃତ୍ୟୁର ଦୁଃଖଦ ଧୂଆଁ ସନ୍ତର୍ପଣରେ ଶୂନ୍ୟରେ ମିଳାଇଗଲା।

ସେଦିନ, ରାଜକୁମାର ଲକ୍ଷ୍ମଣ ସକାଳୁ ସକାଳୁ ନିଘୋଡ଼ ନିଦରେ ଶୋଇଥିବାବେଳେ ତାଙ୍କ ମୁହଁରେ ବାଳସୂର୍ଯ୍ୟଙ୍କ ଉଜ୍ଜ୍ୱଳ କିରଣରୁ କିଛି ନାଚିବାରେ ଲାଗିଲା। ଯେତେବେଳେ ଆଖି ଉପରେ ଆଲୋକର ସେ ନୃତ୍ୟ ତୀବ୍ର ଓ ଅସହ୍ୟ ହେଲା, ରାଜକୁମାର ନିଦ ବାଉଳାରେ ଚିତ୍କାର କଲେ- 'ଏଃ ! ବନ୍ଦକର ଏ ଖିଡ଼୍‌କୀ।'

କିନ୍ତୁ ରାଜକୁମାରଙ୍କ ମୁହଁରେ ସେ ଆଲୋକର କଟୁ ତୀବ୍ରତା ବଢ଼ିଲା ସିନା କମିଲା ନାହିଁ।

ରାଜକୁମାରଙ୍କ ଗାଢ଼ ନିଦ ସେ ଆଲୋକ ନୃତ୍ୟର ତାଡ଼ନାରେ ଯେତେବେଳେ ପତଳା ହେଲା, ମସ୍ତିଷ୍କ ମଧ୍ୟ ନିଦ୍ରିତରୁ ଜାଗ୍ରତ ଅବସ୍ଥାକୁ ଆସିଲା, ସେତେବେଳେ ଆଖି ନଖୋଲି ମଧ୍ୟ ତାଙ୍କୁ ମନେପଡ଼ିଲା, ତାଙ୍କ ଶୋଇବା ଘର ଏଇ କୋଠରୀରେ ତ ମୁଣ୍ଡ ପାଖରେ ଏମିତି କୌଣସି ଖିଡ଼୍‌କୀ ନାହିଁ ଯେ, ସେ ବାଟେ ଉଦିତ ସୂର୍ଯ୍ୟ କିରଣରୁ ଚେନାଏ ଆସି ମୁହଁରେ ପଡ଼ିବ, ସେ ବି ଏମିତି ଚଞ୍ଚଳ ନୃତ୍ୟରତ ଆଲୋକ। ସୁଖ ନିଦ୍ରା ପାଇଁ ତ ଏ କୋଠରୀର ସବୁ ଝରକା, ଯେଉଁଠି ପଲଙ୍କର ସୀମା ସରିଛି, ତା'ଠାରୁ ଚାରିହାତ ଦୂରରେ ତିଆର ହୋଇଛି, ଯେମିତିକି ଝରକା ଖୋଲାଥିଲେ ବି ଆଲୁଅ ପବନ ଘରେ ପଶିବ ସିନା, ବିଶ୍ରାମ ପାଇଁ ଶୋଇଥିବା ବ୍ୟକ୍ତି ଉପରେ ସୂର୍ଯ୍ୟକିରଣ

ପଡ଼ିବ ନାହିଁ । ଆଉ ତା'ର ବିପରୀତ ପଟରେ ଥିବା ଉତ୍ତର ପଟର ଖୋଲା ଝରକାଟି ଦେଇ ଆଲୁଅ ପବନ ଆସିବ ସିନା ସୂର୍ଯ୍ୟ କିରଣ ଆଦୌ ନୁହଁ ।

ଏକଥା ଚେତନାରେ ପଶିବା ମାତ୍ରେ ଲକ୍ଷ୍ମଣ କୁମାରଙ୍କ ବନ୍ଦ ଆଖି ଛାଏଁ ଖୋଲିଗଲା ।

ମୁହଁ ବୁଲାଇ ପଛକୁ ଚାହିଁ ସେ ଦେଖିଲେ ଘରେ ପଡ଼ିଥିବା ଚେନାଏ ସୂର୍ଯ୍ୟ କିରଣ ପାଖରେ ଠିଆହୋଇ ବିଷ୍ଣୁ ଦର୍ପଣଟାଏ ଧରି ସେ ଆଲୋକକୁ ତାଙ୍କ ମୁହଁ ଉପରେ ଧପ୍‌ଧପ୍ କରି ପକାଉଛି ।

'ହେଃ ବିଷ୍ଣୁ, ବନ୍ଦ କର ଏ ଖେଳ !' କହି ସେ ମୁହଁ ଫେରାଇ ପୁଣି ନିଦମାଉସୀଙ୍କ କୋଳରେ ମୁହଁ ଗୁଞ୍ଜି ଶୋଇବାକୁ ଚେଷ୍ଟା କଲେ । ନିଦ ମାଉସୀ ମଧ୍ୟ ପରମ ଆଦରରେ ତାଙ୍କୁ କୋଳକୁ ଟାଣିନେଲେ ସତ କିନ୍ତୁ ଧୀରେ ଧୀରେ ଚେତନାକୁ ମଧ୍ୟ ଜାଗ୍ରତ କରିଦେଇ କହିଲେ, 'ବିଷ୍ଣୁ ? ବିଷ୍ଣୁ କୁଆଡ଼ୁ ଆସିବରେ ବାପ ? ବିଷ୍ଣୁ ତ କାଳ ହୋଇ ତିନି ସପ୍ତାହ ହେଲାଣି ।'

ରାଜକୁମାର ଧଡ଼ପଡ଼ ହୋଇ ଶେଯରେ ଉଠିବସିଲେ । ଦେଖିଲେ, ବିଷ୍ଣୁ ତାଙ୍କ ଆଗରେ ଠିଆହୋଇ ତାଙ୍କୁ କଟମଟ କରି ଚାହିଁ ଏଥର ତୀବ୍ର ସୂର୍ଯ୍ୟ କିରଣକୁ ସ୍ଥିର କରି ତାଙ୍କ ଆଖି ଉପରେ ପକାଇଲା ।

ରାଜକୁମାର ଦୁଇ ହାତରେ ନିଜ ମୁହଁକୁ ଘୋଡ଼ାଇ ଚିତ୍କାର କରିଉଠିଲେ । କିନ୍ତୁ ସେ ଶବ୍ଦ ତାଙ୍କ ଗଳା ଡେଇଁ ବାହାରକୁ ଆସିଲା ନାହିଁ ।

'ରାଜକୁମାର ! ମଣିମା !'

ରାଜକୁମାର ଆଖିରୁ ହାତ ହଟାଇ ଦେଖିଲେ, ଜେଜେବାପା ରାଜା ହରିହରଙ୍କ ଖାସ୍ ଲୋକ କୁମ୍ଭ ତାଙ୍କ ଆଗରେ ହାତଯୋଡ଼ି ଠିଆ ହୋଇଛି ।

'ଆରେ କୁମ୍ଭ ! ଏତେ ସକାଳୁ ?'

'ମୋତେ ତ ମଣିମା କହିଥିଲେ ଆପଣଙ୍କୁ ନିଦରୁ ଉଠାଇ ଏ ସମ୍ବାଦ ଦେବାକୁ । କିନ୍ତୁ ଯୋଗ ଦେଖ, ଆପଣ ଉଠିସାରିଲେଣି । ଏବେ ଉଠିଲେ ବୋଧହୁଏ ?'

'ହଁ' କହି ରାଜକୁମାର ବିଷ୍ଣୁ ଆଡ଼କୁ ଚାହିଁଲେ ।

ବିଷ୍ଣୁ ସେଇଠି ନଥିଲା ।

ପୁଣି କୁମ୍ଭ ଆଡ଼କୁ ଅନାଇ ରାଜକୁମାର କହିଲେ, 'କିନ୍ତୁ ଏମିତି କି ସମ୍ବାଦ ଯେ ଜେଜେ ଆଜ୍ଞା ଏତେ ସକାଳୁ ମୋତେ ଡକାଇ ପଠାଇଛନ୍ତି ?'

'ସମ୍ବାଦ ତ ଗୁରୁତର ମଣିମା । ଯୁବରାଜ ମଣିମା, ରାଜଗୁରୁ, ପ୍ରଧାନମନ୍ତ୍ରୀ ସମସ୍ତେ ଏବେ ମହାରାଜଙ୍କ ଗୁପ୍ତ କକ୍ଷରେ ଆଲୋଚନା କରୁଛନ୍ତି । ଆପଣ ତ

ଉପସେନାପତି। ଆପଣଙ୍କୁ ଅପେକ୍ଷା କରିଛନ୍ତି। ଆମ ଗୁପ୍ତଚର ଖବର ଆଣିଛି- ଆମ ଦକ୍ଷିଣ ପଶ୍ଚିମ ସୀମାନ୍ତ ରାଜ୍ୟ ଦଙ୍ଗଲପୁଟ, ମୋଗଲମାନଙ୍କ ସହିତ ମିଶି ଆମ ରାଜ୍ୟ ଆକ୍ରମଣ କରିବାକୁ ସଜ ହେଉଛନ୍ତି।'

'ତାଙ୍କର ଏଡ଼େ ସାହସ? ଗତ ଦୁଇମାସ ତଳେ ପରା ତାଙ୍କ ସେନାପତି ଯୁଦ୍ଧରେ ମୋ ହାତରୁ ଚୋଟେ ଖାଇ ଛତ୍ରଭଙ୍ଗ ଦେଇ ପଳାଇଥିଲେ? ଏଇ ସୁଯୋଗରେ ତାଙ୍କୁ ଗୋଡ଼ାଇ ଗୋଡ଼ାଇ ତାଙ୍କର ପାଞ୍ଚଖଣ୍ଡି ଗାଆଁ ଆମେ ଛଡ଼ାଇ ଆଣି ଆମ ରାଜ୍ୟରେ ମିଶାଇ ଦେଇଛେ।'

'ହଁ ପରା, ହେଲେ ସେ ପାଞ୍ଚଖଣ୍ଡ ଗାଁ କୁଆଡ଼େ ତାଙ୍କର ଭାତହାଣ୍ଡି। ତାକୁ ଉଦ୍ଧାର କରିବା ପାଇଁ ଏଥର ତାଙ୍କର ଯୁବରାଜ ନିଜେ ସେନାପତି ସାଜି ଆସୁଛନ୍ତି ବୋଲି ଆମ ଗୁପ୍ତଚର ଖବର ଆଣିଛି।'

'ଯୁବରାଜ ଆସନ୍ତୁ କି ରାଜା ନିଜେ ଆସନ୍ତୁ, ମୋ ହାତରୁ ହାଣ ହିଁ ଖାଇବେ। ହଉ ତୁମେ ଚାଲ, ମୁଁ ସଙ୍ଗେ ସଙ୍ଗେ ଲୁଗାପଟା ପିନ୍ଧି ଆସୁଛି। ପିତାଶ୍ରୀଙ୍କୁ କହିବ ଏଥର ଯୁଦ୍ଧକୁ ସେ ମଧ୍ୟ ଯିବା ଆବଶ୍ୟକ ନାହିଁ। ମୁଁ ଏଥର ଦଙ୍ଗଲପୁଟର ଆଉ ପାଞ୍ଚଖଣ୍ଡ ଗାଁ ଛଡ଼ାଇ ଆଣିବି।'

କୁମ୍ଭ ପ୍ରଣାମ ଜଣାଇ ଚାଲିଗଲା। ରାଜକୁମାର କୋଠରୀରେ ଥିବା ପିତ୍ତଳ ଘଣ୍ଟରେ ପାହାରଟାଏ ପକାଇଲେ। ସଙ୍ଗେ ସଙ୍ଗେ ତାଙ୍କର ନିଜ ଦାସ ନିତ୍ୟ ଆସି ପହଞ୍ଚିଲା।

'ଛାମୁ?'

'ନିତ୍ୟ! ମୋର ଲୁଗାପଟା ପଗଡ଼ି ଏ ପଲଙ୍କ ଉପରେ ସଜାଡ଼ି ରଖ। ମୁଁ ଧୂଆଧୋଇ ହୋଇ ଆସୁଛି।'

ନିତ୍ୟ ରାଜକୁମାରଙ୍କ ଲୁଗାପଟା ବିରୁଆରୁ ବାହାର କରି ପଲଙ୍କରେ ସଜାଡ଼ି ରଖୁ ରଖୁ ଅନ୍ତଃପୁରକୁ ଖବର ପଠାଇଲା, ରାଜକୁମାରଙ୍କ ପ୍ରାତଃ ଭୋଜନ ପଠାଇ ଦେବା ପାଇଁ, ଦାସୀ ଜଣେ ସକାଳର ଖାଇବା ନେଇ ସେଇଠି ପହଞ୍ଚି ଚଉପଦୀ ଉପରେ ସବୁ ସଜାଡ଼ି ରଖିଲା।

'ନିତ୍ୟ ଭାଇ, ଏଇଠି ଖାଇବା ରହିଲା। ମଣିମାଙ୍କୁ ଆଉ କିଛି ଆବଶ୍ୟକ ହେଲେ ଡାକିଲେ ମୁଁ ଆସିବି। ବାହାରେ ଅଛି।'

'ହଉ', ପଗଡ଼ିକୁ ସଜାଡ଼ି ରଖୁ ରଖୁ ନିତ୍ୟ ଉତ୍ତର ଦେଲା।

ନିତ୍ୟ ରାଜକୁମାରଙ୍କୁ ଦର୍ପଣ ଆଗରେ ଠିଆ କରାଇ ତାଙ୍କୁ ପୋଷାକ ପିନ୍ଧାଇବାରେ ସାହାଯ୍ୟ କଲା। ରାଜକୁମାର ନିଜକୁ ଦର୍ପଣରେ ଦେଖି ପିନ୍ଧା ପୋଷାକ ସଜାଡ଼ିବା ବେଳେ ତାଙ୍କର ଦୃଷ୍ଟି ଦର୍ପଣରେ ପ୍ରତିଫଳିତ ପଲଙ୍କ ଉପରେ ପଡ଼ିଲା।

ବିଷ୍ଣୁ ସେଇଠି ବସି ପଲଙ୍କ ତଳକୁ ଗୋଡ଼ ଝୁଲାଇ କାକରା ପିଠାଟିଏ ଥାଳୀରୁ ଉଠାଇ ଖାଉଛି।

'ହେଃ, ହେଃ, ଏଃ ! ରାଜକୁମାର ଚିତ୍କାର କରି ଉଠିଲେ।

ନିତ୍ୟ ଆଶ୍ଚର୍ଯ୍ୟ ହୋଇ ତାଙ୍କ ଆଗକୁ ଆସି କହିଲା- 'କ'ଣ ହେଲା ମଣିମା ?'

'ସେ... ସେ... ମୋ ପିଠା ଖାଉଛି।' ରାଜକୁମାର ଦର୍ପଣ ଭିତରେ ଦିଶୁଥିବା ପଲଙ୍କ ଆଡ଼କୁ ଆଙ୍ଗୁଳି ଦେଖାଇ କହିଲେ।

'କିଏ ?' ନିତ୍ୟ ଆଖି ଏଡ଼େ ଏଡ଼େ କରି ଆଗକୁ ଉହୁଙ୍କି ଦର୍ପଣ ଭିତରୁ ପଲଙ୍କ ଆଡ଼େ ଅନାଇ କହିଲା- 'କିଏ ନାଇଁ ତ !'

ରାଜକୁମାର ପଛକୁ ବୁଲି ଚାହିଁଲେ। କେହି ନାହିଁ। ଦର୍ପଣକୁ ଚାହିଁଲେ। ବିଷ୍ଣୁ ହାତରେ ପିଠା ଧରି ଖାଇ ଖାଇ ପଲଙ୍କ ଉପରେ ବସି ତାଙ୍କୁ କଟମଟ କରି ଚାହିଁଛି। ସେ ପୁଣି ପଛକୁ ବୁଲି ପଲଙ୍କକୁ ଅନାଇଲେ। କେହି ନାହିଁ।

'ମଣିମା ! କ'ଣ ହେଲା ? କାହା କଥା କହୁଛନ୍ତି ?' ନିତ୍ୟର ପ୍ରଶ୍ନରେ ସେ ନିତ୍ୟକୁ ଅନାଇଲେ। କହିଲେ- 'ତୁ ପଲଙ୍କ ଉପରେ ସେ କଡ଼କୁ ଚଉପଦୀ ଆଗରେ ବସ୍ ତ।'

'ଆଜ୍ଞା ! ଆପଣଙ୍କ... ଆପଣଙ୍କ ପଲଙ୍କ ଉପରେ ମୁଁ...ମୁଁ ବସିବି ? କାହିଁକି ?'

'ବସ୍ କହିଲି ପରା।'

ନିତ୍ୟ କାନ୍ଧକୁ ସଂକୁଚିତ କରି ପଲଙ୍କ କଡ଼ରେ ଯାଇ ବସିଲା। ରାଜକୁମାର ଦର୍ପଣକୁ ଚାହିଁଲେ। ବିଷ୍ଣୁର ଜାଗାରେ ନିତ୍ୟ ବସିଛି। ବିଷ୍ଣୁର ସେଇଠି ଦେଖାନାହିଁ।

'ମୋ ମୁଣ୍ଡ ଖରାପ ହେଲାଣି।' ରାଜକୁମାର ମନେମନେ ଭାବିଲେ। ନିତ୍ୟକୁ ଚାହିଁ କହିଲେ- 'ହଉ, ଏଠିକି ଆ'। ପଗଡ଼ି ବାନ୍ଧିବୁ ପରା ?'

ନିତ୍ୟର ଭ୍ରୂକୁଞ୍ଚନ ସିଧା ହେଲା ନାହିଁ। ସେ ଚଉକୀଟିଏ ଆଣି ଦର୍ପଣ ଆଗରେ ରଖିଲା। କିଛି ନକହି ରାଜକୁମାରଙ୍କୁ ସେଥିରେ ବସାଇ ତାଙ୍କ ସାମ୍ନାରେ ଠିଆହୋଇ ପଗଡ଼ିକୁ ସଜାଡ଼ିଧରି ରାଜକୁମାରଙ୍କ ମୁଣ୍ଡରେ ପଗଡ଼ି ବାନ୍ଧିବାରେ ଲାଗିଲା। ସେ ଆଗରେ ଠିଆ ହୋଇଯିବାରୁ କୁମାରଙ୍କୁ ଦର୍ପଣ ଆଉ ଦେଖାଗଲା ନାହିଁ।

ପଗଡ଼ିକୁ ଧରି ବାନ୍ଧୁ ବାନ୍ଧୁ ସେଥିରେ ଖୁଞ୍ଚିବା ପାଇଁ ଥିବା ରୂପାକଣ୍ଟାରୁ ଗୋଟିଏ ନିତ୍ୟ ହାତରୁ ଖସି ତଳେ ପଡ଼ିଲା। ସେ ତାକୁ ଗୋଟାଇବା ପାଇଁ ଲଇଁ ପଡ଼ିଲା।

ସେ ଲଇଁ ପଡ଼ିବାରୁ ତା' ପଛପଟେ ଥିବା ଦର୍ପଣ ଉପରେ ରାଜକୁମାରଙ୍କ ଦୃଷ୍ଟି ପଡ଼ିଲା।

ବିଷ୍ଣୁ ଠିକ୍ ତାଙ୍କ ପଛପଟେ ଠିଆହୋଇ ତାଙ୍କ କାନ୍ଧ ଉପରେ ଗୋଟିଏ ହାତ ରଖି ଦର୍ପଣ ଭିତରୁ ତାଙ୍କୁ ରୁକ୍ଷ ଦୃଷ୍ଟିରେ ଅନାଇ ରହିଛି।

'ଏୟ!! ହେଃ, ହେଃ!!' ଚିତ୍କାର କରି ରାଜକୁମାର ଧଡ଼ାସ୍ କରି ଚଉକୀରୁ ଉଠିପଡ଼ିଲେ। ତାଙ୍କ ଧକ୍କାରେ ନିତ୍ୟ ତଳେ ଗଡ଼ିପଡ଼ିଲା।

'କ'ଣ ହେଲା ମଣିମା? କ'ଣ ହେଲା?' ତଳୁ ଝାଡ଼ିଝୁଡ଼ି ହୋଇ ଉଠୁଉଠୁ ନିତ୍ୟ ପଚାରିଲା।

ରାଜକୁମାର ନିଜର ଆଗକୁ ପଛକୁ ଚାହିଁଲେ। କିଏ ନାହିଁ। ଦର୍ପଣକୁ ଚାହିଁଲେ, କେହି ନାହିଁ। ସେ ଲଥ୍ କରି ପୁଣି ଚଉକୀ ଉପରେ ବସିପଡ଼ିଲେ।

ନିତ୍ୟକୁ ଚାହିଁ କହିଲେ- 'ମୋ ମୁଣ୍ଡ ଘୂରୁଛି। ଗଲୁ ମା'ଙ୍କୁ ଡାକି ଆଣିବୁ।'

'ଏଁ ମୁଣ୍ଡ ଘୂରୁଛି?' ସେ ଧାଇଁ ଯାଇ ଘଣ୍ଟାରେ ପାହାରେ ଦେଲା। ଦାସ ଜଣେ ଭିତରକୁ ଆସି ଚଉକୀ ଉପରେ ମୁଣ୍ଡରେ ହାତଦେଇ ବସିଥିବା ରାଜକୁମାରଙ୍କୁ ଥରେ ଚାହିଁଲା ଓ ଆଉ ଥରେ ନିତ୍ୟକୁ।

ନିତ୍ୟ ବ୍ୟସ୍ତ ହୋଇ କହିଲା- 'ଧାଇଁଯା', ସାନ ରାଣୀ ମା'ଙ୍କୁ ଡାକି ଆଣିବୁ। କହିବୁ ଛୋଟ ମଣିମାଙ୍କ ମୁଣ୍ଡ ଘୂରୁଛି।'

ଦାସ ତତ୍‌କ୍ଷଣାତ୍ ସେଠାରୁ ଚାଲିଗଲା।

'ମଣିମା, ଆପଣ ଖାଇ ନାହାନ୍ତି ବୋଲି ବୋଧହୁଏ ମୁଣ୍ଡ ଘୂରାଇ ହେଉଛି। ଆପଣ ଆଗେ ଖାଇ ଦିଅନ୍ତୁ। ତାପରେ ମୁଁ ପାଗ ଭିଡ଼ିଦେବି।'

ରାଜକୁମାର ସେଇଠି ବସି ଥାଳୀକୁ ଚାହିଁଲେ। ଏଥିରୁ କ'ଣ ସତରେ ବିଷ୍ଣୁ ଗୋଟାଏ ଉଠାଇ ଖାଉଥିଲା? ନା, ଏ ତାଙ୍କର ମତିଭ୍ରମ?

'ଏ ଥାଳୀରେ କେତେଟା ପିଠା ଥିଲା?'

'ଏଁ କେତେଟା ପିଠା? ମୋର ତ ସିଆଡ଼େ ଧ୍ୟାନ ନାହିଁ।' ନିତ୍ୟ ମୁହଁ ଫୁଲାଇ ଜବାବ ଦେଲା।

*କ'ଣ ରାଜକୁମାର ଭାବୁଛନ୍ତି କି ମୁଁ ଏଥିରୁ ଗୋଟାଏ ଖାଇ ଦେଇଛି ବୋଲି?*

ରାଜକୁମାରଙ୍କ ଦୃଷ୍ଟି କୋଠରୀର ଚାରିଦିଗରୁ ବୁଲିଆସି ଦର୍ପଣ ଉପରେ ପଡ଼ିଲା। ବିଷ୍ଣୁ ତାଙ୍କ ପାଖରେ ଠିଆହୋଇ, ତାଙ୍କ କୁର୍ତ୍ତାକୁ ଭିଡ଼ିଧରି ଦର୍ପଣ ଭିତରୁ ତାଙ୍କୁ ସେମିତି ଚାହିଁଛି।

'ଏଃ! ଏଃ! ଏଃ!' ରାଜକୁମାର ଚଉକୀରୁ ଗୋଟିଏ କୁଦାମାରି ଠିଆହେବାକୁ ଯାଉ ଯାଉ ଟଳମଳ ହୋଇ ତଳେ ପଡୁପଡୁ ନିତ୍ୟ ତାଙ୍କୁ ଧରି ପକାଇଲା। ଠିକ୍ ସେତିକିବେଳେ ଦୁଇଜଣ ଦାସୀଙ୍କ ସହ ଯୁବରାଣୀ ସେଇ କୋଠରୀକୁ ପଶି ଆସୁଥିଲେ। ସେମାନେ ମଧ୍ୟ 'ଆରେ, ଆରେ' କହୁ କହୁ ଦଉଡ଼ିଯାଇ ରାଜକୁମାରଙ୍କୁ ଧରିନେଲେ।

'କାହ୍ନୁ, କ'ଣ ହେଲା ବାପା?'

କୁମାର ନିଜ ପଛକୁ ଦର୍ପଣ ଆଡ଼କୁ ଆଙ୍ଗୁଠି ଦେଖାଇ କହିଲେ,

– 'ବିଷ୍ଣୁ! ବିଷ୍ଣୁ! ମା', ବିଷ୍ଣୁ!'

'ବିଷ୍ଣୁ? ବିଷ୍ଣୁ କିଏ?' ଯୁବରାଣୀ ଆଶ୍ଚର୍ଯ୍ୟ ହୋଇ ନିତ୍ୟକୁ ଚାହିଁଲେ।

ନିତ୍ୟର ବିସ୍ମିତ ମୁହଁରୁ ବାହାରିଲା- 'ବିଷ୍ଣୁ? ବିଷ୍ଣୁ କ'ଣ? ମଣିମାଙ୍କର ତ ମୁହଁ ବୁଲାଇ ହେଉଛି।'

'ମୁହଁ ବୁଲାଇ ହଉଛି? ମୁଣ୍ଡ ଘୂରାଉଛି? ଆରେ କାହିଁକି?' ଯୁବରାଣୀ ବ୍ୟସ୍ତ ହୋଇପଡ଼ିଲେ। 'ଆ' ଏଇଠିକୁ ଆ' ବାପ। ଏଇଠି ବସ୍,' କହି ସେ ରାଜକୁମାରଙ୍କୁ ପଲଙ୍କ ଉପରେ ନେଇ ବସାଇଦେଲେ। 'ଆ, ମୁଁ ଖୁଆଇ ଦେଉଛି।' ଏହା କହି ସେ ପିଠାଟିଏ ହାତରେ ଧରି ତାକୁ ଭାଙ୍ଗି ରାଜକୁମାରଙ୍କ ପାଟିରେ ତାକୁ ଦେଲେ। ନିତ୍ୟ ଆଡ଼କୁ ଚାହିଁ କହିଲେ- 'କାହାକୁ ପଠାଇଲୁ, ଶୀଘ୍ର ବୈଦ୍ୟଙ୍କୁ ଡାକି ଆଣିବ।'

ପଲଙ୍କ ଉପରୁ ଦର୍ପଣରେ ରାଜକୁମାରଙ୍କୁ ନିଜ ପ୍ରତିବିମ୍ବ ଦେଖାଯାଉନଥିଲା। ସେ ପିଠାକୁ ଖାଇବାବେଳେ ଯୁବରାଣୀ ପୁଣି ପଚାରିଲେ-

'ବାପା କାହ୍ନୁ, ଏ ଯେଉଁ ବିଷ୍ଣୁ ବୋଲି କହିଲୁ, ତା'ର ଅର୍ଥ କ'ଣ?'

'ବିଷ୍ଣୁ! ବିଷ୍ଣୁ!' ରାଜକୁମାର ପଲଙ୍କ ଛାଡ଼ି ଠିଆ ହୋଇଗଲେ। ସେଇଠି କିଛି ପାଦ ଆଗକୁ ଯାଇ ଦର୍ପଣ ଭିତରେ ବିଷ୍ଣୁକୁ ଖୋଜିଲେ। ବିଷ୍ଣୁ ଆଖରେ ପାଖରେ କେଉଁଠି ବି ତାଙ୍କୁ ଦେଖାଗଲା ନାହିଁ। ସେ ଆଗେଇ ଯାଇ ଦର୍ପଣ ଆଗରେ ଠିଆହାଇ ନିଜକୁ ଗୋଡ଼ ଆଡୁ ମୁଣ୍ଡ ଯାଏ ଦେଖିବାକୁ ଲାଗିଲେ।

ରାଜକୁମାରଙ୍କ ଦୃଷ୍ଟି ନିଜ ପ୍ରତିବିମ୍ବର ପାଦ ପାଖରୁ ଉପରକୁ ଉଠିଉଠି ହଠାତ୍ ସ୍ଥିର ହୋଇଗଲା।

ତାଙ୍କର ଦୁଇକାନ୍ଧରେ ଦୁଇଗୋଡ଼ ଓହଳାଇ, ତାଙ୍କ ମୁଣ୍ଡ ଉପରେ ନିଜର ଦୁଇ ପାପୁଲିକୁ ଛନ୍ଦି ତା' ଉପରେ ନିଜ ଚିବୁକକୁ ଲଦି ବିଷ୍ଣୁ ତାଙ୍କ କାନ୍ଧରେ ବସିଥିଲା। ରାଜକୁମାରଙ୍କ ଆଖି ତା' ଆଖିରେ ପଡ଼ିବାମାତ୍ରେ ଏକ ମଳିନ, ବିଷାଦର କ୍ଷୀଣ ହସ ଖେଳାଇ ରାଜକୁମାରଙ୍କ ବେକରେ ଦୁଇ ହାତ ଛନ୍ଦି ନିଜ ଗାଲକୁ ସେ ଧୀରେ ତାଙ୍କ ମୁଣ୍ଡ ଉପରେ ଢଳାଇ ରଖି ଅନ୍ୟ ଦିଗକୁ ମୁହଁ ବୁଲାଇ ଦେଲା।

ଗଛ କାଟିବା ପରି ରାଜକୁମାର ସେଇଠି ଟଳିପଡ଼ିଲେ। ନିତ୍ୟ ଓ ଅନ୍ୟାନ୍ୟ ଦାସଦାସୀ ତାଙ୍କୁ ଧରି ଦେଇ ନଥିଲେ ଚଟାଣରେ ମୁଣ୍ଡ ପିଟିହୋଇ ଲହୁଲୁହାଣ ହେବାର ଆଶଙ୍କା ଥିଲା।

ଯୁବରାଣୀ ଓ ଦାସଦାସୀଙ୍କ ଆର୍ତ୍ତନାଦ, କାନ୍ଦର ଉଚ୍ଚରୋଳରେ ସାରା ରାଜବାଟୀ ଥରିଉଠିଲା। ସମସ୍ତେ ସେଇଠି ଜମା ହୋଇଗଲେ।

ଗୁପ୍ତମନ୍ତ୍ରଣା ଛାଡ଼ି ରାଜା, ଯୁବରାଜ, ରାଜଗୁରୁ, ପ୍ରଧାନମନ୍ତ୍ରୀ ଧାଇଁ ଆସିଲେ। ବୈଦ୍ୟଙ୍କ ପ୍ରାଥମିକ ଚିକିତ୍ସାରେ ରାଜକୁମାର ଯେତେବେଳେ ରକ୍ତ ମନ୍ଦାର ପରି ତାଙ୍କ ଆଖି ଖୋଲିଲେ, ସେତେବେଳେ ତାଙ୍କ ଦେହରେ ପ୍ରବଳ ଜ୍ୱର। ସେ କଟମଟ କରି ଚାରିଆଡ଼କୁ ଚାହିଁ କାହାକୁ ଯେମିତି ଖୋଜୁଥିଲେ।

ରାଜା, ରାଣୀ, ଯୁବରାଜ, ଯୁବରାଣୀ ସମସ୍ତେ ଏକାସାଙ୍ଗରେ କହି ଉଠିଲେ- 'କାହ୍ନୁ, କାହାକୁ ଖୋଜୁଛ ?'

'ବିଷ୍ଣୁ! ବିଷ୍ଣୁ!'

'ଓହୋ, କିଏ ଏ ବିଷ୍ଣୁ ? ଯେ ତ ସେତେବେଳୁ ବିଷ୍ଣୁ ବିଷ୍ଣୁ ହେଉଛି।' ଯୁବରାଣୀ କହିଲେ।

ରାଜାରାଣୀ, ଯୁବରାଜ ସମସ୍ତେ ପରସ୍ପର ମୁହଁକୁ ଚାହିଁଲେ।

'ବିଷ୍ଣୁ ?'

କଟୁଆଳଙ୍କୁ ଡାକି ରାଜା ଆଜ୍ଞା ଦେଲେ- 'ଖୋଜି ବାହାର କର, କିଏ ଏ ବିଷ୍ଣୁ ? ପଡ଼ୋଶୀ ରାଜ୍ୟ ବିଷ୍ଣୁ ନାମରେ କେଉଁ ତାନ୍ତ୍ରିକଙ୍କୁ ପଠାଇ ନାହାନ୍ତି ତ।'

ଆଠଦିନ ପରେ ବିଷ୍ଣୁ କିଏ ପରିବାରର ଲୋକେ ବୁଝିବା ବେଳକୁ ରାଜକୁମାର ବନ୍ଧ ପାଗଳ।

ରାଜବାଟୀରୁ ସବୁ ଦର୍ପଣ ହଟାଇ ଦିଆଗଲା। କାରଣ ଦର୍ପଣକୁ ଦେଖାଇ ସେ ବାରମ୍ବାର କହିଲେ- 'ହେଇ ବିଷ୍ଣୁ, ବିଷ୍ଣୁ!'

ଦର୍ପଣ ଗୁଡ଼ିକ ହଟାଇ ଦେବା ପରେ ରାଜକୁମାର ନୀରବ ହୋଇଗଲେ।

ସମ୍ପୂର୍ଣ୍ଣ ନୀରବ।

କିନ୍ତୁ ରାଜକୁମାରଙ୍କ ପାଗଳାମୀ ବଢ଼ିଲା। ତାଙ୍କୁ ରାଜବାଟୀର ଚାରିକାନ୍ଥ ଭିତରେ ବନ୍ଦ କରି ରଖିବା କଷ୍ଟକର ହୋଇପଡ଼ିଲା। ମହାବଳଶାଳୀ ଏଇ ଯୁବକ ଏକାସାଙ୍ଗରେ ଆଠଦଶ ଜଣ ଦାସଙ୍କୁ ତଳେ ଗଡ଼ାଇ ରାଜରାସ୍ତାକୁ ବାହାରି ପଡ଼ିଲେ। ଦାସମାନଙ୍କୁ ହଟାଇ ତାଙ୍କୁ ସୈନିକମାନଙ୍କ ହେପାଜତରେ ରଖାଗଲା।

ଦଙ୍ଗଲପୁଟ ରାଜ୍ୟର ଗୁପ୍ତଚର ଏ ଖବର ନିଜ ରାଜାଙ୍କୁ ଦେବାରେ ବିଳମ୍ବ କଲା ନାହିଁ।

ଏ ସୁଯୋଗ ତ ହାତଛଡ଼ା କରିବାର ନୁହଁ। ଦଙ୍ଗଲପୁର ଓ ମଞ୍ଜୁଷାର ପୂର୍ବଯୁଦ୍ଧରେ ଦଙ୍ଗଲପୁଟ ହରାଇଥିବା ପାଞ୍ଚୋଟି ଗ୍ରାମ ସହିତ ବର୍ତ୍ତମାନର ଯୁଦ୍ଧରେ ମଞ୍ଜୁଷାର ଆଉ ପାଞ୍ଚୋଟି ଗ୍ରାମ ମଧ୍ୟ ସବୁଦିନ ପାଇଁ ଦଙ୍ଗଲପୁଟ ରାଜ୍ୟରେ ମିଶିଗଲା।

ରାଜା ହରିହର ଚିନ୍ତିତ ମନରେ ନିଜ କୋଠରୀରେ ପଦଚାରଣା କରୁକରୁ ଯୁବରାଜ

ହରିଶରଣଙ୍କୁ କହିଲେ, 'ଯଦି ଏ ଅବସ୍ଥା ଆଉ କିଛିଦିନ ଲାଗିରହେ, ଆମେ ବୋଧହୁଏ ସପରିବାର ଆଉ କୋଉ ରାଜ୍ୟର ବନ୍ଦୀଶାଳାରେ କିମ୍ବା ଦାସଦାସୀଙ୍କ ଗୋଷ୍ଠୀରେ–

'ନା, ନା, ନା' ଦୃଢ଼ ସ୍ୱରରେ ତାଙ୍କ କଥାକୁ କାଟି ଯୁବରାଜ ହରିଶରଣ କହିଲେ, 'ଆପଣ ଏମିତି କଥା ଭାବନ୍ତୁ ନାହିଁ ମଧ୍ୟ। ମୁଁ କିଛି କରୁଛି।' ସେ ଆସନ ଛାଡ଼ି ଠିଆହେଲେ।

'ଯାହା କରିବୁ ଶୀଘ୍ର କର। ନହେଲେ ଦେଖିବୁ ତୋର ରାଜଗାଦୀରେ ବସିବା ସମୟ ଶୀଘ୍ର ଆସି ପହଞ୍ଚିଯିବ। କାରଣ ଏସବୁ ମୁଁ ଆଉ ସହି ପାରୁନାହିଁ। ମୋ କୁଟୁମ୍ବର ଦୁର୍ଦ୍ଦଶା ଦେଖିବା ପୂର୍ବରୁ ମରିଯିବା ଭଲ।'

'ଛାମୁଁ ଯଦି ଆଜ୍ଞା ଦେବେ... ମୁଁ... କିଛି... କହିଥାନ୍ତି।' ବାପପୁଅଙ୍କ ପାଇଁ ପ୍ରାତଃ ଜଳପାନକୁ ସଜାଡ଼ି ରଖୁଥିବା ନିତ୍ୟ ହାତଯୋଡ଼ି କହିଲା। ରାଜକୁମାରଙ୍କ ସେବା ତା' ହାତରୁ ଯିବା ଦିନଠାରୁ ସେ ମଧ୍ୟ ରାଜବାଟୀରେ କମ୍ ବାହାରେ ବେଶୀ ସମୟ କାଟୁଥିଲା। ଯେତେ ବୈଦ୍ୟ, ସନ୍ନ୍ୟାସୀ, ସାଧୁ, ତାନ୍ତ୍ରିକ, ଜ୍ୟୋତିଷ ରାଜ୍ୟ ଭିତରେ ଓ ଆଖପାଖ ରାଜ୍ୟରେ ଅଛନ୍ତି, ସମସ୍ତଙ୍କ ଦ୍ୱାର ଦ୍ୱାର ବୁଲି ସେ ଏ ଦୁର୍ଦ୍ଦଶାର ସମାଧାନ ଖୋଜୁଥିଲା।

ବାପପୁଅ ଖାଇବା ଆରମ୍ଭ କରି ଦେଇଥିଲେ। ନିତ୍ୟର କଥା ଶୁଣି ତା' ଆଡ଼କୁ ନ ଚାହିଁ ରାଜା କହିଲେ, 'ହଉ, କହ।'

'ମଣିମା, ଗ୍ରହାଚାର୍ଯ୍ୟ ଜଗନ୍ନାଥ ମିଶ୍ରଙ୍କ ଖ୍ୟାତି ତ ଛାମୁ ଜାଣିଥିବେ। ତାଙ୍କୁ ଡକାଇ ଆଣିଲେ...'

'ସେ ତ ଦୁଇବର୍ଷ ହେଲା ରାଜ୍ୟରେ ନାହାନ୍ତି। ମନ୍ତ୍ରସିଦ୍ଧ କରିବା ପାଇଁ ହିମାଳୟରେ ଅଛନ୍ତି।' ଯୁବରାଜ ହରିଶରଣ କହିଲେ।

'ନାହିଁ ମଣିମା, ସେ ଫେରିଲେଣି। ତାଙ୍କୁ ଏଠାକୁ ଡକାଇ ଆଣିବା।' ନିତ୍ୟ ହାତଯୋଡ଼ି ଅଳି କଲା।

ରାଜା ଯୁବରାଜଙ୍କ ମୁହଁକୁ ଚାହିଁଲେ। ଯୁବରାଜଙ୍କ ପାଟି ପାଖକୁ ଯାଉଥିବା ହାତ ବାଟରେ ଅଟକିଗଲା। ସେ ନିତ୍ୟକୁ ଚାହିଁ ପଚାରିଲେ, 'ସେ କେବେ ଫେରିଲେ ? ମୁଁ ପରା ତାଙ୍କ ପାଖକୁ ଏଇ ଗତ ସପ୍ତାହରେ ଲୋକ ପଠାଇଥିଲି ?'

'ମଣିମା, ସେ କାଲି ରାତିରେ ଆସି ପହଞ୍ଚିଛନ୍ତି। ଆପଣ ମୁଖ୍ୟମନ୍ତ୍ରୀ କିମ୍ବା କଟୁଆଳଙ୍କୁ ତାଙ୍କ ଘରକୁ ପଠାନ୍ତୁ। ମୁଁ ବି ସେମାନଙ୍କ ସଙ୍ଗରେ ଯିବି।'

ଯୁବରାଜ ମୁଣ୍ଡ ପୋତି ଚୁପ୍‌ଚାପ୍ ଖାଇବାରେ ଲାଗିଲେ।

ରାଜା ପଚାରିଲେ, 'ରାଣୀ, ଯୁବରାଣୀ କ'ଣ କରୁଛନ୍ତି ?'

'ଆଜ୍ଞା, କାଲିଠାରୁ ରାଜକୁମାର କିଛି ଖାଉନାହାନ୍ତି। ଏଣୁ ମହାରାଣୀ, ସାନ ରାଣୀ ଆଜ୍ଞା ଦୁହେଁ ତାଙ୍କୁ ବୋଧାବୋଧି କରି ଖୁଆଉଛନ୍ତି।'

ଯୁବରାଜ ଖାଇବା ବନ୍ଦ କରି ଉଠି ଠିଆହେଲେ। ଦାସୀ ଜଣେ ଗଡୁରେ ପାଣିନେଇ ଠିଆ ହୋଇଥିଲେ। ସେ ଯୁବରାଜଙ୍କ ହାତକୁ ଆଉ ଜଣେ ଦାସୀ ଧରିଥିବା ଖାଲିପାତ୍ରରେ ପାଣି ଗଡ଼ାଇଦେଲା। ଯୁବରାଜ ହାତ ଧୋଇ ନିତ୍ୟ ହାତରୁ ଗାମୁଛା ନେଇ ହାତ ପୋଛିଲେ। ରାଜାଙ୍କ ଆଡ଼କୁ ଚାହିଁ କହିଲେ, 'ନା, ତାଙ୍କୁ ରାଜବାଟୀକୁ ଡକାଇ ଆଣିବାର ବେଳ ୟେ ନୁହଁ। ମୁଁ ଜଣେ ସାଧାରଣ ବାପ ପରି ଖାଲିପାଦରେ ଚାଲି ଚାଲି ଯିବାର ଏ ସମୟ। ଏଣୁ ପିତା ମହାରାଜ !, ମୁଁ ଯାଉଛି... ଏବେ ହିଁ ଯାଇ ତାଙ୍କୁ ଦେଖା କରିବି। ତାଙ୍କ ଶରଣ ନେବି।'

-O-

ଯୁବରାଜଙ୍କୁ ଦେଖି ଗ୍ରହାଚାର୍ଯ୍ୟଙ୍କ ଘରେ ପ୍ରବଳ ଭିଡ଼ ଜମାଇଥିବା ଦର୍ଶକ ହତମ୍ଭବ ହୋଇ ଦୁଇଭାଗ ହୋଇଗଲେ। ଯୁବରାଜ ସିଧା ଯାଇ ଗ୍ରହାଚାର୍ଯ୍ୟଙ୍କୁ ସାଷ୍ଟାଙ୍ଗ ପ୍ରଣିପାତ କଲେ।

ଗ୍ରହାଚାର୍ଯ୍ୟ ସ୍ମିତ ହସି କହିଲେ, 'ଆୟୁଷ୍ମାନ ଭବ, ସୌଭାଗ୍ୟବାନ ଭବ, ଉଠନ୍ତୁ ଯୁବରାଜ।'

'ନା, ଯୁବରାଜ ନୁହଁ, ଏକ ହତଭାଗ୍ୟ ବାପ ଆପଣଙ୍କ ଶରଣକୁ ଆସିଛି।' ସେମିତି ଭୂମିରେ ତଳମୁହାଁ ପଡ଼ି ରହି ଯୁବରାଜ ଉତ୍ତର ଦେଲେ।

'ହେଉ, ବୁଝିଲି। ଉଠି ବସନ୍ତୁ। ମୁଁ ମଞ୍ଜୁଷା ଫେରିବାମାତ୍ରେ ସବୁ ଶୁଣିଛି। ଆପଣ ଆଜି ଆସିବେ ଏକଥା ମଧ୍ୟ ଜାଣିଛି। ଉଠନ୍ତୁ। ଆପଣଙ୍କ ପାଇଁ ମୋ ପାଖରେ ସମାଧାନ ମଧ୍ୟ ରହିଛି।'

ଯୁବରାଜ ଧଡ଼ପଡ଼ ହୋଇ ଉଠି ବସିଲେ। ଗ୍ରହାଚାର୍ଯ୍ୟ କହିଲେ- 'ମୋର ଗୁରୁ ସ୍ୱାମୀ ଭେଙ୍କଟବରଦ ଆଚାର୍ଯ୍ୟ ବର୍ତ୍ତମାନ ହିମାଳୟରୁ ଫେରି କାଶୀରେ ଅବସ୍ଥାନ କରୁଛନ୍ତି। ଆପଣ ଲୋକ ପଠାଇ ତାଙ୍କୁ ମୋ ନାଁ କହି ଡକାଇ ଆଣନ୍ତୁ। ଏଥିପାଇଁ କିନ୍ତୁ ଆପଣଙ୍କୁ ଆପଣଙ୍କ କୌଳିକ ଶୈବ ରୀତିନୀତି ତ୍ୟାଗକରି ବୈଷ୍ଣବ ବିଶ୍ୱାସ ଓ ରୀତିନୀତି ଆପଣେଇବାକୁ ପଡ଼ିବ।'

ଯୁବରାଜ ହରିଶରଣ ଉତ୍ତର ଦେଲେ, 'ବର୍ତ୍ତମାନ ମୁଁ କେବଳ ଜଣେ ବାପ, ଶୈବ ନୁହଁ କି ଯୁବରାଜ ନୁହଁ। ମୋ ପୁଅର ମଙ୍ଗଳ ପାଇଁ ଶୈବ ରୀତିନୀତି କ'ଣ, କହିବେ ଯଦି ମୋ ସିଂହାସନ, ମୋ ଦେହ ମଧ୍ୟ ତ୍ୟାଗ କରିବାକୁ ମୁଁ ପ୍ରସ୍ତୁତ ଅଛି।'

ପଣ୍ଡିତ ଜଗନ୍ନାଥ ମିଶ୍ର ମୁଣ୍ଡ ଟୁଙ୍ଗାରି ସ୍ମିତ ହସିଲେ।

-O-

ଗ୍ରହାଚାର୍ଯ୍ୟ ଜଗନ୍ନାଥ ମିଶ୍ରଙ୍କ ସହ ସ୍ୱାମୀ ଭେଙ୍କଟବରଦ ଆଚାର୍ଯ୍ୟ ଓ ତାଙ୍କର କିଛି ଶିଷ୍ୟ ରାଜବାଟୀରେ ପ୍ରବେଶ କଲେ। ସେମାନଙ୍କୁ ଶଙ୍ଖ, ହୁଳହୁଳି, ଫୁଲମାଳ, ମହୁରୀ, ଘଣ୍ଟ ଓ ବାଦ୍ୟର ଆଡ଼ମ୍ବରରେ, ଫୁଲର ବର୍ଷା ଭିତରେ ଭବ୍ୟ ସ୍ୱାଗତ କରି ରାଜବାଟୀ ଭିତରକୁ ପାଛୋଟି ନିଆଯାଇ ଏକ ବିଶାଳ କକ୍ଷର ସୁଦୃଶ୍ୟ ଗାଲିଚା ଉପରେ ବସାଇ ଦିଆଗଲା।

ଅନ୍ତଃପୁରର ଦୃଶ୍ୟ କିନ୍ତୁ ବିପରୀତ ଥିଲା। ରାଣୀ, ଯୁବରାଣୀ ଓ ଦାସୀମାନଙ୍କ କ୍ରନ୍ଦନ ରୋଳ ମଧ୍ୟରେ ରାଜକୁମାରଙ୍କୁ ଅତିଥିମାନଙ୍କ ଆଗକୁ ଅଣାଗଲା। ଦାଢ଼ୀ, ଜଟର ବୋଝ ଭିତରେ, ଗୋଟିଏ କଡ଼କୁ ମୁଣ୍ଡକୁ ଢଳାଇ, ପାଦ ଘୋଷାରି ଘୋଷାରି ସୈନିକମାନଙ୍କ ସହାୟତାରେ ଚାଲୁଥିବା ରାଜକୁମାରଙ୍କୁ ସ୍ୱାମୀ ଭେଙ୍କଟବରଦ ଆଚାର୍ଯ୍ୟ ଓ ପଣ୍ଡିତ ଜଗନ୍ନାଥ ମିଶ୍ର ସ୍ଥିର ଦୃଷ୍ଟିରେ ଚାହିଁ ଆଖି ଫେରାଇ ପରସ୍ପରକୁ ଥରେ ଅନାଇଲେ।

ରାଜକୁମାରଙ୍କ ଅର୍ଦ୍ଧ ଜାଗ୍ରତ ଦେହକୁ ଆଚାର୍ଯ୍ୟଙ୍କ ଆଗରେ ଚଉକୀରେ ବସାଇ ଦିଆଗଲା। ତାଙ୍କ ଉପରୁ ନଜର ଫେରାଇ କ୍ରନ୍ଦନରତା ରାଣୀ ଓ ଯୁବରାଣୀ ଓ ଅନ୍ୟାନ୍ୟ ଆତ୍ମୀୟସ୍ୱଜନଙ୍କ ଉପରେ ସ୍ୱାମୀଙ୍କର କୋମଳ ଦୃଷ୍ଟି ଥରେ ପହଁରିଗଲା। ସେ ନିଜ ଶିଷ୍ୟ ପଣ୍ଡିତ ମିଶ୍ରଙ୍କୁ ଚାହିଁଲେ। ପଣ୍ଡିତ ମିଶ୍ର ମୁଣ୍ଡ ଟୁଙ୍ଗାରି ତାଙ୍କ ନୀରବ ଆଦେଶକୁ ପାଳନ କରି ନିଜ ସ୍ଥାନରୁ ଉଠି ରାଜକୁମାରଙ୍କ ଆଗରେ ଠିଆ ହେଲେ। ତାଙ୍କ ମୁହଁରୁ ଅସ୍ପଷ୍ଟ ସ୍ୱରରେ ମନ୍ତ୍ରୋଚ୍ଚାରଣ ହେଲା। ପ୍ରତ୍ୟେକ ମନ୍ତ୍ରୋଚ୍ଚାରଣ ପରେ ଥରେ ରାଜକୁମାରଙ୍କ ମୁହଁକୁ ଫୁଙ୍କି ତାଙ୍କ ସାରା ଶରୀରରେ ସେ ନିଜ ହାତକୁ ଆଉଁସି ଆଣିଲେ।

କକ୍ଷରେ ବହୁଲୋକଙ୍କ ଉପସ୍ଥିତି ସତ୍ତ୍ୱେ ଏକ ଶୀତଳ ନୀରବତା ଖେଳିଗଲା। କେବଳ ପବନରେ ଧୀରେ ଧୀରେ, ଉଡୁଥିବା ରେଶମ ପର୍ଦ୍ଦାମାନଙ୍କର ସାମାନ୍ୟ ଖସ୍‌ଖସ୍ ଶବ୍ଦ ଓ ଉପସ୍ଥିତ ସମସ୍ତଙ୍କର ନିଃଶ୍ୱାସର ଶବ୍ଦ ବ୍ୟତୀତ କି ରାଜା, କି ଯୁବରାଜ, ସୈନିକ, କିଛି ଉଚ୍ଚ ରାଜକର୍ମଚାରୀ, ଦ୍ୱାରପାଳ, ରାଣୀ, ଯୁବରାଣୀ ଓ ଦାସଦାସୀମାନଙ୍କ ମୁହଁରୁ ଶବ୍ଦଟିଏ ମଧ୍ୟ ବାହାରିଲା ନାହିଁ। ପଥର ମୂର୍ତ୍ତି ପରି ଯିଏ ଯାହା ଜାଗାରେ ସ୍ଥିର ହୋଇଗଲେ।

ପଣ୍ଡିତ ମିଶ୍ରଙ୍କ ହସ୍ତସ୍ପର୍ଶରେ ରାଜକୁମାର ଚଉକୀ ଉପରେ ହିଁ ଶୋଇ ପଡ଼ିଥିଲେ।

ତାଙ୍କୁ ଥରେ ଅନାଇ ଗୁରୁ ଶିଷ୍ୟ ଉଭୟ ଧ୍ୟାନସ୍ଥ ହେଲେ।

କିଛି ସମୟ ପରେ ସ୍ୱାମୀ ଭେଙ୍କଟବରଦ ଆଖି ଖୋଲି ଧୀରେ ଧୀରେ ମନ୍ତ୍ରୋଚ୍ଚାରଣ କଲେ। ପଣ୍ଡିତ ମିଶ୍ର ମଧ୍ୟ ଆଖି ଖୋଲିଲେ। ସତେ ଅବା ମୃତ୍ୟୁ ସଂଜୀବନୀ ମନ୍ତ୍ର ଶୁଣିବା ପରି ସମସ୍ତେ ନିଜ ନିଜ ସ୍ଥାନରେ ସଚଳ ହୋଇଗଲେ ଯଦିଓ କାହାର ମୁହଁରେ କୌଣସି ଶବ୍ଦ ନଥିଲା।

ସ୍ୱାମୀ ଭେଙ୍କଟବରଦ ରାଜପରିବାରଙ୍କୁ ଚାହିଁ କହିଲେ, 'ରାଜକୁମାରଙ୍କ କାନ୍ଧରେ ବ୍ରାହ୍ମଣବାଳକ ଟିଏ ବସିଛି!'

କୋଠରୀଟି ଭିତରେ ସତେ ଯେପରି କଳା ନାଗଟିଏ ପଶିଗଲା। ସମସ୍ତେ ତ୍ରସ୍ତ ହୋଇ ନିଜ ନିଜ ସ୍ଥାନରେ ଦୋହଲିଗଲେ। ସମସ୍ତଙ୍କ ମୁହଁରୁ ଅସ୍ପଷ୍ଟ ଆର୍ତ୍ତନାଦ ବାହାରି ଆସିଲା।

କେବଳ ପଣ୍ଡିତ ଜଗନ୍ନାଥ ମିଶ୍ର ନିଶ୍ଚଳ ଭାବରେ ବସି ରହି ଗୁରୁଙ୍କୁ ଅନାଇ ମୁଣ୍ଡ ଟୁଙ୍ଗାରି ସମର୍ଥନ ଜଣାଇଲେ।

ସ୍ୱାମୀ ଭେଙ୍କଟବରଦ ପୁଣି କହିଲେ- 'ଯଦିଓ ଏହି ବ୍ରାହ୍ମଣ ବାଳକ ହିଂସ୍ର ନୁହଁ, କିନ୍ତୁ କ୍ଷୁଧାତୃଷାରେ ଆତୁର ହେଉଛି। ନିଜର ବ୍ରହ୍ମଶକ୍ତି ଯୋଗୁଁ ସେ ରାଜକୁମାରଙ୍କ ଚେତନାକୁ ହିଁ ଖାଉଛି। କିନ୍ତୁ ଦୁଃଖୀ ଅଛି, ତୃପ୍ତି ପାଉନାହିଁ। ବାଳକକୁ ସନ୍ତୁଷ୍ଟ କରିବାକୁ ହେଲେ ରାଜକୁମାରଙ୍କୁ ଶ୍ରମଦାନ ଓ ଅର୍ଥଦାନ ଉଭୟ କରିବାକୁ ପଡ଼ିବ।

ଏଣୁ ତାଙ୍କର ସ୍ୱରୋଜଗାର କରିଥିବା ଧନରେ ଏଇଠି ଶ୍ରୀବାସୁଦେବଙ୍କ ମନ୍ଦିର ତୋଳାଯାଉ। ବିଗ୍ରହ ପ୍ରତିଷ୍ଠା ପରେ ନ'ଦିନ ବ୍ୟାପୀ ବ୍ରହ୍ମୋତ୍ସବ କରାଯିବ। ଅଖଣ୍ଡ ହୋମ ନ'ଦିନ ବ୍ୟାପୀ କରାଯିବ। ଦଶମ ଦିନ ଆପଣମାନେ ସମସ୍ତେ ବୈଷ୍ଣବ ଦୀକ୍ଷାନେବେ। ତେବେ ମନ୍ଦିରର ନିଅଁ ଖୋଳିବା ଦିନ ଠାରୁ ବ୍ରହ୍ମୋତ୍ସବ ସରିବା ପର୍ଯ୍ୟନ୍ତ ରାଜକୁମାର ଶ୍ରମଦାନ କରିବେ। ସମସ୍ତ ଖର୍ଚ୍ଚ ସେ ହିଁ ବହନ କରିବେ।'

ପୁଣି ରାଣୀ ଓ ଯୁବରାଣୀଙ୍କ ଚାପାକ୍ରନ୍ଦନ ଶୁଭିଲା। ସେମାନେ ଏକାସାଙ୍ଗରେ କହି ଉଠିଲେ, 'ଏମିତି ଅବସ୍ଥାରେ କୁମାରର ତ ଖାଇବା ପିଇବାର ଠିକଣା ନାହିଁ, ସେ ଶ୍ରମଦାନ କ'ଣ କରିବ?'

'ବ୍ରାହ୍ମଣ ବାଳକର ନାମ କ'ଣ ଥିଲା?' ସ୍ୱାମୀ ଭେଙ୍କଟବରଦ ପଚାରିଲେ।

'ବିଷ୍ଣୁ,' କକ୍ଷରେ ଉପସ୍ଥିତ ପ୍ରାୟ ସମସ୍ତେ ଏକାସାଙ୍ଗରେ ଉତ୍ତର ଦେଲେ।

ସ୍ୱାମୀ ନିଜ କମଣ୍ଡଳରୁ ପାଣି ଚଳେ ନେଇ ମନ୍ତ୍ର ପଢ଼ି ତାକୁ ଫୁଙ୍କି ଦେଇ ରାଜକୁମାରଙ୍କ ମୁହଁକୁ ଛାଟି ଦେଇ କହିଲେ, 'ବାବୁ ବିଷ୍ଣୁ, ଏଇଠିକୁ ଆ', ମୋ ପାଖରେ ବସ।'

ପାଣି ଛାଟରେ ମଧ ରାଜକୁମାରଙ୍କ ନିଦ ଭାଙ୍ଗିଲା ନାହିଁ।

ଦୁଇଟି କାଠ ପିଢ଼ା ମଗାଇ ସ୍ୱାମୀ ସେଥିରୁ ଗୋଟାକରେ ବିଷ୍ଣୁକୁ ବସିବାକୁ କହିଲେ। ଅନ୍ୟ ପିଢ଼ାରେ ନୂଆ ଲୁଗା ପକାଇ ସେ ନିଜ ଥଳୀରୁ ଏକ ସୁନ୍ଦର ଛୋଟିଆ କୃଷ୍ଣମୂର୍ତ୍ତି ବାହାର କରି ସେ ପିଢ଼ାରେ ବସାଇଲେ। ଫୁଲ, ଚନ୍ଦନ, ଧୂପ, ଦୀପ ଓ ଭୋଗ ଦେଲେ।

ଅନ୍ୟ ପିଢ଼ାରେ ବିଷ୍ଣୁ ବସିଛି କି ନାହିଁ କେହି ଜାଣି ପାରୁନଥିଲେ। କିନ୍ତୁ ଏକ ଭୟଙ୍କର ନୀରବତା ଚାରିଆଡ଼େ ଖେଳିଗଲା। ସ୍ୱାମୀ ଭେଙ୍କଟବରଦ ଥରେ ଗ୍ରହାଚାର୍ଯ୍ୟ ଜଗନ୍ନାଥ ମିଶ୍ରଙ୍କୁ ଓ ଥରେ ନିଜ ଶିଷ୍ୟମାନଙ୍କୁ ଚାହିଁ ଅସ୍ପଷ୍ଟ ସ୍ୱରରେ କିଛି କହିଲେ।

ପର ମୁହୂର୍ତ୍ତରେ ଏକ ଗମ୍ଭୀର ଅଥଚ ଉଚ୍ଚସ୍ୱରରେ ଗୋପାଳ ସହସ୍ର ନାମ ସ୍ତୋତ୍ରର ମିଳିତ ମନ୍ତ୍ରଧ୍ୱନୀ ସେ କକ୍ଷରେ ଝଂକୃତ ହେଲା।

ସ୍ତୋତ୍ର ପାଠ ଯେତିକି ଯେତିକି ଆଗକୁ ବଢ଼ିଲା, ରାଜକୁମାରଙ୍କ ଅସାଡ଼ ଦେହରେ ସେତିକି ସେତିକି ଜୀବନ୍ୟାସ ହେଲା। ତଳକୁ ଝୁଙ୍କି ପଡ଼ିଥିବା ମୁଣ୍ଡ ଧୀରେ ଧୀରେ ଉପରକୁ ଉଠିଲା। ଢଳି ପଡ଼ିଥିବା ଦେହ ସିଧା ହେଲା। ବନ୍ଦ ଆଖି ଟିକିଏ ଟିକିଏ କରି ଖୋଲିବାରେ ଲାଗିଲା। ସ୍ତୋତ୍ରପାଠ ସରିବା ବେଳକୁ ସେ ବଲବଲ କରି ଚାରିଆଡ଼େ ଚାହିଁଲେ। ନିଜ ମା'ଙ୍କୁ ଭିଡ଼ ଭିତରୁ ତାଙ୍କ ଆଖି ଖୋଜି ବାହାର କରିଦେଇଥିଲା। ସ୍ତୋତ୍ରଧ୍ୱନୀ ବନ୍ଦ ହେବାମାତ୍ରେ ଯୁବରାଣୀଙ୍କୁ ଚାହିଁ ସେ କହିଲେ-

'ମା' !

ଘଣ୍ଟ କରତାଳ ବାଜିବା ପରି କକ୍ଷଟିର ଉଚ୍ଛୁଳା ଆନନ୍ଦର ଏକ ଜୟଧ୍ୱନୀ ଶୁଣାଗଲା। ଯୁବରାଣୀ ସ୍ଥାନ କାଳ ପାତ୍ର ଭୁଲି ନିଜ ସ୍ଥାନରୁ ଉଠି ଧାଇଁଆସି ପୁଅକୁ ଆସନରୁ ଉଠାଇ କୁଣ୍ଢାଇ ଧରି ଭୋ' ଭୋ' କାନ୍ଦିଉଠିଲେ।

ସ୍ୱାମୀ ଭେଙ୍କଟବରଦ ଆଚାର୍ଯ୍ୟଙ୍କ ଆଜ୍ଞାରେ ସେଇ ବାଳଗୋପାଳ ମୂର୍ତ୍ତି ଆଗରେ କଦଳୀ ପତ୍ର ପକାଇ ସମସ୍ତଙ୍କ ପାଇଁ ଅନ୍ନପ୍ରସାଦ ବଢ଼ାହେଲା। ଗ୍ରହାଚାର୍ଯ୍ୟ ଜଗନ୍ନାଥ ମିଶ୍ର, ସ୍ୱାମୀ ଭେଙ୍କଟବରଦ, ତାଙ୍କର ଶିଷ୍ୟମାନଙ୍କ ସହ ରାଜା ଯୁବରାଜ ଓ ରାଜ ପରିବାରର ସମସ୍ତ ସଦସ୍ୟଙ୍କ ଗହଣରେ ଦାସଦାସୀଙ୍କ ସମେତ ସେଠାରେ ଯିଏ ଯିଏ ଉପସ୍ଥିତ ଥିଲେ, ସମସ୍ତଙ୍କ ପାଇଁ ଚଟାଣରେ କଦଳୀ ପତ୍ର ପଡ଼ିଲା। ସମସ୍ତେ ଏକା ସାଙ୍ଗରେ ତଳେ ବସି ଭୋଜନ କରିବାରେ ଲାଗିଲେ।

ରାଜକୁମାରଙ୍କ ପାଖରେ ବିଷ୍ଣୁ ପାଇଁ ପତ୍ର ପଡ଼ିଲା। ଚଳୁ କରିବା ପାଇଁ ପାଣି ଦିଆଗଲା। ପତ୍ରରେ ବ୍ୟଞ୍ଜନ ସମେତ ପ୍ରସାଦ ବଢ଼ାହେଲା।

ବିଷ୍ଣୁର ପତ୍ରକୁ ଅନାଇ ଅନାଇ ପ୍ରାୟ ଦୁଇବର୍ଷ ପରେ ରାଜକୁମାର ନିଜ ହାତରେ ସେଇଠି ପତ୍ରରୁ ପ୍ରସାଦ ନେଇ ନିଜେ ନିଜେ ଖାଇଲେ।

-୦-

ମନ୍ଦିର ପାଇଁ ନିଅଁ ଖୋଳିବା ଦିନ ରାଜକୁମାରଙ୍କ ଦାଢ଼ୀ, ଲମ୍ବାକେଶ ତାଙ୍କର ବିନା ପ୍ରତିବାଦରେ ସୁରୁଖୁରୁରେ କଟାଗଲା। ଶ୍ରମିକମାନଙ୍କ କାନ୍ଧରେ କାନ୍ଧ ମିଳାଇ ରାଜକୁମାର

ମଧ୍ୟ ମାଟି ଖୋଳିଲେ, ପଥର ବୋହିଲେ। ବିଭିନ୍ନ ରାଜ୍ୟ ଜୟକରି ଉପସେନାପତି ଭାବରେ ସେ ଯେଉଁ ଧନ ଆଦାୟ କରିଥିଲେ, ବର୍ତ୍ତନ ରୂପେ ମଞ୍ଜୁଷା ରାଜକୋଷରୁ ସେ ଯେଉଁ ଅର୍ଥ ପାଇଥିଲେ, ତାଙ୍କ ଜେଜେ ଓ ପିତା ସେହି ସମସ୍ତ ଧନକୁ ଅକାତରରେ ମନ୍ଦିର ନିର୍ମାଣରେ ଲଗାଇଦେଲେ। ଯେଉଁଦିନ ଶ୍ରୀବାସୁଦେବଙ୍କ ସୁନ୍ଦର ମୂର୍ତ୍ତି ପ୍ରତିଷ୍ଠା ହେଲା, ସେହିଦିନ ଠାରୁ ନଅଦିନ ବ୍ୟାପୀ ତାଙ୍କ ପ୍ରତିନିଧି ମଦନଗୋପାଳ ମୂର୍ତ୍ତି ରାଜକୁମାରଙ୍କ କାନ୍ଧରେ ବିମାନରେ ବସି ମଞ୍ଜୁଷାର ଅନ୍ଦିକନ୍ଦି ପ୍ରତି କୋଣରେ ବିରାଜମାନ ହେଲେ, ଭୋଗ ଖାଇଲେ, ପୂଜା ପାଇଲେ। ହଜାର ହଜାର ଲୋକଙ୍କ ସମାଗମରେ ମଞ୍ଜୁଷା ଉଚ୍ଛୁଳି ପଡ଼ିଲା। ସ୍ଥାନୀୟ ଲୋକଙ୍କ ନିମନ୍ତ୍ରଣରେ ଏହି ଉତ୍ସବର ଆନନ୍ଦ ନେବା ପାଇଁ ଘରେ ଘରେ କୁଣିଆଁ ଖୁନ୍ଦି ହୋଇଗଲେ। ରାଜଦାଣ୍ଡରେ ବାହାର ବେପାରୀଙ୍କ ଅସ୍ଥାୟୀ ରଙ୍ଗବେରଙ୍ଗ ଦୋକାନ ଘର ବସିଗଲା।

ବ୍ରହ୍ମୋତ୍ସବ ଚାଲିଥିବାବେଳେ ବିଷ୍ଣୁର ପରିବାର ଲୋକେ, ତା'ର ସାଙ୍ଗସାଥୀ ଓ ତାକୁ ଜାଣିଥିବା ଅନେକ ଲୋକ କହିଲେ ସେମାନେ ବିଷ୍ଣୁକୁ ମନ୍ଦିର ବେଢ଼ାରେ ହସହସ ମୁହଁରେ ହାତରେ କାକରା ହେଉ କି ଭୋଗ ଆଟିକା ହେଉ ଖାଇ ଖାଇ ବୁଲୁଥିବା ଦେଖିଛନ୍ତି।

ବ୍ରହ୍ମୋତ୍ସବ ସରିବା ପରେ ନିଜେ ସ୍ୱାମୀ ଭେଙ୍କଟବରଦ ରାଜକୁମାରଙ୍କୁ ନେଇ ଦର୍ପଣ ଆଗରେ ଠିଆ କରାଇଲେ। ଏତେବେଳ ଯାଏ କୌଣସି କାମରେ ପ୍ରତିବାଦ କରିନଥିବା ରାଜକୁମାର ଦର୍ପଣ ନାମ ଶୁଣିବା ମାତ୍ରେ ଘୋର ପ୍ରତିବାଦ ଜଣାଇଲେ। ବହୁତ ବୁଝାସୁଝା କରି ତାଙ୍କୁ ଦର୍ପଣ ଆଗରେ ଠିଆ କରାହେଲା। ରାଜକୁମାରଙ୍କୁ ଅନେକ ବାଧ୍ୟ କରିବା ପରେ ସେ କୁଣ୍ଠିତ ଭାବରେ ଦର୍ପଣରେ ନିଜ ପ୍ରତିବିମ୍ବ ଆଡ଼କୁ ଚାହିଁଲେ।

ତାଙ୍କ କାନ୍ଧରେ ବା ଆଖପାଖରେ ବିଷ୍ଣୁ ନଥିଲା।

ଏହାପରେ, ଆଉ କିଏ, କୋଉଠାରେ ମଧ୍ୟ ବିଷ୍ଣୁକୁ ଦେଖିଥିବା କଥା କହିଲେ ନାହିଁ।

-୦-

'ଏବର୍ଷ ଏହି ବ୍ରହ୍ମୋତ୍ସବର ତୃତୀୟ ବର୍ଷ ପୁରିଲା' ନିଜ କଥା ସମାପ୍ତ କରିବାକୁ ଯାଇ ପୂଜକ କହିଲେ। 'ତୁମେ ଆଉ କିଛିଦିନ ଆଗରୁ ଆସିଥିଲେ ବ୍ରହ୍ମୋତ୍ସବ ଦେଖିଥାନ୍ତ।'

ବିଧାନର ଛାତି ଚିରି ଦୀର୍ଘ ନିଃଶ୍ୱାସଟିଏ ବାହାରି ଆସିଲା। 'ସେ ସିନା ରାଜକୁମାର ବୋଲି ଏ ବ୍ରହ୍ମହତ୍ୟା ଶାପରୁ ମୁକ୍ତ ହୋଇଗଲେ, ମୁଁ ମନ୍ଦିର ଗଢ଼ିପାରିବି ନା ଶାପରୁ ମୁକ୍ତି ପାଇପାରିବି ?'

'କ'ଣ କହିଲ କି ?'

ବିଧାନ ତାକୁ ଚାହିଁ କହିଲା, 'ସେ ସିନା ରଜାପୁଅ ବୋଲି ଶାପମୁକ୍ତ ହେଲେ, ଜଣେ ସାଧାରଣ ଲୋକ କ'ଣ କରିବ ?'

'ଆରେ, ଦାନ, ତପସ୍ୟା, ଶ୍ରମ ଫଳେ, କିବା ଅସାଧ ମହୀତଳେ ?

ତା'ଛଡ଼ା ସେ ତ ଆଉ ରାଜକୁମାର ଭାବରେ ଶାପମୁକ୍ତ ହୋଇନାହାନ୍ତି। ସେ ତ ଶ୍ରମିକ ପରି ମାଟି ବୋହିଲେ, ପଥର ଖୋଳି ବାହାର କଲେ, କାନ୍ଧରେ ବୋହିଲେ, ଶ୍ରମିକମାନଙ୍କ ସହିତ ମିଶି ସେମାନଙ୍କ ଖାଦ୍ୟ ଖାଇଲେ, ମାଟିରେ, ଚଟାଣ ଉପରେ, ପଥର ଉପରେ ସେମାନଙ୍କ ସଙ୍ଗରେ ଶୋଇଲେ। ଆଉ ରାଜକୁମାର ପଣିଆ ରହିଲା କି ? ସେତକ ଦିନ ତ ସେ ନଅରରେ ପାଦ ଦେଇନାହାନ୍ତି।'

'ହୁମ୍.... ଆଚ୍ଛା, ଏବେ ସେ କେମିତି ଅଛନ୍ତି ?

'ଏବେ ତ ସବୁ ଆଗପରି ଚାଲିଛି। ରାଜା ସିଂହାସନରେ, ଯୁବରାଜ ରାଜ୍ୟ ପରିଚାଳନାରେ ଆଉ ରାଜକୁମାର ଯୁଦ୍ଧରେ ବ୍ୟସ୍ତ ଅଛନ୍ତି। ଏଇ ତ ଦୁଇମାସ ତଳେ ଯୁଦ୍ଧ ଜିଣି ଫେରିଛନ୍ତି।'

'ଆଜ୍ଞା, ଆପଣଙ୍କ ଅନ୍ନଆଟିକା ସବୁ ନେଇଯାଆନ୍ତୁ। ଆମ ବେପାର ସରିଲା। ଆମେ ମଧ୍ୟ ଘରକୁ ବାହାରିଲୁ।' ପ୍ରସାଦ ବିକାଳୀ ଜଣକ ବିଧାନ ଆଡ଼େ ହାତ ହଲାଇ ଦୂରରୁ ଡାକଦେଲା।

ପୂଜକ ମଧ୍ୟ ପାହାଚ ଛାଡ଼ି ଠିଆହେଲେ।

'ଆପଣଙ୍କ କଥା ଭାଗବତ ଶୁଣିବା ପରି ଲାଗିଲା।' ତାଙ୍କୁ ଓଳଗି ହୋଇ ବିଧାନ କହିଲା।

'ହଁ, ମଣିଷର ସୁଖଦୁଃଖର କାହାଣୀ ଗୋଟିଏ ଗୋଟିଏ ଭାଗବତ ନୁହଁ ତ ଆଉ କ'ଣ ?' ପୂଜାରୀ କହିଲେ।

'ନିଜ ଜୀବନର ସଂଘର୍ଷରେ ଜିତିଗଲେ ବୀର ପୁରୁଷ, ଯୁଦ୍ଧ କରି ହାରିଗଲେ ମଧ୍ୟ ବୀରପଣିଆ, ସଂଘର୍ଷକୁ ଦେଖି ଲୁଚିଲେ, ଭୟକରି ପଳାତକ ସାଜିଲେ କାପୁରୁଷ।

ଏତକ ତ କଥା !

ତୁମେ ଜିତୁଛ କି ହାରୁଛ ସେ ବଡ଼ ନୁହଁ, ତୁମେ ସଂଘର୍ଷକୁ ସାମନା କରୁଛ କି ନାହିଁ ସେ ହେଲା ବଡ଼ କଥା। ଜଣକ ଜୀବନ କାହାଣୀ ତ ଆଉ ଜଣକ ପାଇଁ ଦିଗ୍‌ଦର୍ଶନ। ଆଚ୍ଛା, ତୁମେ କ'ଣ ପାଇଁ ମଞ୍ଜୁଷା ଆସିଛ ?'

'ଆଜ୍ଞା, ସେଇ ଗ୍ରହାଚାର୍ଯ୍ୟଙ୍କୁ ଦେଖା କରିବା ପାଇଁ।'

'ଭଲ, ଭଲ। ଏଇତ ଆଗରେ ତାଙ୍କ ଘର, ଯାଅ ଆଗେ ଖାଇଦିଅ। ତୁମ ଅନ୍ନ ଡାଲି ତ ଶୁଖିଯିବଣି।' କହି ପୂଜକ ବିଦାୟ ନେଲେ।

ଗ୍ରହାଚାର୍ଯ୍ୟ ଜଗନ୍ନାଥ ମିଶ୍ରଙ୍କ ଘରେ ପ୍ରବଳ ଭିଡ଼। ବିଧାନ ଆଜିକୁ ତିନିଦିନ ହେଲା ମଞ୍ଜୁଷାରେ ଡେରା ପକାଇଲାଣି। ବିଗତ ତିନିଦିନ ହେଲା ଗ୍ରହାଚାର୍ଯ୍ୟଙ୍କ ଘରକୁ ଯାଇ ତାଙ୍କୁ ଦୂରରୁ ଦେଖିଛି ସିନା ପାଖକୁ ଯିବାକୁ ସୁଯୋଗ ମିଳିନାହିଁ।

ଯଦି ଏମିତି ଦିନ ଦିନ ଧରି ଅପେକ୍ଷା କରିବାକୁ ପଡ଼େ, ତେବେ ତ ବଡ଼ ଅସୁବିଧା ହେବ। ଏମିତି ପରିସ୍ଥିତିଟିଏ ତ ସେ ଅନୁମାନ କରି ନଥିଲା।

ହଠାତ୍ ସେ ଶୁଣିଲା- 'ବିଧାନ ତନ୍ତୀ! ବିଧାନ ତନ୍ତୀ! ଏହାପରେ ତୁମର ପାଳି। ଆଗଧାଡ଼ିରେ ଆସି ବସ।'

ବିଧାନ ଧଡ଼ପଡ଼ ହୋଇ ନିଜ ଜାଗାରୁ ଉଠି ଆଗ ଧାଡ଼ିର ପ୍ରଥମ ସ୍ଥାନରେ ଯାଇ ବସିଲା। ଗ୍ରହାଚାର୍ଯ୍ୟଙ୍କ ଆଗରେ ବସିଥିବା ଲୋକଟି ଉପରେ ଆଖିରଖି ଅଣ୍ଟିର ଗାଞ୍ଜିଆ ଖୋଲି ସୁନା ମୋହର ଦୁଇଟିକୁ କାଢ଼ି ହାତରେ ଧରିଲା।

ଲୋକଟି ଗ୍ରହାଚାର୍ଯ୍ୟଙ୍କୁ ମୁଣ୍ଡିଆ ମାରି ସେଠାରୁ ବାହାରି ଆସିବା ଦେଖି ସେ ଯାଇ ତାଙ୍କ ଆଗରେ ବସି ମୁଣ୍ଡିଆଟିଏ ମାରି ତାଙ୍କ ପାଦ ପାଖରେ ସୁନା ମୋହର ଦୁଇଟିକୁ ରଖିଦେଲା।

ବିଧାନ ଆଗରୁ ଆଉ କେହି କେହି ତାଙ୍କୁ ସୁନା ମୋହର ମାନ ଭେଟି ଦେଇ ଯାଇଛନ୍ତି। ସେ ସବୁ ତାଙ୍କ ପାଦ ପାଖରେ ଥିବା ଥାଳୀରେ ସେମିତି ପଡ଼ି ରହିଥିବା ବିଧାନ ଦେଖିଥିଲା। ସେ ସବୁକୁ ସେ ଛୁଇଁ ନଥିଲେ।

କିନ୍ତୁ ବିଧାନ ଯେତେବେଳେ ମୋହର ଦୁଇଟିକୁ ସେ ଥାଳୀ ଉପରେ ସନ୍ତର୍ପଣରେ ରଖିବା ସେ ଦେଖିଲେ, ସେ ନଇଁପଡ଼ି ସେଥିରୁ ଗୋଟିଏ ଉଠାଇ ତାକୁ ଏପଟ ସେପଟ କରି ନିରୀକ୍ଷଣ କରିବାରେ ଲାଗିଲେ। ତାଙ୍କ ଆଖି ଦୁଇଟି ଛୋଟ ଛୋଟ ହୋଇଗଲା। ଭୂରୁ କୁଞ୍ଚିତ ହେଲା। କିଛି ସମୟ ପରେ ସେ ମୋହର ଉପରୁ ଆଖି ହଟାଇ ବିଧାନକୁ ଚାହିଁ ହସିଦେଲେ।

ବିଧାନ ଛାତିରୁ ନିଆଁ ଝୁଲଟିଏ ଖସି ପଡ଼ିଲା। ଏ ସୁନା ମୋହର ନଆଣି ଦୁଇଶହ ଦଶ ରୂପା ଟଙ୍କାର ଥଳୀଟିଏ ଦେଇଥିଲେ ଭଲ ହୋଇଥାନ୍ତା। ଏ ମୋହର ଦୁଇଟିର ଇତିହାସ ବୋଧହୁଏ ଯାଙ୍କୁ ଜଳଜଳ କରି ଦିଶୁଛି!

ବିଧାନ ନିଜ ଚାରିପଟକୁ ଅନାଇଲା।

ଲୋକମାନଙ୍କର ଭିଡ଼ ବଢ଼ିଛି ଓ ସମସ୍ତଙ୍କ ଆଖି ଗ୍ରହାଚାର୍ଯ୍ୟଙ୍କ ଉପରେ ସ୍ଥିର ହୋଇ ରହିଛି। ପଣ୍ଡିତେ ଯଦି ଏ ମୋହର ଦୁଇଟିର ଇତିହାସ ଖୋଲି ଦିଅନ୍ତି, ତୁଣ୍ଡରୁ ତୁଣ୍ଡ ହୋଇ ତାହା କେତେ ଦିନରେ ହେଉପଛେ ବୋମକେଇରେ ନିଶ୍ଚୟ ପହଞ୍ଚିଯିବ!

ସେ ଆଉ ଦାଣ୍ଡରେ ମୁଣ୍ଡ ଟେକି ଚାଲିପାରିବ!

ବିଧାନର ମୁହଁ କଳା ପଡ଼ିଗଲା। ମୁଣ୍ଡ ଧୀରେ ଧୀରେ ତଳକୁ ଝୁଙ୍କିଗଲା।

'ହୁଁ...' ଗ୍ରହାଚାର୍ଯ୍ୟଙ୍କ ଗମ୍ଭୀର ସ୍ୱର ଶୁଣି ସେ ମୁଣ୍ଡ ଉଠାଇ ତାଙ୍କୁ ଚାହିଁଲା।

'ଭଲ ଅଛୁ ?' ସେ ପଚାରିଲେ।

ସମ୍ମୋହିତ ପରି ମୁଣ୍ଡ ଟୁଙ୍ଗାରି ସେ 'ନାହିଁ କଲା'।

'ସାପ ଦେଖୁଛୁ ?'

'ଏଁ ସାପ ! ହଁ ଦୁଇଟା !'

ସିଦ୍ଧପୁରୁଷ ଜଗନ୍ନାଥ ମିଶ୍ର ସେ ମୋହରଟିକୁ ନିଜ ଆଖିଡୋଳା ପାଖରେ ରଖି ଆର ଆଖିଟିକୁ ବନ୍ଦ କଲେ। ସତେ ଯେମିତି ସେ ମୋହର ଭିତରେ ଗୋଟିଏ ବଡ଼ କଣା ଅଛି ଓ ସେ କଣା ବାଟେ ସେ ବିଧାନର ଅତୀତ, ବର୍ତ୍ତମାନ ଓ ଭବିଷ୍ୟତ ସବୁ ଦେଖି ପାରୁଛନ୍ତି।

'ସେ ଭିତରୁ ତ ଗୋଟିଏ ସାପ ମରିଗଲାଣି।' ସେମିତି ଗୋଟିଏ ଆଖି ବନ୍ଦ ଥାଇ ମୋହରଟିକୁ ଆର ଆଖି ପାଖରେ ରଖି ସେ କହିଲେ।

'ଆଜ୍ଞା ?' ବିଧାନ ଚିତ୍କାର କରି ଉଠିଲା। ସମସ୍ତଙ୍କ ଆନମନା ଦୃଷ୍ଟି ବର୍ତ୍ତମାନ ତା' ଉପରେ ସ୍ଥିର ହେବା ଦେଖି ସେ ସଙ୍କୁଚିତ ହୋଇଗଲା ମଧ୍ୟ।

'କଳା ସାପଟି ମରି ଗଲାଣି, ଧଳା ସାପଟି ଖେଳୁଛି।' ସିଦ୍ଧ ମହାତ୍ମା ଧୀରେ ଧୀରେ କହିଲେ।

ବିଧାନର ମୁଣ୍ଡ ଝାଇଁ ଝାଇଁ ହେବା ଆରମ୍ଭ ହୋଇ ସାରିଥିଲା। ତାକୁ ଅଧା କଥା ଶୁଣା ଗଲା ନାହିଁ। କାହିଁ କେଉଁ ଜନ୍ମର ଶୋଷ ତା' ତଣ୍ଟିକୁ ଅଠା ଅଠା କରିଦେଲା। ସେ ବଡ଼ କଷ୍ଟରେ ପଚାରିଲା- 'କଳା ସାପଟା ମଲା କେମିତି ?'

ସିଦ୍ଧପୁରୁଷ ଉତ୍ତର ଦେଲେ- 'ସେବା, କାର୍ପଣ୍ୟ, ଦାନ ବଳେ, କିବା ଅସାଧ ମହୀ ତଳେ ?'

ସେ ବସିଥିବା ଗାଦୀ ଉପରୁ ତାଙ୍କ ଶେଯ ପାଖରେ ବସିଥିବା ବିଧାନକୁ ସେ ନିଜର ବାଁ କଡ଼କୁ ଆସିବାକୁ ଠାରିଲେ। ବିଧାନ ଘୁଞ୍ଚିଯାଇ ତାଙ୍କ ବାଁ ପଟେ ଗାଦୀ ନିକଟରେ ବସିଲା। ସେ ବିଧାନର ମୁଣ୍ଡ ଉପରେ ନିଜର ବାଁ ହାତଟିକୁ ରଖିଲେ। ଏକ ଥଣ୍ଡା ଅଥଚ ଓଜନିଆ ଚାପରେ ବିଧାନର ଆଖି ଦୁଇଟି ବୁଜି ହୋଇଗଲା।

ସେହି ବନ୍ଦ ଆଖିରେ ସେ ଦେଖିଲା ଜଙ୍ଗଲରେ ଦେବଦତ୍ତଙ୍କ ଚିତା ହୁ'ହୁ' ହୋଇ ଜଳୁଛି। ତା'ରି ପାଖରେ ଆଣ୍ଠୁ ମାଡ଼ି ବସି ଆକାଶକୁ ଅନାଇ ସେ ନିଜେ ଛାତିପିଟି କାନ୍ଦୁଛି। ପରମୁହୂର୍ତ୍ତରେ ତାକୁ ଦେଖାଗଲା- ଦେବଦତ୍ତଙ୍କ କ୍ରିୟାକର୍ମ, ବ୍ରାହ୍ମଣ ଭୋଜନ, ଗ୍ରାମବାସୀଙ୍କୁ ଦେବଦତ୍ତଙ୍କ ଅସମ୍ଭବ କାର୍ଯ୍ୟକୁ ସମ୍ଭବ କରିପାରି ଗାଁର

ମାନମର୍ଯ୍ୟାଦାକୁ ବଢ଼ାଇ ଦେଇଥିବା ଖବର ଜଣାଇବା, ମୋହରରର ଝଣ୍‌ଝଣ୍ ଶବ୍ଦ ସହିତ ରାଜଘୋଷଣା ପାଠ କରୁଥିବା ମକଦ୍ଦମ ଦାଶରଥୀ ମିଶ୍ରଙ୍କ ଗୁରୁଗମ୍ଭୀର ସ୍ୱର, ସୁଦତ୍ତାର ଭୋ ଭୋ କାନ୍ଦ ସାଙ୍ଗକୁ ଗ୍ରାମବାସୀଙ୍କ 'ଧନ୍ୟ ଦେବଦତ୍ତ, ଧନ୍ୟ ତୁମର ପ୍ରତିଭା'ର ମିଳିତ ସ୍ୱର ତା' କାନ ପାଖରେ ଏକା ସାଙ୍ଗରେ ଶୁଣାଗଲା।

କାହିଁ ହୁଳହୁଳି, ଶଙ୍ଖ, ମନ୍ତ୍ରଧ୍ୱନୀର ଶବ୍ଦ ଆସି ଏସବୁ ଶବ୍ଦକୁ ଦବାଇ ଦେଲା। ଏଇତ, ସୁଦତ୍ତା ଓ ସୁଶୀଳର ବିଭାଘର ଚାଲିଛି। ଓଢ଼ଣା ତଳୁ ସୁଦତ୍ତାର ହସହସ ମୁହଁ ଦେଖାଯାଉଛି।

ଆରେ, ଏ ତ ସଦା, ପଦିଆ! ନିଜେ ଭୋକରେ ରହି ବିଧାନ ସେମାନଙ୍କ କ୍ଷୁଧାତୁର ଖାଇବା ଭଙ୍ଗୀକୁ ତୃପ୍ତିରେ ଅନାଇ ରହିଛି। ସେମାନଙ୍କ ମା'ବାପା ବିଧାନକୁ କୃତଜ୍ଞତା ଜଣାଉଛନ୍ତି।

ଆରେ, ଏ କ'ଣ ? ସେମାନେ ତ ଏବେ ଗଙ୍ଗାକୂଳେ ପିଣ୍ଡଦାନ କରି ସଙ୍ଗମ ଆଡ଼କୁ ଆଗେଇ ଯାଉଛନ୍ତି। କୁନ୍ଦ, ଗୋଲକ, ପ୍ରଭା, ପ୍ରଚଣ୍ଡ, ବାସନ୍ତୀ ଓ କନକଙ୍କ ଆନନ୍ଦ ବିଭୋର ମୁହଁରୁ ଧାରଧାର ଖୁସୀର ଲୁହ ଝରିପଡୁଛି। 'ବାପ, ତୁ ଆଣି ନଥିଲେ, ଆମେ କ'ଣ ଏ ତୀର୍ଥଯାତ୍ରା କରିପାରିଥାନ୍ତୁ ?' ପ୍ରଭା, ଗୋଲକ ଓ କନକଙ୍କ ସହ ଅନ୍ୟମାନେ ଏକାସାଙ୍ଗରେ ଏକଥା କହୁଛନ୍ତି।

'ବୁଡ଼ିଗଲା, ମୋ ଧନକୁ ରକ୍ଷାକର!' କାହାର ଆର୍ତ୍ତ ଚିତ୍କାରରେ ବିଧାନର ଆତ୍ମା ଦୋହଲି ଉଠିଲା। ସେ ଆଖିତରାଟି ପାଣି ତଳେ ପଡ଼ିଥିବା ବାଳକର ଅସାଡ଼ ଦେହ, ତା' ଆଗରେ ଠିଆହୋଇଥିବା ଦେବଦତ୍ତ ଓ ଦୂରକୁ ଠିଆହୋଇଥିବା ପ୍ରବଳକୁ ଦେଖିପାରିଲା। ପରମୁହୂର୍ତ୍ତରେ ପିଲାଟିକୁ ନେଇ ଡଙ୍ଗାରେ ପହଞ୍ଚିବା, ପିଲାଟିର ଚେତା ଫେରିପାଇବା, ତା' ମାଆର ଲୁହଭରା କୃତଜ୍ଞତା ଶବ୍ଦ ସେ ଶୁଣିପାରିଲା।

'ବାପା, ଗୋଟିଏ ହେଲେ ମୋହର ତ ତୁ ରଖିଲୁ ନାହିଁ' କନକଙ୍କ ସ୍ୱର ଶୁଣି ତା'ର ଆଖି ଖୋଲିଗଲା।

ଆଖି ଆଗରେ କନକ ନଥିଲେ। ଚାରିପଟେ ଅନେକ ଲୋକଙ୍କର ଯିବାଆସିବା, ଚାପା ସ୍ୱରରେ କଥାବାର୍ତ୍ତା ଚାଲିଛି। ସେ ସିଦ୍ଧପୁରୁଷଙ୍କ ଆଡ଼କୁ ଚାହିଁଲା। ସେ କେତେବେଳୁ ତା' ମୁଣ୍ଡ ଉପରୁ ହାତକୁ କାଢ଼ି ସାରିଲେଣି। ତାଙ୍କ ପାଦ ପାଖରେ ବସିଥିବା ଆଉ ଜଣେ ଆଶାୟୀ ଆଡ଼କୁ ଝୁଙ୍କିପଡ଼ି ସେ ତାକୁ କିଛି କହୁଛନ୍ତି।

ବିଧାନ ବୁଝିପାରିଲା ତା'ର ଯିବାର ବେଳ ହୋଇଗଲାଣି। ସିଦ୍ଧପୁରୁଷ ତାକୁ ଯାହା କହିବା କଥା କହିସାରିଲେଣି। କିନ୍ତୁ ସୀତା ବିଷୟରେ ସେ ତ କାହିଁ କିଛି ପଚାରି ପାରିଲା ନାହିଁ।

ସିଦ୍ଧ ପୁରୁଷଙ୍କ ପାଖରେ ବସିଥିବା ଶ୍ରଦ୍ଧାଳୁଙ୍କର କଥାବାର୍ତ୍ତା ସରିଗଲାଣି ବୋଧହୁଏ। ସେ ପ୍ରଣାମ କରି ସେ ଜାଗା ଛାଡ଼ି ଚାଲିଗଲା ପରେ ଆଉ କେହି ଆସିବା ଆଗରୁ ବିଧାନ ପୁଣି ତାଙ୍କ ଆଗରେ ବସି ପଚାରିଲା- 'କଳା ସାପଟି ମରିଗଲା ବୋଲି କେମିତି ଜାଣିବି? ତା'ର ମଲାଦେହ ମୁଁ କାହିଁକି ଦେଖି ପାରୁନାହିଁ?'

'ସେ ମରି ନଥିଲେ ତୁ ଏଠିକୁ ଆସିନଥାନ୍ତୁ। ନିଶ୍ଚିନ୍ତରେ ଯା'। ତୁ କଳାସାପଟିର ମଲାଦେହ ଦେଖିପାରିବୁ ନାହିଁ। ସେ ସେମିତି ଗୁପ୍ତରେ ତୋ ଘରେ ହିଁ ରହିଥିବ। ଯେତେଦିନ ଯାଏ ତୁମ ପରିବାରରେ ସେବା ଦାନ ଓ ପରୋପକାର ଲାଗି ରହିଥିବ ସେତେଦିନ ଯାଏ ପୁରୁଷ ପୁରୁଷ ଧରି ତା'ର କଙ୍କାଳ ତୁମ ଘରେ ପଡ଼ି ରହିଥିବ। ପ୍ରାଣ ପାଇବ ନାହିଁ। ଯେଉଁଦିନ ତୁମ ପରିବାର ଦାନ, ସେବା ଓ ପରୋପକାର ଛାଡ଼ିଦେବେ, ସେଇଦିନ ପ୍ରାଣ ପାଇ ସେ ପୁଣି ଦଂଶିବାକୁ ଠିଆ ହୋଇଯିବ। ଏଣୁ ଯା', ନିଶ୍ଚିନ୍ତରେ ଯା'। ତୋ ସନ୍ତାନମାନେ ସୁଖୀ ହେବେ।'

-୦-

ଝରକା ପଟରୁ ଚେନାଏ ଖରା ମୁହଁରେ ପଡ଼ିବାରୁ ବିଧାନର ନିଦ ଭାଙ୍ଗିଗଲା। ମୁଣ୍ଡ ଉଠାଇ ସେ ଚାରିଆଡ଼େ ଚାହିଁଲା। ଆରେ, ସେ ସିଦ୍ଧପୁରୁଷ, ସେ ଲୋକ ଗହଳିର ଭିଡ଼, ସେ ଚାପା ସ୍ୱରରେ କଥାବାର୍ତ୍ତା ଏସବୁ ଗଲା କୁଆଡ଼େ?

ଓଃ! ସେ ତେବେ ସ୍ୱପ୍ନ ଦେଖୁଥିଲା!

ସେ ପୁଣି ମୁଣ୍ଡାରେ ମୁଣ୍ଡ ରଖି ଆଖିବୁଜି ନିଦକୋଳକୁ ଫେରିଯିବାକୁ ଚେଷ୍ଟା କଲା।

ହଠାତ୍ ଝରକା ଆରପଟେ ତୈମୁରର ହ୍ରେଷା ଶବ୍ଦ ଶୁଣି ସେ ବିଛଣାରେ ଧଡ଼ପଡ଼ ହୋଇ ବସିଲା।

ଏ ତ କଦାପି ସ୍ୱପ୍ନ ନୁହଁ!

'ତୁ ଆଉ ଟିକିଏ ଶୋଇପଡ଼ ବାପା।' କନକଙ୍କର ସ୍ୱର ଶୁଣି ସେ ମୁହଁ ବୁଲାଇ ଦ୍ୱାର ଆଡ଼େ ଅନାଇଲା। ଆରଘରେ ବସି ସୂତା କାଟୁଥିବା କନକ ଓ ବାସନ୍ତୀଙ୍କ ଚେହେରା ତାକୁ ଦେଖାଗଲା।

ତାକୁ ଅନେଇବାର ଦେଖି ବାସନ୍ତୀ କହିଲେ, 'ଆଉ ଟିକିଏ ଶୋଇପଡ଼, ଏତେବାଟ ଥକା ହୋଇ ଆସିଛୁ।'

ସେ ସେମିତି ତାଙ୍କୁ ଅନାଇ ରହି କହିଲା- 'ଏତେ ବାଟ? କେତେ ବାଟ?'

ସୂତାକେଣ୍ଡାରୁ ମୁହଁ ଉଠାଇ କନକ ଓ ବାସନ୍ତୀ ପରସ୍ପରକୁ ଚାହିଁଲେ। କନକ କହିଲେ- 'କେତେ ବାଟ? ମଞ୍ଜୁଷାରୁ ଏଠିକୁ ଯେତେ ବାଟ।'

ବିଧାନ କ'ଣ କହିଥାନ୍ତା, ତୈମୁରର ହ୍ରେଷା ଶବ୍ଦ ପୁଣି ତାକୁ ଶୁଣାଗଲା।

'ଥକା ହୋଇ ନଥିଲେ, ଏ ଘୋଡ଼ାକୁ ଘରକୁ ନେଇ ଆସିଥାନ୍ତୁ? ତରକ୍କୀ ବଜାରରେ ତାକୁ ଫେରାଇ ସେଇଠୁ ଘରଯାଏ ଏତକ ବାଟ ଚାଲି ଚାଲି ଆସିବାର ବଳ ତୋର ନଥିଲା।' ବାସନ୍ତୀ କହିଲେ।

'ଆଉ ଗ୍ରହାଚାର୍ଯ୍ୟ କ'ଣ କହିଲେ?' ବାସନ୍ତୀ ପୁଣି ପଚାରିଲେ।

'ହଉ, ସିଏ ଆଗ ଗାଧୋଇ ପାଧୋଇ ଖିଆପିଆ କରୁ।' କନକ କହିଲେ। 'ସେ କଥା ତା'ପରେ ଶୁଣିବା ନାହିଁ?'

ବିଧାନ ଶେଯ ଛାଡ଼ି ବାହାରକୁ ଆସିଲା। ସଦା, ପଦିଆ ଦୁହେଁ ତନ୍ତରେ ବସି ସାରିଲେଣି। ମଝିରେ ମଝିରେ ମୁଣ୍ଡ ଉଠାଇ ଚରୁଥିବା ଘୋଡ଼ାଟି ଆଡ଼େ କୌତୁହଳର ଦୃଷ୍ଟିଟାଏ ପକାଉଛନ୍ତି।

ତେବେ.. ସେ ସବୁ ଅନୁଭୂତି, ସିଦ୍ଧପୁରୁଷଙ୍କ ସହ କଥାବାର୍ତ୍ତା... ଏ ସବୁ କିଛି ସ୍ୱପ୍ନ ନଥିଲା!

ବିଧାନର ମୁଣ୍ଡ ଉପରେ ସେ ବୋହି ପାରୁନଥିବା ପାଣି ମାଠିଆଟିକୁ କିଏ ଯେମିତି ଟେକାଟିଏ ମାରି କଣା କରିଦେଲା। ସେଥିରୁ ବୋହୁଥିବା ଧାର ଧାର ଥଣ୍ଡା ପାଣି ଦୀର୍ଘ ପାଞ୍ଚବର୍ଷ ଧରି ହୁତୁହୁତୁ ହୋଇ ଜଳୁଥିବା ବିଧାନର ମନ ଉପରେ ପଡ଼ି ସେ ନିଆଁକୁ ଧୀରେ ଧୀରେ ଲିଭାଇ ଏକ ଶୀତଳ ସୁଖକର ଶାନ୍ତିରେ ତା'ର ଅନ୍ତରାତ୍ମାକୁ ଡୁବାଇ ରଖିଲା।

*ଯା', ତୋ ସନ୍ତାନମାନେ ସୁଖୀ ହେବେ।*

ଆଃ... ଏମିତି ନିଶ୍ଚିନ୍ତ ଆନନ୍ଦ, ଏମିତି ଶାନ୍ତି, ସେ ଶେଷଥର ପାଇଁ କେବେ ଅନୁଭବ କରିଥିଲା?

ଆଖି ତା'ର ବଗିଚାର ଫାଟକ ପାଖରେ ଅଟକି ଗଲା। ଷୋଳ, ସତର ବର୍ଷର କିଏ ଏ ପିଲାଟା ଧଡ଼କରି ଫାଟକକୁ ଠିଆମେଲା କରି ଧଇଁସଇଁ ହୋଇ ଧାଇଁ ଆସୁଛି? ଆରେ, ଏ ତ ତା'ର ଶଶୁର ଗାଁର ସୁନୁ, ଲେଖାରେ ଶଳା ହେବ।

ବିଧାନର ଛାତି ଧଡ଼ଧଡ଼ ହେବାରେ ଲାଗିଲା। କ'ଣ ଖବର ସେ ଆଣିଛି?

ବିଧାନକୁ ବାରଣ୍ଡାରେ ଦେଖି ସୁନୁ ହାତ ଟେକିଲା, 'ବିଧାନ ଭାଇ...' କିନ୍ତୁ ଆଉ କିଛି କହି ନପାରି ନଇଁପଡ଼ି ଦୁଇ ଆଣ୍ଠୁରେ ଦୁଇ ହାତ ରଖି ଧଇଁସଇଁ ହୋଇ ନିଃଶ୍ୱାସ ନେଲା।

ବ୍ୟସ୍ତ ହୋଇ ବିଧାନ ପିଣ୍ଡା ତଳକୁ ଡେଇଁ ପଡ଼ିଲା। ସୁନୁର ଡାକ ଶୁଣି କନକ ଓ ବାସନ୍ତୀ ମଧ୍ୟ ଘରୁ ବାହାରି ଆସି ପିଣ୍ଡାଧାରରେ ଲଥକରି ବସିପଡ଼ିଲେ।

ସେମାନଙ୍କୁ ଦେଖି ସୁନୁ ସଳଖି ଠିଆ ହେଲା। କହିଲା- 'ମାଉସୀ, ରସଗୋଲା ଖୁଆଇବ। ଭଲ ଖବର ଆଣିଛି। ବିଧାନ ଭାଇ ବାପ ହୋଇଗଲେ। ଆଜି ଭୋର୍ ଭୋର୍ ବେଳେ ତୁମର ନାତୁଣୀଟିଏ ହୋଇଛି।

'ସୀତା ?' ବିଧାନ ଥରଥର କଣ୍ଠରେ ପଚାରିଲା।

'ସେ ? ଠିକ୍ ଠାକ୍ ଅଛି। ମୁଁ ଆସିବାବେଳେ ତ ସେ ପିଲାକୁ କୋଳରେ ଧରି କ୍ଷୀର ଖୁଆଉଥିଲା।'

'ହେଲେ ତୁ ଏମିତି ଧଇଁସଇଁ କାହିଁକି ହେଉଛୁ ?' ବାସନ୍ତୀ ବସିବା ଜାଗାରୁ ଉଠୁଉଠୁ କହିଲେ। 'ତୁ ତ ଆମ ସମସ୍ତଙ୍କୁ ଛାନିଆଁ କରିଦେଲୁ। ତମ ଗାଁରୁ କ'ଣ ଦୌଡ଼ିଦୌଡ଼ି ଆସିଛୁ ?'

'ନାଇଁ ମାଉସୀ,' ସୁନୁ ମୁଣ୍ଡ କୁଣ୍ଡାଇଲା। 'ତୁମର ଏ ଗଳି ମୁଣ୍ଡରେ ଦୁଇଟା ବଳିଆ କୁକୁର ମୋତେ ଦେଖି ଏମିତି ଗୋଡ଼ାଇଲେ, ମୁଁ ଆଉ ଅଛି କି ? ଏକାଡିଆଁକେ ଆସି ଏଇଠି ପରା।'

ସଦା, ପଦିଆ ସହିତ ସମସ୍ତେ ହସିଉଠିଲେ। କନକ, ବାସନ୍ତୀ ଆକାଶକୁ ଚାହିଁ ହାତ ଯୋଡ଼ିଲେ। କନକ କହିଲେ- 'ହଉ, ଭିତରକୁ ଆ'। ଆଗେ ଚଲ୍‌ହା ପାଣି ମୁନ୍ଦେ ପିଅ। ଖିଆପିଆ କର। ତା'ପରେ ରସଗୋଲା ଖାଇବୁ।'

ସୁନୁ ହସିହସି ଘର ଭିତରକୁ ପଶିବା ବେଳେ ଚରୁଥିବା ତୈମୁର ଉପରେ ତା'ର ଆଖି ପଡ଼ିଲା।

'ଆରେ, ବିଧାନ ଭାଇ, ତୁମେ କ'ଣ ଘୋଡ଼ା ଚଢ଼ିଲଣି ?' ସୁନୁ ପଚାରିଲା।

'ବାପ ହେଲି ପରା !' ସୁନୁ ପିଠିରେ ହାତ ପକାଇ ତାକୁ ଘର ଭିତରକୁ ନେଉ ନେଉ ବିଧାନ ହସି ହସି କହିଲା।

ଶିଶୁଟିଏ ପରି ଗାଢ଼ ନିଦରେ ଶାନ୍ତିରେ ଶୋଇଥିବା ଘରଟି ସତେ ଅବା ନିଦରୁ ଉଠି ଚଳଚଞ୍ଚଳ ହୋଇପଡ଼ିଲା। ଯଦିଓ ସେଠାରେ ମାତ୍ର କେତୋଟି ଲୋକ ଥିଲେ, କିନ୍ତୁ ଘରଟି କଥାବାର୍ତ୍ତା, ହସଗମାତରେ ଭୋଜିଘର ପରି ଉଛୁଳି ଉଠିଲା।

ଅନେକ ସମୟ ପରେ ପୁରା ସାହିଟାରେ ରସଗୋଲା ବାଣ୍ଟିବା ପାଇଁ ଗୁଡ଼ିଆ ଘରକୁ ଯାଇ ବରାଦ ଦେଇ ବିଧାନ ଆସି ତନ୍ତରେ ବସିଲା।

ବାହାରର ଆକାଶର ନୀଳିମା ତାକୁ ଆହୁରି ଗାଢ଼ ନୀଳ ଦେଖାଗଲା। ଆମ୍ବଗଛରେ ବସିଥିବା ପକ୍ଷୀମାନଙ୍କର କାକଳୀ ପରିଷ୍କାର ଶୁଣାଗଲା। ତୈମୁର ଚରୁଥିବା ବଗିଚାର ଘାସ ସବୁ ଆହୁରି ଅଧିକ ସବୁଜ ମନେହେଲା ଓ ବାରଣ୍ଡା ତଳେ କନକ ଲଗାଇଥିବା ମଖମଲ୍ଲୀ ଗଛର ଫୁଲ ତଳେ ଥିବା କଢ଼ିଗୁଡ଼ା ମଧ୍ୟ ପ୍ରଥମ କରି ତାକୁ

ଦେଖାଗଲା । ଘରର ଚାଳରେ ମାଡ଼ିଥିବା ଜୁଇ ଫୁଲର ବାସ୍ନାରେ ଚାରିଆଡ଼ ମହକୁଥିଲା ।

ସେ ତ କେବେ ଏ ବାସ୍ନା ଅନୁଭବ କରିନଥିଲା !

ଆଜି ଏକ ଲମ୍ବା ନିଃଶ୍ୱାସ ନେଇ ସେ ବାସ୍ନାକୁ ନିଜ ଅନ୍ତରାତ୍ମା ପର୍ଯ୍ୟନ୍ତ ଶୋଷିନେଲା । ସେ ପ୍ରାଣଶକ୍ତି ତା'ର ହୃଦୟ ଭିତରେ ଝାଉଁଳି ପଡ଼ିଥିବା ଫୁଲଗଛମାନଙ୍କରେ ସତେ ଯେପରି ଅମୃତ ବର୍ଷା କରି ଚାହୁଁ ଚାହୁଁ ସେଗୁଡ଼ିକୁ ଫୁଲରେ ଖୁନ୍ଦି ଠିଆ କରିଦେଲା ।

ଯାହାହେଉ, ସାପ ଦି'ଟା ମଲେ ତାହାହେଲେ !

ନଭେମ୍ବର ୧୭୫୭
ବୋମକେଇ

ଗୁଣୁଗୁଣୁ ଗୀତ ଗାଇ ଅପରାହ୍ଣର ଉଜ୍ଜ୍ୱଳ ଆଲୋକରେ ସଦା ପଦିଆଙ୍କ ସହାୟତାରେ ବିଧାନ ତନ୍ତମାନଙ୍କୁ ଘୁଞ୍ଚାଘୁଞ୍ଚି କରି ବାରଣ୍ଡାକୁ ସଜାଡ଼ିଲା । ସମସ୍ତେ ମିଶି ତିନୋଟି ଯାକ ତନ୍ତକୁ ଘୁଞ୍ଚାଘୁଞ୍ଚି କରି ବାରଣ୍ଡା ମଝିରେ ରଖିଲେ । ସଦା, ପଦିଆ ଓ ଗ୍ରାହକମାନଙ୍କ ଯିବା ଆସିବା ପାଇଁ ଡାହାଣ ପଟେ ଅଳ୍ପ ଜାଗା ଛଡ଼ାଗଲା । ବାଁପଟ କଡ଼ରେ ଯେଉଁଠି ଆଗେ ଦେବଦତ୍ତଙ୍କ ତନ୍ତଟି ପଡ଼ିଥିଲା, ସେଇଠି ଦେବଦତ୍ତ ବସି ଲେଖୁଥିବା ପଟା ଖଟଟିକୁ ପକାଇଲା ।

'ବାଃ ! ଏଥର ଭଲ ହେଲା ।' ସଦା କହିଲା ।

'ହଁ ବିଧାନ ଭାଇ', ପଦିଆ କହିଲା । 'ତିନୋଟି ଯାକ ତନ୍ତ ମୁହାଁମୁହିଁ ହୋଇ ରହିବାରୁ ଲୋଡ଼ାହେଲେ ଜଣେ ଜଣକୁ ପାଟିକରି ଡାକିବା ଆଉ ଆବଶ୍ୟକ ନାହିଁ । ଏଥର ଫୁସ୍‌ଫୁସ୍ କରି କହିଲେ ବି ଜଣକ କଥା ଆଉ ଦୁଇଜଣ ଶୁଣିପାରିବା ।'

'କ'ଣ ଆମ ପାଖରେ କଥା ଅଛି ଯେ ଆମେ ଫୁସ୍‌ଫୁସ୍ କଥା ହେବା ପଦିଆ ?' ବିଧାନ କହିଲା । 'ତୋର କୋଉଠି ପ୍ରସ୍ତାବ ଲାଗିଲାଣି କି ?'

ପଦିଆର ମୁହଁ ରଙ୍ଗା ପଡ଼ିଗଲା । ସଦା ହସିହସି କହିଲା– 'ହଁ, ହଁ କଥା ପଡ଼ିଲାଣି । ଭାଇକୁ ଆଉ ଦୁଇଦିନି ବର୍ଷ ଗଲେ ଅଠର କି ଉଣେଇଶ ବର୍ଷ ବୟସ ହେଇଯିବ, ସେଥିପାଇଁ ବାପା ବୋଉ କଥା ପକାଇଲେଣି । ଗତବର୍ଷ ତାଙ୍କ ସାଙ୍ଗରେ ବିଲରେ ତଳି ରୋଇବାକୁ କେତେ ଜଣ ମୂଲିଆ ସେମାନଙ୍କ ପରିବାରକୁ ନେଇ

ଆସିଥିଲେ। ସେଥିରୁ ଜଣକର ତେର ବର୍ଷର ଝିଅଟିଏ ଆସିଥିଲା। ଭଲ ରୁଆ କାମ କରିପାରୁଛି ବୋଲି ବାପା ବୋଉ ତାକୁଇ ବୋହୂ କରିବାକୁ ମନ କରିଛନ୍ତି। ଝିଅ ଓ ତା'ର ମା' ବାପା ରାଜି ଅଛନ୍ତି।'

'କିରେ ପଦିଆ!' ବିଧାନ ହସିହସି କହିଲା। 'ହେଲେ ଆମର ତ ନଷ୍ଟ ହୋଇଗଲା! କିରେ, ତୋ ସାଙ୍ଗରେ ଇଆଡ଼େ ଆସିଥିଲେ ସିନା ତୋ ସାଙ୍ଗରେ ମିଶି ସୂତାକଟା, ରଙ୍ଗ କରା ଶିଖିଥାନ୍ତା। ସିଆଡ଼େ ତୋ ବାପାବୋଉଙ୍କୁ ଲାଭ।

ପଦିଆ କିଛି ଉତ୍ତର ନ ଦେଇ ଖାଲି ହସି ହସି ବୁଣାରେ ଧ୍ୟାନ ଦେବାର ଛଳନା କଲା।

'ଆଉ ତୋ ପାଳି କେବେ ସଦା?'

'ମୁଁ ଏବେ ବିଭା ହେବିନି।'

'ହୁଁ, ହେବୁନି?' ପଦିଆ କହିଲା। 'ମୁଁ ବିଭା ହେଇନି ବୋଲି ସେ ହୋଇପାରୁନି ନା ବିଧାନ ଭାଇ! ଆମ ପଡ଼ିଶା ଘରର ସେ ରେବତୀ.... ? ମୁଁ ବିଭା ହେବାର ବାସୀ ଦିନ ବୋଧେ ଏ ଦି'ଜଣ ବିଭା ହୋଇପଡ଼ିବେ ଦେଖିବ!'

ତିନିଜଣ ଯାକ ହସି ହସି ନିଜ ନିଜ ତନ୍ତରେ ଯାଇ ବସିଲେ। ସେଇ ତନ୍ତ, ସେଇ ଜାଗା, କିନ୍ତୁ ଟିକିଏ ଘୁଞ୍ଚାଘୁଞ୍ଚି କରି ଜାଗାଟିର ରୂପରେଖ ବଦଳାଇ ଦେବାରୁ ନୂଆ ଜାଗାରେ ବସିବା ଫୂର୍ତ୍ତିକୁ ସେମାନେ ଅନୁଭବ କରୁଥିଲେ।

ତନ୍ତରୁ ବସି ଅଳ୍ପଦୂରରେ ପଡ଼ିଥିବା ଦେବଦତ୍ତଙ୍କ ପଟା ଖଟଟିକୁ ଚାହିଁଚାହିଁ ବିଧାନ ବୁଣାରେ ମନ ଦେଲା। କିଛି ପାଇବାର ଆନନ୍ଦର ଆଶାରେ ତା'ର ମନ କୁରୁଳି ଉଠୁଥିଲା।

ସନ୍ଧ୍ୟା ହେଉ ହେଉ ବୁଣା ବନ୍ଦ କରି ସେ ଘର ଭିତରକୁ ଗଲା। କନକଙ୍କୁ ଖୋଜି ଖୋଜି ଗୁହାଳରେ ଯାଇ ପହଞ୍ଚିଲା। ଚରିବୁଲି ଫେରିଥିବା ଗାଈମାନଙ୍କ ଯତ୍ନ ନେଉଥିବା କନକଙ୍କୁ ସେଇଠି ଦେଖି ସେ ଯାଇ ତାଙ୍କ ପାଖରେ ଠିଆହେଲା।

'କି'ରେ? ଏଇଠି କ'ଣ କରୁଛୁ?' କନକ ପଚାରିଲେ।

'ମାଉସୀ, ମୁଁ ତୁମକୁ ଗୋଟିଏ କଥା ମାଗିବାକୁ ଆସିଛି, ଦେବ?'

କୁଣ୍ଡା ବସ୍ତାରୁ କୁଣ୍ଡା କାଢ଼ି ଗୋରୁ ହାଣ୍ଡିରେ ପକାଇ ହାତକୁ ଝାଡ଼ିଝୁଡ଼ି କନକ କହିଲେ, 'ଏମିତି କି ଅପୂର୍ବ ପଦାର୍ଥ ମାଗିବୁ ଯେ ଦେବିନି? ସୁନା ମୋହର ତ ତୁ ନେବୁନି। ଆଉ ସୁନାମୋହର ଠାରୁ ବଳି ଦାମିକା ଜିନିଷ ବି ମୋ ପାଖରେ ଏମିତି କିଛି ନାହିଁ। ଯାହାକୁ ମୁଁ ତୋତେ ଦେଇପାରିବି ନାହିଁ।'

'ଅଛି, ସୁନା ମୋହର ଠାରୁ ଢେର୍ ଅଧିକ ମୂଲ୍ୟର ଜିନିଷ ତୁମ ପାଖରେ ଅଛି। ତା' ଉପରେ କନ୍ଥା ପକାଇ ତୁମେ ଦି'ହେଁ ଶୋଉଛ।'

'ଓଃ, ସେ ନାଲି ଗାଲିଚାଟା ? ତାକୁ ତୁ ନେଇ କ'ଣ କରିବୁ ?'

'ମାଉସୀ, ସେ ଗାଲିଚାଟା ପକାଇ ମଉସା ଲେଖିବାକୁ ବସୁଥିଲେ। ସନ୍ଧ୍ୟା ହେଲେ ତା'ର ଗୋଟିଏ କଡ଼ରୁ ଗୁଡ଼ାଇ ତାଙ୍କ ପାଇଁ ଓ ମୋ ପାଇଁ ସୁଦଓା ଦି'ଟା ଲେଖାଶ୍ରୟ ଆଣି ପକାଉ ଥିଲା। ତା' ଉପରେ ଅଲେଖା ତାଳପତ୍ର ଗୋଛେ, ଲେଖନୀ ଦୁଇଟା ଓ ଦୀପଟିଏ ଲଗାଇ ଦୀପର ଦୁଇପଟେ ଆମେ ଦୁହେଁ-

'ବିଧାନ... ହୋ ବିଧାନ... ଘରେ ଅଛୁ କିରେ ?'

ବିଧାନ କଥା ସେଇଠି ବନ୍ଦ କରି ବାହାରକୁ ଆସିଲା। ଆରେ, ଏ ତ ମାୟାଧର ! ଆଜିକାଲି ସେ କୁଆଡ଼େ ହରିହରପୁର ବୋଇତ କାରଖାନାରେ କାମ କରୁଛି ବୋଲି ଶୁଣାଯାଉଛି। ଅନେକ ଦନ ହେଲା ତା' ସହିତ ଦେଖା ହୋଇନଥିଲା।

ଦୁହେଁ କୋଳାକୋଳି ହୋଇ କାନ୍ଧରେ ହାତ ପକାଇ ଗାଁ ଦାଣ୍ଡକୁ ବାହାରି ପଡ଼ିଲେ। ସେଠାରେ ଆଉ ଜଣେ ଦୁଇଜଣଙ୍କ ସଙ୍ଗେ ଏ ଦୁଇ ବନ୍ଧୁଙ୍କ ଦେଖା ହୋଇଗଲା।

ବିଧାନ ଘରକୁ ଫେରିବା ବେଳକୁ ରାତ୍ରି ହେଲାଣି। ଘର ବଗିଚାରେ ପାଦ ଦେବା ଆଗରୁ ବିଧାନର ମନେପଡ଼ିଲା, ମାଉସୀଙ୍କ ସଙ୍ଗେ କଥା ହେଉ ହେଉ ସେ ମାୟାଧରର ଡାକ ଶୁଣି ପଦାକୁ ବାହାରି ଆସିଥିଲା। ହେଉ, ଏବେ ସେ ସିଧା ଯାଇ ମାଉସୀଙ୍କୁ କହିଦେବ ଯେ-

ବଗିଚାରେ ପାଦ ଦେଇ ସେ ଆଶ୍ଚର୍ଯ୍ୟ ହୋଇଗଲା। ବାରଣ୍ଡାର ସେ କଡ଼ଟାରେ ନାଲି ଗାଲିଚା ପଡ଼ିଥିବା ପଟା ଖଟରେ ଅଧା ଗାଲିଚା ଗୁଡ଼ା ହୋଇ ଖାଲି ଜାଗାଟିଏ ତିଆର ହୋଇଛି। ତା'ରି ଉପରେ ଦୁଇଟା ଲେଖାଶ୍ରୟ ସଜଡ଼ା ହୋଇ ରଖାହୋଇଛି। ବିଡ଼ାଏ ତାଳପତ୍ର, ଦୁଇଟା ଲେଖନୀ ସାଙ୍ଗକୁ ଉଜ୍ଜ୍ୱଳ ଦୀପଟିଏ ରୁଖା ଉପରେ ବସି ଦିକ୍‌ଦିକ୍ ଜଳୁଛି।

ବିଧାନକୁ ଲାଗିଲା- ଦେବଦତ୍ତ ଏବେ ଏଇଠି ବସି ତାଙ୍କ ଲେଖାଶ୍ରୟ ଉପରେ ତାଳପତ୍ର ରଖି ଲେଖୁଥିଲେ। ଏଇ ଟିକକ ଆଗରୁ କିଛି କାମରେ ଉଠି ଘର ଭିତରକୁ ଯାଇଛନ୍ତି।

ସେ ଘର ଭିତରକୁ ନଯାଇ ସେଇ ଖଟ ଆଡ଼କୁ ମୁହାଁଇଲା। ଦେବଦତ୍ତଙ୍କ ସତ୍ତା ସେ ଗଭୀର ଭାବରେ ଅନୁଭବ କରିପାରୁଥିଲା। କେବଳ ତାଙ୍କୁ ଦେଖିପାରୁ ନଥିଲା।

ଖଟ ଉପରେ ମୁଣ୍ଡ ରଖି ତଳେ ବସିପଡ଼ି ସେ ଧକେଇ ଧକେଇ କାନ୍ଦିବାରେ ଲାଗିଲା।

କାନ୍ଧ ଉପରେ କାହା ହାତର ସ୍ପର୍ଶ ପାଇ ସେ ମୁହଁ ଉଠାଇ ଦେଖିଲା, ଫୁଲିଲା ଫୁଲିଲା ନାଲି ଆଖି ନେଇ କନକ ପଣତ କାନିରେ ମୁହଁ ପୋଛୁଛନ୍ତି !

'ଆଜି ମୋତେ ଲାଗିଲା- ତୋ ମଉସା ଯେମିତି ଘରକୁ ଫେରି ଆସିଛନ୍ତି ବାପା ।' ସେ ଆଉ କିଛି କହି ନ ପାରି କାନିରେ ମୁହଁ ଘୋଡ଼ାଇଲେ । ତାଙ୍କର ସାରା ଦେହ ଏକ ନିଃଶବ୍ଦ କ୍ରନ୍ଦନରେ ଥରିବାକୁ ଲାଗିଲା ।

ବିଧାନ ଠିଆ ହୋଇ ପଡ଼ିଲା । କନକଙ୍କୁ କୁଣ୍ଢାଇ ଧରି ଭୋ' ଭୋ' ହୋଇ କାନ୍ଦିବାରେ ଲାଗିଲା ।

ଏରୁଣ୍ଡି ପାଖରେ ଠିଆହୋଇ ବାସନ୍ତୀ ମଧ୍ୟ ଆଖି ଲୁହକୁ ପଣତ କାନିରେ ପୋଛୁଥିଲେ ।

-0-

ତା' ପରଦିନ ଠାରୁ ତୁଳସୀ ମୂଳରେ ଦୀପ ଦେଇ ସାରି କନକ ସବୁ ସନ୍ଧ୍ୟାରେ ବାରଣ୍ଡାର ସେଇ ପଟା ଖଟର ନାଲି ଗାଲିଚାକୁ ଅଧା ଗୁଡ଼େଇ ଦେଇ ସେଇଠି ଦୁଇଜଣଙ୍କ ପାଇଁ ଦୁଇଟି ଲେଖାଶ୍ରୟ, ଲେଖା ସରଞ୍ଜାମ ଓ ଦୁଇ ଲେଖାଶ୍ରୟ ମଝିରେ ବଇଠି ଉପରେ ଦୀପଟିଏ ରଖି ଖଟଟା ଉପରେ ଶ୍ରଦ୍ଧାର ହାତ ବୁଲାଇ ଆଣି ମୁଣ୍ଡିଆଟିଏ ମାରନ୍ତି । ଦେବଦତ୍ତଙ୍କ ପଟର ଲେଖାଶ୍ରୟ ପାଖରେ ଘଡ଼ିଏ ବସି ପଚାରନ୍ତି- 'କେମିତି ମୋତେ ଏକୁଟିଆ କରିଦେଇ ଛାଡ଼ି ଚାଲିଗଲ ? ଲେଖିଲେ କ'ଣ ପେଟ ପୂରେ ?- ଏକଥା କହୁଥିଲି ବୋଲି କ'ଣ ଅଭିମାନ କରି ଛାଡ଼ି ଚାଲିଗଲ ?'

ବିଧାନ ସେଇଠି ବସି ପ୍ରଥମ କେତେଦିନ କ'ଣ ଲେଖିବ କିଛି ଠିକ୍ କରି ନପାରି ଦେବଦତ୍ତଙ୍କ ବହି କର୍ମସୂତ୍ରକୁ ପଢ଼ିବା ଆରମ୍ଭ କରିଦେଲା । କାବ୍ୟଟିର ବର୍ଣ୍ଣନା ବୈଭବ, କଳ୍ପନାବିଳାସ, କବି ଚାତୁର୍ଯ୍ୟ ଓ ଅଳଙ୍କାର ସଂଯୋଜନାରେ ମୁଗ୍ଧ ହୋଇ ସେ ଯେତିକି ଆଗକୁ ଆଗକୁ ପଢୁଥିଲା, ସେତିକି ସେତିକି ତାକୁ ପାରଳାଖେମୁଣ୍ଡିର ରାଜସଭାର ସେ ସାହିତ୍ୟ ଆଲୋଚନା ଓ ପଣ୍ଡିତ ଆଲୋଚକମାନଙ୍କ ସାରଗର୍ଭକ ଭାଷଣର ଦୃଶ୍ୟ ଓ ଶବ୍ଦ ସବୁ ତାକୁ ମନେପଡ଼ିବାରେ ଲାଗିଲା । ମହାରାଜାଙ୍କ ବଦାନ୍ୟତା, ସେ ସିଂହ ପରି ଠାଣୀରେ ବସି ବିଶାଳ ସଭାକୁ ମଣ୍ଡନ କରୁଥିବା ବ୍ୟକ୍ତିତ୍ୱ, କବିମାନଙ୍କ ପ୍ରତି ବିଶେଷ କରି ଦେବଦତ୍ତଙ୍କ ପ୍ରତି ତାଙ୍କର ଶ୍ରଦ୍ଧା ଓ ସମ୍ମାନର ସ୍ମୃତି ବିଧାନର ହୃଦୟକୁ ଆଲୋଡ଼ିତ କରିବାରେ ଲାଗିଲା ।

ମହାରାଜା ତାକୁ କହିଥିଲେ- 'ତୁମର କାବ୍ୟକୁ ମୁଁ ପ୍ରତୀକ୍ଷା କରୁଛି ।'

ସେ କ'ଣ ଭାବୁଥିବେ !

କର୍ମସୂତ୍ରକୁ ସମାପ୍ତ କରି ବିଧାନ ଏକ ଦୀର୍ଘ ନିଃଶ୍ୱାସ ମାରିଲା।

କ'ଣ ହୋଇଛି ଏ ପୋଥିଟା !

ଏମିତି ଗୋଟିଏ ପୋଥି ସେ ଲେଖିପାରିବ ?

ଯଦି ଦେବଦତ୍ତ ବଞ୍ଚିଥାଆନ୍ତେ.... ତାଙ୍କରି ସହାୟତାରେ ସେ ନିଶ୍ଚୟ ଏମିତି ନହେଲେ ବି ଏକ ଉଚ୍ଚକୋଟୀର କାବ୍ୟ ଲେଖିପାରିଥାନ୍ତା, ସନ୍ଦେହ ନାହିଁ। ଅଥଳ କଳ୍ପନା ସାଗରରେ ତା'ର ସୃଜନଶୀଳତାର ଡଙ୍ଗାଟି ଦିଗହରା ହେବାମାତ୍ରେ ଦେବଦତ୍ତ ପାଲ ଭିଡ଼ି ତାକୁ ଠିକ୍ ମାର୍ଗରେ ନେଇ ଯାଇପାରିଥାଆନ୍ତେ। କୂଳରେ ଆଣି ଲଗାଇ ଦେଇଥାନ୍ତେ।

କିନ୍ତୁ ଏସବୁ ଆନନ୍ଦର ସମ୍ଭାବନା ମୂଳରେ କୁରାଢ଼ୀ ଚୋଟଟିଏ ମାରି ନିଜେ ବାପା ତ ସେ କଳ୍ପବୃକ୍ଷକୁ କାଟିଦେଇ କେବଳ ବିଧାନର ମୁଣ୍ଡ ପିଟିବା ପାଇଁ ସେଇଠି ତା'ର ଶୁଖିଲା ଗଣ୍ଡିଟିକୁ ଛାଡ଼ି ଯାଇଛନ୍ତି !

କିନ୍ତୁ ମଞ୍ଜୁଷା ଗ୍ରହାଚାର୍ଯ୍ୟ ତ କହୁଥିଲେ ସାପ ଦୁଇଟି ମରିଗଲେ ବୋଲି !

ବିଧାନକୁ ଇଚ୍ଛା ହେଲା ସେଇ ଖଟ ଉପରେ ଠିଆହୋଇ ସେ ବହେ ନାଚିନିବ।

ସେ ନିଜର ଅଧାଲେଖା କାବ୍ୟଟିକୁ ବାହାର କରି ଯେପର୍ଯ୍ୟନ୍ତ ଲେଖାହୋଇଛି ସେତକ ମନଦେଇ ପଢ଼ିଲା। କିନ୍ତୁ ରସଗୋଲା ଖାଇ ସାରିବା ପରେ କ'ଣ ବରକୋଳି ଖାଇବାକୁ ଇଚ୍ଛା ହେବ ନା ଖାଇଲେ ସୁଆଦ ଲାଗିବ ?

କର୍ମସୂତ୍ର ପାଖରେ ତା' ନିଜ ପୋଥି ତ ସଂପୂର୍ଣ୍ଣ ସ୍ୱାଦହୀନ !

ନା, ପ୍ରଥମେ ଏଥିରେ ଥିବା ତ୍ରୁଟିମାନଙ୍କୁ ସଂଶୋଧନ କରାଯାଉ। କିନ୍ତୁ... ଏଥିରେ ତ କେବଳ ତ୍ରୁଟି ହିଁ ତ୍ରୁଟି ଦେଖାଯାଉଛି !

ଦୁଇ ଚାରିଦିନ ତ୍ରୁଟି ସଂଶୋଧନରେ ଲାଗିପଡ଼ିବା ପରେ ତାକୁ ଲାଗିଲା, ଯଦି ସେ ଏମିତି ସଂଶୋଧନ, ପୁନଃ ଲିଖନ ଏ ସବୁଥିରେ ଲାଗିଥିବ, ପୋଥିଟି ଆଗକୁ ଆଉ ବଢ଼ିପାରିବ ନାହିଁ। ଏ ସଂଶୋଧନ ତ ପ୍ରତ୍ୟେକ ଦିନ ଏକ ନୂଆ ରୂପ ନେଉଛି !

ନା, ସଂଶୋଧନ ଛାଡ଼ି କାବ୍ୟଟିକୁ ଆଗକୁ ବଢ଼େଇବାକୁ ପଡ଼ିବ।

କିନ୍ତୁ କାବ୍ୟର ପରିକଳ୍ପନାରେ ସେ ଯେଉଁ କାହାଣୀ ରଖିଥିଲା, କେତେ ଚେଷ୍ଟା କଲେ ମଧ୍ୟ ସେ କଥାବସ୍ତୁ ତା'ର ଆଉ ମନେ ପଡ଼ିଲା ନାହିଁ। ବାଧ୍ୟ ହୋଇ ଆଉ ଏକ କାହାଣୀ ମନେ ମନେ ଭାବି ସେ କାବ୍ୟଟିକୁ ଆଗେଇ ନେବାର ଚେଷ୍ଟାରେ ଲାଗିପଡ଼ିଲା।

ବୁଣା ଅଭ୍ୟାସ ଛାଡ଼ିଗଲେ ସାଧାରଣ ଗାମୁଛାଟିଏ ବୁଣିବା ମଧ୍ୟ ଯେପରି କଠିନ ହୋଇଯାଏ, ବିଧାନକୁ କାବ୍ୟ ଲେଖିବା ସେପରି ଆଗପରି ଆଉ ସାବଲୀଳ ଲାଗିଲା ନାହିଁ।

ଦେବଦତ୍ତ ମଉସା ସବୁବେଳେ କହୁଥିଲେ- 'ଲେଖୁ ଲେଖୁ ହିଁ ଲେଖାରେ ଛନ୍ଦ, ମାଧୁର୍ଯ୍ୟ ସବୁ ଆସିଯାଏ। ଆଗେ ଯାହା ମନକୁ ଆସୁଛି ଲେଖି ଚାଲ। ବହିକୁ ସଂପୂର୍ଣ୍ଣ କର। ପରେ ସଂଶୋଧନ କରିବୁ।

ପୋଥିଟିକୁ ଆଗେ ସାରିବାକୁ ସଂକଳ୍ପ କରି ଯେତେବେଳେ ଲେଖି ଚାଲିବୁ, ଦେଖିବୁ କିଛିଦିନ କ୍ରମାଗତରେ ଲେଖି ଚାଲିଲେ ଧୀରେ ଧୀରେ ମନରୁ ନୂଆ ଭାବ ବି ଝରିବ। ଆପେ ଆପେ ଲେଖାର ଶୈଳୀ ମଧ୍ୟ ଉଚ୍ଚକୋଟୀର ହେବାକୁ ବସିବ।'

ତାଙ୍କ କଥାକୁ ମନେପକାଇ ବିଧାନ କିଛିଦିନ ପର୍ଯ୍ୟନ୍ତ କେବଳ ଲେଖି ଚାଲିଲା। ସେ ଜାଣୁଥାଏ, ସେ କେବଳ ଅବାନ୍ତର କଥା ଗୁଡ଼ାଏ ହିଁ ଲେଖି ଚାଲିଛି। ତଥାପି, ଧୈର୍ଯ୍ୟ ନ ହରାଇ ସେ କେବଳ ଲେଖି ଚାଲିଲା। ବିରକ୍ତ ଲାଗିଲେ, ନିଜ ଲେଖାର ମୂଲ୍ୟ ଯେ ବିଶେଷ କିଛି ନାହିଁ - ଏହା ଜାଣିଲେ, ଯେଉଁ ନିରାଶ ଭାବନା ମାଡ଼ିଆସେ, ତାକୁ ଦୂର କରିବା ପାଇଁ ସେ ଦେବଦତ୍ତଙ୍କ କର୍ମସୂତ୍ରଟି କାଢ଼ି ପଢ଼େ। କିଛି ସମୟ ପଢ଼ିବା ପରେ ତାକୁ ଟିକିଏ ଧୈର୍ଯ୍ୟ ମିଳେ। ସେ ପୁଣି ଲେଖାରେ ଲାଗିଯାଏ।

ଚାହୁଁ ଚାହୁଁ ମାସଟିଏ ବିତିଗଲା।

ଦିନେ ସେ ଅନୁଭବ କଲା କେଉଁଠାରୁ ଏକ ଅମୃତ ମଧୁର ସ୍ରୋତ ଆସି ତା' ଲେଖାରେ ମିଶିଯାଇଛି। ଭାବ, ବର୍ଣ୍ଣନା ଓ ଉପସ୍ଥାପନା ପାଇଁ ଆଉ ଘାଣ୍ଟିଚକଟି ହେବାକୁ ପଡୁନାହିଁ। ଖାଲ, ଢିପ, ପଥୁରିଆ ରାସ୍ତା ଛାଡ଼ି ଲେଖା ତା'ର ଚିକ୍କଣ ଶଗଡ଼ ଗୁଳାରେ ପଡ଼ିଛି। ସାବଲୀଳ ଭାବରେ, ଗଡ଼ଗଡ଼ କରି ସ୍ୱଚ୍ଛନ୍ଦ ଓ ଶୀଘ୍ର ଗତିରେ ଲେଖା ତା'ର ଆଗେଇ ଚାଲିଛି।

ମନ ତା'ର ଆନନ୍ଦରେ ନାଚି ଉଠିଲା। ଏପରି ଭାବରେ ଯଦି ଲେଖା ଚାଲେ, ଆଗାମୀ ଛ'ମାସରେ ତା'ର କାବ୍ୟ ଲେଖା ସରି, ସଂଶୋଧନ ବି ସରିଯିବ। କାବ୍ୟଟିକୁ ନେଇ ସେ ପାରଳାଖେମୁଣ୍ଡି ଚାଲିଯିବ। ମହାରାଜାଙ୍କୁ କାବ୍ୟଟି ବଢ଼ାଇ ଦେଲାବେଳେ ଯେଉଁ ଆନନ୍ଦ ଓ ଗୌରବବୋଧ ସେ ଅନୁଭବ କରିବ, ସେ ମଧୁର ଅନୁଭୂତିକୁ ଅନୁମାନ କରି ବର୍ତ୍ତମାନ ତା'ର ଛାତି ଅପୂର୍ବ ପୁଲକରେ ରୁନ୍ଧି ହୋଇଗଲା।

'କିନ୍ତୁ ମୁଁ ତ କିଛି ପ୍ରତିଯୋଗୀତା ପାଇଁ ଘୋଷଣା କରିନି ବିଧାନ।' ମହାରାଜା ତାଙ୍କର ସ୍ୱଭାବ ସୁଲଭ ମଧୁର ଭଙ୍ଗୀରେ କହିବେ। 'ତୁମ ବାପାଙ୍କ ପରି ତୁମକୁ ହୁଏତ ହଜାରେ ମୋହର ଏଇ ପୋଥିଟି ପାଇଁ ମୁଁ ଦେଇନପାରେ।'

ବିଧାନ ମଧ୍ୟ ସଙ୍ଗେ ସଙ୍ଗେ ବିନମ୍ର ଭାବରେ ଉତ୍ତର ଦେବ- 'ମହାରାଜ! ଆପଣ ମୋ ପୋଥିଟିକୁ ହାତରେ ଧରିଛନ୍ତି। ଏହାଠାରୁ ଅଧିକ ତୃପ୍ତି, ଅଧିକ ଗୌରବ ମୋ ପାଇଁ

ଆଉ କିଛି ନାହିଁ। ଆପଣ ଏହାକୁ ପଢ଼ନ୍ତୁ। ଆପଣଙ୍କ ସଭା ପଣ୍ଡିତମାନେ ପଢ଼ନ୍ତୁ। ଏହାର ଆଲୋଚନା ଯଦି ଆପଣମାନେ ଦିନେ କରିବେ, ଏଇ ବିଧାନ ତନ୍ତୀର ଜୀବନ ଧନ୍ୟ ହୋଇଯିବ। ଆଉ ଆପଣଙ୍କ ଅନୁମତି ନେଇ ଆପଣଙ୍କ ରାଜସଭାରେ ବସି ମୁଁ ତାକୁ ଶୁଣିବି- ଏ ଗୌରବ ପାଖରେ ହଜାରେ ସୁନା ମୋହରର ମୂଲ୍ୟ ମଧ୍ୟ ନ୍ୟୁନ।'

ରାଜା ହସିହସି ପୋଥିଟି ବିଧାନ ହାତରୁ ନେବେ। ତା'ର ପୃଷ୍ଠା ଓଲଟାଉ ଓଲଟାଉ କହିବେ- 'ଏହାର କିଛି ପ୍ରତିଲିପି ମୁଁ ବାହାର କରିପାରିବି ?'

ସେ ବି ମୁଣ୍ଡକୁ ଝୁଙ୍କାଇ ଛାତିରେ ହାତ ରଖି କହିବ- 'ମଣିମା ! ଏତକ ଶୁଣି ମୁଁ କୃତାର୍ଥ ହୋଇଗଲି। ଆପଣ ଯାକୁ ରଖନ୍ତୁ। ଏହାର ମନଇଚ୍ଛା ପ୍ରତିଲିପି ବାହାର କରନ୍ତୁ। ଆପଣ ଯେବେ କହିବେ, ସେଦିନ ମୁଁ ଆସି ମୋ ପୋଥିଟି ଆପଣଙ୍କ ପାଖରୁ ନେଇଯିବି।'

ରାଜା ବିଧାନକୁ ଅତିଥି ଭବନରେ ରହିବାକୁ କହିବେ। କିନ୍ତୁ ବିଧାନ କ'ଣ ରଙ୍କୁଣା ହୋଇଛି ? ସେ ବିନମ୍ର ଭାବରେ ରାଜାଙ୍କୁ ମନାଇ ଦିନେ ମଧ୍ୟ ଅତିଥି ଭବନରେ ନ ରହି ଏକ ନିର୍ଦ୍ଦିଷ୍ଟ ଦିନରେ ଆସିବାର ପ୍ରତିଶ୍ରୁତି ଦେଇ ତୈମୁର ହେଉ କି ବିଜ୍‌ଲୀ ହେଉ, ସେମାନଙ୍କ ଭିତରକୁ କାହାର ବି ହେଉ ପିଠିରେ ସବାର ହୋଇ ଆନନ୍ଦରେ ଛାତି ଫୁଲାଇ ଫେରିଆସିବ।

ଘୋଡ଼ା ଝପଟାଇ ତୀବ୍ର ଗତିରେ ଯିବାବେଳେ ତା' କେଶରେ ପବନର ଶିରିଶିରି ଆଙ୍ଗୁଳିର ସ୍ପର୍ଶ ସାଙ୍ଗକୁ ଘୋଡ଼ାର ବଶମ୍ବଦ ହ୍ରେଷା ଧ୍ୱନୀର ମଧୁର ତାନ ବିଧାନର ସ୍ମୃତିରେ ଝଂକୃତ ହୋଇ ତା'ର ଅନ୍ତରାତ୍ମାକୁ ଶୀହରିତ କରିଦେଲା।

ଆଃ ! ଏ ତ ଏକ ମଧୁର କଳ୍ପନା !

'ଏ କଳ୍ପନାକୁ ମୁଁ କାବ୍ୟରେ ବ୍ୟବହାର କରିବି।' ବିଧାନ ଆନନ୍ଦରେ ଉଲ୍ଲସିତ ହୋଇ ଭାବିବାରେ ଲାଗିଲା। 'ମୁଁ ମୋ ନାୟକକୁ ମଧ୍ୟ କବିତ୍ୱର ଅଧିକାରୀ କରିବି। ସେ ପୋଥି ଲେଖିବ ଓ କୌଣସି ଏକ ରାଜାଙ୍କ ଦ୍ୱାରା ସମ୍ମାନିତ ହେବ ମଧ୍ୟ !'

ବାଃ ଭଲ କାହାଣୀଟିଏ ତ ହେବ !

ସେଦିନ ବିଧାନକୁ ଏକ ସୁଖଦ ନିଦ ହେଲା। ସ୍ୱପ୍ନ ଦେଖିଲା- ପାରଳା ମହାରାଜ କହୁଛନ୍ତି- 'ବିଧାନ, ତୁମ କାବ୍ୟଟି ବହୁତ ଭଲ ହୋଇଛି। ମୁଁ ଚାହେଁ, ତୁମ ବାପାଙ୍କୁ ଅନୁସରଣ କରି ତୁମେ ଏହାର ନାମ 'ଧର୍ମସୂତ୍ର' ରଖ। ମୁଁ ତୁମକୁ ଏବେ ହଜାରେ ସୁନା ମୋହର ସିନା ଦେଇପାରିବି ନାହିଁ, କିନ୍ତୁ ଏକ ଭବ୍ୟ ପଣ୍ଡିତ ସମ୍ମିଳନୀର ଶୀଘ୍ର ଆୟୋଜନ କରି ତୁମକୁ 'କବିକୁଳ କୌମୁଦୀ' ଉପାଧି ନିଶ୍ଚୟ ଦେବି।'

ସମଗ୍ର ରାଜସଭା କରତାଳିର ଶବ୍ଦରେ ଉଛୁଳି ପଡ଼ିଲା।

-୦-

ଏମିତି ସୁନ୍ଦର ସକାଳଟିଏ ବିଧାନ ଜୀବନରେ କେବେ ଆସି ନଥିଲା। ତାକୁ ଲାଗିଲା ଉଷାର ଏହି ସମସ୍ତ ବୈଭବ ତା'ରି କାବ୍ୟର ଶବ୍ଦାବଳୀକୁ ଗୁଣୁଗୁଣୁ ହୋଇ ଗାଇବାରେ ଲାଗିଛନ୍ତି। ପକ୍ଷୀର କାକଳୀରେ, ଘାସପତ୍ରର ଶିହରଣରେ, ଫୁଲର ପାଖୁଡ଼ାର କମ୍ପନରେ, ଏପରିକି ସଦା, ପଦିଆ କାମ ଆରମ୍ଭ କରି ସାରିଥିବା ପୂର୍ବାହ୍ନ ତନ୍ତର ଖଟ୍ ଖଟ୍ ଶବ୍ଦରେ ମଧ୍ୟ ତାକୁ ନିଜ କାବ୍ୟର ଶବ୍ଦାବଳୀ ସବୁର ଆବୃତ୍ତି ଶୁଣାଗଲା।

ସେ ମଧ୍ୟ ତନ୍ତରେ ବସି ବୁଣିବା ଆରମ୍ଭ କରିସାରିଥିଲା, କିନ୍ତୁ କେତେବେଳେ ରାତି ହେବ ଓ କେତେବେଳେ ସେ ପୁଣି ନିଜ କାବ୍ୟ ଲେଖାକୁ ଫେରିଯିବ- ଏଇ ଭାବନାର ମାଦକତାରେ ସମୟର ଗତି ସତେ ଯେମିତି ତା' ପାଇଁ ଠପ୍ କରି ଠିଆହୋଇ ଯାଇଥିଲା।

ଦିନ ଆଗକୁ ଯାଉ ନ ଥିଲା।

ସୂର୍ଯ୍ୟ ମୁଣ୍ଡ ଉପରକୁ ଉଠିବା ଆଗରୁ ଘୋଡ଼ାରେ ବସି ଜଣେ ଲୋକ ତା' ବଗିଚାରେ ପଶିଲେ। ଚେହେରା ଓ ପୋଷାକରୁ ସେ ଜଣେ ରାଜକର୍ମଚାରୀ ପରି ଲାଗୁଥିଲେ। ସେ ଆସି ଜଣାଇଲେ ଯେ, ଧରାକୋଟର ରାଜକୁମାରୀ ଆଉ ଅଳ୍ପ ସମୟ ଭିତରେ ଏଇଠି ଆସି ପହଞ୍ଚିଯିବେ - କ'ଣ ଶାଢ଼ୀର ବୟଣା ଦେବେ।

ବିଧାନ ବ୍ୟସ୍ତ ହୋଇ ପଡ଼ିଲା। ସକାଳୁ ତା'ହୃଦୟରେ ଯେଉଁ କୋମଳ ଝରଣାର ମଧୁର କଳକଳ ଛଳଛଳ ଧ୍ୱନୀ ଶୁଣା ଯାଉଥିଲା, ସେ ହଠାତ୍ କୁଆଡ଼େ ଉଭେଇଯାଇ ସମୁଦ୍ରର ଘୋ' ଘୋ' ଶବ୍ଦ ସେଠାରେ ଶୁଣାଗଲା।

ରାଜକୁମାରୀ !

ସେ ପୁଣି ନିଜେ ଆସି ଏଇଠି ପହଞ୍ଚିବେ !

ତାଙ୍କୁ ସେ କୋଉଠି ବସାଇବ ? କ'ଣ ଖାଇବାକୁ ଯାଚିବ ? କେମିତି ଅଭ୍ୟର୍ଥନା କରିବ ?

ସେ ଏ ଗରୀବ ଘରେ ଖାଇବେ ନାହିଁ ସତ, କିନ୍ତୁ ଗୃହସ୍ଥର କର୍ତ୍ତବ୍ୟ ତ ସେ କରିବ।

ପାଖରେ ବସି ସୂତା ରଙ୍ଗଉଥିବା କନକ ଓ ବାସନ୍ତୀ ମଧ୍ୟ ଏ କଥା ଶୁଣି ଖପାଖପ୍ ରଙ୍ଗ ସରଞ୍ଜାମ ସବୁ ଘୋଡ଼ାଇ ଦେଇ ଘର ଭିତରକୁ ଧାଇଁ ଯାଇ ଭଲ ଶାଢ଼ୀ ଖଣ୍ଡିଏ ଲେଖା ପିନ୍ଧି ପକାଇଲେ। ସଦା, ପଦିଆ, ବିଧାନ ମଧ୍ୟ ନିଜ ଚାରିପଟକୁ ସଜାସଜି କରି, ନିଜ ଲୁଗାପଟା ଓ ମୁଣ୍ଡବାଳକୁ ହାତରେ ସଜାଡ଼ି ଦେଇ ତନ୍ତ ପାଖରେ ବୁଣିବାର ଛଳନା କରି ବସିପଡ଼ିଲେ।

ସବୁଦିନ ପରି ସେମାନଙ୍କ ଆଖି ତନ୍ତ ଉପରେ ନଥାଇ ବଗିଚା ଶେଷର ଫାଟକ ଉପରେ ହିଁ ଲାଖି ରହିଥିଲା।

ରାଜକୁମାରୀ ଆସି ପହଞ୍ଚିଲେ।

ସୌନ୍ଦର୍ଯ୍ୟ ଓ ସୁଗନ୍ଧର ଏକ ମଧୁର ତାନରେ ବିଧାନ ଓ ସଦା, ପଦିଆଙ୍କ ଆଖି ବୁଜି ହୋଇଗଲା।

ବିଧାନ, ବାସନ୍ତୀ ଓ କନକ ତାଙ୍କୁ ପାଛୋଟି ନେଇ ପଟା ଖଟର ନାଲି ଗାଲିଚା ଉପରେ ବସାଇଦେଲେ।

ସମୟ ନଷ୍ଟ ନକରି ରାଜକୁମାରୀ ମୁଣାରୁ ଶାଢ଼ୀ ଖଣ୍ଡିଏ ବାହାର କରି ବିଧାନ ଆଗରେ ରଖିଲେ। କହିଲେ- 'ଏଇ ଶାଢ଼ୀଟା କ'ଣ ତୁମେ ବୁଣିଛ ?'

ବିଧାନ ଶାଢ଼ୀଟାକୁ ନିରେଖି ପରଖି ତା'ର ଚିତ୍ରବିଚିତ୍ର ପଣତ କାନି ପଟର ଗୋଟାଏ କୋଣକୁ ଆଙ୍ଗୁଠି ମାଡ଼ି ଦେଖାଇ କହିଲା- 'ଏଇଠି ଦେଖନ୍ତୁ, ଦେବଦତ୍ତ ଲେଖା ହୋଇଛି। ଏଇଟା ମୋ ମଉସାଙ୍କର ବୁଣା।'

ତାଙ୍କ ସଙ୍ଗରେ ଆସିଥିବା ଜଣେ ରକ୍ଷୀ କହିଲା- 'କିନ୍ତୁ ଲୋକ ତ କହିଲେ- ଏଇଟା ଦେବଦତ୍ତ ତନ୍ତୀଙ୍କ ଘର ?'

କନକଙ୍କୁ ଥରେ ଅନାଇ ବିଧାନ କହିଲା, 'ଆଜ୍ଞା, ସେମାନେ ଠିକ୍ କହିଛନ୍ତି। ଏଇଟା ମୋ ମଉସା ଦେବଦତ୍ତ ତନ୍ତୀଙ୍କର ଘର। କିନ୍ତୁ ତାଙ୍କର ତ ବିଗତ ଛ' ବର୍ଷ ହେଲା କାଳ ହୋଇଗଲାଣି।'

ରାଜକୁମାରୀଙ୍କର ଝଲସୁଥିବା ମୁହଁରେ ଧପ୍‌କରି ସବୁ ଆଲୁଅ ଲିଭିଗଲା।

ବିଧାନକୁ ତାଙ୍କ ମୁହଁର ଏ କାଳିମା ଦେଖି ବିକଳ ଲାଗିଲା। ସେ ଶାଢ଼ୀଟିର ବୁଣାଶୈଳୀକୁ ଆଖି ପାଖକୁ ନେଇ ପରଖିବାରେ ଲାଗିଲା।

ରାଜକୁମାରୀ ଧୀରେ ଧୀରେ କହିଲେ- 'ତୁମେ ଯେତେବେଳେ ତାଙ୍କ ଘରେ ରହିଛ, ତାଙ୍କର ପୁଅ ବୋଧହୁଏ। ତାଙ୍କର ଏ ବୁଣା କୌଶଳ ତ ନିଶ୍ଚୟ ଶିଖିଥିବ।'

ସନ୍ତର୍ପଣରେ ତାଙ୍କ ସାଙ୍ଗରେ ଆସିଥିବା ସମସ୍ତ ପରିଚାରକ ପରସ୍ପର ମୁହଁକୁ ଚାହିଁଲେ। ବିଧାନ ତ ଦୁଇ ଦୁଇଥର 'ଦେବଦତ୍ତ ମୋର ମଉସା' ବୋଲି କହିବା ସମସ୍ତେ ଶୁଣିଛନ୍ତି।

ଅଥଚ ରାଜକୁମାରୀ କେମିତି ସେତକ ଶୁଣିପାରିଲେ ନାହିଁ ?

ବିଧାନ ତାଙ୍କ ମୁହଁ ଉପରକୁ ଏକ ଚଞ୍ଚଳ ଦୃଷ୍ଟିଟାଏ ପକାଇ ପୁଣି ଶାଢ଼ୀ ଉପରକୁ ଆଖି ଫେରାଇଲା।

ସେ ବୁଝିପାରିଲା - ରାଜକୁମାରୀଙ୍କ ନିରାଶରେ କଳା ପଡ଼ି ଯାଇଥିବା ସୁନ୍ଦର ମୁହଁଟି ବିଧାନକୁ ହିଁ ଅନାଇ ରହିଛି। ତାଙ୍କ ପ୍ରଶ୍ନର ଉତ୍ତରରେ ବିଧାନ ଯଦି ହଁ'ଟାଏ ମାରିଦିଏ, ତାଙ୍କ ମୁହଁରେ ପୁଣି ଚନ୍ଦ୍ର ଦିହୁଡ଼ିଟାଏ ଧପ୍ କରି ଜଳିଉଠିବ।

ତାଙ୍କ ମୁହଁକୁ ନ ଚାହିଁ ମଧ୍ୟ ବିଧାନ ଏକଥା ବୁଝି ପାରୁଥିଲା।

ସେ ଶାଢ଼ୀଟିକୁ ନିରେଖିବା ବାହାନାରେ ଭାବିବାକୁ ଲାଗିଲା। ମଉସା ତାକୁ ଯେଉଁ ନୂଆ ବୁଟୀପକା କାରିଗରୀଟା ଶିଖାଇ ଦେଇଥିଲେ, ତାକୁ ଯଦି ସେ ବ୍ୟବହାର କରିବ, ଠିକ୍ ଏମିତି ନହେଲେ ବି ପାଖାପାଖି ଏମିତି ଶାଢ଼ୀଟାଏ ସେ ବୁଣିପାରିବ।

ସେ ମୁହଁ ଉଠାଇ ରାଜକୁମାରୀଙ୍କୁ ମୁହୂର୍ତ୍ତେ ଚାହିଁ ଆଖି ତଳକୁ କରି ପୁଣି ଶାଢ଼ୀକୁ ଚାହିଁ କହିଲା- 'ମୋତେ ଟିକିଏ ସମୟ ଦିଅନ୍ତୁ। ଆମେମାନେ ବିଭିନ୍ନ ତନ୍ତରେ ଭିନ୍ନ ଭିନ୍ନ ପ୍ରକାରର ଲୁଗା ବୁଣିଥାଉ। ଯିଏ କସ୍ତା ଶାଢ଼ୀ ବୁଣେ, ସେ ଗୋଟିଏ ପରେ ଗୋଟିଏ କସ୍ତା ହିଁ ବୁଣିଚାଲେ। ସେମିତି ଯିଏ ଗାମୁଛା ବୁଣେ ସେ ଗାମୁଛା ଓ ଯିଏ ଧୋତି ବୁଣେ ସେ ଧୋତି ହିଁ ବୁଣିଚାଲେ। ଏମିତି ହେଲେ ଆମେ ଆମ ଗରାଖ ଖୋଜୁଥିବା ସବୁ ପ୍ରକାର ଲୁଗା ସେମାନଙ୍କୁ ଯୋଗାଇ ପାରିବୁ। ମଉସା ପ୍ରାୟ ଏମିତି ସୌଖୀନ ଶାଢ଼ୀ ସବୁ ବୁଣୁଥିଲେ। ମୋତେ ସେ କାରିଗରୀ ସେ ଶିଖାଇ ଦେଇଛନ୍ତି ସତ, କିନ୍ତୁ...

ବିଜୁଳୀ ମାରିବା ପରି ରାଜକୁମାରୀ ଝଲକି ଉଠିଲେ।

ସେ ଉଚ୍ଛୁଳି ଉଠି କହିଲେ- 'ନାଇଁ, ନାଇଁ, ମୋତେ ସେ କିନ୍ତୁ ଫିନ୍ତୁ କଥା ଶୁଣାଅ ନାହିଁ। ମୁଁ ଜାଣେ ତୁମେ ପାରିବ। ମୋ ପାଇଁ ଏମିତି ବିଭିନ୍ନ ରଙ୍ଗର ଦଶଖଣ୍ଡ -

ବାଧାଦେଇ ବିଧାନ କହିଲା- 'ମଣିମା, ମୋତେ ଆପଣ ମାସଟିଏ ସମୟ ଦିଅନ୍ତୁ। ମୁଁ ଆପଣଙ୍କୁ ଏମିତି ଖଣ୍ଡିଏ ଶାଢ଼ୀ ଆଗେ ଦିଏ। ଯଦି ସେଇଟା ଆପଣଙ୍କ ମନକୁ ପାଏ, ତେବେ-

'ପାଇବ, ପାଇବ। ନିଶ୍ଚୟ ମନକୁ ପାଇବ। କିନ୍ତୁ ମାସଟିଏ ? ଗୋଟିଏ ଶାଢ଼ୀ ପାଇଁ ?' ରାଜକୁମାରୀଙ୍କ ବଡ଼ବଡ଼ କଳା ଆଖିଗୁଡ଼ିକ ହରିଣୀ ପରି ଚଳଚଞ୍ଚଳ ହୋଇଉଠିଲା।

'ମୋ ପାଇଁ ଏ କାମ ନୂଆ, ଏଣୁ ମୋତେ ତ ମାସେ ନିଶ୍ଚୟ ଲାଗିଯିବ।'

'ନାଇଁ, ନାଇଁ, ମୁଁ ଜାଣିଛି।' ରାଜକୁମାରୀଙ୍କ ସାରା ଦେହ ଆଲୋଡ଼ିତ ହୋଇଉଠିଲା। 'ତୁମେ ଯାକୁ କୋଡ଼ିଏ ଦିନରେ ନିଶ୍ଚୟ ବୁଣିପାରିବ। ଏଣୁ ମୁଁ ଠିକ୍ କୋଡ଼ିଏ ଦିନ ପରେ ଆସି-

'ଆଜ୍ଞା, ଆପଣ ଆଉ କାହିଁକି କଷ୍ଟ କରି ଆସିବେ ?' ବିଧାନ ଏଥର ରାଜକୁମାରୀଙ୍କ ପଛରେ ଠିଆହୋଇଥିବା ଚାରି ରକ୍ଷୀଙ୍କ ଆଡ଼କୁ ଚାହିଁ କହିଲା। 'ଏମାନଙ୍କ ଭିତରୁ କାହାକୁ ପଠାଇଦେଲେ-

'କାହିଁକି ? ମୁଁ ଆସିଲେ ତୁମକୁ କ'ଣ ଅସୁବିଧା ହେଉଛି ?'

ବିଧାନ ଆଖି ତଳକୁ କରି ମୁଣ୍ଡ ହଲାଇ ନାହିଁ କଲା।

ଦୂରରେ ବାସନ୍ତୀ କନକ ମୁହଁରେ ଲୁଗାକାନି ଦେଇ ହସକୁ ଘୋଡ଼ାଇଲେ।

ସଦା, କନକ ଓ ବାସନ୍ତୀ ଦୁଇ ହାତରେ ଦୁଇଟି ଲେଖାଏଁ ଚଲ୍‌ହା ଆଣି ସମସ୍ତଙ୍କୁ ପରଷିଲେ। ଠେକିକୁ ହାତରେ ଧରି ରାଜକୁମାରୀ କନକ ଓ ବାସନ୍ତୀଙ୍କ ଶାଢ଼ୀକୁ ଚାହିଁ ବିଧାନକୁ ପଚାରିଲେ- 'ଏ ଶାଢ଼ୀଗୁଡ଼ା ତୁମେ ବୁଣିଛ ?'

'ଆଜ୍ଞା'

'କାହିଁ ଏଥିରୁ ଦୁଇ ଚାରିଟା ମୋତେ ଦେଲ। ନାହିଁ, ନାହିଁ, ତୁମ ପାଖରେ ଏମିତି ଯେତେ ଶାଢ଼ୀ ଅଛି ସେସବୁ ଏଇଠିକି ମୋ ପାଖକୁ ଆଣ। ମୁଁ ସେଥିରୁ କେତେଟା ବାଛିବି।'

କନକ କହିଲେ- 'ଆଜ୍ଞା, କାହା ପାଇଁ ?'

'କାହା ପାଇଁ ଆଉ ? ମୋ ପାଇଁ।'

'ଏ ସବୁ ମୋଟା ଅଣଓସାରିଆ କସ୍ତା ଶାଢ଼ୀ ସବୁ। ଯାକୁ ଆପଣ ପିନ୍ଧି ପାରିବେ ନାହିଁ।'

'ଦେଖିବା, ଆଣ ଆଗେ।'

ସଦା ଧାଇଁ ଯାଇ ଥାକ ହୋଇ ଥୁଆ ହୋଇଥିବା କସ୍ତା ଶାଢ଼ୀମାନଙ୍କରୁ ବାଛି ବାଛି କିଛି ଶାଢ଼ୀ ଆଣି ତାଙ୍କ ଆଗରେ ରଖିଲା।

ରାଜକୁମାରୀ ସେତେବେଳକୁ ହାତରେ ଧରିଥିବା ଠେକିଟିର ତଳ ଉପର ଏପଟ ସେପଟ କରି ଦେଖୁଥାନ୍ତି। ସେ କନକ ଓ ବାସନ୍ତୀଙ୍କ ଆଡ଼କୁ ଚାହିଁ କହିଲେ- 'ତୁମେମାନେ ସମସ୍ତେ ଏମିତି ଏଇ ଠେକିରୁ ପିଅ ? ରୂପା ବାସନ ନହେଲେ ବି କଂସା ବାସନ ତ ନିଶ୍ଚୟ ଘରେ ଥିବ।'

'ନାଇଁ ଆଜ୍ଞା', ଲଜ୍ଜିତ ହୋଇ ବାସନ୍ତୀ କହିଲେ। 'କଂସା ବାସନ ଅଛି, କିନ୍ତୁ ପିଇବା ପାଇଁ ଆମେ ଠେକି ହିଁ ବ୍ୟବହାର କରୁ।'

'ହୁଁ'... କହି ରାଜକୁମାରୀ ସେହି ଚଲ୍‌ହା ଠେକିଟାକୁ ନାକ ପାଖକୁ ନେଇ ଶୁଙ୍ଘିଲେ। ହିଙ୍ଗୁ, କଞ୍ଚାଲଙ୍କା, ଅଦା, ଭୃସୁଙ୍ଗା ପତ୍ରର ଏକ ଲାଳ ଉଦ୍ରେକକାରୀ ବାସ୍ନାରେ ମୁଗ୍ଧ ହୋଇ ସେ ସେଥିରୁ ସାମାନ୍ୟ ମୁହଁ ଲଗାଇ ଚାଖିଲେ। 'ଉମ୍‌ମ୍‌...' ତାଙ୍କ ମୁହଁ ଉଜ୍ଜ୍ୱଳି ଉଠିଲା। ସେ ଠେକିରେ ମୁହଁ ଲଗାଇ ସବୁତକ ଏକାସାଙ୍ଗରେ ପିଇଦେଇ ମୁଣ୍ଡ ଟୁଙ୍ଗାରି କହିଲେ- 'ହୁଁ, ଭଲ ହେଇଛି, ଗଲ ଆଉ ଠେକିଏ ଆଣିବ।'

ବାସନ୍ତୀ ଓ କନକ ବିଜୁଳୀ ବେଗରେ ଧାଇଁ ଯାଇ ଆଉ ଟିକିଏ ବଡ଼ ଦୁଇଟି ଠେକିରେ ଚଲ୍‌ହା ଆଣି ରାଜକୁମାରୀଙ୍କୁ ବଢ଼ାଇ ଦେଲେ।

'ସତରେ ଚମତ୍କାର ସ୍ୱାଦ!' ରାଜକୁମାରୀ ତାକୁ ପିଉପିଉ କହିଲେ। 'ମୁଁ ନିଜେ ନଆସିଥିଲେ ଏ ସ୍ୱାଦ ମୋତେ କେମିତି ମିଳିଥାନ୍ତା!'

କନକ ବାସନ୍ତୀଙ୍କ ସମେତ ସମସ୍ତଙ୍କ ମୁହଁରେ ହସ ଚହଟିଗଲା।

ରାଜକୁମାରୀ ସେଇ ଥାକଟି ଯାକ କସ୍ତା ଶାଢ଼ୀକୁ ବଛାବଛି କରି ସବୁତକ ଜଣେ ରକ୍ଷୀ ହାତକୁ ବଢ଼ାଇଦେଲେ। 'ମୋ ସବାରୀରେ ନେଇ ଯାକୁ ରଖିଦିଅ।'

'ଆଜ୍ଞା ମଣିମା।' ଶାଢ଼ୀତକ ନେଇ ରକ୍ଷୀ ଜଣକ ପିଣ୍ଡା ତଳକୁ ଓଲହାଇ ସବାରିଆମାନଙ୍କୁ ହାତଠାରି ଡାକିଲା। ସେମାନଙ୍କ ଭିତରୁ ଜଣେ ପିଣ୍ଡା ପାଖକୁ ଦଉଡ଼ି ଆସି ରକ୍ଷୀ ହାତରୁ ଶାଢ଼ୀତକ ନେଇ ପୁଣି ସବାରୀ ପାଖକୁ ଯାଇ ସେ ଭିତରେ ଶାଢ଼ୀତକ ରଖିଦେଲା।

ରାଜକୁମାରୀ ଠେକି ଦୁଇଟିକୁ ବାସନ୍ତୀ ଓ କନକଙ୍କୁ ବଢ଼ାଇ ଦେଇ ଠିଆହେଲେ। ନିଜ ଅଣ୍ଟାରୁ ମଖମଲ କନାର ମୁହଁପୋଛା ବାହାର କରି ହାତ ମୁହଁ ପୋଛିଲେ। ବିଧାନକୁ ଚାହିଁ କହିଲେ – 'ହେଉ, ଠିକ୍ କୋଡ଼ିଏ ଦିନ। ମନେ ରହିଲା ?'

'ଆଜ୍ଞା, କେଉଁ ରଙ୍ଗ ହେବ ?'

'ନାଲି, ହଳଦିଆ ଓ କଳାକୁ ଛାଡ଼ି ଆଉ କେଉଁ ରଙ୍ଗ ତୁମେ କରିପାରିବ ?'

'ଆଜ୍ଞା, ବାଇଗଣୀ, ସବୁଜ ଓ କୃଷ୍ଣ ନୀଳ।' ବାସନ୍ତୀ ଓ କନକ ଏକାସାଙ୍ଗରେ ଉତ୍ତର ଦେଲେ।

'ହେଉ, କୃଷ୍ଣ ନୀଳ କରିଦିଅ। ହେଲା ?'

ବିଧାନ ପୁଣି ଶାଢ଼ୀକୁ ଅନାଇ ମୁଣ୍ଡ ଟୁଙ୍ଗାରି ହଁ କଲା।

'ଆଚ୍ଛା, ତୁମର ସେ କସ୍ତା ଶାଢ଼ୀ ସବୁର ମୂଲ୍ୟ ଓ ଏ ଶାଢ଼ୀର ମୂଲ୍ୟ ମିଶାଇ କେତେ ହେଲା ?'

ଏଇ କଥାଟା ମନେମନେ ବିଧାନ କେତେବେଳୁ ହିସାବ କରୁଥିଲା।

ଏ କସ୍ତା ଶାଢ଼ୀଗୁଡ଼ାକୁ ପଇସା ଦେଇ କେହି ନିଅନ୍ତି ନାହିଁ। ଏହାର କାରବାର ଗାଁରେ ହିଁ ସରିଯାଏ। କଉଡ଼ି ଦେଣନେଣ ହୁଏ। କେବେ କେମିତି ଜାହାଜିଆମାନେ ଆସି ଦୂର ବିଦେଶରେ ବିକ୍ରି କରିବା ପାଇଁ ଏ ସବୁ ନେଲେ ସେମାନେ ଏକ ହାରାହାରି ମୂଲ୍ୟ ଦେଇଥାଆନ୍ତି।

କିନ୍ତୁ ଆର ଶାଢ଼ୀଟି ଝୀନ ସୂତାରେ ତିଆରି ହେବ। କିଛି ନହେଲେ ଏହାର ଦାମ ତ କୋଡ଼ିଏଟି ରୂପା ଟଙ୍କା ହେବ। କୋଡ଼ିଏ ରୂପା ଟଙ୍କା ପାଇଁ ବୟଣା ପାଞ୍ଚ ଟଙ୍କା ରଖିଲେ ତ ଚଳିବ। ସୂତା ରଙ୍ଗ, ପରିଶ୍ରମର ଲାଭ ବାହାରିବ।'

ସେ ମୁହଁ ଉଠାଇ ରକ୍ଷୀମାନଙ୍କ ଆଡ଼କୁ ଚାହିଁ କହିଲା– 'ଆଜ୍ଞା ବୟଣା ପାଞ୍ଚଟଙ୍କା–

'ବୟଣା ଆଉ କ'ଣ ? ରାଜକୁମାରୀ କଥା କାଟି କହିଲେ, 'ମୁଁ ଶାଢ଼ୀର ପୁରା ମୂଲ୍ୟ ଓ ସେ କସ୍ତା ଶାଢ଼ୀଗୁଡ଼ାକ ମିଶି କେତେ ହେବ ପଚାରୁଛି ?'

'କସ୍ତା ଶାଢ଼ୀ ସବୁ ଗୁଡ଼ା ମିଶି ଟଙ୍କାଟିଏ ହେବ। ଆଉ ଏ ଶାଢ଼ୀର ଦାମ କୋଡ଼ିଏ ଟଙ୍କା। ସବୁ ମିଶି ଏକୋଇଶ ଟଙ୍କା ଦେବେ।'

'ଏତେଗୁଡ଼ାଏ କସ୍ତା ଶାଢ଼ୀ ଟଙ୍କାଏ ?' କହି ରାଜକୁମାରୀ ଆଉ ଉତ୍ତରକୁ ଅପେକ୍ଷା ନକରି ପଚିଶଟି ରୂପାଟଙ୍କା ବିଧାନ ହାତରେ ଗଣିଦେଇ ବସିବା ସ୍ଥାନରୁ ଉଠି ରକ୍ଷୀମାନଙ୍କୁ କହିଲେ 'ଚାଲ'।

ବାରଣ୍ଡା ତଳକୁ ଓଲହାଇବା ଆଗରୁ ରାଜକୁମାରୀ ବୁଲିପଡ଼ି କହିଲେ- 'ଠିକ୍ କୋଡ଼ିଏ ଦିନ ପରେ ଆସିବି, ମନେ ରଖିଥାଅ।'

ଖଣ୍ଡାଧାରୀ ରକ୍ଷୀମାନଙ୍କୁ ଆଗରେ ପଛରେ ରଖି ରାଜକୁମାରୀ ସବାରୀ ଭିତରେ ପଶିବା ପରେ ସବାରୀଆମାନେ ତାଙ୍କୁ ନେଇ ସେଠାରୁ ଚାଲିଗଲେ।

'ଉଫ୍...'

ସେ ସିନା ଚାଲିଗଲେ, ତାଙ୍କ ସୁଗନ୍ଧ ଏବେ ବି ଚତୁର୍ଦ୍ଦିଗକୁ ଉଚ୍ଛକିତ କରି ରଖିଥିଲା।

ବିଧାନ ଯାଇ ତନ୍ତ ପାଖରେ ପୁଣି ବସିପଡ଼ିଲା। କନକ ଆଗେ ଘରୁ ବାହାରି ଆସିଲେ। ବିଧାନ ସେ ପଚିଶ ଟଙ୍କା ତାଙ୍କୁ ବଢ଼ାଇ ଦେଲା। ସେ ବାସନ୍ତୀ ହାତରେ ସେତକ ଦେଇ ପଚାରିଲେ- 'ଇଏ କୋଉ ରାଜକୁମାରୀ କି ?'

ସଦା ହସିହସି ଉତ୍ତର ଦେଲା, 'ଧରାକୋଟ ପରା। ଆଜି ଭାଗ୍ୟରେ ଥିଲା, ଗୋଟିଏ ରାଜକୁମାରୀଙ୍କ ଦର୍ଶନ ହେଲା।'

ପଦିଆ କହିଲା- 'ହଁ, ଆମର ଯୋଗ ଥିଲା ବୋଲି ସେ ଆସିଲେ। ନହେଲେ ତାଙ୍କର ଆସିବା କ'ଣ ଦରକାର ଥିଲା ?'

କନକ କହିଲେ- 'ଆରେ, ନିଜର ତ ପୁଣି ଗୋଟାଏ ରୁଚି ଅଛି। ସେ ସିଧାସଳଖ ବୁଣାକାର ସଙ୍ଗରେ କଥା ହୋଇ କୋଉ ରଙ୍ଗ ହେବ, କୋଉ ପ୍ରକାରେ ବୁଣା ହେବ, କୋଉ ସୂତା ଲାଗିବ, କେଉଁ ଫୁଲ ପଡ଼ିବ, ଏସବୁ କେତେ କଥା ଆଲୋଚନା କଲେ। ତାଙ୍କ ଲୋକ କେହି ଆସିଥିଲେ ଏତେ କଥା ବୁଝିଥାନ୍ତା ?'

ବାସନ୍ତୀ କହିଲେ, 'ହେଲା ଯେ, ଦେବଦତ୍ତ ସିନା ପାଟ, ସରୁ ସୁତା ଶାଢ଼ୀ ବୁଣି ବୁଣି ଦକ୍ଷ ହୋଇଯାଇଥିଲେ ବୋଲି, ଏଡ଼େ ସୁନ୍ଦର ଶାଢ଼ୀ ବୁଣିଦେଇ ପାରୁଥିଲେ, ତୁ ତ କସ୍ତା, ଧୋତି, ଗାମୁଛା ବେଶୀ ବୁଣୁଛୁ। ଏ ବରାଦ ରଖିଲୁ ଯେ ଏ କଠିନ କାମ, ତାକୁ ପୁଣି କୋଡ଼ିଏ ଦିନରେ- ବୁଣି ପାରିବୁ ?'

କନକ କହିଲେ- 'ପାରିବ ନାହିଁ କାହିଁକି ମ? ନିଶ୍ଚୟ ପାରିବ। ତା' ମଉସା ଗଲାଦିନରୁ ସରୁ ସୂତାର ସେ ମୋଟଟି ସେମିତି ପଡ଼ିଛି। ଆଉ ସେ ଶାଢ଼ୀ ବୁଣା ହୋଇନି। ଭଲ ହେଲା। ଏଣିକି ଆମେ ମଧ୍ୟ ସେମିତି ସରୁ ସୂତାରୁ କିଛି କିଛି କାଟି ରଖୁଥିବା।'

ବାସନ୍ତୀ ପୁଣି ନିଜ ପ୍ରଶ୍ନ ଦୋହରାଇଲେ- 'ଦେବଦତ୍ତଙ୍କ ପରି ବୁଣି ପାରିବୁ? ସେ ପୁଣି କୋଡ଼ିଏ ଦିନରେ?'

କନକ କହିଲେ- 'ଅପା, ତାକୁ ସେମିତି କାହିଁକି ଡରାଉଛ କହିଲ? ଛଅ ବର୍ଷ ତଳେ ଟିକିଟି ରାଜପରିବାରର ଏମିତି ପାଟ ବରାଦ ଆସିଥିଲା ବୋଲି ତ ପୁଣି ଏଇ ବିଧାନ ହିଁ ତାଙ୍କୁ ବୁଣିବାରେ କେତେ ସାହାଯ୍ୟ କରିଥିଲା। ଏଣୁ ଆଜି ଏ ସୂତା କାମ ସେ କାହିଁକି ପାରିବ ନାହିଁ? ତେବେ ରାତିଦିନ ଲାଗିବାକୁ ପଡ଼ିବ।'

'ହଁ, ଦେବଦତ୍ତଙ୍କ ପଟା ଖଟରେ ବସି ସେ ଶିଖାଇଥିବା ସାହିତ୍ୟ ସାଧନା ତୁ ରାତିରେ କରୁଥିଲୁ। ଏବେ ସେ ସବୁ ବନ୍ଦ କରି ସେ ହିଁ ଶିଖାଇଥିବା ଏ ଶାଢ଼ୀ ବୁଣାର ଯାଦୁ ତାଙ୍କରି ହିଁ ତନ୍ତରେ ବୁଣି କରିଦେଖା।' ବାସନ୍ତୀ କହିଲେ। 'ଏତେ ଦୂରରୁ ଦେବଦତ୍ତଙ୍କ ନାଁ ଧରି ଯିଏ ଆସିଛନ୍ତି, ସେ ଯେମିତି ନିରାଶ ନ ହୁଅନ୍ତି।'

ଏ ତ ଏକ ବଡ଼ ପରୀକ୍ଷା! ଏକ କଡ଼ା ଆହ୍ୱାନ!

ବିଧାନ ଆଖି ଆଗରେ ରାଜକୁମାରୀଙ୍କ ଚଳଚଞ୍ଚଳ ରୂପ, ମାର୍ଜିତ ବ୍ୟବହାର ନାଚିଉଠିଲା।

ନା, ତାଙ୍କୁ ନିରାଶ କରିବା ଉଚିତ ହେବ ନାହିଁ। ହଁ, ଦିନରାତି ଲାଗି ପଡ଼ିଲେ ସୁନ୍ଦର ସୂକ୍ଷ୍ମବୁଣା ଶାଢ଼ୀଟିଏ କୋଡ଼ିଏ ଦିନରେ ନିଶ୍ଚୟ ବାହାରି ଆସିବ।

ତେବେ ରାତିରେ ଆଉ କାବ୍ୟ ଲେଖିବାକୁ ସମୟ ମିଳିବ ନାହିଁ।

'ହଉ, ଏଇ କୋଡ଼ିଏ ଦିନ ଏବେ କାବ୍ୟ ଲେଖାଟା ବନ୍ଦ ଥାଉ।' କନକ ଓ ବାସନ୍ତୀଙ୍କୁ ଅନାଇ ବିଧାନ କହିଲା।

ସେଦିନ ରାତିରେ ଶୋଇବା ବେଳେ ତା'ର କାବ୍ୟ କଥା ଆଉ ମନେ ପଡ଼ିଲା ନାହିଁ। ସେଇଠି, ତା'ରି ହାତର ବୁଣା ନୀଳ ରଙ୍ଗର ଶାଢ଼ୀଟିଏ ପିନ୍ଧି ନିଜ ରୂପକୁ ଦେଖି ଉଲୁସି ଉଠୁଥିବା ରାଜକୁମାରୀଙ୍କ ଝଲମଲ ଚେହେରା ତାକୁ ଦେଖାଗଲା।

-୦-

ଦଶମାସ ପରେ ବିଧାନ ରାଜକୁମାରୀଙ୍କର ଦଶମ ଓ ଶେଷ ଶାଢ଼ୀଟା ବୁଣିଦେଇ ସାରିବା ପରେ ବିଧାନର କାଠପେଡ଼ିରେ ପୁରା ଦୁଇଶହ ରୂପା ଟଙ୍କା ଆସି ଆସନ ଜମାଇ ସାରିଥିଲେ। ପ୍ରତ୍ୟେକ ଶାଢ଼ୀ ରାଜକୁମାରୀଙ୍କୁ ଭଲ ଲାଗିଥିଲା।

ବିଧାନ ନିଜର ସମସ୍ତ କୌଶଳ, ସମସ୍ତ ସମୟ ସେଥିରେ ଲଗାଇ ଦେଇଥିଲା।

ଦଶଟି ଯାକ ଶାଢ଼ୀକୁ ଖୋଲି, ପରଖି ଏପଟ ସେପଟ କରି ରାଜକୁମାରୀଙ୍କ ମୁହଁରେ ଆନନ୍ଦର ଲାବଣ୍ୟ ଯେତିକି ଝଲସୁଥିଲା, ତା'ଠାରୁ ଅଧିକ ତୃପ୍ତିର ସଫଳତାର ସ୍ୱାଦରେ ବିଧାନର ଛାତି ଫୁଲି ଉଠିଥିଲା। ଯଦି ଆଜି ମଉସା ବଞ୍ଚିଥାନ୍ତେ, ତାକୁ କୁଣ୍ଢାଇ ପକାଇଥାନ୍ତେ। ତା' ପିଠି ଥାପୁଡ଼େଇ ଦେଇ କହିଥାନ୍ତେ, 'ଆରେ, ତୁ' ତ ମୋତେ ବଳି ଗଲୁ!'

ସୀତା ବି ଦୁଇମାସ ହେଲା ଘରକୁ ଆସିସାରିଥିଲା। ନଅମାସର ସୁନ୍ଦର, ଗୁଲୁଗୁଲିଆ ଝିଅ ଭାଗ୍ୟ ଯେ ସତରେ ବିଧାନ ପାଇଁ ସୌଭାଗ୍ୟ ନେଇ ଆସିଛି, ସେ ଆସିବା ଦିନରୁ କଉଡ଼ି ଛାଡ଼ି ବିଧାନ ରୂପାଟଙ୍କାରେ କାରବାର କଲାଣି, ଏକଥା ଘରେ ବାହାରେ ସମସ୍ତେ କହୁଥିଲେ।

ସେ କଥା ଶୁଣି ବିଧାନ ଆନନ୍ଦରେ କୁରୁଳି ଉଠୁଥିଲା।

କେବଳ କାବ୍ୟଲେଖାକୁ ଛାଡ଼ି ବିଧାନର ବାକି ଜୀବନ ସୁରୁଖୁରୁରେ ଆଗେଇ ଚାଲିଥିଲା।

-0-

ଧରାକୋଟ ରାଜକୁମାରୀ ସେ ଦଶଖଣ୍ଡ ଝୀନଶାଢ଼ୀ କେବେ, କେଉଁ ପର୍ବ, ପର୍ବାଣୀ କିମ୍ବା ଭୋଜିଭାତକୁ ଆଖି ଆଗରେ ରଖି ତିଆରି କରିଥିଲେ କେଜାଣି, କିନ୍ତୁ ସେ ଦଶ ଖଣ୍ଡ ଶାଢ଼ୀ ଯିବାର ଦଶଦିନ ନ ପୁରୁଣୁ ଖଲ୍ଲିକୋଟ, ମହୁରୀ, ଆଠଗଡ଼, ସୋରଡ଼ା ଆଦିର ରାଜକୁମାରୀ, ରାଣୀମାନଙ୍କ ସବାରୀ, ସନ୍ଦେଶ, ବୟଣା ସବୁ ବିଧାନ ପାଖରେ ଆସି ପହଞ୍ଚିଗଲା।

- 'ମୋର ଶାଢ଼ୀର କୁମ୍ଭ ସବୁ ସରୁ ସରୁ ଲମ୍ବା ଲମ୍ବା ହୋଇଥିବା ଦରକାର, ବୁଝିଲ?'

- 'ଆମ ରାଣୀ ସାହେବା ଖବର ପଠେଇଛନ୍ତି, ତାଙ୍କର ଶାଢ଼ୀ କାନିରେ ଓ ଧଡ଼ିରେ ପଦ୍ମଫୁଲ ଓ ମାଛ ଛବି ଥିବ, ହେଲା?'

- 'ଆମ ରାଜକୁମାରୀଙ୍କ ଶାଢ଼ୀ ନାଲି ହୋଇଥିବ କିନ୍ତୁ ପଣତ କାନି ହଳଦୀ ଗରଗର ହୋଇ ସେଥିରେ ସବୁଜ ରଙ୍ଗର ହାତୀ ଧାଡ଼ି ବାନ୍ଧି ଚାଲିଥିବେ। ହେଇ ରଖ ବୟଣା।'

- 'ଯେତେ ସମୟ ନେଉଛ ନିଅ, କିନ୍ତୁ ଶାଢ଼ୀର ରଙ୍ଗ, ରୂପରେ ଯେମିତି ତିଳେମାତ୍ର ଊଣା ନହୁଏ...'

– 'ଶାଢ଼ୀଟା ଯେମିତି ହାତ ମୁଠାରେ ରହି ପାରୁଥିବ, ସେମିତି ସରୁ ଓ ସୁକୋମଳ ହେବା ଦରକାର।'

ଏ ବରାଦୀ ତାଲିକା ଯେତିକି ବଢ଼ୁଥିଲା, ବିଧାନର ବୁଣା କାମ ସେତିକି ସୂକ୍ଷ୍ମ ଓ ସାବଲୀଳ ହୋଇ ଚାଲିଥିଲା। ଏକଥା ସେ ନିଜେ ବୁଝିପାରୁଥିଲା। ବିଭିନ୍ନ ରାଣୀ ମହଲର ତା'ର ଗ୍ରାହକମାନେ ମଧ୍ୟ ଏ କଥା ବୁଝି ସାରିଥିଲେ। ବିଧାନ ପେଡ଼ୀରେ ରୂପାଟଙ୍କାମାନଙ୍କର ସଂଖ୍ୟା ମଧ୍ୟ ବଢ଼ିବାରେ ଲାଗିଥିଲା।

ଦେବଦତ୍ତଙ୍କ ଅନ୍ୟପଟ ପଡ଼ୋଶୀମାନେ କେଉଁ ଦିନୁ ବୋମକେଇ ଛାଡ଼ି ଉପାନ୍ତ ରାଧାନଗରକୁ ଉଠିଯାଇଥିଲେ। ସେଇଠି ସେମାନଙ୍କ ବୁଡ଼ି ଯାଉଥିବା ବେଉସାକୁ ରେଶମ ଶିଳ୍ପର ନୂଆ ଜୀବନ ଦେଇ ସେଠାରେ ବେଶ୍ ଆସ୍ଥାନ ଜମାଇ ସେମାନେ ଲାଭଦାୟକ ରେଶମ ଶାଢ଼ୀର ବ୍ୟବସାୟରେ ଲାଗିପଡ଼ିଥିଲେ। ଏଣୁ ବୋମକେଇରେ ସୂତା ଓ ରେଶମ ଉଭୟ ଶାଢ଼ୀ ବୁଣାରେ ବିଧାନର ନାମ ଦିନକୁ ଦିନ ବଢ଼ିବାରେ ଲାଗିଲା।

ଗାଆଁରେ ତା' ଅଜଣାରେ ତା'ର ସମ୍ମାନ ଓ ପ୍ରତିପତ୍ତି ମଧ୍ୟ ବଢ଼ିବାରେ ଲାଗିଲା। କେବଳ କାବ୍ୟଲେଖାକୁ ଛାଡ଼ି ବିଧାନର ବାକି ଜୀବନ ସୁରୁଖୁରୁରେ ଆଗେଇ ଚାଲିଥିଲା। କନକ ମଧ୍ୟ ପ୍ରତି ସନ୍ଧ୍ୟାରେ ତୁଳସୀ ମୂଳେ ଦୀପ ଜାଳିବା ପରେ ପରେ ପଟାଖଟ ଉପରେ ଦୀପଦାନୀଟିଏ ଥୋଇ ଲେଖାଶ୍ରୟଟିକୁ ସେଇଠି ରଖିବାକୁ ଭୁଲୁନଥିଲେ।

ସେଦିନ ସନ୍ଧ୍ୟାବେଳେ କନକଙ୍କୁ ଯତ୍ନ କରି ଗାଲିଚାକୁ ଗୁଡ଼େଇ, ଖାଲି ପଟାଖଟ ଉପରେ ଲେଖାଶ୍ରୟଟିକୁ ଆଣି ରଖି, ଲେଖନୀ, ତାଳପତ୍ରର ଅଧାଲେଖା ବିଡ଼ାଟିକୁ ତା' ଉପରେ ଥୋଇବାର ଦେଖି ବିଧାନର ହାତ ଶାଢ଼ୀର କୁମ୍ଭବୁଣା ଉପରେ ବନ୍ଦ ହୋଇଗଲା।

ସେ ଏକଧ୍ୟାନରେ ସେ ଆଡ଼କୁ ଅନାଇ ରହିଲା।

ଅଳ୍ପ ସମୟ ପରେ ଚିକ୍‌ଚିକ୍ କରୁଥିବା ପିତ୍ତଳ ରୁଖା ଉପରେ କରଞ୍ଜ ତେଲର ବଡ଼ ଦୀପଟିକୁ କନକ ଯେତେବେଳେ ସଯତ୍ନରେ ଆଣି ଲେଖାଶ୍ରୟ ପାଖରେ ଆଣି ସଜାଇ ରଖିଦେଲେ ବିଧାନ ଆଉ ସମ୍ଭାଳି ପାରିଲା ନାହିଁ।

'ତୁମମାନଙ୍କର ଆଉ କେତେ ବାକି ରହିଲା ?' ସେ ତନ୍ତରୁ ଉଠୁଉଠୁ ସଦା, ପଦିଆକୁ ଚାହିଁ ପଚାରିଲା।

'ମୋର ତ ଏବେ ନୂଆ ଲୁଗାଟିଏ ଆରମ୍ଭ ହେଲା। ଆଜି କ'ଣ ଏ ଆଉ ସରିବ ?' ସଦା କହିଲା।

'ମୋର ଏ ଗାମୁଛାଟା ସାରି ହିଁ ମୁଁ ଆଜି ଉଠିବି। ସେଥିପାଇଁ ରାତି ତ ହୋଇଯିବ।' ପଦିଆ କହିଲା। 'କାହିଁକି କ'ଣ ହେଲାକି ? ତୁମେ କ'ଣ କୁଆଡ଼େ ବାହାରିଛ ?'

'ନା, ନା, ମୁଁ ଭାବୁଛି, ମୋର ବୁଣା ଆଜି ପାଇଁ ଏତିକିରେ ରଖି ମୁଁ କିଛି ଲେଖାଲେଖି କରନ୍ତି।'

'କରୁନ, ତୁମେ ଯଦି ନ ବୁଣୁଛ, ତୁମ ଦୀପଟା ମୁଁ ନେଉଛି।' ସଦା କହିଲା ଓ ଉଠିଆସି ବିଧାନ ପଟର ଦୀପଦାନୀଟିକୁ ନିଜ ଆଡ଼କୁ ନେଇଗଲା।

ବିଧାନ ଲେଖାଶ୍ରୟ ପାଖକୁ ଯାଇ ପଟାଖଟଟି ଉପରେ ବସି ନିଜ ଅଧାଲେଖା ତାଳପତ୍ର ପୋଥିର ଡୋରି ଖୋଲିଲା। ନିଜ ହାତ ଅକ୍ଷର ସବୁ ତାକୁ ଅକ୍ଷର ପରି ଦେଖାନଯାଇ ଶାଢ଼ୀର ବାନ୍ଧ କାମ ପରି ଚିତ୍ରବିଚିତ୍ର ହୋଇ ଅବୋଧ ଦେଖାଗଲା। ସେମାନଙ୍କୁ ଚିହ୍ନି ପଢୁ ପଢୁ ରାତି ଗଭୀର ହେବାରେ ଲାଗିଲା।

ତାକୁ ଲେଖାଶ୍ରୟ ପାଖରେ ବସିବାର ଦେଖି କନକ ଆସି ପାଖରେ ବସିଲେ। ତାଙ୍କୁ ଅନାଇ ବିଧାନ ମୁହଁ ଶୁଖାଇ କହିଲା- 'ମାଉସୀ, ସବୁ ହେଲା। ମୋର କାବ୍ୟ ଲେଖା ଖାଲି ହେଲାନି।'

କନକ କହିବାକୁ ଯାଉଥିଲେ- ହଁ ମ ! କାବ୍ୟ ଲେଖି କାହାର ପେଟ ପୂରେ ? କିନ୍ତୁ ସେତକ ପାଟିରୁ ପଦାକୁ ବାହାରିବା ଆଗରୁ ସେ ତାକୁ ଢୋକିଦେଲେ। ହଜାରେ ସୁନାମୋହର ତାଙ୍କୁ ଏଇ କାବ୍ୟ ହିଁ ଦେଇଛି। ତାଙ୍କ ନାକ କାନର ପିତଳ ଅଳଙ୍କାରକୁ ସୁନା କରିଛି। ଝିଅକୁ ବଡ଼ ଲୋକ ଘରେ ମନଲାଖି ବର ଦେଇଛି। ପେଟ ପୁରିନି ତ ଆଉ କ'ଣ ?

ମୁହଁ ଖୋଲି ସେ କହିଲେ- 'ହଁ ମ, କ'ଣ ବୁଢ଼ା ହୋଇଗଲୁକି ? ତୁ' ତ ସବୁ ଶାଢ଼ୀ ବୁଣିବାରେ ଦକ୍ଷ ହୋଇଗଲୁଣି। ସବୁ ସନ୍ଧ୍ୟାରେ ଏଣିକି ବୁଣା ବନ୍ଦ କରି ଲେଖାରେ ଲାଗିଯା'। ସେଆଡ଼େ ବୁଣା ଦିନରେ ଚାଲିଥିବ, ଏଆଡ଼େ ତୋର ଲେଖା ବି ପୁଣି ଧୀରେ ଧୀରେ ତୋତେ ଚିହ୍ନି ତୋର ହୋଇଯିବ।'

ବିଧାନ ହସିଲା। କହିଲା- 'ମାଉସୀ, ତୁମେ ଏବେ ମଉସାଙ୍କ ପରି କଥା କହୁଛ।'

'ହେଇଥିବ ବାପା। ହୁଏତ ମୋ ତୁଣ୍ଡରେ ପଶି ସେ ଏକଥା ତୋତେ ଶୁଣାଇବାକୁ ଚାହୁଁଥିବେ।'

ବିଧାନ ତାଙ୍କ ମୁହଁକୁ ଘଡ଼ିଏ ଚାହିଁଲା। ମଉସା ମଲାବେଳେ ମନ କଷ୍ଟରେ ଅଭିଶାପ ଦେଇଦେଲେ ସିନା, ତାଙ୍କୁ ବି ବୋଧହୁଏ ଖରାପ ଲାଗୁଛି ସେ ବି ଚାହୁଁଛନ୍ତି,

ବିଧାନ ଲେଖାରେ ଲାଗୁ। ବୋଧହୁଏ ଏହାହିଁ ତାଙ୍କ ପାଇଁ, ବିଧାନ ପାଇଁ ସମସ୍ତଙ୍କ ପାଇଁ ମଙ୍ଗଳର କାରଣ ହେବ।

ହେଉ, ସେମିତି ହିଁ ହେଉ।

ବିଧାନ ପୁଣି ଥରେ କାବ୍ୟକୌଶଳର ଅମୁଣିଆ ଘୋଡ଼ାକୁ ପଣ କରି ତା'ଉପରେ ବସିବାକୁ ଦିନ ପରେ ଦିନ ଚେଷ୍ଟାରେ ଲାଗିଲା। ଲାଗି ଲାଗି ପ୍ରାୟ କୋଡ଼ିଏଟି ବିଳମ୍ବିତ ରାତିର ପରିଶ୍ରମ ପରେ ସେ ପୁଣି ନିଜ ଲେଖାର କଥାବସ୍ତୁର ସ୍ରୋତ ସାବଲୀଳତାକୁ ଫେରିପାଇଲା।

ସେହି ଅମୃତସ୍ରୋତରେ ନିଜକୁ ବୁଡ଼ାଇଦେଇ ସେ ହଜାଇ ଦେଇଥିବା ଆନନ୍ଦର ଅନୁଭୂତି ଭିତରକୁ ପୁଣିଥରେ ବୁଡ଼ିଗଲା।

ଏବେ ଯାଇ ତାକୁ ଲାଗିଲା ଜୀବନରେ ସୃଜନଶୀଳତାର ଆନନ୍ଦ ହିଁ ଶ୍ରେଷ୍ଠ ଆନନ୍ଦ।

ପନ୍ଦରଦିନ ଧରି ବିଳମ୍ବିତ ରାତି ପର୍ଯ୍ୟନ୍ତ ସେ ଲେଖିଚାଲିଲା। ସେଦିନ ରାତ୍ରିର ତୃତୀୟ ପ୍ରହର ବିଦାୟ ନେଇ ଗଲାବେଳେ ପବନର ଗତିପଥକୁ ଅଳ୍ପ ବଦଳାଇ ଦେଇ ଚାଲିଗଲା। ସୁଲୁସୁଲିଆ ଶୀତଳ ପବନରେ ନିଜର ଶାନ୍ତିପ୍ରଦାୟିନୀ ପଣତ କାନିକୁ ଲହରାଇ ଲହରାଇ ନିଦ ମାଉସୀ ଆସି ପହଞ୍ଚିଗଲେ ଓ ବିଧାନର ଦୁଇ ଆଖିକୁ ମୁଦି ଧରିଲେ।

ବିଧାନ ବୁଝିଲା ଏଥର ଲେଖା ବନ୍ଦ ନକଲେ ଏଣୁତେଣୁ ଲେଖା ହିଁ ବାହାରିବ।

ପୋଥିରେ ଡୋର ବାନ୍ଧି ଜଳୁଥିବା ଦୀପକୁ ଲିଭାଇ, ଗୋଟିଏ ହାତରେ ପୋଥିବିଡ଼ା ଓ ଅନ୍ୟ ହାତରେ ଦୀପରୁଖାଟିକୁ ନେଇ ସେ ମଝିଘରେ ଥାକରେ ସେମାନଙ୍କ ଜାଗାରେ ନେଇ ସେ ସବୁ ରଖିଦେଲା। ତା'ପରେ ନିଜ ଶୋଇବା ଘରକୁ ଆସି ଦେଖିଲା ଶେଯ ଉପରେ ସୀତା ମୁଣ୍ଡକୁ ଦୁଇ ଆଣ୍ଠୁ ସନ୍ଧିରେ ଗୁଞ୍ଜି ବସିଛି।

'ଆରେ! ତୁମେ ଏତେବେଳଯାଏ ଶୋଇନ ନା ନିଦଟିଏ ଭାଙ୍ଗିଲାଣି?' ବିଧାନ ସୀତାର ପିଠିରେ ହାତରଖି ପଚାରିଲା।

ବିନା କୌଣସି ଭୂମିକାରେ ମୁହଁ ଉଠାଇ ସୀତା କହିଲା- 'ତୁମେ କି ପ୍ରକାର ମଣିଷ? ଦିନସାରା ତନ୍ତରେ ବସୁଛ, ରାତିହେଲେ ଯାଇ ସେ ଲେଖାରେ ବସିଯାଉଛ ଯେ, ଉଠିବାର ନାଁ ଧରୁନା? ତୁମର ସ୍ତ୍ରୀ, ପିଲା ବୋଲି କିଏ ଅଛନ୍ତି ନା ନାହିଁ?'

ବିଧାନ ମଧ୍ୟ କୌଣସି ରସିକତା ନକରି କଅଁଳ ସ୍ୱରରେ କହିଲା- 'ସୀତା, ତୁମେ ତ ଜାଣ କାବ୍ୟ ମୋ ଜୀବନରେ-

କଥାକୁ କାଟି ସୀତା କହିଲା- 'ହଁ, କାବ୍ୟ ଲେଖିବା ତୁମ ଜୀବନର ସବୁଠାରୁ

ବଡ଼ ଆନନ୍ଦ, ବଡ଼ କାମ। ଆମେ ମା'ଝିଅ କିଛି ନୋହୁଁ। ଯଦି କଥାଟା ଏୟା, ତୁମେ ଖବର ପଠାଇଲ ନାହିଁ? ଆମେ ମା'ଝିଅ ମୋଟେ ଏଠିକୁ ଆସିନଥାନ୍ତୁ। ତୁମ କାବ୍ୟ ଲେଖା ସରିବା ପରେ ଆମେ ଆସିଥାଆନ୍ତୁ!'

ମା'ବାପାଙ୍କ କଥା ଶବ୍ଦରେ ଭାଗ୍ୟ ଉଠିପଡ଼ିଲା। ଅନ୍ୟ ପିଲାଙ୍କ ପରି ନ କାନ୍ଦି ଏଇ ବର୍ଷକର ଶିଶୁ ମା' ବାପାଙ୍କୁ ଏକାଠି ଦେଖି ଶେଯରେ ଧଡ଼ପଡ଼ ହୋଇ ବସିପଡ଼ି ଦୁହିଁଙ୍କ ମୁହଁକୁ ଚାହିଁ କିଛି ବୁଝି ନପାରିଲେ ମଧ୍ୟ ପାକୁଆ ପାଟିରେ ହସିଲା।

ସେ ମଧୁର ହସରେ ବିଧାନର ହୃଦୟରୁ ଧାରଧାର ହୋଇ ବାତ୍ସଲ୍ୟ ପ୍ରେମର ଅମୃତ ଝରିବାରେ ଲାଗିଲା। ସେ ଝିଅକୁ କୋଳକୁ ଟାଣିନେଇ ଚୁମାରେ ତାକୁ ଛାଇ ଦେଇ କହିଲା- 'କାବ୍ୟ ଲେଖା ମୋର ଜୀବନ ପାଇଁ ଖାଦ୍ୟ, କିନ୍ତୁ ତୁମେ ଦୁହେଁ ତ ମୋର ନିଃଶ୍ୱାସ ପବନ। ତୁମେ ହିଁ କହ, ମୁଁ ଆଉ କେତେବେଳେ ଲେଖିବି? ଦିନସାରା ତ ତନ୍ତରେ।'

ବିଧାନର ମିଠା କଥାରେ ସୀତାର ମନ ଶାନ୍ତ ହୋଇଗଲା। ବିଧାନ କାନ୍ଧରେ ମୁଣ୍ଡ ରଖି କହିଲା- 'ଝିଅ ଟିକିଏ ବଡ଼ ହୋଇଯାଉ, ତୁମେ ଲେଖାଲେଖି କରିବ। ଏବେ ତୁମକୁ ସେ ଖୋଜୁଛି, ତୁମେ ଆମ ପାଖେ ପାଖେ ଅନ୍ତତଃ ସନ୍ଧ୍ୟା ପରେ ପରେ ରହ।'

ନିରୀହ ଭାବରେ ବିଧାନ ସୀତାର ମୁହଁକୁ ଚାହିଁ ପଚାରିଲା- 'କେତେ ଦିନ ଯାଏ?'

ସୀତା ବିଧାନ କାନ୍ଧରୁ ମୁହଁ ଉଠାଇ ତା'ର କାନକୁ ଆସ୍ତେ କାମୁଡ଼ି ଧରି କହିଲା- 'କେତେଦିନ ଯାଏ? ଯେତେଦିନ ଯାଏ ଝିଅ ବଡ଼ ନ ହୋଇଛି।'

ସେଇ ରାତିରେ, ବିଧାନ ପୋଥିରେ ବାନ୍ଧିଥିବା ସେ ଡୋରି ଅନେକ ଦିନ ଯାଏ ଆଉ ଫିଟା ହେଲା ନାହିଁ।

-0-

ଡିସେମ୍ବର ୧୭୬୭
ବୋମକେଇ

ସୀତା ଗୋଟିଏ କଥା ଠିକ୍ ଅନୁମାନ ନୁହଁ, ପୂରା ସ୍ଥିର କରି ସାରିଥିଲା। ସେ ଯେମିତି ହେଲେ ପାଞ୍ଚୋଟି ପିଲାର ମାଆ ହେବ।

ସେଦିନର ଗାଁ ନାହାକର ଅଭିନୟ କରୁଥିବା ସୀତା ନିଜ ଜୀବନର ଭବିଷ୍ୟତକୁ ବୋଧହୁଏ ସତରେ ଦେଖିପାରିଥିଲା। ନହେଲେ, ବୋଧହୁଏ ନିଜେ ନିଜେ ନିଜର ଭାଗ୍ୟକୁ ଲେଖି ଦେଇଥିଲା। ତାକୁ ପାଞ୍ଚୋଟି ସନ୍ତାନ ଲୋଡ଼ା।

ପ୍ରଥମ ଛୁଆର ଜନ୍ମ ପାଇଁ ବାପଘରକୁ ଗଲାବେଳେ ସେ ସଦର୍ପେ ଘୋଷଣା କରିଥିଲା- 'ଏଇଟା ତ ଆରମ୍ଭ। ମୁଁ ପୂରାପୂରି ପାଞ୍ଚଟା ଛୁଆ ଜନ୍ମ କରିବି। ତୁମେ ମନା କଲେ ମୁଁ କ'ଣ ଶୁଣିବି ? ବୁଝିଲ ?'

ସତେ ଯେମିତି ସେ ଏବେ, ଏଇ ମୁହୂର୍ତ୍ତରେ ସେକଥା କହିଲା- ବିଧାନ ଖଟ ଉପରେ ବସି ମୁଣ୍ଡ ଟୁଙ୍ଗାରି 'ହଁ' କଲା। ତା'ର ବର୍ଷକର ତୃତୀୟ ସନ୍ତାନ ତା'ର ଏ 'ହଁ' ଶବ୍ଦ ଶୁଣି ବେକ ପଛକୁ ଭାଙ୍ଗି ତାକୁ ଚାହିଁ ହସିଲା। ତାକୁ ଚୁମାଟିଏ ଦେଇ ବିଧାନ ଭାବୁଥିଲା- ସତରେ କ'ଣ ସୀତା ଆଉରି ଦୁଇଟି ଛୁଆ ସେମାନଙ୍କ କୋଳକୁ ଆଣିବ ?

ହୁଁ... ଆଉ କିଛି ନାହିଁ ଯେ, ଏବେ ଏମାନଙ୍କର ଏ ହସକାନ୍ଦ, ଅଳି ଅଝଟ, ଛୁଆଧରା, ପିଲା ଖେଳାଇବା ଭିତରେ ବିଧାନର ଅଧାଲେଖା ପୋଥିରୁ ଡୋର କ୍ୱଚିତ୍ ଖୋଲା ହେଉଛି ଓ ଦିନ କେଇଟାରେ ବନ୍ଦ ହୋଇଯାଉଛି ମଧ୍ୟ। ତା' ଉପରେ ଯଦି ସୀତା ସତରେ ଆଉରି ଦୁଇଟି ସେମାନଙ୍କୁ ଜୀବନକୁ ଟାଣି ଆଣେ !

ସୀତା ଗିନାଏ କ୍ଷୀର ଓ ଶାମୁକାଟିଏ ଧରି ସେ ଘରେ ପଶିଲା।

ତଳେ ସେସବୁ ରଖି ସେ ବିଧାନ ହାତରୁ ପୁଅକୁ ନେଉ ନେଉ କହିଲା- 'କ'ଣ ବସି ଭାବୁଛ ?'

'କେଡ଼େ ସୁନ୍ଦର ସେ ଦିନ ସବୁ ଥିଲା ! ମୁଁ ଓ ଦେବଦତ୍ତ ମଉସା ପ୍ରତିରାତିରେ ଢେର୍ ବେଳଯାଏ ଏକାଠି ବସି ଲେଖୁଥିଲୁ।'

ମନ୍ତ୍ରମୁଗ୍ଧ ପରି କାନ୍ଥ ଉପରେ ଅତୀତର ଛବିମାନଙ୍କୁ ଦେଖୁଥିବା ପରି ବିଧାନ ଉତ୍ତର ଦେଲା।

'ତାଙ୍କ ଲେଖା ତ ଆଗେଇ ଚାଲିଥିଲା। ବଡ଼ ଡଙ୍ଗା ପଛରେ ବନ୍ଧା ହୋଇଥିବା ସାନ ଡଙ୍ଗା ପରି ମୋର ଲେଖା ମଧ୍ୟ ସର୍‌ସର୍ ହୋଇ ତାଙ୍କ ସଙ୍ଗ ପାଇ ଆଗକୁ ମାଡ଼ି ଚାଲିଥିଲା।'

ସୀତା ଦୁଇ ଗୋଡ଼ ଲମ୍ବାଇ ତା' ଉପରେ ସବା ସାନ ପିଲାଟିକୁ ଶୁଆଇ ତାକୁ ଶାମୁକାରେ କ୍ଷୀର ପିଆଉଥିଲା। ବିଧାନର କଥା ଶୁଣି ପୁଅ ମୁହଁରେ ଶାମୁକାର କ୍ଷୀର ପୁରାଉ ପୁରାଉ କହିଲା- 'ହେଲେ ମନେରଖିଥାଅ, ସେତେବେଳେ ମଉସାଙ୍କ ଝିଅ ସୁଦତ୍ତାକୁ ପନ୍ଦର ବର୍ଷ ହୋଇଥିଲା ଓ ତୁମେ ନିଜେ ଅଭିଆଡ଼ା ଥିଲ। ଏବେ ତୁମେ ଆଉ

ଅଭିଆଡ଼ା ନୁହଁ କି ତୁମ ବଡ଼ ପିଲାଟିକୁ ପନ୍ଦର ବର୍ଷ ହୋଇନି। ତାକୁ ପନ୍ଦର ବର୍ଷ ହେବା ଯାଏ ଅପେକ୍ଷା କର।'

'ପନ୍ଦର ବର୍ଷ! ତୁମେ ଭାବୁଛ ଏବେ ଲେଖା ଛାଡ଼ିଦେଇ ପନ୍ଦର ବର୍ଷ ପରେ ମୁଁ ଯଦି ଲେଖି ବସେ ତୁମେ ଏବେ ପୁଅକୁ ପିଆଇଲା ପରି କିଏ କ'ଣ ମୋତେ ଶାମୁକାରେ କବିତ୍ୱ ପିଆଇ ଦେବ ଯେ, ମୁଁ ଲେଖି ପକାଇବି? ଲେଖା ଛାଡ଼ିଦେଲେ ସେ ଝରଣ ତ ଶୁଖିଯିବ।'

ପୁଅକୁ କୋଳରେ ବସାଇ ପଣତ କାନିରେ ତା' ମୁହଁକୁ ପୋଛୁ ପୋଛୁ ସୀତା କହିଲା- 'ଆଚ୍ଛା ମଣିଷ ତୁମେ! ମୁଁ କ'ଣ କହୁଛି 'ପନ୍ଦର ବର୍ଷ ପରେ?' ମୁଁ କହୁଛି ଭାଗ୍ୟକୁ ଯେତେବେଳେ ପନ୍ଦର ବର୍ଷ ହେବ, ସେତେବେଳେ। ଏବେ ତ ତାକୁ ଦଶବର୍ଷ ହେଲାଣି। ଆଉ ପାଞ୍ଚ ବର୍ଷ। ତୁମେ ନିଜ ପିଲାଙ୍କ ପାଇଁ ଏତକ ସମୟ ଦେଇପାରିବ ନାହିଁ? ଏମିତି କେତେ ବଡ଼ କଥାଟେ ମୁଁ ତୁମକୁ ମାଗୁଛି ଯେ? ତା'ପରେ ତୁମେ ବସି ଜୀବନ ସାରା ଲେଖୁନ।'

-୦-

ସେହି ଦିନ ରାତିରେ ବିଧାନ ସ୍ୱପ୍ନ ଦେଖିଲା- ଘରେ ଧଳା ସାପଟି ବୁଲୁଛି। କେତେବେଳେ ମଳା ବାନ୍ଧି ଶୋଉଛି ତ କେତେବେଳେ ପୁଣି ଫଣା ଟେକି ଚାହୁଁଛି। ପୁଣି କେତେବେଳେ ମୁଣ୍ଡକୁ ଏ କୋଣରେ ସେ କୋଣରେ ପୁରାଇ ସତେ ଯେପରି କାହାକୁ ଖୋଜୁଛି।

ଦେଖୁ ଦେଖୁ ସେ ଆଉ ଏକ ସାପ କଙ୍କାଳକୁ କେଉଁ ସନ୍ଧିରୁ କାଢ଼ି ତାକୁ ଆଣି ବିଧାନ ଆଗରେ ଥୋଇଲା। ତାକୁ ଦେଖି ବିଧାନ ଚମକି ଉଠି ଚିତ୍କାର କଲା- 'ନାଇଁ, ନାଇଁ, ନାଇଁ। ଯାକୁ ପଦାକୁ କାଢ଼ନା, ସେ ସେଇ ସନ୍ଧିବାଡ଼ରେ କୋଉଠି ଥିଲେ ପଛେ ଥାଉ।'

କିନ୍ତୁ ଧଳା ସାପଟି ବିଧାନର କଥାକୁ ଭ୍ରୂକ୍ଷେପ ନକରି ସେ କଳା ସାପ କଙ୍କାଳଟିକୁ ଏମିତି ଫୁତ୍କାର ମାରି ନଚାଇଲା, ସତେ ଯେପରି ତାକୁ ବଞ୍ଚାଇବାକୁ ଚେଷ୍ଟା କରୁଛି।

ଝାଳରେ ଓଦା ସରସର ହୋଇ ବିଧାନ ଖଟ ଉପରେ ଧଡ଼ଧାଡ଼ ହୋଇ ବସିଲା। ତା'ର ଶୋଇବା ଘର ଭିତରେ ଚେନାଏ ଚନ୍ଦ୍ରକିରଣ ପଡ଼ି ସାରା କୋଠରୀକୁ ଏକ ଝାପ୍‌ସା ଆଲୁଅରେ ଆଲୋକିତ କରିଥିଲା। ସେଇ ଆଲୋକରେ ସେ ତା' ପାଖରେ ନିଶ୍ଚିନ୍ତ ନିଦରେ ଶୋଇଥିବା ସୀତା ଓ ସୀତା ସେପଟେ ତିନୋଟି ଯାକ ଛୁଆଙ୍କର ଗଭୀର ସୁଷୁପ୍ତିର ନିଃଶ୍ୱାସ ପ୍ରଶ୍ୱାସକୁ ଲକ୍ଷ୍ୟ କଲା।

କ'ଣ ଏ ସ୍ୱପ୍ନର ଅର୍ଥ ?

ସେ ତ ଭାବିଥିଲା ଦୁଇଟିଯାକ ସାପ ମଲେଣି। ମଂଜୁଷାର ସିଦ୍ଧ ପୁରୁଷଙ୍କ କଥା ତା'ର ମନେପଡ଼ିଲା। ସେ କହିଥିଲେ- 'କଳା ସାପଟି ମରିଛି। ଧଳା ସାପଟି ଖେଳୁଛି। ଏହାକୁ ସେ ଧ୍ୟାନଦେଇ ସେତେବେଳେ ଶୁଣିନଥିଲା। ଏବେ ସେ ବୁଝିଲା- କଳା ସାପଟି ଅର୍ଥାତ୍... ଗୋଟିଏ ଶାପରୁ ତା'ର ବଂଶ ବର୍ତ୍ତମାନ ପାଇଁ ମୁକ୍ତ ହୋଇଛି। ଆଉ ଶାପଟି କାବ୍ୟ ଲେଖି ନ ପାରିବାର ଅଭିଶାପ। ସେଥିରୁ ସେ ଯଦି ଲେଖିବାକୁ ଚେଷ୍ଟା କରିବ ବୋଧହୁଏ ଆଉ ଶାପଟି ବି ପୁଣି ବଞ୍ଚିଯିବ।

ନା, ନା, ତା'ର ଏ ତର୍ଜମା ସଂପୂର୍ଣ୍ଣ ଭୂଲ୍। ବୋଧହୁଏ ଏମିତି ହୋଇପାରେ, ସେ ଯଦି ନିଜ କାବ୍ୟଟିକୁ ପୂର୍ଣ୍ଣ କରିଦିଏ, ସେ ଓ ତା'ର ବଂଶ ସବୁଦିନ ପାଇଁ ଦୁଇଟି ଯାକ ଶାପରୁ ମୁକ୍ତି ପାଇଯିବେ।

ନା, ନା ବୋଧହୁଏ ତା'ର ଏ ଧାରଣା ଠିକ୍ ନୁହେଁ।

ବୋଧହୁଏ... ଏହା ହିଁ ସତ୍ୟ।

ନା, ନା, ଏମିତି ହୋଇପାରେ...

ନା, ନା, ଏହା ହିଁ ସତ୍ୟ ଯେ ସେ କାବ୍ୟ ସମାପ୍ତି କଲେ...

ବିଧାନର ମୁଣ୍ଡ ଗୋଳମାଳ ହୋଇଗଲା। ସେ ମଞ୍ଜୁଷା ଯାଇ ଜଣେ ଦୁର୍ଲଭ ସିଦ୍ଧ ପୁରୁଷଙ୍କୁ ଦେଖା କଲା। ଅଥଚ ପଚାରି ପାରିଲା ନାହିଁ ଯେ, ଏହି ଶାପରୁ କେମିତି ମୁକ୍ତି ପାଇବ।

ଛି ! ଛି ! ଧିକ୍ ଧିକ୍ !

ହେଉ, ରାତି ପାହୁ। ସେ ପୁଣି ମଞ୍ଜୁଷା ଯାଇ ଗ୍ରହାଚାର୍ଯ୍ୟଙ୍କୁ ଦେଖା କରିବ ଓ ତାଙ୍କର ପରାମର୍ଶ ନେବ।

ପୁଣି ଆଉ ଥରେ ସେ ଶେଯରେ ଲୋଟିପଡ଼ିଲା। କୋଠରୀର ଚନ୍ଦ୍ରକିରଣର ଆଲୋକ ରେଖାଟି ଘୁଞ୍ଚିଘୁଞ୍ଚି ଶେଷରେ ଲୋପ ପାଇଗଲା। ଏକ ନିବିଡ଼ ଅନ୍ଧକାର ଭିତରେ କୋଠରୀଟି ବୁଡ଼ିଗଲା। ପୁଣି ଯେତେବେଳେ ଉଷାର ପ୍ରଥମ ସ୍ପର୍ଶ ସେ କୋଠରୀକୁ ଧୀରେ ଧୀରେ ଆଲୋକିତ କଲା, ବିଧାନର ଆଖିରେ ପାହାନ୍ତିଆ ନିଦ ଖୁନ୍ଦି ହୋଇଗଲା।

ସକାଳେ ବହୁ ଡେରିରେ ନିଦ ଭାଙ୍ଗିବା ମାତ୍ରେ ବିଧାନକୁ ସ୍ୱପ୍ନ କଥା ମନେପଡ଼ିଲା। ଆଉ ସାହୀର ନିଖିଳ ସାହୁର ଝିଅ ମଞ୍ଜୁଷାରେ ଏବେ ବିଭା ହୋଇଛି। ନିଖିଳ ସାହୁ ଘରକୁ ଗଲେ ଗ୍ରହାଚାର୍ଯ୍ୟ ଅଛନ୍ତି ନା ନାହିଁ ଏତକ ଜଣାପଡ଼ିଯିବ। ସେ ତ କାରବାର କାମରେ ଝିଅ ଘରକୁ ପ୍ରାୟ ଯିବାଆସିବା କରେ।

ସେଠାକୁ ଯାଇ ବିଧାନ ଶୁଣିଲା ଛ' ବର୍ଷ ହେଲା ରାଜା ହରିହରଙ୍କ ଦେହାନ୍ତ ପରେ ଯୁବରାଜ ହରିଶରଣ ରାଜା ହୋଇଛନ୍ତି। ଦୁଇ ମାସ ତଳେ ଗ୍ରହାଚାର୍ଯ୍ୟ ତପସ୍ୟା ପାଇଁ ହିମାଳୟକୁ ଯାଇଛନ୍ତି। କେବେ ଫେରିବେ ଠିକ୍ ନାହିଁ।

ଦୀର୍ଘ ନିଃଶ୍ୱାସଟିଏ ପକାଇ ଧୁ' ଧୁ' ଖରାରେ ମୁଣ୍ଡ ଦେଖାଇ ଗୋଟିଏ ଗୋଟିଏ ପାଦ ପକାଇ ସେ ଘରକୁ ଫେରିଲା।

-୦-

ପୁରା ଦୁଇ ରାତି ଦୁଇହାତ ମୁଣ୍ଡ ତଳେ ହାତରଖି, ଛାତକୁ ଚାହିଁ ଚାହିଁ ବିଧାନ ଭାବିବାକୁ ଲାଗିଲା- ସତେ କ'ଣ ଦୀର୍ଘ ପାଞ୍ଚବର୍ଷ ସେ କିଛି ନ ଲେଖି ରହିପାରିବ ?

ଲେଖିଲେ କ'ଣ ପେଟ ପୂରେ ? ଏକଥା ତାକୁ ଆଉ କେହି କହୁ ନାହାନ୍ତି। ସାରା ଗାଁଟାରେ ଏକଥା କିଏ କାହାକୁ ବର୍ତ୍ତମାନ କି ଭବିଷ୍ୟତରେ ଆଉ କହିବେ ନାହିଁ ମଧ୍ୟ। ଦେବଦତ୍ତ ମଉସା ସମସ୍ତଙ୍କ ମୁହଁରେ ଏଥିପାଇଁ ଶକ୍ତ ବାଡ଼ ପକାଇ ଦେଇଛନ୍ତି।

କିନ୍ତୁ ତାଙ୍କ ପରି ଆଉ ଜଣେ ଏ ଗାଆଁରୁ ବାହାରୁ, ଏକଥା ମଧ୍ୟ କେହି ଯେ ଭାବୁନାହାନ୍ତି, ସେ ହେଲା ଦୁର୍ଭାଗ୍ୟ।

ଏଣେ ନ ଲେଖିଲେ ତା' ନିଜର ମଧ୍ୟ ଚଳୁ ନାହିଁ। ସେ ତ ଦେବଦତ୍ତଙ୍କ ପରି ହେବାକୁ ଇଚ୍ଛା କରି ଲେଖୁନି। ନ ଲେଖିଲେ ତାକୁ ଭଲ ଲାଗୁନି ବୋଲି ସେ ଲେଖୁଛି।

ଦୁଇଦିନ ନ ଖାଇଲେ ମନୁଷ୍ୟ ବଞ୍ଚିପାରିବ। କିନ୍ତୁ ନିଃଶ୍ୱାସ ନ ନେଇ ମନୁଷ୍ୟ ତ ଦୁଇ ମୁହୂର୍ତ୍ତ ବି ବଞ୍ଚିପାରିବ ନାହିଁ।

ସେମିତି ନିଜ ରୁଚି ଅନୁସାରେ କାମ ନ କଲେ ତ ଜୀବନ ମୃତ୍ୟୁବତ୍ ହୋଇଯିବ। କାବ୍ୟ ନ ଲେଖିଲେ ସେ ବଞ୍ଚିଯିବ ସତ, କିନ୍ତୁ ଏକ ଅଣନିଃଶ୍ୱାସୀ କ୍ଷୋଭ ତା' ଭିତରେ ଛଟପଟ ହେବ। ହା'ହୁତାଶରେ ଜୀବନ କଟିବ।

ତା'ର ଲେଖିବାର ଇଚ୍ଛା ଛାତି ଚିରି ବାହାରକୁ ଆସିବାକୁ ଅଳି କରିବ।

କାବ୍ୟ ଲେଖିବାର ଏ ନିତ୍ୟନୂତନ ସୁନ୍ଦର ଅମୃତ ଅନୁଭବକୁ ଏଡ଼ାଇଦେଲେ ଜୀବନରେ ଆଉ ରହିବ କ'ଣ ? ବାକି ସବୁ ତ ନିତିଦିନିଆ, ଦେହଘଷା।

ଏକଥା କେବେ ସୀତା ବୁଝିପାରିବ ?

ତୃତୀୟ ରାତିର ପାହାନ୍ତିଆକୁ ସେ ସ୍ଥିର କଲା, ନା, ସେ ଲେଖା ଛାଡ଼ିବ ନାହିଁ। ଦିନରେ, ବୁଣା ସମୟରୁ ଘଣ୍ଟାଏ କାଢ଼ି ଏଣିକି ସେ ଦିନ ଦୁଇପହର ବେଳେ ଲେଖିବସିବ।

ସେୟା ହେଲା।

ସେଦିନ ଖରାବେଳେ ଖାଇସାରି ବନ୍ଦଥିବା ତାଳପତ୍ର ପୋଥିର ଡୋର ଖୋଲି ସେ ପଟାଖଟ ଉପରେ ମେଲାଇ ବସିଲା।

ନା ମାଉସୀଙ୍କ ଜାଳିଥିବା ଦୀପ ଥିଲା, ନା ରାତ୍ରିର ପ୍ରଶାନ୍ତି ଥିଲା। ଓଲଟି ସଦା, ପଦିଆଙ୍କ ଖଟ୍‌ଖାଟ୍ ଶବ୍ଦ ସାଙ୍ଗକୁ ଗ୍ରାହକମାନଙ୍କ ଯିବାଆସିବା ଗହଳଚହଳ, ସୂତାକଟାର ଶବ୍ଦ ସହ ରଙ୍ଗଦେବା ସ୍ତ୍ରୀଲୋକଙ୍କ କଥାବାର୍ତ୍ତା, କାନରେ ପଡୁଥିଲା, ଆଖିରେ ଦିଶୁଥିଲା।

ହେଉ, ଦୁଇ ଚାରିଦିନରେ ଏ ସବୁ ଦେହସୁହା ହୋଇଯିବ ଯେ। ଏହା ଭାବି ସେ ଲେଖିବାରେ ମନ ଦେଲା। ହେଲେ ଆଜିଯାଏ ସେ କେତେ ପୃଷ୍ଠା ଲେଖିଛି? ମୂଳରୁ ଶେଷଯାଏ ପୋଥିଟି ଉପରେ ସେ ଆଖି ବୁଲାଇ ନେଲା।

ଦେବଦତ୍ତ ମଉସା ବଞ୍ଚିଥିବା ବେଳେ ତାଙ୍କର ପ୍ରତ୍ୟକ୍ଷ ଦେଖାଦେଖିରେ ସେ ପ୍ରାୟ ସତୁରୀ ପୃଷ୍ଠା ଲେଖି ସାରିଥିଲା। ପାଖାପାଖି ଆଉ ଶହେ ତିରିଶ ପୃଷ୍ଠାରେ ଭଲ ପୋଥିଟିଏ ହେବ ବୋଲି ମଉସା କହୁଥିଲେ। ହେଲେ, ସେ ଯିବା ପରେ, ଏଇ ପନ୍ଦର ବର୍ଷରେ ଆଉ ମାତ୍ର ପଚାଶ ପୃଷ୍ଠା ସେ ଲେଖିଛି!

ହାଃ!!

ଏ ହାରରେ ଲେଖିଲେ ଆୟୁଷ ସରିଯିବ, ମରଣ ଆସି ପହଞ୍ଚିଯିବ ସିନା ପୋଥି ଲେଖା ତ ସରିବ ନାହିଁ!

ହା ଦଇବ!!

କବି ହେବାର ତୀବ୍ର ଇଚ୍ଛାଟିଏ ମନରେ ଦେଲ କାହିଁକି? ମୁଁ କ'ଣ ଏହା ମାଗିଥିଲି? ଦେଲ ଯଦି, ସୁଯୋଗ କାହିଁକି ଛଡ଼ାଇ ନେଉଛ?

ଏ କ'ଣ ଦେବଦତ୍ତଙ୍କ ଅଭିଶାପର ଫଳ?

ସଙ୍ଗେ ସଙ୍ଗେ ଦେବଦତ୍ତଙ୍କ କଥାଟିଏ ତା'ର ମନେପଡ଼ିଲା। ସେ କହୁଥିଲେ- ଭଗବାନ ସୁଯୋଗ ଦିଅନ୍ତି ନାହିଁ କି ଛଡ଼ାଇ ନିଅନ୍ତି ନାହିଁ। ପ୍ରକୃତିର ଏକ ଆବର୍ତ୍ତନରେ ସୁଯୋଗଟିଏ ଅଳ୍ପ ସମୟ ପାଇଁ ମୁଣ୍ଡଟେକି ଉଠିଥାଏ ଓ ଅଳ୍ପ ସମୟ ରହି ପାଣି ଫୋଟକା ପରି ମିଳାଇ ଯାଏ ମଧ୍ୟ।

ଚତୁର ମଣିଷ ଏହି ସୁଯୋଗକୁ ଚିହ୍ନିପାରେ। ଚାତୁର୍ଯ୍ୟ ସହିତ ତତ୍ପରତା ମିଶିଲେ ବିଚକ୍ଷଣତା ଜନ୍ମ ନିଏ। ଏହି ବିଚକ୍ଷଣ ମଣିଷ ସୁଯୋଗଟିଏ ମୁଣ୍ଡ ଟେକିବା ମାତ୍ରେ ଜଂଜାଳର ଭିଡ଼ ଭିତରେ ବି ତାକୁ ଚିହ୍ନିପାରେ ଓ ଚଟ୍‌କରି ସାଉଁଟି ନିଏ ବି।

ମାନ୍ଦା ମଣିଷ ଯଦି ବି ଚତୁର ହୋଇଥାଏ ତଥାପି 'ହଁ, ପରେ କରିବା, କାଲି କରିବା' ଏୟା ଭାବି ଭାବି ସୁଯୋଗଟିକୁ ହାତଛଡ଼ା କରିଦିଏ।

ଆଉ ବୋକା ମଣିଷ କଥା ଛାଡ଼। ସେ'ତ ସୁଯୋଗକୁ ଚିହ୍ନିପାରେନା ମଧ୍ୟ। ଆଉ ହାତଛଡ଼ା କରିବା କଥା ଉଠୁଛି କେଉଁଠି ?

ଏ ତିନି ପ୍ରକାର ମଣିଷକୁ ନେଇ ସଂସାର ଚାଲେ।

ଆଉ ସାଧାରଣ ମନୁଷ୍ୟ ଏତେ କଥା ବୁଝିନପାରି ଏହାକୁ ହିଁ ସୌଭାଗ୍ୟ ଓ ଦୁର୍ଭାଗ୍ୟ ବୋଲି ନାଁ ଦେଇଥାଏ।

ନା, ସେ ନିଜେ ବୋକା ନୁହଁ କି ମାନ୍ଦା ନୁହଁ। ଏଣୁ ଲେଖିବାରେ ବାଧାବିଘ୍ନ ହେଲେ ବିଧାତାକୁ ଦୋଷ ନ ଦେଇ ସେ ନିଜେ ତା'ର ପ୍ରତିରୋଧ ଓ ପ୍ରତିକାର କରିବ।

ସେଦିନର ଖରାବେଳର ଘଣ୍ଟାଏ ସମୟ ଏଇ ଅତୀତର ଲେଖା ସହ ବର୍ତ୍ତମାନର ପ୍ରଚେଷ୍ଟା ମଧ୍ୟରେ ବୁଝାବଣାର ସେତୁ ଟାଣୁ ଟାଣୁ ଟୁଂ କରି ଚାଲିଗଲା।

କୌଣସି ମତେ କିଛିଦିନ ଲାଗି ପଡ଼ି ଏ ସେତୁ ବନ୍ଧ ତିଆରି ହୋଇଗଲା। ଖରାବେଳେ ବସି ଘଡ଼ିଏ ଲେଖିବା ଦେହସୁହା ହୋଇଆସିଲା। ଅତୀତ ଓ ବର୍ତ୍ତମାନ ପୁଣି ହାତଧରାଧରି ହୋଇ ଠିଆ ହେଲେ ଓ ପଦରେ ପଦ ମିଶାଇ ଭାବନା ଓ ଭାଷା ଉଭୟଙ୍କୁ ସଙ୍ଗରେ ନେଇ ଏହି ସେତୁବନ୍ଧ ଉପରେ ହସିହସି ଗପି ଗପି ଚାଲିବାକୁ ଆରମ୍ଭ କଲେ।

ନିଜ ଲେଖକୀୟ ପ୍ରଚେଷ୍ଟାର ସଫଳତାରେ ବିଧାନ ମୁଗ୍ଧ ହେଲା।

ରାତି ହେଲେ, ସଦା, ପଦିଆକୁ ବିଦା ଦେବା ପରେ ତନ୍ତ ବନ୍ଦ କରି ବିଧାନ ସଙ୍ଗେ ସଙ୍ଗେ ଘର ଭିତରେ ପଶି, ପୁଣି ଯେ ଲେଖିବାକୁ ବସୁନି ଏହା ଦେଖି ସୀତା ବି ଖୁସୀ ହେଲା।

ବିଧାନ ମଧ୍ୟ ପିଲାଙ୍କୁ ଏକାଠି କରି ତାଙ୍କୁ ନିଜ ଚାରିପଟେ ବସାଇଲା। ବଡ଼ ଦୁଇ ଝିଅଙ୍କୁ, ସେମାନେ ସେଦିନ ଅବଧାନ ପାଖରେ ଚାଟଶାଳୀ ଯାଇ କ'ଣ ପାଠ ପଢ଼ିଲେ- ପଚାରିଲା। ସାନ ପିଲାଟିକୁ କୋଳରେ ବସାଇ ଓ ବଡ଼ ପିଲାଙ୍କୁ ପାଖରେ ବସାଇ 'କେଶବ କୋଇଲି' ଗୀତ ଗାଇଲା। ତା' ସ୍ୱରରେ ସ୍ୱର ମିଶାଇ କନକ ଓ ବାସନ୍ତୀ ମଧ୍ୟ ସେଇଠି ବସି କେବେ କଳସା ଚଉତିଶା କେବେ ମନବୋଧ ଚଉତିଶା, ଛାନ୍ଦ, ଚଂପୂ ଗାଇଲେ। ସଂଗୀତ ଓ ସାହିତ୍ୟର ମିଳିତ କଳରବରେ ଘର ଉଛୁଳି ପଡ଼ିଲା।

ସୀତା ହସିହସି କେତେବେଳେ ଠିଆ ହୋଇ ଏମାନଙ୍କ କଥା ଶୁଣିଲା, କେତେବେଳେ ହାଣ୍ଡିଶାଳରୁ ଏ ଘରକୁ ପରିବା ଆଣି ତାକୁ କାଟୁ କାଟୁ ସମସ୍ତଙ୍କ ଗୀତ ଶୁଣିଲା, ନିଜେ ଗୁଣୁଗୁଣୁ ହେଲା।

ଏକ ନିବିଡ଼ ଆତ୍ମୀୟତାର ମଧୁର ଉଷ୍ମତାରେ ଘରଟି ପୂରି ଉଠିଲା।

ବିଧାନକୁ ଲାଗିଲା, ଏ କଥା ତ ଆଗରୁ କରିଥିଲେ କେତେ ଭଲ ହୋଇଥାନ୍ତା। ଏବେ ସେ ପିଲାଙ୍କର ଆହୁରି ପ୍ରିୟ ହୋଇଉଠିଛି। ସେମାନଙ୍କର ଗୁଣ ଚରିତ୍ରକୁ ଗୋଟି ଗୋଟି କରି ଆହୁରି ଭଲ ଭାବରେ ସେ ନିଜେ ଚିହ୍ନି ପାରୁଛି। ଆଗେ ସେମାନେ କାନ୍ଦିଲେ, ସେ କଟୁ ଶବ୍ଦର ତାଡ଼ନାରେ ତନ୍ତରୁ ଉଠିଆସି ସେ ପିଲାଙ୍କୁ ଗାଳି ଗୁଲଜ କରି ଧମକାଉଥିଲା। ଏବେ ସେ ତନ୍ତରୁ ଉଠିଆସି ସେମାନଙ୍କ କାନ୍ଦର କାରଣ ବୁଝି ସେମାନଙ୍କ ସମସ୍ୟାର ସମାଧାନ କରିପାରୁଛି।

ଏଣେ କାବ୍ୟଲେଖା ମଧ୍ୟ ରାଜଦାଣ୍ଡରେ ଚାରି ଘୋଡ଼ାବାଲା ରଥ ଚାଲିବା ପରି ଗଡ଼ଗଡ଼ ହୋଇ ସବେଗେ ଚାଲିଛି।

ଯଦି ତା' ଜୀବନ ବୋଇତରେ ସୀତା ଏମିତି ଅକସ୍ମାତ୍ ପାଲ ଟାଣିଦେଇ ବୋଇତର ଦିଗ ବଦଳାଇ ଦେଇ ନ ଥାନ୍ତା, ଏ ଉଭୟ ଆନନ୍ଦର ଯୁଗଳ ବନ୍ଦୀ କ'ଣ ସେ କେବେ ଉପଭୋଗ କରିପାରିଥାନ୍ତା।

ଏବେ ଯାଏ ତ ଗୋଟିଏ ଆନନ୍ଦ ଉଇଁଲେ ଆର ଆନନ୍ଦଟି ଅସ୍ତ ହୋଇଯାଉଥିଲା !

ସତରେ, ଯାହା କହ ସଂସାର ରୂପୀ ନଉକାରେ ସ୍ତ୍ରୀ ହିଁ ମଙ୍ଗୁଆଳ !

'କ'ଣ ହେଲା ଯେ ଏମିତି ମୁରୁକି ହସି ମୁଣ୍ଡ ଟୁଙ୍ଗାରୁଛ ?' ସୀତା ପିଲାଙ୍କୁ ଶୁଆଇ, ସେମାନଙ୍କୁ ଭଲ ଭାବରେ ଘୋଡ଼ାଇଦେଇ ବିଧାନ ପାଖରେ ଶୋଉ ଶୋଉ ପଚାରିଲା।

'ଏଇ ଭାବୁଥିଲି, ତୁମ ସମସ୍ତଙ୍କୁ ନେଇ ପାଟପୁର ଠାକୁରାଣୀ ଯାତ୍ରା ବୁଲାଇ ଆଣିବି।'

'ଏଁ ?' ସୀତା ଧଡ଼ପଡ଼ ହୋଇ ଉଠି ବିଧାନ ମୁହଁକୁ ଚାହିଁଲା। 'ମା' ଦଣ୍ଡକାଳୀ ମୋ ଡାକ ଶୁଣିଲେ ପରା ଲାଗୁଛି।' ଖୁସୀରେ ସେ ବିଧାନକୁ କୁଣ୍ଢାଇ ଧରିଲା।

-୦-

ତାଳପତ୍ର ପୃଷ୍ଠାରେ ଲେଖନୀ ଚାଳନା ବନ୍ଦ କରି ବିଧାନ ମୁଣ୍ଡ ଟେକିଲା।

ଭାବନା ତା'ର ଉପଯୁକ୍ତ ଭାଷା ଓ ଛନ୍ଦ ଖୋଜୁଥିଲା। ତାକୁ ମୁଣ୍ଡ ଭିତରେ ସଜାଡ଼ି ନେଉ ନେଉ ତା'ର ଚେତନା କାଳ୍ପନିକ ଜଗତରୁ ଧୀରେ ଧୀରେ ବାସ୍ତବ ଦୁନିଆକୁ ଫେରିଆସିଲା।

ଦୃଷ୍ଟି ତା'ର ବାରଣ୍ଡା ତଳକୁ ଡେଇଁ ବଗିଚାରେ ଦଉଡ଼ା ଦଉଡ଼ି କରି ଖେଳୁଥିବା

ପିଲାଙ୍କ ଉପରେ ପଡ଼ିଲା। ପଡ଼ିଶା ଘର ତ କେଉଁଦିନୁ ଉଜୁଡ଼ି ଗଲାଣି। ସେମାନଙ୍କ ଉଜୁଡ଼ା ବଗିଚାରେ ସାପ ଥାଇପାରନ୍ତି। ଏଣୁ ତନ୍ତରୁ ଉଠି ସେମାନଙ୍କୁ ସେଆଡ଼େ ନଯିବା ପାଇଁ ତାଗିଦା କରି ସେ ପୁଣି ନିଜ ଜାଗାରେ ବସିଲା।

ସଦା, ପଦିଆ ନିଜ ନିଜ ତନ୍ତରେ ବସି ନିଜ ଭିତରେ କଥା ହେଉ ହେଉ ବୁଣାରେ ଲାଗିଥିଲେ। ତାଙ୍କ ପଛରେ ବାସନ୍ତୀ ଓ କନକ ମଧ୍ୟ ଦୁଇଟା ଚରଖା ଧରି ଗପିଗପି ସୂତା କାଟିବାରେ ଲାଗିଥିଲେ।

ସୀତାର ଚରଖା ବନ୍ଦ ଥିଲା। ସେ ଘର ଭିତରୁ ରେଶମ ଖୋଷାରୁ କିଛି ଆଣି ନିଜ ଚରଖା ପାଖରେ ରଖି ପୁଣି ଘର ଭିତରକୁ ଗଲା। ଘର ଭିତରୁ ଝୁଡ଼ିଏ କପା ଆଣି ବାସନ୍ତୀ ଓ କନକଙ୍କ ମଝିରେ ରଖି ସେମାନଙ୍କ ଖାଲି ଟୋକେଇଟିକୁ ଘର କୋଣରେ ରଖି ନିଜେ ରେଶମ ଖୋଷା ଛଡ଼ାଇ ସୂତା କାଢ଼ି ଚକ୍ରିରେ ଗୁଡ଼ାଇବାରେ ଲାଗିଲା।

ତନ୍ତ ଓ ଚରଖାର ମିଳିତ କୋମଳ ଶବ୍ଦ କାନକୁ ମଧୁର ଶୁଭୁଥିଲା।

ଯଦିଓ ବିଧାନର ଆଖି ଏ ସବୁ ଦେଖୁଥିଲା ଓ କାନରେ ଏ ସବୁ ଶବ୍ଦ, ପିଲାଙ୍କ କୋଳାହଳ ଶୁଭୁଥିଲା, କିନ୍ତୁ ତା'ର ଚେତନା ତା' କାବ୍ୟର କଥାବସ୍ତୁ ଭିତରେ ବୁଡ଼ିଯାଇ ଭାବସମୁଦ୍ରରୁ ଭାଷା ଓ ଛନ୍ଦର ମାଛମାନଙ୍କୁ ନିଜ କଥା ଜାଲରେ ଧରିବାର ଚେଷ୍ଟାରେ ମଗ୍ନ ଥିଲା।

ଏବେ ସେଥିରୁ କିଛି ଜାଲରେ ପଡ଼ିବା ମାତ୍ରେ ଦୃଷ୍ଟି ତା'ର ପୁଣି ପୃଷ୍ଠା ଉପରକୁ ଫେରିଯାଇ ଲେଖିବାରେ ଲାଗିଲା।

'ଏଇଟା ବିଧାନ ତନ୍ତୀଙ୍କ ଘର ତ ?'

'ହଁ'।

ବିଧାନ ମୁଣ୍ଡ ଉଠାଇ ପ୍ରଶ୍ନ ପଚାରିଥିବା ଆଗନ୍ତୁକକୁ ଦେଖିବା ପାଇଁ ଟିକିଏ ଆଗକୁ ଝୁଙ୍କି ପଡ଼ିଲା। ବାରଣ୍ଡା ତଳେ ଠିଆ ହୋଇଥିବା ଆଗନ୍ତୁକ ପଦିଆର ଇସାରାରେ ଟିକିଏ ଆଗକୁ ଝୁଙ୍କି ବିଧାନକୁ ଦେଖିବାକୁ ଚେଷ୍ଟା କରୁଥିଲେ।

ଦୁହିଁଙ୍କ ଆଖି ଦୁହିଁଙ୍କ ଉପରେ ପଡ଼ିଲା।

ଆରେ! ଏ ତ କରତନ କ୍ଲଂ! କାମ୍ବୋଡ଼ିଆ ଜାହାଜର ମାଲିକ ଓ ନାବିକ ମଧ୍ୟ।

ଦେବଦତ୍ତ ମଉସାଙ୍କର ଏହି ନାବିକ ଜଣକ ସହ ଘନିଷ୍ଠ ସଂପର୍କ ଥିଲା। ତାଙ୍କ ମୃତ୍ୟୁର ପ୍ରଥମ ଦଶବର୍ଷରେ ରେଶମୀ ସୂତାର ମୋଟ ନେଇ ସେ ପାଞ୍ଚ ସାତ ଥର ଗଞ୍ଜାମ ବନ୍ଦରକୁ ଯାଇଛି। କର୍ତ୍ତନକୁ ଦେବଦତ୍ତଙ୍କ ମୃତ୍ୟୁ ଖବର ଜଣାଇଛି। ହେଲେ ବେଶୀ

ତା' ସହିତ ଭେଟ ହୋଇନଥିଲା। ବିଗତ ପାଞ୍ଚବର୍ଷ ହେଲା ସଦା ପଦିଆ ସେ କାମ ତୁଲାଇଛନ୍ତି। ଏଣୁ ସେ ବନ୍ଦର ଯାଇନି କି କର୍ତ୍ତନ ସହ ଆଦୌ ଭେଟ ମଧ୍ୟ ହୋଇନି।

ଦୁହେଁ ଦୁହିଁଙ୍କୁ ବହୁ ସମୟ ଯାଏ କୁଣ୍ଢାଇ ଧରିଲେ। ଦିହେଁ ଅନୁଭବ କରୁଥିଲେ ସତେ ଯେପରି ସେମାନେ ଦେବଦତ୍ତଙ୍କୁ ହିଁ କୁଣ୍ଢାଇ ଧରିଛନ୍ତି। ଦୁହିଁଙ୍କ ଆଖି ଦେବଦତ୍ତଙ୍କ ସ୍ମୃତିରେ ଛଳଛଳ ହୋଇଗଲା।

କିଏ ଜାଣିଥିଲା, ଏମିତି ଦେବଦତ୍ତ ନ ଥିବା ଜୀବନଟିଏ ଆଗରେ ସେମାନଙ୍କୁ ଅପେକ୍ଷା କରୁଛି!

ଆହା, ଦେବଦୂତ ପରି ଲୋକଟିଏ ଥିଲେ ଦେବଦତ୍ତ।

ବିଧାନର ଅନୁରୋଧ ରକ୍ଷାକରି କରତନ ସେଦିନର ମଧ୍ୟାହ୍ନଭୋଜନ ବିଧାନ ଘରେ କଲା। ବହୁତ ସମୟ ଧରି ଦୁହେଁ ନିବିଡ଼ ଭାବରେ ଅତୀତକୁ, ଦେବଦତ୍ତର ସ୍ମୃତିକୁ ରୋମନ୍ଥନ କଲେ।

କର୍ତ୍ତନ କହିଲା- 'ଭଗବାନଙ୍କ ଦୟାରୁ ମୁଁ ଏବେ ଦଶଖଣ୍ଡ ଜାହାଜର ମାଲିକ। ପୃଥିବୀର ପ୍ରାୟ ସବୁ ଦେଶରେ ମୋର ବ୍ୟବସାୟ ଚାଲିଛି। ମୋର ଆଜିର ଆସିବାର ଉଦ୍ଦେଶ୍ୟ ହେଲା- ତୁମେ ଏ ରେଶମୀ ସୂତାର ମୋଟ କାହିଁକି ପଠାଉଛ? ସୂତା ପଠାଇ ତୁମେ ଯାହା ଲାଭ ପାଉଛ ତା'ଠାରୁ କୋଡ଼ିଏ ଗୁଣା ଅଧିକା ଲାଭ ପାଇବ, ଯଦି ମୋତେ ତୁମର ଏ ବୋମକେଇ ରେଶମୀ ଶାଢ଼ୀ ବୁଣି କରି ଯୋଗାଇଦେବ। ଏବେ ପ୍ରାୟ ସବୁଦେଶର ରାଜପରିବାରମାନେ ମୋର ଗ୍ରାହକ। ସେମାନଙ୍କୁ ତାଙ୍କ ଚାହିଦା ରେଶମୀ ଲୁଗା, ଥାନ ଯୋଗାଇ ଦେଲେ ତୁମ ତ ଲକ୍ଷପତି ହୋଇଯାଆନ୍ତ।'

'ମୋର ଏତେ ଲୋକବଳ କାହିଁ? ଗୋଟିଏ ଗୋଟିଏ ଶାଢ଼ୀ ବୁଣିବାକୁ ପ୍ରାୟ ଚାଳିଶ ଦିନରୁ ଅଧିକ ସମୟ ଦରକାର।'

'ଆରେ, ଲୋକବଳ ତ ଆଉ ତୁତ ଗଛର ଫଳ ନୁହଁ ଯେ ତୁମେ ଚାହିଁଲେ ତୋଳି ପକାଇବ। ଲୋକବଳ ଯୋଗାଡ଼ କରିବାକୁ ପଡ଼େ। ତୁମେ ବ୍ୟବସାୟ ବଢ଼ାଇଲେ ସିନା ଲୋକବଳ ବଢ଼ିବ।'

ଦେବଦତ୍ତଙ୍କ ପଡ଼ିଶା ଘରର ଉଜୁଡ଼ା ବାରିକୁ ଅନାଇ ସେ ପୁଣି ପଚାରିଲା, 'ଆଚ୍ଛା, ତୁମର ସେପଟ ଘରେ କିଏ ଲୋକ ରହିବା ପରି ଦିଶୁନାହାନ୍ତି ତ?'

'ସେ ପଟର ପାଖାପାଖି ପାଞ୍ଚ ସାତ ଘର ଏକା ସାଙ୍ଗରେ ବୋମକେଇ ଛାଡ଼ି ରାଧାନଗର ଚାଲି ଯାଇଛନ୍ତି। ସେଇଠି ଏଇ ରେଶମ ଲୁଗା ବୁଣାବୁଣି କରି ସ୍ଥାୟୀ ଭାବରେ ବସବାସ କରୁଛନ୍ତି।'

'ଆରେ, ଏଇ ତ ସୁଯୋଗ। ତୁମେ ସେ ଘରବାଡ଼ି କିଣିଦେଇ ତୁମ ବାରିରେ

ମିଶାଇ କପା ଚାଷ କରୁନ? ସେମାନଙ୍କର ତୁତ ଗଛଗୁଡ଼ାକ ତ ଅଯତ୍ନ ହୋଇ ରହିଛି। ସେଗୁଡ଼ିକର ଯତ୍ନ ନିଅ, ଆଉ କିଛି ତୁତ ଗଛ ସେଇଠି ଲଗାଇ, କପା ଚାଷ ମଧ୍ୟ ସେଇଠି କର।'

ବିଧାନ ଚୁପ୍ ହୋଇ ଭାବିବାରେ ଲାଗିଲା।

ପ୍ରସ୍ତାବ ମନ୍ଦ ନୁହଁ।

ତା'ର ପିଲାମାନେ ବଢୁଛନ୍ତି। ଆଉ ଦଶଟା ବର୍ଷରେ ପୁଅଟା ତନ୍ତ ଧରିବାକୁ ବାହାରି ପଡ଼ିବ। ସେତେବେଳେ ଜାଗା, ଜମି ଦରକାର ହେବ। ଆଗକୁ ପରିବାର ବଢ଼ିଲେ, ସେମାନଙ୍କୁ ସ୍ୱଚ୍ଛଳ କରାଇବାକୁ ଏ ସଂପତ୍ତି ବଢ଼ାଇଲେ ହେବ।

ସେତେବେଳକୁ ନିଜ ଜମିରୁ କଞ୍ଚାମାଲ ପାଇଯିବାଟା କେତେ ଭଲ ହେବ।

ତାକୁ ନୀରବ ରହିବାର ଦେଖି କରତନ ପୁଣି କହିଲା- 'ତୁମେ ଗଞ୍ଜା ଆସି ମୋତେ ଲୁଗା ଦେବା ଦରକାର ହେବନି। ମୁଁ ପ୍ରତି ତିନିମାସରେ ଥରେ ଆସି ତୁମ ଘରୁ ଲୁଗା ନେଇଯିବି। ମୋର ବେପାର ଏତେ ବଢ଼ିଗଲାଣି ଯେ, ତୁମେ ଶହେ ତନ୍ତୀ ପୋଷିଲେ ମଧ୍ୟ ମୋତେ ନିଅଣ୍ଟ ହେବ। ଆଉ ଏତେ ଭାବୁଛ କ'ଣ?

ବିଧାନ ମୁଣ୍ଡ କୁଣ୍ଡାଇଲା।

କବାଟ ଆଢୁଆଳରୁ ଏକଥା ଶୁଣୁଥିବା ସୀତା କରତନ ଯିବା ପରେ ବିଧାନକୁ କହିଲା, 'ମୋତେ ଲାଗୁଛି, ତୁମର କ'ଣ ଲକ୍ଷ୍ମୀଯୋଗ ପଡ଼ିଛି। ନହେଲେ ସୁଯୋଗ ଏମିତି ଚାଲିଚାଲି ତୁମ ପାଖକୁ ଆସନ୍ତା?'

'ଏଇଟା ସୁଯୋଗ ନୁହଁ ସୀତା, ଜଂଜାଳ। ମୁଁ ଜଂଜାଳ ବଢ଼ାଇଲେ ଧନ ସିନା ବଢ଼ିବ, ହେଲେ କାମ କ'ଣ କମ୍ ବଢ଼ିବ? ମୁଁ ଆଉ ମୋର କାବ୍ୟଲେଖା ଆଦୌ କରିପାରିବି ନାହିଁ।'

'କାହିଁକି କରିପାରିବୁ ନାହିଁ?' ସବୁ ଶୁଣୁଥିବା ବାସନ୍ତୀ କହିଲେ। 'ଲୋକଙ୍କୁ କାମ ଧରାଇଦେଇ ତୁ କାବ୍ୟ ଲେଖ୍। ପ୍ରଥମ ଛ'ମାସ ନୂଆ ଲୋକଙ୍କୁ କାମ ଶିଖାଇଦେଲେ ତ ହେଲା। ତୁ ଲେଖୁ ଥା। ତୋ ପିଲାଙ୍କ ପାଇଁ ତୁ ଆଜିଠୁଁ କାମ ବଢ଼ାଇଲେ, ସେମାନେ ଚାହୁଁ ଚାହୁଁ ବଡ଼ ହୋଇ ତୋ କାନ୍ଧରୁ ତାଙ୍କ ଦାୟିତ୍ୱଟା କାଢ଼ିନେବେ।'

ବିଧାନକୁ ଲାଗିଲା ଭାଡ଼ି ଉପରୁ ସେ ଧଳାସାପଟି ତାକୁ ଭାଡ଼ିଏ ଦାନ୍ତ ଦେଖାଇ ହସୁଛି!

-୦-

ଦିଗପହଣ୍ଡିର ବୁଢ଼ା ମହାରଣା କାଠ ଉପରେ ଫୁଟାଇଥିବା ଫୁଲ, ପତ୍ର, ଡାଳରୁ ଆଖି ଉଠାଇ ଉପରକୁ ଚାହିଁଲେ।

'ଆରେ ବିଧାନ! ବହୁତ ଦିନ ପରେ? ଆ' ଆ' ଏଇଠି ବସ।'

'ମୋର କେତେଟା ତନ୍ତ ଦରକାର। ତୁମଠୁ ତିଆର କରି ନେବି।'

'କେତେଟା'

'ଯେତେଟା ଦେଇପାରିବ। ଏବକୁ ଦଶଟା ଦେଇଥାଅ।'

'ଦଶଟା ଏବକୁ? ଯାର ଅର୍ଥ, ଏମିତି ଦଶଟା ଦଶଟା କରି କେତେଥର ନେବୁ ନା କ'ଣ? ଗାଁର ଅନ୍ୟ ତନ୍ତୀଙ୍କର ଦାନାପାଣି ବୁଡ଼ାଇବୁ, ଯାହା ଦିଶିଲାଣି।'

'ଗାଁରେ ଆଉ ତନ୍ତୀ କେଉଁଠି ଅଛନ୍ତି ମଉସା?' ବିଧାନ ହସି ହସି କହିଲା। 'ସବୁ ତ ପୂର୍ବକୁ ରାଧାନଗର ନହେଲେ ଦକ୍ଷିଣକୁ ଟେକିଲି, ବିଶାଖାପାଟଣା, ବିଜୟନଗର ପଳାଇ ଗଲେଣି। ଦେଖିବାକୁ ଗଲେ ମୁଁ ଏବେ ଲୋକଙ୍କୁ କାମ ଶିଖାଇ ସେମାନଙ୍କୁ ଦାନାପାଣି ଯୋଗାଇ ତାଙ୍କୁ ତନ୍ତୀକୁଳରେ ମିଶାଇବାରେ ଲାଗିଛି।'

'ତୋର ତିନୋଟି ପିଲା ପରା? କେଡ଼େ କେଡ଼େ ହେଲେଣି?'

'ସବା ବଡ଼ଟା ଝିଅ, ଦଶବର୍ଷର। ତା'ପର ଝିଅଟି ପାଞ୍ଚ ବର୍ଷ। ଆଉ ସାନଟା ତ ପୁଅ, ବର୍ଷେ ପୂରିନି।'

'ଭଲ ଭଲ। ଆଉ ଦଶବର୍ଷରେ ତୋ ପୁଅ ବାହାରି ପଡ଼ିବ ତନ୍ତରେ ବସିବାକୁ। ଆଉ ମୁଁ ଶୁଣୁଥିଲି, ତୁ କୁଆଡ଼େ କପା ଆଉ କିଣୁନୁ, ନିଜେ କପା ଚାଷ କରୁଛୁ। କିନ୍ତୁ ଏ ଦଶଟା ତନ୍ତ ଯଦି ଏବେ ମିଶାଇବୁ, ସେତକ କପା ତ ଅଣ୍ଟିବନି ତୋତେ?'

'ହଁ, ଠିକ୍ କଥା କହିଛ।' ବିଧାନ ଗମ୍ଭୀର ହୋଇ କହିଲା।

ସେମାନେ ବସିଥିବା ବରଗଛ ତଳେ କିଛି ପାଚିଲା ପତ୍ର ଗଛରୁ ଖସି ତଳେ ପଡ଼ିଥିଲା।

ସେଥିରୁ ଗୋଟାଏ ଉଠାଇ ତାକୁ ଚଉତା ଚଉତି କରୁ କରୁ ସ୍ୱପ୍ନ ଦେଖିଲା ପରି ବିଧାନ କହିଲା- 'ଏଇ କଥା ମୁଁ ବି ଚିନ୍ତା କରିଛି। ଭାବୁଛି, ଘରେ ତିନି ଚାରି ମୋଟ ରେଶମୀ ସୂତା ଅଛି। ତୁମଠୁ ତନ୍ତ ନେଲେ ମୋର ସବୁ ମିଶି ତେରଟି ତନ୍ତ ହୋଇଯିବ। ମୋ ସାଙ୍ଗରେ କାମ କରୁଥିବା ସଦା, ପଦିଆ ଓ ମୁଁ ତିନିଜଣ ମିଶି ଏଇ ରେଶମ ସୂତାରେ ପାଟ ବୁଣିବୁ।'

'ସଦା, ପଦିଆ ସେମାନେ ପାଟ ବୁଣିଲେଣି?'

'ହଁ, ବାରବର୍ଷ ହେଲାଣି, ସେମାନେ ଲୁଗା ବୁଣା ଶିଖିଲେଣି। ତୁମେ କରୁଥିବା ଏଇ ନୂଆ ତନ୍ତରେ ଏବେ ମୁଁ କିଛି ନୂଆ ଲୋକଙ୍କୁ ବସାଇବି। ସେମାନେ ଘରେ

ଥିବା କପାରେ ଗାମୁଛା, ଧୋତି ଆଦି ବୁଣାବୁଣି ଶିଖି ତାକୁ କରିବେ। ଏମାନେ ଦକ୍ଷ ବୁଣାଳୀ ହେବାବେଳକୁ ମୋର ନୂଆ ଜମିର କପା-

'ନୂଆ ଜମି ? ଜମି କିଣିଲୁ କି ?'

'ହଁ, ସେଇଥିପାଇଁ ତ ଏ ନୂଆ ତନ୍ତ ଦଶଟା ନେଉଛି। ଆମର ଏପଟ ପଡ଼ିଶା ଘର ପାଞ୍ଚ ସାତ ଘର ତନ୍ତୀ ଗାଁ ଛାଡ଼ି ଦେଲେଣି। ତାଙ୍କଠାରୁ ତାଙ୍କ ଘର ଓ ଜମିବାଡ଼ି ଆଉ ଦେବଦତ୍ତ ମଉସାଙ୍କ କିଛି ଜମି ପଡ଼ିଆ ପଡ଼ିଥିଲା। ତାକୁ ମଧ୍ୟ କିଣି-

'ଦେବଦତ୍ତର ଜମି କିଣିଲୁ ? କାହିଁକି ? ତୁ ତାଙ୍କର ଏତେ କଥା କଲୁ, ତାଙ୍କ ଜମିତକ ତୋତେ ଦାନ କଲେ ନାହିଁ ?'

'ମାଉସୀ ତ ତାଙ୍କର ଏଡ଼େବଡ଼ ଘରଟା ମୋତେ ଦେଇଦେଲେ। ତାଙ୍କର ମଜବୁତ ଶାଳ କାଠର ତନ୍ତଟା ଏବେ ମୁଁ ଚଳଉଛି। ମୁଁ ଯଦି ତାଙ୍କ ଘରେ ଜନ୍ମ ହୋଇଥାନ୍ତି, ମଉସା ବୋଧେ ଏୟା କରିଥାନ୍ତେ। ମୋତେ ଘର ଆଉ ତନ୍ତ ଦେଇ, ସୁଦତ୍ତାକୁ ଜମିତକ ଦେଇଥାନ୍ତେ।'

'ହେଲା ଯେ, ଆଉ ଏତକ ସୁନା ମୋହର ? ତାଙ୍କ ଘରେ ଜନ୍ମ ହୋଇଥିଲେ ସେଥିରୁ କେତେ ତୋତେ ତ ମିଳିଥାନ୍ତା। ମୁଁ ଶୁଣୁଥିଲି, ତୁ କୁଆଡ଼େ ସେ ସୁନା ମୋହରରୁ ଗୋଟିଏ ହେଲେ ନେଲୁ ନାହିଁ ?'

'ମଉସା, ନିଜ ରୋଜଗାରରେ ଯେଉଁ ଆନନ୍ଦ, ଯେଉଁ ପୌରୁଷ, ସେ କ'ଣ ଏମିତି କିଏ ଦେଲା ଧନରେ ଅଛି ? ମୁଁ ତ ତାଙ୍କ ଜମି କିଣିଲି ବୋଲି ସେ ଜମିର ମୂଲ୍ୟ ମାଉସୀଙ୍କୁ ଦେବାରୁ ସେ କ'ଣ ମୋତେ କମ୍ ନାକେଦମ୍ କଲେ ? ସୁଦତ୍ତା ମଧ୍ୟ ସେ ଟଙ୍କା ଛୁଇଁବାକୁ ସୁଦ୍ଧା ମନା କରିଦେଲା।'

'ହଁ ମ, ସୁଦତ୍ତାର କ'ଣ ଊଣା ଅଛି ଯେ ସେ ଜମିବିକା ପଇସାକୁ ପୁଣି ନେବ ?'

'ହଁ ପରା, ଶେଷରେ ମାଉସୀଙ୍କ ଇଚ୍ଛାରେ ସେ ଟଙ୍କା ଗାଁର କୋଠ ଘରେ ଜମା ରହିଲା। ଗାଁରେ କେଉଁ ଗରୀବ ବେମାର ପଡ଼ିଲେ, ନହେଲେ କେଉଁ ପିଲା ଅନାଥ ହୋଇଗଲେ, ସେ ଟଙ୍କାରୁ ସାହାଯ୍ୟ ପାଇବ।'

'ଯାହା କହ, ଦେବଦତ୍ତ ତ ଗାଁଟାକୁ ଉଜ୍ଜ୍ୱଳ କରିଦେଲା। ତା' ପୁଣ୍ୟରୁ ତା' ପିଲା ମାଇପ ମଧ୍ୟ ରାଜସୁଖ ଭୋଗ କଲେ। ହେଲେ ତା'ର ସେ ଜମି ...

'ହଁ ପରା, ତାଙ୍କର ସେ ଜମିରେ ମୁଁ ଏବେ ଚାରିବର୍ଷ ହେଲା କପା ଚାଷ କରୁଛି। ଆଉ ଏବେ ମୋର ପଡ଼ିଶା ଘରମାନଙ୍କ ଉଜୁଡ଼ା ଡିଅ ସହ ତାକୁ ଲାଗି ରହିଥିବା ଦାଣ୍ଡପଟର ଓ ବାରିପଟର ଜମିମାନଙ୍କୁ କିଣି ସେସବୁ ସମତଳ ଓ ମଟାଳ କରି ତୁତଗଛ ଲଗେଇ ଦେଇଛି। କପା ଚାଷ ବି ଶୀଘ୍ର ଆରମ୍ଭ କରିଦେବି।'

ଗଛ ତଳର ସୁଲୁସୁଲିଆ ପବନର ଶୀତଳ ସ୍ପର୍ଶ ଦୁହିଁଙ୍କୁ କିଛି ସମୟ ପାଇଁ ନିଜ ନିଜ ଭାବନା ଭିତରକୁ ଟାଣିନେଇ ଚୁପ୍ କରିଦେଲା।

'ହଉ, ମୁଁ ଆସୁଛି ମଉସା।' ବିଧାନ ଉଠି ଠିଆ ହେଲା। 'ତନ୍ତଗୁଡ଼ିକ ଶାଳ କାଠରେ କରିଦେବ।'

'ଶାଳ କାଠରେ କାହିଁକି କରିବୁରେ ? ମୁଁ ଗମ୍ଭୀରୀ କି ଚାକୁଣ୍ଡାରେ କରିଦେଉଛି। କମ୍ କଉଡ଼ି ପଡ଼ିବ।'

'ନାଇଁ ମଉସା। ମୋ ଘରକୁ ତ ନେଉଛି। ମଜବୁତ ଥିଲେ ପୁରୁଷ ପୁରୁଷ ଧରି ଭାଙ୍ଗିବ ନାହିଁ। ତା' ଉପରେ, ମଜଭୁତିଆ ତନ୍ତଟାକୁ ପକାଇ ରଖିବାକୁ କାହାର ମନ ଯିବ ନାହିଁ। ଏଣୁ ସବୁବେଳେ ସେ କାହାର ନା କାହାର ଅନ୍ନଦାତା ହେବ।'

'ହଉ ତୋ ଇଚ୍ଛା। ପନ୍ଦର ଦିନ ସମୟ ଦେ।'

ବିଧାନ କହିଲା- 'ମଉସା, ଯେତେ ସହଳ ୟାକୁ ପଠାଇବ, ସେତେ ସହଳ ଆଉ ଦଶ ଘରେ ଚୁଲୀ ଜଳିବ। ମୋଗଲ, ମରାଠା, ଫିରିଙ୍ଗୀ ଅତ୍ୟାଚାରରେ ତ ଗାଁ ଗାଁରେ ମଡ଼କ ପଡ଼ିଲାଣି। ସୁନା ଫଳୁଥିବା ଜମିରେ ଏବେ ଶତ୍ରୁର ଜୋରଜବରଦସ୍ତି ଘୋଡ଼ା ଛାଉଣୀ ଠିଆ ହୋଇଛି। ସେଥିପାଇଁ ଜମି ଛାଡ଼ି ଖାଲି ତୋରାଣୀ ମନ୍ଦିଏ ପାଇବା ପାଇଁ ଏ ବୁଣାବୁଣି ବ୍ୟବସାୟ ହିଁ ଲୋକଙ୍କ ସାହା ଭରସା ହୋଇଛି।'

ବିଧାନ ଅଣ୍ଟାରେ ଖୋଷା ହୋଇଥିବା ବଟୁଆ ବାହାର କରି ଠଣ୍‌ଠଣ୍ କରି ବୁଢ଼ା ମହାରଣା ହାତକୁ କେତେଟା ରୂପା ଟଙ୍କା ବଢ଼ାଇଦେଲା।

'ପନ୍ଦର ଦିନି ଦିନ ସନ୍ଧ୍ୟା ସୁଦ୍ଧା ମୋ ଦ୍ୱାରରେ ଏ ତନ୍ତ ଦଶଟା ଲଗାଇଦେବ। ମୁଁ ଶଗଡ଼ ଭଡ଼ା ଓ ରଖାଥୁଆ କରିବା ଲୋକଙ୍କ ମଜୁରୀ ସେମାନଙ୍କ ହାତରେ ସେଇଠି ଦେଇଦେବି। ଆଉ ଏ ହେଲା ତୁମ ବୟଣା। ପାଞ୍ଚଟା ତନ୍ତର ମୂଲ ଏଇଠି ଦେଇଛି। ବାକି ପାଞ୍ଚଟାର ମୂଲ ଶଗଡ଼ ଲାଗିବା ଦିନ ଦେଇଦେବି। ହେବ ତ ?'

ବୁଢ଼ା ମହାରଣା ମୁଣ୍ଡ କୁଣ୍ଡାଇଲା। ହାତରେ ଧରିଥିବା ରୂପା ଟଙ୍କାମାନଙ୍କୁ ଚାହିଁଲା। ଆଖପାଖ ପନ୍ଦର ଖଣ୍ଡ ଗାଆଁରେ କେବଳ ବିଧାନ ତନ୍ତୀ ପାଖରେ କଉଡ଼ି ନଦେଇ ରୂପା ଟଙ୍କା ଦେବାର ଶକ୍ତି ରହିଛି।

ସେ ମଧ୍ୟ ପାଖାପାଖି ଦୁଇଗୁଣା ମୂଲ୍ୟ!!

ସେ ହାତ ପାପୁଲି ଆଗକୁ ବଢ଼ାଇ ଟଙ୍କାତକ ଦେଖାଇ କହିଲା, 'କିରେ ? ଏତେ ଟଙ୍କା ?'

ନିଜ ଦୁଇ ହାତରେ ସେ ଖୋଲା ପାପୁଲିକୁ ବନ୍ଦ କରି ବିଧାନ କହିଲା, 'ରଖ, ଯେମିତି ହେଲେ ମୋତେ ପନ୍ଦର ଦିନରେ ଶଗଡ଼ ଦେବ।'

'ଯାହା ଦେଖୁଛି, ତୋ ପାଇଁ ଅଧିକ ଲୋକ ଲଗାଇବାକୁ ପଡ଼ିବ।'

'ଯାହା ଦେଖୁଛି ନୁହଁ ମଉସା, ଅଧିକା ଲୋକ ହିଁ ଲଗାଅ। ଲୋକଙ୍କୁ ରୋଜଗାରର ସୁଯୋଗ ଦିଅ। ଏ ବିଦେଶୀ ଶତ୍ରୁଙ୍କ ବିରୁଦ୍ଧରେ ଠିଆ ହେବାର ବଳ ତ ଆମର ନାହିଁ। ସେ କାମ ତ ଆମେ କରିପାରୁ ନାହିଁ। ଯେଉଁମାନଙ୍କର ବିଦେଶୀ ବିରୁଦ୍ଧରେ ଠିଆ ହେବା ପାଇଁ ସାହସ ଅଛି, ସେମାନଙ୍କୁ ସାହାଯ୍ୟ କରିବା ପାଇଁ ଅତି ଊଣାରେ ତୁମେ, ମୁଁ, ଆମେ ସମସ୍ତେ ମିଶି ଆମ ଘରର ଚୁଲୀମୁଣ୍ଡଟା ସମ୍ଭାଳି ନେଲେ ଏ ଦୁର୍ଯୋଗର ରାତି ପାହିବା ଯାଏ ଅପେକ୍ଷା କରି ହେବ। ନହେଲେ, ଯଦି କେବେ ଓଡ଼ିଶା ଅନ୍ୟ କବଳରୁ ମୁକ୍ତ ହେବ, ସେତେବେଳେ ଓଡ଼ିଆ ବୋଲି ଆଉ କିଏ ଥିବେ ?'

ବିଧାନର ମୁହଁକୁ ଘଡ଼ିଏ ଅନାଇ ବୁଢ଼ା ମହାରଣା ଆଗରେ ଲମ୍ବି ଯାଇଥିବା ରାସ୍ତାକୁ ଅନାଇ କହିଲା, 'ଯାହା କହିଲୁରେ ବିଧାନ, କଥାଟା ମନକୁ ପାଇଲା। ଆସନ୍ତା ପନ୍ଦର ଦିନ....'

ଆଙ୍ଗୁଠିରେ ଦିନ ବାର ହିସାବ କରି ସେ ମୁହଁ ଉଠାଇ ବିଧାନ ଆଖିକୁ ଅନାଇ କହିଲା- 'ସେଦିନ ରବିବାର ପଡୁଛି। ତା' ଆଗଦିନ ଶନିବାର ଖରାବେଳ ସୁଦ୍ଧା ଶଗଡ଼ ଓ ଲୋକ ସହିତ ଦଶଟା ତନ୍ତ ତୋ ଦୁଆରେ ଲାଗିବ, କଥା ଦେଉଛି।'

-୦-

ବୁଢ଼ା ମହାରଣାକୁ ବରାଦ ସିନା ଦେଇଦେଲା, କିନ୍ତୁ ବିଧାନକୁ ଲାଗିଲା ଏ ପନ୍ଦର ଦିନର ସମୟ ସେ ତାକୁ ଦେଲା ନାହିଁ ଯେ, ନିଜକୁ ହିଁ ଦେଲା। ଦଶଟା ତନ୍ତ ଚଳାଇବାକୁ ଏବେ ତାକୁ ଅଧିକା ଦଶ ଜଣ ଲୋକ ଲୋଡ଼ା। ପୁଣି ପଡ଼ିଶା ଘରର ନୂଆବାରି, ଜମି ଏ ସବୁକୁ ଉଠିଆ କରି ସେଥିରେ କପାଚାଷ କରିବାକୁ ଆଉ କିଛି ଲୋକବଳ ମଧ୍ୟ ଦରକାର। ତା' ନିଜ ଜମିରେ ଯେଉଁମାନେ ଧାନ, କପା ଚାଷ କରି ଆସୁଛନ୍ତି, ସେମାନଙ୍କୁ ପଚାରି ବୁଝିଥିଲା, କିନ୍ତୁ କିଛି ନିର୍ଭରଯୋଗ୍ୟ ଆଶ୍ୱାସନା ପାଇନଥିଲା।

ସେ ବହୁତ ଚିନ୍ତା କରିବା ପରେ ଗାଁ ମକଦ୍ଦମ ଦାଶରଥୀ ମିଶ୍ରଙ୍କ ଘରକୁ ଗଲା।

ମକଦ୍ଦମ ଆଜ୍ଞା ତାକୁ ଦେଖି ଖୁସୀ ହେଲେ। ଅଳ୍ପଦିନ ତଳେ ତାଙ୍କ ନିର୍ଦ୍ଦେଶରେ ବିଧାନ ଗାଁର କିଛି ତରୁଣଙ୍କୁ ନେଇ ଭାଗବତ ଟୁଙ୍ଗୀରେ ଭାଗବତ ସପ୍ତାହ ପାଳିବା ପାଇଁ ଜଗନ୍ନାଥ ଦାସଙ୍କ ଶ୍ରୀମଦ୍ ଭାଗବତର କେତୋଟି ପ୍ରତିଲିପି ତିଆରି କରିବାରେ ତାଙ୍କୁ ସାହାଯ୍ୟ କରିଥିଲା।

ମକଦ୍ଦମ ମିଶ୍ର ଘରର ଉଚ୍ଚପିଣ୍ଡାରେ ଚକାମାଡ଼ି ବସିଥିଲେ। ତାଙ୍କ ପାଖରେ

ତାଙ୍କ ପୁଅ ଦାମୋଦର ମିଶ୍ର ବସି ତାଳପତ୍ର ପୋଥିରେ କିଛି ଲେଖିବାରେ ବ୍ୟସ୍ତ ଥିଲେ।

'ଆ', ଆ' ବିଧାନ ଆ', ଏଇଠି ବସ।' ମକଦ୍ଦମ ମିଶ୍ରେ ଆଗ୍ରହରେ ବିଧାନଙ୍କୁ ଡାକ ପକାଇଲେ।

ବିଧାନ ସେମାନଙ୍କ ପାଖରେ ପହଞ୍ଚି ଦୁହିଁଙ୍କୁ ନମସ୍କାର କରି ସେଇଠି ବସିବା ପରେ ବିନା ଭୂମିକାରେ ଆରମ୍ଭ କଲା- 'ଆଜ୍ଞା, ମୁଁ ଆପଣଙ୍କ ଠାରୁ ଗୋଟିଏ ପରାମର୍ଶ ନେବାକୁ ଆସିଛି।'

'ହଁ, କହୁନୁ। ଏ ତ ବହୁତ ଭଲ କଥା। ଘରେ ସମସ୍ତଙ୍କ ଦେହପା' ଭଲ ଅଛି ତ?'

'ଆଜ୍ଞା'। ବାପପୁଅଙ୍କ ମଝିରେ ଥିବା କବିରାଜି ଔଷଧ ଓ ଚେରମୂଳର ସମ୍ଭାରକୁ ଅନାଇ ବିଧାନ ଉତ୍ତର ଦେଲା।

'ଆଉ କେଉଁ ବିଷୟରେ ପରାମର୍ଶ ନେବୁ?'

ବିଧାନ କରତନ କ୍ଲବର ପ୍ରସ୍ତାବ ବିଷୟରେ ସବୁ ଜଣାଇ କହିଲା- 'ମୁଁ ଏଥିପାଇଁ ନୂଆ ଜମିରେ କପାଚାଷ ଓ ଦଶଟା ତନ୍ତ ଚଳାଇବା ପାଇଁ କିଛି ଲୋକବଳ ଚାହୁଁଛି। କିନ୍ତୁ ଆମ ଗାଁରେ ତ ଯେଝା ଧନ୍ଦାରେ ସିଏ ବ୍ୟସ୍ତ। ଏ ଦଶ ପନ୍ଦର ଜଣ ଭେଣ୍ଡା ମିଳିବେ କୁଆଡୁ?'

ଦାଶରଥୀ ମିଶ୍ର କିଛି କହିବା ପୂର୍ବରୁ ଭାବୀ ମକଦ୍ଦମ ଦାମୋଦର ମିଶ୍ର ନିଜ ଲେଖାରୁ ମୁଣ୍ଡ ଉଠାଇ କହିଲେ, 'ଏ ତ ବହୁତ ଭଲ କଥା ବିଧାନ। ଓଡ଼ିଶା ରାଇଜରେ ଏବେ ଏ ଦୁଇଜାତି ଫିରିଙ୍ଗୀ ଓ ମରାଠା- ଏମାନଙ୍କ ଯୁଦ୍ଧ, ହାଣକାଟରେ ଲୋକଙ୍କ ପେଟପାଟଣା ଉଜୁଡ଼ିଗଲାବେଳେ ତୁମେ ତ ନୂଆ ଜୀବିକା ସୃଷ୍ଟି କରୁଛ! ଏମିତି କିଏ ଚିନ୍ତା ବି କରୁଛି ବୋଲି ମୋତେ କାହିଁ ଦିଶୁନି ତ?'

'ଆଜ୍ଞା, ଏ ତ ଆପଣମାନଙ୍କ ଆଶୀର୍ବାଦ। ମୋତେ ଏବେ କିଛି ଲୋକ ଓ କିଛି ବର୍ଷ ସମୟ ଦେଲେ ମୁଁ ତ ଧୀରେ ଧୀରେ ଶହେ ଲୋକଙ୍କୁ ଜୀବିକା ଯୋଗାଇ ଦିଅନ୍ତି।'

'ହଁ? ସେ କେମିତି?'

'କପା ଗଛ ହୋଇ ଫୁଲ ପାକଳ ହେବା ପର୍ଯ୍ୟନ୍ତ ଆଠ ମାସ ସମୟ ଲାଗେ। ଏଇ ଚାଷରେ ଯେତେକ ସମୟ ଦେବା କଥା ସେତକ ଦେଇସାରିବା ପରେ, ମୋର ଏଇ ନୂଆ ଲୋକଙ୍କୁ ମୁଁ ନେଇ ମୋ ନିକଟରେ ଥିବା ପୁରୁଣା ସୂତା ଧରାଇ ନୂଆ ତନ୍ତରେ ବୁଣାକାମଟା ମଧ୍ୟ ଧୀରେଧୀରେ ଶିଖାଇଦେବି। ଆଠ ମାସ ଭିତରେ ସେମାନେ

ଏଣେ ଚାଷୀ, ତେଣେ ତନ୍ତୀ ହୋଇ କିଛିଟା ବୁଣା କାମ ତ ଶିଖିଯିବେ। ପୁଣି ତୁତ ଗଛର ରେଶମ ପୋକ ମଧ୍ୟ ସେତିକିବେଳକୁ ଖୋଷା ବି ଛାଡ଼ି ସାରିଥିବ।'

ବାପ, ପୁଅ ଦୁହେଁ ନିଜ ନିଜ କାମ ଛାଡ଼ି ମନ ଦେଇ ବିଧାନ କଥା ଶୁଣୁଥିଲେ।

ବିଧାନ ପୁଣି କହିଲା- 'ଏଣୁ କପା ଭିଣିବା, ସୂତା କାଟିବା, ରଙ୍ଗ କରିବା ସାଙ୍ଗକୁ ତୁତ ଗଛର ଏହି ରେଶମ ପୋକର ଖୋଷାକୁ ତୋଳିବା, ପାଣିରେ ସିଝାଇବା ଓ ସୂତା କାଢ଼ି ଗୁଡ଼ାଇବା ଏସବୁ କାମ ପାଇଁ ମୋର ଏବେ ଲୋକବଳ ଦରକାର।

ଏସବୁ ସାରି ବୁଣା ହୋଇଥିବା ରେଶମୀ ଲୁଗା କରତନ ନେଲେ ସେ ଦେବା ପଇସାରେ ମୋର ତ ଆଉ ଦଶଟା ତନ୍ତ ଓ ଏଇ ନୂଆ ଦଶଟା ତନ୍ତ ପାଇଁ ପୁଣି କୋଡ଼ିଏ ଭେଣ୍ଡା ଦରକାର ହେବ। ଏମିତି କରି କରି ବର୍ଷ କେଇଟାରେ ମୁଁ ଶହେ ଲୋକଙ୍କୁ କାମ ଯୋଗାଇ ଦେଇପାରିବି।'

'ବାଃ ବିଧାନ, ଖାଲିଟାରେ ଲୋକେ ତୋତେ ଏତେ ସମ୍ମାନ ଦେଉଛନ୍ତି?' ବିଧାନର ପିଠିକୁ ଥାପୁଡ଼ାଇ ଦାଶରଥୀ ମିଶ୍ର କହିଲେ, 'ଗାଁରେ କେଡ଼େ କେଡ଼େ ଧନୀ ଅଛନ୍ତି, କିନ୍ତୁ ତୋ ପରି ଅନ୍ୟ ଘରର ଚୁଲୀ ଜଳାଇ ରଖିବାର ଚିନ୍ତା କାହାର ଅଛି?'

'ନନା,' ଦାମୋଦର ମିଶ୍ର ବାପାଙ୍କୁ ଅନାଇ କହିଲେ, 'ମୁଁ ଭାବୁଛି- ଗୋଟାଏ କାମ କଲେ ହେବ। ଗତ ମାସରେ ଯେଉଁ ଝଡ଼ିତୋଫାନ ହୋଇଥିଲା, ଆମ ପଡ଼ୋଶୀ ଗାଁ ବଡ଼ଗଡ଼ର କିଛି ପରିବାରଙ୍କ ଘର ସଂପୂର୍ଣ୍ଣ ଭାଙ୍ଗିଯାଇଛି। ସେମାନେ ନଦୀବନ୍ଧରେ ତାଳ ବରଡ଼ାର ଘର କରି ବଡ଼ ଦୟନୀୟ ଅବସ୍ଥାରେ ଅଛନ୍ତି। ସେମାନଙ୍କୁ ଆଣି ଯଦି ଆମ ଗାଁରେ ଥଇଥାନ କରନ୍ତେ, ବିଧାନକୁ ଲୋକ ମିଳନ୍ତେ, ସେମାନଙ୍କୁ ମଧ୍ୟ ଜୀବିକା ମିଳିଯାଆନ୍ତା।'

ମକଦ୍ଦମଙ୍କ କପାଳ କୁଞ୍ଚିତ ହେଲା।

କିଛି ସମୟର ନୀରବତା ପରେ ପୁଅ ମୁହଁକୁ ଅନାଇ ସେ କହିଲେ, 'ହୁଁ... ହେଲା ଯେ, ତାଙ୍କୁ ଆଣି ରଖିବା କୋଉଠି?'

'କୋଉଠି ହେଲେ। କିଛି ନହେଲେ ଆଗେ ଆମ ନଡ଼ିଆ ତୋଟାରେ କିଛିଦିନ ରହନ୍ତୁ। ଯଦି ଆମେ ତାଙ୍କୁ ଜାଗା ଦେବା ନାହିଁ, ଦେଖିବ, ଏଇ ବିଦେଶୀ ଲୋକଗୁଡ଼ା ତାଙ୍କୁ ଖାଦ୍ୟ ଦେବାର ଲୋଭ ଦେଖାଇ କୋଉଠି ନେଇ ଦାସ କରି ବିକିଦେବେ। କିଏ ଅଛି ଯେ ପିଠିରେ ପଡ଼ିବ?'

ତିନିଜଣ ଯାକ ପରସ୍ପରର ମୁହଁକୁ ଚାହିଁଲେ।

ସଂପୂର୍ଣ୍ଣ ସତକଥା।

ଓଡ଼ିଆ ଲୋକଙ୍କ ପିଠିରେ ପଡ଼ିବାକୁ ଏବେ ଆଉ କେହି ନାହିଁ। ଦିନ ଦି'ପହରେ

ରାସ୍ତାରେ ଯାଉଥିବା ଲୋକଟାକୁ ଲୋକଗହଳି ଭିତରେ ସୁଦ୍ଧା ଯଦି କିଏ ହାଣିକାଟି ମାରିଦିଏ, ପିଠିରେ ପଡ଼ିବାକୁ କିଏ ଅଛି ?

ମରହଟ୍ଟା, ମୋଗଲ, ଫ୍ରେଞ୍ଚ, ଇଂରେଜ କେତେ ଜାତିର କେତେ ପ୍ରକାର ଶାସକ ନିଜ ନିଜ ଭିତରେ ବାଡ଼ିଆପିଟା ହୋଇ ଓଡ଼ିଆ ଲୋକଙ୍କ କର, ଖଜଣା, ଲୋକବଳ ସବୁ ଆଦାୟ କରୁଛନ୍ତି ସିନା ଲୋକଙ୍କ ଦୁଃଖ ବୁଝିବାକୁ କିଏ ଅଛି ?

କେବଳ ଧର୍ମକୁ ସାହା କରି ଏ ଓଡ଼ିଆଙ୍କ ସଂସାର ଏବେ ଚାଲିଛି। ଏତିକିବେଳେ ଜଣେ ଓଡ଼ିଆ ଯଦି ଆଉ ଜଣେ ଓଡ଼ିଆର ସାହା ହେବନି, ଭଗବାନ ସହିବେ ?

'ହେଉ, ମୁଁ ଖୁସୀ ହେଲି। ତୁମେମାନେ ଏତେ କଥା ଭାବୁଛ।' ମକଦ୍ଦମ ଆଜ୍ଞା ନୀରବତା ଭଙ୍ଗକରି କହିଲେ, 'ମୋର ଯାହା ସାହାଯ୍ୟ ମାଗିବ ମୁଁ ଦେବି।'

ହାତରେ ଧରିଥିବା ଲେଖନୀ ଓ ତାଳପତ୍ରକୁ ତଳେ ରଖି ଦାମୋଦର ମିଶ୍ର ବାପାଙ୍କୁ କହିଲେ, 'ଆଜ୍ଞା ନନା, ମୁଁ ଭାବୁଛି, ଏବେ ମୁଁ ଓ ବିଧାନ ଆର ଗାଁର ସେ ନଦୀବନ୍ଧ ଉପରକୁ ଯାଇ ଦେଖିଆସିବୁକି ସେ ଲୋକମାନଙ୍କ ଅବସ୍ଥା କ'ଣ ? ସେମାନେ ବିଧାନର ଏ ଡାକରାରେ ଆସିପାରିବେ ନା ନାହିଁ ?'

'ଏବେ ? ସାଙ୍ଗେ ସାଙ୍ଗେ ? ହଉ, ତୁ ଖାଇ ସାରିଲୁଣି ତ ?' ଦାମୋଦର ମୁଣ୍ଡ ଟୁଙ୍ଗାରିବା ଦେଖି ତା' ଉପରୁ ଆଖି ଫେରାଇ ମକଦ୍ଦମ ମିଶ୍ରେ ବିଧାନକୁ ଅନାଇ ପଚାରିଲେ, 'ଆଉ ବିଧାନ, ତୁ ?'

'ଆଜ୍ଞା, ମୁଁ ବି ଖାଇପିଇ ଆସିଛି।' ବିଧାନ ଉତ୍ତର ଦେଲା। 'କିନ୍ତୁ ଆପଣ ଆଉ କାହିଁକି କଷ୍ଟ କରିବେ ?' ସେ ଦାମୋଦରଙ୍କୁ ଅନାଇ କହିଲା। 'ମୁଁ ଜଣେ ଯାଇ ଦେଖିଆସୁଛି।'

'ନା, ନା, ସେ ଯାଉ', ମକଦ୍ଦମ ଉତ୍ତର ଦେଲେ। 'ମୁଁ ଆଉ କେତେଦିନ ? ଏଣିକି ଏ ମକଦ୍ଦମ କାର୍ଯ୍ୟଭାର ତ ସେ ହିଁ ସମ୍ଭାଳିବ। ଲୋକଙ୍କ ପ୍ରତି ତା'ର ସମ୍ବେଦନା ରହିବା ତ ଭଲ ଲକ୍ଷଣ।'

ଦାମୋଦର ହସି ଦେଇ କହିଲେ, 'ନାଇଁ ନନା, ମୋର ମକଦ୍ଦମ ହେବାର କୌଣସି ଇଚ୍ଛା ନାହିଁ। ଅଯଥା ସମୟ ନଷ୍ଟ। ସେତକ ସମୟ ଆପଣଙ୍କଠାରୁ ଶିଖିଥିବା ଏ କବିରାଜୀରେ ଦେଲେ ମୋର ଜ୍ଞାନ ବଢ଼ିବ। ଲୋକଙ୍କ ମଙ୍ଗଳ ହେବ। ଆପଣଙ୍କ ପରି ଦକ୍ଷ କବିରାଜ ହେବାର ଆଶାଟିଏ ରହିବ। ତେବେ, ଲୋକଙ୍କ କଷ୍ଟ ଦେଖିଲେ ମୋତେ ଯେଉଁ ଦୁଃଖ ହୁଏ, ସେଥିପାଇଁ ଏବେ ଯିବାକୁ ଚାହୁଁଛି, କାଳେ ତାଙ୍କର କିଛି ଉପକାର କରିପାରିବି।'

ବିଧାନ ସ୍ମିତହାସ୍ୟଟିଏ ମୁହଁରେ ଖେଳାଇ ଦାମୋଦରଙ୍କୁ ଚାହିଁ କହିଲା- 'ଆଜ୍ଞା, ଆପଣ ଦିନେ ଆମ ସାଆନ୍ତଙ୍କ ପରି ଦକ୍ଷ କବିରାଜ ତ ନିଶ୍ଚୟ ହେବେ, ତା'ସହିତ ଭଲ ମକଦ୍ଦମ ମଧ୍ୟ ହେବେ। ଭଲ ଲୋକଙ୍କ ପାଖରେ କ୍ଷମତା ରହିଲେ ହିଁ, ଦେଶର ମଙ୍ଗଳ ହୁଏ। ଶାସକର ଜାଗା ତ କେବେ ହେଲେ ଖାଲିପଡ଼ିବ ନାହିଁ ନା? ଆପଣ ଯଦି ଏ ମକଦ୍ଦମ ଦାୟିତ୍ୱରୁ ଓହରିଯିବେ, ଆଉ କେଉଁ ଦୁଷ୍ଟ ନଷ୍ଟ ବ୍ୟକ୍ତି ଏ ସ୍ଥାନ ମାଡ଼ିବସିବ, ଶାସକ ହେବ। ସେତେବେଳେ ବିଦେଶୀମାନଙ୍କ ଦ୍ୱାରା ଦେବା କଷ୍ଟଠାରୁ ଏ ଦେଶୀ ଦୁଷ୍ଟ ଶାସକ ଆମକୁ ଦେଉଥିବା ପୀଡ଼ା ଅଧିକ ହୋଇଯିବ। ଏଣୁ ମକଦ୍ଦମ ନ ହେବା କଥାଟା କେବେ ମନକୁ ଆଣନ୍ତୁ ନାହିଁ।'

ମକଦ୍ଦମ ମିଶ୍ରେ ହସିଦେଇ ବିଧାନର ପିଠିକୁ ଥାପୁଡ଼େଇ ଦେଲେ। କହିଲେ- 'ଖାସା କଥାଟିଏ କହିଲୁ ବିଧାନ। ହଉ, ଯିବ ଯଦି ଆଉ ଡେରି କାହିଁକି କରୁଛ? ଯାଅ।'

'ଟିକିଏ ରହ, ମୁଁ ମୋ କବିରାଜୀ ଥଳୀଟା ଆଣେ।' ଦାମୋଦର କହିଲେ, 'ମୋତେ କାହିଁକି ଲାଗୁଛି, ସେମାନଙ୍କ ମଧ୍ୟରୁ ଅଧିକାଂଶ ରୋଗରେ ପଡ଼ିଥିବେ।'

ନଦୀବନ୍ଧ ଉପରେ ରହୁଥିବା ଲୋକଙ୍କୁ ଭେଟିସାରି ଫେରିବା ପରେ ବିଧାନର ଚିନ୍ତା ବଢ଼ିଗଲା। ତାକୁ ଦଶଜଣ ବୁଣାକାର ଦରକାର ଥିଲେ। ଏମାନେ ପ୍ରାୟ ଦଶଟି ଚଷା ପରିବାରର ପ୍ରାୟ ପଚାଶ ଜଣ ବ୍ୟକ୍ତି କହିବାକୁ ଗଲେ ସାକ୍ଷାତ ମୃତ୍ୟୁ କବଳରେ ପଡ଼ିଛନ୍ତି। ସେମାନଙ୍କ ଗାଆଁରେ ଥିବା ଏମାନଙ୍କ ଘର ସବୁ ମାଟିରେ ମିଶିଯାଇଛି। ବୋମକେଇ ଓ ସେମାନଙ୍କ ଗାଁକୁ ଅଲଗା କରୁଥିବା ବାହୁଦା ନଦୀର ବୋମକେଇ ପଟର ନଦୀବନ୍ଧରେ ସେମାନେ ତାଳଦରଡ଼ାରେ ଘର କରି ରହିଛନ୍ତି। ସେମାନଙ୍କ ଜମିରେ ଆଣ୍ଠୁଏ ଉଚ୍ଚର ବାଲି ମାଡ଼ିଯାଇ ତା' ଉପରେ ପାଣି ଠିଆ ହୋଇଛି। ଦିନ ଦିନ ଧରି ନ ଖାଇ ନ ପିଇ- ଭିକ ମାଗିବାକୁ ସୁଦ୍ଧା ସେମାନଙ୍କ ଦେହରେ ବଳ ନାହିଁ। ସବୁଠାରୁ ସଙ୍କଟାପନ୍ନ ଅବସ୍ଥାରେ ଅଛନ୍ତି ଶିଶୁ ଓ ବୁଢ଼ାବୁଢ଼ୀମାନେ।

ଦାମୋଦର ମିଶ୍ରଙ୍କ ଅନୁମାନ ମଧ୍ୟ ସତ ଥିଲା। ଖାଦ୍ୟ ଅଭାବରୁ ଅପରିଷ୍କାର, ଅସୁରକ୍ଷିତ ପରିବେଶରେ ମଶା, ମାଛି, ପୋକଯୋକ, କୁକୁର, ବିଲେଇଙ୍କ ସହିତ ପ୍ରାୟ ଦୁଇମାସରୁ ଅଧିକ କାଳ ଜୁଝିଜୁଝି ପ୍ରାୟ ସେମାନେ ସମସ୍ତେ ରୋଗରେ ପଡ଼ିଥିଲେ। ଆଖପାଖ ଗାଆଁ ମାନଙ୍କରୁ ଆଗେ ଆଗେ ଚୁଡ଼ା ଓ ଚାଉଳ ଆସୁଥିଲା। ଏବେ ଖାଲି ଚୁଡ଼ା ଆଉ ଗୁଡ଼। ଚାଉଳକୁ ଭାତ କରିବାକୁ ନା ଚୁଲୀ ଅଛି ନା ଲୋକ ବଳ।

ଏମାନଙ୍କୁ ତୁରନ୍ତ ଥଇଥାନ ନ କଲେ ମୃତ୍ୟୁ ତ ଚାହୁଁ ଚାହୁଁ ସମସ୍ତଙ୍କୁ ଚୁପ୍‌ଚାପ୍ କରି ଗ୍ରାସ କରିଦେବ!

ଦାମୋଦର ଓ ବିଧାନର ମିଳିତ ପ୍ରଚେଷ୍ଟାରେ ସେମାନଙ୍କୁ ନଦୀରୁ ଉଠାଇ ଆଣି ମକଦ୍ଦମ ମିଶ୍ରଙ୍କ ନିଜସ୍ୱ ନଡ଼ିଆ ତୋଟାରେ ରଖାଗଲା। ଗାଁର ସବୁ ବର୍ଗର ସକ୍ଷମ ଲୋକ ବାହାରି ଆସି ସେଠାରେ ଜାଗା ସଫାକରି ଏମାନଙ୍କ ପାଇଁ ଦିନକ ଭିତରେ ଦଶଟି ମାଟିଝାଟିର ଅସ୍ଥାୟୀ ଘର ଠିଆ କରିଦେଲେ। ଗାଁର ପ୍ରତିଘରୁ ପାଳିକରି ଭାତ ତରକାରୀ ଆଣି ସେମାନଙ୍କୁ ଖାଇବାକୁ ଦିଆଗଲା। ମିଶ୍ର ବାପପୁଅଙ୍କ ଚିକିତ୍ସାରେ ସେମାନେ ଧୀରେ ଧୀରେ ରୋଗରୁ ମୁକ୍ତି ପାଇ ନୂତନ ଜୀବନ ପାଇଲେ। ଏବେ ଦଶଟି ପରିବାରର ପ୍ରାୟ ତିରିଶ ଜଣ ପିଲା, ବୁଢ଼ା, ତରୁଣ, ଯୁବକ, ପ୍ରୌଢ଼, ସ୍ତ୍ରୀ, ପୁରୁଷ କାମ ପାଇବାକୁ ନେହୁରା ହେଲେ।

ବୁଢ଼ା ମହାରଣା ଠିକ୍ କଥା କହୁଥିଲେ। ସେଇ ଦଶଟା ତନ୍ତ ଏବେ ନିଅଣ୍ଟ ହେବ। ଅନ୍ତତଃ ଆଉ ଦଶଟା ତନ୍ତ ସଙ୍ଗେ ସଙ୍ଗେ ବରାଦ ନ କଲେ ଏମାନଙ୍କୁ କାମ ଯୋଗାଇବା କଠିନ ହେବ। ଅନ୍ତତଃ କୋଡ଼ିଏ ଜଣଙ୍କୁ ତନ୍ତ ଯୋଗାଇଦେଲେ ଆଉ ଦଶଜଣଙ୍କୁ ସୂତାକଟା, ରଙ୍ଗ ଦେବା, ତୁତ ଗଛରୁ ପଶମ ପୋକ ତୋଳି ଆଣି ତାକୁ ମାଟିହାଣ୍ଡିରେ ସିଝାଇ ସେଥିରୁ ରେଶମୀ ସୂତା ଗୁଡ଼ାଇ ରଖିବା ଆଦି ଅନ୍ୟାନ୍ୟ କାମରେ ଲଗାଇ ହେବ।

'ଦେଖ ବିଧାନ, ସମସ୍ତଙ୍କୁ ଥଇଥାନ କରିବାକୁ ବର୍ଷେ ସମୟ ତ ଲାଗିଯିବ।' ମକଦ୍ଦମ ଆଜ୍ଞା କହିଲେ। 'ତୁ ସେମାନଙ୍କ ଜୀବିକା ପଟଟା ଦେଖ, ମୁଁ ସେମାନଙ୍କୁ ଆମ ଗାଆଁର କୋଉ ଜାଗାରେ ଜାଗା କିଣି ଘରକରି ରହିପାରିବେ ସେ କଥା ବୁଝୁଛି। କିନ୍ତୁ ଯାହା କହ, ତୁ ସେମାନଙ୍କ ଜୀବିକା ବଦଳାଇ ନୂଆ ତନ୍ତୀ ସାଇଟିଏ ଏ ଗାଁରେ ବସାଇ ଦେବାକୁ ଯାଉଛୁ।'

'ସବୁ ସେମାନଙ୍କ ଭାଗ୍ୟ। ଭଗବାନଙ୍କ ବରାଦ ସାଆନ୍ତେ, ମୁଁ କିଏ ? ବିଧାନ ହାତଯୋଡ଼ି ଉତ୍ତର ଦେଲା। 'ସେ କରାତନ କ୍ଲଂ ଯଦି ଆସି ଏ ପ୍ରସ୍ତାବଟା ଦେଇ ନଥାନ୍ତେ, ସବୁ ଶୁଣି ମୁଁ ଯଦି ଲୋକ ଖୋଜି ଆପଣଙ୍କ ପାଖକୁ ଯାଇନଥାନ୍ତି, ସାନ ସାଆନ୍ତେ ଏମାନଙ୍କ କଥା ଯଦି ଉଠାଇ ନଥାନ୍ତେ, ଏ ସବୁ କ'ଣ ହୋଇପାରନ୍ତା ?'

'ହଁ ରେ, ଏ ସବୁ ସେଇ ଉପରବାଲାର ଯୋଜନା, ଆମେ ସମସ୍ତେ ନିମିତ୍ତ ମାତ୍ର।' ମକଦ୍ଦମ ମିଶ୍ରେ ନିଃଶ୍ୱାସଟିଏ ମାରି କହିଲେ।

■

## ॥ ୭ ॥

୧୭୮୦
ବୋମକେଇ

ବିଶାଳ କପା କିଆରୀ ଆଗରେ ଠିଆହୋଇ ଲମ୍ବା ନିଃଶ୍ୱାସ ନେଲା ବିଧାନ।

ଆଗରେ କାହିଁ କେତେ ଦୂର ଯାଏ ଧଳା କପା ଫୁଲର ବିସ୍ତୃତ କିଆରୀ ଧୀର ପବନରେ ଲହରୀ ଭାଙ୍ଗୁଛି। ସତେ ଯେପରି ଆକାଶରେ ଭାସି ଯାଉ ଯାଉ ଧଳା ମେଘଟିଏ ଏଇଠି ଓହ୍ଲାଇ ରାଜକୀୟ ଠାଣୀରେ ବସି କିଛି ସମୟ ପାଇଁ ବିଶ୍ରାମ ନେଉଛି।

ଦଶବର୍ଷ ତଳେ, ପାଖ ଗାଁର ଦଶଟି ପରିବାରକୁ ସେ ଓ ମକଦ୍ଦମ ପରିବାର ମିଶି ଥଇଥାନ କରିଥିଲେ। ଦୈହିକ ପରିଶ୍ରମ ବଦଳରେ ବିଧାନର ଦୀର୍ଘମିଆଦୀ ଆର୍ଥିକ ସହାୟତାରେ ସେମାନେ ମକଦ୍ଦମଙ୍କ ଜରିଆରେ ଗାଁର କିଛି ସରକାରୀ ଜମି କିଣି ସେଇଠି ନିଜର ଝାଟିମାଟି ଘର ବସାଇ ରହିଥିଲେ।

ସେ ଝୁମ୍ପୁଡ଼ି ଘର ସବୁ ଏବେ ମଜଭୂତ ଚାଳଛପର ଘରରେ ପରିଣତ ହେଲାଣି।

ସେଇ ଘରମାନଙ୍କର ଆଗରେ ଥିବା ଛୋଟ ଛୋଟ ବଗିଚାରେ ମଖମଲ୍ଲୀ, ମଲ୍ଲୀ, ଇଟମଳା ଗଛମାନଙ୍କରେ ଓ ଚାଳ ମଥାନରେ ଝଟା, ବୋଇତାଳୁ ଲଟାର ଫୁଲଭର୍ତ୍ତି ସମ୍ଭାର ଦେଖିଲେ ସେଇ ବାଟେ ଦେଇ ଯାଉଥିବା ବିଧାନର ବୁକୁ ଆନନ୍ଦରେ ପୂରିଯାଏ।

କେବଳ ସେତିକି ନୁହଁ, ଆଜି ଏଇ ନୂଆ ତନ୍ତୀ ସାହିଟି ଆଉ କିଛି ବାସ୍ତୁହରାଙ୍କ ଆଶ୍ରୟସ୍ଥଳୀ ପାଲଟି ବିଧାନର ଆର୍ଥିକ ସହାୟତା ଓ ମକଦ୍ଦମଙ୍କ ସରକାରୀ ଜାଗାର ବନ୍ଦୋବସ୍ତ ମାଧ୍ୟମରେ ପ୍ରାୟ ଆଉ ପଚାଶ ଘରକୁ ମଧ୍ୟ ମୁଣ୍ଡ ଟେକି ଉଠିବାର ସୁଯୋଗ ଦେଇଛି।

ଯେଉଁ ସ୍ଥାନଟି ଦଶବର୍ଷ ତଳେ ଗାଁ ମାଟିରେ ଏକ ଜଙ୍ଗଲିଆ ଅନ୍ଧାରୁଆ ଜାଗା ହୋଇ ବିଲୁଆ ହେଟାଙ୍କ ବାସସ୍ଥଳୀ ରୂପେ ଗାଁ ଲୋକଙ୍କୁ ଡରାଉଥିଲା, ଆଜି ସେ ସ୍ଥାନ ଏଇ ଷାଠିଏଟି ଲିପାପୋଛା ଝୋଟିଦିଆ ଘରର ଐଶ୍ୱର୍ଯ୍ୟ ନେଇ ଗ୍ରାମବାସୀଙ୍କ ଆଖି ପାଇଁ ଏକ ଭୋଜି ହୋଇ ଠିଆହୋଇଛି।

ଏଇ ଷାଠିଏ ଘରର କ୍ରମବର୍ଦ୍ଧିଷ୍ଣୁ ଶ୍ରମିକ ସଂଖ୍ୟାକୁ ଚାଷକାମ ଓ ବୁଣାବୁଣିରେ ଲଗାଇବାକୁ ଯାଇ ପ୍ରଥମେ ପ୍ରଥମେ ବିଧାନକୁ ମଧ୍ୟ କଠିନ ଆର୍ଥିକ, ମାନସିକ ଓ ଶାରୀରିକ ପରିଶ୍ରମ କରିବାକୁ ପଡ଼ିଥିଲା।

ସେତେବେଳେ ବୋଝ ହୋଇଯାଇଥିବା ଏହି ଜଂଜାଳ ଏବେ ସଂପଦା ହୋଇ ଆଗରେ ଠିଆହୋଇଛି। ଏତେ ଦିନରେ, କର୍ତ୍ତନ କ୍ଳ ଓ ତା'ର ଚାରି ପୁଅ ମଧ୍ୟ ତା'ଠାରୁ ରେଶମ ବସ୍ତ୍ରର ବିଶାଳ ଥାନମାନଙ୍କୁ ନେବାରେ କେବେ ହେଳା କରିନାହାନ୍ତି।

ଏଣେ ଓଡ଼ିଶାର ବିଭିନ୍ନ ସ୍ଥାନର ରାଜରାଜୁଡ଼ା ପରିବାରମାନଙ୍କଠାରୁ ମୂଲ୍ୟବାନ ସୂତା ଓ ରେଶମ ଶାଢ଼ୀର ବରାଦ ମିଳିବାରେ ମଧ୍ୟ କେବେ ଊଣା ହୋଇନାହିଁ।

ଆଉ ଏହି ଉଭୟ ପ୍ରକାରେ ମହାଲକ୍ଷ୍ମୀଙ୍କର ଆଗମନ ବେଳେ ଏହି କ୍ରମବର୍ଦ୍ଧିଷ୍ଣୁ ଶ୍ରମିକବୃନ୍ଦ ଐଶ୍ୱରୀୟ ବରଦାନ ପରି ତା' ହାତରେ ହାତ ମିଳାଇ ମହାଲକ୍ଷ୍ମୀଙ୍କୁ ପାଛୋଟି ନେବାରେ ତା'ର ସହାୟକ ହୋଇ ଠିଆହୋଇଛନ୍ତି।

ପୁଣି ଗୋଟାଏ ଦୀର୍ଘ ନିଃଶ୍ୱାସ ତା'ର ଛାତି ଚିରି ବାହାରି ଆସି ସକାଳର ଶୀତଳ ପବନରେ ମିଳାଇଗଲା।

ସେ ଏବେ ତା' ନିଜର ସୌଭାଗ୍ୟ ଓ ଅଭିଶାପର ରହସ୍ୟକୁ ବେଶ୍ ବୁଝିପାରୁଛି। ପ୍ରାୟ ତିରିଶ ବର୍ଷ ତଳେ ବାପାଙ୍କ ମୃତ୍ୟୁ ପରେ ପରେ ସେ ଯାହା ଯାହା ଦୁଃଖ, ମାନସିକ ନିର୍ଯ୍ୟାତନା, ବିଷାଦବୋଧ, ଅବସାଦ ସବୁ ଭୋଗ କରିଥିଲା, ସେ ସବୁର କାରଣ- ଏହି ସୌଭାଗ୍ୟ, ଅଭିଶାପର ସୂତ୍ରକୁ ବୁଝିପାରିବାର ଅସମର୍ଥତା- ଏକଥା ମଧ୍ୟ ଏବେ ସେ ବେଶ୍ ବୁଝିପାରୁଛି।

ତା' ଜୀବନର କର୍ମସୂତ୍ରର ପ୍ରତ୍ୟେକ ସୂତ୍ର, ପ୍ରତ୍ୟେକ ନିୟମ ଏବେ ସାଧାରଣ ମିଶାଣ ଫେଡ଼ାଣର ସୂତ୍ର ପରି ସହଜ ହୋଇ ତା' ଆଗରେ ଠିଆ ହୋଇଛି।

ସେ ବୁଝିସାରିଛି- ନିଜ ପରିଶ୍ରମରେ ସେ ଯେଉଁ ଏମିତି ଧନୀରୁ ମହାଧନୀ ହେବାରେ ଲାଗିଛି ଏବଂ ଏ ପ୍ରକ୍ରିୟା ଏମିତି ଆଗକୁ ମାଡ଼ି ଚାଲିଥିବ ମଧ୍ୟ। ଏହାର କାରଣ ସେଇ ଦାନ, ଧର୍ମ, ସେବା ଓ ପରୋପକାର। ଏହି ଚାରୋଟି ମନ୍ତ୍ରକୁ ସେ ଯେତେ ଜପୁଥିବ, ମହାଲକ୍ଷ୍ମୀ ତା' ଉପରେ ଓ ତା' ପରିବାର ଉପରେ ସେତିକି ପ୍ରସନ୍ନ ହୋଇ ରହିଥିବେ।

ଯେଉଁଦିନ ଏହି ଦାନ, ଧର୍ମ, ସେବା ଓ ପରୋପକାର କରିକରି ସେ ଥକିଯିବ, ବିରକ୍ତ ହୋଇଯିବ, ସେହିଦିନ ଶ୍ରୀ ମହାଲକ୍ଷ୍ମୀଙ୍କ ଅଭୟଦାୟିନୀ ପଣତ କାନି ତା' ନିଜର, ନିଜ ପରିବାରର ମୁଣ୍ଡ ଉପରୁ ସାମାନ୍ୟ ଦୁର୍ଯ୍ୟୋଗଟିଏର ଛୋଟିଆ ଫୁତ୍କାରରେ ଉଡ଼ି ଦୂରକୁ ଚାଲିଯିବ।

ଆଉ ତା' ସାଙ୍ଗରେ... ତା'ର ବଂଶ, ଧନ, ଖ୍ୟାତି ମଧ୍ଯ ଅଦୃଶ୍ୟ ହେବାରେ ବେଶି ସମୟ ଲାଗିବ ନାହିଁ।

ଏଣୁ ଏ ଚାରି ମନ୍ତ୍ରକୁ ମହାମନ୍ତ୍ର କରି ତା'ର ଆରାଧନା କରିଚାଲିଥିଲେ, ଧନ, ଜନ, ମାନ, ମହତର ଅଭାବ ରହିବ ନାହିଁ। ଶୁକ୍ଳପକ୍ଷର ଚନ୍ଦ୍ର ପରି ଆଗକୁ ବଢ଼ି ବଢ଼ି ଚାଲିଥିବ।

କିନ୍ତୁ... କେତେ ଦାନ, ପୂଣ୍ୟ, ସେବା, ଶ୍ରମ ଯାହା କଲେ ମଧ୍ଯ ଆଉ ପୃଷ୍ଠାଏ ମଧ୍ଯ ସେ ନିଜର ଅସଂପୂର୍ଣ୍ଣ କାବ୍ୟରେ ଯୋଡ଼ି ଆଗକୁ ବଢ଼ିପାରିବ ନାହିଁ!!

ଏହା ହିଁ ତା'ର କର୍ମର ଲିଖନ। ତା' କର୍ମର ଗହନ ସୂତ୍ର।

ଅଥଚ, ପିଲାଦିନରୁ ଧନୀ ହେବାର ସ୍ୱପ୍ନ ସେ କେବେ ଦେଖିନଥିଲା।

ତା'ର ଏକମାତ୍ର ସ୍ୱପ୍ନ ଥିଲା ସେ ଜଣେ କବି ହେବ। ଲୋକେ ତା'ର କାବ୍ୟ ପଢ଼ି ମୁଗ୍ଧ ହେବେ। ତାକୁ ଧନ୍ୟ ଧନ୍ୟ କରିବେ। ଭାଗବତ ଟୁଙ୍ଗୀରେ ପିଲାଦିନୁ ରାମାୟଣ, ଭାଗବତ, ହରିବଂଶ ଶୁଣିବା ବେଳେ ଲୋକେ ଭାବାବେଗରେ ଆଖିରୁ ଲୁହ ପୋଛି ପୋଛି 'ଧନ୍ୟ ସେ କବି'ର ମନ୍ତବ୍ୟ ଦେବା ବୋଧହୁଏ ତାକୁ ଏ ସ୍ୱପ୍ନ ଆଣିଦେଇଥିଲା।

ସେ ଶୈଶବରେ ଭାବୁଥିଲା ଯିଏ ପୋଥି ପଢୁଛନ୍ତି, ସେ ହିଁ ଏ କବି। ଯାହାକୁ ଲୋକେ 'ଧନ୍ୟ ଧନ୍ୟ' କହୁଛନ୍ତି। ବୟସ ହେଲା ପରେ, ଯେତେବେଳେ ସେ ଜାଣିଲା ଯେ ଏ ପାଠକ ନିଜେ ସେହି କବି ନୁହନ୍ତି, ସେହି କବିମାନଙ୍କର କୋଉ କାଳୁ ମୃତ୍ୟୁ ମଧ୍ଯ ହୋଇ ସାରିଲାଣି, ସେ ହତଭମ୍ବ ହୋଇଥିଲା।

ବ୍ୟକ୍ତିର ଅନୁପସ୍ଥିତିରେ ଯେଉଁ ପ୍ରଶଂସା ସେ ପ୍ରଶଂସା ହିଁ ଯେ ପ୍ରକୃତ ପ୍ରଶଂସା, ଏତକ ଯେଉଁଦିନ ସେ ଜାଣିଲା, ସେଇଦିନ ସେ ଦୃଢ଼ ସଂକଳ୍ପ କରିଥିଲା ଯେ, ସେ ନିଶ୍ଚୟ କବି ହେବ ଓ ସେ ମଲା ପରେ ମଧ୍ଯ ଲୋକେ ତାକୁ ଧନ୍ୟ ଧନ୍ୟ ହିଁ କହୁଥିବେ।

ଯୋଗକୁ, କୋଉଦିନ ମନେ ନାହିଁ, ସେଇ ପିଲାଦିନେ ହିଁ ସେ ହଠାତ୍ ଆବିଷ୍କାର କଲା- ତା'ର ପଡ଼ୋଶୀ ଦେବଦତ୍ତ ମଉସା ଜଣେ କବି!

ତା'ର ଗୋଡ଼ ଆଉ ତଳେ ପଡ଼ିନଥିଲା!

କନକ ମାଉସୀଙ୍କ ହାତଧରି ଡରି ଡରି ସେ ତାଙ୍କ ଘରକୁ ଯାଇଥିଲା ଏ କବିଙ୍କୁ

ଦର୍ଶନ କରିବା ପାଇଁ। କନକ ମାଉସୀ ଯେତେବେଳେ ହସିହସି ଦେବଦତ୍ତ ମଉସାଙ୍କୁ ଏ କଥା କହିଥିଲେ, ସେ ମଧ୍ୟ ହସିଦେଇ ତାକୁ ପାଖକୁ ଡାକି ଆଣି ପାଖରେ ବସାଇଥିଲେ। କଥାବାର୍ତ୍ତା କରି ତା'ର ଭୟ ଭାଙ୍ଗିଥିଲେ।

ଚାଟଶାଳୀରେ ଅବଧାନ କ'ଣ ସବୁ ଛାନ୍ଦ, ଚଉତିଶା ପଢ଼ାଉଛନ୍ତି ପଚାରି ବୁଝିଥିଲେ। ନିଜେ ସେହି ଛାନ୍ଦ, ଚଉତିଶା, କୋଇଲିମାନଙ୍କୁ ଗୋଟି ଗୋଟି କରି ତାକୁ ବୁଝାଇ ଦେଇଥିଲେ, ଶବ୍ଦମାନଙ୍କର ଅର୍ଥ କହି କହି ସେମାନଙ୍କୁ ସରଳ ସଜୀବ କରି ତା' ଆଗରେ ଠିଆ କରାଇ ଦେଇଥିଲେ।

ମନ୍ତ୍ରମୁଗ୍ଧ ହୋଇ ବିଧାନ ଏ ସବୁ ଶୁଣୁଥିଲା। କାହିଁ ଏ ଆନନ୍ଦ, ଏ ଅର୍ଥବୋଧ, ଏ ଭାବ ମାଧୁର୍ଯ୍ୟ ତ ସେ ଚାଟଶାଳୀର ଅବଧାନଙ୍କ ଠାରୁ କେବେ ପାଇନଥିଲା !

ବାଳକ ବିଧାନର ସ୍ୱପ୍ନରେ ଦେବଦତ୍ତଙ୍କ ସଂସ୍ପର୍ଶ ଡେଣା ଲଗାଇ ଦେଇଥିଲା।

ସେ ହିଁ ତାକୁ ଲେଖନୀ, ତାଳପତ୍ରଖେଦା ଧରାଇ ଲେଖିବା ଶିଖାଇଥିଲେ। ଚାଟଶାଳୀର ଖଡ଼ି ମୁଣ୍ଡଲା ଠାରୁ ଏ ଲେଖନୀ ବିଧାନକୁ ଅଧିକ ଶକ୍ତିଶାଳୀ ଲାଗିଥିଲା। ତା' ଛାତି ଗର୍ବରେ କୁଣ୍ଢେ ମୋଟ ହୋଇଯାଇଥିଲା। ସେ ଖଣ୍ଡି ଖଣ୍ଡି ଶବ୍ଦ ଯୋଡ଼ୁ ଯୋଡ଼ୁ ପଦ ପଦ କରି ଲେଖିବା ଆରମ୍ଭ କରିଦେଇଥିଲା।

ଆଉ ସେ ତାରୁଣ୍ୟରେ ପହଞ୍ଚୁ ପହଞ୍ଚୁ ଦେବଦତ୍ତଙ୍କ ହଜାରେ ସୁନା ମୋହରର ପୁରସ୍କାର ଦୌଡ଼ ତା'ର ଏହି ସ୍ୱପ୍ନରେ ଡେଣା ଲଗାଇ ଦେଇଥିଲା। ସ୍ୱପ୍ନ ଖଣ୍ଡିଉଡ଼ା ଦେବା ଆରମ୍ଭ କରି ଦେଇଥିଲା। ସେ କଥା ସେ ନିଜେ ଯେତିକି ବୁଝିପାରୁଥିଲା, ଦେବଦତ୍ତ ମଉସା ତା'ଠାରୁ ଅଧିକ ଜାଣୁଥିଲେ। ସୁଦତ୍ତା ଓ କନକକୁ ଡାକି, ପାଖରେ ବସାଇ ସେ ବିଧାନର ଲେଖା ସେମାନଙ୍କୁ ଶୁଣାଉଥିଲେ। ଲେଖାର ତାତ୍ପର୍ଯ୍ୟ ବୁଝାଇ ଦେଉଥିଲେ।

ଦିନେ ଦିନେ ବିଧାନ ପିଠିରେ ହାତ ଆପୁଡ଼ାଇ ସେ ଉଚ୍ଛୁଳି ଉଠି କହୁଥିଲେ, 'ତୁ ବି ମୋ ଠାରୁ ଆହୁରି ଭଲ କବିଟିଏ ହୋଇପାରିବୁ ବିଧାନ। ତୋ ମୁଣ୍ଡରେ କଳ୍ପନା ଶକ୍ତି ଖୁନ୍ଦା ହୋଇରହିଛି। ତାକୁ ଉତ୍ତମ ଭାବରେ ଭାଷା ମାଧ୍ୟମରେ ପ୍ରକାଶ କରାଇ ଦେବାର ଦାୟିତ୍ୱ ମୋର। ଏ ପ୍ରତିଭା ତୋ ପାଖରେ ନିଶ୍ଚିତ ଅଛି ବୋଲି ହିଁ ମୁଁ ଏକଥା କହିପାରୁଛି। ତୁ ଖାଲି ଗୋଟିଏ କାମ କର- ଖାଲି ଲେଖିଚାଲ। ଲେଖ, ଲେଖ ଓ ଲେଖ। ଦେଖିବୁ, ଯେମିତି ସୂତା ମାଜିଲେ ସରୁ ହୁଏ, ସେମିତି ଲେଖିଚାଲିଲେ ତୋ ଲେଖନୀ ଦିନେ ଅମୃତସ୍ରାବୀ ହୋଇଉଠିବ।'

ଅଥଚ ବିଡ଼ମ୍ବନା ଦେଖ, ସେଇ ଦେବଦତ୍ତ ମଉସାଙ୍କ ଅଭିଶାପ ଆଜି ତା' ହାତର ଲେଖନୀକୁ ଜଳାଇ ଦେଇଛି ! ଲେଖନୀ ଧରି ବସିଲେ ହାତ ପୋଡ଼ିଯାଉଛି। କେଉଁ ଅଦୃଶ୍ୟ ଶକ୍ତି ତାକୁ ଛଡ଼ାଇ ନେଉଛି।

ଭାଗ୍ୟ !

ବିଧାନ ଆଖିରୁ ଟପ୍‌ଟପ୍ ଲୁହ ଝରି କପାଫୁଲ ଉପରେ ମୁହୂର୍ତ୍ତେ ଠିଆହୋଇ ସେଇଠି ହିଁ ମିଳାଇଗଲା ।

ଆଜି ମଧ୍ୟ ସେ ଯଦି ଲେଖନୀ ଧରି ବସୁଛି, ତାଳପତ୍ର ପୃଷ୍ଠାରେ ଧାଡ଼ିଏ ଲେଖୁ ନ ଲେଖୁଣୁ, ଦାଣ୍ଡଦୁଆରେ ଆର୍ତ୍ତ ଚିତ୍କାର ଶୁଭିବ, 'ବିଧାନ ଭାଇ, ଧାଇଁ ଆସ, ସେ ବେହେରା ସାହିରେ ନିଆଁ ଲାଗିଯାଇଛି ।'

ବିଧାନର କହିବାକୁ ଇଚ୍ଛା ହୁଏ- 'ତ ? ମୁଁ କ'ଣ କରିବି ? ମୁଁ କ'ଣ ଗାଁର ସବୁ କୂଅ ପୋଖରୀର ମାଲିକ ?'

କିନ୍ତୁ ସେତେବେଳେ ତାକୁ ମଂଜୁଷା ଗ୍ରହାଚାର୍ଯ୍ୟଙ୍କର ତାଗିଦା ଶୁଣାଯାଏ, 'ଦାନ, ଧର୍ମ, ପରସେବା ଓ ପର ଉପକାର- ଏ ଚାରି ସୁରକ୍ଷା କବଚକୁ ତୁ ଯେଉଁଦିନ ଠୁକରାଇ ଦେବୁ, ସେଇଦିନ ସେ କଳା ସାପର କଙ୍କାଳ ଜୀବନ ପାଇ ଠିଆ ହେବ, ତୋ ବଂଶକୁ ଖାଇଯିବ ।'

ବାଧ୍ୟ ହୋଇ, ଲେଖନୀ, ତାଳପତ୍ରକୁ ସେଇଠି ଛାଡ଼ି ସେ ବସିବା ସ୍ଥାନରୁ ଉଠି ବେହେରା ସାହିକୁ ଧାଇଁଯାଏ । ସେଠାରେ ପହଞ୍ଚିବା ମାତ୍ରେ ତାକୁ ନିଆଁ ଲିଭାଇବାର ଅଦ୍ଭୁତ ଉପାୟ ସବୁ ମୁଣ୍ଡକୁ ଜୁଟେ ମଧ୍ୟ । ସାହସ, ଉଦ୍ଦୀପନାର ସହ ସେ ନିଆଁ ସହିତ ଜୁଝି ନିଆଁକୁ ଶାନ୍ତ କରେ ।

କିନ୍ତୁ ଏ ଜଂଜାଳ ଏଇଠି ସରେ ନାହିଁ ।

ଏ ଜଂଜାଳ ଭିତରେ ଆଉ କିଛି ଜଂଜାଳ ଲୁଚି ରହିଥାଏ । ନିଆଁ ଲିଭିବା ଆଗରୁ ଓ ପରେ ସେ ଜଂଜାଳ ସବୁ ମୁଣ୍ଡ ଟେକନ୍ତି । ଲୋକେ ମଧ୍ୟ ମନ୍ତ୍ରମୁଗ୍ଧ ପରି ତା'ରି ନିର୍ଦ୍ଦେଶନାକୁ ମାନି, ତା' ସହିତ ମିଶି ଘରପୋଡ଼ାରୁ ରକ୍ଷା ପାଇଥିବା ଧନ, ଜୀବନର ଥଇଥାନରେ ଲାଗିପଡ଼ନ୍ତି । କାହାକୁ ଆଶ୍ରୟ ଦରକାର, କାହାକୁ ଖାଦ୍ୟ, କାହାକୁ ଚିକିତ୍ସା, ଏସବୁ ଗାଁ ଲୋକଙ୍କ ସାଙ୍ଗରେ ମିଶି ଉଠାଇବା ବେଳକୁ ତା' ମୁଣିରୁ ଯଥେଷ୍ଟ ଅର୍ଥ ଖର୍ଚ୍ଚ ହୋଇଯାଏ । ଯଥେଷ୍ଟ ସମୟ ମଧ୍ୟ ଚାଲିଯାଏ ।

ହୁଏତ କେତେଦିନ... କିଛି ସପ୍ତାହ...

କବିତ୍ୱର ଦେବୀ ଅପେକ୍ଷା କରି କରି ନିରାଶ ହୋଇ ଅଭିମାନ କରି ତା' ମୁଣ୍ଡରୁ ସବୁ କାବ୍ୟ କଳ୍ପନା, ଶବ୍ଦ ସଂଯୋଜନାକୁ ଗୋଟାଇପୋଟାଇ ସାଙ୍ଗରେ ନେଇ ତା' ଭାବନାରୁ ଦୂରକୁ ଚାଲିଯାଉଥିବା ଦେଖି ସେ ଦୀର୍ଘ ନିଃଶ୍ୱାସଟାଏ ମାରି ତାଙ୍କ ଯିବା ପଥକୁ ଅନେଇ ରହେ ସିନା, ତାଙ୍କୁ ପାଛୋଟି, ମନାଇ ଫେରାଇ ଆଣିବା ପାଇଁ ତା' ପାଖରେ ସମୟ ହିଁ ନଥାଏ ।

ବେଶ୍ କିଛିଦିନ ପରେ, ଏ ସବୁ ଜଂଜାଳ ଶାନ୍ତ ହେବା ପରେ, ସେ ପୁଣି କାବ୍ୟ ଦେବୀଙ୍କୁ ବୁଝାଇ ଶୁଝାଇ ଫେରାଇ ଆଣିବାରେ ସମୟ ଖର୍ଚ୍ଚ କରି ପୁଣି ଯେତେବେଳେ ଦୁଇପଦ ଲେଖିବସେ, କେହି ନା କେହି ଆସି ହୁଏତ କହି ବସନ୍ତି- 'ଆମ ସାହିର ସେ ବାଙ୍କୁ ଭାଇନା... ବେଶି ବୟସ ନୁହଁ ମ, ଖୁବ୍ ଭଲ ଲୋକ...'

ବିଧାନ ଲେଖା ବନ୍ଦ କରି ସେମାନଙ୍କୁ ଚାହିଁ ରହେ।

*ଏ ଅଭିଭାଷଣ କେଉଁ ଆଡ଼କୁ ଯାଉଛି ?*

'ସେ ଏବେ କିଛିଦିନ ହେଲା ବେମାର ପଡ଼ିଛନ୍ତି, ତାଙ୍କ ସ୍ତ୍ରୀ, ବୋଉ ଦୁହେଁ ଆମକୁ ନେହୁରା ହୋଇ ତୁମ ପାଖକୁ ପଠାଇଛନ୍ତି। ତୁମେ ନ ଗଲେ ସେ ମରିଯିବେ। ତାଙ୍କ ପିଲା କୁଟୁମ୍ବ ଭାସିଯିବେ।'

*'ଆଚ୍ଛା କଥା ! ମୁଁ କ'ଣ ବଇଦ ? ମକଦ୍ଦମ ଆଜ୍ଞାଙ୍କୁ ଖବର ଦେଉନ ?'* ଏତକ ଶବ୍ଦ, ତା' ମୁହଁର ଅର୍ଗଳୀ ଭିତରୁ ବାହାରେ ନାହିଁ। ଅସହାୟ ଆଖିରେ ସେ ବକ୍ତାଙ୍କୁ ଚାହିଁ ରହେ।

ସେମାନେ ବ୍ୟଗ୍ର ହୋଇ କହି ଉଠନ୍ତି- 'ମକଦ୍ଦମ ସାଆନ୍ତେ ଔଷଧ ପତ୍ର ଦେଇଯାଇଛନ୍ତି। ହେଲେ ବାଙ୍କୁ ଭାଇନାଙ୍କର କ'ଣ ହୋଇଛି କେଜାଣି ସେ ଔଷଧ, ପଥି, ପାଚନ ଖାଇବାରେ ବଡ଼ ହଇରାଣ କରୁଛନ୍ତି। ମୁହଁ ବୁଲାଇ ରହୁଛନ୍ତି। ତାଙ୍କ ବୋଉ ଓ ସ୍ତ୍ରୀ କାନ୍ଦବୋବାଳୀ ପକାଇ ଆମକୁ ତୁମ ପାଖକୁ ପଠାଇଛନ୍ତି।'

ବିଧାନର ଭ୍ରୂ କୁଞ୍ଚିତ ହୋଇ ଉଠେ। ତାକୁ ଦେଖି ସେମାନେ ଆଉ ଟିକିଏ ଜୋରରେ ଅଡ଼ିବସନ୍ତି- 'ବିଧାନ ଭାଇ, ଶୀଘ୍ର ଚାଲ। ଲୋକେ କହୁଛନ୍ତି ତୁମେ ଠିଆ ହୋଇଗଲେ ଯମରାଜା କୁଆଡ଼େ ସେ ଜାଗା ମାଡ଼ୁନାହାନ୍ତି।

*'ହୁଁଃ, ଯେତକ ଫେଚକାମୀ, ମୋତେ ଖଟାଇଲେ ହିଁ ଏମାନଙ୍କୁ ଗୋଟେ ମଜା ମିଳୁଛି !'*

'ହଉ, ତୁମେ ଯାଅ, ମୁଁ ସୁବିଧା କରି କାଲିଆଡ଼କୁ ଯିବି।' ଏତକ କହିବା ପାଇଁ ସେ ମୁହଁ ଖୋଲିବା ବେଳକୁ ତା'ର ଗେଲବସରର ପାଞ୍ଚ ପିଲାଙ୍କ ମଧ୍ୟରୁ କେହି ନା କେହି କିମ୍ବା ସମସ୍ତେ ଏକାସାଙ୍ଗରେ ନାଚିକୁଦି କୋଳାହଳ କରି ସେଇଠି ପହଞ୍ଚି ଯାଆନ୍ତି।

ସେମାନଙ୍କ ମୁହଁକୁ ଥରଟିଏ ଚାହିଁଦେଇ ବିଧାନ ବ୍ୟସ୍ତ ହୋଇ କହିଉଠେ- 'ହଉ, ଚାଲ ଚାଲ। ସଙ୍ଗେ ସଙ୍ଗେ ଯିବା। ଏତେ କଥା ହେବାଯାଏ ତୁମେ ଜଗିଥିଲ କାହିଁକି ? ମୋତେ ସଙ୍ଗେ ସଙ୍ଗେ ଡକାଇଲ ନାହିଁ ? ହଉ ରହ, ଏ ପୋଥିପତ୍ର ରଖିଦେଇ ଆସେ।'

ଘର ଭିତରକୁ ଯାଇ ପୋଥିରେ ଡୋର ବାନ୍ଧି ଥାକରେ ଥୋଇ ଟଙ୍କା ବଟୁଆଟା ଅଣ୍ଟାରେ ଖୋଷି ସେ ସେମାନଙ୍କ ସଙ୍ଗରେ ଯାଇ ରୋଗୀ ଘରେ ପହଞ୍ଚେ। ଔଷଧ କିଣିବାଠାରୁ, ସମୟ ଅନୁସାରେ ପଥ୍ୟପାଚନ ଦେବା, ବୁଝାଇ ସୁଝାଇ ଔଷଧ ଖୁଆଇବା, ଦରକାର ପଡ଼ିଲେ ରାତି ରାତି ଅନିଦ୍ରା ରହି ରୋଗୀକୁ ଜଗିରହିବା, ଏ ସବୁ କରୁ କରୁ ହୁଏତ ଦିନ ପରେ ଦିନ ଚାଲିଯାଏ, ତା'ର ଭାରୀ ବଟୁଆର ଓଜନ କମି କମି ଆସେ।

କିଛିଦିନର ରାତି ଅନିଦ୍ରା ତା' ମୁହଁକୁ କଳାକାଠ କରେ। କିନ୍ତୁ ରୋଗୀ ଧୀରେ ଧୀରେ ସାଷ୍ଟାମ ହୁଏ, ସତେଜ ହୁଏ। ସତେ ଯେପରି ଆର୍ଥିକ ଓ ଦୈହିକ ବଳ ନୁହଁ, ସେ ସିଧାସଳଖ ବିଧାନର ଆତ୍ମାର ସମସ୍ତ ସତେଜ ନୀରୋଗତାକୁ ହିଁ ଶୋଷିନେଇ ସୁସ୍ଥ ହୋଇଯାଏ।

ଏ ପରିସ୍ଥିତିଟି ବିଧାନର ବେଶ୍ ସମୟ ତ ନେଇଯାଏ, କାବ୍ୟଦେବୀଙ୍କୁ ମଧ୍ୟ ବେଶ୍ ବିଗାଡ଼ି ପୁଣି ଦୂରକୁ ପଠାଇ ଦିଏ।

ଅବଶ୍ୟ ଏ ପ୍ରକାର ବିଭିନ୍ନ ପରିସ୍ଥିତିମାନଙ୍କର ଆଉ ଏକ ଅଦୃଶ୍ୟ ପ୍ରଭାବ ମଧ୍ୟ ବିଧାନ ଭଲ ଭାବରେ ଅନୁଭବ କରିପାରୁଥିଲା। ସେ ଗାଁ ମୁଖିଆ ନଥିଲା, କିନ୍ତୁ ଗାଆଁରେ ଯେତେ ଘଟଣା, ଅଘଟଣ ଘଟୁଥିଲା ବିଧାନକୁ ଡକରା ପଡୁଥିଲା। ଲୋକେ ତାକୁ ଘରୁ ଟାଣିନେଇ ସେଇଠି ଠିଆ କରାଉଥିଲେ।

ସେ ଯେମିତି ଅନାୟାସରେ ମକଦ୍ଦମଙ୍କ ଉଚ୍ଚ ପିଣ୍ଡାକୁ ଚଢ଼ି, ତାଙ୍କୁ ଭେଟି ତାଙ୍କ ପରାମର୍ଶ ନେଇପାରୁଥିଲା, ସେତିକି ହିମ୍ମତ ନଥିବା ଲୋକେ ତା' ପାଖକୁ ଆସି, ତା'ରି ପରାମର୍ଶ ନେଇ ସନ୍ତୁଷ୍ଟ ହୋଇ ଫେରୁଥିଲେ। ଯେଉଁଠି ସେ ଜାଣୁଥିଲା ଯେ, ଏଥିପାଇଁ ଅଧିକ ବିଜ୍ଞ ଲୋକଙ୍କ ପରାମର୍ଶ ଆବଶ୍ୟକ, ସେ ସେମାନଙ୍କୁ ନେଇ ନିଜେ ମକଦ୍ଦମ ସାଆନ୍ତଙ୍କ ପାଖକୁ ଯାଉଥିଲା। ନିଜେ ସେମାନଙ୍କ ଦୁଃଖ ତାଙ୍କୁ ଜଣାଉଥିଲା।

ସେମାନେ ତାଙ୍କ ପରାମର୍ଶ ପାଇ କୃତ୍ୟକୃତ୍ୟ ହୋଇ ଫେରୁଥିଲେ।

ଲୋକେ ଦେଖୁଥିଲେ- କେଉଁ ଗରୀବ ଗ୍ରାମବାସୀର ଆକସ୍ମିକ ମୃତ୍ୟୁ ବା ବାର୍ଦ୍ଧକ୍ୟ ମୃତ୍ୟୁ ହେଲେ ଶବଦାହ ଠାରୁ କ୍ରିୟାକର୍ମ ପର୍ଯ୍ୟନ୍ତ ବିଧାନ ସବୁ ଦାୟିତ୍ୱ ବିନା ଡାକରାରେ ପହଞ୍ଚି ମୁଣ୍ଡେଇ ନେଉଛି। କାହା ଘରେ କିଏ ରୋଗରେ ପଡ଼ିଛି, କେଉଁ ଗରୀବର ଝିଅ ବିଭା ହେବ, କେଉଁ ନିଃସନ୍ତାନ ବୁଢ଼ାବୁଢ଼ୀ ଅସହାୟ ହୋଇ ରୋଗରେ ପଡ଼ିଛନ୍ତି, ଏପରି ସବୁ ଘଟଣାରେ ବିଧାନର ସକ୍ରିୟ ଉପସ୍ଥିତି, ବଳିଷ୍ଠ ନେତୃତ୍ୱ ସେମାନେ ଦେଖୁଥିଲେ।

ଏଣୁ ଗାଁର ଆପଦ ବିପଦରେ ଲୋକେ ତାକୁ ଯେମିତି ଖୋଜୁଥିଲେ, ନ୍ୟାୟ

ନିଶାପରେ ବି ଉଭୟ ପକ୍ଷ ତା'ର ଉପସ୍ଥିତି ଦାବୀ କରୁଥିଲେ, ଯଦିଓ ସେ ପଞ୍ଚାୟତର ପଞ୍ଚମୁଖ୍ୟଙ୍କ ଭିତରୁ ଜଣେ ନଥିଲା।

ସେ ସବୁ ପଦବୀ ଯଚା ହେଲେ ମଧ୍ୟ ନମ୍ର ଭାବରେ ସେ ତାକୁ ଏଡ଼ାଇ ଯାଉଥିଲା, କିନ୍ତୁ ପଞ୍ଚମୁଖ୍ୟଙ୍କ ପାଖରେ ଏକ ଷଷ୍ଠ ଆସନ ତା'ପାଇଁ ନିଶ୍ଚିତ ଅପେକ୍ଷା କରୁଥିଲା। ଟଣାଟଣି ହୋଇ ସେ ଆସନରେ ସେ ବସୁଥିଲା ଏବଂ ତତୋଽଧିକ ଆବଶ୍ୟକ ହେଲେ ମୁହଁଖୋଲି ମତାମତ ଦେଉଥିଲା, ଯାହାକୁ ବିରୋଧ କରିବାକୁ ସାରା ଗାଆଁରେ କେହି ନଥିଲେ।

ଗାଁର ସବୁଠାରୁ ଦୁଷ୍ଟ ବ୍ୟକ୍ତିମାନେ ମଧ୍ୟ ତାକୁ ନମ୍ର ଭାବରେ କଥା ହେଉଥିଲେ, ଯଦିଓ ସେ ନିଜେ ଦୁଷ୍ଟ ନଷ୍ଟ ଦୁର୍ଦ୍ଦାନ୍ତ ନଥିଲା। ଭୋଜିଭାତରେ ମକଦ୍ଦମ ସାଆନ୍ତଙ୍କ ଆଜ୍ଞାରେ ତାଙ୍କର ମୁହାଁମୁହିଁ ଠିକ୍ ସାମ୍ନା ଧାଡ଼ିରେ ବିଧାନ ପାଇଁ ପତ୍ର ପଡୁଥିଲା। ମକଦ୍ଦମଙ୍କ ଆଜ୍ଞାକୁ ବିରୋଧ କରିବାକୁ ବିଧାନର ତ ଶକ୍ତି ନଥିଲା, ଗାଆଁରେ ମଧ୍ୟ ବ୍ରାହ୍ମଣଙ୍କ ଧାଡ଼ିରେ ବିଧାନ ତନ୍ତୀର ପତ୍ର ପକାଇ ଖାଇବସିବା କାହାରିକୁ ଅବାନ୍ତର ଲାଗୁନଥିଲା।

ବାଧ୍ୟବାଧକତାରେ ନୁହଁ, ପରମ୍ପରାରେ ନୁହଁ, କିନ୍ତୁ ଶ୍ରଦ୍ଧା, ସମ୍ମାନ ଓ କୃତଜ୍ଞତାରେ ଲୋକେ ବିଧାନର ଉପସ୍ଥିତି ସୁଖ ସମୟରେ ହେଉ କି ଦୁଃଖ ସମୟରେ ହେଉ, ସେମାନଙ୍କ ଭିତରେ ଚାହୁଁଥିଲେ। ସେଥିପାଇଁ ସେମାନେ ବିଧାନର ସାନ୍ନିଧ୍ୟ ମାଗୁଥିଲେ, ତାକୁ ନିଜ ଭିତରକୁ ଟାଣି ଆଣୁଥିଲେ।

ଦୁଃଖ ସମୟରେ ସେ ସେମାନଙ୍କର ନିଶ୍ଚିତ ଭରସା ଥିଲା। ସେଥିପାଇଁ ବ୍ୟକ୍ତିମାତ୍ରେ ଆପଣା ଦୁଃଖରେ ବିଧାନର ହସ୍ତକ୍ଷେପ ଲୋଡ଼ି ତା' ପାଖରେ ପହଞ୍ଚି ଯାଉଥିଲେ। ସୁଖ ସମୟରେ ତା'ର ଉପସ୍ଥିତି ସେମାନଙ୍କ ପାଇଁ ଏକ ଗର୍ବ, ଗୌରବ ଓ ନିଜ ପାରିବାପଣିଆର ସଂକେତ ଥିଲା।

ସତେ ଯେପରି ସଫଳତା ସିଡ଼ିର ନାମ ଥିଲା ବିଧାନ। ତାକୁ ଆଶ୍ରୟ କରି ଲୋକେ ନିଜର ବ୍ୟକ୍ତିତ୍ୱରୁ ଉଚ୍ଚ, ନିଜ ପାଇଁ ଅପହଞ୍ଚ ମର୍ଯ୍ୟାଦା ପାଖକୁ ସହଜରେ ପହଞ୍ଚି ଯାଇପାରୁଥିଲେ।

ସେଥିପାଇଁ ସେମାନଙ୍କ ସୁଖ ସମୟରେ ମଧ୍ୟ ସେ ଓଟାରି ହୋଇ ସେ ଭିଡ଼ର କେନ୍ଦ୍ରବିନ୍ଦୁ ହୋଇ ଠିଆ ହୋଇଯାଉଥିଲା।

ଏ ସବୁ ଅବାଞ୍ଛିତ କାମ ଭିତରେ କେବଳ ଗୋଟିଏ ଇପ୍‌ସିତ କାମ ଆଗଉ ନଥିଲା।

ତା'ର କାବ୍ୟ ଯେମିତିକୁ ସେମିତି ଦରଲେଖା ହୋଇ ଏକ ଅସହାୟ ଅନାଥ

ଶିଶୁ ପରି ଆଖିରୁ ଲୁହ ଝରାଇ ତା'ର ଆଦର ଯତ୍ନକୁ ଅପେକ୍ଷା କରି ଚାହିଁ ବସିଥିଲା।

*ସତରେ କ'ଣ... ଏ ଜୀବନରେ ମୁଁ କିମ୍ବା ମୋର କୌଣସି ସନ୍ତାନ... କି ସେମାନଙ୍କ ସନ୍ତାନମାନେ ମଧ୍ୟ କେହି କବି ହୋଇପାରିବେ ନାହିଁ?*

କପା କିଆରୀ ଉପରେ ସକାଳର ସାଇଁସାଇଁ ମୃଦୁ ପବନ ତାକୁ ମହାଶୂନ୍ୟର 'ନାଇଁ... ନାଇଁ...' ପରି ଶୁଣାଗଲା!

ହା ଦଇବ!!

କପା କିଆରୀରୁ ଫେରିବା ରାସ୍ତାରେ ଏଇକଥା ଭାବି ଭାବି ବିଧାନ ଘରକୁ ଫେରିଲା। ଫେରିବା ବାଟରେ ସେ ନୂଆ ତନ୍ତୀ ସାହି ଦେଇ ସବୁ ଘରେ ଘରେ ସେ ପକାଇଥିବା ତନ୍ତମାନଙ୍କରେ କ'ଣ କାମ ଚାଲିଛି, ତାକୁ ଦେଖାଦେଖି କଲାବେଳେ ସେମାନେ ସମସ୍ତେ କହିଲେ ସଦା ପଦିଆ ଏଇମାତ୍ର ଏଇ କାମ ସାରି ଯାଇଛନ୍ତି। ବୁଣା ସରିଥିବା କିଛି ନୂଆ ଲୁଗା ମଧ୍ୟ ସାଙ୍ଗରେ ନେଇଯାଇଛନ୍ତି।

ସେମାନେ ସାରିଥିବା କାମକୁ ଆଉ ଥରେ କରି ସମୟ ନଷ୍ଟ କରିବାରେ କିଛି ଲାଭ ନାହିଁ ଭାବି ବିଧାନ ଆଉ ଆଗକୁ ନ ବଢ଼ି ଘରମୁହାଁ ଚାଲିଲା।

ଘରର ବାରଣ୍ଡାରେ ସଦା ପଦିଆ ନିଜ ନିଜ ତନ୍ତରେ ବସିସାରିଲେଣି। ସେମାନେ ହିଁ ମୁଖ୍ୟତଃ ଏହି ବୁଣାବୁଣିର ଆଦାୟ କାମଟା ଦେଖୁଛନ୍ତି। ବିଧାନର ବଡ଼ ଦୁଇ ପୁଅ ଧ୍ରୁବ ଓ ଧନୁଷ ବିଧାନ ବୁଣୁଥିବା ତନ୍ତରେ କେଉଁଦିନୁ ପାଳିକରି ବସି ସାରିଲେଣି। ବାରଣ୍ଡାରେ ସୂତା କାଟିବା ଓ ଅଗଣାରେ ପଡ଼ିଥିବା ଅନ୍ୟ କିଛି ତନ୍ତ ପାଖରେ ରଙ୍ଗଦେବା କାମ କରୁଥିବା ସ୍ତ୍ରୀଲୋକମାନେ ରଙ୍ଗ ଦେବା କାମ ଆରମ୍ଭ କରିସାରିଲେଣି।

କରତନ କ୍ଲଂ ଦୁଇଦିନ ତଳେ ଆସି ତା'ର ମାଲ ଉଠାଇ ନେଇଯାଇଛି। ଏଣୁ କହିବାକୁ ଗଲେ ବିଧାନ ହାତରେ ଏବେ କିଛି ହିଁ କାମ ନାହିଁ। ସେ ବସି ଏବେ ଯଦି ତା'ର ଅଧାଲେଖା କାବ୍ୟକୁ ପୁଣି ଲେଖିବାକୁ ଆରମ୍ଭ କରନ୍ତା ହୁଅନ୍ତା ନାହିଁ?

*ନା, ନା, ହେବ ନାହିଁ।*

ବିଧାନ ଜାଣେ ସେ ଲେଖନୀ ଧରିବାମାତ୍ରେ ସୁଖର ହେଉ କି ଦୁଃଖର ହେଉ, ନିଜର ହେଉ କି ପରର ହେଉ, ଘଟଣାଟିଏ ଘଟି ତାକୁ ଗ୍ରାସ କରିବ। ତା' ହାତର ଲେଖନୀକୁ ବନ୍ଦ କରିଦେବ। ଯାହାକୁ ଆଉ ଥରେ ଧରିବା ବେଳକୁ ସପ୍ତାହ ପରେ ସପ୍ତାହ, ମାସ ପରେ ମାସ ବିତି ଯାଇଥିବ।

ଥାଉ, ଏ ଖେଳ ସେ ବହୁତ ଖେଳି ସାରିଲାଣି ।

ଠିକ୍ ଅଛି ! ଏଣିକି, ସେ ଯେ ଗୋଟାଏ କାବ୍ୟକୁ ଅଧାଲେଖି ରଖିଛି, ଏକଥା ସେ ସଂପୂର୍ଣ୍ଣ ଭୁଲିଯିବ । ତା'ର କାବ୍ୟଲେଖା ଏଣିକି ସଂପୂର୍ଣ୍ଣ ବନ୍ଦ । ଦେବଦତ୍ତ ମଉସାଙ୍କ ଆତ୍ମାକୁ ଯଦି ଏଥିରେ ଶାନ୍ତି ମିଳୁଛି, ତାଙ୍କ ଅଭିଶାପ ଫଳିବା ଦେଖି ସେ ଯଦି ଖୁସୀ ହେଉଛନ୍ତି, ସେୟା ହିଁ ହେଉ ।

ତାଙ୍କ ପ୍ରତି କ'ଣ କମ୍ ଅନ୍ୟାୟ ହୋଇଛି ?

ଧ୍ରୁବ, ଧନୁଷ, ସଦା ଓ ପଦିଆ ସଙ୍ଗରେ ପଦେ ଦୁଇପଦ କଥା ହୋଇ ସେ ଘର ଭିତରକୁ ପଶି ଲେଖନୀ ଓ ତାଳପତ୍ର ବିଡ଼ା ଧରି ପୁଣି ବାହାରକୁ ଆସିଲା । ବାରଣ୍ଡାର ଉପର ମୁଣ୍ଡରେ ସେ ପଟା ଖଟ ଓ ତା' ଉପରେ ନାଲି ଗାଲିଚା ସେମିତି ପଡ଼ିଛି । ସେ ଗାଲିଚା ରଙ୍ଗ ଛଡ଼ା ହୋଇ ଠାଏ ଠାଏ ଚିରି ଗଲାଣି ବୋଲି ସଦା କି ପଦିଆ କିଏ ତା' ଉପରେ ନିଜେ ବୁଣିଥିବା ନୂଆ ଚାଦରଟିଏ ବିଛେଇ ଦେଇଛନ୍ତି । ତା' ଉପରେ ସେ କାଠର ଲେଖାଶ୍ରୟ ମଧ୍ୟ ସେମିତି ଥୁଆ ହୋଇଛି ।

ଆଜିକାଲି ଏଇଠି ବସି ବିଧାନ କାହା ପାଖକୁ କେତେ ଲୁଗା ଥାନ ଗଲା, କେତେ ପଇସା ମିଳିଲା, କେତେ ବାକି ରହିଲା, ରଙ୍ଗ ସୂତା କେତେ କିଏ ଧରି କାମ କରୁଛି, କୋଉ ତୁତ ଗଛରୁ କେତେ ରେଶମ ସୂତା ବାହାରିଲା, ସେସବୁର ଏକ ହିସାବ ନିକାଶ ଏକ ମୋଟା ତାଳପତ୍ର ପୋଥିରେ ଲେଖି ରଖୁଛି । କରତନ କୁଂ ନିଜେ ତାକୁ ଏ ହିସାବ ରଖିବା କାମଟା ଶିଖାଇ ଦେଇଛି ।

ସଦା, ପଦିଆ ତାକୁ ଏ ସବୁର ସମ୍ବାଦ ଯୋଗାଡ଼ କରି ପହଞ୍ଚାଇ ଦେଉଛନ୍ତି ।

ହିସାବ ପୋଥିର ନୂଆ ପୃଷ୍ଠା ଖୋଲି ବିଧାନ ପୁଣି ତାକୁ ବନ୍ଦ କଲା । ହିସାବନିକାଶ ସବୁ ଲେଖା ସରିଛି । ନୂଆ ଦେଣନେଣ ତା'ପରେ ଆଉ ହୋଇନାହିଁ । ଏଣୁ ଏ ବିଷୟରେ ଲେଖିବାର ମଧ୍ୟ ଆଉ କିଛି ବାକି ନାହିଁ । ତାକୁ କିନ୍ତୁ କିଛି ନା କିଛି ଲେଖିବାକୁ ଆଜି ବହୁତ ଇଚ୍ଛା ହେଉଥିଲା ।

ସେ ଆନମନା ହୋଇ ନିଜ ଚାରିପଟରେ ଶାନ୍ତ ବାତାବରଣକୁ ଚାହିଁଲା । ଆଗପରି ଆକାଶର ନୀଳରଙ୍ଗ, ପକ୍ଷୀମାନଙ୍କର ମଧୁର ସ୍ୱର, ଚାଳ ଉପରେ ମାଡ଼ିଥିବା ଯୁଇଯାଇ ଫୁଲର ବାସ୍ନା, ମୃଦୁମଳୟର କୋମଳ ସ୍ପର୍ଶ ତାକୁ ଆଉ ଉଚ୍ଚକିତ କଲା ନାହିଁ ।

ବରଂ ତାକୁ ଦେଖାଗଲା ତା'ର ତିନି ପୁଅ ଧ୍ରୁବ, ଧନୁଷ, ଧବଳ ଧୀରେ ଧୀରେ ବଡ଼ ହେଉଛନ୍ତି । ସଦା, ପଦିଆର ମୁଣ୍ଡବାଳ ପାଚିବାକୁ ଆରମ୍ଭ କଲାଣି ।

ବୋଉ, କନକ ମାଉସୀ ଦୁହେଁ ରଙ୍ଗଦେବା, ସୂତା କଟା କାମରେ ଆଉ ବସି

ପାରୁନାହାନ୍ତି ବା ଅନ୍ୟ କାମରେ ଘର ସାରା ଏପଟସେପଟ ହେଉନାହାନ୍ତି। ଏଇ ତ ଦୁହେଁ ଏକାସାଙ୍ଗରେ ବାରିରେ ଘୋଡ଼ାଘୋଡ଼ି ହୋଇ ଟୋକେଇ ପରି ମୁଣ୍ଡପୋତି ବସି ଖରା ପୁଇଁବା ସେ ଟିକିଏ ଆଗରୁ ଦେଖିଥିଲା। ସେଇଠୁ ଉଠି ଗରମ ପାଣିରେ ଗାଧୁଆପାଧୁଆ କରି ଭାତ ଗଣ୍ଡେ ଖାଇଦେଇ ସେମାନେ ଶୋଇ ପଡ଼ିବେ ଯେ ନିଦ ଭାଙ୍ଗିବା ବେଳକୁ ସୂର୍ଯ୍ୟ ପଶ୍ଚିମ ଆଡ଼କୁ ଢଳିବେଣି।

ଏକାସାଙ୍ଗରେ ବସଉଠ କଲେ ସୁଦ୍ଧା ସେମାନେ ନିଜ ଭିତରେ ମଧ୍ୟ ଆଉ ବେଶୀ କଥାବାର୍ତ୍ତା କରିବା ସେ ଦେଖୁନାହିଁ।

ତା'ର ବଡ଼ଝିଅ ଭାଗ୍ୟ ବିଭା ହୋଇ ଶାଶୂଘର ଗଲାଣି।

ସୀତା ଓ ସାନଝିଅ ପଦ୍ମା ମିଶି ଏବେ ଘର କାମ ଉଠାଉଛନ୍ତି। ଗାଈ କାମ, ଘର କାମ ସୀତାକୁ ଅଧିକ ହୋଇଯାଉଛି ବୋଲି ସେ ଲଗେଇଛି, ଶୀଘ୍ର ଧ୍ରୁବ ଓ ମଝିଆ ପୁଅ ଧନୁଷକୁ ଏକାସାଙ୍ଗରେ ବିଭା କରାଇଦିଅ। ସତକଥା, ସାନଝିଅଟା ବିଭା ହୋଇ ଚାଲିଯିବା ଆଗରୁ ଦୁଇଟା ବୋହୂ ନ ଆଣିଲେ ସୀତା ନିଶ୍ଚୟ ହଇରାଣ ହେବ।

ବଡ଼ପୁଅ ଧ୍ରୁବ ଓ ମଝିଆ ପୁଅ ଧନୁଷ କପା ଚାରା ପୋତିବା ଠାରୁ କପା ଫୁଲତୋଳା ହେବା କାମରେ ଲାଗି ରହୁଛନ୍ତି। ଏ ସମସ୍ତଙ୍କ ପରିଶ୍ରମ ଓ ପ୍ରଚେଷ୍ଟା ଯୋଗୁ ଆଜି ବିଧାନ ପାଖାପାଖି ନିଜର ଶହେ ତନ୍ତୀଙ୍କୁ ସୂତା ରେଶମ ସୂତା ଯୋଗାଇ ପାରୁଛି।

ତା'ର ତିନିପୁଅଙ୍କ ଭିତରେ ଏହି ମଝିଆ ପୁଅ ଧନୁଷଟା ଅଧିକ ଚତୁର ଓ ଚଞ୍ଚଳ। ତାକୁ ଓ ବଡ଼ ପୁଅକୁ ଏକା ସାଙ୍ଗରେ ବିଭା କରାଇ ଦେଲେ ହେବ।

କେଡ଼େ ଶୀଘ୍ର ସମୟ ସବୁ ଚାଲିଗଲା। ଏଇ ପିଲାଙ୍କୁ ଦେଖିଲେ ଜଣାପଡୁଛି ସେ ନିଜେ ମଧ୍ୟ ପାଦ ପାଦ କରି ବାର୍ଦ୍ଧକ୍ୟ ଆଡ଼କୁ ଆଗଉଛି।

ବିଧାନର ଆଖି ପୁଣି ନିଜ ହାତର ଲେଖନୀ ଓ ଆଗରେ ଥୁଆ ହୋଇଥିବା ଅଲେଖା ତାଳପତ୍ର ଖେଦା ଉପରେ ପଡ଼ିଲା। ଆନମନା ହୋଇ ସେ ସେଥିରୁ ପୃଷ୍ଠାଏ ଆଣି ଲେଖାଶ୍ରୟ ଉପରେ ରଖି ଲେଖନୀକୁ ହାତରେ ଧରି ସେ ଖାଲିପୃଷ୍ଠା ଉପରେ ରଖିଲା- କ'ଣ ଲେଖିବି ?

'ମୋ ବିଷୟରେ ଲେଖ।'

ଚମକି ପଡ଼ି ବିଧାନ ମୁଣ୍ଡଟେକି ଆଗକୁ ଚାହିଁଲା। ତା' ଆଗରେ ଚକାମାଡ଼ି ବସି ଦେବଦତ୍ତ ମଉସା ମୁରୁକି ମୁରୁକି ହସି ତାକୁ ଚାହିଁଛନ୍ତି।

'ମଉସା !' ବିଧାନର ଦୁଇ ହାତ ଆପେ ଆପେ ଉଠିଯାଇ ଦେବଦତ୍ତଙ୍କ ପାଦ ଛୁଇଁବାକୁ ଆଗକୁ ବଢ଼ିଗଲା।

'ଆୟୁଷ୍ମାନ ଭବ, ସୌଭାଗ୍ୟବାନ ଭବ!' ଦେବଦତ୍ତ ସେମିତି ମୁରୁକି ହସି କହିଲେ। 'ଆଉ ବୁଣାବୁଣି କରୁନୁ କି?'

'ନା, ଏବେ ଖାଲି ସବୁ କାମ ତଦାରଖ କରୁଛି। ପିଲାମାନେ ତ ବାହାରି ଆସିଲେଣି। ସେମାନେ ବୁଣୁଛନ୍ତି। ଅନ୍ୟ ସବୁ କଥା ବି ବୁଝୁଛନ୍ତି।' ମୁହଁକୁ ତଳକୁ କରି ବିଧାନ ଉତ୍ତର ଦେଲା।

'ଆଉ ଲେଖାଲେଖି?'

କଚ୍‌କରି ଧାରୁଆ ଛୁରୀଟିଏ ବିଧାନର କଲିଜାରେ ଗଳିଗଲା ଯେପରି।

ଆଖିତୋଳି ସେ ଦେବଦତ୍ତଙ୍କୁ ଅନାଇଲା।

*ସେତକ ସୁଖ ତ ତୁମେ ଛଡ଼ାଇ ନେଲ। ବାପା ଦୋଷ କଲେ, ତୁମେ ମୋତେ ଦଣ୍ଡିଲ।*

ତା' ପାଟିରୁ କିନ୍ତୁ ପଦଟିଏ ଶବ୍ଦ ବାହାରିଲା ନାହିଁ। ଶବ୍ଦ ସବୁ ତରଳିଯାଇ ଆଖିରେ ଢଳଢଳ ହେଲେ।

ଦେବଦତ୍ତ ଆଗକୁ ଝୁଙ୍କିପଡ଼ି ତା' ପିଠିରେ ହାତ ଥାପୁଡ଼ାଇଲେ। କହିଲେ- 'ଲେଖ୍।'

ହାତର ଲେଖନୀକୁ ତଳେ ରଖି କାନ୍ଧର ଗାମୁଛାରେ ଦୁଇହାତରେ ଦୁଇ ଆଖିର ଲୁହପୋଛି ବିଧାନ ତାଙ୍କୁ ଅନାଇଲା। ହଠାତ୍ ତା'ର ହୋସ୍ ଆସିଲା। ଆରେ ସଦା, ପଦିଆ, ଧ୍ରୁବ ଓ ଅନ୍ୟମାନେ... ସେ ସେମାନଙ୍କୁ ଚାହିଁଲା। ସେମାନେ ନିଜ ନିଜ କାମରେ ବ୍ୟସ୍ତ। ବୋଧହୁଏ ସେମାନେ ଦେବଦତ୍ତଙ୍କୁ ଦେଖିପାରୁ ନାହାନ୍ତି।

ଦେବଦତ୍ତ ଲେଖନୀଟିକୁ ତଳୁ ଗୋଟାଇ ବିଧାନ ହାତରେ ଗୁଞ୍ଜିଦେଇ ପୁଣି ଥରେ କହିଲେ- 'ଲେଖ୍।'

ଏଥର ଆଶ୍ଚର୍ଯ୍ୟ ହୋଇ ବିଧାନ ପଚାରିଲା- 'କ'ଣ? କ'ଣ ଲେଖିବି?'

'ମୁଁ ଯାହା ଡାକିବି', ଦେବଦତ୍ତ ଉତ୍ତର ଦେଲେ।

ଯନ୍ତ୍ରଚାଳିତ ପରି ବିଧାନ ଲେଖିବସିଲା। ଦେବଦତ୍ତ ଡାକିବାରେ ଲାଗିଲେ।

ବିଧାନର ଚାରିପଟର ଶବ୍ଦ ସବୁ ଧୀରେ ଧୀରେ ନିଃଶବ୍ଦ ହୋଇଗଲା।

ଧ୍ରୁବ, ସଦା, ପଦିଆର ତନ୍ତର ଖଟ୍‌ଖଟ୍ ଶବ୍ଦ, ଟିକିଏ ଦୂରରେ ଧନୁଷ ସହ ମୂଲଚାଲ କରୁଥିବା ଗ୍ରାହକମାନଙ୍କ କଥାବାର୍ତ୍ତା ଆଉ ଶୁଣାଗଲା ନାହିଁ।

ଧୀରେ ଧୀରେ ସେମାନଙ୍କ ଉପସ୍ଥିତି ମଧ୍ୟ ଅଦୃଶ୍ୟ ହୋଇଗଲା।

କେବଳ ଏକ ଆଲୋକର ପିଣ୍ଡୁଳା, ତା' ଭିତରେ ବିଧାନ ଓ ଦେବଦତ୍ତ।

ବାକି ଚାରିପଟେ କେବଳ ଅନ୍ଧାର ଓ ଶୀତଳ ନୀରବତା।

ବିଧାନକୁ ଦେବଦତ୍ତଙ୍କ ସ୍ୱର ଅସ୍ପଷ୍ଟ ଶୁଭିଲେ ସେ ମଝିରେ ମଝିରେ ଥରେ ଅଧେ ଦେବଦତ୍ତଙ୍କୁ ଚାହିଁ ଶୁଣିବାରେ ଓ ଲେଖିବାରେ ଲାଗିଲା।

ସେ ଲେଖି ଚାଲିଥାଏ- ଭୂଗୋଳରେ ଗଂଜାମ ନାମକ ସ୍ଥାନରେ ବୋମକେଇ ଗାଁର ଅବସ୍ଥିତି। ସେଠାରେ ଦେବଦତ୍ତ ଓ ପ୍ରବଳ ପଡ଼ୋଶୀ। ସେମାନଙ୍କର ଚେହେରା, ଗୁଣ, ପରିବାର। ଦେବଦତ୍ତଙ୍କ ଈଶ୍ୱରଦତ୍ତ କବି ପ୍ରତିଭା। କବିତ୍ୱର ପ୍ରକାଶ ଓ ବିକାଶ, ଏ ସବୁ ଟିକିନିଖି ବର୍ଣ୍ଣନା।

ଦେବଦତ୍ତ ଡାକି ଚାଲିଥାନ୍ତି।

ପୃଷ୍ଠା ପରେ ପୃଷ୍ଠା ବିଧାନ ଲେଖିବାକୁ ଲାଗିଲା।

'ଆଜି କ'ଣ ଏତେ ଲେଖିବାରେ ଲାଗିଛ ? ଖାଇବ ନାହିଁକି ?' ସେ ଶବ୍ଦରେ ଚମକି ପଡ଼ି ବିଧାନ ମୁଣ୍ଡଟେକି ଦେଖିଲା। ତା' କାନ୍ଧରେ ହାତ ପକାଇ ସୀତା ତାକୁ ଏ ପ୍ରଶ୍ନ ପଚାରୁଛି। ସେ ଦେବଦତ୍ତଙ୍କୁ ଚାହିଁଲା।

ସେ ସେଇଠି ନଥିଲେ।

ଖାଇସାରି ଗାମୁଛାରେ ମୁହଁକୁ ପୋଛିପୋଛି ଧ୍ରୁବ ମଧ୍ୟ ସେଇଠି ଆସି ପହଞ୍ଚିଲା। ବିଧାନ ଲେଖିଥିବା ପୃଷ୍ଠାମାନଙ୍କ ମଧ୍ୟରୁ ଗୋଟିଏ ଉଠାଇ ନେଇ ପଢ଼ିଲା। କହିଲା- 'ବାପା, ତୁମ ଅକ୍ଷର କେତେ ସୁନ୍ଦର। ଭାଷା ବି କେତେ ବଢ଼ିଆ। ତୁମେ ଏତେ ଭଲ ଲେଖ ବୋଲି ତ ମୁଁ ଜାଣିନଥିଲି !'

ଦୀର୍ଘ ନିଃଶ୍ୱାସଟିଏ ବିଧାନର ଛାତି ଚିରି ବାହାରି ଆସିଲା। ଭାଗ୍ୟ ସହଯୋଗ କରିଥିଲେ ତା' ପିଲାମାନେ- 'ତୁମ ବାପା ଜଣେ ପ୍ରସିଦ୍ଧ କବି', ଏୟା ଶୁଣି ଶୁଣି ବଡ଼ ହୋଇଥାନ୍ତେ।

'ତୁ କବି ଦେବଦତ୍ତଙ୍କୁ ଜାଣିଛୁ ?' ସେ ଧ୍ରୁବକୁ ପଚାରିଲା।

'ହଁ, ଜାଣିଛି। ସେ ପରା ଆମର ଜଣେ ଜେଜେବାପା। ମାନେ ସୁଦତ୍ତା ପିଉସୀଙ୍କ ବାପା।'

'ହଉ, ଚାଲ, ଖାଇଦେଇ ଆସି ପୁଣି ଲେଖିବ। ତୁମେ ଖାଇସାରିବା ପରେ ମୋତେ ପୁଣି କେତେ କାମ ସାରିବାକୁ ହେବ। ବାସନକୁସନ, ହାଣ୍ଡି ଧୁଆଧୋଇ, ରଖାଥୁଆ।' ସୀତା ଜୋର୍‌ଦେଇ କହିଲା 'ସକାଳ ପାଇଲେ ଗୁରୁବାର।'

ବିଧାନ ଖାଇସାରି ପୁଣି ଆସି ଲେଖାରେ ଲାଗିଲା। ଦେବଦତ୍ତଙ୍କ ଦେଖା ନଥିଲା।

କିନ୍ତୁ ଯେଉଁ ସ୍ରୋତଟି ସେ ଖୋଲିଦେଇ ଗଲେ ସେ ମଧ୍ୟ ବନ୍ଦ ହେଉନଥିଲା। ଏଣୁ ସେହି ସ୍ରୋତରେ ତାଳଦେଇ ଅଣନିଃଶ୍ୱାସୀ ହୋଇ ସେ ଲେଖିଚାଲିଲା।

ଦିନ ଯାଇ ସନ୍ଧ୍ୟା ମଧ୍ୟ ଧୀରେ ଧୀରେ ଦିନର ଅବଶିଷ୍ଟ ଆଲୋକ ରେଣୁମାନଙ୍କୁ

ଓଳେଇ ନେଇ ରାତ୍ରିକୁ ଭଲ ଭାବରେ ଜମେଇ କରି ବସିବା ପାଇଁ ଜାଗା କରିଦେଲା।

ରାତି ବେଶ୍ ହେବାଯାଏ କେହି ତାକୁ ବାଧାଦେବାକୁ ଚାହିଁଲେ ନାହିଁ।

ପଦ୍ମା ଆସି ଉଜ୍ଜ୍ୱଳ ଦୀପଟିଏ ପାଖରେ ଆଣି କେତେବେଳେ ରଖିଦେଇ ଗଲା।

ପରଦିନ ପୁଣି ବଡ଼ିଭୋରରୁ ଉଠି ବିଧାନ ଲେଖାରେ ଲାଗିଗଲା।

ପୃଷ୍ଠାପରେ ପୃଷ୍ଠା ସେ ଲେଖିଚାଲିଲା। ପ୍ରବଳର ରୂପ, ଗୁଣ, ଅତ୍ୟଧିକ ଲୋଭ, ଅନାବଶ୍ୟକ ଉଚ୍ଚାକାଂକ୍ଷା... ସତେ ଯେପରି ସେ ନିଜେ ଲେଖୁନାହିଁ... ଲେଖନୀଟି ହିଁ ଲେଖି ଚାଲିଛି। ସେ କେବଳ ତାକୁ ମୁଠାଇ ଧରିଛି।

ପୁଣି ଖାଇବା ବେଳ ଆସି ସୀତା କି ପଦ୍ମା କେହି ତାକୁ ବାଧ କରି ଖାଇବାକୁ ନ ନେଲେ ସେ ଜାଗା ଛାଡ଼ି ସେ ଉଠିଲା ନାହିଁ। ନିତ୍ୟକର୍ମ ଓ ଶୋଇବା ସମୟକୁ ବାଦ୍ ଦେଲେ ସେ ଖାଲି ଲେଖାରେ ହିଁ ଲାଗି ରହିଲା।

ସେ ଆଶ୍ଚର୍ଯ୍ୟ ହେଲା ଯେ, ଏସବୁ ଲେଖିବା ବେଳେ କୌଣସି ବାଧାବିଘ୍ନ ଆସିଲା ନାହିଁ।

ଗାଆଁରେ କାହାରି ଘର ପୋଡ଼ିଲା ନାହିଁ।

କେହି ବେମାର ପଡ଼ିଲେ ନାହିଁ।

ସୀତା ତାକୁ ଲେଖାରୁ ଉଠାଇଲା ନାହିଁ କି କୌଣସି ଅଳି, ଅଭିଯୋଗ କଲା ନାହିଁ।

କର୍ଡନ କ୍ଲର ଶଗଡ଼ ଆସି ତା' ଦୁଆରେ ଲାଗିଲା। ମାଲ୍ ଲଦା ହୋଇ ଫେରିଗଲା ମଧ୍ୟ। ଟଙ୍କା ପଇସା ଓ ହିସାବ ବିଧାନଠୁ କଞ୍ଚିନେଇ ଧ୍ରୁବ, ବିଧାନ ଶୋଇବା ଘର ପେଡ଼ିଖୋଲି ସେ ଭିତରେ ରଖିଲା। କଞ୍ଚି ଫେରାଇଲା।

କେତେ ରାଜରାଜୁଡ଼ା, ବଡ଼ଲୋକଙ୍କର ପରିବାର, କର୍ମଚାରୀ, ଶଗଡ଼ରେ, ଘୋଡ଼ାରେ, ସବାରୀରେ ଆସି ପହଞ୍ଚିଲେ, ଗଲେ ମଧ୍ୟ। ବିଧାନର ତିନିପୁଅ ଓ ସଦା, ପଦିଆ ସେମାନଙ୍କୁ ପାଛୋଟି ଆଣିଲେ, ଚର୍ଚ୍ଚା କଲେ। ସେମାନଙ୍କ ଆବଶ୍ୟକତା ବୁଝିଲେ। ସେମାନଙ୍କଠାରୁ ବରାଦ ଟଙ୍କା ରଖିଲେ। ଠିକ୍ ସମୟରେ ବରାଦୀ ଶାଢ଼ୀ ଦେଇ ସେମାନଙ୍କୁ ବିଦା କଲେ।

ବିଧାନ ଅଣ୍ଟାର କଞ୍ଚିମାଳ ତା' ଅଣ୍ଟାରୁ ଥରକୁ ଥର ଗଲା ଓ ଓ ପେଡ଼ିକୁ ଭାରୀ କରି ସଙ୍ଗେ ସଙ୍ଗେ ଫେରିଲା ମଧ୍ୟ।

କିନ୍ତୁ, ତାକୁ କେହି ଲେଖାରୁ ଉଠାଇଲେ ନାହିଁ କି ତା' ଚାରିପଟେ କ'ଣ ଘଟୁଛି, ଏହା ତା'ର ଚେତନାରେ ପଶିଲା ନାହିଁ।

ସେ କେବଳ ଏତିକି ଜାଣୁଥିଲା ସେ ଯାହା ଲେଖିଚାଲିଛି, ତାହା ସାହିତ୍ୟ

ନୁହଁ, କାବ୍ୟ ରଚନା ନୁହଁ, ଏକ କବିର, କବି ପ୍ରତିଭାର ସୃଜନଶୀଳତା ନୁହଁ। ଏହା କେବଳ ମାତ୍ର ଏକ ବିବରଣୀ।

ପୁରୀ ଶ୍ରୀମନ୍ଦିରର ମାଦଳା ପାଞ୍ଜି ପରି କିଛି ଘଟଣାର ବିବରଣୀ, ଯାହା ବାସ୍ତବ।

ଏଥିରେ କଳ୍ପନାର ଛଟା ବା ଆଲଙ୍କାରିକ ବୈଚିତ୍ର୍ୟର ଆବଶ୍ୟକତା ନାହିଁ। ସାହିତ୍ୟ ରଚିବା ପାଇଁ ଏସବୁ ସତ୍ୟ ଉପରେ ସାମାନ୍ୟତମ ଆବରଣ ଦେବା ଉଚିତ ହେବ ନାହିଁ ମଧ୍ୟ। ତା' ନିଜର କାବ୍ୟ ରଚନାର ପିପାସାକୁ ଶାନ୍ତ କରିବା ପାଇଁ କୌଣସି କାବ୍ୟଚାତୁରୀ ଏଠାରେ ଦେଖାଇବାର ଅଧିକାର ହିଁ ତା'ର ନାହିଁ!

କେବଳ ସୁନ୍ଦର ଭାଷା ସହିତ ବର୍ଣ୍ଣନାର ସାବଲୀଳତା ଓ ଘଟଣାର କ୍ରମତ୍ୱ ରକ୍ଷା କରିବାର ଦାୟିତ୍ୱ ହିଁ ତାକୁ ମିଳିଛି।

ତଥାପି ସେ ଖୁସୀ ହେଲା।

ତା'ର ଲେଖିବାର ପିପାସା ତ ଏଥିରେ ତୃପ୍ତ ହେଉଛି। କୌଣସି ଅବାନ୍ତର ବା ଅତିରଂଜିତ ବର୍ଣ୍ଣନା ନ କରି ସେ ବ୍ୟାସଦେବଙ୍କ ପରି ଯାହା ଜାଣିଛି, ଯାହା କିଛି ତା' ଆଗରେ ଘଟିଗଲା, ସେସବୁର ଏକ ସଠିକ୍ କ୍ରମ ସହିତ ସବିଶେଷ ବିବରଣୀ ଲେଖିବାରେ ଲାଗିଲା।

ସୁଦତ୍ତା ଓ ସୁଶୀଳର ପ୍ରେମ, ପ୍ରଚଣ୍ଡର ପାଞ୍ଚଶହ ସୁନାମୋହରର ପଣ ଠାରୁ ଆରମ୍ଭ କରି, ଏହି ପଣର ପରିଣାମ, ହଜାରେ ସୁନା ମୋହରର ପଛରେ ଥିବା ସମସ୍ତ ଆକର୍ଷଣ, ଉଦ୍ୟମ, ଷଡ଼ଯନ୍ତ୍ର ଓ ହତ୍ୟା ରହସ୍ୟ ଏବଂ ଅଭିଶାପର କଥା ଟିକିନିଖି କରି ସେ ବର୍ଣ୍ଣନା କରିଚାଲିଲା, ଲେଖିଚାଲିଲା।

ଦିନ ପରେ ଦିନ ଚାଲିଗଲା। ମାସ ମାସ ବିତିଗଲା।

ପ୍ରାୟ ଦଶମାସର ଅକ୍ଲାନ୍ତ ପରିଶ୍ରମ ପରେ ବିଧାନର ଏହି 'ଦେବଦତ୍ତ ଉପାଖ୍ୟାନ' ସମାପ୍ତ ହେଲା।

ଉପସଂହାରରେ ସେ ଲେଖିଲା- ଦେବଦତ୍ତଙ୍କ ଏ ଦୁଇଟି ଅଭିଶାପ- ବିଧାନର ବଂଶ ନାଶ ଓ ବିଧାନ ବଂଶଧରଙ୍କ ସାହିତ୍ୟିକ ପ୍ରତିଭାନାଶରୁ ପ୍ରଥମଟିର ନିରାକରଣ ରହିଛି।

ଯେତେଦିନ ଯାଏ ବିଧାନର ବଂଶଧରମାନେ ଦାନ, ପରସେବା, ପରୋପକାର ଏ ତିନୋଟିକୁ ହିଁ ଧର୍ମ ରୂପେ ଗ୍ରହଣ କରି ତାକୁ କଡ଼ାକଡ଼ି ଭାବରେ ପାଳନ କରୁଥିବେ, ବଂଶ ନାଶର ଭୟ ରହିବ ନାହିଁ। ସେମାନେ ପରିବାର ପୋଷଣ, ପାଳନ, ବୃଦ୍ଧି, ନିରାପଦରେ କରିପାରିବେ। ଏ ବଂଶ ତିଷ୍ଠି ରହିବ।

ଏଣୁ ଏ କାମ ସବୁ ଯେପରି ବନ୍ଦ ନହୁଏ।

କିନ୍ତୁ ସାବଧାନ!

ଶତଚେଷ୍ଟା କଲେ ମଧ୍ୟ ଏ ବଂଶରେ କେହି କବି, ଲେଖକ ହୋଇପାରିବେ ନାହିଁ!

ହେବାକୁ ଚେଷ୍ଟା କଲେ ମହାବିପଦରେ ପଡ଼ିବେ!

ପ୍ରଥମ ପ୍ରତିକାରଟିକୁ ଅନନ୍ୟ କରି ତୋଳିପାରିଲେ ଏ ବିପଦ, ବିପଦ ନହୋଇ ଅନ୍ୟ ସମ୍ପଦ ବା ସୁଯୋଗ ରୂପେ ଆସିପାରେ। କିନ୍ତୁ ଲେଖକୀୟ ତ୍ରୁଟି, ସଫଳତା ଆଦୌ ନୁହଁ।

ଜଣେ ପ୍ରକୃତ ଲେଖକର ସ୍ୱାଭାବିକ ଉଚ୍ଚାକାଂକ୍ଷାର ଗଛଟିଏ ମନ ଭିତରେ ପୋତିବା ମାତ୍ରେ ସେ ଫୁଲ, କଷି ଧରିବା ତ ଦୂରର କଥା, ଜୀବନର ସବୁ ସବୁଜିମାକୁ ଚାଟିନେଇ ଧୂ' ଧୂ' ମରୁଭୂମିଟିଏ ସେଇଠି ଛିଡ଼ା କରାଇଦେବ।

ସେଇଥିପାଇଁ ସାପ ଦୁଇଟି ବିଷୟରେ ଭଲ କରି ଜାଣିରଖ।

ଏକରେ- ମରିଯାଇଥିବା କଳା ସାପର କଙ୍କାଳକୁ ଘରେ ବା ବ୍ୟକ୍ତିଗତ ଭାବରେ ଅନାଚାର, ଦୁରାଚାର ଇତ୍ୟାଦି କରି କେହି ବଞ୍ଚାଇବେ ନାହିଁ। ସେ ବଞ୍ଚିଉଠିଲେ ଘୋର ଅନର୍ଥ ହେବ।

ଦ୍ୱିତୀୟରେ- ସେମାନଙ୍କ ଉପରେ ଆଖି ରଖିଥିବା ଚିରଞ୍ଜିବୀ ଧଳା ସାପଟିକୁ ଦେଖିଲେ ମଧ୍ୟ ନଦେଖିବା ପରି ରହିବେ।

ଯେପର୍ଯ୍ୟନ୍ତ ଲେଖକ, କବି ହେବାର ଦୁରାଶା, ଅପରାଧ କେହି ନ କରିଛନ୍ତି, ଏ ଧଳା ସାପ ପରିବାରର କାହାରି କୌଣସି ଅନିଷ୍ଟ ନ କରି କାନ୍ଥର ଝିଟିପିଟି ପରି ସଜୀବ ରହିଥିବ। ସବୁ ଦେଖୁଥିବ, ଚଳପ୍ରଚଳ ହେଉଥିବ। କିନ୍ତୁ କୌଣସି କ୍ଷତି କରିବ ନାହିଁ।

ଯେଉଁ ବଂଶଧର ମନରେ ଏ ସବୁ ରହସ୍ୟ ଜାଣି ସାରିବା ପରେ ମଧ୍ୟ କବି, ଲେଖକ ହେବାର ଅଦମ୍ୟ ଇଚ୍ଛା ମୁଣ୍ଡଟେକି ଉଠିବ, ଏବଂ ସେ ସେହି ଦିଗରେ ଆଗେଇବାକୁ ଚେଷ୍ଟିତ ହେବ, ସେତେବେଳେ ସେ ହିଁ ଏହି ସାପକୁ ନିଶ୍ଚିତ ଦେଖିପାରିବ ଏବଂ ଧଳା ସାପଟିକୁ ଦେଖିବାମାତ୍ରେ ତାକୁ ଏକ ଚେତାବନୀ ରୂପେ ଗ୍ରହଣ କରି ଏହି ଲେଖିବା ଇଚ୍ଛାରୁ ନିବୃତ୍ତ ହେବ, ନହେଲେ ଆଖି ଆଗରେ ପରିବାରର ଅଧୋଗତି ଦେଖିବ।

'ଦେବଦତ୍ତ ଉପାଖ୍ୟାନ' ପୋଥିର ଶେଷ ବାକ୍ୟ ଥିଲା- ହେ ମୋର ଆଗାମୀ ବଂଶଧରମାନେ! ଦୟାକରି କବି ଲେଖକ ହେବାର ସ୍ୱପ୍ନ ଦେଖ ନାହିଁ।

ତୁମକୁ ମୋର ବିନମ୍ର ନିବେଦନ- ଏ ଅପଚେଷ୍ଟା କର ନାହିଁ।

ଜାଣି ରଖ, ଏହା ସ୍ୱପ୍ନ ନୁହଁ- ଏକ ଦୁଃସ୍ୱପ୍ନ ମାତ୍ର !
ଏହାଠାରୁ ଦୂରରେ ରହ ।

-୦-

ପୋଥିଟି ସମାପ୍ତ କରି ବିଧାନକୁ ବଡ଼ ଶାନ୍ତି ଓ ତୃପ୍ତି ଲାଗିଲା ।

'ହଉ, କାବ୍ୟଟିଏ ଲେଖି ନ ପାରିଲେ କ'ଣ ହେଲା, ପୋଥିଟିଏ ତ ଲେଖିପାରିଲି !' ପୋଥିଟିକୁ ଅନାଇ ବିଧାନ ମୁହଁରେ ଏକ କରୁଣ ହସ ଖେଳିଗଲା ।

ସେ ତାକୁ ଛାତିରେ ଘଡ଼ିଏ ଜାକି ଧରିଲା ।

କିନ୍ତୁ ଏ ତୃପ୍ତି ଭୋକିଲା ଲୋକର ଶୁଖିଲା ମୁଢ଼ିଖାଇ ଭୋକ ମେଣ୍ଟାଇବା ସଙ୍ଗେ ସମାନ ହେଲା । ସାହିତ୍ୟ ସୃଷ୍ଟିର ଗୌରବରୁ ବଞ୍ଚିତ ହେବାର ତା'ର ଗ୍ଲାନି ଓ କ୍ଷୋଭ, ଅପରାହ୍ନର ଛାଇ ପରି ତା' ବୟସ ସହିତ ତାଳ ଦେଇ ଲମ୍ବିବାରେ ଲାଗିଲା ।

ସବୁକିଛିର ପ୍ରାପ୍ତି ଭିତରେ, ହୃଦୟର ନିଭୃତ କୋଣରୁ ଗୋପନରେ ହାହାକାରର ଏକ ଧୁ' ଧୁ' ଦାବାନଳ ଅନବରତ ଜଳି ତା'ର ସବୁ ଆନନ୍ଦ ଉପରେ ହତାଶାର ଏକ ପତଳା ଆବରଣ ଢାଙ୍କି ଦେଉଥିଲା । ସେ ଜାଣୁଥିଲା- ଲୋକଙ୍କୁ ତା'ର ଏହି ଆବରଣ ଏକ ସଫଳ ବ୍ୟକ୍ତିତ୍ୱର ଏକ ସ୍ୱାଭାବିକ ପରିପ୍ରକାଶ ପରି ଲାଗୁଛି । ସେମାନେ ଏହାକୁ ତା'ର ମୁରବୀସୁଲଭ ଗାମ୍ଭୀର୍ଯ୍ୟ ବୋଲି ଗ୍ରହଣ କରିନେଉଛନ୍ତି ।

କିନ୍ତୁ ସେ ନିଜେ ? ତା' ନିଜ ହୃଦୟର କ୍ଷତଟି ତ ତାକୁ ଅନବରତ ଯନ୍ତ୍ରଣା ଦେଇ ଚାଲିଛି । କ'ଣ କରି ଏ ଯନ୍ତ୍ରଣାରୁ ସେ ମୁକ୍ତି ପାଇବ ?

ଏ କ୍ଷତ ତ ସେ ସୀତାକୁ ମଧ୍ୟ ଦେଖାଇନାହିଁ ।

କନକ ମାଉସୀ କେବେ ସ୍ୱପ୍ନରେ ମଧ୍ୟ ଭାବିଥିବେ ଯେ, ତାଙ୍କ ସ୍ୱାମୀଙ୍କୁ ହତ୍ୟା କରିଥିବା ବ୍ୟକ୍ତିର ପରିବାରକୁ ହିଁ ସେ ନିଜର ସମସ୍ତ ଶ୍ରଦ୍ଧା, ସମ୍ମାନ ଓ ସେବା ଦେଇ ଆସିଛନ୍ତି ?

ଗାଁ ଲୋକେ, ମକଦ୍ଦମ ସାଆନ୍ତେ ଭୁଲରେ କେବେ ଭାବିପାରିବେ କି ଯେ ଏକ ନରହତ୍ୟାକାରୀର ପୁଅ ଗାଁରେ ମାନସମ୍ମାନ, ସଂପତ୍ତି, ପ୍ରତିପତ୍ତି ବଢ଼ାଇ ଚାଲିଛି ।

ଆଗାମୀ ଦିନରେ, ତା'ର ନିଜର ପୁଅବୋହୂମାନେ କେବେ ଭାବିପାରିବେ ଏ ଘର ଦୁଇ ଦୁଇଟା ଅଭିଶାପର ସାପମାନଙ୍କର ବିଷାକ୍ତ ନିଃଶ୍ୱାସରେ କେମିତି ଉଷ୍ମ ହୋଇ ରହିଛି !

ସେ ନିଜର କ୍ଷତକୁ, ଏ ରହସ୍ୟକୁ, ଏ ଅଭିଶାପମାନଙ୍କୁ ଏଥିପାଇଁ ଲୁଚାଇ ରଖିଛି ଯେ, ସେ ନିଜେ ତ ବିନା ଦୋଷରେ ଦଣ୍ଡ ପାଉଛି, ଅଯଥାରେ ତା' ପରିବାରର

ଅନ୍ୟମାନେ କି କନକ ମାଉସୀ, ସୁଦତ୍ତା ଏମାନେ ନିରପରାଧି ହୋଇ ସୁଦ୍ଧା ଏହି ସମାନ ଦଣ୍ଡ କେବେ ବି ନ ପାଆନ୍ତୁ।

ଦୀର୍ଘ ନିଃଶ୍ୱାସଟିଏ ମାରି ବିଧାନ ଦେବଦତ୍ତଙ୍କ 'କର୍ମ ସୂତ୍ର', ନିଜର ନାମହୀନ ଅର୍ଦ୍ଧଲିଖିତ କାବ୍ୟ ଓ ସଦ୍ୟସମାପ୍ତ ହୋଇଥିବା 'ଦେବଦତ୍ତ ଉପାଖ୍ୟାନ' ପୋଥି ତିନୋଟିକୁ ଅଲଗା ଅଲଗା କରି ତିନୋଟି ନାଲି କପଡ଼ାରେ ବାନ୍ଧି ସେ ତିନୋଟି ପୁଟୁଳିକୁ ଏକାଠି କରି ପୁଣି ଏକ ବଡ଼ ପୁଟୁଳିଟିଏ କରି ଚାରିଆଡ଼କୁ ଚାହିଁଲା।

ଧ୍ରୁବ, ଧନୁଷ, ସଦା, ପଦିଆ ବୋଧହୁଏ ଖାଇବା ପାଇଁ କେତେବେଳୁ ତନ୍ତ ବନ୍ଦ କରି ଯାଇଛନ୍ତି।

ସେ ସେହି ପୁଟୁଳିଟିକୁ ଧରି ବାରଣ୍ଡା ଛାଡ଼ି ନିଜ ଶୋଇବା ଘରେ ପଶି ବାରଣ୍ଡା ପଟର କବାଟ ବନ୍ଦ କଲା। ଛୋଟ ଚଉପଦୀଟିଏ ଆଣି ତା' ଉପରେ ଚଢ଼ି ସେ ବହି ପୁଟୁଳିଟିକୁ ଭାଡ଼ି ଉପରେ ଭିତରକୁ ଠେଲି ରଖିଦେଲା।

ଗତ ଦଶବର୍ଷ ଭିତରେ ଏ ଭାଡ଼ିର ଭିତର ପଟର ସବା ଶେଷ କାନ୍ଥ ପାଖରେ କୌଣସି ଜିନିଷ କେବେ ତଳକୁ ଆସିବା ସେ ଦେଖିନାହିଁ। ସାମ୍ନା ପଟର ହାତପାହାନ୍ତି ଜିନିଷ ସବୁ ଯାହା ଆତଯାତ ହେଉଛନ୍ତି। ଏଣୁ କେହି ଏ ପୁଟୁଳି ଦେଖି ତାକୁ ଖୋଲିବାର ସମ୍ଭାବନା ହିଁ ନାହିଁ।

ପୁଟୁଳିଟିକୁ ବେଶ୍ ଭିତରକୁ ଠେଲିଦେଇ ତାକୁ ଅନ୍ୟାନ୍ୟ ସାଇତା ଜିନିଷରେ ଉହାଡ଼ କରି ସେ ଓହ୍ଲାଇବାକୁ ବସିଛି, ଆଗରେ ମଳାବାନ୍ଧି ବସିଥିବା ଧଳାସାପଟା ଉପରେ ତା'ର ଆଖି ପଡ଼ିଲା। ଝାପ୍ସା ଅନ୍ଧାରରେ ମଧ୍ୟ ବିଧାନ ସେ ସାପର ମଳା ଓ ସେଥିରୁ ଚିକ୍‌ଚିକ୍ କରୁଥିବା ଆଖି ଦୁଇଟିକୁ ପରିଷ୍କାର ଦେଖିପାରୁଥିଲା। ସାପଟି ବିଧାନକୁ ହିଁ ଚାହିଁ ରହିଥିଲା।

ସାପକୁ ଦେଖି ଚମକି ପଡ଼ିଥିବା ବିଧାନ ନିଃଶ୍ୱାସଟିଏ ନେଇ ମୁହୂର୍ତ୍ତକ ପରେ ପ୍ରକୃତିସ୍ଥ ହେଲା।

ସାପକୁ ଚାହିଁ ସେ କହିଲା- 'ହଉ, ତୁ ଏମିତି ଏଇଠି ପଡ଼ିଥା। ନା ତୋର ମୁକ୍ତି ଅଛି, ନା ତୋ କବଳରୁ ମୋର କିମ୍ବା ମୋ ପିଲାଙ୍କର ମୁକ୍ତି ଅଛି ?'

'ହଁ, ତୋର କ'ଣ ଦୋଷ ?

'ମୁଁ ଜାଣିପାରୁଛି- ତୁ ବି ଏଇଠି ରହି କଷ୍ଟ ପାଉଛୁ। ପୁରୁଷ ପୁରୁଷ ଧରି ଶାପିତ ହୋଇଥିବା ଏକ ପରିବାର ଉପରେ ଆଖି ରଖିବା ପାଇଁ ସାପ ହୋଇ ବଞ୍ଚିବା କ'ଣ କମ୍ କଷ୍ଟ କାମ ?'

'ମୁଁ ତୋ ଦୁଃଖ ବୁଝିପାରୁଛି, କ'ଣ କରିବା ?'

'ଅପରାଧଟିଏ କରିବା ବେଳେ ଅପରାଧୀ ଭାବିନଥାଏ ଯେ ସଂପୂର୍ଣ୍ଣ ନିର୍ଦ୍ଦୋଷ ତା'ରି ପ୍ରିୟଜନରୁ ଅନେକ ଓଟାରି ହୋଇ ଆସି ଜନ୍ମେଜୟଙ୍କ ସର୍ପଯଜ୍ଞରେ ଆହୂତି ପଡ଼ିବା ପରି, ତା'ର ଏହି ଅପରାଧରେ ଭାଗୀ ହୋଇ କଷ୍ଟ ଭୋଗକରିବେ।'

'ତୋର ମୋର ଏବେ ସେଇ ଦଶା। ଆମେ ବନ୍ଦୀଭୂକ୍ତ। ମୁଁ ତ ହେଲେ ପାଦେ ପାଦେ କରି ମୃତ୍ୟୁ ଆଡ଼କୁ... ମୁକ୍ତି ଆଡ଼କୁ ଆଗେଇ ଚାଲିଛି। ତୁ କେବେ ଏ ବନ୍ଦୀ ଘରୁ ମୁକ୍ତ ହେବୁ ସେ କଥା ମୁଁ ଜାଣେନା।'

'ସେ ଭାଡ଼ି ଭିତରେ ମୁଣ୍ଡଟା ଗଳାଇ କ'ଣ ବିଡ୍‌ବିଡ୍ ହେଉଛ ?' ସୀତାର ସ୍ୱର ଶୁଣି ବିଧାନର ଆଗକୁ ଝୁଙ୍କି ପଡ଼ିଥିବା ଦେହ ଚମକି ପଡ଼ି ପଛକୁ ଫେରିଲା। କହିଲା- 'କିଛି ନାହିଁ। ଦେଖୁଛି କ'ଣ ସବୁ ଏଠାରେ ଜମା ହୋଇଛି।'

'ଆରେ ଦେଲ ଦେଲ, ସେ ପଟର ସେ ନାଲି ଝୁଡ଼ିଟା ବଢ଼େଇ ଦେଲ। ମୁଁ କାଢ଼ିବି କାଢ଼ିବି ହେଉଛି, ମାତ୍ର ଭୂଲିଯାଉଛି।'

ପୁରୁଣାକାଳିଆ ଭାରୀ ଝୁଡ଼ିଟାକୁ ତଳକୁ ଓହ୍ଲାଉ ଓହ୍ଲାଉ ବିଧାନ ପଚାରିଲା- 'ଏଥିରେ ଅଛି କ'ଣ ?'

'ଏଥିରେ କ'ଣ ଅଛି ଜାଣିବା ପାଇଁ ତ କାଢୁଛି। ଏ ମୋର ଯୌତୁକ ବେଳର ଝୁଡ଼ି। ଏଥିରେ ବୋଧହୁଏ କିଛି ପିତ୍ତଳ ସାମାନ ଅଛି। କେବେ ଦରକାର ହୋଇନି ତ କଢ଼ା ହୋଇନି।'

'କ'ଣ ହେଲା ? ଏ ପଚିଶ ବର୍ଷ ହେଲା ଯାକୁ କାଢ଼ିନଥିଲ ?' ଆଶ୍ଚର୍ଯ୍ୟ ହୋଇ ବିଧାନ ପଚାରିଲା।

'କହିଲି ପରା, ଦରକାର ପଡ଼ିନଥିଲା,' କହୁ କହୁ ଝୁଡ଼ିଟି ନେଇ ସୀତା ଯିବାକୁ ବସିଲା।

'ଆଉ ଏବେ କ'ଣ ଦରକାର ପଡ଼ିଲା ?' ବିଧାନ ପୁଣି ପଚାରିଲା।

'କିଛି ନାହିଁ, ହେଲେ ଭାଡ଼ି ଉପରେ ଏମିତି ଥୁଆ ହୋଇଥିଲେ ତ ଆଉ ପଚିଶ ବର୍ଷ ପଳେଇବ। ଲାଭ କ'ଣ ? ଏଣୁ ଦେଖୁଛି, ଯଦି ହେବ ପଦ୍ମାକୁ ଏସବୁ ତା' ଯୌତୁକରେ ଦେଇଦେବି। ଆଉ କିଣିବାକୁ ପଡ଼ିବ ନାହିଁ,' କହି ସୀତା ସେଠାରୁ ଚାଲିଗଲା।

*ପଚିଶ ବର୍ଷ! ଭାଡ଼ିରୁ ଜିନିଷଟିଏ କାଢ଼ିବି କାଢ଼ିବି ଭାବୁ ଭାବୁ ପଚିଶ ବର୍ଷ ଚାଲିଯାଉଛି! ଇଏ ସମୟ ନା ବଢ଼ିଲା ନଦୀର ଧାଇଁଲା ପାଣି ?*

*ତାହେଲେ...*

ବିଧାନ ଆଖି ଫେରାଇ ସାପଟି ଆଡ଼କୁ ଚାହିଁଲା। ସାପଟି ମଳାରୁ ବାହାରି ବିଧାନ ରଖିଥିବା ବହିପୁଟୁଳାଟି ଆଡ଼କୁ ଧୀରେ ଧୀରେ ଆଗେଇ ଯାଉଥିଲା।

*'ହୁଁ... ଏମିତି ହୁଏତ ମୋର ଏଇ ପୁଟୁଳାକୁ କିଏ ଦିନେ ଖୋଲିବ। ତା' ଭିତରେ କ'ଣ ଅଛି ଦେଖିବ। ପଢ଼ିବାକୁ ଧୈର୍ଯ୍ୟ ଥିଲେ ପଢ଼ିବ। ତେବେ ଯାଇ ଜାଣିବ ଦେବଦତ୍ତ ଓ ପ୍ରବଳଙ୍କ ଜୀବନର ଗୁପ୍ତ ରହସ୍ୟ। ହଉ, ପଢ଼ନ୍ତୁ, ସବୁ କଥା ସମସ୍ତେ ଦିନେ ଜାଣନ୍ତୁ ବୋଲି ତ ମୁଁ ଏକଥା ଲେଖିଦେଲି। ନା, ନା, ମୁଁ କ'ଣ ଏକଥା ଲେଖିବାକୁ ଭାବିଥିଲି ? ନିଜେ ଦେବଦତ୍ତ ମଉସା ତ ଏହାକୁ ମୋ ହାତରେ ଲେଖାଇଲେ। ମୋ କର୍ତ୍ତବ୍ୟ ମୁଁ କଲି। ସେ ବୋଧହୁଏ ଚାହୁଁଛନ୍ତି - ସତ ଲୁଚି ନ ରହୁ। ହେଉ, ତାହା ହିଁ ହେଉ।'*

ପୁଣି ଏକ ଦୀର୍ଘନିଃଶ୍ୱାସ ପକାଇ ବିଧାନ ଚଉପଦୀରୁ ତଳକୁ ଓହ୍ଲାଇଲା। ମାଲିକାଣୀ ଥିବା ଗୋଟିଏ ଝୁଡ଼ିକୁ ଯଦି ପଚିଶ ବର୍ଷ ଲାଗିଗଲା ଭାଡ଼ି ଉପରୁ ତଳକୁ ଆସିବାକୁ, ମାଲିକାନା ବିହୀନ ଏ ପୋଥି ପୁଟୁଳାକୁ ତ କେହି ଦିନେ ଖୋଜିବେ ନାହିଁ। ଯଦି ଖୋଜିବେ ନାହିଁ ତାକୁ କିଏ କାହିଁକି ତଳକୁ ଆଣିବ ?

ଯଦିବା ପଚାଶ କି ଶହେ ବର୍ଷ ପରେ କିଏ ଯାକୁ ଦେଖିବେ, ଖୋଲିକରି ପଢ଼ିବେ, ସେତେବେଳେ ଏ ଦେବଦତ୍ତ କିଏ, ପ୍ରବଳ କିଏ, ଏମାନଙ୍କର ପରିଚୟ ଜାଣିବେ, ତଥାପି ଚିହ୍ନିପାରିବେ ନାହିଁ। ସେମାନଙ୍କୁ ସେତେବେଳେ କିଏ ଜାଣିବ ? ହୁଏତ ସେମାନେ ଭାବିବେ ଏ ଏକ କାଳ୍ପନିକ କଥାର ପୋଥି।

ହଉ, ଯାହା ହେବାକୁ ଅଛି ହେଉ, କିନ୍ତୁ ଭଗବାନଙ୍କୁ ଏତିକି ପ୍ରାର୍ଥନା- ଏ ପରିବାରରେ ଆଉ କୌଣସି କବି ବା ଲେଖକ କେବେ ବି ଜନ୍ମ ନିଅନ୍ତୁ ନାହିଁ।

ଏ ବଂଶ ପ୍ରତି ସେ ଏତିକି ଅନୁକମ୍ପା କରନ୍ତୁ !

■

## ॥ ୮ ॥

ଜୁନ୍ ୧୮୦୦
ବୋମକେଇ

ନିଜ ଘରର ଫାଟକ ପାଖରେ ଠିଆହୋଇ ବିଧାନ ମୁଣ୍ଡଟେକି ସନ୍ଧ୍ୟାର ଆକାଶକୁ ଚାହିଁଲା। ସୂର୍ଯ୍ୟ ଅସ୍ତ ହୋଇସାରିଲେଣି। କିନ୍ତୁ ରାତ୍ରି ଆସିବାକୁ ତଥାପି ଡେରି ଅଛି। ବଗ ଦଳେ ଡେଣା ଝାଡ଼ି ଝାଡ଼ି ଦକ୍ଷିଣରୁ ଉତ୍ତର ଆଡ଼କୁ ଉଡ଼ି ଯାଉଛନ୍ତି।

ତା' ନିଜର ମଧ୍ୟ ଉତ୍ତରାୟଣ ଆରମ୍ଭ ହୋଇ ସାରିଲାଣି।

ଆଜି ତାକୁ ସତୁରୀ ବର୍ଷ ପୁରିଲା। ଚାହୁଁ ଚାହୁଁ ସମୟ କୁଆଡ଼େ ଚାଲିଗଲା।

ସତୁରୀ ବର୍ଷ !

ଆଜି ଯଦି ତା' ଜାଗାରେ ଆଉ କେହି ଥାଆନ୍ତା, ଗର୍ବରେ ପଛକୁ ଫେରି ଚାହିଁଥାନ୍ତା। ଦୁଇଝିଅ, ଦୁଇ ଜୋଇଁ, ତିନି ପୁଅ, ତିନି ବୋହୂ, ପୁଅଝିଅଙ୍କର ସନ୍ତାନମାନେ। ତା'ର ଆଜି ବାରୋଟି ନାତିନାତୁଣୀ। ଏମାନଙ୍କୁ ନେଇ ଭରପୁର ସଂସାର ତା'ର। ଘରେ, ବାହାରେ ସବୁଠାରେ ତା'ର ଆଦର, ସମ୍ମାନ। ମା' ମହାଲକ୍ଷ୍ମୀ ତ କରୁଣାରେ ଟିକିଏ ହେଲେ ଊଣା କରି ନାହାନ୍ତି। ତା'ରି ଲାଗି ଆଜି ବୋମକେଇ ଗାଁର ନାମ ଡାକ ଚାରିଆଡ଼େ ବ୍ୟାପିବାରେ ଲାଗିଛି।

କେତେ ରଜା, କେତେ ଯୁଦ୍ଧ, କେତେ କେତେ ଯୁଦ୍ଧର ଆଗପଛର ଭୟାବହ ଘଟଣା ସବୁ ସେ ଦେଖି ସାରିଲାଣି।

କିନ୍ତୁ ଦିନେ ତା'ର ତନ୍ତ ବନ୍ଦ ହୋଇନାହିଁ। ଭାତରେ କେବେ ଧୂଳି ପଡ଼ିନାହିଁ। ବରଂ ଦେଶର ଏ ଦୁଃସମୟରେ ସେ ଆଜି ଶହେରୁ ଊର୍ଦ୍ଧ୍ୱ ପରିବାରକୁ ଦାନା ଯୋଗାଇଛି। ସେବର ମକଦ୍ଦମ ଦାଶରଥୀ ମିଶ୍ରଙ୍କ ସହଯୋଗରେ ଏହି ଶହେ ପରିବାରକୁ ସେ

ଥଇଥାନ କରି ବାସ ମଧ୍ୟ ଯୋଗାଇ ପାରିଛି। ଏବର ମକଦ୍ଦମ ଦାମୋଦର ମିଶ୍ରଙ୍କ ଶ୍ରଦ୍ଧା, ସମର୍ଥନ ମଧ୍ୟ ସବୁ କ୍ଷେତ୍ରରେ ତାକୁ ମିଳିଛି। ଶାନ୍ତି ଓ ସମୃଦ୍ଧି ହାତ ଧରାଧରି ହୋଇ ସଦାସର୍ବଦା ତା' ସହିତ ରହିଆସିଛନ୍ତି।

ଜୀବନରେ ଅଧିକ ଆଉ କ'ଣ ଦରକାର?

ଅଥଚ...

ଅଥଚ ଛାତିର ଗଭୀର ପ୍ରଦେଶରେ, ମର୍ମ ସ୍ଥାନରେ ନିଭୃତରେ ଗୋଟିଏ ଦୁଃଖ-ଗଛ ଡାଳପତ୍ର ମେଲାଇ ଏମିତି ଦମ୍ଭରେ ଠିଆହୋଇଛି ଯେ ଟିକିଏ ସ୍ମୃତିର ପବନ ବାଜିଲେ ସେଥିରୁ ଥପ୍‌ଥପ୍ କରି ରକ୍ତ ଝରି ତା'ର ସବୁ ସୁଖଶାନ୍ତିକୁ ବେଳେବେଳେ ରକ୍ତାକ୍ତ କରିଦେଉଛି। ସେ ଯନ୍ତ୍ରଣା ରହି ରହି କହୁଛି, 'ଏ ଜୀବନରେ କ'ଣଟାଏ କରି ପକାଇଲୁରେ ଗଧ? ପୋଥି ଖଣ୍ଡେ ତ ଲେଖିପାରିଲୁ ନାହିଁ। ଆଉ ଅଧିକ କ'ଣ କରି ପକାଇଛୁ?'

ବୟସ ବଢ଼ିବା ସଙ୍ଗେ ସଙ୍ଗେ, ବିଶେଷକରି ଘରେ ବୋହୂ ଓ ନାତିନାତୁଣୀମାନଙ୍କ ଆବିର୍ଭାବର କ୍ରମବର୍ଦ୍ଧିତ ମଧୁର ସ୍ରୋତଟିଏ ଧୀରେ ଧୀରେ ନିଜେ ବିସ୍ତୃତ ହୋଇ ଏହି ଦୁଃଖ ଗଛଟିକୁ ଉପୁଡ଼ାଇ ନପାରିଲେ ମଧ୍ୟ ତାକୁ ଟାଣିନେଇ ଗଭୀର ଜଳରେ ବୁଡ଼ାଇ, ଜଳମଗ୍ନ କରି ଅନ୍ତତଃ ଅଦୃଶ୍ୟ କରି ରଖିପାରିଥିଲା। ଯେବେ ଯେବେ ସେଇ ଜଳମଗ୍ନ ଗଛରୁ ଝଡ଼ି ଦୁଃଖଗ୍ଲାନିର କୋଳିଟିଏ ପାଣି ଉପରକୁ ମୁଣ୍ଡ ଟେକି ଉଠୁଥିଲା, ଏଇମାନଙ୍କ ଲଳିତ ସଂସ୍ପର୍ଶର ପ୍ରଖର ସ୍ରୋତ ତାକୁ ସଙ୍ଗେ ସଙ୍ଗେ କାହିଁ କେତେ ଦୂରକୁ ଭସାଇ ନେଇ ଆଖିରୁ ଅଦୃଶ୍ୟ କରି ଦେଉଥିଲା ମଧ୍ୟ। ଦୂଷିତ ଦୁଃଖର ଦୀର୍ଘନିଃଶ୍ୱାସଟିଏ ମଧ୍ୟ ଛାତିରୁ ବାହାରିବାକୁ ଦେଉନଥିଲା।

କିନ୍ତୁ ଏବେ ଆଠଦିନ ତଳେ...

ଦୀର୍ଘନିଃଶ୍ୱାସଟିଏ ତା'ର ଛାତିକୁ ବିଦାରି ବାହାରକୁ ଡେଇଁପଡ଼ିଲା।

ମୁଣ୍ଡଟେକି ସେ ପୁଣିଥରେ ଆକାଶକୁ ଚାହିଁଲା।

ସେ ଦଳକ ବଗ କେତେବେଳୁ ଦୂର ଦିଗ୍‌ବଳୟ ତଳେ ହଜିସାରିଲେଣି।

ଦକ୍ଷିଣ ଆକାଶରେ ଦୂରରେ ଛୋଟ ଛୋଟ ମୁଠାଏ ବିରିଦାନା ପରି ଆଉ ଦଳଟିଏ ପକ୍ଷୀ ପବନର ସୁଅରେ ପହଁରି ପହଁରି ମାଡ଼ି ଆସୁଛନ୍ତି। ଚାହୁଁ ଚାହୁଁ ସେ ଦଳକ ମଧ୍ୟ କିଚିରିମିଚିରି ଶବ୍ଦରେ ମୁହୂର୍ତ୍ତକ ପାଇଁ ବିଧାନର ମୁଣ୍ଡ ଉପରର ଆକାଶକୁ କୋଳାହଳମୟ କରି ଆଖିରୁ ଧୀରେ ଧୀରେ ଅଦୃଶ୍ୟ ହୋଇଗଲେ। ଚାରିଆଡ଼ ପୁନଶ୍ଚ ନୀରବ ହୋଇଗଲା।

ବିଧାନ ସେମାନଙ୍କୁ ଦୃଶ୍ୟରୁ ଅଦୃଶ୍ୟ ହେବା ପର୍ଯ୍ୟନ୍ତ ଅନାଇ ରହିଲା।

ଜୀବନ ଏମିତି ଚାଲିଥିବ। କିଛି ପରିସ୍ଥିତି, କିଛି ପ୍ରାଣୀ, କିଛି ଘଟଣା ସମୟର ଆକାଶରେ ମୁଣ୍ଡଟେକି ଏମିତି ନିଜର ପ୍ରାଧାନ୍ୟ ବିସ୍ତାର କରି ପୁଣି ଧୀରେ ଧୀରେ ମିଳେଇ ଯାଉଥିବେ। ଯେତେଦିନ ସେମାନଙ୍କ ପ୍ରାଧାନ୍ୟ ରହିଥିବ, ସେମାନେ ଭଲ ହୁଅନ୍ତୁ କି ଖରାପ ହୁଅନ୍ତୁ, ମନେ ହେଉଥିବ ପୃଥିବୀରେ ସେମାନେ ହିଁ ସବୁଠାରୁ ପାରିବାର, ସବୁଠାରୁ କରିତ୍‌କର୍ମା। ତାଙ୍କ ବିନା ପୃଥିବୀ ସଂପୂର୍ଣ୍ଣ ଅଚଳ।

କିନ୍ତୁ ଥରେ ସମୟର ବଳୟ ପାର ହୋଇଗଲେ ସେମାନଙ୍କ ଛାଇ ସୁଦ୍ଧା କାହାରି ମନେ ରହେ ନାହିଁ। ପୃଥିବୀ ତାଙ୍କୁ ମନେ ରଖିବା ତ ଦୂରର କଥା।

କେଜାଣି ଇତିହାସ ଯଦି ମନେ ରଖିପାରେ।

ଏମିତି ଦିନେ, ଏଇଠି ପ୍ରବଳ ଓ ଦେବଦତ୍ତ ଆପଣା ଆପଣା ସ୍ଥାନରେ ପ୍ରଭାବ ବିସ୍ତାର କରି ରହିଥିଲେ। ସେମାନଙ୍କ ଶେଷ ଜୀବନ କେମିତି ଶେଷ ହେଲା ସେ କଥା ଆଜିଯାଏ କେବଳ ବିଧାନ ଜଣେ ବ୍ୟକ୍ତି ହିଁ ଜାଣିଛି। ଏତେବଡ଼ ପୃଥିବୀରେ ଏତେ ଚିହ୍ନା ପରିଚୟ, କୁଟୁମ୍ବ, ପରିବାର, ବନ୍ଧୁବାନ୍ଧବ, ଘରେ ବାହାରେ ଏତେ ଲୋକଙ୍କ ଠାରୁ ମାନ୍ୟତା ପାଇଥିବା ବ୍ୟକ୍ତି ଦୁଇଟି କେମିତି ଯେ ଅଦୃଶ୍ୟ ହୋଇଗଲେ ସେକଥା କେହି ଜଣେ ଜାଣିବାକୁ ମଧ୍ୟ ଇଚ୍ଛା କଲେ ନାହିଁ। ଖୋଳତାଡ଼ କଲେ ନାହିଁ। ପାଖାପାଖି ପଚାଶ ବର୍ଷ ହେବ ସେ ରହସ୍ୟ ବିଧାନ ଛାତିରେ ଲୁଚି ରହିଛି ସିନା, ଲୋପ ପାଇ ପାରିନାହିଁ। ସେମାନଙ୍କର ଅପ୍ରତ୍ୟାଶିତ ଅନ୍ତିମ ପରିଣତି ତାକୁ ବେଶୀ ଦୁଃଖ ଦେଇଛି, ନା ନିଜର କୌଣସି ଭୂମିକା ନଥାଇ ମଧ୍ୟ ସେ ଯେମିତି ଏ କୁତ୍ସିତ ଘଟଣାରେ ଛନ୍ଦି ହୋଇଗଲା ସେ କଥା ତାକୁ ଅଧିକ ଦୁଃଖ ଦେଇଛି ?

ବୋଧହୁଏ ଦୁଇଟି ଯାକ।

ନା, ନା, ବୋଧହୁଏ ଶେଷ କଥାଟା ହିଁ ଅଧିକ ଦୁଃଖ ଯନ୍ତ୍ରଣା ଦେଇଛି।

ନା, ବୋଧହୁଏ ନୁହଁ।

ଏଇ ଦ୍ୱନ୍ଦ୍ୱ, ଏଇ ଗୁପ୍ତ ବିଷଫଳର ବିଷାକ୍ତ ସ୍ୱାଦ, ଲେଖକ ହୋଇ ନପାରିବାର ତୀବ୍ର ଯାତନା- ଏଇ କଥା ହିଁ ତା' ଜୀବନରେ ଗୋପନ ଦୁଃଖ ଯାହା ସଦାକାଳେ ତାକୁ କଷ୍ଟ ଦେଇଆସିଛି, ଦୁଃଖ କଷ୍ଟ ଦେଉଥିବ, ଦୁଃଖ ହତାଶାରେ ଘାଣ୍ଟୁଥିବ ମଧ୍ୟ।

'ଜେଜେ... ଜେଜେ...'

'ଅଜା... ଅଜା...'

ବିଧାନ ମୁହଁ ଫେରାଇ ଘର ଆଡ଼କୁ ଚାହିଁଲା। କୋଳାହଳ କରି କରି ତା'ରି ନାତି ନାତୁଣୀଙ୍କ ଭିତରୁ କିଛି ଦୌଡ଼ାଦୌଡ଼ି ଠେଲାପେଲା ହୋଇ ଆସି ତାକୁ ଘେରି

ପକାଇଲେ। କାହା ହାତରେ କାକରାରୁ ଖଣ୍ଡେ ତ ଆଉ କାହା ହାତରେ ଆରିଷା ପିଠାରୁ ଫାଳେ।

'ଜେଜେ ଜେଜେ'... 'ଅଜା, ଅଜା'.... 'ତୁମ ଜନ୍ମଦିନର ପିଠା ତୁମେ ଖାଇନ? ଚାଲ ବୋଉ ତୁମକୁ ଡାକୁଛି।' ସେମାନଙ୍କ ମଧ୍ୟରୁ କିଛି ଏକାସାଙ୍ଗରେ କହି ଉଠିଲେ।

'ଏଇ, ତୋ ବୋଉ ନୁହଁ, ମୋ ବୋଉ ଅଜାଙ୍କୁ ଡାକୁଛି।' ପଦ୍ମାର ଚାରିବର୍ଷର ଝିଅ କମଳୀ ଧନୁଷର ତିନିବର୍ଷର ସାନଝିଅ ବିନିକୁ ଠେଲିଦେଇ କହିଲା।

'ନା, ତୋ ବୋଉ ନୁହେଁ', ବିନି ପାଦ କଚାଡ଼ି ବିଧାନର ହାତକୁ ଟାଣି ଧରି କହିଲା। 'ମୋ ବୋଉ କହିଲା- 'ଯା', ଜେଜେଙ୍କୁ ଡାକ।'

'ନା ମୋ ବୋଉ... ଅଜା ଚାଲ।'

'ନା, ମୋ ବୋଉ... ଜେଜେ ଚାଲ।'

ହସିହସି ବିଧାନ ଆଣ୍ଠେଇ ପଡ଼ିଲା। ଏ ଦୁଇ ଯୋଦ୍ଧାଙ୍କ ସହ ପାଟିରେ ଚାରିଆଙ୍ଗୁଠି ପୁରାଇ ଏ ଦୁଇ ବକ୍ତାଙ୍କ ବକ୍ତବ୍ୟ ଶୁଣୁଥିବା ଆଉ କିଛି ଦୁଇଫୁଟିଆ ଦର୍ଶକମାନଙ୍କୁ ଦୁଇ ବାହୁ ପ୍ରସାରି କୋଳେଇ ନେଲା। ଏଇ ତା' ଜୀବନର କଳକଳ ଛଳଛଳ ମଧୁର ସ୍ରୋତ ବେଗମତୀ ନଦୀଟିଏ ହୋଇ ଆଗକୁ ମାଡ଼ିଚାଲିଛି। ଏହି ଗଭୀର ସ୍ରୋତଟି ହିଁ ବିଧାନର କବିର କ୍ଷମତା ଥାଇ ମଧ୍ୟ କବିଟିଏ ହୋଇ ନପାରିବାର କ୍ଷୋଭ, ଗ୍ଲାନିର ବିଷବୃକ୍ଷକୁ ଆଜିଯାଏ ଜଳମଗ୍ନ କରି ରଖିପାରିଥିଲା।

କିନ୍ତୁ ଏବେ ଆଠଦିନ ତଳେ...

ହଁ ଆଠଦିନ ତଳେ... ଧନୁଷର ପଦଟିଏ କଥା ଏଇ ବେଗମତୀ ମଧୁର ସ୍ରୋତ ତଳୁ ଜଡ଼ମୂଳ ସହିତ ସେହି ଦୁଃଖଗ୍ଲାନିର ବିଷବୃକ୍ଷଟିକୁ ପାଣିରୁ ଓଟାରି ଉପରକୁ ଟାଣିଆଣି ତାକୁ ପୁଣି ଥରେ କୂଳରେ ଏମିତି ଠିଆକରାଇ ଦେଇଛି ଯେ, ସେଥିରୁ ଗ୍ଲାନି ଓ କ୍ଷୋଭର କୋଳି ସବୁ ଟୁପଟାପ୍ ଅନବରତ ଝରି ବିଧାନର ସବୁ ସୁଖ, ସବୁ ଶାନ୍ତିକୁ ରକ୍ତରଂଜିତ କରିଦେଲାଣି।

ଏକ ପ୍ରବଳ ହତାଶା, ନିରାଶାର ବିଷଧର ସର୍ପ ଏହି ଗଛରେ ଗୁଡ଼ାଇ ହୋଇ ଆପଣାର ବିଷରେ ଏହି ବିଷବୃକ୍ଷର କାଣ୍ଡ, ପତ୍ର, ଫୁଲ, ଫଳକୁ ଆହୁରି ପରିପୁଷ୍ଟ କରି ବିଧାନର ପ୍ରତିଟି ମୁହୂର୍ତ୍ତକୁ ଉଗ୍ରଜ୍ୱାଳାରେ ଯନ୍ତ୍ରଣାମୟ କରିବାରେ ଲାଗି ପଡ଼ିଛି!

ଏ କଥା ସେ କାହା ଆଗରେ କହିବ? ଏ ଦୁଃଖକୁ, ଏ ଜ୍ୱଳନକୁ ସେ କାହା ଆଗରେ ବଖାଣିବ ଯେ, ସାନ୍ତ୍ୱନାର ପଦଟିଏ ଚନ୍ଦନବୋଳା କଥା ଶୁଣିପାରିବ। କିଏ ବୁଝିପାରିବ ଏ ଯନ୍ତ୍ରଣା? କାହାକୁ ଦେଖାଇବ ଏ କ୍ଷତ?

ଏ ତ ଅଜାଗା ଘା' !

ମନୁଷ୍ୟ ସବୁ ଭୟାନକ କଷ୍ଟ ନିଜେ ହୁଏତ ସହିଯାଇପାରେ, କିନ୍ତୁ ନିଜ ସନ୍ତାନକୁ ସାମାନ୍ୟ କଷ୍ଟ ପାଇବା ଦେଖିବାର ଯନ୍ତ୍ରଣା ତ ସଂପୂର୍ଣ୍ଣ ଅସହନୀୟ।

-0-

ଆଠଦିନ ତଳେ...

ମଧ୍ୟାହ୍ନର ଉଜ୍ଜ୍ୱଳ ଖରା, ଗୁଡ଼ା ସରିଥିବା ରେଶମ ସୂତାର ମୋଟମାନଙ୍କ ଉପରେ ପଡ଼ି ଝଲସି ଉଠୁଥିଲା।

ବିଧାନ ଓ ସୀତା ବାରିର ତୁତ ଗଛମାନଙ୍କ ପାଖରେ ଠିଆହୋଇ ରେଶମ ଖୋଷା ସିଝା, ସୂତା ଗୁଡ଼ାଇବା କାମକୁ ତଦାରଖ କରୁଥିଲେ। ଚାରି ପାଞ୍ଚଜଣ ନୂଆ ଗୁଡ଼ାଳୀ ଏବେ ଦୁଇଦିନ ହେଲା କାମ ଧରିଛନ୍ତି। ସେମାନଙ୍କୁ କାମ ଶିଖାଇବା ଓ ପୁରୁଣା ଗୁଡ଼ାଳୀମାନଙ୍କ କେତେ ସୂତା ଗୁଡ଼ା ହେଲା, ଏସବୁ ବିଧାନ ଦେଖୁଥିବାବେଳେ ସୀତା- ନୂଆ ଲୋକଙ୍କୁ ଖୋଷା ସିଝା ହାଣ୍ଡିରେ କେତେ ପାଣି ରହିବ, ଖୋଷା ସବୁ କେତେ ସମୟ ସିଝିବ, ପୁଣି କେତେ ଥଣ୍ଡା ହେଲେ ଖୋଷାଗୁଡ଼ିକୁ ପାଣିରୁ ଛଣାହୋଇ କେମିତି ଭାବରେ ଧରି ସୂତାକୁ ମଟେଇରେ ଗୁଡ଼ାହେବ- ଏସବୁର ଏକ ଟିକିନିଖି ନମୁନା ସହିତ ବିବରଣୀ ଦେବାରେ ଲାଗିଥିଲା।

'ବାପା... ବାପା...'

ବିଧାନ ପଛକୁ ବୁଲି ଚାହିଁଲା। ଧନୁଷ ବାରି ବାରଣ୍ଡାରୁ ପ୍ରାୟ ଡେଇଁ ଡେଇଁ ସେମାନଙ୍କ ପାଖରେ ଆସି ପହଞ୍ଚିଗଲା। ବିଧାନର ଗୋଟିଏ ହାତକୁ ଟାଣିଆଣି ସେ କହିଲା- 'ବାପା, ଘର ଭିତରକୁ ଚାଲ। ତୁମକୁ ଗୋଟିଏ କଥା କହିବି।'

ବିଧାନ ହାତରେ ଧରିଥିବା ରେଶମ ଖୋଷା ଉପରେ ସୂର୍ଯ୍ୟ କିରଣ ପଡ଼ି ଚକ୍‌ଚକ୍ କରୁଥିଲା। କିନ୍ତୁ ଧନୁଷର ମୁହଁ ସେ ଚମକଠାରୁ ମଧ୍ୟ ଅଧିକ ଝଲି ଉଠୁଥିଲା। ତା'ର ଦୁଇକାନ ପର୍ଯ୍ୟନ୍ତ ଟାଣି ହୋଇ ଯାଇଥିବା ଚଉଡ଼ା ହସକୁ ଲକ୍ଷ୍ୟକରି ବିଧାନ ପଚାରିଲା- 'କ'ଣ ଦେଖାଇବୁ?'

ସୀତାଙ୍କୁ ଖୋଷା ସିଝା ହେଉଥିବା ହାଣ୍ଡି ପାଖରେ ଠିଆ ହୋଇଥିବା ଶିଖାଳୀଙ୍କ ଭିତରୁ ଜଣେ ଡାକିଲା। ସୀତା ବାପ ପୁଅଙ୍କ ଉପରୁ ଆଖି ଫେରାଇ ସେମାନଙ୍କ ଆଡ଼କୁ ଆଗେଇ ଗଲେ। ଧନୁଷ ବାପ ହାତରୁ ସିଝା ରେଶମ ଖୋଷାଟିକୁ କାଢ଼ିନେଇ ପାଛିଆରେ ତାକୁ ପକାଇ ଦେଇ ବିଧାନର ହାତକୁ ଟାଣିଲା। କହିଲା- 'ତୁମେ ଆଗ ଘର ଭିତରକୁ ଚାଲ। ସେଇଠି ନିଜେ ଦେଖି ଚମକି ପଡ଼ିବ। ମୁଁ ସେ କଥା ଏଇଠି ଏବେ କହିବି ନାହିଁ।'

'ହଉ, ତୁ ଆଗରେ ଚାଲ୍। ମୁଁ ଆସୁଛି।' କହି ବିଧାନ ଗୁଡ଼ାଳୀମାନଙ୍କୁ ଅନେଇ ସେମାନଙ୍କୁ ସେ କହୁଥିବା କଥା ସାରିବାରେ ମନ ଦେଲା। ଧନୁଷ ଦୁଇଟା ଖେପାରେ ବାରଣ୍ଡାର ଛଅଟା ପାହାଚକୁ ଡେଇଁ ବାରଣ୍ଡାରେ ପହଞ୍ଚି ପୁଣି ଡାକ ଛାଡ଼ିଲା- 'ବାପା! ଆସୁଛ ପରା?'

'ହଁ, ହଁ, ଆସୁଛି' କହି ବିଧାନ ଯାଇ ବାରଣ୍ଡାରେ ପହଞ୍ଚିଲା। ଧନୁଷ କହିଲା- 'ଚାଲ, ତୁମ ଶୋଇବା ଘରକୁ ଯିବା। ସେଇଠି ତୁମକୁ ଆଜି ମୁଁ ଚମକାଇ ଦେବି କହିଛି ପରା।'

'ଏମିତି କି ପାରିବାର କାମଟା କରିଛୁ ଶୁଣେ?' ବିଧାନ ପଚାରିଲା।

ଦୁହେଁ ବିଧାନର ଶୋଇବା ଘରେ ପହଞ୍ଚି ସାରିଥିଲେ। ବାପାଙ୍କୁ ଖଟ ପାଖକୁ ଟାଣିନେଇ ଧନୁଷ ତାଙ୍କ ଦୁଇ କାନ୍ଧରେ ନିଜର ଦୁଇ ହାତର ଚାପ ଦେଇ ତାଙ୍କୁ ଖଟ ଉପରେ ବସାଇ ଦେଇ କହିଲା- 'ତୁମେ କହିଲ ଦେଖି କ'ଣ ହୋଇଥିବ?'

'କ'ଣ ଆଉ ହୋଇଥିବ? କିଛି ଗୋଟାଏ ନୂଆ ରକମର ବାନ୍ଧକାମ କି ଫୁଲ କ'ଣ ଫୁଟାଇଛୁ ନା କ'ଣ?'

'ନା'

'ତେବେ... ବୋଧହୁଏ ଯୋଉ ପ୍ରାଣୀର ଚିତ୍ର ଆମେ ଆଜି ପର୍ଯ୍ୟନ୍ତ ଶାଢ଼ୀରେ ଫୁଟାଇ ପାରିନାହୁଁ, ସେମିତି କୋଉ ପ୍ରାଣୀର ଛବି-

'ନା, ନା'

'ଓଃ! ବୁଝିଲି। କିଛି ଗୋଟାଏ ନୂଆ ରଙ୍ଗ ତିଆରି କଲୁ କି?'

'ଆରେ, ନା, ନା, ନା। ଏସବୁ ତ ସାଧାରଣ କଥା! ଏସବୁ କିଛି ନୁହଁ।'

ନିଜ ଗାଲକୁ ଆଉଁସି ଆଉଁସି ବିଧାନକୁ ଚିନ୍ତା କରୁଥିବା ଦେଖି ଧନୁଷ ଆନନ୍ଦରେ ଉଛୁଳି ଉଠି କହିଲା- 'କହିଥିଲି ନା ତୁମକୁ ଚମକାଇ ଦେବି? ହଉ, ଏଥର ଆଖିବୁଜ। ମୁଁ କହିବା ଆଗରୁ ଆଖିକୁ ଜମା ଖୋଲିବ ନାହିଁ।'

ଅଠେଇଶ ବର୍ଷ ବୟସ୍କ ନିଜ ସନ୍ତାନର ଏ ବାଳକ ସୁଲଭ ଚପଳତା ବିଧାନକୁ ଖୁବ୍ ଭଲ ଲାଗିଲା।

ବାପମା', ପାଖରେ ପୁଅଝିଅ ଯେତେବେଳେ ଛୋଟ ପିଲା ପରି ଚଳଚଞ୍ଚଳ ହୁଅନ୍ତି, କିଛି ଅଳି, ଅଝଟ କରନ୍ତି, ନିଜ କୃତିତ୍ୱକୁ ଗଦ୍‌ଗଦ୍ ହୋଇ ବଖାଣନ୍ତି, ପିତାମାତାଙ୍କ ବାର୍ଦ୍ଧକ୍ୟ ଦଶପାଦ ପଛକୁ ହଟିଯାଏ, ଫେରି ଯାଇଥିବା ଯୌବନ ପୁଣି ବସନ୍ତ ଋତୁର ପଦ୍ମ ପରି ପାଖୁଡ଼ା ମେଲାଇ ଦିଏ। ଦେହରେ, ମନରେ ପୁଣି ବଳ ଖୁନ୍ଦି ଦିଏ।

ବିଧାନର ନଇଁ ହୋଇ ବସିଥିବା ଦେହ ଅଚାନକ ସିଧା ହୋଇଗଲା। ଯୌବନର ବାସ୍ନା ତା' ଚାରିପଟେ ଖେଳିଗଲା। ସେ ସୁଗନ୍ଧକୁ ମନଭରି ଆଘ୍ରାଣ କରୁ କରୁ ଭଲକରି ଶୁଭୁନଥିବା ତା' କାନରେ ବାରିର ତୁତଗଛଗୁଡ଼ିକରେ ରେଶମ ପୋକମାନେ ତୁତ ପତ୍ରକୁ ଚୋବେଇ ଚୋବେଇ ଖାଉଥିବା ଶବ୍ଦ ପରିଷ୍କାର ଶୁଣାଗଲା। ଏଇ ସମୟରେ ଏମିତି ଝରକା ବନ୍ଦଥିବା ଅବସ୍ଥାରେ ଏ ଘରର କୋଣବାଡ଼ ତାକୁ ଆଗେ ଝାପ୍‌ସା ଦିଶୁଥିଲା। କିନ୍ତୁ ଏବେ ଧନୁଷର କଳାଦେହରେ ପିନ୍ଧିଥିବା ଗାଢ଼ ବାଇଗଣୀ ରଙ୍ଗ ଲୁଗାର କଳାଧଡ଼ିରେ ହୋଇଥିବା ବାନ୍ଧ କାମ ସୁଦ୍ଧା ତ ସେ ଦେଖିପାରୁଛି !

ବିଧାନ ତା' ମୁହଁକୁ ଏକ ଲୟରେ ଏମିତି ଚାହିଁଥିବା ଦେଖି ଧନୁଷ ହସିହସି ପୁଣି ଅଝଟ ସ୍ୱରରେ ଅଭିଯୋଗ କଲା- 'ବାପା, ଆଖି ବନ୍ଦ କରୁଛ ପରା ?'

ଛାତି ଫୁଲାଇ ବିଧାନ ଆଖି ବନ୍ଦ କଲା।

'ବାପା, ଆଖି ଖୋଲ' କହି କହି ଧନୁଷ ସେ ଘରର ବନ୍ଦ ଝରକାକୁ ଖୋଲିଦେଲା।

ଉଜ୍ଜ୍ୱଳ ସୂର୍ଯ୍ୟକିରଣର ପ୍ରବଳ ଔଜଲ୍ୟ ଭିତରେ ବିଧାନ ଦେଖିଲା ହାତରେ ବିଡ଼ାଏ ତାଳପତ୍ର ଧରି ଧନୁଷ ତା' ମୁହଁକୁ ଚାହିଁଛି।

ସେ ଆଶ୍ଚର୍ଯ୍ୟ ହୋଇ ପଚାରିଲା- 'ୟେ କ'ଣ ?'

'ପଢ଼, ପଢ଼ିପାରିବ ନା ପ୍ରଚକ୍ଷୁଟା ଆଣିବି ?'

'ନା, ଥାଉ। ଦିଶୁଛି।'

ଖୁବ୍ ସୁନ୍ଦର ଭାଷାରେ, ଚମତ୍କାର କଳ୍ପନାବିଳାସ ସହ ବିଭିନ୍ନ ଅଳଙ୍କାରରେ ପାଣ୍ଡିତ୍ୟ ଓ ବର୍ଣ୍ଣନା ଚାତୁର୍ଯ୍ୟରେ ପରିପୂର୍ଣ୍ଣ ପ୍ରାୟ ପଚିଶି ପୃଷ୍ଠାର ମଧୁର ପଦାବଳୀମାନଙ୍କୁ ବିଧାନ ଗୋଟିଏ ନିଃଶ୍ୱାସରେ ପଢ଼ିଚାଲିଲା। କି ସୁନ୍ଦର କଥାବସ୍ତୁ ! ଅଚାନକ ଭାବରେ ଏକ କାହାଣୀ ସେଥିରେ ଆରମ୍ଭ ହୋଇ ତୀବ୍ରଗତିରେ ଆଗକୁ ବଢ଼ିବାରେ ଲାଗିଥିଲା।

ଶକ୍ତ ଧକ୍କାଟିଏ ଖାଇ ସତେ ଯେପରି ତା'ର ସମ୍ବିତ୍ ଫେରିଆସିଲା।

*'କ'ଣ ହେଲା ?'*

ଓଃ, ପଢୁଥିବା ପୃଷ୍ଠା ସବୁ ହଠାତ୍ ସରିଗଲା !!

ସେତକ ତାଳପତ୍ରକୁ ପୁଣି ଆଉ ଥରେ ମୂଳରୁ ଶେଷ ପର୍ଯ୍ୟନ୍ତ ଓଲଟାଇ ପାଲଟେଇ ଆଗକୁ ପଢ଼ିବାକୁ ଆଉ କିଛି ନପାଇ ବଡ଼ ଅସହିଷ୍ଣୁ ଭାବରେ ସେ ଧନୁଷକୁ ରୁକ୍ଷ ସ୍ୱରରେ ପଚାରିଲା- 'ଆରେ, ଏହାର ବାକି ପୃଷ୍ଠା ସବୁ କାହିଁ ?'

ଧନୁଷ ହସିବାରେ ଲାଗିଲା। କହିଲା- 'ବାପା, ତୁମକୁ ଏହା ଏତେ ଭଲ ଲାଗିବ ମୁଁ ଭାବିନଥିଲି।'

'ହେଲା ଯେ, ବାକି ପୃଷ୍ଠାତକ ଦେ।'

ଧନୁଷ ପୁଣି ହସିଲା। କହିଲା- 'ଥିଲେ ନା ଦେବି, ଆଉ ନାହିଁ।'

'କୋଉଠି ଅଛି ତାହାହେଲେ ? ତୁ ଯାକୁ ପଢ଼ିଛୁ ? ତୁ ଆକୁ କୋଉଠୁ ଆଣିଲୁ ? ଯାହା ପାଖରୁ ଆଣିଲୁ ବାକିତକ ପୃଷ୍ଠା କ'ଣ ତା' ପାଖରେ ନଥିଲା ?'

'ତୁମେ ଏମିତି ଅଥୟ ହେବ ବୋଲି ତ ମୁଁ ଆଦୌ ଭାବିପାରିନଥିଲି।'

'ଏ କଥାବଳୀରେ ତା'ପରେ କ'ଣ ଘଟିଲା ନ ପଢ଼ି ମୁଁ ରହି ପାରୁନାହିଁ। ତୁ କ'ଣ ଯାକୁ ପଢ଼ିନୁ କି ? ଯାକୁ କିଣି ତ ନଥିବୁ। ଅଧାପୋଥି କ'ଣ କିଏ ବିକେ ?'

ଜ୍ୟୋତ୍ସ୍ନା ଆଲୋକିତ ପୋଖରୀର ଜଳ ପରି ଧନୁଷର ଆଖି ଦୁଇଟି ଖୁସୀରେ ଚକ୍‌ଚକ୍ କରିଉଠିଲା। ସେ ହୋ ହୋ ହୋଇ ହସିବାରେ ଲାଗିଲା।

ଲଳିତ ସାହିତ୍ୟର ରସସ୍ନିଗ୍ଧ ବାକ୍ୟମାନଙ୍କୁ ପଢ଼ି ବିଧାନର ହୃଦୟ ତ ମଧୁର ଭାବବିଭୋର ହୋଇ ସାରିଥିଲା। ବର୍ତ୍ତମାନ ପ୍ରିୟ ପୁତ୍ରର ଖୁସୀ ଝଲ୍‌ମଲ୍ ମୁହଁକୁ ଚାହିଁ ତା'ର ଅନ୍ତରାତ୍ମା ଏକ ଦିବ୍ୟ ଆନନ୍ଦର ବଂଶୀଧ୍ୱନୀରେ ଝଂକୃତ ହେବାରେ ଲାଗିଲା। ସେ ମନ୍ତ୍ରମୁଗ୍ଧ ପରି ପୁଅ ମୁହଁକୁ ଅନାଇ ରହିଲା।

'ବାପା, ଏ ପୋଥିକୁ ମୁଁ କିଣିନି କି କାହାଠାରୁ ଆଣିନି ମଧ୍ୟ। ଯାକୁ ମୁଁ ନିଜେ ଲେଖିଛି।' ହସ ବନ୍ଦ କରି ଧନୁଷ କହିଲା।

ବିଧାନର ପାଟି ଆଁ ହୋଇଗଲା। ଆଖି ଦୁଇଟି ବିସ୍ଫାରିତ ହେଲା। କାଳବୈଶାଖୀର ଭୟଙ୍କର ଚଡ଼କଟିଏ ମୁଣ୍ଡରେ ପଡ଼ିଲା ଯେପରି। ସେ ବଂଶୀଧ୍ୱନୀ, ସେ ପଦ୍ମର ସୁଗନ୍ଧ, ସେ ଆଲୋକିତ ମଧ୍ୟାହ୍ନ, ସେ ମଧୁର ଭାବବିହ୍ୱଳ ଅନୁଭୂତି- ଗୋଟିଏ ପଲକରେ ଭସ୍ମୀଭୂତ ହୋଇଗଲା। ତା' ଚାରିପଟେ ଧୂ ଧୂ ଖରାବେଳର ଅସରନ୍ତି ମରୁଭୂମି ଆଉ ମରୁଭୂମି। ଅଂଶୁଘାତର ପ୍ରଚଣ୍ଡ ଆଘାତରେ ସେ ଛଟପଟ ହେଲା। ଉଜ୍ଜ୍ୱଳ ଆଲୋକ ସତ୍ତ୍ୱେ ତା' ଚାରିପଟେ ଘୋର ଅନ୍ଧକାର ଘୋଟି ଆସିଲା।

ଅଦ୍ଭୁତ ଏ ମଣିଷର ଜୀବନ! ଆଉ ଟିକିଏ ପରେ କ'ଣ ଘଟିବ ସେତକ ଜାଣିବାର ଅଧିକାର ତା'ର ନାହିଁ! କେବଳ ଗୋଟିଏ ପଥର କାନ୍ଥର ପିଠିରେ ନାକ ଲଗାଇ ସବୁବେଳେ ସେ ଠିଆ ହୋଇଥିବ! କାନ୍ଥ ଆରପଟେ କ'ଣ ଅଛି, ଆର ମୁହୂର୍ତ୍ତରେ କ'ଣ ଘଟିବ ଏତକ ଜାଣିବାର ଯୁ' ତା'ର ନାହିଁ!

ମୁହୂର୍ତ୍ତେ ମୁହୂର୍ତ୍ତେ କରି କାନ୍ଥଟି ଆଗକୁ ଘୁଞ୍ଚିଲେ ପାଦଟିଏ ପାଦଟିଏ କରି ମଣିଷ ଆଗକୁ ଚାଲୁଥିବ! କାଲି କ'ଣ ଘଟିବ ସେକଥା ଜାଣିବା ତ ବହୁ ଦୂରର କଥା, ପରମୁହୂର୍ତ୍ତରେ କ'ଣ ଘଟିବ ତାକୁ ଜାଣିବାର ଶକ୍ତି, ନା ସମର୍ଥର ଅଛି ନା ଅସମର୍ଥର ? କାହାର ନାହିଁ।

ଅନୁମାନ... ଯୋଜନା... ଏସବୁ ଖାଲି ଏକ ଏକ ସାନ୍ତ୍ୱନାବାଚକ ଶବ୍ଦ !

ଏବେ ଆଉ କୋଉ ଯୋଜନା ବିଧାନ କରିବ ? ଏମିତି ମୁହୂର୍ତ୍ତଟିଏ ଆଗରେ ଅଛି ବୋଲି ଟିକକ ଆଗରୁ ସେ କ'ଣ କେବେ ଭାବିଥିଲା ? ନାଚିକୁଦି ଆନନ୍ଦରେ ଡେଇଁଡେଇଁ ଯାଉ ଯାଉ ସେ ତ ସିଧା ଜ୍ୱାଳାମୁଖୀର ଗାତ ଭିତରେ ଗଳିପଡ଼ିଲା। ଏମିତି ମୁହୂର୍ତ୍ତଟିଏ ତାକୁ ବିଧ୍ୱଂସ କରିବାକୁ ଆଁ କରି ଜଗିବସିଛି ବୋଲି ସେ କ'ଣ ସାମାନ୍ୟ ଅନୁମାନ ଲଗାଇପାରିଲା ?

ତାକୁ ଏପରି ହତଭମ୍ବ ହେବାର ଦେଖି ଧନୁଷ ଆହୁରି ଆମୋଦିତ ହେଲା। ତା'ର ଓସାରିଆ ଛାତି ଏଇ ଗର୍ବରେ ଆହୁରି ଓସାରିଆ ହୋଇଗଲା ଯେ, ଖାଲି ଏଇ ଗାଁ କାହିଁକି, ଆଖପାଖର ପନ୍ଦର ଖଣ୍ଡ ଗାଁରେ ମଧ୍ୟ, ଗାଁ ମୁଖିଆ ଓ ବ୍ରାହ୍ମଣ ପରିବାରର କିଛି ହାତଗଣତି ପଣ୍ଡିତମାନଙ୍କୁ ଛାଡ଼ିଦେଲେ ତା'ର ଲେଖାର ରସ ଆସ୍ୱାଦନ କରିବାର କ୍ଷମତା କି ଯୋଗ୍ୟତା ତା' ବାପାଙ୍କ ଛଡ଼ା ଆଉ କାହାର ନାହିଁ। ବାକି ଯାହାକୁ ସେ ତା'ର ଏହି ଲେଖା ଦେଖାଇବ, ସେମାନେ 'ହଁ, ଭଲ ହୋଇଛି' ବୋଲି କହିବେ ସତ, କିଛି ବୁଝିପାରିବେ ନାହିଁ ମଧ୍ୟ। ବାକ୍ୟମାନଙ୍କ ପଛରେ ଥିବା କାରିଗରୀ, ଦର୍ଶନ, ବକ୍ରୋକ୍ତି... କେତେଟା ପାଠକ ପ୍ରକୃତରେ ବୁଝିପାରନ୍ତି ? ଆଉ ଏସବୁ ବୁଝି ନ ପାରିଲେ ତ କାବ୍ୟଟିଏ କେବଳ ବାକ୍ୟମୟ ହୋଇ ଠିଆହୁଏ। ପାଠକ ଯଦି ଲେଖାର ରସ ଆସ୍ୱାଦନ କରିନପାରିଲା, କବିର ଆନନ୍ଦ ତ ରସାତଳଗାମୀ ହୋଇଯାଏ। ଆଉ କବି ଲେଖକ ହେବାର ସାର୍ଥକତା ରହେ କି ?

'କ'ଣ ବାପା ? କେମିତି ହୋଇଛି ?' ନାଟକୀୟ ଭଙ୍ଗୀରେ ଛାତିକୁ ଫୁଲାଇ ମୁରୁକି ହସି, ଆଖିଭୂରୁକୁ ନଚାଇ ସେ ପ୍ରଶ୍ନ କଲା। ବାପାଙ୍କ ମୁହଁର ଭାବ ତ କହି ସାରିଲାଣି ତା'ର ଲେଖା କେମିତି ହୋଇଛି, ଭାଷାରେ କହିବା ଖାଲି ଏକ ଲୌକିକତା !

'ଧନୁଆଁ... ସତ କହିଲୁ... ୟାକୁ ତୁ ଲେଖିଛୁ ? ମୋତେ ତ କାହିଁକି ବିଶ୍ୱାସ ହେଉନି। ତୁ କେବେ କଲମ, ତାଳପତ୍ର ଧରି ବସିବା ତ ମୁଁ ଦେଖିନି ?' ବହୁତ କଷ୍ଟରେ ରହି ରହି ବିଧାନ ପାଟିରୁ ଏତକ ବାହାରିଲା। ଭଗବାନଙ୍କୁ ସେ ବିକଳ ହୋଇ ପ୍ରାର୍ଥନା କଲା, ଭୋଗ ଯାଚିଲା, ମାନସିକ କଲା ଯେ, ଧନୁଷ ଏମିତି ଠୋ ଠୋ ହସି କହୁ ସେ ଲେଖା ପ୍ରକୃତରେ ତା'ର ସାଙ୍ଗସାଥୀ ଆଉ କାହାର। ଧନୁଷ ଖାଲି ବିଧାନକୁ ସେତକ ସେଇ ସାଙ୍ଗର ଅନୁରୋଧରେ ଦେଖାଇବାକୁ ଆଣିଛି, ବିଧାନର ମତାମତ ସେ ଲେଖକ ବନ୍ଧୁଟି ମାଗିଛି।

'ବାପା, ତୁମେ ତ ଜାଣ, ମୁଁ ତୁମକୁ କେବେ ମିଛ କହେନା। ଏଇଟା ମୁଁ ହିଁ ଲେଖିଛି। ପିଲାମାନେ ଲେଖେଇ ଦିଅନ୍ତି ନାହିଁ, ଲେଖନୀ, ପତ୍ର, ଟଣାଟଣି କରନ୍ତି

ବୋଲି ସେମାନେ ଶୋଇବା ପରେ ରାତି ଢେର୍ ହେଲା ପରେ ମୋ ଶୋଇବା ଘର ଖଟ ଉପରେ ହିଁ ବସି ଏତକ ମୁଁ ଲେଖିଛି। କହିବ ଯଦି, ମୁଁ ଏହାର ପରବର୍ତ୍ତୀ ଆଉ ପାଞ୍ଚ ପୃଷ୍ଠା ଦୁଇଦିନରେ ଲେଖି ତୁମକୁ ଦେଖାଇବି।'

'କିନ୍ତୁ... ଏ କଥା-

'ଏ କଥା ମାନେ, ଏ କାହାଣୀଟା ମୋ ମୁଣ୍ଡରେ ବହୁଦିନରୁ ଖେଳୁଥିଲା। ମାଛ ଯେମିତି ଛୋଟ କଳସୀର ପାଣି ଭିତରେ ଛଟପଟ ହୁଏ, ସେମିତି ଏ କାହାଣୀ ମୋ ମୁଣ୍ଡରେ ଛଟପଟ ହେଉଥିଲା। ଦିନେ ଭାବିଲି... ନା ଚେଷ୍ଟା କରେ... ଯାହା ଆସିବ ଆଗେ ଲେଖିଦେଇଯାଏ। ଦୁଇ ଚାରିଥର କେତେ ପୃଷ୍ଠା ଲେଖି ଫିଙ୍ଗିଛି ମଧ୍ୟ। ତା' ପରେ ସତେ ଯେପରି ସେ କଳସର ମାଛଟିକୁ ଏକ ବିରାଟ ପୋଖରୀ ମିଳିଗଲା। ଏଇ ପୃଷ୍ଠା ସବୁ ତ ଯେମିତିକି ଆପେ ଆପେ ଲେଖି ହୋଇଗଲା।'

'କିନ୍ତୁ ମୁଁ ତୋତେ-

'ହଁ, ତୁମେ ମୋତେ କେବେ ଲେଖିବାର ଦେଖିନାହଁ, କହିଲି ନା ରାତିରେ ଲେଖୁଥିଲି ବୋଲି ତୁମେ ଜାଣିପାରିନ।' ବିଧାନର କଥାକୁ ପୁଣି ଥରେ କାଟି ଧନୁଷ କହିଲା।

'ତୋତେ ଏକଥା କେମିତି ବୁଝେଇବି-

ଧନୁଷ ପୁଣି ଥରେ ହସିବାରେ ଲାଗିଲା। ସତେ ଯେମିତି କିଏ ତାକୁ କୁତୁକୁତୁ କରୁଛି। ବାପାଙ୍କ ଭାବଭଙ୍ଗୀରୁ ତା'ର ଲେଖା କେତେ ଯେ ଭଲ ହୋଇଛି ଏତକ ସେ ଜାଣିସାରିଥିଲା। ଏଣୁ ତାଙ୍କର ଏ ହତଭମ୍ବତା ତାକୁ ଅଧିକରୁ ଅଧିକ ଆମୋଦିତ କରୁଥିଲା। ଆନନ୍ଦିତ କରୁଥିଲା।

*ଏ ଧନୁଆ ତ କହିବାକୁ ମଧ୍ୟ ସୁଯୋଗ ଦେଉନାହିଁ!*

ଧନୁଷ ହସ ବନ୍ଦ କରି ପୁଣି କହିଲା, 'ଆଗେ କୁହ ଲେଖା କେମିତି ହୋଇଛି ?'

ବିଧାନ ଘଡ଼ିଏ ତଳକୁ ଚାହିଁଲା। ଏ ଘାଇ ଭାଙ୍ଗି ସାରିଛି, ସୁଅ ଛୁଟି ଚାଲିଛି। ଏବେ ଘାଇକୁ ମରାମତି କରିବା କଥା ଭାବିଲେ କ'ଣ ହେବ ? ସୁଅ ମୁହଁରେ ତ ସେ ପତରଟିଏ ହୋଇସାରିଛି।

ସେ ମୁହଁ ଉଠାଇ ଧନୁଷକୁ ଚାହିଁଲା। ପୁଅର ଆଖିରେ ପ୍ରଶଂସାର ତୃଷ୍ଣା ଦେଖି ତା'ର ବାପର ହୃଦୟ ବିଗଳିତ ହୋଇଗଲା। ସେ ହସହସ ହୋଇ କହିଲା- 'ତୁ ତ ଦେବଦତ୍ତ ମଉସାଙ୍କ ପରି ଲେଖୁଛୁରେ ଧନୁଆ ! ସତରେ ତୁ ମୋତେ ଆଜି ଚମକାଇ ଦେଲୁ। ତୋର ଲେଖାର ଶୈଳୀ ତାଙ୍କଠାରୁ ମଧ୍ୟ ଉଚ୍ଚକୋଟୀର ହୋଇଛି। ଆଜି ଯଦି ସେ ବଞ୍ଚିଥାଆନ୍ତେ ତୋତେ ତ କୁଣ୍ଢାଇ ପକାଇଥାଆନ୍ତେ।'

ବିଧାନ ବସିବା ସ୍ଥାନରୁ ଉଠି ପଡ଼ିଲା। ପୁଅକୁ ଛାତି ଉପରକୁ ଟାଣିଆଣି କୁଣ୍ଢାଇ ଧରିଲା। ଆଖିରୁ ତା'ର ଟପ୍‌ଟପ୍ ଲୁହ ଝରିଲା।

ସୀତା ତିନିବୋହୂଙ୍କୁ ଧରି କିଛି କାମରେ ସେ କୋଠରୀକୁ ପଶି ଆସୁଥିଲେ। ପିତାପୁତ୍ରଙ୍କୁ ଏପରି ବାହୁବନ୍ଧନରେ ଦେଖି ସେମାନଙ୍କ ପାଦ ସେଇ ଦୁଆର ବନ୍ଧ ପାଖରେ ହିଁ ଅଟକିଗଲା। ସେମାନେ ଆଶ୍ଚର୍ଯ୍ୟ ହୋଇ ସେଇଠାରୁ ଅନାଇ ରହିଲେ।

ଏପଟୁ, ବାରଣ୍ଡା ପଟୁ ସଦା ମଧ୍ୟ ବିଧାନ ସେଇଠି ଅଛି ଜାଣି କିଛି ଗୋଟାଏ ପଚାରିବାକୁ ଖୋଲା କବାଟ ବାଟେ ଆଗେଇ ଆସୁ ଆସୁ ଠପ୍ କରି ଠିଆହୋଇଗଲା। ବାପପୁଅଙ୍କୁ କୁଣ୍ଢାକୁଣ୍ଢି ହେବାର ଦେଖି ସେ ଥରେ ସେମାନଙ୍କୁ ଓ ଥରେ ସୀତା ଇତ୍ୟାଦିଙ୍କ ମୁହଁକୁ ଚାହିଁଲା। ବିଧାନ ଯେ ଧନୁଷକୁ କୁଣ୍ଢାଇ ଧରିଛି ଏହା ସ୍ପଷ୍ଟ ଦେଖାଯାଉଥିଲା।

*ଏମିତି କି କାମଟେ କରି ପକାଇଛି କି ଏ ଧନୁଆଁ ?*

ଉଭୟ ପଟୁ ଏତେ ଦର୍ଶକଙ୍କୁ ଏକାଠି ଦେଖି ବିଧାନ ହସିହସି ଧନୁଷକୁ ମୁକ୍ତକରି ତା'ର ପିଠିରେ ହାତ ଥାପୁଡ଼ାଇ, ଥରେ ସୀତା ଓ ବୋହୂମାନଙ୍କୁ ଓ ଥରେ ସଦାକୁ ଅନେଇ କହିଲା- 'ଆଜି ତ ମୋତେ ଧନୁଆ ଚମକାଇ ଦେଲା ! ସତ କହିବାକୁ ଗଲେ ଆଜି ସେ ମୋତେ ଧନ୍ୟ କରିଦେଲା। ତୁମ ଭିତରୁ କାହାର ପୋଥି ପଢ଼ିବାର, ବୁଝିବାର ଆଗ୍ରହ କି କ୍ଷମତା ଅଛି ତ ଦେଖ, କେଡ଼େ ସୁନ୍ଦର ଏ ଧନୁଆ ଲେଖିଛି। ପଢ଼, ଦେବଦତ୍ତ ମଉସାଙ୍କ ପରେ, ଏପରି ଲେଖା ଆଜି ମୁଁ ପଢ଼ିବାକୁ ପାଇଲି। ଧନୁଆ ତାଙ୍କଠାରୁ ମଧ୍ୟ ଭଲ ଲେଖୁଛି। ମୋର ତ ପେଟ ପୁରିଗଲା।'

ସମସ୍ତେ ପ୍ରଶଂସାପୂର୍ଣ୍ଣ ଆଖିରେ ଧନୁଷକୁ ଚାହିଁଲେ। ସାନବୋହୂ ସ୍ୱପ୍ନା ଧନୁଷର ସ୍ତ୍ରୀ ବୀଣାର ହାତକୁ ଧରି ପକାଇ ଗଦ୍‌ଗଦ ହୋଇ କହିଲା- 'ନାନୀ ! ମୁଁ ଜାଣିନଥିଲି ଆମ ଘରେ ଜଣେ କବି ଅଛନ୍ତି।'

ବଡ଼ବୋହୂ ଗୌରୀ ମୁହଁ ଫୁଲାଇ କହିଲା- 'ଆରେ, ତୁ ତ କାଲି ଆସିଛୁ। ତୁ କ'ଣ ? ମୁଁ ତ ଆଜିଯାଏ ଧନୁଆଁଙ୍କ ଏ ଗୁଣ ଜାଣିନି। ତୁ ବି ବୀଣା ? ଆଜିଯାଏ ଏ କଥା ମୋତେ କହିନୁ କେମିତି ?'

'ମୁଁ ଆଖି ଛୁଉଁଛି ନାନୀ, ମୁଁ କ'ଣ ଜାଣେ ସେ କ'ଣ ଲେଖୁଛନ୍ତି ?' ବୀଣା ବ୍ୟସ୍ତ ହୋଇ ଜବାବ ଦେଲା। ପିଲାମାନେ ଶୋଇବା ପରେ ଏବେ ଏବେ ସେ କିଛିଦିନ ହେଲା ଲେଖୁଛନ୍ତି ଯେ, ମୁଁ ତ ଭାବୁଥିଲି ବାପା ତାଙ୍କୁ କ'ଣ ହିସାବପତ୍ର ଦେଇଥିବେ।'

ସ୍ୱପ୍ନା ପୁଣି ସେମିତି ଉଚ୍ଛୁଳି ଉଠି କହିଲା- 'ପୋଥି ପଢ଼ା ତ ମୋ ପ୍ରାଣ। ମୋତେ ପୋଥି ପଢ଼ିବାକୁ ବହୁତ ଭଲ ଲାଗେ। କିନ୍ତୁ ପୋଥିଟିଏ ମିଳୁଛି କୋଉଠି ?'

ସେ ଧନୁଷ ଆଡ଼କୁ ବୁଲିପଡ଼ି ସମ୍ଭ୍ରମତାର ସହିତ ଓଢ଼ଣାକୁ ମୁଣ୍ଡରେ ସଜାଡ଼ି ପଚାରିଲା- 'ଭାଇ, ଏ ଯେଉଁ ଲେଖା ଆପଣ ଲେଖିଛନ୍ତି, ସେ କ'ଣ ପୋଥି ଲେଖୁଛନ୍ତି ?'

ଧନୁଷ ଖୁସୀ ହୋଇ କହିଲା- 'ହଁ'।

'ପୁରା ହୋଇଗଲାଣି।'

'ନାଇଁ ପରା, ମୋଟେ ପଚିଶ ପୃଷ୍ଠା ଲେଖିଛି। ଲାଗିପଡ଼ିଲେ ଶୀଘ୍ର ସରିଯିବ ଯେ।'

'ଯେତିକି ହୋଇଛି, ମୋତେ ସେତିକି ପଢ଼ିବାକୁ ଦେବେ।'

'ହଁ, ହଁ, ନିଶ୍ଚୟ ଦେବି। ମୁଁ ତ ଚାହୁଁଛି ତୁମେ ସମସ୍ତେ ପଢ଼। କବି ଆଉ କାହା ପାଇଁ ଲେଖେ କି ? ପାଠକ ପାଇଁ ନା।'

ଗୌରୀ ଆଗେଇ ଆସି ବିଧାନ ହାତରୁ ପୃଷ୍ଠା ଗୋଛାକ ନେଇ ଓଲଟାଇବାରେ ଲାଗିଲା। କାଲି ଆସିଥିବା ଏଇ ସାନ ଯା' ଟୋକୀ ଖଣ୍ଡକ ଏତକ ପଢ଼ିପାରିବ, ଏବଂ ଘରେ ବାହାରେ ସମସ୍ତେ ତାକୁ ପଣ୍ଡିତା ଜାଣି ପ୍ରଶଂସା କରିବେ। ବଡ଼ବୋହୂ ଭାବେ ତା'ର ଆଉ ମାନମହତ ରହିବ ଟି ? ତା'ଛଡ଼ା ବଡ଼ ଯା' ହୋଇ ସେ ପଛରେ ପଡ଼ିବ କାହିଁକି ଯେ ? ସେ ବି ତ ଚାଟଶାଳୀରେ ଅବଧାନଙ୍କ ବଡ଼ଚାଟ ହୋଇ ପୋଥି ପଢ଼ା ଭଲଭାବରେ ଶିଖିଥିଲା !

ଧନୁଷ ଆଡ଼କୁ ଚାହିଁ ସେ କହିଲା- 'ତୁମେ ତ ଆମକୁ ହେଲେ ଚମକାଇ ଦେଲ ହେ ଧନୁ! ହଉ, ଏତକ ଆଜି ମୁଁ ନେଉଛି। ମୁଁ ପଢ଼ିସାରିଲେ ସ୍ୱପ୍ନା ଓ ବୀଣା ପଢ଼ିବେ। 'ନା' କ'ଣ କହୁଛ ?' ସେ ଦୁଇଯାଆଙ୍କ ମୁହଁକୁ ଚାହିଁଲା।

ସେନାପତିଙ୍କ କଥା ଶୁଣି ସାନ ଦୁଇଜଣ ହସି ମୁଣ୍ଡ ଟୁଙ୍ଗାରିଲେ। ବୀଣା କହିଲା- 'ନାନୀ, ମୋର ଏବେ ପଢ଼ିବାର ନାହିଁ। ଏ ତିନିଟା ପିଲାଙ୍କ ଜଂଜାଳରେ, ମୋର ଖାଇବାକୁ ତର ନାହିଁ। ସ୍ୱପ୍ନା ପଢ଼ି ମୋତେ ଗପଟା ଶୁଣାଇଦେବ।'

ସୀତା ଗର୍ବରେ ବୋହୂମାନଙ୍କୁ ଅନାଇ କହିଲେ- 'ହେଇଟି ଶୁଣ, ଆଉ ଏଣିକି ତୁମେମାନେ ସେ କେଶବ କୋଇଲି କି କଳସା ଚଉତିଶା କି ସୀତା ଚୋରୀ ଗୀତ ସବୁ କାହିଁକି ଗାଇ ଶୁଣାଇବ ? ମୋ ପୁଅର ଗୀତ ଏଣିକି ଗାଇବ ଯେ ମୁଁ ଶୁଣିବି। ମୋତେ ତ ଏତେ ଭଲ ପଢ଼ି ଆସୁନି। ଗୀତରେ ଗାଇଲେ ମୁଁ ସବୁକଥା ବୁଝିଯିବି ଯେ।'

ଧନୁଷ ଛାତି ଫୁଲାଇ ବୀଣାକୁ ଚାହିଁଲା। କେତେ ପ୍ରେମ କେତେ ଭଲ ପାଇବା ଥାଉ, ସ୍ୱାମୀ ପାଇଁ ସ୍ତ୍ରୀ ଓ ସ୍ତ୍ରୀ ପାଇଁ ସ୍ୱାମୀ ହେଉଛି ଜୀବନର ମୁଖ୍ୟ ପ୍ରତିଦ୍ୱନ୍ଦ୍ୱୀ। ବୀଣା ଧନୁଷର ଚାହାଣୀରେ ହସିଦେଲା। ହସିହସି କହିଲା- 'ଆଜି ପର୍ଯ୍ୟନ୍ତ ତୁମେ ମୋତେ

ଯାହା ଯାହା ଆଣିଦେଇଛ, ଯେ ହେଲା ସେ ସବୁର ରଜା। ମୁଁ ଯୋଉ ତୁମକୁ ପ୍ରତିଦିନ ମୋ ସାଙ୍ଗରେ ସନ୍ଧ୍ୟା ଆଳତୀ ଦେଖିବାକୁ ରାଧାକୃଷ୍ଣ ମନ୍ଦିରକୁ ଯିବାକୁ ଅଳି କରୁଥିଲି, ଟାଣି ନେଉଥିଲି, ଆଉ ସେମିତି କରିବିନି। ଏଣିକି ତୁମେ ତୁମର ସବୁ ବଳକା ସମୟ ଏ ଲେଖାରେ ଲଗାଇ ଯାକୁ ଶୀଘ୍ର ସାର।'

'ଆଉ ସାରିବ କ'ଣ ବା?' ସୀତା ଚିହିଁକି ଉଠି ଧମକାଇଲେ। 'ପଚିଶ ପୃଷ୍ଠା କ'ଣ ଊଣା ହୋଇଛି? ତୋତେ ସେତକ ଦିଶିଲା ନାହିଁ ଯେ ଆଉରି ଲେଖ କହୁଛୁ? କାଇଁ ତୁ ଗୋଟେ ପତର ଲେଖି ଦେଖାଇଲୁ?'

ସୀତାଙ୍କ କଥା ଶୁଣି ତିନିବୋହୂଯାକ କଳକଳ ହୋଇ ହସିଉଠିଲେ। ଧନୁଷ ବି ସେଥିରେ ଯୋଗ ଦେଲା।

ବୋଧହୁଏ ଏ ହସର କଳରବରେ ସଦାର ସମ୍ବିତ୍ ଭାଙ୍ଗିଲା। ସେ ସେତେବେଳୁ ବୁଣା ଛାଡ଼ି ଏଇଠି ଠିଆହୋଇ ଏ ନାଟ ଦେଖୁଛି। ଆଜି ଘରକୁ ଫେରିବାକୁ ଡେରି ହୋଇଯିବ। ସେ ତରତର ହୋଇ ବିଧାନଠୁଁ ଯାହା ବୁଝିବାକୁ ଆସିଥିଲା ସେତକ ବୁଝି ସେଠାରୁ ଚାଲିଗଲା।

ସୀତାଙ୍କର ମନ୍ତବ୍ୟ ବିଧାନ ମୁହଁରେ ମଧ୍ୟ ଛୋଟ ହସିଟିଏ ଉକୁଟାଇ ଦେଲା।

କାହିଁ ପଇଁଚାଳିଶ କି ପଚାଶ ବର୍ଷ ତଳେ ସାହିତ୍ୟ ସଂପର୍କରେ କନକ ମାଉସୀଙ୍କ ଏମିତି ପଦେ ପଦେ ନିରୀହ ନିର୍ବୋଧ କଥାରେ ସୁଦତ୍ତା, ବିଧାନ ହସିହସି ଗଡ଼ିଯାଉଥିଲେ। ଦେବଦତ୍ତଙ୍କ ସଦା ପ୍ରସନ୍ନ ଗମ୍ଭୀର ମୁହଁରେ ମଧ୍ୟ ଧାରେ ହସ ଉକୁଟି ଉଠୁଥିଲା। କୁଆଡ଼େ ଚାଲିଗଲା ସେ ମଧୁର ସୁନ୍ଦର ଦିନ ସବୁ? ସତ କହିବାକୁ ଗଲେ ଜୀବନ ତ ସେଇଠାରେ ହିଁ ସମାପ୍ତ ହୋଇଗଲା।

ଆଉ ତା'ପରର ଏ ବାକି ଜୀବନ କ'ଣ ଜୀବନ??

ସେ ଶୁଣିଲା- ଧନୁଷ କହୁଛି, 'ବୋଉ, ପୋଥି କ'ଣ ପଚିଶ ପୃଷ୍ଠାରେ ସରେ? ମୁଁ ପରା ପୋଥିଟିଏ ଲେଖୁଛି?'

'ଓହୋ, ପୋଥି? ସେ କଥା କହୁନୁ? ଏଇ ଯେମିତି ଦେବଦତ୍ତ ମଉସା ଲେଖିଥିଲେ?' ସୀତା କହିଲେ।

'ହଁ, ଏବେ ଠିକ୍ ବୁଝିଲୁ।' ଏହା କହି ଧନୁଷ ବୁଲିପଡ଼ି ବିଧାନଙ୍କୁ ଅନେଇ କହିଲା, 'ବାପା, ମୋର ଏବେ ବଡ଼ ସ୍ୱପ୍ନ ହେଲା, ମୁଁ ବି ଏ ପୋଥିଟା ଲେଖା ସରିଲେ ତା'ର ଦୁଇଟି ପ୍ରତିଲିପି କରି ଗୋଟିଏ ପାରଳା ମହାରାଜାଙ୍କୁ ଓ ଆରଟା ପୁରୀ ଗଜପତିଙ୍କୁ ଭେଟିଦେବି।'

'ପାରଳା ମହାରାଜା!!' ବିଧାନର କଣ୍ଠ ଯେ ବାଷ୍ପାକୁଳ ହୋଇଗଲା ତାହା

କେହି ଠଉରେଇ ପାରିଲେ ନାହିଁ। ସେ ମହାତ୍ମା ମହାପୁରୁଷ ଆଉ କ'ଣ ଅଛନ୍ତି? ତାଙ୍କର ତ କେବେଠାରୁ କାଳ ହୋଇଗଲାଣି।

*ମୁଁ ତୁମକୁ ପ୍ରତୀକ୍ଷା କରିଛି ବିଧାନ... ତୁମ ପୋଥିଟା ସରିଲେ ନିଶ୍ଚୟ ଆଣି ମୋତେ ଦେଖାଇବ...*

ଶାଶୂ ବୋହୂଙ୍କର ମିଳିତ କଥାବାର୍ତ୍ତା ଭିତରେ ବିଧାନର ଅନ୍ୟାନ୍ୟ ଉଚ୍ଚାରିତ ଶବ୍ଦଗୁଡ଼ିକ ଅସ୍ପଷ୍ଟ ଶୁଣାଗଲା। 'ତାଙ୍କର କାଳ ହେଇଗଲାଣି'....ଶୁଣାଗଲା ନାହିଁ... କେବଳ 'ପାରଳା ମହାରାଜା?'... ଉଚ୍ଛ୍ୱସିତ ଶବ୍ଦ ଦୁଇଟି ଶୁଣି ଧନୁଷ ଆଉ ଟିକିଏ ପାଟିକରି କହିଲା- 'ଆଉ କ'ଣ ଭାବୁଛ? ମୁଁ ମିଛଟାରେ ଏତେ ପରିଶ୍ରମ କରୁଛି?'

ତା'ର ଏ ଉତ୍ସାହିତ ଉଚ୍ଚ ସ୍ୱର ଶାଶୂବୋହୂଙ୍କ କଥାବାର୍ତ୍ତା ବନ୍ଦ କରିଦେଲା। ସେମାନେ ଧନୁଷ ଆଡ଼େ ଚାହିଁଲେ। ଧନୁଷ ସେମିତି ଉଚ୍ଚକିତ ହୋଇ କହିଲା- 'ଏ ପରିବାରରେ ଦେବଦତ୍ତ ଜେଜେ ଯାହା ଆପନା କରିଦେଇ ଯାଇଛନ୍ତି ତାକୁ ମୁଁ ଏମିତି ଲୋପ ହେବାକୁ ଦେଇଦେବି ଭାବୁଛ? ମୁଁ ବି ତାଙ୍କ ପରି ଏ ଘରକୁ ଯଶକୀର୍ତ୍ତି ଆଣିବି ନା। ଲୋକେ ଦାଣ୍ଡରେ ଗଲାବେଳେ ଆମ ଘରକୁ ଆଙ୍ଗୁଠି ଦେଖାଇ କହିବେ ଏ ଘରର ଦୁଇ ଦୁଇଟା କବି କୀର୍ତ୍ତିସ୍ତମ୍ଭ ପୋତି ଦେଇ ଯାଇଛନ୍ତି। ଜଣେ ଦେବଦତ୍ତ ଓ ଆର ଜଣକ ତାଙ୍କ ନାତି ଧନୁଷ!'

ସବୁ ମହିଳାମାନଙ୍କ ଚୁଡ଼ୀର ରୁଣୁଝୁଣୁ ସାଙ୍ଗରେ ହାତ ତାଳି ବାଜି ଉଠିଲା। ସେମାନଙ୍କ ଆଖି ପ୍ରଶଂସାରେ ଚକ୍‌ଚକ୍ ହୋଇଯିବାରୁ ସେମାନେ ଦେବୀ ପ୍ରତିମା ପରି ସୁନ୍ଦର ଦିଶିଲେ। ପରସ୍ପରକୁ ଚାହିଁ ମୁଣ୍ଡ ଟୁଙ୍ଗାରିଲେ। ସତେ ଯେପରି ଏ ପୋଥି ଧନୁଷ ନୁହଁ, ସୀତା ହିଁ ଲେଖି ସାରିଲେଣି, ସେମିତି ଗୌରୀ, ବୀଣା ଓ ସ୍ୱପ୍ନା ସୀତାଙ୍କୁ କୁଣ୍ଢାଇ ଧରି, ତାଙ୍କ ପିଠିକୁ ଥାପୁଡ଼େଇ ଦେଇ ତାଙ୍କ କାନ୍ଧରେ ମୁଣ୍ଡ ଗୁଞ୍ଜିଦେଲେ।

ଗୌରୀ ସୀତାଙ୍କୁ ଛାଡ଼ି ଧନୁଷ ବାହୁରେ ସେ ହାତରେ ଧରିଥିବା ପୃଷ୍ଠାମାନଙ୍କୁ ଆସ୍ତେ ପିଟି କହିଲା- 'ବୁଝିଲ ଧେନୁ, ତୁମେ ଯେଉଁ ଗଡ଼ିଶ ମାଛର ବେସର ଖାଇବାକୁ ଭଲ ପାଉନ? ଏଣିକି ମୁଁ ତାକୁ ପ୍ରତିଦିନ କରି ତୁମକୁ ଖୁଆଇବି ଯେ ତୁମ ମୁଣ୍ଡରୁ ଆଉରି ଭଲ ଭଲ କଥା ବାହାରିବ ଲେଖିବାକୁ। ଆଉ ତୁମେ ତୁମ ପୋଥିରେ ମୋ ନାଆଁରେ ଗୋଟେ ଗୀତ ଭାଗିଁ ଯୋଡ଼ିଦେବ।'

ନାରୀ କଣ୍ଠର ଉଚ୍ଛୁଳା ହସରେ ଘରଟା କଳକଳ ହେଲା। ବୀଣା ଧନୁଷକୁ ପଚାରିଲା, 'ହଇ ମ, ତୁମ ନାୟିକା ରାଧା ନା ବୋଉଙ୍କ ନାଁ, ନା ପାର୍ବତୀ ନା ଆଉ କୋଉ ଦେବୀ?'

ଧନୁଷ ଉତ୍ତର ଦେଲା- 'ନା, ନା, ନା। ସେ ପୁରୁଣା କାଳିଆ ଢଙ୍ଗରେ ମୁଁ

ଲେଖୁନି । ମୋ ନାୟିକା ଜଣେ ରାଜକୁମାରୀ, ମୁଁ ନିଜ ମନରୁ କାଢ଼ି ତାଙ୍କ ବିଷୟରେ ଲେଖୁଛି ।'

ସ୍ୱପ୍ନା ହାତ ତାଳି ମାରି କହି ଉଠିଲା- 'କ'ଣ ଭଂଜକବିଙ୍କ ଲାବଣ୍ୟବତୀ କି କୋଟିବ୍ରହ୍ମାଣ୍ଡ ସୁନ୍ଦରୀ ପରି ? ସେସବୁ ପୋଥି ମଧ୍ୟ ରଜାଝିଅ ରଜାପୁଅଙ୍କ ପ୍ରେମ କଥା ?'

'ହଁ, ଠିକ୍ କହିଛ ।' ଧନୁଷର ମୁହଁ ଉଜ୍ଜ୍ୱଳ ହୋଇଗଲା । ସେ ଜାଣିନଥିଲା ବାପାଙ୍କୁ ଛାଡ଼ିଦେଲେ ଏ ଘରେ ଆଉ ଜଣେ କାବ୍ୟରସିକା ପାଠିକାଟିଏ ଅଛି !

ସ୍ୱପ୍ନା ଉଛୁଳି ଉଠି କହିଲା- 'ଓହୋ, ମୁଁ ଆଉ ଜଗିପାରୁନି । ଭାଇ ଆପଣ ଶୀଘ୍ର ପୋଥିଟି ସାରନ୍ତୁ । ଆମେ ତିନିଜଣ ଏକାଠି ତାକୁ ପଢ଼ିବୁ । ଏଣିକି ଖରାବେଳେ ଆମକୁ ଗୋଟିଏ ବଢ଼ିଆ କାମ ମିଳିଗଲା ।'

ବୀଣା କହିଲା- 'ତାହାହେଲେ ତୁମ ରାଜକୁମାରୀଙ୍କ ନାଁ ଗୌରୀ ରଖିଦେବ ଯେ ନାନୀ ଖୁସୀ ହେବେ ।'

ଧନୁଷ ଜିଭ କାମୁଡ଼ି ଦେଇ କହିଲା- 'ମା' ସମାନ ମୋ ଭାଉଜଙ୍କ ନାଁ କେମିତି ମୋ ନାୟିକାକୁ ଦେବି ? କିନ୍ତୁ ଭାଉଜ, ତୁମେ ଭଲ କଥାଟିଏ ମୋ ମୁଣ୍ଡରେ ପୁରାଇଲ । ଆଉ ବୋଉ, ତୋ' ଆଶୀର୍ବାଦ ମାଗି ତୋ ନାଁକୁ ନମସ୍ୟ କରି ମୁଁ ଦେବୀ ସୀତାଙ୍କ ବନ୍ଦନା ମୋ ପୋଥିର ଆରମ୍ଭରେ ଦେଇସାରିଛି । ଏବେ ସେଥିରେ ଭାଉଜଙ୍କ ନାଁଟା ମଧ୍ୟ ଯୋଡ଼ି ଦେବି ଯେ ମୋତେ ଭାଉଜ ଓ ଦେବୀ ଗୌରୀ ଉଭୟଙ୍କର ଆଶୀର୍ବାଦ ମଧ୍ୟ ମିଳିଯିବ !'

'ବାଃ ! ବାଃ ! ଯେ ହେଲା ନା କଥା !' ସମସ୍ତେ ଏକାସାଙ୍ଗରେ କହିଉଠିଲେ । ଗୌରୀ ଆଶୀର୍ବାଦର ମୁଦ୍ରା ଦେଖାଇ ଗୋଟିଏ ହାତରେ ପଦ୍ମ ଓ ଅନ୍ୟ ହାତରେ ଆଶୀର୍ବାଦର ଅଭିନୟ କରି ଦେବୀଠାଣୀରେ ସ୍ମିତହାସ୍ୟ ସହ ଧନୁଷ ଆଗରେ ଠିଆ ହୋଇଗଲା ।

ତା'ର ଏ ନାଟକ ଦେଖି ସୀତା, ବୀଣା ଓ ସ୍ୱପ୍ନା ସହ ଧନୁଷ ମଧ୍ୟ ଉଚ୍ଚ ସ୍ୱରରେ ହସିବାକୁ ଲାଗିଲେ ।

'ଆରେ, ଏଇଠି କ'ଣ ଏତେ ଗହଳି ଶୁଭୁଛି ? ଆମକୁ ସଦା କହିଲା- 'ଧନୁଆଁ କୁଆଡ଼େ କି ପୋଥି ଲେଖିଛି ଯେ ବାପା ତାକୁ କୁଣ୍ଢାଇ ପକାଇ କେତେ ପ୍ରଶଂସା କରୁଥିଲେ ?' ଧ୍ରୁବ ଓ ଧବଳ ଦୁହେଁ ଏ କଥା କହୁକହୁ ସେ ଘରେ ବାରଣ୍ଡା ପଟ ଦ୍ୱାର ଦେଇ ପଶିଆସିଲେ ।

ସେମାନଙ୍କୁ ଦେଖି ଗୌରୀ ଆଉ ଟିକିଏ ନାଟକୀୟ ଭଙ୍ଗୀରେ ଅଣ୍ଟା ବଙ୍କେଇ

ବେକ ଭାଙ୍ଗି ଅଭୟ ମୁଦ୍ରା ଦେଖାଇ ଠିଆହେଲା। ଗୌରୀର ଏ ଅବତାର ଦେଖି ସେମାନେ ମଧ୍ୟ କିଛି ନ ବୁଝିଲେ ବି ସେ ମିଳିତ ହସରେ ଯୋଗଦେଲେ।

ଏଇ ମଧୁର କୋଳାହଳ ଭିତରେ ବିଧାନ ଯେ କେତେବେଳୁ ସେ କୋଠରୀ ଛାଡ଼ି ଧୀରେ ଧୀରେ ଅପସରି ଗଲାଣି, ସେ କଥା କେହି ଲକ୍ଷ୍ୟ କରିପାରିଲେ ନାହିଁ।

ବିଧାନର ଦେହ ମୁହଁକୁ ଯଦି କିଏ ସେତେବେଳେ ନିରେଖି ଚାହିଁଥାନ୍ତା, ଦେଖିପାରିଥାନ୍ତା ସତୁରୀ ବର୍ଷ ବୟସରେ ପଚାଶ ବର୍ଷ ବୟସ୍କ ଯୁବକର ଦର୍ପ ନେଇ ଟିକିଏ ଆଗରୁ ସେଇଠି ଠିଆ ହୋଇଥିବା ବିଧାନର ସିଧାସଳଖ ବଳିଷ୍ଠ କାନ୍ଧ ଉପରେ ହଠାତ୍ ଯେପରି ଦଶ ମହଣର ପିଶାଚଟିଏ ଆସି ଲଥ୍‌କରି ଗୋଡ଼ ଓହଳାଇ ବସିପଡ଼ିଛି ଯେ, ବିଧାନର କାନ୍ଧ, ପିଠି, ସମଗ୍ର ଦେହ ସେ ଭାରୀ ଓଜନରେ ନବେ ବର୍ଷର ବୃଦ୍ଧ ପରି ନଇଁ ପଡ଼ିଛି। ସଦାପ୍ରସନ୍ନ ଉଜ୍ଜ୍ୱଳ ମୁହଁଟା ପୋଡ଼ି କଳାକାଠ ହୋଇଯାଇଛି।

କୋଉଠି ଟିକିଏ ନିରୋଳା ଜାଗା ଖୋଜି ବସି ପଡ଼ିବାକୁ ବିଧାନର ହୃଦୟ ହାହାକାର କରି ଉଠୁଥିଲା। ଚୁପ୍‌ଚାପ୍ ସେ ଘର ବାରଣ୍ଡା ଓ ଫାଟକ ଖୋଲି ରାସ୍ତାକୁ ବାହାରିପଡ଼ିଲା। ରାସ୍ତା, ସାହୀ ମୁଣ୍ଡ ମନ୍ଦିର, ମନ୍ଦିର ପାଖର ପୋଖରୀ, ପୋଖରୀ କଡ଼ ପାହାଚ ସବୁ ପାର ହୋଇ ସେ ଆଗକୁ ଚାଲିଲା। ସବୁଆଡ଼େ ଲୋକ। ନାନା ଜଂଜାଳ ନେଇ ଚଳପ୍ରଚଳ ହେଉଛନ୍ତି।

ନିରୋଳା ଜାଗା କାହିଁ?

ଶୁନ୍‌ଶାନ୍ ରାସ୍ତାରେ ଗଛଟିଏ ମିଳିଲେ ବି ତାକୁ କୁଣ୍ଢାଇ ଧରି ଭୋ ଭୋ ରଡ଼ିକରି ଘଡ଼ିଏ କାନ୍ଦିଲେ ହୁଏତ ତାକୁ ଟିକିଏ ଶାନ୍ତି ମିଳନ୍ତା। ଚାରିଆଡ଼େ ଗଛମାନେ ଠିଆହାଇ ତାକୁ ସମ୍ବେଦନଶୀଳ ଆଖିରେ ଅନାଇଲେ କ'ଣ ହେବ, ସେମାନଙ୍କ ମୂଳରେ ତ କ'ଣ ନାଇଁ କ'ଣ ପସରା ସବୁ ମେଲାଇ ବେପାର ଚାଲିଛି। ଅପରାହ୍ନ ନଇଁବା ଆଗରୁ କିଣାବିକା କାମ ସାରିବାକୁ କ୍ରେତା, ବିକ୍ରେତା ଉଭୟ ବ୍ୟାକୁଳ। ଗହଳି ବଢୁଛି ସିନା କମିବାର ପ୍ରଶ୍ନ ଉଠୁନି।

ଆଜି ଧନୁଷର ଏ ଆନନ୍ଦ, ଏ ଉତ୍ସାହ, କବିଟିଏ ହୋଇ ଯଶ ଗୋଟାଇବାର ଉଦ୍ଦୀପନା, ବିଧାନକୁ ବର୍ତ୍ତମାନରୁ ଉଠେଇ ଅତୀତର ସେଇ ଦୁଃଖ ହତାଶମୟ ସମୟ ପାଖରେ ପୁଣି ଥରେ ନେଇ କଚାଡ଼ି ଫିଙ୍ଗିଦେଇଛି। ସେ ଅନୁଭବ କରୁଛି, ସଂସାରର ହାଟରେ କିଣାବିକା କରିବାକୁ ତା' ପାଖରେ ଯାହା ସମ୍ବଳ ଥିଲା, ତାକୁ ଏ ଭିଡ଼ଭାଡ଼ରେ କିଏ ଲୁଟି ନେଇସାରିଲାଣି।

ସେ ଆଜି କେଡ଼େ ନିଃସ୍ୱ, କେଡ଼େ ଅସହାୟ ହୋଇ ଶୂନ୍ୟ ହାତରେ ମୁଣ୍ଡପୋତି

ଏ ଭିଡ଼ ଭିତରେ ଠିଆହୋଇ ରହିଛି। ହାଟରୁ ଘରବାହୁଡ଼ା ହେବା ପାଇଁ ମଧ୍ୟ ତା' ପାଖରେ ସମ୍ବଳ ନାହିଁ।

ନା ଏ କଥା ସେ ମୁହଁ ଖୋଲି ପରିଚିତ କାହାକୁ କହିପାରୁଛି, ନା ଅପରିଚିତଙ୍କ ପାଖରେ ହାତ ପତାଇ କିଛି ମାଗି ପାରୁଛି!

ଯଦି ଧନୁଷର ଏଇ ଲେଖିବାର ଇଚ୍ଛାଟା, କବି ଲେଖକ ହେବାର ସ୍ୱପ୍ନଟା ଆଉ କିଛିବର୍ଷ ପରେ ବିଧାନର ମୃତ୍ୟୁ ପରେ ମୁଣ୍ଡଟେକି ଉଠିଥାନ୍ତା, ତେବେ ହୁଏତ ବିଧାନ ଆଜି ଜୀବନ ହାଟରୁ ଲାଭ ଉଠାଇ ପାରିଥିବାର ଉତ୍‌ଫୁଲ୍ଲତା ନେଇ ଛାତି ଫୁଲାଇ ଘରବାହୁଡ଼ା ହୋଇଥାଆନ୍ତା।

କିନ୍ତୁ ତା'ର ପ୍ରାଣପ୍ରିୟ ସନ୍ତାନମାନଙ୍କ ମଧ୍ୟରୁ ଜଣେ- ଧନୁଷ, ସେ କ'ଣ କେବେ ବୁଝିପାରିବ ତା'ରି ଖୁସୀ, ପାରିବାରପଣିଆ, ଗର୍ବର ସମ୍ବାଦ ଆଜି ଦସ୍ୟୁ ପାଲଟି ବିଧାନଙ୍କୁ ଜୀବନର ଏ ବାହୁଡ଼ା ବେଳାଟାରେ ଲୁଟ୍‌ପାଟ୍ କରି ଖାଲି କାଙ୍ଗାଳ ନୁହଁ, କ୍ଷତବିକ୍ଷତ କରି ଠିଆ କରିଦେଇଛି ?

ଗାଁ ଶେଷମୁଣ୍ଡ ପାର ହୋଇ ବିଧାନ ଗାଁ ଶ୍ମଶାନ ପାଖରେ ନିରୋଳା ପରିବେଶଟିଏ ଖୋଜିଖୋଜି ପହଞ୍ଚି ସାରିଥିଲା। ଶ୍ମଶାନ ପୋଖରୀର ପ୍ରଥମ ପାହାଚରେ ଓସ୍ତଗଛ ମୂଳେ ବସିପଡ଼ି ସେ ପଶ୍ଚିମାଭିମୁଖୀ ସୂର୍ଯ୍ୟଙ୍କ କିରଣକୁ ଚାହିଁ ଦେହମୁଣ୍ଡର ଝାଳକୁ ପୋଛିଲା। ଦୂରରେ ହୁତୁହୁତୁ ହୋଇ କାହାର ଚିତା ଜଳୁଛି। ସେଆଡ଼େ ଅନାଇ ସେ ଭାବୁଥିଲା- ଧନୁଷର ଏହି ନିରୀହ ଆନନ୍ଦ କେବେ ନା କେବେ ଘୋର ଦୁଃଖରେ ପରିଣତ ହେବ- ଏଇ ଚେତନା ହିଁ ଏବେ ବିଧାନର କଲିଜାରେ ଛୁରୀ ଭୂଷି ଚାଲିଛି। ଏଡ଼େ ପ୍ରତିଭାବନ୍ତ ପୁଅକୁ ସେ ଜନ୍ମ କରିଦେଲା ସତ, କର୍ମ ତ ଦେଇପାରିଲା ନାହିଁ।

ହତଭାଗା ପିଲାଟା! ଏ ଦୁର୍ଲଭ ପ୍ରତିଭା ଯଦି ଆଣିପାରିଲୁ, ଏଇଠି କାହିଁକି ଆସି ଜନ୍ମ ହେଉଥିଲୁ ? ତୋତେ କ'ଣ ଆଉ କୋଉଠି ଗର୍ଭ ମିଳିଲା ନାହିଁ ? ନହେଲେ ଘଡ଼ିଏ ଜଗିଥାନ୍ତୁ, ଅନୁକୂଳ ପରିବେଶର ଭଲ ଗର୍ଭଟିଏ ପାଇବା ପର୍ଯ୍ୟନ୍ତ।

ବହୁଦିନ ପରେ, ପ୍ରବଳର ମଳାବେଳର କରୁଣ, କାକୁସ୍ଥ ମୁହଁ ତା' ଆଖି ଆଗରେ ଏବେ ଭାସିଉଠିଲା। ଦେବଦତ୍ତ ମଉସାଙ୍କୁ ନିର୍ମମ ହତ୍ୟାକରି, ସେ ଘୋର ଅନ୍ୟାୟ ଓ କଦର୍ଯ୍ୟ ପାପ କରିଥିବାର ଗ୍ଲାନି, ଅନୁତାପ କି ଦୁଃଖ ବାପାଙ୍କୁ ମାରିନଥିଲା।

କବିତ୍ୱ ଯେ କି ଦୁର୍ମୂଲ୍ୟ ଗୁଣ, ସେ କଥା ସେ ପାରଳାଖେମୁଣ୍ଡି ରାଜଦରବାରରେ ପ୍ରତିଯୋଗିତାର ଫଳାଫଳ ବାହାରିଥିବା ଦିନ, ସେଇଠି ଗୋଟିଏ ମାତ୍ର ଦିନ ବସି ସେ ବୁଝିପାରିଥିଲେ। ବିଧାନଙ୍କୁ ଦିବ୍ୟ ଆନନ୍ଦର ଫଳଦାନ କରୁଥିବା ତା'ର କବି ପ୍ରତିଭାର

ଗଛକୁ ସେ ଯେ ନିଜେ ଟିକିଟିକି କରି ହାଣି, ଚେର ସମେତ ଉପୁଡ଼ାଇ ଦେଇଛନ୍ତି, ଏବଂ ଖାଲି ସେତିକି ନୁହଁ, ସବୁଜ ଛନଛନ ହୋଇ ଏ ଗଛରେ ଗୁଡ଼ାଇ ହୋଇ ଡାଳ ମେଲାଇ ବଢୁଥିବା ବିଧାନର ଯଶ, ସୌଭାଗ୍ୟ, ଐଶ୍ୱର୍ଯ୍ୟ ଲତାକୁ ମଧ୍ୟ ଏଇ ନିର୍ଘାତିଆ ଚୋଟରେ ଯେ ସେ ସମୂଳେ ବିନାଶ କରିଦେଇଛନ୍ତି- ଏଇ ଚେତନା ହିଁ କୁରାଢ଼ୀ ହୋଇ ତାଙ୍କୁ ସାଂଘାତିକ ପ୍ରାଣଘାତୀ ଚୋଟ ପକେଇଥିଲା।

ଏବେ ଘରକୁ ଫେରି ଧନୁଷକୁ ଏକଥା ସେ କହିଦେବ କି? ବୁଝାଇଦେବ କି- ବାପା, ଏ କବିଫବି ହେବାର ସ୍ୱପ୍ନ ଛାଡ଼। ତୋର ଭାଗ୍ୟରେ ଏ କାବ୍ୟ ଶେଷ ହେବା କଥା କେବେ ବି ଜୁଟିବ ନାହିଁ। ଯଶ ଅର୍ଜିବାକୁ ଥିଲେ, ମନ୍ଦିର ତୋଳାଅ, ପୋଖରୀ ଖୋଳାଅ, ନହେଲେ ପଣ୍ଡିତ ଦାମୋଦର ମିଶ୍ରଙ୍କ ପାଦତଳେ ବସି କବିରାଜ କି ଜ୍ୟୋତିଷୀ ଶିଖ। ନହେଲେ ଗାଁର ବିଶୁ ମହାରଣାକୁ ଗୁରୁକରି ତାଙ୍କଠାରୁ ଦେବମୂର୍ତ୍ତି ଗଢ଼ିବା ଶିଖ, ନହେଲେ ଉତ୍ତମ ଡଙ୍ଗା ତିଆରି କରିବା ଶିଖ।

ଏସବୁ କାର୍ଯ୍ୟରେ ଲୋକ ଉପକାର ପାଇବେ, ଧନ୍ୟଧନ୍ୟ କରିବେ।

ଏ କବି ହେବାର ନିଶା ଛାଡ଼ିଦେ।

ଏଥିରେ ଜୋର ଜବରଦସ୍ତ ଦାଖିଲା, ଲେଖିବାର ପ୍ରଚେଷ୍ଟା ତୋତେ ନାନା ବିପଦ, ଆପଦ କିମ୍ବା ଅଯଥା ଜଂଜାଳର ଝିନ୍‌ଝଟ ଭିତରକୁ ଟାଣିନେବ। ସେସବୁ ଜଂଜାଳରୁ ଦୁଃଖକଷ୍ଟ କିମ୍ବା ସୌଭାଗ୍ୟ ଥିଲେ ଧନସଂପଦ ମିଳିପାରିବ କିନ୍ତୁ ଯଶ ଖ୍ୟାତି ତ ଆଦୌ ନୁହଁ।

ଏଣୁ ଯଶ ଲୋଡୁଛୁ ତ ଅନ୍ୟ ବାଟ ଦେଖ।

କିନ୍ତୁ କେମିତି ଏକଥା କହିବ?

ମୂଳରୁ ଗାଇବ କି ଦେବଦତ୍ତ ମଉସା କେମିତି ମଲେ ଓ ସେ କି କି ଶାପ ଦେଇଯାଇଛନ୍ତି? ଯଦି ଏକଥା ଶୁଣି ଧନୁଷ ଠୋ'ଠୋ' ହସେ? ହାସ୍ୟ କରେ ଯେ, ବିଧାନ ପରି ଟାଣୁଆ ଲୋକଟିଏ କେମିତି ଏ ଅନ୍ଧବିଶ୍ୱାସକୁ ବିଶ୍ୱାସର ସିଂହାସନରେ ବସାଇ ପାରିଲା? ଯାକୁ ଯଦି ସେ ବାର୍ଦ୍ଧକ୍ୟର ପରିଣତି ବୋଲି ଭାବି ବସେ?

ଧର- ଏସବୁ କିଛି ନକରି, ବିଧାନର ଏକଥା ଶୁଣି ଯଦି ଧନୁଷ ହତାଶାରେ ଭାଙ୍ଗିପଡ଼େ? ଏକ ନିଷ୍ଠୁର ବାପ ପାଲଟି ଜ୍ୟୋତ୍ସ୍ନା ରାତିର ଜୁଆର ପରି ଆପଣା ପ୍ରତିଭା ସ୍ୱାଦରେ ଉତ୍‌ଫୁଲ୍ଲ ହେଉଥିବା ନିଜ ପୁଅର ଆନନ୍ଦ, ଆତ୍ମପ୍ରସାଦରେ ସେ ନିଆଁ ଲଗାଇ ଦେବ?

ଶୁଖିଲା ଓସ୍ତପତ୍ର ଉପରେ ଖଡ଼୍‌ଖଡ଼୍ ଶବ୍ଦ ଶୁଣି ସେ ବୁଲିପଡ଼ି ପଛକୁ ଚାହିଁଲା।

ଛେଳିଛୁଆଟିଏ ମୁଣ୍ଡ ପୋତି ପୋତି ଘାସ ଖାଉ ଖାଉ ବିଧାନକୁ ହଠାତ୍ ଅତି ନିକଟରେ ଦେଖି ଚମକି ପଡ଼ି ପଛ ଦୁଇଗୋଡ଼କୁ ଫରକଟେଇ ଡିଆଁମାରି ଦୂରକୁ ପଳାଇଗଲା।

ଆଜି କିନ୍ତୁ ତା'ର ଏ ଅତର୍କ୍କା ଧାଉଁଡ଼ି ବିଧାନ ମୁହଁରେ ଛୋଟ ମୁରୁକି ହସଟିଏ ମଧ୍ୟ ଖେଳାଇ ପାରିଲା ନାହିଁ। ସେ ଶ୍ମଶାନ ଆଡ଼କୁ ଦୃଷ୍ଟି ଫେରାଇଲା। ସେ ଆସିବା ବେଳକୁ ଦୂରରେ ଯେଉଁ ଜୁଇ ଜଳୁଥିଲା ସେ ଏବେ ଲିଭିସାରିଲାଣି। ସେ ଆଡୁ କଥାବାର୍ତ୍ତା କରିକରି ଶବ ବାହକ ଓ ଅନ୍ୟ ଜ୍ଞାତିକୁଟୁମ୍ବମାନେ ତା'ରି ଆଡ଼କୁ ଆସୁଛନ୍ତି। ଏଇ ତୁଠରେ ସେମାନେ ଗାଧୁଆପାଧୁଆ କ୍ରିୟାକର୍ମ କରିବେ। ତା'ର ଏଇଠି ଏମିତି ବସିବା ଆଉ ସୁନ୍ଦର ହେବନାହିଁ। କେତେ ପ୍ରଶ୍ନବାଚୀ ଠିଆ କରାଇବ।

ସେ ଉଠି ଛିଡ଼ା ହେଲା। ଆକାଶକୁ ଚାହିଁ, ଆଜିଯାଏ କିଛି ନକରି ଚୁପ୍‌ଚାପ୍ ତା' ଜୀବନର ଏଇ ସବୁ ନାଟ ଦେଖୁଥିବା ଭଗବାନଙ୍କୁ ବିକଳ ପ୍ରାର୍ଥନା କଲା ଯେ, ଏବେ ସେ ଅନ୍ତତଃ ଏତିକି କରନ୍ତୁ- ବାପା ଯେପରି ମୃତ୍ୟୁ ଆସିବା ଆଗରୁ ତାକୁ ଦେଖିପାରିଥିଲେ, ସେ ନିଜେ ମଧ୍ୟ ସେମିତି ମୃତ୍ୟୁକୁ ସେ ଆସିବା ଆଗରୁ ଦେଖିପାରୁ ଯେ, ଧନୁଷକୁ ଏ ବିଷୟରେ, ଏହି ଅଭିଶାପ ଦିଓଟି ବିଷୟରେ ଜଣାଇବା ପାଇଁ ତାକୁ ସୁଯୋଗ ଓ ସମୟ ଉଭୟ ମିଳିପାରିବ।

ଏୟା ନହେଲେ, ଭାଡ଼ିର ଯେଉଁ କୋଣରେ ଏହି ତିନୋଟି ପୋଥି ବିଧାନ ଲୁଚାଇ ରଖିଛି, ସେ ସେମିତି ପୁରୁଷ ପୁରୁଷ ଧରି ସେଇଠି ପଡ଼ିରହିଥିବ। କେବେ ଦିନେ କିଏ ଭାଡ଼ି ସଫା କରିବାକୁ ଯାଇ ତାକୁ ଅଳିଆ ଭାବି ବାହାରେ ନେଇ ଫିଙ୍ଗିଦେବ। ଆଉ ଏମିତି ଏକ ରହସ୍ୟର ଉପସ୍ଥିତି ନଜାଣି ତା'ର ବଂଶଧରମାନେ ସାହିତ୍ୟ ସାଧନାରେ ଅଯଥା ମାତି ବିଫଳତାର ହା'ହୁତାଶ ନର୍କରେ ଛଟପଟ ହେଉଥିବେ।

ହେଉ, ଯାହା ଘଟିବାକୁ ଯାଉଛି ଘଟୁ। ଅନ୍ତତଃ ଏବ ପାଇଁ ଧନୁଷ ନିଜ ପ୍ରତିଭା ସହ ପହିଲି ପରିଚୟର ଆନନ୍ଦକୁ କିଛିଦିନ...? କିଛି ମାସ...? ବା କିଛି ବର୍ଷ... ଧରି ଉପଭୋଗ କରୁଥାଉ।

ଗୋଟିଏ ଗୋଟିଏ ଫେରନ୍ତା ପାଦ ପକାଇ ସେ ପୁଣି ଗାଁ ମଝିରେ ଆସି ପହଞ୍ଚିଲା। ବହୁତ ଦିନ ହେଲା ସୁଦତ୍ତା ଘରଆଡ଼େ ଯାଇନାହିଁ। ଏବେ ଯାଇ ସେଆଡୁ ଘେରାଏ ବୁଲିଆସିଲେ ହୁଅନ୍ତା। ମନଟା ବଦଳି ଯାଆନ୍ତା।

'ବିଧାନ ଭାଇ!'

ସାଇଁ କରି ବିଧାନ ବୁଲିପଡ଼ିଲା। ମଙ୍ଗଳା ମନ୍ଦିର ଆଗରେ ହାତରେ ଭୋଗପାଛିଆ

ଧରି ସୁଦତ୍ତା ହିଁ ଠିଆ ହୋଇଛି। ସାଙ୍ଗରେ ସାତବର୍ଷର ନାତୁଣୀ ସୁପ୍ରଭା। ସୁଦତ୍ତାର ଝିଅ ସୁରମାର ସାନ ଝିଅ।

'ଆରେ ଦତ୍ତା! ବିଚିତ୍ର କଥା, ମୁଁ ତୋରି କଥା ହିଁ ଏବେ ଭାବୁଥିଲି। ତୁ ତ କ'ଣ ମନ୍ଦିରରୁ ଫେରିଲା ପରି ଦିଶୁଛୁ? ତୋ ପାଛିଆରେ ଫାଳନଡ଼ିଆ ଛଡ଼ାଫୁଲ।' ଏକାସାଙ୍ଗରେ ସବୁ କହି ପକାଇଲା ବିଧାନ।

'ହଁ ଭାଇ, ମୋତେ ତ ଦେଖୁଛ ଆସି ଛ'ଷଠୀ ବର୍ଷ ହେଲାଣି। ରାତିରେ ଆଉ ଏତେ ଭଲ ଦିଶୁନି। ଏଣୁ ଏଇ ଅନ୍ଧାର ହେବା ଆଗରୁ ମଙ୍ଗଳବାର ଦିନ ମନ୍ଦିର ଆସି ମୁଣ୍ଡିଆଟିଏ ମାରିଦେଇ ଯାଉଛି।'

'ସୁରମା ଆସିଛି ବୋଧହୁଏ? ଇଏ ତା'ର ସାନଝିଅ ନା?'

'ହଁ, କଇଁ, ମାମୁଁ ଅଜାଙ୍କୁ ମୁଣ୍ଡିଆ ମାରେ।'

ଝିଅଟି ଆସି ମୁଣ୍ଡିଆ ମାରିଲା। 'କଇଁ'? ଯା ନା ପରା ସୁପ୍ରଭା?' ବିଧାନ ପଚାରିଲା।

'ହଁ ମ, ମୁଁ କଇଁ ବୋଲି ଡାକୁଛି। ଶାଶୁଙ୍କ ନାଁ ପଡୁଛି ତ?'

*'ହଁ, ପ୍ରଭା! ମାଉସୀ! କୁଆଡ଼େ ଗଲେ ସେ ଲୋକମାନେ?'*

ସେ ଶୁଣିଲା ସୁଦତ୍ତା କହୁଛି, 'ଚାଲୁନ ଭାଇ, ଆମ ଘରଆଡ଼େ ବୁଲିଆସିବା, ଇଏ ବି ତ ଆଉ ବେଶୀ ଚାଲବୁଲ କରୁନାହାନ୍ତି। ତୁମକୁ ଦେଖି କେତେ ଖୁସୀ ହେବେ।'

'ହଁ, କ'ଣ ଦରକାର ସୁଶୀଳଙ୍କର ଆଉ ଏତେ ବୁଲିବା? ଦୁଇ ପୁଅ ତ ରାମଲକ୍ଷ୍ମଣ ପରି ବାହାରି କାରବାର ସବୁ ସମ୍ଭାଳି ନେଲେଣି। ବୋହୂଯୋଡ଼ାକ ଘର ବୁଝିଲେଣି। ଏବେ ଆମର ଖାଲି ଗୋଡ଼ ଉପରେ ଗୋଡ଼ ପକାଇ ନାତିନାତୁଣୀ ଖେଳାଇବା କଥା।'

'ହେଲେ ତୁମ ମୁହଁଟା ଏମିତି କଳାକାଠ ପଡ଼ି ଶୁଖିଯାଇଛି କାହିଁକି? ଦେହ ଭଲ ନାହିଁକି?' ସୁଦତ୍ତା ପଚାରିଲା।

'ମୁହଁ ଶୁଖିଯାଇଛି? କାଇଁ, ନାଇଁ ଦେହ ତ ଭଲ ଅଛି। ଆଜିକାଲି କାହିଁକି ପିଲାଦିନ କଥା ବେଶୀ ମନେ ପଡୁଛି। ଦେବଦତ୍ତ ମଉସାଙ୍କ କଥା, ମାଉସୀଙ୍କ କଥା। ତାଙ୍କ ହାତର ସେ ଆରିଷା, କାକରା, ରସାବଳୀ। ତୁମମାନଙ୍କର ସେ ସ୍ନେହ, ଆଦର। କୁଆଡ଼େ ପଳାଇଗଲା ସେ ଦିନସବୁ।'

'ହଁ ଭାଇ, ତୁମେ ତ ଲେଖାଲେଖି ପୁରା ଛାଡ଼ିଦେଲ। ବାପା ସବୁବେଳେ କହୁଥିଲେ, ବିଧାନ ଦିନେ ନାମକରା କବିଟିଏ ହେବ। କିନ୍ତୁ ତୁମେ ତ ଖାଲି ମହାଲକ୍ଷ୍ମୀଙ୍କ ସେବାରେ ଲାଗିଲ।' ଏହା କହି ସୁଦତ୍ତା ଫିକ୍ କରି ହସିଦେଲା।

ମୁହୂର୍ତ୍ତକ ପାଇଁ ବିଧାନଙ୍କୁ ଲାଗିଲା ସେ ସେଇ କୋଡ଼ିଏ ବର୍ଷର ତରୁଣ ବିଧାନ। ଆଉ ସୁଦତ୍ତା ସେଇ ଦତ୍ତା, ତା'ର ପାଚିଲା ବାଳରେ ସେ ସିନ୍ଦୂର, କପାଳରେ ଏଡ଼େବଡ଼ ସିନ୍ଦୂର ଟୋପା, ଦେହ ସାମାନ୍ୟ ନଇଁଗଲାଣି। କିନ୍ତୁ... ସେ ତ ବିଧାନକୁ ସେଇ ଛନ୍ଦମୟୀ ଚପଳା କିଶୋରୀଟିଏ ପରି ହିଁ ଦିଶୁଛି। ଦେବଦତ୍ତ ମଉସା, କନକ ମାଉସୀ ଏଇ ପାଖରେ କୋଉଠୁ ଥାଇ ସେମାନଙ୍କୁ ଅନେଇ ଥିବେ ପରା!

ସେ କେବଳ ଧୀରସ୍ୱରରେ କହିଲା- 'ସମସ୍ତଙ୍କ କପାଳରେ ସବୁ ସୁଖ ଥାଏ କି ଦତ୍ତା? ମୋ ଭାଗ୍ୟରେ ସରସ୍ୱତୀଙ୍କ ଆଶୀର୍ବାଦ ନଥିଲା। ମଉସାଙ୍କ ଯୋଗୁଁ ମୁଁ ଲେଖାଲେଖି କରୁଥିଲି। ସେ ତ ଗଲେ। ସାଙ୍ଗରେ ମୋର ଲେଖାଲେଖି ମଧ୍ୟ ନେଇଗଲେ!'

ତା'ର ଅଭିଯୋଗକୁ ସୁଦତ୍ତା ବୁଝିପାରିଲା ନାହିଁ। କହିଲା- 'ହେଉ, ତୁମେ ନ ଲେଖିଲେ ନାହିଁ। ଧନୁଆଁ ଏବେ ଲେଖାଲେଖି କରୁଛି ପରା?'

'ଆରେ ଆଶ୍ଚର୍ଯ୍ୟ! ତୁ କେମିତି ଏକଥା ଜାଣିଲୁ?' ବିଧାନର ଆଖି ବଡ଼ବଡ଼ ହୋଇଗଲା।

'ଏଇ ଟିକକ ଆଗରୁ ସଦା ସାଙ୍ଗରେ ଦେଖା ହେଲା ତ। ସେ ଏକଥା କହୁଥିଲା। ହଉ, ଏଇଠି କେତେ ଠିଆହୋଇ ଗପିବା? ଚାଲ, ସାଙ୍ଗ ହୋଇ ଆମ ଘରଆଡ଼େ ଗପି ଗପି ଯିବା।'

'ନାଇଁରେ ମା'। ତୋ ସାଙ୍ଗରେ ତ କଥାହେଲି। ଆଉ ଦିନେ ସଅଳ ଆସିବି ଯେ ଘଡ଼ିଏ ବସି ପାରିବି। ସୁଶୀଳଙ୍କ ସାଙ୍ଗରେ ଗପ କରିଆସିବି। ତୁ ତୋ ଝିଅ ବୋହୂଙ୍କୁ ଧରି ଆମ ଘରଆଡ଼େ ଆସୁନୁ?'

'ଆସିବି। ଏଇ ଦିନେ ଦୁଇଦିନରେ ନିଶ୍ଚେ ଆସିବି। ହଉ, ମୁଁ ତେବେ ଆସୁଛି।'

'ରହ, ରହ ମୋର ଏ ସୁନାନାକୀ ନାତୁଣୀଟି ହାତରେ ଖଜାପୁଡ଼ାଟାଏ କି କଣ୍ଢେଇଟାଏ କିଣି ଦିଏ।'

'ଆରେ ନାଇଁ ଭାଇ ଥାଉ।' ସୁଦତ୍ତା କହୁକହୁ ବିଧାନ ସେଇଠୁ ଯାଇ ପାଖ ଦୋକାନରୁ ଖଜାପୁଡ଼ାଟାଏ ଓ ସୁନ୍ଦର କଣ୍ଢେଇଟିଏ କିଣି ସୁପ୍ରଭା ହାତରେ ଧରାଇଦେଲା। ପିଲାଟିର ମୁହଁ ଖୁସୀରେ ଉଜ୍ଜ୍ୱଳ ହୋଇଯିବା ଦେଖି ଭାଇଭଉଣୀ ଦୁହିଁଙ୍କ ମୁହଁ ମଧ୍ୟ ପରସ୍ପରକୁ ଚାହିଁ ଆନନ୍ଦରେ ଚହଟି ଉଠିଲା।

'ହଉ ମୁଁ ଆସୁଛି', କହି ସୁଦତ୍ତା ଚାଲିଗଲା।

ଘରେ ପହଞ୍ଚିବା ମାତ୍ରେ ସୀତା କହିଲା, 'କୁଆଡ଼େ ସେତେବେଳୁ ଗଲଣି ଯେ ଏବେ ଆସୁଛ? ରାତି ଏତେ ହେଲାଣି। କୁଆଡ଼େ ଯାଇଥିଲ?'

'ନାଇଁ, ଏବେ ଆସୁଆସୁ ମଙ୍ଗଳା ମନ୍ଦିର ପାଖରେ ଦତ୍ତା ସାଙ୍ଗରେ ଦେଖାହେଲା ତ ଦୁହେଁ ଠିଆହୋଇ ଘଡ଼ିଏ ଗପୁଥିଲୁ।'

'ସେମାନେ ସମସ୍ତଙ୍କ ଦେହପା' ଭଲ ଅଛି ତ?'

'ହଁ, ସୁରମା ଆସିଛି। ତା' ଝିଅକୁ ଧରି ଦତ୍ତା ମନ୍ଦିର ଆଡ଼େ ଆସିଥିଲା।'

'ଆଉ କ'ଣ ସବୁ ଦତ୍ତା କହୁଥିଲେ?'

'ତାକୁ ସଦା କହିଦେଇଛି- ଧନୁଆ ଏମିତି ଲେଖାଲେଖି କରୁଛି ବୋଲି। ସେ ସେଇ କଥା କହି ଖୁସୀ ହେଉଥିଲା। ଦୁହେଁ ମିଶି ଦେବଦତ୍ତ ମଉସାଙ୍କୁ ମନେ ପକାଉଥିଲୁ।'

'ଆରେ ହଁ, ମଉସାଙ୍କ କଥା କହିଲ ତ, ଭଲ କଥାଟିଏ ମନେ ପଡ଼ିଲା। ଆଚ୍ଛା, ତୁମେ ତ ଆଉ ସେ ପଟା ଖଟରେ ସେ ନାଲି ଗାଲିଚା ଉପରେ ଆଜିକାଲି ଆଉ ବସୁନା। ସେ ଲେଖାଶ୍ରୟଟା ଯୋଉଟା ମଉସା ବ୍ୟବହାର କରୁଥିଲେ ମ, ସେଇଟା ମଧ୍ୟ ଭାଡ଼ି ଉପରକୁ ଟେକି ଦେଇଛ। ମୁଁ କ'ଣ କହୁଥିଲି କି ସେଇ ଲେଖାଶ୍ରୟଟା ପକାଇ ସେ ଗାଲିଚାରେ ବସି ଧନୁଆଁ ଲେଖାଲେଖି କଲେ ହ'ନ୍ତାନି? ତା' ଶୋଇବା ଘରେ, ସେ ପିଲେ କ'ଣ ତାକୁ ଲେଖାଇ ଦେଉଛନ୍ତି?'

'ହଁ, ହବନି କାହିଁକି? ହବ। ଏକଥା ମୋତେ ପଚାରୁଛ କାହିଁକି?'

'ଆରେ, ତୁମକୁ ନ ପଚାରି କେମିତି ମଉସାଙ୍କ ସେ ଲେଖାଶ୍ରୟଟା ତଳକୁ କଢ଼ାହେବ? ଆଉ ତୁମକୁ ନପଚାରି ତୁମର ସେ ଜାଗାଟା ଧନୁଆଁ କେମିତି ନେଇଯିବ?'

'ନେଇଯିବ କ'ଣ ମ? ମୁଁ କ'ଣ ଜାଗାଟାକୁ ଧରି ବୁଲୁଛି? ହଉ, ତାକୁ କହ ଏଣିକି ସେ ସେଇଠି ବସି ଲେଖାଲେଖି କରୁ। ସେ କାହିଁ? ଧ୍ରୁବ? ଧବଳ?'

'ସମସ୍ତେ ଖାଇ ବସିଛନ୍ତି। ଚାଲ ତୁମେ ବି ମୁହଁହାତ ଧୁଅ। ବଢ଼ାବଢ଼ି ହେଉଛି।'

ନିଃଶବ୍ଦ ଧାର ଧାର ଲୁହରେ ତକିଆ ଭିଜାଇ ବିଧାନ ରାତ୍ରିର ଆଗକୁ ବଢୁଥିବା ମନ୍ଥର ଗତିକୁ ଦେଖୁଥିଲା। ତା'ର ଗେଲବସର ପିଲାଙ୍କ ଭିତରୁ ଜଣେ ଆଜି ଏମିତି ପାଦପାଦ କରି ଦୁଃଖ, କ୍ଷୋଭ ଓ ହତାଶାର ଜୀବନଟିଏ ଆଡ଼କୁ ହିଁ ଆଗେଇ ଯାଉଛି! ବାପ ହୋଇ ବି ସେ କିଛି କରିପାରୁନି!

ଧିକ୍ ତା'ର ବାପପଣିଆକୁ!

ଦିଗ୍‌ବଳୟ ପାର ହୋଇ ସୂର୍ଯ୍ୟଦେବତା କେତେ ଉପରକୁ ଉଠିଗଲେଣି। ଗାଧୁଆ, ମାହାପୁରୁ ପୂଜା ସାରି, ଘରେ ବାହାରେ ବିଧାନକୁ କୋଉଠାରେ ହେଲେ ନ ପାଇ ସୀତା ଗମ୍ଭୀରୀ ଘରେ ଆସି ଦେଖନ୍ତି ତ ବିଧାନ ଆଉରି ବିଛଣାରେ ମୁହଁମାଡ଼ି ଶୋଇଛି। ଏକ ଧୀର ଗଭୀର ଘୁଙ୍ଗୁଡ଼ି ଶବ୍ଦ ଘର ସାରା ଖେଳି ବୁଲୁଛି

'ଏ ମା'! ଯେ କ'ଣ? ତୁମ ଦେହ କ'ଣ ଆଜି ଭଲ ଲାଗୁନିକି? ଉଠୁନ ଯେ?' ସୀତା ଖଟ ଉପରୁ ନିଜେ ରାତିରେ ଘୋଡ଼େଇ ହୋଇଥିବା ବାସୀ ଚାଦରକୁ ଝାଡ଼ି ଚଉତୁ ଚଉତୁ ଶଙ୍କିତ ସ୍ୱରରେ ପଚାରିଲେ।

'ନାଇଁ... ନାଇଁ... ଠିକ୍ ଅଛି। ତୁମେ ଚାଲ, ମୁଁ ଆସୁଛି।' ନିଦୁଆ ସ୍ୱରରେ ବିଧାନ ଉତ୍ତର ଦେଇ କଡ଼ ଲେଉଟାଇ ଶୋଇଲା।

'ଉଠୁନ? ପିଲାଙ୍କୁ କାହାକୁ ଡାକିବି?'

'କ'ଣ କରିବେ ପିଲେ ଆସି? କହିଲି ତ ଦେହ ଭଲ ଅଛି।' ବିଧାନ କହିଲା।

'ହେଲେ ଉଠୁନ କାହିଁକି?'

'ହଉ ହେଲା ଉଠିଲି।'

ବିଧାନକୁ ଖଟରେ ଉଠି ବସିବା ଦେଖି ସୀତା ସେ ଘରୁ ବାହାରି ଗଲେ। ଗାଈଟାକୁ ସକାଳୁ କୁଣ୍ଡା ପାଣି ଦିଆହେଇନି ଯେ ହମ୍ବାଳି ଛାଡ଼ିଛି।

ବିଧାନ ସୀତାର ଯିବା ରାସ୍ତାକୁ ଚାହିଁ ଖଟବାଡ଼କୁ ଆଉଜି ବସିଲା। ତଳକୁ ଯିବାକୁ ଆଦୌ ଇଛା ହେଉନି।

ଭିତର ପଟୁ ସାନପୁଅ ଧବଳର ପାଟି ଶୁଭିଲା। 'ବାପା, ବାପା'।

ବୀଣାର ସ୍ୱର ଶୁଣାଗଲା, 'ଆରେ, ସିଆଡ଼େ କୁଆଡ଼େ ଯାଉଛ? ବାପା ବାରିରେ ନାହାନ୍ତି।'

'ଆଉ କୋଉଠି?'

'ତାଙ୍କ ଗମ୍ଭୀରୀରେ।'

'ବାପା! ବାପା! ସେ ଲଖଣ ମାଝି ଆସି ବସିଛି।'

ବିଧାନ ଅଳସ ଆଖିରେ କେବଳ ତା' ମୁହଁକୁ ଅନାଇ ରହିଲା।

'ଆରେ, ତୁମେ କ'ଣ... ଆଜି... ବୁଢ଼ା...ଦିଶୁଛ?' ଧବଳର ସ୍ୱର ଧୀରେ ଧୀରେ ଗମ୍ଭୀର ହୋଇଗଲା।

ଏକ ମଳିନ ହସ ବିଧାନର ମୁହଁରେ ଖେଳିଗଲା। 'ତୁ ମୋତେ କେବେ ଟୋକା ଦେଖିଥିଲୁ ମନେପକା ତ?'

'ନାଇଁ ବାପା! ମୁଁ ମଜା କରୁନି। ତୁମର ସବୁତକ ବାଳ ଏମିତି ରାତିକ ଭିତରେ ଝୋଟ ପରି ପାଚିଗଲା ନା କ'ଣ? ଏମିତି ତ ପାଚି ନଥିଲା?'

'ତୋତେ ସେମିତି ଲାଗୁଛି। ହଉ କହ କ'ଣ ସେ ଲଖଣ ମାଝି?'

'ତୁମେ ଏ କବାଟ ଖୋଲି ବାହାରକୁ ଆସୁନ? ଧ୍ରୁବ ଭାଇ ସଙ୍ଗରେ ଲଖଣ ମାଝି କଥା ହେଉଛି-

'କଥା ହେଉଛି ତ ହେଉ, ମୁଁ ଯାଇ ଆଉ କ'ଣ କରିବି ?'

'ନାଇଁ, ଧ୍ରୁବ ଭାଇ କହିଲେ- ତୁମେ ଆସ।'

'ସେ ଲଖଣ ମାଝି କ'ଣ କହୁଛି, କହୁନୁ ? ମୁଁ ଗଲେ ହିଁ ହେଉଛି ?'

'ସେ କହୁଛି- ତା'ର ଦୁଇ ଭରଣ ଜମି ତୁମେ ବନ୍ଧା ରଖି ତାକୁ ପାଞ୍ଚ ଟଙ୍କା ଦିଅ। ତା'ର କ'ଣ ବଡ଼ ଅସୁବିଧା ପଡ଼ିଛି ଯେ, ପାଞ୍ଚ ଟଙ୍କା ଲୋଡ଼ା ହେଉଛି। କଉଡ଼ି ନୁହଁ, ପାଞ୍ଚ ଟଙ୍କା ହିଁ ଲୋଡ଼ା।'

'ହଉ ଯା'। ଧ୍ରୁବକୁ ଡାକ।'

କିଛି ସମୟ ପରେ ଧ୍ରୁବ ଆସି ପହଞ୍ଚିଲା। ବାପ ଉପରେ ଗୋଟିଏ ଦୃଷ୍ଟି ପକାଇ ସେ ପ୍ରାୟ ଚିତ୍କାର କରିଉଠିଲା। 'ବାପା ! ତୁମ ଦେହ କ'ଣ ଭଲ ଲାଗୁନି ? ତୁମେ... ତୁମେ ଏମିତି କାହିଁକି ଦିଶୁଛ ?'

'ମୋତେ ଆଗେ କହ ସେ ଲଖଣ ମାଝି କାହିଁକି ଆସିଛି ?'

'ବାପା ! ସେ କହୁଛି, ତା'ର କ'ଣ ହଠାତ୍ ପାଞ୍ଚ ଟଙ୍କା ଲୋଡ଼ା ହେଉଛି। ସେଥିପାଇଁ ତା'ର ଦୁଇ ଭରଣ ଜମି ଆମେ ବନ୍ଧା ରଖୁ କି କିଣୁ କି ଯାହା କରୁ, ତାକୁ ଏବେ ପାଞ୍ଚ ଟଙ୍କା ଦିଅ ବୋଲି ମାଗୁଛି।'

'ସେ ତ ଜଣେ ଭଲ ଲୋକ। ମଦ, ଗଂଜେଇ ଆଦି ବଦଭ୍ୟାସ ନାହିଁ। କ'ଣ ଅସୁବିଧାରେ ପଡ଼ିଥିବ। ତୁ ତାକୁ ମୋ ପେଡ଼ିରୁ କାଢ଼ି ପାଞ୍ଚ ଟଙ୍କା ଦେଇଦେ। ଆଉ ତା'ର ଜମି କ'ଣ ବଂଧା ରଖିବା କି କିଣିବା ? ଆମେ ଜମିଟା ମାଡ଼ିବସିଲେ ସେ ଆଉ କୋଉ ବାଟେ ଟଙ୍କା ଫେରାଇବ ? କ'ଣ ଡକାଏତି କରିବ ? ତାକୁ କହ ଟଙ୍କା ନେଉ, ସୁବିଧା ଦେଖି ଫେରାଉ। କିଛି ତନାଘନା ନାହିଁ।' କହି ବିଧାନ କାନ୍ଥରେ ଟଙ୍ଗା ହୋଇଥିବା କଞ୍ଚିମାଳ ଆଡ଼େ ଆଙ୍ଗୁଠି ଦେଖାଇଲା।

'ତୁମେ ଆସୁନ ବାହାରକୁ ? ସେ ତୁମକୁ ଦେଖା କରିବାକୁ ଚାହୁଁଛି।'

'ନାଇଁ, ମୁଁ ଏବେ କିଛି ନିତ୍ୟକର୍ମ ସାରିନି। ଏ ପାଲଟା ଲୁଗାପିନ୍ଧି କ'ଣ ଆଉ ବାହାରକୁ ଯିବି ? ତାକୁ କହ, ମୁଁ ପରେ ଯେତେବେଳେ ବଜାର ଆଡ଼େ ବୁଲିଯିବି, ତାକୁ ନିଶ୍ଚେ ଭେଟିବି। ନେ, ସେଇଠୁ କଞ୍ଚିଟା ନେ। ଆଉ ଧନୁଆଁ କାହିଁ ?'

'ସେ କପା କିଆରୀ ଆଡ଼େ ଯାଇଛି। ତୁମେ ପରା ତାକୁ କପା ଅମଳ କରିବାକୁ କହିଥିଲ ? ଆସୁ ଆସୁ ଡେରିହେବ କହିଯାଇଛି। ହେଲା ଯେ, ତୁମ ଦେହ ଭଲ ଲାଗୁନି ନା ?' ଭାରୀ ଗଳାରେ ଧ୍ରୁବ ପଚାରିଲା।

'ତୁ ଚିନ୍ତା କରନା। ମୋର କିଛି ହୋଇନି। ଦେହଟା ଟିକିଏ ଘୋଳାବିନ୍ଧା ହେଲା ତ ବସିଛି।'

'ମୁଁ ଗରମ ସୋରିଷ ତେଲ ଟିକିଏ ଆଣି ଘଷି ଦେଉଛି। ଦେଖିବ ଭଲ ଲାଗିବ।' ଧ୍ରୁବ ସେ ଘରୁ ଯିବାକୁ ବସିଲା।

'ଆରେ, ନାଇଁ, ନାଇଁ ଶୁଣ୍। ସେ ସବୁ କିଛି ଲୋଡ଼ା ନାହିଁ। ତୁ ପେଡ଼ି ଫିଟାଇ ତାକୁ ପାଞ୍ଚ ଟଙ୍କା ଦେଇ ବିଦାକର ଯା'।'

ଧ୍ରୁବ ଚାବିମାଳ କଣ୍ଟାରୁ କାଢ଼ି, ପେଡ଼ି ଫିଟାଇ ପାଞ୍ଚ ଟଙ୍କା ନେଇ ଚାବିମାଳ ପୁଣି କଣ୍ଟାରେ ଝୁଲାଇ ସେ ଘରୁ ଚାଲିଗଲା।

ବିଧାନ ଧୀରେ ଧୀରେ ଖଟରୁ ଓଲ୍ହାଇଲା।

ଦେହଟା ସତରେ ମାଡ଼ ଖାଇଲା ପରି ଓଜନିଆ ଲାଗୁଛି।

ଘରୁ କୁଆଡ଼େ ଗୋଡ଼ କାଢ଼ିବାକୁ ଇଚ୍ଛା ହେଉନଥିଲେ ବି ସନ୍ଧ୍ୟାବେଳେ ଘରୁ ବଜାରକୁ ଯାଇ ଲଖଣ ମାଝି ସହିତ ଦୁଃଖ ସୁଖ ହୋଇ ସନ୍ଧ୍ୟା ଛାଡ଼ିବା ବେଳକୁ ବିଧାନ ଘରକୁ ଫେରିଲା।

ଆଜି ଘରେ ବାହାରେ ସମସ୍ତେ ଯିଏ ଦେଖିଲା ସିଏ ଘଡ଼ିଏ ତା' ମୁହଁକୁ ଚାହିଁ ସେଇ ଏକା ପ୍ରଶ୍ନ ପଚାରୁଛନ୍ତି - ସେ ହଠାତ୍ କାହିଁକି ଅଶୀବର୍ଷର ବୁଢ଼ା ପରି ଦିଶୁଛି ? ଏହାର କିଛି ଉତ୍ତର ସେ ଦେଇପାରିନି।

ନିଜ ସନ୍ତାନର ଭବିଷ୍ୟତ ଘୋର ଦୁଃଖମୟ, ଏକଥା ଯଦି ବାପକୁ ଜଳଜଳ ଦିଶେ, ସେ ବାପ ଆଉ କ'ଣ ଟୋକା ପରି ହସହସ ସତେଜ ଦିଶିବ ?

କିନ୍ତୁ...

କିନ୍ତୁ ଯଦି ଏମିତି କିଛି ବିପଦ ଆଦୌ ନ ଆସେ ?

ଯଦି ବିଧାନ ଜୀବନରେ ଘଟିଥିବା ବାଧାବିଘ୍ନ ଧନୁଷ ଜୀବନରେ ନ ଘଟେ ?

ଯଦି ସତରେ ତା'ର କାବ୍ୟ ପୂର୍ଣ୍ଣ ହୋଇଯାଏ ?

ହଠାତ୍ ଆଶାର ବିଜୁଳୀଟାଏ ଚମକି ତା'ର ଘୋର ଅନ୍ଧକାରାଚ୍ଛନ୍ନ ମନରେ ଘଡ଼ିକ ପାଇଁ ଆଲୋକିତ କରିଦେଲା।

ଘରର ଫାଟକ ପାଖରେ ପହଞ୍ଚି ସେଠାରୁ ବିଧାନ ଦେଖିଲା- ବାରଣ୍ଡାର ପଟାଖଟ ଉପରେ ସାନବୋହୂ ସ୍ୱପ୍ନା ଆଣି ଉଜ୍ଜ୍ୱଳ ଦୀପଟିଏ ରୁଖା ଉପରେ ଥୋଇଦେଇ ଗଲା। ଦେବଦତ୍ତ ମଉସାଙ୍କ ଲେଖାଶ୍ରୟଟି ବି ସେ ଆଲୋକରେ ଆଶାୟୀ ହୋଇ ବସିଥିବା ତାକୁ ଦେଖାଗଲା।

ବିଧାନକୁ ଲାଗିଲା, ସତେକି ସୁଦତ୍ତା ଆଣି ଦୀପଟା ସେଇଠି ରଖିଦେଇ ଗଲା।

ନା, ନା, ଏ ତ ପଦ୍ମା... ପଦ୍ମା ଆଣି ଦୀପଟା ରଖିଲା।

ନା, ନା, ଏ ପରା କନକ ମାଉସୀ... ଦୀପଟା ରଖି ମଉସାଙ୍କ ଲେଖାଶ୍ରୟକୁ ଟିକିଏ ଆଉଁସି ଦେଇ ଭିତରକୁ ଚାଲିଗଲେ...।

ଆରେ ନା... ସ୍ୱପ୍ନା... ସ୍ୱପ୍ନା ଓଢ଼ଣାକୁ ମୁଣ୍ଡ ଉପରକୁ ଅଳ୍ପ ଟାଣି ଦୀପଟା ସେ ଲେଖାଶ୍ରୟ ପାଖରେ ରଖିଲା। ଲେଖାଶ୍ରୟଟି ବି ଦୀପକୁ ଦେଖି ଖୁସି ହୋଇଗଲା!

ଅଳ୍ପ ସମୟ ପରେ ଲେଖନୀ ଓ ତାଳପତ୍ର ଗୋଛାଏ ଧରି ଧନୁଷ ଆସି ସେ ଲେଖାଶ୍ରୟ ଆଗରେ ବସିଲା।

ବାରଣ୍ଡାରେ ନିଜ ନିଜ ଦୀପ ଧରି ବୁଣାରେ ଲାଗିଥିବା ଧ୍ରୁବ, ସଦା, ପଦିଆ ତାକୁ କ'ଣ କହିଲେ ବୋଧହୁଏ। ସେ ସେମାନଙ୍କୁ ହସିହସି ମୁଣ୍ଡ ଟୁଙ୍ଗାରି ଜବାବ ଦେଲା। ନୂଆ ଜାଗାରେ ଦୀପ ଲାଗିବା ଦେଖି ବିଧାନର ଚାରିପାଞ୍ଚ ଜଣ ନାତିନାତୁଣୀ କୁଆଡୁ ଦୌଡ଼ି ଆସି ଧନୁଷ ପାଖରେ କୋଳାହଳ କଲେ। ଧନୁଷ ପାଟି କଲା- 'ଆରେ, ଧବଳ, ଏମାନଙ୍କୁ ଏଇଠୁ ନେଲୁ।' ଧବଳ ସହିତ ଗୌରୀ, ବୀଣା ମଧ୍ୟ ଘରୁ ବାହାରି ଆସି ସବୁ ପିଲାଙ୍କୁ ଘର ଭିତରକୁ ଅଡ଼ାଇ ନେଇଗଲେ।

ଧନୁଷ ମୁଣ୍ଡପୋତି ତାଳପତ୍ର ଧରି ଲେଖାରେ ଧ୍ୟାନ ଦେଲା।

ଦୀର୍ଘ ନିଃଶ୍ୱାସଟିଏ ପକାଇ ବିଧାନ ଫାଟକ ଖୋଲି ଭିତରେ ପଶିଲା। ଦେଖାଯାଉ, ଆଗକୁ କ'ଣ ଅଛି? ସେ ଯେତିକି ବାରଣ୍ଡା ଆଡ଼କୁ ଆଗେଇ ଗଲା, କରଞ୍ଜ ତେଲର ବତୀରେ ଉଜ୍ଜ୍ୱଳ ଆଲୋକରେ ଧନୁଷର ମୁହଁର ପ୍ରସନ୍ନତା, ସୃଜନଶୀଳତାର ଆନନ୍ଦରେ ଝଲମଲ ମୁହଁ ସେତିକି ସ୍ପଷ୍ଟ ଦିଶୁଥିଲା।

ବିଧାନ ହୃଦୟର କେଉଁ ଅଜ୍ଞାତ ସ୍ଥାନରେ ମଧ୍ୟ ଦୀପଟିଏ ଜଳିବାକୁ ଆରମ୍ଭ କଲା। ବୋଧହୁଏ ଶାପଟି ସମାପ୍ତ ହୋଇଯାଇଛି। ବୋଧହୁଏ ଧନୁଷ କାବ୍ୟଟି ଖାଲି ଶେଷ କରିଦେବ ନୁହଁ, ସେ ଆଶା କରୁଥିବା ସବୁ ସଫଳତା ମଧ୍ୟ ତାକୁ ଏ କାବ୍ୟରୁ ମିଳିଯିବ।

ଚୁପ୍‌ଚାପ୍ ବାରଣ୍ଡାର ଏ ମୁଣ୍ଡରେ ଥିବା ଦ୍ୱାରଦେଇ ସେ ଘର ଭିତରକୁ ପଶିବାକୁ ଚାହିଁଥିଲା। କିନ୍ତୁ ପାଦ ଦୁଇଟି ତା'ର ଧନୁଷ ବସିଥିବା ବାରଣ୍ଡାର ସେ ପଟର ଦ୍ୱାର ଆଡ଼କୁ ହିଁ ଟାଣି ହୋଇଗଲେ। ସେ ନିଜ ଶୋଇବା ଘରର ଦ୍ୱାର ପାଖରେ ଧନୁଷ ଆଗରେ ଯାଇ ଠିଆ ହେଲା।

ଧନୁଷ ମୁଣ୍ଡ ଟେକି ତାକୁ ଚାହିଁଲା।

'କେମିତି ଚାଲିଛି?' ବିଧାନ ପଚାରିଲା।

'ବାପା! ତୁମ ଜାଗାରେ, ଦେବଦତ୍ତ ଜେଜେଙ୍କ ଏ ଲେଖାଶ୍ରୟ ଆଗରେ

ବସି ଲେଖିବା ବେଳକୁ ମୋର ଚେତନାର ସତେ ଅବା ଦଶଦ୍ୱାର ଖୋଲିଯାଉଛି। ସତେ ଯେମିତି, ନିଜେ ଜେଜେ ହିଁ ମୋ ଆଗରେ ବସି ମୋତେ ବଧେଇ ଦେଉଛନ୍ତି।' ଧନୁଷ ଗଦ୍‌ଗଦ୍ ହୋଇ କହିଲା।

'ହଉ ଲେଖ୍, ଲେଖ୍। ଆଜି ଅନ୍ତତଃ ପାଞ୍ଚପୃଷ୍ଠା ନଲେଖି ଏଇଠୁ ଉଠିବୁ ନାହିଁ। ଯେତେ ରାତି ହେଉ ପଛେ, ପାଞ୍ଚ ପୃଷ୍ଠା ସାରି ହିଁ ଉଠିବୁ।'

ମନଦେଇ ବାପ କଥା ଶୁଣୁଥିବା ଧନୁଷ ମୁଣ୍ଡ ଟୁଙ୍ଗାରିଲା। କହିଲା- 'ହଉ ବାପା, ତୁମ କଥା ମାନି ଏଣିକି ପ୍ରତିଦିନ ମୁଁ ଅନ୍ତତଃ ପାଞ୍ଚପୃଷ୍ଠା ଲେଖାଏଁ ଲେଖିବାକୁ ନିଶ୍ଚୟ ଚେଷ୍ଟା କରିବି।'

'ହଉ, ଭଗବାନ ତୋ ଚେଷ୍ଟା ସଫଳ କରନ୍ତୁ।' କହିଦେଇ ବିଧାନ ସେଠାରୁ ସଙ୍ଗେ ସଙ୍ଗେ ଚାଲିଗଲା। ତାକୁ ଭୟ ଲାଗିଲା, କାଳେ ସେ ଦେବଦତ୍ତଙ୍କୁ ସେଠାରେ ବସିଥିବା ଦେଖିଦେବ। କାଳେ ସେ ଅଟ୍ଟହାସ୍ୟ କରିବେ। ଧନୁଷର ଏ ଚେଷ୍ଟା ଯେ ଦିବାସ୍ୱପ୍ନ, କାଳେ ଏ କଥା ସେ ଘୋଷଣା କରିପକାଇବେ!

ନା, କାହିଁ ଏମିତି କିଛି ହେଲା ନାହିଁ ତ! ନିଜ କୋଠରୀରେ ପଶି ସେ ଲୁଗା ବଦଳାଇଲା। ସାହସ କରି ଚାରିଆଡ଼କୁ, ଭାଡ଼ି ଉପରକୁ ନିରେଖି ଚାହିଁଲା।

ନା, ଦେବଦତ୍ତ କି ସେ ଧଳାସାପ କେହି ଦିଶିଲେ ନାହିଁ।

ବାରିପଟକୁ ଯାଇ କୂଅରୁ ଥଣ୍ଡାପାଣି ବାଲ୍‌ଟିରେ କାଢ଼ି ସେ ଗୋଡ଼, ହାତ, ମୁହଁ ଧୁଆଧୁଇ ହେଲା। ଚଳଚଳ କରି ସେ ପାଣି ଆଖିରେ ଛାଟିଲା। ଧୀରେ ଧୀରେ ଏକ ବିଶ୍ୱାସ ତା' ଭିତରେ ଜମି ଟାଣ ହେବାକୁ ଲାଗିଲା ଯେ, ଦେବଦତ୍ତ କି ସାପ କାହାକୁ ଆଉ ସେ ଭେଟିବ ନାହିଁ। ଏହି ସାପ ଉପାଖ୍ୟାନ ବିଧାନ ସହିତ ହିଁ ଦିନେ ଅନ୍ତ ହୋଇଯିବ। ବୋଧହୁଏ ବିଧାନ ଦେବଦତ୍ତ ମଉସାଙ୍କ କୃପାଦୃଷ୍ଟି ପାଇ ଏ ଶାପଟିକୁ ହଜମ କରିଦେଇ ପାରିଛି!

'ବାପା! ଆପଣ...'

ଗାମୁଛାରେ ମୁହଁ ପୋଛୁ ପୋଛୁ ସେ ଗୌରୀର ସ୍ୱର ଶୁଣିଲା। ଗାମୁଛା ତଳକୁ କରି ଆଗରେ କୂଅମୂଳେ ଗୌରୀକୁ ଦେଖି ପଚାରିଲା- 'କ'ଣ କହିଲୁ କି ମା?'

'ହଁ, ବାପା ମୁଁ ପଚାରୁଥିଲି ଆପଣଙ୍କ ପାଇଁ ବାଢ଼ିବି? ଆଗରୁ ବାଢ଼ିଦେଇଥିଲେ ଏ ଶୀତଦିନେ ତ ସଙ୍ଗେ ସଙ୍ଗେ ଶୀତଳ ହୋଇଯାଉଛି। ଆପଣଙ୍କ ସାଙ୍ଗରେ ଖାଇବେ ବୋଲି ଆପଣଙ୍କ ବଡ଼ ଓ ସାନପୁଅ ଜଗିଛନ୍ତି।'

'ଓହୋ, ଚାଲ୍ ଚାଲ୍, ଯା' ତୁ ବଢ଼ାବଢ଼ି କର। ଆଉ ଧନୁଆଁ?'

'ସେ ତ ସହଳ କ'ଣ ଗଣ୍ଡେ ଖାଇ ସାରିଛନ୍ତି। ତାଙ୍କର ଲେଖା ଛାଡ଼ି ଉଠୁଉଠୁ

ଢେର ରାତି ହେବ ବୋଲି କହିଛନ୍ତି। ହେଲେ ମଧ୍ୟ ମୁଁ ବୀଣାକୁ କହିଛି, ପିଠା ଯୋଡ଼ିଏ ସେମାନଙ୍କ ଶୋଇବା ଘରେ ଥାଳୀ ଘୋଡ଼େଇ ସେ ରଖିଥିବ ଯେ ତାଙ୍କୁ ପରେ ଭୋକ ଲାଗିଲେ ଖାଇବେ।'

'ହଉ, ମା' ଚାଲ୍ ଯିବା। ମୋର ହୋଇଗଲା।'

ସେଦିନ ଶୋଇବାବେଳେ ଦାଣ୍ଡ ବାରଣ୍ଡାର ଆଉଜା କବାଟ ଫାଙ୍କରୁ ଆସୁଥିବା ଦୀପର ଆଲୁଅକୁ ଚାହିଁ ବିଧାନକୁ ଲାଗିଲା- ସତରେ କ'ଣ ଏ ଅଭିଶାପ ପାଇଁ ହିଁ ସେ ଲେଖାଲେଖିରେ ସଫଳ ହୋଇପାରିଲା ନାହିଁ ନା ସୁଦତ୍ତାର ଅଭିଯୋଗ ସତ ଥିଲା? ସେ ନିଜେ ହିଁ ଲେଖାଲେଖିକୁ ହେଳା କରି ବ୍ୟବସାୟରେ, ପ୍ରତିଷ୍ଠା, ପ୍ରତିପତ୍ତି, ଧନ ଗୋଟାଇବାରେ ଜୀବନଟାକୁ ଉତ୍ସର୍ଗ କରିଦେଲା?

ଚେଷ୍ଟା କରିଥିଲେ ବୋଧହୁଏ ତା'ର ପୋଥି ସଂପୂର୍ଣ୍ଣ ହୋଇପାରିଥାନ୍ତା।

ଏ ଶାପ କଥା ମିଛ ତାହାହେଲେ?

ଆଉ ଏ ଧଳା ସାପ?

ଏ ମଧ୍ୟ ବୋଧହୁଏ ତା'ରି ଦୁର୍ବଳ ମନର କାପୁରୁଷ ଭ୍ରମ!!

ପହିଲି ମାର୍ଗଶୀରର ଉତ୍ତରା ପବନରେ ଆଉଜା କବାଟଟା କେଁ କରି ଠିଆମେଲା ହୋଇଗଲା। ପିଟାବୁଣା ମାଠକୁ ମୁହଁରୁ ହଟାଇ ସୀତା ନିଦୁଆ ସ୍ୱରରେ ଡାକିଲେ- 'ଆରେ ହେ ଧନୁଆଁ... ତୋ ପଟ କବାଟଟାରେ ଛିଟକିଣୀଟା ଲଗେଇ ପାରୁନୁ?'

'ଓହୋହୋ!' କହି ଧନୁଷ ଧଡ଼ପଡ଼ ହୋଇ ଉଠି ଘରଭିତରେ ପଶି କବାଟକୁ ପୁଣି ଅଳ୍ପ ଆଉଜେଇ ଦେଇ ମା' ବାପାଙ୍କ ଶେଯ ପାଖରେ ପହଞ୍ଚି ଯେଝା ମାଠମାନଙ୍କରେ ଭଲଭାବରେ ସେମାନଙ୍କ ପାଦମାନଙ୍କୁ ଘୋଡ଼ାଇ ଦେଲା। କଡ଼ମାନଙ୍କୁ ମାଠ ତଳେ ଜାକିଦେଇ ବିଧାନର ବନ୍ଦ ଆଖି ଆଡ଼େ ଚାହିଁଲା।

*ବାପା ତ ଗାଢ଼ ନିଦରେ ଶୋଇ ପଡ଼ିଲେଣି।*

'ତୋତେ ମୁଁ କହିଲି ନା ବୋଉ? ମୁଁ ସେପଟ କବାଟ ଦେଇ ମୋ ଶୋଇବା ଘରକୁ ଯିବି। ତୁ ମନା କଲୁ। କୋଉ କଥା ଶୁଣିବୁନି। ତୁ ଯାହା କହିବୁ ସେଇଆ ହବ। ଏବେ ହଇରାଣ କିଏ ହେଲା?'

'ହଇରାଣ କ'ଣରେ?' ମାଠକୁ ମୁହଁରୁ ହଟାଇ, ତକିଆରୁ ମୁଣ୍ଡକୁ ଟେକି ଧନୁଷ ମୁହଁକୁ ଚାହିଁ, ସୀତା ଖିଙ୍କାରୀ ଉଠିଲେ। 'ଏ କବାଟଟା ଏବେ ମେଲା ହୋଇଗଲା ଯେ ଜାଣିପାରିଲୁ ନାହିଁ। ଆଉ ସେ କବାଟଟା ଖୋଲି ଘର ଭିତରେ ଚୋର ଡକାଏତ କିଏ ପଶିଗଲେ ତୁ ଜାଣିପାରିବୁଟି? କାଇଁ, ବାହାର ପଟୁ ଏ କବାଟଟା ତୁ ବନ୍ଦକରି

ବସି ଲେଖିଲେ ତୋର କ'ଣ ବିଗୁଡୁଛି? ଯେତେବେଳେ ଶୋଇବାକୁ ଯିବୁ ଏପଟ ବନ୍ଦ କରିବା ତୋତେ ସୁବିଧା ନା ସେପଟ? ବୁଦ୍ଧି ବୋଲି ତ କାଣିଚାଏ ବିଧାତା ଦେଲାନି। କ'ଣ ନା ପୋଥି ଲେଖୁଛି!'

'ହଉ ଶୁଅ। ଏଡ଼େ ପାଟି କରନା। ବାପା ଉଠିପଡ଼ିବେ। ସବୁବେଳେ ଖାଲି ଗିଜିଗିଜି।' କହି ଧନୁଷ ମାଠ ଟାକୁ ମା'ର ମୁହଁ ପର୍ଯ୍ୟନ୍ତ ଟାଣିଆଣି ଘୋଡ଼େଇ ଦେଲା। ବାହାରକୁ ଯାଇ ତା'ର ଛିଟକିଣୀ ଦେବାର ଶବ୍ଦକୁ ସୀତାଙ୍କ ଘୁଂଘୁଡ଼ି ଶବ୍ଦ ଦବାଇ ଦେଲେ ମଧ୍ୟ ତାହା ଶୁଣାଗଲା।

କବାଟ ଫାଙ୍କରୁ ଆସୁଥିବା ଆଲୁଅ ଏବେ ଛିଦ୍ର ଖୋଜି ଖୋଜି କବାଟର ଏଇଠି ସେଇଠି ରନ୍ଧ୍ର ଦେଇ ଘର ଭିତରେ ପଶିବାର ସଫଳ ଚେଷ୍ଟାକୁ ବିଧାନ ବେକଭାଙ୍ଗି ଅନାଇ ରହିଲା।

ବାହାର କବାଟ ଖଟ୍‌କରି ଖୋଲିବା ଶବ୍ଦରେ ସେ ଆଖି ବୁଜିଦେଲା। ଢେର୍ ରାତିରେ ହାତରେ ଦୀପ ତାଳପତ୍ର ବିଡ଼ା ଗୋଛାକ ଓ ଲେଖନୀକୁ ଦୁଇହାତରେ ଧରି ଧନୁଷ ସେ ଘରେ ସନ୍ତର୍ପଣରେ ପଶିଲା। ଦୀପକୁ ଧୀରେ ତଳେ ରଖି ଡାହାଣ ହାତକୁ ଖାଲିକରି କବାଟଟାକୁ ଭିତର ପଟୁ ବନ୍ଦ କଲା। ମଝିଘର ଭିତରକୁ ଯାଇ ତାଳପତ୍ର, ଲେଖନୀ ଯଥାସ୍ଥାନରେ ରଖି ଫେରି ଆସିଲା। ମା'ର ଦେହରୁ ଖସି ଚଟାଣ ଛୁଉଁଥିବା ମାଠକୁ ଉଠାଇ ମା'ର ଦେହମୁଣ୍ଡକୁ ଭଲ କରି ଘୋଡ଼ାଇଦେଇ ମା' ପିଠିକୁ ଭଲ ଭାବରେ ଘଡ଼ିଏ ଆଉଁସି ଦେଲା। ସୀତା ଉଁ ଆଁ କରି କଡ଼ଲେଉଟାଇ ଜାକିଜୁକି ହୋଇ ପୁଣି ଘୁଂଘୁଡ଼ି ମାରିଲେ। ଧନୁଷ ବିଧାନ ପଟକୁ ଆସି ବାପା ଗାଢ଼ ନିଦରେ ଶୋଇଥିଲେ ମଧ୍ୟ ତାଙ୍କ ମାଠ ଟିକିଏ ବି ଏପଟ ନହୋଇଥିବା ଦେଖି ବାପାଙ୍କ ଦେହକୁ ଖାଲି ଆସ୍ତେକରି ଛୁଇଁ ଦେଇ ଦୀପଟିକୁ ତଳୁ ଉଠାଇ ନେଇ ସେ ଘରୁ ବାହାରିଗଲା।

ବିଧାନର ଶୋଇବା ଘର ରାତି ଅଧରେ ଏମିତି ଅଚାନକ ଉଜ୍ଜ୍ୱଳ ହୋଇଉଠିବା ଦେଖି ମଝିଘରର କ୍ଷୀଣ ଦୀପକୁ ଚିଡ଼ି ମାଡ଼ିଥିଲା। ଏବେ ପୁଣି ବିଧାନର କୋଠରୀଟି ଗାଢ଼ ଅନ୍ଧକାରରେ ବୁଡ଼ିଯିବା ଦେଖି ସେ ଖୁସୀ ହୋଇ ଆପଣାର ନିଷ୍ପ୍ରଭ ଆଲୋକର ସମ୍ଭାର ଧରି ସେ ଭିତରେ ପଶି ସେଠାରେ କୋମଳ ନୃତ୍ୟ କରିବାରେ ଲାଗିଗଲା।

ସେ ନୃତ୍ୟକୁ ଅପଲକ ଭାବେ ଅନାଉ ଅନାଉ ବିଧାନର ଦୁଇ ଆଖିରେ କାହିଁ କେଉଁଦିନରୁ ଜମା ହୋଇଥିବା ସବୁତକ ନିଦ ଆସି ଖୁନ୍ଦି ହୋଇଗଲା।

ଦୁଇଟି କୋମଳ ଘଂଘୁଡ଼ିର ଆଗପଛ ତାଳର ନାଦରେ କୋଠରୀଟି ପୁରିଉଠିଲା।

ଜାନୁଆରୀ ୧୮୦୧
ବୋମକେଇ

ମାଘ ମାସର ଶାନ୍ତ ଶୀତଳ ରାତ୍ରିର ଗଭୀର ସୁଶୁପ୍ତିକୁ ଖଣ୍ଡଖଣ୍ଡ କରି ହଠାତ୍ ଏକ ଆର୍ତ୍ତ ଚିତ୍କାରରେ ବିଧାନର ନିଦ ଭାଙ୍ଗିଗଲା।

କ'ଣ ଏ ଶବ୍ଦ? ଏକଥା ସେ ଭାବୁଛି। ସେ ଦେଖିଲା ତା' ପାଖରେ କମ୍ବଳ ଘୋଡ଼ାଘୋଡ଼ି ହୋଇ ଶୋଇଥିବା ସୀତା ଧଡ଼ପଡ଼ ହୋଇ ଉଠି ଭିତର ଘରକୁ ଧାଇଁଲା।

'କ'ଣ ହେଲା?' ତା'ର ଏ ପ୍ରଶ୍ନର ଉତ୍ତର ଦେବାକୁ ସେଠାରେ କିଏ ନାହିଁ ଜାଣି ମଧ୍ୟ ତା' ପାଟିରୁ ବ୍ୟସ୍ତ ବିବ୍ରତ ସ୍ୱରରେ ଏ ପ୍ରଶ୍ନଟି ଆପେ ବାହାରି ପଡ଼ିଲା। ସେ ମଧ୍ୟ ଶେଯର ସୁଖଦ ଉଷ୍ଣତାକୁ ଫିଙ୍ଗି ଘର ଭିତରକୁ ଦ୍ରୁତପଦରେ ଯାଇ ଦେଖିଲା- ଧନୁଷର କୋଠରୀ ଭିତରୁ ଧ୍ରୁବ ଓ ଧବଳର ସ୍ୱର ମଧ୍ୟ ଶୁଣାଯାଉଛି।

'କ'ଣ ହେଲା?' କହି କହି ସେ କୋଠରୀ ଭିତରେ ସେ ବ୍ୟସ୍ତହୋଇ ପଶିଗଲା।

ଧନୁଷର ସାନ ଦୁଇ ଝିଅଙ୍କ ସହ ଘରର ସବୁ ବଡ଼ମାନେ ସେଇଠି ଥିଲେ।

'ହେଲା କ'ଣ?' ବିଧାନ ସମସ୍ତଙ୍କୁ ଚାହିଁ ପଚାରିଲା। ଧନୁଷ ଖଟ ଉପରେ ବସି କାନମୁଣ୍ଡ ଆଉଁସୁ ଥିଲା। ତା'ର ସାନ ଦୁଇ ଝିଅ ଏ ହୋହଲ୍ଲାରେ ଉଠିପଡ଼ି ରଡ଼ିଛାଡ଼ି କାନ୍ଦିବାରେ ଲାଗିଲେ। ସୀତା ଖଟ ଉପରେ ବସି ସେମାନଙ୍କୁ ଶାନ୍ତ କରିବାକୁ ଚେଷ୍ଟା କରୁଥିଲେ। ବୋହୂ ତିନୋଟିଙ୍କ ମୁହଁରେ କିନ୍ତୁ କୌଣସି ଉତ୍କଣ୍ଠା ବା ଉଦ୍‌ବେଗର ଚିହ୍ନ ନଥିଲା। ଓଲଟି ସେମାନେ କୋଠରୀର ଗୋଟିଏ କୋଣରେ ଠିଆହୋଇ ପରସ୍ପରକୁ ଠେଲାପେଲା କରି ହସିବାରେ ଲାଗିଥିଲେ। ବୋଧହୁଏ ଶାଶୂ ଶଶୁରଙ୍କ ଉପସ୍ଥିତି ପାଇଁ ସେମାନେ ମୁହଁରେ ଲୁଗାଦେଇ ହସୁଥିଲେ ମଧ୍ୟ ସେମାନଙ୍କ ଦେହ ବର୍ଷାରେ ଭିଜୁଥିବା ଫୁଲପେନ୍ଥା ପରି ନିଃଶବ୍ଦରେ ଥରଥର ହେଉଥିଲା। ଧ୍ରୁବ ଧନୁଷକୁ ଧମକାଉଥିଲା।

'ତୁ' କ'ଣ ଆଉରି ଛୁଆ ହୋଇଛୁ ଧନୁଆଁ? ତୋ ପାଟି ଶୁଣି ତ ମୁଁ ଛାନିଆଁରେ ଗୋଟେ ଡିଆଁରେ ଆସି ଏଇଠି ପହଞ୍ଚିଲି। ମୋତେ ତ ଲାଗିଲା, ଘରେ ବୋଧହୁଏ କିଏ ଚୋର କି ଡକାୟତ ପଶିଗଲେ!'

'ଆଉ?' ଧବଳ ହାତର ଠେଙ୍ଗାଟାକୁ କାନ୍ଧକୁ ଆଉଜେଇ କହିଲା। 'ଦେଖୁନ, ଧନୁଭାଇଙ୍କ ପାଟିଶୁଣି ମୁଁ ତ ଆଗ ମୋ ଠେଙ୍ଗାଟାକୁ ଧରିଲି। ଦେଇଥାନ୍ତି ପାହାରେ ସେ ଚୋର କି ଡକାଏତଙ୍କୁ।' କହି ସେ ଖାଲି ଦୁଇ ହାତରେ ଶୂନ୍ୟକୁ ମସ୍ତ ପାହାରଟିଏ ପକାଇଲା।

ତା'ର ଏ ନାଟକୀୟ ଭଙ୍ଗୀଦେଖି ବୋହୂମାନଙ୍କ ଦେହ ପୁଣି ଥରେ ଥରଥର ହେବା ଦେଖାଗଲା।

ଧ୍ରୁବ ବିରକ୍ତ ହୋଇ କହିଲା- 'ସ୍ୱପ୍ନ ଦେଖି କିଏ ଏମିତି ରଡ଼ି ଛାଡ଼େ?'

'ନାଇଁତ?' ଗୌରୀ ହସକୁ ବଡ଼ କଷ୍ଟରେ ବନ୍ଦ କରି ମୁହଁରୁ ଲୁଗାକାଢ଼ି କହିଲା- 'ଖାଲିଟାରେ ରଡ଼ି ଛାଡ଼ିଥାନ୍ତେ। ନହେଲେ ତୁମକୁ ପଚାରିଥାନ୍ତେ- ମୁଁ ଏବେ ସ୍ୱପ୍ନ ଦେଖିବି? ପାଟିକରିବି? ଚଳିବ ତ? ଆରେ ସ୍ୱପ୍ନ ଉପରେ କ'ଣ କାହାର ଅଙ୍କୁଶ ଅଛି? କିଏ କ'ଣ ଇଚ୍ଛା କରି ସ୍ୱପ୍ନ ଦେଖେ?'

'ସ୍ୱପ୍ନ?' ଏଥର ବିଧାନ ମୁହଁ ଖୋଲିଲା। ସେ ଧନୁଷକୁ ଚାହିଁ କହିଲା- 'ଏ ଯେଉଁ ବିକଟାଳ ସ୍ୱର ଶୁଣାଗଲା ସେ କ'ଣ ତୋର ଚିତ୍କାର? ତୁ ସ୍ୱପ୍ନ ଦେଖି ଏମିତି ଚିତ୍କାର କରୁଥିଲୁ?'

ଅଧରାତିରେ ନିଜର ଚିତ୍କାରରେ, ପ୍ରାୟ ପୁରା ପରିବାରକୁ ନିଜ ଚାରିପଟେ ଜମା କରିଥିବା ଧନୁଷ ଅଧା ଲାଜ ଓ ଅଧା ଆମୋଦିତ ସ୍ୱରରେ ମୁଣ୍ଡ କୁଣ୍ଡାଇ କୁଣ୍ଡାଇ ଖଟକୁ ଅନାଇ କହିଲା- 'ହଁ ବାପା, ସ୍ୱପ୍ନ ଦେଖିଲି, ମୋତେ କିନ୍ତୁ ସ୍ୱପ୍ନ ପରି ଲାଗିଲା ନାହିଁ।'

'କ'ଣ ଦେଖିଲୁ?'

'ମୋତେ ତ ଯାହା ମନେପଡୁଛି, ହଠାତ୍ ନିଦ ହିଁ ଭାଙ୍ଗିଗଲା। ସ୍ୱପ୍ନ ତ ଆଦୌ ନୁହଁ, ମୁଁ ଆଖିଖୋଲି ଅନେଇବା ବେଳକୁ ମୋ ଛାତି ଉପରେ ମଳା ବାନ୍ଧି ବିରାଟ ଧଳାସାପଟିଏ ବସିଛି। ଜିଭ ଲହଲହ କରି ସେ ଏମିତି ମୋତେ ଚାହିଁଥିଲା ଯେ, ମନେପଡ଼ିଲେ ଏବେ ବି ମୋ ଦେହ ଶୀତ କଣ୍ଟା ମାରିଦେଉଛି। ମୁଁ ଆଉ ଚିତ୍କାର କରନ୍ତି ନାହିଁ ଯେ କ'ଣ କରନ୍ତି? ତାକୁ କହିଥାନ୍ତି- 'ଆରେ, ଆରେ, ମୋ ଛାତି ଉପରେ କାହିଁକି ବସୁଛ ବଂଧୁ? ଆସ, ମୋ ପାଖରେ ବସ।'

ଘରଟା ପୁଣି ଥରେ ନାରୀପୁରୁଷ କଣ୍ଠର ମିଳିତ ହସରେ ଉଚ୍ଛୁଳି ପଡ଼ିଲା।

ବିଧାନର ଗୋଡ଼ ତଳୁ ଚଟାଣଟା ଧସେଇ ଗଲା ଯେପରି। ସେ ଆପଣା ପାଖରେ ଥିବା କାନ୍ଥ ଉପରେ ହାତ ଭରା ଦେଇ ନିଜକୁ ସମ୍ଭାଳି ନେଲା।

'ଏ ସବୁ ସତରେ ସ୍ୱପ୍ନ ଥିଲା ତ?' ଧ୍ରୁବ ପଚାରିଲା।

'ହଁ ଭାଇ, ଇଏ ଏମିତି ଗଁ ଗଁ ହୋଇ ବିକଟାଳ ରଡ଼ି କଲେ ଯେ, ଏ ଦିଇଟା ଯାକ ପିଲା ଚମକି ପଡ଼ି ପାଟିକରି କାନ୍ଦିଲେ।' ବୀଣା ଆଖି ବଡ଼ ବଡ଼ କରି କହିଲା, 'ମୁଁ ପିଲାଙ୍କୁ ସମ୍ଭାଳୁ ସମ୍ଭାଳୁ ୟାଙ୍କୁ ଝାଙ୍କି ଝାଙ୍କି ପଚାରିଲି- 'ଆରେ, କ'ଣ ହେଲା?... କ'ଣ ହେଲା...?' ଠିକ୍ ଏତେବେଳକୁ ତ ଆଗେ ଆଗେ ଆପଣ ଓ ନାନୀ ଓ ପଛେ ପଛେ ଧବଳ ସ୍ୱପ୍ନା ପଶି ଆସିଲେ। ତା'ପରେ ବୋଉ ବାପା-

ତା'ର ପିଲା ଦୁଇଟା ସୀତାଙ୍କ ଥାପୁଡ଼ାରେ ଶୋଇ ଯାଇଥିଲେ। ଏ କଥାବାର୍ତ୍ତାରେ ବଡ଼ଟିର ନିଦ ଭାଙ୍ଗି ସେ ପୁଣି କାନ୍ଦିବାରେ ଲାଗିଲା। ତା'ର କାନ୍ଦିବା ଶବ୍ଦରେ ସାନଟା ମଧ୍ୟ ଉଠିପଡ଼ି କାନ୍ଦିଉଠିଲା।

ସୀତା ବୀଣାକୁ କହିଲେ- 'ତୁ ଆଗେ ଏମାନଙ୍କୁ ଶୁଆଇ ଦେ' ତ।' ଏହା କହି ବୀଣାକୁ ପିଲାଙ୍କୁ ଦେଇ ସେ ଖଟରୁ ତଳକୁ ଓଲହାଇଲେ। କହିଲେ- 'ହଉ, ଏଥର ସବୁ ଯାଅ ଶୋଇବ।'

ଧ୍ରୁବ ଧନୁଷକୁ ଚାହିଁ ପୁଣି ପଚାରିଲା- 'ଧେନୁଆ, ସତରେ ସ୍ୱପ୍ନ ହିଁ ଦେଖିଲୁ ତ?'

'ଆରେ, ମୁଁ ତ କହୁଛି, ମୁଁ ଆଖି ଖୋଲିଲା ପରେ ହିଁ, ସାପଟାକୁ ଦେଖିଲି। ସେ ସ୍ୱପ୍ନ ଥିଲା ନା ଆଉ କ'ଣ... ମୁଁ କହିପାରୁନି।'

'ଏଁ, ଆଖି ଖୋଲିଲା ପରେ ଦେଖିଲୁ? ସତରେ ସାପଫାପ ପଶି ଆସିନି ତ? ଆମେ ଏଣେ ସ୍ୱପ୍ନ କହି ନାହିରେ ତେଲ ପକାଇ ଶୋଇପଡ଼ିବା, ତେଣେ ସାପଟେ ଘରେ କୋଉଠି ଲୁଚି ରହିଥିବ!' ଧ୍ରୁବ ଆତଙ୍କିତ ସ୍ୱରରେ କହିଲା।

ସୀତା ଚମକି ପଡ଼ି ଧବଳକୁ ଚାହିଁ କହିଲେ- 'ଗଲୁ ଗଲୁ, ଦୀପଟା ଏଣିକି ଆଣି ଖଟ ତଳଟା ଦେଖିଲୁ।'

ବିଧାନ କିନ୍ତୁ ଆନମନା ହୋଇ କାନ୍ଥକୁ ଆଉଜି ଠିଆ ହୋଇ ଧନୁଷକୁ ଚାହିଁ ରହିଲା।

ଧ୍ରୁବର କଥାରେ ସମସ୍ତଙ୍କ ଫେରି ଆସୁଥିବା ନିଦ ପୁଣି ହଜିଗଲା। ଧବଳ ଗୋଟିଏ ହାତରେ ଦୀପ ଓ ଆର ହାତରେ ଠେଙ୍ଗାଟା ଧରି ଖଟ ତଳକୁ ନଇଁ ଦେଖିଲା। ଧ୍ରୁବ ତା' ହାତରୁ ଦୀପଟା ନେଇ ସେ ଓ ଧବଳ ଦୁହେଁ ମିଶି ଖଟତଳ ଚାରିପଟ ଭଲ ଭାବରେ ଦେଖିଲେ।

ସେମାନଙ୍କ ଦେଖାଦେଖି ଗୌରୀ ଓ ସ୍ୱପ୍ନା ମଧ୍ୟ ମଝି ଘରେ ଜଳୁଥିବା ଆଉ ଗୋଟେ ଦୀପ ଆଣି ଏ ଘରର ଆଲମାରୀ, ଲୁଗା ଆଲଣା, ପେଡ଼ି ପେଟରାର ଆଗପଛ ତଳ ଉପର ସବୁ ଘୁଞ୍ଚାଘୁଞ୍ଚି କରି ଦେଖିଲେ। ସୀତା ଓ ବୀଣା ମଧ୍ୟ ଶେଯ, ବେଡ଼ାଣ ଖେଳାଇ ପକାଇଲେ।

ସାପର ଚିହ୍ନବର୍ଣ୍ଣ ନଥିଲା।

'ବାୟା ହେଲ??' ଗୌରୀ ଧ୍ରୁବକୁ ଚାହିଁ କହିଲା, 'ସାପ ପଶିଥିଲେ ଶୋଇଲା ଲୋକର ଛାତି ଉପରେ ମଳା ବାନ୍ଧି ବସିଥାନ୍ତା। କ'ଣ ଧେନୁଆକୁ ଗପସପ କରିବାକୁ ଡାକୁଥିଲା?'

ଧ୍ରୁବ ଉତ୍ତର ଦେଲା- 'ଦେଖିଦେଲେ ଭଲ, କିଏ ଜାଣେ, ମୂଷା ଚୁଚନ୍ଦ୍ରା ତ ବୁଲୁଛନ୍ତି, ତାଙ୍କୁ ଖାଇବାକୁ ସାପଟେ କୋଉ କଣା ବାଟେ ଘର ଭିତରକୁ ପଶି ଆସିବା ତ ଆଉ ବଡ଼ ବିଚିତ୍ର କି ଅସମ୍ଭବ କଥା ନୁହେଁ!'

'ତା' ତ ସତ', ଧବଳ କହିଲା। 'କିନ୍ତୁ ଛାତି ଉପରେ ମଳାବାନ୍ଧି-

'ହଉ ଚାଲ ଚାଲ।' ସୀତା ହାଇ ମାରୁ ମାରୁ କହିଲେ- 'ଏ ମାଘମାସର ରାତି... ରାତି ପାହିବାକୁ ଢେର୍ ଉଛୁର ହେବ। ଚାଲ, ସବୁ ଶୋଇବ ଯାଅ।'

ବିଧାନ ବୀଣାକୁ ପଚାରିଲା- 'ତୁ ଧେନୁଆକୁ ଝାଙ୍କି ସାଷ୍ଟାମ କଲାବେଳେ ସେ ଚାହିଁଥିଲା ନା ଆଖି ବନ୍ଦ କରିଥିଲା ?'

'ଚାହିଁଥିଲେ।'

'ତୁ ସେ ସାପକୁ ଦେଖିଛୁ ?'

'ନା, ବାପା, ମୁଁ ସାପ ଫାପ କିଛି ଦେଖିନି।'

'କାଳେ ଅନ୍ଧାରରେ ଦେଖିପାରି ନଥିବୁ।'

'ଅନ୍ଧାର ଆଉ କୋଉଠି ?' ବୀଣା କହିଲା- 'ଏଇ ବିନୁଟା ଡରେ ବୋଲି ତ ସେ ଠଣାଟାରେ କରଞ୍ଜ ତେଲର ଏ ଦୀପଟା ପରା ସାରା ରାତି ଏମିତି ଜଳୁଥାଏ। ଚାରିଆଡ଼େ ସଫା ଉଜ୍ଜ୍ୱଳ। ସାପ କ'ଣ, ଯଦି ଝିଟିପିଟିଟାଏ ମଧ୍ୟ ତାଙ୍କ ଛାତି ଉପରେ ସେତେବେଳେ ପଡ଼ିଥାନ୍ତା, ମୋତେ ନିଶ୍ଚୟ ଦିଶିଥାନ୍ତା।' ବିନୁ ପୁଣି ହଲ୍‌ଚଲ୍ ହେବାଦେଖି ସେ ତାକୁ ଭଲ ଭାବରେ ଘୋଡ଼େଇ ଦେଇ ପୁଣି ଥାପୁଡ଼ିବାରେ ଲାଗିଲା।

ବିଧାନର ମୁହଁରେ କଳାମେଘ ଘୋଟିଆସିବା ଦେଖି ଧ୍ରୁବ କହିଲା- 'ସେ ଯେଉଁ ସ୍ୱପ୍ନ ଦେଖି ଚିତ୍କାର କଲା, ସେଥିରେ ତା' ନିଜ ଆଖି ଖୋଲି ଯାଇଥିବ ତ, ସେ ସେଥିପାଇଁ ସ୍ୱପ୍ନ ଆଉ ଜାଗ୍ରତ ଭିତରେ ଫରକଟା ଜାଣିପାରୁନି। ନା କ'ଣରେ ଧେନୁଆ ?'

'ହଁ, ବୋଧହୁଏ ସେୟା ହୋଇଥିବ। ମୁଁ ତ ଏବେ ବି ବୁଝିପାରୁନି- ମୁଁ ସତରେ ସାପ ଦେଖିଲି ନା ସ୍ୱପ୍ନରେ ଦେଖିଲି!'

'ଆରେ, ଏତକ କେମିତି ବୁଝିପାରୁନ,' ଗୌରୀ କହିଲେ। 'ସତରେ ଦେଖିଥିଲେ ତ ସେ ଏବେ ଏଇଠି କୋଉଠି ଥାଆନ୍ତା, ଆମ ଖୋଜାଖୋଜିରେ ଧରା ପଡ଼ିଥାନ୍ତା। ସ୍ୱପ୍ନ ହୋଇଥିବାରୁ ତା'ର ଚିହ୍ନବର୍ଣ୍ଣ ହିଁ ନାହିଁ।'

ସମସ୍ତେ ନିଜ ନିଜର ଓଠ କାମୁଡ଼ି ମୁଣ୍ଡ ଟୁଙ୍ଗାରିଲେ।

'ହଉ, ସମସ୍ତେ ଆସ।' ନିଜ ଦେହ ଚାରିପଟେ ପିନ୍ଧାଲୁଗା କାନିଟାକୁ ଭଲ ଭାବରେ ଘୋଡ଼େଇ ଦୁଇ ହାତକୁ ଦୁଇ କାଖ ତଳେ ଜାକି ସୀତା ଦୁଆର ଆଡ଼କୁ

ଚାଲିଲେ। ତାଙ୍କ ପଛେ ପଛେ ଜଣେ ଜଣେ ହୋଇ ସମସ୍ତେ ସେ କୋଠରୀ ଛାଡ଼ି ନିଜ ନିଜ ଗମ୍ଭିରୀ ଘରକୁ ଫେରିଗଲେ।

ଅଚାନକ ଏକ ହାବେଲୀ ବାଣର କୋଳାହଳପୂର୍ଣ୍ଣ ଦୀପ୍ତିରେ ଅମାବାସ୍ୟା ରାତ୍ରିର କଳା ଅନ୍ଧକାର ଆକାଶ ଯେପରି କିଛିକ୍ଷଣ ପାଇଁ ଆଲୋକିତ ହୋଇ ପୁଣି ନୀରବ ତମସା ଭିତରକୁ ଫେରିଯାଏ, ସେହିପରି ଘରର ଏହି ଆକସ୍ମିକ ହଇଚଇ ପୁଣି ସୁସୁପ୍ତିର କୋମଳ କାଳିମା ଭିତରକୁ ଚାହୁଁ ଚାହୁଁ ଫେରିଗଲା।

କିନ୍ତୁ କମ୍ବଳ ଭିତରେ ମୁହଁ ଘୋଡ଼ାଇ ଆଖିକୁ ବୁଜି ଧରିବାର ଅପଚେଷ୍ଟା କରୁଥିବା ବିଧାନର ସବୁ ଶାନ୍ତି, ସବୁ ଆଶା ଧ୍ୱସ୍ତବିଧ୍ୱସ୍ତ ହୋଇ ତା'ର ଆତ୍ମାକୁ ଲହୁଲୁହାଣ କରିବାରେ ଲାଗିଥିଲା।

ଧନୁଷ ତ ସାପକୁ ଦେଖିବା ଆରମ୍ଭ କରିଦେଲା!!

ଅପ୍ରେଲ ୧୮୦୧
ବୋମକେଇ

ସେଦିନର ସକାଳ ସ୍ୱାଭାବିକ ଭାବରେ ଆରମ୍ଭ ହୋଇ ଅସ୍ୱାଭାବିକ ଭାବରେ ଶେଷ ହେଲା।

ଖରା ଟାଣ ହେବାକୁ ତଥାପି ବାକି ଅଛି। ପଦିଆ ଦାଣ୍ଡରୁ ଘର ଭିତରକୁ ପଶି ଆସି ପାଟିକରି କହିଲା- 'ମାଣିକପୁରରୁ ଡଗର ଆସିଛି।'

*ଡଗର ? ମାଣିକପୁରରୁ ?*

ହାଣ୍ଡିଶାଳରେ ପରିବା କାଟୁଥିବା ବୀଣା କାନରେ ତା'ର ଚାରିପଟର ଅନେକ କୋଳାହଳକୁ ଟପି 'ମାଣିକପୁର' ଶବ୍ଦଟା 'ଠୋ' କରି ବାଜିଲା। ମାଣିକପୁର ତା'ର ବାପଘରର ଗାଁ!

ସେ ସେଇଠୁ ଡିଆଁଟେ ମାରି ଦୁଇହାତରେ ଦୁଇ ଗୋଡ଼ ପାଖର ଶାଢ଼ୀକୁ ଟେକିଧରି ମଝିଘରକୁ ଧାଇଁଲା।

'ଦେଖ, ଦେଖ, ଏ ଚଣ୍ଡୀକୁ ଦେଖ! ଏବେ ଗୋଡ଼ଟା ପନିକି ଉପରେ ପଡ଼ିଥାନ୍ତା।' ଭାତ ଗାଲୁଗାଲୁ ଗୌରୀ ତା'ର ଯିବାରାସ୍ତାକୁ ଚାହିଁ ପାଟି କରି ଉଠିଲା।

ଆମ୍ବିଳ ଫୁଟାଉ ଥିବା ସ୍ୱପ୍ନା ଫୁଟଣ ହାଣ୍ଡିରେ ସିଝା ଫଳତକ ପକାଇ ଦେଇ ବୀଣା କାଟୁଥିବା ପନିକି ପାଖକୁ ଯାଇ ତାକୁ କାନ୍ଥକଡ଼କୁ ଆଉଜେଇ ଦେଲା। ସିଧା

ବାରିଆଡ଼କୁ ଧାଇଁଯାଇ କିଏ କୋଉଠି ଅଛନ୍ତି ଖୋଜିଲା। ଦୁଇ ଦେଢ଼ଶୁର ତ ବଡ଼ିଭୋରରୁ କ୍ଷେତ ଆଡ଼େ ଯାଇଛନ୍ତି, ଫେରିବା ବେଳ ହୋଇନି। ଧବଳ ଓ ଶାଶୂ ଶଶୁର ବାରିର ରେଶମ ସୂତା ଗୁଡ଼ାଳୀଙ୍କ ପାଖରେ ଥିବେ। ସ୍ୱପ୍ନା ସେମାନଙ୍କ ପାଖକୁ ଧଇଁସଇଁ ହୋଇ ଆସିବା ଦେଖି ସେମାନେ ସ୍ୱପ୍ନା ଆଡ଼କୁ ଅନାଇଲେ।

ବିଧାନ ଆଗରେ ଛିଡ଼ା ହୋଇ ସ୍ୱପ୍ନା ନିଜ ନିଃଶ୍ୱାସକୁ ସମ୍ଭାଳୁ ସମ୍ଭାଳୁ ଏତକ କହିଲା- 'ମାଣିକପୁରରୁ ଡଗର ଆସିଛି!'

ବିଧାନ, ଧବଳ ଓ ସୀତା ଏକାସାଙ୍ଗରେ ଦାଣ୍ଡ ବାରଣ୍ଡା ଆଡ଼କୁ ଝପଟିଗଲେ। ମଝିଘରେ ହିଁ ସେମାନେ ବୀଣା ସହିତ ମୁହାଁମୁହିଁ ହୋଇଗଲେ। ଏମାନଙ୍କୁ ଦେଖି ବୀଣା ମୁହଁରେ ଲୁଗାଦେଇ କାନ୍ଥକୁ ଆଉଜି କଇଁକଇଁ ହୋଇ କାନ୍ଦିବାରେ ଲାଗିଲା।

'ଆରେ ରେ... କ'ଣ ହେଲା? କ'ଣ ହେଲା?'

ସ୍ୱପ୍ନା ଓ ସୀତା ଦୁଇହାତରେ ବୀଣାକୁ କୋଳେଇ ଧରିଲେ। ବିଧାନ ଓ ଧବଳ ଏକାମୁହାଁ ଦାଣ୍ଡବାରଣ୍ଡା ଆଡ଼େ ଧାଇଁଲେ। ହାଣ୍ଡିଶାଳୁ ଗୌରୀ ଆସି ସେଇଠି ପହଞ୍ଚିବା ପରେ ସେ ଓ ସ୍ୱପ୍ନା ବୀଣାକୁ ନେଇ ତା' ଶୋଇବା ଘର ଖଟ ଉପରେ ବସାଇ କଥାଟା କ'ଣ ବୁଝିବାକୁ ଚେଷ୍ଟା କଲେ।

ଡଗର ଖବର ଆଣିଥିଲା- ବୀଣାର ବାପା ସବୁଦିନ ପରି ସକାଳୁ ପୋଖରୀକୁ ଗାଧୋଇବାକୁ ଯାଇଥିଲେ। ପାଣିରେ ଗୋଡ଼ ଖସି ଗଲା ଯେ, ନିକଟରେ ପାହାଚ ଧାରରେ ମୁଣ୍ଡଟା ପିଟି ହୋଇଗଲା। ସେତିକିବେଳୁ ଅଚେତ ହୋଇପଡ଼ିଛନ୍ତି ଯେ ଚେତା ଫେରିନି। ସେଇଠିଥିବା ଲୋକେ ତାଙ୍କୁ ଟେକି ଆଣି ଘରେ ଶୁଆଇଛନ୍ତି। ଗାଁ ବଇଦ, ଯାହା କରିବା କଥା କରିସାରି କହିଲେ- 'ଯାଙ୍କୁ ଆଉ କେହି ନୁହଁ, ଯଦି ହେବ ବୋମକେଇର ମକଦ୍ଦମ କବିରାଜ ଆଜ୍ଞା ହିଁ ବଞ୍ଚାଇପାରିବେ। ଯଦି ତାଙ୍କୁ ଏଠିକୁ ଆଣିପାରିବ, ହୁଏତ କିଛି ଆଶା ଅଛି। ନହେଲେ ଅବସ୍ଥା ସାଂଘାତିକ।'

ବୀଣା ବାପାଙ୍କ ବୟସ ବେଶି ନୁହଁ। ବଡ଼ ଝିଅ ବୀଣା। ବୀଣା ତଳେ ଆଉ ତିନୋଟି ଝିଅ। ସେଥିରୁ ବଡ଼ ଦୁଇଟା ବିଭା ହୋଇ ଦୂର ଗାଁରେ ଅଛନ୍ତି। ସାନ ଝିଅଟା ଚଉଦ ବର୍ଷର। ସବା ସାନଟି ପୁଅ। ବୀଣାର ବଡ଼ ଝିଅ ନୀରା ସାଙ୍ଗର, ମାତ୍ର ଆଠ ବର୍ଷ ବୟସ।

ଡଗରଠାରୁ ସମ୍ବନ୍ଧୀଙ୍କ କଥା ଶୁଣିବା ମାତ୍ରେ ବିଧାନ ସଦାକୁ ପଠାଇଲା- ଧାଇଁଯାଇ କ୍ଷେତରୁ ଧ୍ରୁବ ଓ ଧନୁଷକୁ ଡାକି ଆଣି ସେମାନଙ୍କ ଜାଗାରେ ସେ ନିଜେ ରହି କ୍ଷେତ କାମ ତଦାରଖ କରୁ। ଧବଳକୁ ପଠାଇଲା- ସେମାନଙ୍କର ସବୁଠାରୁ ତେଜରେ ଧାଉଁଥିବା ବଳଦ, ଶଗଡ଼ ସଜ କରି ଆଣିବାକୁ। ଯଦି କୌଣସି କାରଣରୁ

ଶଗଡ଼ିଆ ପ୍ରସ୍ତୁତ ନଥାଏ, ସମୟ ନଷ୍ଟ ନକରି ଧବଳ ସେ ଶଗଡ଼ ବଳଦ ଧରି ସଙ୍ଗେ ସଙ୍ଗେ ଘରକୁ ଆସି ନିଜେ ଶଗଡ଼ ବାହିବାକୁ ତିଆରି ହୋଇଯାଉ। ଆଉ ବିଧାନ ନିଜେ, ପଦିଆକୁ ସାଙ୍ଗରେ ଧରି ମକଦ୍ଦମ ପଣ୍ଡିତ ଦାମୋଦର ମିଶ୍ରଙ୍କ ଘରକୁ ଧାଇଁଲା। ବାଟସାରା ଭଗବାନଙ୍କୁ ଡାକିଡାକି ଯାଉଥାଏ- 'ପଣ୍ଡିତ ମିଶ୍ରେ ଘରେ ଥାଆନ୍ତୁ।'

ଘଡ଼ିକ ଭିତରେ ବୀଣା ଓ ଧନୁଷକୁ ଶଗଡ଼ରେ ବସାଇ ଧବଳ ମାଣିକପୁର ବାହାରିଗଲା। ମକଦ୍ଦମଙ୍କ ଘରୁ ପଦିଆ ହାତରେ ବିଧାନ ଖବର ପଠାଇଥିଲା- କବିରାଜ ଆଜ୍ଞା ଯିବାକୁ ପ୍ରସ୍ତୁତ ହେଉଛନ୍ତି। ଧବଳ, ଧନୁଷ ଓ ବୀଣାକୁ ଧରି କବିରାଜଙ୍କ ଘର ଆଗରେ ଶଗଡ଼ ଲଗାଇଲେ ସେ ସେଇଠୁ ଉଠିଯିବେ।

ଧନୁଷର ଗୋଟିଏ ହେଲେ ପିଲାଙ୍କୁ ସେମାନଙ୍କ ସାଙ୍ଗରେ ଯିବାକୁ ଗୌରୀ ଦେଲା ନାହିଁ। ବଡ଼ଝିଅ ନୀରା ତ ଧ୍ରୁବର ପୁଅମାନଙ୍କ ସଙ୍ଗରେ ଚାଟଶାଳୀ ଯାଇଛି। ବାକି ରହିଲେ- ତିନିବର୍ଷର ଝିଅ ବିନୁ ଓ ଦଶମାସର ଝିଅ ଧନୀ। ବୀଣା ପିଲାଙ୍କୁ ଛାଡ଼ି ଯିବାକୁ ଅମଙ୍ଗ ହେଉଥିଲା। ଗୌରୀ ଧନୁଷକୁ ବୁଝାଇଲା- 'ଦେଖ, ଆଗେ ତୁମେ ଦୁହେଁ କେମିତି ସାଙ୍ଗେ ସାଙ୍ଗେ ଯାଇ ସେଇଠି ପହଞ୍ଚୁଛ ସେ କଥା ଦେଖ। ଏ ଅସୁବିଧା ସମୟରେ ପିଲାଙ୍କୁ ନେଲେ ସେମାନେ ହଇରାଣ ହେବେ। ତୁମକୁ ମଧ୍ୟ ହଇରାଣ କରିବେ।'

କାନ୍ଦୁଥିବା ବୀଣାକୁ ଚାହିଁ ସୀତା କହିଲେ- 'ତୁ' ଏବେ କାହା ପାଇଁ କାନ୍ଦୁଛୁ ସେ କଥା ମୋତେ କହିଲୁ ? ସେଆଡ଼େ ମରଣ ସାଙ୍ଗରେ ଜୁଝୁଥିବା ବାପାଙ୍କ ପାଇଁ ନା ଏଇଠି ଭଲରେ ଥିବା ପିଲାଙ୍କ ପାଇଁ ? ଯା,' ଏଇଟା ତୋର ବାପାଙ୍କୁ ସେବା କରିବାର ବେଳ। ପିଲାଙ୍କ ସେବା କରିବାକୁ ତ ଜୀବନଟା ପଡ଼ିଛି। ତା'ଛଡ଼ା, ଆମେ ଏଇଠି ଅଛୁ ନା ନାହିଁ ?'

ସୀତା ଏକଥା କହୁ କହୁ ସ୍ୱପ୍ନା ସେଇଠି ଖେଳୁଥିବା ବିନି, ବିନି ଠାରୁ ଟିକିଏ ବଡ଼ ଧ୍ରୁବର ସବା ସାନପୁଅ ଗଣି ଓ ନିଜର ଅଢ଼େଇ ବର୍ଷର ପୁଅ ସବଳକୁ ଡାକ ପକାଇଲା- 'ଆରେ, ପିଲାଏ ଚାଲ ଚାଲ। ଆମ ବାରିରେ ତ କ'ଣ ମାଙ୍କଡ଼ ପଶି ଆମର ସବୁ କୋଳି ଖାଇଗଲେଣି ! ତୁମେ ସବୁ ଏଇଠି କରୁଛ କ'ଣ ? ଧର, ଧର, ବାଡ଼ି ଧର, ପାଛିଆ ଧର, ଚାଲ ଚାଲ। ମାଙ୍କଡ଼ ଗଛ ଉପରର କୋଳି ଖାଉ, ଆମେ ଗଛର ତଳ ପଟର କୋଳିତକ ଝଡ଼ାଇବା ଚାଲ।' କହି କହି ସେ ବାରଣ୍ଡା ତଳକୁ ବାରିଆଡ଼କୁ ଆଗେଇଲା।

ତା'ର ଏ ଯୁଦ୍ଧକାଳୀନ ଆହ୍ୱାନରେ ବିନି, ଗଣି ଛଡ଼ାଛଡ଼ି ହୋଇ ବାଡ଼ି ଗୋଟିଏ ଲେଖା ଧରି ସ୍ୱପ୍ନା ପଛରେ ଧାଇଁଲେ। ବିଚରା ସବଳ ଭାଗରେ ପାଛିଆଟା ପଡ଼ିଲା।

ସେ ତାକୁ ଧରି ଲସରପସର ହୋଇ ବସିଉଠି ସେମାନଙ୍କୁ ଗୋଡ଼େଇ ବାରି ବାରଣ୍ଡାରୁ ତଳକୁ ଓଲ୍‌ହାଇଲା।

ସେ ଚାରିଜଣ ଆଖିରୁ ଅଦୃଶ୍ୟ ହୋଇଗଲେ।

ସେମାନଙ୍କ ଆଡ଼କୁ ଅନାଇ ବୀଣା ଆଖିରୁ ଲୁହ ପୋଛି ଦୀର୍ଘ ନିଃଶ୍ୱାସଟିଏ ଛାଡ଼ିଲା। ତା'ର ତିନିଝିଅଙ୍କ ଭିତରେ ଏଇ ବିନିଟା ସବୁଠୁ ଚତୁର, ଚଞ୍ଚଳ, ଚିଡ଼୍‌ଚିଡ଼ା ଓ ଦୁଷ୍ଟ ମଧ୍ୟ। ସେ ହିଁ ଏକଜିଦିଆ। ମା'ବାପାଙ୍କୁ ଯିବାର ଦେଖିଲେ ଆଦୌ ଯିବାକୁ ଛାଡ଼ନ୍ତା ନାହିଁ। କିନ୍ତୁ ଏକା ସ୍ୱପ୍ନା ହିଁ ତାକୁ ଭୁଲାଭୁଲି କରି ରଖିପାରେ। ଗଣି ଓ ସବଳ ପାଖରେ ଥିଲେ ବିନୁ ମଧ୍ୟ ମା'କୁ ବି ଖୋଜେ ନାହିଁ। ହଉ, ସେ ଥାଉ। ଆଉ ଦଶମାସର ଝିଅ ଧନୀ ତ ଆଜିଯାଏ ଜାଣେ ନାହିଁ କିଏ ତା'ର ବୋଉ। ଗୌରୀ କାଖରେ ହିଁ ସେ ବଢ଼ୁଛି। ଏବେ ମଧ୍ୟ ଗୌରୀ କାଖରେ ଥାଇ ତା' ହାତରୁ କାକରାରୁ ଖଣ୍ଡେ ଖଣ୍ଡେ ନେଇ ଲାଳ ସରସର କରି ସେ ତାକୁ ଖାଇବାରେ ଲାଗିଛି। ମା' ବାପାଙ୍କ ଯିବାର ଦେଖି ତା'ର କୌଣସି ଭାବାନ୍ତର କି ପ୍ରତିକ୍ରିୟା ହେଲା ନାହିଁ।

ଧ୍ରୁବ ଧନୁଷକୁ ଅନାଇ କହିଲା- 'ଶୁଣ, ତୋର ସେଇଠି ଯେତେଦିନ ରହିବା ଲୋଡ଼ା ହେବ, ତୁ ନିଶ୍ଚିନ୍ତରେ ରହିବୁ। ଏଠାର କଥା ଭାବି ବ୍ୟସ୍ତ ହେବୁ ନାହିଁ। ମୁଁ ସବୁ କଥା ବୁଝିବି। ତୁ ନିଶ୍ଚିନ୍ତରେ ଯା'। ମଉସା କେମିତି ଆଗେ ଆରୋଗ୍ୟ ହେବେ ସେଥିରେ ତୁ ଧ୍ୟାନ ଦେ।'

ଧନୁଷ, ବୀଣା ସମସ୍ତଙ୍କୁ ଓଳଗି ହେଲେ। ସୀତା ବୀଣାର କାନିରେ ମହାଦେବଙ୍କ ବେଲପତ୍ରରୁ ମୁଠାଏ ବାନ୍ଧିଦେଇ କହିଲେ- 'ମା'ରେ, ଇଏ ପ୍ରତାପପୁରର ତୁମ୍ବେଶ୍ୱର ମହାପ୍ରଭୁଙ୍କ ବେଲପତ୍ର। ବଡ଼ ପ୍ରତ୍ୟକ୍ଷ ଠାକୁର। କେତେ ଲୋକ ମୁଣ୍ଡିଆମାରି ଆରୋଗ୍ୟ ହୋଇ ଯାଉଛନ୍ତି। ଘରେ ପଶୁପଶୁ ଏଥିରୁ ଟିକିଏ ତୋ ବାପାଙ୍କ ମୁଣ୍ଡରେ ଛୁଆଁଇ ଦେବୁ ଯେ, ତୁମ୍ବେଶ୍ୱର ମହାପ୍ରଭୁ ଆମ ସମ୍ବନ୍ଧୀଙ୍କୁ ନିଶ୍ଚୟ ଆରୋଗ୍ୟ କରିବେ। ଯେମିତି କାନ୍ଦି କାନ୍ଦି ଯାଉଛୁ, ସେମିତି ହସିହସି ଫେରିବୁ।'

ବୋହୁଥିବା ଲୁହ ପୋଛୁ ପୋଛୁ ବୀଣା ଶଗଡ଼ରେ ବସିଲା। ସମସ୍ତେ ଫାଟକ ପର୍ଯ୍ୟନ୍ତ ଶଗଡ଼ ପଛେ ପଛେ ଗଲେ। ଧବଳର ଦକ୍ଷ ଶଗଡ଼ଚାଳନା ଦାଣ୍ଡରେ ଧୂଳି ଉଡ଼ାଇ ଆଖି ପିଛୁଳାକେ ଶଗଡ଼କୁ ସାହିମୁଣ୍ଡ ବାଙ୍କୁଣି ପଛରେ ଅଦୃଶ୍ୟ କରିଦେଲା।

ମାତ୍ର ଘଡ଼ିକ ତଳେ ପାହାଡ଼ୀ ପ୍ରଖର ଝରଣାଟିଏ ପରି ଛଳଛଳ କଳକଳ ହେଉଥିବା ଏଡ଼େବଡ଼ ଘରଟା ହଠାତ୍ ମରୁଭୂମିର ଖାଁ ଖାଁ ନୀରବତା ନେଇ ଠିଆହେଲା।

-୦-

ସେହିଦିନ ଦିନ ଥାଉଁଣୁ ସୀତା କହିଲେ- 'ଚାଲ ଟିକିଏ, ସମ୍ବନ୍ଧୀଙ୍କ ରିଷ୍ଟଖଣ୍ଡନ ପାଇଁ ରାଧାକୃଷ୍ଣ ମନ୍ଦିରରେ ଦୀପ ଦେଇ ଆସିବା।'

ଦୁହେଁ ଯାଇ ମନ୍ଦିରରେ ଦୀପଜାଳି ପୂଜାଦେଇ ଆସିଲେ। ସୀତା ମନ୍ଦିରରୁ ସିଧା ଘରକୁ ଓ ବିଧାନ ବଜାର ଆଡ଼େ ଯିବା ପାଇଁ ଦୁହେଁ ଦୁଇଆଡ଼େ ମୁହାଁଇଲେ।

ବିଧାନ ବଜାରରୁ କାମ ସାରି ଫେରିବା ବେଳକୁ ପଛରୁ ଡାକ ଶୁଭିଲା- 'ଆବେ ହ୍ୟାପ ବିଧାନ!'

ବିଧାନ ବୁଲିପଡ଼ି ଚାହିଁଲା। ଏମିତି ଡାକ ପକାଇବାକୁ ଗାଁରେ କେବଳ ଜଣେ ଲୋକ ଅଛି। ବ୍ରାହ୍ମଣ ସାହୀର ଗଜାନନ। ନା ଗଜ ନା ଆନନ ନା ଗଜାନନ କାହାର ସହିତ କୌଣସି ସାମଞ୍ଜସ୍ୟ ନଥାଉ ବରଂ ଏସବୁ ଉପମାକୁ ଲଜ୍ଜିତ କରୁଥିବା ଚରିତ୍ରଟିଏ। ବଡ଼ ସାଆନ୍ତଙ୍କ ଭାଷାରେ ବ୍ରାହ୍ମଣ ଜାତିର କଳଙ୍କ।

ବଡ଼ସାଆନ୍ତ ବଞ୍ଚିଥିବା ଯାଏ ଗାଁ ପଙ୍ଗତ ବେଳେ ଯେତେବେଳେ କହୁଥିଲେ- 'ବିଧାନକୁ ମୋ ଆଗରେ ପତ୍ର ପକାଇ ବାଢ଼।' ଏଇ ଗଜାନନ ସେତେବେଳେ ପଛରେ କୋଳାହଳ କରି ଆପତ୍ତି ଉଠାଉଥିଲା। କହୁଥିଲା- 'ତନ୍ତୀ ବାପୁଡ଼ାର ଏଡ଼େ ବହପ! ବ୍ରାହ୍ମଣ ଧାଡ଼ୀରେ ବସିବ?' ତା' କଥାକୁ କେହି ଧ୍ୟାନ ଦେଉନଥିଲେ। ଓଲଟି ମକଦ୍ଦମ ସାଆନ୍ତେଙ୍କୁ ଖୁସୀ କରିବାକୁ ଗାଁର ବଛାବଛା ନାଁ କରା ତେଜସ୍ୱୀ ବ୍ରାହ୍ମଣ ଯୁବକମାନେ ବିଧାନର ଦୁଇପଟେ ସାଆନ୍ତଙ୍କ ମୁହାଁମୁହିଁ ବିଧାନର ରକ୍ଷାକବଚ ପରି ବସି ଯାଉଥିଲେ।

ବଡ଼ସାଆନ୍ତ ଦାଶରଥୀ ମିଶ୍ର ଚାଲିଗଲା ପରେ ଗାଁ ପଙ୍ଗତ ମଧ୍ୟ ଭାଙ୍ଗିଗଲା। ଫିରିଙ୍ଗୀ, ମୋଗଲମାନଙ୍କ ଉଦ୍‌ଭ୍ରାନ୍ତ, ବାଲୁଙ୍ଗା ସୈନିକମାନେ ପଙ୍ଗତ ହେବା କଥା କୋଉ ବାଟେ ଜାଣିପାରୁଥିଲେ। ବଡ଼ସାଆନ୍ତଙ୍କ ସମୟରେ ଯୋଉ ଗାଁଆରେ ବାହାରର ମାଙ୍କଡ଼ଟାଏ ମଧ୍ୟ ଗାଁରେ ପଶିବାର ସାହସ କରୁନଥିଲା, ସେଇ ଗାଁରେ ଏଇ ବାଲୁଙ୍ଗା ସୈନିକମାନେ ପଙ୍ଗତ ଦିନ ବାସ୍ନା ସୁଙ୍ଘି ସୁଙ୍ଘି ପଶି ସବୁ ରନ୍ଧା ଜିନିଷ ଖାଇଗଲେ।

ଏପରି ଥରେ ନୁହେଁ ସବୁ ଥର ହେଲା।

ଏବର ମକଦ୍ଦମ ଦାମୋଦର ମିଶ୍ର, ବାପାଙ୍କଠାରୁ ଦକ୍ଷ କବିରାଜ, ଜ୍ୟୋତିଷ, ଉଦାର, ପଣ୍ଡିତ ହେଲେ ମଧ୍ୟ ବାପାଙ୍କର ଓଜଃ, ତେଜ, ସାହସ ଓ ଶାସକୀୟ ଦମ୍ଭ ଆଣିନଥିଲେ। ହଲିଲା ପାଣିରେ ଗୋଡ଼ ଦେବାର ଦୁଃସାହସ ଯାଙ୍କର ନାହିଁ। ଏଣୁ ଶାସନରେ କୌଣସି ଅବହେଳା ନହେଲେ ମଧ୍ୟ ଗାଁ ପଙ୍ଗତରେ ଅବାଞ୍ଛିତ ଏଇ ଅନିମନ୍ତ୍ରିତ ଅଣଅତିଥିମାନଙ୍କ ଉପସ୍ଥିତି ବାରମ୍ବାର ଘଟିଲା। ବାଧ୍ୟ ହୋଇ ଗାଁ ପଙ୍ଗତକୁ ରାତିକୁ ହଟାଇ ଦିଆଗଲା। ସେଥିରେ ମଧ୍ୟ ନାନା ଜଟିଳ ସମସ୍ୟା, ବିଶେଷକରି

ମଶାଲ, ଦିହୁଡ଼ି ଜଳିବାରୁ ନିକଟ ଜଙ୍ଗଲର ହଜାର ହଜାର ପୋକଯୋକ ଆସି ଖାଉଥିବା ଲୋକଙ୍କ ପତ୍ରରେ ପଡ଼ିଲେ।

ଶେଷରେ ନିଷ୍ପତ୍ତି ନିଆଗଲା, ଗାଁ ପଙ୍ଗତ ବନ୍ଦ ହେଉ। ଏହା ସାହୀ ପଙ୍ଗତ ରୂପରେ ଛୋଟିଆ ଆକାରରେ, ଯେ' ଯାହାର ସୁବିଧାରେ କରନ୍ତୁ। ଏକ ସୁନ୍ଦର ସାମାଜିକ ମିଳନର ଅନ୍ତ ହୋଇଗଲା। କେବଳ ବିବାହ, ବ୍ରତ ବା ଅନ୍ୟାନ୍ୟ ଶୁଭ ବା ଦଶାକର୍ମ ଆଦି ଅଶୁଭ ସମୟରେ ଆଉ ପଙ୍ଗତ ନହୋଇ ନିଜସ୍ୱ ଭୋଜି ହେଲା। ସେ ମଧ୍ୟ ନିଜ ଘରର ଅଗଣା, ପିଣ୍ଡାରେ ପତ୍ର ପକାଇ ନିମନ୍ତ୍ରିତ ଅତିଥି ଭାବରେ କେବଳ ନିଜର ବନ୍ଧୁ, ବାନ୍ଧବ ଏମାନେ ଖାଇଲେ।

ବ୍ରାହ୍ମଣମାନଙ୍କ ଉଦ୍ୟମରେ ସମଗ୍ର ଗାଁର ଜାତି ନିର୍ବିଶେଷରେ ଲୋକମାନେ ବର୍ଷରେ ଅତିକମ୍‌ରେ ଚାରି, ପାଞ୍ଚ ଥର ବ୍ରାହ୍ମଣମାନଙ୍କ ପ୍ରଶସ୍ତ ଦାଣ୍ଡରେ, ଧାଡ଼ି ଧାଡ଼ି ନଡ଼ିଆ ଗଛର ଛାଇରେ ବିଭିନ୍ନ ପୂଜାପାର୍ବଣର ବାହାନାରେ, ଚାନ୍ଦା କରି ଯେଉଁ ଗାଁ ପଙ୍ଗତ କରି ଏକାଠି ବସି ଖାଉଥିଲେ, ସମସ୍ତେ ସମସ୍ତଙ୍କୁ ଚିହ୍ନୁଥିଲେ, ଜାଣୁଥିଲେ - ସେଥିପାଇଁ ପରସ୍ପର ଦୁଃଖସୁଖରେ ମଧ୍ୟ ଭାଗୀ ହେଉଥିଲେ ସେ ବନ୍ଦ ହୋଇଗଲା।

ସେ ବନ୍ଧନ, ସେ ଭାବ ମଧ୍ୟ ଲୋପ ହୋଇଯିବାକୁ ବସିଲାଣି। ଆଉ ଗାଁ ପଙ୍ଗତ ହେଉନାହିଁ।

ଆଉ ଏଇ ଗଜାନନ- ବୟସରେ ବିଧାନଠାରୁ ଯଥେଷ୍ଟ ସାନ ହେଲେ ମଧ୍ୟ କେବେ ବି ବିଧାନକୁ 'ତୁମେ' ସମ୍ବୋଧନ କରୁନଥିଲା। 'ତୁ' ଠାରୁ ତଳ କିଛି ଥିଲେ ହୁଏତ ତାକୁ ହିଁ କରିଥାନ୍ତା। କିନ୍ତୁ ନଥିବାରୁ ବିଧାନ ନାମରେ 'ଆବେ, ହ୍ୟାପ,' ଏବଂ ଅନ୍ୟାନ୍ୟ ଅଭଦ୍ର ଅଶାଳୀନ ଉପାଧି ସବୁ ଯୋଡ଼ି ଏଇ ସମ୍ବୋଧନ କରି ନିଜକୁ ସନ୍ତୁଷ୍ଟ କରୁଥିଲା।

ବିଧାନ ପାଖକୁ ଆସି ଗଜାନନ ନିଜର ଯାବତୀୟ ନିଶାଖିଆ ନାଲି ଆଖିରେ ଅନାଇ ତାକୁ ପଚାରିଲା- 'ମନ୍ଦିର ଆସିଥିଲୁ?'

ବିଧାନ କିଛି ନକହି ମୁଣ୍ଡ ଟୁଙ୍ଗାରିଲା।

'ଶୁଣିଲି ତୋର ମଝିଆ ସମ୍ବନ୍ଧୀଟା କୁଆଡ଼େ ବଡ଼ ବେମାର ପଡ଼ିଛି। ସେଥିପାଇଁ ତୋର ମଝିଆ ପୁଅଟା ଆମ ଦାମଭାଇନାଙ୍କୁ ସାଙ୍ଗରେ ନେଇ ମାଣିକପୁର ଯାଇଛି?'

ବିଧାନ ପୁଣି ମୁଣ୍ଡ ଟୁଙ୍ଗାରିଲା।

'ମନ୍ଦିରରେ କ'ଣ ମାଗି ମୁଣ୍ଡିଆ ମାଇଲୁ?'

ବିଧାନ ମୁହଁରେ ପ୍ରଶ୍ନବାଚୀ।

'ସମ୍ବନ୍ଧୀଟା ନ ମରି ଶୀଘ୍ର ଭଲ ହୋଇଗଲେ ତୋ ପୁଅ ତୋ ଘରକୁ ଫେରିବ।

ସମ୍ବନ୍ଧୀଟା ମରିଗଲେ ତ ତୋର ପାରିବାର ପୁଅ ଘରଜୋଇଁ ହୋଇ ବରଖୋଜି ଶାଳୀକୁ ବିଭା ଦେବ, ଶଳାକୁ ମଣିଷ କରିବ। ତୁ' ଏଣେ ଗୋଟେ ଯୋଗ୍ୟପୁଅ ହରାଇ ହଟହଟା ହେଉଥିବୁ। ଏଣୁ ଶଳା ସମ୍ବନ୍ଧୀଟା କେମିତି ହେଲେ ବଞ୍ଚିଯାଉ ବୋଲି ପୂଜା ଦେଇଥିବୁ। ନା କ'ଣ?' ଏହା କହି ତାଳିଟେ ମାରି ବେକଭାଙ୍ଗି ଉପରକୁ ଚାହିଁ ସେ ଠୋ' ଠୋ' ହସିଲା।

କିଏ କହିଲା- ଏ ନିଶାଖୋର କିଛି ଜାଣୁନାହିଁ। ଅନ୍ୟର କେତେ ଖବର ତ ରଖିପାରୁଛି!

ତା'ର ସେ ବିକଟାଳ ହସ ଗହଳଚହଳ ବଜାରର ଅନେକ ଯୋଡ଼ା ଆଖିକୁ ଯେ ତା' ଆଡ଼କୁ ଟାଣିଆଣିଛି, ସେ କଥା ବୁଝିବାକୁ ଗଜାନନର ଶକ୍ତି ନଥିଲା।

କିନ୍ତୁ ଗଜାନନ ହାବୁଡ଼ରେ ଯେ ବିଧାନ ପଡ଼ିଛି, କିଛି ଗୋଟିଏ ଅସୁନ୍ଦର ଅଘଟଣ ଘଟିପାରେ, ଏକଥା ଅନୁମାନ କରି ଅନେକ ଲୋକ ଯେ ସେ ଦୁହିଁଙ୍କୁ ଅନେଇଛନ୍ତି ଏକଥା ସେଆଡ଼େ ନ ଚାହିଁ ମଧ୍ୟ ବିଧାନ ବୁଝିପାରିଲା।

ମୁହଁରେ କ୍ଷୀଣ ହସଟାଏ ଉକୁଟାଇ ସେ କହିଲା- 'ହଁ, କଥା କ'ଣକି- ଘଟଣାଟିଏ ଘଟିଲେ, ଯିଏ ଯେମିତି, ତାକୁ ସେ ଘଟଣାଟା ସେମିତି ହିଁ ଦିଶେ। ସୂର୍ଯ୍ୟ ଅସ୍ତ ହେବାରୁ ଅନ୍ଧାର ଘୋଟିଗଲା- ଏକଥା ସମସ୍ତେ ଜାଣନ୍ତି। କିନ୍ତୁ ଅନ୍ଧାରକୁ ଡରି ସୂର୍ଯ୍ୟ ପଶ୍ଚିମ ପର୍ବତ ପଛରେ ଲୁଚିପଡ଼ିଲା- ଏମିତି କହିବା ଲୋକ ତ ପୁଣି ଅଛନ୍ତି, ନା ନାଇଁ?'

'ହଉ, ଅଣ୍ଟାରେ ଖୋଷିଛୁ ପରା, କାଇଁ ଅଧଲାଟେ ଦେ' ତ। ବ୍ରାହ୍ମଣର ଆଶୀର୍ବାଦ ଦେବି। ତୋର ରିଷ୍ଟ ଖଣ୍ଡନ ହୋଇଯିବ। ତୋ ସମ୍ବନ୍ଧୀଟା ବଞ୍ଚିଯିବ। ଆଉ ତୋ ପୁଅକୁ ଘରଜୋଇଁ ହେବାକୁ ଆଉ ପଡ଼ିବନି।'

ବ୍ରାହ୍ମଣର ଆଶୀର୍ବାଦ?

ଏଥର ବିଧାନ ନ ହସି ରହିପାରିଲା ନାହିଁ।

ତିରିଶ ବର୍ଷ ତଳେ, ଏମିତି ମଦ, ଭାଙ୍ଗ, ଗଞ୍ଜେଇ ଖାଇ ନିଜ ସ୍ତ୍ରୀ ଓ ପାଞ୍ଚବର୍ଷର ପୁଅକୁ ବାଡ଼ିଆ ପିଟା କଲା ବୋଲି ଏଇ ଗଜାନନର ନନା ବୋଉ ଯାକୁ ଘରୁ କାଢ଼ି ଦେଇଥିଲେ। ଦୁନିଆଁକୁ ଖାତିର ନକରି, କେବଳ ମକଦ୍ଦମଙ୍କୁ ଜଣାଇ, ଯାକୁ ଦାଣ୍ଡ ଦୁଆର ମନା କରିଦେଲେ। ଇଏ ଯେବେ ଯେବେ 'ମୋର ଘର, ମୋର ଅଧିକାର,' କହି ଘରେ ଜବରଦସ୍ତ ପଶିବାକୁ ଚେଷ୍ଟା କଲା, ମକଦ୍ଦମ ଦାଶରଥୀ ମିଶ୍ରଙ୍କ ଠେଙ୍ଗାଧାରୀ ବାଘ ପରି ଲୋକମାନେ ଯାକୁ ଅନାୟାସରେ ଟେକିନେଇ ଗାଁ ବାହାରେ ଗୋହିରୀ ଭିତରେ ନେଇ ଛାଡୁଥିଲେ। ବ୍ରାହ୍ମଣ ସାହି ଭିତରେ ସେ ଯେମିତି ନ ପଶେ ଧ୍ୟାନ

ରଖୁଥିଲେ। ଯା ନନା ନାରାୟଣ ମିଶ୍ରେ ବୁଢ଼ା ବୟସରେ ମଧ୍ୟ ପୁଣି ଅଣ୍ଟାଭିଡ଼ି ଯଜମାନୀ କରି ନାତି ଟୋକାକୁ ମଣିଷ କରିଥିଲେ।

ଏବେ ସେ ଦିନର ସେଇ ପାଞ୍ଚବର୍ଷର ଶିଶୁ ଜଗତ ନାରାୟଣ ଆଜି ଆଖପାଖ କୋଡ଼ିଏ ଖଣ୍ଡ ଗାଁଆର ଖାଲି କାହିଁକି, ଆଖପାଖର ରାଜା, ମହାରାଜା, ଜମିଦାରଙ୍କର ମଧ୍ୟ ପୂଜ୍ୟ ଯାଜ୍ଞିକ, ପଣ୍ଡିତ, ପୁରୋହିତ, ଗୁରୁ ଭାବରେ କେବଳ ଜେଜେବାପା, ଜେଜେମା', ବୋଉ ନୁହଁ ସାରା ଗାଁର ମୁହଁ ମଧ୍ୟ ଉଜ୍ଜଳ କରିଛନ୍ତି। ଗାଁରେ ନାରାୟଣ ମନ୍ଦିର ତୋଳିଛନ୍ତି। ରାସ୍ତାଘାଟରେ ବାପକୁ... ଏଇ ଗଜାନନକୁ ଦେଖିଲେ ମଧ୍ୟ ସେ ନଦେଖିଲା ପରି ମୁଣ୍ଡପୋତି ଚାଲିଯାଆନ୍ତି।

ଏଣେ ଲୋକେ କହିବାରେ- ନଈ ସେପଟ ଆର ଗାଁ ମୁଣ୍ଡରେ ଥିବା କେଳା ବସ୍ତିରେ ଗଜାନନର ଗଣ୍ଡେ ପିଲାଛୁଆ ମଧ୍ୟ ଅଛନ୍ତି।

କେଉଁ ପୁଣ୍ୟର ଗଛ ଏ ଗଜାନନ ପୋତିଛି ଯେ, ସେଥିରୁ ତୋଳି ଆଶୀର୍ବାଦର ଫଳ ଏବେ ବିଧାନକୁ ଦେବ?

ତଥାପି ବିଧାନ ଦୁଇପାଦ ପଛକୁ ଯାଇ ଗଜାନନକୁ ପିଠିକରି ଅଣ୍ଟାରେ ଖୋଷିଥିବା ଗାଞ୍ଜିଆଟା ଖୋଲିଲା। ସେଥିରେ ତମ୍ବା ଅଧଲା ଥିଲେ ମଧ୍ୟ ତାକୁ ଏଡ଼ାଇ ଗାଞ୍ଜିଆରୁ ରୂପା ଅଧୁଲିଟିଏ କାଢ଼ି ତାକୁ ମୁଠାରେ ଲୁଚାଇ ତରତର ହୋଇ ଭାରୀ ଗାଞ୍ଜିଆଟିକୁ ପୁଣି ଅଣ୍ଟିରେ ଖୋଷିଦେଲା। ଏ ଗଞ୍ଜାଡ଼କୁ କି ବିଶ୍ୱାସ? ଗାଞ୍ଜିଆଟା ଛଡ଼େଇ ନେଇ ଧାଇଁବ ଯଦି? ଗଞ୍ଜାଡ଼ ହେଲେ ମଧ୍ୟ ବୟସରେ ଢେର ସାନ ହେତୁ ଦେହରେ ବଳ ତ ଥିବ। ତା'ପଛରେ ଏବେ କିଏ ଧାଇଁବ?

ଅବଶ୍ୟ ଏପରି କିଛି ଅନୁମାନ କରି ଅଦୂରରେ ବେଶ୍ କିଛି ଲୋକ ସେ ଦୁହିଁଙ୍କ ଉପରେ ଆଖି ରଖିଛନ୍ତି। ଏଣୁ ବିଧାନର ଗାଞ୍ଜିଆ ବେଶୀ ବାଟ ଯିବାଆଗରୁ ପୁଣି ତା' ପାଖକୁ ଫେରିଆସିବ। ଏକଥା ବିଧାନ ଜାଣୁଥିଲେ ବି କାହିଁକି ଅଯଥା ଗହଳିଟାଏ କରିବ? ଯେଉଁ କାମ ହାତରେ ଛିଡ଼ିଯିବ ତାକୁ ଦାନ୍ତ, ଦାନ୍ତରୁ ହାତୁଡ଼ି ପର୍ଯ୍ୟନ୍ତ କାହିଁକି ସେ ନେବ?

ବନ୍ଦ ମୁଠାକୁ ନିଜ ପଛରେ ଲୁଚାଇ ବିଧାନ କହିଲା- 'ତୁମ ପୁଅ ଯେଉଁ ନାରାୟଣ ମନ୍ଦିର-

---

ଏକ ରୂପା ଟଙ୍କା- ଷୋହଳ ଅଣା
ଏକ ରୂପା ଅଧୁଲି - ଆଠ ଅଣା
ଏକ ଅଣା = ଚାରି ପଇସା
ଏକ ପଇସା = ତିନି ତମ୍ବା ଅଧଲା

ଗଜାନନ ଯେମିତି ବିକଟାଳ ହସଟିଏ ହସିଥିଲା, ଠିକ୍ ସେମିତି ମୁହଁକୁ ଭୟଙ୍କର କରି ଏକ ବିକଟାଳ ରଡ଼ିଛାଡ଼ି ବିଧାନ ପାଖକୁ ଉହୁଙ୍କି ଆସିଲା। ବିଧାନର ନାକ ପର୍ଯ୍ୟନ୍ତ ଆଙ୍ଗୁଠି ଦେଖାଇ ଏକ କଦର୍ଯ୍ୟ ଭଙ୍ଗୀରେ ରଡ଼ି ଛାଡ଼ି କହିଲା- 'ହ୍ୟାପ ଶ... ! ବ୍ରାହ୍ମଣକୁ 'ତୁମେ' ବୋଲି କହୁଛୁ କି ବେ ବେଧୁଆ ମା'.... ?'

ସେତେବେଳୁ ଏ ଦୃଶ୍ୟ ଦେଖୁଥିବା ସବୁ ଦର୍ଶକ ଅଣ୍ଟାରେ ଲୁଗାକଷି ଆଗେଇ ଆସୁଥିବା ଦେଖି ବିଧାନ ସେମାନଙ୍କ ଆଡ଼କୁ ଅନାଇ ମୁଣ୍ଡ ଟୁଙ୍ଗାରିଲା। ଆଙ୍ଗୁଠି ଟେକି ଶାନ୍ତ ହେବାକୁ ଇସାରା ଦେଲା।

ନିଜେ ପାଦଟିଏ ଗଜାନନ ଆଡ଼କୁ ଆଗେଇ ଯାଇ ଆପଣା ବନ୍ଦ ମୁଠାକୁ ଗଜାନନ ମୁହଁ ପାଖକୁ ନେଇ ତାକୁ ଖୋଲିଲା।

ସେଥିରେ ରୂପା ଅଧୁଲିଟିଏ ଚକ୍‌ଚକ୍ କରୁଥିବା ଦେଖି ଗଜାନନର ପାଟି 'ଆଁ' ହୋଇଗଲା। ଧାଡ଼ିଏ କଳା କଟକଟ ଦାନ୍ତ ସହିତ ଏକ ଅସହ୍ୟ ଦୁର୍ଗନ୍ଧ ସେ ଭିତରୁ ବାହାରି ବିଧାନକୁ ଧକ୍କା ଦେଲା।

ବିଧାନ ଦୁଇପାଦ ପଛକୁ ହଟିଗଲା।

କିନ୍ତୁ ଖୋଲାମୁଠାକୁ ସେମିତି ଆଗକୁ ବଢ଼ାଇ ବିଧାନ କହିଲା- 'ତୁମ ପୁଅ ଯେଉଁ ନାରାୟଣ ମନ୍ଦିର ତୋଳିଛନ୍ତି, ତା'ର ପହିଲି ଭୋଗ କିଣିବାକୁ ଦୂରରୁ ରାଜା ମହାରାଜାଙ୍କ ଘୋଡ଼ାଗାଡ଼ି, ପାଲିଙ୍କି, ସବାରୀ, ଶଗଡ଼ ସେ ମନ୍ଦିର ଆଗରେ ରାତିରୁ ଆସି ଧାଡ଼ି ବାନ୍ଧି ଠିଆହେଉଛନ୍ତି। ତୁମେ ତ ଦେଖୁଥିବ ! କିନ୍ତୁ କ'ଣ କରିବ ? ସେ ଦିବ୍ୟଭୋଗ ତ ତୁମକୁ ମିଳିବା ସ୍ୱପ୍ନ ! ଭୋଗ ତ ଦୂରର କଥା, ତୁମ ପାଇଁ ସେ ଭବ୍ୟ ମନ୍ଦିରର ଆଖପାଖ ମାଡ଼ିବା ମଧ୍ୟ ସମ୍ଭବ ନୁହେଁ ! ହଉ, ତୁମେ ଯାକୁ ନିଅ। ତୁମ ଘର ପାଖର ପତିତପାବନ ମନ୍ଦିରର ପାରୁଶ ଭୋଗ ମଧ୍ୟ ବଡ଼ ସୁଆଦିଆ। ଏଇ ଅଧୁଲିଟା ଦେଇ ଜୀବନରେ ଥରୁଟିଏ ହେଲେ ସେ ମନ୍ଦିରର ବିଶେଷ ଭୋଗଟାଏ କିଣି ପେଟପୂରା ଦିବ୍ୟ ଭୋଜନଟାଏ କରିବ ଯେ ମୋତେ ମଧ୍ୟ ଖୁବ୍ ଆନନ୍ଦ ମିଳିବ। ଏ ଭାଙ୍ଗ, ଗଞ୍ଜେଇ, ମଦ ଖାଇ କ'ଣ ପାଉଛ ?'

ଏହା କହି ସେ ଗଜାନନ ହାତକୁ ଟାଣି ତା' ପାପୁଲିରେ ରୂପା ଅଧୁଲିଟିକୁ ଥୋପିଦେଇ ସେଇଠୁ ଚାଲିଗଲା।

ଅଳ୍ପଦୂରରେ ଠିଆ ହୋଇଥିବା ଦେଖଣାହାରୀ ମଧ୍ୟ ପରସ୍ପରକୁ ଚାହିଁ ମୁଣ୍ଡ ଟୁଙ୍ଗାରି, ଅଳ୍ପ ହସି ଯେଝା କାମକୁ ଫେରିଗଲେ।

ଗଜାନନ ହାତରେ ରୂପା ଅଧୁଲିଟି ଧରି ଆବାକାବା ହୋଇ ତାକୁ ଓଲଟାଇ ପାଲଟେଇ ଦେଖିଲା। ସେ ସ୍ୱପ୍ନ ଦେଖୁନି ତ ? ସତରେ ତ ରୂପା ଅଧୁଲିଟେ ! ଆସନ୍ନ

ରାତ୍ରିର ମାଛି ଅନ୍ଧାରରେ ମଧ୍ୟ ସେଇଟା ତା' ହାତରେ ଚକ୍‌ଚକ୍ କରୁଥିଲା। ଏଥିରେ ତ ତା'ର ବର୍ଷକର ଭାଙ୍ଗ, ଗଞ୍ଜେଇ, ମଦ ହୋଇଯିବ! ଆଉ ଏ ଗଧ, ଭାକୁଡ଼ା କହିଲା କ'ଣ ନା, ଗୋଟିଏ ଦିନର ପହିଲି ଭୋଗ ଖାଇ ମୁଁ ଯାକୁ ସାରିଦିଏ! ହୁଃ, ମୁଁ କ'ଣ ଯା' ପରି ମୂର୍ଖ ହୋଇଛି? ହେଃ! ହେଃ! ହେଃ!।

ରାସ୍ତାରେ ଯାଉଯାଉ ବିଧାନ ଭାବୁଥିଲା, କାହିଁ ଗଜାନନ କାନ୍ଧରେ ପଇତା ତ ସେ ଦେଖିଲା ନାହିଁ! ଯାହାହେଉ, ଅନ୍ତତଃ ଏତକ ଚେତନା ତ ଗଜାନନର ଅଛି। ସେ ବୁଝିଛି ଯେ ବ୍ରହ୍ମ ପଇତାକୁ କାନ୍ଧରେ ପକାଇବାର ଯୋଗ୍ୟତା ଓ ଅଧିକାର ସେ କେଉଁଦିନରୁ ହରାଇସାରିଛି। ସେଥିପାଇଁ ନିଜ କାନ୍ଧରୁ ତାକୁ ଉତାରି ଦେଇ ପଇତାର ମର୍ଯ୍ୟାଦାଟା ରଖିପାରିଛି!

ଆଉ ଯେ ପୁଣି ଦେଇଥାନ୍ତା ବ୍ରାହ୍ମଣର ଆଶୀର୍ବାଦ!

ଘର ନିକଟରେ ପହଞ୍ଚି ଫାଟକ ଖୋଲିବା ମାତ୍ରେ ବାରଣ୍ଡା ଉପରେ ତା'ର ଦୃଷ୍ଟିପଡ଼ିଲା। ଭିତରକୁ ନଯାଇ ସେ ସେଇ ଫାଟକ ପାଖରେ ଠିଆହୋଇ ବାରଣ୍ଡା ଆଡ଼େ ଅନାଇ ରହିଲା। ରାତ୍ରର ପ୍ରଥମ ପ୍ରହର ଗଡ଼ିବା ଯାଏ ବୁଣାବୁଣି କରିବାରେ, ଅଭ୍ୟସ୍ତ ସଦା ପଦିଆ ଓ ଧ୍ରୁବ ନିଜ ନିଜ ତନ୍ତ ପାଖରେ ବତୀ ଜଳାଇ କାମରେ ଲାଗିଛନ୍ତି।

କିନ୍ତୁ ବିଗତ କିଛିମାସ ହେଲା ନିଜ ଲେଖାଲେଖିରେ ଧ୍ୟାନ ଦେଇଥିବା ଧନୁଷର ସେ ଲେଖାଶ୍ରୟ ପାଖରେ ସେ ଉଜ୍ଜଳ ବତୀଟା ଆଉ ଜଳୁ ନାହିଁ।

ସେଇଠି ଜମାଟ ବାନ୍ଧିଥିବା ଶୀତଳ ଅନ୍ଧାରରେ ଏକ କଟାଗଛର ବିଷର୍ଣ୍ଣତା ଓ ନୀରବତା ଆଉ କାହାକୁ ନଛୁଇଁଲେ ବି ତୀର ପରି ତାହା ବିଧାନର ଛାତିରେ ଗଳିଗଲା।

ସେ ଯନ୍ତ୍ରଣାରେ ଛଟପଟ ହେଲା।

ଏଥର ଆରମ୍ଭ ହୋଇଗଲା ସେଇ ପୁରୁଣା ଘିଷାପିଟା କାହାଣୀ। ଖାଲି ନାୟକ ବଦଳିଯାଇଛି। ଯାହା ଯାହା ବିଧାନ ଜୀବନରେ ଘଟୁଥିଲା ସେ ସବୁ ଏକ ଅଲଗା ରୂପରେ ଏବେ ଧନୁଷ ଜୀବନରେ ଘଟିବ! ବହି ଲେଖି ବସିଲେ ବିପଦ ହେଉ କି ସଂପଦ ହେଉ କେତେ ରୂପରେ ମାଡ଼ି ଆସିବ! ଦେଖୁ ଦେଖୁ ଆଉ କିଛି ବର୍ଷ ପରେ ଧନୁଷ ବୁଢ଼ା ହେବାବେଳକୁ ବିଧାନର ସେ ଅଧାଲେଖା ପୋଥିପୁଟୁଳା ପାଖରେ ଧନୁଷର ନାଁ ଲେଖାଥାଇ ଆଉ ଏକ ଅଧାଲେଖା ପୋଥିର ପଙ୍ଗୁ ପୋଟଳୀଟିଏ ଥୁଆ ହୋଇଯିବ!

ହା ଦଇବ!!

ବଳଦମାନଙ୍କ ଘଣ୍ଟି ଶବ୍ଦରେ ସେ ପଛକୁ ଚାହିଁଲା। ବାପାଙ୍କୁ ଫାଟକ ପାଖରେ ଦେଖି ଟଙ୍କାର କରି ବଳଦମାନଙ୍କୁ ଅଟକାଇ ଧବଳ ଶଗଡ଼ରୁ ଓଲ୍‌ହାଇଲା।

'କି'ରେ କ'ଣ ହେଲା ? ସମ୍ବନ୍ଧୀ-

'ଶୁଣ, କହୁଛି।' ଧବଳ ପାଖକୁ ଆସି କହିଲା। 'ସେ ଡଗର ଠିକ୍ ସମୟରେ ପହଞ୍ଚି ଖବରଟା ଦେଲା ବାପା ! ମୁଁ କ'ଣ ଏ ବଳଦ ଦି'ଟାକୁ ଆଉ ଚାଲିବାକୁ ଦେଇଛି କି ? କୋଡ଼ିଏ କୋଶର ବାଟକୁ ଘଡ଼ିକରେ ନେଇ ପହୁଞ୍ଚାଇ ଦେଲି ନା। ଆଉ ଧନ୍ୟ କହିବ ଆମ ମକଦ୍ଦମ ସାଆନ୍ତଙ୍କୁ ! ତାଙ୍କ ବାପାଙ୍କ ଠାରୁ ବଳି ଦକ୍ଷ ହାତ ସେ ପାଇଛନ୍ତି। ସେ-

'ତୁ ଦେଖିଛୁ କି ତାଙ୍କ ବାପାଙ୍କ ଦକ୍ଷତାକୁ ?'

'ଆରେ ଶୁଣନା। ମାଣିକପୁର ଗାଁରେ ଏକଥା ଲୋକେ କହିବା ପରା ମୁଁ ଶୁଣିଲି। ଆମେ ପହଞ୍ଚିବାବେଳକୁ ମଉସା ତ ଅସାଡ଼ ହୋଇ ପଡ଼ିଥାନ୍ତି। ଗାଁଟା ଯାକ ଲୋକ ତାଙ୍କ ଅଗଣାରେ ଖୁନ୍ଦି ହୋଇ ଦେଖୁଥାନ୍ତି। ସ୍ତ୍ରୀଲୋକଙ୍କ କାନ୍ଦ ବୋବାଳି ତ ଖଣ୍ଡେ ଦୂରରୁ ଶୁଣାଯାଉଥିଲା। ଆମ ସାଆନ୍ତେ ମଉସାଙ୍କ ପାଖରେ ପହଞ୍ଚି କ'ଣ ସବୁ ନାଡ଼ୀ ପରୀକ୍ଷା କଲେ। ମଉସାଙ୍କ ମୁଣ୍ଡ ପାଖେ ବସିଥିବା ତାଙ୍କ ଗାଁ ବଇଦଙ୍କୁ କ'ଣ ସବୁ ପଚରାଉଚୁରା କରି ମୁଣିରୁ କ'ଣ ସବୁ କାଢ଼ି ତାକୁ ଦିହେଁ ମିଶି ଛେଚାକୁଟା ଚିପୁଡ଼ି ତା'ର ରସ ବାହାର କଲେ। ସେ ରସ ଥରକୁ ଥର ମଉସାଙ୍କ ନାକବାଟେ ଅଳପ ଅଳପ କରି ଡେଣ୍ଟିବା ଆରମ୍ଭ କରିଦେଲେ।' ଏକ ନିଃଶ୍ୱାସରେ ଏତକ କହି ଧବଳ ଟିକିଏ ଦମ୍ ନେଲା।

ଦୂରରୁ ଅନ୍ଧାରରେ ବିଧାନ କାହା ସଙ୍ଗରେ କଥା ହେଉଥିବା ଶୁଣି ଧ୍ରୁବ, ସଦା ଓ ପଦିଆ ତାକୁ ଧବଳ ବୋଲି ଠଉରାଇ ସେଇଠାକୁ ଆସି କଥା ଶୁଣୁଥିଲେ। ଧବଳ ଅଟକି ଯିବା ଦେଖି ପଦିଆ ପଚାରିଲା, 'ହେଲେ ତାଙ୍କ ଚେତା ଫେରିଲା ତ ?'

'ଶୁଣ ନା, କହୁଛି।'

ଧବଳ ଆରମ୍ଭ କଲା, 'ଏଣେ ସାଆନ୍ତଙ୍କ ନିର୍ଦ୍ଦେଶରେ ମଉସାଙ୍କ ଦୁଇପାଦକୁ ଧେନୁଭାଇ, ମୁଁ ଓ ଗାଁର ଆଉ କେତେ ଭେଣ୍ଡା ପାଳି କରି ଦିନଟାଯାକ କ'ଣ ସବୁ ତେଲ ସାଆନ୍ତେ ଦେଲେ ଯେ ତାକୁ ଘଷୁଥାଉ। ବେଳ ବୁଡ଼ିବାକୁ ଦି'ଘଡ଼ି ଅଛି, ତାଙ୍କ ଗାଁ ବଇଦ ପାଟିକରି କହିଲେ- 'ନାଡ଼ୀ ମିଳିଗଲା। ନାଡ଼ୀ ମିଳିଗଲା।' ଆମ ସାଆନ୍ତ ମଧ୍ୟ ନିଜେ ନାଡ଼ୀ ଦେଖି ଅଳ୍ପ ହସି ମୁଣ୍ଡ ଟୁଙ୍ଗାରିଲେ। ସେତେବେଳେ ଦେଖିବ, ଲୋକେ, ପିଲେ, ମାଇପେ ଆମ କବିରାଜ ସାଆନ୍ତେଙ୍କୁ ଠେଲାପେଲା ହୋଇ ମୁଣ୍ଡିଆ ମାରୁଥାନ୍ତି ! ସାନ ଭାଉଜ ଓ ତାଙ୍କ ବୋଉ ତ କାନ୍ଦିକାନ୍ଦି ମୁଣ୍ଡିଆ ମାରୁଥାନ୍ତି ଯେ, ମୋତେ ତ ତାକୁ ଦେଖି ପେଟରୁ ବୋଲୁଚ ଗୋଟେ କୋହ ଉଠିଲା। ସାକ୍ଷାତ ଧନ୍ୱନ୍ତରୀ ବୋଲି କହି ତାଙ୍କ ଗାଁ ବଇଦ ମଧ୍ୟ ଆମ ମକଦ୍ଦମ ସାଆନ୍ତେଙ୍କୁ ମୁଣ୍ଡିଆଟିଏ ମାରିଲେ।'

'ଯା'ହେଉ, ଭଗବାନ ଡାକ ଶୁଣିଲେ।' କହି ବିଧାନ ଆକାଶକୁ ଚାହିଁ ହାତ ଯୋଡ଼ିଲା।

'ହେଲେ ଚେତା ଫେରିଲା କି ନାହିଁ?' ଧ୍ରୁବ ପଚାରିଲା।

'ହଁ ପରା ! ନାଡ଼ୀ ମିଳିବାର ଘଡ଼ିକ ପରେ ମଉସା ଉଁ, ଆଁ କରି ଆଖି ଖୋଲିଲେ। ପାଣି ମାଗିଲେ। କବିରାଜ ସାଆନ୍ତେ କ'ଣ ରସ ଘୋଟିକରି ଆଗରୁ ରଖିଥିଲେ। ସେଥିରୁ ଶାମୁକେ ଶାମୁକେ ପାଣିରେ ଗୋଳି ପିଆଇଲେ। ତାଙ୍କ ଗାଁ ବଇଦ କହିଲେ- 'ଆପଣ ଆସି ନଥିଲେ ଇଏ ଆଜି ଉଠି ନଥାନ୍ତେ। ବୋମକେଇରେ ବନ୍ଧୁ ବାନ୍ଧିବାର ସୁଫଳ ମିଳିଲା।'

ଭାଉଜଙ୍କର କିଏ ଜଣେ ଅଜା ହେବେ ଲେଖାରେ, କହିଲେ- 'ହେଲା ? କ'ଣ ବୀଣା, ସେତେବେଳେ ତ କେତେ କାନ୍ଦୁଥିଲୁ କାଳିଆ ବରଟା ବୋଲି ? ଏବେ ଜାଣିଲୁ ତ ?'

ଧ୍ରୁବ, ସଦା, ପଦିଆଙ୍କ ମୁହଁରେ ମଧ୍ୟ ହସ ଚହଟିଲା।

ତାଙ୍କ ଗାଁ ବଇଦ ପୁଣି ପଚାରିଲେ- 'ଏବେ ପକ୍ଷାଘାତର ଭୟ ଅଛିକି ?' ଧବଳ ପୁଣି କହିବାକୁ ଆରମ୍ଭ କଲା। 'ଆମ ସାଆନ୍ତେ କହିଲେ- 'ଭୟ ନାହିଁ କହିଲେ ଭୂଲ ହେବ। ଏଣୁ ପରିବାର ଲୋକଙ୍କୁ ସତର୍କ ରହିବାକୁ ହେବ। ଇଏ ଏବେ ଦୁଇ ତିନିଦିନ ଶୋଇ ରହିବେ। ଶୁଅନ୍ତୁ। ଅଳ୍ପ ଅଳ୍ପ ତରଳ ଖାଦ୍ୟ ପାଟିବାଟେ ଦେବ। ଧୀରେ ଧୀରେ କଡ଼ ଲେଉଟିବା, ବେକ, ମୁହଁ ବୁଲାଇବା ଏସବୁ ସେ କରିବେ। ପାଦ, ଦେହ, ହାତ ଘଷାଘଷି ଦିନକୁ ଦୁଇଥର ଚାଲିଥାଉ। ସପ୍ତାହେ ପରେ ବସିପାରିବେ। ପରିବାର ଲୋକେ ଦେଖିବେ- ସେ ଯେମିତି ଠିଆ ହେବାକୁ ଚେଷ୍ଟା କଲାବେଳେ ମୁଣ୍ଡ ବୁଲାଇ ଆଉ ଥରେ ପଡ଼ିନଯାଆନ୍ତି। ମୁଣ୍ଡ ଭିତରେ ଏବେ ଯେଉଁ ମାଡ଼ଟା ବାଜିଛି ସେଇଠି ରକ୍ତ ଟେଳା ବାନ୍ଧି ରହିଛି। ସେ ଶୁଖି ସ୍ୱାଭାବିକ ହେବାକୁ ଚାରି ସପ୍ତାହ ତ ନିଶ୍ଚୟ ଲାଗିଯିବ।'

ଧବଳର ଶ୍ରୋତାମାନେ ମୁଣ୍ଡ ଟୁଙ୍ଗାରିଲେ। ସତେ ଯେମିତି ଏ ବକ୍ତବ୍ୟ କବିରାଜ ମିଶ୍ରଙ୍କର ନୁହଁ ନିଜେ ଧବଳର, ସେମିତି ମୁହଁଟା କରି ଧବଳ କହିଲା- 'ସେଥିପାଇଁ ଏ ଚାରିସପ୍ତାହ ତାଙ୍କୁ ଏକଲା ରଖିବା ଭଲ ନୁହେଁ। ପଥିପାଚନ, ବିଶ୍ରାମ, ତେଲଘଷା ଏ ସବୁ- ସାଆନ୍ତେ କହିଲେ, ସେ ଯେମିତି କହିଛନ୍ତି ସେମିତି ଚାଲିଥାଉ। ଏ ଭିତରେ ସେ ଆଉ ଥରେ କେବେ ଆସି ଦେଖିକରି ଯିବେ।'

'ସେ କ'ଣ ତୋ ସାଙ୍ଗରେ ଫେରି ଆସିଲେ ?' ବିଧାନ ପଚାରିଲା।

'ହଁ ପରା, ମୁଁ ତାଙ୍କୁ ତାଙ୍କ ଘରେ ଛାଡ଼ି ହେଇଟି ତ ସିଧା ଆସୁଛି। ଧେନୁଆ ଭାଇ, ସାନ ଭାଉଜ-

'ସେମାନେ ଏବେ ସେଇଠି ଥାଆନ୍ତୁ।' ଧ୍ରୁବ କହିଲା।

'ହଁ ମ, ସେ ନଥିଲେ କ'ଣ ହେଲା ? ଆମେ ତ ଏଇଠି ଏତେଜଣ ଅଛୁନା।' ସଦା କହିଲା।

'ମଝିରେ ମଝିରେ ଆମେମାନେ ମଧ୍ୟ ଜଣେ ଜଣେ ହୋଇ ଯିବା, ଦେଖି ଆସିବା, କ'ଣ ବାପା ?' ଧ୍ରୁବ ପୁଣି କହିଲା।

'ହଁ, ଠିକ୍ କଥା।' ବିଧାନ ମୁଣ୍ଡ ଟୁଙ୍ଗାରିଲା।

'ଯଦି ସେମିତି କିଛି ଅତି ଲୋଡ଼ାହେଲେ ଧ୍ରୁବ କି ଧବଳ କିଏ ଯାଇ ସେଇଠି ରହିଲେ, ଧେନୁଆଁ ଆସି କାମ ସାରିଯିବ।' ପଦିଆ କହିଲା।

'ହଉ ଦେଖାଯାଉ, ମୁଁ ଜାଣିବାରେ ସେମିତି କ'ଣ ଆଉ କାମ ଅଛି ?' ବିଧାନ କହିଲା।

'ଆଉ ଏ ଶଗଡ଼ ବଳଦ ?' ଧବଳ ପଚାରିଲା।

'ଏଇଠି ବଗିଚାରେ ବଳଦଙ୍କୁ ଫିଟାଇ ଦେବା, ଦାଣ୍ଡରେ ଶଗଡ଼ଟା ଥାଉ। କାଲି ହଳିଆ ଆସି ତାକୁ ନେବ। ତୁ' ଯା'। ବୋଉ, ତୋ ଭାଉଜ, ସ୍ୱପ୍ନା ତୋ'ଠୁ ସବୁ ଶୁଣିବେ ବୋଲି ଅନେଇ ବସିଛନ୍ତି।' ଧ୍ରୁବ କହିଲା।

'ତୁମେ ସବୁ ଯାଅ। ମୁଁ ଓ ଭାଇ ବଳଦଙ୍କୁ ବଗିଚାରେ ବାନ୍ଧି ନଡ଼ା ପାଣିଦେଇ ଘରକୁ ଯିବୁ।' ସଦା କହିଲା।

ଧ୍ରୁବ, ଧବଳ ଆଗେ ଆଗେ ଘର ଆଡ଼େ ମୁହାଁଇଲେ। ବଳଦଙ୍କ କଥା ତ ସଦା ପଦିଆ ଦୁଇଭାଇ ବୁଝିବେ। ବିଧାନ ଗୋଟିଏ ଗୋଟିଏ ପାଦ ପକାଇ ବାରଣ୍ଡାର ସେ ପଟାଖଟର ଲେଖାଶ୍ରୟ ପାଖରେ ଅନ୍ଧାରରେ ଯାଇ ବସିଲା।

ଆଗାମୀ ମାସେ ପର୍ଯ୍ୟନ୍ତ ଏଇଠି ଆଉ ଦୀପ ଲାଗିବ ନାହିଁ। ଧନୁଷର ଅଧାଲେଖା ପୋଥିରୁ ମାସେ ଯାଏ ଡୋର ଫିଟିବ ନାହିଁ।

ହା ଭାଗ୍ୟ !

*ଏତକ ତ ମୋତେ ଆଗରୁ ଜଣାଥିଲା !*

ଅପ୍ରେଲ୍ ୧୮୦୩

ବୋମକେଇ

ବିଧାନ ଦିନ ଗଣୁଥିଲା...

ଶଶୁର ସୁସ୍ଥ ହେବା ପରେ କୋଉ କାଲୁ ଧନୁଷ ଓ ବୀଣା ଘରକୁ ଫେରିଲେଣି।

ମାସେ ନୁହଁ... ମାସ ମାସ ଗଡ଼ି ଚାଲିଲାଣି । କିନ୍ତୁ ବାରଣ୍ଡାର ସେ ପଟାଖଟ ପାଖରେ ଦୀପ ଲାଗିବା ଆଉରି ଆରମ୍ଭ ହୋଇନାହିଁ ।

ଶଶୁର ଘରୁ ଫେରିବା ଦିନଠାରୁ ଧନୁଷ କିଛି ନା କିଛି କାମରେ ବ୍ୟସ୍ତ ହୋଇ ରହୁଛି । ଲେଖିବା କଥା ଏପର୍ଯ୍ୟନ୍ତ ତା'ର ଦୈନନ୍ଦିନ କାମ ଭିତରେ ପଶିପାରି ନାହିଁ । ସତେ ଯେପରି ଧନୁଷର ଭାଗ୍ୟଦେବୀ ଆଜିଯାଏ ଶୋଇ ରହିଥିଲେ । ଧନୁଷ ସାହିତ୍ୟ ସାଧନା ମାଧ୍ୟମରେ ଯଶୋଦେବୀଙ୍କୁ ଆବାହନ କରୁଛି ଜାଣି ସେ ଧଡ଼ପଡ଼ ହୋଇ ଉଠିବସି ଧନୁଷ ଉପରେ ସୌଭାଗ୍ୟ ବର୍ଷା କରି ତାକୁ ନିଜ ଆଡ଼କୁ ଟାଣିବାରେ ଲାଗିପଡ଼ିଛନ୍ତି ! ଅକସ୍ମାତ୍ ଗାଁ ଲୋକଙ୍କୁ ଧନୁଷ ଦେଖାଗଲା ବୋଧହୁଏ । ବିଧାନର ବାର୍ଦ୍ଧକ୍ୟର ପାହାଡ଼କୁ ଦେଖି ଏହି ପାହାଡ଼ ପାଖର ଯୌବନରେ ଛଳଛଳ ହେଉଥିବା ଧନୁଷ ନାମକ ନଦୀଆଡ଼କୁ ସେମାନେ ଏବେ ମୁହାଁଇଛନ୍ତି । ଲୋକେ ହଠାତ୍ ଭଲମନ୍ଦ ସବୁକଥାରେ ଧନୁଷକୁ ଖୋଜିବାରେ ଲାଗିଲେଣି ।

ଆଉ ବିଚରା ଧନୁଷ... ଏହି ଅନାବଶ୍ୟକ ଲୋକ ସଂପର୍କ ଯେ ତା'ର ନିଜର ପ୍ରଗତି ପଥର କଣ୍ଟା- ଏକଥା ବୁଝିବାର ବୟସ ବା ବିଚାର ବୁଦ୍ଧି ତା'ର ନାହିଁ - ଏକଥା ମଧ୍ୟ ବିଧାନ ବୁଝୁଥିଲା । ସେ ଧନୁଷକୁ ଏକଥା ସହଜରେ ବୁଝାଇଦେଇ ତାକୁ ଲେଖାଲେଖି ଦିଗକୁ ଟାଣିଆଣି ପାରିଥାନ୍ତା ।

କିନ୍ତୁ... ତା'ପରେ ?

କାହିଁକି ବିଧାନ ତାକୁ ସେ ସାହିତ୍ୟ ଆଡ଼କୁ ଟାଣି ଆଣିବ ଯେ ?

ବରଂ ଏ ପ୍ରକ୍ରିୟା ଚାଲୁଥାଉ । ଲେଖିବସିଲେ ଯଦି ବିପଦ ମାଡ଼ି ଆସିବ ତା'ଠାରୁ ବରଂ ନ ଲେଖିବା ହିଁ ଭଲ ।

ହୁଁ, ତାହାହେଲେ ଦେବଦତ୍ତଙ୍କ ଶାପ ବ୍ୟର୍ଥ ହୋଇନାହିଁ !

ବିଧାନ ପରେ ବିଧାନର ତିନିପୁଅଙ୍କ ମଧ୍ୟରୁ ଧନୁଷ ମୁଣ୍ଡରେ ଏବେ ସେ ଶାପ ଆସି ସବାର ହେଲାଣି !

କେତେ ପୁରୁଷ ଧରି ଏହା ଚାଲିବ ?

ଏହାର ଅନ୍ତ କେବେ ଓ କେମିତି ଘଟିବ ?

କିନ୍ତୁ... ଏକଥା ସତ ଯେ ପ୍ରବଳ ମାନସିକ ଓ ଶାରୀରିକ ଯନ୍ତ୍ରଣାରେ ଛଟପଟ ହୋଇ ଦେବଦତ୍ତଙ୍କ ପରି ଦେବୋପମ ଲୋକଟି ମୁହଁରୁ ଏ ଅଭିଶାପ ବାହାରିଗଲା ସତ, ଆଉ ସେ ଅଭିଶାପ ଅକ୍ଷରେ ଅକ୍ଷରେ ଫଳୁଛି ମଧ୍ୟ, କିନ୍ତୁ ବୋଧହୁଏ ନିଜେ ଦେବଦତ୍ତଙ୍କ ଆତ୍ମା ଏଥିପାଇଁ ଗଭୀର ଅନୁତପ୍ତ ହୋଇ ବିଧାନକୁ ପରୋକ୍ଷରେ ମାନସମ୍ମାନ, ଧନ, ପ୍ରତିଷ୍ଠା, ଏକ ଉତ୍ତମ ପରିବାର ସବୁକିଛି ଦେବାରେ ମଧ୍ୟ ଲାଗି

ପଡ଼ିଛନ୍ତି । ଏବେ ସେ ଅଭିଶାପ ଏକ କାଳବୈଶାଖୀ ପରି ଧନୁଷ ଆଡ଼କୁ ମୁହାଁଇଛି । ଏହାଯୋଗୁଁ ଧନୁଷର ହୃଦୟରେ ସାଇତା ଲେଖକ ହେବାର ଇଚ୍ଛାଟି ସିନା ପୂର୍ଣ୍ଣ ହେବ ନାହିଁ, କିନ୍ତୁ ସେ ମାଟି ଧରିଲେ ବି ସୁନା ପାଲଟିବ, ଏଥିରେ ସନ୍ଦେହ ନାହିଁ ।

ତାହାହେଲେ, ଏଇ ଅଭିଶାପ ଦେଇଥିବାରୁ ଦେବଦତ୍ତ ବି ମୋକ୍ଷ କି ମୁକ୍ତି ପାଇପାରୁନାହାନ୍ତି ନା କ'ଣ ? ଏକଥା ଯଦି ସତ ହୋଇଥାଏ, ବିଧାନର ଜୀବନ ତ ଏବେ ସରିବାକୁ ବସିଲାଣି । ଦେବଦତ୍ତ କିନ୍ତୁ ଆଉ କେତେଦିନ ଧରି ବିଧାନର ବଂଶଧରମାନଙ୍କ ଯତ୍ନ ନେଇ ନେଇ ଏମିତି ପ୍ରେତଯୋନିରେ ରହିଥିବେ ?

ତାଙ୍କୁ କ'ଣ କଷ୍ଟ ହେଉନଥିବ ?

ବିଧାନ କ'ଣ ତାଙ୍କୁ ମୁକ୍ତି ପାଇବାରେ କିଛି ସାହାଯ୍ୟ କରିପାରିବ ନାହିଁ ?

ଦେବଦତ୍ତ ନିଜେ କ'ଣ ଏ ମୁକ୍ତିର ମାର୍ଗ ଜାଣିନାହାନ୍ତି ? ସେ ଯଦି ଜାଣିଥାନ୍ତେ, ବିଧାନଙ୍କୁ କ'ଣ ନିର୍ଦ୍ଦେଶ ଦେଇନଥାନ୍ତେ ତାକୁ କରିବା ପାଇଁ ?

ନା ସେ ନିଜେ ନିଜର ଏହି ଅଭିଶାପର ଜାଲରେ ଛନ୍ଦିହୋଇ ଯାଇଛନ୍ତି ? ଏହି ଅଭିଶାପକୁ ଆଗକୁ ବଢ଼ାଇବା ହିଁ ତାଙ୍କ ସତ୍ତାର ଏକମାତ୍ର ଲକ୍ଷ୍ୟ ହୋଇଯାଇଛି ? ମୁକ୍ତିର ଚିନ୍ତା ତାଙ୍କ ଚେତନାରେ ହିଁ ନାହିଁ ? କେମିତି ଏ ଚେତନା ତାଙ୍କୁ ମିଳିବ ? କିଏ ଆଣିଦେବ ତାଙ୍କୁ ଏ ଚେତନା ?

ଆଉ... କିଏ ଦେବ ଏସବୁ ପ୍ରଶ୍ନର ଉତ୍ତର ?

ଏଣେ ଧୀରେ ଧୀରେ ଧନୁଷର ସାପ ଦେଖିବା ତ ବଢ଼ିବାରେ ଲାଗିଲାଣି !

ଏ ସାପ ଧନୁଷକୁ ଏମିତି ଦେଖାଯିବାର ଅର୍ଥ କ'ଣ ? ଧନୁଷକୁ ଲେଖାଲେଖି ଆଡ଼େ ମନ ନଦେବା ପାଇଁ ଏ କ'ଣ ଏକ ଚେତାବନୀ ? କିନ୍ତୁ ତା'ର ଆବଶ୍ୟକତା ବା କ'ଣ ? ସେ କାମ ତ ଗାଁଲୋକେ କେତେ ସୁନ୍ଦର କରି ଦେଉଛନ୍ତି ! ଧନୁଷ ନଥିଲେ ଗାଁର ଏବେ କୌଣସି କାମ ତ ହେଉନାହିଁ !

ତା'ହେଲେ ଏ ସାପ ତାକୁ ଦିଶୁଛି କାହିଁକି ? ସେ ପୁଣି କେବଳ ତାକୁ, ଯାହା ମନରେ ଲେଖକ ହେବାର ଇଚ୍ଛାଟିଏ ଜନ୍ମଗତ ଭାବରେ ରହିଛି ?

ବିଧାନ ମନରେ ଏହି ଅସୁମାରୀ, ଉତ୍ତରବିହୀନ ପ୍ରଶ୍ନ ସବୁ ଯେତିକି ମୁଣ୍ଡ ଟେକୁଥିଲେ, ଧନୁଷର ସାପ ସହିତ ଭେଟ ହେବା ସେତିକି ବଢୁଥିଲା । ଆଗେ ଆଗେ ସ୍ୱପ୍ନରେ... ତା'ପରେ ଦିନରେ ଯେତେବେଳେ ସେତେବେଳେ... । ପ୍ରଥମେ ପ୍ରଥମେ ଘରେ ସମସ୍ତେ ଭାବୁଥିଲେ ଧନୁଷ ମଜା କରୁଛି, ଅନ୍ୟକୁ ଡରାଇବାର ଆନନ୍ଦ ନେଉଛି ।

କିନ୍ତୁ ଯେତେବେଳେ ସାପକୁ ଦେଖି ଧନୁଷ ନିଜେ ଭୟରେ ଜଡ଼ସଡ଼ ହେଲା, ତା'ପରି ନିର୍ଭୟୀ ମୁହଁରେ ସମସ୍ତେ ଆତଙ୍କର କଳାମେଘ ଦେଖିଲେ, ସେତେବେଳେ

ସମସ୍ତଙ୍କ ମୁହଁରେ ଏକ ଏକ କଠିନ ପ୍ରଶ୍ନବାଚୀ ଦେଖି ବିଧାନ ଜାଣିଲା- ଧନୁଷକୁ ଏ ସାପ ବୃତ୍ତାନ୍ତ କହିବାର ବେଳ ପାଖେଇ ଆସିଲା।

ତାକୁ କହିବାକୁ ପଡ଼ିବ ଓ ଧନୁଷକୁ ଜାଣିବାକୁ ହେବ ଯେ, ଏ ସାପ ଧନୁଷର ମନର ଭ୍ରମ ନୁହଁ, ଦିନରେ ସୂର୍ଯ୍ୟଙ୍କ ଉପସ୍ଥିତି ପରି ସାପର ଉପସ୍ଥିତି ନିଶ୍ଚିତ ଭାବରେ ଏ ଘରେ ରହିଛି। କିନ୍ତୁ ସେ କେବଳ ଧନୁଷ ପାଇଁ ହିଁ ଦୃଶ୍ୟମାନ... ସମସ୍ତଙ୍କ ପାଇଁ ନୁହଁ!! ଏଣୁ ସାପ ଦେଖିଲେ ନ ଦେଖିବା ପରି ରହିବା ଧନୁଷର କର୍ତ୍ତବ୍ୟ।

କିନ୍ତୁ ଏ କଥା ସେ କେମିତି କହିବ?

କୁଆଡୁ ଆରମ୍ଭ କରିବ ଏ କିମ୍ଭୂତ କିମାକାର କାହାଣୀ?

ଉଦୁଉଦିଆ ଖରାବେଳର ଝାଞ୍ଜିପବନ ଖୋଲା ଝରକା ବାଟେ ବିଧାନର ଶୋଇବା ଘର ଭିତରେ ଧସେଇ ପଶିବାକୁ ଚେଷ୍ଟା କରି ବିଫଳ ହେଉଥିଲା। ଝରକାଠାରୁ ଦୁଇ ତିନି ହାତ ଦୂରରେ ମାଟିରୁ ଚାଳ ଉପରକୁ ଲଟେଇଥିବା ଅପରାଜିତା ଓ ଯୂଇଜାଇର ମିଳିତ ଏକ ବିଶାଳ ବୁଦାର ଘଞ୍ଚପତ୍ରଗୁଡ଼ିକ ପବନ ଦେହରୁ ସବୁତକ ଝାଞ୍ଜି ଶୋଷିନେଇ ପବନର ରୁକ୍ଷ, ବୟସ୍କ ଅବସ୍ଥାକୁ ଶିଶୁପରି କୋମଳ ଚପଳ କରି ତାକୁ ବିଧାନର ଝରକା ଆଡ଼କୁ ମୁହାଁଇ ଦେଉଥିଲେ। ଏଣୁ ଶୀତଳ ସିରିସିରି ପବନ, ଯୂଇଜାଇ ଫୁଲର ସ୍ନିଗ୍ଧ ଭୁରୁଭୁରୁ ବାସ୍ନା ଓ ଏକ ପତଳା ସବୁଜ ଆଲୋକ- ଏ ତିନିହେଁ ଠେଲାପେଲା ହୋଇ ଝରକା ଦେଇ ବିଧାନର କୋଠରୀରେ ମଧୁର କଲ୍ଲୋଳ କରି ପଶୁଥିଲେ।

ସେମାନଙ୍କ ଦତ୍ତ ଏ ବୈଭବ ବିଧାନକୁ ଏକ ସୁଖଦ ଅନୁଭବ ଦେଉଥିଲେ ମଧ୍ୟ ସେ ଅନ୍ୟମନସ୍କ ଥିଲା। ଝରକାକୁ ପିଠିକରି, ଖଟ ବାଡ଼କୁ ଆଉଜି ନିଜ ଦୁଇହାତକୁ ମୁଣ୍ଡ ପଛରେ ଛନ୍ଦି ସେ ଖଟ ଉପରେ ଗୋଡ଼ ଲମ୍ବାଇ ବସିଥିଲା। ଦୃଷ୍ଟି ତା'ର ଆନମନା ଭାବରେ ସାମ୍ନାର ଖୋଲା ଭାଡ଼ି ଉପରେ କେଉଁଠି ଗୋଟାଏ ଜାଗାରେ ଲାଖି ରହିଥିଲା।

ଆଜି ସକାଳୁ ଧ୍ରୁବ ଓ ଧବଳ ସଦା ପଦିଆକୁ ସଙ୍ଗରେ ନେଇ ନିଜର ତିନୋଟି ଶଗଡ଼ରେ ରେଶମ ଓ ସରୁ ସୂତାର ଲୁଗା ଥାକଗୁଡ଼ିକୁ ଲଦି ପାଲୁର ବନ୍ଦରକୁ ଯାଇଛନ୍ତି। କର୍ତ୍ତନ ସିଂର ପୁଅମାନଙ୍କ ଠାରୁ ଖବର ଆସିଥିଲା। ଏମାନେ ଚାହିଁଥିଲେ, କର୍ତ୍ତନର ଶଗଡ଼ଗୁଡ଼ିକ ସବୁଥର ପରି ଘର ପାଖକୁ ଆସି ମାଲ୍ ଉଠାଇ ନେଇପାରିଥାନ୍ତେ, କିନ୍ତୁ ଏମାନେ ନିଜ ନିଜର ଘରକରଣା ସାମଗ୍ରୀ ସହ ନିଜ ନିଜ ସ୍ତ୍ରୀପିଲାଙ୍କର ଚାହିଦାର ମନୋହାରୀ ଜିନିଷର ଏକ ଏକ ଲମ୍ବା ତାଲିକା ଧରି ସେସବୁ କିଣିବା ପାଇଁ ଗଂଜା ହାଟକୁ ଯିବା ଯୋଜନା ଆଗରୁ କରି ରଖିଥିଲେ। ଏଣୁ କର୍ତ୍ତନ ଜାହାଜଠାରୁ ଖବର

ପାଇବା ମାତ୍ରେ ଏମାନେ ନିଜ ଶଗଡ଼ରେ ମାଲ ଧରି ପାଲୁର ଯାଇଛନ୍ତି। ସେଇଠି ମାଲ୍ ଦେଇ ଗଂଜାରେ ଯାଇ ହାଟ କରିବେ। ଏସବୁ ଜଂଜାଳ ସାରି ସେମାନେ ଆଜି ଘରକୁ ଫେରୁଫେରୁ ରାତି ହୋଇଯିବ।

ଏଣୁ ଆଜି ବାରଣ୍ଡାର ସଦାଚଞ୍ଚଳ ତନ୍ତ ତିନୋଟିର ଖଟ୍‌ଖଟ୍ ଶବ୍ଦ ଶୁଣାଯାଉ ନାହିଁ। ସେଥିପାଇଁ ବାରଣ୍ଡା ପଟର କବାଟ ମଧ୍ୟ ଆଜି ସକାଳୁ ଆଦୌ ଖୋଲା ହୋଇନାହିଁ।

ଧନୁଷ ମଧ୍ୟ ସକାଳୁ ଘରେ ନାହିଁ। ବିଭିନ୍ନ କାମ ତଦାରଖ କରିବାକୁ ସକାଳୁ ଘରୁ ଯାଇଛି। ଏବେ ଫେରୁଥିବ। ରୋଷେଇ ଘରୁ ରନ୍ଧାରନ୍ଧିର ଶବ୍ଦ ସହ ସୁଗନ୍ଧ ମଧ୍ୟ ଭାସିଆସୁଛି। ସୀତା ସମେତ ଘରର ସବୁ ସ୍ତ୍ରୀ ଲୋକଙ୍କ ସ୍ୱର ହାଣ୍ଡିଶାଳରୁ ଓ ତାକୁ ଲାଗିଥିବା ଓସାରିଆ ପିଣ୍ଡାରୁ ପିଲାମାନଙ୍କ ଖେଳକୁଦର ମିଳିତ କୋଳାହଳ ମିଶି ଘରଟାକୁ ସଙ୍ଗୀତମୟ କରି ରଖିଛି।

ବିଗତ ଚାରିଦିନ ହେଲା ଧନୁଷ ପୁଣି ବାରଣ୍ଡାରେ ବସି ପୋଥି ଲେଖା ଆରମ୍ଭ କରିଛି। ବିଧାନ ବସିବସି ଏହି କଥା ହିଁ ଭାବୁଥିଲା। ଦେଖାଯାଉ, ଧନୁଷକୁ ଏଥିରୁ ହଟାଇବା ପାଇଁ ଭାଗ୍ୟର କ'ଣ ସବୁ ଯୋଜନା ଆଗକୁ ରହିଛି। ଯାହାହେଉ ପଛେ, ଏ ଯୋଜନା କୌଣସି ବିପଦକୁ ଧରି ନ ଆସୁ। ଭଗବାନଙ୍କୁ କେବଳ ଏତିକି ପ୍ରାର୍ଥନା।

ଭାଡ଼ି ଉପରେ ଥିବା ଛୋଟବଡ଼ ପେଟରା ସବୁ ଅଳ୍ପ ଅଳ୍ପ ଦୋହଲିଲା। ସେ ହଲ୍‌ଚଲ୍ ବିଧାନର ଚେତନାକୁ ତା' ଭାବନାରୁ କାଢ଼ି ଭାଡ଼ି ଆଡ଼କୁ ଟାଣିଆଣିଲା। ସତରେ ପେଟରା ସବୁ ହଲୁଛି ନା ମନର ଭ୍ରମ? ସେ ଆଖିକୁ ସ୍ଥିର କରି ସେଆଡ଼େ ଅନାଇ ଦେଖିଲା- ଧଳାସାପଟିର ମୁଣ୍ଡଟି ଗୋଟିଏ ପେଟରା ପଛରୁ ଧୀରେ ଧୀରେ ଉପରକୁ ଉଠିଲା। ବେତବୁଣା ପେଟରାମାନଙ୍କୁ ଯତ୍ନରେ ଆଡ଼େଇ ସେ ଭାଡ଼ିର ଆଗ ଧଡ଼ି ଆଡ଼କୁ ଆଗେଇ ଆସୁଥିଲା।

"ବାପା!, ବାପା!'

ଧନୁଷର ସ୍ୱର ଶୁଣି ବିଧାନ ଭିତର ପଟ ଦ୍ୱାରଆଡ଼କୁ ଚାହିଁଲା। ବିଧାନକୁ କିଛି ଗୋଟାଏ କହିବା ପାଇଁ ଧନୁଷ ସେ କୋଠରୀ ଆଡ଼କୁ ଆସୁଥିଲା। ସେ ଠିକ୍ ଏରୁଣ୍ଡି ବନ୍ଧ ଉପରେ ପାଦ ରଖିଛି, ଭାଡ଼ିରୁ ପେଟରାଟିଏ ଦୁମ୍ କରି ତା'ଆଗରେ ତଳେ ପଡ଼ିଲା।

ବାପ ପୁଅ ଦୁହିଁଙ୍କ ଆଖି ଏକାସାଙ୍ଗରେ ଭାଡ଼ି ଉପରେ ପଡ଼ିଲା।

ଧଳାସାପଟି ପେଟରାଟିକୁ ତଳକୁ ଠେଲି ଦେଇ ନିଜ ଯିବା ପାଇଁ ରାସ୍ତା କରି

ତଳକୁ ଖସି ଆସୁଥିଲା। ତା'ର ଅଣ୍ଟ ଟେକି ରହିଥିବା ଫଣା ଏପଟସେପଟ କରି ସେ ଧୀରେ ଧୀରେ ତଳକୁ ଖସୁଥିଲା।

'ଧନୁଷକୁ ଏ ସାପ ବୃତ୍ତାନ୍ତ କେମିତି କହିବୁ ଚିନ୍ତା କରୁଥିଲୁ ପରା? ଏବେ କହିଦେ।'

ବିଧାନ ଚମକି ପଡ଼ିଲା ଛାନିଆଁରେ। ପ୍ରାୟ ଉଛୁଳିପଡ଼ି ସିଧା ହୋଇ ବସି ସେ ନିଜର ବାମ ଆଡ଼କୁ ଚାହିଁଲା। ସେ ଯେମିତି ଖଟବାଡ଼କୁ ଆଉଜି ଯେଉଁ ଭଙ୍ଗୀରେ ବସିଥିଲା, ଦେବଦତ୍ତ ଠିକ୍ ସେମିତି ମୁଣ୍ଡ ପଛରେ ଦୁଇହାତ ଛନ୍ଦି ବସି ତାକୁ ଚାହିଁ ମୁରୁକି ମୁରୁକି ହସୁଥିଲେ।

'ମଉସା!'

ଧନୁଷ ଏରୁଣ୍ଡି ପାଖରେ ଠିଆହୋଇ ସାପଟିକୁ ଚାହିଁଥିଲା। ଚଟାଣ ଓ ଭାଡ଼ି ମଝିରେ ଥିବା ଶୂନ୍ୟ ଜାଗାଟିରେ ବରଗଛର ଅଧା ଓହଳ ପରି ଧଳା ସରସର ସାପଟି ଶୂନ୍ୟରେ ଝୁଲି ରହିଥିଲା। ତା'ଦେହର ଅଧିକାଂଶ ଭାଗ ଏବେ ବି ଭାଡ଼ିରେ ଥିବାବେଳେ ଫଣା ହଲାଇ ସେ ଥରେ ଧନୁଷକୁ ଓ ଥରେ ବିଧାନ ଆଡ଼କୁ ଫଣା ବୁଲାଉଥିଲା।

ଧନୁଷ 'ହାଁ' କରି ତାକୁ ଚାହିଁ ରହିଥିଲା। ହଁ, ଏଇ ତ ସେଇ ଧୋବ ସରସର ମୋଟାସୋଟା ସାପଟା! ଇଏ ଘରେ ଏମିତି ସ୍ୱଚ୍ଛନ୍ଦରେ ବୁଲୁଛି ଅଥଚ ସମସ୍ତେ କହୁଛନ୍ତି ଧନୁଷ ସମସ୍ତଙ୍କ ସହିତ ସାପକଥା କହି ଥଟ୍ଟାମଜା କରୁଛି। ସେ ହିଁ ଏହାକୁ ବାରମ୍ବାର ଦେଖୁଛି! ଅଥଚ ଅନ୍ୟମାନେ ସେଇଠି ଥିଲେ ମଧ୍ୟ ତାକୁ ଦେଖି ପାରୁନାହାନ୍ତି କାହିଁକି? ଏମିତିକି ଆଜିକାଲି ପିଲାମାନେ ମଧ୍ୟ ସାପ ନଥିଲାବେଳେ ଖାଲି ଜାଗାଟାକୁ ଦେଖାଇ 'ହେଇ, ସାପ! ସାପ!' କହି ତାକୁ ଡରାଇବା ଆରମ୍ଭ କରିଦେଲେଣି!

*ମୋ ମୁଣ୍ଡ କ'ଣ ସତରେ ଖରାପ ହୋଇଗଲାଣି?*

ସାପଟି ଧୀରେ ଧୀରେ ଖସି ଚଟାଣଠାରୁ ହାତେ ମାତ୍ର ଉଚ୍ଚାରେ ଝୁଲି ରହିଥିଲା।

ଧନୁଷ ତ୍ରସ୍ତ ହୋଇ ବିଧାନ ଆଡ଼କୁ ଚାହିଁଲା।

'ବିଧାନ, ତାକୁ ଡାକି ପାଖରେ ବସା'। ଦେବଦତ୍ତ ବିଧାନକୁ କହିଲେ।

'ମଉସା!'

'ସେ ମୋତେ ଦେଖିପାରିବ ନାହିଁ। ଏଣୁ ତୁ ତାକୁ ଡାକି ପାଖରେ ବସା।' ଦେବଦତ୍ତଙ୍କ ସ୍ୱର କଠୋର ହେଲା।

ବାପାଙ୍କୁ ତା'ଆଡ଼କୁ ଏମିତି ଅସହାୟ ଆଖିରେ ଚାହିଁଥିବା ଦେଖି ଧନୁଷକୁ ଲାଗିଲା, ବାପା ବୋଧହୁଏ ତା' ମନକଥା ବୁଝିପାରୁଛନ୍ତି। ହଁ, ବାପ ମନ ତ।

ଅନ୍ୟମାନଙ୍କ ପରି ତା'ର ମୁଣ୍ଡ ଖରାପ ହେଲାଣି ବୋଲି ସନ୍ଦେହ ନକରି ସମ୍ଭବତଃ କିଛି ସାନ୍ତ୍ୱନା ଶୁଣାଇବାକୁ ଚାହୁଁଛନ୍ତି।

ବିଧାନ ଧନୁଷକୁ ଚାହିଁ କହିଲା- 'ସେଇଠି କାହିଁକି ଠିଆ ହୋଇ ରହିଲୁ? ଭିତରକୁ ଆ।'

ଧନୁଷ ସାପଟିକୁ ଚାହିଁଲା। ତା' ଫଣା ଚଟାଣ ଛୁଇଁ ସାରିଲାଣି। ଯଦି ସେ ଧନୁଷ ଆଡ଼କୁ ଧାଇଁ ଆସେ? ନାହିଁ ଯଦି ସେ ବାପାଙ୍କ ଆଡ଼କୁ ମାଡ଼ିଯାଏ? ସେ କ'ଣ କରିବ କିଛି ବୁଝି ନପାରି ଥରେ ସାପ ଆଡ଼କୁ ଓ ଥରେ ବାପାଙ୍କ ଆଡ଼କୁ ଚାହିଁଲା। ସେ କୋଠରୀ ଭିତରେ ପଶିବ ନା ସାପ ଜିମା ବାପାଙ୍କୁ ଛାଡ଼ିଦେଇ କାପୁରୁଷ ପରି ଦୌଡ଼ି ପଳାଇବ? କ'ଣ କରିବା ଉଚିତ ହେବ?

'କହିଲି ପରା ଭିତରକୁ ଆସି ମୋ ପାଖରେ ବସ।' ବିଧାନ ପୁଣି ଥରେ କହିଲା ଓ କଣେଇ କରି ଦେବଦତ୍ତଙ୍କୁ ଚାହିଁଲା। ଦେବଦତ୍ତ ସେମିତି ମୁଣ୍ଡ ତଳେ ଦୁଇହାତ ଛନ୍ଦି ଗୋଡ଼ ଲମ୍ବାଇ ଦରଶୁଆ ଅବସ୍ଥାରେ ଥରେ ବିଧାନକୁ ଓ ଥରେ ଧନୁଷକୁ ଚାହିଁଲେ।

ଧନୁଷକୁ ଲାଗିଲା ବାପା ବୋଧହୁଏ ତା' ମନର ଦ୍ୱନ୍ଦ୍ୱ ବୁଝିପାରୁଛନ୍ତି। ନା, କେମିତି ବା ସେ ବିଚରା ଜାଣିବେ? ସେ କ'ଣ ଭାବି ମଧ୍ୟ ଥିବେ ଯେ ଏଇ ମୁହୂର୍ତ୍ତରେ ଧନୁଷ ବାପାଙ୍କ ଆଜ୍ଞା ନମାନି ଏରୁଣ୍ଡି ବନ୍ଧରୁ ଗୋଡ଼ ଟେକି ଭିତରକୁ ଯାଉ ନାହିଁ ନୁହଁ, ଯାଇ... ପାରୁ... ନାହିଁ। କାରଣ ତା' ଆଖି ଆଗରେ ଯମଦୂତ ପରି ଏଡ଼େବଡ଼ ସାପଟାଏ ଉଭା ହୋଇଛି! ତେବେ ଏ ସାପ ଅନ୍ୟ କାହାକୁ ଦିଶୁନି କାହିଁକି?

'ଆସୁନୁ କାହିଁକି?' ବିଧାନ ଦେବଦତ୍ତକୁ ସନ୍ତୁଷ୍ଟ କରିବାକୁ ପ୍ରାୟ ଧମକାଇବା ସ୍ୱରରେ ଧନୁଷକୁ କହିଲା। କାରଣ ଦେବଦତ୍ତ ଆଉ ଧନୁଷକୁ ନ ଚାହିଁ କେବଳ ବିଧାନକୁ କଟମଟ ଆଖିରେ ଅନାଇ ରହିଥିଲେ। ବିଧାନ ତାଙ୍କ ଉପରୁ ଆଖି ହଟାଇ ଧନୁଷକୁ ଚାହିଁଲା।

ଧନୁଷ କ'ଣ ଉତ୍ତର ଦେବ ବୁଝିନପାରି ଚୁପ୍‌ଚାପ୍ ସାପ ଆଡ଼କୁ ଆଙ୍ଗୁଠି ଦେଖାଇଲା।

ଠିକ୍ ସେତିକିବେଳେ ନିଃଶବ୍ଦରେ ସାପର ସଂପୂର୍ଣ୍ଣ ଦେହ ଭାଡ଼ିରୁ ଖସି ତଳେ ଅଜାଡ଼ି ହୋଇପଡ଼ିଲା। ଚଟ୍‌କରି ସେ ନିଜର ପୂରାଦେହକୁ ଏକାଠି କରି ମଳାଟିଏ ବାନ୍ଧି ଫଣାକୁ ଏପଟ ସେପଟ କଲା। ସତେ ଯେପରି ସେ ବି ଦ୍ୱନ୍ଦ୍ୱରେ ପଡ଼ିଛି, ବିଧାନ ଆଡ଼କୁ ମାଡ଼ିଯିବ ନା ଧନୁଷ ଆଡ଼କୁ?

ଧନୁଷ କାନ୍ଧରେ ପଡ଼ିଥିବା ଗାମୁଛାକୁ ଦୁଇହାତରେ ଭିଡ଼ି ଧରିଲା। ବାପା ତାକୁ ରାଗିକରି ଅନେଇଛନ୍ତି ଜାଣି ସେ କିଛି କହିବାକୁ ଚେଷ୍ଟାକରି ମଧ୍ୟ ତା'ର ଜିଭ ଲେଉଟିଲା ନାହିଁ। ସେ ଚୁପ୍‌ଚାପ୍ ସାପଟି ଆଡ଼କୁ ଆଙ୍ଗୁଳି ଦେଖାଇ ବାପାଙ୍କୁ ଅନାଇଲା।

'ସେ କିଛି କରିବ ନାହିଁ। ତୁ ଏଠିକି ଆ।' ବିଧାନ କହିଲା।

ଧନୁଷ ଆଉ କିଛି କହିବାକୁ ଯାଉଥିଲା, ହଠାତ୍ ଅଟକିଗଲା। ବାପାଙ୍କୁ ତ ସାପଟି ଦିଶିବାର ପ୍ରଶ୍ନ ଉଠୁନାହିଁ!

'କିଏ କିଛି କରିବ ନାହିଁ, ବାପା?' ସାପ କଥା ପଛକୁ ଠେଲି ସେ ଅଣ୍ଟାରେ ଦୁଇ ହାତ ଦେଇ ପ୍ରଶ୍ନ କଲା। ଘରର ପିଲାମାନଙ୍କ କଥାରେ ପଡ଼ି ବାପା ମଧ୍ୟ ତାକୁ ଚିଡ଼ାଇବାରେ ଲାଗିଲେଣି ନା କ'ଣ!

'ଆରେ, ସାପକୁ ଦେଖି ଡରୁଛୁ ତ? କହିଲି ପରା ସେ କିଛି କରିବ ନାହିଁ, ଏତେ ଉପରୁ ତଳକୁ ଖସି ସେ ହାଲିଆ ହୋଇ ମଳାବାନ୍ଧି ବସିଛି। ସେମିତି ଥାଉ, ତୁ କଡ଼େଇ ହୋଇ ଚାଲିଆ।'

'କାହା କଥା କହୁଛ?' 'ସାପ' ଶବ୍ଦ ଶୁଣି ଧନୁଷର ଆଖି ଢିମା ଢିମା ହୋଇଗଲା।

'ଆଉ କିଏ ମଳା ବାନ୍ଧି ବସିବ?' ବିଧାନ ଧମକାଇଲା। 'ସାପ! ସାପ କଥା କହୁଛି।'

'ବାପା, ତୁମେ ଏମିତି କହୁଛ, ଯେମିତି କି ତୁମେ ମଧ୍ୟ ତାକୁ ଦେଖିପାରୁଛ?' ଧନୁଷର ସ୍ୱର ଅବିଶ୍ୱାସରେ ଗରମ ହୋଇଯାଇଥିଲା।

ବିଧାନ ଦେବଦତ୍ତଙ୍କୁ ଚାହିଁଲା।

ହସି ହସି ଦେବଦତ୍ତ କହିଲେ- 'କହିଯା', କହିଯା'। ଆରମ୍ଭ କର। ଏହା ହିଁ ତୋ ପାଇଁ ସୁଯୋଗ।'

ବିଧାନ ତାଙ୍କ ଆଡୁ ଆଖି ଫେରାଇ ଧନୁଷକୁ ଚାହିଁ କହିଲା- 'ଧନୁଆଁ, ତୁ ଯାକୁ ଆଜିକାଲି ଦେଖୁଛୁ। ମୁଁ ତ ତାକୁ ବିଗତ ପଚାଶ ବର୍ଷ ହେଲା ଦେଖୁଛି ରେ। ତୋ ଜନ୍ମ ଆଗରୁ। ତୋ ବୋଉ ଏ ଘରେ ପାଦ ଦେବା ଆଗରୁ ମୁଁ ତ ତା' ସଙ୍ଗରେ ଜୀବନଟାଏ ବିତାଇଛି। ଆଉ ତାକୁ ଦେଖିପାରୁଛି ନା ନାହିଁ, ଏକଥା ତୁ- ଆଜି ମୋତେ ପଚାରୁଛୁ?'

ଧନୁଷ କିଛି ଉତ୍ତର ନଦେଇ ଦୁଆର ବନ୍ଧ ଡେଇଁ ଦେବଦତ୍ତ ବସିଥିବା ପଟେ ଆଗେଇ ଆସୁଥିବା ଦେଖି ବିଧାନ ପ୍ରାୟ ଚିତ୍କାର କରି ପ୍ରତିବାଦ କଲା- 'ଆରେ, ନାଇଁ...ନାଇଁ... ସେପଟେ ନାଇଁ... ଏପଟକୁ ଆ'...। ଏପଟେ... ମୋ ପାଖରେ ଆ ବସ୍।' ଏହାକହି ସେ ଦେବଦତ୍ତଙ୍କ ଆଉରି ପାଖକୁ ଘୁଞ୍ଚିଗଲା।

ଧନୁଷ ଅଟକି ଗଲା। ବିଧାନର କଥା ତାକୁ ଅବାନ୍ତର ଲାଗିବା କଥା। କିନ୍ତୁ ଲାଗିଲା ନାହିଁ। ଏଣେ ମଳା ବାନ୍ଧି ବସିଥିବା ସାପର ସାମ୍ନା ଦେଇ ଖଟର ଆରପଟକୁ ଯିବାକୁ ତାକୁ ସାହସ ମଧ୍ୟ ହେଲା ନାହିଁ। ସେ ସେଇଠି ଖଟ ଉପରେ ଚଢ଼ି ଗୁରୁଣ୍ଡି ଗୁରୁଣ୍ଡି ଦେବଦତ୍ତଙ୍କ ଲମ୍ବିଥିବା ଗୋଡ଼କୁ ମାଡ଼ି ମକଚି ଖଟର ଏପଟେ ଆସି ଖଟରୁ ଓଲ୍ହାଇ ଚଟାଣରେ ଠିଆହେଲା। ସେ ଦେବଦତ୍ତଙ୍କ ଗୋଡ଼ ଉପରେ ଚଢ଼ିଯିବା ଦେଖି ବିଧାନ ଆଖି ବନ୍ଦ କରିଦେଲା।

ଖଟ ପାଖରେ ଠିଆହୋଇ ନିଜ ଛାତିରେ ଦୁଇହାତ ଛନ୍ଦି ସେ ବିଧାନକୁ ତୀକ୍ଷ୍ଣ ଦୃଷ୍ଟିରେ ଚାହିଁ ପଚାରିଲା- 'କ'ଣ କହିଲ...ସାପ? ସାପକୁ ତୁମେ ଦେଖିପାରୁଛ? ସାପଟା ଏବେ କୋଉଠି ଅଛି କହିଲ?

'ହାଃ!, ହାଃ!, ହାଃ!' ଦେବଦତ୍ତଙ୍କ ଅଟ୍ଟହାସ୍ୟରେ ବିଧାନ ଚମକି ପଡ଼ି ତାଙ୍କୁ ଚାହିଁଲା। 'ତୋ ପୁଅ ତ ତୋ କଥାରେ ବିଶ୍ୱାସ କରୁନିରେ ବିଧାନ! ହଉ, ତୁ ଆଗ ତା' କଥାର ଜବାବ ଦେ।' ଦେବଦତ୍ତ ହସ ବନ୍ଦ କରି କହିଲେ।

ଦେବଦତ୍ତଙ୍କ ଆଡୁ ଦୃଷ୍ଟି ଫେରାଇ ବିଧାନ ସାପକୁ ଅନାଇଲା। ସାପଟି ସେଇଠି ନଥିଲା। ବିଧାନ ଆଉ ଟିକିଏ ଆଗକୁ ଝୁଙ୍କି ଏଣେତେଣେ ଚାହିଁଲା। କିନ୍ତୁ ସାପକୁ ଦେଖି ପାରିଲା ନାହିଁ। ବାଧ୍ୟ ହୋଇ ଧନୁଷକୁ ସେ କିଛି କହିବାକୁ ଯାଉଛି, ଦେବଦତ୍ତ ତା' ହାତକୁ ଟାଣିନେଲେ। ସେ ତାଙ୍କୁ ଅନାଇଲା। ସେ ଆଖିରେ ଇସାରା କରି ବିଧାନକୁ ତାଙ୍କ ଗୋଡ଼ ଆଡ଼କୁ ଅନାଇବାକୁ ନିର୍ଦ୍ଦେଶ ଦେଲେ। ବିଧାନ ସେଆଡ଼େ ଅନାଇ ଦେଖିଲା- ଦେବଦତ୍ତଙ୍କ ଗୋଡ଼ପଟର ଖଟବାଡ଼ର କୁଟୀକମ କରା କଳା ଫୁଲଗୁଡ଼ିକର ପାଖୁଡ଼ାମାନଙ୍କ ଫାଙ୍କରେ ସାପର ଧଳାମୁଣ୍ଡଟା ଧୀରେ ଧୀରେ ଉପରକୁ ଉଠିବା ଦେଖାଯାଉଛି। ଚାହୁଁ ଚାହୁଁ ଖଟବାଡ଼ରେ ପହଞ୍ଚି ସେଠାରୁ ମୁଣ୍ଡ ଉଠାଇ ସେ ଦେବଦତ୍ତଙ୍କୁ ମୁହୂର୍ତ୍ତେ ଅନାଇଲା। ଜିଭ ଲହଲହ କଲା। ତା'ପରେ ଦ୍ରୁତ ଗତିରେ ତାଙ୍କ ଆଡ଼କୁ ଆଗେଇଗଲା। ସତେଯେପରି ଦେବଦତ୍ତଙ୍କୁ ବହୁଦିନ ପରେ ଦେଖି ହିଁ ସେ ସେତିକିବେଳୁ ଭାଡ଼ିରୁ ଓଲ୍ହାଉଥିଲା।

ବିଧାନ ନଜର ଫେରାଇ ଧନୁଷକୁ ଚାହିଁଲା। ଧନୁଷର ମୁହଁ କଳାକାଠ ପଡ଼ିଯାଇଥିଲା। ବାପାଙ୍କୁ ପ୍ରଶ୍ନ ପଚାରିବା ବେଳର ତେଜ ସେ ମୁହଁରେ କି ଦେହରେ ନଥିଲା। ପୁଣି ଥରେ ସାନପିଲା ପରି କାନ୍ଧର ଗାମୁଛାକୁ ସେ ଦୁଇହାତରେ ମୁଠାଇ ଧରି ସେ ସାପର ଗତିବିଧିକୁ ଦେଖୁଥିଲା।

ତାକୁ ଆଶ୍ୱାସନା ଦେବାର ଚେଷ୍ଟା ନକରି ବିଧାନ ସହଜ ସ୍ୱରରେ କହିଲା- 'ହେଇ, ସାପଟା ଏଇଠି ଅଛି। ଖଟବାଡ଼ ପଛରେ ଥିଲା ତ, ଦିଶୁ ନଥିଲା।'

ଧନୁଷ କିଛି କହିବା ଅବସ୍ଥାରେ ନଥିଲା । ସାପଟା ବାପାଙ୍କ ଆଡ଼କୁ ହିଁ ମାଡ଼ିଆସୁଛି !

'ତାକୁ ଦେଖି ଡରୁଛୁ କି ? ଆରେ, କହିଲିନା, ସେ କିଛି କରିବ ନାହିଁ । ଏ ଘରେ ତା' ସହିତ ମୁଁ ପଚାଶ ବର୍ଷ ଏକାଠି ରହି ଆସିଲିଣି ।'

'ବାପା !'

'ତୁ ଆଗେ ଆ,' ମୋ ପାଖରେ ଏଇଠି ବସ୍ ତ । ତୋତେ ଟାଣିଆଣି ମୋ ପାଖରେ ବସାଇବାକୁ ମୋ ହାତ ତୋ ପର୍ଯ୍ୟନ୍ତ ପାଉନାହିଁ ।' ଏହାକହି ବିଧାନ ଧନୁଷ ଆଡ଼କୁ ବଢ଼ାଇଥିବା ହାତକୁ ଫେରାଇ ଆଣି ନିଜ ସାମ୍ନାରେ ଶେଯ ଉପରେ ହାତକୁ ଦୁଇଥର ପିଟି ସେଇଠି ନିଜ ଆଗରେ ଧନୁଷକୁ ମୁହାଁମୁହିଁ ହୋଇ ବସିବାକୁ ଇସାରା କଲା ।

ସାପଟି ସେତେବେଳକୁ ଦେବଦତ୍ତଙ୍କ ଛାତି ଉପରେ ମଳାବାନ୍ଧି ବସି ତାଙ୍କ ମୁହଁକୁ ପୋଷା ଠେକୁଆଟିଏ ପରି ଅନାଇଥିଲା । ଜିଭ ଲହଲହ କରୁଥିଲା । ସେ ମଧ୍ୟ ସେମିତି ଦରଶୁଆ ଅବସ୍ଥାରେ ରହି ଦୁଇହାତରେ ତାକୁ ଆଉଁସିବାରେ ଲାଗିଥିଲେ ।

ଧନୁଷକୁ ସେମିତି ହତଭମ୍ବ ହୋଇ ସାପକୁ ଅନେଇ ରହିଥିବା ଦେଖି ବିଧାନ ଆଣ୍ଠୁମାଡ଼ି ପଲଙ୍କର ବାଡ଼ ପର୍ଯ୍ୟନ୍ତ ଉହୁଙ୍କି ଯାଇ ଧନୁଷର ହାତକୁ ଟାଣି ଆଣି ତାକୁ ପଲଙ୍କରେ ବସାଇଦେଲା । କହିଲା- 'ସେ କ'ଣ ତୋତେ ଚାହିଁଛି ନା ମୋତେ ? ଦେଖୁଛୁ ତ, ସେ ତ ସେ ପଟେ ମୁହଁକରି ସେ ତା'ର ସେଇଠି ରହିଛି, ତୁ ଏତେ ଡରୁଛୁ କାହିଁକି ?'

ଧନୁଷର ଚେତନା ସତେ ଯେମିତି ବିଧାନର ଏ କଥାରେ ଫେରିଆସିଲା । ସେ ଏବେ ସାପକୁ ନୁହଁ ବାପ କଥା ଶୁଣି ବିଧାନକୁ ହିଁ ଆଶ୍ଚର୍ଯ୍ୟ ହୋଇ ଚାହିଁଲା । 'ବାପା !' ସେ କହିଲା, 'ତୁମେ ତ ସତରେ ସାପକୁ ଦେଖିପାରୁଛ !'

'ଆରେ ଅବୋଧ ! ସେ କଥା ତ ମୁଁ ସେତେବେଳୁ ତୋତେ କହୁଛି । ତୁ ଏତେବେଳଯାଏ ମୋ କଥାରେ କାନ ଦେଉନଥିଲୁ ! ତାକୁ ଦେଖିଦେଖି ମୁଁ ଟୋକାରୁ ବୁଢ଼ା ହେଲିଣି । ସେ ସେମିତି ଟୋକା ହୋଇରହିଛି । ହଉ, ତୁ ତୋ ଗାମୁଛାରେ ଆଗ ତୋ ମୁହଁଟା ପୋଛିଲୁ । ଗୋଟାପଣେ ଝାଳରେ ବୁଡ଼ିଗଲୁଣି ।' ଏହାକହି ସେ ପାଖରେ ଥିବା ବିଞ୍ଚଣା ଉଠାଇ ଧନୁଷକୁ ବିଞ୍ଚିବାରେ ଲାଗିଲା । ଧନୁଷକୁ ଚୁପ୍‌ଚାପ୍ ମୁହଁର ଝାଳକୁ ଗାମୁଛାରେ ପୋଛିବାକୁ ଦେଇ ସେ ପୁଣି କହିଲା- 'ପୁରୁଷ ପିଲା ହୋଇ ଏତେ ଡରୁଛୁ କ'ଣ ? ସମସ୍ୟାଟେ ଆସି ଆଗରେ ଠିଆହେଲେ ତା'ର ସମାଧାନର ରାସ୍ତା ଖୋଜିବୁ ନା, ସାନ ପିଲା ପରି ଭୟରେ ଥରହର ହେଉଥିବୁ ?'

'ଯେଉଁ ସମସ୍ୟାରେ ମୋର କିଛି କରିପାରିବାର ନାହିଁ-

'ଭୂଲ୍, ତୋର କିଛି କରିବାର ନାହିଁ କ'ଣ? ଏମିତି କିଛି ସମସ୍ୟା ଅଛି, ଯାହାର ସମାଧାନ ନାହିଁ? ଏ ଡର, ଭୟ, ଛାନିଆଁ, ଏସବୁ ଖାଲି ବୁଦ୍ଧି ନଷ୍ଟ କରନ୍ତି। ସମସ୍ୟା ସମାଧାନର ବାଟ ଦେଖାନ୍ତି ନାହିଁ।' ବିଧାନର ମନ ଭିତରେ ଦାଶରଥି ମିଶ୍ରଙ୍କର ତେଜୋଦୀପ୍ତ ମୁହଁ ଭାସି ଉଠିଲା।

'ହେଲେ, ମୁଁ କ'ଣ କରିପାରିବି? ଏ ସାପ ମୋତେ କାହିଁକି ଖାଲି ଦିଶୁଛି? ଅନ୍ୟମାନଙ୍କୁ ଦିଶିଲେ ସିନା-

'ପୁଣି ସେଇ କଥା? ତୋତେ ତ ଦିଶୁଛି। ସମାଧାନର କଥା ତୁ ହିଁ ଭାବ। ପ୍ରଥମ କଥା ହେଲା- ଖାଲି ତୋତେ ଦିଶୁନାହିଁ, ମୋତେ ବି ତ ଦିଶୁଛି। ଏବେ ତ ସେ ମୋର ଏତେ ପାଖରେ ଅଛି, ମୁଁ କ'ଣ ତୋ ପରି ଥରହର ହେଉଛି?'

ଧନୁଷ ବାପା ଆଡ଼କୁ ଆଶ୍ଚର୍ଯ୍ୟ ହୋଇ ଚାହିଁଲା। ଧୀରେ ଧୀରେ ତା' ମୁହଁ ସ୍ୱାଭାବିକ ହେବାର ଦେଖି ବିଧାନ ପୁଣି କହିଲା- 'ଦ୍ୱିତୀୟ କଥା ହେଲା- କାହିଁକି ଦିଶୁଛି? ତୋତେ ଏଥିପାଇଁ ସେ ଦେଖାଯାଉଛି ଯେ ସେ ତୋତେ କିଛି ଜଣାଇବାକୁ ଚାହୁଁଛି। ଶେଷ କଥା ହେଲା- କେବଳ ତୋତେ ହିଁ କାହିଁକି ସେ କିଛି ଜଣାଇବାକୁ ଚାହୁଁଛି?'

ଧନୁଷର ମୁହଁର ଝାଳ ପୋଛିବା କାମ ଅଟକିଗଲା। ସେ ହାତରେ ଗାମୁଛାଟିକୁ ସେମିତି ଧରି ରଖି ମୁହଁ ଟେକି ବିଧାନକୁ ଅନେଇଲା। ବାପା ଏ କ'ଣ କହୁଛନ୍ତି? ସାପଟି ତାକୁ ହିଁ କିଛି କହିବାକୁ ଚାହୁଁଛି, କିଛି ଜଣାଇବାକୁ ଚାହୁଁଛି? କେବଳ ତାକୁ? ଧ୍ରୁବ କି ଧବଳ କି ଅନ୍ୟମାନଙ୍କୁ ନୁହଁ? ଏ କି ରହସ୍ୟ? ଏ କଥା କ'ଣ ସତ? ନା ବାପା ତାକୁ ଖାଲି ଦମ୍ଭ ଦେବାକୁ ଏକଥା କହୁଛନ୍ତି?

ସେ ଗାମୁଛାକୁ ପୁଣି କାନ୍ଧରେ ପକାଇ ବିଧାନ ହାତରୁ ବିଞ୍ଚଣାଟା ନେଇ ବିଧାନ ସମେତ ନିଜକୁ ବିଞ୍ଚିବାରେ ଲାଗିଲା।

'ତୁ ତ କେଡ଼େ ସୁନ୍ଦର ତା' ମୁଣ୍ଡରେ କଥାଟାକୁ ପୂରାଇ ଦେଲୁରେ ବିଧାନ!' ଦେବଦତ୍ତଙ୍କ ସ୍ୱର ଶୁଣି ବିଧାନ ତାଙ୍କ ଆଡ଼କୁ ଅନାଇଲା। ଦେବଦତ୍ତଙ୍କ ଚେହେରା ଶାନ୍ତ ଓ ଆଗପରି ସୁନ୍ଦର ଦିଶୁଥିଲା। ବିଧାନକୁ ତାଙ୍କର ଏ ପ୍ରଶଂସା ଖୁସୀ କରିବା ବଦଳରେ ତାଙ୍କର ସେ କୋମଳ କଥାରେ ତା' ପ୍ରତି ତାଙ୍କର ଯେଉଁ ଅନାବିଳ ସ୍ନେହ ଥିଲା, ସେ କଥା ମନେପଡ଼ିଲା।

ତା' ଆଖି ଲୁହରେ ଭର୍ତ୍ତି ହୋଇଗଲା। କାଳେ ପୁଅ ଆଗରେ ସେ ଭୋ ଭୋ କାନ୍ଦି ପକାଇବ ଏହି ଭୟରେ ସେ ନିଜ ମୁହଁରେ ଝାଳ ନଥିଲେ ବି ମୁହଁପୋଡି ନିଜ ଗାମୁଛାରେ ଝାଳ ପୋଛିବା ବାହାନାରେ ମୁହଁକୁ ଘୋଡ଼ାଇ ଆଖିର ଲୁହକୁ ପୋଛିବାରେ ଲାଗିଲା।

ବିଧାନ ଦେବଦତ୍ତଙ୍କୁ ବୁଲିପଡ଼ି ଚାହିଁବାରୁ ଧନୁଷ ଭାବିଲା ବାପା ସାପଟି ଆଡ଼କୁ ଚାହିଁଛନ୍ତି। ତା'ର ଦୃଷ୍ଟି ମଧ୍ୟ ସେ ଆଡ଼କୁ ଗଲା। ଆଶ୍ଚର୍ଯ୍ୟ କଥା, ସାପଟି ଏପର୍ଯ୍ୟନ୍ତ ଖଟବାଡ଼କୁ ଚାହିଁଥିଲା, ସତେ ଯେପରି ସେଇଠି ତା'ର ଦୃଷ୍ଟି ଆକର୍ଷଣକାରୀ କିଛି ପଦାର୍ଥ ରହିଛି। ଧନୁଷ ତାକୁ ଚାହିଁବାମାତ୍ରେ ସେ ଫଣା ବୁଲାଇ ଧନୁଷକୁ ଚାହିଁଲା।

ଧନୁଷ ମୁହଁରୁ ପୁଣି ଝାଳର ଧାରଟିଏ ବୋହିବାରେ ଲାଗିଲା। ସେ ବିଞ୍ଚଣାଟିକୁ ଖଟ ଉପରେ ରଖି ପୁଣି ମୁହଁ ପୋଛିବାରେ ଲାଗିଲା। ବାପା ଠିକ୍ କହୁଛନ୍ତି ବୋଧହୁଏ। ଏ ସାପଟି ତାକୁ ହିଁ କିଛି ଜଣାଇବାକୁ ଚାହୁଁଛି। କିଛି ସଙ୍କେତ ଦେଉଛି। କ'ଣ ସେ ସଙ୍କେତ?

ବିଧାନ ନିଜ ହାତ ଉପରେ କିଛି ସ୍ପର୍ଶ ପାଇ ମୁହଁ ଉପରୁ ଗାମୁଛା ହଟାଇ ସେ ଆଡ଼କୁ ଚାହିଁଲା। ଦେବଦତ୍ତଙ୍କ ପାପୁଲି ତା' ହାତ ଉପରେ ପଡ଼ିଛି। ସେ ତାଙ୍କ ମୁହଁକୁ ଚାହିଁଲା। ଏ କ'ଣ? ତାଙ୍କ ଆଖିରୁ ମଧ୍ୟ ଲୁହ ଧାରଧାର ବହି ଚାଲିଛି। ସେ ତାକୁ ଗଭୀର ସ୍ନେହରେ ଚାହିଁ ରହିଛନ୍ତି।

ଧନୁଷର ଉପସ୍ଥିତିରେ ସେ ତ ତାଙ୍କୁ କିଛି କହିପାରିବ ନାହିଁ। ଧନୁଷ ମଧ୍ୟ ମୁଣ୍ଡପୋତି ଗାମୁଛାରେ ନିଜ ମୁହଁ ପୋଛିବାରେ ବ୍ୟସ୍ତ। ବିଧାନ କେବଳ ନିଜର ଅନ୍ୟ ହାତଟି ନେଇ ଦେବଦତ୍ତଙ୍କ ହାତ ଉପରେ ରଖି ତାଙ୍କୁ ଓ ନିଜକୁ ସାନ୍ତ୍ୱନା ଦେବାକୁ ଚେଷ୍ଟା କଲା।

ଦେବଦତ୍ତ ତା' ଆଖିରେ ଆଖି ରଖି କହିଲେ- 'ବିଧାନ, ତୋ ବାପର ଗୋଟିଏ ଅମାନୁଷିକ କାଣ୍ଡ ଗୁଡ଼ିଏ ଅଭାବନୀୟ ଘଟଣାକୁ ଜନ୍ମଦେବାରେ ଲାଗିଛି। ତୁ ଭାବୁଥିବୁ ଏସବୁ ମୁଁ କରୁଛି। କିନ୍ତୁ ବିଶ୍ୱାସ କର, ମୁଁ ବି ଏ ପ୍ରବାହରେ ଛନ୍ଦି ହୋଇଯାଇଛି। କାଳବୈଶାଖୀର ବାବନାଭୂତର ଭଉଁରୀ ଭିତରର ପତ୍ରଟିଏ ପରି ମୋ ସ୍ଥିତି। ସୂର୍ଯ୍ୟ ଉଦୟ ହେବାମାତ୍ରେ ଯେପରି କିରଣ, ଆଲୋକ, ଉଷ୍ଣତା ଇତ୍ୟାଦି ଅନେକ କଥା ଆପେ ଆପେ ଘଟିଯାଏ ସେପରି ତୋ ଆଗରେ ମୋର ଏ ଉପସ୍ଥିତି, ଏ ସାପ, ଏ କୌଣସି କଥା ମୋ ଇଚ୍ଛା, ମୋର ଶକ୍ତି ଦ୍ୱାରା ଘଟୁନାହିଁ। ଯେଉଁ ଅଦୃଶ୍ୟ ଶକ୍ତିକୁ ମୁଁ ଜାଣିନାହିଁ, ଦେଖିପାରୁ ନାହିଁ, ବୁଝିପାରୁ ନାହିଁ, ସେହି ଶକ୍ତି ବଳରେ ହିଁ ମୁଁ ତୋ ଆଗରେ ଆସି ଉଭା ହେଉଛି। ମୋ ନିଜ ଇଚ୍ଛାରେ ମୁଁ ଯଦି ଆସୁଥାନ୍ତି, ତୁ କ'ଣ ଭାବୁଛୁ ସତରେ ମୁଁ ତୋ ହାତରୁ କଲମ କାଢ଼ି ନେଇଥାନ୍ତି? ତୋ କବିତ୍ୱର ତଣ୍ଟି ଚିପି ଦେଇଥାନ୍ତି?'

ବିଧାନକୁ ଇଚ୍ଛା ହେଉଥିଲା ଦେବଦତ୍ତଙ୍କୁ କୁଣ୍ଢେଇ ଧରି ତାଙ୍କ ଲୁହ ପୋଛି ଦେଇଥାନ୍ତା। ନହେଲେ, ତାଙ୍କୁ ଭିଡ଼ିଧରି ତାଙ୍କ କାନ୍ଧରେ ମୁଣ୍ଡ ରଖି ସେ ମଧ୍ୟ ଯଦି ଝରଝର କରି ଘଡ଼ିଏ କାନ୍ଦି ପାରନ୍ତା। ହୁଏତ ଏ ପଚାଶ ବର୍ଷ ଧରି ଚାଲିଥିବା ଅନେକ ଅନ୍ତର୍ଦାହରୁ ମୁକ୍ତି ମିଳିଯାଆନ୍ତା।

କିନ୍ତୁ ଆଗରେ ଧନୁଷ ଯେ ବସିଛି ! ସେ କେବଳ ଅସହାୟ ହୋଇ ନିଜ ହାତ ତଳେ ଥିବା ତାଙ୍କ ପାପୁଲିକୁ ଅନାଇ ତାକୁ ଚିପି ଧରିଲା। ଏମିତି ଦେଖିଲେ ଲାଗିବ ସେ ନିଜ ହାତ ଉପରେ ହିଁ ଆଉ ହାତଟା ରଖିଛି।

ଦେବଦତ୍ତ ପୁଣି କହିଲେ- 'ମଲାବେଳର ଅସହ୍ୟ ଯନ୍ତ୍ରଣା ସହିତ ମୋର ବନ୍ଧୁତ୍ୱର ସୁଯୋଗ ନେଇ ମୋ ପ୍ରତି ଯେଉଁ ଅନ୍ୟାୟ ପ୍ରବଳ କଲା, ସେ କ୍ରୋଧ, କ୍ଷୋଭ, ମୋର ଅସହାୟତା ଏସବୁର ବିବଶତାରେ ମୋ ମୁହଁରୁ ଯେଉଁ ସବୁ ଶାପ ବାହାରି ଆସିଲା, ସେ ହିଁ ଜାଲ ହୋଇ ମୋତେ ଏବେ ଗୁଡ଼ାଇ ଧରିଛି। ମୁଁ ଯଦି ମୋ ଇଚ୍ଛାରେ ତୋ ପାଖକୁ ଆସିପାରୁଥାନ୍ତି, ଆଜି ମୋର ଅନେକ ଅଲେଖା କାବ୍ୟକୁ ତୋ ହାତରେ ଲେଖାଇ ଦେଇ ମୁକ୍ତି ପାଇଥାନ୍ତି। ଧନୁଷର କବି ପ୍ରତିଭା ଦେଖି ଆଜି ଆମେ ଦୁହେଁ ମିଳିତ ଭାବରେ ଆନନ୍ଦରେ ଉଛୁଳୁ ଥାଆନ୍ତେ। ହୁଏତ, ତୋର କିମ୍ବା ତା'ର କାବ୍ୟଟି ସମାପ୍ତ ହେଲେ ମୋର ମୁକ୍ତି ମଧ୍ୟ ମୋତେ ମିଳିଯାଇଥାନ୍ତା।'

ମୁକ୍ତି ! ମଉସା ତାହାହେଲେ ମୁକ୍ତି ପାଇଁ ବାଟ ଖୋଜୁଛନ୍ତି ? ଡହଳବିକଳ ହେଉଛନ୍ତି ? ଧନୁଷ ଯଦି ଶୁଣିବ ଶୁଣୁଥାଉ, ଜାଣିବ ଯଦି ଜାଣୁ। ଏମିତିରେ ବି ତ ବିଧାନ ଦେବଦତ୍ତଙ୍କ ବିଷୟରେ ତାକୁ କହିବାକୁ ହିଁ ଏଇଠି ବସାଇଛି ନା।

ଏଣୁ କ'ଣ କଲେ ମଉସା ମୁକ୍ତି ପାଇବେ ? ଏତକ ବିଧାନ ତାଙ୍କଠାରୁ ଜାଣିବା ଦରକାର। ନିଜର ପ୍ରାଣଦେଇ ବି ବିଧାନ ତାହା କରିବ ନିଶ୍ଚୟ।

'ମଉସା ! କ'ଣ କଲେ-

'ବାପା !'

ଦେବଦତ୍ତଙ୍କୁ କହୁଥିବା କଥା ବିଧାନର ମୁହଁରେ ଅଟକିଗଲା। ସେ ଦେବଦତ୍ତଙ୍କ ଉପରୁ ଆଖି ଫେରାଇ ଧନୁଷକୁ ଚାହିଁଲା।

'ବାପା, ତୁମେ ତ ସେତେବେଳୁ ସାପଟାକୁ ଚାହିଁଛ। ସେ କିନ୍ତୁ ତୁମକୁ ଅନାଉନାହିଁ କାହିଁକି ? ସେ କ'ଣ ତୁମକୁ ଦେଖିପାରୁନି ? ସେ ତ ଖାଲି ମୋତେ ହିଁ ଅନାଇ ତା' ଜିଭକୁ ଲହଲହ କରୁଛି। କାହିଁକି ?'

ବିଧାନ ଦେବଦତ୍ତଙ୍କ ମୁହଁକୁ ଚାହିଁଲା। ସ୍ମିତ ହସଟିଏ ଖେଳାଇ ସେ କହିଲେ- 'ଏ ସାପ ବି ମୋର ଅଧୀନ ନୁହଁରେ ବିଧାନ। ବୋଧହୁଏ ସେହି ଅଦୃଶ୍ୟ ଶକ୍ତି ଏବେ ଚାହୁଁ ନାହିଁ ଯେ, ମୁଁ ଏଇଠି ଏବେ ବସିଛି ଏକଥା ଧନୁଷ ଏଇ ମୁହୂର୍ତ୍ତରେ ଜାଣୁ। ହୁଏତ ଧନୁଷକୁ ଆଉ କିଛି ସମୟ ଦରକାର। ହୁଏତ ଆଉ କେଉଁ ସୁଯୋଗ କି ସମୟଟିଏ ଏହି ଅଦୃଶ୍ୟ ଶକ୍ତି ତୁମ ବାପପୁଅଙ୍କ ପାଇଁ ଏଥିନିମନ୍ତେ ଆଗରେ ରଖିଛି। ହଉ, ତୁ ଆଗ ତା' ପ୍ରଶ୍ନର ଜବାବ ଦେ ତ।'

ବିଧାନ ଧନୁଷକୁ ଚାହିଁ କହିଲା- 'ମୋତେ ସାପଟା ଏଥିପାଇଁ ଚାହୁଁନାହିଁ, ମୁଁ ଏଇଠି ଥାଇ ବି ସେ ଖାଲି ତୋତେ ଅନେଇଛି, ଏଇଥିପାଇଁ ଯେ ମୋ ପାଖରୁ ତା'ର କାମ ସରିଗଲାଣି।'

ଧନୁଷର ମୁହଁ ଉଜ୍ଜ୍ୱଳ ହୋଇଉଠିଲା। 'ଆରେ, ଠିକ୍ ଏଇ କଥାଟା ମୁଁ ତୁମକୁ ପଚାରିବାକୁ ବସିଥିଲି। ତୁମେ ତ ତାକୁ ଏତେଦିନ ହେଲା ଦେଖି ଆସିଥିଲ, ସେ କଥା ଆମକୁ କାହିଁକି କହିନଥିଲ ? ଆମ କଥା ଛାଡ଼, ବୋଉ କ'ଣ ଏକଥା ଜାଣେ ? ମୋତେ ତ ଲାଗୁନି ସେ ଏକଥା ଜାଣେ। ତେବେ ତୁମ ପାଖରୁ ଏ ସାପର କାମ କେମିତି ସରିଲା ? ସେ କ'ଣ ତୁମକୁ କହି ସାରିଲାଣି- କାହିଁକି ସେ ତୁମକୁ ଦିଶୁଥିଲା ବା ଦିଶୁଛି ? ଯଦି ସରିଗଲା, ସେ ଏ ଘରୁ ନଯାଇ, ଧ୍ରୁବଭାଇ କି ଧବଳକୁ ଦେଖା ନଦେଇ ପୁଣି ମୋତେ କାହିଁକି ଧରିଛି ? ତୁମକୁ ସେ କହିଥିବା କଥାଟା ତୁମେ, ଆମକୁ ବା ମୋତେ କହି ଦେଇଥିଲେ ହୋଇନଥାନ୍ତା ? ସେ ସାପ ଦେଖାଦେବା କ'ଣ ଦରକାର ?'

ଦେବଦତ୍ତ ଠୋ ଠୋ ହୋଇ ହସିଉଠିଲେ। କହିଲେ- 'ତୁ ଅଯଥା ଏତେ ଚିନ୍ତା କରୁଥିଲୁ। ଧନୁଷକୁ କେମିତି ଏ କଥା କହିବୁ ? ସେ ତ ସଂପୂର୍ଣ୍ଣ କଥାଟାକୁ କାହା ପରେ କ'ଣ କୁହାଯିବ ତା' ପ୍ରଶ୍ନ ମାଧ୍ୟମରେ ସଜାଡ଼ି ରଖିଦେଲାଣି। ହଉ, ମୁଁ ତା'ର ଗୋଟିଏ ପ୍ରଶ୍ନର ଉତ୍ତର ଦେଇଦେଉଛି। ବାକି ସବୁ ତୁ କହିବୁ।'

ଧନୁଷ ମୁହଁକୁ ଚାହିଁ ରହି ବିଧାନ ଏ ସବୁ ଶୁଣିଲା।

ଏ ବିଳମ୍ବ ସହିନପାରି ଧନୁଷ କହିଲା- 'କିଛି କହୁନାହଁ ଯେ ?'

'ତୁ ଏକାସାଙ୍ଗରେ ଏତେ ପ୍ରଶ୍ନ ପଚାରିଲୁ ଯେ ମୁଁ ଆଗେ କୋଉ ପ୍ରଶ୍ନର ଜବାବ ଦେବି ସେ କଥା ହିଁ ଭାବୁଥିଲି।' ବିଧାନ ଉତ୍ତର ଦେଲା।

'ହଉ, ତାକୁ କହ ସେ ହିଁ ସାପଟିକୁ ଦେଖୁଛି।' ଦେବଦତ୍ତ କହିଲେ, 'କାରଣ ଭଗବାନ ସମସ୍ତଙ୍କୁ କବି ପ୍ରତିଭା ଦେଇନଥାନ୍ତି। ଧ୍ରୁବ ଓ ଧବଳକୁ ସେ ପ୍ରତିଭା ମିଳିନାହିଁ। ତୋ' ପରେ ଧନୁଷ ସେ ପ୍ରତିଭାର ସୁଯୋଗ ପାଇଥିଲା। ଏଣୁ ମୋ ଶାପ ତ....'

'ଆରେ, ତୁମ ବାପପୁଅଙ୍କର ଏଇଠି କ'ଣ ଚାଲିଛି ?' କହି କହି ସୀତା ସେ ଘର ଭିତରକୁ ପଶି ଆସିଲେ। 'ଆରେ, ଏ ପେଟରାଟା ଏ ଭାଡ଼ି ଉପରୁ କେମିତି ପଡ଼ିଗଲା ? ଧନୁଆଁ... ଆଇଲୁ... ଆଇଲୁ...ଏଇଟାକୁ ଉପରେ ଥୋଇଦେ' ତ ବାପା। ମୋ ହାତ ତ ପାଇବନି।'

ଧନୁଷ ବିଧାନ ମୁହଁକୁ ଚାହିଁଲା। 'ବୋଉ କିଛି ଜାଣିନି। ମୁଁ ସବୁ କଥା ତୋତେ ପରେ କହିବି।' ବିଧାନ ଏତିକି ଧନୁଷକୁ ଧୀର ସ୍ୱରରେ କହି ଦେବଦତ୍ତଙ୍କୁ ଅନେଇଲା। ଦେବଦତ୍ତ କି ସାପ କେହି ସେଇଠି ନଥିଲେ।

ଧନୁଷ ମୁଣ୍ଡକୁ ଟୁଙ୍ଗାରି ଖଟରୁ ଓଲହାଇ ମା' ହାତରୁ ପେଟରାଟା ନେଇ ଭାଡ଼ିରେ ରଖି ବୁଲିପଡ଼ି ଦେଖିଲା- ଯୋଉଠି ସାପଟା ଏତେବେଳଯାଏ ମଳାବାନ୍ଧି ବସିଥିଲା, ସୀତା ଠିକ୍ ସେଇଠି ଚକାମାରି ବସି ମୁହଁର ଝାଳକୁ କାନିରେ ପୋଛୁଛନ୍ତି।

ଖରାଦିନର ଖରାବେଳେ ମଧ୍ୟ ତା' ଦେହ ଶିହରୀ ଉଠିଲା।

ବାପ ପୁଅ ପରସ୍ପରକୁ ଚାହିଁଲେ। ସେମାନଙ୍କ ଆଖିରେ ଯେଉଁ କଥାବାର୍ତ୍ତା ହେଲା ତାହା ସୀତାଙ୍କ ପର୍ଯ୍ୟନ୍ତ ପହଞ୍ଚିପାରିଲା ନାହିଁ।

ବିଧାନ ବିଞ୍ଚଣାଟାକୁ ଧନୁଷକୁ ବଢ଼ାଇ ଦେଇ କହିଲା- 'ବୋଉକୁ ବିଞ୍ଚିଲୁ।' ସୀତାଙ୍କୁ ଅନାଇ ସେ ପୁଣି କହିଲା- 'ଆଜି ତୁମେ ରାନ୍ଧୁଥିଲ ନା କ'ଣ? ପୁରା ଝାଳରେ ବୁଡ଼ିଯାଇଛ?'

ସଲ୍ଲଜ ହସଟିଏ ହସି ସୀତା କହିଲେ- 'ନାଇଁମ, ବୋହୂମାନେ ଆଉ କ'ଣ ହାଣ୍ଡିଶାଳେ ମୋତେ ପୂରାଇ ଦେଉଛନ୍ତି ଯେ ମୁଁ ରାନ୍ଧିବି। ଏଇ ସେପଟ ପଡ଼ିଶାଘରର ନୂଆ ବୋହୂ ଆସିଛି ତ ଭାର ଦେଖିବାକୁ ଯାଇଥିଲି। ଖରାଟାରେ ଚାଲିଆସିଲି ତ ଝାଳରେ ବୁଡ଼ିଗଲି। ହଉ, ତୁମ ବାପପୁଅଙ୍କୁ ଆଜି କ'ଣ ଭୋକ ହେଉନି କି? ଦୁହେଁ ଏଇଠି ବସି ଗପୁଛ? ଆଜି ତୁମର ପସନ୍ଦର ମହୁରାଳୀ ମାଛର ବେସର ହୋଇଛି। କାକର ହୋଇଗଲେ କ'ଣ ସୁଆଦ ଲାଗିବ?'

'ଭଲ କଥା? ତୁମେ ଯିବ ଭାର ଦେଖିବାକୁ, ଆଉ ଆମକୁ କହିବ ଏତେବେଳଯାଏ ଭୋକ ହେଉନିକି? ହଉ, ପିଲାମାନେ ଖାଇଲେଣି?' ବିଧାନ କହିଲା।

'ହଁ, ସେମାନେ ଖାଇଲେଣି। ତୁମେ ଦିହେଁ ଚାଲ।' କହିଦେଇ ସୀତା କୋଠରୀରୁ ଆଗେ ଆଗେ ବାହାରିଗଲେ।

ବିଧାନ ଖଟରୁ ଉଠି ଧନୁଷ ପାଖରେ ଠିଆ ହୋଇ ତା' ପିଠିରେ ହାତ ମାରି କହିଲା- 'ଚାଲ୍, ତୋତେ ବହୁତ କଥା କହିବାର ଅଛି। କିନ୍ତୁ ସମସ୍ତଙ୍କ ଆଗରେ ନୁହଁ। ଏଥିପାଇଁ ନିରୋଳା ସୁଯୋଗ ଦରକାର।'

ଧନୁଷ ମୁଣ୍ଡ ଟୁଙ୍ଗାରିଲା। 'ହଉ, ମୁଁ ସେକଥା ଦେଖୁଛି।'

ମହୁରାଳୀ ମାଛର ବେସର ବାସ୍ନା ସେମାନଙ୍କୁ ସେ କୋଠରୀରୁ ଟାଣି ବାହାରକୁ ନେଇଗଲା।

■

## ॥ ୯ ॥

୯ ନଭେମ୍ବର ୧୮୧୦

ବୋମକେଇ

'ବିଧାନ!'

ଗାଢ଼ ସୁଶୁପ୍ତିର ରେଜେଇ ତଳେ ବୁଡ଼ି ରହିଥିବା ବିଧାନର ଗଭୀର ଚେତନାର ମର୍ମସ୍ଥଳରେ ଦୂରରୁ ଭାସି ଆସୁଥିବା କାହାର ଏ ଡାକ ସାମାନ୍ୟ ହଲଚଲ୍‌ଟାଏ ସୃଷ୍ଟିକରି ପୁଣି ନିଃଶବ୍ଦରେ ବିଲୀନ ହୋଇଗଲା।

'ବିଧାନ!!'

ପୁଣି ଥରେ ସୁଶୁପ୍ତିର ଓଜନରେ ଚାପିହୋଇ ରହିଥିବା ବିଧାନର ଚେତନାରେ ମୃଦୁ କମ୍ପନ ହେଲା। ଗାଢ଼ନିଦରେ ମଧ୍ୟ ବିଧାନ ସାମାନ୍ୟ ଶିହରୀ ଉଠିଲା।

'ବିଧାନ!!!'

ବିଧାନ କଡ଼ ଲେଉଟାଇଲା। ଜବାବ ଦେବାକୁ ଚାହିଁଲା, କିନ୍ତୁ ଆଖି ଖୋଲିଲା ନାହିଁ।

'ବିଧାନ!!!!'

ବିଧାନର ନିଦ ଚାଉଁକରି ଭାଙ୍ଗିଗଲା।

*ବିଧାନ ?*

ତାକୁ ତ 'ବିଧାନ' ବୋଲି ଡାକିବାକୁ ଏ ଦୁନିଆଁରେ ଆଜି ଆଉ କେହି ନାହାଁନ୍ତି। ଯେଉଁ ଦୁଇଚାରିଜଣ ସମବୟସ୍କ ସାଙ୍ଗସାଥୀ ବଞ୍ଚି ରହିଛନ୍ତି, ବାଙ୍କୁଲି ବାଡ଼ିଧରି ଟଳମଳ ହୋଇ ଏତେରାତିରେ ସେମାନେ ତ ଆଉ ତା' ଦୁଆରେ ଠିଆହୋଇ 'ବିଧାନ' ବୋଲି ଡାକ ପକାଇବେ ନାହିଁ!

ଜୀବନରେ କେତେ ଶୀଘ୍ର... ମଣିଷ ବଞ୍ଚି ଥାଉଥାଉ... ତା'ରି ନିଜ ନାମଟା ସର୍ବନାମରେ ପରିଣତ ହୋଇଯାଉଛି!! ବାପା, ମା' କେଡ଼େ ଆଦରରେ ଦେଇଥିବା, ଏକଦା ଆପଣାର ଏଡ଼େ ପ୍ରିୟ ନିଜ ନାଁଟା ତାକୁ ଏବେ ଖାଲି ଚିହ୍ନାଚିହ୍ନା ଲାଗୁଛି ସିନା, ବ୍ୟବହାର ନ ହୋଇ ନ ହୋଇ ସେଥିରେ ମଧ୍ୟ କଳଙ୍କି ଲାଗିଗଲାଣି। ପୂର୍ବର ସେ ମୁଗ୍ଧ ତଲ୍ଲୀନତା ସେ ନାମରେ ଏବେ ବି ଥିବ। କିନ୍ତୁ ତାକୁ ଶୁଣି, ସେ ମାଧୁର୍ଯ୍ୟରେ ମଗ୍ନ ହେବାର ସୁଯୋଗ ଆଉ କାହିଁ?

କିନ୍ତୁ ତାକୁ ତ ଲାଗିଲା କିଏ ଯେମିତି ତା' ନାଁ ଧରି ଡାକିଲା!

କିଏ ସେ?

ସେ କ'ଣ ଆଉ ସ୍ୱପ୍ନରେ ସେ ଡାକ ଶୁଣିଲା?

କଡ଼ଲେଉଟାଇ ପାଖରେ ଶୋଇଥିବା ସୀତାକୁ ସେ ଚାହିଁଲା। ଜୀବନର ସବୁ ତୃପ୍ତି ସବୁ ସନ୍ତୋଷକୁ ଆଖିରେ ଭର୍ତ୍ତିକରି କେଡ଼େ ଗାଢ଼ ନିଦରେ ସୀତା ଶୋଇଛି। ଏକ କୋମଳ ଘୁଂଗୁଡ଼ିର ସାମୟିକ ତାଳ ତା'ର ଛୋଟିଆ ଦେହଟିକୁ ନଦୀଘାଟରେ ବନ୍ଧା ହୋଇଥିବା ଡଙ୍ଗା ପରି ଉଠ୍‌ପଡ଼ କରୁଛି। ଜୀବନରେ ଯେତେବେଳେ ସେ ଯାହାଯାହା ଚାହିଁଥିଲା, ସେ ସବୁ ତାକୁ ସେତିକିବେଳେ ହିଁ ମିଳିଯାଇଛି। ତା'ର ଏ ସୌଭାଗ୍ୟ, ଏ କର୍ମ ତ ବିଧାନକୁ ମିଳିନାହିଁ!

ଏକା ଘରେ ରହି, ଏକା ଖଟରେ ଶୋଉଥିବା ଦୁଇଟା ମଣିଷଙ୍କ କର୍ମ କୁହ କି ଭାଗ୍ୟ କହ, ଏମିତି କେମିତି ଅଲଗା ଅଲଗା ହେଲା ଯେ?

ହଁ ମ, ଭଗବାନ ତ ଏକା ମା'ପେଟରେ, ଏକା ସମୟରେ, ଏକାଠି ନ'ମାସ ବିତାଇଥିବା ଦୁଇ ଯାଆଁଳା ପିଲାଙ୍କ କର୍ମଲିଖନକୁ ଏମିତି ଅଲଗା ଅଲଗା ପଟ୍ଟଚିତ୍ରରେ ଆଙ୍କି ଦେଉଛନ୍ତି ଯେ ନା ରଙ୍ଗ ମିଶୁଛି ନା ଚିତ୍ର? ଆଉ ଦୁଇଟି ପୂର୍ଣ୍ଣ ବୟସ୍କ ଲୋକ ସମୟ ସୁଅରେ ଅଲଗା ଅଲଗା ଜାଗାରୁ, ଭିନ୍ନ ଭିନ୍ନ ପରିବାରରୁ ଭାସିଆସି ଏକାଘରେ ଏକା ଖଟରେ ଜୀବନଯାପନ କରି ମଧ୍ୟ ଭାଗ୍ୟ ଅଲଗା ଅଲଗା ହୋଇଯିବାଟା କୋଉ ବଡ଼ କଥା ଯେ?

କିଛି ସମୟ ଖଟରେ ବସି ରହିବା ପରେ ତାକୁ ଝରକା ପାଖକୁ ଯାଇ ବାହାରର ଦୃଶ୍ୟ ଦେଖିବାକୁ ଇଚ୍ଛା ହେଲା। ଖଟରୁ ଓଲ୍‌ହାଇ, ଝରକା ପାଖରେ ଠିଆହୋଇ ବନ୍ଦ ଝରକାର ଫାଳେ କବାଟକୁ ସାମାନ୍ୟ ଖୋଲି ସେ ବାହାରକୁ ଅନାଇଲା।

ଝରକାର ସେ କଂଜୁସ ଫାଙ୍କରେ ତାକୁ ବାହାରର ଅଳ୍ପ କିନ୍ତୁ ଏକ ସଂପୂର୍ଣ୍ଣ ଆଲୋକିତ ଦୃଶ୍ୟ ଦେଖାଗଲା। ଆଗରେ କାର୍ତ୍ତିକ ପୂର୍ଣ୍ଣିମା ପୃଥିବୀରେ ପାଦ ଦେବାକୁ ହମହମ ହୋଇ ଗୋଡ଼ଟେକି ବସିଲାଣି। ଏଣୁ ନିର୍ମଳ ଚନ୍ଦ୍ରକିରଣର କୋମଳ ହାତ

ଚାରିଆଡ଼େ ବୁଲିଯାଇ କେଡ଼େ ଶାନ୍ତ, କୋମଳ ଓ ମଧୁର ରୂପରେ ଠିଆ କରିଛି ଏ ପୃଥିବୀକୁ !

ମନ ଭିତରେ କିଏ ଯେମିତି ତାକୁ କହିଲା, ଏହି ଦୃଶ୍ୟକୁ ବାରଣ୍ଡାରେ ଠିଆ ହୋଇ ଦେଖିଲେ ତ ଏ ସୌନ୍ଦର୍ଯ୍ୟର ପ୍ରାଚୁର୍ଯ୍ୟ କେତେ ବଢ଼ିଯାଇପାରନ୍ତା !

ପ୍ରାଚୁର୍ଯ୍ୟର ମୋହକୁ ଏଡ଼ାଇବାର ଶକ୍ତି କୋଉ ମଣିଷର କେବେ ଥିଲା ନା କେବେ ରହିବ ?

ସେ ଖଟବାଡ଼ରେ ଚଉତା ହୋଇ ଥୁଆ ହୋଇଥିବା ଏଣ୍ଡି ଚାଦରଟାକୁ ଆଣି ଦେହରେ ଘୋଡ଼ାଇଲା । ଝରକାଟିକୁ ପୁଣି ଥରେ ଭଲ ଭାବରେ ବନ୍ଦ କରି, ଧୀରେ ଧୀରେ ଯାଇ ସେ କୋଠରୀରୁ ବାରଣ୍ଡାକୁ ଯିବାକୁ ଥିବା କବାଟକୁ ଆସ୍ତେ ଖୋଲିଲା ।

ସତେ ଯେପରି, ବିଧାନ ଯେ ଏବେ ଏ କବାଟ ଖୋଲିବାକୁ ଯାଉଛି ଏ ଖବର ପବନକୁ ଆଗରୁ ଜଣାଥିଲା । ଏଣୁ କବାଟ ସେପଟେ ସେ ସେତେବେଳୁ ଅପେକ୍ଷା କରିଥିଲା, ଏ ମୁହୂର୍ତ୍ତଟାକୁ । କବାଟଟା ଖୋଲିବାମାତ୍ରେ ଦମକାଏ ହେମାଳ ପବନ ଘର ଭିତରକୁ ଧସେଇ ପଶିଆସିଲା ।

ଗଭୀର ନିଦରେ ବୁଡ଼ି ରହିଥିଲେ ମଧ ଏ କାଲୁଆ ପବନର ଅଚାନକ ଓ ଅବାଞ୍ଛିତ ଆଲିଙ୍ଗନରେ ସୀତା ମୁହଁରୁ ଅଭିଯୋଗର 'ଉଁ???' ଶବ୍ଦଟିଏ ବାହାରି ଆସିଲା । ସେ କଡ଼ ବୁଲାଇ ଘୋଡ଼େଇ ହୋଇଥିବା ରେଜେଇଟିକୁ କପାଳ ପର୍ଯ୍ୟନ୍ତ ଟାଣିଆଣି କବାଟ ଆଡ଼କୁ ପିଠିକରି ପୁଣି ଶୋଇପଡ଼ିଲା ।

ତା'ଉପରୁ ଆଖି ଫେରାଇ ଆଣି କବାଟଟିକୁ ନିଜ ପଛପଟେ ପୁଣି ଆଉଜେଇ ଆଣି ବିଧାନ ବାରଣ୍ଡାରେ ଠିଆହୋଇ ଆଗରେ ଭବ୍ୟ ଦୋକାନ ଖୋଲି ବସିଥିବା ଜ୍ୟୋତ୍ସ୍ନା ଆଲୋକ ରାତ୍ରିର ବୈଭବକୁ ଆଖି ପୂରାଇ ଚାହିଁ ରହିଲା ।

ତା'ର ଦୀର୍ଘ ଜୀବନର ଇତିହାସରେ ଏମିତି ଜାଡୁଆ ଶେଷ କାର୍ତ୍ତିକର ଚନ୍ଦ୍ର ଆଲୋକିତ ରାତ୍ରିର ଐଶ୍ୱର୍ଯ୍ୟକୁ ଉପଭୋଗ କରିବାର ଏକମାତ୍ର ଇଚ୍ଛାନେଇ ରାତିଅଧରେ ଉଷୁମ ଶେଯ ଛାଡ଼ି ଉଠି ବାହାରକୁ ଆସିବାର ପ୍ରଚେଷ୍ଟା ସେ କେତେଥର କରିଛି ?

ଆଶ୍ଚର୍ଯ୍ୟ ! ଥରେ ବି ତ ନୁହଁ !!

ଆଗରୁ କାଁ ଭାଁ ଯେତେଥର ତାକୁ ଏ ସୌନ୍ଦର୍ଯ୍ୟ ଦେଖିବାର ସୁଯୋଗ ଆସିଛି, ସେ ସବୁ ଅନ୍ୟକାମର ଜଂଜାଳ ଭିତରେ ଆସିଛି । ପିଲାଦିନେ, କେତେବେଳେ ବିଳମ୍ବିତ ରାତ୍ରିରେ ଗାଁ ଯାତ୍ରା ଦେଖିସାରି ଫେରିବାବେଳେ ତ ଆଉ କେତେବେଳେ କାର୍ତ୍ତିକ ପୂର୍ଣ୍ଣିମାର ବୋଇତ ବନ୍ଦାଣ ପାଇଁ ଉଠି କାମ ସାରିବା ବେଳେ । ନହେଲେ ହୁଏତ ମାମୁଁଘର କି ପିଉସୀ ଘର ଗାଁକୁ ଯିବା ପାଇଁ ରାତିରୁ ଉଠି ସଜବାଜ ହେଉ

ହେଉ ଏ ଦୃଶ୍ୟ ଆଖିରେ ପଡ଼ିଛି ସତ କିନ୍ତୁ ତାକୁ ଉପଭୋଗ କରିବାର ମାନସିକତା, ଅନ୍ୟ ବ୍ୟକ୍ତିମାନଙ୍କ କଥାବାର୍ତ୍ତା, କୋଳାହଳ ଓ ଉପସ୍ଥିତିରେ ହଜିଯାଇଛି।

ଏସବୁ ଥର ଜ୍ୟୋତ୍ସ୍ନା ରାତ୍ରି ସହିତ ତା'ର ଭେଟ ହୋଇଛି ସତ କିନ୍ତୁ ଆଳାପ ଆଦୌ ହୋଇପାରିନାହିଁ। ଘଡ଼ିଏ ଠିଆହୋଇ ଏ ସୌନ୍ଦର୍ଯ୍ୟକୁ ଉପଭୋଗ କରିବାର ଇଚ୍ଛା ତ ମୁଣ୍ଡରେ ଆଦୌ କେବେ ପଶିନାହିଁ!

ବିଚିତ୍ର କଥା!

ବିଚିତ୍ର ଏଥିପାଇଁ ଯେ, ସେ ସବୁବେଳେ ନିଜକୁ ସୌନ୍ଦର୍ଯ୍ୟର ଉପାସକ ବୋଲି ହିଁ ଧରିଆସିଛି। ଦେବଦତ୍ତ ମଉସା ତାକୁ ସୌନ୍ଦର୍ଯ୍ୟ ତତ୍ତ୍ୱ ବୁଝାଇଦେଇ କହିଥିଲେ, 'ଯିଏ ସୌନ୍ଦର୍ଯ୍ୟର ଉପାସନା କରିପାରିବ ନାହିଁ ସେ କେବେ କବି ଲେଖକ ହୋଇପାରିବ ନାହିଁ। କାରଣ ପୃଥିବୀରେ ସଦା ବିଦ୍ୟମାନ ସୌନ୍ଦର୍ଯ୍ୟକୁ ସେ ଦେଖିପାରିବ ନାହିଁ। ମନୁଷ୍ୟର କଥା କହିବା ଶୈଳୀରେ, ଆଚାର ବ୍ୟବହାରରେ, ଚାରିପଟର ପଞ୍ଚତତ୍ତ୍ୱରେ ସୌନ୍ଦର୍ଯ୍ୟ ହିଁ ମୂଳ ଉପାଦାନ। ତୁ' ତ ଖାଲି କବି ନୋହୁଁ, ଏକ ବୁଣାକାର ମଧ୍ୟ, ଏକ କଳାକାର। ତୁ ଯଦି ତୋ ନିଃଶ୍ୱାସରେ ସୌନ୍ଦର୍ଯ୍ୟକୁ ନେଇପାରିବୁ ନାହିଁ, ତୋ ବୁଣା ଶାଢ଼ୀ ସୁନ୍ଦର କେମିତି ହେବ ଯେ?'

ଅଥଚ ବିଚିତ୍ର କଥା ଯେ, ଏହି ସୌନ୍ଦର୍ଯ୍ୟକୁ ଖୋଜିବାକୁ ଯାଇ ବିଧାନ କେତେ ପ୍ରୟାସ, କେତେ ପରିଶ୍ରମ, କେତେ ସମୟ ଖର୍ଚ୍ଚ ନକରିଛି! କୋଶ କୋଶ ବାଟ ଚାଲିଚାଲି ଯାଇ ଅନ୍ୟ ଗାଁରେ, ନିକଟସ୍ଥ ସହରମାନଙ୍କର ପ୍ରସିଦ୍ଧ ମେଳା, ମଉଛବ, ଯାନୀଯାତ୍ରା, ନୌଟଙ୍କୀ, ରାମଲୀଳା ଦେଖିବାକୁ କେତେବେଳେ ଏକା, କେବେ ବନ୍ଧୁମାନଙ୍କ ସଙ୍ଗରେ ଓ କେତେବେଳେ ପରିବାର ସହିତ ଗଲାବେଳେ ସେ ଭାବିଛି ଦେବଦତ୍ତ ମଉସାଙ୍କ କଥା ସେ ଅକ୍ଷରେ ଅକ୍ଷରେ ମାନିଛି। ଏହି ସୌନ୍ଦର୍ଯ୍ୟର ଆନନ୍ଦ ନେବା ପାଇଁ କଷ୍ଟ ଅର୍ଜିତ ବେଶ୍ କିଛି ପଇସା ମଧ୍ୟ କୁଣ୍ଠିତ ମନରେ ହେଉ ପଛେ, ଆବଶ୍ୟକ ସ୍ଥଳେ ଖର୍ଚ୍ଚ କରିବାକୁ ପଛେଇ ନାହିଁ।

ଅଥଚ ତା' ନିଜ ଘର ଆଗରେ ପ୍ରକୃତି ଯେଉଁ ଅପୂର୍ବ ନୈସର୍ଗିକ ସୌନ୍ଦର୍ଯ୍ୟର ପସରା ପ୍ରତିଟି ଅଧରାତିରେ ବିଶେଷକରି ଶୁକ୍ଳପକ୍ଷର ରାତିମାନଙ୍କରେ ମେଲାଇ ବସିଛି, ଯାହାକୁ ଉପଭୋଗ କରିବାକୁ କେବଳ ତା'ର ଉପସ୍ଥିତିଟିଏ ହିଁ ଲୋଡ଼ାଥିଲା, ପଇସା ନୁହଁ, ତା'ର ଏଇ ଅଶୀ ବର୍ଷର ଲମ୍ବା ଜୀବନରେ ଗୋଟିଏ ରାତି ମଧ୍ୟ ସେଥିପାଇଁ ସେ କାଢ଼ିପାରି ନାହିଁ ତ!

ଆଶ୍ଚର୍ଯ୍ୟର କଥା ନୁହଁ?

ସେ ଚାହିଁଥିଲେ ନିଜ ପରିବାରକୁ ମଧ୍ୟ କହିପାରିଥାନ୍ତା, 'ଚାଲ ଚାଲ, ଆଜି

ପୂର୍ଣ୍ଣିମା। ଶୀଘ୍ର ଶୀଘ୍ର ଖାଇ ଶୋଇପଡ଼। ମୁଁ ଅଧରାତିରେ ଉଠାଇଦେବି ଯେ, ସମସ୍ତେ ଏକାଠି ଦୁଇଘଡ଼ି ବାହାରେ ବସି ପ୍ରକୃତିର ଏକ କମନୀୟ ରୂପ ଦେଖିବା।'

ମୁରବୀ ଭାବରେ ଗୋଟିଏ ରାତି ମଧ୍ୟ ସେ ଏମିତି କରିନାହିଁ ତ ! ନିଜ ପରିବାରକୁ ପ୍ରକୃତିର ଏ ଶୋଭାର ସହଜ, ସ୍ୱାଭାବିକ, ଆନନ୍ଦ ନେବା ଶିଖାଇ ନାହିଁ ତ !

ହଁ, ମନୋରଂଜନ ତ ଏକ ମାନସିକତା। ମଣିଷ ନିଜ ମନକୁ କ୍ରୋଧ, ହିଂସା, ପ୍ରତିହିଂସା, ଈର୍ଷା, ଘୃଣା, ଅଶାନ୍ତିରେ ଜର୍ଜରିତ କରିବାକୁ ଘଡ଼ିଏ ମଧ୍ୟ ପଛଘୁଞ୍ଚା ଦେଉନାହିଁ। ଅଥଚ ସେହି ମନକୁ ନିର୍ମଳ, ସଫା ରଖିବାକୁ ମନୋରଂଜନର କଥା ଉଠିବାମାତ୍ରେ 'ସମୟ'ର ଅଭାବକୁ ଦୋଷ ଦିଆଯାଉଛି। କିନ୍ତୁ ସମୟ ତ ଏକ ଦୁଧିଆଳୀ ଗାଈ, ଯେତେବେଳେ ବି ଦୁହୁଁଥିଲେ ବାହାରୁଥିବ। ଏଣୁ ସମୟର ଅଭାବ ବୋଲି କିଛି ନଥାଏ। ଯିଏ ସମୟର ଯତ୍ନ ନେଇ ପାରେନା, ତା'ର ହିଁ ସମୟର ଅଭାବ ହୁଏ।

ଘୋର ଅଭାବ ତ ନିଜ ମାନସିକତାର। ପ୍ରକୃତି କେତେ ପ୍ରକାରେ ମଣିଷର ମନୋରଂଜନ ପାଇଁ ଅହରହ ଯତ୍ନ କରୁଛି। ଉଷା, ସୂର୍ଯ୍ୟୋଦୟ, ବର୍ଷା, ଗୋଧୂଳି, ବିଭିନ୍ନ ଋତୁ ଓ ଜ୍ୟୋତ୍ସ୍ନା ରାତି କେତେ ରଙ୍ଗବେରଙ୍ଗ କରି ପରିବେଷଣ କରୁଛି। କିନ୍ତୁ ମଣିଷ ତ ନିଜକୃତ ଜଂଜାଳର ପଙ୍କ ଘାଣ୍ଟିବାରେ ବ୍ୟସ୍ତ। ଏ ଅମୃତ ଉପଭୋଗର ମାନସିକତା ଅଛିକି ତା' ପାଖରେ ?

ଏ ଭୂଲ୍ ସେ ନିଜେ କରିଆସିଛି। ଜୀବନର ଅଶୀ ବର୍ଷ ପାର ହେଲା ପରେ ଆଜି ଏ ଜ୍ଞାନ ପାଇଲେ ତାହା କୋଉ କାମରେ ଆଉ ଲାଗିବ ? ତା' ବାପା ପ୍ରବଳ ବି ତ ଏଇ ଭୂଲ୍ କରିଥିଲେ। ଏମିତି ରାତି ରାତି ଧରି ସେ ଯଦି ଏଇ ଜ୍ୟୋତ୍ସ୍ନା ପାନ କରିଥାନ୍ତେ, ହୁଏତ ଦେବଦତ୍ତଙ୍କ ପ୍ରତି ତାଙ୍କର ଈର୍ଷାର ବିଷ ତାଙ୍କୁ ଗ୍ରାସ କରିପାରିନଥାନ୍ତା। ହୁଏତ ତାଙ୍କର ଓ ପୁରା ଦୁଇଟି ପରିବାରର ଜୀବନ ଆଜି ଅନ୍ୟପ୍ରକାରେ ହୋଇଥାନ୍ତା।

ହଉ, ଏବେ ଅନ୍ତତଃ ଏ ବୈଭବକୁ ଆଖି ପୁରାଇ ଉପଭୋଗ କରାଯାଉ। ଏଇ ଐଶ୍ୱର୍ଯ୍ୟମୟୀ ରାତ୍ରି ସହିତ ନିବିଡ଼ ଆଳାପର ଅନନ୍ୟ ସୁଯୋଗଟିଏ ତାକୁ ଦେବାକୁ ହିଁ କିଏ ଯେମିତି ତାକୁ ନିଦରୁ ଉଠାଇ ଆଣି ଏଇଠି ଠିଆ କରାଇଛି।

ଭାସି ଆସୁଥିବା ବିଭିନ୍ନ ଫୁଲମାନଙ୍କର ମଧୁର ସୁଗନ୍ଧକୁ ଛାତି ପୁରାଇ ଆଘ୍ରାଣ କରୁକରୁ ସେ ସେଇ କାକରଭିଜା, ହାଲ୍‌କା କୁହୁଡ଼ିର ଧଳା ପତଳା ଲୁଗାପିନ୍ଧା, ଉଜ୍ଜଳ ରାତ୍ରିର ସୌନ୍ଦର୍ଯ୍ୟକୁ ସ୍ନିଗ୍ଧ, ଅପଲକ ଆଖିରେ ଅନେଇ ରହିଲା। ତା'ର ହୃଦୟରୁ ଝରୁଥିବା ମୁଗ୍ଧ, ପ୍ରୀତିର ଆନନ୍ଦ ସତେଯେପରି ତା'ର ତାରୁଣ୍ୟକୁ ଫେରାଇ ଆଣିଲା। ସେ ତା'ର

ନଇଁ ଯାଇଥିବା ଦେହକୁ ସିଧା କରି ଛାତିରେ ହାତ ଛନ୍ଦି ରାତ୍ରି ପରଷୁଥିବା ଅମୃତକୁ ଆଖିରେ ପିଇବାରେ ଲାଗିଲା ।

'ବିଧାନ ! !'

ବିଧାନ ଚମକି ପଡ଼ି ବାଁ ପଟର ବାରଣ୍ଡାକୁ ଅନେଇଲା । ସେଇଠି ସେଇ ବଡ଼ତକ୍ତଟା, ଯାହାଦିନେ ଦେବଦତ୍ତ ମଉସାଙ୍କର ଥିଲା, ଯାହାକୁ ବିଧାନ ନିଜେ ବ୍ୟବହାର କରିକରି ବୁଢ଼ାହେଲା, ଯେଉଁଥିରେ ଏବେ ବଡ଼ ପୁଅ ଧ୍ରୁବ ବସି ଲୁଗା ବୁଣୁଛି, ସେଇଠି...ସେଇଠି... ଦେବଦତ୍ତ ବସି ମୁରୁକି ମୁରୁକି ହସୁଛନ୍ତି । ଚନ୍ଦନ ଗଛରେ ଗୁଡ଼ାଇ ହେଲା ପରି ତାଙ୍କ ଦେହରେ ଧଳା ସାପଟା ଗୁଡ଼େଇ ହୋଇ ଫଣାଟେକି ରହିଛି ।

'ମଉସା !' ବିଧାନ ପ୍ରାୟ ଚିତ୍କାର କରିଉଠିଲା । ଖସିପଡ଼ିଥିବା ଏଣ୍ଡି ଚାଦରକୁ ଦେହରେ ଭଲ ଭାବରେ ପକାଇ ଦେବଦତ୍ତଙ୍କୁ ନମସ୍କାର କଲା । ତା'ର ପାଦ କିନ୍ତୁ ପଥର ପରି ସେଇଠୁ ଆଉ ଆଗକୁ ଘୁଞ୍ଚିଲା ନାହିଁ ।

'ଆ, ମୋ ପାଖକୁ ଆ' । ଏଇଠି ବସ୍ । କ'ଣ ମୋ ଉପରେ ରାଗିଛୁ ?' ବିଧାନ ମୁଣ୍ଡ ହଲାଇ ଆଗେ 'ନାହିଁ' କଲା । ପୁଣି ସାପ ଆଡ଼କୁ ଅନାଇ ମୁଣ୍ଡକୁ ତଳକୁ ଉପରକୁ ପରି 'ହଁ' କଲା, ତା'ପରେ ଧୀରେ ଧୀରେ ପାଦ ବଢ଼ାଇ ଦେବଦତ୍ତଙ୍କ ଆଡ଼କୁ ଚାଲିଲା ।

ହଠାତ୍ କାନ୍ଧରେ ଭାରୀ ହାତର ସ୍ପର୍ଶ ପାଇ ସେ ପଛକୁ ବୁଲିଚାହିଁଲା । ସାନପୁଅ ଧବଳ ତାକୁ ଆଶ୍ଚର୍ଯ୍ୟ ଆଖିରେ ଚାହିଁ ପଚାରୁଥିଲା- 'ବାପା ! ଏତେବେଳେ ? ଏତେ କାଲୁଆ ରାତିରେ ତୁମେ ବାହାରେ କ'ଣ କରୁଛ ?'

ବିଧାନ ଦେବଦତ୍ତଙ୍କ ଆଡ଼କୁ ମୁହଁ ଫେରାଇଲା । ସେ ସେମିତି ସେଇଠି ବସି ହସୁଛନ୍ତି । ତାଙ୍କର ସବଳ, ସୁଠାମ ହାତରେ କାନ୍ଧରୁ ଓହଳିଥିବା ମୋଟା ଧଳାସାପଟିକୁ ଆଉଁସୁଛନ୍ତି ।

ବିଧାନ ପୁଣି ମୁହଁ ବୁଲାଇ ଧବଳକୁ ଚାହିଁଲା ।

'କ'ଣ ହେଲା ବାପା ? ଏଇଠି କ'ଣ କରୁଛ ?' ଧବଳ ପୁଣି ପଚାରିଲା ।

ହାତ ଉଠାଇ ବିଧାନ ଦେବଦତ୍ତ ଆଡ଼କୁ ଆଙ୍ଗୁଠି ଦେଖାଇଲା ।

'ସେ ମୋତେ ଦେଖିପାରିବ ନାହିଁରେ ବିଧାନ, ତୁ ଏଇଠିକି ଆ' । ଏଇଠି ବସ୍ । ଆମେ କଥା ହେବା ।' ଦେବଦତ୍ତ ହସି ହସି କହିଲେ ।

ଧବଳ ଆଗକୁ ଚାହିଁଲା । ଦିନଟା ସାରା ଖଟ୍‌ଖଟ୍ ଖଟ୍‌ଖଟ୍ ହୋଇ ସତେ ଯେପରି ତିନୋଟି ଯାକ ତନ୍ତ ହାଲିଆ ହୋଇ ପରସ୍ପର କାନ୍ଧରେ ମୁଣ୍ଡରଖି ସେଇଠି

ଶୋଇପଡ଼ିଛନ୍ତି । ପ୍ରବଳ ଶୀତ । ସଫେଦ ଜହ୍ନ ଆଲୁଅ କୁହୁଡ଼ିର ଏକ ପତଳା ଆସ୍ତରଣକୁ ଆହୁରି ଉଜ୍ଜଳ କରି ପୃଥିବୀକୁ ଘୋଡ଼େଇ ଦେଇଛି । ବାହାରେ ବିଲେଇ ଛୁଆଟିଏ ମଧ୍ୟ ଦିଶୁନି ।

'ଆ', ଏଇଠି ବସ୍' ଦେବଦତ୍ତ ଟିକିଏ ଘୁଞ୍ଚିଯାଇ ସେଇ ତନ୍ତ ଉପରେ ବସିବା ପାଇଁ ଜାଗାକରି ବିଧାନକୁ ପୁଣି ଥରେ ଡାକିଲେ ।

ବିଧାନ ଧବଳର ହାତକୁ ନିଜ କାନ୍ଧରୁ ଖସାଇ ତାକୁ ପଛକୁ ହଟାଇ ଥରଥର ହୋଇ ଆଗକୁ ଯିବାକୁ ପାଦ ବଢ଼ାଇଲା ।

ଧବଳ ଆଶ୍ଚର୍ଯ୍ୟ ହୋଇ ବିଧାନକୁ ତା'ର ବଳିଷ୍ଠ ହାତରେ ଜାବୁଡ଼ିଧରି ତାକୁ ବିଧାନର ଶୋଇବା ଘରର କବାଟ ଆଡ଼କୁ ମୁହାଁଇ ଦେଲା ।

'ଘର ଭିତରକୁ ଚାଲ ବାପା, ଏଇଠି ଆଉ ଘଡ଼ିଏ ଠିଆହେଲେ ତୁମ କାଶ ପୁଣି ଲେଉଟିବ ଯେ !'

ବିଧାନ ଥରେ ପୁଅ ମୁହଁକୁ ଓ ବୁଲିପଡ଼ି ଦେବଦତ୍ତଙ୍କ ମୁହଁକୁ ଚାହିଁଲା । ଦେବଦତ୍ତ ସେମିତି ମୁରୁକି ମୁରୁକି ହସୁଥିଲେ । ସେଇ ପ୍ରସନ୍ନ ସୁନ୍ଦର ତୃପ୍ତିର ହସ । ସତେ ଯେପରି ସେଇ ପୁରୁଣା ଦିନ ଫେରିଆସିଛି । ତାଙ୍କ ପାଖରେ ସତେ ଯେମିତି କନକ ମାଉସୀ ଓ ତରୁଣୀ ସୁଦତ୍ତା ଠିଆ ହୋଇଛନ୍ତି । ଜୀବନରେ ସବୁକିଛି ପାଇଥିବାର ଆନନ୍ଦ ସତେ ଅବା ଦେବଦତ୍ତଙ୍କ ସେଇ ହସରୁ ଝରିଆସୁଛି ।

'ଚାଲ ବାପା, ଭିତରକୁ ଯିବା ।'

ବିଧାନ ବଲବଲ କରି ଧବଳ ମୁହଁକୁ ଚାହିଁଲା । ଏ କିଏ ? ଯେ କାହିଁକି ମୋତେ 'ବାପା' ବୋଲି ଡାକୁଛି ? କନକ ମାଉସୀ ସୁଦତ୍ତା ଦିଶୁନାହାନ୍ତି, ଘର ଭିତରେ ଥିବେ । ବିଧାନ ପାଇଁ ରସାବଳୀ କି କାକରା ଆଣିବାକୁ ଯାଇଥିବେ । ତାକୁ ନଖାଇ ସେ କାହିଁକି ଯିବ ଯେ ? ତା'ଛଡ଼ା ଏ ଲୋକଟା ତାକୁ ମଉସାଙ୍କ ଘର ଭିତରକୁ କାହିଁକି ଡାକୁଛି ? ସେ ବାହାରକୁ ଚାହିଁଲା । ଜ୍ୟୋସ୍ନା ରାତ୍ରିର ସେ ଉଜ୍ଜଳ ଚନ୍ଦ୍ରକିରଣ ତାକୁ ଦିନ ଦୁଇପହର ପରି ଲାଗିଲା । ବୋଉ, ସବିତା ତ ସୂତାରେ ରଙ୍ଗ ଦେଉଥିବେ । ବାପା ତ ତନ୍ତରେ ବସି ବୁଣୁଥିବେ । ସେ ତ ତା'ର ବୁଣା କାମ ସାରି ଏଠାକୁ ଆସିଛି । ଏବେ କାହିଁକି ସେ ଘରକୁ ଯିବ ? ଏବେ ଘରକୁ ଗଲେ ବାପା କ'ଣ ତାକୁ ଆଉ ଛାଡ଼ିବେ ? ନାନା କାମର ଆଳ କରି ଅଟକାଇଦେବେ । ସେ ବରଂ ମଉସାଙ୍କ ପାଖରେ ବସି ଗପସପ କରି ମାଉସୀଙ୍କ ହାତରୁ ରସାବଳୀ ଖାଇ ଏମାନଙ୍କ ସଙ୍ଗରେ ଖୁସୀଗପ କରି କିଛି ସମୟ ଏଇଠି କଟାଇଦେବ ।

ସେ ପୁଣି ଥରେ ଧବଳ ହାତକୁ ଛିଞ୍ଚାଡ଼ି ଦେଇ ଦେବଦତ୍ତଙ୍କ ଆଡ଼କୁ ଆଗେଇ

ଗଲା। ଦେବଦତ୍ତ ସେମିତି ଗୋଡ଼ ହଲାଇ ତନ୍ତ ପାଖରେ ବସି ରହିଥିଲେ। ତାକୁ ତାଙ୍କ ଆଡ଼କୁ ମୁହାଁଇବା ଦେଖି ସେମିତି ହସିହସି କହିଲେ- 'ଶୀଘ୍ର ଆସୁନୁ ବିଧାନ, ବୁଢ଼ାଙ୍କ ପରି ଏମିତି ଧୀରେ ଧୀରେ କାହିଁକି ଚାଲୁଛୁରେ?'

'ବାପା!' ଧବଳ ଏଥର ବିଧାନ ଆଗରେ ଠିଆ ହୋଇ ତା'ର କାନ୍ଧରୁ ଖସିପଡ଼ିଥିବା ଚାଦରକୁ ଗୋଟାଇ ବିଧାନକୁ ଭଲଭାବରେ ଘୋଡ଼େଇ ଦେଇ କହିଲା, 'ଘର ଭିତରକୁ ଚାଲ ବାପା, ତୁମ ମୁହଁକୁ ଚାହିଁଲେ ମୋତେ ତ ଛାନିଆଁ ଲାଗିଲାଣି। ତୁମେ ତ ଆଉ କାହା ପରି ଦିଶୁଛ? ଥରକୁ ଥର ସେ ତନ୍ତ ଆଡ଼େ କାହିଁକି ଯାଉଛ?'

ବିଧାନ ଧବଳ ମୁହଁକୁ ନିରେଖି ଚାହିଁଲା। ଏ ମୁହଁ ତ ଚିହ୍ନା ଚିହ୍ନା ଲାଗୁଛି... ଏ ସ୍ୱର ତ ତା'ର ଆପଣାର...କାହାର? କନକ ମାଉସୀ? ବାପା? ବୋଉ?

ହଠାତ୍ ତା' ଆଖିରେ ଅସୁମାରୀ ନିଦ ଖୁନ୍ଦି ହୋଇଗଲା। ସେ ଜ୍ୟୋତ୍ସ୍ନା ରାତି ଉଭେଇ ଯାଇ ଚାରିଆଡ଼େ ଅନ୍ଧାର ଘୋଟି ଆସିଲା। ଧବଳର ଦୁଇହାତ ତା' ଦୁଇ କାନ୍ଧକୁ ଛୁଇଁବାମାତ୍ରେ ସେ ଧବଳ କାନ୍ଧ ଉପରେ ଢଳି ପଡ଼ିଲା।

୧୩ ନଭେମ୍ବର ୧୮୧୦
ବୋମକେଇ

ଅବଶ ଆଖିପତା ଟେକି ବିଧାନ ଆଖି ଖୋଲିଲା। ତା' ପାଖରେ ବସି ତା' ମୁଣ୍ଡରେ ପାଣିପଟି ରଖୁଥିବା ଗୌରୀ ଉପରେ ତା'ର ପ୍ରଥମ ଦୃଷ୍ଟି ପଡ଼ିଲା।

*ପାଣିପଟି? ମୋ ମୁଣ୍ଡରେ? କାହିଁକି?*

ସ୍ଥାନ, କାଳ, ପାତ୍ରର ଚେତନା ବିଧାନର ମସ୍ତିଷ୍କରୁ ଧୀରେ ଧୀରେ ଆସି ତା' ଆଖିରେ ପଶିବାମାତ୍ରେ ବିଧାନ ବୁଝିପାରିଲା- ସେ ତା' ଶୋଇବା ଘର ଖଟ ଉପରେ ଶୋଇଛି... ସମୟ ବୋଧହୁଏ ମଧ୍ୟାହ୍ନ... ଗୌରୀ ତା'ର ବାଁ ପଟେ ବସି ମୁଣ୍ଡରେ ପାଣି ପଟି ଦେଉଛି। ଆଉ ସୀତା ଗୌରୀ ପାଖରେ ବସି ପଣତ କାନିରେ ଆଖିରୁ ଅନବରତ ବହିଯାଉଥିବା ଲୁହଧାରକୁ ପୋଛିବାରେ ଲାଗିଛି...

*ଆରେ, କ'ଣ ହେଲା? କାନ୍ଦୁଛ କାହିଁକି?* ଏତକ ଶବ୍ଦକୁ ସେ ଉଚ୍ଚାରଣ କରିବାକୁ ଯାଉଛି, ପାଦରେ ନରମ ହାତର ସ୍ପର୍ଶରେ ସେ ନିଜ ପାଦକୁ ଅନାଇ ଆଶ୍ଚର୍ଯ୍ୟ ହେଲା। ତା'ର ସାନଝିଅ ପଦ୍ମା ସେଇଠି ବସି ଧୀରେ ଧୀରେ ବିଧାନର ପାଦକୁ ମଞ୍ଜାଳୁ ମଞ୍ଜାଳୁ ସେ ମଧ୍ୟ ଆର ହାତରେ ପଣତକାନି ନେଇ ଆଖିର ଲୁହଧାରକୁ ପୋଛୁଛି!

*'ପଦ୍ମା ! ତୁ କେବେ ଆସିଲୁରେ ମା' ? ଆଉ କାନ୍ଦୁଛୁ କାହିଁକି ?'* ଏ ପ୍ରଶ୍ନ ତା' ଓଠରେ ହିଁ ଅଟକିଗଲା। ପଦ୍ମା ପଛପଟେ ଖଟବାଡ଼ରେ ଗୋଟିଏ ହାତ ଓ ବାଙ୍କୁଲୀ ବାଡ଼ି ଉପରେ ଆର ହାତ ରଖି ସୁଶୀଳ ଓ ତାଙ୍କ ପାଖରେ ସବିତାର ସ୍ୱାମୀ ଆକାଶ ମଧ୍ୟ ସେଇଠି ଠିଆହୋଇଛନ୍ତି। ଆଉ ସେମାନଙ୍କୁ ଲାଗି ବିଧାନର ଦୁଇ ଜ୍ୱାଇଁ ଶିବ ଓ ପ୍ରହଲ୍ଲାଦଙ୍କ ଆଖି ମଧ୍ୟ ତାକୁ ହିଁ ଚାହିଁ ରହିଛି !

*'ଆରେ ! ଅପୂର୍ବ !'*

ଆନନ୍ଦ ଓ ବିସ୍ମୟରେ ବିଧାନର ଆଖି ବଡ଼ବଡ଼ ତ ହୋଇଗଲା, ସେଥିରେ ଚମକ ମଧ୍ୟ ଆସିଗଲା। ଆରେ, ଖଟର ଏପାଖରେ ତା'ର ଡାହାଣ ଗୋଡ଼ ପଟେ ବଡ଼ ଝିଅ ଭାଗ୍ୟ ସହିତ ସବିତା ଓ ସୁଦତ୍ତା ମଧ୍ୟ ଯେ ବସିଛନ୍ତି !

*ଅହୋ ଭାଗ୍ୟ ! ଏମାନେ ସମସ୍ତେ ଆଜି ଏକାସାଙ୍ଗରେ... ଏଇଠି ! କେମିତି ?*

ଆନନ୍ଦର ଉଦ୍‌ବେଗରେ ସେ ଦୁଇହାତରେ ଭରାଦେଇ ଖଟ ଉପରେ ବସିବାକୁ ଚେଷ୍ଟା କଲା। କିନ୍ତୁ ଛାତି ଉପରେ ଏକ ଦୃଢ଼ ହାତର ଚାପ ତାକୁ ପୁଣି ତା'ର ମୁଣ୍ଡୁଳା ଉପରକୁ ଫେରାଇ ଆଣିଲା।

*କାହାର ଏ ଦୁଃସାହସ !*

ବିରକ୍ତ ହୋଇ ବେକ ବଙ୍କାଇ ନିଜ ମୁଣ୍ଡ ଉପରକୁ ଚାହିଁ ବିଧାନ ହତବାକ୍ ହୋଇଗଲା।

*ସ୍ୱୟଂ ମକଦ୍ଦମ ସାଆନ୍ତେ ! ତା' ଘରେ !*

ତା'ର ଅଭ୍ୟସ୍ତ ହାତ ଦୁଇଟି ଆପେ ଆପେ ଉଠିଯାଇ କପାଳ ପାଖରେ ଯୋଡ଼ିହୋଇ କାଠ ଚଉକୀରେ ବସିଥିବା ମକଦ୍ଦମ ଦାମୋଦର ମିଶ୍ରଙ୍କୁ ପ୍ରଣାମ ଜଣାଇଲା।

ମକଦ୍ଦମ ଦାମୋଦର ମିଶ୍ରେ ଆପଣେ, ତାଙ୍କ ନନା ପଣ୍ଡିତ ଦାଶରଥୀ ମିଶ୍ରଙ୍କର ଅନେକ ସଦ୍‌ଗୁଣ ଓ ସବୁତକ ପ୍ରତିଭା ଧରି ଜନ୍ମ ହୋଇଥିଲେ। ଉପରନ୍ତୁ ଲୋକେ ତ କହୁଛନ୍ତି, ପଣ୍ଡିତ ଦାମୋଦର ମିଶ୍ର ଆଜ୍ଞା କବିରାଜୀ ଓ ଜ୍ୟୋତିଷୀ ବିଦ୍ୟାରେ ନିଜ ବାପାଙ୍କୁ କାହିଁ କେତେ ପଛରେ ପକାଇ ଦେଇଛନ୍ତି। ପଣ୍ଡିତ ଦାଶରଥୀ ମିଶ୍ର ସିନା ଚିକିତ୍ସା କରି ଲୋକଙ୍କୁ ଆରୋଗ୍ୟ କରୁଥିଲେ, କିନ୍ତୁ ଦାମୋଦର ମିଶ୍ର ଆପଣେ ତ ଠିଆ ହୋଇଗଲେ ରୋଗୀ ଦେହରୁ କ'ଣ, ସେ ଘରୁ ମଧ୍ୟ ରୋଗ ଛାଡ଼ି ପଳାଉଛି !

ହେଲେ, ପଣ୍ଡିତ ଦାଶରଥୀ ମିଶ୍ରଙ୍କ ଜିଭରେ ସ୍ୱୟଂ ସରସ୍ୱତୀ ବିଜେ ହୋଇଥିଲେ। ତାଙ୍କ ମିଠା କଥାରେ ହିଁ ଭୋକିଲା ଲୋକର ପେଟ ପୂରି ଯାଉଥିଲା। ବିପଦରେ ପଡ଼ିଥିବା ଲୋକଙ୍କ ଆଗରେ ସେ ସ୍ୱେଚ୍ଛାକୃତ ଭାବରେ ନିଜେ ଉଭାହୋଇ

ଯଥାସମ୍ଭବ ତାଙ୍କୁ ବିପଦରୁ ଟାଣିଓଟାରି ଉଦ୍ଧାର କରୁଥିଲେ।

କିନ୍ତୁ ଦାମୋଦର ମିଶ୍ରଙ୍କ ପାଖରେ ସେ ଓଜସ୍ୱିତା କଥାରେ ବା ଅନ୍ୟ କୌଣସି ଦିଗରେ ନଥିଲା। କବିରାଜୀର ମହାସମୁଦ୍ରକୁ ପାର ହୋଇ ଦୁରାରୋଗ୍ୟ ବ୍ୟାଧିରୁ ଲୋକଙ୍କୁ ବଞ୍ଚାଇବା ଛଡ଼ା ତାଙ୍କର ଆଉ କୋଉ କଥାରେ ଧ୍ୟାନ ନଥିଲା। ଏପରିକି ତାଙ୍କୁ କିଏ ନମସ୍କାର କି ପ୍ରଣାମ ଜଣାଇଲେ, ତାଙ୍କୁ ବାପାଙ୍କ ପରି ଭବ୍ୟ ପ୍ରକାଶ୍ୟ ଆଶୀର୍ବାଦଟିଏ ଦେବା ମଧ୍ୟ କେହି ଦେଖିନଥିଲେ।

ଏଣୁ ଏବେ ବିଧାନର ନମସ୍କାରଟିକୁ ସେ ନେଲେ କି ନାହିଁ, ସେ କଥା ଦେଖାନଗଲେ ମଧ୍ୟ ତାଙ୍କ ମୁହଁରୁ ବିଧାନ ଓ ଅନ୍ୟମାନେ ଜାଣିଲେ- ତାକୁ ସେ ସ୍ୱୀକାର କଲେ। ମୁଣ୍ଡକୁ ଅଳ୍ପ ଟୁଙ୍ଗାରି ସେ ତାଙ୍କ ପାଖରେ ଠିଆ ହୋଇଥିବା ଧ୍ରୁବ ଆଡ଼କୁ ଚାହିଁଲେ।

'ଆରେ, ତୁମେ ସବୁ ଏମିତି ଠିଆ ହୋଇଛ କ'ଣ? ମକଦ୍ଦମ ସାଆନ୍ତଙ୍କ ପାଇଁ ପଣାପାଣି କ'ଣ ଆଣ।' ବିଧାନ ପୁଅମାନଙ୍କ ଆଡ଼କୁ ଚାହିଁ କହିଲା।

'ତୁମେ ସେ ସବୁ କଥା ଚିନ୍ତା କରନା ବାପା।' ପୁଅମାନଙ୍କ ଭିତରୁ କେହି ଜଣେ କହିଲା, 'ଆମେ ତାଙ୍କ ଚର୍ଚ୍ଚା କରୁଛୁ।'

'ଆରେ ସୁଶୀଳ, ଆକାଶ!' ପୁଣି ପୁଅମାନଙ୍କୁ ଅନାଇ ବ୍ୟସ୍ତ ହୋଇ ବିଧାନ କହିଲା, 'ପିଇସାମାନଙ୍କୁ, ଜ୍ୱାଇଁମାନଙ୍କୁ ଚଉକୀ ଖଣ୍ଡିଏ ଲେଖାଏ ଆଣି ଦେଇପାରିନ ଯେ ଏମିତି ଠିଆ କରାଇଛ?'

ସେମାନେ ସମସ୍ତେ ହସହସ ଦେଖାଗଲେ। ସୁଶୀଳ ହାତ ହଲାଇ କହିଲେ, 'ଆରେ, ତୁମେ ବ୍ୟସ୍ତ ହୁଅନା।' ଆକାଶ କହିଲେ- 'ବସିପଡ଼ିଲେ ତୁମ ମୁହଁଟା ଦିଶିବ ନାହିଁ ବୋଲି ଆମେ ଠିଆ ହୋଇଛୁ।'

ଶିବ ଓ ପ୍ରହଲ୍ଲାଦ ମଧ୍ୟ କିଛି ନ କହିଲେ ବି ପ୍ରସନ୍ନ ମୁଦ୍ରାରେ ପାପୁଲି ଉଠାଇ ଠିକ୍ ଅଛନ୍ତି ବୋଲି ମୁଣ୍ଡ ଟୁଙ୍ଗାରି ଜଣାଇଲେ।

ବିଧାନ ସେ ଦୁଇଜଣଙ୍କୁ ଚାହିଁ କ'ଣ କହିବାକୁ ଯାଉଥିଲା, ମକଦ୍ଦମ ମିଶ୍ରେ ପୁଣି ଥରେ ତାଙ୍କ ହାତକୁ ବିଧାନର ଛାତି ଉପରେ ଧୀରେ ରଖିଦେଲେ।

ତାଙ୍କ ଉପରକୁ ଥରେ ଦୃଷ୍ଟି ଫେରାଇ ଆଣି ନିଜ ଚାରିପଟର ସମସ୍ତଙ୍କୁ ଥରେ ଅନାଇ ବିଧାନ ଖୁସୀ ହେବା ପରି ଜଣାଗଲା। ଧୀରେ ଧୀରେ ପୁଣି କହିଲା- 'କ'ଣ କିଛି ଭୋଜିଭାତ କି ଆନନ୍ଦ ଉତ୍ସବର ଆୟୋଜନ ଘରେ କରିଛ କି? ଆଜି ମୋର ସମସ୍ତେ ଏକାଠି, ଏଇଠି?'

'ବାପା! ତିନିଦିନ ହେଲା ତୁମର ଚେତା ନଥିଲା! ତୁମେ ତ ଆମକୁ ପୁରା

ଡରାଇ ଦେଇଥିଲ। ପୁଣି ପଚାରୁଛ ଭୋକି ?' ଅଭିଯୋଗଭରା କଣ୍ଠରେ ପଦ୍ମା ଉତ୍ତର ଦେଲା।

ଅନେକ ପାଟିରୁ ଶ୍' ଶ୍' ଶବ୍ଦ ବାହାରି ଆସିଲା। କିଏ ଆଖିରେ, କିଏ ମୁଣ୍ଡ ହଲାଇ, କିଏ ତାକୁ ଅଣ୍ଟ ହଲାଇଦେଇ, କିଏ ତା' କାନ୍ଧରେ ହାତ ଚାପି, ପଦ୍ମାକୁ ଅଧିକା କିଛି କହିବା ପାଇଁ ବାଧାଦେବାର ଦେଖି ବିଧାନ ବିସ୍ମିତ ହେଲା।

*ତିନିଦିନ ହେଲା ମୁଁ ଅଚେତ ହୋଇ ରହିଥିଲି ? ସେଥିପାଇଁ ଏମାନେ ସମସ୍ତେ ମୋ ଖଟକୁ ଏମିତି ଘେରି ଠିଆ ହୋଇଛନ୍ତି !*

'ଚେତା ତ ଫେରିଲା। ମୁଁ ଏଥର ଯାଉଛି।' ଦାମୋଦର ମିଶ୍ରଙ୍କର ଗମ୍ଭୀର ସ୍ୱରରେ ସମସ୍ତଙ୍କ ଦୃଷ୍ଟି ତାଙ୍କ ଉପରକୁ ଫେରିଲା।

ସେ ଆସନ ଛାଡ଼ି ଠିଆ ହେଲେ।

ବିଧାନ ପୁଣି ଥରେ ହାତଯୋଡ଼ି ତାଙ୍କୁ ପ୍ରଣାମ ଜଣାଇଲା। ସେ ବିଧାନ ମୁଣ୍ଡରେ ହାତରଖି ଧୀର ସ୍ୱରରେ କହିଲେ- 'ବିଧାନ, ମୋ କଥା ମାନି ଆଜି ଦିନଟା ଏମିତି ଶୋଇରହ। ତୁମକୁ ଏବେ କେମିତି ଲାଗୁଛି ? ଭୋକ ? ଶୋଷ ?'

'ମୁଁ ଟିକିଏ ବସିଥାନ୍ତି।' ବିଧାନ ବିନୀତ ସ୍ୱରରେ ଜଣାଇଲା।

'ହଁ, ହଁ, କାହିଁକି ନାହିଁ ? ସେ ମଧ୍ୟ ଏବକୁ ତୁମ ପାଇଁ ଉଚିତ ହେବ।' ଏହା କହି ସେ ବିଧାନର ତିନିପୁଅଙ୍କ ମୁହଁକୁ ଚାହିଁ କହିଲେ, 'ଘରେ ଆଉ ଯେତେ ମୁଟୁଳା ଅଛି ଆଣ। ଏହାଙ୍କ ପଛରେ ରଖି ଯାଙ୍କୁ ଦରଶୁଆ କରି ବସାଇଦିଅ।'

ପରମୁହୂର୍ତ୍ତରେ ବିଧାନ ପିନ୍ଧା ଲୁଗାପଟା ସଜାଡ଼ି ଖଟ ବାଡ଼ରେ ତକିଆମାନଙ୍କୁ ଆଉଜି ସିଧାହୋଇ ବସିଲା।

'ଏବେ ତୁମେ ସମସ୍ତେ ଏଇ ଖଟ ଉପରେ, ଖଟ ଚାରିପଟେ ଚଉକୀ ପକାଇ ବସିଯାଅ।' ପଣ୍ଡିତ ମିଶ୍ରେ କହିଲେ।

ଆଜ୍ଞାଧୀନ ହୋଇ ସୁଶୀଳ, ଆକାଶ, ଶିବ ଓ ପ୍ରହଲ୍ଲାଦ କିଏ ଚଉକୀରେ କିଏ ଖଟ ଉପରେ ବିଧାନକୁ ଘେରି ବସିଗଲେ।

ବିଧାନ ମୁହଁରେ ହସ ଖେଳିଲା। ଆଖିରେ ଚମକ ଆସିଲା। 'ଆଉ ତୁମ ପିଲାମାନେ ? କୁଆଡ଼େ ଗଲେ ସେମାନେ ? ତାଙ୍କୁ ବି ଏଇଠିକୁ ଡାକିଆଣ।' ବିଧାନ କହିଲା-

'ହଉ' କହି ଗୌରୀ ପଣ୍ଡିତ ମିଶ୍ରଙ୍କ ମୁହଁକୁ ଚାହିଁଲା। ସେ ସମ୍ମତି ଦେଇ ମୁଣ୍ଡ ହଲାଇଲେ। ସେ ବୀଣା ଓ ସ୍ୱପ୍ନା ଆଡ଼େ ଅନାଇଲା। ସ୍ୱପ୍ନା ଓ ବୀଣାର ନେତୃତ୍ୱରେ ବଡ଼ ନାତିନାତୁଣୀମାନେ ବିଧାନକୁ ଘେରି ନିଜ ନିଜ ମା'ବାପାଙ୍କ ପାଖରେ ବସିଲେ।

'ଆଉ ସାନ ପିଲାମାନେ ?'

'ସେମାନେ ସବୁ ଶୋଇଛନ୍ତି । ଉଠିଲେ ନେଇ ଆସିବି ।' ବୀଣା ଉତ୍ତରଦେଲା ।

ବିଧାନ ମୁହଁରେ ହସ ଖେଳିଗଲା । ଚେହେରାରେ ଚମକ ଆସିଗଲା । ଜଣେ ମହାକୃପଣ ଯେପରି ନିଜର ପେଡ଼ିଖୋଲି ସଂଗୃହୀତ ମୂଲ୍ୟବାନ ମଣିମାନଙ୍କୁ ଦେଖିଦେଖି ସେମାନଙ୍କୁ ଥରେ ଥରେ ଆଉଁସିଦେଇ ଅପାର ଆନନ୍ଦ ପାଇଥାଏ, ବିଧାନ ସେହିପରି ନିଜର ସ୍ନିଗ୍ଧ ଚାହାଣୀରେ ସମସ୍ତଙ୍କ ଆଖିମାନଙ୍କୁ ଥରେ ଥରେ ସ୍ପର୍ଶ କରିକରି ମହାଆନନ୍ଦ ଅନୁଭବ କଲା ।

ଯେ ସମସ୍ତେ ତା'ର ପ୍ରିୟଜନ । ତା'ର ନିଜ ଅର୍ଜିତ କୁଟୁମ୍ବ, ନିଜସ୍ୱ ସଂପତ୍ତି ।

ପଣ୍ଡିତ ଦାମୋଦର ମିଶ୍ରେ ଚଟାଣରେ ଥୁଆ ହୋଇଥିବା ନିଜର ଔଷଧପେଡ଼ିକୁ ଚାହିଁବା ମାତ୍ରେ ଧବଳ ଲଇଁପଡ଼ି ତାକୁ ଉଠାଇ କହିଲା- 'ଚାଲନ୍ତୁ, ମୁଁ ଆପଣଙ୍କୁ ବାହାରେ ଛାଡ଼ିଦେଇ ଆସିବି ।'

ପଣ୍ଡିତ ମିଶ୍ରେ କୋଠରୀ ଛାଡ଼ିବା ପୂର୍ବରୁ ବିଧାନକୁ ଚାହିଁ କହିଲେ- 'କିନ୍ତୁ ବିଧାନ, ଆଜି ଦିନଟା ତୁମେ ଏମାନଙ୍କ ଠାରୁ ଖାଲି କଥା ଶୁଣିବ । ନିଜେ ବେଶୀ କିଛି କଥା କହିବ ନାହିଁ ।' ଏହା କହି ସେ ପୁଅମାନଙ୍କ ଆଡ଼କୁ ଚାହିଁ କହିଲେ- 'ବଟିକା ଓ ମୋଦକ ସବୁକୁ ଠିକ୍ ସମୟରେ ଖୁଆଇବ । ଯଦି ଲୋଡ଼ାପଡ଼େ ମୋତେ ଅଧରାତିରେ ମଧ୍ୟ ଡକାଇବାକୁ କୁଣ୍ଠାବୋଧ କରିବ ନାହିଁ । ଏଥର ଚାଲ ବାହାରକୁ ଯିବା । ହଉ ବିଧାନ ମୁଁ ଆସୁଛି ।' ମୁହୂର୍ତ୍ତକ ପାଇଁ ତାଙ୍କ ଆଖି ବିଧାନ ଆଖିରେ ଲାଖି ରହିଲା ।

କାହିଁକି କେଜାଣି, ତାଙ୍କର ସେ ଚାହାଣୀରେ ଅତୀତର ବହୁତ କଥା ବିଜୁଳି ପରି ବିଧାନ ମନ ଭିତରେ ଚମକି ଉଠିଲା । ମକଦ୍ଦମ ପଣ୍ଡିତ ଦାଶରଥୀ ମିଶ୍ରଙ୍କ ସମୟରେ ଏଇ ଦାମୋଦର ମିଶ୍ରେ ଓ ବିଧାନ ମିଶି ବହୁତ ଲୋକହିତକର କାମ ଏକାଠି ମକଦ୍ଦମଙ୍କ ନିର୍ଦ୍ଦେଶରେ କରିଛନ୍ତି । ଏକେତ ବ୍ରାହ୍ମଣ, ପୁଣି ଭାବୀ ମକଦ୍ଦମ ବୋଲି ଦାମୋଦରଙ୍କୁ ସେ ନିଜଠାରୁ ଦଶ ପନ୍ଦରବର୍ଷ ଛୋଟ ହେଲେ ମଧ୍ୟ ସବୁବେଳେ ଆଜ୍ଞା, ଆପଣ ହିଁ କହି ଆସିଛି । ମୁଣ୍ଡ ନୁଆଁଇ ପ୍ରଣାମ ଜଣାଇଛି । ସେ ମଧ୍ୟ 'ତୁମେ' ସମ୍ବୋଧନ କଲେ ମଧ୍ୟ ବିଧାନ ସହିତ ସମ୍ମାନ ଓ ଆନ୍ତରିକତାର ସହ କଥାବାର୍ତ୍ତା କରି ଆସିଛନ୍ତି । ବିଧାନକୁ ଦେଖିବାମାତ୍ରେ ତାଙ୍କ ସଦା ଗମ୍ଭୀର ମୁହଁରେ ଯେଉଁ କ୍ଷୀଣ ହସର ରେଖାଟିଏ ଖେଳିଉଠେ, ବିଧାନକୁ ତାହା ସବୁବେଳେ ଅପୂର୍ବ ଆନନ୍ଦ ଦେଇଆସିଛି । ଏକ ଅକୁହା, ଅପ୍ରକାଶିତ, ଅଦୃଶ୍ୟ ବନ୍ଧୁତ୍ୱର ମାଧୁର୍ଯ୍ୟ ଦୁହେଁ ସଦା ନିଜ ନିଜ ଭିତରେ ଅନୁଭବ କରିଆସିଛନ୍ତି ।

ଏବେ ପଣ୍ଡିତ ମିଶ୍ରଙ୍କ ସେ ଚାହାଣୀ ବିଧାନକୁ ହଠାତ୍ ଅବୋଧ ଓ ରହସ୍ୟମୟ ଲାଗିଲା । ତାକୁ ଲାଗିଲା- ସତେ ଯେପରି ପଣ୍ଡିତ ମିଶ୍ରଙ୍କ ଦୁଇ ଆଖି ଭିତରେ ବିଧାନର

କିଛି ମୂଲ୍ୟବାନ, ପ୍ରିୟ ଜିନିଷ ରହିଯାଇଛି ଓ ସେ ତାକୁ ନିଜ ଅଜାଣତରେ ନେଇ ଯାଇ ତା'ଠାରୁ ଦୂରକୁ ଯିବାକୁ ବସିଛନ୍ତି !

ସେ ନିର୍ନିମେଷ ଆଖିରେ ତାଙ୍କୁ ଦୁଇ ଆଖିକୁ କେବଳ ଅନେଇ ରହିଲା। ତା'ର ଦୁଇ ହାତ ପୁଣି କପାଳ ପାଖରେ ଯୋଡ଼ି ହୋଇଗଲା।

ବିଧାନକୁ ଛାଡ଼ି ଅନ୍ୟମାନେ ସମସ୍ତେ ପଣ୍ଡିତ ମିଶ୍ରଙ୍କୁ ପ୍ରସ୍ଥାନ କରୁଥିବା ଦେଖି ନମସ୍କାର ଜଣାଇ ଠିଆ ହୋଇଗଲେ। ବିଧାନ ଉପରୁ ଆଖି ଫେରାଇ, ଅନ୍ୟ ସମସ୍ତଙ୍କ ଉଦ୍ଦେଶ୍ୟରେ ମୁଣ୍ଡ ଟୁଙ୍ଗାରି ସେ କୋଠରୀରୁ ବାହାରିଗଲେ। ତାଙ୍କ ପଛେ ପଛେ ଧ୍ରୁବ, ଧନୁଷ ଓ ଧବଳ ମଧ୍ୟ ତାଙ୍କ ସହ ସେ କୋଠରୀରୁ ବାହାରକୁ ଆସିଲେ।

*'ଯଦି ଲୋଡ଼ା ହୁଏ, ମୋତେ ଅଧରାତିରେ ମଧ୍ୟ ଡକାଇବାକୁ କୁଣ୍ଠାବୋଧ କରିବ ନାହିଁ।'* ଏତକ ଶବ୍ଦ କିନ୍ତୁ ସେ କୋଠରୀରୁ ନଯାଇ ସ୍ଥାଣୁ ହୋଇ ଠିଆହୋଇ ରହିଲା। ସମସ୍ତେ ସମସ୍ତଙ୍କ ମୁହଁକୁ ଚୁପ୍‌ଚାପ୍ ସନ୍ତର୍ପଣରେ ଅନାଇଲେ।

ବିଧାନ ଏ ଦୃଷ୍ଟି ବିନିମୟ ଦେଖିପାରିଲା ନାହିଁ। 'ଅଧରାତିରେ ତାଙ୍କୁ ଡାକିବାର ସମ୍ଭାବନା ତାହାହେଲେ ଅଛି!' ମକଦ୍ଦମ ମିଶ୍ରେ ତାକୁ କ'ଣ ଏଇ କଥା ଆଖିରେ ଜଣାଇ ଦେଇଗଲେ? ସେ ତଳକୁ ଆଖିକରି ଗୋଟିଏ ହାତ ଆସ୍ତେ ଉଠାଇ ନିଜ ମୁଣ୍ଡକୁ ସାଉଁଳିବାରେ ଲାଗିଲା। କିନ୍ତୁ ତାକୁ ତ ଏମିତି କିଛି ସାଂଘାତିକ ଅଶ୍ୱସ୍ତି ଲାଗୁନାହିଁ? ଯାହା ଟିକେ ଦୁର୍ବଳ ଲାଗୁଛି।

'ଏବେ ତୁମକୁ କେମିତି ଲାଗୁଛି?' ସୁଦତ୍ତା ଧୀର ସ୍ୱରରେ ବିଧାନକୁ ଚାହିଁ ପଚାରିଲା। ସେ ସାମାନ୍ୟ ଶବ୍ଦରେ କିନ୍ତୁ ଘରେ ବଜ୍ରପଡ଼ିବା ପରି ସମସ୍ତେ ନିଜ ନିଜ ଦୁଃଶ୍ଚିନ୍ତାରୁ ଚମକି ଆସି ବର୍ତ୍ତମାନରେ ପହଞ୍ଚିଗଲେ।

ଘରର ଶୀତଳ ନୀରବତା ଛିନ୍‌ଛତ୍ର ହୋଇଗଲା।

'ତୁମମାନଙ୍କୁ ଆଖି ଆଗରେ ଦେଖି ମୋତେ ତ ନୂଆ ଜୀବନଟିଏ ମିଳିଲା ପରି ଲାଗିଲାଣି। ମକଦ୍ଦମ ଆଜ୍ଞା କହିଲେ ସିନା, ମୋତେ ଆଉ ଏଇଠି ପଡ଼ିରହିବାକୁ ଇଚ୍ଛା ହେଉନାହିଁ।' ସଂପୂର୍ଣ୍ଣ ସୁସ୍ଥ ଥିବାର ଅଭିନୟ କରି ବିଧାନ ଉତ୍ତର ଦେଲା। କଣ୍ଠକୁ ବେଶ୍ ଦୃଢ଼ କରି ସେ ପୁଣି କହିଲା- 'ଚାଲ, ସମସ୍ତେ ଏକାଠି ବସି ଖିଆପିଆ କରିବା। ରନ୍ଧାରନ୍ଧି ସରିଲାଣି?' ସୁଦତ୍ତା ଉପରୁ ଆଖି ଫେରାଇ ନିଜର ତିନି ବୋହୂଙ୍କୁ ଅନାଇ ସେ ପଚାରିଲା।

ସେମାନେ କିଛି ଉତ୍ତର ଦେବା ଆଗରୁ ସୀତା ବିଧାନ ଦେହରେ ହାତ ରଖି ପଚାରିଲେ- 'ହେଲା ଯେ, ମୁଁ ତ ବୁଝିପାରୁନାହିଁ ଏ ଯେଉଁ ହେମାଳ ଶୀତ ପଡ଼ିଛି, ଅଧରାତିଟାରେ ସେଦିନ ରାତିରେ ଦୁଆର ଖୋଲି ତୁମେ ବାହାରକୁ କାହିଁକି ଯାଇଥିଲ?'

'ସେ ଦିନ ରାତିରେ ? ସେଦିନ ରାତିରେ କ'ଣ ମ ? ମୁଁ ତ କାଲି ରାତିରେ-

'ନାହିଁ ବାପା, ଆପଣ ତ ପୁରା ତିନିଦିନ ପରେ ଆଜି ଆଖି ଖୋଲୁଛନ୍ତି ! ସେ ରାତି ଓ ଆଜିକୁ ମିଶାଇଲେ ପୁରା ପାଞ୍ଚଦିନ ହେଲାଣି ?' ସ୍ୱପ୍ନା ବାଧାଦେଇ କହିଲା ।

ବିଧାନର ଭ୍ରୂରୁ କୁଞ୍ଚିତ ହେଲା । କ'ଣ ଏମାନେ କହୁଛନ୍ତି !

ଗତକାଲି ରାତିରେ ତାକୁ ଲାଗିଥିଲା ବାହାରେ କିଏ ତା' ନାଁ ଧରି ଡାକୁଛି । ସେ କବାଟ ଖୋଲି ବାହାରକୁ ଯାଇଥିଲା । ସେଇଠି ଦେବଦତ୍ତ ମଉସାଙ୍କୁ ବାରଣ୍ଡାରେ ତନ୍ତ କାନ୍ଥକୁ ଆଉଜି ବସିଥିବାର ସେ ଦେଖିଥିଲା ।

ଦେବଦତ୍ତ ମଉସା... ସେ ଏତକ କହିବାକୁ ଯାଉଛି ଦେଖିଲା ସୀତା ପଛରେ ଠିଆହୋଇ ଦେବଦତ୍ତ ମଉସା ତାଙ୍କ ବିଷିଆଙ୍ଗୁଠିକୁ ନିଜ ଓଠ ଉପରେ ରଖି ମୁଣ୍ଡ ହଲାଇ ଆଖିର ଇସାରାରେ ତାକୁ ଚୁପ୍ ରହିବାକୁ ଇସାରା କରୁଛନ୍ତି ।

ବିଧାନର ଖୋଲା ମୁହଁ ବନ୍ଦ ହୋଇଗଲା । ମୁହଁରୁ ଶବ୍ଦଟିଏ ବାହାରିଲା ନାହିଁ । ସେ ସୀତା ଉପରୁ ଆଖି ଫେରାଇ ତା'ର ଉତ୍ତରକୁ ଅପେକ୍ଷା କରିଥିବା ସମସ୍ତଙ୍କ ଉପରେ ଥରେ ଦୃଷ୍ଟି ବୁଲାଇ ନେଇ ମୁଣ୍ଡ ତଳକୁ କରି ବସି ରହିଲା ।

'ବାପାଙ୍କୁ ତ କବିରାଜ ଆଜ୍ଞା କଥା କହିବା ପାଇଁ ସଂପୂର୍ଣ୍ଣ ମନା କରିଦେଇଗଲେ ।' ଉପସ୍ଥିତ ପୁରୁଷମାନଙ୍କ ମଧ୍ୟରେ ସର୍ବକନିଷ୍ଠ ପ୍ରହ୍ଲାଦ, ସାନଝିଅ ପଦ୍ମାର ସ୍ୱାମୀ, ଏତକ କହିଦେଇ ଚୁପ୍‌ହୋଇ ଯାଇ, ସେ ଠିକ୍ କହିଛନ୍ତି କି ନାହିଁ ଜାଣିବାକୁ ସମସ୍ତଙ୍କ ମୁହଁକୁ ଅନାଇବାରେ ଲାଗିଲେ ।

'ଠିକ୍ କଥା' ସୁଶୀଳ ମୁହଁ ଖୋଲିଲେ, 'ସେ ସବୁ କଥା ଏବେ ଥାଉ ଭାଉଜ । ବିଧାନ ଭାଇ ବିଗତ ତିନିଦିନ ହେଲା କିଛି ଖାଇ ନାହାନ୍ତି-

'ଆଉ କ'ଣ ?' ତାଙ୍କ କଥା କାଟି ଆକାଶ କହିଲେ । 'ଏବେ ତାଙ୍କୁ ଆଗେ କ'ଣ ପଥି ଖାଇବାକୁ ଦେବା ନା । ସେ ପଛ କଥା ଥାଉ, ପରେ ଦେଖିବା । ନା କ'ଣ କହୁଛ ?' ସେ ମଧ୍ୟ ସମର୍ଥନ ଆଶାରେ ସ୍ତ୍ରୀ ସବିତା ଓ ସୁଦତ୍ତା ମୁହଁକୁ ଚାହିଁଲେ ।

'ମୁଁ ବି ଠିକ୍ ସେୟା କହିବି ଭାବୁଥିଲି ।' ଗୌରୀ କହିଲା ।

ଆସ୍ତେ ଆସ୍ତେ ସ୍ୱପ୍ନରୁ ଉଠିବା ପରି ସମସ୍ତେ ନିଜ ନିଜ ଭିତରେ କଥା ହେବା ଆରମ୍ଭ କଲେ । ଏବେ ବିଧାନ କ'ଣ ଖାଇବ, କ'ଣ ପିଇବ, ଔଷଧ ଦେବା ଦାୟିତ୍ୱ ପୁଅବୋହୂଙ୍କ ଭିତରୁ କିଏ ଜଣେ ନେଉ ଯେ, ଶୃଙ୍ଖଳା ରହିବ ଓ ଅନ୍ୟମାନେ ନିଶ୍ଚିନ୍ତ ମନରେ ଅନ୍ୟ କାମ ଦେଖିବେ... ଇତ୍ୟାଦି ନାନା କଥା ହେଉ ହେଉ ଧୀରେ ଧୀରେ କଥାବାର୍ତ୍ତା ଅନ୍ୟାନ୍ୟ ଦିଗକୁ ଗତି କଲା ।

ବିଧାନର ଖିଆପିଆ ବିଷୟରେ ଯାହା ଶେଷରେ ସିଦ୍ଧାନ୍ତ ନିଆଗଲା ତାକୁ

କାର୍ଯ୍ୟକାରୀ କରିବାକୁ ବୋହୂ ତିନିଜଣ ସେଠାରୁ ଉଠିଗଲେ। ପିଲା ବଡ଼ ମିଶି ଘରେ ଆଜି ପ୍ରାୟ ପଚିଶ ଛବିଶ ଜଣ ମଧ୍ୟାହ୍ନ ଭୋଜନରେ ଆଉ ଅଳ୍ପ ସମୟ ଗଲେ ବସିବେ। ଏଣୁ ସେ ସବୁ ମଧ୍ୟ ଦେଖିବାକୁ ପଡ଼ିବ।

ସୀତାଙ୍କ ସମେତ ଅନ୍ୟ ସମସ୍ତଙ୍କୁ ଲାଗୁଥିଲା ସେମାନେ ଏବେ ବିଧାନକୁ ଘେରି ବସି ରହିବା ହିଁ ଉଚିତ ହେବ। ସେମାନଙ୍କ କଥା ଧୀରେ ଧୀରେ ଅନ୍ୟ ବିଷୟକୁ ଯାଇ ସାରିଥିଲା। ଏଇଥିପାଇଁ ଯେ, ବିଧାନର ଧ୍ୟାନ ମଧ୍ୟ ଅନ୍ୟ ହସଖୁସୀର କଥା ଆଡ଼କୁ ଆକର୍ଷିତ ହେବ। ଏ ସବୁ ଶୁଣି ସେ ଚଞ୍ଚଳ ହେବ। ଖୁସୀ ହେବ। ଏଣୁ ତାକୁ କିଛି କହିବାକୁ ନଦେଇ ନାନା ଆନନ୍ଦର କଥା, ସମ୍ବାଦ ସବୁ ନିଜ ନିଜ ଭିତରେ ଆଦାନପ୍ରଦାନ କରି ସେମାନେ ବିଧାନକୁ ସତେଜ, ପ୍ରାଣବନ୍ତ କରିବା ଚେଷ୍ଟାରେ ଲାଗିଲେ।

ବିଧାନକୁ ଏସବୁ କଥା କିଛି ଶୁଭୁନଥିଲା। ସେ ବକ୍ତାମାନଙ୍କୁ ଚାହୁଁଥିଲା, ମଝିରେ ମଝିରେ ମୁଣ୍ଡ ହଲାଉଥିଲା ମଧ୍ୟ କିନ୍ତୁ ତା'ର ଧ୍ୟାନ, ଦୃଷ୍ଟି ସବୁକିଛି ଦେବଦତ୍ତଙ୍କ ଉପରକୁ ହିଁ ବାରମ୍ବାର ଫେରି ଆସୁଥିଲା। ଦେବଦତ୍ତ ଠିକ୍ ସୀତା ପଛରେ ଠିଆ ହୋଇଥିଲେ। ଏଣୁ ସେ ଯେତେଥର ତାଙ୍କୁ ଚାହୁଁଥିଲା ଅନ୍ୟମାନେ ଓ ସୀତା ମଧ୍ୟ ଭାବୁଥିଲେ ବିଧାନ ସୀତାଙ୍କୁ ହିଁ ଥରକୁ ଥର ଚାହୁଁଛି।

ସୀତା ବିଧାନ ପାଖକୁ ଆଉ ଟିକିଏ ଘୁଞ୍ଚିଆସି ତା' ବାହୁରେ ଆପଣା ହାତକୁ ଧୀରେ ରଖିଲେ।

ସେ ସ୍ପର୍ଶରେ ବର୍ତ୍ତମାନ କିଛି କହୁଥିବା ସୁଦତ୍ତା ଉପରୁ ଆଖି ଫେରାଇ ବିଧାନ ସୀତା ମୁହଁକୁ ଚାହିଁଲା। ଦୁହିଁଙ୍କ ଆଖି ଏକାକାର ହେଲା। ଦୁହେଁ ଦୁହିଁଙ୍କୁ ଚାହିଁ ରହିଲେ। ସେମାନଙ୍କର ଅଜାଣତରେ ଧୀରେ ଧୀରେ ସେ ଚାହାଣୀ ନିବିଡ଼ରୁ ନିବିଡ଼ତର ହେଲା।

ଏ ଦୃଶ୍ୟ ଅନ୍ୟ ସମସ୍ତଙ୍କ ଆଖିରେ ପଡ଼ିଲା।

ସୁଦତ୍ତାର କଥା ବନ୍ଦ ହେଲା ନାହିଁ ସତ କିନ୍ତୁ ଧିମେଇ ଗଲା। ସେଇଠି ଉପସ୍ଥିତ ସମସ୍ତ ଶ୍ରୋତା ଓ ବକ୍ତା ନିର୍ନିମେଷ ନୟନରେ ସୀତା ଓ ବିଧାନକୁ ଅଳ୍ପ ସମୟ ପାଇଁ ଚାହିଁ ରହିଲେ। ପୁଣି ଧୀରେ ଧୀରେ ସମସ୍ତଙ୍କ ଆଖି ପରସ୍ପରର ଅଜାଣତରେ ତଳକୁ ହେଲା।

ଏ ଦୁହିଁଙ୍କ ଏ ସାନ୍ନିଧ୍ୟ ସେମାନଙ୍କର ଶେଷ ସାନ୍ନିଧ୍ୟ ନୁହଁ ତ ଆଉ ! ବୈଦ୍ୟରାଜ ତ ପରୋକ୍ଷରେ କହିଦେଇ ଗଲେ କେଉଁ ମୁହୂର୍ତ୍ତରେ କିଛି ବି ହୋଇପାରେ !

ଦୁଃଖ ଓ କରୁଣାର ଏକ କଳାବାଦଲ ସମସ୍ତଙ୍କ ମୁହଁ ଉପରେ ଛାଇଗଲା। ବୋଧହୁଏ ଏ ଦୁହିଁଙ୍କୁ କିଛି ସମୟ ଏଠାରେ ଏକାନ୍ତରେ ଛାଡ଼ିଦେବା ଉଚିତ ହେବ।

ସମସ୍ତଙ୍କ ମୁଣ୍ଡରେ ଏଇ ସମାନ ଭାବନା ଉଙ୍କି ମାରିଲେ ମଧ୍ୟ କେହି ଜଣେ ମୁଣ୍ଡ ଉଠାଇ ଏକଥା କହିବାକୁ ଇଚ୍ଛା କଲେ ନାହିଁ। କାଳେ ଦୀର୍ଘ ନିଃଶ୍ୱାସଟାଏ ମାରିଲେ ସୀତା ଓ ବିଧାନର ଏ ତନ୍ମୟତା ଭାଙ୍ଗିଯିବ ସେହି ଭୟରେ ତଳକୁ ଚାହିଁ ସମସ୍ତେ ନିଜ ନିଜ ନିଃଶ୍ୱାସକୁ ଚିପିଧରିଲେ।

ବିଧାନ ସୀତା ଉପରୁ ଆଖି ହଟାଇ ଦେବଦତ୍ତଙ୍କୁ ଚାହିଁଲା।

ଦେବଦତ୍ତ ସ୍ଥିର ଭାବରେ ଗୋଟିଏ ପାଦକୁ ନିଜ ପଛରେ ଥିବା କାନ୍ଥ ଉପରେ ଭରାଦେଇ ଅନ୍ୟ ଗୋଟିଏ ପାଦରେ ଠିଆହୋଇ ଛାତିରେ ଦୁଇ ହାତକୁ ଛନ୍ଦି ସେଇ କାନ୍ଥକୁ ଆଉଜି ଠିଆ ହୋଇଥିଲେ। ସତେ ଯେପରି ଚୁପ୍‌ଚାପ୍ ସେ ସୁଦତ୍ତାର ସବୁ ବକ୍ତବ୍ୟକୁ ପିଇ ଯାଉଥିଲେ। ମଝିରେ ମଝିରେ ବିଧାନକୁ ଚାହିଁ ମୁରୁକି ହସିଦେଉଥିଲେ।

*ତୁମେ ମୋତେ ସେଦିନ ରାତିରେ କାହିଁକି ଡାକୁଥିଲ ମଉସା ? କ'ଣ କହିବାକୁ ଚାହୁଁଥିଲ ?* ବିଧାନ ମନେମନେ ଏତକ ଘୋଷିହୋଇ ଦେବଦତ୍ତଙ୍କୁ ବାରମ୍ବାର ଚାହୁଁଥିଲା। କିନ୍ତୁ ଉପସ୍ଥିତ ଏତେ ଲୋକଙ୍କ ଆଗରେ କିଛି କହିପାରୁନଥିଲା।

ସୁଦତ୍ତାର କଥା ବନ୍ଦ ହୋଇ ଯାଇଥିଲା। ଅନ୍ୟମାନଙ୍କ ପରି ସେ ମଧ୍ୟ ଆଖି ତଳକୁ କରି ନିଜ ଗୋଡ଼ମୁଦିକୁ ଚାହିଁ ରହିଥିଲା।

ସମ୍ବିତ ଫେରି ପାଇବା ପରି ଦେବଦତ୍ତ ସୁଦତ୍ତା ମୁହଁରୁ ଆଖି ଫେରାଇ ବିଧାନ ଆଡ଼କୁ ଚାହିଁଲେ। ବିଧାନ ତାଙ୍କୁ ଅନେଇଥିବା ଦେଖି ସେ ପୁଣି ନିଜ ଓଠ ଉପରକୁ ଆଙ୍ଗୁଳି ନେଇ ତାକୁ ଚୁପ୍ ରହିବାକୁ ସଙ୍କେତ ଦେଲେ। ପୁଣି କାନ୍ଥ ପାଖରୁ ଘୁଞ୍ଚିଆସି ବିଧାନର ଅତି ପାଖରେ ଠିଆ ହୋଇ ତା' କାନରେ ଧୀରେ ଧୀରେ କହିଲେ- 'ବିଧାନ, ଆଜି ବହୁଦିନ ପରେ ସୁଦତ୍ତାକୁ ଦେଖିଲି। ମୋର ମନ ଏବେ ବହୁତ ଆନନ୍ଦରେ ବୁଡ଼ି ରହିଛି। ମୁଁ ଜାଣେ, ତୁ କ'ଣ କହିବାକୁ ଚାହୁଁ। ମୋତେ ଏବେ ଏ ଆନନ୍ଦ ଭୋଗ କରିବାକୁ ଦେ'। ଦତ୍ତା କାହିଁକି ଚୁପ୍ ହୋଇଗଲା ? ତାକୁ ପଚାର ତ- 'ସେ କେବେ ମୋତେ ମନେପକାଏ ?'

ତାଙ୍କର ଏ କଥାରେ ବିଧାନ ଆଶ୍ଚର୍ଯ୍ୟ ହେଲା। ମଉସା କ'ଣ ଜାଣନ୍ତି ନାହିଁ ସୁଦତ୍ତା ତାଙ୍କୁ କେତେ ଭଲପାଏ ? ସେ ତା'ର ବଡ଼ପୁଅର ନାମ ଦେବଦତ୍ତ ରଖିଛି। ଆଦରରେ ସେ ତାକୁ 'ବାପୁ' ବୋଲି ଡାକି ଆସିଛି, ଯାହା ସେ ମଉସାଙ୍କୁ ଡାକୁଥିଲା।

ସେ ଦେବଦତ୍ତଙ୍କୁ କିଛି କହିବାକୁ ଯାଉଛି ଦେବଦତ୍ତ ତାକୁ କହିଲେ, 'ତୁ ମୋତେ କିଛି କହନା, ଯାହା କହିଲି ସେୟା କର।'

ବିଧାନ କପାଳରେ ବିନ୍ଦୁ ବିନ୍ଦୁ ଝାଳ ଜମା ହୋଇଗଲା। ସୀତା ନିଜ ପିନ୍ଧାକାନିରେ ତାକୁ ପୋଛିବାର ଦେଖି ସେ ସୀତାଙ୍କ ହାତକୁ ନିଜ ଦୁଇ ହାତରେ

ଧୀରେ କରି ଧରି କହିଲା- 'ଥାଉ, ତମେ ଖାଲି ମୋ ହାତଟା ଧରି ଏମିତି ବସ।'

ପରମୁହୂର୍ତ୍ତରେ ସେ ସୁଦତ୍ତା ଆଡ଼କୁ ଚାହିଁ କହିଲା- 'ସୁଦତ୍ତା !'

ତା'ର ଏ ପଦକ କଥାରେ ସମସ୍ତଙ୍କ ତନ୍ଦ୍ରା ଭାଙ୍ଗିଗଲା ପରି ସବୁ ଆଖି ପୁଣି ଉପରକୁ ହେଲା। ବିଧାନ ଏହା ଲକ୍ଷ୍ୟକଲେ ମଧ୍ୟ ପୁଣି ସୁଦତ୍ତାକୁ କହିଲା- 'ଆଜି କାହିଁକି କେଜାଣି ମଉସା ବହୁତ ମନେପଡ଼ୁଛନ୍ତି। ତୋତେ ମଉସା ଆଜିକାଲି ମନେପଡ଼ନ୍ତି ?'

ଏ ପ୍ରଶ୍ନ ସୁଦତ୍ତା, ସୁଶୀଳଙ୍କ ସମେତ ସମସ୍ତଙ୍କୁ ଆଶ୍ଚର୍ଯ୍ୟ କରିଦେଲା। ଆଉ କୋଉଦିନ ହୋଇଥିଲେ ବୋଧହୁଏ ସୁଦତ୍ତା ଏ ପ୍ରଶ୍ନ ଶୁଣି କାନ୍ଦି ପକାଇଥାନ୍ତା। କିନ୍ତୁ ଆଜି ବିଧାନ ନିଜେ ମୃତ୍ୟୁ ଶଯ୍ୟାରେ ! ଏଣୁ ସେ ନିଜକୁ ସଂଯତ କରି କହିଲା- 'ଭାଇ, ମୋର ଏ ନିଃଶ୍ୱାସ ତ ମୋ ବାପୁଙ୍କର ଦାନ। ତାଙ୍କୁ କେବେ ଭୂଲିଲେ ସିନା ମନେ ପକାଇବି ? ଏ ନିଃଶ୍ୱାସ ଯେତେଦିନ ଚାଲୁଥିବ, ସେ ମୋ ଭିତରେ ହିଁ ରହିଥିବେ। ଆଉ ମନେ ପକାଇବି କ'ଣ ?'

ବିଧାନ ସୀତା ପଛରେ ଥିବା ଦେବଦତ୍ତଙ୍କୁ ଚାହିଁଲା। ସେ ସେମିତି କାନ୍ଥକୁ ଆଉଜି ଆଖିରୁ ଲୁହ ପୋଛୁଥିଲେ। ଏକ ଅତୃପ୍ତ ପିତାର ନିଜ କନ୍ୟାକୁ ଅଧୁରା ମମତା ଦେଇଥିବାର ଗ୍ଲାନି ଓ ଆଉ କିଛି ଅଧିକା ସ୍ନେହ ଦେଇନପାରିବାର ଯନ୍ତ୍ରଣା ତାଙ୍କ ଆଖିରୁ ଅବିଶ୍ରାନ୍ତ ଲୁହ ଝରାଉଥିଲା।

ସୀତା ଭାବିଲେ ବିଧାନ ତାଙ୍କୁ ଅନେଇଛନ୍ତି। ସେ ହସିହସି କହିଲେ 'ତୁମେ ଜାଣିଛ ? ଆମ ଭାଗ୍ୟରେ ସାନପୁଅର ବିଭାଘର ଏଇ ଦୁଇଦିନ ତଳେ ଠିକ୍ ହୋଇଗଲା। ଆଉ କେହି ନୁହଁ। ଏଇ ସୁଦତ୍ତାଙ୍କର ସାନ ନାତୁଣୀକୁ କଇଁକୁ ସେ ଆସନ୍ତା ମାସରେ ବିଭା ହେବ।'

'ଆରେ, ଏ ତ ବହୁତ ଭଲ କଥା। ଦତ୍ତା, ଆମେ ତ ଗୋଟିଏ ପରିବାରର ଥିଲେ। ଏବେ ଆମ ବଂଶଧର ମଧ୍ୟ ଏକ ହୋଇଗଲେ।' ବିଧାନ ସୁଦତ୍ତାକୁ ଚାହିଁ କହିଲା।

'ହଁ ଭାଇ, ସବୁ ଭଗବାନଙ୍କ ଆଶୀର୍ବାଦ।' ସୁଶୀଳ କହିଲେ।

ବିଧାନ ପୁଣି ଥରେ ଦେବଦତ୍ତଙ୍କୁ ଚାହିଁଲା। ଅନ୍ୟମାନେ ଧୀର ସ୍ୱରରେ ନିଜ ନିଜ ଭିତରେ କଥା ହେବା ଆରମ୍ଭ କରିଦେଇଥିଲେ। ଏଇ ସୁଯୋଗରେ ସେ ଦେବଦତ୍ତଙ୍କୁ ପୁଣି ସେଇକଥା ପଚାରିବାକୁ ଚାହିଁଲା। ଦେବଦତ୍ତ ତାକୁ ଅନାଇ କହିଲେ- 'ବିଧାନ, ମୁଁ ଏବେ ତୋ ଠାରୁ କିଛି ଶୁଣିବାକୁ ଚାହୁଁନି। ଆଜି କ'ଣ, କାଲି ମଧ୍ୟ ମୁଁ ଏଇଠି ତୋରି ପାଖରେ ଅଛି। ତୁ ଏବେ ଶୋଇ ଯା'। ଆଜି ରାତିରେ ମୁଁ ତୋ ସହିତ

କଥା ହେବି। ଆମେ ଢେର୍ କଥା ହେବା। ଆଜି ରାତିରେ। ଏଣୁ ତୁ ଏବେ ଶୁଅ।' ଏହା କହି ସେ ଆପଣା ଆଙ୍ଗୁଳିମାନଙ୍କୁ ତଳକୁ ଉପରକୁ କରି ହଲାଇବାରେ ଲାଗିଲେ।

ବିଧାନ ବୁଝିପାରିଲା ନାହିଁ, 'ରାତ୍ରି' ଶବ୍ଦଟା ଶୁଣିବାମାତ୍ରେ ତା' ଆଖିରେ ଘମାଘୋଟ ନିଦ ଖୁନ୍ଦି ହୋଇଗଲା ନା ଦେବଦତ୍ତଙ୍କ ଅଙ୍ଗୁଳି ଚାଳନାକୁ ଦେଖୁ ଦେଖୁ ସେ ଗାଢ଼ ନିଦରେ ଶୋଇ ପଡ଼ିଲା ?

ଧୀରେ ଧୀରେ ତାକୁ ଅନାଇ ବସିଥିବା ସୀତାର ମୁହଁ ତା' ଆଖିରୁ ଅଦୃଶ୍ୟ ହୋଇଗଲା। ତାକୁ ଘେରିବସି ନିଜ ନିଜ ଭିତରେ କଥା ହେଉଥିବା ତା'ର ପ୍ରିୟଜନମାନଙ୍କର କଥାବାର୍ତ୍ତାର ଶବ୍ଦ ସବୁ ତା'ଠାରୁ ଦୂରକୁ ଦୂରକୁ ଘୁଞ୍ଚିଘୁଞ୍ଚି କ୍ଷୀଣରୁ କ୍ଷୀଣ ହେବାରେ ଲାଗିଲା।

ତା'ର କୋମଳ ଘୁଂଘୁଡ଼ିର ନରମ ଶବ୍ଦରେ ସେଇଠି ଥିବା ସମସ୍ତେ ପରସ୍ପରକୁ ଅନେଇଲେ। ସତେ ଯେପରି ସେ ଶବ୍ଦକୁ ସମ୍ମାନ ଜଣାଇ ସମସ୍ତଙ୍କ ପାଟିର ଧ୍ୱନି ସବୁ ଯେ ଯେଉଁଠି ଥିଲେ ଠିଆ ହୋଇଗଲେ।

ସମ୍ପୂର୍ଣ୍ଣ କୋଠରୀରେ ନୀରବତା ଛାଇଗଲା।

ମକଦ୍ଦମ ମିଶ୍ରେ ବାରଣ୍ଡାରେ ପହଞ୍ଚି ପଛକୁ ଚାହିଁଲେ।

ତାଙ୍କୁ ଦେଖି ପିଣ୍ଡା ଧାରରେ ବସିଥିବା ଘେନୁଆ ପିଣ୍ଡା ତଳକୁ ଖପ୍‌କରି ଡେଇଁ ତାଳପତ୍ର ଛତାଟାକୁ ଭୂଇଁରୁ ଉଠାଇ ଟେକିଧରି ଠିଆ ହୋଇଗଲା। ସଦା, ପଦିଆ ଏତେବେଳ ଯାଏ ତନ୍ତ ପାଖରେ ବସି ପଣ୍ଡିତ ଆପଣେଙ୍କ ଘର ଭିତରୁ ଫେରିବାଟାକୁ ଅପେକ୍ଷା କରି ରହିଥିଲେ। ତାଙ୍କୁ ଦେଖି ସେମାନେ ମଧ୍ୟ ସେଇଠି ଠିଆହୋଇ ତାଙ୍କ ମୁହଁକୁ ଚାହିଁ ରହିଲେ।

ସଦା ଓ ପଦିଆ ବିଗତ ଚାରିଦିନ ହେଲା ସକାଳୁ ଯେମିତି ଆସିବା କଥା ଆସୁଛନ୍ତି। ତନ୍ତ ପାଖରେ ବସୁଛନ୍ତି ମଧ୍ୟ। କିନ୍ତୁ ଗାମୁଛାଟିଏ ମଧ୍ୟ ଏଇ ଚାରିଦିନରେ ବୁଣିପାରିନାହାନ୍ତି କି ଢେର୍ ରାତି ନ ହେବାଯାଏ ତନ୍ତ ଛାଡ଼ି ଯାଇନାହାନ୍ତି। ସତେ ଅବା ସେମାନେ ସେ ଜାଗା ଛାଡ଼ି ଚାଲିଗଲେ କିମ୍ବା ତନ୍ତ ପାଖରେ ନ ବସିଲେ, ବିଧାନର ଚେତା ଆଉ ଫେରିବ ନାହିଁ। ମଝିରେ ମଝିରେ ଘର ଭିତରକୁ ଯାଇ ଚେତନାଶୂନ୍ୟ ହୋଇ ପଡ଼ିରହିଥିବା ବିଧାନକୁ ଦେଖି ଆସି ପୁଣି ତନ୍ତ ପାଖକୁ ଫେରିଆସି ସେଇଠି ସେମାନେ ମୁଣ୍ଡ ପୋତି ବସି ରହୁଥିଲେ। କାଳେ କେତେବେଳେ କ'ଣ ଦରକାର ପଡ଼ିବ।

ବିଧାନ ତ ତାଙ୍କ ପାଇଁ କାଳେ କାଳେ ବିଧାନ ନୁହଁ, ସାକ୍ଷାତ ବାପ !

ପଣ୍ଡିତ ମିଶ୍ରଙ୍କୁ ପଛକୁ ବୁଲି ଚାହିଁବା ଦେଖି ତାଙ୍କ ପଛେ ପଛେ ଆସୁଥିବା ଧ୍ରୁବ, ଧନୁଷ ଓ ଧବଳ ତାଙ୍କୁ ଘେରି ଠିଆହୋଇ ତାଙ୍କ ମୁହଁକୁ ଚାହିଁଲେ। ମିଶ୍ର ଆପଣେ ଥରେ ସେମାନଙ୍କୁ ଓ ଥରେ ସଦା, ପଦିଆଙ୍କୁ ଚାହିଁ କହିଲେ- 'ମୋର ଯାହା କରିବା କଥା କଲି। କିନ୍ତୁ ବିଧାନ...'

ତାଙ୍କ ସ୍ୱର ଶେଷବେଳକୁ ଅସ୍ପଷ୍ଟ ହୋଇଗଲା ଓ ଦୃଷ୍ଟି ଏଇ ଶ୍ରୋତାମାନଙ୍କ ମୁହଁ ଉପରୁ ଘୁଞ୍ଚିଯାଇ ଫାଟକ ଆଡ଼କୁ ଲମ୍ବିଗଲା। ସେ ଚୁପ୍ ହୋଇଗଲେ।

ଶ୍ରୋତାଙ୍କ ମୁଣ୍ଡରେ ଚଡ଼କ ପଡ଼ିଲା। ମୁହଁ କଳାକାଠ ହୋଇଗଲା।

'ଏଁ! ଏ କ'ଣ କହୁଛନ୍ତି?' ଧ୍ରୁବ ପ୍ରାୟ ଚିତ୍କାର କରି କହିଲା।

'କିନ୍ତୁ ବାପା ତ ଏବେ ବେଶ୍ ଖୁସିରେ କଥା ହେଉଛନ୍ତି। ଚଞ୍ଚଳ ମଧ୍ୟ ଜଣାପଡୁଛନ୍ତି?' ଧବଳ ଉଚ୍ଛନ୍ନ ହୋଇ ପଚାରିଲା।

'ହଁ, ଦୀପ ଲିଭିବା ଆଗରୁ ଦପ୍‌ଦପ୍ ହୋଇ ଜଳିଉଠେ! ଗଙ୍ଗାଜଳ, ତୁଳସୀ, ନିର୍ମାଲ୍ୟ ଏସବୁ ଘରେ ସଜାଡ଼ି ରଖ। ମୋତେ ତ ବହୁ ବିଷର୍ଣ୍ଣ ଲାଗୁଛି, ଆମ ଗାଁର ଏକ ଉଜ୍ଜ୍ୱଳ ଦୀପ, ମୋ ନନାଙ୍କର ଜଣେ ପ୍ରିୟ ବ୍ୟକ୍ତି... ଏବେ ଲିଭିବାକୁ ବସିଛି...' ତାଙ୍କ ସ୍ୱର ଭାରୀ ହୋଇ ଉଠିଲା। ସେ ମୁଣ୍ଡକୁ ଟୁଙ୍ଗାରି ଟୁଙ୍ଗାରି ନିଜ ପାଦ ଆଡ଼କୁ ଚାହିଁଲେ।

ତାଙ୍କର ପାଞ୍ଚଜଣ ଯାକ ଶ୍ରୋତା ନିଜ ନିଜ ପାଟିରେ ଗାମୁଛା ପୂରାଇ ମୁଣ୍ଡ ତଳକୁ କଲେ। ସତେ ଯେପରି ତାଙ୍କ ଆଖିର ଚଳନ୍ତା ପାଣି ଧାର କେଉଁଠି କୁଟାକାଠି ଲାଗି ଅଟକି ଯାଇଥିଲା। ପଣ୍ଡିତ ମିଶ୍ର ନିଜର ଏତକ କଥାରେ ସେ କାଠିକୁଟାକୁ ଆଡ଼େଇ ଦେଲେ।

ସେମାନଙ୍କ ଆଖିରୁ ଧାରଧାର ଲୁହ ଝରିଲା। ପରସ୍ପରର ମୁହଁକୁ ଚାହିଁବାକୁ ସୁଦ୍ଧା ସେମାନଙ୍କର ସାହସ ହେଲା ନାହିଁ। ସମସ୍ତଙ୍କ ଦେହ ଥରଥର ହେଲା।

ପଣ୍ଡିତ ମିଶ୍ରେ ପିଣ୍ଡା ତଳକୁ ଓହ୍ଲାଇଲେ। ତାଙ୍କ ପଛେ ପଛେ ଏ ପାଞ୍ଚଜଣ ମଧ୍ୟ ପିଣ୍ଡାରୁ ଓହ୍ଲାଇ ତାଙ୍କ ପାଖରେ ଠିଆହେଲେ। ଘେନୁଆକୁ ଚାହିଁ ପଣ୍ଡିତ ମିଶ୍ରେ କହିଲେ- 'ତୁ ଆଗରେ ଯାଇ ଫାଟକ ପାଖରେ ଠିଆ ହ'। ମୁଁ କଥା ହୋଇ ଆସୁଛି।'

ଘେନୁଆ ସଙ୍ଗେ ସଙ୍ଗେ ଛତାଟାକୁ ବଢ଼ାଇ ଦେବା ମାତ୍ରେ ସଦା ଆଖି ପୋଛୁ ପୋଛୁ ଆଗକୁ ଆସି ତାକୁ ଖପ୍‌କରି ଧରିଦେଇ ପଣ୍ଡିତ ମିଶ୍ରଙ୍କ ପାଖରେ ତାକୁ ଟେକି ଠିଆ ହୋଇଗଲା। ଘେନୁଆ ଫାଟକ ଆଡ଼କୁ ଚାଲିଗଲା।

ନିକଟରେ ଥିବା ଧ୍ରୁବ ପିଠିରେ ହାତ ଆପୁଡ଼ାଇ ପଣ୍ଡିତ ମିଶ୍ରେ କହିଲେ-

'ଦେଖ, ସତ କହିବାକୁ ଗଲେ ଇଏ କାନ୍ଦିବାର ବେଳ ନୁହେଁ। ତୁମେ ଏବେ ସମସ୍ତେ ମନ ଭରି ତାଙ୍କର ସାନ୍ନିଧ୍ୟକୁ ଉପଭୋଗ କର। ହୁଏତ ଔଷଧ ବଳରେ ଦୁଇତିନି ଦିନ ଟାଳି ଦିଆଯାଇପାରେ। କିନ୍ତୁ... ଶାରୀରିକ ଲକ୍ଷଣ ସବୁ କିଛି ଭଲ ଦିଶୁନାହିଁ। ଯଦି ତାଙ୍କର ମସ୍ତିଷ୍କ କାମ କରୁଛି, ସେ ତୁମର ସୌଭାଗ୍ୟ ବୋଲି ଧରିନିଅ।'

ସମସ୍ତେ ତାଙ୍କ ମୁହଁକୁ ଚାହିଁଲେ। କାହାର ହେଲେ ଲୁହଧାର ବନ୍ଦ ହେଲା ନାହିଁ। ମୁହଁରୁ କଥା ବାହାରିଲା ନାହିଁ।

'ତାଙ୍କ ପାଖରେ ପାଳିକରି ଜଗି ରହ। ଦିନରେ ବି ରାତିରେ ବି। ତୁମେମାନେ... କେତେଜଣ ?'

'ଆମେ ପାଞ୍ଚଜଣ...' ପଦିଆ ମୁଣ୍ଡ ଉଠାଇ କହିଲା।

'ଅତି ଉତ୍ତମ। ଜଣକେ ପାଞ୍ଚ ପ୍ରହର ଯାଏ ଜଗିପାରିବ। ଆଜିର ଦିନର ଭାଗଟା ଛାଡ଼ିଦେଲେ... ଅର୍ଥାତ୍ ଆଜିଦିନଟା ବିଶ୍ରାମ ନିଅନ୍ତୁ। ସନ୍ଧ୍ୟା ପରଠାରୁ ସେ ଯଦି କଥା କହିବାକୁ ଚାହିଁବେ, ତାଙ୍କୁ ସେ ସୁଯୋଗ ଦେବ। ଆଜି ଦିନ ସମୟରେ ସେ ଯଦି ଟିକେ ବିଶ୍ରାମ ନେଇଯାଆନ୍ତି, ଭଲ ହୋଇଥାଆନ୍ତା।'

ପାଞ୍ଚଜଣ ଯାକ ମୁଣ୍ଡ ଉଠାଇ ତାଙ୍କୁ ଚାହିଁଲେ। ସେମାନଙ୍କ ମୁହଁର ପ୍ରଶ୍ନବାଚୀକୁ ପଢ଼ି ସେ ପୁଣି କହିଲେ- 'ମୋ ପାଠ କହୁଛି, ସେ କମ୍ କଥା ହେଲେ ଭଲ। କିନ୍ତୁ ମୋ ନନା କହୁଥିଲେ- ମରଣମୁଖୀ ମନୁଷ୍ୟକୁ କଥା କହିବା ପାଇଁ ସୁଯୋଗ ଦେବା ଉଚିତ। କେଜାଣି... କୋଉ ଅକୁହା କଥା, ସେ ଶେଷ ମୁହୂର୍ତ୍ତରେ କହିବାକୁ ଇଚ୍ଛା କରୁଥାଇପାରେ। ସେ ଇଚ୍ଛା, ତା'ର ଶେଷ ଇଚ୍ଛା ମଧ୍ୟ ହୋଇଥାଇପାରେ। ଏଣୁ ତା'ର ସେ ଅଧିକାର ତା'ଠାରୁ ଛଡ଼ାଇ ନେବା ଉଚିତ ନୁହେଁ।' ସେ ଫାଟକ ଆଡ଼କୁ ଧୀରେ ଧୀରେ ଆଗେଇବାକୁ ଆରମ୍ଭ କଲେ।

'ଏ କ'ଣ ସତରେ ଶେଷ ଅ-'

ଧନୁଷ ନିଜ କଥା ପୂରା କରିପାରିଲା ନାହିଁ। ସମସ୍ତେ ତାଙ୍କ ପଛେ ପଛେ ଚାଲିବାକୁ ଲାଗିଲେ।

'ହଁ, ଇଏ ଶେଷ ଅବସ୍ଥା... ଏଥିରେ ଆଦୌ ସନ୍ଦେହ ନାହିଁ।'

ଫାଟକ ପାଖେଇ ଆସିଥିଲା। ଘେନୁଆ ସଦା ହାତରୁ ଛତାଟା ନେଇ ଫାଟକକୁ ଖୋଲିଧରିଲା। ପଣ୍ଡିତ ମିଶ୍ରେ ପଛକୁ ଚାହିଁ- 'ହଉ, ମୁଁ ଆସୁଛି।'

ଧବଳ ଆଗେଇ ଯାଇ ଚେରମୂଳ ପେଡ଼ିଟାକୁ ଘେନୁଆ ହାତକୁ ବଢ଼ାଇଦେଲା। ସେମାନଙ୍କ ପ୍ରଣାମକୁ ସ୍ୱୀକାର କରି, ସମସ୍ତଙ୍କୁ ଆଶୀର୍ବାଦ ମୁଦ୍ରା ଦେଖାଇ କବିରାଜ ମିଶ୍ରଙ୍କ ଚେହେରା ଆଖିରୁ ଧୀରେ ଧୀରେ ଅଦୃଶ୍ୟ ହୋଇଗଲା।

ବିଧାନର ଚେତା ଫେରିବା ପରଠାରୁ ଘର ଭିତରେ ଏକ ଆନନ୍ଦମୟ ବାତାବରଣ ଲାଗି ରହିଥିଲା। ସତେ ଯେପରି କାଳରାତ୍ରି ଅପସରି ଯାଇ ନାନା ସୌଭାଗ୍ୟ ଆଣି ଏକ ସୁନ୍ଦର ସକାଳ ସେଇଠି ପହଞ୍ଚିଯାଇଥିଲା। ଯଦିଓ ମକଦ୍ଦମ ମିଶ୍ରଙ୍କ ଚେତାବନୀ ସମସ୍ତଙ୍କ ମନ ଭିତରେ ଗୁରୁଗୁରୁ ହେଉଥିଲା, ପ୍ରତ୍ୟେକେ ଭାବୁଥିଲେ ଅନ୍ୟମାନେ ଏକଥା ଭୁଲିଗଲେଣି। ଏଣୁ ସମସ୍ତେ ଘରର ସୁଖ ଶାନ୍ତିକୁ ଶିଶୁପରି ସ୍ୱଚ୍ଛନ୍ଦରେ ଖେଳିବାକୁ ଛାଡ଼ିଦେଇ ନିଜେ ନିଜେ ଏକ ଅଶୁଭ ପରିସ୍ଥିତି ପାଇଁ ସତର୍କ ହୋଇ ରହିଥିଲେ।

ଆନନ୍ଦର କୋଳାହଳ ପାଇଁ ଅନେକ କାରଣ ମଧ୍ୟ ସେମାନଙ୍କ ଆଗରେ ହସି ହସି ଠିଆ ହୋଇଥିଲା। ଅନେକ ଦିନ ପରେ ଏକକାଳୀନ ପ୍ରିୟ ପରିଚିତମାନଙ୍କୁ ଦେଖିବା କେବଳ ନୁହଁ, ଏକ ଛାତ ତଳେ ଏକାଠି ରହିବା, ଏକାଠି ଖାଇବା, ଜୀବନର ସମସ୍ତ ଦୈନନ୍ଦିନତାକୁ ଭାଙ୍ଗିଦେଇ ଏହି ନୂତନ ଆନନ୍ଦର ବାତାବରଣଟିକୁ ଆଣିଦେଇଥିଲା। ସେଥିରେ ପୁଣି ଭାଗ୍ୟ ଓ ସୁଦତ୍ତାର ପରିବାର ଆଉ ଏକ ନୂଆ ବନ୍ଧନରେ ବାନ୍ଧି ହେବାକୁ ଯାଉଛନ୍ତି... ଏଣୁ କଥାବାର୍ତ୍ତା, କଳ୍ପନାଜଳ୍ପନା ଓ ହସଖୁସିର ଅଭାବ ନଥିଲା।

ସୀତାଙ୍କ ଅନୁରୋଧରେ ସମସ୍ତେ ରାଜି ହୋଇଥିଲେ, ଅନ୍ତତଃ ସପ୍ତାହଟିଏ ସେମାନେ ସମସ୍ତେ ଏମିତି ଏଇଠି ରହିବେ। କେଜାଣି, କେତେବେଳେ, ବିଧାନ କାହାକୁ ଖୋଜିବେ।

ପଣ୍ଡିତ ମିଶ୍ରଙ୍କ କହିବା ଅନୁସାରେ, ବିଧାନକୁ ଥରେ ଦୁଇଥର ନିଦରୁ ଉଠାଇ ପୁଅମାନେ ଔଷଧ ଓ ପଥିପାଚନ ଖୁଆଇଥିଲେ। ପ୍ରତ୍ୟେକ ଥର ସେସବୁ ଖାଇବା ପରେ ବିଧାନ ସମସ୍ତଙ୍କ ମୁହଁକୁ ଥରେ ଚାହିଁଦେଇ ଅଳ୍ପ କିଛି କହି, ଗୋଟିଏ ଦୁଇଟା ପ୍ରଶ୍ନ ପଚାରି ପୁଣି ଗାଢ଼ ନିଦରେ ଶୋଇପଡ଼ିଥିଲା।

ତିନି ପୁଅଙ୍କୁ ଛାଡ଼ିଦେଲେ, ବାକି ସମସ୍ତଙ୍କ ପାଇଁ ବିଧାନର ଏଇ ଗାଢ଼ ନିଦ ଜାଗ୍ରତ ହେବା ପରେ ତା'ର ସ୍ୱାଭାବିକ ପ୍ରଶ୍ନ ଓ ଉତ୍ତର ସମସ୍ତଙ୍କ ମନରେ ଧୂଁ ଧୂଁ ଖରାଦିନର ଏକ ସଜଳ ମେଘ ପରି ନାନା ଆଶା ନେଇ ସେଠାରେ ଠିଆ ହୋଇଥିଲା।

ରାତିର ଆଗମନରେ, ସାରାଦିନର ନିଶ୍ଚିତ ଗହଳଚହଳର ଶବ୍ଦ ଧୀରେ ଧୀରେ ଘିଅ ସରିଯାଇଥିବା ଦୀପଟିଏ ପରି କମି କମି ଶେଷରେ ଧପ୍‌କରି ଲିଭିଗଲା। ଗଭୀର ରାତିର ଏ ନିଶ୍ଚୁପ, ନିସ୍ତବ୍ଧତା ରୋଗୀର ଚେତନାକୁ ସ୍ପର୍ଶ କଲା।

ବିଧାନ ଧୀରେ ଧୀରେ ଆଖି ଖୋଲି ଦେଖିଲା, ତା'ର ପୁଅ ତିନିଜଣ ଦ୍ୱାର

ମୁହଁ ପାଖରେ ଠିଆହୋଇ ଅନୁଚ୍ଚ ସ୍ୱରରେ କ'ଣ କଥା ହେଉଛନ୍ତି। ତାକୁ ଲାଗିଲା ବିଧାନକୁ ଜଗିବସିବାର ଦାୟିତ୍ୱ ଧବଳକୁ ଦେଇ ବାକି ଦୁଇଜଣ ଶୋଇବାକୁ ଯିବାକୁ ବସିଛନ୍ତି।

ବିଧାନର ଅନୁମାନ ନିର୍ଭୂଲ ଥିଲା।

ସେ ଗଳାରେ ଶକ୍ତି ସଞ୍ଚୟ କରି ଡାକିଲା- 'ଶୁଣରେ!'

ତିନିଜଣଙ୍କ କଥାବାର୍ତ୍ତା ବନ୍ଦ ହୋଇଗଲା। ଏରୁଣ୍ଡି ସେପଟେ ଥିବା ଧ୍ରୁବ, ଧନୁଷ ଓ ଏପଟେ ଥିବା ଧବଳ ମୁହଁ ବୁଲାଇ ତାକୁ ଚାହିଁଲେ।

ବିଧାନ ହାତ ଠାରିଲା- ପାଖକୁ ଆସ।

ସେମାନଙ୍କର ଏକ ଚଞ୍ଚଳ ଚାହାଁଣୀ ପରସ୍ପର ଉପରକୁ ଫୋପାଡ଼ି ଦେଇ ସେମାନେ ବିଧାନ ପାଖରେ ଆସି ଠିଆହେଲେ।

ବିଧାନ କହିଲା- 'ମୋ ପାଖରେ ବସ। ତୁମକୁ ମୋର କିଛି କହିବାର ଅଛି।'

ପୁଅମାନଙ୍କ ମୁହଁ କଳା ପଡ଼ିଗଲା। *ଏତେ ଶୀଘ୍ର?*

ଧ୍ରୁବ ଦୁଇ ସାନଭାଇଙ୍କୁ ଥରେ ଅନାଇ ଥତମତ ହୋଇ କହିଲା- 'ବାପା, ମୋତେ ଲାଗୁଛି... ତୁମେ ଟିକେ ବିଶ୍ରାମ... ନେବା ବୋଧେ ଠିକ୍ ହେବ।'

ବିଧାନ ହସିଲା। ତା'ର ନିଖୁଣ ଦାନ୍ତର ସଫେଦ ହସ ତିନିଭାଇଙ୍କ ହୃଦୟରେ ଆଶା ନିରାଶର ଦ୍ୱନ୍ଦ୍ୱକୁ ଦୁଇଗୁଣ କରିଦେଲା। ସେମାନଙ୍କ ମୁହଁକୁ ଚାହିଁ ବିଧାନ ଧୀରେ ଧୀରେ କହିଲା- 'ମୋ ବାପାଙ୍କ ଯେତେବେଳେ ଶେଷ ଅବସ୍ଥା ଆସିଗଲା ବୋଲି ସେ ଜାଣିପାରୁଥିଲେ ଓ ମୋ ସହିତ କଥା ହେବାକୁ ଚାହୁଁଥିଲେ, ମୁଁ ବି ତୋ ପରି ଠିକ୍ ଏମିତି ତାଙ୍କୁ କହିଥିଲି! ସେ ସେତେବେଳେ କହିଥିଲେ- 'ମୋ ପାଖରେ ବେଶି ସମୟ ନାହିଁ।' ମୁଁ ଯଦି ତାଙ୍କ କଥା ସେତେବେଳେ ଶୁଣି ନ ଥାନ୍ତି...'

ସେ ଆଉ କିଛି କହିପାରିଲା ନାହିଁ।

ସତରେ ହାଲିଆ ଲାଗୁଛି। ଏବେ ଶୋଇଯାଇ ସକାଳେ ଏ ସବୁ କଥା କହିଲେ ହୁଅନ୍ତା ପରା?

କିନ୍ତୁ...

ଯଦି ସକାଳଟିଏ ତା' ଜୀବନରେ ଆଉ ନ ଆସେ?

ନା? ତାକୁ ଶକ୍ତି ଜୁଟାଇବାକୁ ପଡ଼ିବ। ଦୀର୍ଘ ନିଃଶ୍ୱାସଟିଏ ଛାଡ଼ି ସେ ଦୁଆରବନ୍ଧ ଆଡ଼କୁ ଚାହିଁ କହିଲା- 'ଆଉ ଅନ୍ୟମାନେ?'

ଧନୁଷ କହିଲା- 'ତୁମେ ଆଜି ଖରାବେଳେ ଯେଉଁମାନଙ୍କୁ ଦେଖିଥିଲ, ସେମାନେ ସମସ୍ତେ ଏବେ ଘରେ ଅଛନ୍ତି। କିଛି ସମୟ ଆଗରୁ ତୁମ ଚାରିପଟେ

ସେମାନେ ଏଇଠି ଥିବା ହୁଏତ ତୁମେ ଦେଖିଥିବ।'

ବିଧାନ କିଛି କହିଲା ନାହିଁ।

'ତୁମେ ଗାଢ଼ ନିଦରେ ଶୋଇବା ପରେ ଏବେ ଏବେ ସମସ୍ତେ ଖା'ପିଆ ସାରି ଶୋଇବାକୁ ଗଲେଣି।' ଧନୁଷ ତା' କଥା ସାରିଲା।

ଖୁସିର ହସଟିଏ ବିଧାନର ମୁହଁରେ ଖେଳିଗଲା। ନିଜ ପ୍ରିୟଜନମାନଙ୍କ ସାନ୍ନିଧ କାହାକୁ ଭଲ ନ ଲାଗେ।

'ହଉ, ସକାଳ ପାହିଲେ ସେ ସମସ୍ତଙ୍କୁ ତ ଦେଖିପାରିବି। କାହାରିକୁ ଯିବାକୁ ଦେବନାହିଁ। ମୁଁ କହିଛି କହିବ। ସମସ୍ତେ ଭଲରେ ଶୋଇଛନ୍ତି ତ ? ସୁଶୀଳ... ଆକାଶ... ବୟସ୍କ ଲୋକ...।'

'ନାଇଁ ବାପା, ତୁମେ ଚିନ୍ତା କରନା। ସେମାନେ ସମସ୍ତେ ଭଲରେ ଶୋଇଛନ୍ତି,' ଧବଳ କହିଲା।

'ଖାଲି ସେତିକି ନୁହଁ, ଏବେ କିଛି ଦିନ ସମସ୍ତେ ଏଇଠି ରହିବେ,' ଧ୍ରୁବ କହିଲା- 'ବୋଉ ଏକଥା କହିବାରୁ ସମସ୍ତେ ରାଜି ହୋଇଛନ୍ତି।'

'ଏ ତ ବହୁତ ଆନନ୍ଦର କଥା! ଅନେକ ଧନ୍ୟବାଦ ସେମାନଙ୍କୁ!' କହି ବିଧାନ ପୁଅମାନଙ୍କୁ ଚାହିଁଲା। 'ହଉ, ଆଉ ଟିକିଏ ପାଖକୁ ଘୁଞ୍ଚିଆସ। ମୋତେ ଧୀର ସ୍ୱରରେ କଥା କହିବାକୁ ପଡ଼ିବ। କାରଣ ମୁଁ ଚାହୁଁଛି, ତୁମ ତିନିଜଣଙ୍କ ଛଡ଼ା ଏକଥା ଆଉ କେହି ନ ଜାଣନ୍ତୁ। ଏହା ତୁମ ବାପର ସମ୍ମାନ... ତୁମ ଘରର ମର୍ଯ୍ୟାଦା... ଓ ତୁମର ମଧ୍ୟ ଭବିଷ୍ୟତ...। ଏଣୁ ମନ ଦେଇ ଶୁଣ...'

ପୁଅମାନଙ୍କର ଆଖି ସନ୍ତର୍ପଣରେ ଏକାଠି ହୋଇ ପୁଣି ଅଲଗା ହୋଇଗଲେ, ଏହା ସେ ଦେଖିପାରିଲା ନାହିଁ।

କିନ୍ତୁ ପୁଅମାନେ ତାକୁ ଲାଗି ବସିବା ଦେଖି ସେ ସନ୍ତୁଷ୍ଟ ହୋଇ ଆଖି ବୁଜି ଧୀରେ ଧୀରେ କହିଲା- 'ଏବେ ମୁଁ ତୁମମାନଙ୍କୁ ଯାହା କହିବି, କାଳେ କୌଣସି କଥା ଭୁଲିଯିବି, କି ଛାଡ଼ିଦେବି, ଏଣୁ ହେଇ ସେ ଭାଡ଼ି ଭିତରେ...' ଆଖି ଖୋଲି ସେ ତା'ର ଥରଥର ହାତ ଭାଡ଼ିକୁ ଦେଖାଇଲା। ପୁଅମାନେ ସେଆଡ଼େ ଚାହିଁଲେ।

'ସେଇଠି... ଗୋଟିଏ ପେଟରା ଭିତରେ ତିନୋଟି ପୋଥି ଅଛି। ତୁମେମାନେ ସେ ପୋଥିମାନଙ୍କରୁ କିଛି ନହେଲେ 'ଦେବଦତ୍ତ ଉପାଖ୍ୟାନ' ପୋଥିଟି କାଢ଼ି ପଢ଼। ସେଥିରେ ଏବେ ମୁଁ ଯାହା କହିବି, ତା'ର ବିସ୍ତୃତ ନିକିନିଖି ବିବରଣୀଟିଏ ସେଇଠି ଲେଖା ହୋଇଛି। ତାକୁ ପଢ଼ିବ... ସବୁ ବୁଝିପାରିବ।' କହୁ କହୁ ସେ କାଶି ଉଠିଲା।

'ପାଣିଟା ବଢ଼ାଇଲୁ,' ଧ୍ରୁବ ଧବଳକୁ କହିଲା। ଧବଳ ହାତରୁ ଠେକିଟା ନେଇ

ସିଝା ପାଣିରୁ ମନ୍ଦେ ମନ୍ଦେ ବିଧାନକୁ ପିଆଇଲା ।

ପାଣି ପିଇସାରି ବିଧାନ କହିଲା- 'ବଡ଼ ବିଚିତ୍ର କଥା । ଷାଠିଏ ବର୍ଷ ତଳେ ମୋ ବାପାଙ୍କର ଶେଷ ସମୟରେ ଏମିତି ମନ୍ଦେ ମନ୍ଦେ ପାଣି ମୁଁ ତାଙ୍କୁ ପିଆଉଥିଲି, ଆଉ ସେ ତାଙ୍କ ଜୀବନର ଏକ କୁତ୍ସିତ ରହସ୍ୟ ମୋ ଆଗରେ ଖୋଲି ଧରିଥିଲେ । ମୁଁ ଏବେ ସେ ରହସ୍ୟକୁ ତୁମକୁ ହସ୍ତାନ୍ତର କରିବି । କିନ୍ତୁ...'

*କିନ୍ତୁ... ?*

ଛଅଟି ଯାକ ଆଖି ପଲକ ନ ପକାଇ ତାକୁ ହିଁ ଚାହିଁ ରହିଥିଲେ ।

ସେଆଡ଼କୁ ଅନାଇ ବିଧାନ କହିଲା- 'କିନ୍ତୁ... ତା'ପୂର୍ବରୁ ତୁମେ ତିନିହେଁ ମୋତେ ଆଗେ କଥା ଦିଅ, ମୋ ମୁଣ୍ଡ ଛୁଇଁ ପ୍ରତିଜ୍ଞା କର, ଏକଥା ତୁମ ତିନିଜଣଙ୍କ ଛଡ଼ା... ନା ତୁମ ସ୍ତ୍ରୀମାନେ... ନା ତୁମ ବୋଉ... କେହି ହେଲେ ଜାଣିବେ ନାହିଁ । ଶୁଣିବେ ନାହିଁ ।'

ତିନିଭାଇ ବାପାଙ୍କ ମୁଣ୍ଡ ଛୁଇଁ ପ୍ରତିଜ୍ଞା କଲେ ।

ରାତ୍ରି ବଢ଼ିବାରେ ଲାଗିଲା ।

ତିନିଭାଇଙ୍କ ଆଗରେ ତାଙ୍କ ସୁନ୍ଦର ସମ୍ମାନିତ ପରିବାରର ଏକ ଗୁପ୍ତ କଦାକାର ରୂପ ଧୀରେ ଧୀରେ ଉନ୍ମୋଚିତ ହେଉଥିଲା । ହତ୍ୟା... ସେ ପୁଣି ଏକ ମଣିଷର... ସେ ମଧ୍ୟ ଏକ ଭଦ୍ର ନିରୀହ ବ୍ୟକ୍ତିର... ଯାହାର କୌଣସି ଅପରାଧ ନ ଥିଲା... ଓଲଟି ଯିଏକି ଏଇ ପରିବାରର ହିଁ ଏକ ଉପକାରୀ, ସ୍ନେହୀ ପଡ଼ୋଶୀ ବନ୍ଧୁ ଥିଲା... ତାକୁ କେବଳ ନିଜର ପଶୁ ସମାନ ହିଂସ୍ର ବୁଦ୍ଧି ଯୋଗୁ... ନିଜ ଈର୍ଷା ଯୋଗୁ... ବ୍ୟକ୍ତିଗତ ସ୍ୱାର୍ଥ ପାଇଁ... ସେ ମଧ୍ୟ ଛଳନା, କପଟ ପ୍ରୀତିର ଜାଲ ପକାଇ !!

ଏପରି ପାପ ଧରିତ୍ରୀ ସହିବ ? ଭଗବାନ କ୍ଷମା କରିବେ ?

ତିନିଭାଇଙ୍କ ଆଖି ବିସ୍ଫାରିତ ହେଉଥିଲା । ମଝିରେ ମଝିରେ ସେମାନେ ପରସ୍ପରକୁ ଚାହୁଁଥିଲେ ।... ଏ କ'ଣ ସତ ? ସତରେ କ'ଣ ବାପା ଏମିତି ଜେଜେଙ୍କ ପୁଅ ? କାହିଁ, କେବେ ଏମିତି ଲାଗନ୍ତି ନାହିଁ ତ !

ବିଧାନ ବାରମ୍ବାର କଥା ବନ୍ଦ କରି ଘଡ଼ିଏ ବିଶ୍ରାମ ନେଉଥିଲା ।

ତିନୋଟିଯାକ ଭାଇ ସେତିକିବେଳେ ନିଜ ନିଜ ମୁହଁକୁ ନିଜ ଗାମୁଛାରେ ପୋଛି ପକାଉଥିଲେ । ସତେ ଅବା ବାପା ନୁହଁ, ସେମାନେ ହିଁ ଏତେବେଳ ଯାଏ ଚିତ୍କାର କରି କରି ଏକ ବିଶାଳ ଶ୍ରୋତାମଣ୍ଡଳୀକୁ ଅବିଶ୍ରାନ୍ତ କଥା କହି ଚାଲିଥିଲେ । ଶୀତ ରାତିର ଥଣ୍ଡା ପରିବେଶ ତାଙ୍କ ମୁହଁରେ ନଥିଲା । ବିନ୍ଦୁ ବିନ୍ଦୁ ଝାଳ ସେଇଠି ଜମି

ଯାଉଥିଲା। ସେମାନେ ମୁହଁକୁ ରଗଡ଼ି ରଗଡ଼ି ତାକୁ ପୋଛିଲାବେଳେ ଲାଗୁଥିଲା, ସତେ ଯେମିତି ସେଇଠି ଏବେ ଏବେ ଲାଗିଥିବା ବଂଶର କାଳିମାତକ ମଧ୍ୟ ଏ ରଗଡ଼ାରେ ପୋଛି ହୋଇଯିବ ପରା!

ବିଧାନ ପୁଣି କହିବାକୁ ଆରମ୍ଭ କଲେ ସେମାନେ ଥରେ ପରସ୍ପରକୁ ଅନାଇ ପରସ୍ପରର ନୀରବ ଅନୁମୋଦନ ଖୋଜୁଥିଲେ। ଆଖିରେ ଆଖିରେ ପଚାରୁଥିଲେ- କ'ଣ କରାଯିବ? ଅନ୍ୟମାନଙ୍କ ଆଖି ଉତ୍ତର ଦେଉଥିଲେ- ନିଜେ ପଣ୍ଡିତ ମିଶ୍ର ତ କହିଦେଇଗଲେ, ବାପାଙ୍କୁ କହିବାକୁ ଦିଅ। ସତରେ ବାପା ତ ତାଙ୍କ ସାରାଜୀବନ ତାଲା ପକାଇ ରଖିଥିବା ଏ କଳାଗୁମରକୁ ଏବେ ଖୋଲି ବସିଛନ୍ତି!

କହନ୍ତୁ।

କହିଦେଲେ ଯଦି ତାଙ୍କୁ ଭଲ ଲାଗିବ।

ସେମାନେ ନୀରବରେ ବସି ମୁଣ୍ଡ ଟୁଙ୍ଗାରୁଥିଲେ।

କିନ୍ତୁ ସେମାନଙ୍କୁ ଲାଗୁଥିଲା... କିଏ ସେ ଜେଜେବାପା? ଯାହାକୁ କେବେ ସେମାନେ ଦେଖିନାହାନ୍ତି, ଜାଣିନାହାନ୍ତି, ଶ୍ରାଦ୍ଧଦିନ ଛଡ଼ା ଯାହା ନାମ ନେଇ କେହି କେବେ ବି କଥା ହେବା ଲୋଡ଼ା ହୋଇନାହିଁ- ସେ ଲୋକଟି ମଣିଷ ମାରିଥିଲେ କି ବାଘ ମାରିଥିଲେ କି ଛେଳି ଚରାଉଥିଲେ, ଆମକୁ କ'ଣ ଫରକ ପଡ଼ୁଛି? ବାପା ଯେ ଏବେ ପ୍ରତିଜ୍ଞା କରାଇଲେ- କାହାକୁ କହିବ ନାହିଁ- ଆରେ, ତୁମ ପେଟରେ ସେ ସେମିତି ତାଲା ପଡ଼ି ରହିଥିଲେ ତ କାମ ଛିଡ଼ିଥାନ୍ତା, ଆମକୁ କହିବାରୁ ସିନା ଏ ପ୍ରତିଜ୍ଞା କଥାଟା ଉଠିଲା। ଜେଜେବାପାଙ୍କ ଏ କୀର୍ତ୍ତି ଶୁଣି ଆମକୁ ଏବେ କ'ଣ ଅଧିକା ସୁବିଧାଟା ମିଳିଗଲା ଯେ, ବାପା ଏତେ କଷ୍ଟ କରି ତାକୁ ବସି ବାଣ୍ଟୁଛନ୍ତି?

ତଥାପି ସେମାନେ ସେଇଠି ବସିଲେ। ନିଜ ବଂଶର ଇତିହାସ ଜାଣିବା ପାଇଁ ନୁହଁ କି ଜେଜେବାପାଙ୍କୁ ଚିହ୍ନିବା ପାଇଁ ନୁହଁ, କେବଳ ବାପାଙ୍କ ମନ ରଖିବା ପାଇଁ, ବାପାଙ୍କୁ ତାଙ୍କ ଗହନ କଥା ଟିକେ ପେଟରୁ କାଢ଼ି ଉଶ୍ୱାସ ହେବାର ସୁଯୋଗ ଦେବା ପାଇଁ, ବିନା ପ୍ରତିବାଦରେ ଆଗ୍ରହର ସହିତ ସେମାନେ ସେଇଠି ବସି ବାପାଙ୍କ ମୁହଁକୁ ଚାହିଁ ରହିଲେ।

ବିଧାନ ପୁଣି କହିବାକୁ ଆରମ୍ଭ କରିବା ଦେଖି ଧ୍ରୁବ ପଚାରିଲା- 'ବାପା, ଅଳ୍ପ ପାଣି ପିଇବ? ତଣ୍ଟି ଶୁଖିଯାଉଥିବ।'

'ହଉ, ଦେ,' ବିଧାନ ପୁଅର ମୁହଁକୁ ଚାହିଁ କହିଲା। ଶୋଷ ସିନା ହେଉନାହିଁ, କିନ୍ତୁ ପିଲାଟା ସେବା କରିବାକୁ ଚାହୁଁଛି। ତାକୁ ସେ ସୁଯୋଗଟି ଦିଆଯାଉ। ଏକଥା ମନେ ପକାଇ ପରେ ତ ତାକୁ କେତେ ସନ୍ତୋଷ ମିଳିବ!

'ବାପା, ପିଠିର ମୁରୁଳାଗୁଡ଼ାକ ଆଉ ଟିକିଏ ଟେକିଦେବି ?' ଧନୁଷ ପଚାରିଲା।

'ଭଲ ହେଇଥାଆନ୍ତା,' ବିଧାନ ଉତ୍ତର ଦେଲା।

ତିନିଭାଇ ମିଶି ସବୁ ତକିଆମାନଙ୍କୁ ଝଡ଼ାଝଡ଼ି କରି ବିଧାନକୁ ଆଉ ଟିକିଏ ସିଧା କରି ବସାଇଲେ।

'ବାପା, ପାଦ କଟକଟ କରୁଛି ନା ?' ଧବଳ ପଚାରିଲା।

'ନା, ନା, ତୁମେମାନେ ମୋତେ ଲାଗିକରି ବସ। ମୋ ହାତ ପାହାନ୍ତାରେ ଥାଅ।' ବିଧାନ ଉତ୍ତର ଦେଲା।

ସେମାନେ ବାପାଙ୍କ ପାଖରେ ଆହୁରି ଜାକି ହୋଇ ବସିଲେ।

ବାପପୁଅଙ୍କ ପରସ୍ପରର ରକ୍ତର ପରିଚିତ ଉଷ୍ମତାର ସ୍ପର୍ଶ ସେମାନଙ୍କୁ କାହିଁ କେଉଁ ଅତୀତକୁ ନେଇଗଲା। ସେମାନଙ୍କ ପିଲାଦିନକୁ ଆଣି ଆଗରେ ଠିଆ କରିଦେଲା। ବାପା... ଏଇ ବାପା... କେତେ କ'ଣ ନ କରିଛନ୍ତି ସେମାନଙ୍କ ପାଇଁ! ସେମାନଙ୍କ ଆଖି ଛଳଛଳ ହେଲା।

ଧବଳ ବାପାଙ୍କର ହାତଟିଏ ନିଜ ହାତରେ ଉଠାଇ ତାକୁ ଧୀରେ ଧୀରେ ଆଉଁସିବାରେ ଲାଗିଲା।

ସତରେ କ'ଣ ବାପାଙ୍କର ଏ ଶେଷ ଅବସ୍ଥା ? ସେମାନଙ୍କର ଆଖିର ଲୁହ ମନ ଭିତରେ ଦାବି ଦେଇ ଗୋଟାଏ ଲେଖା ଦୀର୍ଘ ନିଃଶ୍ୱାସ ସେମାନଙ୍କ ଛାତିରୁ ବାହାରକୁ ଜବର କୁଦା ମାରିଲା।

ବିଧାନ ପୁଣି ଧୀରେ ଧୀରେ କହିବା ଆରମ୍ଭ କଲା- 'ଏତେବେଳଯାଏ ଯାହା ସବୁ କହିଲି, ସେ ଥିଲା ଏକ ଦୁର୍ଘଟଣାର ସମ୍ବାଦ। ସତ କହିବାକୁ ଗଲେ ତା' ସହିତ ତୁମର କିଛି ବି ସମ୍ପର୍କ ନାହିଁ। କିନ୍ତୁ ସେ ଘଟଣାର ଫଳାଫଳ ସାଙ୍ଗରେ ତୁମର ଭବିଷ୍ୟତ ମଧ୍ୟ ଛନ୍ଦି ହୋଇ ଯାଇଛି। ଏବେ ଧ୍ୟାନ ଦେଇ ତାକୁ ଶୁଣ-'

ଗୁଡ଼େଇ ହୋଇ ରଖାଯାଇଥିବା ସାଇତା ଗାଲିଚାଟିଏ ଅତିଥି ଆଗରେ ଗଡ଼ିଗଡ଼ି ଖୋଲିଗଲା ପରି ସେମାନଙ୍କ ଅଜ୍ଞାତ ଅନ୍ଧାରୀ ଅତୀତରୁ ଦେବଦତ୍ତଙ୍କ ଅଭିଶାପ ଦୁଇଟି ଲମ୍ବିଆସି ତାଙ୍କ ଆଗରେ ବିଛେଇ ହୋଇଗଲା। ସେମାନଙ୍କୁ ଝିଙ୍କି ନେଇ ସେଥିରେ ଗୋଡ଼ହାତ ବାନ୍ଧି ବସାଇଦେଲା!

ଜେଜେ ଫୋପାଡ଼ିଥିବା ପଚା କାଦୁଅ ଛିଟିକାକୁ ସିନା ସେମାନେ ଖାତିର ନକରି ମୁହଁରୁ ପୋଛି ପକାଇଥିଲେ, ସେଥିରେ ଲୁଚିଥିବା ଏ ଜୋକ ତ ଏବେ ଗଳାକୁ ଚାପିଧରି ସେମାନଙ୍କ ରକ୍ତ ଶୋଷିବାରେ ଲାଗିଲାଣି!

ରାତ୍ରିର ବଢ଼ନ୍ତା ଅନ୍ଧକାର ଧୀରେ ଧୀରେ ମଳିନ ହେବାକୁ ଆରମ୍ଭ କଲା। ଶୀତରାତିର ଦୈର୍ଘ୍ୟ କେତେ ଲମ୍ବା ହେଲେ ମଧ୍ୟ ତା'ର ବି ତ ଅନ୍ତ ଅଛି! ହେଇ ତ ଉଷାର ସଫେଦ କାନି ଦୂ--ରରେ ଉଡ଼ିଲାଣି।

ଠିକ୍ ସମୟରେ ପାଦ ଚିପିଚିପି ଉଷା, ସନ୍ତର୍ପଣରେ ସେ କୋଠରୀରେ ପଶି ଆଶ୍ଚର୍ଯ୍ୟ ହେଲା।

ଆରେ, ଏଇଠି ତ କେହିହେଲେ ଶୋଇ ନାହାନ୍ତି!

ବିଧାନର କ୍ଲାନ୍ତ ଦେହ ତକିଆକୁ ଭରାଦେଇ ଢଳିପଡ଼ିଛି ସତ, କିନ୍ତୁ ଆଖି ଦୁଇଟି ତା'ର ଶେଷ ବକ୍ତବ୍ୟର ପ୍ରତିକ୍ରିୟାକୁ ପୁଅମାନଙ୍କ ମୁହଁରେ ଦେଖୁଛି। ଧ୍ରୁବ ଓ ଧବଳ, ଧନୁଷ ପିଠିରେ ନିଜ ନିଜର ହାତ ରଖି ତାକୁ ନୀରବ ସମ୍ବେଦନା ଜଣାଉ ଜଣାଉ ବାପାଙ୍କ ସୂଚନାର ପ୍ରଭାବ ତାଙ୍କ ଜୀବନକୁ କେତେ ପ୍ରଭାବିତ କରୁଛି, ତା'ର ଏକ ଏକ ବିଶ୍ଳେଷଣ ମନେ ମନେ ନିଜ ନିଜ ଗାଲକୁ ଆଉଁସି ଆଉଁସି ଉପରକୁ ଚାହିଁ କରୁଛନ୍ତି।

ଧନୁଷ ଦୁଇ ଆଣ୍ଠୁ ଭିତରେ ମୁହଁକୁ ଗୁଞ୍ଜି ମୁଣ୍ଡପୋତି ବସିଲେ ବି ତା' ଆଖିର ଧାର ଧାର ଲୁହକୁ ଦେଖି ହେଉଛି।

ଉଷା ନିଃଶ୍ୱାସଟାଏ ପକାଇ ସେଇଠି ଠିଆ ହୋଇଗଲା।

ଉଷାକୁ ଦେଖି ଧନୁଷ ମୁଣ୍ଡ ଟେକି ଚାହିଁଲା। ତା' ଆଖି ଆଗରେ ବାପାଙ୍କ ମୃତ୍ୟୁ ଶଯ୍ୟା ନୁହଁ, ନିଜ ଉଚ୍ଚାକାଂକ୍ଷାର ଖଣ୍ଡବିଖଣ୍ଡିତ ରକ୍ତାକ୍ତ ମୃତଦେହ ଦେଖି ତା' ଅନ୍ତର ହା'ହୁତାଶରେ ଫାଟି ପଡୁଥିଲା। ସେ ମଧ୍ୟ ତା'ର ନିଜର ହେଲା କି ଆଳସ୍ୟ ଯୋଗୁର ସ୍ୱାଭାବିକ ମୃତ୍ୟୁଟାଏ ହେଲେ ହେଇଥାଆନ୍ତା! ଦେବଦତ୍ତଙ୍କ ପରି ତା'ର ଉଚ୍ଚାକାଂକ୍ଷାକୁ ମଧ୍ୟ ନିର୍ମମ ଭାବରେ ହତ୍ୟା କରାଯାଇଛି। ଏଥିପାଇଁ ସେ ଯେ' କିଛି କରିପାରୁ ନାହିଁ, ଏହା ହିଁ ତାକୁ ବେଶି ବାଧୁଥିଲା।

ଦେବଦତ୍ତଙ୍କ ଜେଜେଙ୍କ ପ୍ରଥମ ଅଭିଶାପଟିକୁ ସେ ମନଦେଇ ଭାବିବାରେ ଲାଗିଲା। ବାଟରେ ଚାଲୁ ଚାଲୁ କାଚଖଣ୍ଡଟିଏ ପାଦରେ କଚ୍‌କରି ପଶିଗଲେ ଯେଉଁ ଯନ୍ତ୍ରଣା, ତାକୁ ସେ ଅନୁଭବ କରୁଥିଲା ସତ, କିନ୍ତୁ ତାକୁ ପାଦରୁ କାଢ଼ି ଭଲ ଭାବରେ ନିରୀକ୍ଷଣ କରି ସେଇଟା ଯେ କାଚ ନୁହଁ, ହୀରା ଖଣ୍ଡଟିଏ ଏହା ଜାଣି ସେ ଆଶ୍ଚର୍ଯ୍ୟ, ଆମୋଦିତ ମଧ୍ୟ ହେଉଥିଲା।

ଦେଖିବାକୁ ଗଲେ- ଏହା ଅଭିଶାପ ତ ନୁହଁ, ଏକ ବରଦାନ!

ବାପା ତ ଏହାକୁ କେଉଁ ଦିନରୁ ସେମାନଙ୍କ ପରିବାରର ଏକ ସାଧାରଣ ପରମ୍ପରା କରିସାରିଲେଣି। ଦାନ, ପରୋପକାର ଓ ପରସେବାରେ ସେମାନେ ସମସ୍ତେ

ଅଭ୍ୟସ୍ତ ହୋଇସାରିଲେଣି । ଯାହା ସେମାନେ ସ୍ୱେଚ୍ଛାକୃତ ଭାବରେ ଆଜିଯାଏ କରୁଥିଲେ, ଏବେ ତାକୁ ସଜ୍ଞାନରେ ରୁକୁଣା ରଥ ପରି ଅଣଲେଉଟା କରି ଜୀବନ ଦାଣ୍ଡରେ ଗଡ଼ାଇ ନେବାକୁ ପଡ଼ିବ ଯାହା ।

ଏଥିରେ ଅଭିଶାପ ଆଉ କ'ଣ? ବରଂ ଏହି ବରଦାନର ସଚେତନତା ସେମାନଙ୍କୁ ତ ଅଧିକରୁ ଅଧିକ ସମୃଦ୍ଧି ଆଣିଦେବାର ଏକ ପ୍ରତିଶ୍ରୁତିଟିଏ !

ଆଉ ଏଥିରେ- ଧ୍ରୁବ, ଧନୁଷ ଓ ଧବଳ ସମାନ ଭାବରେ ଭାଗୀଦାର ମଧ୍ୟ ।

କିନ୍ତୁ ଦ୍ୱିତୀୟ ଶାପଟି ?

ଯାକୁ ତ ଶୁଣୁଶୁଣୁ ଧ୍ରୁବ ଓ ଧବଳ ଉପରକୁ ଅନାଇ ଭଗବାନଙ୍କୁ କୃତଜ୍ଞତାର ଧନ୍ୟବାଦଟେ ଲେଖେଁ ଦେଇପକାଇଲେ ଯେ, ଏ ଲେଖାଲେଖି ନିଶାର ଜଞ୍ଜାଳ, ଯାହାକୁ ସମସ୍ତେ ପ୍ରତିଭା ବୋଲି କହନ୍ତି, ତାକୁ ସେ ବିଧାତା ଏମାନଙ୍କ ଉପରେ ଫୁଟନ୍ତା ପାଣି ପରି ଅଜାଡ଼ି ଦେଇ ନାହାନ୍ତି, ଯାହାର ପୋଡ଼ାଜଳାକୁ ସେମାନଙ୍କୁ ଜୀବନ ସାରା ଭୋଗିବାର ନାହିଁ, ଛଟପଟ ହେବାର ନାହିଁ । ତା' ଉପରେ ପୁଣି ଏ ଅଭିଶାପ ! ଥାଉ, ଥାଉ, ଭଗବାନ ସତରେ ତାଙ୍କୁ ଦୟା କରିଛନ୍ତି ।

ଲେଖକୀୟ ପ୍ରତିଭା ଦେଇନାହାନ୍ତି । ମୂଳରୁ ରକ୍ଷାକବଚ ପିନ୍ଧାଇ ଛାଡ଼ିଛନ୍ତି !

ପରିବାରର ଜଣେ ଜଣେ ଉଠିବାର ଶବ୍ଦ, ଆଗପଛ ହୋଇ କବାଟ ଖୋଲିବାର କେଁ କଟର ଧ୍ୱନି, ଚୂଡ଼ି ପାଉଁଜର ଝୁଣୁଝୁଣୁ ତାନ ଗୋଟିଏ ଗୋଟିଏ କରି ଶୁଣାଗଲା । ବିଧାନ ସମେତ ସମସ୍ତେ ପରସ୍ପରକୁ ଚାହିଁଲେ ।

ଏ ସବୁର ରହସ୍ୟକୁ ଗୁପ୍ତ ରଖିବାର ଦାୟିତ୍ୱ ମଧ୍ୟ ସେମାନେ ନେଇସାରିଲେଣି । ସତ କଥା ! ଯେଉଁ ଫଳକୁ ପରିବାରର ଅନ୍ୟମାନଙ୍କର ଖାଇବାର ନାହିଁ, ତୋଳିବାର ନାହିଁ, ସେ ଫଳ କେଉଁ ଗଛରେ ଫଳିଛି, ତାକୁ ସେମାନେ ଜାଣି କ'ଣ କରିବେ ଯେ ? ସେମାନଙ୍କ ହାତରେ ଯେମିତି କିଛି ଦୁର୍ନୀତି ନ ହୁଏ, ତାକୁ ଦେଖିବା ମଧ୍ୟ ତ ଏମାନଙ୍କର ହିଁ ଦାୟିତ୍ୱ ନା ।

ତା'ହେଲେ ଏ ସଭା ଏତିକିରେ ବନ୍ଦ କରି ବାପାଙ୍କୁ ଶୋଇବାକୁ ଦେଇଥିଲେ ଭଲ ହୁଅନ୍ତା ପରା !

ସେମାନଙ୍କୁ ପରସ୍ପର ଆଡ଼କୁ ଏମିତି ଚାହୁଁଥିବା ଦେଖି ବିଧାନ ପଚାରିଲା- 'ତୁମେମାନେ କ'ଣ ଭାବୁଛ ? ମୁଁ ଏସବୁ ତୁମକୁ ନ କହିଥିଲେ ହିଁ ଭଲ ହୋଇଥାଆନ୍ତା ?'

ନା, ନା, ନା,- ତିନିଭାଇ ମୁଣ୍ଡ ହଲାଇଲେ । ବାପାଙ୍କ ଉପରେ ସେମାନଙ୍କର ଆଶ୍ୱାସନାର କୋମଳ ହାତ ବୁଲାଇ ନେଲେ । ଧନୁଷ, ଧ୍ରୁବ ହାତରୁ ବାପାଙ୍କ ହାତ

ନିଜ ହାତକୁ ନେଇ ଆଉଁସି ଦେଲା। ବାପାଙ୍କୁ ସ୍ନିଗ୍ଧ ଦୃଷ୍ଟିରେ ଚାହିଁଲା।

'ଭବିଷ୍ୟତର ଅଜଣା ରାସ୍ତାରେ ଘୋର ଜଙ୍ଗଲ ଭିତରେ ଲୁଚି ରହିଥିବା ସତ୍ୟକୁ, ଅବଶ୍ୟମ୍ଭାବୀକୁ ଜାଣିବାକୁ ମଣିଷ କେତେ ଜ୍ୟୋତିଷ, ସାଧୁ, ସନ୍ନ୍ୟାସୀ, ଗୁରୁଙ୍କ ଶରଣ ନ ନେଉଛି! ସେମାନଙ୍କ ଉପଦେଶ ମାନି ଚାଲୁ ଚାଲୁ ଆଗରେ ସରୁ ବାଟଚଲା ରାସ୍ତାଟିଏ ଫିଟିଗଲେ କେତେ ଖୁସି ନ ହେଉଛି! ଅଥଚ ତୁମେ ତ ଆମେ ନ ମାଗୁଣୁ ଏକ ଉଜ୍ଜ୍ୱଳ ଭବିଷ୍ୟତର ହାତ ଧରି ତାକୁ ଟାଣିଆଣି ଆମରି ହାତରେ ତାକୁ ଧରାଇଦେଇ ଆମକୁ ନେଇ ରାଜରାସ୍ତାରେ ଠିଆ କରାଇଦେଲ! ବହୁବାଞ୍ଛିତ ସନ୍ତାନଟିଏ ପରି ଆମେ ଏବେ ଆମର ଏ ଭବ୍ୟ ଭବିଷ୍ୟତକୁ ଆଦରରେ ପାଳିବୁ। ତୁମେ ଯାହା କଲ, ବହୁତ ଭଲ କଲ।'

ପୁଅମାନଙ୍କର ଏ ଆଶ୍ୱାସନା, ଏ ସମୀକ୍ଷା ବିଧାନ ମୁହଁକୁ ଉଜ୍ଜ୍ୱଳ କରିଦେଲା। କାହାର ବିନା ସାହାଯ୍ୟରେ ସେ ନିଜେ ନିଜେ ନିଜ ଜାଗାରୁ ଭଲ ଭାବରେ ଘୁଞ୍ଚି ପଛର ତକିଆମାନଙ୍କୁ ଆଉଜି ବେଶ୍ ସିଧା ହୋଇ ବସିଲା।

'କଥା ଦିଅ...' ଏତିକି କେବଳ ତା' ମୁହଁରୁ ବାହାରିଲା, ସେ ଆପଣାର ଗୋଟାଏ ହାତ ସେମାନଙ୍କ ଆଡ଼କୁ ବଢ଼ାଇଦେଲା।

'କଥା ଦେଉଛୁ...' ତା' ହାତ ଉପରେ ନିଜର ଗୋଟିଏ ଲେଖା ହାତ ରଖି ପୁଅମାନେ କହିଲେ- ଏ କଥା ଗୁପ୍ତ ରହିବ... ଅକ୍ଷରେ ଅକ୍ଷରେ ପାଳିତ ହେବ... ଆମ ସନ୍ତାନମାନେ ପ୍ରତ୍ୟେକେ ଏହାକୁ ନିଜ ଜୀବନର କଠୋର ପରମ୍ପରା ରୂପରେ, ଧର୍ମ ରୂପରେ ପାଳିବେ... ଦାନ, ସେବା, ପରୋପକାର ପାରିବାରିକ ଓ ବ୍ୟକ୍ତିଗତ ସମ୍ପତ୍ତି ରୂପେ ଗଣାଯିବ... ଦୁର୍ନୀତି, ଦୁରାଚାର ଏ ଘରେ ଆମ ଜୀବନରେ କେଉଁ ପାଦ ଦେବନାହିଁ...

ବିଧାନ ସବୁ ଶୁଣିଲା। ଘରର ଦୁଇ ବିପରୀତ କୋଣରେ ବସି ତୃଷିତ ଭାବରେ ଏ ତର୍ପଣ, ଏ ପିଣ୍ଡଦାନକୁ ସ୍ୱୀକାର କରୁଥିବା ଦେବଦତ୍ତ ଓ ପ୍ରବଳର ପ୍ରସନ୍ନ ମୁହଁମାନଙ୍କୁ ଚାହିଁଲା। ସେ ପ୍ରସନ୍ନତାର ଶୀତଳ ସ୍ପର୍ଶ ତା' ଆଖି ଦୁଇଟିକୁ କିଛିକ୍ଷଣ ପାଇଁ ବୁଜିଧରିଲା।

ଆଖିଖୋଲି ଅବଶ କଣ୍ଠରେ ଧ୍ରୁବ, ଧବଳକୁ ଚାହିଁ ସେ କହିଲା- 'ଧନୁଆଁ ଏଇଠି ଥାଉ। ତୁମେ ଦୁହେଁ ଏବେ ଯାଅ। ଏତିକି ଦେଖ, କେହି ଯେମିତି ଏ ଘର ଭିତରକୁ ଏବେ ନ ଆସନ୍ତି।'

ଧ୍ରୁବ, ଧବଳ ସେଠାରୁ ଚାଲିଗଲେ।

ଧନୁଷକୁ ଅନାଇ ବିଧାନ କହିଲା- 'ବାପ, ତୋତେ... କେବଳ ତୋତେ... ମୋର ଆଉ ଦୁଇଟି କଥା ରହିଲା କହିବାକୁ। ଶୁଣିବୁ?'

ଆଉ କେହି ହୋଇଥିଲେ ହୁଏତ ଚିହିଁକି ପଡ଼ି କହିଥାନ୍ତା- 'ଆଉରି ଦୁଇଟି କଥା ? ପୁଣି କେବଳ ମୋତେ ? କାହିଁକି, ଏ ବଂଶରେ ଜନ୍ମ ହେବାର ଅପରାଧର ବଡ଼ ଭାଗଟା କ'ଣ କେବଳ ମୋ'ରି କପାଳରେ ପଡ଼ିଛି ?'

କିନ୍ତୁ ଏ ସବୁ ଭାବନା ଧନୁଷ ମୁଣ୍ଡରେ ଆଦୌ ପଶିଲା ନାହିଁ। କଳକଳ ହୋଇ ବହିଯାଉଥିବା ଛୋଟ ଝରଣାଟି ଆଗରେ ଏବେ ଏବେ ବାପା ବିରାଟ ପଥରଟିଏ ରଖି ଶକ୍ତ ବନ୍ଧଟିଏ ବାନ୍ଧି ତାକୁ ଅଚଳ କରିସାରିଛନ୍ତି ! ସେଥିରେ ଚାହୁଁ ଚାହୁଁ ପାଣି ଭର୍ତ୍ତି ହୋଇ ତା' ମଧ୍ୟ ଗଭୀର ହେବାକୁ ଆରମ୍ଭ କଲାଣି। ଏବେ ସେଥିରେ ଟେକାଟିଏ ପକାଇଲେ ସେ କ'ଣ ଆଉ ପାଣିକୁ ଉଚ୍ଛୁଳାଇ ପାରିବ ?

ଧନୁଷ ମୁଣ୍ଡ ଉଠାଇ ବିଧାନକୁ ଚାହିଁଲା। ଆଉ ଟିକିଏ ପାଖକୁ ଘୁଞ୍ଚିଆସି ନିଜର ଗୋଟିଏ ହାତ ବିଧାନର ଛାତି ଉପରେ ରଖି କୋମଳ ସ୍ୱରରେ କହିଲା- 'ବାପା, ଆକସ୍ମିକ ବଜ୍ରପାତରେ ସବୁକିଛି ଜଳିପୋଡ଼ି ଯିବା ପରେ ଆଉ ବାକି କ'ଣ ସମ୍ପତ୍ତି ମୋ ପାଖରେ ରହିଲା ଯେ, ସେ ନଷ୍ଟଭ୍ରଷ୍ଟ ହେବାର ଭୟ ମୋର ରହିବ ? କୁହ, ତୁମେ ଏଯାଏ ଯାହା ଯାହା କହିଲ, ସେ ମୋ' ଛାତିକୁ ପଥର କରିସାରି ମୋତେ ମଧ୍ୟ ଶକ୍ତ, ମହାବଳୀ ହିଁ କରିସାରିଛି। ଯାହାକିଛି ଦୁର୍ବଳତା ଥିଲା, ସେତକ ବି ଲୁହ ହୋଇ ବାହାରକୁ ବହି ନିଃଶେଷ ହୋଇ ସାରିଲାଣି। ଏଣୁ ତୁମେ ଏବେ ଯାହା କହିବ... ନିଶ୍ଚିନ୍ତରେ କହ, ମୋର ଆଦୌ ଦୁଃଖ ହେବ ନାହିଁ।'

ଛୋଟିଆ ହସଟିଏ- ସେ ଦୁଃଖର କି ସୁଖର ଜଣା ନପଡ଼ିଲେ ମଧ୍ୟ ବିଧାନ ମୁହଁରେ ଉକୁଟି ଉଠିଲା। ସେ ନିଜ ଛାତି ଉପରେ ଥିବା ଧନୁଷର ହାତକୁ ନିଜ ଦୁର୍ବଳ ଦୁଇହାତରେ ଚିପିଧରିଲା।

'ପ୍ରଥମ କଥାଟି ହେଲା'- ସେ ବିନା ଭୂମିକାରେ ଆରମ୍ଭ କଲା। କିନ୍ତୁ ସେ ତ ନିଜେ ଜାଣିବି ପାରୁନାହିଁ, କୋଉ ମୁହୂର୍ତ୍ତଟି ତା'ର ମୃତ୍ୟୁର ଆସିବା ପାଇଁ ଖଞ୍ଜା ହୋଇଛି ? ମୃତ୍ୟୁ ନିଜେ ନିଜର ଆସିବା ଖବରଟି ପଠାଇ ଦେଇଛି ସିନା, ଆସିବା ମୁହୂର୍ତ୍ତଟା କହିପାରି ନାହିଁ। ଜଣାଇ ଦେଇଛି- ଯେଉଁ ବିଷୟଟା ସେ ନିଜେ ଜାଣିନି, ତାକୁ ସେ ବିଧାନକୁ ବା ଜଣାଇପାରିବ କେମିତି ? ମୃତ୍ୟୁ ତ ନିଜେ ଲୁହା ଶିକୁଳିରେ ବନ୍ଧା ଅନ୍ଧ ଶିକାରୀ କୁକୁରଟିଏ। ଶିକୁଳି ତ ସେଇ ଅଦୃଶ୍ୟ ଶକ୍ତି ହାତରେ। ଯେଉଁ ମୁହୂର୍ତ୍ତରେ ସେ ମାଲିକ ଇସାରା ଦେବ, ହାତର ଶିକୁଳିକୁ ହୁଗୁଳା କରିଦେବ, ସେଇ ମୁହୂର୍ତ୍ତରେ ଗନ୍ଧବାରି ମୃତ୍ୟୁ ଶିକାର ଉପରକୁ ଝାମ୍ପ ମାରିବ। ନା ସେ ସମୟଟିକୁ ମୃତ୍ୟୁ ନିଜେ ଜାଣିପାରୁଛି ନା ଶିକାରକୁ ସେ ଦେଖିପାରୁଛି ଯେ ଶିକାରର ଅବସ୍ଥା,

ସମୟ, ବୟସ, ପ୍ରତିପତ୍ତି କିଛି ବୁଝିପାରିବ ? ସେ କେବଳ ଦୁଇଟି କଥା ବୁଝିପାରେ- ନିଜ ଶିକାରର ଗନ୍ଧ ଓ ମାଲିକର ଇସାରା । ବାସ୍...

ଏଣୁ ସେ ନାଚାର... ମୁହୂର୍ତ୍ତଟା ସେ କହିପାରିବ ନାହିଁ ।

ଦେବଦତ୍ତ ଓ ପ୍ରବଳ ମଧ୍ୟ କାଲି ରାତିରୁ ତା'ରି ପାଖରେ ବସି ରହିଛନ୍ତି । ଦେବଦତ୍ତ ତା' ମୁଣ୍ଡରେ ତାଙ୍କ ହାତ ବୁଲାଉଛନ୍ତି । ତାଙ୍କ ସସ୍ନେହ ଅଙ୍ଗୁଳି ଚାଳନା, ତାଙ୍କର କୋମଳ ଦୃଷ୍ଟି ତାକୁ କହିବାର ଶକ୍ତି ଦେଇଛି । ରାତିସାରା- ଥରକୁ ଥର ସେ ତାଙ୍କ ମୁହଁକୁ ଅନାଇ ନୀରବରେ, ନିଃଶବ୍ଦରେ ପଚାରିଛି- 'ମୃତ୍ୟୁ ? ଆସିଲାଣି ?'

'ମୁଁ କହିପାରିବି ନାହିଁରେ ବିଧାନ ।' ସେ ମୁଣ୍ଡ ହଲାଇଛନ୍ତି । 'ମୋର ବୋଧହୁଏ ଶକ୍ତି ନାହିଁ ତାକୁ ଦେଖିବାକୁ, ନଚେତ ହୁଏତ... ସେ ଆଉରି... ଆସିନାହିଁ... ତୁ' କହିଯା' ।'

ଆଉ ବାପା କେବଳ ଚୁପ୍‌ଚାପ୍ ଦୂରରେ ରହି ହାତଯୋଡ଼ି ବିଧାନ ତାଙ୍କୁ ଚାହିଁବା ମାତ୍ରେ ଦୁଇହାତ ଯୋଡ଼ି ଗୋଟିଏ ଶବ୍ଦ ହିଁ ଉଚ୍ଚାରଣ କରି ଚାଲିଛନ୍ତି । 'କ୍ଷମା', 'କ୍ଷମା' । ମଝିରେ ମଝିରେ ଆଉ ଦୁଇଚାରୋଟି ଏକା ଶବ୍ଦମାନଙ୍କୁ ଯୋଡୁଛନ୍ତି- 'ବିଧୁରେ, ମୋତେ କ୍ଷମା କରିଦେ'ରେ ବାପ !'

ତାଙ୍କୁ ପଦଟିଏ କଥା କହିବାର ସୁଯୋଗ ପାଇବାମାତ୍ରେ ବିଧାନ କହିଥିଲା- 'ବାପା, ଏତେ ଦୂରରେ କାହିଁକି ବସିଛ ? ପାଖକୁ ଆସ ।'

'ଏତକ ହିଁ ମୋ ଅଧିକାରରେ ବିଧୁ, ଏବେ ଯେ ଆସିପାରିଛି, ସେ ତ ମୋ ପାଇଁ ବହୁତ ବେଶି । କ୍ଷମା କରିଦେ' ବାପ !'

'ବାପା, ମୁଁ ତ ତୁମକୁ କୋଉ କାଳୁ କ୍ଷମା କରିସାରିଛି । ଏଣୁ ତୁମେ ସେ କଥା ଭାବି ଭାବି କାହିଁକି ଅଯଥା କଷ୍ଟ ପାଉଛ ? କ୍ଷମା କରିନଥିଲେ ମୁଁ ତୁମର ପ୍ରେତ କର୍ମ, ବର୍ଷିକୀୟା, ବର୍ଷକୁ ବର୍ଷ ଶ୍ରାଦ୍ଧ- ଏସବୁ ଶ୍ରଦ୍ଧାରେ କରିଥାଆନ୍ତି ? ବୟସ ଢଳିବା ଆଗରୁ ବଦ୍ରୀନାଥ ଯାଇ ବ୍ରହ୍ମକପାଳୀରେ ଶ୍ରାଦ୍ଧଦେଇ ଆସିଥାଆନ୍ତି ? ସେଠାର ତ ସେମାନେ କହିଥିଲେ- ତୁମେ ସେଇଦିନ ଠାରୁ ବ୍ରହ୍ମଲୋକରେ ରହିବ । କିନ୍ତୁ ମୁଁ ତ ଆଶ୍ଚର୍ଯ୍ୟ ହେଉଛି, ତୁମେ ଯେଉଁଠି ଥିଲ ସେଇଠି ହିଁ ଅଛ ! ଏ ଶ୍ରାଦ୍ଧ, ଏ ବ୍ରହ୍ମକପାଳୀରେ ପିଣ୍ଡଦାନ- ଏସବୁ କ'ଣ ମିଛ ତାହାହେଲେ ?'

ପ୍ରବଳର ଲୁହଧାର ବନ୍ଦ ହେଉ ନଥିଲା, 'ମୁଁ ସେ ସବୁ ଜାଣିନିରେ ବିଧୁ। ମୋର ଆଗରେ ଅନ୍ଧାର, ପଛରେ ଅନ୍ଧାର । ଘୋର ଅନ୍ଧକାରର ମାପଚୁପ ପିଣ୍ଡୁଳାଟିଏ ଭିତରେ ହିଁ ମୁଁ ବଞ୍ଚୁଛି... ପ୍ରତିମୁହୂର୍ତ୍ତରେ ନିଃଶ୍ୱାସ ଟିକିଏ ନେବା ପାଇଁ ଜୁଝୁଛି । କେଜାଣି, ବୋଧହୁଏ ତୋର ଶ୍ରାଦ୍ଧ ଇତ୍ୟାଦି ମୋର ଭୋକଶୋଷକୁ ବନ୍ଦ କରିଦେଇଛି... କିନ୍ତୁ

ଯନ୍ତ୍ରଣାକୁ ନୁହେଁ...'

'ସେଥିରୁ କେମିତି ମୁକ୍ତି ପାଇବ ?'

'ଜାଣିନି, ବୋଧହୁଏ ଦେବଦତ୍ତ ମୋତେ କ୍ଷମା କରିନି।'

ବିଧାନ ଦେବଦତ୍ତଙ୍କୁ ଚାହିଁଲା। 'ମୁଁ ଏ ବିଷୟରେ କିଛି କହିପାରିବି ନାହିଁ,' ଦେବଦତ୍ତ ଅନ୍ୟଆଡ଼େ ଚାହିଁ କହିଲେ।

'କହିପାରିବ ନାହିଁ ନା କହିବ ନାହିଁ ?'

ଦେବଦତ୍ତ ମୁହଁ ଫେରାଇ ବିଧାନକୁ ଚାହିଁଲେ, ଓଠକୁ ସାମାନ୍ୟ କୁଞ୍ଚିତ କରି କାନ୍ଧ ନଚାଇ କେବଳ ମୁଣ୍ଡ ହଲାଇଲେ, କିଛି କହିଲେ ନାହିଁ।

ତାକୁ ଲକ୍ଷ୍ୟକରି ପ୍ରବଳ ପୁଣି କହିଲା- 'ନହେଲେ, ତୋର ବର୍ତ୍ତମାନ ଓ ଭବିଷ୍ୟତର ବଂଶଧରମାନେ... ବୋଧହୁଏ ସେମାନେ କ୍ଷମା କରି-

'ବାପା, ବର୍ତ୍ତମାନର ବଂଶଧରମାନଙ୍କ ଉପରେ ମୋର ଅଧିକାର ଅଛି ତୁମକୁ କ୍ଷମା କରିଦେବାର ନିର୍ଦ୍ଦେଶ ଦେବା ପାଇଁ। କିନ୍ତୁ ଭବିଷ୍ୟତର ବଂଶଧର ? ସେମାନଙ୍କୁ ମୁଁ କ'ଣ କରିପାରିବି ?'

ବିଧାନକୁ ଅନେକ ସମୟ ଯାଏ ଚୁପ୍ ହୋଇଯିବାର ଦେଖି ଧନୁଷ ଜାଣିଲା ବାପା ଥକି ଗଲେଣି। ସାରା ରାତି ଶୋଇ ତ ନାହାନ୍ତି, କଥା ମଧ୍ୟ ବନ୍ଦ ହୋଇନାହିଁ। ତା' ଉପରେ ପୁଣି ପୁଅମାନେ ଧରାଧରି କରି ତାଙ୍କ ଖଟତଳେ ଘୋଡ଼ା ହୋଇ ଥୁଆହୋଇଥିବା ଘଷି ପାଉଁଶ ଓ କୁଣ୍ଡା ଭର୍ତ୍ତି ଥିବା ମାଟିକୁଣ୍ଡଟାରେ ପରିସ୍ରା କରିବାକୁ ତାଙ୍କୁ ଦୁଇଚାରିଥର ଟଳମଳ କରି ଠିଆ କରାଇଛନ୍ତି ମଧ୍ୟ। ଥକା ତ ନିଶ୍ଚୟ ଲାଗୁଥିବ।

ଶୋଷ ମଧ୍ୟ ହେଉଥିବ ନିଶ୍ଚୟ।

'ବାପା, ପାଣି ପିଇବ ?'

ବିଧାନ ପାଟି ଖୋଲି ଆଁ କଲା।

ଧନୁଷ ଠେକିର ସିଝାପାଣିରୁ ଅଳ୍ପ ଅଳ୍ପ ତା' ପାଟିରେ ଦେଲା। ବନ୍ଦ ଝରକା ଫାଙ୍କରେ ଆସୁଥିବା ଶୁଭ୍ର ଆଲୁଅ କହିଦେଉଥିଲା- ଉଷାର କୋମଳ ହାତ ରାତ୍ରିର ସବୁ ଅନ୍ଧାରକୁ ଓଳାଓଳି ପୋଛାପୋଛି କରି ତାକୁ ବହୁ ଦୂରକୁ ଫିଙ୍ଗି ପୂର୍ବ ଦିଗକୁ ଫର୍ଚ୍ଚା କରିସାରିଲାଣି। ବାପାଙ୍କୁ ଦିନର ପ୍ରଥମ ପାନଟା ଖୁଆଇବା ପାଇଁ ଧ୍ରୁବ ଭାଇ କି ଧବଳ କିଏ ହେଲେ ଔଷଧ ନେଇ କୋଉ ମୁହୂର୍ତ୍ତରେ ଏଇଠି ପହଞ୍ଚିବେ।

'ବାପା !'

ବିଧାନର ଆଖି ଧନୁଷ ଉପରକୁ ଫେରିଲା।

'କ'ଣ କହିବ କହୁଥିଲା ପରା ?'

'ମୁଁ ଭାବୁଛି... କହିବି ନା ନାହିଁ... ?' ବିଧାନ ଉତ୍ତର ଦେଲା।

'ତୁମେ ନ କହିଲେ ମୋତେ ପରେ କଷ୍ଟ ହେବ ବାପା। ମୋତେ ସବୁବେଳେ ଲାଗିବ ବାପା ଦୁଇଟି କଥା କହିବି କହି କାହିଁକି କିଛି ହେଲେ କହିଲେ ନାହିଁ। କ'ଣ ମୋତେ ଅଯୋଗ୍ୟ ଭାବିଲେ କି? କ'ଣ ଥିଲା ସେ ଦୁଇଟି କଥା ?'

'ହଉ ଶୁଣ,' ବିଧାନ ସାମାନ୍ୟ ହସି କହିଲା। 'ପ୍ରଥମ କଥା ହେଲା- ମୁଁ 'ଦେବଦତ୍ତ ଉପାଖ୍ୟାନ' ପୋଥିଟା ଲେଖିଦେଲି ସିନା, ଦେବଦତ୍ତଙ୍କ ଛବିଟିଏ ସେଥିରେ ଯୋଡ଼ି ପାରିଲି ନାହିଁ। ତୁ ସେଥିରେ ତାଙ୍କର ଏକ ଅବିକଳ ଚିତ୍ର ଲଗାଇ ଦେବୁ।'

'ଏଁ? ଅବିକଳ ଚିତ୍ର? ଏ କେମିତି? ଏକେତ ମୁଁ ଚିତ୍ରକର ନୁହେଁ। ଦୁଜେ, ମୁଁ ତାଙ୍କୁ କେବେ ଦେଖି ମଧ୍ୟ ନାହିଁ!' ଧନୁଷ ମୃଦୁ ସ୍ୱରରେ ଭୃକୁଞ୍ଚନ କରି ପ୍ରତିବାଦ କଲା।

'ହଉ, ଏବେ ଦେଖ,' କହି ବିଧାନ ନିଜ ବାଁ ପଟକୁ ଆଙ୍ଗୁଳି ଦେଖାଇଲା।

ବିଧାନର ହତଭମ୍ବ ଆଖି ସେ ଦେଖାଉଥିବା କାନ୍ଥଆଡ଼କୁ ଚାଲିଗଲା। ସେଠାରେ ଏକ ସୁନ୍ଦର, ବଳିଷ୍ଠ, ଚାଳିଶ ପଇଁଚାଳିଶ ବର୍ଷର ସିଧାସଳଖ ଯୁବକଟିଏ କାନ୍ଥକୁ ଆଉଜି ତାକୁ ହିଁ ଚାହିଁ ଏକ ବିଷାଦ ମଳିନ ହସଟିଏ ହସୁଥିବା ଦେଖି ତା'ର ପାଟି ମେଲା ହୋଇଗଲା। ଏ ତ ଅବିକଳ ସୁଦତ୍ତା ପିଉସୀଙ୍କ ବଡ଼ପୁଅର ମୁହଁ! ସେ ମୁହୂର୍ତ୍ତଟି ତା' ପାଇଁ ଲମ୍ବା ହୋଇଗଲା। ହାତ ଦୁଇଟି ଆପେ ଆପେ ମୁଣ୍ଡ ପାଖକୁ ନମସ୍କାର ପାଇଁ ଉଠିଗଲା। ସେ ସେମିତି ହସି, ତାକୁ ଚାହିଁ ହାତ ଦେଖାଇ ଆଶୀର୍ବାଦ କରୁଥିବା ଦେଖି ଧନୁଷର ମୁଣ୍ଡ ଝାଇଁଝାଇଁ ହୋଇଗଲା।

'ଧନୁଆଁ!'

ବାପାଙ୍କ ଡାକରେ ସେ ବାପାଙ୍କୁ ଅନାଇ ପୁଣି କାନ୍ଥକୁ ଚାହିଁଲା।

ଦେବଦତ୍ତ ସେଇଠି ନଥିଲେ।

'ଏମାନେ ଦୁଇଜଣ ମୋ ପାଖରେ କାଲି ରାତିରୁ ଅଛନ୍ତି।' ବିଧାନର ସ୍ୱର ଶୁଣି ତା'ର ସମ୍ବିତ ଫେରିଆସିଲା।

ଆଉ ଥରେ କାନ୍ଥକୁ ଚାହିଁ ସେ ବିଧାନକୁ ଅନାଇ ପଚାରିଲା- 'କ'ଣ କହିଲ? ଏମାନେ? ଦୁଇଜଣ? ମୁଁ ତ ଖାଲି ଦେବଦତ୍ତ ଜେଜେଙ୍କୁ ଦେଖିଲି। ଆରଟା କିଏ?'

'ହଉ, ଆଉ ଜଣକୁ... ତୋ ଜେଜେଙ୍କୁ ସେ କୋଣରେ ଦେଖ, ସେ ଛୋଟ ଧାନ ମରେଇଟା ଉପରେ ସେ ବସିଛନ୍ତି।' ବିଧାନ ତା'ର ଡାହାଣ ହାତ ଟେକି ଘରର କୋଣକୁ ଦେଖାଇଲା।

ହତଚକିତ ଧନୁଷ ପଛକୁ ବୁଲି ଚାହିଁଲା। ଘରର ସେ କୋଣରେ ଛୋଟ ଧାନ ମରେଇ ଉପରେ ଗୋଡ଼ ତଳକୁ ଝୁଲାଇ, ବେକକୁ ସାମାନ୍ୟ ଢଳେଇ ଜଣେ ବଳିଷ୍ଠ, ଦୀର୍ଘକାୟ ବ୍ୟକ୍ତିର ଚେହେରା ଫୁଟିଉଠିଲା। ତାଙ୍କର ବିଷର୍ଣ୍ଣ ମୁହଁ ଉପରେ ଧନୁଷର ଆଖି ପଡ଼ିବା ମାତ୍ରେ ତାହା ଆଉରି କଳା ପଡ଼ିଗଲା।

ଧନୁଷକୁ ସେ ମୁହଁ ଚିହ୍ନା ଚିହ୍ନା ଲାଗିଲା।

ଆରେ, ସେ ନିଜେ ବୋଧହୁଏ ଆଉ ଟିକିଏ ବୟସ୍କ ହେଲେ ଏମିତି ଦିଶିବ!

ନିଜକୁ ସମ୍ଭାଳି ହାତ ଉଠାଇ ସେ ତାଙ୍କୁ ନମସ୍କାର କଲା।

ପ୍ରବଳ କିଛି ନ କହି କେବଳ ମୁଣ୍ଡ ହଲାଇ କାନ୍ଦିବାରେ ଲାଗିଲା।

ପରିସ୍ଥିତିକୁ ଭୁଲି ବ୍ୟସ୍ତ ହୋଇ ଧନୁଷ କହିଲା- 'କିନ୍ତୁ... ଇଏ... ଜେଜେ... ତ କାନ୍ଦୁଛନ୍ତି! କ'ଣ ତୁମ... ତୁମର ଏ ଶେଷ... କ'ଣ ତୁମ ପାଇଁ?'

ବ୍ୟକ୍ତିର ମୃତ୍ୟୁ ବେଳେ ପୂର୍ବପୁରୁଷମାନେ ଆସି ଠିଆ ହୋଇଥାଆନ୍ତି ବୋଲି ସେ ଶୁଣିଥିଲା। ହଁ, ପଣ୍ଡିତ ମିଶ୍ରଙ୍କ ନିଦାନ ମଧ୍ୟ ତ ଆଜିଯାଏ ମିଛ ହୋଇନାହିଁ!

ତା' ମୁହଁଟା ମଧ୍ୟ କଳାକାଠ ହୋଇଗଲା!

ବିଧାନର ସ୍ୱର ଶୁଣି ସେ ତାକୁ ଅନାଇଲା।

ନିଜ ହାତ ଆଙ୍ଗୁଳିରେ ନଖମାନଙ୍କୁ ଚିପିଚିପି ସେଗୁଡ଼ିକୁ ଦେଖୁ ଦେଖୁ ବିଧାନ କହୁଥିଲା- 'ନା, ସେ ନିଜ ପାଇଁ କାନ୍ଦୁଛନ୍ତି।'

'ନିଜ ପାଇଁ? ଓଃ... ମୁଁ ତାଙ୍କ ପାଇଁ... ମୁଁ କିଛି କରିପାରିବି?' ଧନୁଷ ତ୍ରସ୍ତ ସ୍ୱରରେ ପଚାରି ପୁଣି ପଛକୁ ଅନାଇଲା।

ପ୍ରବଳ କିନ୍ତୁ ସେଠାରେ ତାକୁ ଆଉ ଦେଖାଗଲା ନାହିଁ।

ବିଧାନ ମଧ୍ୟ ସେଆଡ଼କୁ ଥରେ ଅନାଇ ଦୀର୍ଘ ନିଃଶ୍ୱାସଟାଏ ମାରିଲା। ତା'ର ଆଖି ପୁଣି ନିଜ ହାତ ଆଙ୍ଗୁଠି ଆଡ଼କୁ ଫେରିଗଲା। ସେଆଡ଼କୁ ଚାହିଁ ସେ କହିଲା- 'କହିଲି ପରା, ଦେବଦତ୍ତ ମଉସା...' ଧନୁଷ ମୁହଁକୁ ନିଜର ବାଁ ପଟ କାନ୍ଥକୁ ଦେଖାଇ ପୁଣି କହିଲା- 'ତାଙ୍କର ଛବିଟିଏ ସେ ପୋଥିରେ ଯୋଡ଼ିଦେବୁ।'

'କେମିତି? ମୁଁ ତ ଚିତ୍ରକର ନୁହଁ!'

'ପାଖ ପଦ୍ମନାଭପୁର ଗାଁରେ ଅଳ୍ପଦିନ ତଳେ ଜଣେ ଭଲ ଚିତ୍ରକର ଆସି ଘର କିଣି ରହୁଛନ୍ତି ବୋଲି ମୁଁ ଶୁଣିଥିଲି। ମୁଁ ସୁଯୋଗ ପାଇଲି ନାହିଁ ତାଙ୍କୁ ଦେଖା କରିବା ପାଇଁ। ସେ କୁଆଡ଼େ ଲୋକଙ୍କୁ ନ ଦେଖି ମଧ୍ୟ କେବଳ ଚେହେରାର ବର୍ଣ୍ଣନା ଶୁଣି ବ୍ୟକ୍ତିର ଅବିକଳ ଚିତ୍ରଟିଏ ଆଙ୍କି ଦେଇପାରନ୍ତି। ତୁ ତ କବିଟିଏ। ଦେବଦତ୍ତ ମଉସାଙ୍କୁ ଦେଖିଲୁ। ତାଙ୍କର ବର୍ଣ୍ଣନା କରି ସେ ଚିତ୍ରକରଙ୍କ ହାତରେ

ମଉସାଙ୍କର ଚିତ୍ରଟିଏ କରି ସେ ପୋଥିରେ ଲଗାଇ ଦେବୁ।'

'ଆଉ... ଜେଜେ... ତୁମ ବାପା? ତାଙ୍କର ମଧ୍ୟ ସେ ଚିତ୍ରକରଙ୍କ ହାତରେ ଚିତ୍ରଟିଏ କରାଇଦେବି?'

ବିଧାନ ଧାନ ମରେଇ ଆଡ଼କୁ କଣେଇ କରି ଚାହିଁ ପ୍ରବଳ ସେଇଠି ସେମିତି ବସି ମୁଣ୍ଡ ହଲାଇ ମନା କରୁଥିବା ଦେଖିପାରିଲା।

ନିଜ ଆଖିକୁ ପୁଣି ନିଜ ଆଙ୍ଗୁଠି ଆଡ଼କୁ ଫେରାଇ ବିଧାନ କହିଲା- 'ତୋର ଯେମିତି ଇଚ୍ଛା।'

ସୀତା ଓ ଧ୍ରୁବର ସ୍ୱର ଘର ଭିତରୁ ଶୁଣାଗଲା।

'ବାପା, ଆଉ ଦ୍ୱିତୀୟ କଥାଟି?'

ଏକ ଲମ୍ୱା ନିଃଶ୍ୱାସ ଟାଣିନେଇ ବିଧାନ କହିଲା- 'ଧନୁଆଁ, କାଲି ରାତିରୁ ଏତକ ବେଳଯାଏ ତୁମମାନଙ୍କୁ ମୁଁ କେବଳ ଅନ୍ୟମାନଙ୍କ କଥା, ଅନ୍ୟମାନଙ୍କ କାର୍ଯ୍ୟକଳାପ ଶୁଣାଇ ଆସିଛି। ଏଥର କେବଳ ମୋ ହୃଦୟର କଥା ଖାଲି ତୋତେ... ତୋତେ ହିଁ ଶୁଣାଇବି।'

'ହଁ, ବାପା, କହ...' ଧନୁଷ ବିଧାନ ଛାତିରେ ନିଜର କାଢ଼ି ନେଇଥିବା ହାତଟିକୁ ପୁଣି ଆସ୍ତେକରି ରଖିଲା। ଝୁଙ୍କିପଡ଼ି ବିଧାନର ଆଖିକୁ ଚାହିଁଲା।

ତା' ହାତ ଉପରେ ନିଜ ହାତର ଚାପ ଦେଇ ବିଧାନ କହିଲା- 'ବାବୁରେ, ଲେଖକ କେବେହେଲେ ହାରେ ନାହିଁ। କୌଣସି ବାଧାବିଘ୍ନ ତାକୁ ଲେଖିବା କାମରୁ ଟଳାଇ ପାରେ ନାହିଁ। ଜୀବନର ଝଡ଼ତୋଫାନ ଯାହା ହାତରୁ ଲେଖନୀ ଖସାଇ ଦିଏ, ସେ କେବେ ଲେଖକ ହିଁ ନଥିଲା!'

'ବାପା! ଏ କ'ଣ କହୁଛ?' ଧନୁଷ ପ୍ରାୟ ଚିତ୍କାର କରି ଉଠିଲା। 'ଏବେ ତ ରାତିରେ ତୁମେ ନିଜେ କହିଲ-'

'ହଁ, ସେ ତୋତେ, ତୋର ପରିସ୍ଥିତିର ପରିଚୟ ଥିଲା। ତୋର ଲେଖକୀୟ ମନୋବୃତ୍ତିର ନୁହଁ। ଦୁର୍ଦ୍ଦାନ୍ତ ଘୋଡ଼ା ଉପରେ କେବଳ ବୀର ହିଁ ସବାର ହୋଇପାରେ। ଭୀରୁ ନୁହଁ! ଏଣୁ ଲେଖାଲେଖିକୁ ହତାଶ ହୋଇ ଛାଡ଼ି ଦେ'ନା। ଏତକ ମୋତେ - କହିବାକୁ, ବାଟ ଦେଖାଇଦେବାକୁ କେହି ନଥିଲେ। ଏବେ ତ ତୁ ତୋର ପରିସ୍ଥିତି ଜାଣିଲୁ। ଯାହା ଦୁଃଖ, କଷ୍ଟ, ଦ୍ୱନ୍ଦ୍ୱ ଆଗକୁ ଆସିବ, ତା' ସହିତ ଯୁଦ୍ଧ କର। ତାକୁ ହିଁ ସାହିତ୍ୟରେ ଫୁଟା। ବିଜୟୀ ହେବୁ।'

ଧନୁଷ ବାପାଙ୍କୁ କୁଣ୍ଢାଇ ପକାଇଲା।

ଏତେବେଳଯାଏ ତା' ହୃଦୟର ଛଳ ଛଳ ଝରଣାଟି ଆଗରେ ବାପା ଯେଉଁ

ବିଶାଳ ନିଷ୍ଠୁର ପଥରଟିଏ ରଖି ସ୍ରୋତଟିକୁ ବନ୍ଦ କରିଦେଇଥିଲେ, ତାକୁ ତ ସେ ନିଜେ ଏବେ ହଠାତ୍ ଗୋଟିଏ ଗୋଇଠାରେ କାହିଁ କେତେ ଦୂରକୁ ଫିଙ୍ଗିଦେଲେ !

ଆଉ ଏବେ ସେ ସ୍ରୋତ ତ ଉଚ୍ଛୁଳି ଆଖିରୁ ଅବିଶ୍ରାନ୍ତ ବହିବ। ସେ କ'ଣ କରିପାରିବ ?

ବହୁ ଥାଉ ! ଏ ତ ଖୁସିର, ଆନନ୍ଦର ଅଶ୍ରୁ !

ଗତ ରାତିଠାରୁ ଅନ୍ଧକାରରେ ଶୁଖିଯାଇଥିବା ତା'ର ତାରୁଣ୍ୟ ବାପାଙ୍କର ଆପ୍ତ ବାକ୍ୟର କଅଁଳ ଖରାପାଇ ଚାରିଗୁଣିତ ହୋଇ ସବୁଜ ଛନଛନ ହୋଇ କେନା ମେଲାଇ କଅଁଳି ଉଠିଲା !

ବାପପୁଅ ଗଭୀର ଆଶ୍ଳେଷରେ କିଛି ସମୟ ପାଇଁ ପରସ୍ପରର ସତ୍ତାକୁ ନିବିଡ଼ ଭାବରେ ଅନୁଭବ କଲେ। ଦୁହେଁ ବୁଝିପାରୁଥିଲେ... ବୋଧହୁଏ... ବୋଧହୁଏ... ଏହା ମେଲାଣୀର ଆଲିଙ୍ଗନ।

ସୀତା ଓ ଧ୍ରୁବର ସ୍ୱର ପାଖେଇ ଆସିଲା।

ବିଧାନ ଓ ଧନୁଷ ପରସ୍ପରକୁ ଅନାଇ ପରସ୍ପରକୁ ଆଲିଙ୍ଗନ ମୁକ୍ତ କରି ନିଜ ନିଜର ଆଖି ପୋଛିନେଲେ।

'ଆରେ, ତୁମେ କ'ଣ ଏତେ ସକାଳୁ ଉଠିଗଲଣି ?'

ଏରୁଣ୍ଡି ବନ୍ଧ ଉପରେ ସୀତାଙ୍କ ଖୁସିର ଚିତ୍କାର ଶୁଣାଗଲା। ଧ୍ରୁବ ଧରିଥିବା ଔଷଧ ଗିନାଟାକୁ ନିଜ ହାତକୁ ନେଇ ସୀତା ଧ୍ରୁବକୁ କହିଲେ- 'ଗଲୁ ଗଲୁ, ଯା', ସମସ୍ତଙ୍କୁ କହିଦେ', ବାପା ଉଠିଲେଣି, ଚେତା ଅଛନ୍ତି।'

ଧ୍ରୁବ ଝଡ଼ବେଗରେ ସେଠାରୁ ଚାଲିଗଲା।

ପାଖକୁ ଆସୁଥିବା ସୀତାଙ୍କୁ ଦେଖି ବିଧାନ ହସହସ ହୋଇ ତାଙ୍କୁ ଅନାଇଲା। କିନ୍ତୁ ଧନୁଷର ହାତକୁ ଚାପି ପୁଣି ମୃଦୁସ୍ୱରରେ କହିଲା- 'ଜଣେ ଲେଖକ କେବେହେଲେ ଆଶା ଓ ଉଦ୍‌ଯୋଗକୁ ଛାଡ଼େ ନାହିଁ। ଏଣୁ ଲେଖି ଚାଲ୍। ସୁଖରେ ବି ଦୁଃଖରେ ବି। ମନେରଖ ମୋର ଲେଖକୀୟ ଆତ୍ମା, ଆର୍ଶୀବାଦ ରୂପେ ସବୁବେଳେ ତୋ' ସହିତ ରହିଛି।'

ଧନୁଷର ବିଧାନର ହାତକୁ ନିଜ ଦୁଇହାତରେ ଚିପିଧରିଲା।

ବାୟବୀୟ ଉଚ୍ଚାରିତ ଶବ୍ଦମାନଙ୍କ ଅପେକ୍ଷା, ସମାନ ଅଦୃଶ୍ୟ ହେଲେ ମଧ୍ୟ ପରସ୍ପରର ସ୍ପର୍ଶର ଅନୁରକ୍ତ ଉଷ୍ଣତା ଗୋଟିଏ ପଲକର ଚକ୍ଷୁ ବିନିମୟରେ ଅନେକ ନୀରବ କଥାକୁ ମୁହୂର୍ତ୍ତକରେ ଦୁହିଁଙ୍କ ମଧ୍ୟରେ ଆତଯାତ କରାଇଦେଲା।

ପରମୁହୂର୍ତ୍ତରେ କୋଠରୀଟି ଅନେକ ଲୋକଙ୍କ ଖୁସି ଆନନ୍ଦର କୋଳାହଳରେ

ଉଛୁଳି ପଡ଼ିଲା । ସେମାନଙ୍କୁ ସେଠାରେ ବିଧାନ ସହିତ ଆନନ୍ଦରେ କଟାଇବା ପାଇଁ ଛାଡ଼ିଦେଇ ଖଟତଳୁ ପରିସ୍ରା କୁଣ୍ଡଟିକୁ ବଦଳାଇବା ବାହାନାରେ ତାକୁ ଧରି ଧନୁଷ ଧୀରେ ଧୀରେ ସେ ଘରୁ ବାହାରିଗଲା ।

ସେ ତୁଚ୍ଛାଟାରେ କାନ୍ଦୁଥିଲା କାହିଁକି ?

ବାପା ତ ତା'ର ମୃତ ଲେଖକୀୟ ଅନୁରାଗକୁ ବାଘ ପେଟରୁ ଓଟାରି ଟାଣିଆଣି ତା' ଆଗରେ ଠିଆ କରାଇଦେଇ ଖାଲି ଜୀବନଦାନ ନୁହଁ, ନୂତନ ଉଦ୍ଦୀପନାର ଚିର ଯୌବନଟାଏ ମଧ୍ୟ ତାକୁ ଦାନ କରିଦେଲେ !

ବାହାରେ ସକାଳର ନାରଙ୍ଗୀ ଖରାରେ ପୃଥିବୀ ଝଲମଲ୍ ଦିଶୁଥିଲା !

■

## BLACK EAGLE BOOKS

www.blackeaglebooks.org
info@blackeaglebooks.org

Black Eagle Books, an independent publisher, was founded as a nonprofit organization in April, 2019. It is our mission to connect and engage the Indian diaspora and the world at large with the best of works of world literature published on a collaborative platform, with special emphasis on foregrounding Contemporary Classics and New Writing.